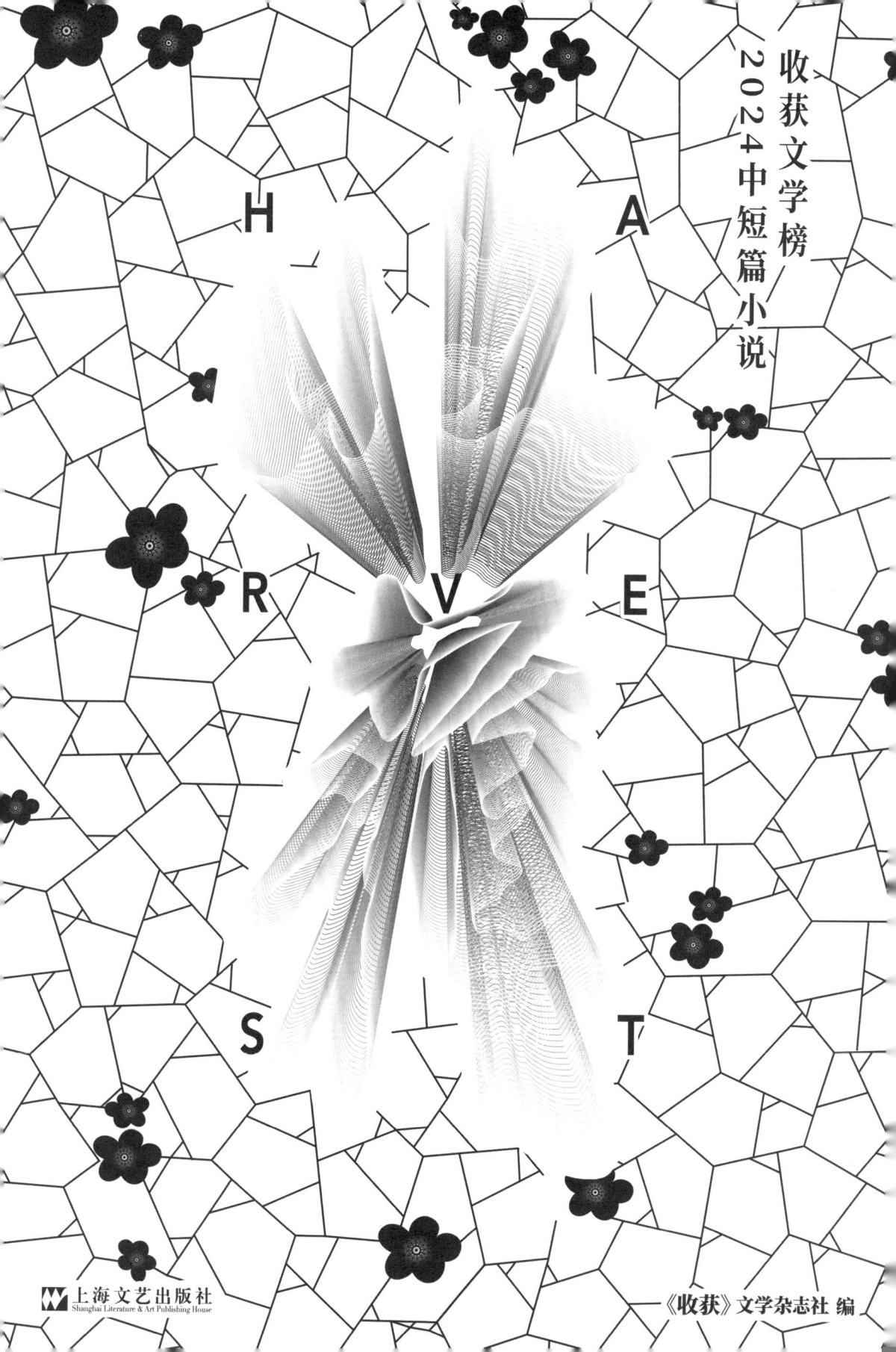

收获文学榜
2024中短篇小说

HARVEST

上海文艺出版社
Shanghai Literature & Art Publishing House

《收获》文学杂志社 编

短篇卷

目 录

3	飞鸟与地下	班　宇
16	思　凡	朱　婧
27	木棉或鲇鱼	李修文
45	如果海水可以分开	池　上
60	岂曰无衣	邓一光
72	透析的戈多	戴　冰
84	惊鹿记	杜　峤
103	巴黎朋友	双雪涛
116	现在开始失去	牛健哲
125	山坡羊	包　倬

中篇卷

139	微不足道的一切	哲　贵
173	春风吹又生	刘　汀
241	与永莉有关的七个名词	张　楚
267	鹃漪	杜　梨
288	截岔往事	孙　频
324	巴旦木也叫婆淡树	杨　方
350	杀手皇后	袁德音
373	苏屋邨的阿凤	马家辉
426	西北有高楼	王祥夫
452	火空海	七堇年

507　附录：2024收获文学榜榜单

收获文学榜 | 短篇卷

飞鸟与地下

班　宇《长江文艺》2024 年第 1 期

推荐语

　　六年之后，班宇重登《收获》文学榜短篇榜首。从 2018《逍遥游》的寒光闪闪，到 2024 年《飞鸟与地下》的宽阔深远，飞鸟尽，笔锋藏，青云逸志班出列，仙路尽头宇为峰。父辈的困境与救赎，子辈的寻母与归途，天空盘桓星光般的信仰，森林回荡和解的珠玉之声。（徐坤）

愚人之链

　　十五天前，小柳从上海回来，我掐着手指头算日子，心情比较纠结，既怕她找我，又怕不找。张一天跟我提过，小柳也许要离。我听后有点紧张，问他，有苗头了？他说，多少有一些，最近没见她带孩子，老婆婆负责接送，吭哧吭哧，对孩子连踢带卷，很不优雅，观者闻风丧胆。我说，未见得是感情问题，许是身体有恙。张一天说，我看不像，你认识她老婆婆吗？我说，我上哪儿认识去，又不是我妈。他说，挺有气质，将近一米八，一百六十斤开外，烫了大波浪，爱抹红嘴唇儿，以前是体育老师，南关区教师运动会铅球纪录保持者，后来改教物理，原理类似，都在琢磨重力、磁力、浮力、万有引力，跟你的研究范围也接近。我说，我的？他说，对，这么多年来，你首先是不自量力，其次是无能为力。我说，电话挂了吧。张一天说，情况就这么个情况，你看着办，据我所知，她马上到长春，保不齐能去找你。我说，具体哪天，届时我肯定不在。张一天说，可别装×了你，多少年来就是个怂瘪，纯属回天乏术。

张一天跟小柳在上海住同一小区，前后楼，隔人工湖相望，日常来往密切。楼盘隶属奉贤区，住户以东北人为主，邻里关系和睦融洽，夏季均在室外进行烧烤活动，小炉子一架，酒精块生炭，三五好友，推杯换盏，烟熏火燎之际，旁边不锈钢盆里的丹东黄蚬子一张一翕，像是也要插上几句，个性开明。房子几年前买的时候二万五一平，现在二万三千五，不涨反降，逆势而为。张一天的那套是租的，主要是离单位近，二十分钟骑行路程，环保又健康，他每日精神头十足，心明眼亮，总在观察小柳一家的生活动向，不时向我汇报。小柳在此安家，买了小区最大的户型，建筑面积八十九平方米，三室两厅，户型方正，南北通透，实用与享受兼得，且带一个U形厨房，具备更大的操作台空间。张一天跟我说这些时，我很不解，问道，要这么大的操作台干吗呢，她也不会做饭。张一天说，她不做，不代表没人给她做。我说，谁，她老公？不是脑出血了吗？张一天说，她小时候有她爸，之前有老公，现在有老婆婆，长大了有儿子做，一辈子吃喝不愁，要什么有什么，想什么来什么，你还不了解她吗？你对她一生连绵而壮阔的故事连这点预判都没有吗？你不知道她无论如何以身涉险最终都能立于不败之地并保持迷人的微笑吗？我想了想，说，不是不知道，话赶着话，唠到这儿了。张一天说，都多余了，朋友。

的确如此，在小柳的生命进程中，我早已明确自身的位置——有我不多，没我也不少。或者说，任何人在她身上都无法印证自己的存在，就是这么虚无，就是这么迷离，抵达她的旅程如同穿过烈日与荒地，不见影子的方位，亦无四季的植被。高中毕业时，我对小柳展开疯狂追求，不仅忍饥挨饿，为其办理黄钻会员，也通过外挂的使用让她在游戏里一时风光无两，备受敬仰。当然，后因被官方发现导致永久封号。还在午夜时分发过六十多首代表爱意的流行歌曲。不过这些均未能融解她的心灵，很遗憾，我们的关系始终没有更进一步。再后来，她对我说在大学里谈了男友，面庞白皙，烫着波浪式的金色长发，如一位在暗舱里偷渡而来的水手后代，父母曾于全世界漂泊游荡，不过他说的却是东北话，男友的母亲会做新加坡肉骨茶，她去吃过一次，当即折服，彻头彻尾地爱上了南洋滋味，感受到了一种健脾祛湿的效果，身心通畅，灵魂进而丰沛起来。我听过极其自卑，别说是吃，这三个字的搭配简直闻所未闻，根本无从想象，如今他们分开许久，我却依然维持着惊诧，不知为何一顿排骨米饭能令其几度沉沦，将故土与故人轻易地抛在脑后。这一点我百思不得其解。

当然，也不要紧，这些年里，我不理解的事情还有很多，所以没那么在意。比如说，小柳结婚的前一年，我差点也结了婚，双方父母已见过面，日子选好，饭店定金也交了，甚至开始在刚装修好的新房里生活。我在阳台上种了许多少见的植物，比如西伯利亚远志、露珠草和青楷槭，高低错落，郁郁葱葱，如同微缩的山林，还养了一缸金鱼，没怎么喂过食，里面的小鱼却越来越多，灵活游动，一切欣欣向荣。一个晴朗的下午，我在沙发上看电影，未婚妻从卧室里走了出来，红着眼睛说，她要走了，很抱歉，有那么一个人，她根本忘不了，这么多年了，就是没办法忘记，试了许多次，怎么也不行。我愣了一会儿，请她继续说下去，她没多想，滔滔不绝地讲了起来，说那人是她初中时的化学老师，大她十岁，当年刚毕业，她化学不好，总是记不住分子式，搞不清楚反应方程，他就一遍遍地教，想尽办法，不厌其烦，她毕业后，对方也不教书了，回到学校深造，改做科研，如今博士毕业，在北京工作，自己建了个实验室，专接国外项目，收入可观，前途无限，但这也不重要。重要的是，数年以来，他们一直有邮件往来，前后几百封信，体量庞大，涉及天文、地理、历法、健康卫生等多方面内容。或可以说，这些是二人多年以来存在于世的不灭证据。他们总在彼此倾诉，从未间断，不止于情感，不止于人生，他知道她的每一步是如何走过来的，万念俱灰时，正是那些信件让她活了下来。她也只在面对他时，才有信任，才觉得轻松、自在，才觉得自己是在真实地、确凿地活着。与此同时，她也能明白他的一切选择，好的与不好的，背叛时的痛苦、遗弃时的孤独，当然，他更理解她，还为她的婚姻送上过祝福，不过她是拒绝的，她不需要任何人的祝福，她想，她的一生也就这样了，只能如此，也不过如此了。但，此刻她发现，已经没办法从一场精疲力竭、延绵不休的幻梦里摆脱出来了，必将深眠于此，既然这样，就不能再拖一个人进去，那等同于实施一桩罪行。我想了想，说，能让我看看你们的通信吗？这么多年，你们在说些什么呢？她说，不重要。我问，你们见过几次？她说，十二年没见了。我说，哦，十二年，我们认识几年了？她说，五年。我说，哦，五年了。

她坐在垫子上，矮我一截，垂着脑袋，没化妆，皮肤毫无光泽，讲完后，又哭了起来，说道，我们就这样吧。对不起，我们就这样吧。我说，你的意思是要分开？她说，我配不上你的感情，抱歉。我说，你要去找他吗？她说，明早的车票，我无法再忍受一分一秒了。我说，为什么啊，为什么忽然做出这样的决定？她说，我今天早上醒过来，读到他的最后一封信，向我告别，他写了很多很多，我却一个字也不认识了，躺在床上只是哭，一直到现在，完全停不下来，脑子里只有一句话，为什么我的生活如此糟糕，我没有任何一个对得起的人，包括我自己，为什么我的生活如此糟糕啊。它看似平静，但我知道，我无可救药了，不过是在扮演着另一个人，一个连我都不认识的人。我说，不至于的，一时情绪而已，你冷静冷静，好好想一想。她说，我不想了，想不明白，就这样吧，我哭得那么厉害，那么长的时间，你肯定听见了，刚才我想，如果你走过来，抱一抱我，我们抱上一会儿，兴许我能好一点，但你也没。我不怪你，不是你的问题，我知道你不想。我们就这样吧。

电视上放的是一部韩国电影，讲述的是一九九九年的故事，与回忆有关，一位站在荒地上的中年男性对着高架桥上摇摇欲坠的火车大喊不止，待她说完后，喝醉了的人们在户外唱起歌来，七扭八歪地搂在一起，音箱放在河边的石头上，溪水在桥下流过，歌声与水声此起彼伏，恍惚之间，我觉得我也身在其中。我想我本应愤怒，如蒙受欺骗，或是深深绝望，歇斯底里。可我只是很困，极为疲惫，我侧身蜷进沙发，一点精神也没有了，阖上眼睛，双手抱在胸前，就这么睡了一整夜。第二天醒来时，她已经走了，房间空空荡荡。我看了半天缸里的金鱼，给我妈打了个电话，讲了这件事情，我妈听后很平静，跟我说，哦，知道了。我说，你不生气吗？我妈说，我为什么要生气？我说，你不去讨个说法？她说，跟我有什么关系，走的也不是你爸，你自己的事儿，自己看着办，别来找我，我可不管。我说，行。我妈又补了一句，该。我问，什么？她说，我说你活该，你根本也不爱她啊。

过了很久，我才发现，她对一切早有预计，从搬过来的第一天开始，就很注意，不让自己在我这里留下任何的痕迹。有段时间，我疯了似的寻找她存在过的证据，哪怕是一根头发、一丝气息也好，以证明自己的生活并非虚度。最后，我只在书架后面发现了一张小小的唱片，满是灰尘与划痕，播放起来断断续续。我怎么也想不起来它到底是谁的，从何而来，而那些曲目听来又是如此陌生，我只能将之视作一种密码，或许可以从中得到点什么启示。我反复听了很多遍，唱片名字是 Memphis Underground，《孟菲斯地下》，取自录音室的名字，内页照片上那些堆叠起来的音响也如茂密的丛林，光与声音在此交错。唱片发行于一九六九年，共有五首歌，最好听的一首是 Hold on, I'm Coming，但接下来的另一首我听得最多，叫作 Chain of Fools，编制极其丰富，有颤音琴也有长笛，不知为何，听到后半段总会有点心碎。我查了它的源头，最早由一位女歌手演唱，讲述的是自己跟男友相爱五年，却一直蒙受欺骗，对于真相一无所知，别人告诉她要离开，她却怎么也走不掉，只因对方的爱太强烈而她又太过软弱，任凭一条愚人之链将其牢牢拴住。曲子差不多有十分钟，段落分明，叙事感强烈，笛声犹如一条小鱼，于雾气缭绕的白夜里游弋。在小柳婚前，我给她发过一次，她回我说，听了半宿，天亮了，我出发了。

新月城

我给张一天转去一篇分析当前经济形势的文章，半天后，张一天问我，小柳还没联系你呢？我说，没。张一天问，她回去多少天了？我说，我哪知道，谁记着这事儿。他怂恿我说，不行你联系她一下呢？别控制，不要给你的人生设限，二婚也有追求幸福的权利。我说，上次我也没领证啊。张一天说，那我搞错了，我告诉她你离了，对不住。我一下子有点惭愧，百感交集，打了一堆省略号。张一天说，她咋想的我是不知道，你咋想的，我还能不知道吗？自己的事儿，自己看着办，别来找我，我可不管。这话跟我妈说的一点不差，我放下手机，内心沮丧，对于小柳，我的感受颇为复杂，一方面绝不是想要借此缅怀青春，认为当年有过暧昧时刻，对方在余生里势必难以忘怀，那简直是一种令人作呕的自大；另一方面，当然也不是想跟她发展出一段什么关系来，即便我再愚昧、固执、迟钝，对于物是人非一词也有过深刻体会，更何况那对小柳也是极大的冒犯与不恭。我一直在想，为什么我对她总是怀着非同寻常的眷恋呢？想来想去，觉得或许与早年发生的一件事情有关。

我从未跟她提过，我想她也不记得，约二十年前，我跟小柳曾做过邻居，住在同一个家属院子里，不过她住一号楼，我在二号楼。小柳她爸叫柳承德，跟我爸在一个单位上班，她爸是工人，工作勤恳，有点技术，加上爱琢磨，一九九四年被派到乌克兰施工，穿行于科尔孙-舍甫琴科夫斯基区的茫茫夜色与泥泞道路之间，中途携带火腿回来过年，颇为风光，特意锯了一小块给我家送来，说随便尝一尝，外国风味，一般人吃不好，是个心意。我爸目睹柳承德扛着整只火腿招摇过市，对其体积有过盘算，掂量过后，认为送给我家的份额足以体现其重视程度，便盛情邀他来家里做客，当时我爸刚刚升任车间调度，可谓如日中天，前途一片光明，多少有点飘，走路脚不沾地，总会产生一些不恰当的错觉。大年二十八晚上，柳承德领着女儿前来赴约，那是我跟小柳第一次正式接触，之前虽住得近，也没什么联系，打个照面也不说话。柳承德跟我爸在屋外喝酒，开始时很羞涩，相互试探，但两人都没什么量，六点开始喝的，七点半已经满嘴胡话，我爸在对车间的未来发展进行全盘规划，低声与柳承德诉说自己的愿景：造一座楼房那么大的变压器，满足南关区全体居民的用电需求，你在家用洗衣机，她看电视节目，孩子打开台灯读书学习，一点问题没有，在同一片天空之下。柳承德比较严谨，皱着眉头问，这几样同时进行，现在有什么问题？我爸说，还是有隐患，规模不够，无法矫正输送电能的电压，也就不能免除电力系统中的电压波动、电压谐波等致命故障。柳承德说，我看未必，规模大小不重要，主要还是调节模块是否有效，未来社会电力的核心任务，在于提高电能使用效率和改善电力质量，电，好比是水，有的足够纯净，有的有杂质，家用电器好比是人，喝了不干净的水，早晚要生病，所以说，保卫电的质量，就是保

护我们的健康，捍卫共同的未来。我爸说，你是领导我是领导？柳承德说，你是，你是。我爸说，错了，我们都不是，厂长说了，我们单位没有领导，只有互敬互爱的一家人，你切记，你有困难我来扛，我住隔壁我姓王。柳承德说，王哥，还是你有水平，敬你一杯。我爸说，柳兄，你有洞见，能举一反三，我看往后你还有步儿。

小柳猫着腰钻进我屋，穿了件通红的小棉袄，小臂箍着两只油亮的花套袖，整体有些耀目，像是个点着了的灯笼。她不跟我讲话，我也不跟她说。她先是站着，看着我，后来站不住了，一屁股坐到地板革上，问我在干吗。我说，下棋。她说，自己跟自己下啊？多没意思。我说，有意思，看着好像是自己在玩，其实有四个人，甲乙丙丁，或者说，中国队日本队英国队美国队，规则我自己定的，跟你说不明白。她说，现在谁领先？我能代表中国队吗？我说，不能，你不会玩。她说，瞧不起谁呢，中国第一，美国第二，英国第三，日本第四，我早看出来了。我心里一惊，几个颜色的棋子，我一直在心里计数，从没说出来过，她怎么知道的呢。我故作镇静，说道，不对，你别干扰我，看会儿动画片不行吗？我把电视给你打开，辽宁教育台正在演《神探加杰特》呢，穿风衣拿放大镜探案，每天两集，惊心动魄，比较过瘾，也有教育意义。或者看看《黄金一刻》，快乐问答，马上大年初一了，初一的月亮你知道叫什么吗，叫新月，跟太阳同升同落，站在地球看不见月亮，都是知识，你多学一学。小柳说，我妈不让我看电视，她跟我说，傻子才看电视，越看越傻，我家电视就摆在那里，从来没开过，只有我爸回来时才看一会儿，我挺害怕变傻的。我

7

说，胡说八道，我奶天天看电视，我妈说她比猴儿都精。小柳说，可能因为你奶属猴，你属啥？我说，我属虎。她说，我也是，你几月份的。我说，四月。小柳说，我六月的，你比我大，我得叫你一声小哥，小哥好。我听她这么一说，心里有点热乎，态度也就变了，问她，你吃饱没，我还有一盒蛋卷，想吃的话，我给你拿出来，咱俩分一分。她说，小哥，我不吃，你留着，小哥，你喜欢魔术不，我给你变一个。我说，电视上见过，美国大峡谷，万丈深渊，一个人拿把雨伞走在钢丝上，大风呼呼地吹，他在上面连吃带住一个礼拜，睡觉也没掉下去过，心里有数，我很佩服。她说，小哥，那叫杂技，我给你演个厉害的，你保准儿没见过。

说完，她站起身来，把板凳搬到窗边，蹬了上去，撕开窗缝的胶条，又用手敲几下，把窗户顶开，一阵冷风灌进来。我打了个冷战，哆嗦几下，赶忙去把门关严，我爸在外面瞄了我一眼，没说话。转过头来，我看见她半跪在窗台上，就有点急，小声说道，你下来，下来啊，多危险。玻璃上的冰花缓缓褪去，她没理我，一手扶着窗框，另一只手掐着放在嘴前，朝向黑夜打了个口哨，声音不大，却相当清晰、圆润，然后又是三下，总共四次，音调、长度各不相同，最后一声十分响亮，像是一道闪电呈U形滑过，下降之后又上升，也如对谁讲话。第一句是，你好啊。最后一句是，我在等你啊。半晌，一颗魔术弹熄灭在空中，月亮弯成一道铜褐色的弧线，细而坚韧。她把脑袋向外再伸出一些，我担心她掉下去，一把从后面擒住她的双腿。小柳穿着一条褐色的棉裤，面料发滑，据说也是乌克兰带回来的，比我们的棉花弹性好，也更保暖，抱着感觉软软的，有点惬意。她撑着阳台，向前探身，我用力往后拽，她回过脑袋，跟我说，小哥，没事儿，你别拉着我呀，它该找不到我了。此时，光线隐去，一只鸟不知从什么地方飞了出来，速度极快，堪比刚射出来的箭矢，以残月为弓，直直向下，它尖尖地叫了一声，像是对逝去的哨声做以回应。鸟比我平时见过的要小，虹膜发棕，翅膀和尾巴为褐色，覆羽有辉光，如锡铁所制，刚上紧了发条。它飞过我们的头顶，消失在下方，接着又返回来，向上冲击，往复几次，忽然闯入窗内，直奔我们而来。我吓了一跳，连忙闪开，它在屋内绕了一圈，最后轻轻地落在日光灯上，眼目鲜艳，望向我，偶尔啄着湿润的颈部，室内光线摇晃不停。我惊出一身冷汗，看看小柳，她已被我拽到地面，我俩靠在暖气片上坐着。她喘着粗气，满怀期待的神情，抬起脑袋，慢慢递出一只手来，张开手掌，朝着那只鸟儿点了点头。小鸟如同会意，振开翅膀，嗖的一下跃至近前，以洁白的羽缘拂过她的指尖，先是左侧，接着右侧，偏着脑袋，反反复复，像一位妈妈抚摸着她那快要长大的孩子，满是不舍与爱意。之后跳到窗台上，啄了几下玻璃，发出咚咚咚的声响，半转过身来，朝着我们眨了眨眼睛，一跃飞出窗外，消失在无尽的黑夜里。此时，有人在对面放了一挂鞭，竹竿从窗口伸到外面，垂落在地，引信点燃，万响争相出动，半扇楼被映得比白天更亮，从下往上，爆炸声愈发迫近。小柳哇的一声哭了出来。

坚持住，我来了

婚前的房子只我一人住，我总是将它

收拾得一尘不染，如在为了迎接谁的光临，或者等待一个人的回归，其实谁也没有来过。金鱼都死掉了，只剩一缸清水，我也养着，每隔几天一换。阳台上的那些植物长势很好，叶片葱郁、饱满，没有一点枯败的迹象。浇水时，我必须挪动几株，才能对每一盆都有所照应，很像在玩"华容道"，我扮演的是曹操，来回移动兵阵，以求顺利突围。那盆巨大的梅笠草如同关羽，一夫当关，不可逾越，每次我都会为自己设计难题，通过不同的解法来实现逃脱，有些耗神，考虑到通常情况下也没有什么特别要紧的事情，待在阳台上反而是一种享受。

我在心里默念此次的移动次序时，电话在屋里响了起来，我犹豫了一下，没有接，继续摆脱封锁。半小时后，我全身而退，长舒一口气，拿起手机，发现是张一天的电话，我拨回去，他问我在哪里，我说在家呢，刚在浇花，等我拍几张给你。张一天说，别拍了，不愿意看，跟你说个事儿，小柳不在长春了，走了。我说，哦，这样，好吧。他说，失落吗？我说，有点儿，不多。张一天说，你再装？我说，也不至于，好容易回来一趟，人来人往，见不上正常，都能理解。张一天说，得了吧，别人不了解你，我还不了解吗。我没说话。张一天顿了顿，说道，小柳刚给我打电话了，聊了一个来小时，问我你在哪里，在做什么。我说，你怎么说的？你俩怎么那么多的话？张一天说，我说我哪知道，你想知道自己去问呗。我说，什么意思？张一天说，我把你地址给她了，她要去找你，可能快到了。我说，太突然了吧。张一天说，谁让你不接电话的。

挂掉电话后，为了平复心绪，我连忙把家从里到外收拾了一遍，之后抽着烟等她。临近午夜，我本以为她不会再来了，小柳忽然打来电话，跟我说就在门外。我深吸几口气，故作镇定地开了门，小柳站在走廊里，瞪大了眼睛，歪着头看我，也不说话。我对她说，欢迎来访。她默默进了屋子，脱掉鞋子，斜着摆在一旁，坐在门口的凳子上，看了看室内，跟我说，奇了怪了。我说，什么？她说，我怎么感觉你早就知道我会来啊。我说，是，张一天给我打电话了。小柳说，不是这意思，我是觉得，你好像等了我很长时间啊，许多许多年，此处原封不变。我说，做梦吧你。小柳说，果然啊。我说，你到底想说什么？小柳说，果然跟我的预测一致，见不到你吧，不怎么想，见到了吧，也不觉得多么亲。我说，是吧，那你过来图啥呢？小柳想了一会儿，说，可能还是想看看你吧，也不知道。我说，大可不必。

小柳噘起嘴来，满脸的怨愤，没几秒钟，又转了脸色，亢奋地对我说道，我跟你讲个事情，刚去上海时，我在一家影楼上班，专门给孩子拍周岁照的，我给摄影师当助理，有天来了这么一个小男孩，可能住在附近，家长送过来就走了，说是拍完再接回去。小男孩四五岁吧，名字叫辰辰，或者程程，没听清，穿着一身卡其色格纹风衣，戴个圆圆的灰色礼帽，手里拿着一柄放大镜，长得很机灵，像是一位明察秋毫的侦探，表情比较冷漠，不爱说话，也不大愿意被拍摄。我一下子就想到你了，感觉你们有点像。我说，你来找我，就是为了说这个？她说，不全是，反正那天摄影师命令我把他逗笑么，我想了很多办法，开始举着一只氢气球，上面画着一只傻乎乎的卡通狗，我不时松手，任其飞高，在狭小的空间里跑来跑去，假装抓不到，他无动于衷，压根儿没怎么看我。接着我把小黄鸭泳帽套在头上，匍匐在地，四肢乱摆，脑袋上下起伏，大口喘着气，假装奋力游泳，以至于自己真的有些缺氧，他看了看我，伸出一只脚来，踢了踢我的胳膊，说道，这是陆地。我说，你着急要走吗？不如先进屋，喝口水再讲。她说，真像你啊，你记得吗，毕业那年，我没考好，特别正经地跟你说，想从楼上跳下去，当一只鸟儿，乘风飞走，还在你家里比画了一次，你跟我说，这是陆地，注意重力。太冷漠了，说着我又有点记恨你了。

我想了一会儿，没记起来这一幕，问她，后来呢？小柳说，你说你还是他，算了，一回事儿，我拿了个摇铃背歌谣，他也不听，烦得很，反正怎么也逗不笑他，那阵子我遇上点事情，情绪本来就不好，把道具丢在一旁，自己跑出去哭了，外面正下着雨，路人行色匆匆，有人穿着羽绒服，有人穿短袖，我就想，这到底是哪里啊，现在又是什么季节啊，真的不明白，我生活里的一切我都无法理解了。没过多久，小男孩也出来了，许是想透口气，挨着我站，我赶忙擦去眼泪，俯身问道，你就这么不想笑吗？他没说话，看了看我，举起了放大镜，直直地摆在眼前。就这么一个动作，让我记起来了一部没看过的动画片，我当时就想，天啊，我得回来见见你。

小柳说有点饿，我在厨房煮面，她在我的屋子里来回窜动，毫不见外。每隔一会儿就拿过来一件东西，问我这是什么，做什么用的，有什么来历。这时，我忽然发现，对于很多事情我都记不清了，想了很长时间，也无法确切告知，上升的水汽覆住我的思维，万物朦胧一片。小柳很兴奋，像一只追逐火圈的羚羊，跳着走路，我说，半夜了，小点儿声。她假装低头赔罪，一步一步撤至茶几边上，又栽倒在沙发里，望着我的那一缸清水。

她吃饭时，我问她是否明天要回上海。她擦了擦嘴，对我说，可以回，也可以不回。我说，我建议你回去，全家都在等你。小柳说，等我干啥？我说，等你啥也不干，就跟过去的日子一样。小柳说，我就这么差劲儿吗？我说，实际情况，是不是吧。小柳说，是。我说，那还说啥。小柳说，我来找你，有两件事儿，第一件刚才进屋时说完了。我说，小男孩长得像我？小柳说，对，我想了好几年，生怕忘了，我得来告诉你。我问，第二件是？小柳说，我有我妈的消息了。我皱紧眉头，问道，你妈不是在桂林路管委会上班吗？张一天他爸卖烤淀粉肠的摊位还是你妈帮忙租下来的。小柳说，放屁，那是我姨，我爸后找的。我说，抱歉，对你的家庭构成不是十分了解。

小柳说，很小的时候，我妈就走了，快三十年了，我都记不得她的样子了。我说，肯定好看，不然生不出你来。小柳说，从进门到现在，你总算说了句人话。我说，我这人有一点不好，撒谎冒虚汗，不信你现在摸摸我后脊梁。小柳说，你怎么还是那么招人烦。我说，到底什么消息呢？小柳说，之前我爸跟我说过一点点，我没放心上，人都走了多少年了，前阵子在上海，小区业主聚会，我遇见一位阿姨，二道白河的，以前在科学研究院上班，退休后过来的，儿媳妇要生了，伺候一段时间，但俩人老闹矛盾，跟我认识后，她一生气就来找我聊天，我俩有时候还喝上一口，喝得高兴了，她就跟我讲讲以前在山上的事儿，主要是那些植物，她什么都认识。我看你养了不少花，金露梅听过吗？长在岳桦林边缘，叶子能入药，还有茅莓，开起来特艳，穿个花裙子似的，有活血散瘀之功效。我说，你挑重点说。小柳说，有一回，我把我爸说的事情讲给了这位阿姨，她听后想了半天，跟我说，柳啊，我在山里走了几十年，住过多少个夜晚，见过的植物不计其数，看过的鸟儿也什么都有，有百灵也有云雀，其中有一种鸟儿，最有意思，每年春天来到山里，成群结队，夏季鼎盛时，栖息在村舍屋顶、屋檐和房前屋后的湿地上，九、十月份时迁走，比较规律，但是，每年都会有那么几只，回到山里后，就再也不走了，十一月份还在低空飞着，翅膀冷得发硬，一边飞一边叫，声音虚弱，实际上，它们在山上是无法过冬的，找不到吃的，也没地方藏，漫山遍野都是大雪。到了最后，只能钻到树洞里去，听伐木工人说，冬日去地下森林里采伐时，总会在洞里发现这种鸟，每个洞里只有那么一只，这种鸟儿见到一个地方被占，就继续寻找下一个，绝不再结伙。可是，山上实在太冷了，这些鸟在洞里也冻僵了，直挺挺地伸开爪子，眼膜上结着一层薄冰，工人有时看着死状可怜，就把它们捂在手里，带回家去，室内暖和几日后，忽然有一天，鸟儿又活了过来，宛若新生，尖尖地叫着，灵巧而迅捷，迫不及待地飞出窗外，如闪电一般擦水而过。你妈妈的事情我不懂，但就有这么一种鸟儿，在山里与山外，在一年的四季里，各有姿态，甚至分不清它是死了还是活着，或者说，活过来的还是不是原来的那一只，谁都不知道。我说，没听懂。小柳说，我也是，这不关键。我说，你妈妈跟这种鸟儿有什么关系？小柳说，还不知道，我想去看一看，冬天就要来了。这是我来找你的第二件事情，陪我去一趟山里吧，就现在。我说，去不了，你吃完了吧，我要休息了。

小柳接着说，我知道所有泉水的来源，记得全部的山林，地图我都背下来了。在上海时，我一遍一遍地看，平面图看出来立体效果，所有的直线与曲线，高与低的颜色，那些草木、洞穴、苔原、瀑布，我比谁都熟悉，它们也是我的家人。我说，没懂，我们去了到底要做什么，找那种鸟儿？她说，是，也不是，我错过了很多个冬天。我爸也走了，就剩我一个人了，你知道我为什么来找你，我来之前你就知道。有那么件事情，只有你和我经历过，我们打开了一个现实，从那时开始，一切走到了现在。你跟我一样，什么都记得，什么也忘不掉。毕业时，你给我的留言还有印象吗？你跟我说：上升的路和下降的路是同一条路，就这么出发吧，我们总会在同一条道路上。在此之前，我绕去过很远的地方，匆匆前进，无视风景的暗示，其实是为了回避，为了不与之对抗，可这没什么用，夜晚照亮过我们的眼睛。现在我回来了，同一条道路上，希望你也在。

你们会遇见我吗

小柳坐在我的身旁，我驾车驶过乌云，路上无光，车灯辐射的距离有限，我们如在漫游，很难确认方位。音响接连放了许多首老歌，小柳都会唱，每当我觉得她要睡着了的时候，她就会张开嘴来，哼上那么两句，有时唱完了会笑，有时则很委屈，像是马上就会哭出来了。我想到许多年前的一个夜晚，那时她在我家里，我们即将分别，奔赴不同的城市，小柳说，你不能忘了我吧，我的话还没讲完呢。我说，那你快说。小柳说，不是现在，在未来，我跟你还有很多的话没说呢。那天的黎明也如今日，人们想要拼命拖住这个失落的夜晚，使之长于任何的时间，可清晨终将到来，最初的光落在一滴露水上，之后是另一滴，满地的闪烁与晶莹。加速，再加速，如同不息的演奏，经过月光、岸与峡谷，我把车开到山下，摇下窗户，凉风将黑夜彻底吹散。小柳前一秒还在梦里，现在已经醒了过来，晃晃脑袋，开门下车，舒展身躯后，立即警觉起来，脊背微弓，眼目发亮，如野兽归巢。她对这里无比熟稔，不需辨识，引领着我，沿溪流走去，从清晨直至正午，岳桦林在不远处庄严地望着我们。

穿过风口与瀑布，向下的道路如约而至，出现在我们面前。那是一望无尽的森林，生长在断陷谷地之中，数万年前，火山锥喷发，山口断裂切割，地表塌陷重塑，谷壁悬垂，古树错落有致。

入口的小径旁斜放一辆破旧的自行车，后座驮着个泡沫箱，无人值守。我看向四周，除我和小柳外，一个人都没有，此处已非游区。自行车是飞鸽牌的，主梁生锈，挡泥板短了一截，当年我妈也有一辆，后来丢了，那天她哭着回的家。整个晚上，她坐在厨房里，不开灯，一直念叨：就放在商店门口了，也锁上了，怎么就没了呢，前后不到十分钟，买瓶胶水的工夫。胶水是我要的，第二天上课要用，软塌塌的塑料瓶装，不小心就挤满一手，很难洗去，干了后才能弄掉，像一层层透明的新皮，怎么也蜕不干净。到后来，我妈换了一句：我锁车了吗？你说，我锁了吗？真记不清

了，老了啊，我老了。我爸听不下去了，一瘸一拐地从屋里走出来，耷拉着眼睛，打了我妈一巴掌，我妈这才闭嘴。那是我第一次看见我爸动手，打完之后，他又慢慢挪了回去，躺在床上，拧开收音机，里面全是杂音，什么也听不清楚。

我跟小柳说，我不怪我爸，我妈也不记恨，那时他刚办了残疾证，还不太能接受。小柳问，你爸怎么回事？我说，没怎么，厂里搞改制，工人聚众闹事，其实也不算，就是搬个小板凳静坐，不开工也不动弹，安安静静，遍布灰尘，像一株株将死的植物，他反而急了，拎着大喇叭爬上吊车顶，对着大家喊话，劝大家冷静，不要意气用事，目前的这种行为属于破坏生产，留个案底犯不上，务必放心，厂里一定会给个说法。其实他心里明白，哪有什么说法，无非缓兵之计。喊到一半，有人偷着晃了几下车杆，他一个栽歪，从上面摔了下来，好在不太高，底下有线圈拦着，只落了个残疾，不然不好说了。他倒在地上，半天没人管。喇叭还握在手里，他想说点什么，拨动几次，里面传出来一段悦耳的音乐，我的情也真，我的爱也真，月亮代表我的心。多少年了，我喝完酒跟朋友去唱歌，但凡有人点了这首，我听后立刻上头，一步也走不动，就是个吐，根本止不住。小柳说，我想起来另外一首，对我也有类似效果，以前你发给我的，里面有句歌词写得好：是谁出的题这么地难，到处全都是正确答案。我老在琢磨，是谁呢。你说说，谁呢。

我翻遍裤兜，掏出全部的硬币，丢入自行车筐，从泡沫箱里取来两个雪糕，一个递给小柳，另一个自己吃，我们向着深处走去。林间栈道狭窄，两侧树木密集，

不时拦住去路，我们辨不清方向，只感到一直朝下，指示牌越来越稀疏，没多久，就见不到了。小柳走在前面，我跟在身后，雪糕吃完了，她叼着棍儿转过头来，跟我说，我记得你爸。我说，是吧。她说，你都忘了。我没说话。小柳说，小时候我连你家都去过，玻璃柜里摆着一条狮子狗，手掌大小，毛茸茸的，还会眨眼睛，睫毛弯弯的，特长，没错吧，你未必记得了。我说，我也老了。小柳说，我妈就是那天走的，我永远也忘不了。春节前几天，我爸要领我去你家吃饭，说厂里领导接待，我妈给我换了好几身衣服，穿了脱脱了穿，那天暖气烧得特别好，我热得一脑袋汗，临出门时，我妈还给我化了妆，口红在脑门儿上点了个红点。我说，庄重。小柳说，我问我妈，你不去吗？我妈说，不去，她还有事儿，我说，妈，我要是想你了咋办，能回来吗？我妈说，想我了，你就打个口哨，还记得吗？我教过你，楼前楼后的，我听见你的口哨，知道你待得没意思了，我就去把你接回来。我说，你妈会吹口哨？她说，吹得特好，不管什么歌儿，她听一遍就能吹出来，可聪明了，学什么都快。我说，你得以遗传。小柳说，我可比不了，一辈子赶不上，我爸带着我去了你家，没过多久，俩人就喝多了，听不明白在说些什么，我去屋里找你玩，你也不跟我说话，我想看会儿电视，你不让，硬说费电，我家没电视，我特别想看一会儿动画片。我说，哦，原来是这么回事儿。

小柳说，那天我待得实在没意思，就在你家窗户上用手指头画画，玻璃上了一层霜，按上去有点凉，我先是画了一个太阳，边上有几朵好看的云，太阳底下是棵大树，还有座小房子，上面竖着一个烟囱，一朵朵地往外吐着烟雾，跟云彩融为一体，然后我又画了一只大眼睛的小鸟，在云雾里飞行。我说，我一点印象也没有了。小柳说，你看我画得高兴，自己不乐意，爬上窗台，硬是把窗户打开了，没过一会儿，我画的就消失了，玻璃也花了，结上了一层厚厚的霜。我看着我的画，气得不得了，哭了半天，再也不想跟你玩了。我说，对不起。小柳说，当时我很想我妈，想回家，记起来临走时我妈的话，朝着外面吹了好几声口哨，我心想，等我妈来了，我跟她告你一状。可惜，等了半天，我妈也没来，忽然，我听见了一声哨响，屋里飞进来了一只鸟，天啊，跟我画得一模一样。那只鸟是我想象出来的，根本不知道居然有一模一样的，我看了半天，也不哭了，有点害怕，就往你身上偎，这时候你表现还行，挡在我前面，不让它靠近。我说，大是大非面前，一贯立场坚定。

小柳说，那只鸟先是落在日光灯上，又落到地上，绕着我们俩来回跳，好像要跟我们说点什么，过了好一会儿，我也不怕了，伸出一只手来，它就飞到我的掌心里，轻轻啄着，它的嘴很尖，嘴角的绒毛又很软，我感觉很痒，忍不住笑了起来，想往回缩。我说，小柳，还往前面走吗？过了好几个岔口，我已经记不清我们的来路了。她说，可我就这么捧着那只鸟，它在我手里，不飞也不叫，偶尔展开翅膀，遮住我的手掌，又迅速合拢，昂头望着我，眼睛一闪一闪地。我跟它玩了好半天，直到外面放了一挂鞭，它好像被惊到了，从我的手里飞开，落在窗台上，看着对面的那座楼，我家就住在那边。

我说，我的手机没信号了，时间也不对，老在变，你知道我们此刻在哪里吗？

小柳说，你听我说完啊，我还有很多话没跟你说呢，那只鸟停在那里，看了看窗外，又扭头望向我们，眨了眨眼，一副依依不舍的样子，我知道，它这是要走了，真没办法啊，我还没玩够呢，它向着窗户跳了几步，又看了看我，这时候，我发现，它的脚踝上系着一个红色的圆环。不知为什么，我一下子就失控了，疯了似的，大叫着扑了上去，根本不管外面有多冷，也不管那漆黑的一片到底是什么，就想抓住那只鸟，只顾着往上冲，胳膊都伸到窗户外面了，使劲扑腾，你从后面一把拽住，死死抱着我的腿，我边哭边喊，可怎么都没用，没人听得见，鞭炮声响了很久，折腾了好一会儿，你把我拉回地上，一手锁严窗户，另一只手一直拉着我，不敢放开。我像丢了魂似的，不知怎么回去的。从那天起，我再也没见过我妈，我不问，我爸也不说，后来那么多年，就是我们两人一起过的。我爸去世之前，跟我说了件事情，说当年他没去乌克兰，也不是没去，去了没几天就回来了，跟当地的人发生冲突，有过械斗，打得头破血流，不敢往上报告，偷着溜走，从基辅辗转回到国内，他们一行好几个人，怕被厂里处分，没敢直接回来，在南方待了好几个月，风餐露宿，后来扛不住了，有的去广东找亲戚，有的换了个身份打工，他没地方去，在码头干了几天活儿，春节前夕，实在想家，忍不住跑了回来，临走时，在车站买了一串红色的手链，十几块钱吧，不贵，买了一条火腿，硬得跟石头似的，没法吃，只能用来掩护。我妈很喜欢那条手链，那几天一直戴着，一秒也没摘下来过，我当时看见那只鸟踝上的红色圆环，就以为是我妈，来看我最后一眼，就飞走了，再也不回来，

像夜晚的一颗星星，越来越黯淡，流着泪放弃了我。

我问，你妈去哪儿了呢？小柳说，当天回去后，我不知道睡了多久，反正醒来时，我爸妈都没在，我奶在我身边，给我的新棉裤又续了一层，说是摸着薄，不压身，怕不暖和，我奶陪着我过完了整个春节，直至开学，我爸才回来，也不跟我说话，问什么都不说。所以，我爸走的前几天，我问他，到底是怎么一回事，他跟我说，当时回来后，他把发生的事情都跟我妈说了，我妈没说什么，让我爸陪她回一趟老家，她住在这山里，自己当年一步一步走出来的，很多年没回去了，有点想念。那时的火车开得慢，赶上春节，他们站了十几个小时才到，一下了车，我妈仿佛重新活了过来，如鱼儿入水，鸟儿回到树林，无比自在，我妈在那边没什么亲人了，有一天他们去林中扫墓，我妈哭了半天，他去旁边抽烟，看了半天山间缭绕的云雾，着了迷，眼睛松不开，等再回来时，我妈已经不见了，他自己一个人找了两天，山上山下，除了松鼠、野鹿和山雀，什么也没找到，只好一个人回来了。我说，所以，你来这里，是想再找一找她。小柳说，不，没这意思，就想看一看，我爸最后说的，是他当年去乌克兰时，本来没想回来，他跟厂里的一位女同事关系很好，对方是坐办公室的，定生产计划，也懂会计，两人小时候就认识，也谈过恋爱，后来分了，家庭原因吧，我爸成分不好。两人都申请到了出国名额，私下也已定好，去了之后有机会就跑，准备一直待在那边，两个人在一起过日子，怎么也活得下去，厂子不行了，回来也是死路一条，这点当时谁都知道，普天之下，只有你爸不这么认为，

给了个领导，真当成一回事儿了。没承想，刚去没多久，就出了这么个事儿，我爸连夜跑的，没来得及通知那女的，其实他有点反悔，想到我，想到我妈，总归有点不舍吧。对方应该很失望。这么多年，他也写过几封信，没寄出去，就锁在家里。她没再回来，后来说是入了教，嫁了一个华裔工人，祖上过去的，运河士兵出身，参与过白海－波罗的海开凿工程，死后一家人都埋在河床上，我找了很久，如今她也不在了，被葬在岸上，水声潺潺，在彼处长眠。

小柳说，这些事情，我妈知道的比我爸认为的要多，我爸压在心里半辈子，跟谁都不讲，等于只听过死亡的序曲，不懂得复活的规律，如一只冻僵的鸟儿，我俩加起来，就是一队走失的鸟群，没人把我们捧回家里。我妈飞得那么伤心，那么远，以一种真切的距离来确认存在的答案。我想，有时走入山里，步入林间，不是为了迎接消失，而是承纳一种比命运更长久的事实。小柳说完后，我想了很久，想问些什么，还没说出口，就被数棵巨大的云杉封住了去路。枝叶向着四面辐射，形成巨大的半弧形，将我们围在其中。灰色的树皮如干枯的鳞片一般开裂，无数鸣虫蛰居期间，发出晦涩的叫声，树下有几座石碑，字迹难辨，向着同侧倒伏，风从一个方向不断吹来。我说，小柳，这是她消失的地方吗？小柳抬头看了看，我依着她的目光望去，远处是连绵的群山，顶端泛白，中部为褐色，那是无边无尽的冻土地带，禾草、地衣与苔藓构成了全部的色彩。小柳不说话，转到身侧，轻轻拉住了我的手，那一刻，我感觉到了时间、未知与爱，非常具体地来到我的面前，从未想过，它们竟是同一种物质，那么宽容，那么柔软，与飞鸟、树和群山以均等的速率向前流动。周围并不昏暗，尚存一点点虚弱的日光，如果说有什么时候接近于永恒，也一定不会是现在，此刻我们位于漫长的河畔，如同废石，如同暗藻，过去与未来的水影在此绵延。我唯一能确定的是，夜晚即将降临，昔日的声声呼唤安眠于清水似的岁月，一切陷入长久的寂静之间，而这一次，飞鸟不会忘记我们，星星也从未放弃我们。

思 凡

朱 婧《青年文学》2024年第4期

推荐语

《思凡》在交际模式翻新、网络暴力泛滥等广阔的社会新变背景中，呈现当代女性生存的逼仄，同时在越界、反抗、欺骗、求真与共谋交织的罗生门中，锤炼女性意识的批判与自省。小说的语言精简而古色斑斓，嵌入传统戏曲剧目《思凡》使得这一潜在文本与小说的人物、情节构成丝丝入扣的呼应。作品结尾余音绕梁不绝，那是对悬置法律与道德判断的反讽，在人性灰色地带的徘徊，抑或向生活中巨大的不可知性的致敬？（金理）

李婷电话过来时，是一个周五傍晚，我上完课，在开车从大学城返回主城家中的路上。

青灰暮色在车窗外渐渐降临弥散，路灯的光影投映车窗，有一种昏沉安详。我们久未联系，我与她高中时上下铺，读研时会合在同一所大学。她毕业留校在校办，我去了外校读博后又回来教书。两人虽不算熟络，总比一般人了解彼此。接通后她清晰明朗的声音在车内响起，直截了当道出话题。

"郑老的事情你知道了？"

我停住片刻应声："嗯。"

"这件事情宣传部问到了学校。校长的意思，要认真查，但不能采取一般形式。要接近真相也要保护学校和郑老。所以不走纪律委员会的一般程序，成立独立调查小组，直接对校长汇报。我就举荐了你。"

"我离开他们专业很久了，很多情况并不了解。"

"你硕士跟的郑老。我想事关你自己导师，但又有一定距离，你会负责也会客观，所以举荐你。"

我沉默未作回应。

她却语气果断不容我犹豫，或也多少有几分因情势迫近，直道："相关资料我邮箱传给你，你先赶紧看一下。"

跟随郑老读书已是十五年前的事情。大四时，我获得保送资格后选择跨校申请，因为目标学校等级高于我的本科学校，所以选择了冷门的戏曲专业。面试当日，现场有三位考官，一位面容清癯的年长者坐中间位置，显然主考。他先是问得极仔细。"昆曲《昭君出塞》和京剧《汉明妃》，它们之间有哪些相同，哪些不同？""对于鲁迅的《伤逝》改作昆曲你有什么看法？"我心下紧张，努力有问必答。渐渐，考官身姿松弛，问题近于闲聊。他问我："你喜不喜欢国画？"我说喜欢。他便又问："明清两代大画家的作品，都欣赏过谁的？"我说爱看石涛、八大山人的画。他再问："对中国的瓷器懂不懂？"我说懂一点，青花、粉彩都接触过一些。他追问："你懂不懂中国的丝绸？"我迟疑摇头，他跟着摇头，说："中国戏曲的服装是很讲究色调搭配的，不研究是不行的。"问答到此，他面上已是愉快宽和的笑容。最终我得以顺利录取，名次给到了专业首位。我后来才知那位主考即是郑老，郑老是那一年被中文系引进的，我也成为他在本校带的第一届研究生。他当时声名正盛，后来终成巨擘。

回到家，孩子不在，室内安静异常。小猫绕着我的脚前脚后走了两圈，我给她添了干净水和猫粮，去洗了澡。出来吹干头发，盘坐沙发，她过来卧在我旁边，我探手摩挲她，直至她发出愉快的连续呼噜声。我打开电脑，她绕到屏幕前来回走了两趟，肚腹毛发拂过键盘，拂过我落在键盘上的手，我轻微施力引导她离开。刚准备工作，微信电话又响起，接通是孩子欢悦明亮的声响，喋喋不休讲起爷爷奶奶新买的清道夫如何占据了旧的清道夫的居所。安抚好孩子和猫，进入邮箱，打开李婷发过来的资料。浏览郑老出事那天晚宴宾客名单时，我看到了一个熟悉的名字。

周六中午，我与C老师在避风塘约了午饭。我准时抵达，她却早已到了，正翘首以待，一眼看见我，向我热切招手。我与C老师认识多年，本科时给她当时所在的刊物写稿，一直得她照顾，她后来退休离开，我们也没有断了联系。C老师端庄秀美却多年单身，我年纪小时对她欣赏也好奇，也冒失问过她为何不去结婚，她总不置可否。是在退休前，她告诉我她结婚了，并很快去了异地奔赴丈夫一同生活。我因是后辈，细节总不好多问，只是祝福。十年过去，也是近期我得知她的先生去世，她从外地搬了回来。再见到，她看着憔悴些，态度沉毅一如既往。我约她的信息里已说明事由，她也很快将谈话切入主题。

C老师告诉我，她是郑老的师妹，不过因不在高校，不做专业，就和他们联系不多。那次郑老回来，组织宴会的人邀请她，说是郑老点名的，她有点高兴，又有点惊讶，后来又想，那时候她的先生刚刚去世，许是郑老听到一二，是喊她出来见见人散散心的意思。

"那天聚会的主题是给郑老接风？"

"那次是他回你们学校参加博士论文答辩，他的一个学生安排了宴请，那个人博士毕业后在一所高校工作，出席的人员也是他安排的，多数是郑门学生。"

"涉事的女孩是什么身份？"

"其实有两个女孩参加了宴请，是郑老在你们学校带的最后两个博士，还没有毕业，不过郑老离开后转入了其他老师名下。"

"当时是怎样的座次？"

"郑老在主位，左右分别是两位已经工作的男博士，那个女孩在右三，我在右四的位置。"

"所以您和那个女孩其实坐在一起？"

"是。"

"这个座位排得不太对。应该您的位置更靠近郑老。"

"那两位男博士的位置是我让的，我不能喝酒，就让他们坐近些陪着郑老喝酒。"

"郑老是能喝一点的。"

"对啊，他的酒量大家都清楚。网上说酒后失态倒不至于。"

"您和那个女孩的座次也不太对。"我指出。

"也不是。"

C老师简短回答，表情似有犹豫。再缓声说，出事后回想当时，自她礼让座位后，他们就再没有客套，宴会主人理所应当地将那个女孩安排在了右三。而另一个女孩被安排在最外面上菜口的位置。

"这两个女孩是同一级，但身份一开始就被认为有所不同？"

"是。"C老师抬头深深看了我一眼。

"她好看吗？"我直接问道。

"年轻人没有不好看的。在我这样的老太婆看来。"C老师笑道。

我止住她："老师您不能这样说。"

C老师却停下话题，讲起了其他。她第一次同我具体说起她的婚姻，讲了和丈夫如何交往认识，结婚相处到他生病去世的始末。

"我们结婚太晚，各有各的习惯，是很难改的。"C老师怅然说，"我们睡觉都睡两个床的。老虞去世前，那会儿住院，他老要我在病床前，不让我走。我一离开就要找我。老虞说，结婚十年，我总不愿意和他待在一起，我现在想起来，是很难过的。"

"其实不是这样的，我就是一个人待惯了。我一贯独立，不喜欢依靠别人。年轻的时候插队，建水库担土挑泥，男的挑多少，我就要求挑多少，走得也不比他们慢的。"

当时C老师有豪情写《水利歌》，"千军万马修水利，挑泥挖土快如梭"。诗登了报，她因此被选去了报社，后来又读大学到了省城工作。青年时一心向上，年纪大了过了适婚年龄，她原先就不打算结婚了。丈夫曾追求她多年，她退休前后才认真考虑和年长自己十岁的丈夫结婚，也是为了相伴过老。丈夫单身已久，经济情况很不错。结婚前，她为避人闲话，让丈夫把大部分房产和公司股份转给他前面婚姻里的女儿，只留下一套房子养老。她说她自己有房产，有退休金，不用贪慕什么。C老师说起，她在异地没有什么亲人朋友，丈夫原先圈子里的那些朋友，在他走了以后，多数还是很关心她的。但也有人无聊，深夜给她发些色情图片视频。她不好恼火，只好不作回复，后来到底处理了房产，搬了回来。我惊异那些人何至如此无聊，C老师倒是淡然，说她这个的年纪的女性，在男性眼里，其实已经是"无性"的。他们还肯花时间心思去撩拨你，觉得是恭维你。你去撕他脸皮，自己倒显得矫揉造作了。我压下郁结没有再说什么。

李婷传过来的资料中，有那个女孩身在的各种合影，有数张郑老也同场在镜头里。照相中，那个女孩身量颇高，装束玲珑，眼神极好，凝定明亮，嘴角总有笑意。女孩自然是好看的，尤其那种坦然自信，独属上个世纪最后十年出生的青年，有充分的自我关注养成的骄矜，生在被科技和速度拉平的同一个世界，近在咫尺的蜃景亦容易催动无法拒绝的欲望和野心。郑老总是在照片的C位，第一排或站或坐的中间位置，他的轮廓样貌看着与多年前比没有太大变化。十五年前，郑老还不被称作郑老，我们见到他恭敬称一声郑教授。郑教授著《南北梨园史略》《中国戏曲论丛》，举凡各剧种的发展和嬗变，各声腔的源流和走向包罗其中，为专业学生入门必读。他勤奋文章，著有数十册戏曲文集，文风朴实，造诣颇深。他讲课语声醇稳，游刃有余。中文系最大的阶梯教室，他的课每每安排在那里，也还常有学生站立着听，听满两个小时，似也不觉得累。

尤记得一个午后，戏剧选课，他讲《拾玉镯》。青年傅鹏在孙家门口碰见了做针线的孙玉娇，互生爱慕。傅鹏故意遗玉镯一只以为试探，玉娇含羞拾起，二人行为心思为邻居刘媒婆窥见，与玉娇调笑一番，应允为之说合。郑教授扮玉姣做鞋，捻线报线，举体皆似，或在眉目，或在鼻口。他说："这出戏怎样是好呢？调情拾镯，处处点到即止，决不浪泼于台，足称大方才好。"他演傅鹏，站诸台上，双目四射，只道："她若拾去，这姻缘就有八九了。"惊、喜、盼，因缘恩遇，情挑动人，台下低言嘈杂为之一扫，静可拾针。他有一头稠发，抖落在郁悒深目，半数已白。午后阳光穿过窗棂，细碎地洒落在他的身上，像贴了金身的造像。

郑老前年从学校退休后，被H大聘作客座教授去了外地工作。一次回来，郑门弟子安排了饭局，赴宴的一个女孩，也就是C老师说到的他原先的女博士，在微博发声，称郑老席间饮酒过量，行为失态，对她多有迫使，令她蒙羞。博文写道："他第一次是在我面前半跪，对我背淫词艳诗。我很难堪，但碍于情面并没有说什么。后来他与我身边的男博士换了座位，坐到我旁，强行搂抱，更将我拖至包间外，意欲独处。幸亏有一位年长女性老师在席上，前去探看，带我离席，才没有发生更糟糕的情况。"

这事件初在微博上起，后来蔓延至各社交媒体资讯平台，引起轩然大波。郑老比那个女孩年长足有三十多岁，事件爆出后，舆论哗然，声音最大即讲他"老而无德"是为贼。网民涌到H大和本校官微要求给出官方说法，学校调动各种方式控制舆情也不能作用。事情激化之处在于，郑老一反常态地态度强硬。事情曝出的第三天，他即接受媒体采访，称举报女孩多有谎言，其一，他和她并非她所说的普通师生关系，曾经一度联络密切，可称忘年交。在她考博申请阶段，也常与他交流，获取指导帮助，直至顺利入学。他以为是关系亲密的学生，所以才言辞放松。所谓淫辞艳诗其实是耳熟能详的曲文，专业学生无人不知。二则，所谓搂抱强行带离包间，是她主动搀扶，他未曾拒绝，由她送至洗手间，因当时两人有一些私人话题要谈。然而郑老的解释反而引起更激烈的讨檄，网民多数并不相信郑老所言，郑老有一些客串剧照在网上，被人PS成白面丑角扮

思凡

相。郑老恼怒，欲提告那个女孩损害名誉罪，不料那个女孩先向学校提出对郑老的调查要求。说她并非第一个受害者，可联合类似经历的女生联合署名为证。正是在事件白热化中，学校组织了独立调查小组，李婷找到了我。

我硕士阶段跟随郑老做的明清戏曲，读博换到了文艺学，后来多年在新专业深耕，和原来专业疏远已久，人事方面更不清楚。读研期间我也不是活跃的学生，和同门师兄师姐几无联系，在场的竟没有一位我熟悉的人，情况与李婷的判断和预期，其实有所不同。我很难说能从名义上是我的同门的几位男性那里获得真实信息。所以寄望于当时现场唯一可以说立场独立的女性C老师。何况她也是提起举报的女孩口中的"拯救者"。而另一位在场的年轻女博士从最开始就立场明确地支持郑老，表示"现场没有发生任何不妥当的事"。

我继续问C老师："她后来有联系您吗？"

"其实并没有。"

"按说您帮助了她，她没有感谢您吗？当天您和她一起离开时，她情绪怎样？您有没有送她回去？"

C老师告诉我，她在卫生间门口见到那个女孩和郑老时，他俩并没有醉态，也没有身体纠缠，其实是站在那里说话。女孩一脸不悦，或者说是不耐烦，紧张害怕倒并没有。

"那您为什么要带她先走而不是把她带回席上？毕竟饭才吃了一半。"

C老师说，因为她看到谈话间郑老伸手去拍搂女孩，女孩敏捷地躲闪开了，郑老去拖她的手，女孩由他握了，并不显得生疏，但面有不快。C老师心里已经觉得不妥，就上前假意说自己有点头晕，又说女孩面有赤色，看起来也喝多了，不如一起回去。郑老没有挽留，只是嘱她们路上小心，就自行回了包间。C老师带女生回包间取了私人物品，与一众人等道别，他们倒是挽留了她俩，但也不坚决。到了饭店门口，她们站着等车，C老师是想拦出租车一起走的，不想那女生早在打车软件喊好了网约车。饭店出来是快速路，不是很好打车，网约车更快到达，所以女生是自己先走的。

"现场还有什么您印象深刻的事吗？"我追问。

C老师想了想，对我说："她不是淑女。"

我问这是什么意思。C老师说："你记得吗，你以前说过，郑老严苛，会在课上品评一些戏曲演员。比如某人念白动听，某人场面不得法。有一件我印象很深，你讲过他说某女演员唱花旦却两腿丫叉，档似城门，令人惊恐。"C老师说那个女孩就是这样坐姿，人的行为举止多有习惯，是很难伪装的。

"但郑老喜爱她。"

"是啊。别说郑老，我也喜爱她。"C老师感慨。她讲到那天女孩坐在她旁，着连衣裙，裙长合度，至膝下，且穿黑色丝袜打底，其实得体。席间，大抵是感觉丝袜有滑落之嫌，女孩捞起裙摆，向上拉抻丝袜。C老师停下片刻，继而对我说，她见女孩一截大腿露出，秾纤得中，动人心魄。女孩并不是故意的，但也并不忌惮这种种无意。女性见到尚且心颤，难以度量男性的观感。更兼说话间轻嗔薄恨，载起载伏，喜怒哀惧，由全身泻出，怕是顽石也要点头。

C老师说郑老犯下的是蠢行，他被她迷住了，陷入一种晕乎乎的状态。C老师以为这段关系里那个女孩是清醒的那一方，她说："算一算这个女生其实也年过三十，以我年轻时候的认知，三十岁是完全可以成熟处世的年龄。"她说她十六岁下乡插队，和另一女孩寄住在农民放谷物的仓房，吃饭做工和乡人无有差别，从未自怜。"你们这代人，尤其更年轻一代，不管多大，自己把自己当小孩。于是要求越多，自己愿意承担的越少。"她指出如果那个女孩本意是就事论事解决问题，是完全可以找中间人与郑老私下交涉的，女孩根本就没考虑过这一步，只觉得自己遭遇不公，不认为自己有责任，才直接举报。C老师说席间她也看到听到，女孩不惮于玲珑交际，懂得以低姿态迎合，后来又控诉受到欺辱，未免矛盾。年过半百，著作头衔颇丰，门生一众的男学者，已化身权力制度的一部分，所谓捷径背后的危险洞然明了，自当谨言慎行，步步退让的左右逢源只会姑息出于人于己的恶果。

　　C老师言谈笃定。我一些话想说却不能说。我与C老师亲近，但多年与她相处其实并不敢松懈，怕言行有失让她失望。一些困境也很难对她道出，并非不信任她，而是知道她有坚定执拗的内在，故常作冷峻评判。年长女性是无性的，因为她的身体由性价值来判定；年轻女性应避免让自己陷入危险，因为她的身体作为欲望对象存在。我无法知道这必须寄居一世的身体，是否真的属于自己，也不懂得不能向在高位者说不，难道只是因为个人的软弱。

　　饭后，我送C老师回去。她的住处在饭店步行十分钟距离的一个小区，小区背临一处城中河道，岸边垂柳，甚为幽静。周围是老城居民聚居地，生活极为便利，超市、菜场、医院一应俱全。我陪她上楼，见到客厅处处还蒙着遮挡灰尘的报纸，尚未整理好。她掀起沙发上的几张旧报纸，想让我坐下，我扫过报纸上的日期已经是十年前。那一年夏季奥运会在伦敦举办。我记得开幕式上英女王以"007"中邦女郎的方式由直升机跳伞出场，令人印象深刻，开幕式上也出现了百年前英国女性参政议者的形象，求取平等的道路漫长，今日很多看似平常的权利不过是百年内所发生。也是那一年，"好奇号"着陆火星的沙丘，飓风"桑迪"席卷加勒比海，这个世界的厄运和灾难在两性之间并非不平等地抵达，如果存在希望和共济，从不是靠抑制带来的匮乏和伤害。客厅不在阳面，下午也略微阴沉。透过客厅隔断向内看去，卧室的阳光却极为明媚充沛。我问她："你怕不怕老？"她抚我手道："我已经老了。"我却心酸，摩挲她的手背，问她："老师，你怕孤单吗？"我们相识多年，似从未如此动情说话，师长面前，我总怕失仪，也养成了克制本领。她告诉我："我不怕孤单。"眼睛却并没有看向我，茫茫投向某个远处。

　　到了周一，李婷又联系我，说情况有变，郑老那里提供了一些有效证据。包括在旧手机上找回的他前几年和女孩微信聊天的记录，包括他和女孩同去看戏的票根。那段时间，郑老在本校工作，女生在另一所学校读研，欲考本校博士，两人多有联系。

　　李婷将聊天记录转发给我，内容并无很多不妥，交流观戏感受较多。那个女孩极为敏悟，品评精准。比如说某个演员嗓音不佳，但口齿清脆，有咬嚼，能使字字送人耳中。我心下也极为认同。她趣味也较为殊异，称最喜《大劈棺》《双钉记》之类女性角色有强烈性格的作品。她的很多见地得郑老激赏，郑老忘年交的总结，也不为虚。

但两人也不能不说亲密过度。网络世代的通讯工具带来轻松快捷的交际模式，高效和隐蔽性也同时实现。表情符号这种社交润滑剂，更容易成为一种试探工具，一个来自表情的拥抱很难去苛责越界也很容易成为某种关系演变的起点。表情符号可以送出后，语言似乎也就可以表达。现实中会警惕的界限很难在社交网络中坚守，而且底线轻易下滑。当看到郑老撒娇地向对方说"要抱抱"，对方回应"只能一下哦"这样的来去，我不知道当时帮着找回数据的郑老的儿子会作何观感，还是已经与时俱进地认为这不过是网络幻术的一种，总能轻易利用欲念调动幻觉。

如果网络聊天可以抱抱，现实中是否可以？心领神会的默许和不甘不愿的敷衍哪个更接近已然建设了亲密关系的成年男女之间的真实？谁在说谎？谁在误解？谁在受辱？大量的羞辱性语言仍然在每天抵达学校的官网，戏剧戏曲相关的各种流量大一点的官微，如剧团剧场官微，甚至售票平台的官微都被攻击沦陷。在下一个网络热点到来之前，这是所有相关的人需要经历的煎熬。各种对女孩身份的猜测、曝光也开始大量出现。有人扒出来她本科出自某三本院校，却极为难得获得保送资格进入了一所211大学，直至因郑老的缘故，来我校读博，把她标签为学术姐己。不同观点立场的网民之间激战，则是这个事件的必然性产物。H大迫于舆论压力，先行发布了公告。称与郑和玉教授是阶段性合作关系，目前客座教授的聘期已结束，不再续约。我校迟迟不出公告，站在了被骂的最前沿，网民种种智慧在愤怒中被激发，极尽嘲讽挖苦之辞。我联系了郑门的大师兄问情况，他告诉我郑老已从H大回来，停掉所有工作，居家生活，他们也劝他远离网络，不要看留言，也不要再作任何回应，主要是怕影响他的健康。郑门无一人发声，集体的意见是越不回应事件越容易消歇。

我尝试联系那个女孩约着见面。她回复我为安全考虑，目前不想和任何郑门的人接触。我说我离开很久，谈不上和郑门有多少关系。她突然问我："你当时为什么没有跟着郑老继续读博？你回答我，我就和你谈。"我说："你同意见面，我就回答。"

见面地点约到了图书馆。因图书馆需要刷校园卡才能进去，外人不可入，我与她都觉得安全。寻求清净的说话地方却不容易，我们绕了几圈，找到馆内的一处隐蔽的楼梯，这是连接二层和三层办公室的内部楼梯，原是方便工作人员上下走动的。我用教工卡刷了工作人员通道，领她进去。

两人站在水泥楼梯说话，我不算矮的，她却高出我大半个头，令人气短。见到细观，她容貌端正无瑕，一双眼睛尤其生动。C老师说她轻佻，在我看来，所谓轻佻不过是少些拘束，也有真率。

她直接问我："我从来没听过你，同门没人说你，郑和玉也没有说过你。你是十几年前跟他读硕士的，后来读博却换了专业，你为什么不跟他读书呢？这很不合理。"

"我就是更喜欢文学吧。"我简单回应。

她满脸不信地看着我，追问："听说你博士延期了两年才毕业，找工作也不顺畅，先去了一个小学校，后来才调入我们学校。何苦这么折腾，就为了读喜欢的专业？我不信。"

"你喜欢《大劈棺》，你应该知道《庄子休鼓盆成大道》，知道《叹骷髅》。你喜欢《大劈棺》，我喜欢《叹骷髅》，你问人性，我问生死，那么学戏剧，知程式、勘版本，对我来说就不太够了。我想更开阔地去学文学和哲学，所以我去读了文艺学。这是真的。"

她似乎勉强接受了我的说辞，同我说起了事件相关的一些具体。她是一次去听郑老的讲座加了他的微信的。后来因考博事宜开始与郑老联系。她本以为大佬们都很忙，一开始与他说话也拘谨客气，很快发现郑老回应积极，会聊天，也爱聊天，全不像他这个年纪的人。当时两人在不同学校，只是网络聊天，并无线下交往，文字来去没有负担。渐渐就聊得密切了。期间郑老亦给她寄送不少礼物，包括他青年时代读书时用的《杏林撷秀》《旧剧丛谈》《名伶百影》这类古本，乃至早年在旧货市场收集的稀品全套《三六九画报》《立言画刊》等旧戏剧杂志都在赠送之列，后延至名家赠予郑老的书法等。她其实既不懂行情市价，也没当一回事，只是一味收下，免得扫兴。

关系的变化发生在一次线下见面。郑老约她一起看戏，剧院大门进去，有一处宽敞方场，票友一般都从四周的边廊直接走去剧场，较为便捷，所以方场一般都很空寂。那日去到剧院早，他们就散步到方场，因少有人走，地面砖石间长出一些荒草，夜空高阔，衰草虫鸣，他念着"鸣虫且勿想，双星有别离"，就将她向怀中揽去，她没有刻意抵抗，顺势其中。

"但是你知道吗，他的气味，他的身体，让我害怕。他的气味是浑浊的，他碰到我身体的胳膊是松弛的，在他怀里只觉得羞耻。"

"我其实没有准备，也没有打算同意，但就这样被他抱在了怀里。靠得太近了，他脸上的老人斑，眼下的眼袋，太清楚了。越看得清楚，越觉得羞耻，我不是讨厌老人，我是讨厌和老人这样联系在一起，不应该是这样的。"

"你说的吃饭那天他说的淫辞艳调是什么？"我问。

"他带着酒气，靠近我说'到晚来孤枕独眠'。"她答。

我心惊，那是《思凡》。

削发为尼实可怜，禅灯一盏伴奴眠；光阴易过催人老，辜负青春美少年。

小尼赵氏，法名色空。自幼在仙桃庵内出家，终日烧香念佛，**到晚来孤枕独眠，**好凄凉人也。

"他只抱过我那一次，后来再也没有。我举报他，不是因为那天晚上，是因为每一次和他聊天，他发抱抱，我就得给他回抱抱。每一次见面，他碰我的手，拍我的肩，摸我的背，我不愿意，也没有反抗过他。"

"他都离开我们学校了。再回来，还像以前那样，那么多人见怪不怪，甚至还带着笑。"

"我要举报他，是替第一次，和后来的很多次，我不愿意的时刻。"

她越说越激动，让眼睛湿润光亮的不是眼泪，而是一种悍然之气。她吐字清晰，在最愤怒时，也不带情绪自伤，才能如此控制语言和气息。这大概是她最大的力量，她不真正关心俗世规条，她唯一关心的是以自己为中心的故事，也必须要为自己的叙事找到逻辑,这是人日日生活下去的理由。

我追问:"你说还有其他人有这种遭遇,究竟还有哪些?"

她却颓然:"其实没有,我是故意放了话出来,想这样的话有这种遭遇的人就会来找我。郑和玉那样攻击我,我要让他再抬不起头来,但没有人来找我。也许真的只有我惹出了这种事情。"

"并不是。"我同她说,"人有非理性,你看这么多戏,这个道理应该最懂。"

"这些话你会告诉他们吗?"她问。

"有的会。有的不会。"我答。

我们一起离开图书馆,暮色已落下,顺阶走下去的时候,路灯突然亮了,那一刻让人晃目。我回头看她,灯光下她面孔上覆着细腻绒毛,我想起C老师说的鬟年稚态,她非鬟年,确实稚态犹存,漫长人世之途初启,很难说始终保持无咎。有远比她涉世更深的人早将交易的两端昭示给她,所谓轻媚的表演,也许不过是不知不觉走入步步为营的构陷。

回家之后,我的邮箱收到一封新邮件,标题是"一些真相"。打开看后,来信人一目了然,就是现场的另一个女博士T。T在第一次回应了"现场并没有任何不妥当的事"以后就隐没无声了。在这个邮件,T说因为我是师姐,所以要对我说些真话,怕我被蒙蔽。T有个特别身份,与那个女孩的男友是初中同学,知道一些事实。女孩与郑老关系密切之后,生出很多不便。她与男友同居,因为夜深与郑老多有聊天,需要两处瞒哄,心内焦灼,想出一法。常将聊天记录做些删减拆除,制造新的语境,用郑老发的消息哄住男友,说郑老纠缠需要应对,用男友发的消息哄住郑老,说追求者扰人总要应付。女孩也许原来想法简单,只为了方便,不料更引发郑老与男友的占有欲念,疑虑困惑,出事当日女孩在卫生间外与郑老争执正为此事。至于T为什么知道这一切,因为女孩的男友过来问T,自己的女朋友是否遇到狼师,气愤不过意欲揭发。而郑老又私下找过T,让T多陪着女孩上课自习吃饭,不要让她落单,以躲开身边的滋扰者。两边都给T看过聊天记录,以证所言不虚。T虽然由此知道事情全貌,却未向两边揭穿,觉得这是女孩的私事,没有必要。但女孩举报郑老后,T认为这是坏了师门名誉,一损俱损,不能容忍。T直道她作为近在咫尺的同学,很清楚女孩看似软弱,会讨好人,本质上又很难缠,事情的真相只会比自己知道的这部分更复杂。所以或替郑老掩护,或向我讲出"真相",是为"多数人的利益"。再年轻一些时,我大概会喜爱知道真相,喜爱戳破谎言和虚伪。就像在中学时,数学考试总以满分为唯一目的,认为这是一种智识挑战。后来我知道和数学的奥秘一样,人性存在神秘,而我的局限注定我无法完全勘破,更不敢自认代表真理或正义。我给T回了简短邮件,表示无意究竟此事,也认为再扩张复杂化事态引发不良后果,关涉的人怕是不能不承担责任。我相信以T能为"多数人利益"考虑的心态,应该也很懂得为自己的利益考虑。

我最后拜访的是郑老。

我到郑老的家中探他。我不是第一次去那里,但我不能记起那里究竟是在哪里了。我努力回想,十五年前,郑老开车载我去他家,再载我回学校的一路沿途。我记得车开出学校,经过学校旁边的公园,经过城墙外的河道,郑老家所在的小区,正依畔着河道。师母去世后,他一直未曾搬离，是为纪念。人说师母为人无欺无伪，待物处事亦极恭顺，于他事业多有内助，更为他养育一对儿女，可惜英年殒殁，郑老知天命之年即孤身，再未婚娶。十五年前的夏天，假期以前。郑老电话我，让我去他办公室帮他整理批好的作业，计算分数，载到登册上。当时还没有普及电脑操作，都是运笔计算手写录入，颇为繁琐，这些工作也多是我们研究生承担。事情做得差不多了，郑老告诉我还有一部分学生作业遗在家中，让我跟他回去一起整理好，如此一日事毕，不再拖延。他嘱我带好登分册，开车载我回去。我坐在了车的后排座位，没有落座副驾驶，还为他笑过，说那是领导位。当时我已经跟随郑老读书一年，对他诚然既惧且敬，惧的是师道尊严，如父如子；敬的是学问修养，高山仰止。郑老为人随和，与学生不设距离，尤其男生，偶或带着他们小饮微醺，畅意谈说，总令我艳羡。到楼下，楼梯层层上到七楼，他家占了顶楼的两层。入得室内，午后阳光晒得厉害，他落下挑高客厅的窗帘，客厅顿陷入一种昏暖。现代感的长沙发旁有几个藤书架，近旁是一个舒适的藤椅。这些书架与众不同，每架是四格，模样少见。他见我好奇，告诉我书架为先师所赠，并向我展示。书架上下各两格之间，有三个铁绊，顶上和脚下又有铁绊。原来打开来是书架，合拢来是书箱，顶上和脚下的铁绊扣拢来，再加上锁，就是箱子，搬动便当。如此存放阶段性工作材料时，既无须临时装箱，又无须仔细整理。书柜顶上还有铁丝，铁丝上有铜圈，铜圈系着布帘，可免书页被晒发黄。沙发前茶几上堆满了书，杂乱地摊着；还有小纸条、碎纸片，上面写着铅笔的草字，俨然郑老平日的工作场景。仅看着这书箱茶几，也知他熬过多少枯读岁月，那也是我当时如此确信和渴望走的路途。

他简单收拾了一下，领我落座沙发，拿来作业放在茶几上，让我继续计算登载分数。他在一旁藤椅上看书。室内极安静，只余我翻动作业纸，他翻动书页的声响，午后的安详倦怠袭来，我忍不住哈欠，眼泪涟涟。他抬眼看了我几眼，面有笑意。我知是不妥，倦意却难掩。他放下书，同我闲聊，讲起往昔。说他少年贪玩，看京戏，看曲艺，也看西洋电影，学过吹拉弹唱，也学了一手好琵琶，演过武生，扮过六旦。

忽的，他问我："你可看过《思凡》？"他说他青年时看过一位闺门旦演出《思凡》，再未遭遇，再难忘记。他说那是"七分觉醒，三分稚气"。

小尼赵氏，法名色空。自幼在仙桃庵内出家，终日烧香念佛，到晚来孤枕独眠，好凄凉人也。

小尼姑年方二八，正青春被师父削去了头发……

不觉，他坐到我旁，手伸过来触到我的面孔，他说："如你这般，亦喜亦嗔，如怨如慕。"他的手指修长轻软，很多次，我看着这双手将漂亮板书落在黑板，却不想此刻落在我的面孔，我几乎呆住，那手指抹去我脸上遗落的眼泪后，却停了更久时间。

他把眼儿瞧着咱，咱把眼儿觑着他；他与咱，咱共他，两下里多牵挂。冤家，怎能够成就了姻缘……

一年后，我面临毕业，郑老问我打算。我告诉他预备读博，但是想读回文学。他问我有无心仪的学校和老师，我告诉了他。他说他能联系上，可去拜托。那日说完话回去后，我收到了他的邮件，邮件这样写："你还是应该跟随我读书的。这是回归师生的唯一正途。我自信可以做一个好老师，你也应当相信我。"

最终我还是去了其他学校读博，也再没有和郑老有过联系。我难过的是以共识作为狩猎的诱饵，是对珍视之物的背叛。当我作为被想象的对象存身的那一刻，我被迫脱离和世界所有的联系，我没有历史，也并不被考虑未来。后来漫长的弥合缝补，是极其孤独的路。我并非怕强权，却被压迫在体面的牢笼。再大声，也无济已残破的内在。十五年过去，如隔世，又如只在昨日。

我开车按着记忆找寻，经过学校，经过学校旁边的公园，经过城墙外的河道，汇入车流安详前行也在时光里回溯。我把车停在小区外停车位，去到最近的水果摊，想选些水果带去。我正低头挑选，一位老人也到我近旁，伸出衰迈的手认真翻拣尚未被虫蝇追逐的完好葡萄。老人偻着身子，一头白发出奇丰长，纷乱披到了额前，如雪一般遮住了半个脸孔。我只消余光就能识得他是谁，我转身一步步稳住走回车中，却不忍再回头。

行将就木，尤恋青春。思凡，只为一念，不愿成佛，不念弥陀，般若波罗。那场夜宴，是谁羞耻？是那个女孩，还是我师？

回去的车上，我接到李婷的电话，她声音轻快地告诉我，根据流量数据分析，郑老的舆情即将过去。因为某地街头刚刚发生热点新闻，已引发了新一轮热搜。

木棉或鲇鱼

李修文《花城》2024年第2期

推荐语

　　李修文磅礴细腻的叙事中充满深爱与激情，雷霆万钧的笔意里尽显生命的狂欢。小岛和飓风，两男与一女，过往与当下，梦境与现实，内心风暴与户外狂风，构成一部奇特和谐的生命诗剧。（徐坤）

　　即将登陆的这场台风，菲律宾给它起的名字，叫作木棉。可是，这名字冒犯了老挝的一个少数民族，音译过去，恰好与他们膜拜的一位神灵同名，因此，老挝气象局打破惯例，自行给它起了个名字，叫作鲇鱼，意思是，这场台风，就像河底的鲇鱼，以淤泥、腐殖和小鱼小虾为食，是不洁和令人厌弃的。不用说，于慧的新婚丈夫，老欧，喜欢第一个名字——木棉，想当年，释迦牟尼在灵鹫山说法，又拈花示众，众皆默然，唯有迦叶尊者破颜领会，于是得传金缕袈裟，这金缕袈裟，另外一个名字，就叫作木棉袈裟——自打中风又

恢复以后，老欧便信了佛，也不光是信佛，道观、关帝庙、龙王堂，甚至杭州西湖边的岳王庙，只要见到，他便一定会长跪不起，为的是他那没有好利索的半边身体，赶紧彻彻底底地好起来。直到今年春天，机缘殊胜，老欧认识了一位上师，这上师，开设了一门课程，名叫悉达吠陀，真是神奇啊，自从上了这门课，老欧的半边身体，竟然一点点好转起来，不用说，也是因为上师的开示，老欧和于慧，这对新婚的夫妻，才横穿了小半个中国，来到这座岛上。但说实话，关于那场即将到来的台风，要是问于慧的意思，在木棉和鲇鱼之间，她

更喜欢鲇鱼这个名字：上岛以来，各条海岸线上，浊浪拍岸，海水穿过一道道防浪堤，不停地灌进岛内；还有那些塑料做的沙滩椅，被狂风卷上半空，一遍遍拍打着他们租住的酒店公寓窗户，这不是成千上万条鲇鱼精从大海里爬上岸来作魔作妖，还能是什么？再说了，这岛上的淡水湖里，原本就出产一种鲇鱼，但满身都是剧毒，那剧毒的名字，叫作金黄色腺体脱氢鳞状细胞毒素，早些年，好多人吃过它之后食物中毒，送了性命，一度，这种鲇鱼，还上过好几种药学辞典，后来，岛上的人对它们展开了灭绝式的捕捞，渐渐地，就再没有人见过它们吃过它们了。

其实，老欧非要来这座岛，和于慧还是有关系的。自打他们相识，她就没少跟老欧说起这座海岛，年轻时，她至少来过这座海岛十几二十次，怎么能不对他常常提起这里呢？她的第一个丈夫——小田，对，她一直叫他小田——就在这座岛上当兵，那时候，作为一个炊事兵，每隔几天，小田就要去几十海里外的另外一座小岛上，给在那里驻守的战士们送菜；只要她来探亲，便会陪着小田一起去。通常，他们会在晚上出发，小田开船，她就坐在新鲜的蔬菜中间，看着天上的星星，海面上涌起的白雾，还有偶尔从海水里跳出来的鱼，再闻着海风味道、茄子西红柿的味道和小田身上散出的汗味，每逢这样的时候，她总是忍不住，搂住了小田，在他脸上，在他身上，不要命地亲，到了那时，小田便将船停下，也去搂她亲她，甚至，他们会将自己脱光，做爱，海浪溅在他们赤裸的身体上，凉凉的，却只能让他们粘得更紧。可惜的是，自始至终，她都没能给小田生个孩子，是她的问题，多囊卵巢综合征，

她却一直不死心，每一回，当他们在船上做爱，最后的时刻，她都会把两条腿夹得紧紧的，生怕错失了怀孕的机会，小田却总是笑着，让她平缓下来，又对她说："没孩子就没孩子呗！这辈子，我给你当儿子，你给我当闺女……"

俱往矣。现在，她已经五十好几，和小田早早断了缘分，当她以为自己注定孤身终老之时，传说中的黄昏恋竟然来到了她这里：经人介绍，她嫁给了老欧，想当年，老欧绝对算得上是名动一时的人物——倒回去二十年，作为国有机械厂的厂长，他雷厉风行，一手主导了企业改制，几乎一夜之间，他让两千多工人下了岗；然后，自己从银行贷款，买下了工厂；再经过多年经营，企业起死回生不说，更是连年都成了利税大户，各种荣誉称号，什么什么突击手，什么什么时代先锋，就没有哪一年从他身上丢掉过，他唯一的女儿，早早移民到了波士顿，要不是突然中了风，他给自己定下的时间，是把企业干到七十五岁再谈退休。事实上，他也真是有一颗虎胆，哪怕中了风，也丝毫都不信邪，医生和女儿叫他卧床静养，他偏不，咬着牙，硬是从床上爬起来，报名参加了悉达吠陀课程，渐渐地，奇迹发生了：除了右侧的半边身体还没有那么灵光，试问当初那些跟他一起住进医院的中风病人，谁比他恢复得更好？也就是在这个时候，老伴去世了六年的他，全不管女儿的反对，一心想要再婚，于是，有人给他介绍了刚刚从一家民营医院退休一年的护士于慧，两个人认识还不到两个月，火烧火燎地，老欧就娶了于慧，大概的原因是：于慧根本不像之前跟他接触过的别的女人，别说惦记他的钱了，她连过去的他是何等人物，竟然

一点都不知道；不光他，医院之外的任何事情，她都像是不知道，他跟她说起当年自己如何九死一生才安排好好几千号下岗工人，她睁大了眼睛，又可怜他："这样啊！"他跟她说起自己为了使企业重新上路，跑到广东别开新路，出了车祸差点死掉，她又睁大了眼睛，还是可怜他："这样啊！"更别说，中风之后的恢复期内，没有哪一回不是于慧搀着他去上悉达吠陀课；按照上师的开示，下了课，他还要勤练吐纳打坐慢跑等等，于慧更不拦着，专门找僻静的地方，陪他去吐纳打坐慢跑，这样一个女人，不赶紧把她给娶了，还在等什么？

老欧自己也承认，在于慧面前，他根本不像是比她还大十多岁，反倒变成了个小男孩，一会儿见不着她，他就急得快跳脚，一刻也忍不住地打电话对于慧撒娇："你怎么还不回来？再不回来，你就别回来了……"

还没过多大一会儿，他又给她打去了电话："我饿了！"

以中风为界，跟过去相比，老欧的确变了个人，苏东坡的诗、戏曲频道播放的歌剧《洪湖赤卫队》选段，尤其是一周三次的悉达吠陀课程，如此种种，都令他伤怀不已：这一辈子，错过了太多好东西了。现在，他再也不想继续错过了：那天，他和于慧，一起看一部冗长的泰国连续剧，看到男女主人公去普吉岛结婚旅行，他当即便攥住了于慧的手，告诉她，他也要带她去结婚旅行，不去别的地方，就去她经常说起的那座岛，于慧吓了一跳，脱口说："这样啊！"紧接着，老欧拨通了上师的手机，向他报告了可能的行程，得到了上师的肯定，然后，他放下电话，再坏笑着去看于慧："我得去感谢一下小田，要不是他，

你还说不定在哪儿呢？"如此，这件事，就这么定下来了，距离出发的日子还有三天的时候，老欧的女儿打来了电话，打算紧急叫停他的荒唐，女儿先是历数了他身上残存的一样样毛病，又告诉他，她查过了，一场史上未见的巨大台风，正在太平洋上生成，它要经过的路线，恰好就是他和于慧要去的那座岛。"到了那时候，有命去，没命回来，看看你怎么办？"哪知道，女儿的话彻底激怒了老欧，挂掉电话之后，老欧命令于慧，赶紧把定好的三天之后的票改掉，一刻也不等了，明天一早，他们就走。

第二天，他们坐的是早班机，当飞机结束轻微的颠簸，开始平飞，老欧问于慧："九九八十一难，你知道吗？"

"八十一难？"于慧没明白老欧的话是什么意思，茫茫然再问他，"是唐僧西天取经的八十一难吗？"

"正是。"可能是中风之后太久没有出过远门，老欧的脸上，笑嘻嘻地，"实不相瞒，我就是唐僧，我也有八十一难。"

"……"显然，于慧越发不知道该如何去接老欧的话了。

"不过呢，都快渡过去啦，"老欧下意识地动弹着右侧的半边身体，"盘丝洞的妖怪，火焰山的魔王，都他妈被我打倒了，我他妈的，不对，还有你，咱们两个，离木棉袈裟护体的时候，不远啦！"

没想到的是，一上岛，老欧就吃起了小田的醋，先是在废弃的军营里，老欧非要去他和于慧当年住过的营房里看一看，结果，真找到了那间结满了蛛网的营房，又听于慧说起，在这营房里，她和小田，一起学跳过水兵舞，做过麻辣火锅，有一回，还把床给睡塌了，老欧顿时就黑

了脸，扔开她的手，一个人气鼓鼓出了营区；当他们路过海岛东岸的一块竖立起来的屏风般的礁石，于慧说起，当年，她和小田，往几十海里外的那座小岛上送菜的时候，每一回，他们的船，就是从这里下水的，老欧冷笑起来，手指着大海，他发了狠："几十海里而已，也没多远嘛，你再等我几天，等台风过去了，我也划船，把你送过去！"

到了晚上，于慧的偏头疼犯了，疼得要死要活，却发现自己这趟出来忘了带药，只好忍着痛，顶着大风，出门去买药，临出门，老欧撒娇，堵在门口，不让她出去，说要买药也应该是男人去干的事，两人正僵持着，风刮得更大了，一只沙滩椅被风卷上半空，砸在了他们的阳台上，这么着，事情就没得商量了，她差不多算是生气了，冲他喊："你不要命了吗？"这才让老欧听话，乖乖待在公寓里等她回来。之后，她出了门，步行了差不多二十分钟，总算找到了一家二十四小时都开门的药房，回公寓的时候，却麻烦了：海水灌进了岛内，来时之路全都被海水淹了，不一会儿的工夫，那水就淹到了齐腰深，她只好重新再找一条路，可是，她的头疼得厉害，也晕得厉害，光是在一个空荡荡的美食广场里，她就来回闯荡转悠了半个多小时，死活也走不出去，刹那间，看着在台风季里歇业的那些黑洞洞的店铺——小湘厨、铁锅炖、三千里烤肉——她还以为自己来到了阴曹地府。最后，她总算是冲出了美食广场，风也刮得更大了，闪电一道接连一道，雨水当空而下，几分钟就成了瓢泼之势。完了，当街里站着，于慧一边冻得瑟瑟发抖，一边绝望地想，今天晚上，只怕是回不去了。哪知道，几分钟过后，远远地，她听

到，老欧正在喊着她的名字，她盯着前方仔细看，果然，闪电里，老欧朝她奔过来，天知道他是怎么找到她的！一下子，她的眼泪都快掉了下来。接下来，老欧蹲下，让她趴到自己的背上，对，他要背着她，蹚水回公寓，她当然担心老欧的身体，执意不从，但老欧却发了大脾气，到最后，她也只好乖乖听话，让他背自己回去，刚走出去没多远，老欧便快喘不上气来，她问了一句他还吃不吃得消。"小田，看见没？你老婆，我背着呢！"老欧却愣生生地将脖颈一挺，小跑起来，又对着茫茫雨幕大喊了一句，"我的老婆，我背着，你就别瞎操心啦！"

回到公寓，老欧显然是冻着了，上下牙都在打战，四肢也在哆嗦不止，于慧赶紧打开淋浴，给他冲澡，冲完了，再手持一块干浴巾，将他的身体一点点擦干，擦到他的两腿之间，那里似乎有了反应，动了一下，她看见了，他更看见了；但只动了一下，他们也都只好装作没看见。突然，老欧右侧的半边身体，僵直着，再不动弹，嘴巴也打了结，喊出来的话，一瞬之间就变成了大舌头："糟，糟了，我好像……我好像又中风了！"这下子，她的魂都快给他吓没了，毕竟是护士，她一把拉开浴室的门，冲到客厅里去找药，临到要出门，老欧却又一把拉住了她，哈哈笑着，对她说："吓你的，我故意吓你的！"紧接着，他坏笑起来，看看自己的两腿之间，再盯着她："再过几天，我会让你知道厉害的——"没等老欧的话说完，于慧这回，是真的翻脸了，将两只手在自己的心脏上捂住了好一会儿，这才没好气地，一把将他推出了浴室，老欧也知趣，不再纠缠，乖乖回到了客厅里。于慧关上门，先

是打开水龙头，将水温调凉，拼命冲刷着自己的头，好半天，刀割一般的头疼才稍微减轻，她眼前的一切，也不再是忽远忽近忽明忽暗，她这才拉开窗户，拼命地朝着闪电和雨幕里张望，拼命地找着小田的影子。

是的，就在于慧和老欧短暂分开的这段时间里，一件断然不可能发生的事，发生了：天哪，她竟然，遇见了小田。遇见他的地方，不在别处，正是之前的美食广场：远远地，她看见一个人影慢慢走过来，和她一样，站在铁锅炖的屋檐和招牌底下躲雨，恰好，一道闪电，将他们两个人照亮，霎时间，他们看着彼此，各自难以置信，等到下一道闪电来临，转瞬即逝的光亮里，两个人再一次看清楚了对方——就这一小会儿，他们的眼睛里，都淌下了眼泪：虽说过去了这么多年，他们都老了，但是，化成灰，她认得他；化成灰，他也认得她。

最终，还是小田先跟于慧说话了："我知道，你现在，过得挺好的。"

于慧完全说不出话来。

沉默了一小会儿，还是小田继续说："你们上岛的时候，我看见你们了……你们，过得挺好的。"

又有什么不能承认的呢？她干脆吸了吸鼻子，对小田说："是还行，挺好的。"

停了停，她反问小田："你呢？"

"我？"小田低头，看看自己厨师服，那厨师服上，东一块油渍，西一块油渍，于是，不无凄凉地，小田笑了，"我还能怎么样？"

于慧追问他："这么多年，你一直躲在这里？自己开店，还是给人烧菜？"

"对，躲在这里……在民宿里给人烧菜。"小田又低下了头，可是，再抬头时，眼神里却多出了一丝嘲弄，还不只是嘲弄，那甚至，是恨意，他的笑，也不再凄凉，而是像一支箭射过来，"为了嫁给他，没少下功夫吧？"

"不是你想的那样——"于慧慌忙回答他。真的是孽债，这一辈子，只要小田生气，她就会慌张；一慌张，说话时，就像她最早认识的老欧一样说不利索。

小田的嘲弄越来越明显："当初，你不是说好了，不管活到什么时候，都要守着我的吗？"

"是说过，"听小田这么说，一股巨大的委屈，还有愤懑，也迅速地攫住了于慧，她径直反问他，"那你呢？你又对得起我吗？"

如果不是老欧喊着于慧的名字远远找过来，两个人的争辩，只怕还会无休无止地继续下去，所以，当老欧背上于慧，又冲着茫茫雨幕大喊起来："小田，看见没？你老婆，我背着呢！"实话说，彼时彼刻，于慧的心，差点被这句话吓得跳出她的身体：要是依了小田当兵时的脾气，这下子，老欧还有命活着回去吗？奇怪的是，小田像是没听见，一点声息都没发出来，于慧趴在老欧的背上，头脑里倒是止不住地错乱：就好像她和小田，全都回到了年轻的时候，要是有人胆敢逗弄她那么一两句，要么像一把剑，要么像一块铁，或刺或砸，小田都会各种斜刺里跳将出来，不要命地朝着对方冲杀过去。然而，今时不同往日，于慧等了一会儿，并没有等到小田跳将出来，便只好任由老欧背着自己，一步步往前蹚。也是，其实当年的小田，自打转业，进了工厂当厨师，他就不再是当兵时的小田啦。只不过，即使这样，于慧也知道，小田没离开,他一直都在跟着自己和老欧朝前走,这不,路东的槟榔树与槟榔树之间,路西的凤尾蕉与凤尾蕉之间,总有一个人影,忽而闪现,忽而消失,这要不是小田,还能是谁?

老欧是何许人也?打这晚开始,他便看出,于慧不太对劲,但是,看破却不必说破,第二天,于慧在床上几乎躺了一整天,老欧倒是跑进跑出,给她买吃的喝的,还专门找到岛上的医院,给她买了更对症的头疼药;第三天,一大早,天刚蒙蒙亮,他便叫醒了于慧,要和她去赶海。糊里糊涂地,于慧就被他拉扯着,来到了大风摧折了一晚之后肮脏的海滩上。一路上,头顶上的广播里,正在播报着一则新闻:菲律宾和老挝,还在为几天后那场台风的名字争吵不休,她忍不住去想:还别说几天后,就现在,海滩都已经够脏的了,何止海滩,前后左右,无一处不像个垃圾场,这台风,不叫它鲇鱼,还能叫什么?老欧也听完了广播,却像是对昨晚的风级很不满意,甚至有些恼怒地问她:"你说,这场台风,他妈的为什么还不来?"她哪里答得了老欧的话呢?她的头还在疼,世间万物,仍在忽远忽近、忽明忽暗,心底里,也禁不住暗暗疑惑:这么长的海滩,一个人都没见到,海面上,暂时也风平浪静,都没有一道海浪朝他们涌过来,他们两个,这是赶的哪门子海?做梦一般,不知不觉间,她被老欧拉扯着,来到了那块屏风般的礁石前,然后,老欧让她站着别动,当当当,当当当,他用嘴巴给自己奏乐,转而跑到了礁石后面,再现身时,于慧看到,老欧竟然拽着一条船出来了。天知道他是怎么办到的呢?可不管怎么说,他的意思,于慧却很明白:他要兑现自己发下的狂言,

划着船,从这里出发,送于慧到几十海里外的那座小岛上去。显然,老欧的疯狂超过了她的想象,她只有愣怔着,站在海滩上,看着老欧将那条船推入海水,再看着他跑回来,攥起自己的手,并排朝着船走过去,临走到船边,于慧如梦初醒,问老欧:"你这是不要命了吗?"老欧接口就笑答:"谁说不要命了?我的命,硬得很,这点子海水,拿我有什么办法?"话音未落,老欧再将她往前一拽,她趔趄着,几乎倒下去坐在了船上。

好吧,他们出发了,风平浪静的大海,真是好:薄雾正在散去,浑浊的海水也在慢慢清澈起来,一点点细雨降下,打湿了于慧的脸和头发,使她差点觉得,自己回到了特别年轻的时候,那时候,她连小田都还不认识,一切都没开始,一切都像大海一样,空旷,无边无际。可惜的是,他们两个的船,并没划出去多远,就碰到了海警的巡逻船。一见到他们,巡逻船上的大喇叭立刻响了起来,喇叭里的声音警告着他们:台风就要来了,他们必须赶紧回到岸上去,否则,巡逻船就要动用强制手段驱离他们。老欧恨得牙痒痒,可是没法子,他也只好挥动双桨,把船往回划。回到海滩上,老欧生着气,也不理于慧了,一个人,再去将船藏在礁石后面,以待来日,于慧想过去搭把手,哪知道,老欧却一把推开了她,她只好止步,看着他一个人拖拽,一个人忙活,只是,等到老欧消了气,从礁石背后跑出来,举目四望,却再也看不见于慧了,不用说,这是于慧跟他生气了,一个人先回了公寓,这下子,老欧认输了:罢了罢了,还是回去认错吧。于是,朝着公寓的方向,他先是小跑起来,然后变成了狂奔。

但是，于慧并没在公寓里，在公寓里等了好半天，老欧也没等到她回来，他不再等了，出门去找她，这时的他尚且不知：几乎大半天，自己都将奔跑在找她的路上。海滩边的树林，十好几家餐厅、美容院和水疗洗浴中心，好几处网红打卡景点，以上诸地，他全都去找过了；中间，他甚至还哭了一场——经过他们早上分别时的海滩，看着空荡荡的海面，猛然间，他有了不好的预感：难道，就因为自己冷落了她，还推了她一把，她便想不开，一气之下，跳进了大海？果真如此的话，他该怎么办？接下来的日子，又该怎么办？一念及此，老态发作，两行眼泪夺眶而出，怎么忍也忍不住，好在是，一阵伤情之后，他又转念想，无论如何，于慧总不至于去跳海，这才戛然止住，接着去找她，终于，在那条人烟稀少的商业街，快走到头了，一抬眼，老欧看见了于慧：她也看见了他，像是被他吓住了，一哆嗦，消失在了路边的一条巷子里，但是，老欧却看得真切，她不止一个人，在她边上，还有一个男人，两个人还挨得特别近，近得就像是一对夫妻。

接下来，一个追，一个躲，他们两个，兜兜转转，跑遍了商业街和它周边的好几条巷子，在一家良品铺子的门店前，老欧终于截住了于慧，她身边的那个男人，却没了踪影，躲了这么久，于慧也跑不动了，好似待宰之羊，背靠在仿古建筑的粗大门柱上，喘息着，脸色煞白地看着老欧，老欧也不废话，上来就问她："他是谁？"

于慧避无可避，只好照实承认："小田。"

巨大的惊愕袭来，老欧的嘴巴都差点合不上："他，这些年，一直在这岛上？"

"对。"于慧点头，眼神却是涣散的，像是在看老欧，又像没看他，想了想，又补了一句，"我也是刚知道。"

猛然间，一阵眩晕，将老欧裹挟，他的眼前发黑了一阵子，这短暂的发黑，和他第一回中风之前的情形一模一样，顿时，他的心狂跳了起来，站也站不住，往前跟跄了两步，但他拼了命，活生生将自己给定住了，再看看四周，确定自己并不是再一回中风，这才问于慧："他，想让你留下来？"

"是。"于慧继续承认，"他想让我留下来。"

"我问你——"到了这时候，老欧才想起那个要命的问题，"你们就这么，就这么逛了一个上午？"

见于慧不解，他便追问了一句："没干点别的什么？这一上午。"

这一次，于慧明白了，慌忙摇头："我头疼得厉害，走一阵，就要歇一阵。"

老欧放了心，巨大的怒意却没消退，天上下起了雨，不同于清晨里的细雨，雨珠粗硬得很，老欧干脆仰起脸，任由它们砸在脸上。可能是经受了不小的刺激，哪怕背靠在门柱上，于慧也站不住，想走，又怕老欧不同意她走，捂着头，看看老欧，再看看四周，身体一软，差点倒在地上，罢了罢了，看她这样子，老欧的心也软了，暗暗地，叹了口气，走到她身前，蹲下，让她趴到自己的身上，他要把她背回去，于慧也明白她的意思，听话地趴好，真是奇怪啊，按理说，这辈子，他也没少碰别的女人，可是，每一回，只要于慧挨着他，那两只乳房只要轻轻地蹭一下他的什么地方——他的胳膊、他的脸、他的后背——只要蹭上去，他便什么都忘了，哪怕早已无法做爱，他也只想着跟她腻歪在一起。

33

现在又是如此：在越下越大的雨里，满街的芭蕉叶，片片都显得碧绿肥大，还有那些蕉干，直挺挺向上耸立，全都顶着一朵两朵的瓣叶微张的芭蕉花，而它们，竟然让老欧脸色潮红，直喘粗气，他觉得，那蕉干，是自己，那芭蕉花，是于慧。

老欧并不知道，实际上，于慧对他说的，是假话。在小田的出租屋里，小田推倒过她，也几乎将她的衣服给脱掉，她一直不让，双脚蹬踏不止，其中一脚，蹬在了小田的胸前，看她这样，小田也泄了气，站到窗前，抽着烟，背对她，嘿嘿冷笑："你也是这样踩他的吗？"她当然无言以对，小田却不打算放过她："你今年，五十几了？"小田扫视着她，又自问自答："五十六了。还好，胸还是胸，屁股还是屁股，腰粗了点，不过呢，他喜欢，人人都知道，他最喜欢骑大洋马，我没说错吧？"而于慧，从床上坐起来，将衣服整理好，也不敢看小田，低着头，盯着自己的脚，这双脚上穿着的鞋，是两个人拿证之前，老欧买给她的，产自意大利，漆皮，厚底，每只鞋面上各嵌着一只蝴蝶结，暗暗发着光，小田也看到了这双鞋。"嫁给他，你没少花心思吧？"小田拿自己的脚踩在她的脚上，踩着踩着，他突然喊起来，"对了，你他妈的，不会从那时候就开始想嫁给他吧？"他说的那时候，于慧自然知道是什么时候，她连连摇头，不知道她想起了什么，突然，眼睛就红了："那时候，我怎么可能认识他？"

"也是……"见于慧哭起来，小田也大概猜出了她为什么而哭，声调低下来，问她，"想起烧鞋子的那天晚上了吧？"

于慧抬起脸："你也还记得？"

怎么可能不记得呢？那天，是于慧从厂医院下岗之后的第一个春节，腊月二十八，再过两天，就要过年了，而他们，因为前一年小田的妈妈住院动手术，所有的积蓄花完不说，还欠下了不少债，越近过年，上门要债的人就越多，所以，哪怕已经是腊月二十八，他们两个，还在火车站前的广场上卖衣服。衣服是于慧批发来的，最贵的不超过五十，最便宜的只有五块，下岗之后，她就一直在做这门生意。入夜之后，天上下起了大雪，他们害怕早回家会被债主堵门，就一直熬着，熬到半夜了，才敢往回走，他们的家，在郊区，从市区西北角出来，得翻过两座山，才能到达他们的厂区门口，这天晚上的雪下得太大了，山路上都结了冰，一开始，小田还骑着自行车，驮着于慧，于慧的怀里，抱着一堆没卖掉的衣服，渐渐地，冰层越来越厚，几乎寸步难行，他们刚打算推着自行车往前步行，一个打滑，连人带自行车带衣服，全都跌下了山路边的深沟里。那深沟，连同里头的树和灌木丛，全都结着冰，仅靠徒手，无论如何都攀不上去；而漫山遍野里，除了他们夫妻，再没有过路人，到后来，他们都快被冻死了，为了暖和一点，小田手持着打火机，想去点燃没卖掉的衣服来烤火，可是，它们早就都被大雪浸湿了，根本点不着，这时候，于慧想到一个法子，她找小田要过打火机，再脱下自己的鞋子，将打火机伸进去，点燃里面的人造毛，渐渐地，一整只鞋子都烧着了，起了火，借着火势，他们接着去烧那些没卖完的衣服。一件烧完了，再烧另一件，从五块十块的，直烧到五十块的，全都快烧完了，总算来了一辆过路的货车，他们拼命地喊，那辆货车的司机终于听到了喊声，停下来，扔给他们一根绳子，才将他们吊回到了山路上。

"留下来吧，别跟他回去了，"小田的脸上，淌出了眼泪，他明明白白去求于慧，"留在这里，跟我一起过。"

"你也别骗你自己，我有这个把握，你还是想跟我一起过的。"停了停，小田继续紧盯着于慧，"要不然，在海滩上，我对你一招手，你就乖乖跑过来了？"

于慧自然没法子去反驳他，是啊，真是贱啊，就那么一会儿工夫，老欧还蹲在礁石背后，吃力地将那条船系牢在石孔里，她也只是远远地依稀看见小田对她招了招手，便什么都不管，撒开腿，跑到了他的身边，再任由他将自己带到了他的出租屋里。可是，现在，时隔多年之后，她的合法丈夫，是老欧，她还怎么可能留得下来？隔着窗户，她已经看见了好几遍老欧在岛上来来回回地找自己，再不回到他的身边去，他要是动了雷霆之怒，事情又该如何收场？算了，该走了，她不再犹豫，起了身，要往外走。"你可别后悔，"小田冷声对她说，"我不会拦你的。"他的话虽这样说，见她照旧出了房门，他还是追了出去。

只是这么一来，老欧可就跟发了疯差不多了：之前，清淡的饮食、适量的运动、戒烟戒酒，这些中风病人恢复期内必须做到的戒律，他一直都在坚持；现在，他更要坚持，唯有适量的运动这一项，他下定了决心，不再遵守，而是擅自加大了运动量，以使自己早日变成和小田一样的"正常人"，是的，承认了吧，他其实还远远不是一个"正常人"：右侧的半边身体，那些看起来的自如，都是他强撑出来的，一旦前后左右都没人的时候，他便撑不动了，再往前走路时，多半只有左侧的半边身体拖拽着剩下的部分吃力地挪动。为今之计，

除了加大运动量，还有什么别的法子呢？于是，除了早晚各一次的环岛跑，一有时间，他就要划船，对，那条藏在礁石背后的船，一回回被老欧拖拽出来，再推入海水，自己坐上去，挥桨，一点点划远，远到变成一个海面上的黑点，远到让一直站在公寓窗户边看着他的于慧手脚冰凉，心都提到了嗓子眼里，他才往回划。

这天晚上，天都快黑了，海面上的那个黑点，还没划回来，眼看着天上海上风浪大作，一整座岛上的树都被风吹得纷纷扑倒，海浪也在骤然间升高，一道道向海滩挤压，本地电视台中断了正常节目，反复播报台风很可能今晚就将经过此地的突发新闻，于慧再也坐不住，攥着手机，冲出公寓，奔到了海滩上，再踮起脚，死命地朝海上张望，可是，茫茫海水间，怎么都看不见老欧和他的船，她给老欧打了几十次手机，每一次，听筒里传来的，都是"您拨打的用户已关机"，这可怎么办？这可怎么办？于慧全然没了方寸，除了对着大海连喊了几十遍老欧的名字，她也再也没有别的法子，只有在遍地的淤泥里来回地走，每走一步，鞋子陷进淤泥，要使老大的劲，才拔得出来，好巧不巧地，小田却像个鬼魂一般，悄无声息地，又站到了她身边。

"别喊了，说不定，他早就回去了。"小田提醒她，"这里的风太大，我敢打赌，他是换了个地方，上岸了。"

夜幕浓重，于慧看不清小田的脸，不过，听他这么说，她也好歹松了口气："是吗？"

"在水库里捞鱼的那天晚上，刮的风也有这么大——"小田却不看于慧，幽幽地，去看被夜幕席卷的大海，黑黢黢的海面上，

一点亮光都没有，足以说明，就连那条四处围追堵截的巡逻船，也回到了避风港，小田侧过脸，问于慧，"我没说错吧？那天晚上的风，不会比现在的小吧？"

听见小田这么问自己，于慧的身体，猛然定住，不再左右走动，没敢继续朝着大海张望，也没敢去看小田，只是低着头，鼻子一酸，哭了："我当然记得，怎么可能忘得了？"

是的，只要她愿意，在水库里捞鱼的那个晚上，随时都能像她看过的那些电影一样，招手即来，在她脑子里飞快地过一遍，就像现在，当她抬起头，大海已经凭空消失，换作了当年的那座水库——这座水库，距他们当年的工厂并不远，却与四县接壤，仅水域面积就有六十多平方公里，因为它接纳的支流甚多，并且还纳入了不少的潜流和暗泉，所以，出产的鱼种便格外多，在所有的鱼中，最被食客们视若至尊的一种，是产量极少的白甲鱼，此鱼其实属于鲤鱼科，但因为常年只吃水底岩石上的着生藻类，别的食物则一概不碰，肉质便格外鲜美，只引得多少董事长、总经理竞折腰。这天，节令正是霜降，小田得到命令，非要去水库里捞回几斤白甲鱼不可，只因为，第二天，好几位大人物要驾临工厂，厂长要招待他们好好吃上一顿，来通知小田去捞鱼的人说，白甲鱼要是捞不回去，他便就地下岗，再也不用回去了。可是，那白甲鱼，从来只在夏天从水底游向水面，其余的时间，一律在水底的岩石附近游荡，霜降时节，他有什么法子把它们捕到手里呢？

晚上，于慧收了卖衣服的摊，匆忙便往那水库里赶，风刮得那么大，她实在不放心小田一个人待在水库里，果然，等她到了水库边上，小田划着船去接她，大风袭来，她差点就一头栽进水里。和她想的一样，船舱里，一条白甲鱼都没有，他们两个，瑟缩着，继续划船，来到小田之前布好渔网的地方，一道道拎起来，除了零星的杂鱼，根本没有白甲鱼的半点影子，时间一点点过去，风也大到了快将他们的船掀翻，又检查了好几遍渔网，还是一无所获，终于，小田下定了决心，吩咐于慧在船上坐好，他自己，则准备下船，扎猛子到湖底的岩石边上闹一闹，看看自己究竟能不能把白甲鱼们往水面上赶一赶，听他这么说，于慧一把拽住他的裤腿。"不行，"她失声喊起来，"这会没命的！"风太大了，哪怕她拼了力气喊出来的话，一下子就被风送远了，但是，小田听明白了，他的身体，发了一下颤，苦笑着，问于慧："要不，你说说，还有没有别的法子？"于慧当然没有别的法子，只是拽紧了小田的裤腿，一点也不松开。"听话，"小田将她的手掰开，再轻声叮嘱她，"你坐好，我去去就回来，实在不行的话，咱们就认命。"说罢，他一把推开于慧，从船上跳下去，于慧再怎么阻拦，都已经来不及，下意识地，喊了一声小田的名字，眼睁睁地，看着小田从水面上消失，只剩下水面上扩散开去的波纹，在大风之中，迟迟无法聚拢。好在是，没让她等多久，离船不远的地方，小田现身了，他仰卧在水面上，一口口吐出了灌进嘴巴里的水，于慧手慌脚乱，刚要挥动船桨朝他划过去，他却一个猛子，重新钻进了水下。

回忆至此，戛然而止，就像年轻时看露天电影，胶片烧着了，银幕上不再有什么画面，变作了一块白布，于慧的眼前，水库也消失了，取而代之的，仍是夜幕下的大海，现在，海浪冲破夜幕，犬牙一般，正在一点点向着她和小田奔涌。她刚要往后退避两步，突然，小田的脑子里，也像是过完了好几部电影，又像是明白了一切：整个身体，都在止不住地战栗；他的脸，激动到了近乎扭曲的地步，然后，他一把抓住于慧的胳膊，脸都快贴到她的脸上去。"我知道了，我知道了，你一直都在守着我呢，"几乎是一字一句地，他的眼睛，逼视着于慧的眼睛，"你带他到这里来，是想要他死在这里，对不对？对不对？"

"……"天大的秘密，就此被小田戳破，于慧的眼前，还有她脑子里，全都又只剩下了一块白煞煞的电影幕布，她看着小田，又像是没看他，再转过身，去看一整座岛，这座岛上，全部所见，树和灯杆，公寓和商业街，灯塔和玻璃栈桥，齐齐地，像躺倒的巨人猛然站起身来，再往下倾塌，说话间，便要将自己和小田埋进海滩上的淤泥里，她赶紧再往后退，退进了大海，全身上下，都被海浪砸中，湿漉漉的，幸亏了小田，一把将她拉回到身边来，而她，却在短暂的时间里经过了好几轮天旋地转，再也忍不住，蹲在地上，呕吐了起来。

小田放下被他戳破的秘密，着急地弯腰，俯下身去问于慧："你这是，生了什么病吗？"

好吧，也没什么好瞒着他的了，于慧抬头，告诉他："抑郁症……"

停了停，她又说："得了好多年了。"

小田迟滞地蹲下，抱着膝盖，看向扑过来的浪头："我知道，肯定是因为我，你才得的这个病。"

"对，"于慧下意识地回答他，"因为你。"

话都说到了这里，小田也就痛下了决心。"既然你都把他带到这里来了——"小田咬了咬牙，径直对于慧说，"剩下的事情，交给我吧。"

于慧的病，又犯了，头疼得厉害不说，眼前的小田忽远忽近忽明忽暗不说，之前，那些倾塌的巨人们，树和灯杆，公寓和商业街，灯塔和玻璃栈桥，一根根，一座座，忽然起身直立，将她托举了起来，所以，她又眩晕着呕吐了，她明明还蹲在淤泥里，却觉得自己身在半空之中，一边吐，一边答应着小田："剩下的事情……交给你了。"

这天深夜，回到公寓，跟小田提醒过的一样，于慧果然看见，老欧早就回来了，于慧进门时，他正站在硕大的电视屏幕前，盯着电视新闻看，一步也不挪，屏幕上，新闻主播总算宣布，经过好几天的争吵，在国际气象组织的干预下，菲律宾和老挝终于达成了一致，正在到来的这场台风，它被最终定下的名字，还是叫作鲇鱼，这名字当然令老欧不满。"鲇鱼！"见于慧回来，他一指电视屏幕，气恼地问于慧，"你说说，这是他妈的什么破名字？"而此时，那场传说中的台风，果然正在到来，气恼是气恼，也不知道怎么了，这场台风的到来，却让老欧异常兴奋，也是，连日里，他一直都在抱怨，抱怨真正的台风为什么还不来，现在，它总算来了。老欧捏紧了拳头，呆立在原处，就像被多么殊胜的神迹给震慑住了，屏住呼吸，看向窗外，整个身体，纹丝不动，之后，他仍不满足，又牵着于慧的手，拖拽着她，一起站在了窗边：一整座岛上，连日里被风吹倒过的树，现在已经彻底匍匐在地，看上去，好似被蹂躏过的奴隶们全然放弃了抵抗；狂暴的雨水击打在各处，都发出了轰鸣之声，这轰鸣声，由远及近，像是一旦开始就再也不会结束；比雨水声更加轰鸣的，显然是雷声，那雷声，每响一声，就如十万吨炸药在天空里炸开，不仅让于慧的耳边嗡嗡不止，更让楼下街道上的两只不知去往何处的野狗完全没了方向感，屈膝、低头，蜷缩着，任由雷声一遍遍碾压着自己。然而，老欧的脸上，却越来越兴奋，当他看见一棵槟榔树被拦腰折断，树冠被风吹得东游西荡，迟迟无法落地，反倒飞奔到了自己的窗前，他笑了，闭上眼睛，早早张开双臂，就像是，隔着窗户他也能将它抱在怀里，当然不能，他深吸了一口气，睁开眼睛，告诉于慧："我这八十一难，快过去了！"

这不是于慧第一次听说他的八十一难了，为了不影响第二天她和小田商量好了的事，再加上，她觉得，身边的老欧，兴奋得让她几乎不认识，她的心底里，顿生了巨大的不祥之感，所以，有那么一阵子，她想好好问问老欧，到底什么是他的八十一难，话要出口，她却变成了刚认识他的那时候，脱口就说："这样啊……"

一清早，刚起床，名叫鲇鱼的台风还在它拉开的序幕之中，于慧的头却疼得连半步路都走不了，于是，按照前一晚她跟小田商量好的，她问老欧，他们两个，能不能换个地方住下，原因是，这家公寓楼的地势太高了，他们住的楼层也太高了，自从住进来，她就一直在头疼；好一点的时候，头也在晕个不停。现在，台风又来了，眼睛一睁开，看到的全都跟地动山摇差不多，再住下去，她只怕真的是一分钟也活不下去了。哪知道，老欧听完她的话，一点犹豫都没有，连声答应了她，赶紧在手机上打开了好几个 App，去搜合适的地方，没两分钟，他便挑出了几家中意的，再让于慧来选，于慧捂着头，选定了一家，那是一家紧靠着大海的悬崖上的民宿，其实，说是悬崖，那座山，不过才几十米高，民宿老板耸人听闻，将民宿的名字叫作了"悬崖"，一刻也没停，老欧把电话打过去，定下了一间套房，然后，他便搀着于慧出门了。出门前，于慧问他，没有车，他们怎么走，他却哈哈一笑，回答于慧："放心吧，山人自有妙计。"的确如此，接下来的一切，老欧都成竹在胸——下了楼，老欧让于慧稍等一会儿，他自己则在倾盆的雨水里跑远了；再回来时，开来了一辆电瓶车，他便招呼于慧坐上来，一起向着那家悬崖边的民宿开过去。

离民宿还有一段坡路，大堂门口的那处网红打卡点——一座绿色金属做的风车，已经在望，电瓶车进了水，只好停下，老欧手里拎着两个人的箱子，却蹲下来，还要背于慧跑过去，于慧跟他说，她完全可以走过去，老欧不听，非要伸出手去拽她，也不知道怎么了，老欧手上的劲，比往日里都要大，他轻轻一拽，她便倒在了他的肩膀上，老欧背好了她，起身，向前跑，一边跑，一边对着茫茫雨幕喊："小田，看见没？你老婆，我背着呢！"听他这么喊，于慧不禁打了个哆嗦，就连躲在那座风车背后的小田，也打了个哆嗦，于慧隔着雨幕，去看越来越近的小田，小田也张大了嘴巴看着她，但是，他们两个都来不及再多想了，说好的目的地，马上就要到了：离金属风车还剩下十几米。于慧差不多是在求老欧，说她在他背上实在头晕得厉害，这才让老欧放下了她。接下来，两个人一起往前走，快走到金属风车底下的时候，于慧故意拖慢了步子，让老欧一个人走在前面。这时候，小田动手了，只见他，抹了一把脸上的雨水，后退两步，使出全身力气，再将金属风车推倒，那风车，应力倾斜，直直地朝老欧砸了下去，可偏偏，不远处，一根电线杆突然倒下，好几根电线先于风车下坠，又稳稳地兜住了风车，轻轻松松地，浑然不知地，老欧便逃过了这一场劫，站在民宿门前，连连挥手，直招呼着于慧走快一点，再走快一点，于慧只好看了一眼小田惊骇的脸，不自觉地加快步子，来到了老欧的身边。

此时，天空里堆满了黑云，黑云挤压着微弱的天光，加上屋外的电线杆又倒了，电就停了，因此民宿里到处都是黑洞洞的，明明是白天，四下里，却跟天黑了一模一样，老欧和于慧的身上全都淌着雨水，在大堂里办理入住的柜台前等了好半天，模模糊糊之间，总算等来了小田——台风季节，民宿老板提前给员工放了假，自己则去了云南旅游，现在，一整座民宿，就只有小田一个人。小田给他们办入住的时候，于慧一直紧张得想挪动几步，又一步也不敢挪，是啊，她生怕老欧把小田认出来，好在并没有，一来是，小田也冷静得很，直到把房卡递给他们，他都没抬起过头来；二来是，老欧只见过小田年轻时照片上的样子，毕竟，现在的小田，也老了。果然，一切都在正常进行，办好入住，小田帮他们拎着行李，走在最前头，领着他们，穿过枯山水式的庭院和一条长长的甬道，来到了他们的房间门口，临要进房间时，于慧回头，看见小田正捏紧了拳头，又对她深深点头，她这才稍微安心，关上了房门。

并没有让小田等多久，于慧就动手了：房间里，通向阳台的滑动门开着一条不小的缝，不断有雨水透过那条缝射入房间，靠墙的桌子，挂在墙上的电视屏幕，还有一小块地毯，都被雨水打湿了，这些，于慧一进门就发现了，但故意装作刚刚看见，惊叫了一声，快步跑到门前，去将它关严实，门外，就是厚厚的玻璃做成的阳台，嵌挂在崖壁上，正对着大海，不过，小田早就将玻璃给偷换了，只要老欧站上去，那新换的玻璃，必然会马上碎裂，到那时，老欧便只有活活掉到崖底里去的结局。于慧站到门前，使出全身力气，去拉扯着它，那门却像是被卡住了，丝毫也不滑动，这下子，就只有轮到老欧上了，老欧见状，赶紧唤回于慧，自己上，还是不行，那门照样不滑动，于是，他便将自己置身在那条缝中，一只脚还踩在房间里，另一只脚迈起来，打算落到阳台上，再对着那滑动门侧面去用力拉扯——果真如此的话，老欧离掉到崖底下摔死，就只有一步之遥了，可是并没有，他的那只脚刚刚抬起来，好巧不巧，一只空调的挂机猛然间重重坠下，擦着老欧的身体，坠向阳台，砸穿了玻璃，直直地奔向崖底，转眼，便消失在了空茫茫和黑黢黢的雨雾之中。

又落空了，于慧止不住地愤懑了起来，她恨不得对着不知身在何处的小田喊叫一通："你是个废物吗？你他妈的，到底还能干什么？"急火攻心之后，她不再管老欧了，而是一个人，气冲冲地，拉开房门，跑向了大堂，去找小田兴师问罪，再看老欧，即便是在这场台风里越来越兴奋的他，也呆呆地看着阳台，深陷在后怕里，后怕了一阵子，他从箱子里掏出了一尊小小的神像，这神像，是第一期悉达吠陀课程结业时，他的上师送给他的。现在，他将这神像供在桌子上，倒头就跪下了，嘴巴里，还在不迭地念诵着上师教给他的经文。另一边，穿过枯山水庭院和长长的甬道，于慧跑进了大堂，来到了办理入住的柜台边，阴冷地，盯着柜台里的小田，不用说，此前在房间的阳台上发生的事，小田都看见了，此刻，他只有硬着头皮，告诉于慧："再过一会儿，就要开饭了，吃饭的时候，解决问题。"

于慧被他气笑了："你知道，有多少回，我都打算在他吃饭的时候解决问题吗？"

小田："……"

于慧也不再看他了，继续笑着，张望着刚刚离开的房间，房间里，桌子上的那一尊小小的神像，闪烁着微弱的铜光："土豆发芽了，生龙葵素；甘蔗发红了，长节菱孢霉；黄花菜要是不焯水，本身就带着秋水仙碱，对中风的人来说，全都要命，可他妈的，这些，我都做给他吃过了，还是不死，我才带着他到这岛上来，你他妈的，以为我嫁给他之后是白活到现在的吗？"

"我保证，他活不了了，"小田被于慧的神色吓住了，往后退了一步，又喃喃地，"鲇鱼，我准备好了。"

"鲇鱼？"听他这么说，于慧又糊涂了，却咬着牙，"就他妈的这场台风吗？"

"你忘了吗？这座岛上，有一种鲇鱼，人要是吃了，只要抢救不及时，就得死，这些年，大家以为它们被灭光了，其实没有，我捞了好几条，一直养着。对了，就刚刚，我还做了一条，端给狗吃，狗一吃完，就死了……"一边说着，小田一边弯下腰去，从柜台底下抱出来一条死了的狗，"今天，他要是还不死，我去死。"

"我查过百度了——"眼见于慧还在死死地盯着自己，小田对她举起了手机，"这种鲇鱼身上的东西，叫作金黄色腺体脱氢鳞状细胞毒素，真的是剧毒。"

可是，小田的话，还是落空了。正午时分，开饭之前，小田顶着大风，到屋外的库房里启动了应急的发电机，这样，偌大的餐厅里总算亮堂了些，但是，跟往日里相比，吊灯、餐桌、窗户上的纹饰，甚至桌上的菜，看上去，还是都影影绰绰的。老欧和于慧，刚刚在餐桌前坐下，就像准备了一辈子，小田便一道接连一道，端上了他做的菜，尤其是那一条肥硕的鲇鱼，刚出锅，汤汁饱满，撒着紫苏和葱花，散发出浓郁的香气，被小田摆在了老欧的正前方，如此，根本用不着于慧劝他多吃两口，老欧的筷子，早已直直地奔向了它，一连吃了好几口，却一点事情都没有，不仅如此，于慧还突然发现，这才两分钟的工夫，老欧的脸，竟然一下子变年轻了，就好像，老欧一直都在等着的什么丹药，现在终于找到了，服下了。一场返老还童的奇迹，在于慧的眼前，就这么发生了。这到底是怎么回事？于慧慌忙转头，朝四下里看，去找小田的影子，小田却不知道躲在哪个旮旯里，全无踪迹，就在她张望了一阵子，再回头，去看老欧的时候，只一眼，她便呆愣住了：就过了几十秒而已，老欧的脸，跟刚才相比，更年轻了，还有他右侧的半边身体，也自如了，天知地知，自打中风，老欧都是用左手拿筷子，现在，于慧明明白白地看见，老欧拿筷子的手，变成了右手，这叫她怎么不被他吓住？莫非，这鲇鱼，这鲇鱼身上的金黄色腺体脱氢鳞状细胞毒素，不光要不了他的命，反而，恰恰是跟他对症的药？

实际上，即使是老欧，看着自己自如起来的身体，也有点不相信，他放下筷子，起身，站在餐桌边，也不理会于慧，自顾自地甩动双臂，再原地踏步，结果却不由得他不信，他的右臂、他的右腿，全都恢复到了没中风之前的样子，既然这样，他干脆先不急着吃饭，而是在偌大的餐厅里小跑了起来，他越跑，就越年轻；他越跑，于慧的眼前，就越像是在过电影一般，看见了好多个当年的他。那些他，是自己还没嫁给他之前的他：一时间，他在登台领奖，只见那领奖台上，两条红色的缎带斜挎在他的肩膀上，两条缎带上，都是烫金的字——什么什么突击手，什么什么时代先锋；一时间，在当年的机械厂会议室，企业改制工作会还没结束，他接了一个电话，于是中断会议，发下了命令，要食堂的大师傅小田连夜去距机械厂旁边的水库里捞白甲鱼，如果捞不到，小田就别回厂里来了。于慧的眼前还在过电影，再看老欧，不跑了，回来了，在于慧对面坐下，先是笑嘻嘻地看了一会儿她，然后，埋下头，专心地吃鱼，那条肥硕的鲇鱼，转眼就被他吃掉了一大半，那些袒露出来的鱼刺，一根根，好似什么怪物的獠牙，说话间，便要像老欧一样变身，再一口咬住于慧的脖子。

老欧真的变了身，这么短的时间，他已经年轻到了于慧快不认识的样子，再看于慧，眼泪倒是流了一脸，良久之后，她咬着牙，问他："为什么，你就是死不掉？"

老欧却一个劲地，盯着窗外去看，看着看着，他从口袋里掏出了那一小尊神像，供在了快要吃完的鲇鱼边上，再双手合十，低下头，对着那尊神像，也是对着几千公里外的上师，大声喊起来："师父啊，台风过去了，我这八十一难，算是过去啦！"

听老欧这么说，于慧也忍不住，去看窗外，果然，窗外的一切，都令她愤怒：这场台风，居然就这么结束了，不知道从什么时候起，雨没再下了；之前的暴风也渐渐平息，一点点，变成了微风，悬崖边，那些没有被台风击毁的树，轻轻地，被微风吹动，逐渐伸展和苏醒起来——是的，跟老欧一样，它们都活下来了。"我明白了，你跟我到这岛上来，不是冲我来的，也不是冲着小田来的，"事已至此，于慧反倒笑了起来，"所以，根本就没有他妈的什么结婚旅行，你来这里，就是为渡劫来的，对不对？"

"不然呢？"老欧笑着，老老实实地承认，"我师父说了，想要上九重天，就得渡这一劫，这场台风，躲是躲不过的。"

"不过呢，还是得谢你，"老欧将鱼汤拌进米饭，再将它们吃得一口不剩，"要不是你动不动就跟我提起这座岛，我哪知道这里就要刮台风呢？这八十一难，还不知道什么时候才能完。"

于慧环顾了一下四周，还是没看见小田躲在哪里，接着问："到底……什么是你的八十一难？"

到了这时，没有什么事还要再瞒着她了，老欧痛快地回答她："师父说了，我从中风到彻底恢复，要经过八十一难，八十一难都挨过去，我就能上九重天，上了九重天的人，都有木棉袈裟护体；只要穿上这木棉袈裟，从此以后，我就有十八罗汉跟着了——左边九个，右边九个，福来接福，祸来挡祸。对了，要不，我跟你说说什么是九重天吧？我们悉达吠陀，共分九个境界，就是九重天：第一重，叫小梵天；第二重，叫长净天……"

"土豆发芽了，你照吃；甘蔗发红了，你照吃；黄花菜没焯水，你还是照吃——"于慧打断了老欧的话，径直问他，"所以，自打我嫁给你，你就是在渡劫，这场台风，其实是你他妈的最后一劫，对不对？"

"可不吗？"民宿外的天光渐渐明亮了，从窗子外探进来的一朵紫薇花也清晰可见，老欧对着它，深深地嗅了一会儿，再站起身来，对着于慧，伸出手去，"劫都渡过去了，木棉袈裟也穿上了，咱们两个，该好好过日子啦，走，我带你去划船，就划到以前你跟小田去过的那座小岛上去，咋样？"

"既然这样，"于慧终究忍不住好奇，继续问老欧，"你还不跟我离婚？还有，当初，你他妈的，到底是咋想的，非要跟我结婚？"

"离婚？我为什么要跟你离婚？"老欧笑出了一口白牙，反问着于慧，再踱到她身边，攥起了她的手，轻声告诉她，"实不相瞒，这辈子，我还有一个劫，这劫万一要是来了，想渡过去，还是得靠你。"

于慧不自禁地仰起头：" 靠我？"

"非得靠你不可。"老欧捋了捋于慧散乱了一脸的头发，"咱们两个，都是稀有血型，RH阴性，你说，哪天这劫来了，是不是还得靠你？"

至此，于慧也不再盯着老欧看了，她先是几乎躺倒在椅子上，双目涣散地打量着四周，吊灯和餐桌，窗户上的纹饰和那朵蔷薇花，还有那条只剩下了骨刺的鲇鱼，都被她来回看了好多遍。看着看着，她的嗓子像是被卡住了，她的鼻子也像是被堵住了，一口气都喘不上来，她只好仓皇着起身，一把拉开窗户，把头伸出去，大口喘气，这才稍微好受了些，再回头时，眼泪又淌了一脸，"小田，你这个货——"不管不顾地，她扯着嗓子，对着厨房大喊了起来，"还不动手，你他妈的，到底还在等什么？"但是，厨房里，没有人来回答她，她的眼前，只有老欧那张年轻得让她快不

认识的脸，那张脸，离她越近，就越是让她想手拿一把刀子，再一刀一刀割上去，可是，刀在哪里呢？小田那个货，又在哪里呢？一刻也不忍了，她死命地挣脱老欧的手，三步两步，奔向厨房，去找刀子，去找小田，也不知道怎么了，当她一把推开厨房的门，倏忽之间，时空倒转，她猛然发现，自己来到了当年的水库上：已经是后半夜了，一直被云层挡住的月亮都出来了，她还蜷缩在船上，等啊等，等啊等，可就是等不到小田从水底下回到水面上来。她当然不想就这么等下去，有好几回，她顶着风，直起身来，挥动双桨，想往更远的地方划过去，但是没有用，风太大了，她划出去多远，风就又把她和船顶回来多远，实在没法子了，她只好将头伸出船舷，徒劳地，对着水面喊小田的名字，喊着喊着，船身颠簸了一下，再缓缓荡开，她回过身去，这才看见，小田的身体，卡在渔网上，漂浮着，一动不动，到这时，她反而来不及喊他，赶紧伸出手去摸一摸他的脸，而小田，早就没了呼吸。

"这么说，"水库消失了，眼前所见，仍是一间辽阔的厨房，于慧看着满目的灶台、冰柜和锅碗瓢盆，也不知道是在问谁，"你早就死了？"

"十几年前，他就死了，"于慧转身，看见老欧站在自己背后，还是一脸的笑，又跟她说，"你忘了吗，你嫁给我，是为了让我死，好给他偿命的啊。"

停了停，老欧又说："别管他啦，你管管我，我过得容易吗？"

"是吗？"照旧还是茫茫然地，于慧脱口说，"这样啊！"然而，这一回，她不再指望还会有谁来做她的帮手了，暗暗地，她的手，从身边的橱柜里拽出了一把刀子，

紧紧握住，然后，一刻不停地，再举着刀子，对准老欧，用尽所有力气，刺了过去，但是，老欧却像是早早就发现了端倪，她刚一起步，他便闪躲开来，再紧紧攥住她的手腕，现在的他，是恨不得比于慧还年轻的他，所以，她的手、她的刀，哪里还能动弹呢？"听我的，划船去吧，"老欧也没生气，只是轻声地提醒于慧，"别忘了，我都修到九重天了，木棉袈裟都被我穿上了。"只是，于慧怎么会听他的呢？再一回，暗暗地，她的左手，又在背后的案板上摸到了一把刀，闪电一般，她将那刀高高扬起，砍向老欧的脸，刹那间，老欧的脸上就多出了一条口子，这口子，不停地往外淌着血，老欧难以置信，抹了一把脸上的血，再朝四下里看，四下里，并没有十八罗汉跟着，这才惊叫着，又忙不迭地，放开于慧的手腕，转而不要命地往外跑，跑出了厨房，跑出了餐厅，又跑过了枯山水式的庭院和那条长长的甬道，看样子，他是想跑回自己的房间里，眼看着，于慧就要追不上他了，那一尊神像，却从他的口袋里掉了出来，他想捡起来，又怕于慧追上，只稍稍犹豫了一下，于慧便追上来了，刚一追上，她手里的刀，不偏不倚地，对准老欧的脸，狠狠砍了下去。可是，好死不死，偏偏这时候，高高悬挂在墙壁上的一幅巨大的油画，可能是被台风吹刮了太久，砰地坠落，正好砸在于慧的头上，再看她，先是她手里的刀哐当落地，而后，她的身体一软，昏迷过去，跟随着那把刀，倒在地上，一点动静都没有了。

再醒过来，已经是第二天的黄昏，这家名叫"悬崖"的民宿里，空无一人，倒是不奇怪，台风季节，民宿老板提前给员工放了假，自己则去了云南旅游，现在，一整座民宿，就只有于慧一个人。醒过来之后，她躺在床上，往外看，一眼便看见了玻璃阳台上的窟窿，但是，她捂着头，想了好半天，也想不起那窟窿是怎么弄出来的，不过，她大概也知道是怎么回事：除了她在犯病的时候这么折腾，这一地的狼藉，还能是谁弄出来的呢？电视还开着，屏幕里，主持人正在播报着关于台风马上要来的新闻：即将登陆的这场台风，菲律宾给它起的名字，叫作木棉；可是，这名字冒犯了老挝的一个少数民族，音译过去，恰好与他们膜拜的一位神灵同名，因此，老挝气象局打破惯例，自行给它起了个名字，叫作鲇鱼，意思是，这场台风，就像河底的鲇鱼，以淤泥、腐殖和小鱼小虾为食，是不洁和令人厌弃的。

迷迷糊糊地，她起了床，顺手拿起桌上的药瓶，推开房门，信步往前走，一路上，她经过了两把躺在地上的刀，一幅从墙壁上掉下来的巨大的油画；再往前走，就走进了餐厅，餐厅里，桌椅翻倒，碗碟碎了一地，一桌没有吃完的菜正散发着浓重的腥臭味道。现在，她总算想了起来，她的名字，叫于慧，她有一个新婚的丈夫，叫老欧；而今天，正是老欧赶来这座岛上跟她会合，并且开始他们的结婚旅行的日子。这老欧，真是个急性子啊，悉达吠陀课程刚一上完，也不管什么台风，一点都不听劝，火烧火燎地，非要来这里不可，一想到这里，于慧也慌了，只因为，天黑之前，老欧坐的船就要来了，这么一来，她也就没再回去把自己收拾一番，而是一仰头，将大半瓶的药倒进了嘴巴，紧接着，她冲出民宿，往码头上跑，一路上，大风不停地将海水的味道送到她的鼻子跟前，让她一边跑，一边想起了更多当年的味道：

深夜里的船上,小田开着船,她就坐在新鲜的蔬菜中间,看着天上的星星,海面上涌起的白雾,还有偶尔从海水里跳出来的鱼,再闻着海风味道、茄子西红柿的味道和小田身上散出的汗味,每逢这样的时候,她便总是忍不住,搂住了小田,在他脸上,在他身上,不要命地亲。

如果海水可以分开

池　上　《作家》2024年第8期

> **推荐语**
>
> 　　池上精准地截取日常生活中的剖面，不断向内追寻、叩问，层层深入，反思婚姻的本质，探讨人在亲密关系中的复杂性。海水上一次分开，是为一个族群的获救；这一次，海水如果可以再次分开，它是否能平复两颗受伤的心？（吴玄）

1

　　海滨浴场门口立着块老旧的广告牌。几乎在看到这块广告牌的同时，顾檬就知道他们被晃点了。依照原有的行程，他们此时前往的应该是鹅銮鼻公园。但小江说，鹅銮鼻公园没什么好看的，又小，就跟猫鼻头一样。

　　猫头鼻公园是小，游览完整个公园还不到半个钟头。公园最精华的部分在一个平台上，从那里可以看到蔚蓝的太平洋以及岩岸旁的一块若猫般的珊瑚礁石。一车人呼啦啦地上去对着那块礁石猛拍一气，还没拍完，下一个旅游团就来了，连落脚的地方都没有。

　　"所以，大家如果想要玩得开心，还不如去附近的一个海滨浴场。"小江边说边露出程式化的笑容。小江一米五的个头，配一张娃娃脸，清爽的粗马尾上压一顶太阳帽，说是中学生也有人信。

　　"海边浴场？里面都有什么？"前排的一位团友大声问道。"冲浪、水上摩托艇、沙滩车，什么都有。报我的名字，可以打折哦。"果然。顾檬吸了下鼻子。这是拉客的老套路了。刚加小江微信时，顾檬曾习惯性地翻看过小江的朋友圈。小江的朋友圈里清一色的是外国的物品，奶粉、蜂胶、燕窝，再不就是各类化妆品。唯一还能透露出点生活气息的是一只体型超大的金毛，配文：给点点的日常记录239。

来台湾的这几天，小江倒是没和他们推销过这些物品。她嘴上挂得最多的是蔡英文。她讲蔡英文当选后的大动作，特别是国民党党产恐大部分遭充公没收，资金周转困难。顾檬只当她是例行介绍，她是缓过来以后才明白的：这不过是之后去玉石厂的铺垫（那家玉石厂是国民党的党产，也是本次少数的购物点之一）。

车上起了讨论声。顾檬本想反对，但到底还是作罢。昨天去野柳公园的时候，风特别大。不知道是不是这个原因，反正今天起来她就感冒了。头晕得厉害，当即吃了感冒药，也不见好转。亏得没发烧，但整个人却是蔫了。她只觉头重得快要支撑不住，调整姿势，重新靠向座椅背，冷不丁却被一阵拍打声惊醒。"妈妈，妈妈。我要坐水上摩托艇。"米妮使劲拍打座椅背。"米妮！快坐下。"米妮得了令，这才乖乖坐回杨亚辉的腿上。

"小朋友，你叫米妮对吧？"尽管车子有些摇晃，但小江毫不费力走到了米妮跟前。"阿姨告诉你，水上摩托艇可刺激了。""哇！"米妮兴奋地拍起了小手。

"出来玩，最重要的是开心。"小江又把头转向其他人，"你们想啊，我们旅行费的大头都出了，何必在乎这点小钱。等回头别人问你，这里的精华也没玩，那里的特产也没吃，那不是等于假旅游嘛。"见大伙没了声响，小江趁机道，"那大家没有意见的话，我们就改去海滨浴场。"

视线所及灰扑扑的海面和脚底不够细软的沙子无非再次印证了她是对的。整个浴场加上他们一车的人，才勉强多了点人气。小江招呼了一个女人过来。此人肤色黝黑，头戴一顶宽边草帽。"这是罗姐。你们想要玩什么，就告诉她。"

"妈妈，我要坐这个。"顺着米妮手指的方向，顾檬再次看到那块广告牌。广告牌上有一个巨大的大脚板式样的充气垫，充气垫前边还有一辆水上摩托车。

"这是什么？"尽管顾檬有些不悦，但既然米妮喜欢，她也就懒得同她们争辩。"这个是大脚板。玩完这个，还可以玩水上摩托和沙滩车。"小江说着朝罗姐使了个眼色。罗姐麻利地从包里掏出三张票，撕下。

但杨亚辉的话叫顾檬吃了一惊。"我们只要两张。""妈妈，你不跟我们一起玩吗？"她还想回答，被杨亚辉抢了先。"妈妈人不舒服，让她休息吧。"杨亚辉都这么说了，她不再勉强。

她在休闲区的一把太阳伞底下坐下。暑气蒸腾。没有风，连一丝风也没有。她能感觉到热气从脚底、四周源源不断地涌来。远处，有人在游泳、冲浪。她眯缝着眼，想要找到杨亚辉和米妮，但除了小小的点以外，什么也看不清。左后方，一对情侣正在开沙滩车。奇怪的是男生并未坐在沙滩车上，而是跟在女孩和那辆沙滩车后面一路跑着，女孩的笑声便不时地灌进她的耳朵。

她不再找了。她将脑袋后仰，闭上眼，可哪里还能睡着？在燥热的暑气下，她感觉自己像极了一台闪着无数噪点的黑白电视机。

2

"起初神创造天地。地是空虚混沌。渊面黑暗。神的灵运行在水面上。神说，要有光，就有了光。"小时候，顾檬每回看《圣经》，总会下意识地翻到第一页。

"起初神创造天地。"这句话好比是一切的开端，从这个开端开始，亚当、亚伯拉罕、以撒、雅各、约瑟等串起了一条故事的长河。顾檬喜欢读这些故事，每每读这些内容，她读得飞快，还会为人物的悲欢离合感慨一番；不过，一旦遇到那些说教的内容，她便失了兴趣。她总是放一会儿，接着是搁置，等再读，却不是从暂停的地方继续，而是选择从头再来，仿佛那是一种仪式。

不过，这都是好多年以前的事了。小时候，她父母工作忙，她被送到镇上的外婆家。外婆是个虔诚的基督教徒。每周日，外婆都会带她去家附近的一个教堂。那是个不大的教堂，无甚特别，只在最顶端安上了一个血红的十字架。

对于一个年幼的孩子来说，教堂实在算不得好玩的地方。但事情怪就怪在这里，当别的小朋友在教堂外跑闹，又或是在大堂内吵吵嚷嚷，只有她一个人安安静静地坐着，惹得别的阿婆、阿姨纷纷夸赞。

现在想来，她真的听得懂那些经文以及布道吗？同外部的世界相比，那些布道是那么晦涩、无聊，但她就那么板板正正地坐着，一方面自是性格使然，她从小就是大人们眼中的好孩子，而教堂于她而言，不过是换个场所罢了；另一方面，毋宁说，她是为了获得那些夸奖。那些夸奖就像是糖果一般诱惑着她，叫她无力抗拒。而等她年纪渐长，外婆去世，那些夸奖对她再也没有致命的吸引力，她再也没去过教堂。

书的纸张很薄，她的食指按在右下角，小心地翻到下一页。这一页上有一处用蓝色的圆珠笔画了横线，作为重点标记。她不记得自己当时为什么要在这些字眼上画重点，也已全然忘了当时的心境。但看看这些标记，她却猛然想起读四年级时，教堂的牧师有回调查信徒每年阅读《圣经》的情况。

调查方法很简单，即请一年读一遍及以上《圣经》的人举手。教堂里几乎一半以上的手举了起来。她的手捏着衣角，两只眼睛斜瞟那些举手的人。那些手举得那么高，那么自信。她把头埋得更低了。当然，没有人会怪她。谁又会忍心苛责一个孩子？可是，她却暗暗下了决心：无论如何一定要把《圣经》看完。

破天荒般，她没有从第一页开始，而是选择了她之前怎么也啃不下去的《传道书》。她给自己规定了任务，每天必须读完三章，倘若前一天有事没能完成，第二天再补上。

这真是一次奇妙的阅读。很多时候，连她自己也不知道自己在读什么，但是每翻过一页，每读完一章、一卷，她心里就像是被什么东西填满了。当她终于读完了整本《圣经》，她觉得自己完成了一件生命中的大事。

然而，上帝仿佛和开玩笑似的，她再也没有听到牧师调查阅读《圣经》的情况。和外婆说起，外婆却笑了。"傻孩子，《圣经》读一遍怎么行？我们基督徒啊，一生都要不断地读，这样才能心意更新而变化。"她嘴上没说，心里却泄了气，类似于她好不容易才爬到山顶却被告知还要不停地继

47

续往前爬。

此后，尽管她仍会翻看《圣经》，却再也找不回那时的动力了。《创世纪》《出埃及记》自不必说，所有的故事情节她都了然于心，而像《传道书》《阿摩司书》之类她更是没了读的兴趣。更何况，她明白了读经的真相，甚至觉得这堪比西西弗推石。这么类比当然不合适，可她就是没办法提起劲来。

再往后，她忙着读书、工作、结婚、生子，教堂对她而言更像是某段久远的记忆。所以，当她意外地发现这本《圣经》时，简直觉得冥冥之中自有天意。惊叹之余，她几乎本能地把它放到了行李箱里，希冀它能带给她平静。

"起初神创造天地。"她一字一句地往下念。眼前的经文的确是她熟悉的文字。隔了那么多年，这些经文在她记忆里复活了。可与此同时，另一种感觉在她心底里陡然升起。所有的字她都认得，所有的句子她都读过，可偏偏它们合在一起却叫她有种说不出的陌生感。

希望破灭了。也是。她不禁嘲笑起自己：发生了这么大的事，她又怎么可能平静？

3

事情究竟是如何发生的？现在想来，她仍觉得恍惚。她只记得当时她正在客厅整理行李，米妮过来了。"妈妈，我想看《小马宝莉》。"她忙得脱不开手，想也没想便把手机打开，递给米妮。

米妮欢欢喜喜地跑开了，再听到故事声时，她只当是米妮。一转头，却是杨亚辉。杨亚辉手里多了一只手机，米妮紧追在后头。"爸爸，现在能看了吗？"

一时间，她没反应过来。结婚多年，她和杨亚辉都知道彼此的手机密码，但他们谁也不看对方的手机。这是他们之间的默契。但杨亚辉接下去的那句话好比当头一棒。"有你的消息。"杨亚辉说完，意味深长地看了她一眼。

她是怎么从杨亚辉手里接过手机的？她忘了。但有一点，当着杨亚辉的面，她甚至都不敢看手机。她有种预感，手机里的某样东西正等待着跳出来，灼烧她，刺痛她。

果真，那句话灼热，刺眼，她也不知道哪来的胆量，反正下一秒，她便在杨亚辉的注视下将记录删了。其实连她自己也不知道聊天记录里究竟还有什么，她有定期清理微信的习惯。可她没法保证自己没说过什么出格的话。只是刚刚的一切毕竟没法删除。她把手机捏在手心里，等待着杨亚辉暴风雨般的质问。然而，杨亚辉看都没看她一眼。"爸爸帮你连上了。"

米妮蹦跳着离开了。她不知所措了。她设想的是杨亚辉质问她，她便一口咬定那只是一句诗。一句诗又能代表什么？但假使杨亚辉提到他们之前的对话呢？她又该作何解释？这时候，她不由得后悔刚刚的鲁莽。

最坏的可能性是：杨亚辉知悉了一切，同她摊牌。他们会无可挽回地走向离婚吧。那么，米妮该怎么办？一想到她可能会失去米妮的抚养权，她不敢往下想了。可是，杨亚辉什么也没说。如果说杨亚辉刚才是顾虑米妮在场，而等晚上，她和他同躺在一张床上——米妮睡着了，躺在他俩的中间——他依旧没有发作。她怎么都想不明白。

当然，和她的感性不同，杨亚辉从来都是理性的。"你不觉得这部电影很感人？"

她记起两人刚谈恋爱时，一起去看电影。电影看到一半，她哭得稀里哗啦，他却什么反应也没有。"还行吧。"她当时心中虽然诧异，但也并未深究。毕竟一直以来，她所欣赏的他，理性、冷静、稳重、果断。更何况，她晓得两人的相处必须要经历磨合，这点差异又算得上什么？

她是后来才发现这句话的奥秘的。这句话就好比是一个缩影。电影也好，生活也罢，在杨亚辉的口中都是"还行"。可生活怎么能只有"还行"？生活里的每一处感动、伤心、焦急、愤怒，都是她作为一个活生生的人存在的证据，她想要细细品味，好好珍藏，可他却永远都是一副不好不坏，不咸也不淡的样子。

也不是没有试着和他谈心、争辩，但到底放弃了。"你得允许不是所有的人都像你一样是生活的鉴赏家。"有次，他听到她形容任何事在他那里都像压缩饼干后如是说，神情却依旧是淡漠的。她倒宁愿他是在讽刺她，又或者同她大吵一架。

可这事毕竟不同于别的事。试问又有哪个男人忍得了？她听过不少妻子出轨后被发现的故事，那些丈夫们或诉诸武力，或是以孩子作为筹码要挟，更有甚者选择网络曝光，直接让妻子"社死"……

有那么一刻，她怀疑什么都没有发生。他根本没看到。但那句"有你的消息"和微信对话上消失的红点直接宣告了不可能。

再过两个钟头便是出发去机场的时间。她焦灼、难挨，不知如何是好，可他却自顾自地睡着了。天晓得，他居然还能睡着！她真恨不得摇醒他，问问他究竟打的什么主意。还是说，这是他对她的蓄意报复。

背脊骨一阵发凉。如果说这是他的目的，那么一切就说得通了。他要她不安、内疚、痛苦，继而好站在道德制高点上高高在上地审判她。先前还存有的一点害怕和后悔消失了，她听着他的均匀的呼吸声，只觉得厌恶。

可是——且慢——以她对他的了解，他会这样做吗？倒是和她当面摊牌、对质还更有可能些。第一次，她觉得自己糟透了。不过，话说回来，若是他真的当面同她对质，她能承受得住吗？更不要说别人的议论、指点，父母和各类亲眷的不解，还有米妮。她能接受来自米妮的异样的眼光吗？她没法再细想。说到底，错不在他。他不追究（至少目前没有），亦没有为难她，她还想怎么样？

她应该知足的。可她的心却像是被某样东西揪住了。她想要对着这片海大喊，甚至索性跟他挑明。是的。当她冒出这个念头时，连她自己都吓了一大跳。她不是不明白这样的后果，可从某种意义上说，那更像是一种解脱。

头晕得更厉害了。她把《圣经》合上，一只手托住脑袋，以期望能减少一点痛苦。这时，她听到一个声音。声音不大，从远处一声声地传来。"姐——姐——"小江上气不接下气，"可算找到你了。哥——掉进海里了。"

4

南门医院距离浴场总共不过半小时，但这短短的半小时却让顾檬觉得漫长得没有尽头。就在刚才，她还在沙滩上复盘她和杨亚辉之间的关系，她甚至一度以为杨亚辉要报复她、审判她，可他居然落海了。

"好好的，怎么会掉海里去的？"顾檬手里抱着米妮。米妮的麻花辫散了，湿哒哒地贴在头皮上。T恤和牛仔短裤浸了水，外面裹一条白色的大浴巾，小小的身体不停地抖动着。这孩子从小就倔，一副天不怕，地不怕的样子。她还从没看见她这样害怕过。

去大巴车上的行李箱里找出干衣服是来不及了。她跟着小江一路小跑到浴场门口，打上出租车，这才腾出手来帮米妮擦干。出租车匀速地开着，米妮很快睡着了。她搂着米妮，听到小江说："是啊。我也觉得奇怪。好像是哥他们出海后遇到了风浪。一个浪头打过来，米妮翻了下去。哥赶忙去救，米妮是救上来了，可他自己却掉下去了。"

"风浪？"一想到她在太阳伞底下视线所及皆是风平浪静，这事简直诡吊。"具体我也不清楚。不过姐，哥福大命大，被救上来了。你放心，已经没事了。"小江只说对了一半。按医生的说法，杨亚辉说没事也没事，说有事也有事。因为扯绳索太用力，杨亚辉的右手食指的两节移了位。

"目前来看，这种情况需要手术。一般来说，可以用铁钉把这两节固定住。这种方案花费时间少，价格也便宜，但如果不成功，还得再来一遍。"顾檬到急诊室的时候，正好听到医生说这段话，她顾不得介绍自己，赶忙问："那还有别的方法吗？"

医生把头转过来了："你是？""我是他爱人。"她说"爱人"两个字的时候只觉心头一沉。"有。第二种是用德国进口的钢板，价格贵，需要全麻。不过，能保证一次性成功。"

"谢谢你，医生。亚辉，我们先商量下。"这倒不是说她不想选贵的那种，但毕竟全麻会影响神经。杨亚辉的眼睛始终停留在X光片上，不发一言。她有些尴尬。

先前一直没说话的小江插话道："价格不是问题。哥，姐，你们只管选你们想选的。"她没有理睬小江。价格当然不是问题。旅游前他们买了保险，回去可以走保险流程。就算没有保险，她也肯定会给杨亚辉最好的治疗。

"那如果不手术呢？"杨亚辉突然问。"不手术？"医生的眼睛瞪大了，她也吃惊不小。"我的建议是尽早手术。拖到后面，这根手指可能就没法弯曲了。"看来手术是躲不了了。她把脸凑近杨亚辉，想同他商量，但杨亚辉却躲开了。

"就用第二种。"杨亚辉异常坚决。一时间，她僵在那里。眼前的杨亚辉让她感到陌生，她心里堵得慌，又不好当着这么多人的面发作。

"姐，就按哥说的来吧。选贵的错不了。""大脚板的老板已经在路上了，一会儿你可以好好谈谈赔偿问题。"后面半句小江特意压低了声音。"赔偿问题？""嗯。如果你和老板谈妥了，就不用走保险了。你也知道的，回内地再走保险流程，这个战线可不是一般地长。但是你们在这里谈好就不一样了，赔款直接到手，多少爽快。"

好一招金蝉脱壳。她这才反应过来原来小江早就算好了把整件事推给大脚板老板。她本来还想和小江理论一番，但米妮醒了过来。

"妈妈——""妈妈在呢。"她的手坠得厉害，吃力地把米妮往上耸了耸。也就在同时，米妮吐了出来。"米妮！"她惊叫一声。顾不得擦掉后背的呕吐物，她急忙帮米妮把嘴边的污渍擦干净。再一摸头，不得了了，还发着低烧。

"医生，你能帮忙看看孩子吗？她刚刚也落水了。""不好意思。我们这里没有儿

50

科。你可以带她去儿童医院看看，这里过去大概一个小时的车程。""可我还要陪我先生手术。""那就没有办法了。"

杨亚辉被带去做术前准备了。她把米妮抱紧了。假使没有那桩事，她倒是可以和杨亚辉大大方方地说先带米妮看病，再回来陪他。可这当口，她又怎么说得出口？但米妮怎么办？总不能任由她烧下去吧。分身乏术之际，她听到一个声音："姐，你信得过我的话，就让我带米妮去看病吧。"

5

直到罗姐来到顾檬面前，顾檬才把她和"老板"二字对应起来。罗姐仍戴着那顶宽边草帽，一副欲言又止的样子。顾檬原以为老板另有其人，却没想到原来就是她。但这并不是最叫顾檬吃惊的，她最吃惊的是罗姐见到她说的第一句话，不是"你好"，也不是"对不起"，而是"上帝保佑"。

"上帝保佑。"罗姐声音粗哑，一口极不标准的普通话，和台剧里女主角的哆哆的台湾腔调截然不同。从刚刚得知杨亚辉落水的消息开始，她就再也没想起过上帝，可这当口，她却想起有一年，外婆养的一只狗因为误食了别人投放的老鼠药，死了。看到狗的尸体时，外婆说的第一句话也是"上帝保佑"。她那时已经读六年级，头一次发觉这句平日里外婆说的再平常不过的话竟有一种讽刺的味道。小狗死了，上帝还在保佑，死亡和保佑组成了矛盾而又统一的共同体。所以，上帝保佑的结果便是死亡吗？如果是，那么又何须上帝保佑？

但外婆说："不要胡说。上帝知道你在想什么。任何事情的背后都有上帝的美意。你忘记上个礼拜天，牧师讲道说起过的故事啦？"外婆一说，她记起来了。故事里的基督徒有两个女婿。大女婿卖伞，小女婿卖布。基督徒一天到晚愁眉苦脸：晴天担心大女婿的伞卖不掉，雨天则担心小女婿的布不好卖。"关键在于这个基督徒没有明白上帝背后的美意。晴天，上帝让小女婿做生意，而到了雨天，小女婿正好休息，大女婿则能维持生计。"外婆复述完牧师的话，又说，"所以，你别看小狗死了，就觉得上帝没有保佑。恰恰是小狗死了，里头才显出上帝的美意。"

她被外婆说了一通，半懂不懂。不久后，她在《读者》上看到了一个几近相同的故事。只不过故事里的上帝，变成了一个智者。

"凡事忍耐。凡事相信。"这是外婆一辈子的信条。从这个角度上来说，罗姐说的是对的。感谢上帝——或者说是命运，让杨亚辉还活着，没有发生更大的意外？可从另一个角度来讲，这句话无论谁说都比罗姐说来得更合适、贴切。毕竟，从罗姐（一定意义上的肇事者）的口中说出，就好像杨亚辉所遭遇的都是既定的天意，他们还得磕头感谢，感恩戴德似的。

"对不起，发生了这样的事情。"罗姐也不管她的反应，兀自说下去。"对不起。真的对不起。不过，我们这里做了好多年了，从来都没出过事。我不知道为什么会这样……"

"你不知道？那我们就更不知道了。"她冷哼一声。她确实不知道。她本来还想从杨亚辉这里了解他落水的更多信息，可杨亚辉始终沉着张脸，摆明了不想同她讲话。

"对不起。我不是那个意思。只是我想不明白，怎么会这样。我们做了这么多年，一直都很安全。真要说危险的话，水上摩托车、冲浪，哪个不比大脚板危险？""照你这么说，倒是我老公和女儿的错？千不该万不该这么不小心，掉进海里？"

"不——我不是这个意思。"罗姐努力地比画着。"你先生的情况，我大体已经听江导说了。真的万分抱歉。后续该赔的钱，我一定会赔。"罗姐答应得那么爽快，她倒是没有想到。但紧接着，罗姐若一只豹子一般冲了出去。她还没来得及反应，便听到了急风暴雨般的骂声。她疑惑地跟过去，原来在电梯间门口站着个小女孩。女孩低着头，身高和米妮差不多。她看不清她的长相，只看到一头长发乱糟糟地披下来，也不晓得扎起来。

"不好意思，我女儿不懂事，非要找我。"等罗姐把女孩轰走后，道，"我和她说过的我在医院有重要的事情，不要来。可她就是不听。""小孩子想妈妈也正常。你用不着这样凶她。"既然罗姐已经答应赔偿，她觉得有必要缓和一下气氛。但罗姐接下来说："是啊。我不该凶她。她是我一个人带大的。她两岁那年，她爸爸出海遇难了。"

她愣住了。她不知道该用什么样的表情或者语气去回答。同情？抑或是安慰？但也就在那一刹那，她猛然意识到了什么。

"你说你老公是出海遇难的？""是。""可你刚刚还说你们这里从来都没出过事。"女人呆了一下："我说的确实是真的。上帝作证，我真的没有撒谎。""够了。"她硬起心肠，"这些同我无关。再说，就算你说的是真的，也改变不了我老公掉进海里，差点被淹死的事实。"

6

小江打来电话说米妮是受了惊吓。医生给她开了药，吃完后现在已经好多了。顾檬心安了些。"姐，你们谈得怎么样？"

"我们谈妥了。还是走保险。""你们不是谈好了吗？怎么又变成了走保险了呢？"小江不高兴了。敢情罗姐把情况都告诉了小江，她刚刚对小江的那点好感被摁灭了。

半个钟头前，杨亚辉做好术前检查回病房，罗姐竟然以道歉为由，大打苦情牌。她讲自己丈夫遇难后，她一个人如何含辛茹苦地带孩子，又讲她一个女人经营小本生意有多不容易。讲着讲着，便抹起了眼泪。

"你讲这些没用。我已经和你说清楚了。"她听不下去了。一直沉默的杨亚辉却开口了，"除医药费以外，你看着给吧。"

"好人有好报。好人有好报啊。"罗姐不敢相信似的，欢天喜地地离开了。她站在原地，活像被人（还是自己人）捅了一刀。

好人？他杨亚辉是做了好人了，那她算什么？是见钱眼开，毫无同情心的坏人？还是狮子大开口，趁机想要狠敲一笔的小人？的确，她想要得到一笔赔偿，但那也是在合理范围内，是他们应得的。更何况，鬼知道那个女人说的到底是不是真的。

"既然你可怜她，就干脆走保险好了。这样她一分钱也不用赔。"她赌气地说，杨亚辉同意了。

"姐，哥知道回去走保险流程很慢吧？""知道。""到时候，可别怪我没提醒你俩。""我们已经决定了。"她知道小江打的什么主意。尽管她不喜欢罗姐的做派，可她同样也不喜欢小江的。

"行。姐，根据行程，明天我还要带其他团友去太鲁阁。所以，我等不到哥做好手术了。等哥明天中午复查后没事，你们从这儿坐车去枋寮，再坐火车到花莲，这样正好和我们会合。"

看来小江已经打算好抛下他们了。她懒得跟她计较。"还有一件事。我们现在的地方离大部队入住的宾馆很近。明天我还要早起,所以姐,我就不送米妮回来了。"

"什么?"她的第一反应就是小江是故意的。尽管小江的话有一定的道理,但假设她刚刚同罗姐谈妥,恐怕再麻烦,小江也会把米妮送回来。

"你一个女孩子带孩子没经验,不方便。再说,米妮刚才受了惊吓,还是送回来吧。"她倒不是怕小江对米妮怎么样,毕竟像小江这样的领队都是有备案的,只是米妮不在自己身边,她到底不放心。

"没事,我以前带过我弟。""妈妈。我已经好了。小江阿姨说明天带我去太鲁阁玩呢。"电话那头传来了米妮的声音,她不知该是庆幸还是着急。"米妮,你听妈妈说——"但米妮很快跑开了,她听到的是小江的。"姐,我快没电了。你好好照顾哥,就这样了啊。"

挂了电话,她在椅子上坐下。医院的冷气开得太足,白天尚不觉得,到了夜里便显现出来。头顶上,冷光灯照得整个手术等候区亮堂堂的,在大理石地面反射出一道道光影。一只蛾子从窗口留有的那道缝隙飞进来,在她腿边绕了两圈,又飞开了。

距离手术结束还有四个小时。这漫长的四个小时啊。她并不担心手术(这并不算什么大手术),杨亚辉麻醉了还好,可一旦醒来……直到此刻,她才敢于直面并审视自己。与其说是米妮需要她,倒不如说是她更需要米妮。如果说,在杨亚辉落水前,她还有过同杨亚辉挑明的念头,那么眼下,她再没了勇气。

"应当一无挂虑,只要凡事借着祷告、祈求和感谢,将你们所要的告诉神。"她记起外婆常挂在嘴边的经文,她从来也没有真正地相信过上帝。跟外婆去教堂的那些日子,她要么对生活懵懂不知,要么像牧师所说的:"等祷告完,把卸下来的重担再次背了回去。"

人活着怎么可能只靠着祷告、祈求和感谢?或者说,人仅仅凭着祷告和祈求就真的能减轻内心的焦虑吗?即或有,那恐怕更像是一种心理暗示吧。但此刻,她盯着头顶上的冷光灯,头一次希望自己可以像外婆那样,哪怕只是暂时忘却也好。

7

窗外是大片大片的山和一个接一个的隧道。顾檬的座位靠过道。考虑到杨亚辉的手不方便,她特意让杨亚辉坐在靠窗的位置。杨亚辉闭着眼,间或发出一两声咳嗽。今早,医生检查后表示杨亚辉已无大碍,但仍需要休息。她也闭上眼。昨晚她在陪护的床上躺下已经接近凌晨两点,可此刻忽明忽暗的光线以及火车的隆隆声却搅得她无法入眠。

她睁开眼,想调整一下姿势,冷不丁却发觉黑暗中杨亚辉正在用余光瞥她。那余光冷峻,尖锐,尽管光线很暗(仅仅只有车厢内的灯光),但第六感告诉她不会弄错的。

她像是被什么东西蜇了一下,不敢再闭眼。和小江的微信记录还停留在早上,她问小江米妮的情况,小江只说了两个字:"放心。"再看小江的朋友圈,已经更新了好几条,依旧是奶粉、化妆品之类。她倒是有心情!

顾檬把手机塞进包里,手却恰好碰到了那本《圣经》。迟疑了一秒,她将《圣经》

取出，摊开。如果说她之前还寄希望于这本书能带给她平静，那么她已然不抱希望了。眼下，她只是需要某样物品来缓解她的尴尬，而这本书再适合不过。车厢的环境并不利于阅读，但好在她也并不是真的要阅读，如此跳着看几页，竟翻到了《出埃及记》。

《出埃及记》是《圣经》中仅次于《创世纪》她最熟悉的部分。过去，她每次重头读起时，总会读到这一卷，但真正领会其中的奥妙却是她搬出外婆家好久以后的事了。

正是初三，学业相当紧张。难得地，她有空去看外婆。外婆年纪大了，腿脚不大利索，已经不太去教堂了，但那天，外婆却执意让她陪着去一趟教堂。她陪着外婆回去，发现她原先要用手撑着才能爬上去的长椅变小了。她仍像过去那样挺直了腰坐在第一排，百无聊赖之际，她听到牧师问："神为什么要把以色列人领到红海的旷野，而是不走近路呢？一下子便到达神的应许地，这不是一件很好的事吗？"

牧师的问题，她没有想过，但她记起了读《出埃及记》时她想的另一个问题。《出埃及记》里写，非利士地的道路虽近，但神恐怕百姓遇见打仗后悔，就回埃及去，便领百姓绕道而行，走红海旷野的路。可神之后所行的神迹：分开海水、淹没埃及军队以及天降吗哪，哪一个不比打败非利士要难？况且，因着以色列人的顽固，原本四十天的路硬是走了四十年。就是真的让他们走非利士地的那条近路，结果也未必会更坏。

现在，牧师这么一提问，她忽然发觉她觉得矛盾的地方其实恰是牧师提的问题。"神舍近求远真正的目的是让人失去自己。"她听到牧师说。

"失去自己？"她在心里念了一遍，又听到牧师讲："人是很难失去自己的。怎么样才能叫人失去自己呢？神必须让他们有一些经历，而旷野就是那个经历，通过旷野，人将自己慢慢磨掉，转变成神的管理、引导。""而且——"牧师顿了顿，道，"旷野和非利士人的近路的最大区别是，没有退路。他们只能一直往前走，往前走……靠着神得到拯救。"

头一次，她惊觉《圣经》里原来还隐藏着另一个天地。尽管她看完了整本《圣经》，听了那么多年的道，但那个天地直到今天才向她敞开一角。她只当自己找到了那个法门，可等回到家再看，照旧看不出什么名堂来。那个天地的门又关上了。她把《圣经》塞进了抽屉，后来，她甚至忘了还有这么一本书。

8

失去自己。现在这四个字被她从记忆的碎片里重新打捞出来，不仅仅只是简单地拼合在一起，它们更像是一次记忆的重组，认知的爆炸。

和失去自己相反，这些年来，顾檬一直在寻找自己。念大学时，顾檬学过一门心理学，按心理学书上的表述，自我概念是指个体对自己的认知和评价，包括自我认知和自我评价两个方面。其中自我认知是指个体对自己的认知和了解，包括自我知觉、自我观察和自我评价等。

一个人究竟如何寻找到自己，并确定那就是自己呢？她想起年幼时，外婆一遍遍地捏着她的小脸，逗她："这么可爱的小孩是谁啊？"而她则一遍遍地回答："是檬檬。"

"是檬檬"三个字仿佛一个咒语，在她的脑海中得以存留下来并烙上印记。她从此得以知晓她就是檬檬，檬檬就是她。但她为何是檬檬（而不是别的什么名字）？檬檬又具体代表了一个怎么样的她（而不只是一个冰冷的名字）？她当时没有想过，也不可能去想。

她还想起外婆家里的一个大衣柜。衣柜很旧，衣柜中央有一面窄窄的镜子。她常常把脸靠近了，看镜子里的自己。镜子里的自己可真有趣啊。她笑，她也笑；她哭，她也哭；而当她做出一个鬼脸时，镜子的那个她简直就像是在笑话她。

但那都是她很小时候的事了。长大后，她对着镜子洗脸、化妆、敷面膜，可是她再也没有那么细致地观察过镜子里的自己。这么说，其实并不准确。从某种角度上来看，她观察得更仔细了，她会看看自己脸上的每一颗青春痘，每一个闭口，留心眼角新生出来的每一道皱纹，但那只是表面上的，她再也没有观察过镜子中那个皮囊之下的真正的自己。

皮囊之下的自己像是沉睡了。更不要说米妮出生后，她忙着照顾米妮，还要兼顾工作。她经历了初为人母的手忙脚乱——不知道多少时间间隔喂奶；不知道怎么哄小孩睡觉——到能够独自应对、处理有关米妮的各类问题（半夜发高烧，不小心被车门夹到手，无缘无故闹脾气……）。她就像是一个围着米妮团团转的机器，没有时间思考，也不想思考。可是有天，当她像往常一样把米妮哄睡，对着镜子洗脸时，她脑子里无端地跳出一只猫来。猫没有具体的大小、颜色，有的仅仅一个大体的轮廓。

那是心理学课上，老师讲"镜子测试"时特意给他们演示的一只猫。视频里，那只橘黄色的猫正对着镜子中的自己又抓又挠，可无论它怎么示威，镜子中的猫都没有被伤到丝毫。相反地，它更抓狂了。猫被激怒了，继而朝着镜子一顿猛挠，它的样子又生气又好笑，惹得大伙都哈哈大笑起来。

"小心变成那只猫哦。"她那时和高她一级的杨亚辉热恋，室友们便老拿她打趣。"你们才是那只猫呢。"她装作气愤地撑回去，但话一出口，便忍不住笑出声来。

此刻，她回想起室友们的话，竟一语成谶。只是让她变成这只猫的并非爱情，而是琐碎的、枯燥的日常生活。

车窗外好像有穿不完的隧道。她就那么一直凝视着《圣经》，好像书中的那个自己也正在凝视着她。

9

米妮穿一条浅蓝色的T恤裙，这不是顾檬昨天交代小江在她们的行李箱里取的。"妈妈——"米妮见了顾檬，道，"看我的新裙子，这是小江阿姨给我买的。昨天，小江阿姨带我去夜市逛了。""哦。"她倒没想到小江会带米妮去逛夜市，更没想到她会给米妮买裙子。"是带米妮看完病后顺便买的。"小江补充道。"谢谢啊。多少钱？我给你。""八十。"小江也不客气。她微信转账给小江，又听到米妮说："妈妈，昨晚的夜市好好玩。"她一晚上没见到米妮，换做平常，她肯定会耐心地听米妮讲完，但她却没心思再听下去。

火车快到花莲时，杨亚辉侧过脸，问了她一个问题。"你知道人刚刚掉进海里时的感觉吗？"事发突然（这些天杨亚辉和她说的话总共不会超过十句，全是她问他，他才回答），加上这个问题没头没脑，她一时摸不清他说这话背后的动机。

他是在向她示好吗？毕竟这是他这些天以来第一次和她主动说话。还是说，他要借着这个问题，把她引向未知的深渊？她踟蹰着，不知如何回答。杨亚辉却自顾自地说道："我原来以为人刚刚掉进海里，第一时间会出现求生的本能。但其实不然。人刚刚掉进海里的时候，什么反应也不会有。错愕也好，面对死亡的恐惧也罢，还有求生的本能，那都是后面的事了。在你刚刚掉进海里的时候，你所能感觉到的就是一片水，巨大、浩瀚，而你只是趋近于一片空白。"

杨亚辉讲的时候眼睛并不望向她，而是转向了窗外。他的眼神空落落的，看得她心里直发毛。她紧绷着神经，等待从他嘴里蹦出的下一个字，但他说完又将眼睛重新闭上了。

忽然间，她觉得自己距离他很遥远很遥远。上一次她这样觉得是什么时候？那时的他们在外人眼里依然和谐、体面，堪称模范，但她清楚这间发生了质的偏移。

男人和女人之间真是奇怪啊。热恋时拼命地想要了解对方，接近对方，然而等双方终于生活在一起，熟稔对方的一切，却又变得疏远了，就像老话说的"至亲至疏夫妻"。

她当然也明白"婚姻是需要经营的"。可"经营"二字到底有人为、刻意的成分。那只是术，不是道。换言之，一旦两个人的情感世界出了问题，再高明的修补也无法弥合其间的裂痕。这么说，似乎有些消极，但事实上，明白了这一点后——明白了世界上夫妻之间最终无可避免的走向后，她反而释然了。

她听过一种说法，人体细胞更新周期一般为120到200天（神经组织细胞除外），也就是说大约每6到7年就要全部更换成新的细胞。那么，是不是可以说随着那些旧细胞的死去，由新的细胞所组成的杨亚辉不再是过去她爱的那个杨亚辉呢？不仅如此，现在的她也是一个由全新的细胞组成的新的她。从这个意义上讲，她所悼念的逝去的爱情也仅仅是属于过去的她的，并不属于当下的她。

她以为自己再也不会为此伤神了，但此刻她盯着杨亚辉却悲从中来。这不单单是因为他们之间长时间的疏远，更因为这些日子以来，她所经历的一切。她曾无比地确信她以最小的代价（不用离婚，没有狗血的争夺家产的剧情，也不会伤害到孩子）再次找到爱以及那个消失的自我，但她现在却不由得怀疑这般剔除生活的琐碎和磨损的爱真的是爱吗？或者，更大胆一点，将杨亚辉和那个他置换一下位置，那么，他们恐怕也无法逃脱宿命般的疏离吧。那么，她找到的又何尝不是镜花水月，一场沉溺于自我麻痹的幻象？

10

"各位团友，我们现在所在的就是九份老街。这里是侯孝贤电影《悲情城市》的取景地，也是日本动画大师宫崎骏动画《千与千寻》的参考场景之一，整个建筑群以日式建筑为主，顺着地势沿山建造而成，非常特别。一会儿我们顺着台阶上去，会有两个钟头的自由活动时间。有兴趣的还可以尝尝这里有名的小吃——赖阿婆芋圆。"小江的介绍丝毫不带感情，混合着雨水更添单调、机械之感。

顾檬手里举着把伞。雨水沿着伞沿还有一路高挂的大红灯笼下淌到石板上，不时地溅到行人的脚上。杨亚辉选择了留在大巴车上。自从杨亚辉在火车上和她说过那番话后，他又变回了那个冷漠的杨亚辉。

顾檬身后是块老式的宣传栏，里面贴着张《悲情城市》的电影海报。她出神地望着那张海报，但其实什么也没看进去。她的脑子里空荡荡的，直到米妮的声音把她拉了回来。

"妈妈，我想吃芋圆。小江阿姨说可好吃了。"经过那晚的相处，米妮现在动不动"小江阿姨长，小江阿姨短"。"妈妈——"见她没反应，米妮又叫了一遍。"不好意思，妈妈刚刚没听到。"顾檬回过神来，不禁有些内疚。

等两人到了芋圆店，才发现本就不大的店铺外站满了排队的人。店内更是挤满了人，连个落脚的地儿都没有。顾檬好容易买到一份，只能站到隔壁店的廊檐下喂米妮。米妮自然不在意这些。她把小嘴张得大大的，一口就吞下一勺子的芋圆。

"妈妈。"一碗芋圆落肚，米妮心满意足。"小江阿姨说点点也爱吃芋圆。""哦。"她心里乱糟糟的，对小江还有那只金毛并无兴趣。可米妮却没有停下来的意思。"小江阿姨跟我说，等她存够了钱，还要带点点来这里吃芋圆呢。要是我能和点点一起玩就好了。"

"狗不吃芋圆。它乱吃东西会生病的。"她一心想尽快结束这个话题。"点点才不是狗。"米妮大叫道。"点点不是狗？"她以为米妮弄错了，但米妮说："点点是个小妹妹。""你说什么？""点点是个小妹妹。小江阿姨的手机一亮，我就看见了。"

她猛然明白了什么。震惊之余，她赶紧打开微信，在小江朋友圈里翻找起来。小江朋友圈的代购信息实在过多：给点点的日常记录238，给点点的日常记录237，给点点的日常记录236……记录没有什么规律，有时两三天一次，有时则翻上两个月也没有更新。随着时间的倒移，照片里的那只金毛从体型超大变成了中等，而在给点点的日常记录35时它终于成了一只小不点，连带着它那金色的皮毛都倒退回了白色。

或许，根本没有什么。何况，就算是真的，又能怎么样？她自己一摊子的事还没有解决呢？她居然还有心思去管别人的。她习惯性地往下翻了几条朋友圈，打算就此打住。也就在这时，她看到其中一张照片里小不点的正对面出现了一个婴孩。婴孩的双手撑在地板上，撅着屁股，似是在往前爬。她身上只穿一条薄薄的粉色棉质裙子，一块尿布——并不是尿不湿——露在了裙子的外面。

"点点是小江阿姨的女儿？"她蹲下身子问米妮。"啊？"米妮没听懂。突然间，她明白了小江为什么要和米妮单独住一晚。可是，如果按照朋友圈里的照片推算，那么小的婴孩不可能吃芋圆啊。还是说，点点根本没有来过这里吃芋圆？

她像是被什么击中了。只听到一声："妈妈，你看，是小江阿姨。"顺着米妮指的方向，她果然看到了小江。小江没有打伞。她把太阳帽压得很低，要不是那面插在双肩包左侧的黄色领队旗，她还真不一定能认出她来。

"小江阿姨——"她来不及阻止，米妮已经朝着小江飞奔出去。她也只好跟在后头。小江没有听到米妮的叫声，她走得很快，她们跟着她越爬越高，直至前方一个拐弯。

"妈妈，你看，是海。真的是海。"顾檬在拐角处立住。的确是海。来台湾的这些天，她看过不少海，但那都是有预期的，不像此刻，海若个不速之客毫无遮拦地闯入她的视线。雨已经停了，天空依旧灰扑扑的，低垂的天空和翻滚的海浪挤压着本就不太开阔的视野，给人以一种滞重的钝感。

小江也听到米妮的叫声了，她回过头来。"小江阿姨，我吃过芋圆了，真好吃啊。下次，我要和点点一起吃。""好。"小江说着摸了下米妮的脑袋。"点点她……"话一出口，顾檬就后悔了，她晓得这样问很不妥当。小江没有回答。过了好久，她像是从漫长的冰冻中缓过来："你知道'爱'怎么写吗？"

她没想到小江会问这样一个问题。儿时，外婆曾翻开她那本繁体版《圣经》，指着"愛"字对她说："你看，过去的爱啊，有心，现在的人啊，心都没了，又怎么会有爱呢？"

"你是说有心的那个'愛'？""嗯。不过，大多数人只知道现在的'爱'字少了心，并没有关注到'愛'和'爱'的下部分也不相同。那不是'友'，而是'夂'。"小江摊开左手，她的右手食指在左手心上比画了一下。"是携手行走的意思。"她比画完了，食指却仍旧停在左手心上。"有时候，真不知道意外、疾病导致的离别同感情转淡的分开相比，哪一种更幸运。"

顾檬只当小江要讲她自己还有点点的故事。但小江说的却是："你知道罗姐丈夫的事吧。那是真的。"她的脑子里快速思考小江说这句话的意思。小江说的是真的吗？还是说她还在为他们最终选择走保险而耿耿于怀？但她旋即明白了：今早小江已经把这件事上报给了公司，她没有撒谎的必要。

"还好我们最终选择了走保险。"她想起了罗姐的眼神。"你觉得自己在帮她？"小江把头上的太阳帽摘下来了，她看到小江前额的一大片白发。海风吹过她的头发，即使没有阳光的照射，这片白发也相当扎眼。

"你是不是还觉得我很冷血。罗姐都这样了，我还想方设法地压榨她，要她赔偿？""是。我承认我很需要钱，也很想赚钱。但你有没有想过，真正想要赔偿给你们的其实恰恰是罗姐。海滨浴场的行程本来就是一个可有可无的灰色地带，可以给她，也可以给别人。试问，这次以后，公司还会和罗姐继续合作吗？"

天空又开始飘雨了。海风挟裹着雨丝落到她的脸上，她的鼻子酸酸的。她分不清到底是雨水、感冒还是别的什么原因。"为什么不早点告诉我？"小江苦笑了下："说了你就会相信吗？"

11

罗姐丈夫的事是真的？小江走后，顾檬仍旧站在原地。那么，她究竟做了什么？头又开始隐隐作痛了。"妈妈——我们去别的地方玩吧。"米妮拉了拉她的手。她一时没有反应过来，只是呆呆地望着这片海。这片吞没了罗姐丈夫，也差点吞没了杨亚辉的海。

"你知道人刚刚掉进海里时的感觉吗？人刚刚掉进海里的时候，什么反应也不会有。错愕也好，面对死亡的恐惧也罢，还有求生的本能，那都是后面的事了。在你刚刚掉进海里的时候，你所能感觉到的就是一片水，巨大、浩瀚，而你只是趋近于一片空白。"

她没有告诉杨亚辉，在他们的结婚典

礼上,她也曾出现过空白。追光灯打在她身上,在她身后投射出一个巨大的剪影。正前方是一个九层的婚礼蛋糕。她听到司仪说:"现在,请新郎新娘闭上眼,对着蛋糕许愿。"她侧过身,握住杨亚辉的手,闭上眼。

她应该许愿的。可她不知道该许什么愿。或者说,许愿真的有用吗?所以,她只是闭上眼,尽量什么也不去想。她能感觉到灯光打在她的眼皮上,还有台底下人们注视她的目光。整个过程,她所感到的不是甜蜜、幸福,相反,她只觉得局促、繁复、冗长。也就在司仪宣布"睁开眼"的前一秒,她的脑子里出现了一片空白。没来由的,且相当短暂,但却像极了在重负下的一丝喘息,一种间歇性的解脱。

那时的她并不明白那其实是个序幕,一个巨大的隐喻,而摩西将红海分开从来不是神迹,真正的神迹是行走,日复一日,直至旷野的尽头。

岂曰无衣

邓一光《钟山》2024年第6期

推荐语

《岂曰无衣》写萧瑟环境下两个男女面对公司裁员的不同表现，并由此回溯他们的过往，勾勒出他们的性格、处境和命运成因，共情于人物在时代潮汐中的进退、得失和无可奈何，透显出社会竞争情景中人们偶尔不得不闪现的同仇敌忾之感，暗暗的底色上反射出隐隐的光斑。（黄德海）

一

周六一大早，王子腾就在书房里和家乡某个长辈通话，凌春水起床冲完凉，回卧室关门在衣橱里翻小衣，隔着石膏龙骨墙听得很清楚。不怪凌春水，王子腾就是这么个人，万事在他眼里都顶着一层毛茸茸的阳光，看见衣袖上一只蚂蚁张头探脑爬动都会欢天喜地向人炫耀，此时他开着扬声器，声音大到换成千人礼堂都不用麦克风。

"郭叔叔发来的《行政职业能力测验》和《申论》题都看了，几年没刷题，一半没做下来。"王子腾口气里没有半点沮丧。

"周主席的公子记得吧？考了两年，去年勉强考上。现在上面看得紧，你这种情况，考公不现实。"姓郭的长辈指点说，"要不，去路政所做个临聘吧，我只能帮你到这个份上。退潮时先别晾在滩涂上，等涨潮再回海里，关键志气不能垮，一垮就扶不起来了。"

"房贷怎么办？公司赔偿金只能支持五

个月。"王子腾说。

"说过别急着出手，粘在手上了吧？"郭长辈责备。

"那会儿供得起呀，还完贷剩三四千，不用二十年就能清贷，心想早点把我妈接过来，总不能一直让郭叔叔照顾吧。"王子腾一副恋栈马驹的口气，就差没打两个响嚏，"要不，您让朱阿姨打笔钱，我办提前还贷，房子转您名下，转朱阿姨也行。"

"你看我名下有一份财产吗？我在公路局干了小三十年，管过局办，管过高速公路招标，伺候了五任上司，现在他们一个在牢里养龙虾，两个在牢里踩缝纫机，你当我眼馋夜郎城啊？再说，我和你朱阿姨早分开了，对外没宣布，她和你小齐妹妹一直盯着我账务路线，要不是欠你爸的情，咬死我也不会管你的事。"郭长辈语重心长，是真关心的口气，"你爸还有十三年吧？你看你们母子俩落到这个下场，容易吗？"郭长辈停止了一会儿，继续说："我们局超一半孩子要回来，大家都躲萧条，我手上攥着半寸厚条子，你要回来就快点，回晚了再安排，不知会伤到谁的脚踝，我只能选择不认识你。"

"知道了，谢谢郭叔叔。"王子腾回复长辈，收了线。书房那边很快传来精力十足的响动声，像是室内晨练。

凌春水换好衣裳，快速往脸上拍了拍爽肤水，抹了点防晒霜。精华和乳液免了，剩下眉眼妆和腮红口红全不用。她容貌出众，刚出学校那会儿自信得很，基本不用化妆品，眼看近三十了，再不甘心也走进岁月的收容营，平时不敢狂妄，该遮瑕的遮瑕，该高光的高光，程序一样不会少，只是从今天起不同了，她打定主意不再化妆，要拿底色过日子。

忙了两个月，公司裁员程序走完，特意安排在周末结束，中间空出两个休息日，公司人去楼空，员工出现应激情况，也减少了多半冲突概率。凌春水有重要事情要办，她收拾完，拿上防晒外套和小包出了卧室，去敲书房的门。

王子腾舒服地躺在书房中央的折叠床上刷手机，一边哼着歌。他哼的是英歌的打击乐，学震撼人心的鼓声、击槌声和气势磅礴的呐喊声。公司裁员前他正跟一位潮汕同事学跳英歌舞，刚学会外八字旋转，人挂在兴奋点上，都这会儿了，还玫瑰无刺鳄鱼无牙的，一点儿不着急，凌春水不免心生恨意。

"收拾好了？"凌春水问，"剩下的事今天抓紧办了，明天去公司签了合同就去找房，等搬出去再慢慢考虑以后的事。"

"哦。"王子腾答应着，"铮"的一声断掉粘在屏幕上的目光，收了手机，突然双目眦睁，两臂抡开，从折叠床上跳起来，做了个英歌打布马动作，还真有点架势模样。

二

凌春水和王子腾是黄冈老乡、武大同学会、龙驰国际物流公司同事。凌春水比王子腾早来公司三年，王子腾进公司是她筛选的档案。王子腾学业特别好，中学参加过 HIMCM/MidMCM 比赛，大一拿过 ACSL 名次，军方重要部门顺藤摸瓜，去学校看档案，因家庭背景，最终没提走档案，如果提了，如今王子腾应该换下学员红肩牌，挂三杠两星中尉牌了。那天为二哥的事，凌春水和大哥煲电话，不知怎么说到王子腾。大哥说，是某某的儿子吧。某某是黄冈大干部，几年前判了二十年，哥哥出来前跟着师傅给他家装修过别墅。凌春水这才依稀记得，在网上看到过新闻，对了一下，心想父子俩长得还挺像的。

"挺可怜。"凌春水说。

"可怜什么？"大哥说，"他要不贪乡村危房改造补贴，奶奶不会被砸死；他要不贪大病专项救治补贴，爸爸的直肠癌说不定有救；他要不贪雨露计划补贴和就近就业补贴，我和你二哥在家就能接受职业教育，种种大棚菌子，建个苗圃，不至于丢了家跑出来讨饭，把弟弟一个人丢在家。"

"那我筛掉他。"凌春水说。

"可别张狂。谁不难啊。"大哥连忙在电话那边说。

面试的时候，王子腾神情有些不安，坐没坐相，答非所问，凌春水越看越有气，几次想把他的档案丢进碎纸机。幸亏王子腾长相一般，凌春水要下手就是歧视了，做人力资源是大忌，这才忍住。

王子腾被分到发展部技术研发组做数字货代技术。研发组是公司最吸引投资也最烧钱的部门。传统航空和海运货代靠电子邮件、传真和个人交接传送报价和预定文件，耗时不说，人工流程庞杂，需要大量运营成本，而且很难实时跟踪订单，数字货代完全在线上整合物流预定和运输程序，即时提供报价，自动发送确认邮件。不过公司做货代技术这件事情其实没有技术含量，组里七八个人，拿着高薪，仓鼠似嚼着海苔和豆干，花一半时间浏览码云、牛客、稀土掘金、极客时间和开发者头条，花另一半时间敲打 Logitech MX Keys，复制别人的通信和自动化逻辑。公司对研发组的情况心知肚明，不过钱要烧，不然研发成本上不去，公司未来没有空间。

那是裁员之前的事。

王子腾昨天办理了解职手续，和他谈解职手续的也是凌春水。王子腾坐在凌春水面前，脸上带着失窝兔子似的迷茫，神经质地把一只纸水杯捏扁，再恢复原状，再捏扁，弄得凌春水浑身不自在。

"折腾它能多折腾出一分钱赔偿？"凌春水说王子腾，连续十五个工作日和人谈裁员的事，她累到嘴抽筋，不过百分之九十以上的人，她都用略带自己人的口气，给他们一个交代，"手续就是这些，这是清单，你照着一样样办，不清楚的地方随时问我。"

"公司不是要留些人吗，咱俩的关系，我能不能免这一刀？"王子腾有点坐不住，不安地扭动身子。

"咱俩什么关系？大股东三个鄂系，要说走的人大半是老乡，武大校友不止你一个，别说那些没用的。"凌春水耐心地劝王子腾，然后替他分析，"你没怀孕，不在产期和哺乳期，没有职业病，掉头发和吃零食习惯国家健康委不视为丧失劳动力。麻烦的是你那一百二十万公司贷，三十天内得退回。知道你很难，公司就是这么定的。能告诉你的是，公司减员报告在政府相关部门备了案，法务部事先走完了协商、调解、仲裁、诉讼、投诉、信访全程序，你去任何地方闹都没用，还会承担司法责任。只能自己想办法。"

"咣当一下，说翻车就翻车，一时半会儿凑不出公司贷款，哪有什么办法。"王子腾和别的员工不同，脸上不见痛苦和绝望表情，也并非要和凌春水纠缠，凌春水看出来了，他把纸杯捏扁，是脑洞大开，想把它折叠成一只酒樽。"我要认识姜子牙、鬼谷子、袁天罡和李淳风，就请他们组团来帮我，可眼下情况，就算姬昌来了也没用。"

凌春水生得一副巧舌，一根线头舌头勾住衔进嘴里，吐出来就是一串绳结，公司就是看中这个把她从客服部调到人事部，让她当了人事主管。这个时候凌春水不接王子腾没头没脑的话——这是谈话技巧。她伸出手在王子腾膊上轻轻拍了拍，抬腕看表，再看门口，示意王子腾，后面还有人等着谈。其实王子腾是最后一个。

"凌春水，你有没有觉得便秘？"王子腾起身的同时突然问了一句。

这话内容挺私密，凌春水没给反应，不动声色地用目光询问王子腾。

"你不用担心我，我才排多少毒啊，憋一下就解脱了。你得对付一百来号人，换我早得脑血栓了。看你头发梢到脚趾全冒着暗绿色毒汁，我都同情你。"王子腾笑嘻嘻，眼里有一缕雨后空山的潮气，"你忙吧，记着多喝水，啊。"

凌春水下意识低头看脚。她穿了双露趾鞋，趾甲涂了宝蓝色，分明不是绿色。再抬眼时，王子腾已经离开了，离开前他做了件事，给凌春水手边纸杯里续满纯净水，从纸巾盒里抽出两张纸巾，认真地把桌上的水渍擦拭干净，看看没什么遗憾了，把用过的纸塞进手里的半成品樽里，笃定地往门口走去。

启动裁员程序前，凌春水做了心理建设，下手炒员工非常果断，没有什么困难，有人威胁跳楼或泼硫酸什么的，她脸上带着二百亩地以外的微笑，付出的代价只是失控者的咒骂、裁纸刀的威胁、扯坏的西装加上一杯泼在脸上的水——这是她事先让助手买纸水杯的用途。凌春水什么建设都做了，就是没反过来做关心怜悯被屠宰对象的共情建设，即便表情没乱方寸，心里还是瞬间破防。也许正是因为这个，王子腾拉开门准备出去时，凌春水叫住了他。

"宿舍退出来，要是一时半会儿没找到房源，你可以把东西搬到我那儿去过渡一下。"凌春水平静地对王子腾说，"你没太多东西吧？"

"没有。"王子腾感激地看凌春水一眼，拉开门走了出去。

凌春水对王子腾那么说，只是客气话。她在梅林街道的美邻酒店公寓有套二居室，是早几年楼市没到顶时买下的，刚开始首付后的长征，她没告诉别人，也不带人去那里，没想到王子腾昨天晚上就来敲门。看见王子腾背着沉甸甸的双肩包，脖颈上挂着圆耳象鼩耳机，喜滋滋站在门口，凌春水一时没回过神来，等她知道楼下还有1.8吨的货拉拉拖了小半车难民零碎，她差点没把他骂出去。

王子腾没付人力上楼费，说自己跑几趟就行了。凌春水快速做出决定，她不想打扰邻居，怎么说这里住的都是大公司外派高级白领，她没和王子腾讨论，下楼去大堂做了交涉，让货拉拉司机和王子腾俩把东西搬进客厅。

"行了，明天早点来，把东西归整一下，别乱糟糟堆一屋，几天也不是事儿。"凌春水说，说完发现王子腾没动弹，看他带来的折叠床，愣住，"你不会说，你和东西都存我这儿吧？"

"那我存哪儿？"王子腾一脸无辜地看凌春水，"宝安塘尾单间也得六百以上。"

"你不会去龙岗坂田找？日租二十二，月租四百五。"凌春水哭的心情都有，想到王子腾扛着那百十来万债，没法吵架，把兴趣盎然看热闹的货拉拉司机推出门，付了费用，打发走，关上门，转身把王子腾推进厨房，让一脸蒙圈的他在那儿待着别动,掩上门,快速把客厅、书房、卫生间和露台该收的物件收了,该藏的东西藏了,再把王子腾从厨房里放出来,带着他把书房收拾出来,架上他带来的折叠床。

一切收拾完,时间已过子时。凌春水看客厅里那堆乱糟糟的零碎,恍若身在扎塔里难民营。她没有洁癖,但心里生出根刺,觉得事情糟糕透了,事已至此,也只能为王子腾提供临时逃难点,解决不了他的公司贷款,好过他流浪街头去睡龙华公园。

凌春水问王子腾有什么计划。王子腾说按凌春水下午清单上的交代,他整理了一下头绪,周一去公司办手续,先办交接,归还财物和资料,退还工作证件和门禁,签订竞业禁止协议,终止劳动合同,结清工资和补偿金,提走档案和社会保险关系,公司的事办完,再考虑下一步的事。

"这些东西呢?"凌春水指指客厅里他那一堆私人工具、家具、餐具、衣裳和十几个未涂装的手办,"还有你。"

"用不上了,找地方寄卖掉,我再说。"王子腾眼神发散,一副大山压下时对谁也负不了责任的神情。

"不要乱找平台。"凌春水不让王子腾躲闪,熟门熟路指点,"别去汇奢社和只二仓,那种奢侈品回收店和你没关系。你去水贝村看看,那里不欺客,寄卖价比线上多一两成。"

"哦。"王子腾说。

"哦以后呢,还会说什么?"凌春水以为王子腾至少会问,她怎么知道这些信息,看来他现在脑神经元处于抑制期。

"哦,谢谢你。"王子腾话里透着真诚,眼睛盯着厨房门上卡通贪吃蛇把手,"我见灶台上有半盆蔬菜沙拉,能吃吗?我还没吃饭。"

凌春水哭笑不得,起身进厨房。她回来得晚,又累又乏,凑合着做了份生拌蔬菜,刚吃一半王子腾就来敲门。她从冰箱里拿出两颗鸡蛋、两棵油菜、一瓶高邮云湖虾籽和一指阳春面,打开火,准备为王子腾做碗虾籽面。炉上开着小火卧荷包蛋的时候,她怎么都转不过弯来,脑袋探出厨房,对窝在那堆破烂中发呆的王子腾说:"我说你东西没地方放,放我这儿过渡一下,没想你还当真,连人一块送来。"

"是吗?"王子腾"铮"的一声,从发呆中拔起来,一脸讶然地看凌春水,"你是真的,对吧?我怕辜负你的好心,赶紧来了。"他扑闪一下眼睛,真诚地问:"我没理解错吧?"

"没说你理解错。"凌春水脸红了,快速缩回头去,心里一个劲骂自己,也说不清为什么骂。

溏心蛋诀窍是七分熟,过头就老。锅里煮面水噗噗翻着揶揄的小浪花,凌春水冲酱油宽汤,心想要不要潜入酱色汤里惩罚自己一下?她不喜欢自己这样。

三

两人出了公寓。凌春水去车库开车回公司办事。王子腾乘9号线转3号线去水贝村。

凌春水最先在客服部,以后转人事部。她赶上了外贸疯狂增长那几年,被大潮簇拥着往前奔跑,停不下脚步,几年过去,已经不是当年初来公司那个小姑娘。

凌春水家境贫穷,父亲病逝早,大哥十四岁不到就闯珠三角,在工地做小工,后来把二哥带出来,两个哥哥卖命干了二十多年,还清父亲欠下的债,二哥把一条胳膊干没了，然后他们闯去新界，如今在河套合作区接工程。妈妈把爷爷奶奶送走后去了长三角，头几年还回家看看，等凌春水考上大学那年她就不再回了，如今不知生活在常州、嘉兴还是宁波。凌春水有个患严重硬化症的弟弟，小时候她偷林子里的果子给爷爷奶奶和弟弟吃。她看弟弟吃力地啃果子，果汁滴一下巴，她向弟弟描述她的宏伟计划，她要去镇上偷辆自行车，再去县里商店偷一个洗澡盆，洗澡盆焊在自行车上，这样她就能骑着自行车带弟弟去她学校玩了。

大哥对凌春水说，妹妹你好好活，哥在外面打拼，有弟弟一份，也有你一份。大哥每次这么说，凌春水都憋住，放下电话就失声痛哭一次，第二天脸肿得不像样，像被人痛揍过一顿。她像向日葵一般顽强生长，没进初中就有男生守在学校门口往外勾她，要不是两个哥哥看得紧，早被人害了。她离开家乡到武汉读书后，弟弟跟着大叔养鱼，和大叔的看塘狗"鱼锅"睡一个窝里，互相当被子。凌春水一直惦记着对弟弟的承诺，没和哥哥商量，一年前把失去视力的弟弟从家乡接来，送进光明一家关怀医院，周末她会带弟弟去海边，和弟弟说会儿话——老家梧桐树上知了怎么鸣叫，海里的鱼怎么问候弟弟，妈妈说过什么，爸爸什么模样。

凌春水听大哥说过不少二十年前珠江三角洲的事情，那时候机会像台风，一个接一个迎头扑来，人们在台风中理想万丈，满眼放光，摔倒不是被风吹倒，是被机会撞倒，直接和理想撞个满怀。凌春水嫉妒哥哥，她没有经历过这样的珠江三角洲，她的珠江三角洲是算计和分裂。凌春水在情感上陷入真哥的河网地带，也是因为这个。

真哥叫姜真煊，光州人，他和在公司打黑工的那些比哈尔邦贾坎德邦员工不同，持Z签证，公司高薪从韩日达货代公司挖来的客流总监。真哥每天再忙也要做保养，把自己收拾得跟橱窗里的人偶陈列品一样，第二天皮肤紧致地出现在公司，打了鸡血一样冲来冲去，开口就真诚地让人把自己当一柄撬动地球的杠杆，公司供应链部被他带得虎虎生风。

两人熟悉后，凌春水知道了真哥的一些情况。他是光州事件的产物，爸爸是松源大学学生，妈妈是女子大学学生，两人在街头堡垒后向警察投掷燃烧瓶时还不认识，后来复制和传播《献给你的进行曲》磁带时相识。"我将一往无前，还活着的人就跟着前进吧。"真哥每次唱到这句都泪流满面，失声痛哭，凌春水心里一阵疼似一阵。

凌春水欣赏精致男人，对蓬勃男人丧失抵抗，失守于真哥是意料中的事。那次凌春水在酒醉中天上地下旋转，别的事记不得，只记得真哥呼天抢地地把她拖来抡去地猛撞，撞得火星四溅。天，她分明是"有山而不合"的不周山，真哥则是愤怒的共工，那一下一下的撞击，直撞得日月星辰从东边升起，大江大河向东边奔腾，以至凌春水完全忽略了真哥165厘米的身高，有位在红岛做导游的老婆和一个整天在通红的海水中扎猛子的五岁儿子的事实。

凌春水拿蓬勃的真哥当了一往无前者的样板，一边和不断遇到的各色情感怪兽撕咬，一边和有着家室的真哥纠缠，直到疫情那三年到来。有一天，禁足在公寓的凌春水脑子里突然冒出真哥那张意气风发的脸，产生了展开一次大胆行动的欲望。她想冲出重围，去真哥那里听他再唱一次"我将一往无前"。她打视频过去，结果真哥比她提前一步行动，不过，他是叫了人假扮社区人员到公寓做上门保养。凌春水第一次知道，真哥的保养不光是脸部深层护理和全身推油，还包括整脊养疗、足部护理，肾保双修，脐疗减肥，睾丸和前列腺养护。那一刻，凌春水出了一背细汗，快速摁掉视频，突然有种酒后呕吐的感觉。

凌春水开车去了解放路，先跑移民局出入境管理支队，处理公司那些三非印度员工的事，谈好公司不以容留和藏匿外国人条款处理，缴纳一笔涉事人员非法居留罚款，把事情平了。

快到中午时，凌春水回到公司。公司一片大逃亡恐慌景象，一个月前老板就不再出现，总经理借商务安排躲了，周末只有一些中下层干部进出，他们像是突然矮下去一截，说话口气和走路样子都绷着紧张劲。凌春水像往常一样，在楼下奶茶店打包了金珠珠和鸡蛋仔，脸上带着微笑，和见到的每只心事重重的内勤蜂打招呼，对方目光中则透着"你拿到诺亚方舟登船票了？"的疑问。

进了办公室，凌春水关上门等真哥，一边订正昨晚加班写的裁员报告。约好的时间到了，真哥没露面。过了十分钟，凌春水没有询问，直接发过去一封未设密码的邮件。几乎是提示音响的一瞬间，真哥就把电话打过来了。凌春水没接电话。真哥留下语音，说凌小姐对不起，正忙着，忙完联系。

凌春水没有回复真哥，她知道他的真实想法。公司外籍员工赔偿比国内员工高不少，但竟约手续复杂，韩润物流和乾宇货代这些韩国货代公司都在收缩业务，资金和人员分批转移到南方新兴市场，真哥会严格按照外籍员工规则行事，拿到赔偿

金和同胞一起离境。他对她横冲直撞，和拒绝帮助她冲撞公司，理由都是真诚的。

凌春水多少有些失望，但她有预案，既然手上已经沾了血，她不会把滴着血珠子的刀子放下，谁说刀子能砍普通员工，就不能刺管理层和股东。凌春水手里捏着几项争议内幕，如果公司让她走得不爽，她保准让公司进不了倒闭程序，付出惨重代价。

检查完工作报告，凌春水把报告传给上司。做完这些事，她想起王子腾，在微信里问他的情况。王子腾秒回，说找到她说的那家实体店，"头发蓬乱嘴角起泡"的店家"手里捏着一瓶乳果糖口服液"，问他寄卖的货是不是大宗，知道不过是几件日用品后，马上抱歉说爆仓了，最近大家都赶着离开，实在收不进货，让他去别的店看看。别的店也一样。他到下一家门店，见"刷着店家招牌的微卡"停在店门口，"车上装着几十台没拆封的Photoshop"，店家拦着不让卸车，司机正梗着脖子和店里人吵架，爆仓的事所言不虚，他连马路都没过就离开了。

凌春水问王子腾现在在干什么。王子腾说已经回到公寓，在大堂吹着冷气往线上挂寄卖的东西，大堂那位"假睫毛最好由 $0.20×14×D$ 调到 $0.05×8×J$"的女服务生过来看了好几次，夸他屏保漂亮，问能不能帮她做一个。

凌春水说，周末是工作者休息日，你没工作，快忙正事吧。王子腾乖乖地说明白，东西都挂出去了，线上平台确实叫不起价，简直是公然抢劫。

"两套西装，我心理底价七五折，上去一看才知道幼稚，平台上最不缺的就是制服，有的连吊牌都没摘，直接开价六折，

我那两套干洗过，怎么也担不起诱惑大任。"

"不是有两台电脑要处理吗？"

"Mac 留下，ThinkBook 16+ 卖掉，价也估高了。ThinkBook 16+ 是感染没死奖励自己的，装了 Homebrew，特别好用，以为有懂行的下家称赞。再坚持两天，不行我自己买下来，没人疼自己疼。"

看到屏幕上最后那句，凌春水不禁哑然失笑，笑过又发一会儿怔。

四

上司两小时后回了信息，有油无盐地表扬了两句。凌春水趁机约了上司时间。退潮会形成大量不明旋涡和暗流，速度极快，她不会在原地等待。做完这些，她离开办公室，把车开出地库，驶上回公寓的路。

凌春水比公司大多数人提前知道情况。去年大洋彼岸业务关系 Makena Trading Corp 卡车运输、Peace Equipment LLC 物流和 Western Global 航空公司先后申请破产保护，国内代运业就敲响了丧钟，那以后公司再没有获得新融资，只有数着日子苦熬。这期间凌春水跟着真哥跑过几次盐田港，港口的清冷样让人不寒而栗。真哥在空荡荡的港口跺着脚大哭，说完了，完了。南海的风有情绪，吹乱了真哥的鸽子发型，这让他显得很难看，凌春水尽量把目光移开，不至于太失望。

重组希望落空，投资方只想止损，果断修改投资条款，公司倒闭再合理不过。人事部停止培训项目，夏天后进入屠宰场模式，那会儿凌春水已经割干净和真哥的关系，真哥偶尔会礼貌地询问她愿不愿意去他公寓说会儿话。多数时候，两人衣裳周正地坐在那里，凌春水听真哥痛哭流涕地用蹩脚的东北话痛心疾首地批评高层只管烧钱，没有抓住 IPO 机会，以致被经济下行这只魔头一剑封喉，倒在资金链断裂上。凌春水对说车轱辘话的真哥毫无安慰之意，看着他一点点平静下来，她起身告辞，去车库找自己的车。凌春水心里清楚，她和真哥的关系，套用一句韩国谚语，"소 없이 말을 잡아밭을 갈다"，意思是没牛捉住马耕田，话虽粗，换了自己何尝又不是。她想起咬住肋骨往前走的大哥和横冲直撞的二哥，她敬佩他们，相比起来，长吁短叹的真哥半点前辈的血性也没有，不过这也不能赖他，五一八事件六年后他才出生。

凌春水的大哥一直没成家，他费了很大劲成立了公司，为独臂的二哥成了家。二哥的妻子也是残障，人要强，很在意二哥，他们生了个女儿，打算喘过气再生个儿子。大哥关心凌春水的婚恋大事，老问她，要挑到什么时候才安顿下来。凌春水不是挑，这些年接触了几个男人，没有能唤起她成家愿望的。凌春水找不到托词，拿话将大哥，说等你找到嫂子我就考虑。

有一次真哥问凌春水，研发组你那位老乡同学挺不错，考虑一下嘛。凌春水愣一下。她对王子腾印象不好，明明是个拔了奶头就会断气的家伙，父亲已经在监狱里数手腕上的佛珠了，他巨婴做派还没改变，仗着学业好，躲在蛋壳里不出来，陨石砸在脚边上最多看一眼，不会好奇地蹲下去往手指上吐口唾沫捡起来，那种人一点压力也不能有。凌春水这么一想，笑着对真哥说，操心一下你儿子吧，老在红海里扎猛子也不是事儿，带去首尔釜山闯闯，学点他爷爷奶奶的刚烈，别最后像你。真哥发一会儿呆，说，是哟。

真哥提到王子腾后，凌春水开始注意

王子腾。凌春水很奇怪，王子腾对细节的观察和在意让人吃惊，好像他生下来就接受了秘密任务，要发现人类某个藏在细节中的重要机关，这个能力一点儿也不能帮助他成就现实，反而让他出离紧迫和压力。王子腾第一次感染时反应特别大，凌春水和他通了两次视频，看出他确实难受得要命，担心地问要不要送他去医院。王子腾强打精神在视频里和凌春水忽悠，说正在考虑一个哲学问题。

"人类第一次环球航行，用的时间也是三年，这三年证明了地球是圆的，一直往前走，用不着回头，就能抵达出发时的港口，多了不起的发现啊。"王子腾龇牙咧嘴地捂着胸口说，"可惜了。"

"可惜什么？"凌春水没明白，她想知道王子腾手头有没有布洛芬或者普鲁本辛，还有，他要是窒息了，她要不要冒昧撞去，如果他需要做人工呼吸怎么办？

"三年还是三年，可麦哲伦死在路上，连发现了什么都不知道，你说，这有什么意思。"王子腾心事重重地说。

"啊呸，"凌春水连忙制止王子腾，"别说不吉利的话，多喝水，吃鸡蛋，觉得呼吸困难了呼我，能抢救回来还是争取多活几年。"

"说的就是这个。"王子腾还真听话，从视频前消失了一会儿，去一边接了自来水咕咚咕咚喝，回来继续说，"感觉我会挂掉，Robocode竞赛编程游戏都不想玩了，觉得活够了。"

王子腾说话没头没脑，他那个疼痛而又思绪狂驰的难看样子让凌春水相信他死不了，能活下来。果然，王子腾在那三年过去的头几天感染上病毒，他闯了过来，确实没死，却一语成谶。货代业垮掉是一夜间的事，整个行业呼天抢地，子夜过后都能听到预制件一块块往下坍塌的轰隆声。两个月后，凌春水见到王子腾，是在公司食堂。王子腾戴着口罩，端着不锈钢餐盘，盘里象征性盛着一只水潽蛋，一碗芥兰皮蛋汤，连筷子都没有，挨着桌到处走动，和人说着什么。老远看见凌春水，他过来，保持着两公里间距站着，不打算坐下。

"下班后我约了人去龙华送面包和水，你要不要来？"王子腾说。

凌春水很快弄明白，继几年前三和大神事件后，龙华又出现大量夜宿街头的年轻人，多数是下岗工，王子腾串联着人去慰问。

"义工联组织的？"凌春水问。

"不是。天气热，有人中暑，我们去帮着找些便利店。"王子腾说，"便利店夜里不关冷气，流浪狗都在门口避暑，我们去和狗商量一下，大家分点冷气。"

"我晚上有事，不去了。"凌春水没说假话，她要带弟弟去大鹏岛，弟弟情况不好，关怀医院说可能没有多少日子了，"不是早转阴了吗，怎么还戴口罩？"

"我不打算做麦哲伦，小心点好。"王子腾记着吃鸡蛋的事，快速拉开口罩下方，把鸡蛋塞进嘴里，再快速掩好口罩，"不去也行，捐一份吧，十块钱起步，上不封顶。"

"操那个心。"凌春水埋怨王子腾，"都怪你不好好说话，死呀死的，现在要和流浪狗争冷气了。"

王子腾傻傻地看凌春水，不明白她说什么。这方面他情商不够。

事后凌春水故意只捐了十块，想看王子腾怎么说。她希望他势利眼，说点讽刺挖苦的话，这样她就有理由拉黑他。没想到王子腾兴高采烈发来个比心的表情包，另赠了好几枝竖着的玫瑰表情,让她大失所望。

五

凌春水回到公寓,王子腾果然在大堂里帮前台姑娘装屏保。那姑娘叽叽喳喳和他吐槽业主,丝毫不在意监视器罩着她。

凌春水有意见,觉得王子腾不操自己的心,乱管闲事。回到屋里,她问王子腾寄售情况怎么样。王子腾汇报了一番,口气带着满足,好像他在公司下了岗,在凌春水这里上了岗,一切都很顺利。凌春水好奇心作祟,让王子腾拿西装来看。一套灰色的吉约蒙,一套藏青色的韩潮版,虽是水版,但版型讲究,可是,王子腾是塌肩,这几年在人群中习惯了含胸束手做人,穿上显得腰不是腰臀不是臀。凌春水有些失望和难过,不想王子腾看出来,让他转身,直直盯着他背看了几十秒钟。

"干吗啊?"王子腾打了个哆嗦。

"别动。"凌春水吩咐,心里数着数。

"完了没有啊,"王子腾夹着胳膊描述感受,"后背发凉,像是有人在两片领面布料中间,一针一针挑开线头,一缕风钻进来,把玩后背那片肌肤。"

"啊呸。"凌春水被王子腾说得恶心,红了脸,走近几步,隐掉两人之间距离,"去冰箱看看有没有吃的,人家忙那么久,肚子饿了。"

"我不会做饭,叫两份吧。"王子腾一边脱西装一边说,"我是客人,你买单啊。"

"怎么成客人了?"凌春水生气,但不知道为什么要生气。

有一阵两人没说话,王子腾有一搭没一搭收拾那堆破烂,凌春水坐在山墙概念沙发上处理邮件。后来凌春水打破沉寂,问王子腾能不能积极一点,不知道世界变了,大家都没有出路,又不是只有他一个人,没有必要躲。王子腾笑一下,说我没躲,我还好,不至于像当老板的,要去找高楼平台往下跳,不背降落伞那种。凌春水不接王子腾蹩脚的笑话,沉默一会儿,问王子腾,有家马上成立的无人机配送平台,愿不愿意应聘,如果愿意,她推荐他去。

"真的?你是说低空经济,对吗?"王子腾眼睛一亮,"工资多少?"

"不会太高。"凌春水又生气,心想,有份工作就不错了,还挑,"你就说干不干吧。"

"好啊。"王子腾来劲了,兴奋地说起无人机续航能力,业务量地理分布,优先级排序软件什么的,好像他对这件事情很有研究,说一阵突然停下来,歪着脑袋想了想,又改口,"不好。无人机满天飞,人怎么办?真的被炒痛了,现在身上还有煳味,我不干。"

"幼稚,"凌春水说王子腾,"这一次不是海啸,几小时就过了,是极地气温上升,别说鸟,蒲公英都飞不起来,总不能躺在寒潮下摆烂吧?"

凌春水不能老生气,不再理王子腾。她回了卧室,摆弄了一阵手机。她见寄售平台上有不少墨宝,之前挂在某位老板人体工学椅背后墙上,或者某家企业前台背景墙上,用来激励人,"立于信,存于勤,拓于新""居安思危,处盈虑方""人弃我取,人取我予""贵出如粪土,贱取如珠玉",哪条内容都励志。凌春水目光停在其中一幅上。是抄录诗经的《无衣》,字写得一般,内容让凌春水心里一动。她记得大学时,班上男生中秘密流传这首春秋歌谣,男生们脸上带着欲熟未熟的李子青色，个个有种急不可耐的泼血冲动。凌春水想也没想，把它拍下来。

听见王子腾收拾完客厅，回了隔壁书房，和那位神秘的长辈通视频，商量还房贷的事，还是想不出办法。凌春水犹豫了一下，拍下两件二手衣，收货地址填了公司附近智能柜，付了款，手机丢在床上，拿了居家装去冲凉。

凌春水一边冲凉一边看镜子里的自己。打小没有机会在意自己的相貌和身体，如今离开家十多年，她从向日葵活成桔梗，鼻翼两侧有了法令纹，走路肩膀下沉，笑声短促了不少，这个时候她才明白青春已逝。她关了莲蓬头，把自己裹进长绒毛巾里，突然有种觉醒的感觉，什么黄金年代啊，流金岁月啊，每个精彩背后都有一个坑等着，哪个共工下场好过——公司老板花神仙的资源取自己的经，结果到手一堆无字天书，不跳楼就算下场不错。真哥看着像束着虎皮裙的齐天大圣，脱光了其实是苦命的沙僧悟净，落得万箭穿心，枉叫真哥，到头也没要回真身。自己像白龙马，明明什么也担不住，却做了大潮中挥舞血刃的阵前驹。只有王子腾，看上去心大无脑，遇到好和不好他都不带成见，如果他是八戒，那他心里一定住着个霓裳仙子，这样一比，人还是傻点好。

"嘿，有人拍走了西装，两套都拍下了！"王子腾兴奋地叫喊着，听声音他是从书房里冲出来，跑进了客厅。

是哈，真不错，凌春水绞着头发想，她光着身子，他可千万别冲到卫生间门口跳英歌舞，她没法回应他，那成什么了？

六

东西一挂出去就有人拍走两套西装，王子腾开心，坚持请凌春水，叫了外卖，他买单。凌春水忽略了，该强调一下自己吃不了辣，小炒肉、爆炒肥肠和酸辣鸡杂，哪样都有一多半辣椒作料。

"我不能吃太多辣椒。"凌春水吃了几口，嘴里嘶嘶嘶抽着气，终于放弃，放下筷子拿过冰柠水杯，"我都掉头发了。"

"我也是。"王子腾说，没抬头，伸手把第二盒饭拿到面前。

"我不会离开深圳回黄冈，那等于前七年失败了。"凌春水说。

"我也是。"王子腾说。

凌春水警惕地看王子腾，像看一只讨厌的鹩哥。王子腾吃得很快，菜盒里大片肉没了，剩些细碎，他专注挑出来吃掉。很明显，除了辣椒炒肉他不关心其他事情，但他说他也怕辣，显然撒了谎，他说他不回黄冈也是谎言吧。

凌春水朝屋角两套打包准备寄出的西装看一眼，不想揭穿王子腾，找出除味剂，叮嘱他吃完饭把厨余送去收纳间，回来打开窗户透透气。社区群有约定，九点以后不能闹出响动，震撼人心的鼓声、击槌声和气势磅礴的呐喊声都不行。

凌春水回到卧室，见上司给她回了信息，约她明天在公司谈话。她知道明天会有一番残酷厮杀，她可能拿到血染的车票，也可能片甲不回。她觉得她对王子腾有责任，又说不清责任是什么，但这个话题有风险，她要准备弟弟的后事，不能把王子腾所有垃圾买下来，她担心要是说了养王子腾，王子腾顺水推舟从了，事情就糟了。不过她做了决定，明天修改门禁密码，为王子腾留一周时间指纹，她会给自己放几天假，带他去找更便宜的房源，然后说服他接受一份看不到前景却不会躺倒的新工作——大潮汛要人命，但不是什么生机也没有，退潮有退潮的活法，去不了深海，网挂上，在滩涂上捡点蛤蜊、蛏子、海虹和梭子蟹，也能活出滋味。

夜里凌春水突然醒来，窗帘拉着，屋里漆黑，看时间凌晨三点多。很快她知道自己为何醒来。

隔壁有压抑的细微啜泣，一阵起一阵落，不知从何处来，要去往何处。凌春水听一会儿，怎么都不能把它和刚劲、雄浑、磅礴和豪迈的英歌联系在一起。

凌春水静静躺着没动，她没有君王，不知道敌人在哪里，自己有什么武器，往哪儿前进，目标是什么，也不知道王子腾肯不肯和她穿同一件内衣，束上同一袭战袍，但她心里清楚，如今谁都遇到困难了，她也是，谁都需要活下去，她也是。

透析的戈多

戴 冰《天涯》2024年第4期

推荐语

《透析的戈多》讲述了一位等待肾移植、接受透析治疗的病人与疾病搏斗的漫长过程，其间死亡的阴影与不确定性的狞笑在不远处闪现。然而他通过投资排戏、参与演出，在无意义的荒原中创造意义，肉搏虚无以绽放最可贵的自由意志。在肉体走向衰竭的过程中，生命的原动力却汩汩而来，故事情节也就此如一千零一夜般打开、延展。小说既是对《等待戈多》经典主题的接续，也是创造性的反叛，在任何境遇中，人类不会成为被动的等待者。小说也由此复活了一种"无中生有"的讲故事的精神。（金理）

看戏的整个过程中，我不时侧过身子，小声问傅昆是否还能坚持。

如果身体有什么不舒服，我说，我们就先走。

每次他都露出一种嗔怪的笑，同样小声说，没问题，我哪会连这点时间都坐不住呢？

戏演到四分之三的时候，我又问他，他就有点不耐烦了，说，你别老这样问啊，老这样问很打扰我看戏你知道不？

戏是晚伶剧社根据《等待戈多》新排的，一出小剧场话剧，名字叫《叶子说他明天准来》。演出地点在屋吉咖啡馆。看戏时我没太留意具体时长，但感觉至少有两小时。坐我前排的是一个带着一男一女两个孩子的年轻女人，从头至尾背脊笔直，纹丝不动；两个孩子则显得很不耐烦，不时古怪地扭动身体，或者把头绕到年轻女人的背后，照镜子一样，交换一个表示痛苦的鬼脸。事实上，正是两个孩子的表现一再提醒我关注傅昆的身体状况。

演出结束后，按照惯例，导演和演员要和观众们进行一次半小时左右的现场互动。主持互动环节的是这出戏的投资人朱艺嘉，我和傅昆的票就是她送的。朱艺嘉先点了几个戏剧界专业人士发言，然后问还有哪个观众有话想说。我伸出手，一再示意朱艺嘉看傅昆。朱艺嘉终于看到了。

那个戴眼镜的朋友，她说，你来说两句吧。

傅昆四面看看，确定朱艺嘉说的是他之后，缓慢站起来，同时惶恐地连连摆手说，你们这个戏太深奥了，我可不敢乱说。

朱艺嘉不饶他，说，随便说两句嘛，总不至于看了一晚上，最后啥想法都没有是吧。

傅昆还是连连摆手拒绝，但在重新坐下来之前，他指了指前排的两个小孩，说，硬是要我说的话，我只能说你们几个人等那什么叶子，等得实在太久，小朋友们都受不了啦。

全场一片哄笑。导演李婉颐接过话筒说，前面几场，已经有不少观众抱怨演出时间太长，今天这位观众又提出同样的问题，可见是大多数人的一个感受。

我们回去商量一下，她说，下一轮演出前，看能不能把时间再缩减三分之一。

全场鼓掌。傅昆有点兴奋，凑到我耳边，说，那我不成了压死骆驼的最后一根稻草？

这个比喻不伦不类，跟他平时写的那些小说差不多，不过我没有嘲笑他，相反，我赞许地拍拍他的大腿。多年来，他发给我的那些小说中充斥着类似的语言，只要看到，我就会在下面画一条红线，然后退还给他，一句多余的话不说；他接到退稿，从不辩解，隔一段时间，又会发一篇新的过来。时间久了，我怕他有想法，于是偶尔写一篇散文或者小说，也发给他，并且谦逊地留言，希望他能同样给我提提意见。但自从三年前他开始每周三次到省医院进行透析之后，他再没给我发过任何一个字；而我则把他之前的小说一篇一篇从微信里翻出来，像在黏稠的沼泽里艰难跋涉一样，花费大量时间给他逐字修改，陆续发表在我编辑的一本文学杂志上。杂志是内部月刊，免费赠阅交流那种，稿费少得可怜，但他在网络上看到公布的目录后会第一次打电话感谢我，收到样刊后会再次打电话感谢我，收到稿费后又会第三次打电话感谢我。他不厌其烦，我不胜其烦。我曾和出纳商量，看有没有什么办法能让样刊和稿费同时到达他的手中，这样，至少可以减去一次电话感谢。出纳是个促狭的九〇后小女孩，她假装闭上眼睛，抬头想了一会儿，说，唯一的办法就是杂志和稿费都不给他寄，而是你代领，然后亲自给他送过去。

这不就同步了吗？她说。

我知道你这是在同情我。每次感谢完我之后，他都会这样说，而且不等我反驳，又会立即补充一句，我现在最需要的就是别人的同情了。

说实话，我真谈不上有多么同情他，我在网上查过，他这个病，如果控制得好，再活过十年八年，甚至二十年都不是不可能。他已经五十一岁，再活个一二十年，和常人又有多大的差别呢？我只是不想他除了透析就是在等待透析，希望除了透析之外，他的生活中还有点别的什么。

在发表完他之前给我的所有小说之后，我劝他继续写。

你看，我说，你的东西只要稍加润色，就可以发表。以后你每年写个两三篇，我给你发出来；有特别好的，我甚至还可以给你推荐到别的刊物去。

但他表现得心灰意冷。

就算真能再活一二十年或者三十年，他说，也比别人活得累啊。你知道的，我从小晕血，但现在每周三次，每次四个半小时，眼睁睁看着自己的血流出来，又流回去；平时还要忙着注意预防感冒和血压，上呼吸道不能感染，当然，下呼吸道也不能感染。还不能吃辛辣。上次我去吃肠旺面，给师傅说不要葱，不要姜，不要蒜，不要辣椒，面少点。师傅骂我，说，那还吃个屁啊。你说，我哪还有闲心弄这些拈花惹草的事。

我脑子里先是出现一条红线加一个问号，接着才意识到，他说的拈花惹草，大约是指写小说这种目前看来可有可无的事吧。

透析是终生的吗？我问。

血肌酐要是降得下来，他说，别的指标也稳定，就可以停止，要不就是一辈子的事。

那你考虑过换肾吗？我又问。我知道那很贵，但也知道他不缺钱。他父亲曾是一家著名国营酒厂的老师傅，退休后被一家私营酒厂高薪请去专事调酒，每年就去那么五六天，其余时间都待在家里；做了几年，钱是赚得轻松，却也闲得慌，于是干脆从那家私营酒厂出来，自己开了个酿酒坊。五年前，他父亲死于急性胰腺炎，给他和他姐姐各留了十坛老基酒和一个在市场上小有名气的白酒品牌。每次只要提到他父亲的死，他都会表现得心有余悸，因为他父亲死之前不到一周，他才刚和老婆办了离婚手续，已经两不相关。

否则，他说，儿子又跟着他，不分她一半，至少也得分她三坛吧。她不懂酒，也不喜欢酒，肯定转手就贱卖给别人了。

他曾给我吹嘘过，那些基酒每坛有一千斤，每斤至少值三千元。

而且时间越长，他说，就越值钱。

这样说的时候，他把左手伸出来，笔直地停在半空，右手贴上去，又慢慢拉开，直到完全伸直，像一个交通警察正在十字路口指挥交通。我估计那只停住的左手表示他父亲过世的时间，而拉开的右手则表示时间在流动，一直越过我们谈话的当下，指向遥远的未来。

我的心算一向不好，记得当时听他这样说，我先是算成了一坛值三十万，等我算明白一坛值三百万后，我的脑子嗡了一声，接着失声叫出来，我说你那么有钱，还写什么小说啊，何况……

我本来想说何况你还根本不是写小说的料，但好在我及时抹了一下嘴，就像那里流出了口水，没有说出来。

他听了很鄙夷，说恰好因为他有十坛基酒和他姐姐具体经营的那个品牌白酒，他才什么也不用顾虑，专心写那些以上世纪八十年代贵阳市民生活为背景的小说。

透析之前，他曾有个宏大的构想，那就是从贵阳的周边外围写起，像一个内螺旋，一圈一圈往市中心写，直写到三板桥街上的一栋老房子。据说他曾祖父曾经在那栋房子里住过，而他爷爷和父亲也都出生在那栋房子里。

它们单独看起来像是一些短篇，他说，但最后合成一本书，你就知道了，那实际上是一部长篇。我觉得至少三十年才写得完。三十年之后，你想想那些基酒能值多少钱？

这当然不是我能想象的事。但自从他开始透析之后，我总是想象他卖掉了一坛基酒，然后在一堆活蹦乱跳的新鲜肾脏里豪横地挑肥拣瘦，终于找出一对最好的，换上，从此万事大吉。

但他再次鄙夷地摇摇头，说，这话还用得着你现在说？

这三年多，他说，已经有不下一百个人劝我换肾了。

是啊，我说，你那么有钱⋯⋯

不是钱不钱的问题，他说，那四个半小时，你以为我真的只是躺在床上，看血流出来又回去？我实际上也在构思，只是不是构思什么小说啊之类的，是在想我以后怎么办。

你以后怎么办？我问。

我们有个病友群，他说，里面就有几个换肾的，有的换了一年，有的换了三年；有的年轻，有的和我差不多。最年轻的一个才二十出头。说起来，都算手术比较成功的，但你听他们平时聊天，好像比我这种透析的还要紧张，还要小心翼翼。

为什么？我问。

为什么？他说，因为换肾就是最后一道关了。过得去，可以活过十年八年的，过不去，比如感染了或者排异反应大，那就要么死，要么重新开始透析。

所以呢？我又问。

所以我就想，他说，我可不愿过了最后一道关，推开门，发现已经没有别的房间了。

我当然明白他的意思，但不想继续这个沉重的话题，就说推门是需要空间的啊，没有别的房间，那门是怎么推开的？

你又在画我的红线了，他叹口气说，好吧，那就是拉开门。我害怕拉开门之后发现门背后只剩下墙。这样说该行了吧。

如果现在透析的效果比较稳定，我说，那就先这么透析下去呗。

说这些话的时候，我们正坐在三板桥街中段的一家冷清的小茶室里。他拍拍身下一张太师椅的海绵坐垫，说，我爷爷的爸爸家，原来就在这个位置，现在连根毛的痕迹都找不到了。

那是个周六的晚上，他当天上午刚做完透析，精神不错，但情绪比哪天都低落。就在我们都觉得无话可说的时候，朱艺嘉的电话打过来，邀请我去看戏。

从下周一到周五，她说，每天晚上都有一场，你哪天来提前给我说一声就行，我拿着票在门口等你。

那之前，我实际上已经在微信朋友圈看到了演出广告和海报，所以立即答应下来；但调脸看到傅昆，我又问朱艺嘉，除了我本人，还能不能再带个朋友？

当然，她说，带多少都可以。

那我们下周二去，我说，我这个朋友那天上午正好做透析，做完的当天精神会比较好。

挂断电话，我依据演出广告和海报上的内容，大致给傅昆介绍了一下那出戏，然后让他和我一起去。

出来玩玩，我说，打岔一下，要不你

会抑郁的。

但他执拗地拒绝了。

我早就抑郁了,他说,还用得着你现在说。

可能是看我有点沮丧,他说,我给你打个比方吧,一条鱼在岸上待久了,身上都干起了壳,好不容易回到水里,你说它还想到处乱跑吗?

说完,他眼睛一亮,说,我这比方你该没法再画红线了吧?

我听了有点难过,说,那就随你吧,我另外找个朋友一起看。和谁看不是看呢。

但我们分开没几分钟,他又打我的手机,说他改变主意了,决定和我一起去。

本来我是想接儿子出来陪陪他的,他说,但想着你给我改小说,改了那么多篇,也挺累的。陪谁不是陪呢。

那天互动环节结束已经十点半,但大家的兴奋劲还没过,舍不得走,又继续在咖啡馆待着,一面喝饮料,一面闲聊。画画的董重平时大多数时间都独自待在画室里,难得出门,所以一出门就不想回去,眼看有人已经开始相互道别,于是提议一起去吃宵夜。

我知道附近有家烧烤,他说,味道太凶险了。

有几个人借口第二天还要上班,推辞了,剩下的十来个哄然响应。我有点为难,把傅昆拉到一旁,问他的意见。

你明天虽然不透析,我说,但不知道他们会闹到几点。要不,我给你打个车,你先回去?

没事啊,他说,我和你们去坐一会儿,如果太晚,我就先走。

这有点出乎我的意料。我脑子里出现一幅他坐在烟熏火燎的烧烤店突然晕倒的场景:所有人手足失措,然后他那个精明强悍的姐姐开着一辆涂得花里胡哨的大吉普赶过来,推开人群,指着我的鼻子,要我给他们全家一个交代。

但他都这样说了,我也不可能硬赶他走,所以说那行,你就去坐会儿,吃几口肉,然后早点回去休息。

但董重推荐的那家烧烤店的确凶险,深更半夜的,居然人山人海,没一桌空位,我们只能拿了号,三三两两在院子里等。看情形,没有四五十分钟坐不下来。

傅昆的脸在露天的院子里看不分明,只有镜框上的两片玻璃反射着烧烤店内一些狂乱的光影。他站了一会儿,摸出手机,看一眼时间,又看一眼我说,那,我还是先回去吧?

我松口气,从后面按住他的双肩,一面拍,一面把他推到路边,招停了一辆出租车。

我把车门给他打开,说,身体比天大,你都出来一晚上了。哪天你做完透析我再约你。

那天我们吃烤肉,喝啤酒,闹到差不多凌晨一点半才起身结账。十二点时,我已经知道第二天不可能起得来上班,于是在微信上给主编发了条消息,说我刚才突然拉肚子,拉得浑身发软,想明天请个假。主编问我,是哪种拉法,嘭那种,还是嗖那种?我想想,说是嗖那种。主编回道,哦,那就是拉水水了,明天在家好好休息吧。

从烧烤店出来,大家站在路边等出租车。我摸出手机,点开微信,准备叫一辆网约车,正在输目的地,有人在身后拍了我一下，我回头，是傅昆。离我几步远的董重这时也正好调脸看到，立即惊叫起来，说，是我喝多了还是咋的，这个兄弟刚刚没和我们一起吃烧烤啊，怎么现在又突然冒出来了？

我把傅昆往烧烤店旁边一条小巷子里引，同时招呼董重，说，没事没事，你们先走。

进了巷子，我推他一把，说，你怎么回事，你是真想等你姐开吉普来找我麻烦是不是？

他显然没听明白，但也没吭气。我掏出烟，递一根给他，又朝自己嘴里塞了一根。

他接过烟，双掌围个圆，接了我凑上去的火，抽一口，吐出来，才说自从开始透析，他就只敢抽假烟，不敢吞了。

酒意加上困倦让我感觉晕眩，只想马上躺到床上去，但我知道他不会无缘无故已经离开又回来。

说吧，我说，咋回事？

我们就地坐在一个花圃的石坎子上。

嗯，他说，那啥《等待戈多》，原来倒是经常听人讲，不过具体不清楚。坐出租车不是无聊吗，我就拿手机在网上查。上面说这出戏首演是一九五三年，到现在已经整整七十年了，但世界各地差不多还是年年有人演，月月有人演。

肯定啊，我说，那是经典嘛。

我知道是经典，他说，但演了七十年，不烦啊？

经典就是常演常新，我说，要不怎么说是经典呢？

说完，我疑惑起来，说，你深更半夜等我几小时，不会就想说你嫌人家演多了吧？

不是不是，他说，当然不是。我是想说七十年了，那两个人就这么等着，怕是头发都等白了……

所以呢？我问。

所以我就想，他说，就坐在出租车上想，我们能不能也排个戏，但反其道而行之。那两个人不是老等不到戈多，或者说等不到叶子吗？等了整整七十年，都等不来……

说到这里，他停下来，看着我。

我心里动了一下，一面想，一面说，他们等不来，于是自己去找戈多，但最后也没找到？

差不多，他说，不过我想的还不一样。我想的是，戈多听说有两个人一直在等他，已经等了七十年，都没等到，于是干脆自己带上干粮，出发去找那两个人。是戈多去找那两个人，不是那两个人去找戈多。

最后找到没有呢？我问。

这个倒还没想好。他扶了扶眼镜。找到就没意思了，对吧？但找不到，又有啥意思呢？

倒是，我说，等不到和找不到，都差不多，但如果写成找到了，后面又怎么发展呢？怎么发展都是画蛇添足。

结尾我们不急，他说，慢慢想。反正我当时越想越觉得有意思，至少比他们那个有意思，于是叫司机掉头，原路返回。你觉得呢，有点意思不？

我想想，觉得还是我的那个想法好，于是说，意思嘛是有点意思，不过，如果先不管结尾找到找不到，只说开始谁找谁的话，我还是觉得让那两个等戈多的人去找戈多比较好。他们等了七十年，早就等得不耐烦了，由他们去找显得更自然而然。

是倒是，他说，不过……

他没再说下去，而是把头埋在两个竖起来的膝盖中间，像是突然睡着了，又像正全神贯注地想什么事。我迷迷糊糊听见那家烧烤店里的喧闹开始减弱，就像整个房子正悬浮在空中，并一点一点离我而去。最后，我听见有人在拉卷帘门，咔嚓一声，四周变得一片死寂。

我刚确诊尿毒症的那段时间……他说。说了几个字，才慢慢把他的头从膝盖之间抬起来，所以那几个字听上去有点发闷，像一个人把脸埋在空坛子里说话。

我一面透析，他说，一面发动亲戚朋友给我找各种各样的偏方。我想的是，如果最后能不透析，只靠吃药就把血肌酐降下来，那就再好不过了。其实我的主治医生专门警告过我，要我不要乱吃药，说那样可能引起严重后果。但人在这种情况下就是这样，没办法，但凡在网上看到，或者听人说，哪里哪里有个神医，专治尿毒症，如何如何神乎其神，就忍不住想去试试。谁知道呢，说不定哪个偏方几副下去，真就把血肌酐降下来了呢。

我不知道他说这些是什么意思，但没打断他，而是又给他点了一根烟。

你知道的，他说，我差不多每隔一天就要透析一次，不敢走远，去哪里都只能是当天去当天回，但好多偏方都在外省，所以只能请人去找。除了来回交通费和食宿费，我还要补贴他们每人每天三百元。钱都不是问题，主要是我待在家里等，不知道他们找得到人不，找到了又不知道能不能把我的情况说清楚，心里那个焦啊，像在等死，又像死了在等活。

嗯，我醒悟过来说，所以你要让戈多去找那两个人。

对啊，他说，就这么死等多难受。

那就让戈多去找吧，我说，我无所谓。

我是真的无所谓，反正两个人瞎聊天，别说让戈多去找人，就算让戈多把那两人烤了吃，我都没意见。

他搓搓手，在嘴边呵了一口气，问我，你知道他们排这出戏花了多少钱？

我说，刚才吃烧烤的时候正好问过朱艺嘉，好像也就两三万吧。

这么便宜？他吃了一惊。那你给他们说，我给他们十万，把这出戏给我排出来。

这次轮到我吃惊了。我侧身看着他，有点回不过神来。

开始我以为要十几二十万呢，他说，那当然就没必要了。几万块钱，那简直就是一麻不梗手的事。

我在心里粗略算了一下，除开场地、灯光、服装和道具等等费用，即便排练期间顿顿吃席，那也要不了十万。

哪要得了十万，我说，五万尽够。

不，他说，就十万，但有个条件。

什么条件？我问。

这戈多得让我来演，他说，否则一分钱没有。

你来演？我说，你还会演戏？

他没说话，而是耸动双肩，无声无息地笑起来，笑得止不住。

我经常做梦，他一面笑，一面说，总梦见有个神医，手里有一份祖传秘方，说三副汤药下来，就能把血肌酐降到八十。秘方锁在一个药柜正中间的抽屉里。药柜的框架和抽屉是松木做的，抽屉面是橡木做的，我都记得清清楚楚。梦里，我有那个神医家的地址，也有开那个药柜的钥匙，但去神医家的路比三板桥街还要曲折，而且都是晚上，就像现在这样；加上我睡觉又没戴眼镜，所以每次都跌跌撞撞，不是撞到墙，就是撞到树，每次都鼻青脸肿从梦里醒过来。

那你干吗不戴着眼镜睡？我逗他。

戴过的啊，他说，但毕竟是晚上，黑灯瞎火的，路又不熟，我有什么办法。

那你有没有试过白天戴着眼镜睡呢？我说，说完就一下明白过来。

戈多去找那两个人，我说，等于你去找神医。

他看我终于明白过来，很欣慰。

这次我要给你画条蓝线了，他说，生活里面找不到，梦里面我又作不了主，那戏里面总能找到吧。

照你这样说，我说，那戈多最后还是得找到那两个人，否则不是跟生活啊梦啊的，都一样了？

他显然没想到这一点，有点犯难，说，是啊，这圈子怎么又绕回来了。

我的手机响起来，是我老婆，她之前已经先睡了，中途醒过来，发现我还没回去，于是打电话来骂。

凌晨四点还不回家，她说，是不是又喝死在哪个路坎边了？

我看了下时间，果然已经是凌晨四点。

正在打出租车呢，我说，你扯着嗓子吼什么。

你看，他说，人家打电话关心你，你还不耐烦。我呢，深更半夜不回去，连个鬼都不会理睬。

你不是请了一个二十四小时的住家小保姆吗？我问他，这么晚没回家，她也不管？

我一个月给她一万二，他说，她敢管我？而且我之前给她交代过，除非我哪天三十六个小时没回家，她才准打我的电话，电话打不通，就去派出所报人口失踪案。

神经病，我站起身来，说，那就这样吧，我们都先想想，反正不急。

是不急，他说，不过和剧社的人联系时，你得把话说清楚，给十万是有条件的。

我打了个出租车把他一直送到电梯间。在等电梯下来的过程中，他问我，那个剧社为啥叫晚伶呢？

因为从导演到演员，我说，都是上班族，只有晚上才当伶人演戏。

啊，他说，有情怀。

那之前，我们坐在出租车里，他目光炯炯又一言不发，问他，他说他在想那出戏的结尾。

第二天，我原本想一直睡到自然醒，但八点不到，我就被肚腹里一阵响亮的咕噜声吵醒了，伴随着那阵咕噜声的，还有一种正在逐渐拧紧的绞痛，接着我就发现我真的拉肚子了，也确实是嗖的那种拉法。很快我就拉得浑身发软，头晕目眩，一切都和我给主编描述的一模一样。我超剂量地连吃了两包"泻停封"，但没什么用；拉到下午，我已经奄奄一息，甚至怀疑我会不会一直拉到死，但我想到傅昆得了尿毒症都活得好好的，我应该不至于。想到傅昆，我才又想到他的那出戏，于是给朱艺嘉打了个电话。

我大致介绍了下傅昆的情况，他的尿毒症，他没戴眼镜时做的那些梦，他在等待那些寻找偏方的人回来的过程中产生的焦虑和绝望，然后我才说到他的那个戏。

其实我觉得这个创意挺好的，我最后说，我甚至想，你们可以一三五演你们那一出，二四六演他这一出。你有没有觉得，这两出戏像一个圈，有种闭环的效果。

朱艺嘉估计是一面听一面琢磨，但又还没琢磨出一个结果来，所以开口时说的是另外一件事。

你的声音怎么听起来像在说悄悄话，

她说，和平时不一样，不过比平时感觉要诚恳些。

我拉肚子了，我说，可能是昨天晚上吃烧烤时吃到什么脏东西了。

大家都吃，她说，怎么就你一个人拉肚子？

我不想纠缠这个问题，就说，这我哪知道。

反正你和你们剧社的人商量下，我说，重点就是十万块钱的投资，但得由他来演。

你这个朋友倒是挺大方的，她说，不过这可是一出独角戏，一个人演，他这种从来没上过舞台的，怕是拿不下来。

也不见得是独角戏，我说，但心里知道她说得没错。如果戈多最后找到了那两个人，就不是独角戏了。

我先和我们导演聊聊，她说，聊完再回你。

隔了整整三天，朱艺嘉才回话。那时，我的腹泻已经止住，声音也恢复到正常分贝。

怎么样？我问，十万块钱值不值得为一个菜鸟牺牲一次艺术。

可能我因为止住了腹泻而过分欣慰，说话有点轻佻，朱艺嘉不高兴了，口气显得公事公办。

我们商量了，她说，钱不钱的没关系，我们哪出戏不是我们自己投资呢。我们的想法是，要排也可以，但第一，不可能让一个完全没经验的人上台，拿晚伶剧社的信誉冒险；第二，要去找另外两个人的也不能是什么戈多，理所当然还是叶子。你提的那个建议我们倒觉得可以考虑，就是一三五演两个人等叶子，二四六演叶子去找另外两个人。

你和你那个卖酒的朋友沟通下，她说，他同意，我们就排，不同意，就拉倒。

我被噎住了，很想给她解释一下，其实傅昆并不卖酒，卖酒的是他姐，他只是有十坛老基酒。但我又觉得一时半会的解释不清楚，只得任由她说声拜拜，然后挂断了电话。

我有点为难。刚开始，我想给傅昆实话实说，就说人家回话了，无论他拿不拿那十万块钱，都没他和戈多什么事。但转念一想，又觉得不妥，他听了肯定不高兴，我为什么要让一个隔天就要透析的人不高兴呢？最后，我觉得与其我为难，不如让他自己去为难。我准备这样给他说：人家听了他的想法，觉得很有意思，但因为剧社没有专职的编剧，别的人又在排新戏，腾不出人手写剧本，加上又听说他是个写小说的，于是建议剧本由他本人写；剧本写好后，新戏说不定也就排完了，就算没排完，也可以推荐给另外的剧社排，比如一鸢。

我这样想，算是各方面都兼顾到了。他要是写不出来，自然怪不得我，要是写出来了，他又真肯出十万块钱，那我想看在钱的份上，当一桩生意做，总有人愿意把戏排出来，至于效果如何，那就是另一回事了。

那天是周三，并不是他透析的时间，但我给他打电话，没人接，给他打微信语音电话，还是没人接。我继续打，到了下午五点，电话终于接通，我喂了一声，正要发脾气，质问他为什么不接电话，一个小姑娘的声音背书一样传过来，叔叔你好，叔叔在医院里，不在电话边。

我愣了几秒钟，才反应过来，那肯定就是傅昆家的小保姆，她嘴里的第一个叔叔应该是叫我，第二个叔叔应该是指傅昆。

小保姆说，几天前，傅昆天快亮了才回来，把她从梦中吵醒，她起来问他要不要消夜，灶台上的电蒸锅里还有一碗定时加热的小米粥。她说傅昆站在房子中间想了一下，说，那就给我端出来吧。但等她把小米粥从厨房里端出来时，发现傅昆已经晕倒在餐桌边。

叔叔回来之前我做的那个梦，小保姆说，我后来想着就觉得不吉利。

什么梦？我问。

我梦到叔叔没戴眼镜就到处乱跑，她说，跑了三十六个小时，然后掉进三板桥街一个水坑里，吞了好几口脏水。

我赶到省医院傅昆的病房时，那个小保姆也在，她看到我，欣喜地迎上来说，叔叔，刚才叔叔还问你打电话来没有。

傅昆穿着一件浅绿条纹的病服斜靠在枕头上，精神和脸色看起来比我料想的还要差。我满怀愧疚，觉得虽然那天晚上是他自己半路又折回来找我，但归根结底还是怪我，之前不应该拉他出来看什么戏。

这次太凶险了，他说，一天之内下了三次病危通知，比你们去吃的那家烧烤店还凶险。

我稍微松口气。他还能开玩笑，说明至少心情不错。

为了让他不错的心情再不错一点，或者至少在一段时间内保持住这种心情，我临时在给他说的话里添加了两项内容：一是晚伶剧社的导演居然看过他好几篇小说，而且激赏了其中一篇；另外，对他想自己来主演的创意，整个剧社的人都视为神来之笔，甚至建议，在写剧本时，把他的真实生活写进去，或者干脆说，剧本将以他的真实生活为依据进行创作。

他们的意思是，我说，你来演你自己的生活，而且就用你平时说的贵阳话，这已经不只叫本色出演了，叫本人出演。这样一来，就大大降低了对演技的要求，可以保证演出一定成功。

这样说的时候，我表面兴奋，实则心虚。我一面说，一面盘算这事最后该怎么收场，但一想到那十万块钱，我又踏实下来。

我说话的过程中，他始终闭着眼睛听，直到我停下来，他才猛地睁开，就像被什么吓了一跳。

现在中国最出名的导演，他说，你知道是谁？

我知道他问的不会是电影导演，而是话剧导演，但在这方面，我稍微熟悉的只有孟京辉，于是说，当然是孟京辉了。

说完，我隐隐想起什么，掏出手机，在百度里搜了一下，发现孟京辉果然在一九九一年执导过《等待戈多》。

你看，我把手机凑到他眼前说，太巧了，这个孟京辉也排过《等待戈多》。

他从镜片后面难以置信地看我一眼，接过手机，手指不断滑过屏幕，突然停住，小声念出来：同年，执导爱尔兰剧作家萨缪尔·贝克特的作品《等待戈多》。

没骗你吧，我说。

他把手机还给我，默了一会儿，问我，你说，如果我卖掉一坛基酒，能不能请到这个孟京辉来排我这出戏？

我蒙了一下，想了想，说，十坛全卖了可能差不多。

但你又不可能十坛全都卖掉，我说，卖五坛，留五坛，剩下的看他同不同意分期付款，你家不是还有一款白酒品牌吗？可以一面卖，一面还。

十坛全卖了也不是不可以，他说，但还是有条件，而且不止一个。

你还敢给孟京辉提条件？我终于忍不住笑出来。而且还不止一个？

十坛基酒，他说，不可能只有一个对吧？

一个是得由你来演，我说，还有另外一个呢？

另外一个就是，他停顿一下，我每次透析的当天晚上演一场，周六周日休息。就这么一直演下去，演到哪天我演不动为止。

说最后这段话时，我发现他口气好像不太对，眼睛里又出现了那天晚上我们在出租车上时的那种光。

我没敢接话，而他说完，又重新闭上眼睛。我等了一会儿，见他没动静，以为他睡着了，于是悄悄给一直脸色凝重地站在一旁的小保姆打了个招呼，小声说我准备先走了，让她照顾好叔叔。

但我刚转身，他又说话了。

你给那个孟京辉说，他说，我说一直演，他别被吓着，实际上我可能根本就演不了几场。

这话更不对了。我和小保姆对视一眼。

上次你写过一篇小说，他说，叫什么镇的戏剧艺术节，还记得不？

《艳红小镇戏剧艺术节》，我说，我自己写的，怎么会不记得。

但我确实不记得给他看过，当然，我也不敢绝对肯定没给他看过。

小说发出来了吗？他问。

前几天《江南》杂志的编辑说已经下厂了，我说，应该就是最近这一期吧，还问我要通讯地址、身份证号、银行卡号之类的信息。

嗯，他说，小说男主角，那什么亚伟，最后失踪了，对吧？

对，我说，杨亚伟。失踪了。

我那出戏，他说，结尾我想好了，我也要失踪。

我没说话，等他继续说。

我先演着，他说，只要演得动，就演着，一直演到我哪天觉得演不动了，就失踪。

我还是没说话。

戈多最后不是要去找那两个人吗？他说，演得动的时候，我就从舞台上的一扇小门出去，表示我找那两个人去了，之后我又从咖啡馆大门绕回来，谢幕。演不动的那一天，我从小门出去，从此就再也不回来了。

再也不回来是什么意思？我还是没明白。你离开之后不再回到舞台上，直接回家，以后也不再演这个戏了，是这个意思吧？

不是，他说，你怎么就不明白呢？我失踪了，以后谁也不知道我在哪儿。

我捋了捋思路，一面捋一面慢慢说，你从舞台上的一扇小门出去，然后也不回家，一直不回，那之后你准备干什么呢？

我也不知道，他说，可能会去找那个偏方，也可能会找棵树把自己吊上去，到时候再说吧。

我猜他是不是在抢救的过程中遭了点罪，要不怎么净说这些神叨叨的话。

别说这些没用的，我拍拍他的胳膊说，等出院，你先把剧本写出来，慢慢写，反正又不急。

我哪能写什么剧本，他说，格式都不懂。你来写，反正你对我的情况也熟悉。我给你两万块钱的稿费，比你给我的高吧。

三万五，我说，至少三万，没这个数我不会动手。

那就说定了，他说，三万五。不过你得赶紧，我这个身体怕熬不了多久。

我准备告辞，那个小保姆也跟出来。

叔叔，她对傅昆说，我去送送叔叔。

到了电梯口，我见人多，不想挤，就让小保姆回去，说我想走楼梯。

但她又跟着我来到幽暗的楼道口，那里有两个人正围在垃圾桶旁边抽烟。

叔叔，小保姆拉拉我的袖子说，你真的要写那个演戏的东西？

怎么了？我问。

叔叔不怕叔叔演不动，她说，真的失踪了？

我笑起来，说，你跟着我原来是为这个啊。

他那是玩笑话，我说，当不得真。而且，我也要防着他生病心情不好，哪天真的不想活了，假装演戏，出去就不回来，甚至像他自己说的，找棵树吊上去，那还了得？我事先不知道他这个想法也就算了，知道了，还写本子让他演，到时候出什么事，他姐怕是不把我活剥了。他姐那么凶，我可惹不起。

对啊，她抚着胸口说，孃孃真的太凶了，每次来看叔叔，都要凶我一顿。

那叔叔为什么又说要三万块钱呢？她问。

反正我又不写，我说，就算要个十万八万，还不都是作不得数的事？

这样啊，她再次抚着胸口。

但叔叔一直不写，她问，叔叔不会等得焦心吗？

我总有办法拖着不写或者老是写不完啊，我说，你放心。再说，你觉得是让他等得焦心好，还是写出来，他真的走了就不再回来好？

当然是让他一直等得焦心好，她说。

所以，我说，那你还有什么好焦心的呢？

惊鹿记

杜 峤 《西湖》2024 年第 1 期

推荐语

古今对峙，异代互文，《惊鹿记》的技术路线，放在世界现代小说蔚然满目，在当下中国小说却视为极端实验。杜峤的《惊鹿记》给予家族叙事的自由，不只是小说技术升级，更通向冥想的幽暗之地，是青年写作者"我思故我写"的一个实践案例。（何平）

I

民国十九年同悲法师坐化后，露生继任惊鹿寺住持。惊鹿寺得名于寺前的一条溪，溪在露生见到它时已经缩退至一跃之宽，淙淙潺潺，间以雀鸟碎啾，可当两部清吹。但据说古时赫然大涧，声如锵金，出数十里犹然在耳，前代高僧留偈为证：他山之鹿，为渴所逼，惊闻此声，遥作水想，躞寻己山，恒不能得，迷乱驰趣，不知无水。因以名寺。露生少时听同悲讲过这个由来，觉得太过悲抑，不喜欢。所以代师传经时没对电生讲，后来也没对阿福讲过，最后只录在厚日记里，临终前死死攥在怀中。

惊鹿寺隐于深山，寺小人稀，除露生外只有师弟电生、徒弟阿福二人。电生是散漫性子，每岁有一半光景不在寺里，露生无力管束，只能默祷其免罹横祸，诸如被某颗流弹穿颅而过、缠染鼠疫，或死于冤狱。阿福在露生从南京回寺途中与他相遇，当年刚过他腰际，算作八岁，生日也就按那一天算。最近个头也开始上蹿，皮肤因快速抻抽生出类似鱼皮的褶皱，再两年就有望高过他。他没给阿福剃度，也没取下法号，想着过几年若时局安定，就让其下山娶媳妇成家。除此之外，这几年一茬一茬地有青年学生投宿，一般住数天或数周，少有盈月，离开后个别还与他保持书信往来，报安之余谈时局或运动之类的事，他从不主动问起，但也不惮于听年轻人激昂的论调。无人投宿且电生外出的时候，寺中只他与阿福二人。露生对壁寂坐，听松研经，眼酸了便去菜园里看阿福浇水。

阿福水浇得很好，不旱一分，不涝一分，从多年前第一次浇水开始就没有一棵菜苗因他而死。好像在浇水这件事上他无须遵循法式，自得物宜，即便望着游蝶或远岚出神，某丛菜苗浇到某个时刻，佛就在他的心海里"嗡"地叩了一记，说，好了，他就毫无征兆地提手，水流倏绝。除浇水之外，灵性还有所溢余，分付于容貌、打蚊子和找东西。阿福很有福相，圆面大耳，颇像年画里抱鱼的童子。打蚊子则无师自通，且不打墙上的，夏日黄昏，一双胖白的手在空中一合一分，并无声息，掌心多一摊血，露生别过脸去念经。电生谑道：赤子天心，不惮杀生。这话似谶非谶，直指数十年后的一场复仇。找东西则更加神异，寺中没其他东西好找，找经，在书橱中扫一眼就能抽出来，在经里找偈子，只要曾读过的，一翻即至。至于以外的东西能不能找，没机会试，还不知道。总之阿福身上这些小小的不凡，露生珍视得很，视为自己留驻惊鹿寺的天缘之一。

露生将因缘看得极重。所以在不悔飒然到访询问念珠之事时，他并无惊愕，反而出乎意料地平静。某种程度上，这七年里，露生一直在静候不悔来访，好倾吐自己与那串念珠的奇缘。若不悔就是师父所说的那一人，那他们自当重逢，无论是以什么样的因由，在什么样的场景与时月。若不悔不是那一人，其去来也早有定数。事实上，他并不真切地期盼或抗拒不悔是与不是那一人，这不是他该挂心的。他所能做的，只是在种种因缘降临之后调整自己的生活——他不能假装这些因缘未曾降临。故他欣然将不悔迎入禅室，与其相对坐下。他让阿福下山去镇里购置下个月的日常必需品，然后取出电生去年带回来的牛皮纸包，已经瘪了一小半，手指伸进去拈了一撮赭黄色碎叶，均匀撒入两只杯中。随即请不悔少安勿躁，他且去井里打上水来煮茶。

露生与不悔只有一面之缘，但印象颇深。民国十九年露生去南京做寺庙登记时曾寄宿在枕霞寺，时至年关，诸师兄邀他留在寺里过年，又说他拜帖上的字好，交托他写春联。"承平""内睦"之类吉词的形貌，从食时至晡时，摹画到几乎不能自辨。写完他按诸师兄所嘱去给不悔师兄过一过目。据诸师兄说，这位不悔师兄入道前家学颇深，精通书道，少年时留过洋，通悉诸学。其依止师是现任方丈坚云法师，剃度师是前任首座虔山长老。其姿容卓伟，天资聪颖，修为精深，同辈中难有与争辉者。露生按诸师兄指点寻到住处，门牖半开，他轻叩两下，随即走进寮房。院内通明，斜阳满室，异香弥漫。他看见一位僧人背向他端坐，正往素绳上穿念珠，绳尖无滞碍地穿孔而过，珠子在懈弛的长弧上滑落，与另一相击，发出"笃"声。整个过程投在镕金地面上的影子尤显鲜明，素绳变得极细，几不可见，而落珠变得极大，好像宏阔秋旻下因为摇枝而斜斜堕坠的山果。不悔何时抬首发现他，又怎样评价他的字，露生的记忆已经模糊，但这穿念珠的场景深深锲刻在他脑中，成为后来种种因缘的肇端。

攀谈时露生仰观其容，不悔生得极高，五官傲兀，双眉浓而修颀，显出双目尤为静邃。说很好的官话，声宏气远。话毕，不悔又坐回案前穿念珠。一竹箱的檀木圆珠，可能有上千颗，十四颗为一串，穿好也相当于开过光。枕霞寺这样的大寺，岁除夜众僧用过普茶，开大静，丑时便醒转过来，静候寺外如云的香客。若遇到贵人贵女或灵慧喜人的小孩子，便要赠一串高僧开光的念珠。

茶煮好之后，露生撩起袍袖分倒两盏，不悔啜了一点，说，你还记得许淑珍吗？露生颔首。许淑珍当时刚与时任南京市长的刘纪文完婚，是南京最风光的女人。她亦是极虔恪的信徒，那年枕霞寺的头香便是由她敬上。敬香时露生站在僧众中远远地看，她持香平举齐眉，深叩有三，最后长伏于蒲团之上，仿佛一只蜷曲的玉蝉。

不悔说，当日我就站在侧旁，看得极是分明。她久久埋首，似乎身下蒲团是某种梦乡。直到肃立近旁的师兄轻击大磬提醒，许淑珍才缓缓起身。我看到她仰首望向那尊毗卢遮那佛，眼中似有泪光，或许某一瞬曾发念就此出家，散诸尘劳，越诸尘累。我彼时心中有所感应，在袖子里将念珠从腕上捋下。那串念珠与我之前新穿的并无二致，但细看会发现更圆熟匀润，从我剃度算起，总共戴了一十二年。出寺之后，我不便独自追上去，亦不想向寺僧解释，正好看到你在远处驻足，便呼唤你：

"露生师弟，你我送送许夫人。"后面的事，你应该都记得了。

露生记得。那日他们沿着石阶下山，大约走了一刻，他一路静默无言，听不悔与许淑珍交谈。不悔高声阔论，大多聊些文艺界或时尚界的新事，偶尔谈到时局，便说许夫人佛缘深厚，刘市长日后亦必鸣于乔木。许淑珍话很少，大多是一些表示附和或感谢的语气词，显得谨敛虔敬。她那天着鹅黄色褶裙，短发，柔美淑静，姑娘家的样子，似乎与传闻中不似。到山脚后，不悔从袖中取出一串念珠，递给她。许淑珍俯身双手接过，随后向不悔合掌行礼，道："法师所赐，信女必与身随携，不敢片刻离腕。"随即与两个丫鬟没入人群，消失不见。他当时看到不悔久久目送，神色微怅，曾暗中猜测其是否对许夫人生出私慕。但现在回想起来，他们这样生在乱世的青年僧人，向这些云萍般的贵胄女子生发出悯念与默祝，似乎更像某种对自身久溺于迷惑压抑内心世界下的抒释与寄栖，而非世俗的男女之情。

大概辗转回到惊鹿寺半年后，他收到过不悔的信，信上说寺里香火日旺，然外忧内患，苍生焚煎，惶惑悲惭，不能自安。信末提到，同年四月，刘纪文辞去市长，调往上海任财政部江海关监督，许淑珍随往，以后大概再不会来。再之后就没有过许的消息。与不悔的通信也慢慢疏淡了，直至这次相晤。

同悲法师坐化前的最后几年几乎已经进入老龟般的半休眠状态，每天清晨露生给他盛叶子上的露水喝，然后再把盛露水的叶子捣碎喂给他吃掉。吃不完的碎叶，同悲让露生倒在寺外。第二天就消失不见，地上留下某些蹄印，在夜里显出青色荧光。露生猜测是被某种鹿或鹿之类的生物吃掉了。同悲的最后一个冬天（露生当初并不知道），他终于憋不住，在某个清晨将露水和碎叶喂同悲吃完后，问同悲那是个什么生物。同悲很久才说话（那时同悲已经寡言至与修闭口戒几乎无异的程度，常常十数日乃至数十日不出一言），他说："徒儿。"露生说："在听。"同悲继续说："你额上有三道皱纹。打小就有，这么多年越长越深，越长越长，说明你三十岁上会遇到一个坎。"露生略吃了一惊，今年正好三十，不过很快沉静下来，合十道："出家人无惧生死福祸。"同悲摆手道："没那么大。不过也不算小。我死之后你会遇到一个人。他一旦出现，你就与以往不同，你周围的景物会迅速变幻，变成另一个世界。即使你当时没有意识到，但变化不会因此停止，你终将变成一头鹿。"露生有点疑惑："鹿？"同悲道："一头鹿，喉咙火燎般地渴。隐隐听到他山的巨声，轰轰然，阗阗然，像天风来时的松声，又像擂擂不息的一面鼓，像远隔天涯，又像咫尺之近。它立颈伫聆，既惊且喜，认定了此山有一处山涧。它于是在此山逡巡辗转，整座山的泥土被它踏塌了一层，显得更加紧实而耸拔。水声恒久不息，但它终于寻不到那条涧。濒死之时，它的目光穿过无量，那条涧显出真象——原来其不在此山，而在他山。你就是那鹿。"露生想，这不是惊鹿寺寺名的由来吗？此山未必就没有水，那鹿也未必只为解渴。它为何非要寻他山的水呢？真是痴鹿。他驰想开去，竟不甚好奇师父为何说他是鹿，也几乎忘了最初的疑惑。同悲将他惊醒："你刚才是不是想问那些碎叶被谁吃了？"露生一时错愕。同悲并未管他，继续说："你猜得不错，也是一只鹿。它天生灵慧，又有我引度，不日便能得道。今晚它还来最后一次，与我辞别，顺便饱餐一顿。我今日特地多留了些叶子。你要是想看它的话，别睡沉，半夜起来趴在窗户上看一眼。它脸皮薄，见了你这面，便不好任由你受劫，日后自当照拂一二。不想看就算了。"露生那天晚上早早入睡，做了个梦，梦到师父从床上跳下来，推门出房，迎面奔来一只青鹿，在师父面前停下，伸长脖颈，用鼻子蹭其掌心。那鹿的角像两副梅枝，也是青色，与夜里的荧光相近。师父轻抚鹿头，大笑数声，跃上其背。鹿跃出寺槛，他跟在后面，但甫至近前，寺门就被风关上，如何用力敲打撞击也打不开。于是他爬到窗户前，准备翻出去。这时他看到师父和鹿已经到了那条惊鹿溪前，不知何时这条溪已经变回大涧，声如洪雷，白浪激溅，露生一喜，心想这下师父甩不掉自己了。但同悲竟不稍停，轻轻拍了一下鹿角，那头鹿踏溪石跃起，足有十尺之高，顷刻间便落在对岸。露生颓然醒来，天色已大白，他赶紧跑到同悲的寮房，同悲已经停止呼吸，身体僵冷。他再跑到寺外，那堆碎叶果然消失不见。他给电生写了封讣告，然后扛着锄头到后山想刨一个坑，不顺手，下山去镇上买了一把短铲，回来将同悲埋了。做完这一切，露生不剩一丝气力，回到寮房躺在竹床上死一般睡去。第二天清晨准时起来，用叶子盛好露水端到同悲房前，愣了一下，然后回到自己房中，大哭一场后把露水喝光，碎叶吃掉。过了一会儿腹中胀痛，到净房蹲了一个时辰，什么也拉不出来。下午他收拾行李，准备坐火车去南京，去宗教局做寺庙住持改动登记。

回到淮州后他曾思考不悔是不是他的那道劫数，是不是同悲所说的那个人。他承认不悔是超群拔俗之人，但其再有手腕、再有神通，也无从将他变为一只鹿。又或者"鹿"是某种机锋、某种隐喻，那就更飘渺无着了。想通这些，他也就不再挂心。眼下不悔既然来此，无论是为了结因缘，还是为佛教界的福祉，他都要将自己的记忆和盘托出，助其了结此憾，回枕霞寺继任住持，主持大局。于是沉下心来听不悔细述。

不悔深谙"直心是道场"的佛理，况且本就无意隐瞒，便将别后之事从头至尾向露生细述一遍。一九三七年冬，日军侵占南京，大肆屠戮淫虐。不悔下山招引难民入寺，动用关系与国际人道主义者联络，包括约翰·拉贝、约翰·马吉。在国际友人的援助下，不悔以道义、生命、名誉、国际法及少年时赴日留学稔习的流利日语与日军将领论辩周旋，庇护、保全了近两万难民。（不悔叙说时寥寥数语略过，但其中艰险可以想见。如此壮举大德，露生处地隔绝，竟然未曾闻知。）此事之后，不悔声名远播，德望无两，其师便与诸长老商议，意欲将住持之位禅让于他。青年人勇猛精进，志愿无倦，不悔并未推脱，只是提出要依循古礼，面壁七日七夜，回想前半生是否有未竟之愿、未平之憾。他从黄口之年想起，到远赴东洋，到决意皈依，到救苍生于水火。这三十余载，他行事或违戒律，或欠妥慎，或锋芒太露，但都发于本心。若再来一次，他还是这般作为。只有一样事物，萦扰魂府，拂荡心旌，不可挥散，即是七年前赠许淑珍的那串念珠。

他两年前一次下山时，曾在茶馆里同桌茶客看的报纸上偶然见到许淑珍的照片，新闻的标题是《刘纪文再次升迁，举家随往》。照片上刘依然沉稳英挺，长身肃立，不显老态。许的容貌也未大变，闲闲倚坐，神色从容，似带微笑。身旁是一双儿女，看着健康漂亮。他原也是微笑着看，但目光移至许的腕上，却生出了些许疑惑。许的腕间戴着一串念珠，也是十四颗串，檀木所制，乍看与不悔所赠的那串并无二致。但不悔隔着照片也能察知，许戴的这串毫无宝气，甚至有些新，绝非他相赠的那一串。他把那张报纸借来细细看了那张照片，愈发确定许所戴的不仅不是他相赠的那串，也绝不是其他高僧摩玩之物，而是再普通、再制式不过的串珠，与他往年年节临时穿的相差无几。他并未生出怫意或不适，而是生发出一种真诚的不解。不完全是因为许在受赠时虔诚地许诺却又违诺，只是单纯地感到困惑，她为什么要舍主求次、舍近求远呢？即使按世俗的逻辑，他这样卓荦的、即将成为枕霞寺住持的青年名僧的所赠之物，难道不会比普通法器更有护佑祈福之效吗？或者说，那串极为普通的佛珠是故人之贻或是对霜露之悲的纾解吗？又或者说，自己所赠的那串难道在奔波中损坏或遗失，又或是转赠给极重要的人，濒危、临终的人，在许夫人看来比自己更需要这串佛珠庇佑的人，不得已才以另一串替代？若是这样，做出取舍倒是颇合情理。当时这些猜想因繁琐事务的纷扰搁置了，但在面壁的七日七夜里，不悔凝思寂听，依然无法参透个中奥妙，他终于意识到这将是他修行生涯中道心的最大危机，如果不能勘破，他或许会终身殢于我执，无法自拔，无可救药。若是换作别的高僧，萦怀于这样的事显然有些着相，但不悔绝无犹豫，既然疑惑便一定要问至水落石出。他当即写信给重庆慈雨寺住持，请他帮忙询问许夫人所戴串珠的由来。慈雨寺住持思虑再三，最终在一次法事后以要将自戴数十年的佛珠赠予许夫人为其腹中胎儿祈福为由提起此事，许夫人深礼道："信女惶恐，但这串佛珠为枕霞寺不悔法师所赠，故不能再受大师重礼。"慈雨寺住持百思不得其解，许夫人与不悔各执一词，而双方都是信人。他思虑再三，最终一字不差转告不悔，由他自己定夺。不悔收到来信，踟蹰数日，想到了数种因果。其一，那串念珠确实是他所赠，他隔着黑白照片判断有误，又或是许夫人请人重新打磨过，导致他难以辨认。抑或是他高大魁伟，而许淑珍娇小纤细，同一串佛珠戴上视觉迥异，从而产生陌生感。他对自己的目力极为自信，所以认为这种可能性极小，但还是再次写信给慈雨寺住持，请他再代为确认。其二，他自己的记忆有误，他赠与许夫人的佛珠其实是临时穿起的制式品，并非自己戴了十二年的那串。那么为什么会有此记忆呢？难道心中所想的是赠旧串但一时不察赠了新串吗？那么他自戴的那串又在何处？这种可能性不悔不敢轻易预估或排除，这些年来梦境常常给他带来困扰。他每夜入睡极快，睡得极沉，梦境俨然如真，清晨醒来仍历历在目。如果是梦中之事与现实记忆重叠掩映，确实有可能造成如此效果。那日他追出寺门赶上许淑珍，整个过程除露生外无人可以见证。他打听露生的消息，得知其数年来一直在惊鹿寺，于是不再犹豫，不顾寺僧反对，只身北上来寻露生，希望能寻得当日的真相。

II

聚会结束后，我第一个走出"致雅居"包间（任何名字一旦粘了"雅"字便即刻堕入俗不可耐的境地）。我跟他们说："公司有点事，可能要先过去了。后面如果有事或者有闲，再聚。"二姑父这时已对我不吝溢美，随着站起来拍我的肩膀，环看诸座笑着说："天然这孩子有出息，能吃苦，还重感情。现在这种年轻人在社会上吃香得很。"二姑也附和道："陈园，去送送你表哥，多跟人家学学。"我说："客气了，不必。"但陈园坚持把我送下楼。走出旋转门后，我们都站住。陈园说："哥，谢谢你。"我看着他，正色说："房子的事不必再提。你和小欣也要考虑成家了，确实更需要的。"他摇了摇头说："你知道外公这辈子最看重一个'和'字。他要是能看到今天我们一大家子人完完整整开开心心聚起来吃一顿好饭，一定很欣慰。你知道的，主要归功于你。"我歪着嘴摆摆手。他再次认真地看我的眼睛，说："谢谢你，哥。"

我没回公司，打车回到和大学同学合租的工作室，这孙子昼夜颠倒，这个时刻应该在家里鼾睡流涎。划开手机，陈园又发微信谢了我一次，我回了一个有点像二分之一肉色中国结的握手表情，他又发，刚刚我和小欣打了个电话，我们想下半年就办婚礼。我回，挺好，早点好。他发，嘉嘉姐来吗？我打了几行字，又删掉。发现他已经撤回了，改发，到时候给我包个大红包啊哥，哈哈。我回好，然后把手机按灭，窝在沙发里补了一个午觉。醒来后，我给父亲打了个电话，交代了中午聚餐的那点破事，描述了二姑父惊喜得能吃下盘子的滑稽表情，然后让他好好吃饭，没事可以用我给他买的 iPad 看看抗战剧，跟隔壁病床的薛阿姨吹吹牛，晚上我带点西水门的口水鸡去看他。我每说完一句他就

"嗯"一声，最后说："等晚上给你说点事。"我问："什么事，能不能现在说啊？"他答非所问："晚上再带一点酒，带一盒鸭脖。"然后挂掉电话。

我大概知道他要说什么事。从头到尾他没刻意瞒我，是我自己一直不敢问。这一次祖父走得突然，于是父亲大概不想等了。祖父是寿终正寝，从现状看起来，父亲很难。他去年脑子里长了一个瘤，最初是常常白昼梦呓，有时喊我母亲的名字，有时让我取来纸笔，开始画画，画的是圆。圆得惊人，比中学数学老师画得还圆，我此前从不知道他还有这一手。我曾问过学心理的朋友，说是圆一方面代表无限，另一方面代表圆满。我寻思这俩词和我爸都没啥关系。要我说，应该落到一些实物上。但我爸一个教棋的，既不踢球，也不看球，还会跟什么圆形事物扯上关系呢？难道是下棋用的棋子？但他画的圆有拳头大小，说是棋子太过牵强。我曾和方嘉提过此节，她嘲笑我，亏你还算个做艺术的，这事还要用现实逻辑考量？我看叔叔画的是他记忆中阿姨年轻时的瞳孔，或是他们曾在湖畔一起看过的某颗星辰。我哑口无言，干脆不再挂心。除了画圆，他也写一些杂乱破碎的经文，应该源自我祖父。

我祖父，韩福庵，是惊鹿寺的在家弟子，辈分极高，与诸庙住持大多平交。一九七九年春，全国范围内损毁的诸寺开始修复重建，惊鹿寺也进行扩建，于一九八〇年对公众开放，因环境幽美清静与提供极好的素斋颇受信众与游人青睐，终年香火不断。当年开寺仪式我祖父也曾赴淮州出席，留下一张合照。他站在第一排左数第六个，即中间靠右，惊鹿寺住持镜然法师之右，可见很有地位。那时他看

上去已显衰态，银发稀淡，但精神饱满，穿不大合身的豆青色旧僧袍，双肩后撇，肚子微凸。祖父身材胖大，圆头白面，眉目古拙，甚至可以说是丑陋，与父亲和我的清瘦秀弱相去甚远。祖父与父亲并无血缘关系，父亲是他的养子，也是他的长子、独子。一九六一年自然灾害结束，祖父以志愿者身份随宗教局代表赴上海各大孤儿院进行慰问，分发食物时左手小指被一个孩子咬了一下，破出一个血口。他低头看去，看到一个瘦得仿佛要即刻死去的男孩，刚到他的腰际，在同伴中蹦跳嘶喊，把鹭鸶脚杆般的胳膊一下下地耸上来，耸得比同伴都要更高，频率更快。这个男孩即是我的父亲。祖父为父亲取名韩寻，取"寻得于千万人中"意，视为己出，教育极为苛刻严厉，直到数年后与祖母成家才略微仁宥，而小姑出生后祖母大病一场，痊愈后被诊断余生无法生育。父亲于是重新受到难以承受的期望与偏爱。祖母是徽商之女，识文断字，说话轻细，在我印象中从没动过气，但我小时候非常怕她。祖父罚父亲抄经时祖母总说"这可怜孩子，若是他母亲还在就好了"或"也不知道他母亲是何许人，现在何处，生他下来却不疼他"。祖父素来寡言，这时却也面色铁青，说："你不必猜疑。他是孤儿，生身父母死于灾荒。"祖母当然惊道："我何时有这等猜疑！"祖母的猜疑并非空穴来风。祖父有一怪癖，喜欢去寺庙门口，站定不动，盯着香客的手腕看。家里人知道是手腕，但外人就以为是看大腿或裆部，所以邻居看到祖父会远远指点。我们知道祖父性情忠厚，绝非流氓，但他从不解释，故也心存疑窦。其二是祖父有一本三指厚的日记，硬壳，配了锁，不许任何人翻看。有一次

二姑在小姑面前装大，到祖父的书房里把日记本偷拿出来，从里面掉落了一张黑白照片；也不像照片，像被精心剪裁下来的一片报纸，再封塑起来。二姑把照片交给祖母，疑窦自此而生。据二姑说，那张照片上是一个极美的女子以及她的家眷。祖母看过之后非常平静，把照片一点点烧掉，让二姑和小姑不要和任何人说，否则撕掉舌头。祖父发现之后，二姑承认照片是自己拿了，因为过于害怕，嚼碎吃掉了，碎片都拉掉了。那一次她被祖父关在厕所里，厕所没有窗户，门关上就没有光进来。全家人一整天没用厕所，祖母隔着门轻声和她说，二囡，你就靠着墙睡一觉。你爹是为你好，这样下次就不会了。二姑职校肄业后在舞厅里遇到二姑父，二人陷入热恋并瞒着家里即刻结婚后，她才慢慢改掉夜里开灯睡觉的习惯。第三个证据是祖父在一九八七年两岸"三通"之后曾给中国台湾寄信，信的内容没人知道，很容易让人想象出一段有缘无分、藕断丝连、天涯两望的乱世爱情。但最确凿、也最危险的一次是两年后，一九八九年，那时候祖父的腿病已经初逞其威，走路像一只巨硕的企鹅。他对家人说："我的腿快要不行了。所以要去做一件事情，不然以后就没有机会了。我可能不会再回来。如果有人来问我，你们就说什么都不知道。日子就照原样过，以后房子要留给小寻一套，切记。"

当所有人都已经开始伤悼、思念，乃至怨恨其抛弃老妻与儿女，三天之后，祖父回来了。他风尘仆仆却带着笑容，说，腿不行了，以后要麻烦你和孩子们。祖母问，事情了了？祖父点头，了了。祖母那时候已经看开，只要能保证这个家庭的生活不被扰乱，是否存在那个女人，那个女人是谁，甚至父亲是否为祖父与其的私生子都不重要。重要的是她和祖父百年之后，他们的两套房子怎么分。一套是私产，祖父早年行医所攒下；另一套是医院分的公房，假离婚赚得的，祖母一手策划，在心里也一直自居首功。前者她和祖父住，一百平方不到，但在市区，闹中取静。后者地段稍偏一点，但据说新世纪政府要辟成"新区"，升值空间极高，而且有一百八十平方，租给附近工业园的四个年轻工程师。她没能等到那个时候，世纪之交的某个傍晚，祖父去城南下象棋，她自己买了一点熟菜，到家门口发现没带钥匙，她不想打电话让儿女送，更不想打电话让祖父回来，于是从楼梯道的窗户中爬出，攀住空调外机，想从厕所窗户翻进去。没有踩稳，翻落下去，当场死亡。在这之后继承权的问题愈加近了，每次聚会二姑和二姑父都会有意无意、旁敲侧击地提父亲身世的事。小姑不接话，父亲也不说话，一来他素来孝顺，父辈之事不想妄议；二来也实在不屑争辩。祖父的最后几年，前两年父亲照顾得多，父亲病了之后我和二姑小姑轮流照顾。她们去得很勤，经常轮到我的时候发信息让我不用再去。其实父亲早就与我商量好，两套房子给二姑和小姑就好，如果可以，希望祖父的遗物可以由父亲保管。我完全没有异议。这些年我一边写剧本，一边在游戏公司挂职，圈里大大小小的导演不少都知道我，那个宁州小伙子的工作室，慢活急活、文艺商业都接，东西做出来都在水准之上，而且价格合适；所以不缺活，日子过得还算滋润，加上现在单身，对房子几乎没有需求。只有一点一直不得劲儿，就是感觉写的东西差一口气。

我之前拜访过一位名导，他退隐后在电影局挂职，要职。他的助理是个精干的年轻女孩子，一路和我说，想来拜访老师的人太多，大多数都要推掉，老师看过你的作品，说对你有点兴趣。我说，不敢不敢，惶恐惶恐。她继续说，老师两点钟要睡午觉，进去后我倒一杯茶，茶冷了你就说有事不能再留，好吗？我问，怎么算冷？她说，二十分钟，一点五十。到了门口之后，我套上鞋套，她说，东西就放外面，出来的时候带走。我说，几个水果，没藏卡跟红包。她说，说不清，老师怕麻烦。见到其人后发现比照片上要苍老不少，脸上的褶子如同其故乡陇中高原的地貌，丘壑密布，无章可循。他把眼皮耷了耷，问，韩天然？我说，小子正是。然后把最近两个本子的想法说了，困惑说了。他没有说话，示意我喝茶。我中午和朋友吃的火锅，又说了这么多话，喉咙烧，一饮而尽，咽下去才觉出有些烫。女助理瞪了我一眼，老人看了她一眼，她又再倒了一杯。我这时已不口渴，为了缓解尴尬，双手把杯子端起来一边吹气，一边轻啜，吹三下，吸一口。老人也喝，好像有点学着我的喝法。我们喝完之后，我又想喝第三杯。女助理在桌子底下狠狠踢了我一下。我猛然惊醒，说公司还有点事，向老人告辞。他没理我，向女助理说，再倒一杯。我又坐下来，他问我，刚才我们俩喝茶这一段，让你写，怎么写？我思索片刻，指了指女助理，说，她是我的情人，也是您的义女兼侍卫。我受命刺杀您，您已经知道，却还想试我。我不知道您是否知道，于是也不知道茶里有没有毒。第一杯是自示坦荡；第二杯时决心若感到体内有异样，便将烫茶泼在她面上，以迅雷不及掩耳之势出剑刺您。但我喝完两杯，并未毒发，于是不愿动手。刚刚起身，却又被您叫住。之后怎么写还没想好。他说，有点意思，脑子蛮快，但没什么有劲儿的东西。我大喜道，正是正是，就是少一股劲儿。他说，如果一个情境，以你的才思，想破脑袋也没办法写，那大概就有点劲儿。

我醍醐灌顶，感觉世界焕然一新，对老人感激涕零。但下了楼开我那辆甲壳虫回出租屋，被冷风一灌脑子，感觉也没什么大用，该怎么过还怎么过，刚刚那小姑娘挺漂亮，忘了要微信，有点遗憾。不过无论是差一口气还是差一个女友，都不是房子能解决的事儿。我父亲也不需要，生病前他就住在旧居，我一个月去看他两次。母亲走之后房间几乎都没什么变化，墙壁多处起皮，挂了几张结婚照，上面父亲的脸上有很多麻子，他小时候打我之后我站在椅子上用铅笔扎的，一直没换。他很喜欢养花草，八十九平方米的房子，养了三十几盆植物，我几乎叫不出它们名字的三分之一。此外父亲就与寻常老年独居男人没有区别，喜欢吃油条，下酱油面。偶尔也会去退休前任教的棋校跟学生下指导棋，一打七，欺负人小孩儿。总之活得挺有滋味，至少在外人看来很有滋味。一个独居老男人，没点滋味活不下去。但其实我知道，他活得很没劲，就是那种可以活但也可以不活的没劲。每当想到这一点，我都会真切地悲从中来，但也没什么可以做的。

除了没有需求，从另一个方面说，比起房子，我对祖父的遗物更感兴趣。我们做戏的，对自己意料之外的东西视若明珠。

父亲讲述的时候我开始啃鸭脖，这家鸭脖极麻极辣，一般人吃不了。父亲很多年前偶然吃到就再难戒断。我本来也吃不了，今天没管那么多。一进门，我问了问这几天的情况，跟护士聊了几句，她认识我，应该之前说过话。她说叔叔很乖，一直在看书，又聊了几句，聊到感情问题，她对我单身感到很惊讶，我也自作幽默地说不少同龄朋友孩子都会打王者荣耀了。小女孩说她也单身，我也作惊讶状张大嘴巴，说，不会吧，你这么漂亮。她蛮高兴，又说了两句，我没反应过来说的是什么，就微笑且"嗯"着颔首，她语速很快，尾音上翘，有种天然的软暖。不久隔壁病房呼了，她说一会儿回来，小步跑走了，像只雏鹿。我爸一直看着我俩在门口聊，我在床边坐下后他说，这姑娘挺不错的，性格好，有耐心，模样也好。我说，挺好，我就别祸害人家了。他说，嘉嘉最近还有联系吗？我说，没，这次差不多算是断干净了。他说，那就是还有联系。我摇头，开始吃鸭脖。上个月方嘉给我打电话，我没接。结果她托朋友捎话给我，说我有几本书落她那了，她看着膈应，让我拿走，或者她扔掉。我也觉得挺没意思，就让朋友跟她说，随你，别还给我，在你那摆过我看着就不膈应？第二天起来觉得有点刻薄，希望朋友转达时会委婉一点。不过刻薄点也好，不给自己留后路。感情这东西，一旦有一方在对方不知情的情况下忍耐或猜疑，衰怠与崩坏就已经无声开始。初次爆发是在赴热浪岛旅行途中，我们乘一艘法文译名叫"少女之白鸽号"的小型游轮在夕阳下游荡，同船有几对异国情侣，其开放程度使我与方嘉显得如同兄妹或老年夫妻。我自忖并非借势的小人，但那天确实看得有点心痒，方嘉穿了一件波西米亚碎花薄裙，在甲板上倚阑支颐，默看夕阳。海风将长裙束紧，宛如待剥的荔枝膜。我脑袋被晒得滚烫，可能也有一点在外国友人面前显摆的想法，就从后面偷偷走过去，一下伏在她背后，双手环住她的腰。结果可想而知，我被她反肘顶在小腹上，倒在甲板上蜷缩如虾米。她惊叫一声蹲下来，说是下意识的反应。几对白人和日本人围上来，我不断地跟他们说 I'm ok, just a game, you know. 他们带着心领神会和略微疑惑的表情散开。后面的行程她一直蔫蔫的，紧挽我的手，我知道她一定沉浸于自责，我开玩笑安慰她说，说明你以前散打没白练啊。

那会儿我与方嘉正处于热恋，似乎离婚姻只一步之遥。我们爱天爱地爱世界，想跟路上遇到的每个人握手，觉得世界上没什么解决不了的事情。但事实上，我心里一直有一颗硌人的石子。我发现，方嘉对身体接触非常抵触。此前两年，我们仅仅松松地拥抱，亲吻彼此的额头与面颊，如同北欧电影里的暮年夫妇。那时我死要面子，不想在她眼中成为"下半身思考"的猥琐男，所以从未开诚布公地跟她聊过这个问题。现在想起来，"性"是爱情与婚姻中生死攸关的重要问题。要么二人都干柴烈火一触即燃，要么二人都柏拉图式相敬如宾，一旦以一方的妥协与忍耐而告终，罅隙便已暗生。确实不是她的错，是我因为欲念而逾矩。回程路上我想了很多。让我感到绝望的是我不知道我们中间的那条线在哪儿，以及是否能以漫长的时间去触碰乃至融化它。即使能，我们是否能走到那一天？其实从在一起的第一天起，我就充满不真实感与颓废感。于我而言，她是一团雾，镜厅、万花筒及美杜莎之眼，仿佛来自梦境又随时会遁入梦境。而那一天，这种不可触碰的遥远感被确认了。

　　回到酒店我越来越觉得绝望与躁动，晚上临睡前我想出去跑步，她从邻床支起来，问我去哪儿。我说，走走，抽根烟。她说，我也去。我知道她不喜欢烟味，就说，不用。我后来回想，大概她觉得忍受不惬之事是对于歉疚的补偿，她坚持要陪我去。我则坚持拒绝。你不要去。我就要去。第三个来回时我说了我到今天仍在后悔的话，我说，你不是看不上我吗，去什么？我就最后这点尊严了你还要剥夺？说完感觉不过瘾，回头说，你是不是以前被刺激过啊？然后掼上门，下了电梯，打电话给我一个住丁加奴的客户朋友，接通说，你们马来西亚不是乐子很多吗？给哥们带个路，价位好说，哥们请你，哈哈。他吓得不轻，过了一会儿说，韩哥你别冲动，发个定位，我坐船来陪你喝酒。第二天中午我酒醒，回到酒店发现方嘉连同她的所有东西都消失了，房间里她曾存在的痕迹如同露水晞干，无影无形。随后是一个半月的失联，以我在朋友见证下向她躬身道歉并保证以后不再询问过往而告终。你可以做最坏的猜测，例如我从学生时代就是性工作者，她慢慢地捋头发，仰头盯着我，如果你接受不了，我们就此别过；如果你能接受——你现在不要答复我，我希望你想清楚——那我们就接着过，没有意外的话，我们会结婚，做爱，生子，白头偕老。我说，不用想，我爱的是现在这个时刻的你，与此前的你或未来的你无关。她噗一声笑出来，说，天然，你嘴真甜，然后吻上来。我舌头丧失了味觉，就像此刻咽下去十几个鸭脖后一样。

　　父亲看我不想聊，就不再为难我。从小父亲不逼我做任何事，我妈管我的时候他说天然就是天然，要真的天然，要说到做到。父亲示意我把装祖父遗物的箱子拿出打开，一本日记，一串念珠，没了。他从衬衫内袋里掏出钥匙，打开日记，开始快速翻动，然后停在其中一页（我不能确定是刻意还是随意），缓慢地低声朗读起来。父亲的声音沙哑低沉，早年做过记者，普通话标准好听，特别是有一种讲述感，隔壁病床的薛阿姨闭着眼睛听，又听不清内容，撑着床板身体下意识往这边倾。父亲每读完一篇，就用他的白瓷缸喝一口水，然后再翻一篇。他并未按顺序翻，一篇在前头，一篇在后头，最后一篇又回到前头。我凑过去看，繁体字，字迹尚算清晰，撇是撇捺是捺，基本上能辨认，认不得的连蒙带猜也八九不离十，看来大学翻黄易武侠小说的基本功还在。我这人懒，每篇看两眼就坐回去，一边吃鸭脖一边听我爸读，或许也有紧张的因素在，能让人说就不自己看。那晚父亲总共读了三篇，第二篇应该是我祖父的字迹，第一篇与第三篇则不是。按照时间来看，应该出自祖父的父执辈。读完父亲就说乏了，我扶他去上了趟厕所，父亲上床躺下，我帮他掖好被子。他双目紧闭，以前这个时候他会微微推阻或者在我掖好后再掖紧一点，但今天一动没动，好像睡着一样。我退后两步，看见他又瘦又老，像枚干瘪的白果，一时有点动情，走到近前，想趁他睡着抱他一下。结果他突然睁开眼，好在应该没发现我的企图。语气有点像梦呓，又有点不像。他说，天然，你知道你祖父死了之后我什么感觉吗？我说，你偷抹过好几次眼泪，我都看见了。他说，我感觉我健全了，解脱了，青春了，我感到我的病将要好了，我脑子里那个瘤在慢慢腐朽、脱落、消亡，我感觉我能活过来了。我不知道该如何回答，但还是顺着他说，会好起来的。他继续说，你知道我为什么叫"韩寻"吗？狗屁的"寻得于千万人中"，他自己寻一辈子，寻不到，要我继续寻。我说，你不要这样想。他说，他给我命，我该去寻。是我对他不起，但我不会甩给你，我说到做到。我不好回答，说，走了，明天再听你读。走到门口的时候父亲突然叫住我，我回头看，他不知何时又坐起来。这时他的声音恢复了正常的沉稳，大概是醒了。他说，有点累，明天不读了，有兴趣你就拿去看，没兴趣就算了。我伸手去接，他说，当故事看。我说不然呢？你儿子就是靠故事活命的人。他说，那就按写故事的思维把剩下的因果结掉，他指了指箱子里的念珠，挥手示意我拿走。

III

今晚我难以入睡，遂坐起点上灯，开始写日记。白日里不悔的讲述与我脑中的记忆有较大出入。他递给许淑珍手串时，我在他身后两步之距，微微仰首，目光有意无意地越过他们，注视高远的澄旻。那时候怀有什么心态已然说不清，大概是一种因为自己成为可有可无的赘物而产生的微微妒意与自觉的疏离感。今天想来，也不知道那种妒意与疏离是对不悔还是许淑珍，但确切的是，我并未看清那串佛珠，所以无法如不悔所愿证实他想要的真相，这是我极抱歉的事。但我与他记忆的分歧，在于另一件颇为神异的事。

我当时在枕霞寺又赖留两日，初三才走。临行前我曾去过不悔的住处一趟，虽然知道他大概在奔走应酬，但毕竟请其指点过字，礼数上应该告别。不悔果然不在，是一个少年僧人应的门。这少年我未曾见过，穿一身青色僧衣，应该是不悔的随侍童子或师弟，与他相貌有所相似；或许也不是相貌，是肃立时的姿态及神情都颇为出尘。而当少年开口后我便觉出差异，不悔十分健谈，少年说话却非常之慢，几乎达到结巴的程度，好像初习国语的西洋人。他看到我时做手势让我等在外面，说："他，不，在。但，有，一，样，物，什，交，给，你。你，稍等，片，刻。"片刻后少年走出来，拿出一只木匣，打开，是一串佛珠。我接来看过，包浆老辣，火气缩敛，颗颗圆熟莹润，如卵如玉。我自戴的这一串，摩挲不勤，远没有不悔这一串好。这时少年忽地掩住匣盖，说："你，不要，轻看，这串，佛珠。今日，送给你，可以，替你，挡灾避祸。"才松手给我。我有些受宠若惊，为前两日暗生的妒意与疏离惭愧不已。又生出疑窦，不悔如此看重自己，为何不亲自交赠，而假旁人之手？但还是合十谢过，将旧串取下，换上不悔所赠之串。他今日来，叙说他记忆中赠送许夫人串珠时的情景，我脑海中竟蓦然生起一种既视感，仿佛他是那少年僧人，抑或我是许淑珍。我无意隐瞒，但心中已有一种似愧怍又非愧怍的感情生起，若真是愧怍，亦难知晓是对不悔还是对许淑珍。

那串佛珠在我手上仅戴了一日。次日我启程回淮州，在火车站遇到阿福。他木木站在熙攘人群里，像一只小小的西洋不倒翁。我蹲下来问他。他说娘饿死，爹坐火车走了。那趟火车买的二等座票，我抱着阿福挤上去后站在车厢靠后。第一站下人的时候，突然手背有点痒意，我回头来，是一个短衫男子，豺一样地瘦，但两只胳膊绷出一条条的筋肉，要扒不悔赠给我的那串佛珠。我们对视一眼，他摸出刀来，问我放不放手。周围的人往旁边避开，我把阿福放下来，护到身后，说，不能放，见谅。他狠命拉拽，持刀捅来，我尽力一闪，他往旁边栽过去。那串念珠是韧绳所穿，不知为何竟被拽断，脱腕而去。他把念珠塞进短衣，敛了刀，看了我一眼，跳下火车，钻进人群不见。阿福哭起来，我也心有余悸。想起少年僧人的话，既惊异又感激：这手串还当真为我挡了一次灾劫。

我将这段记忆完整地复述给不悔，但他听完便一口否决，说当日见你已有串珠，便未生出相赠之意。至于那个少年僧人，并不知道曾有此人，自己事必躬亲，最厌憎假手于人，故没有童子、师弟之侍随待。最后，他问起我是否也有不知孰真孰梦的困扰。我便知道他不肯信我，只得苦笑作罢。我留他在寺中休整一宿，他说不必，准备坐火车连夜赶回南京，然后乘机飞往重庆，当面向许夫人询问。我不便挽留，便送他出寺，看他消匿于群松之间。

一九三七年三月二日

电生师叔字好。他圆寂前塞给我一个信封，里面有一张照片，一张纸。照片上有一个中年男人，纸上写了一串地址。共十一个字。外行看着不激不厉，冲淡绵邈，内行却能从运锋看出戾气与杀气。我侧着头看了好久，真是好。其实原本不大好的。从一九六六年夏秋之交，师父死前几天，电生师叔才开始练。据他说，那天黄昏他们对坐在残壁之间。他与师父一游一驻，平时不常见面，关系疏离而纯粹，像是遥遥呼应震颤的同炉双剑。但他此次回来，看他们曾一同生活、寄托念想的惊鹿寺遭逢此难，对坐在斜阳和颓断寺墙参差的影子里，竟然生出前所未有的亲近感与濡沫感。白日里，十数个少年不知怎的竟觅到山上来，有些面孔竟颇眼熟，可能是山下住户的子女。他们手持扎枪棍棒，在寺中东冲西撞。露电二人出言拦阻，被推倒在地，爬起来后露生还欲上前，被电生攥住衣袖。二人呆立在旁，好像陷入一场梦境。最后头头模样的少年说，也不为难你们，下山回家，好好生活。露生欲与其理论，我们自小就在此处，亲人离散，哪里有什么家？又被电生扯住。

这些人走后，二人在残垣间盘腿坐下，师父说，你我都非惜命之人，便是今日即死，也毫不怨恨，只有一件事放不下。师叔问，哪件事？师父说，我扪心自问，数十年来行善修福，立身无愧。平生所愧者，唯有不悔一人。关于那只手串，他之记忆与我之记忆相互睽违，至今不知孰真孰幻、孰对孰错。此事神异诡谲，数十年间，我虽日日煎心，夜不能寐，却因生性孱懦，总不敢妄测缘法之玄奥，想等时间给我一个答案。今日之后，我自感大限日近，便知不能再等下去。师叔握住师父的手，说，师哥，此事我来帮你查明真相，你保重身体，切勿劳心。师父长叹一声，潸然落泪。师叔说，我明早出发去慈雨寺，向新任方丈询问不悔法师生前所交代之事。若慈雨寺遭劫，这条线索就断了，不可耽误。又说，师兄性情诚直，我不放心。师父说，都砸成这样了，我已经无所掣肘，不惧他们。你只管去。师叔叹道，留得青山在便是，万事周旋为上。我速去速回。他们分着吃了一点煮菜，吃完师父说，练张字吧。

拿来墨，瓶口凝住了，兑了点水，用笔尾的竹管捅开，墨就潺潺流出来。写了一回丧乱帖。电生师叔也写，主要是找一些句子来重温行笔的手感，"岁在癸丑""只争朝夕"这类，写完拿给师父看，黑瘦的火柴棍一般，二人相视大笑，声振林樾。次日电生师叔下山，换了衣帽，乘火车去往重庆。慈雨寺也是大寺，规模与枕霞寺相仿，电生师叔甫一上山，便与知客僧道明来意。未及细言，山下就喧腾起来，随后又归于整一，听不清内容，大略有上百人的声势。他忙帮知客僧用大锁敛了门。晚间，知客僧带来住持的口信，说不悔法师生前确实数次来信，最后亦殒命途中，在佛教界一石激起千层浪。一直以来，先师与敝寺也蒙受了不少猜疑，但一直未曾向世人道出此事原委，便是不欲樱扰逝者清净。二十年了，世隔代殊，师兄又何必深执？况且山雨欲来，你如今亦难回返，不如便在敝寺云水堂挂单，等时势缓和再作打算。电生师叔只得依言住下，也便于暗中探查。他白日与僧众一同干些杂活，夜间自告奋勇任巡寺之职。

　　月余后，他收到师父的来信，信里说人寺无恙，让他宽心勿念，悉心探访。此外，阿福从宁州写信来，说安顿好医院的工作就偷偷溜回来一趟。自己也没劝不用来，这孩子心眼死，不回来一趟饭吃不香觉睡不着。这桩孽缘，本不应传给阿福。但他从小便有找东西的异能，有他在，或许更可能查明真相。虽然如此，天下之大，也不知何年何月才是尽头。惊鹿寺料当重建，便需你来执管，字是门面，不可荒废。电生师叔想，荒山残寺，何谈门面？信尾说，那群人又来了一次，我将日记本藏在床下，他们没发现。看到这里，电生师叔

会心而笑，心略放下了些。练字到第三天，他反复比对欣赏，选了一张较工整漂亮的折好，与回信一并寄回。回信里他向师父说明状况，事情已有眉目，他这两日找到了当年服侍前任住持的侍者（此时已是某幢经楼的知藏），向其请教经义，交谈甚欢。再过数日，便准备于无意间向其询问当年往事。至于阿福，既然已经下山，不到万不得已，不宜再扰乱他的生活。

　　说到这时，电生师叔怀着歉意看了我一眼。我说："师叔不如师父懂我。我的命是师父给的，他的事就是我的事。"他点点头，说："那是最后一封信，后面的事你知道。"我点点头，说："那串念珠大概找不到了。"他说："那就不找了。换条路。"从怀里把信封取出给我。我双手接过。他又怀着更深的歉意看了我一眼，向后躺下，就此圆寂。我向他施了一礼，出了门，告诉他的徒弟镜然，镜然扑进门去。我下了山，在半山腰听到袅袅的往生咒升起，声音有些单薄，只有僧众，等天色大亮，信众拥上山来，好多人哭出来，声音便会嚣杂厚密起来了。

　　我知道电生师叔召我来的意思，也知道他最后看我一眼的意思。他是说：当年那人的照片、地址给你了，算不算账，算到什么程度，怎么算，系于你手。他将此事交托于我而非镜然，一是镜然要执掌大局；二是我是在家人，不怕犯戒；三是我救人一辈子，功德足抵杀人之过。我下山在杂货铺里买了本杂志，两个苹果，一把水果刀。苹果不大，削了一个吃，没什么水。杂志封面是一个外国女人的脸，我撕下来，从她的鼻间、两个瞳孔中心四等分，折好，把水果刀擦了擦，包进去。上面是分月桥街石婆婆巷十三号。我按图索骥，

找到那间房子。门口一副桌椅,有点矮,一个小女孩背对他坐着,细条,穿一身青色衣裤,弓着背,头往前埋,好像在看显微镜。我凑过去看,几根狗尾巴草在编花圈。我说:"编孙猴子的金箍呢?"她没回头看,说:"学校老师让做手工。题目叫梦。"我问:"梦什么?"她说:"不是我梦,是我爸。他只要一做梦就用手画圈。"我问:"什么圈?"她说:"圈就是圈。我爸是数学老师。"然后学着样子用虎口作圆心在空中画了个圆。画完她回过头来,抬头打量我。她和照片上的男人相貌迥异,那个男人皮肤偏黑,而她则皮肤雪白,我在她的背后看着一截颈子,以为是某种病症或烫伤,看到她的脸时才确定是天生的白。但眼睛却非常相似,都是细长微挑,显得聪敏或狡诈。我说:"我是你爸的朋友。"她说:"骗人,你是和尚吧?"我摘下帽子露出银发。她说:"和尚眉毛都是平的。我爸每周末去庙里,我跟去过几次。"我一挑眉,她说:"又不像了。"我说:"我是你父亲的故人。"她说:"什么叫故人?"我说:"就是有未尽的因果。"她说:"什么是因果?"我想了想,把剩下一个苹果掏出来递给她,说:"你吃了它,就是因果。"她说:"不吃白不吃。"我把外国女人的四分之一脸拿出来。她摆摆手,回屋冲了冲,连皮啃。她牙齿很白,几乎和皮肤一样白,啃得很香,汁水四溅。我看着她吃了一会儿,说:"你爸,你觉得是个什么样的人?"她含糊地说:"不是好人。"我在心里默想,过了一会说:"你的作业,还是弄你自己的,别弄你爸的。"她没理我,指了指腮帮。我又说:"你们老师要布置的肯定是——我的梦想。你可能没认真听,要么理解错了。"啃完之后,她说:"你说得挺对。我爸的梦跟我没

啥关系。我也不白吃你的果,也送个金箍给你。"我尚未反应过来,她就站到椅子上,把狗尾巴草圈向我头顶一抛。我如被灌顶,再看时那狗尾巴草圈已变成一串念珠绕在我腕间。我跟跄转过身去,不敢再看她的脸,把手翻过去挥了挥。走出巷子,用我衰朽躯体所能承载的最快速度奔到明扬河边的一段古城墙下,将那四分之一外国女人脸抛进河里,跪在河边失声痛哭。我知道此行之后,我的腿将彻底失能,我即将寸步难行,我已被金箍所缚。

一九六六年,二十三年前。我自愿下放到淮州周边县城的小医院。火车到淮州站下,我在点心店买了一盒椒盐袜底酥,半硬板纸白色方盒,一盒十个,我把盒子打开闻了闻,喷香,冒气。十七岁师父送我下山时就给我买了一盒,也是刚做出来,外壳尝不出来,里面火烫。我在一条铁窗框和人群的罅隙间与他挥别。看不见他后开始吃酥,一口一个,感觉牙齿颤抖融化,舌头尝不出味。我提着酥走了半日,上了山,路边有新践的杂乱脚印,我加紧脚步,越走越快,最后跑起来。跨进寺门,师父倚靠一截断墙,血从断面一处犬牙般的凸石流下来。头歪在肩膀上,后脑有一块小孩拳头大的地方凹陷进去,黑红色,深不见底,仿佛阿鼻狱的入口。我眼前一昏,跪倒伏在他身上,流泪不止。师父眼皮微微翻动,似乎看到我。他缓慢拉开衣襟,显出一个厚日记本。我忍着泪接过来,看见他缓慢地在空中画了一个圆,随即圆寂。

我凝视那本带血迹的厚日记,知道自己的后半生尽系于此。我将师父葬在后山,之后沿来路下山,启程去县医院报到。

一九八九年五月十四日

我不知道余生将如何度过了。我不知道如何能赎我的罪业了。今日上午传来不悔的讣告，他前日夜里凌晨抵达南京，乘坐斯汀逊客机飞往重庆，航空公司说天气预报有暴风几率，最好延期。但不悔执意要当即出发，愿意支付数倍于机票的费用。飞机在即将飞抵重庆时被闪电击中，坠毁于缙云山脉，机长、机务人员与乘客无人幸存。我此日在想，若是我坚持自己的记忆，或是执意挽留他留宿，再或是与他争辩不休，甚至怒骂呵斥、大打出手，只要能延搁片刻，或许就能避开那道闪电。

此事因我而起，却遗祸他人。我实在不知道该如何自处。

一九三七年三月四日

IV

方嘉对我爸观感应该不错，应该是处于钦敬与羡慕之间。具体来说她认为我不是正经人，我爸是。依据有三，我爸喜欢穿洗得发旧的白衬衫，戴眼镜，且总是心事重重，显得稳重可靠；我爸不抽烟，酒也不多喝，养花下棋，用"世外之人"的方式排解孤独与虚无感，是真正的勇士；我妈走后我爸没有续弦，独身十二年。相较之下我抽烟喝酒烫头无恶不作，奸懒馋猾俗不可耐。某次她问我，我们结婚以后，如果有一天我死了，你能不能做到叔叔这样？我用肩膀撞了她一下，呸呸呸，别死啊死的，我们要爱一万年。她说，别说屁话。我迅速思考，说，做不到。她看着我。我说，我最知你心，你一定希望再有一个人替你来爱我。我爸不懂我妈。她说，懂是懂，爱是爱；然后一个星期没理我。

我和方嘉在淮州大学的剧院相识。台下她望，台上我做。戏叫《风车与牛群》，我是编剧兼导演兼男主角，一位高僧，被一个魔鬼化身的小男孩用一只纸风车诱惑，随他出寺，来到一片莽原。他将风车绑在一群奔牛的头牛之首，我则义无反顾地奔向牛群，探手去摘。这部戏的大半部分以及高潮部分在高僧即将摘下风车、身体也即将被牛群撕碎那一刹那的荒诞内心独白。那一刹那我在台上演了四十分钟，排练的是二十分钟，我刹不住灵感，即兴加了一个人格。本来是一个人格用低音，一个尖声，一个正常。我临时加了一个颤声。四个人格彼此交互，对白多了一倍。演完之后，我向台下鞠躬，觉得自己简直是天才。一看睡倒一半，被旁边人戳醒，恍然大悟，绵绵地拍几巴掌。我回后台洗脸卸妆，把光头套一把撕下，粘掉好几撮头发，生疼。演魔鬼小男孩的小胖进来说，天然哥，有个女的找你。我愣了一下，他冲我眨眼，长得贼带劲，然后推我出去，关上门和他的小女友通电话腻歪。方嘉开门见山，说，你这个戏剧核心又老又烂，还挺做作，演技尚可，有一定先锋艺能。你还是当演员吧。我说，你谁啊？她说，我话剧社的。我说，你们不是拒绝我入社吗，还特意派您莅临指导？她说，他们是他们，我是我，看你们在食堂门口贴的海报来的。我说，那还真得跟你掰一掰，走，去食堂，我请。

毕业后方嘉考到上戏读导演，我没考上，也去了上海，在上戏旁边租了间小房子，给人做枪手，经常去蹭课。某次蹭完课方嘉请我吃饭，说，你是不是喜欢我啊？我当然赌咒发誓，说喜欢孟京辉都不会喜欢你云云，来上海单纯因为大城市机会多外加想发掘并利用你的蹭课价值。真正互明心意是在她的毕业大戏，一个对《暗恋桃花源》的解构作品，我全程参与，每夜与她讨论、争辩、对戏、改剧本，白天她蜷进工作室沙发，我趴桌子上，一起眯三四个小时。最终舞台上我们即兴接吻（也是那次道歉之前我与她唯一一次接吻），谢幕时手就牵到一起。

一到淮州，我就打电话给方嘉，打了七八个都没接，只好给她发短信，说我来拿书，半小时后到你楼下。她没回。半小时后我按她门铃。按了两分钟，话筒里说，往里站一点。我下意识照做，听到身后一声巨响，纸包从三楼落下散开，是我的书。我跳脚大骂，姓方的，敢不敢下来干一架？到拳馆后她二话没说直接开揍，直拳摆拳勾拳一套一套的。我双肘护面，紧气绷身，快扛不住就给她递水。半个小时，我说，气也出了，赏脸共进午餐，啊？

午饭在石婆婆巷的苍蝇馆子吃的辣子鸡盖浇饭，老板说哎好久没来啦，是不是准备怀宝宝了不能吃辣啊？我俩尴尬对视，随即大笑。吃完她说，说吧，干什么来了？别说特意来拿书，你没那么勤快。我说，确实有点事，我爸叮嘱的，得办利索了。她听到我爸，严肃起来，问是否有可以帮忙的地方。我说，他让我把你追回来，你能不能配合一点？她歪头拧腕。我连忙说，确有正事，你附耳过来，事关我家族秘史。她问，方便吗？我说，太方便了，当故事听，我身在此山，你旁观者清，咱俩好久没有双剑合璧了吧，说不定这回整出个好本子来。

讲述过程中我尽量追求平实，但还是出于天性稍稍添油加醋，例如将那串佛珠描述为我们家族代代相传的诅咒，将祖父寻找串珠的人生诗化为村上春树式的奇幻旅程。当然，以方嘉对我的了解，应该可以逆推以还原真实状况。她静静听完，出乎意料地没对故事发表看法，而是说想看看那串佛珠。我丢给她。她瞪我，双手接住，摩挲了片刻，问，这是哪一串？我说，天知道，可能是不悔法师那一串，被贼劫走，又被我祖父千辛万苦寻到，但这种可能性微乎其微；也可能是露生原先自戴那一串；又或者是日记里那个青衣小女孩送给他的那串，我甚至怀疑祖父因执念太深，产生幻觉，想象出这样一个故事慰藉自己。这串手串，大概只是他回程时在路边随便买的廉价货。做三个平行结局我看不错。她将手串还给我，舀了两勺辣子，用筷尖捣散，戳进米饭，问我，你想怎么处理？我吃得较快，碗底干净如镜，汗被辣意逼出，神思飞扬不可阻遏。我说我想去惊鹿寺前摆摊，举一纸板，上书"买书法作品送家传佛珠"。用我自学成才、忝列家门的江湖体书法写一沓"福"和吉语楹联，若有眼拙的大爷大妈看上，最低讲到二十块一张。付完账附赠这串佛珠。临走前让其附耳来，压嗓道，大爷（大妈），我这回是卖椟赠珠，此手串系我祖传，三代以上，可能是民国高僧传下，您回去埋于宅邸地下，荫及子孙，永受嘉福，长乐未央。但顾虑是若被慧眼之人识出便丧失趣味。听到这她眼神一亮，将筷掷下，砸落几块鸡肉和酱汁。我觉得有点可惜，下意识想捡起来在茶水里涮了吃，突然想到小时候被我妈用筷子打手心，于是捡起来直接吃掉。她没有注意，身体前倾，撑肘在塑料桌板上，握住我的左手，显出兴奋。她说，直接埋了吧，埋在惊鹿寺。我听懂后也兴奋起来，开始和她讨论其可行性。我说，如何不被发现？她在 iPad 上搜出惊鹿寺地图，根据回忆一处处排查，最后告诉我后山有一片竹林，竹林后有一空地，她小时候迷路曾穿过竹林走到那里，大哭后被寺僧找到，这片空地随之被发现，偶尔会有人晨练，但这时或许无人。她吃完时，门外下起阵雨，我们准备打的去惊鹿寺，雨停了就上山。

撇开祖上渊源来说，我对惊鹿寺并不熟悉，相反，方嘉在山麓长大，对其了如指掌。我俩第一次约会就在惊鹿寺（是我暗自定义的约会，彼时对她而言大概只是陪同我的一次访寺），时值考研前一个月，我们都已尽人事，准备妥当。我提出去惊鹿寺拜一拜吧。她嗤之以鼻，说小时候寺里大和尚带我玩，在街上买鸡蛋灌饼，我一个他一个，并排蹲在马路牙子上啃，啧啧有声。现在人家是某殿的殿主，修为精深，宝相庄严。我说，正需要你这样佛缘深厚之人陪同。她先草草拜好，到槛外等我，我深深地缓缓地拜下去，心底默念，南无大慈大悲救苦救难广大灵感观世音菩萨，保佑我追到身后那女子。念了三遍。走出去跟她说，不用担心，菩萨说咱俩都能考上。

车上她说，对你祖父来说，这算是什么样一个东西呢？我说，三种平行结局肯定不一样。她说，那对叔来说算是什么呢？我想了想说，跟他脑子里的瘤子差不多，割而不绝，欲尽还生，迢迢不断如春水。说完我斜眼看她有没有翻白眼。一般我拽文或者开不合时宜玩笑的时候她就翻白眼，怪可爱的。但这次没有，她仰着头，用手指擦车窗的一层雨雾，不过和冬天不同，是生在外面的，擦不到。她把车窗摇下一层，把纤长的手臂伸出去用手掌在玻璃上抹，淋了一胳膊雨，我想用衣服帮她擦擦，但想到身份不合适，就递了一包纸给她。她抽了两张低下头去抹胳膊，突然说，你说是不是跟我俩挺像？我说，呸呸呸，人跟瘤子比，你这张嘴。

到了山麓，我们撑着伞默然绕山走了几圈，为了不碍行人，一前一后走着，一句两句聊着。我能听到她的鞋轻轻踩水的声音，她下雨喜欢穿白色圆头粗跟皮鞋。她本就高，穿上与我并行，隐隐有睥睨之势。关于鞋的深刻印象源自我们初识的下午，我与她在食堂舌战后颓然败北，随其走出食堂，发现暴雨初歇，夜幕渐沉，食堂门口有一块半月形洼地，积雨有半个车轮深，我正欲从凸出的花坛边沿踩过去，突然余光看到方嘉回头向我招手，她赤足蹚过，双手拎着一双白色皮鞋，她扬着它们冲我晃了晃，喊，管那么多干吗，直接冲过来呀。我大概是从那时候喜欢上她。傍晚时刻，雨刚好停。我们收了伞，她问我，对你来说这是什么呢？我说，一个契机。她不解。我说，就是我借以追回吾爱的契机。这次她终于翻白眼，突然说，我们赌一把吧。我神色一凛。她接着说，如果你未被人发现，此行成功，我们就再给彼此一次机会。反之，我们就此别过，此生不再相见。一切系于天意。我略愕然，一时无法判断她的意愿是前者还是后者，也自感没有魄力与把握立即应承。她笑着看我一眼，说在山下茶馆等我。我血气上涌，道，茶且斟下，某去便来。走了两步，被她叫住。我以为她要吻别，但她突然说，像是你说的日记本里那个惊鹿的偈子。我说，啊？她说，谁不是鹿呢，谁听不见他山的水声呢？我明白过来，这女人真无厘头。她又说，你真的不想知道我为什么不让你碰？我想，但既然已下定决心去埋珠，就斩钉截铁答不想。她显然不太信，说，一个问题能憋人一辈子。我说，那要看怎么憋法，跟你憋一起，幸甚至哉。她没有翻白眼，正色说，你此行若是成功，回来我们坐下来好好聊一下这件事。我心中一震，叫道，大丈夫一言既出驷马难追！她点点头，挥手示意我快去快回。

在山下杂货铺买了把工兵铲，老板是年轻人，说是《盗墓笔记》同款，无坚不摧，冒险必备。买票进山，往上望了望，乖乖，刺入云里，连绵不绝，见不到顶也望不到边。我爬了一小段，可能还不到五分之一，在休息站吃了碗泡面，冬阴功，泰文，三十块，可能国内泡面不好意思这么坑。吃完全身腾腾出汗，刚才焐在衣服里没来得及出的汗全都发出来，我意识到自己很难爬下去了，看了看周围的游客，他们大部分与我处于同一状态，这景区打的好算盘呵。于是我们买了一百五的缆车票，直接坐到山顶，中间还有机械音讲解，摧得我昏昏欲睡，突然恍惚听到它说惊鹿寺得名于一种日式水器，这不扯淡吗？于是我醒了。又过了一会儿到了山顶，我看着地图走到寺外后山，从竹林中艰难穿过，抵达那片空地。我从背包里掏出折叠铲，脱下外衣缠住铲柄，在末端打了个结，开始挖土。挖了几铲子发现土质太硬，往旁边挪了挪再挖，又松软如常。我偏不信邪，拿铲子砸那片硬地。我突然想到此前那位名导说的话，"如果一个情境，以你的才思，想破脑袋也没办法写，那大概就有点劲儿"，为了分分合合、不知为何不让我碰她的女友，像个土夫子在林外传来的喧沸人声中奋力砸击一块坚逾金铁的泥地，这情境我真是想破脑袋也不知道该怎么写。就在此时，我头上有个男女难辨的声音说："痴儿，别挖了罢。"我一惊，压嗓骂道："你管？挖你家祖坟了？"他暴怒道："你家祖坟。"我抬头看去，是个青衣道人，扎了两个道髻，额头宽大，脸有种说不出的怪异感，又美又丑，不似常人。我心想莫非混不下去了才会出家啊。我说："此乃佛门静地，你个牛鼻子来做甚？"他不理我，说："你师上于我有恩。我帮了他徒儿一次，帮了他徒孙一次。你父亲我没机会帮了，再帮你一次罢。"我心想这牛鼻子真会占便宜，正欲大骂，他向我腕间一指，那串佛珠蓦地闪出青光来，变得花圈一样大，从我手腕上挣脱飞起，飞至他面前。他一口吞掉，嚼了几下，把舌头伸出来舔了舔嘴唇，随即化为一道青光从我眼前消失。

巴黎朋友

双雪涛 《收获》2024年第5期

推荐语

双雪涛的《巴黎朋友》结构精致，叙述流畅，通过两对母子的书写，呈现当代生活的创伤。对这一创伤的隐忍式的表达是这篇作品的成功之处。生活在别处构成了救赎和反救赎的对位，从东北、北京到巴黎，从1980年代到当下，类型的悬念背后是历史的记忆，时空交织，故事延伸。（杨庆祥）

因为对口渴的恐惧，整个晚上小果的床头都放着一杯水，有时候是一整杯，有时候是半杯，有时候是一个空杯子，不过空杯子停留的时间通常不长，他总是会很快发现并且让我帮他把水倒入其中。我很想提醒他，这样对身体并不是很好，没有哪个病人在夜里需要频繁喝水，那样会给肾脏很大的压力，排尿也对他的伤口不好，可他如此高大，看上去喝再多水也没有问题。小果是北京人，说话却一点京腔没有，很像播音员，只是一些用词还有北京话的特点，比如喜欢说"得"。他说自己小时候唱过几年京戏，随着个子越长越高，且又倒了嗓，就只得改行。他双手反复洗着扑克牌说："可惜了我的关公戏。没有几个孩子能唱关公，那是一股威严之气，我有。可是即便是关公，也不能长我这么高，得。"于是二十岁时他来了法国学电影，先住在凡尔赛。"我是真住在凡尔赛，而不是后来的凡尔赛。那时候的凡尔赛就是凡尔赛，大郊区。"后来又转学到现在的学校。"现在这个学校主要学技术，我喜欢这种，"他说，"换句话说，除了导演、编剧不培养，其他工种都很齐全。"小果学剪辑，每天拿着学校借给他的小机器到处乱拍，然后回头在剪辑室里乱剪，剪来剪去获得了一些心得，没过多久就开始给在法国生活的中国人拍婚礼，"主要是温州人，特别爱结婚。"可能是小果高大的身材起了作用，让人觉得这个婚礼摄影的钱花得很值，至少请来了一个有"分量"的人，带着俯瞰的视角。一个温州女人觉得他拍的东西挺有意思，总能抓住难忘的瞬间，比如新郎的忧虑，比如新娘子不小心流露出的对另一个女人的敌意。他说有一次他还拍到一个人偷了伴娘的手提袋里的十几个红包，他并没有马上说出来，而是把素材剪好交给雇主，"这叫用影像说话"。温州女士四十七八岁，在巴黎开了三家中古店，之前的丈夫是黑帮成员，韩国人，在女士四十岁时死于中风，女士便跟帮派脱离了关系，成了一个普通的生意人。"听说她当年开枪打过人，还吸过毒，后来倒挺健康，只是瘦一点，丈夫死之后她开始跑马拉松。她让我跟她一起跑，我去了一天，那天大雨，他们还跑，说只要没有雷电和冰雹就不能中止。得，我跑了十分钟，就打了个车在终点等她了。"女士并没有因为小果跑不了马拉松而怀疑他的才华，她给了他一笔钱，让他拍摄他的第一部长片。

"她说随便我拍什么，只要是拍电影就行。她丈夫活着的时候他们每天都看电影，有时候是去家附近的艺术院线，有时候是在家里看蓝光碟。她说丈夫死后她看电影少了，原来她并不那么喜欢看电影，只是喜欢跟丈夫一起看。我拿着她给我的钱打牌，输没了，我就用很少的钱拍了一点街景配上旁白寄给她，杜拉斯有个片子就是这么弄的。她没回复，后来再也没见过她。"

现在轮到我讲。

我说两年前我在MSN上认识了一个在法国留学的中国女孩，跟我一样都是东北人，也跟我一样都喜欢写东西。聊了两个月，发现原来她的父母跟我的父母认识，原先在一个厂子里上班，只是不在一个车间。她的父母在她十岁的时候卖掉了在S市的一切，去新西兰打工，逐渐站稳脚跟，开了一间游泳学校。我问，你父亲原来就喜欢游泳？她说，都是在新西兰学的，为了生存，他在四十出头把自己练成了半职业选手，前半生他都是一个钳工。我发了当时正在写的一篇小说给她，她提了一些意见。我惊讶于她的中文能力，她甚至帮我调整了人称指代的混乱，一个小学五年级就出国的人怎么会把母语保持得这么好？我百思不得其解。那个故事我反反复复写了大半年，只有一万字，怎么也写不完，主要是不知道怎么结尾。她给了一个建议，说那个女孩应该从岸边走向大海，然后开始游泳，一直游过海峡，在另一个国家上岸，开始新的人生。我说，这怎么可能？她说，我就可以，只要不遇见鲨鱼或者水母。我说，你能在海水里连续游几十公里？她说，是的，我可以游一天一夜，如果我不是这么喜欢游泳，我爸也不会变成教练。但是现在我只是偶尔游一游，我更喜欢文学了，我在写一部五十万字的长篇小说。我说，有必要上来就写这么长吗？她说，本来没有这么长，越写越长，如果我不给自己设限，它会有几百万字，所以我必须在五十万字结束它。我说，能发给我看一点吗？她说，等我彻底写完吧。我说，好，谢谢你给我小说的建议。她说，你的小说很有意思，里面的一些细节我还记得，我小时候我们城市的样子，你写的卖大白菜的大车停在胡同的边上，人们推着自家的小车来买菜过冬，我都记得，有人一边挑白菜一边撕白菜的烂叶，减轻白菜的分量。只是还不够好，如果再好一点，我可以帮你翻译成英文，我的法语和英文都不错，投给《纽约客》或者《巴黎评论》。我说，《巴黎评论》也接受英文稿件吗？她说，哦是的，它是一家美国杂志。我说，请原谅我的无知，如果我写了新的小说就发给你看。

我一直不知道她的长相，这让我非常痛苦，就好像你看到一只非常精美的盘子，但就是看不清上面盛着什么菜。那段时间我开始每天看机票，从首都国际机场到巴黎戴高乐机场，九个多小时，往返一共需要一万八千元人民币，对于一个刚刚参加工作的报社实习生来说是一笔巨款。这还不算上在巴黎几天的开销，听说一瓶啤酒就要五六欧元，如果两个人边聊边喝，即使对方只喝一瓶啤酒，我想要放松下来也许得喝五瓶左右，在不吃任何东西的情况下酒钱就需要将近四百块人民币。但不知道为什么，去巴黎看看她的想法就是无法从脑海中拨除，如果有什么明确的目的的话，倒也没有。那时我是单身状态，跟大学女朋友分手快一年，每天除了上班采访写稿子，就是在东坝的一间出租屋里写小说，写完一篇投给文学刊物马上开始写另一篇。我抱定了决心，写上五年，如果没有结果就彻底离开文字工作，记者也不干了，回老家开一家小超市或者面馆。去一趟巴黎明显会干扰我的工作节律，从小到大我没有出过国，毕业旅行跟女朋友去过香港，被空调吹得高烧三天，什么也没有玩到，女朋友倒是玩得不错，迪士尼的项目基本玩全了。巴黎，海明威、斯泰因、加缪的巴黎，戈达尔、梅尔维尔的巴黎，这也并非重点，是一些基础，重点是李璐生活在巴黎。李璐是她的名字，虽然我不认识她的父母，但这就像是她父母会起的名字。跟生活在巴黎的李璐喝杯咖啡，聊一聊各自的生活，这个想法把我粘住，并已经开始影响我的工作，我指的是下班以后的工作。有一天晚上，我忽然想起我曾经的一个采访对象，一位上了年纪的京剧花旦，曾无意中跟我说起她的儿子在巴黎留学。领导当时给我安排的任务是写一篇一位京剧名角的人物稿，名角的朋友很多，上通中宣部，下到票友圈，跟他一个艺校且现在还跟京剧有关系的人不多，跟他还在一个工作单位的人更少，只有一位，就是这位花旦。花旦名叫韩凤芝，已经退休五年，偶尔来团里串串戏，大多数时间在家里看电视。

"之前过得挺惨，我也不是什么角儿，成角儿的时间段就那么几年，没成了就没成了，后来就跟着混吧，仗着是北京人，有地儿住，老公有过两三个，都跑了，毕竟有地儿住，跑了就跑了吧。后来拆迁拆了我家一栋房子，钱就不愁了，就是太耽误工夫，折腾了十年，为什么折腾啊？这你还不懂吗？争家产啊，我儿子有两年没好好唱戏，天天在家看着我，怕我被别人杀了。后来钱下来了，我想着补偿他，问他想干吗，他说想出国学电影，可能是没练功那几年净在家看电影了吧。我就给他拿钱，先学语言，再申学校，后来去了法国。没想到啊，一学还真学得不错，他这人爱交朋友，好几次暑假带回来三四个老外，在我们家住着，有拿照相机的，有拿摄影机的，在北京到处瞎拍，我都担心他们被警察抓喽。他同学跟我说，这小子在法国什么人都认识，听说还有几个黑社会朋友，带刀带枪的。我开始挺害怕，后来一想，总比谁也不认识、谁都能欺负你强吧。再说我儿子啥样我还不知道吗？他肯定混不到里头去，他就是招人喜欢，谁都愿意跟他玩。他十五六岁我带他去逛街就有人给他递名片，你说这孩子。"

我想到了她，就硬着头皮给她打了一个电话，她说："你打他寝室电话，他那边半夜的时候你再打，要不白忙。他叫小果，你就说是我的戏迷，老找我聊戏混熟了，他什么事儿都能给你办。"第二天我起了一个大早，北京时间六点整，那是四月中旬，北京早上还有点冷，我很久没起这么早了，记者的生活如果还有什么值得我留恋的，就是大部分时候还比较自由，似乎对自己的生活还有所把握。我把窗户打开透透气，刷牙洗脸，然后用手机拨通了韩凤芝给我的号码。响了两声，一个人接起来跟我说外国话，我用中文说，我找小果。对方说，小果？我说，是，我找小果。对方大喊了一声，小果！然后冲着话筒外说外国话，小果二字的中文发音相当标准。另一个人接过话筒说，哪位？我说，小果你好，我是你妈的戏迷……他打断我说，不可能，我妈没戏迷，你干吗的？我说，我叫李默，东北人，是个记者，采访过你母亲。我认识了一个在巴黎的女孩，想请你帮我看看。他说，你没让她给你发张照片吗？我说，没有，一是不好意思，另外也不是长相的事情，我就是想知道巴黎是不是有这号人，如果有的话，她大概是个什么状态，是不是如她所说的那样，如果没问题，我就办签证买机票了。他说，你们聊得特好？我说，可以这么说吧，也可

以说，过去的一段时间她是我活着的意义。说完这句话我自己吓了一跳，这不像我说出来的话，可能因为对方是个陌生人，所以有些奇怪的话脱口而出。他停顿了一下，说，办签证也需要时间，你记个电话，就说是我的朋友，让他帮你办。女孩叫什么？我说，李璐，在巴黎第三大学念比较文学。他说，哪个璐？我说，就是斜王旁，右边一个道路的路。他说，那应该好找，有消息我给你打电话。我妈最近怎么样？我说，挺好，我见她的时候，好几个邻居正在你家吃饭。他说，有空的话你给她叫个保洁阿姨，给她彻底打扫打扫卫生，冰箱，冰箱也彻底清理清理，床单被罩都给她换一下。她年轻时练功伤了腿，那也得多下楼走走，不能见天在家看电视。我说，好，你放心，我明天就过去一趟。

下午我给他的朋友打电话，介绍自己是小果的朋友，要办去法国的签证。对方说，知道了，小果的朋友不用交钱，给我留个邮箱，需要什么材料我一会儿发你，你挨个儿准备，有不明白的就给我打电话。我说，那不太好，我还是把钱给你，算是买一个心诚吧。他说，不，等你去法国的时候，帮我带个东西给小果就行了，不是很大，两公斤不到。我说，我也可能不去。他说，那就什么时候去什么时候帮我带。我说，好吧，那我不勉强你了，您贵姓？他说，我叫周仓，朋友都喊我老周。我说，给关公提刀的周仓？他说，是那俩字，我姓周，原来不叫这名，因为跟小果一起长大，那时候他唱关公，小时候兴起外号，朋友们都叫我周仓。有一天我心想，还不如索性改了，现在我的身份证上就叫周仓。放下电话我心想，这个小果群众基础不是一般地好，甭管是中国人还是外国人都能

处得来，请他去找李璐看来是十分恰当的选择。

第二天是周六，李璐上线闲聊的日子，周一或者周五李璐也偶尔出现，时间不固定，上线时间也很短。北京时间周六午夜两三点钟，是她规律和我聊天的时间，当然也可能在这个时间她和很多人聊天，我只是其中之一。她很守时，这个时间基本上都会出现。周六下午我去看了韩凤芝，之前我买好了打扫的工具，抹布、扫把、冰箱除味剂、洁厕灵。韩凤芝帮我开了门，然后走回去躺在客厅的沙发上，这次我仔细看她走路的姿势，右腿稍微有点跛。"我有点头疼，可能是昨晚叫风吹了。半夜对面有两口子吵架，我站阳台看了一会儿。"我说："您歇着，我帮您把屋子收拾收拾，一会儿如果您还觉得难受，我带您去医院。"她说："不用不用，这是怎么话儿说的。"我说："小果让我给您找个保洁，我琢磨着您估计不喜欢保洁在家里翻来翻去。如果您信得过我，我来帮您打扫，我跟小果认识了，算朋友。"过了大概十五分钟，韩凤芝在沙发上睡着了，她很瘦，双腿细长，头发稀疏，老年斑已经出现在她的脖子和手背上。她的脸色不好，可能是缺乏运动所致，睡着之后会发出哼哼声，好像哪里在隐隐作痛。我尽量不发出太大的声音，开始逐步打扫。为了不窥探别人的隐私，所有抽屉我都不拉开，放在外面的东西我整理好。冰箱里有大量的过期食品和陈年的没有生产日期的冻肉，还有近期的两盘炒菜，没有包保鲜膜就放在冷藏室里，我都给倒了。抽油烟机上的油渍快要把按钮浸没，吃饭的筷子有一半长毛了，几只蟑螂在厨房的水管附近溜达。主卧室的床头有一板抗抑郁的盐酸舍曲林片和一瓶褪黑素，旁边有一个打开的笔记本，上面写着她对一些人的评价，人名都为字母代号。A：68岁，178，78公斤。爱骑行，得过癌症，话多。B：66岁，170，75公斤，毛手毛脚，有一个孩子正局级，在天津工作。C：75岁，画家，票友。拄拐，有心脏病，妻子移民，孩子也在国外，一40岁保姆住家。

我回到客厅，用一只拖鞋别住房门，下楼到街对面的超市买了一瓶威猛去油灵，买了一盒蟑螂药，还有口罩和手套。回来时韩凤芝依然睡着，姿势没变。我继续打扫，一直干到天快黑了，我感到没有力气了，再干下去可能会晕倒，就停了下来。我在客厅的椅子上坐了一会儿，喝了半瓶矿泉水，然后把韩凤芝叫醒了。她睁开眼睛说："你吃饭了吗？"我说："我回去吃。我在厨房放了一盒蟑螂药，您注意着点。"她说："别回去太晚，少喝酒啊。"我说："好。"她闭上眼睛继续睡了。

在回去的地铁上，我心里有点难受，很快我就睡着了，醒来时已经坐过了五站，来到一个我完全不认识的地方，我继续睡下去。地铁来到了这条线路的终点站，我把自己拽起来，走下地铁，走到对面一列地铁上向反方向进发。我看了一眼手表，快十点了，通常这个时间是我最精神的时候，不是在写东西就是在看书，而这一天我困得不行。到家之后我定了闹钟，衣服没脱就倒在床上。闹钟响之前五分钟，我醒了，出了一身大汗，体力几乎完全恢复了过来。我洗了一把脸，泡上一盒方便面，打开电脑，登录MSN，李璐已经在了。今天她上线挺早，我心想，是不是觉察到了点什么，想跟我说点什么？我掀开泡面的塑料盖，吃三口，吃三口之后如果她不跟我说话，我就跟她打招呼。吃到第二口，李璐说，在？我说，在。她说，我想起来一件事情，今天还跟我爸打电话确认了一下，证明我想得没错。我说，什么事情？她说，我小时候见过你。我说，不可能吧，我们父母虽然在一个厂子上班，但是并不认识啊，厂子里有几千人。她说，是的，是不认识，但是我们俩见过。两个人不一定非得认识才能见面，对不对？我说，哪里见的？她说，你十岁我九岁那一年，也就是一九九三年。九三年的七月份。我说，这更不可能了，我十岁那年暑假得了一场重病，在北京的医院住了两个月。她说，对的，我就在北京见的你。那年你得了厌食症，因为你父母离婚？我说，是的。你怎么知道的？她说，你爸带你去看病之前，跟他车间领导借钱，车间领导不想借，就发动了一个小规模的捐款，我爸听说了，捐了五块钱。我爸跟你爸不在一个车间，他也想不起来从哪听说的了，也想不起来为什么要捐五块钱给一个不认识的工友。那年七月我们要出发去新西兰，从北京出发，我爸也搞不清楚为什么会想起你在北京住院，问我要不要去看看你。我就说好，他就通过别的同事找到你住的医院，我记得那是一个精神病医院。我说，在回龙观，那个夏天我一直在盼着我妈来看看我，可是她从没出现过。她说，我们买了水果、牛奶，找到你的病房，房门开了一半，我看见了你，那个病房里只有你一个小孩。你打着吊瓶，瘦得像一根树枝。我说，我体重最轻的时候只有二十五公斤。她说，我走到你身边，你睡着了，你的病床卡上写着：李默，厌食，精神障碍，病程一个半月。我们没有叫醒你，把东西放下就走了。我记得你对面床上躺着一个三十岁左右的男人，他在看《诗经》，他指着自己说，赋，指着我说，兴。他没有敌意，我也不害怕，我冲他点点头说了声再见。他冲我摆摆手，兴，兴。我说，我记得他，他是个很有意思的人，古典文学的博士，我从他那学了不少古诗词的知识。后来他在医院的厕所里上吊了，他最崇拜的人是王国维。你为什么没有叫醒我？她说，实话说，我有点害怕你的样子，叫醒了你我也不知道我该说点什么。我说，嗯，那一个月我觉得自己离死很近了，饥饿到最后没有特别难受的感觉，只是感到浑身无力，大脑很兴奋，睡着的时候不停地做梦，醒着的时候脑子也不停地转。很多你原来不会想起的东西，那个阶段都会想起来，比如我是怎么被生出来的，怎么学会的走路，我妈在厨房哼着歌，我尿床了，这些东西等我好了之后又都忘了，现在已经记不起来场景，只记得内容。她说，你是怎么好转的？我说，当然是吃了你留下的水果。她说，瞎掰。我说，好吧，没有什么特别的转折点，我做了一个梦，梦见我长大之后的样子，当然跟现在完全不一样，但我知道那是我长大之后的样子。醒来之后我哭了，我想要长大，我想要知道长大之后的生活是什么样，想去那个未来的世界看看。我爸住在医院旁边的小旅店里，我让大夫给他打电话，告诉他我转过弯来了。我吃的第一样东西确实是一个水果，一个青橘子，很酸，就在我的床头，不知道是不是你留下的。她说，我有印象，我买的就是青橘子，我爸说青橘子去火。我说，这似乎有点不太像真的。她说，嗯，应该不会这么巧。我们在各自的屏幕前沉默了一会儿，大约五分钟。我起来在屋里走了一圈，窗外的北京城已经进入深夜，还有零星的人骑着电动车在路上疾驰，几辆巨大的运砂石车从离我窗户不远的路上碾过，每一个夜里这些运砂石车都会陪伴我，它们发动机的声音烙在我的心里，是属于我的首都节拍。她说，其实你的小说写得还可以。我说，咱们就别这样了吧。她说，肯定不成熟，但里面有好东西。我试过用英语和法语写作，都不行，日常生活可以，甚至写论文也可以，写小说不行，我只能用中文写。跟你聊天的这段时间，我的母语进步了。开始跟你聊天的时候我打字很慢，你可能觉得我在吊你的胃口或者矜持，其实是我找不到那个准确的字，有好几次我在电脑前面哭了，唉，跟你说这些有点丢人。我说，这个陪练我愿意干。

她笑了，我能感觉到她在屏幕的另一边笑了。

她说，我们是不是应该交换一下照片？我没有别的意思，我是说如果了解一下对方的实体，对于虚拟的交流也有帮助，不过要你先发给我看。我说，当然，肯定有帮助。我们沉默了一会儿，她说，我很矮。我说，我也不高。她说，你多高？我说，一米七五。她说，那不算矮，我真的很矮，我最近皮肤也不行，我来法国之后每到这个季节都过敏。我说，理解，北京最近的飞絮也很多，不知道为什么他们要种这么多这样的树。她说，你小时候的长相我有印象，当然那是特殊时期，不足为训。我说，不足为训这句母语不错。她说，我今天要写一点论文，再有两个月我就要硕士毕业了，我们先聊到这里吧。我说，好，毕业之后你有什么打算？她说，我还没想好，博士肯定不念了，也许先在巴黎工作一段时间，报纸或者出版社，如果人家觉得我还行的话，同时写自己的小说。我说，这个计划肯定可以实现。她说，我去写论文了，回聊。我说，要不还是交换一下照片吧？她说，不。然后下线了。

夜里我一直没有睡着，第二天没有采访任务，在家写稿就行，所以睡不着也没什么压力。可能是在地铁上睡多了，也可能是跟李璐的交流引发了我对自己的另一番认识。那个小时候的我就像是属于我自己的一个箱子，里面的东西只有我知道，一些杂七杂八的小物件，从没想过那时候的我在别人眼里是什么样子的，或者说从没想过会被别人看见，进入别人的记忆，但是这不是理所应当的吗？只要活着，就会被看见，进入别人的意识，成为一段影片或者是静态的几个场景。我躺在那里，她看着我，而我并不知道，我现在站在这个年纪回看自己，也来到了那个床边，这个情景令我心动，现在的我走进了自己的过去，找到了一把椅子或者干脆站在那里看着。再也不可能重新活一遍了，活过的日子就这样与我彼此抛弃，不可追了。作为观众可以吗？如果还没有彻底忘记，也许可以。我妈妈离开我之前曾跟我说，做一个男子汉，男子汉就是要靠自己。在我的印象里，她下班之后就爱倚在炕上看报纸，有时候也看从工厂图书馆借回来的旧书。我在心里说，我才不想做什么男子汉，我只想依靠你，永远被你爱着被你照顾。我在嘴上说，妈妈，我已经是男子汉了。她笑了，说，小默是最棒的，我就知道小默是最棒的。我再也没见过她。后来我爸有一天告诉我，她在宁波打工，在一次重金属泄漏的事故里身体受了伤害，半年之后搬去了别处，跟我们失去了联系。我爸说他们一直没有离婚。我心想，这不是我关心的事情。我在嘴上说，是的，你做得对。我心想，我到今天也没成为男子汉，我需要爱，需要被人照顾，需要有一个人坚定地被我爱着，我才能跟这个世界拴在一起。我有一米七五吗？我一米七三。天快亮了，我打开电脑，开始修改自己的小说，几乎可以说是重写，我想象自己是小时候的李璐，站在小时候的自己的床边，无法跟床上的我交谈，只能尽量描述自己的所见所感。写完之后我发给了离线的李璐。

第二天我睡到中午，下午起来吃了早饭，下楼去附近的公园散步。要说公园其实不是典型的公园，介于环线边上的绿化带和公园之间，有骑行道也有一些零散的健身设施。我的锻炼方式是疾走，走一个小时左右，放慢速度，随便溜达溜达。我走了半个小时，也就是下午快两点钟左右，小果给我打来了电话，打到我手机上。小果说，我没找到李璐。我说，没找到是什么意思？他说，一种情况是她这几天不在巴黎，另一种情况是她没跟你说实话。第二种情况的可能性比较大，如果她来过巴黎，在第三大学念过书，我会找到痕迹。那所学校的人没听说过这个人，他们系里这两年有两个亚洲留学生，一个是日本人，一个是越南人。日本人毕业回国了，越南人我跟他聊了一下，他确定系里没有这个叫李璐的中国人。我说，可能是我把她的大学记错了，不是第三大学。他说，谢谢你帮我妈收拾屋子，我以为你会雇一个人。我说，没必要，我也需要运动运动，你妈妈对我很热情，我应该出力的。他说，李璐让你给她转钱了吗？我说，没有。他说，你们聊天时你炫富了吗？我说，没有，无富可炫，只给她发了一篇小说。我确定她是东北S市人，与我年龄相仿。他说，你确定她是女的吗？我说，我觉得她是女性，如果你让我确定，我确定不了。他说，你

多大？我说，三十五。他说，那这几天我找一下在巴黎的三十五岁左右的东北人，S市人优先，等我消息。我说，如果韩阿姨需要我陪她聊天，我这周可以找一天下午过去。他说，不用，我会帮你尽力找的。我说，这两件事没有关系，如果她需要，我可以陪她聊天或者逛逛街。他说，要不你自己问她一下？我说，好，她不会嫌我烦吧？他说，怎么可能？有消息我打你手机，拜。

那个周末我陪韩凤芝逛了一次菜市场，晚上一起吃了晚饭。她对我的热情比上次减少了不少，可能因为我毕竟是跟她没有什么关系的人。你跟小果说，我好着呢，吃饭时她对我说。她给自己要了一瓶啤酒，喝下了半瓶，剩下半瓶我喝了。她说，有时候我也想让他多陪陪我，是个人就会这么想对吧？可转念一想，为什么啊？跟我待一块儿有什么意思啊？其实母亲和孩子的缘分就那么一程，从我生下他到他翅膀硬了，就这么一程就够了。按道理说我应该回到生他之前的状态，回到单身时的状态，找到那个状态就对了，可惜我现在老了，回不去了，所以显得有点孤独。你别把我想得特别痛苦，我有吃有喝，也有朋友，只要我打个电话，一会儿就能来仨人陪咱俩喝酒，只是觉得没意思，近了远了都麻烦，到了我这个岁数，特怕麻烦。小果现在是找麻烦的岁数，你也是，凡事爱问为什么，到了我这岁数就不一样了，多一事不如少一事，应付不了了，自个儿活自个儿的，省事儿。我想看看他在法国学啥了，他给我发一他拍的温州人结婚，这兔崽子。我说，小果特别惦记您，您这个儿子没白养。她说，可说呢，小果孝顺着呢。就是一打电话就没啥说的，他不知道

110

说啥，我也不知道说啥，说到后来都觉得挺没劲。他不喜欢北京，不喜欢这个家，我早知道，嘴上说的只是脑子里想的，不是心里想的。他跑那么远，用行动就表明了态度，我都知道。我打小就在这长大，死也死在这儿了，费那么大劲弄了一个房子，一步也挪不了了，我认命，认命也需要一些智慧，你知道吧？我说，啥时候您需要我您就给我打电话，我时间比较自由。韩凤芝说，相互别有压力，你千万别把我当熟人，干杯。

周仓把我的签证弄好了，一年之内欧洲多次往返，同时寄给我一个包裹。三本书，他说，不是禁书，你放心带给他。我心想，如果里面有毒品之类的东西，他不告诉我，就等于是送给海关，傻瓜才会这么干。小果那边还是没有找到李璐，他的意思是让我在MSN上试探她一下。他找遍了巴黎的所有大学，没有这么一个中国留学生。试探？上帝很讨厌试探。为什么上帝把试探看得这么严重，我一直没搞清楚。我还是需要试探她，小果说他在巴黎找不到的人，没人可以找到。周六的晚上我打开MSN，看见李璐给我的留言。她说她得了支气管肺炎，需要住院一周，也不宜过于操心，就先不上网了。她的语气很潦草，也没有提起我发给她的小说，跟她过去一板一眼的措辞区别不小。如果说让我概括她的个性，我是说在网上聊天时表现的个性，我觉得是淳朴，而她的这一条留言则流露出某种油滑。我下线之后躺在床上看书，看了两个小时，我拿起手机，买了明天晚上飞巴黎的机票。第二天一早我给领导打电话，告诉他我要出门一趟。他问我，去哪儿？几天？我说，巴黎，可能需要一周。他说，你去巴黎干吗？我说，去看一个朋友。他停了一会儿说，如果你遇到什么好素材，就采一点回来，如果没有就算了，我这可以给你报一部分花销，最好采一点什么东西回来。我说，那我研究一下。他说，最多一周，晚回来一天你就离开我的部门。

我在飞机上睡得昏天黑地，其实机舱极其嘈杂，好多去法国的打工者跟我同机，他们说着天南海北的语言，在行李架里放进塑料袋，里面装着野菜和熟食。有几位老人总是站起来走来走去，跟自己的朋友们攀谈。我还是能睡着，可能是紧张，可能是一种不知自己所作所为后果的焦虑，让我除了睡觉干不了别的。幸好我的身体里积攒了一股疲劳，可能从在MSN上遇到李璐开始，这股疲劳就在积累，我断断续续地睡着，只要睡着就睡得很沉。落在戴高乐机场的时候是巴黎时间的中午，我没有托运的行李，是率先走出机场的几个人之一。有一个大个子男子举着牌子，上面用中文写着：李默先生看这里。我走过去说，小果？这个高大的人说，是。然后接过了我的行李，这是我跟小果第一次见面。令我惊诧，他长得真跟关公很像。我不知道关公长什么样子，按理说应该有长长的胡须，红色面皮，小果没有胡子，脸也很白净，胯下也没有马，但你会觉得他的哪个部分跟关公一模一样，可能是他细长的眼睛里有一种威严，或者是一种有根据的轻微的骄傲。他穿了一件黑色T恤，白裤子，白色运动鞋，肢体动作也都很利索，头上打着发胶。他说，飞机上睡了吗？我说，睡了很多。他说，那就是很精神喽？我说，差不多，屁股和腰有点酸。他说，那没事，走，跟我打牌去。我说，我不会打牌，我想先放行李，然后去第三大学转转。他说，你听我的，第三大学没有你要找的人，我有了一点别的线索，明天下午带你去。我边跟着他疾走边说，什么线索，现在说说？他说，有个人可能见过她，明天我们去找这个人问问，大概率有戏。周仓让你带的东西带了吗？我说，在你拉着的拉杆箱里。他把拉杆箱放在地上，请我打开密码锁。我说，现在就用吗？他说，没错。我打开箱子，他拿出包裹拆开，里面是二十副扑克，都是一种扑克。他拿出一个塑料袋把扑克放在里面说，我只打这种牌，原来的牌磨损殆尽，我就会让周仓再做二十副。这不是作弊，这是手艺。我说，原理是什么？他说，手感，只有我能摸出来四张A。所以我洗牌时有一点点优势，其他时候没有，我从小就打这种牌。我说，这就够了？他说，当然，我本身打得也很好，这种优势更多是心理层面的。

牌局持续了一夜，两个韩国人，两个法国人，一个摩洛哥人，还有小果。都是年轻人，玩德州扑克，小盲是五欧元。牌局的地点在一家独立书店后面的办公室，其中一个法国人是这家独立书店的老板，书店名叫"红圈"，我看过那部电影，法国人对佛家的理解。书店里也卖黑胶唱片和DVD。我们下午到时，书店还在营业，有两个店员，都是巴黎本地人，一男一女，二十岁上下，他们跟小果很熟，见面聊了几句，我听不懂。小果从下午一点半进到后面开始打牌，我在前面逛书店。一本中文书也没有。韩凤芝不会想到小果在过着什么样的生活，她再怎么设想也设想不出，因为这不是她能够设想的东西。李璐是一定存在的，这我相信，她见过我，我也很确信，那种感觉不是想要编造就可以编造出来的，不只是细节的真实，是我儿时的

那种气氛，没有从那里面走过的人是不可能描述出来的。她一定在巴黎的某个地方，也许她没考上她所说的大学，或者她没有像她说的一直在写东西，但是她应该就在这里，一下飞机我就有这个感觉，这就是她所说的巴黎，古老的艺术之都，鼓吹平等，同时也很势利。让我自己有点惊讶的是，我来到这里没有觉得不自在和拘谨，也许是小果这样的人会给人一种放松的感觉，也许因为这是李璐生活学习的城市。看到独立书店里放着一排排的书，我觉得自己写得不比他们差，不知道这种莫名其妙的信心从哪里来的。两个店员中的女生负责整理店铺，跟客人交流；男生负责收账，偶尔也在店里转悠，看看有什么事情做。女生用英语问我，是小果的朋友吗？我说，是的，不过也是第一次见面。她说她看过小果拍的短片，很有意思，一场婚礼。我说，哦，那也许是纪录片。纪录片我不知道用英语怎么说，我就说那是 truth。她说，也许吧，不过很有意思。你来干什么？我说，我来找一个朋友，一个女孩，联系不上她了。她说，你们是恋人？我说，不，是朋友，好朋友。她点点头说，你会找到她的，没人可以在巴黎藏起来。

夜里我看了一会儿牌局，然后就坐在椅子上睡着了，小果叫醒我的时候，天亮了，窗外的街道上走着遛狗的老人。牌友们陆续站起来离开房间，我也跟着小果走了出去。我说，怎么样？他说，正常。我有朋友最近不在巴黎，你可以住在他家，我有钥匙。我说，不麻烦吧。他说，我叫个Uber。过了几分钟我们坐上车，开车的是一个黑人小伙子，车子开得很快，一言不发，车里放着摇滚乐。他说，你需要钱吗？我说，没事，我出发前换了欧元。他

说，我是说你平时，我可以每个月给你酬劳，你去看看我妈，陪她说说话。我这么说是不是有点不太好？我的意思是希望你经常去看看她，又觉得太麻烦你，你明白我的意思吗？我说，她不需要人陪，我对她来说是一种负担，你别太担心她。我见了她两面，也许她并不太快乐，那也是正常的吧，但她并不可怜，她不是一个可怜巴巴的人。他点点头说，你说得很对，她一直如此。小果朋友的家很大，也不能说是很大，是很高，复式建筑，占地面积不大，里面有个短楼梯，卧室在二楼，独门独栋。小果把钥匙给我说，下午我来接你，去找那个可能见过李璐的人，路程大概半个小时，晚上一起吃饭。你有五六个小时可以睡，够吗？我说，足够。他说，这个房子所有东西都可以用，不用太小心。自来水可以直接喝。说完他就走了。

我睡了两个小时起来，心脏怦怦跳。不知是时差的问题，还是巴黎毕竟是巴黎。我从二楼下来，拉开窗帘，让阳光进来，然后在房间里走了走，感觉好了一点。快到中午的时候，客厅的电话响了。他们这里还有固定电话？吓了我一跳。电话挂在墙上，是一部黑色电话，我犹豫了一下接了起来，并没有声音，原来是茶几上的电子闹铃，这台电话是个装饰品。过了下午三点，小果还没来，我不断地打他手机，都没人接听。我一个人出门去找李璐似乎不太现实，倒不是因为有什么恐惧，只是无从下手，不知从哪儿找起。我打开电脑，把我和李璐所有的聊天记录又看了一遍，之前我看过好几遍了，反复研究，分析她对我的态度。这一遍我注意到一句话，是大概一个月之前她说的，我问她平时在哪儿写东西。她说，宿舍有时候人进进出出，她会去学校的图书馆写，偶尔会去校外一家中餐馆。我说，为啥去中餐馆？她说，这家中餐馆白天卖咖啡，晚上卖中餐。因为她是中国人，中午的时候如果她需要，会给她下一碗面条。这样的中餐馆应该并不多吧，我心想。我带好护照，装上钱包，走到街上打了一辆出租车，我问，Restaurant, day, coffee, night, Chinese food.[1] 司机摇头说，No, I don't know.[2] 我打开手机找到《红圈》那部电影，Le cercle rouge. 司机说，Go to watch movie?[3] 我说，No, a book store.[4] 他点点头说，Google map.[5] 他很快把我拉到了地方，我走进书店，老板和店员都在，我还没有说话，老板就冲到我面前，冲我吼了一声。我听不懂，也没有后退。从店的后面走出来两个男人，看着像东欧人，站在我身后。我举起双手说，I want to find a woman, I need your help.[6] 老板说，A woman?[7] 我说，Yes, a friend, I fly here to find her.[8] 女店员说，He doesn't lie I think.[9] 老板说，Your wife?[10] 我说，No, an old friend.[11] 他盯着我的脸看了五秒，说，Sit.[12]

其中一个东欧人去过那家餐厅，他是波兰人。他说可以开车载我去。他的车是一辆红色雪佛兰，副驾驶座上有强烈的女士香水味。Why are you so angry

---

[1] 英文，意为：餐馆，白天，咖啡，晚上，中国菜。
[2] 不，我不知道。
[3] 去看电影吗？
[4] 不，一个书店。
[5] 谷歌地图。
[6] 我要找一个女人，我需要你的帮助。
[7] 一个女人？
[8] 是的，一个朋友，我飞过来就是为了找到她。
[9] 我想他没说谎。
[10] 你的妻子？
[11] 不，一个老朋友。
[12] 请坐。

right now?[1] 我问。Nothing.[2] 他说。Do you love her, your old friend?[3] 他问。我想了想说，Yes, I love her, I never see her, but I love her. Not internet love, true love, family love.[4] 他点点头，I see somebody everyday, but I don't love her, she no love me too, but we see each other everyday.[5] 餐厅到了，他示意我下车，我关门的一瞬间他开走了。餐厅不大，有十二三张桌子，生意不错，只有两桌是空的。老板娘是个亚洲人，跟我说了一句法语。我问，可以说中文吗？她说，可以。我说，我找一个中国女孩，经常来这写东西，年纪跟我差不多，应该住得不太远，您有印象吗？她说，你东北的？我说，是，你也是？她说，我是，十年前来的。你叫李默？我说，你怎么知道？她说，你找的那个人说的，如果有一个叫李默的人来，就把这本杂志给他，她让我转达给你。老板娘开始在点菜用的小本本上寻找，找到后她继续说：这是一本很好的文学杂志，在法国的中国文学爱好者办的。你的小说，她翻译的，发表在这里头。这些我都不懂，我就是照她说的说。她走到吧台后面，找了半天，递给我一本很精美的杂志，用透明塑料袋密封着。封面上的作家我认识，是莫泊桑。拿出杂志，通过插图，我找到了我的小说，占据了大概三页篇幅。插图上画着一个很瘦很瘦的中国男孩躺在床上。我说，她是个什么样的人？我怎么能找到她？你可以给她打个电话跟她说我来了吗？她说，不行，她最后一次来是一周前，她说她和她丈夫要离开法国了，他们这几年每年都会换一个国家住，到底去哪儿依赖于她丈夫的心血来潮。至于她是什么样的人，她说让我保密，这是她的隐私。我说，她丈夫？她说，是。我说，你们是很好的朋友？她说，我们很熟，不算是很好的朋友。我说，我可以坐下喝一杯咖啡吗？她说，请坐，喝哪一种？我说，都可以，我不懂咖啡。

坐到傍晚，老板娘过来问我，你要吃点东西吗？我说，好的。她说，给你下一碗面？我说，太好了。她说，加西红柿还是小白菜？我说，都要。我又给小果打了个电话，这次他接了，我说，怎么联系不上你？他说，我刚睡醒。我说，睡了十五个小时？他说，我被人捅了一刀，做了个小手术，麻药劲刚过去。你出来找人了吗？我说，被谁捅了？现在还有危险吗？他说，下午差点死了，现在没事了，快死的时候我想着这事情还没帮你办成。你别以为我在煽情，那几十秒脑子很清醒，我也不知道为啥没想起我妈，单想起你这件事。我说，我找到了，她不在巴黎了，一场空，我明天回国。你在哪个医院？他说，死心了？我说，死心了，她安排事情很周到。他说，得，那就是没白来。一会儿我把医院地址发你手机上，来时给我带一副扑克牌，随便买一副。

面条做得非常地道，东北的做法，先把汤做好，鸡汤，一点点鸡汤，大部分的水，然后下面，面快好了，加进西红柿、小白菜、盐、葱花、香菜。我吃了一碗，又加了半碗，浑身大汗，时差完全倒过来了，觉得神清气爽，可以出门跑个五公

---

[1] 你现在为什么这么生气？

[2] 没什么。

[3] 你爱她吗？你的老朋友。

[4] 我爱她，虽然我没见过她，但我爱她，不是网恋，是真的爱，家人的爱。

[5] 我每天见到的一个人，我并不爱她，她也不爱我，但我们还是每天见面。

114

里。老板娘收走我的碗筷，我站起来结了账。老板娘说，这个面的做法是她教我的。我说，谁？她说，你找的人，年纪跟我差不多，五十五岁左右。我说，这我没想到。她说，她吃了不少苦，这两年才过上一点好日子。我说，她长什么样？她说，我不能描述，描述也没意义。她坐在这里写东西，好几次我看见她哭了。

我的眼泪不知道为什么流了下来。一群中国游客走了进来，几个小孩子大声吵闹，老板娘开始招呼他们。我拿着杂志走出饭店，在路边蹲了一会儿。等我平静下来，我看见路对面有一家超市，我现在需要一包纸巾，一瓶水，然后，再给小果买一副扑克牌，也许他可以作为我的采访对象，同时我可以学会他的游戏。

现在开始失去
牛健哲《收获》2024年第3期

推荐语

《现在开始失去》写法在虚实之间，看起来讲述的是一段现实中男女之间的恋情变化，某种意义上却像是关于相爱之事的精妙隐喻，小说中的每个瞬间仿佛都指代着一生中某段相爱或分离的时期，从而将作者对爱的理解转化为精美的文字织体，可以用以对照日常中的真实时光。（黄德海）

记得那天她等我等到很晚，而我一进门就喷着酒气，嬉皮笑脸地把那个消息告诉了她。

我说，在选择失去她的方式时，我选了一点点地失去。她正在搀我，我大概就栽歪着身子，把话直挺挺地说给了她。当时这话混着酒气出口，一定有点难听又有些刺鼻。反正在卫生间里她拍我后背催吐时下手特别重。

我知道她等了一天想听的，是我和老板喝酒时谈的东西，那事关我的发展线路和我们今后的生活。我们喝着公司自家代理的红酒，谈得可说透彻。微妙而又不出情理的是，并不是漂亮的线路一定会匹配美好的生活。这些自然在举杯落杯之间有了结论，但莫名其妙地，回家后我没有对她说，她也一直没有问。我只醉醺醺地告诉她，我选定了失去她的方式。

一点一点地失去，一点一点地。我一边伸出一根手指比画，一边咧开嘴笑。我醉相难看但没胡说，对饮那时有种知觉在活泛地游弋，我遇着了那扇选择之窗，感到它乍现于近旁某处的虚空。在"突然地"和"一点一点地"两个选项之间我选择了后者。我明白自己就像是选择了鸟一根根脱落羽毛、人一天天老成罗锅似的，预定了一种渐变。可能我觉得那才是舒适得体的失去，是配得上我们的一种。

第二天，我们就都忘了这码事。除了老板开会讲话时更多地望过来、我找了读物来钻研酒文化，日子还是一如既往地过。日复一日，我和她仍然相互依伴有应有和。比如我和她的一个朋友闹僵了，她没有多问就站在我这边，不再和那人来往了。她知道我的业务重心变了，不方便再像以前那样因着人情与他合作了。做人处世我没办法面面俱到。她的朋友里有几个成了我们共同的朋友，现在少了一个，但我们俩之间默契未改。

假日闲暇我不想再放懒，她就随我收拾旧物，处理掉不少沉冗件什。其间我们还找到了几年前一起列出的一张单子，上面写的是两个人决要一起做一次的事。大多事项都很俗气，我看也算是做过了，比如一起去乡野旅行（去过我的老家，那里就是乡野）、一起学一种语言（在老家时我重温了家乡方言，她也学了好几句）。我把单子拿给她看，并抽起根筋，找来笔画去了我认为做过的事。她起初愣了愣神，好像拿捏不好"做过"的标准，后来也起劲儿地帮着我画去了好几项，笔道子很深。

还剩下合唱一首歌录下和一起养一只宠物。而我们的窗台上刚好养着一个亲戚出差前寄养在这儿的一只乌龟。这算我们的宠物吗？她嘀咕。我则即刻操办，打电话给那个亲戚，让他别要那只龟了，给我。我知道这个要求提得突兀了些，就索性没容他支吾，很快挂掉了电话。乌龟归我们

了，这样，单子上又可以画去一项，接近完成。其实在这之前我对那只龟没什么耐心，盼着物归原主，因为它总是在清早挠盆的内壁（我们用一个洗脸盆养它），会让我早早就睡不好觉，每每要拧身咒骂一句。而她倒像是挺宠它，把它留在那个阳面窗台，日日照看从没怨过。

趁着心劲儿，我选了一首歌，跟她一起学唱了几天。没有想的那么容易，低音她没法下探到位，只能提高八度来唱，我一开口就发现自己总是找不准节拍。也就是说，我们唱的调门差异太大，合唱部分也总是快慢不齐。她想换一首简单柔和的，我嫌她选的歌太长，要学好久也要录好久。我们就唱原来那首。录歌时我想出点子，自己唱每一句之前都放声吼出啊或者哈，再响亮地带出歌词，以掩盖我进节拍的偏早或者偏晚。

画掉最后一项，单子上的事做完了。这与我近来要把个人生活条理化的打算十分合衬。她却说好像还有什么事是口头约定要做的，没有写下来。我笑了，对她说有也要记得才好。

很巧，我刚刚用了几个周末收拾好旧物，就和她的另一个朋友翻脸了。这个朋友是我们的房东，继承祖产，拥有我们正住的这所房子。因为厨房比较宽绰，卧室采光又好（清早就晒得乌龟爬盆），这个租用的家深得她的喜爱。我们之前就和他说，先租住几年，攒些钱就买下来。没承想他这么快就来问能不能凑足钱过户，说他等钱用，可以给我们老友折扣。其实我们的积蓄用来买房，也算七七八八，可我不喜欢他催我们拿定主意的那种架势。当然，这房子距离我正要为老板搞的分部也比较远。

所以谈不拢是可以想见的。反正眼下屋子里好多物品已经处置停当，很方便打包了。

没想到的，是这次她的立场。这种情况下，我用报出低价的方式去回绝他，不过分的。当晚她就闷闷不乐，几天后有买家来看房后，她就和我拌了嘴。她拿出一张装修设计图，原来几年来我们对这所房子的局部修补装饰，每次都是她总体设计的一部分。她还说如果小小地借贷一笔，买房和完成装修就可以同时做到。她为我们在这里的今后设想了那么多，远超预料，我当然张口就说她疯了。

由于和她的房东朋友情谊不再，新房主又急着入住，我们提前搬了家，搬到了郊区，也就是那个分部选址的附近。新房子租价公道，我们签了三年的租约，合同上还有优先续租条款。我对她说，现在她也可以按她的设计图来打扮房子，但她勉强笑笑，似乎已经没了兴致。无所谓，签约时我动了脑筋，如果真的如老板所言，过两年我就去南亚运营，房子提前退租的条款对我们也很有利。

住进去的前两天，她都不大收拾东西，只是时而去望窗外的一条河，说这个季节我们应该常常散步。

我搞不懂她在想什么，她解释说想起了我们口头约定要一起做的那件事，就是养成一起散步的习惯。我不想养成任何习惯，却一口答应了她，似乎并不在乎自己能不能践行诺言。实际上，这时有烟雾般的东西在我脑袋里升腾起来，我开始明白我那个选择并非没有生效，也约略懂得了它正以怎样的方式在起作用。作为失去她的前奏，我先失去了我们共同的朋友，除了先后反目的那两个，由于迁到市郊，我们和共同认识的其他人也不会再如常来往。当然，这些人大多可有可无，这是非常柔和的一步。同时，新住处甩掉了很多往日的味道，属于她的气息减少了，也似乎不会再继续积累，这同样可以说很柔和。

早上乌龟不再爬盆了，我每天睡到闹钟大闹，也就是睡到起床的时间底线。我花了些时间，弄明白了这事——我们的卧室虽然还是朝南，却偏西，清早不再有强光直射龟甲，它也就不再早早欢闹。我又想起搬家前我们好像是惯于早上起床前亲热的，在旧居我被乌龟吵醒后虽然会说句脏话，却也保准会翻身面向她，埋头在她怀里，接着我们索性翻腾畅快一番，不惜稍后得小跑着去上班。她的温厚和我的没定力就这样随性地咬合。而这种情形如今也已经不复存在。早上乌龟安安静静，我们各自安躺，就算晚上齐齐靠坐在床，呼吸着新家的气味，看看彼此的神情，似乎也没有必要朝花夕拾了。

也好，早上多睡会儿毕竟是好事，虽然我明白这是逐步失去她的另一种形式。对关于她的事我不那么在意了，而对这种不在意的一步步坐实，自然也是在意不起来的。并不是说我不曾努力来扭转这个势头，有好几次我都想像早先那样，跟她和缓而愉快地聊聊。我们面对面地静静坐着，以我们原本的脾性，什么都可以聊下去，可我发现了一个诡异的偏差——我和她不再能相互直视，我们四目相对的同时，我的视线就会被某种斥力拨开少许，可以落到她的眉额、颧骨或者鼻翼等等地方，就是无法直取那一对眼瞳。在那本该对接之处，我眼前的三维世界会出现褶痕，让人不舒服。其体验像闻到异味，又像遇了某种冰凉的查体器械，会引起回避反射。当然，因为只要把眼神微微偏转就好，这种反射依然是无声无息的。

发现了这个现象，我却过于镇定，甚至是反应呆钝，或许那种不在意已经在我心里漫溢涂染开来。想想看，这相当于在我视野里，她活生生的面孔出现了永久性的缺损，这种可怖又可悲的事，早年一定会使我抽泣不止。而如今，我能感觉到漫溢的东西在继续漫溢，呆钝的我也将在她身边更多地呆钝下去。

一个傍晚，我有意提起散步的事，让她小有讶异。我不会说出我的想法——散步时并肩而行，互不对视是自然而然的。我们翻好衣领扯齐衣襟，出门顺着河走，一会儿看水一会儿看岸边。气温已经很低了，树木徒留风骨，草色黄绿斑驳，河水流得隐敛而小心，好像这样才能晚点被冻住。头两天，走了一会儿她就说累了，后来她似乎体力渐渐好了，每天走远一程。也可能她是不想把可及的景致早早看完。我则对那种暗自运行的东西又多了几分领略。

其实每次散步全程，我们真正肩并肩的情形极少，只会发生几次。其余时候我们走成一前一后的样子，对保持靠近都心不在焉。也许一个会偶尔想起去赶上另一个，但追上的时候仿佛又会忘了协调步伐，盯着前面的鸟或者云，就么轻易地超越过去。直到结束散步回到家门口，一个开门另一个等在旁边，两个人才算聚在一起。天更冷的时候我们也是坚持出去的，但更像是因为没人提议暂缓一时，或者没别的可做才照旧为之的。我们在河岸上呼出白气，各自用抱臂的姿势裹紧自己的大衣，沿途半走半跑，相互离得更远，像两个人刚巧在同一条路上做着蹩脚的冬季锻炼。

这几个月，乌龟冬眠了，每个日夜都过得极其相似，她在我眼前也没有出现新形式的流失。或许一切会到此为止。我们都进入了冬歇期，如同公司那个分部也因为在等一个酒庄签约，暂时没有搞起来。老板准我这阶段多学习少做事，我便有足够的时间研究葡萄酒的工艺沿革和风味流变。我常常把书带到床上，读到睡着。开春后，河里隐约现出鱼影，物候提示我们的散步跨过长冬，算是形成了一种习惯。

有一天回暖明显，我们都把外衣脱下，担在臂弯，踩着更多绿草走得远了些，竟然发现河边的路指向一座旧桥，桥上绽开着一个集市。我们跑了几步过去，集市还算热闹，沿路摆着各种菜果、茶叶烟叶，还有远来的山货等等。我和她都兴奋起来，在人家的摊档间乱窜，买了好几样东西。那天我们最欢快，说话也最多，跟菜农果农说，跟卖榛子蘑菇的说，也跟外地口音的零货贩子聊个没完。到家时我们都有点累了，微微冒着细汗，我洗了买来的几样水果摆上茶几，两个人吃。吃了两口，她哭了，是那种泪水远多过声音的哭。边吃东西边哭让她很辛苦。我无法解析那种埋在嗓子里的哽咽，也仍然没办法注视她的眼仁，视野缺损有进无退，赫然横在面前。我默不出声，直到皮肤感觉到了空气里的潮湿，心里也没有什么涌动起来。为了应和那种湿漉漉的感觉，我只好低着头，大口地啃吃水果。

再出门时，我们有了目标，去集市，每天都要到那里巡视似的。我性子急起来，路上会把她落下很远。一次，受河泥上逆行的几只野鸭吸引，我回过头，发现她和另一个女人走在一起，胳膊挨着胳膊，走得平平齐齐。我轻笑了一下，心想我走得有多快，她在后面居然交到一个朋友。笑容慢慢淡化时,我发现了她的模糊。那个女人清清楚楚地显形,与之相比,她似乎不再是一个可以正常反射光线的实体。她灰暗了几度,形廓也与外围相互洇染,整个人边缘不清,让人望一眼就想把眼风拨到别处歇歇乏。

又来了。我不大耐烦地转过头。听得见她们在身后说笑,那个女人的声音入耳也很清楚。后来女人常常出现,也时而唤我几声,但我心绪不佳,心里只将其称作"清晰的女人"。

公司的分部开始营业了,由一个比我晚入职两年的同事负责,他促成了公司与那个酒庄的合作。

我时不时翘班留在家里读书,读的种类宽泛了不少,从读不懂的哲学到过于俗套的玄怪故事都有。阳光越来越暖热,午后会充分地照进南向偏西的卧室窗子里。但有些东西已经迟了,她和我先后拨弄过窗台上的乌龟,可碰它几下,它才勉强动弹一下,也不吃东西。它像是没法真正从冬眠状态中醒过来,三角脑袋里只有残余的意识。屋子里因而通常安静得很,有时我记不起新近听到的声音是多久之前作响的,也有可能她说过话,可她的声音传过来便被滤去了爽利的部分,余留的则让我昏昏欲睡。她和清晰的女人通电话时,听筒里传来的语音(包括那些抽气叹气、咻咻笑,甚至是哈欠)反而是听得清的。这样听到几次通话后,我大略知道清晰的女人住在近处的小姨家,小姨离了婚,好像精神出了点问题,清晰的女人刚好因故辞了职,就来照顾小姨一段时间,会得些酬劳。清晰的女人说没想到这么难熬,在住处没人说话,每天闷得要死。

我觉不出家里安静有多难熬。而模糊的她,亲戚甚至家人已经很久没有出现,也没有任何消息给我知晓。以前至少她是会讲起他们的。

我们在集市上的新发现是,有人在旧桥的远端卖自酿的葡萄酒。卖家搭了棚子,酒瓶码得整整齐齐,瓶身上印着一个浑朴的作坊名,瓶塞粗糙了些。可以用小杯品尝的。我品咂得来瘾,对他讲了许多我读到的酒文化知识,又建议他加几个板凳,他笑着摇摇头。我买了一瓶回家,空口喝了两天喝光。从此我每隔两三天就要去买一瓶。她和清晰的女人由得我去,她们去逛别的摊子,买些琐碎东西。

我再次远远地望她们时,看到她们已经挽在一起,成为囫囵的一团,入眼实在的那一边是清晰的女人。她们常常径自回返,或许比我早,或许晚于我很多。清晰的女人越来越多地到我家做客,不亚于我带酒回家的频率。有一次她们坐在客厅的光亮处,吃不知什么时候煮好的蚕豆,边吃边聊得起劲。当然,我听到的主要是清晰的女人一个人的声嗓,模糊的她浮在椅背和扶手之间,在背后的夕照之中形同暗影。我瞭了她们一眼,看到她们之间也有酒和升腾着的酒兴,心里不禁为那位独处的小姨担忧。我拎着自己的酒瓶进了卧室,半边屁股坐上窗台,对着那只半眠半醒的乌龟一口口地啜饮。

我给酒瓶和乌龟拍了照,发在朋友圈里,写下:我陪过的最憨厚的朋友,我喝过的最好的酒。酒瓶上那个作坊名很显眼。同事们久久不敢点赞,因为老板向来不喜欢我们公开夸奖公司业务范围之外的酒品,为这开除过人。第二天,老板亲自给我点了赞,只有他自己。从此我每次从集市买来一瓶新酒喝,都要发一条几乎一模一样有些时候，我已经找不到她了，即使是在家里。比如窗口的风吹跑了我的酒瓶塞子，而这显然是因为她刚刚打开了对面房间的窗子，我跳下窗台要去吼她几句，却到处都寻不着她。夜里睁开睡眼，我觉得身边空着，又睡了一阵，做了几个梦醒来，身边好像还是空着。刮风下雨的晚上我也不再能感到两人挨在一起的温暖。就算她在厨房忙着做吃的，身形也会时而熄灭，我需要在能捕捉到她时及时走过去，提示她我当天的口味。我很难再听到她的回应以及任何别的话语，就算那些语音曾被用力地发出来，震颤过我的耳膜，我也会很快忘记它们传达的意义。有几次我起身走出几步，又作罢回到原位，只觉得莫名其妙，后来想来应该是她在别处大声地叫过我，可我在走近她之前就不记得自己为什么要过去了。希望当时她只是有一点小事叫我帮手，一个人最终也能搞妥。

我喝酒时要是往窗外望望，倒是时而能看见本以为在家的她出现在外面的河边，被清晰的女人挽着向远处走，她那边照旧呈现一团模糊。后来我索性不去散步了，酒喝光了就在窗口等着她们现身窗外，等到了喊一声，举起空酒瓶晃一晃。她们回来的时候就会带回新的一瓶，清晰的女人会把它递过来，或者咚地戳在我和乌龟之间。如果我没搞错，递酒的应该每次都是清晰的女人吧，与模糊形影交接东西已经成了难以想象的事。缘于她们的挽搂，清晰的女人那条衣袖上留有一些她的气味。

好多天后，我终于发觉，从某一次出行开始，她已经不再回来了。我不得不承认，这个过程足够缓慢，连从一到零这个时点也不清不楚地移过了。但于我而言，

还是要借着酒劲儿确认这个事实。那天清晰的女人离开时我跟了过去，揽过那条胳膊去吸嗅衣袖上的气味，浅淡了很多，已经似有若无。附着于载体的气味是她逐渐消散的尾迹，我明白了一切。

随后几天大概我心下还想稍事追寻，就代替她去和清晰的女人散步。季节原因，集市更热闹更拥挤了，我随清晰的女人去逛她们曾喜欢去的摊子。可几次形似她的身影依稀闪动都是在另一侧的人丛里，起初像是她含混地微微笑过，转眼隐没于别人的遮挡，末尾一两次干脆不像样子，只是影子的边角远远地晃过又幻灭。浮光掠影消匿得轻易，最微弱的搏动也一一静息，不留一个斑点。我知道关于她，我能享用的剂量已经耗尽，最后一滴水滴落，余下的丁点潮湿也正在风干，抽离业已完成，不需要我的麻木襄助了。回到家里，我喝了更多的酒，瞄着清晰的女人，像是怪罪也像是求助。我凑过去，从衣袖到衣襟甚至裤腿，闻遍了清晰的女人全身，再也找不到一丝她的气味。那副饱满的肉身埋住了我的口鼻，我终于停下来，不再白费力气。过后我搂过清晰的女人痛哭了一夜，昏醉中还病了几天，皮囊里外都难受着，只是脑子里已经很难捕捉到苦痛的因由了。

清晰的女人也不再来家里做客了。清晰的女人住了过来，说了很多话，起初是关于我的，细碎言语绵延了好几个日夜，后来说得多了，声音越来越爽利。我也需要这种声调来助眠，来把某种怅然若失的感觉梳软拂散。我从她们的电话里听过的有些事，和我还不知道的另一些事，她（从这里开始我称清晰的女人为"她"吧）都亲口给我讲了一遍。她小姨的病还好，主要是少言寡语，前一阵子去住院治疗了，

过些时日会回来。人的确是陷在孤独忧郁里，但只要身有财资，就会有其他亲戚记挂着……

并躺在床，我感受到她身体的圆滚，差不多夜里睡眠的每一次间隙我都能感到自己被她挤着。加之她说的话连同鼾声和梦呓，每一声都能热乎乎地入耳，我感觉到一种别样的熨帖。可一离开这种挤压式的亲近，我仿佛就会跌回一种无所适从。损耗还在继续，这种感觉久久盘桓，身子像在流失分量，有些器官疑是漏点；心也像被拽光丝线的线轴，受惯了一丝一缕的抽扯，如今只要不被握紧就会空空地打转，把余下的气力一直消耗下去。

浑噩里又过了一段时日，我试过再读些书、联络几个新客户，可渐渐承认做什么都没法彻底了结那诡怪的感觉。事业和前程都变成轻贱的东西，不值得顾念，只有那种选择的后果在低剂量但无休止地报复我，还拉着我继续与之周旋。我也无意挣脱了，只想重新推门出去，想继续敞开喉咙喝酒。

有时我把邪火发给她，然后试图对她倾诉原委时却语无伦次。或许是因为我们挤挨得无限紧密，她居然能明白我，无须我再费力多说。她说，她会看着我，并且照顾好我。她说她在小姨家时，那么厌烦和不情愿，都把小姨照顾得很好，何况我是她想照顾的人。她把一字一句向我注入，我相应变得低幼。接下来我该做深长的呼吸，她似乎也需要更多施展，于是我们就重启户外步行。她自然是挽着我，手箍着我的上臂边走边说话，说到兴起的某句，每每会抓疼我的胳膊，搞得我发出怕痒般的哼气声。那动静和听了她的话而发笑大同小异，我就索性陪她接着笑下去，声音

慢慢松软。哦，我们有时会走另一条路，先远离河流，走一程后再转弯，竟会兜回集市，只是会先经过卖酒的那一端，再反向经过旧桥回到河边。

这么走，会经过营业不久的那个分部。一面落地橱窗里陈列着那个酒庄的酒品，相当张扬，但透过玻璃也看得到里面的器具布局还合乎我当初的设计，偶尔我也能见着几个同事在里面，其中不乏我当初为自己物色的好用的帮手。

她对我喝酒真的没意见，我过生日那天，吃喝到一半她还出去又买了一瓶。我也不知道她是怎么知道我的生日的，我没对她说过，问她她也少有地没有作答。那段时间她小姨已经出院了，所以她已经不便每天睡在我这里了，但她说再熬一段时间，等她小姨的房子卖掉，人就会由其他亲戚接手了，到时她也不会图惜酬劳，自由自在和陪着我最重要。生日之前她跟我商量好了，把她小姨接过来照看一天，我们也好把生日过得安稳些。我没意见，反正是少言寡语类型的嘛。

当天正好是周日，她老早就买来食材，下了厨房。她用佐料极重，我在厨房外都闻得出。后来在烹炒声中她唱起歌来，唱的是一首谁都耳熟的老歌，我也不知不觉地跟着哼唱，还觉得唱得舒服。她劲头不小，开嗓三起两落就把人带进旋律和节奏里，我觉得自己快要跟着摇头晃脑了，却忽然想到什么。我溜去储物的北屋翻弄手机，找到了那次的录音。播出来，里面充满我又粗又蠢的声音，几乎从头到尾覆盖了轻细的女声，但仍能感觉到，女声一直在尽力跟随着我，在我慢了几拍时也在用游丝般的拖腔等我……

我呆坐在北屋，南边卧室开着门，她

小姨在窗边凝视乌龟，两相对望纹丝不动。饭菜上桌，我猛然高声大气地过去吃喝，连连夸她的手艺。在自己搅起的氛围之中我喝起酒，酒兴正高时，她小姨直愣愣地走出来，把剩下的酒仰头喝光，然后扭头就回了卧室。她小姨没比她大几岁，有一个光滑白净的下巴，一饮而尽、拂衣便去的架势也带着女侠般的英气。幸亏瓶里余量不多。她见状大笑几声，说要补偿我，让我喝尽兴，就穿上外衣出了门。

我站起来踅步，到卧室门口，看见她小姨眯着眼仰躺在我的床上。这时我却听到久违的声响——那只龟居然从昏睡中醒来，再次在脸盆的内壁挠爬，窸窣之声渐变尖厉。它积攒了好久的力气全部以噪音的形式释放出来，听得我喘气又不均匀了。我感到那扇关于失去的选择之窗再次打开，选项略过感官直接在意念里闪动，"突然地"或是"一点一点地"，体内无名的浊躁拱动，我面孔抽搐着选了前者。

桥头往返也不近，她买来酒时我已经坐回桌边了。吃喝重又开始，她小姨再没出来，我们俩喝了个够。那天晚上喝多加上乏累，我睡得很沉，但下半夜就醒了，脑子里试图理清此前发生的事，早些时候的和这天的。我和她正躺在北屋不常用的小床上，因为她小姨执拗地留在南面卧室（不知道是睡是醒，总之同样安静）。我们挤得很，可我勾起胳膊搂紧了她，似乎这倒是对拥挤的纾解。我想了很多，包括那个选择。

在睡觉之前她一度想把她小姨劝到北屋，也给出了两个选择：去北屋，或者回医院。她小姨没听见一样，脸面和身子都一动不动。面对选项居然可以这样怠惰，不去选择任何一个。

到了早上，我已经睁眼很久了。我告诉她我要早点上班，早去早回，让她等我。我说得格外温柔，还想走前再为她做点什么。张望一番，我只想到了为她梳头。她有点意外，坐直了滚圆的身子。也许是因为挤着睡了一夜，她的头发乱得很，我不放过每一缕。可这事也不简单，每个缠结之处的梳理都让她很疼，倒是让我觉得她实实在在地近在眼前，是真正地触手可及。她说过好了，而我决不敷衍。梳左边时她会疼得发出短短的叫声，后来梳到中间和右边就好多了，她学会了隐忍着享受我的殷勤，每次都只是闷声吭气。

我打理好自己，到了公司就找到老板，说我想通了，愿意去分部，好好地做副手。老板一时忘了把满口茶水咽下肚，愣着点了点头。

没等到下班我就跑回家，在每个空间找她，越找越慌乱。幸好最后在阳台找到了她，她正在打扫角落。我告诉她我明天起就可以去分部上班了，那里近得散步时都会路过，而且以我的资历，想必可以常常泡在家里。她也助兴似的告诉我，小姨的房子有人看中，快要卖掉了。我便像小孩子要继续比试下去一样，说我不想再喝酒了，还要把那只乌龟放生。

傍晚我们在河边蹲下，把乌龟送进水里，看着它伸出腿脚，划动着潜入深处。我迫切地想要从这天开始改变些什么，也想宣示这些改变，好像如此这般我就不是原来的我了，就可以扭转什么撤销什么。我又打电话给乌龟原来的主人（也就是那个并没有答应过把它给我的亲戚），告诉他乌龟刚刚被放生，然后又是没容他开口就挂掉了电话。随即我就拉起她的胳膊，主动和她挽在一起。她不但圆滚，而且暖热。

她存在得确定无疑，我们挽着走在一起，甚至像在进行着某种角力比赛，有互相拉拽对方的感觉。我感激得不得了。

直到天色暗下来，周围安静了几分，我才渐渐体认出那种不祥之感。其时她在哼唱节气歌，盼想着个个日子似的，会忽略衣兜里手机的响动。犹如先前的擦碰延时再现，行走间我哪里疼了一下。晚风吹凉我额头的汗，但她的体温填充进我身体，快要把我灌注得满胀。这温暖远非我应得的，除非失去已经临到眼前，要以种种饱足作为先兆。我瞥看了她一眼，她的眼眉嘴角纤毫毕现，她的身形即使在周遭的昏暗里也格外清晰，轮廓带着某种光边，锐利得刺眼。这些正是有无之间那个"突然"所需的蓄势，是坍塌前的堆垒。我清楚地感到自己选择的后果正在兜头袭来，酸了鼻子。她即将在某种闪爆中一下子熄灭。原来那个选择做出之后，残忍就已经就位，它把自己推到极致后，就绝不再施舍给我一丁点时间。

我又看了一眼这个让我周身滚烫的女人，心头再次被她更加锐利的边缘割疼。踩过一片泥泞，她还是话不离口，说今天小姨需要体检，说查体会如何麻烦，而她如何机灵地打发要接手的亲戚负责看护，自己才得以大略整理了我们的住处。接着她又在数说还剩下多少活计要做，窗玻璃该怎样衣物该怎样，说得兴致勃勃，时而孩子似的被迫换一口气。我也需要大口地换气来缓解两眼和鼻腔的难受。

我知道我们甚至不会一起走过旧桥了，但我们已经在桥上，余步无多。一时看不清桥边哪些摊子还在，灯光来自哪里。河水流动的声音比白天大很多，此外也有车辆由远及近开过来的声音，有的马达声相当暴躁。视野模糊迫使我慢下脚步。她的拥搂越来越紧，她身体的每分热度和衣衫的每一丝味道都越来越真切，我怕得打了寒战，不敢想象稍一转眼她的戛然消失会来得多么迅猛可怖，留下的空洞又会多么黑暗冰冷。

你怎么了，出了什么事？她侧过脸看我，惊讶地发问，然后伸手一下下抹我淌出来的眼泪。泪水热乎乎的，沾满她的手指和手掌。迟迟没有等到回答，她就陪我哭了，把热气呼到我脸上，还紧紧抓住我的手。这时她两只手十分湿滑，大概也因为湿滑抓握得加倍用力。她身上的电话又响起来，周围声响和光影愈加凌乱。我勉强面对着这个世界，喉咙里气流涌动，断断续续地挤出黏涩的音节。她脸上的懵懂一下子化不开，而映照之下，那无限迫近的炸裂和闪灭必将使我每个感官都不堪震骇，为之剧烈抽缩。

山坡羊

包　倬《万松浦》2024 年第 5 期

推荐语

　　包倬的《山坡羊》是其阿尼卡系列的最新作品。一对曾经的恋人多年后意外重逢，他们试图回忆往昔，但发现语言并不能有效表达，他们决定去寻找记忆中的山茶树，结果却一无所获。这是普遍的人类困境，语言、行动和意义并非一一对位，在这种缠绕的叙述中，小说呈现了人性的幽微和语言的限度，由此也进入到对小说本体的反思之中。（杨庆祥）

　　门没闩。狗没叫。月光洒满院子。冷风一直在刮。照这样刮下去啊，天上的月亮也会冷得躲进云锦被里。但你不冷。这一路疾走，胸腔呼哧，额头冒汗。

　　你在沙发上坐下，并未急着开口。倒是陈旧的布面沙发略吱一声，像一副要散架的老骨头。关于声响，你此前想过。狗叫、敲门、问答、哭泣……但这些都没有。像是一切为你沉默，一切为你敞开。

　　既然沙发率先出声，那就从沙发说起吧。

　　"这沙发是我们一起挑选的。"你说。

　　"是啊，二十年了，还没坏，比很多东西长久。"她说。

　　你嗓子喑哑，掏了香烟出来点上，抽两口，任其燃烧。她没给你倒水，大概是因为意外和紧张而忘记了。她坐在你对面的凳子上，凳子比沙发高，这看起来像审视。但她其实侧身侧脸，目光紧盯水泥地面。

墙上的挂钟像只苍老的蟋蟀，奋力弹腿奏出声响。喊嚓，喊嚓，晚上九点二十五分。

"我知道你会回来。"她说。你心里一惊，涌到喉咙的话像鸟儿般飞走了。

"你伯伯是个好人，可惜了。"她又说。

——原来是这事。三天前，你伯伯死了。这个活了八十五岁的老银匠，十二岁当学徒，二十岁自立门户，背着羊角锤、戒指铁游走四方。他因为一个女人而终身未娶。这事在阿尼卡被当成笑话。早些年，别人奚落他时他还反驳："你们这些畜生，懂个锤子！"到了晚年，别人再提这事，他便沉默了。

你们这一辈家族兄弟，数你最年长。所以从城里回乡，为无后的伯伯戴孝守灵，就成了你的责任。灵堂里烟雾缭绕，焚烧过后的纸钱被风吹起，像不死的黑蝴蝶。此情此景，你不可避免地想到死亡。死神是只巨大的乌鸦，翅膀掠过大地，寸草不生。你今年四十岁，如果现在死去，已经不是短命鬼。可眼下的问题不是死，而是活。活着就是他妈的承受啊，你悲愤地想——承受爱恨离别，承受宠辱成败，最后承受死亡。没有能否承受一说，而是你必须承受。死亡之锤悬在头顶，概莫能外。人是上天的羊群，圈门开着，一世如一日，早出晚归。

"人总要死的。"

你将自己从神游中拉回，见她依然保持着先前的姿势——盯着空无一物的地面。你能够猜到她此刻思绪万千，脑海里像战场，炮声隆隆，弹片纷飞。

"听说你回来了，我过来看看。"

——该死。你讲出的居然是普通话。这不仅仅因为习惯，还有潜藏于内心深处的语言地位。

"我有啥好看的吗？"不出意料，她感觉到了普通话的冒犯，高声叫着，站起身来。但站起来之后，她又不知道怎么办了。她就那么站着。月光从门外探进脑袋，照亮半个屋子。风吹得头顶的电灯摇晃起来，灯光在暗处像水漫上了堤岸。

"我有啥好看的！脸上又没有生花。"

"你比花还好看。"

这样的油腔滑调，只能属于二十岁的夏天。那时你高考落榜回阿尼卡，在父亲身上看到了自己的未来。可你又分明意识到自己和父辈不同——你们所处的时代不一样，你比他多上了十年的学。十年，敲骨吸髓的十年，你像一副压在家庭之上的磨盘，榨干了父亲的汗水。这是父亲曾经引以为傲，而现在又无比愤怒之事。你这个骗子啊，他痛心疾首，你这个开谎花的骗子。谎花，只开花不结果。二十岁之前的六年，像一场并不成功的移栽。难道你注定是株土豆，而不能成为一棵甘蔗？土豆埋在高寒山区的地下，甘蔗站立在金沙江两岸。过去六年，父母花在你身上的所有钱都来自江边。江边的农民种甘蔗、花生、西瓜和芒果，他们头戴草帽，脚穿凉鞋，操着一种混淆了平翘舌音的方言。他们长期购买来自高山的木材、土豆、蜂蜜和山羊皮……

二十岁那年夏天，你站在世界的对面。土地、牛羊、山林、庄稼……仿佛它们存在的意义就是为了让你心志受苦，筋骨受累。世界是块石头，而你是个鸡蛋。夜晚你躺在晒场上，群星挤眉弄眼，山风嘻嘻哈哈，而你泪流满面。难道这一生，刚开场就要谢幕？

"你该找个人结婚了。"母亲说。

"跟谁结啊？"你问。

"某个看得上你的女人。"她说。

这事大概也就是说说而已。放眼阿尼卡，没有一个年轻姑娘。在离乡这件事上，姑娘比小伙更具信心和优势。他们中的一些人，据说已在外面过上了令人羡慕的新生活。年轻男子谈及那些远走的姑娘时无可奈何。可是，小伙子们除了抽烟、喝酒、打架、骂脏话，还能怎样？天就那么蓝着，云就那么飘着，太阳东升西落，人就那么活着。

你在一场葬礼上遇见她——数百人中，唯一的年轻且还看得过去的邻村姑娘。这惊喜岂止是眼前一亮，简直是晃瞎了眼。她穿一件样式普通的红色夹克，走起路来像一摊流动的血。之所以产生这样的联想，是因为她身边已经围着几个苍蝇般的小伙子。小伙子们的表现各不相同。胆大的开着粗野的玩笑，胆小的默默观察，只有你含情脉脉地看着她，这伎俩来自香港电影。

"你再盯着我看，我把你眼珠抠出来。"她说。

"来抠嘛。"你死皮赖脸迎上去，"我正愁着没人侍候呢。"

她扑哧一声笑出来，大概是觉得抠眼珠这个动作太过血腥。

"你赶紧走吧，"她又说，"小心有人打断你的腿。"

后来你发现，这不是一句玩笑，而是忠告。扬言要打断你腿的人是她父亲。那个集赌徒和酒鬼于一身的人，曾经在荞山农场待过十年。他不是农场主，而是杀人服刑。

二十年后的这个夜晚，你们失去了言语间的机敏。在你沉默的间隙，她换了个坐姿，仍然侧身，仍然盯着地面。她的意思很明显——看你怎么办。你之所以会来，是因为在伯伯的葬礼上，有人向你透露了她的一些处境。

"你冷吗？"你没话找话，"你穿少了，要不加盆炭火或加件衣服？"

她没回答，而是起身进屋，像一个塞子突然被从密封瓶里拔出。你贪婪地呼吸着冷空气，颤抖起来——其实感到冷的人是你。她为自己加了一件中长款的鹅黄色羽绒服，并在脸上搽了某种护肤品。现在，她终于抬头面对你。

"你过得怎样？"她问。

"就那样呗，"你说，"还能怎样？"

"给我一支烟。"她向你伸出手，鼻子里冷哼了一声。你几乎有点受宠若惊地点燃香烟，递给她。她叼着那支你刚吸过的香烟，猛抽一口，熟练地吐出烟雾。

"没想到吧，"她说，"我有十八年烟龄了。"

"我抽烟比你早，你知道的。"你说。

"但我酒量肯定比你好，"她说，"可惜家里的酒昨天喝光了。"

你假装不经意地看她，每一眼都像是从她脸上剜肉，以此拼凑记忆中的她。可是二十年过去了啊，别说是人脸，即使是块石头，也和从前不一样了。这些年你照镜子，习惯性地看自己，这看似是记起，其实是遗忘。

你问："你父母呢？"

她说："在县城，跟我哥他们生活。"

"孩子呢？"

"跟他爷爷奶奶生活。"

你不知道接下来该问什么了。提问这种事，一旦对方坦白从宽，就变得无趣。她得逞了，脸上掠过一丝笑意。

"你还想知道啥？"她问。

"家里有木炭吗？"你说,"要不我们烧个火吧。"

"十点钟了。"她打了个哈欠。

话音刚落,你的手机铃声响起。是妻子。她在电话里问你归期,以及商量孩子报培训班的事。你接完电话回到屋里,她正在用燃烧着的松枝引炭火。还需要一点时间,炭火才会旺起来。你用一把塑料扇子猛扇炭火,一粒火星飞到了她的手背上。原本她应该条件反射般地跳起来,尖叫着抖落火星。但是并没有。她像一个江湖杂耍艺人,沉默,屏息,握拳,眼看着火星一点点熄灭下去。那几秒钟,你的脑袋高速运转,但终是没有伸出手去帮她拍掉火星。

"疼吗？"

"没事。我没你想得那么娇气。"

自从你进了这个屋,你发现她所说的每一句话都有所指。这种指向像针尖或麦芒,刺得你坐立不安。炭火燃起来,你的身子没刚才抖得那么厉害了。四只手在炭火上烘烤着,此时的声响来自两道彼此呼应的沉重呼吸——似曾相识的场景。

"你过得怎样？"你重复她的话。

"就那样吧,"她说,"还能怎样？"

这样的问答像已经滑丝的螺帽,永远无法拧紧。甚至,她抬头看你时那略带嘲讽的眼神,也是一种循环。但这些年你和往事的缠斗中,却是丝丝入扣,不能动弹。

"我为什么要来呢？"此刻,你有必要再想一下这个问题,"这算不算是自取其辱？"可这样的念头像树上的鸟儿,被风雨惊飞后又落到另一棵树上。难道这一生就这样躲闪吗？鸟儿不应该在飞翔中死亡。

"对不起。"

你终于低头、闭眼,垂死般说出这句话。风从门缝里挤进来,打着旋,吹得炭火毕剥作响。一只潜藏在黑暗中的猫叫了一声,接着跃上她的腿。你睁开眼,看到她已泪流满面。你递纸巾,她没接。那眼泪从腮边流下,滴在了猫的脑袋上。猫感到冰凉,又叫了一声。

"你走吧,"她说,"其实你不用来的。"

"我心里堵得慌,"你说,"无时无刻,甚至越发严重。"

"我不知道该怎么安慰你,"她平静地说,"但我的方法是,自己慢慢消化。"

"我消化二十年了,"你快要哭出来,"像是胃里吞下了一块石头。"

"石头也会风化。"她站起身,又去了屋里,再出来时,眼泪没了,还给自己补了妆。

那些事不关己的人们说,把一切交给时间,可从没人告诉你需要多久。时间是一剂万能狗皮膏药。如果你没有消化掉内心的某些东西,只能说明时间不够。如果消化了,那也是时间的功劳。可我们这一生只有几十年啊。

她轻抚着趴在腿上的猫,那猫舒服得直打呼噜。猫的突然出现,为沉闷的空气开了一条缝。

"它叫啥名字？"你问。

"春豆,"她说,"它跟我十年了。"

"这么久。"

"久吗？"

……

"是你孩子喜欢猫吧？"

"他不喜欢猫,他喜欢奥特曼。"

她拿出手机翻照片,给你看她儿子。她的手机屏幕裂了一道缝,但并不影响观看。一个正在跨栏的高中生,和她一点都不像。你想,如果当初你们结了婚,孩子也应该这般大了。这样的假设让你感到寒霜阵阵。

二十年前，你就已经被摧毁了，其惨烈程度不亚于风雨雷电同时向一株野草施暴。正是在那段暗无边际的日子里，只有她向你走来，身披红色霞光。她像是一直在等你，等你脸红心跳说爱她。你说了，她泪流满面。那是在一片森林里，一棵山茶树下，山风浩荡，群山回响，她的羊群在不远处吃着青草。她为什么要哭呢？你死活想不明白。但是，她并没有拒绝你笨拙而坚决的手。事后，群山沉默。羊群回避，不知所终。蝉在林间弹唱，鸟和松鼠看见了一切。眼前这个泪渍未干的女人，正式成了你的女人。你们相互引领，进入了新的世界。如果不出意外，不久的将来，她就会成为你的妻子，和你一起耕种祖先留下的土地，和你生儿育女。你是读过几本爱情小说的，那些旷世奇恋被人写进书本，满世界流传，像是某种精神致幻剂。可没有永远的幻景，就像那时，一阵山风就将你吹醒。你突然想哭，但忍住了。你将她揽入怀里，像是抱着一棵粗壮的树。这样的想象并无冒犯，而是准确形象。你闭上眼睛，感觉像是从天空坠到了地上。这样的感觉发生过很多次，但这一次无比坚实。那一刻，你决定不再挣扎——接受了土地、山林、无尽的农活、汗流浃背方能糊口的命运和这个能看上你的女人。

但是意外发生了，你们的恋情在周边村寨引发了剧烈的震荡。那个从劳改农场回来的父亲扬言，为了女儿的幸福，他可以再进一次监狱。他由此煽动起整个家族及那些好管闲事的旁人，以贬低你为乐。这再次证明，你是世界上最差的人。你一次次站在镜子前，问那个清瘦、疲惫的人：我他妈是缺胳膊还是少腿？你的父母，将耻辱转化为愤怒，冰雹般朝你砸下来。那些轻视的目光和闲言碎语日积月累，像水从地面蒸发，在天空凝聚成云和雨。云是乌云，雨是暴雨，你和她是草木。在草木和风雨的较量中，她挺住，而你倒下了。

"你为什么不带我走？"她问。

"去哪里呢？"你反问，"到哪里不都一样？"

"你真如别人所说，没出息。"

"连你也这么说。"

在短暂的沉默中，你抓到了救命稻草。这根稻草在滔天洪水里打着旋，像是水下有另一个世界，能让一根稻草长成一条船。你坐到了稻草船上，抓住船舷，摇摇晃晃。

"既然这样，那你找更有出息的吧。"你说，"确实，我就是一个笑话。好吃懒做，拈轻怕重，读了几年破书，脑袋里装满不切实际的幻想，但在这片土地上，还不如一个文盲。"

她张了张嘴，快哭了。她的表情告诉你，那不过是冲口而出的无心之言。你希望她能够道歉，或者哭出来。女人一旦哭起来，总会发生点什么。但她没哭，就像风急云乱，暴雨并未如期而至。

"你说真的？"她问，"你他妈睡了我，又让我找个更有出息的？"

你颤抖了一下。她说的是事实，也不是事实。但既然你已决定登上那条稻草船，岂能轻易弃舟？弃舟，意味着你将继续在现实的洪流中奋力挣扎，而你已经只剩最后一口气。

你送她回家，一路沉默，心里想着另一件事。前几天，邻村一位老人过六十大寿，你在赌桌上见到他父亲了。那是一张凶神恶煞般的黑脸，满嘴脏话，喷着酒气，烟不离手，牙齿黢黑。狭路相逢，旁人边打牌边看你们的热闹,呵呵笑着。这种叫"诈金花"的玩法,是魔鬼的发明。每个人都有可能和另一个人牌上相逢,而且输赢不仅取决于牌的大小,也要看双方的胆识、赌资、演技和心理素质。换句话说,如果足够有胆,小牌可以吃掉大牌;如果足够有钱,小牌也可以吓飞大牌。那时你贫穷,但智商和牌技并不差。至于她父亲,十年的劳改生涯,在他心里落下了新的箴言:杀人放火不犯,吃喝嫖赌不断。

你们在赌桌上相遇,四目相对望一眼,不约而同轻轻移开。此后,你依然和人谈笑风生,只不过这笑声里风更大了,把那些玩笑话吹得东倒西歪。他呢,冷着脸,除了叫筹码极少说话。此后你们的每次对望,看似视若无睹,实则五味杂陈。你当然知道这样不妥——但是,他四处扬言要打断你的腿啊。所以,你一边祈祷不要和他在牌上相遇,一边又想给他点颜色看看。你的祈祷被上天听见,他成全了你。

你拿到了三个Q。考验你演技的时候到了。你装出一脸沮丧,犹豫半天,下注5元。他看了看你,直接加码10元。其他人纷纷扔下手中的牌,隔岸观火。你跟。他加码20元。你再跟。他加码30元。围观者瞪大了眼。你继续跟。他直接加码100元。到此,你必须得好好想想眼下的处境了。他手上到底是什么牌?能大过三个Q吗?他铁青着脸,收起目光,等你说话。跟还是不跟?你兜里没钱了,一时之间骑虎难下,面红耳赤。你向牌桌上另一人借钱,对方拒绝了。这是赌场大忌,你当然明白。

他突然站起身,将手里的牌甩在桌上。三个K。你输了。众人发出惊呼,既遗憾又庆幸。

"玩不起,就别玩。牌桌上借钱,丢人。"

他说罢,收起桌上的钱,走了。你兜里没钱了,自然也就无法继续玩下去。在他走后,你不时叼根香烟,看别人在牌桌上赌了一晚上。你受了辱,但没人知道你内心窃喜。你边看赌边想象自己离开阿尼卡的情景:清晨,四野安静,你走在山路上,露水打湿了裤脚。在某个能俯瞰村庄的地方,你停住,看见炊烟升起,地里劳作的人们渺小如蚂蚁。当你坐上开往县城的汽车时,内心如释重负:现在好了,你像一根刺终于从那些反对者的喉咙里被拔除了。

你确实就是这么离开的。一走二十年。然而,令你奇怪的是,自从离开阿尼卡,那刺换了土壤,移栽到了你的喉咙里……

"我们出去走走吧。"你向她提议。

屋里太闷了。月光从门缝里挤进来。你想,去外面走走身体可能会更暖和一些。

"为什么?"她问,"三更半夜的,游魂?"

"当年走过的路,都长草了吧?"你说。

"长草的岂止是路。"她说。

你知道她话里的省略部分,但又不甘心就此放弃。这么多年了,你仍然首尾不顾。一脚迈出去,就没想怎么收回来。就像当初离开,没想过如何回来;就像现在回来,没想过如何离开。人间事,重要的不是结束,而是开始。

这时,她突然起身,进了卧室。她没有随手关门,里面传来翻箱倒柜的声音。她带走了你的耳朵和一颗高悬着的心。而就在你无比专注的时候,卧室里却安静下来。院子里,月光慢慢向外爬行,其速度不比一只毛毛虫快。谁家的狗叫了两声,随即被风吹哑。然后,连风也消失了。满世界的寂静都属于你。

又过了一会儿,她拿着一件男式大衣走出来,递给你。看款式,应该是她父亲的。你穿上,居然很合身。她站着,像是在跟你确认刚才的提议。如此一来,犹豫的人又变成了你。为什么会想出去走走呢?想必是屋里太闷了。这种沉闷,不光是物理空间上的逼仄,也包括心理上的压抑。舌头和手被一种无形之物压着、拴着、捆着,失去了表达和行动。而你既然来了,总要说点什么和做点什么。

你抬腿往外走,她默默跟着。你长舒一口气——屋外果然轻松多了。月亮如明镜高悬,村道上凉风飕飕。冬天的土地大多空着,只有少量的小麦和豌豆从地里探出头来,以柔弱的身姿迎接霜雪。霜从下半夜开始凝结。雪堆在天空,迟早会落下。果然如你所想,当年的道路如今长满荒草。一岁一枯荣,眼前的草早已不是当年那些。

村道两旁的人家住得分散,户与户之间相隔好几百米。这个距离,若是平地还好,但这里沟壑纵横,便有了翻山越岭之感。远山空蒙。更远的地方,白茫茫一片,不知是雪还是云。你心里莫名涌起一句话:白茫茫大地真干净。

在这个夜晚,匍匐在地的枯草纷纷复活,交头接耳,拦手绊脚。寂静让你们走出了千军万马的响动。脚步声之上,两张沉默的嘴像两部同时启动的放映机,播放的是同一部默片。彼此心知肚明——不光是内心,甚至步幅和声响,也都一致。故地重游,就像捡拾遗落在路上的旧物。只是这么多年过去,即便当年遗落的是铁器,也已生锈。

二十年前,只要你一走上这条路,就惊慌得像草尖的露水。她站在路的中央,朝你笑。你们相约,每隔三天,就偷偷见一次面。你们躲进山林,凭着记忆找到那棵山茶。沃土上面落叶很厚,这天然的毯子承受两具年轻的身体,整个山岗都在摇晃。

"我们,总不能一直这样下去吧。"

她在抱怨,而你犹豫不决。你曾想过请人去提亲,可担心善良的媒人会被毫不留情地赶出来。一切迹象表明,这种可能性非常大。为了中止这段糟糕的感情,她父亲甚至放话,除你以外的谁要是愿意娶他女儿,一分钱的彩礼都不要——至于你呢,就别癞蛤蟆想吃天鹅肉啦。那时在你们中间行走着一具具肉喇叭,任何的风吹草动,都跑得比风还快。这些话在羞辱你的同时,也伤害了你的父母。某天你看见母亲在火塘边悄悄抹泪。不用问便知,她又听到了什么。

如今,你的母亲已在夏城生活了十年,她大概有意无意地忘记了这个曾经愿意嫁给你的女孩。母亲最后一次提起她,是在你离开阿尼卡三个月后。女孩找上门来,说是打听你的去向,其实是兴师问罪。母亲告诉女孩,脚长在你身上,她怎么知道?女人在护犊这件事上,是不讲道理的。那时你已来到夏城,在一家保健品公司做推销员。你每月给家里写信,向父母灌输从讲师那里学来的关于梦想和财富的话,并以此证明自己正在一天天接近梦想。但得知这一消息后,你写信的频率改成了半年一次。又过了一年,你仍然做推销,只不过由推销保健品变成了卖坟地。你的处境没怎么变,可世界在变。世界变得不再遥远,猫三狗四都拥有了手机。你知道只需要打个电话,就能得到她的号码,可你并未这么做。倒是某天喝醉了,你鼓起勇气给一个旧相识打电话，刻意把话题朝她身上引。得到的信息是，她已经嫁了，对象大她十岁，刚从某劳改农场回来。

"为啥坐牢？"你问得莫名其妙。

"你还是别知道的好。"对方的回答像是警告。

即使是喝醉了，你也能感觉到这句话像块臭抹布塞住了你的嘴。你挂了电话，酒醒一半。此后，你也真的不再刻意打听关于她的消息。这样又过了几个月，某天你突然发现自己已经很久没有想起她，你又惊又喜。如果记忆是沸腾的水，那忘记不是将水倒去，而是抽去锅底的柴火，让水冷却。

然而，死灰会复燃。复燃之灰不足以让水沸腾，只让水温着，挥之不去。起初，你觉得那挥之不去的是氤氲气息，再后来你发现那是拖在你身后的长影子。又过了一段时间，影子转化成了暗疾，每逢雨天，就隐隐作痛，像天气预报。隐痛是种痛吗？未必。有时候当你想去按住那隐痛，手刚抬起，痛便消失。那种感觉，像是身体里长了一只蚂蚱。

"这个季节，没有蚂蚱了吧？"

你突然这么一问，自己都吓一跳。她愣了一下，一头雾水地摇头。那时，你们正穿过瘦脊梁一样的庄稼地埂，一前一后。地埂两边，豌豆和小麦的嫩苗同样弱不禁风。你知道在更早一些的秋天，这片地里种的应该是玉米。收获季节，掰下玉米棒子，砍倒玉米秆，乱糟糟的草丛里蚂蚱乱飞。前面是一户人家。青瓦白墙，门前有三棵落光了叶子的果树。大门紧闭，阒然无声，门缝里蹿出畜生的粪便味，并不算难闻。再往前走几百米，经过一片菜地和竹林，路在森林面前消失了。你们站着，环顾四周，仔细辨认着方向。

"路呢？"你问。

"什么路？"

"通往山茶树的路。"你说。

即使在并不明朗的月光下，你也看见她的脸红得像腊月的山茶。这山里有若干棵山茶树，它们生长在潮湿背阴的山沟里。阿尼卡的人们只有在婚丧嫁娶或过年时才会想起山茶花。有人结婚或死去，亲朋从四面八方赶来，山遥路远，事主家少不了要请人去山里采回山茶叶，沸水泡之待客。味虽苦涩，但略胜于喝白开水。过年时呢，想起山茶花的基本上是孩子和那些小妇人。他们在忙碌之余相约上山，专挑山沟钻。那时的山茶花，早的已经盛开，晚的还是骨朵。花骨朵更受人欢迎。他们采回山茶花，在屋子的某个角落里找出几个空瓶子，洗净，装上大半瓶清水，插上花，摆放在神龛或碗柜上。这样一番装饰，朴素的年就增添了几分浪漫之气。

这山野之地，也就只有山茶花能带来一丝浪漫了。除此之外，你还指望什么？飞禽走兽？山茅野菜？茂密的树林或若有若无的山路？算了吧。

生活在阿尼卡的人，一生之中，谁没折过几枝山茶花？有时候也无关浪漫，就纯粹是见不得那红艳艳粉嫩嫩的花朵。看见它们就心痒痒，不折不舒服。折了也未必插进花瓶，而是边走边撕下花瓣，沿路丢弃。

前路已被荒草淹没。你莫名想起白居易的诗，"远芳侵古道，晴翠接荒城"。旧路上长出的新枝，是几棵矮松和马桑树。你提议出来走走。你带着她一直走到这里。现在，路到了尽头。她的脸上挂着浅笑，仿佛一切洞若观火，只看你要怎么办。

"不会没有路的，"你说，"只是很久没有人走过了。"

你看了她一眼，并没有得到任何赞赏的表情。但你已经顾不上这些，抬腿朝矮松和马桑树走去。穿过这几棵树，前方是更茂密的荆棘和荒草。你顺手折下一根枯枝，用来帮助自己开路。月光下，荒草和荆棘惊魂未定，奄奄一息。世界果然在变，连丛林都比以前更茂密。不能再往前走了，她还留在原地。你返回，站在矮松和马桑树之间迎接她，像一个主人打开了家门。那些荒草断茎要是满地鲜花就好了，如此，你便可以为她搭一个花门，并一直铺向那棵山茶树下。当然，这只是你的想象。现实是，前方丛林依然，你必须再次用手中的棍棒和双脚，斩断或踩倒荆棘荒草，开辟出一条临时的路。那些已经歇在树枝的鸟儿，有的被惊飞，扑腾而去；有的懒得动，发出咕咕声。大部分月光被树梢挡住，其余的碎银般洒下来，像是天空有个慷慨的财主。

和村庄一样，山林里的变化也很大。村庄是生息之地，而山林，自从人们找到更好的出路，便放下了手中的斧头，不再进山。满山的牛羊消失了，小型旋耕机代替了耕牛。这山林如今完全属于飞禽走兽和花草树木，成了它们真正的天堂。月光一片片一道道竖在眼前，恍若置身舞台。如果这真是舞台，上演的是什么戏？那棵山茶在哪里？你数次停下，回忆，无助地看向她，否定，肯定……告诉自己不能轻易放弃，继续向前。

林间无路，长期出没于山林的人以地形和树木为标识，辨认方向。可你对这片山林并不熟悉。她也不熟悉。她脸上的浅笑不知何时换成了恐惧和担忧。"要不我们往回走吧，"她颤声说，"听说这山里现在有狼和豹子，还可能有老虎。"你握紧手中的木棒，更加集中了注意力。如此一来，你真的发现身旁的草丛里有动静。细听是夜风。那风一浪浪扑来，像一群醉汉在打滚撒泼。狼会吃人吗？两个大活人，不用怕它。但豹子和老虎就不好说了。你在夏城动物园见过豹子和老虎，隔着十米远的距离，也感到害怕。夏城动物园曾经发生过孩子掉进虎穴的惨剧。那是十多年前的春节，你在离动物园不远的商场里扮演功夫熊猫。

"你对那棵山茶一点印象都没有了吗？"你问。

"好像是在土司坟附近。"她说。

废话。你也知道山茶树是在土司坟附近。可现在的问题是，那坟在哪里？你甚至还记得那坟地二十年前就已经被盗得一片狼藉，荒草中的残碑石上写着"抚孤劲节佐夫君"字样。那原本盛放棺木的地方，被刨得像个狗洞。大概明末清初，这地方确实是土司辖区，县志里有记载。

"回去吧，"她又说，"找到山茶又怎样呢？"

人心如簧。她这话不光没有让你退缩，反而激发了你的勇气。毕竟过去和现在，真的不一样了。

"你怕什么？有我在。"

你高声说着，向她伸出手。短暂的犹豫后，她也伸出了手。她的手坚硬冰凉，有石头或木材的质感。好在手指并没有因为生活的劳作而变得又短又粗。但是，那手不知所措，就那么伸着手掌，任由你抓住。

现在，你牵着她朝前走，另一只手紧握木棒开辟道路。效率大打折扣，可比此前更安心。不太像两个要直奔目的地的人，而是像在月下的山林中散步。夜风吹来，头顶绿浪翻滚，这山林和大海有了某种近似。不再惧怕野兽了。如果此刻丛林里扑出一只猛虎，你会乖乖走向虎口。月亮紧跟着你们，此时正在头顶。但再过一阵，它就要抛下你们往西走了。

手机铃声响起，听筒里传来孩子的声音。夜里一点四十六分。孩子在哭泣，他梦见你死了。他的母亲在一旁安慰："梦是假的，爸爸只是回老家去了。"

回老家和死之间有什么关系？细想还真有，都是回到出发之地。

接电话的时候，你下意识地松开她的手。她马上将手揣进了衣兜。你没有再去牵她的手。你握紧木棒，继续探路。脚下的地形是一片斜坡，厚厚的松针很滑。她在你身后跌倒了，臀部先着地，发出某种厚重沉闷之音。你伸手去拉她，她没有回应，而是自己爬了起来。

"那时候，我多想你带我走。"她突然说。

你抬手劈开了挡在前面的荆棘，下了坡，地势平坦了。这一片平地，草木稀疏，怪石嶙峋。那些黑石头卧在月光下，如史前巨兽。在丛林里，你的目光被树挡住，看不清方向。所以，你们其实是凭着某种感觉来到这里的。

"应该就在附近了。"你说，"这些石头，你还记得吗？"

此刻，她骑在一个黑石头上，面对着你。那石头看起来神似一匹马。当年，她也是坐在这里。那是你们初次见面后的第三天，你死皮赖脸跟她进了山，目的是想多和她说几句话。她在为自己做绣花鞋，飞针走线之间，以一只锥子警惕地保护着自己。那时你坐在离她不远的另一个石头上，不咸不淡地说话，像山歌里所唱的那样：丢个石头试水深。羊群走远，你就屁颠屁颠跑去赶回，让它们以此地为中心，认真啃草，不准好高骛远。那时的谈话令你羞愧。一个自以为是的傻瓜和一个朴实的傻瓜。你们都聊了些什么？先是故作轻松的玩笑，然后一步步缩小范围，把话题限制在你和她之间。你那时的梦想，是在村里盖几间像样的房子，买一辆摩托车。你跟她说了，她笑笑，看不出是鼓励还是嘲讽。隔靴搔痒的话说遍，而主题仍然像挂在树梢的露水，不敢轻易触碰，怕那晶莹碎了一地。尴尬之余，你抬头看天，除了明晃晃的太阳，天空一无所有。太阳之下，群山静默。你们那些说出的和未说出的话，在这巨大的沉默中如此渺小。

二十年后，石头还是那个石头，而人还是那个人吗？你给不出准确答案。大概，万物都在变化，只是非肉眼所能见。二十年后的夜晚石头冰凉，你坐上去，打了个寒战。当年那根滔滔不绝讲废话的舌头，如今小心翼翼，像是行走在高空的钢丝上。

"山茶树就在附近。"你说。

"土司坟也在附近。"

你们的对话像两枚石头在空中碰撞一下，然后跌入草丛。四野安静，夜风轻柔——可现在你最需要的是暴风骤雨和月黑风高啊。

山茶树就在附近，隔着一片丛林。毫无疑问，它也正被你们头顶的月光笼罩。从小到大，你无数次在夜晚跟随父亲进山打猎。白天的山林里牛羊成群、山歌回荡，而夜晚的林间，树木肃立，静候天光来临。跟鸟兽相比，花草树木更为可怜，它们既不开化，也不能迈步走向人间。

"我们去看看那棵山茶吧。"

你说罢，径直朝林间走去。刚走进树林，你就停下脚步，把背影留给了她。风吹枯枝，呜咽着，然后漫向更远的地方，像是一条被截了流的江河在远去。那遥远的声响消失后，身后传来了她的脚步声。更确切说，那是裤腿和草叶的摩擦之声。跃动在身上的光斑，让你看上去像一头疲惫的金钱豹。也确实是累了，这个夜晚，像是在梦中攀爬一座高山，亦真亦幻。自从进入山林，每一步都像是走在梦中。脚下的松针、枯叶，都给人如在云上的感觉。她的人和脚步，都紧跟着你，像是影子与回声。

二十年不见，那株山茶的变化并没有想象中那么大。不规则的月光碎瓷片般照着这丛林里的异类，风吹树叶沙沙响。花苞正在成长，有小指头那么大。待到花苞长到大拇指那么大，它便盛开了。

你走向山茶树，伸出手，轻抚冰凉的树身，心里不由得一紧。那一刻，就像你的肉身是海绵做的，心里一紧张，眼泪就要流出来。她站在离你一步之遥的地方，紧闭双唇。当年也是你先在此处停留，斜靠着树干，笑盈盈地看她。你张开怀抱，她像一头笨熊跌了过来。仓促、紧张，仿佛你不接住，她就要晕倒在地。此后是漫长的沉默。呼吸带动着同样笨重的胸部艰难起伏。当你意识到这一点，你们一同倒向了松针铺成的地毯。

那时的你歪歪斜斜，无论是站着还是走着，总给人一种没长骨头或者摇摇晃晃的感觉。这些年，你的变化被众人提及，说得天花乱坠，但至少有一点，你长齐了骨骼和应有的体重。就像现在，你不再斜靠着，也不再摇头晃脑，而是双手交叉抱于胸前。她呢，近在咫尺，却不再往前挪一寸。

"三点了。"她突然说。

月亮在树上升高。时间的天平正在倾斜，要不了多久，就会向人间倒出明晃晃的日光。你突然紧张起来，像一个临近开学还尚未完成作业的孩子。

"我对不起你。"你说，"我欠你一个道歉。"

"你已经说过了。"

"原谅我吧，"你说，"那时的我，太懦弱了。"

"没有恨，你让我怎么原谅？而且，这根本不是懦弱的问题。"

你的摇晃症又犯了，身子向后靠去，被山茶树接住。你双手放开胸前，伸向裤兜，摸到了香烟和打火机。你掏出香烟塞进嘴里，却发现打火机没气了。你就那么叼着烟，嘴里发出嘶嘶声。渐渐地，你感觉周遭的空气松弛了一些。

"我们这一辈子，再也不会来看这棵山茶树了。"你说。

"为什么要来看它？"她反问，"它允许你来看它了吗？"

令你不安的，正是自己的冒昧。你又向她道歉："对不起，我没经你的允许就来打扰你。"

她没接你的话，原地坐下。大地柔软，冰凉，好在她的羽绒服刚好能裹住臀部。那时她也这样坐在地上，双手托腮望远方。她后来也真的去了远方，在一家又一家饭店、KTV、洗浴中心之间流动。山还是那座山，所不同的是，笼罩山顶的，由阳光换成了月光。

"我想……"你欲言又止，又觉得这突然的停顿也不妥，便咬牙说了出来，"我想抱抱你。"

你说完这话，闭上眼睛。夜风抱成团，

扑向山林，被树木挡住、瓜分，成条状、块状，以及不规则的其他形状。你此时感觉自己如在水底，并且下意识地闭上了眼睛和嘴巴。待风声过去，睁开眼，见她已经站在了你面前。你向她张开怀抱，她往前一步让你抱住。你颤抖起来，不是因为冷或激动，而是身子失去了控制。你紧紧抱住她，她却未抱你。她就那么站着，像一棵歪脖子树。她没你高，但这样的姿势有一种居高临下。

你像个风箱般抽泣起来，而她的肩膀却不是火花四溅的铁砧。她大概是累了，垂下双手，不知所措。而你呢，越抱越紧，像是要把自己嵌进她的身体里。她喘着粗气挣扎，你放松了一些，却不放开。

"抱抱我。"你说，"像过去一样。"

她发出一声叹息，但没照你的话去做。像是作为回报，她开始抚摸你的头，一遍又一遍。

"好了啦，"她说，"天快亮了。"

月光什么时候消失了？你放开她时，远山已经显出了暗影。用不了多久，那暗影会像胶片上的风景，渐渐清晰起来。黑夜和白天，是阴与阳，是现实与想象，是一个人的两张面孔。

天快亮了。即使是在《聊斋志异》里，也意味着有其中一人该走了，更何况是在这深山密林。熬了一夜，你们疲惫得快要倒下。此时再看身边的树林时，就多了枯败气息。那些昨夜被你踩倒的草，正在努力直起腰身。要不了多久，林间就能恢复昨天白天的样子，就像你们从未来过。

走出山林就是村中小道，日光底下无秘密。远远听见鸡鸣犬吠，看见早起劳作的人影。这个季节，土地闲了下来，所谓劳作也就是上山砍柴割草和放牧。数百米之外的村道上，几十只绵羊正在向你们缓缓移动，身后跟着一个穿白色披毡的牧人。要不了几分钟，你们就会狭路相逢。

"你先走吧，"她突然站住，"或者我先走。"

"为什么？"

"让人看见不好，"她说，"我无所谓，但你不一样。"

其实你也无所谓。你和她一样，婚姻早早结束，并且成了一个难以相信爱的人。这事并不值得满世界宣扬，包括她。她见你没说话，就加快脚步朝前走去，并且很快将你丢下，成了路人。她和牧人相遇时，说了几句话，但你听不清具体内容。他们相互认识，她是对的。你放慢脚步，毫无意义地数起了迎面而来的绵羊。

牧人是位长者，大约六十岁。你站在路边让他的羊通过时，他对你笑了笑。你问他有多少只羊？他说是六十二只。

"可我刚刚数了，才五十七只。"你说。

"你为啥要数我的羊？"牧人说，"我的羊有多少只，我自己最清楚。"

那些你无法确定数目的绵羊一只只从你面前经过，散发出淡淡的腥味。这样的羊，做烤串最好。想到烤串，你笑了笑。昨天已将伯伯送上山，今天该驾车回城了。烤串，还是楼下那家叫"山坡羊"的西北餐厅做得好。

收获文学榜 | 中篇卷

微不足道的一切

哲　贵《收获》2024年第3期

> **推荐语**
>
> 哲贵以凝练内聚的方式，将父子、母女、夫妻、情侣的关系变相，融化为三代人恩怨纠葛的日常，构成了关于人生旅程的普遍性隐喻，如同河流伴随着漩涡、洄流和转折自然前行，身体的困顿与挣扎，亲情的冲突与和解，爱情的无奈与坚韧，命运的磨折与欢欣，最终都归于不动声色的承受和坦然无咎的悦纳。（刘大先）

献给我的父亲

壹

丁小武碰到难题了。其实，不是他的难题，是父亲丁铁山痴呆了。不过，反过来讲，这也是他的难题。

丁铁山的病，是半年前出现征兆的。走着走着，迷路了。他是个四海为家的人，是个探路和开路的人。迷路，对他来讲就是耻辱。他出现的另一个症状是遗忘，迎面碰到一个人，记忆中似曾相识，却想不起"来者何人"。

刚开始，丁铁山并没有认真对待，他对身体很自信。他年轻时练南拳的刚柔法，一身硬功夫，两三个人近不了他的身。他了解自己的身体，也充分信赖，只要休息两天，就能调整过来。

丁铁山的病来得猛烈，像夏天的雷阵雨，一声霹雳炸响，雨点迫不及待地砸下来。好像是蓄谋已久，更好像是不由分说，不到半年时间，就完全失去记忆。有人叫他"丁铁山"，他认真地问："丁铁山是谁？"

痴呆后，丁铁山还是喜欢到处走，这个职业习惯他依然保持着。可他找不到回家的路了，更找不到家门，只能站在路边发呆，直到有人问他："你是谁？"

他说："丁小武。"

"在这里等谁？"

"丁小武。"

"你家住哪里？"

"丁小武。"

"你家里还有什么人？"

"丁小武。"

警察每一次都将电话打到丁小武手机上。丁小武放下手头的活，开着富康车急匆匆赶往派出所。隔两天，丁小武又得去一趟派出所。

丁小武带他去信河街人民医院做检查，身体各个器官都没问题，也都有点问题。没有查出病因，医生没办法对症下药。换一家医院，也一样。

丁小武思来想去，最后将他送入养老院。

丁铁山在养老院住了不到一个月，就被遣送回来了，因为他在里面演绎"武打片"。他功夫还在，出手动脚更是没轻没重。话说回来，打养老院里的老头老太也不太需要功夫，丁铁山一伸手，撂倒一个，一抬腿，又一个躺下。相当地轻松，相当地好玩。他上了瘾了，乐此不疲。

养老院只好将他送回来。再不送他回来肯定出人命。

丁小武将他送回石坦巷的单身宿舍，请了一个保姆照顾他。丁铁山这一次倒没有对保姆"动手动脚"，他知道这是在自己家，要斯文。

但是，一个月后，保姆跑了，因为丁铁山在床上拉屎拉尿。不管不顾了。丁小武一连请了三个保姆，每一个都做不到一个月，最后一个只做了一天，不辞而别了。

丁小武每一次去石坦巷，丁铁山都会面无表情地高喊一声"丁——小——武——"。每一个字都有一个后音，"武"字拉得更长，像唱歌。丁铁山每喊一声，丁小武心里就刺一下，莫名其妙地想大哭一场。

在丁小武看来，父亲是决绝性格，从不拖泥带水，从不儿女情长，说话从来是斩钉截铁的。当然，这只是丁小武的看法，他和父亲没有做过沟通。他对父亲的认识，从来是站在外围观看。而父亲呢，在丁小武的记忆中，也从来没有主动跟自己谈过心。在丁小武心里，父亲像个战士，他在销售科工作，东征西战，周游全国。而丁小武只是一个工人，一个模具工人，他的世界只是一个车间。他们是两个世界的人。相貌也不同。父亲是瘦高个，手长脚长，像只鹭鸶。丁小武的个子不算矮，接近一米七，但他骨骼粗壮，像只猩猩。还有，他有两颗明显的虎牙，父亲没有。最主要的是，两个人不亲。父子之间，亲不亲，不是指两个人之间有没有话，能不能聊得起来，而是指，两个人见面，什么话也不用说，甚至都不用看对方一眼，那股血脉关系的亲情就会流淌起来，就会荡漾起来。丁小武和丁铁山没有这种感觉，不亲。

丁小武自认不是一个冷漠的人，用妻子柯又红的话说，他是"拖拉机"。丁小武承认，在很多时候，他是犹豫不决的，是能拖就拖的。他是个软性格。相比之下，丁铁山立场坚定，处事果断。

有一件事，丁小武印象深刻。他和柯

又红属于"无证驾驶",结婚前就住在一起——柯又红的宿舍,很小,只有二十三平方米。丁铁山住在石坦巷,他的宿舍有二十六平方米,多出来的三平方米,是一个卫生间。结婚前,柯又红让丁小武去跟丁铁山商量:"我们结婚,你爸一分钱没拿,对换一下宿舍总可以吧?"

柯又红这么说是有道理的。信河街的风俗,子女结婚,男方父母是要准备一间婚房的。而他父亲"屁也没放一个"。其实,丁小武并没有对丁铁山说过结婚的事,丁铁山并不知道有柯又红这个人。柯又红想跟丁铁山对调房子,让丁小武为难了。他开不了口。柯又红干脆将话挑明了:"如果你开不了口,这个坏人让我做。我去讲。"

"还是我去吧。"说出这句话,是丁小武的本能反应。他知道柯又红说到做到,而她和丁铁山根本没有见过面,一见面就说调换房子的事,想想都难为情。但是,话一出口,丁小武就后悔了,后悔死了。柯又红想去,让她去好了,是她想调房子的。

丁小武一直拖着没去见丁铁山,拖一天是一天。直到结婚前一个月,柯又红再一次问丁小武:"调换房子的事,你爸怎么说?"

丁小武这次老实了:"我还没说。"

柯又红早就猜到丁小武会这么说了,不抱希望了:"你是不是不想问了?"

丁小武觉得还是要实事求是:"我实在开不了口。"

柯又红生气了,应该说是很生气。跟自己父亲有什么开不了口的?又不是抢他的房子,是调换,只差三平方米而已。但柯又红没有发作,她很清楚,对丁小武发作有什么用?解决不了问题的。她说:"我知道你脸皮薄,我脸皮厚,我去总行吧?"

这一次,丁小武没有说行,也没有说不行。他本来想说——"要不要我跟你一起去",话到嘴边,又吞下去了。

柯又红去石坦巷12号201室找丁铁山。

进门之后,柯又红先环顾了一下房子。其实,也不需要"环顾",单身宿舍的结构都差不多。柯又红关注的重点是卫生间。她只关注卫生间。就在靠近阳台的角落里,卫生间的门开着,一览无余。很小,小得刚刚容得下一个人,如果是个胖子,转身都困难。可是,够了,足够了。这不是大与小的问题,而是有与无的问题。其实,也不是有与无的问题,这是先进与落后的问题。更进一步讲,这是生活质量的问题。有卫生间的生活是完满的,没卫生间的生活是不完满的。差别就在那三平方米。就这么简单。对于柯又红来讲,她马上要跟丁小武结婚了,跟丁小武父亲调换一下有卫生间的宿舍,过分吗?当然不过分。名正言顺。理所当然。

柯又红先做了简单的自我介绍,然后说了调换宿舍的事。言简意赅,直奔主题。不是商量,不是要求,不是请求,而是宣布。丁铁山直直地看了她好长一段时间,他觉得这个女人的脑子肯定进水了,肯定塌掉了,丁小武的眼睛肯定也瞎掉了,找了这么个"条直"的女人,这种事轮得到她来讲吗?要来也是丁小武呀,她还没过门呢,算个毬?丁铁山斩钉截铁地说:"想要我的宿舍,门都没有。"

柯又红纠正说:"不是要,是调换。"

丁铁山更坚定地说:"调换也不行。"

一开始就僵住了。也不是僵住,而是一开口就谈崩了。不可调和。不留余地。双方各踞一边,互不相让。也不存在让的问题,没有沟通,没有商量,事情从一开始就变成水火不容。两个人都是气势汹汹。两个人都是杀气腾腾。

柯又红生气了。她的生气是理直气壮的,是义正词严的,她质问丁铁山:"丁小武是不是你的儿子?"

这个问题火上浇油了。这不是质问,而是侮辱,丁铁山的态度已经很不好了:"是又怎样?不是又怎样?"

柯又红听出了挑衅,听出了无可无不可,听出了逃避。哪有这样做父亲的?一个父亲怎么能说出这种混账话?柯又红不是生气了,而是可怜;不是可怜自己,而是可怜丁小武,他有父亲,又没有父亲。她为丁小武感到不值,也感到羞辱,她对丁铁山说:"如果是,你就承担责任;如果不是,以后丁小武就没你这个父亲。"

这就是威胁了。丁铁山原本是冷静的,这时更加冷静了,跟一个脑子不灵清的人,有什么好讲的?他准备速战速决:"那是我和丁小武的事,轮不到你来指手画脚。"

柯又红很伤心,但她没有表现出来。那就铁了心吧,不就是三平方米的卫生间吗?不要了。她突然对丁铁山笑了一下,说:"是的,确实轮不到。再见。"

柯又红说的"再见",其实就是不见。从转身离开201室的那一刻开始,她就迅速删除了调换的念头,同时,也删除了丁铁山这个人。他不是丁小武的父亲,丁小武没有这个父亲。退一步说,即使他是丁小武的父亲,跟她也没有关系,没有任何关系。她割断了。本来就没有连在一起,一割就断。此生不再相见。

所以,他们结婚时,丁铁山没有出现。是柯又红不让丁小武通知他的。柯又红对丁小武说"有他没我"。但丁小武还是偷偷告诉丁铁山了,结婚这么大的事,于情于理都应该说一声,但他没有说结婚日期。丁铁山问他有什么需要,他说没有。丁铁山又问"确实没有"?他说"确实没有"。丁铁山就不再问了。摆结婚酒席时,只有女方家长出席,有人问起来,丁小武说他父亲出差了。酒席地点是柯又红定的,在华侨饭店,四星级,当时信河街只有这一家四星级饭店。柯又红不是一个铺张浪费的人,但是,她说了:"丁小武,结婚就一次,铺张浪费怎么啦?"

丁小武连连点头。

柯又红说到做到,从那之后,再也没有提过丁铁山的名字。在她的生活里,丁铁山是一个不存在的人。包括他们的女儿丁点点出世,包括他们搬迁到公爵山庄新居,丁铁山都是"缺席"的。但她知道,丁小武跟丁铁山有来往,包括派出所给丁小武打电话,让他去领丁铁山,她每一回都听得明明白白的,但从不过问。她只有一个要求,是在他们结婚之前提出来的:丁小武不能在家里提丁铁山的名字。当然,丁小武也不会提。在家里提丁铁山的名字,不是没事找事吗?

丁小武没觉得这种关系有什么不对,不来往就不来往,双方都清净。眼不见,心不烦,挺好。可是,现在的问题是,丁铁山成了一个生活不能自理的傻子,柯又红可以不管,他能不管吗?丁小武觉得不能。也不是内疚,不是。只是每一次看着已经不认识自己的丁铁山,他会心酸,也不是心酸,而是无端地悲从中来。

他当然没有哭。一次也没有。又过了半年,就在除夕的那一天,丁小武突然跳出一个念头——将丁铁山接到公爵山庄。

这个念头太疯狂了。无法经过柯又红那一关。过不了的。柯又红不可能接受丁铁山住进公爵山庄，她会毫不犹豫地捍卫自己的主权和领土的完整。公爵山庄是她的家，是她的城堡，是她的王国，她绝不会让别人踏入一步。丁铁山更别想。是的，即使他变成了傻子也不行。

但是，对丁小武来讲，明知柯又红不会答应，却还是要将这话讲出来。果然，柯又红听了之后，没有任何犹豫地说了两个字："不行。"

停了一下，她又补充一句："你如果一定要他住进来，我搬出去。"

这就是断了退路了。她没有理由搬出去，也不会搬出去。这是"没有商量"的意思了。丁小武当然明白她的意思，也早就料到她会这么说。可他还是想从柯又红嘴里得到证实。他满意了？当然不满意。他站在满意和不满意之间，一头是父亲，另一头是妻子。他想平衡两头，可是，做不到。不过，当他听到柯又红的答复时，居然有一种如释重负的感觉，居然有一种身轻如燕的感觉，他用犹豫却又坚决的口吻说："你不用搬出去嘛，我搬出去。"

出乎意料了。柯又红不能理解丁小武的话，更不能理解丁小武的行为，她跟这个男人"睡"了几十年，却一点也不了解他。她的心突然冷下来了，是绝望的冷，她面无表情地说："随便。"

贰

这一年，丁点点大学毕业了。

四年大学，她做了五件事：家教、支教、旅游、当学生会副主席和谈恋爱。当学生会副主席是大二，当上之后，发现还要到社会上拉赞助，立即谈恋爱去了。

丁点点在大学谈了两次恋爱。第一次是和学生会里的师兄，是师兄主动追她，说"你是我梦寐以求的人"。毕业时，他的"梦"醒了，双方很客气地说"拜拜"。第二个是学生会里的师弟，名字叫季增石，比她低一届，是她主动的，属于"老牛吃嫩草"。她追季增石只有一个原因，他笑起来时，会露出两颗小兔牙，相当地讨她欢心。丁点点毕竟谈过一次恋爱，是"过来人"，不再矜持。几乎没有征求季增石的意见，直接将他收归"麾下"。

季增石读的专业是营销。这个专业相当"开阔"，什么都学，却又什么都没学，很神奇的。季增石是个沉默的人，一天说话不超过三句。他觉得这样很酷，很有个性，更主要的是，他觉得自在，有什么话可以在脑子里和自己说，自得其乐。丁点点和他谈恋爱后，他对丁点点也是"惜话如金"，丁点点威胁他："你是不是不喜欢我？为什么半天没跟我说一句话？"

他立即用眼睛无辜地看着丁点点，露出两颗小兔牙。丁点点继续威胁他："你再不说话，我真的生气了。"

这话一出口，丁点点都觉得自己有点"为老不尊"了，忍不住笑了起来。季增石见她笑个不停，摸着脑袋，一脸惶恐地看着她，喃喃地说："我说我说。"

他还是什么也没说。

季增石在学生会负责电脑维护，没有他解决不了的电脑问题。丁点点发现，他看电脑的眼神比看她的眼神明亮得多，完全是要一口将电脑吃掉的架势。这让她嫉妒，丁点点希望他能用这种眼神看自己。好多次丁点点故意弄坏学生会的电脑，以泄心头之愤。后来她发现，这一招正中他下怀，让他有更多时间和电脑待在一起。丁点点立即改变策略，学生会的电脑谁也不能动,她让季增石加了锁,只有她才能打开。

毕业了,也和季增石"拜拜"了。没有举行任何"仪式",甚至连招呼也没有正经打一个。根本不需要嘛,潮涨潮落,缘聚缘散,随便了。本来就算不上有很深厚的感情,也就不存在离散的痛苦。毕业之前,丁点点已经考入一所中学当语文老师。实习啊,毕业论文啊,答辩啊,各种聚会啊,忙得晕头转向。到了上班的学校,新手上路,手忙脚乱,根本顾不上"痛苦"。

丁点点算是走向社会了,有了一份正式工作。学校离家只有十五分钟路程,丁点点也没想在外面租房子独住。她知道,如果提出来,柯又红肯定会同意的。丁小武心里估计舍不得,但他肯定不会说出来。丁点点觉得住家里挺好,空间够大,最主要的是,他们不管,晚上多迟回去他们也不管,夜不归宿也不会问。柯又红是不愿意问。丁小武是想问又不好意思问。丁点点知道他们是"故意"的,都这么多年了,成自然了。这很好。这地方免费吃住,又不干涉个人自由,当然得住。再说了,这是丁小武和柯又红的家,同时也是她的家。

丁点点指的家,已经不是校场巷的宿舍了,而是公爵山庄的套房。

丁点点成长的二十年,是信河街翻天覆地的二十年,丁小武的经历没有大风大浪,却也算随波逐流。丁小武原来是信河街模具厂工人,喜欢写点小文章,后来招聘进文化局下属的杂志社。再后来,杂志封面登了一张大屁股女人照,他这个编辑就当到头啦,只好下海和朋友李其龙办打火机厂。

李其龙和丁小武是朋友,和柯又红是工友。柯又红是信河街火柴厂仓库保管员,李其龙是车间主任。丁小武和柯又红的认识,就是他牵线的。

李其龙做的是整机,分两大类:一类是一次性打火机,另一类是充气式打火机。李其龙胸怀大志,目标是做出世界上最好的打火机,比"都彭""登喜路"还要高级的打火机。为此,他专门去上海恒隆广场,花两万四千四百四十元,买来五只"都彭"打火机,将机身拆解,研究各个零部件和构成。他要做到知己知彼。

丁小武先跟李其龙合伙做了一年整机。他们是好朋友,却有本质区别。区别最先体现在"世界观"上。李其龙要的是"大",工厂名字也体现他的追求:大世界打火机厂。工人和老板加起来不到二十人,厂房也是租来的,哪来的"大世界"?李其龙不管,这是他的气势,是他的格局,更是他的人生追求。"大"是李其龙的特点。丁小武有自知之明,他把握不了"大",他的选择都是从"我"出发的,他对世界的认识是"小",他只能想象看到的东西,只对看到的东西有把握。

工厂的生意"还可以"。什么概念呢?一年生意做下来,纳完税,还清货款,付清房租,发完工人工资,一结算,两个老板寒碜了,除了每月预支的两千元工资,年终分红也是两千元。

这种状况可以理解,两个老板的心思不在一块儿,力量也使不到一起。

那年春节过后,丁小武主动和李其龙谈了"分家"的事。丁小武对李其龙说:"你做整机,我做配件。我还是归你管。"

丁小武又对李其龙说:"我不是不想做世界上最好的打火机,而是不敢想。我要赚钱,要尽快买一套带卫生间的房子。"

紧接着,丁小武又补充一句:"这也是

柯又红的想法。"

话说到这个份儿上，李其龙还能说什么？放行。

丁小武独立出来后，办了一家小工厂，做的配件是镍片，信河街人叫银片、限流片。限流片是打火机里的一个出火装置，出火口只有六微米，比头发丝还细，是真正的小本生意，赚的是辛苦钱。丁小武是做模具出身的，只要有一台冲床，火箭都能做出来，限流片不在话下。对于丁小武来讲，只要能赚到钱，累和苦，他不怕。

限流片做了十年后，丁小武终于实现愿望，购买了公爵山庄的房子。房子是柯又红看中的，顶楼，跃层，九跃十，最主要的是大，二百三十平方米，楼上楼下加起来，有三个卫生间。也就是说，他们一家三口，每个人都有一个卫生间，怎么用都行。为了奖励丁小武，柯又红给他买了一辆富康轿车。

又过了十年，信河街的限流片泛滥成灾了，从最开始只有丁小武一家，变成了几百家。价格从一片一元，压到一片一毛——这生意没法做了。

刚好，丁小武将工厂关闭了，一门心思去石坦巷照顾丁铁山。

自从丁小武搬进宿舍后，丁铁山再也没有在床上拉屎拉尿过。他会突然高喊一声"丁——小——武——"，丁小武像屁股被人捅了一刀，一跃而起，一把将他抱起来，冲入三平方米的卫生间。丁铁山的喊声一天最少要响十次，没有任何规律，没有任何征兆，完全是突发性的，有时是午夜零点，有时是凌晨两点，中气十足，声音凌厉。

没有人理解丁小武为什么要这么做。从外人的眼光看，他是丁铁山的儿子，他在尽一个儿子的责任。但丁小武知道，这不是主要原因。主要原因是，他没想到，自己会以这种方式找回父亲，并以这种方式找回自己。在很多时候，丁小武觉得，自己并不是在照顾父亲丁铁山，而是在照顾另一个自己。

还有一个更隐秘的原因。这个原因，连丁小武自己也否认，但肯定存在：父亲丁铁山曾经是那么强壮和强大的人，现在却变成一个需要他照顾的傻子。孱弱。无知。浑浑噩噩。生不如死。他心里似有所得，却又怅然若失。实在是五味杂陈。

这种结果也是柯又红没有料到的。对于她来讲，她不能接受丁铁山来公爵山庄，也不能接受丁小武住到石坦巷宿舍。丁小武是"她的人"，她不会和任何人"分享"，即使丁铁山也不行。所以，丁小武搬到石坦巷，柯又红是有意见的，相当地大。可是，如果必须在"搬进来"和"搬出去"之间做选择，她选择后者。这是她的态度。但是，更大的问题来了，她没想到，丁小武居然连家也不回了，不闻不问了，"他的眼里只有父亲"，父亲成了他的命，成了"他的唯一"。

对于丁小武，柯又红是不满意的，几乎心灰意冷了。什么叫家庭？什么叫夫妻？只有同心同德才叫家庭，才叫夫妻。丁小武的行为极大地伤害了她，他居然为了那个无情无义的父亲抛弃了这个家，抛弃了她。她不能原谅丁小武这个行为，这辈子都不会原谅。柯又红做好一切准备了，她不会低头的，绝对不会。她要有力地证明给丁小武看：没有他，这个家照样是个家；没有了他，她也依然是她，而且，活得更逍遥更自在。

柯又红对丁小武的不满另有隐情，丁

小武一身肌肉，看起来"凶猛"，可是，他在"那个事"上表现欠佳，最大问题是毫无章法。每一次都是横冲直撞，好像牛入羊群。可是，每当他找到出口，马上就全力以赴了，救火似的。每一次，柯又红的兴致刚刚上来，丁小武就兀自鸣金收兵了。柯又红不满意，不满意极了。她每一次都让丁小武"慢一点"，柯又红说：你是做模具出身的，就当我是你手中一个模具，你要有耐心，要循序渐进，要精益求精，要把我当成一件艺术品来打磨。什么叫打磨？就是要有"打"有"磨"，要双管齐下，比翼双飞，而不是急吼吼地独自赶路。可是，丁小武屡教不改，不开窍，很不开窍。柯又红兴致索然了。而丁小武也知道自己没有"做"好，他每一次都想努力"表现"，可是，他越是努力，表现却越是差，几乎"无功而返"了，都心理自卑了。愧疚成了阴影，压力相当地大。日子一长，"那个事"成了两个人的禁忌，成了刻意避开的禁地。身体的荒芜慢慢演变成内心的荒凉，疏远了，很疏远了。似乎变得可有可无了，可内心的渴望却愈发激烈。急死人了。从柯又红的角度来讲，这样的丁小武在不在身边有什么区别？根本无所谓嘛。有点赌气吗？有点。赌气的点在于，丁小武是个"有能力"的男人，他却"故意"把事办砸。这就不可原谅。这些话不能摆到桌面上来讲，羞于启齿啊。那么好吧，眼不见为净。这样的人有什么好留恋的？

柯又红对丁小武的不满，还跟一个叫董南妮的女人有关。

董南妮曾经是丁小武的"正牌女友"，或者说是"绯闻女友"——丁小武去兰州给董南妮送过毛衣。从信河街到兰州，何止千里，就为了送一件毛衣。这是什么情况嘛？明摆着的，这不是送一件毛衣那么简单。丁小武的解释是，他们是同事，同事间应该互相帮忙。那时，丁小武在文化局当编辑，董南妮也是。有半年时间，她在兰州大学培训。她到了兰州后，给丁小武打电话，说没想到兰州这么冷，冷得骨头都麻了。最要命的是，她忘带最喜欢的红色高领毛衣了。丁小武接到电话后，立即联想到西北的冰天雪地，仿佛看见瘦弱的董南妮被冻得瑟瑟发抖，甚至奄奄一息了。他立即决定千里送毛衣。他说这完全是自告奋勇，是本能反应，跟一个人掉进江里他伸手去救是一个道理。而且，毛衣送到之后，他赶当天的火车回来了。是一趟纯粹的送毛衣之旅，纯粹的好人好事。但是，在柯又红看来，这个解释根本站不住脚，漏洞百出啊。第一，董南妮去兰州不可能忘记带毛衣，而且是她最喜欢的毛衣。女人出门，可以忘记回家的路，甚至可以忘记自己的姓名，绝对不会忘记带最喜欢的衣服。这是女人的特性。也就是讲，董南妮"忘记带毛衣"是故意的。第二，董南妮忘记带毛衣，为什么选择给你丁小武打电话？她怎么可能让一个非亲非故的男人千里送一件毛衣？于情于理都说不通。事情是明摆着的，她有想法。很明确了。第三，你去哪里拿董南妮的毛衣？当然是董南妮家。也就是讲，这件事，董南妮爸妈是知道的，也是首肯的。他们如果不认可，不会让你进他们家门，更不会让你拿走毛衣，没有毛衣，你去兰州送什么？第四，也是最重要的，董南妮一个电话，就将你招到了兰州。你奋不顾身地去了，是心甘情愿的。好了，你情我愿了，还有什么好讲的？嗯？

柯又红无法接受自己和丁小武之间藏

匿着另一段故事，无论丁小武如何辩解都不行。柯又红拥有一个女人最敏锐最准确的直觉，丁小武不可能对董南妮没有"意思"，否则，他不可能送毛衣去兰州。除了爱情的力量，男人不可能有这么大的动力。

柯又红去过一趟文化局，也是唯一一次。以柯又红的性格，是不愿去丁小武单位的。她是自尊的。她是"工人编制"，进了"机关"，有无形压力，有巨大自卑。但柯又红决定去一趟。这一趟不一样了，她是以胜利者的姿态进入文化局的，她是以视察封地的姿态进入丁小武单位的。她必须走一趟。在丁小武还没有介绍之前，她越过所有障碍，一眼就看到了娇小玲珑的董南妮。就是这么精准，就是这么神奇。她以为董南妮会慌张，会落荒而逃，甚至当场落泪。出妖怪了，董南妮居然同时盯上了她，四目相对，剑拔弩张。谁也没有开口，谁也不愿退缩。"战争"一开始就进入胶着状态，气氛相当激烈，相当惨烈。柯又红这次来文化局，属于"突袭"，她完全打了丁小武一个措手不及，丁小武完全乱了阵脚。一看见柯又红和董南妮对峙的架势，他腿都软了。他预感到，此时自己无论说什么，都会变成一条导火线，一场"战争"难以避免，而他肯定是引火烧身的。可是，这种情况之下，如果他不开口，这种无声的"战争"更加可怕，更有杀伤力，后果不堪设想。所以，丁小武只能"牺牲"自己，只能将笑容堆到脸上，拉着柯又红对大家说："这是我的女朋友柯又红，大家也可以叫她阿红。"

是这句话挽救了一场一触即发的"战争"。或者，换一句话说，是这句话让这场"战争"见出胜负——柯又红完胜。她和董南妮在"僵持"，在"角力"。两人都没有挑明，两人都心知肚明，完全是一场精神上的"争夺战"，谁也不让。谁也不会让，谁让谁输。可是，丁小武一开口，胜负立判了。柯又红要的就是这句话，她很满意。丁小武通过了她的考验。她更满意的是，这次彻底击垮了董南妮，从精神上击垮了她。但她没有轻易放过丁小武，她不会的，这辈子都不会。在出了文化局大门后，她向丁小武颁发了一道"圣旨"："从今往后，你不能和那个女人讲一句话，一个字都不能。"

董南妮后来嫁给文化局一个科员，嫁得相当潦草。没想到的是，她父亲作为文化局领导，放出话来，"在我退休之前不能提拔我的女婿"。这是什么混账逻辑？不提拔也就罢了，为什么要说出来？不说出来会死人吗？科员生气了，绝望了，更主要的是赌气，辞职下海去了。丁小武听文化局老同事讲，董南妮和科员婚后的生活并不顺，应该说是相当地不顺，据说科员办了一家外贸公司，生意做得一般，私生活却相当出彩。董南妮提出离婚，他不肯，他说："你爸为了标榜自己清廉和正派，要将我耗死，他妈的，老子现在跟你死耗。"

就这么耗着。一直到科员查出结肠癌，他终于同意和她去民政局办离婚手续。出人意料的是，董南妮反而不离了。科员骂她："他妈的，你跟你爸一个德性，又臭又硬。"董南妮不还嘴。科员动手打她，她也不还手。她带科员去各地找医生，带他去上海做手术。去上海之前，她找到丁小武，向他借了十万元。工厂的钱由柯又红掌控，丁小武不敢动，也动不了。他是从客户那里直接提走货款，借给董南妮的。

柯又红知道这件事后，不肯了，她没有跟丁小武哭和闹，她只有一个要求，必须将十万元追回来。丁小武可以将钱借给任何人，但"那个女人"不行。丁小武后来将十万元交还给她，至于是不是从"那个女人"处追回来的，柯又红没问，伤心透了。

有了这两个"污点"，丁小武还值得珍惜吗？还值得挽留吗？随他去好了。她不需要这样的男人。不需要。

半年之后，考验柯又红的时候到了，她必须面对一个问题，这问题是她之前没有想过的：她的生活将如何"维持"？从表面上看，这个问题不堪一击，因为柯又红未来的生活根本不需要"维持"。这些年，丁小武赚了一些钱，不出意外的话，这些钱足够柯又红用一辈子。再说，她有工资，退休之后会有退休金。她无需为未来的生活担忧。但是，面对未来，柯又红第一次乱了方寸，产生了深深的恐惧。她的恐惧来源于：即使安坐在二百三十平方米的套房，她的眼前依然是一片虚无。此时，她才发现，丁小武对于她是多么重要，对于这个家是多么重要。丁小武在时，他的意义和作用被日常生活屏蔽了。一旦离开，他的重要性凸显出来了，他的作用不只是在现实层面，更具精神意义。也是在这时，柯又红才猛然明白过来，她这辈子，不管愿意不愿意，也不管满意不满意，已经和丁小武捆绑在一起了。离不开了。

叁

柯又红对丁点点说："你去叫你爸搬回来。"

柯又红跟丁点点讲这句话时是一个周末，虽然住在一起，两人平时很少交流。丁点点一日三餐基本在学校食堂吃，不是食堂的菜好，而是她不愿面对柯又红。丁小武搬出去后，柯又红的脸色再也没有舒展过，好像丁点点欠她五千元，有种压迫感。丁小武在家时，他的虎牙能部分消解柯又红的"凝重"，丁小武一走，丁点点觉得家里的空气凝固了，好像空气也欠她五千元。喘气都吃力，何况吃饭。丁点点看了看她，故意说："他要服侍爷爷的。"

柯又红脸上没有表情："叫你爸带他回来。"

丁点点坚决地摇了摇头说："我不去。"

紧接着说："要去你自己去。"

柯又红撇了撇嘴，骂了一句："你这个死丫头，什么事都不干，养你有什么用？"

丁点点不会去的。这是母亲和父亲的事，是母亲和爷爷的事，是父亲和爷爷的事。他们的事他们处理，她不干涉。也不是不干涉，而是无法干涉，不能干涉。母亲既然要让父亲搬回来，她必须自己去面对。更重要的是，母亲还要面对爷爷。这是最重要的。这不是小事情，更不是一天两天的事情。母亲肯定知道，如果将爷爷接进家门，他将会在此生活到死，而谁也不知道爷爷什么时候会死。毫无疑问，这将是一个漫长的对峙过程。没错，对于母亲来讲，就是对峙。母亲每天得面对爷爷，这将是她此后每一天的重要课题。

柯又红亲自出马了。这是她这些年来第一次来石坦巷。自从上次离开这里，她再也没有来过，路过这里也是绕开走的。这一次，她豁出去了。

她对丁小武说明来意后，提了两个条件：第一，她不负责照看病人，不会给病人煮饭烧菜，不会洗一件衣服，不会烧一杯开水。摔倒不扶，死活不管。她只是提供一个栖身之处，不承担赡养义务。第二，丁小武必须重新办一家工厂，什么工厂不管，工厂大小也不管，但必须能赚钱。

丁小武接受了柯又红的条件，因为他看到了柯又红的变化：柯又红接纳了他父亲，虽然她提出什么都不管。这不重要，重要的是，柯又红松口了，同意让父亲搬进公爵山庄，而且，她亲自来石坦巷了。她的行动说明了一切。对于丁小武来讲，只要柯又红同意让父亲搬进公爵山庄，他什么条件都答应，做牛做马都行。

丁小武要感谢柯又红。是柯又红成全了他，成全了他作为一个丈夫的名义，也成全了他作为一个父亲的名义，更成全了他作为一个儿子的名义。他是在意这个名义的。他不认为名义是虚无的，于他而言，正好相反，这个世界是虚无的。世界是个巨大的实体，看得见摸得着，可是，丁小武却悲观地认为，这一切终将化为乌有，跟他没有任何关系。或者换一句话讲，这个巨大的世界终将抛弃他，将他湮灭，成为灰烬，什么痕迹也不会留下。而名义呢？虽然看不见摸不着，可它却有无比坚韧的生命力，可以穿透历史，更可以穿透人心，流传在人们的记忆和传说之中。丁小武有时也反问自己，这是不是软弱的表现？在面对坚硬的现实世界时，只能自欺欺人，抱着一个无用的名义用来安慰。

看起来，丁小武接受重新办工厂的条件，直接因素是柯又红，是迫于她的压力。他是被迫的。对于丁小武来讲，重新办工厂更是他内心的需求。他在石坦巷照顾父亲的这段时间，是一个寻找和弥补的过程。他找到了，也得到了。他很满足。同时，他也发现了一个巨大的问题，在和父亲相处的过程中，他丧失了直接面对父亲的勇气。说到底，谁也不能接受自己老了变成一个傻子。不能。所以，也可以讲，是柯又红提供了走出困境的一个机会，他不能一直和父亲待在一起，他必须有自己的生活，必须找到不同于父亲的人生形态。他必须给自己一个信心，他的未来，不是父亲的翻版。

搬回公爵山庄后，丁小武将父亲安置在跃层的顶楼。这当然也是柯又红的意思。父亲在顶楼，他下不来，她不上去，生死不来往，死活不相见。这样也好。但是，丁小武的问题来了，他要办工厂，虽然还没决定办什么工厂，但无论办什么工厂，他不可能将父亲带在身边，他得出去见熟人，得花时间找人办事，得去了解市场动态。这跟他以前去菜场买菜不同了，菜场是被动的，菜也是被动的，他是主动的，时间是可控的。而现在不同了，谈业务，办工厂，对象是人，有的是他找对方，有的是对方找他，时间变得不可控了。

丁小武跟父亲做了一次"谈话"，很正式很认真地"谈"。

父亲躺在床上，丁小武坐在收起的折叠床上。两个人的构图是一竖一点，像个"卜"字。丁小武拉着父亲的手，看着他的眼睛，父亲的眼睛也看着他，但父亲的眼神穿过他，看向更辽阔的过去和未来。丁小武说："我得出去办工厂。"

父亲一动不动。

"我不能带着你出去办工厂，对不对嘛？"

父亲还是一动不动。

"可是，将你留在家里我又不放心。"

父亲依然一动不动。

"你有什么好的建议吗？如果有的话，你跟我讲讲。"丁小武停了一会儿，看着父亲，似乎在等待。又过了一会儿，丁小武说："你不开口也没关系，点点头，眨眨眼睛，都行。"

父亲没有点头，也没有眨眼睛。丁小武等了一会儿，继续说："那好，既然你没有建议,我倒有一个建议,你看行不行?"

父亲依然没有点头。

"我每天早上出去,中午回来;下午出去,晚上回来。在我出去的这段时间里,你能不能憋住?"

父亲的眼睛还是没有眨。

"我相信你能憋住。我对你很有信心。"

父亲这时突然张开嘴巴,喊道:"丁——小——武——"

丁小武马上伸手将他从床里捞上来,抱着他往卫生间跑,一边跑一边说:"这就对了嘛,这就对了嘛。你这算是同意了,说话要算数的。"

跟父亲"谈"过之后,丁小武去找李其龙。当然,丁小武和李其龙的见面从没断过,只不过,他"专职"照看父亲后,去不了李其龙的"大世界",都是李其龙来石坦巷。李其龙过一段时间会找他谈一次话,都已经是一种心理需求了,不谈不行的。

"都彭"打火机为李其龙打开了一个新天地,他对丁小武说:"老子现在才知道什么叫作井底之蛙了。"

丁小武只是笑笑,不点头也不摇头。他知道,以李其龙的性格,一般是不会讲这样的话,他从来都是蔑视一切的。李其龙马上接着说:"不过,认真研究之后,也没什么了不起,老子一定能做出更好的打火机。一定能。"

形势明朗了,丁小武拼命地点头。他相信李其龙,李其龙说能做出来就能做出来。李其龙如果说,他能做出一只比上海东方明珠电视塔还高的打火机,他也相信。

李其龙将新产品命名为"麒麟"。传说中,麒麟是能吐火的神兽,他喜欢这个名字,神气,张牙舞爪,有力量感。自从准备做"麒麟",李其龙就换掉了所有设备,原来设备做出的配件精确度不行,打个比方吧,原来的配件像猪八戒的嘴巴,多一点少一点,感觉不到差别。而"麒麟"对配件的要求就不一样了,它是孙悟空的火眼金睛,那就不是眼睛里容不得一颗沙子的问题了,差一丝一毫就是"妖怪",就要显出原形。李其龙从德国引进一套全新的设备,他发现,德国的设备最多只能做出跟"都彭"差不多的打火机,做不出他要的"麒麟"。这当然不行,他的"麒麟"必须超过"都彭"。必须。他拿着新的参数,又高价向德国厂家定制设备。

整整用了三年时间,李其龙才做出他想要的"麒麟"。为此,他付出的代价是卖掉了房子,第二任老婆跟他离了婚,并开走了跑车。不过,对于李其龙来讲,这根本不算什么代价。"麒麟"就是他的房子,就是他的老婆,就是他的全部。

"麒麟"的零售价是五千元。这是李其龙的底线,也是他的底气。他的产品必须比"都彭"卖得贵,"麒麟"的品质一定要胜过"都彭",这一点不能商量。

"麒麟"走上了市场。"走"得相当好。他到北京、上海、广州招合作伙伴,在电视上打广告,来加盟的人络绎不绝。他去各大商场谈合作,商场也非常乐意给"麒麟"开设专柜。很了不起了。在知名商场里开专柜是一种荣耀,是市场认可的标志,是身份的象征。要知道,在这之前,只有国际大品牌才有资格开专柜,国内的打火机想都不敢想。

李其龙特意去了上海恒隆广场,他曾经对这里"都彭"专柜服务员说过"再见"。他是个言而有信的人。专柜就设在"都彭"边上,"都彭"专柜的美女服务员还在。李其龙对她说"你好",她也笑着对李其龙说

"你好"，笑容很甜，很迷人，甚至比三年前更甜更迷人。但是，李其龙发现，她对他的笑容是职业化的，是千篇一律的，是空洞的。也就是讲，她已经将李其龙忘记了，彻底忘记了。这让李其龙有点伤心。他心心念念了三年，每天想着"打回来"，而在美女眼里，他只是一个顾客，根本没往心里去。不过，李其龙也明白，这无关紧要，要紧的是他"回来了"，跟她"再见"了。他兑现了诺言。

最多的时候，李其龙在全国知名商场里开了近三百家专柜，最好的专柜，一天能卖出十只"麒麟"。这是一个了不起的数字。当然不只是钱的问题，钱是重要的，没有钱，他不可能做出"麒麟"来。但是，做出"麒麟"之后，钱就退到次要位置了。李其龙知道，时候到了。李其龙所谓的"时候"，指的是将"都彭"啊"登喜路"啊"芝宝"啊统统压下去。李其龙不"赶"它们，"赶"是多么野蛮的手段，多么地武力，多么地血腥。他现在要做的是蔑视它们。他眼里只有"麒麟"，能做好的也只有"麒麟"。他要将"麒麟"做大。不对，"做大"显得低档，很不上台面。他要做的是"扩大"。"扩大"温和多了，有内涵多了，有文化多了，同时也有力量得多。相较于"做大"而言，"扩大"是看不见的，是循序渐进的，是潜移默化的，是滴水穿石的。但是，"扩大"的力量也正在于此，它是不知不觉的，是暗潮汹涌的。

李其龙就是想用"扩大"的方式，一点点拓展"麒麟"的版图。在他的脑子里，这个版图里有江河湖海，还有草原和戈壁，甚至还有"都彭"和"登喜路"们的老家。他不急，一点也不急。他急什么呢？"麒麟"是他研制和生产的，是他"生"的，

谁也抢不去。

但是，意想不到的事情发生了，李其龙没有想到，市场上很快出现了"麒麟"的仿制品。一看就是假冒伪劣产品，做工粗糙，连抛光都不均匀呢。这样的产品，李其龙看不上。更让李其龙不能接受的是，假冒的"麒麟"卖得那么便宜，一只售价五十元。

他对这种情况很不满意，感受到莫大侮辱。那么多企业明目张胆地仿冒"麒麟"，完全无视他的存在。假冒产品在蔓延，病毒一样扩散开来。无边无际。无法无天。而他却不能站出来讲一句话。那么多人都在仿冒"麒麟"，有什么办法能制止他们？没有。成千上万，无从下手。

李其龙深受打击。这种打击是精神上的，是灵魂深处的，是致命的。这种打击使他对这个世界产生了失望，很深很深，他觉得全世界都在欺负他，合起伙来欺负他。明摆着欺负人嘛。既然如此，他也不想反抗了。他妈的，既然你们要，都拿去好了，老子不玩了。

丁小武就是这个时候找到李其龙的，丁小武说："你不能这样消沉嘛，你这么做正中了别人下怀。"

李其龙摇摇头说："老子知道，可老子累了，真的累了。"

丁小武说："这不是我认识的李其龙嘛，我的朋友李其龙是个打不败击不垮的大英雄，他雄心万丈，意志坚强，是个从来不认输的人。"

没等李其龙接话，丁小武接着说："李其龙你要知道，如果一定要找一个能打败你的人，那就是你自己。"

李其龙见丁小武这么说，突然"哇"地放声哭了起来。相当意外，相当放肆。他一

把抱住丁小武说："小武，老子心里苦哇。"

这是丁小武第一次见李其龙哭，而且是抱着他的头，号啕大哭。泪水滂沱。山崩地裂。势不可当。泣不成声了。丁小武不知道他心里到底有多苦，但他猜想，李其龙的哭，也不完全是因为仿冒"麒麟"的事。这些年来，他的付出，他的坚持，他的勇往直前，他的坚硬如铁。对外，他是一个超人形象，战无不胜，无所不能。可是，丁小武知道，李其龙不是超人，他是一个人，所有人的弱点他都有，他只不过是将这些弱点和软肋包裹起来，埋藏起来，将坚强的一面呈现出来。他比普通人过得更累，更辛苦。其实，丁小武何尝不是如此？他比李其龙做得好的只有一点，他会示弱，他会认输，这对他来讲就是放松，就是缓解。他可以脱下盔甲，暴露所有缺点，这是身体的放松，也是精神的放松，这就是调和，就是平衡。李其龙没有，他的人生一直是铜墙铁壁，一直战车滚滚。作为朋友，丁小武能够感受到，那哭声从李其龙心底奔涌而出，那是抑制不住的哭声，是委屈和无奈的哭声，甚至是无助的哭声。丁小武深受感染，他抱着李其龙，也大声痛哭了起来。这是一次不同凡响的碰头，在丁小武和李其龙交往史上是载入史册的，也是最释放的一次"碰撞"。两个人足足抱头哭了半个钟头，泪水几乎把对方的肩膀变成沼泽，甚至是一条河流。哭完之后，两个人互相看看对方，都朝对方羞涩地笑了笑。李其龙很快恢复了常态，将头高高抬起，用俯视的眼神打量周围的一切，好像什么事情都没有发生过，更没有哭过。没有，李其龙怎么可能哭？不可能的。

丁小武告诉李其龙，他想重新办工厂。李其龙这次没有拉他入伙，问他要办什么工厂，丁小武说想办一家眼镜厂，他想征求李其龙的意见。李其龙看着丁小武，没有讲话，但他的眼神似乎在讲话。

肆

人的一生，冥冥之中，似乎有某种定数。当然，"定数"这种东西，信则有，不信则无。丁小武介于信与不信之间。他自己或许不信，可是，他的所作所为，包括思维方式，显示并注定了他的某种归宿。

做打火机时，丁小武选择了最不起眼的限流片。没有再小的了，微乎其微了。办眼镜厂，他还是做了最简单的选择。他做的配件叫中梁，就是两个镜框中的横梁。眼镜主要由四部分构成：镜脚、镜框、镜片和中梁，中梁的位置处于两个镜片中间位置，相对而言，作用最弱，价值最低。有意思的地方就在这里。在中国人的观念中，正中位置肯定是最重要的，最尊贵、最有价值。在眼镜的构造中恰恰相反，中梁只是起到过渡和衔接作用，它可以无限简化，直至用一根铝钛合金来替代。但是，中梁又是无可替代的，没有中梁，眼镜无法架到鼻子上，无法起到眼镜应有的作用。可以这么讲，没有中梁，眼镜是不成立的。

这大概是丁小武选择做中梁的最主要理由，也是他人生的必然选择。往形而上方面讲，这是他的人生观在起作用，也是他给自己的定位：他的人生无足轻重，却又必不可少。当然，这肯定不是他的初衷。他的初衷想必有更大的理想，否则，不会从模具厂考到文化局。那么，他是从什么时候改变了初衷？是什么原因让他篡改了人生定位？这个原因，丁小武没有说。他不会讲。更大的可能是，他也不知道。

眼镜配件厂的名字叫：小日子眼镜配件厂。

这中间有一段插曲。丁小武去工商局登记注册时，被告知小日子限流片厂还没有注销。丁小武说，那个工厂早就停办啦。工商的人说，这是两个概念，停办是个人行为，注销是法律程序。如果没有注销，法律上认定工厂一直在生产，各项税收还得照样缴纳。丁小武大吃一惊，问道，那我岂不成了偷税漏税的人了？工商的人看了看他，一副见怪不怪的样子，说，可不是嘛。丁小武说，我补缴行不行？工商的人说，这不是行不行的问题，你必须补税，注销税务登记，再注销工商登记，才能再登记注册。这是程序。丁小武问，补缴之后，我还算偷税漏税吗？工商的人突然呵呵笑起来，说，你这个同志很有趣，问的问题也很天真烂漫。

丁小武补缴了税款，也缴了滞纳金，然后回到工商局注销了"小日子限流片厂"，再重新登记注册"小日子眼镜配件厂"。但是，丁小武知道，从此以后，他的人生不完美了。他有污点了。这个污点将像胎记一样，伴随他的人生，甚至铭刻上他的墓碑。这让他脸红，让他羞愧，让他沮丧。他一生的清白毁于一旦了。

丁小武的"小日子眼镜配件厂"做得不算好，但也不算差。他有他的原则。他的原则是，所有中梁的模具都是他亲手设计的，他让厂家自己选。当然，他也可以根据厂家的要求设计模具。他有这个信心，也有这个能力。他不急，更不贪，心态好得不成样子。他有一个准则，绝不允许质量不过关的产品离开工厂。一个也不行。

这为他的工厂赢得了口碑，当然，这也是他的口碑。这是声誉，是他办工厂以来一直努力的方向。他很看重这一点。反过来讲，他的追求，从某种程度上也制约了他。在一个缺少规则的混乱时期，坚守往往能成就一个人，但从更大的方面来讲，也限制了一个人。

柯又红关心的是，丁小武的眼镜配件厂能不能赚钱。当然，赚得越多越好。她的底线是不能赔钱。这一点，丁小武做到了。柯又红是"言出必行"的，她果然对丁铁山不闻不问，完全无视他的存在。

出人意料的是丁铁山。他居然"听"进了丁小武的话，成功地"憋住"了。自从住进公爵山庄，他没有在床上拉屎拉尿，每天中午都能"憋"到丁小武回来。他对丁小武是有感应的，丁小武的小车刚进小区，他的身体就开始蠕动，嘴唇开始颤抖，脸色发红，小声地念着"丁小武"。随着身体蠕动得越来越激烈，叫喊声也越来越响亮，脸色越发地红亮。当丁小武开门进来时，他的叫声已经变成嘶吼了，脸色乌青，整个身体猛烈抖动，他拉开喉咙喊"丁——小——武——"。丁小武鞋子也顾不得脱，袋鼠一样蹿上顶层，嘴里喊着"来了来了"，抱起丁铁山往卫生间冲刺。

从卫生间出来，丁小武将父亲放在床上，两个人似乎都经历了一次凶险的长途跋涉，惊涛骇浪，同舟共济。船到静水区，他们耗尽了力气，像两条垂死的鱼，张着嘴巴，大口地吸气和吐气。

至于丁铁山是否每一次都能"憋住"，这事只有丁小武知道。对一个失智的人来讲，是很难做到这一点的。他根本无法控制自己嘛。有这个意识的人不可能失智。不可否认，丁铁山在公爵山庄的表现，是个不大不小的奇迹。

当然，丁小武也参与了创造奇迹。他在顶层另起炉灶，包揽了丁铁山所有生活上的事务，烧饭，煮菜，洗衣，洗碗，洗澡，都是他一手包办。他毫无怨言。他不但对丁铁山没有怨言，对柯又红也没有。她接纳了父亲。以丁小武对柯又红的了解，她很难接受这个现实。可是，她接受了，没有任何不良情绪表露。所以，丁小武没有任何怨言。他觉得这种生活是踏实和满足的。能够和家人住在一起，又能将工厂办起来。他觉得生活又有了希望，他还能做事，还没有被生活打败。这让他觉得充实，这让他觉得幸福。

丁小武的生活基本上算是走上了正轨，丁点点的生活却还在不停地"颠簸"。她在学校当了一年老师，考到《信河街晚报》当记者。

丁点点离开学校，并非不喜欢当老师。如果她有什么朦朦胧胧的想法的话，或许，当一名老师曾经是她唯一动过的念头。当然算不上理想。说理想太沉重了，甚至过于美化了，最多只能算是一个美好的憧憬。丁点点进入学校才知道，自己还是过于"理想"了。她没有后悔当初的选择，也不怀疑当老师的意义。但是，她发现，自己不适合当一名老师。老师虽然也是个体劳动，但在整个教育体制里，却有一种深深的"无力感"。简单地说，就是她想在课堂上告诉学生的，却不能讲；而她平时所讲的，却不是最想讲的。更主要的是，她不知道自己想讲什么。

至于到报社当记者，这也不是丁点点的人生选择，她对人生并没有清晰的规划。从来没有人要求她怎么做，她不会硬性要求自己做成什么样。丁点点不想做成父亲那样的人，更不想变得像母亲。她想过跟他们不一样的生活。问题的关键在于，她找不到自己生活的轨迹，甚至连方向也没有。但是，丁点点没有觉得这有什么不好，因为她知道一个简单的道理，这个道理是从她父母身上反照到的，她不希望自己的生活轨迹太明显，更不要有一个明确的方向。

每个记者有一条主跑线，丁点点跑的是旅游线。这是她喜欢的。只要愿意，可以到处跑。只要跟大自然接触，只要跟山水接触，她都愿意。相对来讲，她更喜欢跟山相伴，山有一个优点，能给人自信心，特别地提气。和水相遇，则要忧伤得多，有一种无端的忧愁。而丁点点却不知道，这种忧伤和忧愁从哪里来，因何而来，更不知道如何排解，或者，干脆就没想去排解。

丁点点是在海南采访时接到季增石的电话的。面对着大海，海风将椰子树吹得如泣如诉，吹乱了她的头发，乱得一团糟。她很伤感，无端地想找一个人倾诉。手机一响，她看见是季增石打来的。刚开始，她有点恍惚，有那么一刹那，心里在想，季增石是谁？毕业之后，她换过一次手机，但没有将季增石的号码删掉。没有特别的意思，只是觉得删掉也没有意思。这期间，她和季增石之间，没有通过电话，连念头都没有动过，她似乎真的将他忘记了。但是，当她站在海南的海边，忧伤弥漫之时，接到了季增石的电话，突然有点茫然失措了。

从海南回来后，她和季增石见了一面。季增石毕业后，和朋友办了一家网络公司。他办网络公司，丁点点能理解，他没有理由荒废了电脑技术，那是他的强项。

从那之后，他们又恢复了来往。这一次，是季增石主动的。他约丁点点去看电影，还请她吃四川火锅。但他还是话少，与以前不同的是,他更喜欢笑,一笑就露出两颗小兔牙。一看见那两颗小兔牙,丁点点心里就充满了温暖。她有时会想,她可以不要季增石这个人,把他嘴里那两颗小兔牙拔给她就行。当然,她清楚地知道,如果那两颗小兔牙离开了季增石的口腔,也就失去了意义,她也不会要它们了。这真是个两难的选择。

丁点点去了季增石家。他父亲很早就死了。季增石一开始没有告诉她,父亲是"生病死的",他只说父亲在他很小的时候就"没了"。丁点点后来才知道,他父亲是得肝癌死的。季增石的家在信河街西角,他母亲原来是信河街玩具厂的技术员,"改制"后,去私人办的儿童玩具厂当工程师,工资比以前高了十倍。但他们住的依然是老房子。房价此时已经升到每平方米两万元,可以看到瓯江的房子卖到每平方米八万以上,依靠工资,很难买得起好楼房了。丁点点看得出,季增石母亲的眼神里有一种"讨好"的成分。她的眼神是谨慎,带有技术员的"较真"。

丁点点也带季增石到公爵山庄,一起吃了一顿饭。丁点点还带季增石到顶层见了爷爷,季增石主动叫了"爷爷",爷爷睁着眼睛,一眨不眨,眼神辽阔而空洞,嘴巴张成O形,似乎想说什么,又像什么也不想说。

丁点点能够感觉出来,母亲不满意季增石。她的不满意是写在脸上的,也表现在态度上。她虽然接待了季增石,去菜场买了对虾和江蟹,可她的姿态是明显的,是高高在上的,甚至是盛气凌人的。她曾经向丁点点打听季增石的家庭情况,丁点点告诉她三个字——"你别管"。可丁点点知道,柯又红不可能"不管"。她三句两句就套出了季增石的家庭情况。来公爵山庄之前,丁点点交代过季增石,无论柯又红问他什么,他都不要回答。可是,进了家,季增石立即将丁点点的"交代"忘得一干二净,柯又红问什么,他回答什么,比派出所审问还老实。丁点点感觉到,柯又红每问一句,姿态就上升一层,最后像雄鹰一样盘踞在半空中。丁点点一开始挺替季增石着急:太实在了,太不把我的话当话了。后来一想,我急个毛,柯又红想打探一件事,连玉皇大帝都阻止不了,我阻止有什么用?退一步说,自己和季增石的事,作为母亲的柯又红问问也没有什么不对。最主要的是,她打探得水落石出有什么用?我的事,我可以决定怎么做。

打发走季增石后,柯又红给丁点点下了一道"懿旨":"你不能和季增石在一起。"

丁点点早就等着她这句话了,立即回答说:"我偏要。"

柯又红见她这么说,口气突然柔和了下来:"我是为你好。"

丁点点说:"我马上和他结婚。"

"我不是嫌弃他家贫,也不是嫌弃他公司看不到前途。"柯又红停了一下,叹了口气,说,"我担心的是他的身体,他父亲得的是肝癌,他爷爷也是,这就是基因。不出意外,他的肝以后也会出问题,而且是大问题。"

柯又红这么说,大大出乎丁点点的意料。她确实没有考虑到这一层。这是个很现实的问题。但是,她不准备听从柯又红的意见,恰好相反,柯又红如果不跟她说明这个问题,自己跟季增石在不在一起真的无所谓,现在,柯又红把问题摆上桌面,她就必须跟季增石在一起了。

是不是有点怄气?丁点点承认有一点。

但她不认为全是怄气，她这么做只是想向柯又红表明：世界不是都像你看到的那样，也不是都如你所想的那样。有例外的。你要允许有例外。而我，就是一个例外，是个活生生的例外。所以，丁点点的态度相当坚决："我决定了，他就是现在得肝癌，我也要和他在一起。"

丁小武什么话也没有说。当然，柯又红也没有征求他的意见。丁点点也没有。丁点点甚至看不出他脸部表情的变化。当然啦，她也没有细看。在这种时候，丁点点更多关注自己的内心情绪，以及做出决定后的坦然，至于别人的看法，实在不是很重要。相反，如果这时阻力越大，转化成的动力也越大。

第二天，丁点点就和季增石去了民政局，领了结婚证。然后，去了一趟银饰店，季增石花了一百二十八元，给她买了一枚银戒指，套在她左手的无名指上。结婚了。

柯又红很生气。她没有跟丁点点争吵，甚至也没有骂她一句。只是不理她了，看也不看一眼。柯又红的态度，促使丁点点更快地逃离这个家。丁点点太了解母亲了，她的没有态度就是明确的态度。可她又拿丁点点没有办法，她对付丁小武那一套手段对丁点点无效。在丁小武眼里，她是中心，她的一喜一怒都会掀起风暴。在丁点点这里，她只是一个家的概念，而丁点点随时随地准备离开这个家。这就是丁点点和父亲的区别。这种区别，也是这么多年来，丁点点从他们相处的关系中学到的。她不会让别人成为她的中心，她不会让别人影响她的决定。她的中心和决定必须来源于自己，虽然她也不知道自己需要的到底是什么。

丁点点有一点点积蓄，季增石是一点也没有。买房是不可能的。西角的老房子，她也不想住。只能租房。他们在报社旁边租下了房子。那天晚上，丁点点回了一趟公爵山庄，在房间整理自己的衣物。柯又红知道她回来干什么，不闻不问。这挺好。这才是丁点点认识的母亲，这才是柯又红。如果这时问东问西，那不是她的风格。丁小武进了她的房间。印象中，读高中后，这是父亲第一次进她的房间。他站了一会儿，见丁点点忙着收拾衣物，也没有开口。丁点点见他站了很久，就问："有事吗？"

他受惊吓的样子，连忙摇头说："没事没事。"

见丁点点没有再说什么，他停了一下，小心翼翼地问："需要钱吗？"

丁点点摇头说："不需要。"

他更加小心地说："如果买房子，我给你付首付。"

丁点点看了他一眼。她当然知道他的意思，但依然摇头说："不需要。"

他叹了一口气，像失望，又像松了口气，说："有需要就跟我说嘛。"

"嗯。"丁点点点点头。这次没敢抬头看他。丁点点担心，一看见他的眼神，会忍不住流泪。在这种时候，特别是在父亲面前，丁点点不想落泪。她不想在他面前流露真实情感，更不想给他负担。

"你保护好自己。"他走出房间前，轻轻地说。

丁点点觉得，这句话由她讲出来才对。老实讲，丁点点对他不放心，很不放心。这种不放心毫无来由，却又挥之不去。丁点点总有一个不好的预感，总觉得他会出事，却又不知道他会出什么事，更不知道会在什么时候出事。最主要的是，她帮不上忙，相当地无能为力。

伍

丁小武的眼镜配件厂办到第八个年头，丁铁山的病情出现了变化。其实，也不是病情有变化，只是晚上不睡觉了，不停地喊"丁——小——武——"。

丁铁山喊一声"丁——小——武——"，丁小武必须回一声"我在"，否则他会一直喊下去。到了这个地步，丁铁山的喊叫已经不是上卫生间了，他需要丁小武在身边。只有丁小武答应"我在"，他才会稍微安静片刻。丁小武的夜晚被撕得粉碎。丁小武晚上不能睡觉，白天却要去工厂上班，睡眠严重不足了。睡眠不足带来一个后果，他总是在等红灯时睡过去，引得后面的汽车狂按喇叭，甚至跑下车来，指着他的鼻子，骂他是"猪头"。丁小武被"骂醒"后，不停地说"对不起"，赶紧开车走人。更为严重的是，经常被交警抓住。交警怀疑他酒驾，不由分辩，先是吹气，再带到医院抽血检查。验血结果出来后，交警很严肃地对他说，疲劳驾驶是最大的安全隐患，危害比酒驾还大。丁小武笑着对交警说"是是是"，以后一定"整改"。有一个交警和他"特别有缘"，抓了他十多次，都抓出交情了，一看见他就说，老丁啊，做企业不要这么拼命，命没了，赚再多的钱有什么用？丁小武很赞同他的看法，笑着说，是是是，你说得很对。我以后不拼命了。

无论在外面，还是在家里，丁小武从来没有叫过一声苦。无论丁铁山怎么喊，他都是带着笑意说"我在"。回应及时，态度诚恳。但是，丁小武的变化是明显的，他的体重从七十五公斤降到了六十公斤。嚣张的胸肌消失了，像瘪了气的皮球。手臂上飞扬跋扈的肌肉不见了，变成有气无力的皮。特别显而易见的是他的脸，原来是国字型，瘦成倒三角。用"形销骨立"来形容，一点不过分。眼睛又大又空洞，猛地一看，相当吓人。

这样的日子，丁小武又坚持了一年多。突然有一天，丁铁山不吃东西了。他不是不吃，而是吃不进了。他胃口一直很好，每顿一大碗米饭。丁小武调羹还没将米饭打好，他的嘴巴早就张得像隧道，嗷嗷待哺。饭一送进去，几乎没有经过口腔嚼动，直接被送进了肚子。丁铁山有牛一样的反刍功能，闲着没事，他的口腔一直在嚅动，两个嘴角经常挂着几滴白色唾沫。

丁铁山的变化是突如其来的，他不会反刍了，直接将吃进去的东西吐出来，吃多少吐多少。丁小武将米饭换成稀饭，他照样吐。吐了两天，丁小武将他送到信河街人民医院。医生给他做了包括肾功能项目的全面检查，最后得出一个结论：机器老化，回天无力。也就是讲，丁铁山不能反刍，不是身体里某个零件出问题了，而是所有零件的责任。

第二天，丁小武将他运回公爵山庄。

此后十天，丁铁山粒米未进。他依然会喊丁小武的名字，声音已经很微弱了，如蚊蝇叫鸣。如果丁小武不在，他会一直叫下去。那已经不是叫了，是哀号，是饮泣。那是肝肠寸断的寻觅，是绝望的呼唤。

第五天，丁铁山进入昏迷状态，偶尔醒来，嘴里挤出的唯一声音是"丁——小——武——"。他已经没有力气了，声音像呻吟。丁小武立即应道："我在我在。"

第九天中午，丁铁山像一副皮囊在漏气。丁小武知道，他大限将至。

午夜零点刚过，丁铁山突然高叫了三声"丁——小——武——"，喉咙里发出一阵咕噜声，然后便归于寂静了。

这中间有十来分钟的停顿，仿佛时间静止了。

丁铁山去世的前一天夜里，丁点点的羊水破了。季增石紧急将她送到医院待产。比预产期提前了十天。

躺在医院的病床上，一轮阵痛过后，丁点点给柯又红发了一条微信，柯又红立即回了两个字：就来。

丁点点和柯又红的关系，是在她怀孕后"修复"的。本来就没有深仇大恨嘛，只是因为人生观的不同，产生了"裂痕"而已。于柯又红而言，大约是出于对丁点点的失望，辛苦抚养，不但不知报恩，反而一意孤行，让她伤心了。更主要的是担忧，担忧丁点点的未来。

可是，这孩子太固执了，太让人寒心了。无论如何，丁点点是她肚子里掉出来的肉，她可以失望，可以生气，可以愤怒，甚至可以怨恨，但是，她没有办法不牵挂。不过，她终究是骄傲的性格，不会主动联系。而丁点点呢，虽也有过主动向母亲示好的念头，可实在不知如何表达。最主要的是，她觉得来日方长，有的是时间和机会，何必急于一时？所以，当她得知自己有了身孕后，并没有告诉柯又红，而是将信息告诉父亲。丁小武当然是高兴的，他们虽然只是通了微信，但丁点点可以想象，父亲一定露出了他的两颗虎牙。很快，父亲又给她发了一条微信，希望她将这个好消息告诉母亲，他的微信是这么写的：你妈肯定会很高兴。丁点点想想也是，就主动加了母亲微信。半个小时后，柯又红通过了她的微信，丁点点将这个消息告诉她，她回了一句：你这个死丫头，为什么不早告诉我。

完全是冰释前嫌的口气了。

从那之后，柯又红每周来一趟出租房，每次都带来烧好的菜。刚开始是对虾、子梅鱼等海鲜，后来是炖鸡汤和炖鸭汤，再后来是燕窝、鱼胶等补品。丁点点怀孕六个月，已经胖得不像样子，体重从五十公斤飙升到六十五公斤，身体横向发展，原来的瓜子脸，变成了国字脸。体现尤为突出的是肚子，她觉得肚子里装着的不是一个孩子，而是一个班级的孩子。不能好好走路了，只能依靠身体的晃动前行，左摇右摆，相当艰难，也相当霸气。

丁点点已经从报社请假在家。请假的原因是她心绪不稳定。由于身形的巨大变化，让她心情灰暗，懊恼，自卑，怀疑一切，怀恨一切，不想见人了。可是，另一方面，她又无比骄傲，因为肚子里怀着孩子。在她看来，那不仅仅是一个孩子，而是一个完整的世界，一个独一无二的世界。她是这个世界的创造者和孕育者，完全有理由为自己骄傲。怀孕期间，丁点点一直在这两种情绪之间来回跳跃：上一刻灰心丧气，下一刻斗志昂扬；上一刻泪流满面，下一刻转悲为喜。这种近似精神病的行为，弄得她身心俱疲。离预产期还有三个月，她决定请假在家。也是从那时起，柯又红每天下午都来陪她，她还是每次带菜过来，没有空过一次手。

丁点点能感受到，柯又红不喜欢他们租住的房子。也对，八十平方米的老房子，陈旧，简陋，怎么能和公爵山庄的跃层房相比？最主要的是，这是租住房，没有安全感，没有归属感。但柯又红没有说出来。丁小武顺路来过几次，提出让他们搬回去住，丁点点没同意。

丁点点是在第二天中午十二点产下女

儿季笑笑的。这个名字是她和季增石商量好的，不论是男孩还是女孩，都叫季笑笑。没有特别含义，只是希望孩子将来快乐，多笑。

季笑笑跟她的太爷爷丁铁山擦肩而过了。

没有人告诉丁点点这个消息。她还处在产后恍惚中。让她略感意外的是，丁小武没有来医院，但一想到他要照顾丁铁山，还要去工厂，也就没往深处想了。有点反常的是柯又红，经常走神，惘然若失的样子。那天下午，她回了一趟公爵山庄，不到两个小时，依然回到医院。丁点点问她，有事吗？柯又红只当没听见，也没回话。

丁点点在医院住了三天，第四天，丁小武开着车，将他们一家三口接回公爵山庄。柯又红还是什么话也没讲，丁点点也没问。但丁点点知道，这事肯定是母亲和父亲商量好的。她住在原来的房间，但房间已经"面目全非"，到处摆满婴儿用品，婴儿床、婴儿服、儿童玩具以及尿不湿等等，墙上贴满了各种儿童照片，喜怒哀乐，各种表情都有。丁点点发现，居然有一张她的儿童照，上半身裸露着，下半身包着布包，张着嘴巴，挂着哈喇子。照片上的人肯定是她，可她从未见过。

一开始，丁点点只想在公爵山庄住完满月。她要搬回租住房，那里才是她的家。季增石的母亲去过医院，也来过公爵山庄，热情里夹带着客气。这种客气是距离，是生疏，是楚河汉界。她每一次来看孙女，都是坐坐就走。其实，丁点点看得出来，她想多待一会儿，甚至想一直待下来。可她是理智的，也可以说是矜持的，时间基本控制在半个小时。短了太急促，显得迫不及待；长了不得体，似乎赖着不走。她做得很有分寸。这种分寸其实就是排斥，就是对立，丁点点甚至想到了仇恨。丁点点有时会想，季增石母亲会不会仇恨自己呢？多少会有一些吧，她的客气说明了一个问题，她对自己不亲。亲不起来。丁点点想，或许搬回租住房后，季增石母亲可以不那么拘谨了，季增石是她的儿子，季笑笑是她的孙女，她想什么时候来都可以，想待多久都可以。她有这个权利。这样的话，她可能会和自己亲一些。丁点点觉得自己对季增石母亲算不上好，但她的节制和自尊让她有好感，让丁点点会站在她的角度想问题。或许，这也算慢慢成长的一个标志吧。特别是她怀上季笑笑后，似乎对这个世界和人事多了一份理解和包容。

柯又红自作主张退了租住房，叫了搬家公司，将家具和衣物运回公爵山庄。她没讲任何理由，对丁点点说："如果你过意不去，每个月可以给我伙食费和保姆工资。"

她说的当然不是真话。自从有了季笑笑，丁点点发现母亲跟从前判若两人。她从前是不会主动对人示好的，脸上是见不到笑容的。现在不一样了，她这是主动要求他们住在公爵山庄呢。要知道，这套房子是她的私人领地，她不会与任何人分享的。她现在主动要求他们留下来，主要是因为季笑笑。当然了，在接纳季笑笑的同时，也接纳了她，也接纳了季增石，更接纳了季增石的母亲——她不能不让季增石母亲来看望孙女是不是？丁点点觉得，柯又红能够接纳季增石的母亲，等于接纳了整个世界。相当开阔了。丁点点觉得柯又红最大的变化还是笑容，她现在每天笑声不断，抱起季笑笑，讨好地说："笑一个，宝贝给外婆笑一个。"

然后是做鬼脸，身体做出各种扭动的

姿势。柯又红的身体一扭动，季笑笑就咧开了嘴。她大惊小怪地说："笑了笑了，宝贝对外婆笑了。"

从语气和表情看得出来，柯又红得到了巨大的奖赏，无比满足。她是真的快乐。而且，她的快乐是"主动追求"得来的，这种快乐是"敞开的"。

父亲丁小武当然也希望他们住下来，只是他没有说出来。不会讲的。他用商量的口吻问丁点点："住得习惯吗？"

这话问得太客气了，见外了。这是她的家啊，即使出嫁，依然是她的家。丁点点知道父亲还有一句潜台词：习惯就一直住下来。这是他的心愿。他已经习惯了隐藏自己的心愿。

季增石的网络公司两年前就不开了，没有业务，赚不了钱。他开始在网上开商店，卖他母亲工厂生产的玩具，当然也卖其他工厂生产的玩具。

丁点点一开始没有将季增石的"转行"当一回事，更没有将他的网店当一回事。只知道他比过去忙，手机就有好几部，还叫了几个工人帮忙。丁点点还替他担心，每个月能否按时给工人发工资。担心归担心，她没有问季增石。她从来没有问过季增石网络公司的事，他也从来不说。只在公司关闭时跟她打了一个招呼，她"哦"了一声，等于没有任何反应。那个时候，她还没有怀上季笑笑，还是喜欢到处跑。她和季增石是两条各自奔跑的线，不同的是，他是画圈圈，她是画各种直线。他们唯一的结合点是租住房。那是他们的家。

他们在公爵山庄住了半年多，到了腊八那一天晚上，季笑笑已经睡下了，季增石对她说："咱们买一套房子吧。"

丁点点故意问道："发财了？"

他说："我手头有两百万，首付应该没问题。"

丁点点说："你没做什么违法的事吧？"

他说："没有，都是我这两年开网店赚来的。"

季增石的回答让她吃惊。太出乎意料了。丁点点没有想到，他不声不响赚了这么多钱。果然是个沉得住气的人。她更没想到的是，开网店这么能赚钱。她说："那就买。"

季增石问："买哪里好？"

丁点点说："无所谓，钱是你的，你想买哪里都行。"

次日，丁点点将季增石想买房的消息告诉母亲。她觉得这事越早说越好，不需要偷偷摸摸的。母亲一听，立即说："我昨天刚好看到小区贴了一张启事，楼下有一套房子要出售。"

这事母亲比她和季增石积极性高。联系好后，让她和季增石去看房子。房子就在同一幢楼，在七层，是单层，面积一百十二平方米。所有费用加起来，刚好三百万。丁点点咨询了单位，可以贷款八十万公积金，加上季增石两百万，还差二十万。母亲自告奋勇地说："我借你们二十万。"

就这么定下来了。办完过户手续后，父亲找了一个装修队，将房子重新粉刷一遍，只花了两万元。

买房子这件事，最高兴的人是父亲。当他听到这个消息后，两颗虎牙闪闪发光，说："好嘛，好嘛，楼上楼下，你们不用开伙，就在这里吃。"

母亲白了他一眼，说："你奴役我还不够吗？"

父亲讨好地笑了起来，说："我负责买菜和烧菜，洗碗也包了。"

母亲说："做好你的事，把工厂办好。"

父亲不停地点头说："那当然，那当然。"

母亲表面上没有表现出来，可她的高兴是难以掩饰的。她主动借二十万就是证明。她的高兴还表现在和季笑笑的对话中，她扭着身体对季笑笑说："宝贝买房子咯。"

季笑笑"咯咯咯"地对她笑。

母亲又说："以后外婆每天都可以抱宝贝咯。"

季笑笑当然还不知道"买房子"的概念。她不到一周岁，话还不会讲呢。"买房子"的概念是外婆讲的。外婆终于暴露了内心秘密，她想"每天和宝贝在一起"。

丁点点能感觉出来母亲对笑笑的爱，几乎到了依赖的地步了，去菜场买菜都是小跑着回来的，进门第一件事就是叫"宝贝"。她的眼睛似乎有了特殊功能，总能第一眼抓到季笑笑所处的位置。季笑笑也没有辜负外婆，她跟外婆特别亲，无论哭得有多凶，只要外婆一抱，哭声戛然而止。外婆一扭身体，她立即破涕为笑。她自己可能不知道，她将最多的笑声给了外婆，也将最美的笑容给了外婆。外婆身心得到极大的满足。

产假结束后，丁点点回单位上班。短短半年，世界发生了巨变。首先是外部的，自媒体对传统媒体造成了巨大冲击。这种冲击是现实的，看得见的，也是摸得着的，对报纸的发行和经营都产生了很大的影响。丁点点觉得，最主要的影响还是人心。从事传统媒体的人心里慌了，乱了。一个乱了阵脚的人，还能打仗吗？还能打胜仗吗？不可能嘛。人人自危，自己把自己吓死了。

其次是丁点点的变化。她以前没有中心，如果有中心的话，她就是中心。她是太阳，也是流水。可是，有了季笑笑后，丁点点发现自己完蛋了，她不是太阳了，也不是流水了。太阳还在，换成了季笑笑。季笑笑成了中心，成了她的中心。做任何事情，她的出发点都是从季笑笑那里开始的。丁点点不无悲伤地发现，自己无时无刻不在想念她、牵挂她，甚至担心她。在媒体上看到关于儿童的新闻特别敏感，特别容易伤心落泪，已经完全堕落成一个多愁善感的人了。

半年之后，丁点点从单位离职了。她想成立一家自己的旅行社，开辟几条专门针对年轻人的旅游线路。

在此之前，季增石找她商量，他扩大了网店规模，成立了公司，想让她辞职去他公司管财务。她没同意。她的理由只有一个，如果去了他公司，她将失去独立性。季增石说："你管钱，我给你打工，行不行？"

"不是这个意思。"她对季增石说，"我要的独立性是指两条各自运行的线，如果我去了你的公司，我们就成了一条线。"

季增石没有强求。他从来没有强求过她。

开旅行社的事，丁点点跟父亲说过。是"说"，不是商量。父亲想也没想就说："好嘛。"

丁点点知道，他的支持，是态度的支持，可态度有时很重要。

陆

丁铁山死后，丁小武并没有显得多么悲伤。丁点点和柯又红都为他松了一口气，为了丁铁山，丁小武累得只剩一副骨架。

以前那个"铁塔"一样的壮汉消失了，丁铁山如果再拖延半年，丁小武的身体状况让人不敢想象。从这个角度来讲，丁点点和柯又红是盼望丁铁山早点"走"的。他的"走"，从某种意义上讲，"挽救"了丁小武。

李其龙专门送了两大袋海参过来，他对柯又红下命令："让他当饭吃。"

李其龙不喜欢自己是个"肌肉男"，但他希望丁小武恢复成"肌肉男"，他说，那样的丁小武，看起来很有力量，给人很有希望的感觉，有一种蓬勃茂盛的生命力。他喜欢那种状态的丁小武。

李其龙没有将"都彭"和"登喜路"赶跑。他现在知道了，世界是圆的，事物是流通的，堵是堵不住的。他不能阻止任何事情。一个人怎么可能阻止地球运转呢？这是个简单的道理。那段时间，他怨恨过，怀疑过，消沉过，甚至想到过放弃。他最终发现，能要求的只有自己，能做好的只有自己。只能如此。他不能要求别人不仿冒"麒麟"。他能做的，只有将"麒麟"做得更好。

李其龙告诉丁小武，他最近接待了好几拨天使投资人，他们都想投资"麒麟"，一起将"麒麟"打造成高级工艺品级别的打火机，甚至是艺术品级别的打火机。李其龙说："活了这么多年头，老子总算有点明白了。想做成一件大事，单靠一个人的力量不行，要学会借力。别人有大把的钱，想跟老子做大事。傻瓜才会拒绝呢。"

丁小武为李其龙"活明白了"高兴，他一直担心李其龙钻牛角尖，李其龙确实一直在钻牛角尖，现在他终于不钻了，他看到了一头牛，甚至是比一头牛更宽广得多的世界。这多么好。

李其龙发出邀请，说："来吧，小武，咱们一起干。"

丁小武很感激李其龙的邀请，但他不会接受，他说："我争取将中梁做好。"

丁小武不担心李其龙的"麒麟"，作为朋友，他担心李其龙的生活。一个人的生活总是动荡不安的，总是兵荒马乱的。丁小武劝李其龙"再找一个"，他说："要一个小孩吧，有一个小孩就有了未来。"

李其龙想了一会儿，问丁小武："你知道咱们的区别在哪里吗？"

丁小武说："你比我勇敢。"

李其龙摇摇头说："不对，是你比我勇敢。"

停了一下，李其龙补充说："我有时想，会不会变成你爸那样。"

丁小武摇摇头说："你不会的。"

李其龙说："谁说得清楚呢？"

刚说完，他对丁小武挥挥手说："不说了，小武，老子很高兴，交了你这样的朋友。很荣幸。"

丁小武对李其龙说："我也很高兴，交了你这样的朋友。很荣幸。"

丁小武决定"好好干活"。父亲丁铁山走完了他的一生，画上了句号。外孙女季笑笑刚开始她的人生之旅，未来不可知。他的旅程还得继续。他自觉责任重大。他得根据柯又红的指示，好好赚钱，将眼镜配件厂办好。这是他的责任。他承诺过的。

那年春天，季笑笑两周岁了。丁点点的"丁点点旅行社"运作顺畅。季增石还清柯又红的二十万。一切似乎都很顺利。一切似乎都向着美好的方向发展。

那年清明节，一家人去给丁铁山扫墓。晚上，丁点点发现了父亲的问题。是季笑笑先发现的，吃晚餐时，丁小武用筷子去夹一只对虾，对虾没夹住，结果把筷子夹掉了。季笑笑拍着手说："哦喔，外公害怕大虾咯。"

这是丁点点第一次注意到父亲的手在颤抖，平时她很少注意这些细节。他拿筷子的右手像钟摆一样抖动，不停地抖动，好像很冷，抑制不住地冷。见她看着他的手，父亲摇摇头说："没事嘛，最近突然手抖，抖一阵就好了。"

父亲说完，想努力做个笑容。可丁点点发现，他的脸上像戴着一个面具，他的脸部肌肉是僵硬的，是缺少变化的。丁点点问他："多长时间了？"

父亲说："一个来月。"

丁点点说："找个时间，我陪你去医院看一下。"

父亲连忙说："不用的，我的身体我知道没事的。"

丁点点看看母亲，她正在给季笑笑喂饭。丁点点没有再说什么。这时再看父亲的手，已经不抖了，很轻松地夹起一只对虾。但丁点点发现，父亲的手已经瘦得只剩皮包骨头了，颜色是黄褐色的，好像被烟熏过。在丁点点的记忆中，父亲的手曾经是多么粗壮有力啊，他的手就是一个饱满而生动的世界，不仅能写文章，还能做各种模具，还能烧出各种美味佳肴。她印象最深的是，小时候只要他抱着她，她就觉得那是世界上最安全的地方。他的手就是温暖的家，可以为她阻挡一切。看着父亲的手，她感慨的不只是父亲的老去，她有一种隐隐的担忧，有那么一天，父亲也会像爷爷那样。这担忧令丁点点不寒而栗。

父亲出事是在三个月后，丁点点接到母亲在信河街人民医院急诊室打来的电话。

母亲说父亲从工厂回家的路上，将车开出了马路。马路外是斜坡，斜坡下面是瓯江。江水正在退潮，水流湍急，如果掉进瓯江，不消片刻，人和车便会被冲进东海。幸好斜坡有一块巨石，父亲的轿车一头撞了上去，整个车头都被撞烂了。父亲被撞昏迷了。交通警察将他送到信河街人民医院，他才醒来，他请求警察不要通知家人，但他全身是血，样子相当吓人。警察决定通知家人，父亲没办法，才给母亲打了电话。母亲接了电话，抱着季笑笑，急忙赶到医院。见到父亲后，父亲让她不要告诉丁点点，免得女儿担心。

母亲是偷偷给丁点点打的电话，她说："你爸的脾气你是知道的，平时让他来医院，比割肉还难。这次既然进了医院，干脆做个全身检查。"

丁点点完全同意母亲的想法，在电话里说："我马上来。"

丁点点到了医院，季笑笑指着推床说："哦喔，外公打败仗了，成了伤兵。"

她还伸出两根食指在自己的小脸蛋上刮几下。她觉得外公给她丢脸了。

父亲的额头被车玻璃扎了一个口子，医生给他做了处理，绑上了纱布，很像电视剧里的伤兵。他见季笑笑这么说，有点不好意思地笑了。他的笑容很不好看，很不自然，僵硬的面部肌肉挤不出生动的笑容，反倒增添了悲哀，一种日薄西山的悲凉。他肯定是不愿意将内心的情绪流露出来的，躺在推床上对丁点点说："我没事嘛，你跟医生说，我们马上出院。"

丁点点说："好的，我去跟医生商量。"

丁点点转身去找医生，不是办出院手续，而是缴了押金，办理了住院手续。她跟医生商量好了，给父亲做全身检查。

一周之后，检查结果出来了。一个好消息，一个不好的消息。好消息是，父亲身体状况不错，对于一个年近六十的人，没有"三高"，很难得。这大概得益于他年轻时的健身，底子好，也得益于他多年来的良好习惯，吃什么都讲究适度。不好的消息是，医生诊断他得了帕金森病。他这次出车祸，就是帕金森惹的祸，让他身体反应迟钝，甚至失去反应能力，眼看着轿车驶出马路，心里明白，身体却无能为力。

丁点点上网查了一下，结果让她一喜一忧。喜的是，这种病对父亲的生命没有直接威胁，它只是大大降低了父亲的生活质量。也就是说，从此之后，父亲要与这种疾病共存亡，两者既是朋友，也是敌人，既要和平共处，又要相互竞争。忧的是，到目前为止，只知道这是一种神经系统病变的疾病，无法对症下药，无法"集中火力打击"。没有特效药，也没有针对性的手术。可以这么讲，以目前的医疗水平而言，这种病是"无解"的。

父亲知道自己得了帕金森病后，显得相当平静，平静得看不出这事是发生在他身上的。要知道，帕金森病虽然不是绝症，却是一种顽疾，极其难缠的。丁点点猜想，父亲的平静是表面的平静，是做给大家看的。丁点点想，当父亲知道自己得了帕金森病、了解了帕金森病之后，他的内心肯定是灰暗的，甚至是绝望的。这意味着，他的余生将背上一个巨大包袱，这个包袱是他的，也是这个家的。丁点点觉得，他最大的负担正在于此，他是最不愿给别人增添负担的人，对朋友如此，对家里至亲也是如此。可是，现在得了这种"无期徒刑"的疾病，肯定要给家人带来无尽的负担。一想到这一点，他必定充满愧疚。正因如此，他更要表现得平静，他笑着说："我出院后马上去健身馆。"

季笑笑马上接话说："哦喔，外公说话要算数。"

父亲说："外公说话当然算数。"

父亲在医院住了两周，强烈要求出院。丁点点和医生商量，医生同意出院，给父亲开了药，要求他每两个月来检查一次。医生给父亲开了三种药，让他每天按量吃药，一天三次。这三种药是目前国内能买到的最好的药，分别是森福罗、珂丹和美多芭。后来，因为美多芭对父亲的身体有副作用，换成了息宁。丁点点算了一下，按照医生的治疗计划，父亲每年吃药的花费约一万五千元。这笔费用不会是很大的负担。

父亲出院后，将小日子眼镜配件厂转让给别人了。这事是母亲决定的，手续也是母亲办的。她绝不恋战。消息放出去后，第二天就有人来谈判，开了三百五十万的转让价，母亲一口就答应了。母亲有点虚张声势地告诉对方，工厂最少值五百万，但跟父亲的身体相比，一百五十万不在话下，卖了，连厂名一起卖了。

父亲恳求说："让我继续办嘛。"

这一次，母亲态度坚决，她说："不办了。"

父亲说："轿车报废了，我以后不开车了嘛，不会再出交通事故了。"

母亲说："我不管什么交通事故，我要的是一个放心。你这种状况，我怎么能放心？"

这是母亲第一次对父亲说这种话，表面生硬，内心温柔，坚决里有体贴，已经很接近矫情了。

父亲说："你不是有驾照嘛，我们再买

一辆轿车，你每天接送我上下班。"

母亲撇了下嘴说："呸，你想得美。"

母亲的坚决是有原因的。父亲的病情发展得特别快，快得让人心慌。不到一年时间，他到了完全依赖药品的程度。吃了那三种药，半个小时后，药气上来了，他的身体才能"活"过来。脸上的笑容也有了，手也不抖了，腿也能迈开了。这种状态最多维持两个小时，先是从后脑勺开始发紧发硬，慢慢扩展到全身。这种扩展和蔓延是清晰可感的，水一样流淌，"流"到哪里，身体僵硬到哪里。好像流水被冻住了，整个身体也被冻住了。只有手不可抑制地抖起来，抖动的幅度越来越大，像狂风中的一片叶子。医生告诉过丁点点，帕金森的病情是不可抑制的，得了这种病，就像一块巨石从山顶朝下滚，医生能做的，是尽量让这块巨石滚动得缓慢一些。也就是讲，医生能做的，是尽量减缓病情的发展，延长患者的有效生命，因为帕金森病到了后期，患者会失去自理能力，甚至失智。

这正是丁点点最担心的。她想起了爷爷丁铁山生命最后的那些年，如果不是父亲的服侍，他完全没有"生命"可言，更谈不上"体面"和"尊严"。丁点点的隐忧正在此，父亲是否遗传了爷爷的疾病基因？他的人生晚年，是否将是爷爷的"翻版"？丁点点问过医生，爷爷和父亲得了这样的病，她得病的概率是多少？医生的答复比较含糊，只说"有可能"。她上网查，网上泥沙俱下，有一种说法最可怕，她得病的概率有百分之八十。丁点点当时没有太大的触动，也说不上担忧，当她将这事联想到季增石时，不一样了。季增石父亲是得肝癌去世的，他爷爷也是，季增石身体里是否隐藏着疾病基因？那么，季笑笑呢？

一想到季笑笑，丁点点双眼一黑、双腿一软，几乎瘫坐下去。她觉得前方一片黑暗。

到了此时，丁点点才体会到母亲当年的心情，才感觉到母亲对她的提醒是多么用心良苦。而她的一意孤行，是多么让母亲伤心和失望。

柒

丁小武的病情让医生惊讶。医生说下坠速度这么快的病例，还是第一次碰到。两年不到，巨石已从山顶滚到半山腰。按照这个趋势，不到三年，巨石就可能到底。

丁小武的坚强这时显现出来了。他没有食言，从医院出来后，就去家对面的东方健身馆办了年卡，每天一大早去"撸铁"。锻炼当然是好事，丁点点和柯又红劝他吃药后再去，药气上来后，身体灵活。他偏不。他不吃药的状况很不好，身体不能弯曲，不能正常走路，只能小步跳，是挪着脚步跳。他跳得吃力，看的人更吃力。但丁小武坚决不吃药，很固执的。是的，医生对丁点点说过，帕金森病会改变人的性格，变得无比固执。当然，也可能是药物的副作用。

柯又红觉得不能让丁小武这么"任性"下去，在健身房一练就是四个钟头，铁打的人也受不了，更不用说一个帕金森病人。她强势出手了，规定丁小武只能健身两个小时，两个小时到了，她立即去健身馆，把他从器械上拉下来，绝不手软。其次，柯又红规定丁小武每顿吃两个煮鸡蛋，必须吃。吃完煮鸡蛋后，再喝一碗高压锅打出来的老番鸭汤。这是补品，是运动的有力后盾。必须这么吃。

除了控制运动时间和增加营养，柯又

红做了另一件事，到处搜寻治疗帕金森病的偏方。在柯又红眼里，没有中医西医之分。她只有一个目的，将丁小武的帕金森病治好。柯又红的想法非常简单，她不相信世界上有治不好的病，所谓"治不好"，只不过是没有遇到对的医生和对的治疗方法，当然，包括对症的药。

柯又红打听到，南京有一家医院，专门治疗帕金森病，是可以动手术的。柯又红得到这个消息时是秋天，她对丁点点说，想带你爸去江苏散散心。

丁点点说，我可以替你们安排好江苏之行的路线，包括预订好住宿的酒店。母亲不让丁点点预订，她说他们要"自由行"，预订好线路和酒店，就失去"自由"了。

也不是没有道理。不就是去一趟江苏嘛，又不是徒步穿越罗布泊，没什么好担心的。丁点点给他们买了去南京的动车票。买了一等座，空间大一些，也安静一些。他们出发那天早上，丁点点开车送他们去动车站。母亲带了一个巨大的行李箱，还带了一个不大不小的行李箱。丁点点当时也有疑问，问她："又不是搬家，带这么多行李干什么？"

她回答说："你爸这种情况，出门多带点东西总没错。"

丁点点想想也是，就没有深问。

他们一到南京，当晚就住进了医院。三天以后，丁小武的头顶被开了一刀。

这些情况，丁点点都是后来才知道的。父亲住院期间，母亲每天和她微信聊天，她只说父亲想在南京住几天，过几天再去苏州逛逛。这是丁点点的疏忽，她去过南京多次，如果多问几句他们去过什么地方游玩，母亲肯定会露出破绽。他们根本没有离开医院。

丁点点是在第七天上午十一点接到母亲电话的，她在电话里严肃地说："跟你说实话吧，我和你爸来南京不是为了旅游，是做手术。"

丁点点的脑袋立即膨胀了。出事了。她听医生介绍过，也上网看了很多资料，知道天津有一家医院，几乎是目前国内最权威的专门做帕金森手术的正规医院。她没有带父亲去，不是因为费用问题，更不是时间排不出来，而是手术成功率并不高。说它"不高"，是指手术之后，对患者的症状并没有"革命性"的改变。也就是说，手术效果不明显。意义不大嘛。丁点点一听母亲的话，第一个念头就是他们遇到江湖骗子了，赶紧问："还没做吧？"

母亲说："做了。"

"怎么样？"话是这么问，心里却想，完蛋了，花点钱没关系，父亲要白白挨一刀了。白挨一刀也就罢了，丁点点担心的是，这一刀加速了病情恶化。

"本来还不错的，没想到，伤口出现了感染。"母亲犹豫了一下，接着说，"医生说，如果只是伤口外面感染还好处理，担心伤口里面也被感染了。"

"医生检查了？"丁点点问。

母亲说："医生正在检查，我想来想去，还是给你打个电话。"

丁点点说："给我地址，我马上赶过去。"

挂完电话后，丁点点跟季增石说了父母的情况。他说，你赶快去南京吧，我让笑笑奶奶过来带笑笑。丁点点立即上网，买了最近一趟去南京的动车票。

丁点点也知道，自己去南京，起不了什么作用。她不是神仙，甚至连个医生都不是，于父亲的病情无补。但她知道自己的作用很大，非常大。父亲现在处于危险的境地，而母亲目前的处境孤立无援。他们需要一个后援，需要精神上的支持和鼓励。此时得有一个人跟他们站在一起，他们两个人是站不稳的，是摇摇欲坠的。有了她以后，情况不一样了，三足鼎立了。这是一个牢不可破的结构。这点太重要了。

上动车之后，丁点点接到母亲的电话，她说医生已经处理好父亲的伤口了，只是外部感染，但医生要求，父亲这几天最好住到无菌病房里，对伤口的恢复有好处。丁点点说，立即转到无菌病房，不要考虑费用。母亲说，我也是这么想的。

丁点点赶到父亲病房时，已是晚上七点多了。隔着玻璃，看见呆坐在病床上的父亲，他这次真的像"伤兵"了。上次出车祸时，他头上也受伤，纱布是从前到后绑一圈，有点像运动员。这次纱布是由上而下包扎，跟影视剧里伤兵的包扎方式是一样的，看起来特别悲惨，也特别悲伤。

丁点点不能进病房，只能隔着玻璃叫了一声"爸"，父亲没有反应，母亲在边上，提高了声音说："点点来了，你的宝贝女儿来了。"

病房的走廊很安静，只有母亲的声音在回荡。

父亲的脑袋朝她们这边慢慢转过来了，他直直地看着丁点点。丁点点看见他喉结上下滚动几次，张开嘴。她似乎能听见他的声音，却不真切。那声音断断续续的，从他的嘴型判断，似乎是："你——怎——么——来——了——嘛？"

丁点点感觉得到，那声音是空心的，是干枯的，甚至是腐朽的，好像是从地底下挤出来的。他来南京之前不是这样的，虽然讲话语速缓慢，但每个字是清晰的，是真实有力的。丁点点赶紧说："我来接你回家。"

他的姿势没有动，眼睛还是直直地看着她，又似乎是看着她身后无尽的远方，张了张嘴，似乎在问："笑——笑——呢？"

丁点点知道他关心外孙女，大声说："你放心，有她奶奶和季增石陪着呢。"

丁点点本想说"笑笑等着你回去呢"，又觉得这话过于哀伤了，好像父亲已经不行了，回不了信河街了。再说，看他在病房里的样子，未必能听见外面的话，就将话咽了回去。

母亲这时欣喜地指给她看："你看，你爸的手是不是不抖了？"

丁点点仔细盯着父亲的右手看了一会儿了，是的，千真万确，他的右手不抖了。母亲有点得意了。这是他们这趟出行的"成果"，是母亲的"战利品"，她有理由得意。丁点点当然为父亲高兴，手抖是帕金森的"特色"，这个"特色"已严重影响了父亲的生活。让父亲的手恢复"平静"，是母亲和父亲的梦想。现在，这个梦想实现了，她没有理由不高兴。

看完父亲，丁点点和母亲从医院出来吃饭。她们走了一段不短的路，才找到一家稍微像样一点的酒家，名字叫淮扬人家。所谓"像样一点"，就是干净一点，不要看起来油腻腻脏兮兮。丁点点点了清炖蟹粉狮子头、烫干丝、松鼠鳜鱼和马兰头。母亲每样只夹了一两筷子，说菜有一股"泥味"。丁点点的肚子是饿的，但没胃口。好像这顿饭只是为了完成一个仪式。一个吃饭的仪式。母亲和她好像已经将该讲的话都讲完了，她问季笑笑的情况，丁点点拨通了季增石的电话，让她和季笑笑在电话里聊天。她一听到季笑笑的声音，脸上立刻焕发出了灿烂笑容,声音盖过酒家里的一切杂音。问"宝贝"在幼儿园听话不听话,问"宝贝"吃了没有,问"宝贝"乖不乖,问"宝贝"想没想外婆,她和"宝贝"有讲不完的话。

半个小时不到,她们结账离开淮扬人家。她和母亲住在医院旁的一家全季酒店,是家连锁酒店。酒店不大,好在干净。这是丁点点成年以后,第一次和母亲共睡一室。感受相当奇特。有点陌生,却又如此亲近;有点疏远,却又如此亲密;有点忐忑,却又如此安然;有点排斥,却又充满好奇。两个人离得如此之近,却好像远隔万水千山。似乎有千言万语,却不知从何说起。

两人都没有讲话,丁点点先去卫生间冲了澡,然后是母亲去冲澡。两人躺在床上,也没有开电视。丁点点用微信交代了两件旅行社的事,时间已是晚上十点半。母亲看了她一眼,说:"睡吧。"

丁点点也看她一眼,点点头说:"好。"

关了灯,各自钻进被窝。丁点点想了一会儿呆坐在无菌病房里的父亲,觉得他太孤独了。但她没有伤心,迷迷糊糊中,很快睡着了。至少她是这样的。

第二天起来,天已大亮。全季酒店的装修很有特色,全部以竹子为原材料,房间以黄色为主调,显得特别亮,视线特别开阔。丁点点睁开眼睛,第一件事是去看邻床的母亲,发现母亲也正看着她。这一看,再加上昨天晚上一夜同宿,让丁点点觉得,她和母亲的关系似乎发生了某种质的变化,仔细一想,却又没有变化。

早上,丁点点和母亲去医院找主治医生。她怀疑母亲私下给过医生"好处",至少送过信河街的虾干、虾皮什么的,医生出乎意料地客气,首先说父亲的伤口没有问题,只是外部轻微感染,已经处理好了,让她们不用担心;其次是极力描述父亲手术的成功,从他的描述来看,这种成功是"历史性的",是里程碑。父亲是多么幸运。医生说得越好,丁点点越是怀疑,总觉得他是在表扬自己,非常夸张地表扬自己。丁点点对他讲话的真实性产生了极大怀疑。

后来的事实证明,至少有一点,医生讲的是事实,父亲的伤口确实被他们处理好了。三天之后,医生检查过父亲的伤口和身体指标后,表示可以出院。丁点点问:"伤口上的线还没有拆,能出院吗?"

医生说:"现在不用拆线了,可以被身体吸收;吸收不了,线头会自行脱落。"

但伤口还是明显的,刚好在脑门上,如一条一指长的大蜈蚣,有点触目惊心。丁点点去运动用品专卖店给他买了一顶阿迪达斯运动帽:一是为了遮盖伤口;二是帕金森病人是"不喜欢阳光的生物",日照直射,会加重病情的。

好了后,丁点点去收费处结账,一共花了四万一千元。母亲觉得太贵了,不就是在头上挖一个洞嘛,用得了这么多钱吗?这个数额丁点点能接受,她疑虑的是父亲以后的身体状况。丁点点认为,手抖只是细枝末节,父亲的整个身体机能和精神状态才是主干。如果这次手术是本末倒置,那就得不偿失了。

不过,值得高兴的是,终于可以回信河街了,而且是将他们两人完整带回去。还有比这更令人欣慰的事吗?

捌

在南京时,丁点点就发现了一个问题,

父亲说话含糊不清了,好像他的舌头被拉直了。丁点点以为是手术之后的暂时反应,总需要一段时间恢复嘛。回到信河街后,她发现,父亲的舌头卷不起来了。

丁小武是个很自尊的人,当他发现别人听不懂他的话时,立即选择了闭口不言。他原来就是一个沉默寡言的人,决定"闭口不言"后,他就成了一尊"雕塑"。除了吃饭和健身,他就木坐在卧室里。他不喜欢开灯,窗帘布拉得紧紧的。卧室里一片漆黑。他是黑的,沙发也是黑色的,他坐在沙发里,就像掉进黑暗里,和黑暗融为一体了。没有任何动静,好像凭空消失了。

丁小武当然在的。他成了非常顽固的存在。丁点点以前每两个月带他去一趟医院,让医生做一次检查,或者调整一下药量。他现在不去了。无论怎么劝说,他不动。

他的顽固还体现在吃药上,他只听自己的,只按照自己的节奏吃药。一天两次:上午十二点一次,下午五点一次。丁点点和母亲劝他多吃一次,他坚决不吃。

丁小武不去健身馆了,开始跑步,选择去家边上的秀山公园跑步。他每天六点半起床,不吃药,"跳"着上卫生间,"跳"着去刷牙、洗脸,"跳"着去喝一杯牛奶,然后,换上跑步衣服,戴上丁点点在南京给他买的运动帽,"跳"着去秀山公园跑步。他不是一般性地跑,而是"长跑",从早上八点,一直跑到十一点。绕着秀山公园,一圈又一圈。一圈是一点六公里,他每天跑五圈,少一点都不肯。他跑得跌跌撞撞,跑得气喘吁吁,跑得身体严重倾斜,跑得面目狰狞。可他一直咬着牙在跑,谁也阻止不了他的脚步。

丁小武的跑步风雨无阻。他不管。他的目的是跑,至于天气,他不在乎。跟他没关系的。

有关系的是柯又红。她不想让丁小武跑。也不是不想让他跑,而是不想让他这么跑。这哪里是跑步?是玩命嘛。但是,柯又红阻止不了。她劝过丁小武,跑步是好事,医生也说了,"适当跑步有好处",但丁小武已经完全超越了"适当"。柯又红对他说:"咱们慢慢跑,跑一个小时就够了。"

丁小武没有回答,他已经迈开脚步了,这一迈开就是三个小时。时间不到,他是不会"踩刹车的"。柯又红能把他锁在家里不让出门吗?不能。能在他跑完一个小时后拉住不让跑吗?她当然拉过,她一拉,丁小武就停下来。但丁小武一直处于"待机状态",她一松手,他又跑起来了。拉回家里也没用,他照样跑出去。

柯又红做了一个意想不到的决定,她上网买了亚瑟士的运动行头,还帮丁小武买了亚瑟士的运动帽。她陪他一起跑,一起风雨无阻。

柯又红这么做有两个原因:第一,她确实不放心丁小武一个人跑,她得跟着,反正他跑得也不快,她跟得上;第二,她发现,跑步之后,丁小武虽然还是没有开口讲话,但他脸上似乎有了若隐若现的笑容。对柯又红来讲,这笑容就是阳光,就是甘露,是世间的瑰宝。只要丁小武愿意,只要他高兴,她做什么事都愿意。

这就是柯又红最大的改变了。她的改变是从丁小武生病开始的。这个家,原来是以她为中心的。她心情的"风雨阴晴",决定了这个家的"喜怒哀乐"。丁小武每天看她的脸色行事,小心翼翼,战战兢兢。现在反过来了,丁小武谁的脸色也不看,也不给任何人脸色。他完全活成了自己。这个时候,柯又红变成了以前的丁小武，她每天小心谨慎地观察丁小武的脸色，她知道丁小武不会生气，可总是担心丁小武不高兴。她变得絮絮叨叨了，不停地对丁小武说话，什么话都说，连去菜场买菜的见闻都说，连昨天晚上做的梦都说，甚至连小区里两只宠物狗打架也说。事无巨细，不厌其烦。她知道丁小武不会给她反应，可依然在说。她的絮絮叨叨变成了自言自语，成了一道风景。用季笑笑的话说，"哦喔，外婆是一台讲话机器"。

母亲的变化让丁点点吃惊。这不是她想象中的母亲，她应该居高临下，应该盛气凌人，应该神经质，应该让人难以捉摸。可是，现在的母亲，变得如此婆婆妈妈，如此琐碎繁杂，如此家长里短，如此普通平凡。原来那个母亲呢？

丁点点一时不能适应，难以接受。

李其龙经常来坐坐。他一来，柯又红异常热情，连忙对着卧室喊："你的朋友李其龙来了。"

丁小武从卧室"跳"出来，坐在客厅的沙发里，面无表情地看着李其龙，连眼睛也没有眨一下。都是李其龙在讲。李其龙告诉他最新进展，他和一家投资公司签了合作协议，对方投资一点五亿，共同打造"麒麟"品牌。李其龙告诉他，第一期五千万已经打入账户了。李其龙告诉他，自己又买房了，又买跑车了。他想明白了，生意要做，而且要做好，生活上也不能亏待自己。李其龙告诉他，自己还是想和他一起做事，一起将"麒麟"打造成世界品牌，他非常有信心。现在资金有了，如果有了他的加盟，他会更加有信心。李其龙每一次都是以这样一句话结束会面："好了，这次就聊到这里。你再想想，下次来时，你将决定告诉我。"

柯又红留李其龙吃饭，李其龙总是说："下次，下次一定留下来吃。"

李其龙开门离去，丁小武的眼睛依然看着他离去的方向，然后，他不声不响地站起来，"跳"回卧室。

季笑笑读小学一年级了。丁小武得病已经六年。他除了每天早上三个小时的跑步，其他时间都在卧室枯坐。他已经很久没有讲一句话了，甚至连眼睛都很少眨。他成了一个"活死人"。这话是季笑笑说的，她偷偷对丁点点说："哦喔，我觉得外公已经死了。"

丁点点问她："你知道什么是死吗？"

她说："就像外公那样一动不动呀。"

丁点点很认真地告诉她："外公不是不动，是不想动。他太累了，需要休息。"

"哦喔。"小家伙似懂非懂地点点头。

那年中秋节后的一个周末，下午三点，家里门铃响了，是柯又红去开的门。两个人的眼神对了一下。虽然这么多年过去了，柯又红还是一眼就认出了她。没错，是董南妮。柯又红第一句话是脱口而出的："你来干什么？"

柯又红的口气是生硬的，态度是鲜明的。

董南妮变化不大。她的娇小是没法变的。三十多年过去了，她还是那么瘦，还可以用清秀来形容。她的眼睛还是那么大、那么黑，皮肤还是那么白。她化了淡妆，看得出来，皮肤不如以前细腻、紧致了。这是岁月的痕迹，谁也不能幸免。发型变了，她以前扎着一个马尾辫，现在剪成了露耳短发。董南妮肯定也认出柯又红了，她朝柯又红身后看了一眼："我来看看丁小武，听说他病了？"

董南妮声音很轻，但她咬字清晰，每一个字都说得明明白白。她的声音是有力量的，不是从嘴里飘出来，好像是从胸腔里钻出来。她的表情有点腼腆，但声音似乎更能代表她的内心。她是坦然的。

"小病，问题不大。"柯又红依然站在门口，一手抓着门的把手。她的姿态很明确，她不想让董南妮进门。这不是待客之道。但是，对于柯又红来讲，她从来没有将董南妮当作客人。她可以接受世界上的任何人，但董南妮除外。她没有下逐客令，是看在丁小武的面子上。

"我想见一见他。"董南妮讲这句话时，态度是坚决的，她的口气里没有祈求，更不是商量。

"他在休息。"柯又红的回答坚定而决绝，是没有商量的。

"我要见他一面。"董南妮毫不气馁，更是毫不退缩，"我欠他一笔钱，我来还债。"

柯又红想起来了。她其实早就应该想起来，那笔十万元的钱，她怎么可能忘记？虽然丁小武后来将账目补齐了，但她知道，他是从李其龙那里借来的，她只是不说破而已。说破有什么意义？她不能逼着丁小武去向董南妮要债。她不想丁小武再见到董南妮，即使能要回十万元也不想。

"这些年，我办作文培训班。"董南妮抬了抬手中的黑色皮包，接着说，"这些钱都是我办培训班赚来的。"

柯又红犹豫了。谁愿意和钱过不去呢？当然，也不完全是钱的问题。她显然是被董南妮的行为打动了，她一直没有忘记还债，一直记挂在心上。这样的人值得尊重。应该让她见丁小武一面。柯又红犹豫的是她和丁小武曾经的关系，这是柯又红这辈子最大的禁区，是个死角，谁也不能碰，谁碰炸谁。

"我只想见一面，这是最后一面。"董南妮看着她说。

花言巧语。柯又红不会相信这样的言辞，她不相信甜言蜜语，更不相信信誓旦旦。她不会被这样的说辞打动的，她说："你把钱交给我就行。我会转告他的。"

"我必须见他一面，否则我于心不安。"董南妮看着柯又红，过了一会儿说，"我听说他得了帕金森病，已经失智了。如果需要的话，我随时可以来帮你照顾他。"

"不需要。"柯又红毫不犹豫地说，她突然提高了声调。她被董南妮那句话惹怒了，她不需要别人来照顾丁小武，更不需要董南妮。但是，说出这三个字后，她居然松开了门把上的手。

柯又红让董南妮到客厅，她去卧室扶丁小武。丁小武是自己"跳"出来的，他看见了董南妮，身体似乎颤抖了一下。董南妮看着丁小武，往前走了一步，马上又停了下来。丁小武"跳"到沙发边，坐了下来，依然看着董南妮，似乎又没有看着她。

董南妮这时转向柯又红，问道："真的失智了？"

柯又红说："他认得你。"

"真的？"

"他对你笑了。"柯又红冷笑了一声，接着说，"他对别人不笑的。"

董南妮原本想在沙发上坐下来的，一听柯又红这么说，弯下去的身体立即拉直了。她向前一步，打开黑色皮包的拉链，从里面拿出一捆一百元的钞票，轻轻放在丁小武面前的茶几上。然后，她退后一步，对丁小武鞠了一躬。当她抬起头来时，已经是满脸泪水了。她捂着嘴巴，对柯又红也鞠了个躬，转身冲出门去。

这个出乎意料的变化，是柯又红没有

料到的。直到董南妮跑下楼去，她才回过神来。当她转头去看丁小武时，发现他的眼睛里似乎也噙着一汪晶莹的泪水。

柯又红看着丁小武，她发现，自己突然之间就不恨董南妮了，甚至产生了喊她回来的冲动。当然，她没有开口。怎么可能呢？

丁小武依然木然地看着董南妮离去的方向。柯又红慢慢走过去，在丁小武身边坐下来。坐了一会儿，突然呜呜呜地哭起来。

春风吹又生

刘 汀《山花》2024 年第 2 期

推荐语

刘汀以一场记忆中的火，牵连从 1960 年到当下半个世纪有余的历史变迁，从内蒙古到北京和芝加哥的空间转换，在现实主义的本色下体现出诗意的底质。草原孕育生，也蕴藏着死，繁衍着牛羊，也生长着毒草，给善良的人以栖息之地，也给邪恶的人以藏身之所，凡生命尽予收容，起于死，终于生，归于爱与意志。（刘大先）

第一章 野有蔓草

1

我躺在木沦河漾动的浅水中，耳边响着有节奏的汩汩之声，脑海浮现和身体复苏的是每一次到乌拉盖草原时的感受。它们互相重叠又如此清晰，几乎是放慢无数倍速度播放的视频，每一帧画面的像素都高达几千万，并且可以随意停止、缩小、放大。

人难得有机会这么细致完整地重新经历自己已经逝去的生活，过去如同被数码化了，连当时最细微的感触都有专门描述的代码。这与单纯的回忆截然不同，这种全方位全身心的复现因数码化而无比精微、准确，就像一列有序排列的数字，1 就是 1，2 就是 2，1＋1 就是等于 2。

一切如此真切，一切又如此不真实。

第一次来这里，我六岁零七个月又七天，跟着母亲艰难翻越高高的乃林坝，赶着一辆马车去看望父亲小满。这年的春天，生活陷入困顿的父亲接受了蒙古族朋友达来和他父亲拉西的建议，成了他家一大片草场的牧羊人，放牧自己家和别人家的羊。那时达来在美国读书，打算毕业后留在那里，而牧人拉西放下自己珍若生命的草场和牛羊，则是为了带着妻子萨日朗去城里看骨头疼的病。父亲说，如果爷爷北斗还活着，他一定会羡慕自己，他一生都想拥有一块独属于自己的草场，一群夜晚都不用赶回羊圈的牛羊。我是在后来不断长大的岁月里才清楚并理解这句话的，在乌拉盖，在我从小生活的周围村落里，甚至在方圆百里的十几个乡镇，北斗才是那个因为羊而成为传奇的人。

　　我爷爷北斗，一个土生土长的农民，竟然是乌拉盖草原大尾羊的第一个改良者。那可是上个世纪七八十年代的艰苦岁月，大部分人正在努力填饱肚子，刚刚分到田地的农民，恨不得一天二十四小时都扑在自己家的庄稼上，农民北斗心心念念的竟然是改良羊种这种虚无缥缈的事儿，这是何等难得而珍贵啊。父亲说，爷爷最威武的时候，拥有一千只大尾寒羊，别忘了，我们村虽然离草原很近，但仍然是农业为主的地区，种田才是正途。爷爷北斗每天清晨赶着羊群出山，吆喝声、鞭哨声、羊叫声，让全村人又羡慕又嫉妒。但是后来，生活远比豺狼更凶猛，三两下就把他的一千只羊吃掉了，骨头都没有吐出一根，还把他自己弄成了走不了路的残废。少年岁月里，爷爷在我印象中越来越模糊，老人之老，到最后都是只给人间留下一抹身影，仿佛人盯着满屏幕密密麻麻的数据引起的视觉混沌，你知道那里有内容有逻辑，但就是看不清楚想不明白。我印象最深的场景，是他一个人拖着残躯住在羊圈里，他要和他亲爱了一辈子的羊度过最后的生命时光。几天后，他绝食饿死了自己，那群羊围着他的遗体，咩咩叫了半个夜晚，好像是在给他送行，但更像是因饥饿而发出的叫喊。为了显示自己的决绝，爷爷那几天连羊草也不让父亲添加。我想，这的确是爷爷这样胸襟气魄的人干出来的事，也是他应该干的事。这一点上，我觉得自己身上隔代遗传的爷爷的基因比父亲的基因多得多。等我长大后，把爷爷的整个人生履历弄清，他就成了我遥远而亲切的精神偶像。父亲小满和我们不一样，他的所有冲动都在结婚之前释放了，婚后，他成了一个随遇而安的人，他生活里的每一次变动都是被迫发生的。因为爷爷的存在，小满的命运也不得不和羊群、草原产生联系，但是他一生都没有在什么事上倾注过爷爷那样的热情。所以，在内心深处，我一直隔着父亲追慕爷爷，他真的像北斗星一样，在冥冥中告诉我光在哪里，人应该向光而行。我后来做的一切事情，都能找到这个藏在深处的心理动因。

　　让我们继续缓慢地滑动时间轴，拉片一样回溯我的草原之行吧。

　　没错，就是六岁，我和父亲小满骑在马背上，一起背诵母亲教的那首诗：离离原上草，一岁一枯荣。野火烧不尽，春风吹又生。那时候是初夏时节，野有蔓草，青青无际，夕阳在下落，黑暗像一条巨大的丝巾，正缓缓罩上乌拉盖的脸庞。我满心兴奋，眼前的一切虽然说不上多么新鲜，但只要离开我家所在的村庄，离开早已破旧的砖瓦房和土坯墙，离开一眼只能看到前后院的村子，我都是兴奋的。我从小对新东西充满渴望，我的好奇让我付出了许多同龄孩子没有付出过的代价：我剖开母鸡的肚子，只为看鸡蛋到底是怎么形成的，结果自己的屁股被父亲抽得整整厚了一层；我举着雨伞从房梁跳下来，学电视里的武侠高手那样飞檐走壁，结果摔断了腿，在床上躺了好几个月；我把父亲新买的手机拆开，只为了搞明白显示屏是如何把外面的世界缩小后照进去的，结果可想而知，手机废了，我也差点废了。不过这一切我都不后悔，我心里涌动的从来不是血液，而是窥破一切、尝试一切、创造一切的冲动。从一开始，这种冲动就像洪水一样，不管不顾，肆意奔流，直到上大学，它找到了自己的倾泻口，归入一片大海，才算平静下来。我不止一次想，自己可是跨越了两个世纪的人，只要科技持续发展、我足够努力并且附带一点儿幸运，我能活到二十二世纪，我能移民火星，我能看到人类的未来或者末日。

六岁的我回头跟父亲说："爸爸，我能自己骑吗？我想自己骑马。"

我们同在一匹马上，他在后面搂着我，抻着缰绳，马儿跑得很慢，这让我很不舒服。我希望一个人骑马狂奔，那样才有掌控感和自由感。马背的高度已经让我获得和站在草地上完全不同的视野，如果再加上速度，那一定会是更刺激、更奇妙的体验。

他使劲拍了我后脑勺一下，"不要命了啊！摔了你，我也得被你妈揍死。"除了屁股，他总是喜欢拍我的后脑勺。母亲看见肯定又要骂他，"你把冬至打傻啦！"他就会哈哈大笑说，"我看他本来也不聪明，像块榆木疙瘩。"母亲被气得说不出话，她还没见过一个父亲如此贬损自己的儿子的。

倒是我，反过来劝说母亲："妈，没事儿，他骂我就是骂他自己，我傻他也傻。"他俩都笑起来，一个笑我能这么说，肯定是不傻，一个笑我这么说，还真有点儿傻。

父亲当着草原和夕阳的面拍我，问我要不要命，我心里回答说，可以不要，但是嘴里还是没说出来。我知道他不可能同意的，不过我已经想好了，只要在这里待上几天，就一定能找到机会把这匹马偷出来，那时候，这匹马是我的，整个草原都是我的。

第三个晚上，机会来了。夏天的时候，草原的夜晚真是美好啊。你几乎看不见云彩，只有黑蓝的天空，有月亮的那半个月，月亮很大很亮，大到在天上摇摇晃晃，风一吹就会掉下来。睡觉前，我特意喝了两大水瓢水，就为了半夜时让尿把自己憋醒。

我果然醒来了，朦胧中看见旁边父亲和母亲睡得正香，两个人此起彼伏地打着呼噜。从他们的呼噜声中，我就知道他们是一对相爱的夫妻，否则怎么可能配合得这么好呢。父亲的呼噜粗壮、绵长，几乎是用全身的力气在打，且并不规律；而母亲的呼噜轻柔，有节奏，像一只幼猫在呼吸。最神奇的是，父亲长长短短、大大小小的呼噜，似乎总能嵌进母亲呼噜的节奏里，他那么大声，有时听起来几乎要断气的样子，最后总是消融在母亲轻微的呼噜里。看着熟睡的他们，我心里荡漾起莫名的幸福感和激动，但是屋外的一切更让我激动。我悄悄下床，穿好鞋子，轻手轻脚推门而出。

我们住的是拉西爷爷家的几间老房子，房子前面有个很小的院子。说是院子，不过是用粗细不一的木桩围了个栅栏而已，地面长满各种杂草，偶尔有几朵黄色小花，开得委委屈屈。相比之下,我更喜欢这满是杂草的院子而不是我家的院子,我家院子里是一畦一畦的青椒黄瓜茄子,被母亲打理得整整齐齐,连根羊毛细的草都看不见。这满院杂草多好啊,里面肯定潜伏着各种蚂蚱、蜻蜓、蛐蛐,甚至小蛇,那才是让我激动的原始森林般的乐园。

月光下,草丛里果然有虫子在叫,我分辨不出是什么种类,只觉得它的鸣叫声清脆尖利,像小伙伴们在吹春天的杨树皮做的哨子,吱吱吱,吱吱,吱吱吱。院子的东侧,是用铁丝网围出来的羊圈,上千只羊或站或卧在那里睡觉。只要醒着,它们就会一直叫,一直叫,叫得人心烦意乱。那匹马就在围栏边上拴着,甩动长长的尾巴打蚊子,嘴里咀嚼着青草。我悄悄往边上走,月光很亮,能看清脚底的不太平整的路,但走上去仍然轻飘飘的,好像走在松软的麦秸垛上。马的眼睛很大,睫毛很长,长在脸的两侧。它看我的时候,我会忘记它是一匹马。费了好大劲儿,把马笼头从木桩上解下来。父亲打的是猪蹄扣——每年杀年猪的时候,他们都会把猪的四个蹄子前后交叉,打上猪蹄扣,那头猪越挣扎,扣就越紧。我用牙咬了半天,才把被马拉得紧成个疙瘩的扣子解开,牙都快扯掉了,满嘴皮绳的味道。

那匹马很乖,打着响鼻,四个蹄子轻轻踢踏,没有发出更大的声音。它似乎知道我想干什么,并且很愿意配合。我牵着它悄悄走了一段路,离院子很远了,感觉现在就算喊一声,父亲和母亲也很难听见,才放下心来。

现在,它属于我,草原属于我,夜晚也属于我了。可问题是,我怎么上马呢?我只有六岁,虽然身高比一般孩子高一点儿,也远远不够跳到马背上。它的毛又是那么光滑,像母亲珍藏的绸子衣服。我能摸到马的肋骨,就在一层薄薄的肌肉下面,一根一根像院子的木栅栏。后来,我尝试着让马趴下来,它竟然听懂了,前腿跪下,我伸腿便能跨到马脖子上。我跨上去,它一使劲站了起来,我从马脖子上滑到马背上,然后顺着马屁股掉在草地上。第二次,我紧紧揪住它的鬃毛,它也聪明地在站起来的同时脖子缓缓仰起,我像坐滑梯一样从马脖子滑到马背,马鬃和缰绳拉住了我。

真没想到马背如此宽阔,我的两条腿几乎被全撑开了,能感觉到腿筋绷紧。然后我看到了月夜的乌拉盖。它那么阔大又那么精致,一切都氤氲在某种似雾非雾的气体之中。我甚至看见了远处流淌的沐仑河,浪花把一个又一个月亮抛到空中,然后烟花一样炸开,变成许许多多萤火虫,飞到草原的每个角落。西侧的山坡上,好像仍然有羊群在吃草,它们泡沫一样缓缓移动,不一会儿,就从这个山坡到了那个山坡。我感觉到了微风,它在草尖上制造出各种声音,马嘶牛叫虫鸣。这些声音汇聚到一起,让一切都活了起来,漫画书变成了动画片。这些画面和场景,被一一存贮进我的脑海之中。许多年之后,我将用另一种方式重造这一夜的景观,或者可以说,这一夜的景观在许多年后重建了它自己。

我想让马跑起来,眼前如此平坦而开阔,没有任何阻挡之物,我们可以尽情奔跑。但是那匹马只是踱着步子,并不跑,我急了,用手去拍它,只能拍到马背的后部分,何况就算我用尽力气,把手都拍疼了,对它来说好像也只是挠痒痒。我的力量如此渺小。

最后我没能实现骑马奔驰的愿望,那

匹马一边啃食着青草，一边在离院子半里地的草地上转悠，直到太阳从东边跳出来，把一切都照亮。我趴在马背上睡着了，口水流在它的脖颈处，又滴到地上，和草尖的露珠混在了一起。

母亲替我承担了偷马的事儿，她说是她一大早让我牵马去河边喝水的。父亲的眼神看透一切，但是他没有再说什么。他拍着马的脖子，轻声道："还是你最懂事。"

后来的日子里，那一夜的场景像是种在了我脑海中，每当我独自一人面对空寂夜晚，它都会重现，并且每个细节都像电脑绘图时使用渲染功能一样，一点点丰富，一点点精细，一点点完整。再后来我很少再去草原了，我跟爷爷、拉西甚至父亲都不一样，我对草原没有本能的依恋，我和那里的一切都没有实在的情感纽带。我只是痴迷那一夜的场景和感觉、氛围，因为随着年龄的增长，我觉得那并不是自然之境，那是人造的自然，是我的精神和魂魄所塑造的自然。我还是走上了常规的轨道，读书、考学，去北京上大学……家乡的事情离我越来越远，乌拉盖回到一个名词的位置。

所以，我虽然被爷爷当年改良羊种的行为所激励，却难以想象他这么做的真正原因，我没机会问他，父亲的诉说又总是语焉不详。按道理，他应该做的不是改良土地或者改良粮种吗？他怎么会想着养羊，并且第一个在这片土地上养新品种大尾寒羊呢？疑问是不必停靠的小站，只是路过，我像一列常规列车，按照既定的轨道和时间表走走停停，逐渐长大。在同时，拉西爷爷的儿子达来从美国回来创业，和一个叫陈皮特的上海人开了一家叫大尾羊的涮肉馆。涮肉馆发展很快，几年的工夫就开了上百家分店，可一夜之间，达来失去了一切，大尾羊成了别人的。达来不甘心，又跑回乌拉盖草原，跟我的父亲小满一起种草药。种了一年多，草药长势不理想，向来不敢冒险的父亲就退缩了，撤出了自己那部分股份。极端的达来铤而走险，竟然偷偷在草药种植园里种起了大麻。最后，那时已病入膏肓的萨日朗奶奶一把火烧掉了整个种植园，达来被捕入狱，了结了这一切。

达来入狱后，父亲陷入了某种从未言说的自责。他觉得，如果他当时再坚持坚持，没有临阵脱逃，达来就不会去冒险种大麻，萨日朗奶奶也就不用因此而葬身火海。大火之后的第二年春天，父亲只身一人到草原上去，跪在那片被焚之地痛哭流涕。拉西爷爷找到他，把他拉到家里去喝酒，他们喝得烂醉。拉西安慰父亲说，这事怎么能怪你呢？有些草既然在土里扎了根，总会长出来的，等它被牛羊啃了，被风霜侵了，干枯了，才会知道自己该不该长出来。

他们也不碰杯，自己喝自己的。喝断片前，父亲听拉西爷爷嘟囔着：现在啊，我都不知道自己该不该出生，该不该活这么久。

这都是我后来在他们的讲述中所了解的事，这些事也存入了我的记忆，并且生出根须，一点一点地和我认识的人、经历的事连接上了。事情和数据是一样的，很多看似不起眼的数据，聚积到一起之后，就会渐渐勾勒出世界的轮廓。

2

我第一次真正面对自己的地域身份，是在大学报到的那天。

当我走进那间六人宿舍，找到贴着自

己名字的床铺，把皮箱里的东西一件一件拿出来摆在床上和放进储物柜时，宿舍里响起了一个声音："什么味儿？"那时候，已经有三个同学到了，一个正在抱着笔记本电脑打游戏，一个和我一样在收拾物品，还有一个贴着一张面膜仰面靠在被子上。声音就是他发出的，因为敷着面膜，看不清他的嘴，所以那句话像是那张黑色的海藻泥面膜说的。

"什么味儿？"面膜又说了一遍。

我忍不住吸了一下鼻子，闻到了淡淡的香水味，衣物和被褥的棉麻味儿，桌上摆着的几个热带水果的甜腻味，另外就是从门外不远处水房和卫生间里飘过来的潮湿味。没有别的了。

"一股羊膻味儿。"那张面膜又说。

我愣在那里，心里想，难道是我身上的味道？我使劲嗅了嗅自己，闻不到什么。

那张面膜扯下来，露出一张并不白皙也不光滑的脸，浅黄色，像是小时候村里得肝炎的人的脸色。

"你俩谁是内蒙古的还是新疆的啊？"他问我和另一个整理东西的同学。那个同学是个寸头，个子不高，头很大，有点儿胖，看起来像功夫熊猫里的阿波。

阿波回头说："我海南的。"

面膜的目光便看向我，连打游戏的那位也把眼睛瞟了过来。

我只好承认，说自己是内蒙古来的，老家赤峰市巴林左旗。我心里想，我虽然是内蒙古来的，可家是在农村啊。

面膜说，赶紧去浴室好好洗个澡，还有你那些衣服，都好好洗洗晒晒，羊膻味太大了。不好意思，我闻不了这个味道，一闻就干呕。说着，他呕了两声配合自己的话，但明显是装出来的。

我瞬间尴尬到极点，这种尴尬很快变成恼怒。

"滚！"我说。

"什么？"他没想到我是这样的回答。

"滚。"我又说。

"嗨，别急呀。我就是提个建议，你不听拉倒。我是为你好。"

我手里刚好拿出了一把刀子，这是小时候拉西爷爷给我的，一把小巧的蒙古刀。我带着它，其实并不是为了防身，只是因为喜欢。现在，这把刀成了我装腔作势的工具。

面膜悻悻地哈哈笑了两声："幽默，这是幽默，开个玩笑啊，哈哈。我是北京人，我最喜欢吃东来顺的涮羊肉了，嗨，把肉涮得了，蘸上麻酱，别提多香了。"

我把刀子放在了床头的架子上。

后来，在宿舍同学的第一次聚会上，面膜喝多了酒，把一张蜡黄的脸凑到我面前说："冬至，那天你差点把我吓死。我还以为你要捅了我呢。"

我拍拍他的脸说："那天你再多说一句，我就真把刀子拔出来了。"

"嘿嘿，"面膜笑了，"现在你可吓不住我了。我后来偷偷看过你那把刀，其实里面没有真刀，就是个装饰品。"

这小子，还挺鸡贼。

面膜是北京人，阿波是海南人，喜欢打游戏的林栋是福建人，说话HF不分，我们给他取了个外号叫小福建。还有两个，一个是广西的酸笋，一个是广州酱油仔。酸笋的名字来源于他钟爱的螺蛳粉，螺蛳粉里的主要配料之一就是酸笋。酱油仔呢，则是因为对他来说最美味的东西都是白灼或者清蒸，然后淋上酱油即可。开学那天，面膜闻出了我身上的羊膻味，很快他也闻出了其他人身上的酸笋、椰汁和酱油味。没过多久，那间宿舍就南北各种味道混合在一起，加上脚臭和汗臭，形成了独一种味道。真是神奇，在男生宿舍楼里，大家过着完全一样的日子，但是每一间宿舍的味道竟然都不相同。而女生宿舍里则几乎都是一样的香味，洗发水、护发素、护肤品等等的清香。开学后不久，班里有个女同学摔断了腿，每天要两个男同学去女生楼把她背到教学楼，我们都进去过。

聚餐喝酒的时候，我们互相打问各自家乡的情况，把那些道听途说得来的疑问和好奇抛给对方，然后得到一个似是而非的答案。比如我们问阿波，"你们海南的椰子树那么高，怎么爬上去呢？"阿波兴奋地回答说，"有专门的工具和鞋子，别看我又矮又胖，摘椰子可是一把好手。"我们都以为他是吹牛，后来的体育课上，他竟然真的像熊猫大侠阿波一样在单杠和双杠上自由翻滚，连老师也惊掉下巴。再比如酱油仔，他讲起喝工夫茶，能说一个下午，用什么茶具什么水，水烧到多少度，第一泡为什么不能喝，好茶能泡几十泡，最贵的茶叶几十万元一两。他把大家都说得口干舌燥，只能猛灌凉白开聊以自慰。

除了面膜小时候跟父母去过离北京比较近的坝上草原外，他们都没有去过草原，对内蒙古的想象全部来自影视剧和网络，自然也对我的生活充满好奇。

酱油仔问，冬至，你们那里现在通网络了吗？

在他的问题中，仿佛草原还处在几十年前，但是我不准备拆穿，我喜欢煞有介事地胡说八道。我觉得这是真正的讲述的魅力、虚构的魅力——在回答的这一刻，他们会得到期望中的答案，好奇心获得满足、刻板印象得以印证，而当某一天他们身临草原，则会发现从我这里听到的一切都经过了夸张和变形，眼前的一切和我的叙述截然不同，这时，现实发出强力冲击波，他们会更加震撼。"虚构不是现场，虚构是回响。"大学二年级的某次讲座上，有个著名作家如是说。

于是我告诉他们，甭说网络，就在我来北京上学的前一天，我们家里才通电。"你不知道，那天晚上，我们全家人都哭了。我们终于不用点蜡烛点煤油灯了，我们整夜开着电灯，盯着那仿佛永不熄灭的光，直到双眼干涩之后流出泪来。从此之后，我们的生活里少了一个夜晚，多了一个白天。"

他们边听边唏嘘，脸上是半信半疑的表情，但是我说得无比诚恳，甚至说起流泪，我的眼角也泛起泪光。我指着当时饭店里头顶上的圆形灯管，痴痴地说，"总有一天，我要把家里的灯泡换成这种节能LED灯管，我要我的村庄也灯火通明，让整个乌拉盖草原亮如白昼。"这一刻，我的确是真诚的。

"干杯，干杯。"他们举起酒杯。

"敬光明。"

"敬阴影。"

"敬他妈的电闪雷鸣。"

有关草原的谎言逐渐衍生为一个故事，一段生活，一个童年，甚至一个新世界。我倘徉在虚构的过去中，几乎连自己也信以为真，因为我喜欢这些不着边际的虚构在别人眼里被当作真实。我不是作家，但是我热爱让真假交融，这是不是就是爷爷这个种田人非要去改良羊种的那种冲动？

管他呢！

特别是和我们所学的专业对照起来，

你就会更加确信这一点。我们的专业是动画与游戏设计,除了上课,大部分时间都猫在机房里,用1和0两个数字来构造逼真的画面,或者把已有的画面做成各种格式的图,二维,三维,动态。我们尝试把一切组合起来,复活上面的花草树木、鸟兽虫鱼。一个个数字人在我们建造的原野、城市、社区、街道、房屋里吃喝拉撒睡,复制和上演与人间一样的悲欢离合、爱恨情仇。许多在真实世界里难以实现的事情,在这里都可以按需定制。我们彼此开玩笑说:"你们不觉得,在虚拟空间里,我们和上帝一样无所不能吗?"这的确是不知天高地厚、未经生活历练的年轻人说出来的话。

我的讲述越来越丰富,内容主要集中在草原生活上。好笑吧?在本质上我根本不是牧民,也从未真正在草原上长时间生活过。爷爷虽然养过上千只羊,父亲帮达来管理过一大片草场,但是我和我的母亲,一直住在乃林坝前面的村庄里。村里人的主要生活来源是种田,是在干燥的山坡上种下五谷,一年一季,春种秋收。但是对宿舍里的同学来说,我来自内蒙古,也就等同于来自草原。我默默接受并依赖上了这种误读,为了让误读表现得更加真切,我沿着他们的好奇心和想象不断填充内容,就像一个主妇在给新家添置家具,今天塞个柜子,明天摆个沙发,后天换台冰箱,很快,这栋房子就充满了生活气息。

我跟朋友们说,我从小就住在草原上,在蒙古包里呱呱坠地,喝的第一口奶不是母乳,而是羊奶。蒙古包的顶部有一扇小天窗,夏天夜晚的时候,我们会把挡窗子的羊皮或牛皮掀开,躺在木板床上凝望无尽苍穹。那时候苍穹真小啊,小得让人忽略了距离,仿佛它就凝结在蒙古包顶部不远处。看着看着,就会发现小小窗口(也是一个取景框吧)里的景观发生了变化,那些可见的星子们的位置变了,有的靠近,有的分开,有的更亮,有的暗淡,和地上的人来人往、牲畜的生生死死一模一样。

我知道这群荷尔蒙爆炸的年轻人对这种浪漫场景并不敏感,他们喜欢传奇,喜欢那种硬碰硬的情节,于是我给他们讲草原上的暴风雪——它们完全来自父亲母亲偶尔提及的情况,其余的就全靠我想象,反正我家的农村一样刮风一样下雪。我的想象毫无限制,因为我的听众从未体验过这种环境,他们对我述说的一切深信不疑。我有时候想,可能世界就是这么形成的,我们现在信以为真的那些别处和别人,都不过是某一张巨大嘴巴巧舌如簧的讲述而已,至于所谓的真实,则如暴风雪中的一粒雪花,不是埋藏在大雪深处,就是被狂风吹着四处飘荡。

暴风雪来临了,我说,它席卷了整个乌拉盖草原。单纯的风和单纯的雪都不可怕,可怕的是它们两个的结合,就像我们的父母,哪个单独跟我们发火甚至打我们,都不可怕,可怕的是他们联合起来收拾我们,同时也攻击对方。暴风雪肆虐,但是人们不得不走出摇摇晃晃的蒙古包——如果不是提前用牛皮绳、石块、勒勒车等固定,这顶蒙古包早就变成一块破布飞走了。他——这个他只能是我的父亲小满来扮演——仍然要去给圈里的牛羊添草,尽管他自己已经两天没吃口热饭喝口热茶了。风太大,根本不敢起火。风雪打在小满脸上,那张脸包裹得只留了呼吸的口鼻和看世界的眼睛,但露出的那点皮肤依然被雪粒击打得生疼。那些雪粒,仿佛要把在狂风那里受的委屈全都转嫁到人身上,它们报复杀父仇人般地狠狠击打着小满。小满挪到草垛，费了好大劲儿才拎起一捆干草，风要把草夺走，他拼命护着它。他赢了，把那捆草滚到了羊圈里，那些可怜巴巴的羔羊们嗅到了草的味道，纷纷叫起来。那叫声如此凄惨，几乎令暴风雪动容。

"同学们，朋友们，你们听过羊叫吗？听过羊饥饿和恐惧时的叫声吗？"我不失时机地问他们。

"不就是咩咩咩吗？羊不都这样叫吗？"面膜说。

其他人也随之附和，"就是就是，没亲耳听过羊叫，可是在电视上看到过听到过啊。动画片《喜羊羊与灰太狼》叫了我整个童年呢。"

"不，"我大摇其头，"真正的上千只饥饿的恐惧的羊的叫声，绝不是咩咩这么简单。重复到一定级别，就会变成震撼，当一个简单的咩咩声变成成千上万个同时并且连续的叫声，你就会发现它不是人间的声音，它是地狱的声音，也是天堂的声音。羊的叫声里，天然带着凄惨的感觉，但是在上千只羊的集体哀求般的合唱中，却传递出某种盛大的欢欣……"

这一段完全是我移花接木、改弦更张、真假互释创造出来的。那几天，我在图书馆里随意翻书，翻到了一本叫《人类学诗学》的外版书。那本书里有一个故事，说在古代某地某国，有一个国王，是个暴君。这个暴君充满想象力。想象力这个词真是可怕，放在作家那里，可能意味着情节瑰丽的故事，放在画家那里，可能是超出人们日常经验的画面，放在音乐家那里，可能是激动人心的乐章，放在科学家那里，可能是 $E = mc^2$，但是，一旦放在暴君那里，就会是人间惨剧。不信你看商纣王的炮烙之舞，你看吕后的人彘之刑，都是他（她）们想象力的结果。扯远了，这个充满想象力的暴君，总是被土地上的游吟诗人们攻击，这些家伙四处游走，用吟唱的方式传播着他的种种暴行和乖张，让他不胜其烦。他让人捉住他们砍头，可是那些谣曲长了腿一样四处流传，唱的人死了一个，还会再来一个，他们似乎一点都不害怕死，他们甚至以死为荣。有一天，暴君在吃饭的时候突发奇想，他命令人铸造了一头巨大的铜牛，牛的腹部是空的。他让士兵把那些游吟诗人投入牛腹中，然后在牛肚皮底下点燃柴火，随着温度上升，铜牛越来越热，牛腹像一口特制的大锅，里面的诗人被灼烫得惨叫连连。可是，在广场围了好几圈的看热闹的人听来，那些惨叫因为经过铜皮的过滤，竟然像人最快乐最幸福时的声音。暴君哈哈大笑，对着众人高喊："看啊，听啊，我的臣民。这是什么声音？这就是诗的声音啊，如此愉悦，如此欢乐。"从此之后，人们便再也不信任游吟诗人所唱的那些内容了。

我记住了这个故事，并且改造了这个故事，把它挪用到这群羊身上。这没什么问题。同学们被这段叙述镇住了，他们有限的人生经验里，还从未有过这样复杂的感受。我呢，我所有讲述的底子，都来源于爷爷北斗，我忘不掉瘫痪的他在羊圈里绝食而死的场景。当我开始懂事，开始明白这种决绝和绝望之后，我的童年就结束了。他们不会明白，正是因为这一点，我只靠想象就抵达了那个草原暴风雪千羊同鸣的极端时刻。如果我也是一棵草的话，一定是倒着长的，我从草尖的露珠开始向下生长，我长到草颈，长到草胸，长到草腰，长到草腿，然后钻入深黑的地下，长回了草根里。

每天清晨——在一段沉重的讲述之后，必须说点轻松的缓缓气氛，节奏感很重要——每天清晨，我都会骑着一匹马，去二十里地外的镇子上去读书（这段移植于达来的经历，我多少知道一点儿），马就是我们的交通工具。有时候是一个人骑在马上，眯着眼甚至闭着眼，它自会走上那条日常走了无数遍的路，把我带到校门口。有时候是几个甚至十几个孩子，于是，一场毫无计划的草原赛马就开始了。十几匹骏马撒开蹄子，奔跑在碧绿的草甸子上，孩子们叫喊着，用鞭子或其他什么抽打自己的马，希望它能飞起来才好。那一天的第一名，一整天都将在学校里受到特别的尊敬。

"你得过赛马冠军？"酸笋又在吃他的螺蛳粉了，现在，我们已经习惯了这种味道，就像他们习惯了我身上的膻味。

只有一次，我说，我只得过一次第一名。我不敢太吹牛，其实我都没怎么骑过马，唯一一次独自骑马，还是六岁时偷父亲的马出去，那匹马也没有跑起来。母亲说，幸亏是家里的马，如果我骑的是野马，早就被摔死了。那之后，我再也没有碰过马。也不知为何，随着年纪的增长，我骑马的热情已经荡然无存了，我更喜欢想象骑马。

我靠这些讲述在宿舍甚至班级里塑造起草原骑手的形象。随着学业的深入，随着大家见识的增长，人们开始对我的讲述产生了怀疑，他们渐渐分辨出，哪些可能是实有其事，哪些是我胡说八道；但是没有人会去说破，我知道，每个人对自己家乡和童年的讲述里都包含着谎言，只不过我的谎言说得多一点、丰富一点、夸张一点而已。何况，在我们的专业里，本就需要特别契合的谎言和虚构，我的那些天马行空的讲述，许多次帮我或小组的同学度过了建模课的难关。

只有一回，我的讲述成了罪证。

那一年是大三，有游戏大厂给学校捐了一笔助学金，学校定下的规则是：学业和家庭经济状况综合考量，以判定这笔钱该给哪些学生。我信心满满，因为我的学业水平虽然不是名列前茅，但还是很过硬，尤其是设计实操课。另外，我毕竟来自边远地区啊，说家庭经济状况不太好，合情合理。情况的确如我预料，我进入了班级的最后五人名单，排名第二，基本上没啥问题。但是一周后，最后的评选结果出来，我落选了，而同宿舍的小福建补上了这个名额。

我去学生办公室追问，得到的回复是：我家里经济状况根本不差。

凭什么这么说？我当时心里底气十足，那年父亲把所有的钱都投入到和达来一起搞的药材种植园里了，种植园毫无收成，家里确实极为困难。

"因为你家里有一千多只羊，一只羊多少钱？咱们就用一千块一只来算，一千只多少钱？一百万啊，你家里有一百万，你跟我说经济困难？"

老师的话让我无言以对。爷爷之后，我家里就没有过一千只羊，现在一只都没有，但是这几年来，我的每次讲述都是以一千只羊为基础的，我讲述一千只羊转场的浩浩荡荡，占满了半座山坡，讲述给一千只羊准备草料，拉草的车排了几百米，讲述它们生下羊羔，讲述售卖和宰杀。我讲了这么多次，那一千只羊便因此而存在了。

我没再争辩，默默回到了宿舍。

那天晚上，我躺在床上，盘算着到底是谁跟老师说了一千只羊的事儿。看起来，小福建的嫌疑最大，但是根据这两年的交往来看,他似乎不是那样的人。宿舍的其他人?他们根本都没参加助学金的竞争,有什么理由去"告密"呢?人心不可测。

直到毕业,我都没参透这件事的正主是谁,只是从那次事件之后,我和宿舍同学的关系就变淡了。这是我刻意的,我觉得和他们不是一路人,他们根本不像我这样看重虚构的快乐,更关键的是,他们竟然把这些当成了真的。是啊,我有关草原的讲述已经彻底完成,故事进入了作者无法左右的阶段,只能任凭读者去随意解读甚至续写。

为了避开人群,我攒钱买了一台手持录像机,开始每天举着它四处乱拍。我不想当动画设计师了,我想当导演,能左右人物命运的那种。我觉得我有当导演的天赋,我挺会讲故事的,对吧?

3

奖学金竞争失败的直接后果是我跟女朋友分手了。是我提的,我想把失败的原因转移到她身上。逻辑是这样的:如果不是跟她谈恋爱,如果不是谈恋爱花费这么高,我就根本不用去竞争这笔助学金。我不去竞争这笔助学金,那一千只羊就仍然是虚构,可是因为我去竞争了,那一千只羊变成了真实存在——问题是,我家并没有一千只羊。我用三年时间吹起来的这个巨大的五彩斑斓的细节丰富的气球,被一针戳破。

女朋友只给我留下两个字:有病。

是的,我病了,我得治病。我虚构了草原太久,是时候去那里看看了。

这年暑假,我回到了老家,并且央求父亲带我去乌拉盖草原。在我的讲述中,它曾风雪漫天,它曾风吹草低见牛羊,它曾如天堂如地狱,它也是人间。而我,这个讲述者在六岁之后就再没去过。如今虚构已经画上句号,我需要来一场实践之旅。我把有关故事的认知倒过来了,人们都是先去生活,然后根据生活构造故事,我是先讲述了故事,然后才去体验故事中的生活。

我们先到了父亲和达来的草药种植园。这片园子,就在我六岁时来过的拉西爷爷家的旁边,我印象里,那时候沐仑河并没有支流流经此处,现在,种植园附近有了一条小河,是沐仑河在几里地之外分出一条小河,从这里绕过,向东南而下,又汇入了河流之中。它像是一条出轨的河。

我再次见到了达来。

我还记得大学一年级假期,我想让父亲把车开到北京,我开车自驾回内蒙古。但是后来达来找我,说他正要回乌拉盖,请我当司机,不必让父亲再跑一趟了。那时候,父亲帮他管理着家里的草场和牛羊,也帮他收购牛羊和土特产。我刚拿到驾照,对开车上路跃跃欲试,何况开的是他那辆上百万的车。一路上我们谈得欢畅。那时候,他的大尾羊传统涮正如日中天,是企业大佬,但是在我眼里,除了和父亲的关系之外,他不过是一个中年人。哪承想,不过一年多后,大尾羊就成了别人的,他竟回到草原跟父亲一起种药材来了。

达来与上次见,几乎变了一个人。那种成功者自带的笃定和张扬没有了,他整个人看起来很安静,安静到阴郁。但是我感觉得到,这安静不管有多深,最底下仍然涌动着迫不及待的情绪。我不知道它是什么,仇恨,不甘,愤怒,或者别的更复杂的内容。他后来的所作所为,印证了我的预感。

达来带着我参观种植园的药材,芍药、

黄芩、苍术等等，我一样也不认识，不过在我曾经的讲述中，它们的名字都出现过。这时候，父亲和达来已经开始产生分歧，因为药材的长势并不理想，家底已经掏空，却看不到任何收益的希望。他们连车都卖掉了。父亲正在犹豫怎么跟达来说，他想撤回自己的那部分钱。

中午时，我们简单吃了点午饭，午休了一下。下午三点多，父亲不知道从哪里找来一辆摩托，载着我往乌拉盖深处去。

当我终于置身于这片讲述了三年的草原时，发现一切和我的讲述与想象都不同，和我对它的记忆也不同。数据也会出错吗？草并不是绿的，或者说，草绿得并不纯粹，远远看去，那的确是一片毯子般的绿色，但是站在草丛之中，细细看一根根草，就会发现它们有的是灰色的，有的是青色的，长得矮的绿中透着嫩黄，长得高的绿中有白，还垂着头。各种虫子蹦来蹦去、飞来飞去，蚊子叮在任何一处裸露的皮肤上，立刻会肿起硬币大的包，痒得你几乎想把它剜掉。已经到了下午四点钟，太阳仍然炙热，并且这热中渗透着泥土和腐烂的草根的气息，整个草原像一个巨大的桑拿室，万物都在蒸腾。

然后，我看见了远处山坡上的羊群和牛群，还有更远处的青山。山顶上有一束光反射而来，父亲说那上面立着信号塔，光就是被它反射出来的。

"我听说，还要在那里建一个信号接收器，接收外星信号。"

我心里一笑，想，原来我那胡扯的基因来自父亲啊。

"什么时候接收到，别忘了告诉我啊。"我说。

"哼，"父亲冷哼一声说，"外星人来了，肯定会把我们灭绝。"

终于有一阵风吹来，并且你能明显感到风中藏着一丝凉爽，不再是之前那种溽热了。就像你在桑拿房里蒸桑拿，有人把门开了一条缝，一丝凉风穿过蒸汽，在皮肤上让已经舒张到极致的毛孔微微收缩了一下。

我感觉到了心跳，这一刻，乌拉盖和我的讲述终于合上了一个精密的扣，嘎达一声，链条开始被齿轮带动着转动，然后牵引了其他齿轮。成千上万的齿轮都动起来，如同最精密的钟表的发条给出了力量，最后才是指针的移动。

父亲拉我的手，很轻。我以为只是无意触碰到，没有反应。接着，他握住了我的手——我都记不清多少年没和他有过这种亲密接触了——我意识到这不是无意的，同时按捺住抽出手的冲动，转头去看他。我看见他的另一只手指着天空。我看清了，一只鹰正从远处飞来。它飞到我们头顶，没有再往远处飞，而是在上面盘旋着。有一声鸣叫随着下午的阳光坠下来，很多草都颤抖了一下——可能是那些害怕的小动物在瑟瑟发抖。

我明白父亲的意思了，他是让我看鹰。我的手轻轻捏了一下他的手，他的手松开了。

那只鹰依然在盘旋，在虚空中画着直径上百米的圈，似乎在向我们展示或暗示什么。又或者，它把我们当成了某种新鲜的猎物，一时半会儿不知道该不该俯冲下来。它在判断能否把我们叼走，判断我们和兔子比起来有何不同、口味如何。

但是我更愿意相信曾经给同学讲述过的情节：鹰在以翅膀舞蹈，它想告诉草原上的人们，它并非只是孤傲和凶狠的巨鸟，而是有自己独特柔软的灵魂。草原上流传着熬鹰的传说，那是一个人和一只鹰进行的旷日持久的对峙，人摒弃睡眠，也不让鹰瞌睡。每当鹰垂下头，他就会用最原始的方式发出天敌的鸣叫，鹰则会被自己无意识中的恐惧唤醒。它太困了，但是死亡的恐惧永远能战胜困意，它们一次又一次惊醒，一次又一次恐惧占据上风。终于，它们承认了自己的失败，低下了头，知道无法战胜眼前这个人。它们甘愿为奴。

我感到身体悬浮，向后一倒，躺在了草地上。现在，我和乌拉盖融为一体，鹰在我的上方继续飞舞。我感觉自己渐渐看清了它的轨迹，它在画画，或者它在写一种古老的文字。它希望用这种方式，把鹰族的历史传承下去。

当鹰的身影飞抵我额头的正上方，它的眼睛凝视着我的眼睛，我们的眼睛完美对焦时，我的灵魂进入它的身体。我在空中看见了草地上的我，那是一具渺小的肉体。我看见了整个乌拉盖草原，它西边以那座接收外星人的信号的山为界，北边延伸到小兴安岭余脉，东边到镇子边缘，南方则是绵延十几里的乃林坝。乃林坝前面，就是我的家。

等我想起拿出摄像机，那只鹰已嘎嘎叫了几声，飞走了。

哦，这才是我曾虚构和讲述了三年的乌拉盖。我从来不是草原的孩子，我对它的所有感情，都是旁观者的。

后来，父亲带我去了拉西爷爷和萨日朗奶奶现在住的地方，他们就在沐仑河边的一顶蒙古包里。萨日朗奶奶大多数时间在城里的医院和疗养院里治病，但是每年夏天，都会回到乌拉盖住一段时间。这一年，因为达来在这里种草药，他们回来得更多了。

傍晚的时候，我和拉西爷爷说起鹰的事儿。

"拉西爷爷，每一片草原上都有鹰吗？"

"是的，每一片草原都有自己的鹰。它们是草原的守护者。"

"我今天，进入到鹰的身体里了。"

"好孩子，这说明你是土里长出来的，不是草里长出来的。"

"为什么？"

"我们草原上的人，是从来不会站在鹰的高度和角度来看草原的，我们永远都只有人的高度，牛羊的高度，马的高度。我们和它们没有任何不同。"

我沉默了很久，渐渐明白了他的话。但是我不想遵从，我就是要飞到空中，俯瞰一切，我要看到细节，更要看到整体。

4

见沐沐的第一眼，是在摄像机的镜头里。

取景框先是显示出一张焦点很虚的脸，机器慢慢自动聚焦，沐沐从虚幻中渐渐显形。那是一张欢快无比的笑脸。我从未在周围人身上见过这种纯粹的笑。我见过那些没心没肺的笑，见过满脸幸福的笑，见过彩票中大奖者的狂笑，见过肆无忌惮的笑，这些笑都不掺杂任何虚假，但却隐含着疲惫、伤心、无奈，总之都隐藏着生活的皱纹。而这张笑脸上只有笑，是一维的，绝没有第二层。

我有点不敢把镜头移开，担心只有这方寸之间才能看见这样的笑脸，一旦抽走镜头，面对面看，那张脸可能就不再纯粹了。我有过不少这样的经验，所以才越来越迷恋手里的摄像机，只有它的镜头框能帮我捕捉到芸芸众生的独特之景，它是我的第三只眼。镜头被一只手移开，是沐沐的手，然后我和她只隔着几厘米就脸贴脸了。其实，人和人距离太近的时候，根本看不清对方，我盯着她的鼻子，鼻头浅浅的毛孔都能看清，却失去了那张脸。同时我嗅到了一股馨香的气息，我知道每个女孩子身上都有一种香味，那是她们十几年如一日地用各种护肤品化妆品腌渍出来的，我在学校里偶尔擦身而过或者食堂里偶然坐到一个桌子的女生那里闻到过，我更在前女友的身上闻到过。现在，我嗅到了不同的香味，那是一种常规的香味和某种药香的混合气味，这说明她可能常年服用药物。

"偷拍违法你知道吗？"沐沐说。

"是你自己闯入我的镜头的，不过，你如果不情愿，我可以把这段删掉。"我说。

"给我个不删掉的……理由。"她退回到正常的距离，我现在可以打量打量完整的她了。这是一个身材高挑的姑娘，有点瘦削，牛仔裤，白T恤，马尾辫，穿着无甚特别。我抬起镜头，重新框住她，并再次聚焦她的脸。这张脸仍然在笑，不过这次嘴角微挑，带着一丝可爱的嘲弄感。没错，这副面孔为一切赋予了意义，尤其是笑起来的时候。

然后我把开头那段有关笑的想法讲给她听，告诉她一维的笑容是多么难得，只有那种内心最为纯真之人才可能有，比如孩子，比如动物。

"你是一个已经长大的孩子。"我说。

"不是在说我幼稚吧。冬至？"她撇撇嘴。

呃，这个陌生女孩怎么会知道我的名字？我的表情提出了问题，她显然看到了，但不想急于回答，她说出的话是："新技术学院，动画与游戏设计专业，马上大四，喜欢拍短片，网上发布过几个作品，点击量不高。我说得没错吧？"

我点点头，还故作轻松地耸了下肩："信息准确。"我知道她等着我问出"你是谁"那句话，但我偏偏不问。

她感觉到了我的情绪，拢了一下头发，说："How are you？"

我不由自主地回答说："I am fine, thank you."

她立刻哈哈大笑起来，我瞬间明白自己中了她的圈套，这是一个梗，一个有关文化差异和文化交流的笑谈。中国大部分地区的英语口语练习，都是以这两句话为开头的，所以学生们早就形成了一种自动回答机制。互联网上，有人专门在街头用这句话问路过的人，几乎所有人会毫不犹豫地给出同样的回答。

"What's your name？"我也问了一句。是的，如果你陷入一个圈套里，最好的解套办法就是顺着它的逻辑，让圈套生出另一个圈套，就像打水漂那样。

她愣了一下，但很快也反应过来，笑着说："My name is Mu Mu."

她竖起大拇指，继续道："你还挺狡猾，变着法地问出了这个问题，知道了我的名字。"

直到这时候，我仍然以为沐沐不过是偶然遇到的一个陌生女孩，没想过她和拉西、达来之间有着那么深的渊源，更无法设想她将彻底改变我的人生。

后来，我们在餐厅里吃晚饭的时候，她终于把为什么找我的来龙去脉讲清楚了——拉西爷爷，当年竟然是从上海被送到草原抚养的孩子，他上海老家还有个弟弟，叫陈皮特。这个陈皮特就是沐沐的父亲，现在在搞国际贸易和投资，一个大商人。沐沐很小就到美国生活了，几年前检查出白血病，需要骨髓移植，但是所有家里人的配型都不成功。后来，陈皮特走投无路，想起了当年被送到草原几十年没有联系的哥哥拉西，并千方百计地找到他。很遗憾，拉西的配型也不成功，最后的希望就落在了当时还在美国的达来身上。那时，达来出车祸，妻子惨死，他深陷官司，陈皮特帮他摆脱官司，还拿到了一大笔保险赔偿金。他不可能拒绝陈皮特的要求。达来配型成功，给沐沐骨髓移植，沐沐得救。这之后，达来和陈皮特回到国内，不久创业开了大尾羊，几年后，大尾羊发展最迅猛的时候，他却被陈皮特摆了一道，净身"出户"，离开了公司。达来创业的心不死，接着跟我父亲小满种植草药，我从草原回来不久，父亲就撤股了。第二年，达来铤而走险种植大麻，萨日朗大妈用自己的命烧了那片大麻，达来入狱服刑。此前，我只知道达来开大尾羊和种草药的情况，也听说了那场大火和他入狱，却不知道还有这么深的前情。

沐沐的讲述，让我像看了一部情节跌宕起伏的电影。可能我的眼神里露出了一丝怀疑，她说，"你要看看我的病历吗？骨髓移植是静脉注射，不需要开刀，我没有伤痕给你看。不过，我因为打针太多，手腕上扎出了一朵花的样子。"

她说着伸出左手，我看见她手背上通常的输液扎针位置，针眼密密麻麻，隐隐是一朵花的样子，好像文过之后又试图擦掉的文身。

"我只是有点震惊。"我说。我没有说出的是，我震惊的并不是他们家这曲折的故事，而是经历过这么多病痛，她仍然保留着那纯粹的笑容，仍然无比乐观而活泼，

似乎痛苦的记忆已经像无用的数据一样被清空。忽然间，我的心对她充满疼惜和怜悯。我喜欢上她了，就在这一瞬间。我在心里把能感谢的人都感谢了一遍：从拉西爷爷到达来，甚至我还感谢了老辈们经历的苦难，那是这个故事的起点。所有环节一个都不能缺，缺了一个，我都无法遇到沐沐。

沐沐告诉我，她这次是偷偷回国的，因为她爸爸陈皮特不让她来找达来。最开始，陈皮特告诉她的是，骨髓移植是在志愿者库里找到的合适配型，隐瞒了达来的事儿。但是沐沐自己查过，这种情况只有近亲才有可能，陌生人配型成功的几率非常低。她虽然不知道父亲去找了拉西和达来，但是那段时间父亲不断回国、去芝加哥等地，再加上她偷听他打电话的内容，以及从他的律师、医生那里旁敲侧击得到的消息，她确认给自己捐献骨髓的一定是个有血缘的人。最开始，她以为父亲有情人，并且和情人生了孩子，那个同父异母的孩子捐献了骨髓。后来，她把收集到的信息拼凑在一起，加之从上海老家打听出来的消息，才大致摸清这件事的内情。她再也无法等待，她要回国去找达来，去看看自己这个从未谋面却救了她的堂哥。

沐沐策划了很长时间，幸好关键的护照问题因之前回国办的是多次往返，不需要再去办，很好解决。其他的无非是行程和费用，这些年她攒了点钱，来回的机票也不成问题。剩下的就是此行的关键——怎么找到达来，她又不能问父亲。她还没找到好办法，陈皮特去外地出差，她赶紧坐飞机回到国内。一切到了国内再说，车到山前必有路。

沐沐在北京落地后，开始到网上搜索达来的信息，因为前些年做大尾羊，有关

达来的报道不少，不过大部分都是关于企业经营的，还有一些是对他突然退出大尾羊的猜测。沐沐打听到，达来离开后，他曾经的岳父岳母成了大尾羊的主要持股人，但是不久，他们就把公司卖给了陈皮特，陈皮特转手又卖给了另一家餐饮品牌。她不清楚父亲在其中都做了什么，可是能猜到达来的离开和父亲有关。她想，这应该也是父亲不想让她见达来的原因之一。

看着电脑屏幕上有关大尾羊的报道，沐沐突然有了想法——顺藤摸瓜，既然达来曾经是大尾羊的老板，大尾羊虽然卖给了火锅店，但它的很多店铺仍然是原来的地址原来的人员，她一家一家去打听，肯定能找到一个和达来有过联系或交往的人。

沐沐花了一周的时间，逐个拜访北京曾经的大尾羊店面，只要是原来在大尾羊干过的员工，不论是经理还是服务员，她都一一交流。最后，她从不同的人那里得到了同一个电话号码，他们都管号码的主人叫满哥。

满哥就是小满，小满就是我的父亲。大尾羊红火的那些年，父亲是达来的后方采购大总管，主要负责给大尾羊采购乌拉盖草原的大尾羊和其他土特产，所以几乎所有门店的人都跟他打过交道。

沐沐在一个黄昏拨通了小满的电话，然后小满给了她我的电话。沐沐没有给我打电话，她直接来到了我的学校，找到我的宿舍，从宿舍同学那里打问到我今天的行踪。同学告诉她，我最近都在学校附近的一个地铁站口拍东西。"搞不懂，他就是拍路上的行人、坐地铁的人、小摊贩什么的，也不知道他到底在搞什么。"然后沐沐的笑脸出现在了我的镜头前。

小满告诉她，达来正在监狱里服刑。

沐沐也知道了他后来的故事，那场大火和萨日朗奶奶的故事，她痛哭了一场，想见达来的心更迫切了。

"冬至，你能陪我去看看达来哥么？"沐沐说。

"现在吗？"我心里动了一下。

"现在，我对国内真的不熟悉，我不知道怎么找到他的监狱，也不知道怎么去探访。"

"我陪你去，放心吧。"我说。我也没去过监狱，我也没有探视过服刑的人，但除了能和沐沐在一起外，这件事本身也让我激动好奇。

"那……我能拍你吗？"我小心翼翼地问。

"拍我？什么意思？"

"就是像纪录片那样，拍摄能拍的一切，在路上、去监狱、和达来见面，等等，当然如果哪些内容你不想让我拍，告诉我就行。将来拍完的素材我也会给你看，你不想公开的我都剪掉。"

她沉默了一会儿。沉默的时候，她看着我，眼神里既不是疑虑也不是探寻，就是那种什么也没有的单纯。她似乎在用一种特别的方式检视我，无为而治的方式。好在我并不怕她的检视，甚至为此而激动欢欣。我也看着她。不过我的眼神是直接而热烈的，那种一见钟情的爱意汹涌澎湃，根本无法遏制，两只眼睛像两支喷火枪，向她喷射出烈焰。她的眼睛是静默的深潭，可以熄灭一切火焰。很快，我的情绪冷静下来，但是心里翻涌着莫名的感动，眼眶发热，眼泪不由自主地流出来。

"你哭了。"她轻轻说，伸出手替我擦眼泪。

我知道这表示她答应我了，眼泪再次汹涌而出。长大之后，我从未哭过，好像积攒下来的泪水只为在这一刻尽情地流。

其实,我要拍她并不是做什么片子,我就是想拍,我内心最深的地方预感到,我最终会失去她。我不愿意接受这种可能,但是我也没法彻底把它从心里清除,既然如此,那我不如就在和她一起的日子里尽可能地留下一切吧。

接下来是我二十年人生里最美好的时刻,我和沐沐收拾好行囊,没有告诉任何人,直接往沙漠深处的监狱进发。我已经打听到,达来被关在西边靠近沙漠的一座监狱里,我们需要先坐火车到集宁,然后再坐三个小时长途汽车到那个西部小镇。最后,我们从小镇出发,走一个多小时,才能抵达那座监狱。幸好现在的探视都是网上申请。我第一次提申请,网上的回复说,达来拒绝了探视。我想起父亲提起过,达来拒绝所有人的探视。后来,我开始每天提一次申请,但是达来都拒绝了。不管他,我们照我们的行程进发,只要到了那里,总有办法见到他的。

这可能是整个中国最后一列慢火车了,在这个高铁普及的时代,还能坐到慢火车是有福的,尤其是和心爱的女孩一起。我买了两张软卧,一上一下,上了车之后发现旁边的两张铺根本就没有人,整个小铺位成了我和沐沐的单间。她对一切都感到新奇,爬到上铺去躺下,感受在火车的晃动中如何睡觉。我还带她到硬卧车厢,找一个没人的包厢,让她爬上最顶层的铺位,在狭窄的空间里尝试翻身。这些新事物和新感受让她兴奋,不断提着各种问题,我用自己的经验尽可能地解答。有些问题我也没有答案,甚至在网上也搜不到答案。

她问我:"冬至,你说时间是绝对的还是相对的?"我回答不了。

"我觉得是相对的,"她说,"你看啊,我们坐在慢火车上,竟然就觉得一切都变慢了,距离也变远了。可是坐高铁或飞机的时候,快得不得了。"

我点头,目不转睛地盯着她看。她说完话的时候,总会露出一个微笑。她像一个被微笑养大的孩子。除了某些时刻——我去洗手间回来,门露着一条缝,我刚要伸手开门,却听见她的一声呻吟。我能判断出,这是疼痛时人不自觉的呻吟。透过门缝,我看见她打开自己的包,掏出几个药瓶,每个倒出一粒或两粒,然后把它们一起吞掉了。

夜晚来临,她躺倒在铺位上睡着了。我在她对面的铺位,也躺着,却睡不着,我看着她安静入睡的样子,痴痴迷迷。现在,那张面孔上没有任何表情,没有微笑也没有焦急,只是平静。

"沐沐。"我轻轻喊了一声。

"沐沐。"我又喊了一声。

我的喊声越来越小,最后消隐在火车哐当哐当的行进中。

等我再次睁开眼,便看见她和穿过车窗玻璃的阳光融合在一起。我立刻拿出摄像机,对准了她。她在梳头。她没有去车厢尽头的洗手池,那里有一面水迹斑斑的镜子,可能这个时间洗漱的人很多,她不愿去挤。她就对着车窗上浅淡的影子梳头,把头发拢起成一束,嘴里叼着一枚蓝色的皮筋。她熟练地把皮筋绑在马尾上。我在镜头里看见窗玻璃倒映过来的她的面孔,模糊又清晰,几根逃跑的头发随着列车的节奏在晃动。镜头聚焦,她的耳垂成为焦点。

她回过头来,依然是令我心动的那张脸。

"我饿了。"她说。

接着，她伸过手，抢过我的摄像机，直接对着镜头说："嗨，冬至，我说我饿啦。肚子瘪瘪，我能吃掉整个世界。"

我立刻从口袋里掏出两盒泡面，撕开，到热水器接了热水，把面泡上。

我又拿出一袋榨菜和两根火腿肠、两个卤蛋，晃了晃说："泡面三剑客，豪华大餐。"

几分钟后，我们头碰头吃着泡面。她真的饿了，也可能是很少吃泡面，每吃一口都啧啧赞叹："好吃呀，真美味。"我们从面桶里抬起头，看了看彼此，哈哈笑起来。我们吃得太快，面汤溅到脸上，特别是嘴唇一圈，像是肿起来了。泡面的水汽氤氲在我们之间，那种带着调料味道的潮湿感令我们感到亲密。

现在，我们肯定算朋友了，甚至算最好的朋友了。我想。

两天后，我们见到了达来。网上的申请依然被退回，但是我持续不断的申请引起了监狱管理方的注意，他们打电话询问是不是有紧急情况。我请他们给达来带话，说来看他的是沐沐，她已经到了这里。达来不可能再拒绝了。

我们在探访室见到了达来。我还记得几年前他的样子，意气风发，现在他穿着灰色的囚服，寸头，人有些瘦，但精神还不错。

他看到沐沐，只是笑了一下。沐沐却撇着嘴，要哭的样子。

"哥哥，"她喊道，"达来哥哥。"

"傻丫头，"达来说，"干吗非要来这里。你爸爸知道肯定得气坏。"

"怎么可能不来呢？"沐沐说，"我身上流淌着你的血呢。"

"我食言了，我本来答应你爸爸，永远不见你的。"

"没有，是我见你，不是你见我。你不算食言。达来哥哥，你……还好吗？"

"很好，"达来说，"我度过了最艰难的那段时期，现在是我最好的时候了。我心里再也没有任何负担，轻松得很。"

"我想抱抱你。"沐沐说。

达来伸开手臂，沐沐扑到他怀里，使劲地抱住他。她的头埋在他胸口。

他们并没有说太多的话，血浓于水，无须语言的加持。分别的时候，达来让我和沐沐答应他，明年的春天一定去乌拉盖草原，看看那片被大火焚烧的草场怎么样了。我点头，说一定会带沐沐去。我明白，只有通过那片草原，他才能释然母亲的死。

"好好照顾沐沐。"达来说。

我"嗯"了一声，达来看出来了，我喜欢沐沐。

"不要学我，我辜负了太多人。"达来又说。

我没有应声，谁能知道呢？我们的一生都肯定会努力去生活，但是生活并不总能如意。那个预感又在心里跳了一下。

傍晚，我和沐沐走到小镇的北边，穿过一片并不茂盛的树林，到了沙漠边缘。沙子的侵袭悄然无声，有时候也声势浩大，一场风过后，它就会向村庄侵袭几百米甚至几公里。

"这里好像美国的西部。"沐沐站在一个小沙丘上，看着沙漠和戈壁说。

"所有的西部都一样。"我说。

"我开始特别期待明年春天的草原之行了，"沐沐说，"尤其是看见无穷无尽的沙漠，想想无穷无尽的绿色真让人激动。"

"明年春天，我带你去乌拉盖。"我说。

我跟她说了自己的两次草原之行，六岁那年，去年暑假，我告诉她作为一个出生在农区的人怎么感受草原。我们似乎还说起了各自的理想，沐沐想变成一个旅行家，四处行走，见不同的人，看不同的风景。我呢，我想自己去创造风景，我觉得现实世界真实复杂，但是远不够完美，更不够深刻。我们其实只需要它的一部分，但是你永远只能接受全部。

5

第二年，乌拉盖的春天来得比往年早半个月。五月份，青草已经褪去了稚嫩的鹅黄，变得青绿，是葳蕤的样子了。该长出来的花草都已长出，草原迎来了它最盛大的季节的开端。沐沐的签证即将到期，剩余的期限刚好来得及到这里一趟。这几个月，她自己去了一趟西藏，还到了珠峰大本营，给我发来了吸氧的照片。我本想逃课一起去，但是被沐沐制止了。"你得好好毕业，你还要找工作。"她说，"而且，我就是想一个人走走。"我无法再坚持，尽管我无比舍不得，也无比担心。

好在她会随时给我打视频，告诉我发生的一切。她回来后，说给我带了礼物。我以为是一个转经筒或者唐卡，没想到是她拍摄的几十段视频。她拍摄的是自己。

"我帮你拍了我自己，"她说，"但是我有一个疑问，如果你的片子里用了这部分，那到底算是客观的还是不客观的呢？"我回答不出来。就算是我拍的，也不可能客观了，我喜欢她，我每一次都带着爱的情绪在拍，怎么去谈客观。而且，我也不可能把有关她的视频剪成所谓的片子，可能我一开始的私心就是用这种方式留下足够多的她的影像。这一切都独属我一个人。

她旅行的这段时间，我完成了毕业设计，还在一家大型游戏公司实习了三个月。实习结束，带我的师傅说我有机会留下来，试用期转正后年薪至少能拿二十万。这对一个刚毕业的学生来说，已经是很好的薪酬了。但是我有自己更心仪的目标，我给另外一家游戏公司投出了简历和作品。

我们到乌拉盖那天，天气略有些阴沉。

我开了父亲的二手车，一路颠颠簸簸。草原并不是游戏，无法统一着色，有些地方水草茂盛，有些地方则显得荒芜。沐沐好奇，我跟她讲起自己所了解的情况，牧场超载，开垦农田，等等，都可能让草原无法休养生息，造成半沙化或者板结。我和沐沐说，大自然和整个地球就是枯枯荣荣，只有这样不断变换，才能保住更宏大的生机。沐沐不置可否。

我找不到那片草场了，我在仅有一条路的地方迷路了。后来，我寻到信号，拨通父亲的视频，他指挥着我找到拉西爷爷家。他会带我们去那片经历过大火的草场。

拉西爷爷住在他最早居住的那块草场，那时候他刚被从上海带到乌拉盖。他在这里认识了萨日朗奶奶，在这里开始了作为一个牧民的一生。我们从车上下来时，他正在蒙古包前面给自己的马刷毛。这匹马是枣红色的，高大英俊。拉西爷爷自己已经很少骑马，但是他仍然养着一匹马，它代替萨日朗奶奶陪着他。

"看见它，我就会内心平静。"拉西爷爷说。

沐沐摸着马的脖子，马的血管很粗，蚯蚓一样浮凸在皮肤表层，她的手顺着血管抚摸，能感觉到血在匀速流动。

"像一条又一条的河流。"沐沐说。

我知道她想骑马。

我从蒙古包里找出马鞍，在拉西爷爷

的指挥下，笨拙地装配好。

沐沐牵着缰绳，准备上马。但是这匹马太高大了，她根本够不到脚蹬。拉西爷爷指了指草地，说："冬至，蹲下。"

我愣了一下，然后明白了他的意思。

我半蹲在草地上，我的头在马腹部的高度。沐沐踩着我的背，够到了脚蹬，一跃上到马背。

不敢让她自己骑，我一直牵着马，然后慢慢在草地上踱步。我不断抬头，想看看那只鹰会不会来。我希望沐沐能看到它。我和她讲过自己进入鹰的身体，获得了鹰的视角俯瞰草原，那种体验如同灵魂出窍。当然，我们都知道这只是幻觉。

沐沐示意我赶紧拍摄，我不太放心松开缰绳，只能一只手举着摄像机，镜头摇晃，她的脸时而模糊，时而清晰。沐沐的身影和天际的阳光快速地切换着，仿佛一种顽固而特别的蒙太奇。

后来，马挣脱了我的牵引，轻轻地奔跑起来。沐沐惊呼一声，但是很快反应过来，俯身捞起缰绳，现在，她得尝试自己纵马了。沐沐骑着枣红马小跑了一圈，我的镜头一直聚焦在她身上，她是如此开心，仿佛不是骑在马背上，而是飞在青草之上。

沐沐下马的时候，腿有些发软，大半个身体都瘫在我胳膊上。我又嗅到了她独特的香味，心里一凛：她终究是个生过大病的姑娘，可不敢让她太辛苦。

我扶着她坐下，递给她一瓶水。她喝了一口，平息了喘息，说，冬至，麻烦你到车里把我的包拿来吧。

她随身带了一个大包，没见打开过，我不太清楚里面是什么。我帮忙拎的时候，感觉重量不轻，但也说不上特别重。我把摄像机给她，自己牵过枣红马，纵身上马。

既然沐沐都可以独自骑马，我好歹是个男子汉，好歹小时候也骑过，更没有理由害怕了。枣红马放开蹄子跑起来。真神奇，马跑在半尺深的草场上，竟然没有一点声音，像是一艘静静行驶在水面上的船，而那些青草，也在马蹄下晃荡着身体，仿佛是船桨荡开的波纹。

我拿来那个大包，沐沐已经把一整瓶水喝完了。我还从车里带来几块巧克力，撕开包装递给她一块，"补充点能量。"

她叼在嘴里，一边急慌慌地拉开大包，竟然从里面拿出了一个无人机，一个遥控器。她摁了遥控器，发现电量很弱了，又迅速换了电池。最后，她又掏出一副眼镜，示意我戴上。

"我在旅行时，有些地方爬不上去，又不甘心，就买了一台无人机。这样，我几乎能看到所有景色了。"她说。

我明白了她的意思，她是要用无人机飞到空中去拍摄乌拉盖草原。无人机能直接把画面传导到眼镜上。我顺从地戴上眼镜，眼前先是一片漆黑，接着，几束柔和的光闪过，镜头里出现两只脚。那是沐沐的脚，因为无人机还未起飞，镜头只有这样的高度。她穿着一双耐克休闲鞋，淡粉色的凉袜，白皙的脚踝……等等，她的脚踝怎么会这么粗？沐沐可不胖呀，肯定是镜头的变形效果。

"准备。"我听见沐沐说。

我的视角开始跟随摇晃着的无人机上升，再上升，草原在下降，降为一片大地。

我看见了自己和沐沐，此刻，沐沐是熟悉的，我自己反而是陌生的。我从未以这种方式看过自己，真像是灵魂脱离了躯壳，俯瞰世间的一切。很快，我的注意力就被乌拉盖草原吸引了，很幸运，这时一大块云朵遮住了太阳，草原被披上了一层薄纱，那些青草多了成熟的色彩。我们在大地上，感觉不到风，但是一旦升到几十米的高空去看，却发现风正漫过整个乌拉盖。那些草铺展成绿色的水面，大片大片地荡漾着，起伏如波如涛、如浪如潮。我忍不住想，草原和大海是同一件事物，草原就是绿色的大海，大海就是蓝色的草原。

这就是上帝视角吗？我想就这样俯瞰着人间，这一刻，你会觉得许许多多以前特别看重的事情，已经不重要。很难想象，如果无人机可以无止境地升高，升到几千米几万米，越过飞机航线，穿过大气层，到达太空之中，地球看起来会比现在的我还要渺小吧？那一定是最特别的旅行，令人忧伤却不悲痛。

回去的时候，沐沐坐在副驾驶，有些疲累。我让她睡一会儿。她点点头，闭上了眼睛。

因为在草原上，几乎没有人和车，我开得很随意，根本不用时刻盯着前方。我的眼睛大多数时间都在看沐沐，她有一根睫毛掉了，沾在眼皮上，像半个小小的括号。她睡着了，我正这样想着，她却突然眯着眼说了一句："冬至，你现在看到鹰看到的景色了吧？这次是真的，不是幻想。"我还没回答，她重又闭紧眼睛，真睡着了。

哦，原来她特意带了无人机来，就是为了让我实现跟她讲过的像鹰一样看待人间的愿望。是的，我看到了，我觉得自己因此又成长了。尽管说不上任何具体的变化，但是我觉得自己和昨日已经不同。

我们在当初达来的种植园、现在的草场那里，拍了许多照片，准备看达来的时候带给他。

我俩把车开到拉西爷爷那里，他已经煮好了肉在等我们。

羊肉散发着诱人的香味，新采摘的韭菜花做的酱带着微微的辛辣，但是那种新鲜感和水汽，就仿佛把一整个草原凝结在一个小碗中。我和沐沐吃得开心，肚子溜圆，拉西爷爷却几乎不怎么吃。他笑眯眯地在旁边看着我们，不时给我们的茶碗里添上香喷喷的奶茶。他还给我倒了一碗马奶酒，我也喝光了，胸膛里热热的。

饭后，拉西爷爷说，"沐沐，帮大伯一个忙。"

"什么呀，大伯？"沐沐问。

拉西踽踽着脚步，在里间一个箱子里翻啊翻，翻出一件湛蓝色的蒙古袍，上面坠着许多亮眼的银饰和金丝花纹。

拉西把蒙古袍抱出来，抖了抖说："你穿上试试？"

沐沐瞪大眼睛，痴了一会儿，喃喃说："这是伯娘的？"

拉西点点头，说："是，她出嫁的衣服，前些年，你达来哥哥结婚，她把它给你嫂子了。但是后来，他们……分开，达来又把它带回来了。然后你伯娘生病，再也没机会穿了。一件衣服，如果很长时间没有人穿它，它就会失去光彩，慢慢死掉。"

衣服也会死吗？我心里想，却没有问出。

沐沐脱掉外套，接过袍子，慢慢地穿上。她不会系袍子特制的襻扣，拉西一颗一颗帮她系好。这个时刻，沐沐痴痴地望着拉西，如同望着自己的父亲、自己的祖父。

她突然瞪了我一眼说："白痴，还等什么，赶紧拍啊。"

我这才想起来摄像机还没打开，如此美好的场景，错过简直就是罪过。我赶紧打开摄像机，把他们的一切动作都摄入镜头。

沐沐穿好了袍子,她身材瘦弱,不比萨日朗奶奶蒙古族人的大骨架,衣服看上去就有些宽大。不过,衬着她白皙小巧的脸,和一头染过的淡黄色的头发,却呈现出一种别样的美感。拉西慈爱地看着侄女,或许,他想起了几十年前萨日朗奶奶穿上它的样子。

外面夕阳正在西下,草原沐浴在晚霞之中。沐沐走出来,在门前的草场上翩翩起舞。我想起自己的音乐收藏夹里有一首唱诗的歌,赶紧找出来,是《诗经·郑风》里的《野有蔓草》,一个女孩轻轻地吟唱着:

野有蔓草,零露漙兮。有美一人,清扬婉兮。
邂逅相遇,适我愿兮。野有蔓草,零露瀼瀼。
有美一人,婉如清扬。邂逅相遇,与子偕臧。

吟唱在接近尾声时被电话铃声打断。是我的电话,我本打算挂掉,却看见了屏幕上的来电备注:四海。

啊,我激动地大喊一声,这可是我最喜欢的游戏公司,前些天,我给他们发了求职简历,一直在苦等回复。

第二章 苍穹无际

1

——沐沐从乱梦中醒来,发现自己变成了一个宇航员,飘浮在茫茫太空之中。她的身体已经没有了重力的束缚,甚至,都快感觉不到肉身的存在了,但是她也不能随心所欲地动,缺少了凭依和阻力,人哪儿也去不了,只能任飘摇。上和下、左和右全部消失,她置身在一片静谧的混沌世界。这混沌并非一团,而是其中藏着成千上万颗星星,三百六十度无死角地在遥远的地方闪烁。她甚至感到,自己也是一颗发着微光的星子。

她急切地想找到一个参照物,在宇宙中,人所熟悉的参照物只有太阳、月亮和地球。可是,太阳为什么消失了呢?在地球上看的时候,太阳那么大那么亮那么温暖,可是在苍穹中,太阳却隐匿了。她知道太阳一定在,只是被浩大的宇宙变得很小很小,或者被某颗星遮挡了。月亮就更难找寻了。

她继续飘浮着,如风筝,如蒲公英,如浮云。她开始享受这种放松感,那些浮肿、疼痛、灼热都消失了,但全身的毛孔和触感却仍然醒着,饥渴地体验着令人颤抖的松弛。宇宙没有开始也没有结束,她不知道自己会游荡到何时何处,她的生命短暂地进入了真空状态。

终于,她一扭头看见了那颗蓝色的星球。在所有可见的星球中,只有它包裹着动人的蓝色,像一个穿着蓝裙子的少女。蓝色的缝隙处,是略显模糊的碧绿和几片黄褐色,还有纱一样的白,她知道那是草场、沙漠和云朵。沐沐心里涌起一股冲动,她想靠近它,以最快的速度,像飞船返回舱那样坠落在它的怀抱里。让她惊喜的是,这个念头刚在心里浮现,她竟真的向地球飞去。速度并不快,但只是一瞬间,她就到了地球的上空,仿佛是穿越过来的。

现在,眼前的景色已经不能再说陌生,她在许多科幻电影里通过镜头见到过。甚至,连海水交汇处涌起的双色潮汐都能看清。地球在缓缓自转，很快她就找到了那片大陆，然后凭借印象搜寻着雄鸡图案，接着看向图案的北部。她在找乌拉盖草原。她只能去找乌拉盖，上海现在看比针鼻还小，美国的城市也是。很遗憾，她只能辨认出一大片土地，却无法确认哪里才是乌拉盖。

但是等等，她在继续飘飞，继续靠近。她开始穿过大气层，几秒钟的云雾缭绕之后，地球开始从曲面渐渐变成平面，地上的一切也渐渐清晰起来。高山，河流，城市，村庄，这是飞机低空飞行时的视角。

然后是直升机跳伞的视角，然后是翼装飞行的视角，然后是无人机的视角，这时，她心里漾起浅浅的愉快，孤独感和不安感消失了。人终究还是要落地的。

她回到了土地上；准确地说，她回到了草原上；也不对，她回到了简易的VR座椅上。

眼前的大地变成了一块屏幕，屏幕显示一行字：体验结束，欢迎回来。

沐沐怔怔地静默了好一会儿，她有点不相信刚才的一切都是虚拟的。那场景和感受如此真实，仿佛不是从外部进入视网膜后转化为信息再抵达大脑，倒像是她的大脑里本来就有，又借助这种方式投射出来。这是她一个人的苍穹之旅。

一双手伸过来，摘下了VR眼镜，并没有想象中刺眼的阳光。

窗帘拉着，我知道摘眼镜的时候眼睛会受不了强光的刺激，早有准备。沐沐直接从座椅上跳起，却又被安全带拉回到座椅里。所谓座椅，不过是一个简易的汽车座椅，安全带也是从车上卸下来的。沐沐迅速解开安全带，飞奔到窗口，唰一声拉开窗帘，被关在外面很久的急切的阳光，呼啦一下就涌了进来，像一波光的巨浪狂潮。沐沐从光里看见了太阳，它又大又圆，挂在正中天上。刚才，她找不到它了。

"怎么样？"我走到她身后，轻声问。

她知道我问的是什么，却一时组织不好语言来回答。停顿了一会儿，沐沐说，"很真实，非常真实，尤其是刚开始的那一瞬间，我以为自己真的到了天空。"

"那说明我的建模、构图、渲染都达标了。"我说。

"只是……我相信大多数人并不愿意这么快就回来，我想去宇宙更远更深的地方。"

"你说得对，可是以我现在的技术水平和硬件条件，还没法去拓展开，这需要巨额投入、海量代码、素材和数据。我熬了这么久做的这个模型，就是想用它来说服四海的管理层，让他们投资这个项目，帮我实现梦想。"

沐沐脸色苍白，我觉得可能是戴VR眼镜太久了，前庭功能有些许紊乱。她刚刚又急匆匆跑到窗口，被强光照射，这也容易让她失去平衡感。这时候，会有些晕眩症状，需要缓一缓。

"你……需要吃药吗？"我问。

她每天都得吃药。我曾问过她是什么药。她说是维持身体正常运转的药。"人不能光靠吃米活着，还得吃药。"她还拿这个开玩笑。

可是我笑不出来。

一年多前，离开乌拉盖后，沐沐签证到期，不得不先回美国。我呢，则顺利入职了四海公司，但郁闷的是，我被分配的业务并不是最新的3D游戏设计，而是对几款老游戏的优化和维护。我像一个游戏修理工，每天去补漏洞、改 bug。那几款游戏玩家不少，但是在基础设计上还是早一代的，纯粹的网络游戏，场景充满数码感。而我想做的是那种具备真实性的游戏，我喜欢让场景现实化，商场就是商场的样子，大厦就是大厦的高度，人就有着人的欲望。因此，在工作之余，我一直在自己设计一款名为"旅程"的 3D 体验游戏。我努力的方向不是把生活变成游戏，而是把游戏变成生活，或者说，游戏应该成为一种真正满足不同人精神需求，特别是深度精神需求的生活方式。其实这些年来，很多游戏都从不同方面向这个维度努力着，比如有的游戏，需要主角克服困难不断成长，模拟了人的成长过程；有的游戏，必须队员之间相互配合才有通关的机会，这是锻炼玩家的合作能力和社会化；有的游戏，专为女性玩家设计，她们可以通过不断换装来升级，并且还有着家园玩法和共创玩法。但是对我来说，这些远远不够，我希望游戏能像音乐剧、史诗、电影一样，成为最深刻的人类文明样态之一。

我选择的突破口是 3D 体验式游戏。在我看来，人类文化最经典的样态，都是沉浸式的。无论是古希腊的经典悲剧，还是现代的音乐剧、电影，或者游吟诗人的诗歌吟唱，它们的本质都是让参与者全身心沉浸在作品之中，体验他们在其他场景里无法获得的感受。这就是为什么亚里士多德说戏剧有净化功能。当然了，我一开始并不懂这些理论，这些都是沐沐讲给我听的。当我和她诉说了自己的职业理想，她用这些说法来给我打气。我不太清楚她只是为了鼓励我才这么说的，还是说我的想法真的契合了这些先贤们的思想。总之，她的话让我更有动力了。

我们在一年多前我收到四海通知的那个夜晚和之后的几天里，坦诚地交换了彼此的内心。我忍耐不住诉说的冲动，我想把记忆中和体验中一切深刻的事件都告诉沐沐，这原因肯定不只是喜欢或者爱，这是原始丛林里一只古老的鸟在向另一只鸟发出鸣叫。也许，我们就是世界上最后的两只鸟。我认为，她就是唯一懂得我鸣叫的那个人。我相信我也是唯一懂得她的鸣叫的人。

更重要的是，她向我讲述了自己的故事——

沐沐说，很小的时候，她还没有出国，一家人在上海。四岁，父母离婚，父亲整天在外面跑来跑去，忙着做生意、赚钱，她就和爷爷奶奶住在一起。家里的房子不小，生活很优渥，但是爷爷永远都阴沉着脸，仿佛是随时在接受审判的罪人。那时候她还不懂为什么，现在，当她知道拉西伯伯的故事之后，她明白了他在惩罚自己。爷爷很少讲话，他每天早早起床，坐在一把藤椅上，像一截枯树根。没人知道他在想什么——或许，他每天都要重复想起把拉西送走的那个清晨吧。他在一遍又一遍假设，如果没有把拉西送走，会怎么样，以此来填补心中的愧疚。沐沐不解的是，如果当年是迫不得已，后来生活变好的时候，他为何从没有去找过他呢？父亲和爷爷的关系也不好，爷爷似乎把送走拉西的罪责转移到了父亲身上，他曾提到过，如果当时奶奶没有怀上父亲，那拉西就不用走了。但这一切都是沐沐的猜想，她所看见的就是父亲和爷爷之间的冷漠，仅有的彼此关心也像是在承担不得不承担的义务。那么，爷爷对她好吗？她竟然也说不清。在她六岁离开上海去美国之前，他们说过的话不超过一百句。而奶奶则是那个永远不停嘴的人,可是她说的话一百句里有九十九句都是废话——"天好热啊","牛奶保质期要到了","蚊子多,剩饭要马上放冰箱","又忘了吃药"……

在弄堂里和小伙伴们玩,偶尔有小孩子笑话他们家没人气,她不懂得怎么反驳。她还经常被邻居家的大人用同情的眼光看,也能听到他们轻声感慨:好好的一个小囡,妈妈跑掉了,爸爸不着家,可怜哟。她也只是假装听不见,高声唱起儿歌,把这些都挡在耳朵外面。

六岁零七天,父亲离开半年后出现了,带走了她。

她很高兴离开这么沉默又聒噪的家,她觉得,自己再待下去,也会一夜之间变成一个老人。到了美国后,那边的家里除了佣人,没有人再管她,父亲不在家的时候多,这种开放和放松,瞬间释放了她的天性。她那么爱玩爱笑,那么纯真无邪,再也不用小心翼翼和不知所措了。想做什么就做什么,想说什么就说什么。家里后院有一块大草坪,她并不喜欢那种被剪裁得整整齐齐的草,不过草坪的边缘还有几棵大树,是她的所爱。后来,她让父亲模仿邻居家建了一栋树屋,从此几乎每天都躲在树屋里。门前就是茂密的枝叶,仰头就是湛蓝的天空,俯首又是碧绿的草坪,她仿佛悬置在最恰当的空中。

因为爷爷奶奶的原因,她的语言功能发育缓慢,他们说的又是上海话,到了美国后,她曾刻意忘掉学到的那些上海话,把全部心思都放在学英文上。她想尽快具备交流能力,跟这里的小朋友融为一体。她做得很成功,连学习成绩都名列前茅。

她以为一切都会顺利地进行下去,直到她在十五岁那年开始频繁发烧,去医院检查,不是病毒或细菌感染,不是肺炎或别的常规病。她还经常在课堂上鼻血直流,感觉到骨头疼痛,最后她被确诊为白血病。那真是艰难的时刻,她躺在医院的病床里,脑海中响起的竟然全是奶奶唠唠叨叨的话——"天好热啊","牛奶保质期要到了","蚊子多","剩饭要马上放冰箱,又忘了吃药"……从此之后,她每天都得吃药。时间长了,几乎形成了某种心理疾病,明明吃过了,可是总觉得自己忘了,有时候到了极端时刻,她宁可再吃一遍,也不想受那种"可能没吃"的心理折磨。

父亲放下生意,每天陪着她验血、检查,他自己的骨髓不合适,到处去找合适的骨髓配型。

在等待合适配型的那段日子,她仿佛退回到了四五岁的童年时代,她能看出周围人同情和怜悯的目光,他们说话时小心翼翼,怕引起她的焦虑和不安,可是他们表现得如此明显,以至她不得不假装自己没看出来。就像小时候,她把饭粒掉在桌子上,爷爷会看着她,一句话都不说,她呢,则边把饭粒捡起来边自言自语:"不能浪费,不能浪费。"她不知道这句话到底是说给谁听的,因为爷爷虽然看着她,却不一定看见了她。他眼神不好,还常常陷入回忆之中,他看她和他看向屋子里摆着的黑白照片没什么不同。但是她就是会想,万一呢?万一爷爷的眼神就是在责怪她把饭掉在桌子上了呢?

父亲把笔记本电脑带到病房来,还有一个超大的移动硬盘。

"这里有上百部电影,你无聊的时候就看看电影吧。"父亲说。

她点点头。接下来,她的确看了很

多电影，很快就发现了自己的兴趣点都在科幻电影上。尽管那些科幻电影有一半以上都是在讲人类的悲剧故事的——要么机器人统治世界啦，要么外星人来掠夺地球啦，要么科技发展可是普通人的生活更惨啦——她依然觉得它们给了她希望和力量。在那些电影里，具体的人不再重要，重要的是人类，甚至也不是人类，而是人这个概念。她开始逐渐相信，宇宙中远不止人类一个文明，而是有着成千上万的文明，地球只不过是其中发展程度较低的一个。想到这些，她会觉得在遥远的太空，有和她相似的一双眼睛正看向这里。"那么，根据宇宙守恒定律，我并不会死掉，而是作为另一种能量存在。或者，在平行宇宙里，依然有另一个我活着。"这些看似不着边际的、虚幻的想法，被病房雪白的墙壁弹来弹去，壁球一样，总是能击中她，让她在疼痛之外保有另一种真切的感受。

她在社交平台上开了一个账号，每天更新一段小故事：她对宇宙里一种文明的设想。在想象中，再没有什么能够束缚她。一开始，她的设想还都是借助那些科幻电影里的元素来搭建，后来，随着设想越来越多，她的想法开始更加天马行空了。比如，她设想了一个星球，这里的人们只靠喝水就可以活着，人们的身体是透明的。他们也分雄性和雌性，但是不需要结婚和结合，雄性和雌性把体液排进河水之中，那些精子和卵子就会自由组合，然后在河床的淤泥里孵化，最后长成新的人。所以，在这里也就没有了父母兄弟，大家都是河流的孩子。再比如，她还设想了一个星球，只有指甲盖大小，可是它的重量却和太阳差不多，因此这个星球上的人都是概念人，每个人都是一颗无比小的原子，他们的命运就是永不停歇地互相缠绕着旋转，如果其中的一个没有了力气，停止了，那整个星球都会在压力下瞬间坍塌。另一个星球特别神奇，整整齐齐地区分出一半陆地和一半海洋，陆地都是草原、森林，海洋平静，从没有风暴。陆地上的牛，白天在草原上吃草，每当夜幕降临，它们就会缓缓走入海中……

沐沐的星球在累积、增加，逐渐构造出一个小小的星系。她竟然很快拥有了一大批粉丝。粉丝们开始在她的故事下留言，并且有人接龙般续写她的故事，也有人写下新的故事。她和她的粉丝们借助这些故事，互相安慰和鼓励，她也因此生出不少战胜病魔的勇气。他们聊天说，无比期待外星人的来临，哪怕他们真的跟科幻电影一样，是来侵略地球的，也一样欢迎。有人留言："就像当年的五月花号发现了美洲，外星人总有一天会发现我们。我们就是宇宙中的印第安人。"沐沐回答说："还有另一种可能，我们人类的科技突破瓶颈，突飞猛进，在五十年到一百年的时间就能进行宇宙旅行了，我们才是那个侵略者，我们攻占了另一个有文明的星球。"她的粉丝以年龄相仿的少年为主，在他们的观念里，成人世界那些有关人类的伦理和道德还很模糊，所以，他们完全依照自己的想象去构造新的宇宙。这些宇宙五花八门，五彩纷呈，犹如夜空繁星。

深夜来临，网友们都下线了，沐沐仍会盯着闪烁的屏幕出神。有时候，护士看班比较松，她就悄悄下床，到病区的走廊里去，看着白色的墙壁、白色的灯，还有远处晃动的白色人影，那场景仿佛她在某个故事里写的。偶有急救车的警笛声从医院的东边传来，声音也是戛然而止，那里是急诊室，总是透过墙壁传出混杂而急切的人的声音，这些声音里能听到隐约的哭泣和叫喊。她开始猜想，这是一个什么样的急症患者？能不能抢救回来？他是否还有意识，有意识的话他此刻到底在想什么？医护人员呢？他们早已司空见惯，但天生的使命感和长期工作的肌肉记忆让他们快速施救，就像那些工程师在处理代码里的BUG。

这时候，她就宁可自己生的是一场急病，只在一瞬间就可以判定生死，而不是这种需要漫长等待的煎熬。

这一天，有人从走廊尽头走过来，脚步声陌生而空洞，她想逃回病房，却感到双脚被钉在了地上一般。那个人走得很急，几秒钟就到了她身边，使劲地拥抱着她。是父亲。他不顾一切地大喊着，"沐沐，沐沐，我的女儿，你有救了。我找到合适配型的骨髓了。"

她并没有兴奋起来。这一刻的场景和感觉，特别像在梦里，也特别像她和网友写下的某个故事的变形版本。她在想，故事里的疼痛和真正的疼痛，到底是不一样的。

第二天，明亮的阳光从窗户照射进来，她看到身边围着好几个医生和护士，他们正要给她抽血做检查。她从他们的忙碌和零零碎碎的话中听明白了，的确找到了合适的配型，现在，他们要尽快给她做骨髓移植手术。

"你高兴得昏倒了。"这时父亲凑过来说，"沐沐，昨天晚上我来找你，告诉你好消息，你听后，高兴得昏倒了。"

沐沐笑了笑，她不想解释自己并不是因为高兴而昏倒。但这的确是个好消息，不是吗？

混沌的世界重新有了秩序，而且是新的秩序，不过是一些小小的干细胞，她，她的父亲，她的整个生活就都得救了。原来那些耳机线般缠绕的时间线，被咔嗒一声打了一个结，麻团一样乱的部分就此终结，新开始的部分秩序井然。那些重叠、交叉、互相消融的空间也开始一点一点固定，天花板就是天花板，床头柜就是床头柜，走廊就是走廊，医院就是医院，纽约就是纽约。

几周后，她被推进手术室，麻药开始起作用的那一瞬间，她有两个闪念：一个是，这可能是最后一场乱梦了；另一个则是，我终于要醒过来了。

手术很成功，那个骨髓捐赠者的干细胞在她身体里生根，几乎没有排异反应，并且很快就制造出了全新的干净的充满生命力的血液，血液流遍她身体的每一根毛细血管，送去足够多的养分。她的确感觉到了噩梦醒来般的重生，每个毛孔都兴奋地张开，五觉变得非常灵敏，像是电脑扩容了硬盘又重装了系统。以前，她用来幻想的那些时刻，现在都只集中在一个问题上，那就是：是谁？她的骨头里，她的肌肉中，她的五脏六腑，现在是谁的细胞在生长、分裂、制造，支撑着她活下去？她急切地想见到这个人，了解他或者她的全部生活。她觉得只有这样，她才能去理解自己的身体和此后的人生。她也有隐隐的恐惧：他的细胞将逐渐替代她的细胞，当她全身的细胞都被更新了，她还是她吗？她怎么样才能在这更新里留住现在的自己呢？就像春天的时候，从去年断掉的草根里重新长出来的草，还是那棵草吗？

父亲对那个名字守口如瓶，医院的医生也告诉她，根据捐献者的意愿，他们不能透露他的任何信息。后来，沐沐知道自己不可能直接得到答案，她开始冷静下来，耐心也回来了，她想，以后肯定能找到线索和机会，只要他还活着，她就一定会找到他。她想亲眼看看那棵给了她重生机会的草。是的，既然老天爷又让我活过来，我就不能辜负它的美意，就要好好活着。何况，也只有这样，才算对得起那无私的捐赠者，不是吗？

她重新变回那个天真活泼、没有忧愁的少女，再次踏入学校，再次徜徉在游乐场和街头。此前熟悉的生活，在被重新过一遍时，竟然仿佛没有经历过似的。但是，她知道自己还是会去找那个人，找到他，看看他，跟他说说话，了解他的生活。这对她无比重要。

2

"所以我找来了，"沐沐说，"我找到了达来哥哥，拉西伯伯。我还找到了你，找到了乌拉盖草原。"

"老天不会辜负任何一个有心人。"我说。

"我也找到了真正新的自己，"沐沐继续道，"我回去会办好长期签证，接下来，将长期留在国内生活。"

我心里高兴，也有隐隐的不安。

"不是因为你，或者说，不只是因为你。老天让我重活一回，肯定不是为了重复以前的日子的。"沐沐似乎猜到了我的想法，补充说，"我就是觉得自己应该有新的人生了。我不知道是不是达来哥哥的骨髓改变了我，还是其他原因，那年手术之后，我就开始有了这样的冲动。这一次回来，更加坚定了我的想法。"

"嗯，是的。我听说很多做了器官移植的人，性格会变得像那个器官的原主人。"

"再见，冬至。"她拥抱了我，我的手臂感觉到她身体的瘦削，却不虚弱。

然后，沐沐走进了机场的安检通道，我看着她消失在人群里。一个半小时后，她的航班将从大兴机场起飞，经过二十个小时，绕过大半个地球，降落在美国。

回公司的地铁上，我开始在手机上检索、在脑海里想象她的城市。在此前，美国对我而言既存在又不存在。现在，它必须存在，因为沐沐在那里。我想象着那里的人和建筑，想象美国的大街、街面的橱窗、橱窗里的物品，想象沐沐走在街头，突然回过头来冲我一笑。

沐沐离开乌拉盖回美国的时候，答应过达来，等到明年达来出狱，她一定会回来，跟我一起迎接他。我们三个人都把这当作一个重要的时刻期待着。

我盼着这一刻快点来临，我无比想念沐沐。只要有空的时候，我们就打视频电话。沐沐的自拍技术也越来越好，她从国内带回去的自拍杆和小巧方便的自拍摄像头，都已用得很溜。每周末，她都会把一大批视频素材发给我，我在不上班的时候，就把这些视频剪辑、渲染，并且编号存入网络硬盘。我已经攒了几个T有关沐沐的视频了。看着这些文件，我有时会觉得，自己正在把沐沐存进硬盘里，将来我们一起看的时候，那些被时间淘洗后遗忘的场景和细节，可能会比坐在屏幕前的我们本身更丰富鲜活。每一次微笑，每一次跳跃，每一句话语，最后都只能变成一颗微小的原子，一个0或者1，积存在我们内心的精神数据库。必须等到足够恰当的时机，它们才能再次裂变，释放其中超乎想象的能量，大爆炸出一个新的宇宙。

有一段时间，我几乎是住在公司里。我要尽快融入进去，掌握被分配的项目的基础架构和各部分细节，因为我的主要工作就是处理这几款老游戏的玩家投诉：打到某一关总是很卡，玩家拿到足够积分却领不到新武器，等等。要处理这些问题，必须先把整个游戏的代码过一遍，梳理出其中的关节点，还有作为玩家去亲身体验这些BUG到底是怎么回事。任务烦琐而无聊，但是我只能撑住。好在这几款游戏我在大学里不同程度地玩过，省却了了解的过程，修改的同时，我也会在宿舍群里跟同学求助，他们大都能及时给我些有效的建议。

某一次部门开会，没有安排我发言，但是领导在会议快结束时随口提了一句，大家还有什么意见吗？我冲动地站起来，发表了一通言论，大意就是这几款游戏实在太老了，应该马上淘汰。另外，公司的战略规划过于保守，游戏设计不是短期项目，必须要有足够长远的眼光才行。一款游戏的开发，至少应该领先玩家的想法五年，因为开发期可能就要三年，如果不能领先玩家，一出来就会面临老化的问题。

"而且，游戏就是整个人类社会的超前表征，游戏就是未来遗留在现在的线索。我建议公司进行超前开发，人类的游戏正进入深度沉浸式体验时代，玩家对场景的真实性，特别是情感的真实性的要求会成几何级数增长，不再是过去那种打打杀杀的直接刺激。我们如果不马上进行这方面的针对性布局，很快就会被整体淘汰。"

我的发言搞得所有人都很尴尬，他们并没有想到一个还在实习期的新人竟然如此胆大妄为。领导干咳几声，打圆场说："冬至说的也不是没有道理，我们会下再研究研究，啊，好，今天就这样。"

我知道他们其实并不是这么认为。那几款老游戏，每年仍然能给公司带来上亿元的收入，而成本其实不高，不过是一千万的维护费而已，公司怎么可能放着这一大笔收入不赚，反而把钱拿去开发前景缥缈的新游戏？不是说没有新游戏，四海的新游戏始终以一种固定的节奏上线，但整体都是老游戏模式的换代和升级。我说的新游戏，是一种全新玩法的属于未来的游戏。

我的实习工资尚可，拿到钱，我先优化了自己的一部分设备。我在想，如果我做出这款游戏的初步模型，或许就能说服管理层，就算最终失败了，我也能借助四海的一部分硬件和资源，来完善这个模型。我选择的突破口是"旅程"，这是我构想的游戏的模块之一，主打的是游戏玩家通过VR眼镜进行深度体验。这里的旅程不只是游山玩水那种，而是让玩家能够始终以第一视角去体验那些在真实世界里不可能实现的旅行。根据我这些年积累的素材和现有的能力，我只能先设计出其中的一小段。这一小段是太空旅行，选择这个，一是源于我的喜好；二是此类素材比较多，很多科幻片、科普纪录片等都表现过，容易收集；第三个是它并不基于我们生活的地球世界，约束少，比较适合去想象和发挥。

每天下班回家，我一边在电脑上写代码，一边等着沐沐打来视频电话。沐沐出现，我就和她聊一会儿，十几分钟到半小时左右。她有时在学校或家里，有时在路上，有时在逛博物馆。沐沐很认同我的游戏构想，为此她还经常把摄像头戴在头上，这样我在视频这边所看到的，跟她所看到的场景就是一模一样的。这种时刻，我也在体验着第一视角的"旅程"。这段时间，我对她的生活世界越来越熟悉，我曾经想象的异国，正在她的镜头下一点一点具体化——好像我们画的某个草图，正在从速写变成素描，从素描变成印象，从印象变成写实，精确度越来越高。

某一天，视频中的画面是无比细小的纹路。我能猜到是某种物品紧紧贴着摄像头，却猜不出具体是什么。接着，这个物品开始缓慢后退，退到一定距离，我能分辨出那是某种印刷品，再然后我看到了，那是一本护照。沐沐拿到了长期签证。

"你什么时候回来？"我兴奋地问。

"达来哥哥哪天回家？"她回了一个问题。

我看了看电子日历，那上面的五月二十六日被标出两个红圈，这是达来出狱的日子。

"五月二十六日，"我说，还有五十天。

"我五月初到北京。"沐沐说。

"你那边的一切都处理好了？"

"嗯，"沐沐说，"我可太厉害了，我竟然用半年时间写完了论文，提前毕业，拿到了毕业证书。这也算给爸爸有交代了。"

"祝贺祝贺，厉害厉害。"

接下来，我们讨论了一下迎接达来的安排。去年冬天，达来换了监狱，他不在沙漠上了，而是被送到了赤峰市郊区的监狱里。

我和沐沐计划，从北京开车去赤峰，接上达来后，直接带他回乌拉盖。老迈的拉西在等他，他逝去的母亲萨日朗在等他，乌拉盖草原也在等着他。这是他的新旅程。

但是我要先让沐沐踏上我为她准备的旅程。

五月初，她回到了中国。我感觉她长高了些，也胖了些，整个人的精神气色很好。在她回来之前，我每天只睡几个小时，我要赶在她落地前把"旅程"的第一部分做完，这样，就能让她第一时间体验我的成果了。

我从机场接到沐沐，把她带回自己租住的房子，然后叫了她喜欢吃的外卖。她吃过饭，洗过澡，说要睡一会儿。

"二十几个小时的飞机，我几乎没能合眼。"

她躺在我的床上，床上有两个枕头，她枕着一个，抱着一个。

我关上灯，关上门，回到客厅去调试设备，等着她醒来。

后来，我听到了轻微的呻吟声。我想，她可能是做噩梦了，起身走过去，正要开门，她正好开门出来。

我没等她彻底醒过来，直接把她按在了我"特制"的"旅程座椅"上，接着给她戴上花重金购置的VR眼镜，在我的电脑上打开了"旅程"。

一瞬间的黑暗之后，沐沐从乱梦中醒来，发现自己变成了一个宇航员，飘浮在茫茫太空之中……

3

达来从高大的灰色铁门走出来了。

他比我们上一次探视时壮实了些。我不知道是不是囚服过于宽大，让他在监狱里时显得矮小，还是他突然直起了腰板；又或者是经过几年的劳动，他真的强壮了。他眼神明亮，不再是当年做大尾羊时的志得意满，也不是铁窗里的略带迷惘。他似乎想明白了困扰已久的问题，找准了方向。

沐沐捧着一束花，走到跟前，递给他。

达来接过花，闻了闻："真香。"那是一大捧萨日朗花。本来我们要从北京到赤峰，但是沐沐想起之前答应达来，要带着萨日朗花来接他。我们便先越过赤峰，到乌拉盖，走了好几片草场才寻到这束花，又连夜开车到赤峰。

达来说自己的感官好像都退化了，在监狱里，鼻子里闻到的气味都是固定的，跟狱友聊天的内容更是有限，半年之后，大家便都没话说了；食物更是几年没有变化，都是固定的食谱。好在能看书，图书馆里的书倒是更新得挺快。

"外面的空气的确更新鲜。"他说着，狠狠吸了一口。

我让他们上车，现在是上午九点，开回乌拉盖还有近五百公里，要争取在太阳落山前赶到。拉西爷爷，还有父亲小满、母亲都在等我们。

本来按照导航路线，我们进入高速直接向北即可，但沐沐让我并入了入城的车流里。

"去商场。"她说。

我愣了一下，继而明白她的意思了，方向盘微调，脚下用力加油，汽车向城区而去。

她给达来买了一身衣服、一双鞋子，让他到商场的洗手间全换上。达来还洗了把脸。头发不用理，他们都是很短的寸头，露着青色的头皮。沐沐又买了一顶帽子给达来戴上。

看着镜子里的自己，达来愣怔了片刻：他已经有一千个日子没见过这样的自己了。我和沐沐都注意到，他眼眶发红，强忍着泪水。

"谢谢妹妹。"达来说。

接下来就是漫漫长途，他们两个在后排疲惫地睡着了，我开着车，用红牛饮料支撑着精神。笔直的公路让人视觉疲劳，仿佛在一个直线的循环中奔跑，终点永远无法抵达。我点开车载音乐，《野有蔓草》的吟唱声音再次响起。沐沐微微睁开眼睛，笑了一下，继续在音乐中睡去。随着车轮向北，高速公路两边的绿色在悄悄变化，农田开始消退，草原越来越多。

下午六点钟，太阳就快落下时，我们到了乌拉盖边缘。达来和沐沐早就醒过来了，他们吃了点面包和水，此刻各伏在一侧车窗向外看。突然，我在发动机的轰鸣声里听见了马蹄声。接着，公路的尽头出现一个骑手的身影。

"枣红马。"沐沐喊。

那个骑手很快就到了车头不远处，我正要打方向盘靠边，就看清了马背上的人。

是拉西爷爷。

"达来，拉西爷爷来接你了。"我喊了一声，把车子降速。

达来没有说话，把头伸出了车窗外。

枣红马嘶鸣一声，打了个转，然后向前跑去。拉西爷爷怕我们找不到家，特意骑马来带路。这是他这几年来第一次骑马。

我开着车跟着枣红马和拉西爷爷，一起向乌拉盖深处而去。

我们进院子时，父亲小满正在烤一只羊。炭炉是用半个剖开的铁皮汽油桶做的，木炭正在里面燃烧，火星噼噼啪啪。炉子上支着铁架子，架子上那只羊已经烤得焦黄，散发着诱人的香味。父亲把辣椒粉和孜然粉洒在羊肉上，香味便多了好几个层次。

父亲看见我们，挥了挥手，大声说："回来得正是时候，肉刚好。"

母亲从屋里端出一盆青菜和半个西瓜。

然后我们六个人开始吃喝。我及时把摄像头架好，拍摄下这个场景。我们都没有说话。

"伯伯，你给我们唱个呼麦吧。"过了一会儿，沐沐说。

拉西微微一笑，说："我很久没唱啦，不知道还唱不唱得出来。"

"我今天看你骑马，真帅呀，可一点都不像老头。"沐沐说。

"确实，"我说，"马蹄声响得那么密，可见骑得有多快。"

拉西站起身，回到屋里拿了一把马头琴，重又坐下。先是琴声响起，悠扬如风吻草尖，如马轻柔嘶鸣，如羊咩声叫唤，如牛哞哞哼响。炉子里的碳也被琴声拂走一层浮灰，炭火瞬间红了一下，又红一下，像是跳动的心。不知道从哪一个音符开始，琴声里多了一种声音，它来自拉西的鼻腔口腔。那声音仿佛是从拉西的骨头里渗出来的，并不高亢，却能穿过任何事物，又进入到我们的骨头里。呼麦是骨头对骨头说话。

我不是第一次听这个了，但我第一次觉得，呼麦特别适合做我的"旅程"的配乐。我一直没找到合适的背景音乐，现在有了，只能是呼麦。当体验者通过VR眼镜进入太空之中时，我不想用钢琴曲、小提琴曲，就用拉西的呼麦声，它的深邃悠扬，适合在无际的苍穹中响起。它能帮助体验者更好地感受这孤独的漫漫旅程。

拉西的吟唱停止了，我们还沉浸在空寂之中。

"萨日朗啊，儿子回来了。"拉西说。

我们看向拉西，他抬着头，天上繁星满天，其中有一颗特别亮。

"妈妈在天上。"拉西对达来说。

达来扑通一声跪下，向着天边最亮的星星磕头，嘴里说："妈妈，我回来了。"

路上，沐沐跟达来聊过接下来的打算。达来说，他准备留在乌拉盖，接手家里的草场。他要重新养起牛羊，他要尝试做一个牧民。

"一个和我父亲不一样的牧民。"

"你也可以有别的选择，"沐沐说，"人不一定非得回到出生之地，非得做跟祖辈一样的事儿。"

"是，"达来说，"但是也不妨试一试。我这三年里，也不是什么都没干，我在里面看了不少电教片，很多还挺有信息量的。监狱里也有图书馆，我也读了很多书。沐沐，我见识过、经历过许多事情了，我爱过别人，也害过别人，我赚过大钱，也犯过大错，我不会再像以前那么现实，也不会过于理想化。"

"你的意思是……"

"我以前可能忽略了什么，乌拉盖草原给我的，不该只是憎恨和错误，肯定还有更好的东西。我要努力把这些好东西找出来，哪怕我最后什么也得不到。"

接下来，达来告诉拉西他的想法："我要开始学习骑马，还要接管草场，重新养起牛羊。"

拉西说："孩子，你没必要这样。爸爸年轻时不懂，所以逼着你去喜欢我喜欢的东西。"

达来说："爸爸，我想这样。"

拉西说："唉，说起养牛羊，我养了一辈子，但是其实早就跟不上形势了。前些年你开火锅店，小满帮你管理和收购，那些事儿我就看不懂了。这两年，草原的管理、牛羊的养殖和售卖，年年都在变，市场更是在变。不说别的，就现在防疫驱虫的那些药，我都看不懂药名。还有羊种，几十年前，冬至的爷爷北斗为了把羊改良成大尾寒羊，费了多大劲儿？现在可简单了，甚至从网上就能把事情办妥。"

达来说："我知道的，我比你更不懂。可是我晃荡了大半辈子，苦也吃过，福也享过，罪也犯过，牢也坐过，是时候做点不一样的事儿了。爸爸，你就把草场交给我吧。我再也不会让它陷入火海了。"

父亲小满烧好了奶茶，母亲给每个人都倒了一大碗。奶茶的香气在星光下氤氲，是可见的，夜晚的草原温度降低，幸好没有风。我们都隐隐约约地听到了什么声音，很远，那声音混乱嘈杂，仿佛是汽车的轰鸣和人的喊叫。已经无法看到更远，但我总觉得在西边，那片紧挨着沐仑河的最大的草甸子上，有什么大事在发生着。

我心里想，达来留在草原上，肯定还会干出一番事业的。说不清这感觉从什么地方来，他在牢里的时候还没有，应该是在监狱门口看见他的那一瞬间，看见他身形突然高壮、眼神无比明亮的一刻。是的，自从离开那里，他的眼睛就从之前的灰白色变得越来越亮，此刻，在火光的映照下，几乎和天上的星子没有什么差别了。

这令我激动。我不免想起之前，我和沐沐到乌拉盖替他看望草场时，发现的那棵小植物。我们拍了照片。我记起来，他看照片时，眼睛闪亮了一下。后来，我问过父亲小满，他告诉我那株植物是大麻，就是让达来陷入牢狱之灾的东西。这一次，达来又要在乌拉盖掀起什么样的风潮呢？我相信他不会再去走冒险的老路，但是他身上那种敢于尝试的基因仍然会再次冲动起来，这是肯定的。嗯，我要时刻关注他，适当的时候，一定得过来拍一拍。本来我的旅程计划里，就包含着"草原"这一部分。

这时，我发现沐沐和母亲聊在一起。母亲肯定看出了我对沐沐的喜欢，她会把沐沐当成准儿媳看待的。我有点担心她的热情让沐沐尴尬，却又心中窃喜，或许有些话我不好讲，母亲来讲更合适。我相信这次草原之行后，我和沐沐的关系肯定会更进一步。怎么说呢？我们已经成了无话不谈的朋友、互相鼓励的知己，但是总隔着一段薄薄的距离，仿佛两颗互相缠绕的粒子，无限接近，却始终无法融为一体。似乎有某种尚未被物理学或者社会学发现的力存在于其中，母亲能帮我消除它吗？

那颗最亮的星星越来越亮，并且越来越近。它带着火焰的尾巴在飞驰，并且坠落在不远处的草原深处。

拉西大声说："天上的星星掉下来了，要有大事发生了。"

"陨石？"沐沐吃惊地问。

我打开手机，迅速搜了一下，找到了一条新闻。我刚要把新闻念出来，突然停住，也许我可以换个方式告诉她。

不能再等了，我走过去，拉起沐沐说："走"。

沐沐没有问要去哪儿，她知道肯定和天上坠落的星子有关。

我们一路向西奔驰。出发前，我已在手机上查到了大致的定位。网上的信息显示，这一天晚上，会有返回舱回到地球，着陆点正是乌拉盖草原的查干牧场，离拉西家不到十公里。这个晚上，我们看到的那颗最亮的星子其实就是带着火光的返回舱。

草原的路不平坦，车开得颠颠簸簸，好在不用担心有车或者有人在路上，放肆一点也没关系。过了十几分钟，就能看见前方若隐若现的光，可能是车灯，也可能是某种照明灯。

光越来越亮，也越来越乱。网上说，

这是飞船返回舱第一次夜间着陆，对各方都是考验。大概到着陆点一公里左右，路被路障拦住，穿制服的工作人员说，临时封路，不予通行。这也是可预见的。

我和沐沐把车丢在路边，沿着警用隔离条带向北边摸过去。走了十多分钟，隔离带的一端系在一丛灌木上，已经无人把守。估计他们也想不到，在这空荡荡的草原、黑漆漆的夜里，会有人摸这么远。我和沐沐相视一笑，绕过灌木，往着陆点走去。按时间测算，这时候宇航员已被接走，工作人员正在处理返回舱。网上的说法是，他们会先对返回舱进行360度拍摄，做核辐射检测，确认安全后，再用吊车吊到专用的卡车上，拉回航天所进行后续研究。

我和沐沐小步急行，一个草棵绊了沐沐一下，她差一点摔倒。我伸手拉住她，从此再也没有放开。她的手又小又凉，我不敢太用力，却又不敢不用力，担心她再次摔倒。后来，她的手增加力度，握紧了我，我才放下心来。

我们走到了离返回舱最近的地方，可以大致看见它的轮廓，还有那些影影绰绰的工作人员。他们正在收回巨大的降落伞，特制的伞布被对折起来，然后用伞绳捆绑，像一个粽子。有人在用钢丝绑返回舱，它是椭圆形的，外表已经被下落时和空气摩擦的燃烧烤得发黄，着地的部分有不同程度的凹陷。想想，这个金属罐子曾经在外太空待过许久，而它里面搭载的人，则真正在宇宙中看过我们的地球——他把我的"旅程"部分地变成了现实，或者说，我的"旅程"就是想让更多的人体验这种神奇。

我忍不住摁亮手机，打开微信，看了一眼微信的开机界面——一个人在苍穹中看向地球。

等到那群人开车消失，我回去把车开到附近。

东方渐渐放亮，清晨还早，但是已在路上。我和沐沐起身，拍拍发麻的腿，走向返回舱的着陆点。那里有一个浅浅的土坑，周围的青草被践踏得七倒八歪，不成样子。无数车辙和鞋印，如果用无人机在空中俯拍，说不定能从混沌中发现某种规则图案。我们绕了一圈，用手机电筒四处查看，什么都没留下，他们打扫得可真干净。

我感觉沐沐的身体抖动了一下，才想起现在到了草原上温度最低的时刻。可惜我也只穿了一件T恤，没有多余的衣服给她保暖。我大胆地伸出手臂，搂住了她的肩膀。她并没有躲避，而是把脖颈往我的臂弯靠了靠。

"天冷，咱们回去吧。"我说。

她点点头。

草场上，只有我们那辆车孤零零地停着，像是被遗忘在了这里。

昨晚着急，又是夜晚，停车的时候并没有看清地面状况，后右侧的轮胎竟然陷在一个泥坑里。草原上没有下雨，水应该是迎接返回舱的工作人员弄的。他们为了防止返回舱着火，都会来几辆消防洒水车。

我试了几次，车轮始终在泥坑里打滑，令人沮丧。总不至于我跑回去找人帮忙吧，那可太丢人了。我让沐沐坐在车里，自己下去，绕着四周寻找。我想找一块石头垫在车轮下，增加摩擦，好把车开出来。可是方圆几百米，竟然连一块像样的石头都找不到。

这时东方的曦光大面积地铺洒过来，草原被镀上了薄薄一层红金色，加之氤氲的雾气，有种别样的美。沐沐身子暖了些，从车上拎了摄像镜头下来，对着东方和草原一通拍。

突然，沐沐喊了一声："冬至，快来。"

我心中一凛，担心她碰到了蛇，赶紧飞奔过去。

沐沐果然指着草丛，说："那是什么？"

那里有微光反射了一下。

我心中惴惴，悄悄地拨开青草，发现青草间有一块一尺见方的铁皮。不是蛇。

我捡起来看了看，跟沐沐说："会不会是？"

沐沐两眼放光，兴奋地说："肯定是。"

我们的意思是，这块铁皮来自飞船的返回舱，在着陆时被巨大的冲击力弹开，插在了草丛里，几乎全部埋在了泥土里，工作人员没能发现。

这么说，我们无意中捡到了一块曾在宇宙旅行的铁片。这可真是意外的收获。

看着眼前的铁片，我有了主意。或许，这就是老天刻意留给我们的。

我把铁片放到右后侧车轮下，垫住轮胎，然后上车发动汽车，一阵泥水飞溅，汽车从坑里爬了上来。

我下车，从泥坑里把那块金属片捡起来，放在前挡风玻璃上，用玻璃水清理了一下。它显出某种细微的光芒，像某个战士的铠甲，又像一块缩小的盾牌。

回去的路上，沐沐一直坐在副驾驶把玩这块金属片。

"我要在上面刻几个字。"我说。

"刻什么？"她问道。

"苍穹无际。"我说。

"人生有涯。"她说。

东边，朝阳彻底从草原的边界跃出，半个地球都亮了起来。

4

我的职业转机出现在这一年的冬天，冬至日。那是我转正的四周后。

一个副总找到我，说："我看了你的新游戏设计报告，在部分董事的坚持下，董事会决定试一试。"

我大喜，便问是哪位董事。

"他不在国内，是今年年初才加入的投资人，独立董事。因为公司需要他协助处理一些游戏的海外版权和融资问题，所以很倚重他，不得不考虑他的建议。"

我说："我想知道公司到底有多大投入，包括人力和财力。"

副总说："公司不可能给你配专门的团队，你需要自己去招，另组建一个不超过十人的小组。薪酬方面都是从一级薪酬算起，按成长速度和能力值晋级。全公司都一样，这你很清楚。至于资金，周期是两年，一千五百万的份额，以半年为周期进行内部测评。如果第一期内部测评不通过，项目马上停止。这已经是公司能给出的最大支持了。"

"没问题。"我说。我的所求也不过如此，我相信自己的判断，我更相信自己能够做出最超前的沉浸式游戏产品。我不知道那个神秘的董事是谁，但是，无论如何我要对得起他的信任，对得起他的钱。

在这之前，我以为，我和沐沐的关系会因为那次草原之行继续靠近，我甚至都想好了表白的场景。但是沐沐在回北京前告诉我，她准备去骑行全国，就从乌拉盖出发。

"我要把能走到的地方都走到。"她说。

我只好按下自己的失望："那我先陪你骑到北京。"

"不！"她拒绝得很坚决，"你应该去做你的事。骑行是我的事，我不希望因此影响任何人的正常生活。"

"可是……"

"冬至，你应该明白我。"

我不能再说什么，但是我要求沐沐必须答应我，随时告知我她的行程。

她答应了，并且她说她还会开一个视频号，每天更新甚至直播自己的旅程。

"是你的'旅程'启发了我，也激励了我。"沐沐说，"尤其是刚到北京时，你让我用VR眼镜进行了宇宙之旅，我体验到了孤独行走之美。我想，我还有一次任性的机会。"

"什么还有一次，我们的人生还很长，我们还要一起做许多有趣的事呢。"我说。

她笑了一下，没说话。

过了一会儿，我说，"骑行需要专业的装备，你在这里等，我去市里给你买好。这点小事，你总该让我做吧？"

她点点头说，"那就辛苦你啦。我正好想再陪拉西伯伯和达来哥哥几天，这一走，就要走很远很久。"

我开车去赤峰市里，到骑行装备店，给沐沐买专业的自行车、主要配件、定位手表、手电、简易帐篷，等等。在试车的时候，我脑海里浮现出沐沐的脸，我总觉得她有些事情瞒着我，心中存有不安感。我把自行车退了，去买了一辆适合长途的摩托。想来想去，我觉得沐沐骑摩托旅行更安全也更方便。

还好父亲的二手车后面有车斗，摩托车可以固定在车斗里，要不然我只能把车放下，骑摩托回乌拉盖。我没骑行过，主要靠在网上的骑行论坛上看大神们的分享。我几乎把别人推荐的所有东西都买了，还是担心缺了什么。

回到乌拉盖，沐沐看着我载了满车的物品，笑了："你这哪是骑行，你这是搬家啊。"

"谁让我们在草原上？咱们当一回游牧民族。"我回答说。

达来接手草场，开始筹备他的事业，他的初步规划是养牛。

"你养了一辈子羊。我不想再养羊了，我要养牛。"达来跟拉西说，"我要用最新的方式养牛，养最好的牛。"

我不知道牛和羊有什么区别，但是达来看起来十分笃定，似乎哪怕再次失败，他也不会感到沮丧。想想，也有些不可思议，这个出生在乌拉盖草原的人，去过那么远的地方，经过那么多跌宕起伏，竟然是在监狱里找到了让自己安心的方式。他说话的那一刻，我觉得跟拉西爷爷十分相像。但是，他的眼角眉梢，又显出明显的区别。拉西就是拉西，达来就是达来，是啊，连乌拉盖草原都在一年一年地变化。这世界哪有永恒呢？

拉西拍拍他的肩膀，说："长生天保佑你。萨日朗也保佑你。"

达来说，"爸爸，有酒吗？"

拉西说，"我找找。"

不一会儿，拉西找来几瓶马奶酒，很有年头了，酒体已经挥发了五分之一，剩下的酒有一种微黄色。达来从外屋拎过来几个碗，倒满酒，大声说："来吧，咱们干一杯。算是给沐沐壮行，也是给我自己壮行。"

他们都要去奔赴各自的旅程了，我也应该走我的路。我们端起酒，大口喝着。这酒有一种年深日久的辛辣，像烧着的石油,但是整个喉咙、食管和胃部被点燃的感觉真爽啊。我竟不再因沐沐的离开而难过,看着同样喝掉小半碗酒、脸色酡红的她,有了些慷慨的情绪。仿佛我们是要去打一场悲怆惨烈的仗。拉西爷爷没有喝酒,笑眯眯在旁边看着我们,好像我们是刚刚被驯化的儿马子。

这是沐沐病好后第一次喝酒,她没醉,但有酒意。借着这股劲,她跑到草地上,直接躺倒。

"天在旋转。"她说,"也可能是我在旋转。"

我躺倒在她身边,鼻孔里立刻嗅到了青草味、泥土味,还有她身上特殊的香味。整个大地忽然变得很轻,连重力本身也失重了,地球和我们一起飘浮起来,像一艘无比巨大的飞船,正在无边无际的宇宙中航行。

"沐沐。"我不由自主地叫道。

她没有回声,我扭头看,她好像睡着了,也可能是装睡。我看见她的眼角有一滴泪。一只蚂蚁正从她耳边爬向眼角,在那滴泪边上停留了一下,似乎在犹豫,接着它穿过那滴泪,向她的鼻梁爬去。

我的眼泪流出来,没有谁看见。

第二天,沐沐选择了最必要的装备,在我和拉西、达来的注视下,轻加油门,开始了她的旅程。

她的第一站是乌里雅斯太镇。我没去过那里,但是我听父亲小满讲过,四十多年前,爷爷北斗就是从那里赶回了乌拉盖草原的第一批大尾寒羊,萨日朗奶奶也曾到过那里。沐沐把它作为第一站,似乎是在向他们做出回应。我真想和她一起去。

我在网上查了一下,乌里雅斯太是蒙语音译,意思是"有杨树",不是杨树,而是"有"杨树。是的,世间万物不过都是一个名词,必须和一个动词结合起来,它们才能存在。而最好的动词莫过于"有"。有就是存在,更深的事,只能哲学家去讨论了。还好,当沐沐有一趟旅程时,我也有一份工作要做。我们都"有"。我期待着某一天,我们是共同的"有"。

沐沐出发后,我回到北京,专心于自己的工作。我不能连实习期都过不了。那时候我还无法想象未来,我的职业理想前途渺茫,我的爱情停滞不前,除了把精力投入到日常劳作中,我没什么可做的。接下来的半年,我每天到得最早,走得最晚,每周至少有一天住在单位里。由我负责维护的那几款老游戏,用户投诉量直线下降,并且玩家还实现了小幅度上升,这让我的直接领导十分满意。在月度会上,他特别表扬了我,但是,我并不想领受他的表扬。他说:"我们的新人冬至,这段时间成长得非常快,工作认真,成绩有目共睹。这也说明了一件事,我们的老产品,虽然有些过时了,但是仍然有巨大的潜力可以挖,别忘了中国是个人口大国,游戏玩家众多,只要服务好一部分目标客户,这碗饭就吃得饱、吃得好。"我不喜欢他这种保守的论调,而我自己的工作竟然成了他的论调的证据。

支撑我的除了无处可逃,就是每天追沐沐的骑行视频日志。一开始,她拍摄的内容很多,只是还不太会剪辑,就把视频传给我,我来剪辑。这段时间,我看了大量的沐沐的原始视频素材,比她之前自拍的还要多。这些素材,有她作为第一视角的,也有镜头作为客观视角对她拍摄的,还有请路人帮忙拍摄的。过了一周左右,她学会了快剪，也摸熟了拍摄的基本套路，便开始自己剪，我便只能和网友一样在抖音上苦等更新了。

她的更新时间不固定，有时是清晨，有时是半夜，我的心情也由此跟着波动。

对了，那块金属片，我本想自己用刻刀来刻上"苍穹无际"四个字，可它太坚硬了，我从网上买的那些刻刀根本难以伤它分毫。后来，我只能找专门的机构去操作，他们用热熔刀刻上了这四个字。现在，这块金属牌匾就摆在我卧室的床头。每天临睡前的最后一眼和清晨的第一眼，我看到的都是它。这浅凹槽的阴刻文字，仿佛是一条超越光速的时光隧道，时常带着我进入宇宙之中。我自己也不止一次地戴上VR眼镜，以沐沐的方式体验苍穹"旅程"。摘下眼镜的时候，我总是泪流满面。

就这样，直到转正后的冬至日，我的职业迎来转机。

我开始了新游戏"旅程"的大规模开发，小组人员一部分是我的同学和师弟，另一部分是网络招聘而来。他们基本认同我的设计理念，也相信这是将来的游戏甚至休闲文化的蓝海，都愿意拿着低工资跟我一起创业。我后来找到那个副总谈了一个条件，那就是如果这款游戏开发成功并且大卖，我和我的小组必须具有原始股，能够作为创始人进行分红。如果游戏失败，他们可以留在公司的其他部门，不至于失业。副总提交给董事会后，讨论通过了。这也是我所能空口许给他们的最好的未来。

创业的艰辛和折磨无须多说，那些通宵，那些沮丧，那些熬红的双眼，那些酸痛的颈椎，一切都作为某种能量在积蓄。我们的追求绝不仅是增加体验性，我们还要场景的真实化，如果游戏是虚拟的现实，那就必须让玩家所沉浸的游戏空间和真实空间无比接近，只有这样，我们的身体才会分泌足够量的多巴胺或者内啡肽，我们的精神才会去调动无意识中累积的经验，让我们体验到这个世界另一个层面的美与恶、好与坏。

半年后，这款游戏初见规模。它的基本逻辑是这样的：游戏玩家通过VR眼镜进入超级现实，屏幕会投射出几款选项，都是第一视角的，比如你选择隧道，再细分下去，会有海底隧道、火车隧道、地铁隧道等，选取一项之后，你就能以第一视角进行隧道旅行，当然旅程中需要玩家攻克许多难关；再比如，你选择飞行，那就可以选飞机驾驶员视角、宇航员视角、翼装飞行视角、降落伞视角等，体验各种飞行的不同，也需要完成一定的任务。我们的重头戏是生活选项，即你可以选择自己喜欢的生活方式，然后在虚拟空间里度过二十四小时，这不同于角色扮演，这是真正的沉浸。如果你选择农夫，那就得真正体验种田、拔草、收割，你甚至可以闻到水稻的香味。游戏之难就是生活之难，区别在于，在游戏中你总有可求助的对象。

一切都在向前推进，虽然速度比预想的慢了些。沐沐已经从四川进入西藏，这是她第二次到这里。半年多的骑行之后，她成了老手，能够面对路上的各种困难。进入西藏后，她的镜头更多对准了那些磕长头的朝拜者。一开始，她只是被这种信仰的忠诚度震撼了，开始跟拍其中一位。也是个女孩，年纪比她还小。沐沐问女孩，女孩回答说，"没有为什么，信仰是没有缘由的，是本能的。"是啊，就是饿了要吃饭，渴了要喝水一样，心灵的饥渴也本能地需要填满。那天，沐沐最后对着镜头沉默许久，才说："和她相比，我像是个没有灵魂的人。"

我看了那天的视频后，给她发消息，讨论这件事。我觉得她有些小题大做了，信仰固然是值得如此对待的，但那些认真过世俗生活的人，也一样值得尊重。

"我只是针对我自己来谈论的，"她回复，"我之所以选择骑行，就是想找到自己的信。小时候，我相信周围的一切，我认为现实世界就是我的'信'。但是后来我病了，经过了好几年的折腾，那段日子，我的信是偶然，甚至是命运。我只有偶然的机会才能活下去，不是必然。可后来，达来哥哥救了我，这一切的渊源竟然在五六十年前就已经种下，仿佛又是个必然。我那偶然的信也靠不住了。"

"爱呢？"我问她，"爱能成为你的信吗？"

她沉默了一会儿，回复我："我不知道。我觉得我现在还没弄懂爱这件事，或者说，爱太宽泛了，可以容纳一切，仿佛什么事一到爱这里，都能接受，都能解释，反而令人怀疑。"

我心里有些失望，在我的观念里，爱是狭隘的，现在，我仿佛只爱她一个，极端的时刻里，我可以为这狭隘的爱放弃其他一切。

后来，随着骑行的路途越来越远，她看见了雪山，看见了大峡谷，看见了那里的天空和大地。她的焦虑渐渐消失了。

"我想我理解了他们的信。"她说，"在那样的自然面前，人类只能匍匐在地上。想想吧，只是在地球这么小的地方，物本身就有如此强大的魔力。我们身处的宇宙是多么广阔啊，太阳系、银河系、仙女座、创生之柱，浩瀚的苍穹里不知道还有多少让人自感渺小的事物。在它们面前，我们除了信，还能怎么样呢？"

我久久没办法回答她，只好跟她分享我们的"旅程"项目，告诉她最新的进展。

"等你回来，再体验旅程的时候，和之前已不可同日而语了。"

"祝贺你。"她说，"终于做了自己想做的事。多好啊，我们都在做自己喜欢的事儿。"

最后，我问她什么时候回来，我很想她，特别想她。

"某一天，"她回答说，"我会突然出现在你面前，就像我们第一次见面那样。"

我没有说出来的话是，她那种单纯的笑容消失了，她仍然爱笑，但现在的笑里都是笃定和静谧。那是历尽沧桑之后成熟的标志。我不知道自己该为此高兴还是悲伤。

第三章　人间牧场

1

闫落在电脑屏幕上点击确定按钮，比以往所有时候都要简单轻松，就像刚刚注册了一个账号或邮箱。按钮是契约，她的银行账号因此支出了一万五千元，一小块位于内蒙古乌拉盖草原上的黄金牧场，一头牛、三只羊还有上面成千上万棵牧草，同时属于她了。这个瞬间，她有了一种比买新款 LV 包、巴宝莉的衣服或者其他东西更真切的拥有感，因为她有了真正的牧场和牛羊。

太多年了，牛和羊在她的生活里从来都只是"肉"，只是名词和符号，从未作为活生生的牲畜存在。这仿佛冬眠的事物，被轻轻点击的按钮唤醒,她耳朵里开始响起风声和牛羊的叫声,整个世界都被朦胧的绿色笼罩。

当然,在她的家里,情况要更复杂些。她的爷爷和羊的关系匪浅。闫落的爷爷杨卓,退休前是内蒙古大学生物研究所的研究员,主攻方向是家畜体细胞克隆与转基因技术,师从大名鼎鼎的旭日干教授。他曾经是最后一批到内蒙古插队的知识青年,知青点就在赤峰市巴林左旗的林东镇附近的村子。在那里,他曾立志要改良当地的羊种,为此,在别的人都返城的时候,他毅然留下。他认识了一个当地朋友,叫北斗,一个纯粹的农民,却有着和他一样的想法——养羊,改良羊。他们"志同道合",杨卓偷偷用北斗羊群里的羊来做实验,结果并不如人意,条件所限,他并没有配出理想的羊种。后来,他终于难以坚持,高考已经恢复,他从那里考上了内蒙古大学的研究生,成了一名科研人员。他后来听说北斗竟然真的成功了,从东乌旗引进了大尾寒羊,内心羞愧不已。

爷爷杨卓再没回过那片土地和草原,但他也从没有离开自己喜欢研究的羊,他的羊在实验室里,在试管里,在论文里。爷爷曾想让父亲子承父业,但父亲从小就对这些不感兴趣,他喜欢的是电脑、计算机,后来到大连理工读书,毕业后回到呼和浩特,在一家网络公司上班,如今也算是高管了。闫落自己呢?高考考了三年来的最高分,幸运地被北京一所985大学录取,本科毕业,考研失败,正好学院在招辅导员,有户口,她因为四年本科参与了不少社团和系里的活动,很有做学生工作的经验,顺利地拿到了这个职位。这个活儿干起来烦琐,考验耐心,但也规律,最好的一点是你总能接触到最新鲜的年轻人,看着他们从只会刷题的小镇青年蜕变为纵论天下大事的青年才俊,看着他们从羞涩懵懂变成恋爱达人,然后在考场和职场上拼杀,还没等你去感慨青春的易逝,又有新一茬更年轻的人接续上了。人啊,真是如她青春期时最流行的歌手唱的那样,"一波还未平息,一波又来侵袭"。几年之后,一切已轻车熟路,大一新生报到,她打眼一看,就大致能猜出他(她)来自一线城市还是三线小城,来自边疆小镇还是沿海渔村,她甚至都能猜出他(她)高中三年大致的年级排名。不是她有多神,而是只要有足够数量的样本,你总能总结出一个八九不离十的规律来。潮水再汹涌,也不过是被月球引力所左右的潮汐。

恋爱谈了几轮,一到要结婚的关键时刻,她就犹豫了。她对婚姻持保留态度,但是呢,如果不结婚一直谈恋爱,又好像哪里不对劲儿。结果只能是分手。她早已不是那种为了男朋友要死要活的年纪,分手不过像是搬家,麻烦,却也不至于让人崩溃,甚至有时候,你在整理那些杂七杂八、断舍离的时候,还能发现许多以前忽略的人和事。比如跟第三个男朋友分手时,她想起了第一个男朋友。他是人吗?还是机器人?他几乎可以一天二十四小时挂在电脑上,账号永远在线,不管什么时候,只要有人喊他去组团打野,他立马两罐红牛灌下去,鼠标键盘敲起来。眼瞅着他熬得眼眶越来越深,面色越来越黄,有种油尽灯枯的感觉,她断了他的电、他的网。咳,你猜怎么着,他不哭不闹,跟她玩绝食,愣是三天米水未沾。最终自然是她败下阵来,总不能真闹出人命。然后分手,他对她却并非毫无感情,竟然舍得卖了一个级别很高的游戏账号，换了十几万，给了她十万和一组限量版游戏周边手办。她就是看着那组手办想起他来的，她也想起分别那天他说的话："落落，我戒不了游戏了，除非哪天生活本身变成游戏。"

"你就是想逃避。"她反驳说。

"你说得对，我经常觉得人生无意义，既然无意义，不妨就做些更无意义的事儿打发得了。"他冷静地回答。

"懦夫。"

"地球是圆的，正着走和倒着走其实是一回事。"

闫落再无话可说。她当初是怎么喜欢上他的呢？这么一想不要紧，竟然也是因为打游戏，因为某段时间自己也感到生活无意义。可是女人不一样，女人总是擅长从无意义中寻找意义，比如那些节日，那些节日必需的礼物，其实本质上有什么呢？无非是货币换来的等价物。但是在她们嘴里，这句话就会变成："我在乎的是这些东西吗？是你对我好的心和态度。"

过年回家，一大家子人围着爷爷杨卓，他拿出自己珍藏的茅台酒，给每个人倒一杯，乐呵呵地说："人这一辈子求的，就是个天伦之乐。"然后呢，他就会讲起自己插队时多么艰苦，本来也是要下田种地的，因为一手给羊羔接生的手艺，竟然变成了兽医站的兽医。他认识了当地的一个年轻人，那个年轻人本来是个农民，却整天想着放羊，要靠养羊来发家致富。他竟然还真干成了。爷爷很多次想回去看看这个朋友，却害怕碰见另外一个人。那个人是谁？爷爷总是讳莫如深。后来，奶奶去世一年多后，爷爷的话里终于多了新的内容，那个人——那个女孩出现了。闫落能从爷爷的话里话外听出来，他们之间有过感情，但是他最终放弃了。这样，闫落反而更喜欢爷爷了，觉得他到底还是存着性情，不过是自私和懦弱了些。爷爷搞了一辈子科研，用干细胞克隆出和母体一模一样的羊，然后，他的研究方向开始发生变化，利用转基因技术，把羊的基因里那些不符合人类期待的基因进行编辑，让它们长得更高更壮，产奶量更大，适应各种环境。爷爷的事业很成功，老年后却常常在饭桌上感慨："我就想吃吃五十年前在内蒙古吃的那种羊肉，可惜现在一口也吃不到了。"她们不知道他说的是哪种羊肉，她们从出生起就是吃现在的这种羊肉——烤串、火锅、涮羊肉、手把肉，和以前的有什么不同吗？后来，爷爷有一次说："我知道啦，现在的羊肉真是一点膻味都没有了。"她心里嘀咕："这还不是你们这些科学家的功劳？"

工作几年后，事情开始有些难做了。闫落发现自己越来越不理解这些"00后"了，尽管她还有好几个生于1999年的关系不错的朋友，可是仿佛真隔着一个世代；也可能是她不理解整个世界了。你就说，一百个学生里，怎么就能一下出来三四个抑郁症？她在不断退缩，以前，一个学生违反了校规，直接按照条文处理就是。现在不行，那个学生很可能做出过激反应，一旦这样的消息发布到网上，很快就能"喜提"一个被迫的热搜。所以不到万不得已，她很少下比较狠的处罚。可是呢，又有一些学生是反着来的，在外面打着学校的旗号做了不该做的事，也被人发到网上了，她们一样要跟着四处灭火。

这一天，在她终于解决好一个学生举报老师的事件之后从学校回昌平住地的地铁上，无意间刷到了"人间牧场"的短视频广告。最开始，一看见屏幕上蓝天白云、牛羊成群，她还以为是卖牛奶或者草原特产牛肉干什么的，但是耳机里传来的声音，却是另外一回事。那个文艺腔满满的男声说："每个人都想拥有一块自己的牧场，每个人都想亲自放牧牛羊，草原是无数都市人的灵魂栖息地，人间牧场能满足你的愿望，并且，远不止于此。"哦，是这样。接着，她看见屏幕上打出了几个字：虚拟草原，真实牛羊。旁边有一个二维码，她看了眼闪烁的地铁指示灯，还有五站，便随手识别了二维码。屏幕上立刻跳出APP下载页面。闫落犹豫了一下，手机内存堪忧，再加上这种不知道什么来路的APP，万一是钓鱼网站怎么办？但是，"虚拟草原，真实牛羊"几个字却在脑海中挥之不去，最后好奇心战胜了戒备心，她还是把APP下载下来了。之后都是常规的注册步骤，也简单，现在的应用只要选择微信登录即可，不像以前，还要一项一项填写注册信息。

她进入了游戏页面，有两个选项，一个是VR眼镜，光标在这里停留，跳出一行小字：如果您使用的设备有VR功能，并有VR眼镜，请连线，您将会体验到前所未有的真实感——"比现实更真实"。还得用眼镜？她哪有眼镜。接着看第二个选项：常规通道。点击进入，屏幕立刻显出一个牧场的立体图，并且视角可用光标720度旋转，有点像中介网站的VR看房。借助这个功能，她把整个牧场的东西南北和俯瞰视角全都看了一遍。放大屏幕，她看见了牧场入口的牌子，点击进入，视野立刻开阔起来，天苍苍野茫茫，真的仿佛置身于草原之上。山坡上，牛羊成群，一条河流蜿蜒着流向远方，水波在太阳下闪着银光，光波上有字迹，是木沦河三个字。耳机里

也传来轻轻的流水声，其间掺杂着羊的咩咩声。

真是草原，做得挺逼真啊。她嘟囔了一句。

她放大屏幕，随意对焦到一棵苜蓿草上，她看见了真正的草，而不是电子化的草。

她的视角退回到正常比例，转个方向，又选了一棵草看，仍然是真正的草的样子。

闫落愣了几秒钟。这时，屏幕自动调整比例，一只羊渐渐变大，仿佛是走近她。那只羊在她面前停下来，咩咩叫着。闫落有点疑惑，不明白它叫什么，也不知道自己接下来该怎么做。那只羊还在叫，她在屏幕上羊头的位置点了一下，一行字出现：水。是说它要喝水吗？她再次看见了那条河流，木沦河，她记得名字。那只羊转身，向羊群而去，很快它就融入羊群里，难以分辨了。闫落用光标跟着走，竟然走了挺长时间，才到羊群边上——似乎，她用去的时间和力气跟真的走这么一趟差不多。

路上，她已经明白了自己的任务，赶着羊群去喝水。

现在，她是一个牧羊人了。

闫落赶着羊群下山，向木伦河走去。羊儿们边走边随意吃着脚下的草，偶尔叫几声，有几个调皮的家伙，走着走着离开了既定路线，闫落赶紧吆喝它们回群。还有几只小羊羔，走得慢，她也不得不时时催着。

抵达河边，河水泛着波光，水底的卵石和水草清晰可见。那群羊纷纷低头喝水，闫落在水中看见了一轮落日。如果用VR眼镜看，这一切一定会更真实。她脑海里跃出这样一个念头。

突然，地铁报站的声音传来，她一惊：竟然不知不觉坐过了两站。

214

闫落迅速起身,下车,刚好对面的列车停下开门,她赶紧冲过去,在关门前一秒闪身上车。

她没有注意到,手机黑屏了。

等这天晚上,闫落洗完澡,躺在床上准备睡觉时,她才再次想起那群羊。她打开手机,进入"人间牧场",直接跳出一个语音提示:尊敬的牧场主,因为您的羊群没有赶回羊圈,已被狼捉走五只。闫落心里一惊,怎么回事?她又研究了半天,终于弄明白了,这个游戏里,如果属于你的牛羊,你没有照顾好,它们就会失踪、病死、被狼叼走,等等。如果你按照全部的养殖程序做了,它们则会交配、产羔,羊群就会不断扩张。你可以卖掉,用牧场币买其他东西。这个游戏的一部分和其他游戏很像,但是另外一部分却又完全不像,那就是它更真实。不只是场景、镜头、画面,游戏的过程也需要真正地参与。闫落想了一下,自己到底能不能养好一群牛羊?能不能管理好一片牧场?最重要的是,她到底需不需要一块牧场?她进入游戏,看到那群羊在屏幕里看着她,叫声可怜,的确是少了五只。

试玩结束,想继续玩请点击缴费——第一期只要二百元。她虽然心怀犹豫,还是交钱了,跟她在网上买很多东西时一样。她并不迫切需要那些睫毛夹、粉底、发卡什么的,但是常常忍不住买,买回来很可能放在哪个地方,再也不会想起来。输完付款密码的一瞬间,她有些后悔,但转瞬看到屏幕上跳出一行字:您好,您是我们的第 1000 位玩家,特赠送一只羊。远处,有一只羊慢慢走来,走到了她的羊群里。她分辨不出这是不是被狼捉走的那些羊之一,但是听见羊群的叫声变了,似乎是愉快而兴奋的,她的心也愉快起来了。

一周后,她已经离不开自己的虚拟牧场了,每一天都得去看看羊。有两只羊怀孕了,她不得不再花钱给它们买玉米,补充营养。等到第一期结束,闫落毫不犹豫地交付了全部剩下的钱。这一刻,她再也无法抛弃那些牲畜。她还花钱买了一部 VR 眼镜,把游戏装载到一个更大的电脑上,每当空闲,就会窝在沙发上当牧场主。她亲眼看着牛羊生长,草场由绿变黄,也经历着草原暴雨和雨后的彩虹。有时候,她会犹豫:这和养电子宠物有什么不同?但是转瞬,她就会跟自己说:很不相同,这些羊仿佛真是活的。

最让闫落惊喜的是这一年的深秋,中秋节后两周左右,她下班回到家,发现门口有一个大箱子。她不记得自己这几天买过什么大件,但箱子上的地址和收货人确实是她。她疑惑着,把箱子挪到了屋里,等她打开,被里面的东西惊住了:那是一整箱羊肉和羊骨头。她发现了一张纸,上面有一段文字:

尊敬的人间牧场玩家,这是您的羊群里最肥的羊,我们已经替您宰杀好,把肉和骨头用冷鲜物流寄送过来,请您查收。请您继续照顾好您的牧场,如果您需要,可以从牧场里收获牛肉、羊肉以及其他草原特产。

什么意思?难道这不止是一个游戏?就是说,我真的有一块牧场,那上面真的有牛羊,不但有,我还能吃到自己养的牲畜的肉?

纸片的背面还有一段文字:

我们并不是一家单纯的游戏公司,我们

在内蒙古的乌拉盖草原建有真正的牧场，养着真正的牛羊。您在游戏中体验到的一切，以及您操作的一切，都会相应地在乌拉盖发生。所以，您所体验的并不是虚拟的游戏，而是真实的人生。

落款：

（人间牧场总场主　达来　冬至）

在左下角，还有一个二维码，旁边有一行小字：

人间牧场诚招同道，有意愿者可扫码了解，欢迎加入我们。

闫落跌坐在地上，她有些恍惚，觉得这像一个恶作剧，又像某种梦境。

但是眼前的肉是真实的，粉红色的瘦肉上散落着白色的油脂，油脂因为保鲜用的冰块而凝固，生肉味在屋里飘散开来。闫落伸手摸了摸，有些凉，但是质感清晰。没错，是真正的肉。如果人间牧场说的是实话，这还是她自己养出来的纯天然无污染的羊肉。

有什么东西咔嗒一声，被开启了，像是她小时候看的动画片《怪物公司》里的门，门后是一个全新的世界，在吸引着她走进去。

2

我开发的游戏"旅程"最终失败了，花光董事会给的那笔钱之后，团队解散，我离开了四海。

我并不认为"旅程"的失败是理念问题，我依然坚持自己原来的想法，只是世事难料，因为整个游戏产业的转型，总公司的战略作了调整，砍掉了所有半途的开发项目，开始做元宇宙。其实"旅程"跟元宇宙并不冲突，甚至它就是后来全球火热的元宇宙概念的某个模块，但是对公司来说，必须先有大架构，然后再去构造模块，而不是相反。再加上，"旅程"的那笔钱本来就是那位神秘董事争取的，他的话语权也仅限于此，随着公司运营的变化，他的重要性在下降，话语权自然就逐渐丧失。项目停止之后，我才偶然搞清那个董事是谁。陈皮特，沐沐的父亲。决定是沐沐下的。在她骨髓移植之后，陈皮特就以她的名义参股了一些公司，想让她学习投资和打理业务，而沐沐的心思却不在此。当她得知我的项目遇到困难，便跟陈皮特说，爸爸，你让我学投资，那就帮我搞定这个项目吧。这也是沐沐第一次向她的父亲提出要求。陈皮特尽管不看好，还是想办法说服了其他董事，给了"旅程"一个机会。

在游戏的内测阶段，我们的用户体验和测评都很不错，玩家一致认为自己在"旅程"中获得了与以往不同的体验。"在'旅程'中，我真正体会到游戏成了人生的一部分，从而更加确认了人生的严肃性。"这是其中一个内测玩家的评语，我本来想征用为宣传语的，可惜"旅程"戛然而止了。游戏玩家们还没有意识到自己真正的需求，绝大部分仍沉溺于基本和简单的欲望满足上，当然了，如果考虑到全球的人口基数，"旅程"的目标玩家仍然是一个天文数字。问题是，我们没机会找到他们，也没办法让他们找到我们。"旅程"毕竟只是一款低投资的小游戏，缺少那些大游戏的全球推广能力。

当我知道"旅程"幕后的支持者是沐沐后，心里五味杂陈，这也是我没有再去争取的重要原因。沐沐从未提过这一点，但我本应该早点猜到，我不止一次跟她抱怨公司的不支持，大骂董事会的人目光短浅，看不到真正的未来。她总是简单地说，冬至，相信你自己，相信你的直觉。当时，我甚至觉得她的回答有点敷衍。现在我明白了，她已是倾尽所有在支持我了。沐沐的旅行 Vlog 还在继续发，但是频率降低了，以前一周可以更新五次，现在降低到三次甚至两次。我问她原因，她说时间不够，再加上内容上创新难，观众已审美疲劳，她自己也有些疲惫了。倒是她给我的自拍素材仍然很丰富，其中一些明显可以放在短视频上，我说我可以帮她剪辑。她摇头，说她已经从最初的兴奋感中清醒过来，开始明白分享并不是没有边界。"和镜头框一样，边界产生意义。"尤其是近来，她的视频底下出现了一些负面评论，我都逐条看了，感觉那就是一群网络喷子，他们可以喷任何人任何事。有人评论说沐沐是一个第三者，和商界的某大佬有染。有人在评论中不断逼着沐沐表态，对近期娱乐圈爆出的性骚扰事件到底持什么态度，指责她身为一个女性，为什么不为女性发声。沐沐只回了一句"抱歉，我不是很了解"，就被他们一通批，说她是既得利益者、精致的利己主义者。沐沐这二十多年的生活，大部分都是在美国度过的，美国自然也有这些，但毕竟有所不同。她难以接受，我不断地给她解释和安抚，可是她的积极性明显被这些事打击了。

好在旅行中的自然和人群本身具有治愈效果，她看过无数美景，也遇到过形形色色有趣的可爱的人，品尝了不同地方的美食。她看过青藏高原的浩瀚星空，欣赏过彩云之南的湿润流云，在东海的渔船上见证了辉煌日落，也在冰冻的查干湖面看着冬捕的头鱼披红挂彩。和这些景色相配的，还有各地的人，在没有日常的利益纠葛的时候，每个人都是善良和美好的，这些恒定让沐沐得以对抗网络世界的乱。

我们在聊天的时候谈到，虚拟世界的道德和边界到底在哪里呢？比如这些网络喷子、网暴者，你很难去追查到具体的人，即便找到了，他只是随意发了一句话，怎么定罪，如何惩罚？因为其性质和程度难以量化，所以也就难以审判。我们都认同的一种看法是，虚拟世界的道德和边界，恰恰在人心之中。

"如果人人都是'旅程'的玩家，他们就绝不会成为网暴者，无尽的苍穹会让人谦卑。"沐沐说。这是她唯一一次主动提及"旅程"，"网络世界和虚拟世界，并不是一回事。"

"你什么时候回来，可以体验一下'旅程'的其他项目。"我发出邀请。我和她已经分别一年多了，确实很想念她。关键是，她这样一个真实存在的人，现在只能通过那些素材和视频电话看见，让我自己一度怀疑她只是个虚拟形象。我当然知道不是，可是总会有许多个瞬间，这种怀疑猛然从脑海中浮现，如同月夜海面上突然跃起的鲸鱼，美、惊奇、不真实感同时在一跃之间出现。

她的抖音号粉丝数已达五十万，不多，但也不算少，有商业广告找上来了。沐沐一概拒绝。那时候我心里想，如果哪天她成了大网红，而我的"旅程"真正上线了，是不是可以请她给打个广告？如今，这个幻想彻底破灭。

"旅程"夭折后，我准备从四海公司辞职，自己创业。创业，很多时候就是失业的另一种表述。离开除了挫败感，还有一个重要原因是，就在我得知"旅程"项目终止的那几天，达来找到北京来了。

"冬至，我来找你帮忙。"达来开门见山。

他成了另外一个人，我的意思是不只是样貌发生了变化，就连说话的语调和脸上的神情，都和以前截然不同了。我还记得，在搞大尾羊的那些年，达来特别像我们从电视、网上看到的成功人士，讲话时充满舍我其谁的自信，对一切既充满睥睨又充满热情。失去大尾羊之后，我只见过他一两回，那时他变得阴郁、隐忍，仿佛一枚失去引信的爆竹，满身炸药，却无从发泄。现在，他是一种初入老年的模样了，也是自信的、笃定的，但是和以前完全不同，以前的自信是觉得自己能搞定一切，现在的自信则是能接受一切。他已经从成功和失败的二元魔咒中超脱出来，不是说不在乎，而是不再把它们看成最核心的和相互对立的。他活成了一个不倒翁，不再担心身体的倾斜。

我听父亲说过，达来的牧场办得不错，他确实还是有经商头脑的。除了家里的草场，他还承包了邻居的几块草场，建起了一个有一百头牛、五千只羊的小型牧场。他已经打通了牛奶和羊奶的销售渠道，跟一家做生鲜的企业签订了定期购奶合同。那家生鲜企业还想签下他的牛羊肉，被他拒绝了。

"如果我全部签下来，可以说有稳定的销售，但是我的牧场就会成为这家生鲜企业的专属生产基地，在产品、规模、种类上都必然受制于它。"达来对自己第一次创

业时大尾羊突然易手他人仍心有余悸，他要牢牢掌握着牧场的主动权。

"所以，你的意思是自己建销售链？"

"对，鲜奶的储存、运输和保鲜技术要求高，我一时半会儿搞不定，但鲜肉没那么复杂，只要有足够流畅的运输渠道，保鲜问题不大。到了秋冬季，天气冷下来，就更简单了。我不只是想建立自己的销售链，我更想探索全新的销售模式。"

"那……我有什么能帮你的？"

"最近我看到一个特别流行的概念……"

"元宇宙？"没等他说完，我抢先答道，果不出所料。

"是。"

"但这只是个概念，而且现在看来，很可能是一个被炒作出来的商业概念，对那些大的科技和网络公司可能还有些宣传价值，对你这种产品来说，只有副作用。"

"我问你个问题。"他说。

我没接话，看着他，等着他问。我预感到，他的问题就是他找我的原因，也是我们这次谈话的关键。

"人能光靠吃米活着吗？"

我笑了，他的问题超出我的想象，如此简单又如此无聊，答案显而易见，却又毫无价值。

"肯定不能。"他替我回答，"所以人们除了吃饱穿暖，还要有精神追求，还有价值欲望。然后人类产生了艺术，也诞生了娱乐。"

我吃惊。他这几年在监狱里，还真读了不少书，思考了不少问题啊。

"这二者都不可或缺。或者说，在如今的世界，咱们不去说极少数连温饱都解决不了的国家，咱就说中国，以及日本、韩

国,还有欧洲和美国,早就过了为一碗饭发愁的时代了。人们开始注重生活的质量,要吃原生态、无污染的产品了。还有就是,你的那个游戏,'旅程',我化名参与过你们的内测,我玩过,是个挺高级的游戏,这说明啥?说明你也认为人们的追求会越来越专业,越来越深刻。"

他真正要说的话在我眼前飘,我几乎能一把抓住它,但是它又唰一下溜走了。达来不再说下去,他就这样看着我。我在脑海里再次伸出手,这一次,我感觉到抓住了那个无形之物。

"你的意思是……"我几乎是一字一顿地说,"把它们结合起来,把物质粮食和精神娱乐合二为一。"

达来兴奋地用自己的左拳猛击了一下右手掌,我也仿佛打了个激灵,立刻头脑清醒,如同从宿醉的混沌一秒钟过渡到了睡到自然醒的通透。

这种事,说起来简单,两个概念、两个词语像两片嘴唇,上下一碰就行了,可是做起来,却比用你的嘴去碰你最喜欢的女孩的嘴唇还难——沐沐,我幻想过亲吻你。达来说,"不急,我们只要思路达成了一致,只要认定这是大势所趋,就总能找到合适的路子。我回去养我的牛羊,你在这里琢磨这个事,我相信,它们就像草原上的草一样,你也不知道是哪天破土而出的,长着长着,它们就几尺高了。没有一个春天草不会长出来的。"达来正在彻底草原化,他形容事物的时候举的例子,不是牛羊就是草木。

我递交了辞职报告,公司其实早已经不再管我的考勤,报告提交之后的一个月,更是无人理我。我每天到处跑,看城市里所有的冷链生鲜肉制品操作流程,在网上查元宇宙的各种信息,以应聘者的名义去北京几家做 AI 的公司调研。晚上的时候,我就带上 VR 眼镜,一遍又一遍地体验着做好的那部分"旅程"游戏,试图寻找出它延伸到线下的可能性。在我正式离职之前,它仍然会存贮在公司的服务器上,也就仍然可以体验。我还收到了不少内测用户的留言,他们纷纷表示这款游戏不应该就此终结,可惜人数太少了,起不到什么作用。

我体验着潜入马里亚纳海沟的奇异景象,深海生物发着幽光从我眼前游过,它们仿佛也看见了我,用那怪形怪状、穿透黑暗的眼睛凝视着我的灵魂;我体验着翼装飞行的速度,在即将撞上山峰的时候一个侧身急转,身体擦着巨大的石块飞过,仿佛鹰隼的飞翔嬉戏;我体验着从高空俯瞰草原,极速低飞,用想象的铁爪把兔子抓起,然后草地上燃起一场大火,看着它熊熊燃烧。后来,我看见了一扇玻璃,玻璃上倒映着沐沐的面孔。这不是"旅程"游戏,这是我这个开发者给自己的秘密福利,我借用"旅程"的一部分代码,嵌入了沐沐拍摄的旅行影像。我用沐沐的视角,重温她走过的山野与河流、街道和人群,这时候我就是沐沐。我总能第一时间在所有的镜面上发现她的倒影,每一次都是一闪即过,却令我迷恋沉溺,我对她的思念无以复加。

我开始赌气般不再主动给沐沐发消息,而她仿佛知道我在赌气,也不给我发。这样,我便只能隔几天看到她视频号上的视频。她更新得越来越慢,视频也越来越短,直到六月中旬,账号停更了。我想肯定出了事情,便给她打电话。无人接听。连着打了几天,都是如此。我吓坏了,脑海中幻想出无数可怕的事情。后来,稍微冷静了一下，我找到了她最后一次视频的地址——竟然是北京。

她回到北京了，为何不跟我见面？为何毫无理由地停止更新？她到底在哪儿，到底发生了什么？

后来，我实在没办法了，只好联系达来，问他陈皮特的联系方式。我想，现在除了陈皮特，没有人会知道沐沐的消息。达来早已不和陈皮特来往，电话后来是拉西给我的。我拨通陈皮特的电话，他警告我，不要再联系沐沐。我问他为什么，他说，"沐沐本来在美国读书读得好好的，毕业了就可以去工作，去过一种正常的生活，全是因为你，她找到了达来；也是因为你，她放弃了继续我给她铺垫了那么久的人生，突然跑回国内；还是因为你，她让我在四海的董事会里给你的项目出钱，结果也是浪费。"

也就是这时我这才知道，"旅程"的真正支持者是谁。

"那我更得见她，我喜欢她，我爱她。"我几乎是在和陈皮特吼。

我没想到自己会说出这句话来，对着陈皮特，他应该也没想到。他沉默了一会儿，说：她回美国了。你们之间没有可能，忘了她，好好过你的日子吧。

陈皮特挂断了电话，我又打了许多次，他都没有接。

除了陈皮特的阻拦，我想不出自己和沐沐之间有哪里出问题了。我开始回看她的所有视频，从她第一次出现在我的镜头里的那张笑脸，到最后一次视频号里戴着头盔疾驰在四环路上的影子，我能看出她的变化，许许多多交流的美好时刻被重温。但是，我依然找不到哪里出了问题。

就在我觉得将要永远失去沐沐的时候，她意外地出现在我面前。

她有些憔悴，但精气神依然不错，她的嘴唇偶尔微微颤抖，仿佛在隐忍着什么秘密。那天，我又戴着VR眼镜在无数视频里寻找沐沐的倒影，看到流泪，眼镜都湿了。我不得不摘下眼镜，然后就看见了她的脸。我以为那是幻想，或者刚才所见的视觉暂留。

我眨眨眼。

"嗨，不认识了，我是不是晒黑了？"她笑着说。

她的肤色的确更深了些，也比以前粗糙了，却更加紧致，只是有些暗。

"沐沐！"我大喊一声，起身去拥抱她。我抱着她的时候，她的身体微微抖动着。

"我要喘不上气了。"她说。

我赶紧松开，再次端详着她。

"你爸爸说你回美国了，我还以为再也见不到你了。"

"是，不过我偷偷改签了机票，回去之前，总要见一面。我有东西给你。"

"对不起，我不该跟你赌气不理你，我错了，你留下来好不好？"我抽噎着说。

"这是我后来拍摄的素材，"她举起一个硬盘说，"都在里面。有了它，你就是这个世界上拥有我的影像最多的人，比我自己还要多，比我脑海中的记忆还要多。"

"我要你。我要活生生的你。你别回美国。"

"我……还会回来的。我答应你。"

她把手放在了我的脸颊上，我感觉到了温暖的粗糙，长期骑行，她的手掌早就磨起厚厚的茧子。记得有一次，她在视频里举起过这双手，十分兴奋地说："快看，我的手有茧子了，那些软软的水泡破掉，撕掉皮，再磨啊磨，手掌就变得很结实了。"

"嗯，像是一个农民或者工人的手了。"我回应她。

"对对对，就是这种感觉。冬至，我们这代人已经很多都没有真正参加过劳动了，我们喜欢骑行，喜欢去健身房撸铁，把自己的手磨出茧子，或许就是在变相地把这些事当成了劳动吧。"她说。

这的确是我从未想过的观点。

"虽然……这想法有点儿矫情和无赖，"她又笑着补充道，"但是我们真的找不到更好的替代方式了。"

"你手上的老茧是真实的。"我说，并且举起自己的手，"我的手指和手掌虎口处，也有茧子，只是没有你的那么多、那么厚。"我常年在电脑上敲代码、画图，最常用的手指和手掌虎口，一样被磨出了薄薄的一层茧子。

现在，我的手覆盖住她的手，用力，那种粗糙感便越发真切了。她的手抖了一下，或者，她的身体抖了一下，带动了手。我没能分清，那一刻我正沉浸在两双粗糙的手的触碰中。

也许，我应该趁这个机会表白。我想。可是这场景实在毫无浪漫可言，我也没有准备任何礼物。最主要的是，我总感到莫名的心虚。

后来，沐沐戴上了眼镜，说："再让我体验一次你的'旅程'吧。"

我明白，她说的是那款游戏。我把体验机调配到"旅程"模式，问她："还要去苍穹吗？现在还有几个新的选项。"

"还是苍穹。"她说，"我想知道，经过这一趟旅行，我的心有什么变化了，又有什么是没有变的。"

她再一次进入茫茫无际的苍穹，我则站在她身边，痴痴地看着她。我也想找出她的变化：头发剪短了，脸色微微发黑，看得出常年风吹日晒的痕迹，整个人都瘦削了不少。这都不是关键，我知道她所谓的变化是内心，是脑海中的自我和世界。这不是我肉眼能看透的。

沐沐的身体开始随着VR眼镜中的画面动起来，侧身，伸手，摇晃，幅度都很慢，犹如真正飘在太空的宇航员那样。她突然用手挡了一下眼镜。我知道是怎么回事，在最后一次优化的时候，我做了一个新的设计，那就是体验者在宇宙中会随着地球的自转而转动，等到了日夜分割线时，会突然看见一整颗明亮的太阳。

沐沐刚才就是被虚构的阳光晃了一下，不由自主地要抬手遮挡。虚构的阳光也是阳光。

突然，她的手伸向我。我不是很确定，她是真的伸向我，还是在伸向宇宙中的什么——按说，那里什么都没有，最近的星星也在几十光年之外。我还没有能力设计和构造一群外星人。她的手在抚摸我的右脸颊，似乎有一种能量在用这种方式传递，我浑身酥酥麻麻，失去了重量。

我用手贴住了她的手。

……

沐沐走后，我好几天都处在恍惚中。我的脸颊始终有一种摩擦感，仿佛她的手一直停留在那里。睡觉的时候，我从自己最习惯的右侧卧变成了左侧卧，因为我不能压住她触碰过的右侧脸颊。我一直在想，到底有什么办法，能把这种感觉保存下来，把它物化，至少是能像数据那样存贮，随时可以调取、体验、沉溺。

她的微信和手机再也没有回消息。我联系陈皮特，他更不会回复我。

3

我和达来的合作有了眉目。

沐沐走后，我翻看她留下的视频素材，还有她上传到视频号上的视频，忽然想到，事情也许并没有那么复杂：达来养牛羊，我做游戏，所谓的结合，也就是用游戏的方式养牛羊、把买卖牛羊变成游戏而已。这个想法一跳出来，就开始了半自动生成，和我所熟悉的游戏模式相互嵌套，最终形成了这样一个思路：这款游戏就以牧场为核心，所有的场景都尽可能真实化，在这里，时间不能压缩，至少不能无限压缩；劳动程序也是一样，游戏参与者将以VR的方式真正体验养牛羊的全部环节，从接生到放牧甚至到宰杀；最关键的是，他们将来会得到自己养的牛羊的肉，把它们炖在锅里，亲口品尝到劳动成果。当然，如果是购买牛羊的大客户，也会自动成为游戏的VIP客户，现实和虚拟将以前所未有的方式相结合。难点在于，它必须，也只能是一款高端游戏，目标玩家或买家一定受到限制，至少要配备相应级别的VR设备。

大致如此，还需和达来进行深入的沟通，最后再形成方案。

我回了一趟乌拉盖，把自己的想法跟达来和盘托出，包括诸多忧虑。

达来说，"可行，我觉得牧场这里没问题。只是我担心，做一款游戏的成本可是非常之高的，咱们去哪儿弄那么多钱？"

"我会拿出全部存款，你……如果能把牧场抵押给银行，应该能贷到一笔钱吧？其实也没那么难，我把之前做的'旅程'的核心代码拷贝了一份——也不算偷，这款游戏的初始代码和核心模式都是我个人写的——可以说数据上最关键的问题已经解决了，剩下的我们一边经营一边建设。这个'人间牧场'，说是游戏，其实更像是一种'虚拟真实生活'，不是虚拟的真实生活，也不是真实的虚拟生活，而是既虚拟又真实的生活。短时间内，它没有成千上万的玩家同时在线，不需要超常的运算力。"

达来沉默了一会儿，说，"我想拉一个人入伙，不然我们的钱绝对不够。这一次，我这不能半途而废。"

"你还认识有钱的大老板？"我好奇。

"这个人，你也认识。"达来说。

我没有问是谁，脑海里开始盘点自己认识的有钱人。想来想去，名字只有一个。

"你是说陈皮特，沐沐的爸爸？"

达来点头。

"可我听说你们当年……"

"今时已不同往日，"达来说，"他当年坑了我，也救过我，经过这么多事，我并不怨他。他也算教会了我什么才是商业思维。何况还有沐沐，我想，如果我开口，他应该不会拒绝。"

我不知说什么好，尤其涉及沐沐。我当然巴不得陈皮特能投钱，这样我就成了他的合作者，就有更多的机会接触到沐沐。我想过找他，不过现在达来自己提出来，显然更好。

达来得去美国一趟，我跟他一起去。我想去看看沐沐，另外，我还想带上我的简本"旅程"游戏，在说服陈皮特时让他体验一下，聊胜于无。

半个月后，我们敲开了陈皮特在洛杉矶郊外的家门。

他开门看见我们，惊讶又无奈，说，"你俩知道吗？在美国，你们这种私闯民宅的行为，我是可以开枪的。"

达来说："我们是来谈合作的，有关未来的合作。"

"合作？"陈皮特一笑，笑容里有些嘲弄，也有些意外，但是那丝好奇也难以掩饰。

我的眼睛一直向屋里看，我想找到沐沐。

她不在家吗？我们站在门口这么久，她应该听到了说话声。而且，来美国之前，我再次给她的微信发了消息。她没有回。难道她出了什么事？我想起了她的颤抖，右脸颊立刻浮现颗粒粗糙的摩擦感。她的手，她的手仍然留在我的脸颊上。

陈皮特最终还是请我们进去，聊了一个小时。沐沐始终没出现。我只是看到了摆在桌子上的照片，这已经很好了，那里面有许多她童年和少年时的相片，样貌和后来略有变化，不变的是笑容和眼神。有一张照片，她和一群金发碧眼的美国孩子一起，她站在人群的边缘，个子也略小，这群孩子在高度上形成了一个微妙的斜坡。你不管从哪个角度看上去，目光都会沿着坡度从高向低滑落，最后必定落在沐沐的笑脸上。

达来讲述了我们的计划，陈皮特一言不发地听着。

达来说完，陈皮特掏出了他的雪茄，点燃，猛吸，吐烟。

"这小子已经浪费了我一千万了。"他指的是我在四海公司做"旅程"时花掉的那些钱。

"皮特先生，我的确花掉了那些钱，但不是浪费。其实'旅程'项目很有前景的。"

"哼！要不是因为沐沐，我才不会跑到四海去游说董事会，这事害得我后来只能撤资，没机会参与他们的新项目。"

"我把'旅程'带来了，我想让您体验一下。"

陈皮特挥舞着雪茄烟，因为空气的流动，烟头微微亮起一点火星："这件事已经结束，不用再说。"

"这是沐沐最喜欢的一款应用，她回国前，还专门又体验了一次。"我只能拿出这个撒手锏。

果然，陈皮特猛吸一口烟，吐出烟雾，似乎在沉思，其实是在下决定。我立刻打开包，掏出笔记本和VR眼镜，调试好体验模式，然后把眼镜递给陈皮特。我只能带来比较简易的版本。

陈皮特摁灭雪茄，戴上了眼镜。很快，他本来稍右歪的身体坐直了。

他只体验了几分钟，就摘下眼镜："我戴这个久了有些头晕。"

但是我能感觉到，他被打动了。接着，我给他看了最近的一些新闻，有关元宇宙、有关人工智能、有关最新的VR产品，还有我们"人间牧场"的模型和整体计划。

"您是老江湖，我相信您能判断出我们项目的商业前景。"

陈皮特再次点燃雪茄，一口一口吸着，这一次，他是真的在思索。

大概过了有五分钟，陈皮特用食指叩叩桌面："我可以出钱。"

"但是……对吧，肯定有一个但是。"

"但是，不是为了你们，是为了沐沐，我女儿。"

"我能见见她吗？"我说。

陈皮特突然皱起眉头，似乎想要发火，可是忍住了。

"我想见见她。我总觉得她出了什么事，我非常担心。"

陈皮特长叹一口气："好吧，事到如今，我也没必要隐瞒了。沐沐的身体的确又出状况了，在国内时就出问题了。她不让我告诉任何人。"

我大吃一惊,但随即脑海里浮现出很多记忆片段,那些片段都指向她的身体正在出问题。我也很快明白了,陈皮特答应给我们投钱的关键因素是,他不确定,将来的某一天可能还会需要达来,需要他的骨髓或者别的什么。

在我的恳求下,陈皮特带我去医院看了沐沐。

她躺在ICU病床上,脸上戴着氧气罩,陷于昏迷之中。我们不能进病房,只能在外面隔着玻璃看她。那一刻,我十分恍惚,既不相信她竟突然间病到如此地步,也不免怀疑曾经有过的那些经历是否真实。好像,一整个和她相关的事情都是一种虚构,都是某个游戏的一部分,都像我在VR眼镜中所看见的镜面的倒影。

眼泪静静流下来,滑过她的粗糙手掌抚摸过的脸颊,像是在浇灌那些细细的悲伤的绒毛。

陈皮特说沐沐在半年前已经有明显的复发征兆,但是她坚持走完了计划的行程,回到美国后,立刻就住院了。

"她的情况不太好,除了再生性贫血障碍,肾脏也出现了并发症,"陈皮特语气沉重地说,"现在只能以这种方式维持她的生命。医生正在讨论治疗方案,寻找最后的机会。"

我什么也做不了,我真希望自己是达来,那样,我身体上的任何器官,只要能救沐沐,我都会给沐沐。可现在,已经不再是简单的骨髓移植的事了。

"昏迷前,沐沐留下了一封信,她让我不用再费心费力,她很清楚自己的状况。第一次移植后,她能健康地活这么长时间,能做那么多事,见那么多人,已经非常满足了。"

"我还没有跟她表白。"我说。

陈皮特这次没有反驳我。

"好了,看过了,你们还是去做你们的事儿吧。钱,我会安排国内的公司打过去,我希望你们成功。"陈皮特说。沉默了半分钟,他又说道,"我女儿不喜欢悲悲切切,她从来都是个快乐的孩子。我们也应该这样。"

我央求陈皮特随时告知我沐沐的情况,他答应了。我不确定他会不会践约。

我只能跟达来回国,继续我们的合作。

现在,"人间牧场"已经不仅仅是一个企业,一个事业,它也是我给沐沐的承诺。我甚至想,只要我把这件事做成,沐沐也就一定会好起来。世界每天都有奇迹诞生,为什么这个奇迹就不能是沐沐呢?

经过半年的开发,"人间牧场"终于全网上线了。问题多多,但是它毕竟来了。"人间牧场"凭借独特的游戏理念和体验效果,开局不错,吸引到了一批高端客户,虽然在数量上还远远不够。但是我和达来据此确信,这个路子是对的,我们需要做的就是随时调整、完善,把握住游戏真实化和游戏零售相结合的第一个风口。我们没有马上跟牧场销售接驳,而是想等到第一批玩家到了心理疲惫期,再发出大招——真正的牛羊在等着进入他们的生活,这是核爆级别的震撼。

日子没有了白天黑夜,几乎二十四小时都在做事,辛劳的细节没必要赘述。这让我感到安心和充实。我的休息方式就是一段又一段地看沐沐的视频,很多时候,看着看着就睡着了,然后又梦见了她。很快，我便分不清影像、梦境、回忆和幻想，它们都凝结在一起，像把几条河流的水都汇入一条更大的河，就再也无法区分。我不断给陈皮特发消息，问他沐沐的情况。他很久才回一条，几乎永远是两个字：如旧。我只能自我安慰：她还活着，活着就有希望。

那天，"人间牧场"收获了自己的第一千个玩家。看她的ID，名字叫闫落。我们准备给她一份惊喜。

在这个秋天，惊喜通过一份快递，抵达在闫落的门口。项目进展如预期，那就得继续推进，扩大规模，招聘新人，只有找到一大批志同道合者，我们的事业才可能持续推进。因此，我们给所有玩家邮寄的东西里，都附带了招牌广告。我们相信，他们之中的一部分人，是极有可能参与这个项目的。

就在同一天，达来告诉我，陈皮特传来消息，沐沐醒过来了。他不愿意直接跟我联系。

我振奋不已，以为是她在好转。

"你要知道，她这次醒来，可能就是最后的清醒了。"达来说。

"我要去找她，不能再等了。"

"我找你就是为了说这件事的。"达来说，"陈皮特会带她回国。沐沐想再看看乌拉盖草原。"

我知道，这是告别的一部分。我压抑着自己的悲伤，沐沐不喜欢悲悲戚戚，她希望所有人都活得快乐。

两天后，陈皮特租借的私人飞机在北京降落。

乌拉盖草原没有机场，飞机没法直达那里，只能先到北京降落。

飞机一落地，我们就把沐沐送到联系好的医院检查身体。状况很糟糕，她一直处在半昏迷状态。医生说，她绝对不能再奔波了，必须留在ICU，以防不测。我们没办法把她带回乌拉盖去了。

没想到，第二天上午沐沐竟然清醒过来了。

"我还是想去草原上。"她说。

"不，孩子，"陈皮特说，"我们不能再冒险了，我真不该带你回来。"

沐沐用祈求的眼神看着我，里面充满渴望和哀怜。我从未见过她这样的神情，心里难过至极。我明白她的心思，她不想留下任何遗憾。

可是，我又真的担心她的身体，如果在路上出了状况，我该如何原谅自己？

这时，达来提议说："沐沐，其实不用去那里，你也能看见草原的。"

我明白了，达来的意思是让她进入我们的"人间牧场"。没错，让沐沐用开发者账号进入，这样她就能看到一切想看的内容。

我赶紧跑回公司，费了好大力气，把核心主机搬到了医院里。为此，这款游戏不得不临时下线几个小时。

沐沐戴上了我的专用VR眼镜，现在，乌拉盖草原和牛羊都在她眼前和脚下了。我能想象到她看见的一切影像，但是我不知道她是什么感觉。她已经说不出话了。我在脑海里重现着那些自己无比熟悉的画面，想象着我的灵魂和她一起，正透过眼镜在草原上空游荡。我们看见鹰，看见兔子，看见牛羊，看见蒙古包，看见大火，看见草枯草绿，看见春风。我们还看见了宇宙飞船的返回舱，它正带着火焰从外太空向地球飞落——它是那么孤独，那么急切地要回到家里。多有趣而神奇啊，每一次航天飞船的返回舱，都是落在内蒙古的草原上的。所以，这片阔大的草原，应该是带有最多外太空信息的国土了吧。

我希望她最后看见的是那枚金属牌子：苍穹无际。

牌子后就是黑暗。开发者视角的终点只能是黑暗，我们对宇宙的探索和我们对自己的探索一样，还远远不够。但每个人都知道，那些未知之地不是虚无，而是黑暗。黑暗里隐藏着一切可能。

我仿佛和沐沐一起停止了呼吸，我的肺要冬眠了，它已经翕动了两亿多次。它累了。

4

我醒来时看见的是满眼的星星。

达来说，沐沐去世之后，我就陷入了昏迷。心跳减缓，整个人如一只冬眠的熊，各种生命体征渐渐消退，像是某个程序正在缓慢关闭。我们就在医院里，我很快被送到急诊室去抢救，但是很奇怪，那些肾上腺素等药物注射进去后，我的身体会给出相应的反应，人却仍然是昏迷的。

"我在一片黑暗之中。"我说。"不是做梦那种，也不是幻想那种，有点儿……像宇航员脱离的飞船，被遗弃在茫茫无际的太空里。没有光，没有风，没有重力，没有方向，没有声音，那种时刻，身体彻底消退了。"

达来不说话。

"我相信人是有灵魂的。我觉得这段时间，我灵魂出窍了。"

"万物有灵，"达来说，"人又是万物之灵。"

我坐起身，发现刚才看见的并不是星星，而是医院病床天花板上的斑点。它们怎会在那一瞬间如星星那般闪亮呢？

胸口猛然疼了一下，因为记忆回到了大脑——沐沐走了，这个念头箭镞一样突破重重包围，直接击中了我的心脏。它不是飞速，而是缓慢地向肉里钻。我开始大口大口地喘气，仿佛要把这一天没有呼吸到的空气都补回来。

我知道自己活过来了。

"我想再看看她。"我跟达来说。

达来摇摇头，"傻孩子，她已经不在了。"

"我知道，"我说，"我想见最后一面，我想记住她的样子。"

达来看了我两秒钟，才说："我说的不在了，是说她的……肉体也不在了。"

我疑惑，随即明白过来。陈皮特已将沐沐火化，我的沐沐变成了一堆灰。

那我就看看她的骨灰吧。

陈皮特一夜之间老了十岁还不止。

我发现以前并没有认真端详过他，他从来只是作为沐沐的父亲、作为一个商人存在，像一个符号，一堵墙。现在我看见他了，之前看上去很有腔调的花白头发，如今看来成了灰白，他可能有几天没有好好地打理了，像炉子里烧过又熄灭了很久的炭和灰。他也变矮了，应该有一根筋被抽掉了，整个人萎缩了百分之十。他嘴里仍然叼着雪茄，火早就熄灭，空气中残留着一丝冰冷的烟熄掉的味道，烟灰味。

沐沐在他身边的一个小盒子里。

我抱起来掂了掂，好轻啊。我开始回忆自己是否拥抱过沐沐，结论是没有。我并没有扎扎实实地拥抱过她，也没有把她抱起来过，但是我感觉自己清楚地知道她的重量，99斤。没错，49.5公斤。如果她吃过饭，刚好一百斤。

"现在，我不得不谢谢你。"陈皮特把雪茄燃烧过的那头摁在旁边的墙上，它早灭了，但是他摁得十分用力，仿佛那团火焰不断重新燃起。雪茄烟碎掉，零零落落洒在地板上。"你让她体验过很多美好的事。她喜欢你，但是她知道自己的身体，所以她从没有表达出来过。她是那么渴望爱，可是又怕爱。谢谢你，无论如何，让她感受过爱。"

眼泪汹涌而出，左边脸颊是凉的，右边脸颊是热的。

达来说："冬至，因为沐沐生病，有件事我一直没跟你讲。"

"关于什么？"

"人间牧场。"

"怎么了，牧场运转不是很流畅吗？"

他打开手机，给我看了一份报道：乌拉盖草原发现了大型煤矿。

我反应过来，还是不由自主地问了一声："就在咱们的牧场上？"

他点点头，说："还不止，方圆十几公里都会划为开采区。而且我还听说，除了煤，草原上还勘探出了金、银、铜、铅、锌、钼、萤石、膨润土等，所以很大一片区域将来都可能变成矿区。"

"我们的牧场可以迁移，再远一点儿。总能找到地方，乌拉盖那么大，草原无边无际。"

他摇摇头："一旦划为矿区，矿产就会成为当地的主要财政来源，一切规划都会围绕着采矿和相关的链条来实施。我了解到的情况是，上面准备整体性开发，乌拉盖草原面临着产业升级和转型，从畜牧业改为采矿业和旅游业为主。配合煤矿的开发，沿着沐仑河流域，在周围的草原发展草原旅游。这样的话，载畜量将会降到原来的十分之一甚至二十分之一，牛和羊就没法大规模养了。"

我笑了一下，心里一酸。我不是同情自己，而是同情达来。他几次创业，最终的结果竟然都是如此。当然了，和以前不同，现在就算我们把"人间牧场"关了，每个人也能拿到一大笔钱，生活还是能得到保障的。

"你的想法呢？"我问。

"我在想，这是个挑战，但也说不定是个机会。"他说。

我忽然觉得特别疲惫，沐沐的离世抽空了我所有的心气，那些之前令我激动的游戏、代码、牧场，此刻都失去了吸引力。我只想发呆，只想沉溺在无边无际的宇宙黑暗中。只有那里，才存在着其他可能——比如在一个平行宇宙，另一个健康的沐沐仍然在骑行的路上。

我和我父亲小满一样，半路退出了跟达来的合作。好在这一次，达来不会一无所有。我在"人间牧场"的股份本就不多，主要是技术入股，我全部低价转给了达来和陈皮特，现在，这家公司和我再无关系了。

我心里有了新的想法，我要让沐沐复活。

第四章　草木一生

1

清晨，窗帘拉开，窗子打开。

阳光如薄薄的雾气一般洒下来，暖暖的，带着轻微的湿意。空气里弥漫着一股清香，并不是花的味道，是草木抽枝拔节散叶生长的味道。我似乎听见蜗牛在枝叶上执着蠕动的声音,那声音湿漉漉的。昨夜下过的细雨,此刻幻化为各种嫩绿、清亮、水润,也让它的壳重新焕发光泽。这是一条笔直向上的树枝,以它的视觉,看不见任何清晰的景象,但是能感觉到光和影,像高度近视的人看身外人间。它无须看清枝头有什么,在这唯一的路上,它只能向上爬,一旦转身,它就会跌落。枝条微微晃动,它不得不用触角黏住树枝的表皮。除了不断爬,它什么也做不了。能向上爬已经是很好的事了。而且,它终究会死在去往终点的路上。对一头蜗牛来说,一段树枝比一生还漫长。

我回过头,看见了沐沐清晨的脸。

她如此之近,我甚至看得清毛孔和细微的绒毛。

"早上好,沐沐。"我轻轻说。

"早上好,冬至。"她回应我。

早餐很简单,牛奶、面包、煎蛋,昨天吃过了螺蛳粉,前天吃了煎豆皮,该换下西餐口味了。

我们一边吃,一边聊天,说她在路上骑行的事儿。主要是她在说。她真是比以前健谈太多了,我享受着作为倾听者的无边幸福。

"有一次,我在洱海边骑行,那时候,我已经把摩托换成了自行车。环洱海的骑行道上,突然出现了一头牛。太神奇了,没人知道那头牛是从哪里来的,连附近的居民也不知道。他们说,这一天的早晨,他们被牛的叫声惊醒,发现它正在洱海边喝水。然后游客渐渐多起来,都围着牛看,还以为这是新开发的旅游项目呢。尤其是那些孩子,他们都没见过真正的牛,一个个围着牛兴奋不已,用树枝去撩它的尾巴。那头牛把湿漉漉的鼻息喷在孩子们手上,他们又害怕又兴奋,边叫边笑。"

"就是附近村民家养的吧,没关住,跑了出来。"

"不是。它是突然出现的,一眨眼的工夫,就从无变成了有。刚才那里还空荡荡,只有洱海水、石子路、青草,然后一下子,就有了一头牛。白天的时候,它就在水边喝水、吃草,用尾巴打蚊子,和其他牛没有什么差别。但是那天晚上,天气晴朗,湖面平静,微微荡漾的波纹里月亮晃晃荡荡。人们都睡了,只有我还在看那头牛。我看见,它向着月亮的方向,缓缓走进了洱海里,你能想象吗?水就快没过头顶的时候,它回头看了我一眼,轻轻叫了一声,哞,好像在说再见,然后它消失在水中了……"

"一头牛,走进了洱海里?水牛?"

"不是吧,水牛的角不一样。就是一头黄牛,我们在草原上看见的那种,高高大大,特别温顺。"

"好吧,一头神奇的牛。"

"你不相信?"

"相信。我相信你说的所有话。"

除了这头凭空出现、后来走进了洱海的牛,沐沐还跟我提到过在稻城亚丁遇见的牦牛,在云南大宝山遇见的马,在可可西里遇见的藏羚羊。它们有的飞到天上,化成了云朵;有的变成了雪峰脚下的一块石头,驮着整座山,一旦抽走,那座山就会坍塌;还有的融化在河水里,那条河像是被镀了一层金,整个夜晚都闪闪发光,被人们称作地上的银河。当然,她也讲过许多人:老人,孩子,转山的青年,磕长头的信徒,一辈子都待在船上的渔夫,种出两米高稻子的农民,一个半夜钻到她被窝的女孩，许许多多，几乎无法一一列举。

以常理来看，她的讲述仿佛是奇异的幻想，但对我来说，一切都是真实的。她所说就是她所见，她所见就是她所想，她所想就是这世界的所在。而我在这世界之中。

有些内容，她不止一次讲述，但每一遍都会有细微的变化。比如还是那头牛，在第三次讲述的时候，它是一个孩子从自己的画中抠出来的。

"一个九岁女孩，她刚刚画完，然后用手沿着画上牛的边缘撕。撕完了，她把纸做的牛放在水里，然后它就像气球一样，一点一点长大，长到一米多高，变成了真正的牛。"

不变的是，那头牛最后都会在一个月光明亮的夜晚走入洱海，都会回头看她和鸣叫。

听久了，我的耳朵里也会偶尔响起牛叫声，有时一闭眼，就会看见一头牛缓缓走出海中的画面。那片海越来越大，早就超过了洱海，超过了我所见过的最广阔的海洋。那仿佛是宇宙之海。

我和沐沐同居了。

同居的意思是，我们住在同一栋房子里，但并不是那种男女朋友的同居。这么说也不准确，除了身体的亲密接触，我们和一起住的情侣没什么分别。我能在卧室、客厅、厨房、洗手间看见她，和她说话。一开始，她很害羞，或者是尴尬、不适应，话很少，并且说得颠三倒四，没有逻辑。但是很快她就适应了，说得越来越好，不管我问什么，她都会回答我。我们无话不说，已经成了彼此的灵魂伴侣。我得说，我们现在的关系比她独自骑行那时亲密得多，我们都快活成一个人了。

半年来，我们只短暂分别过一次。那是一场意外。

那天是五月份，我们正在聊乌拉盖的事。我们说起几次一起去草原的经历，一棵草一朵花都不放过。

"有些遗憾，如果那次我们俩再早一点出发，可能会看见返回舱的坠落。"她说，"不过我们捡到了一块金属片，也算是不虚此行。"

"你还记得咱们俩第一次去拍的那张照片吗？"我问。

"哪张？给达来哥哥的那张？"

"对，就是那张。后来达来跟我说，他就是看见了它之后，才有了重新生活的勇气的，也是从那天开始，他一点一点学习、了解草原，出来后，才去开了牧场。"

"他这算是回归吗？"

"不，我现在不这么想了。没有人是一定属于哪儿的，他只是找到了让自己安心的方式。"

"我穿上萨日朗伯娘留下来的蒙古袍，那一刻真开心，就是那时候，我决定了自己要骑行的。"

我眼前浮现出沐沐穿那件袍子的样子，她在草原上旋转，像一只采蜜的蝴蝶。我跟着她旋转，或者我们一动不动，是整个草原在旋转。对地球来说，每个人都是一根针，但是你从宇宙中去看，每一根针都能独自支起地球。《野有蔓草》的吟唱声适时响起。

"沐沐，我想吻你。"我鼓起勇气说。

她咯咯笑了，一纵身，转到了更远处。

转眼间，她到了河边，捧起一捧水，咕咚咕咚喝了下去。

喝完了，才抬头问："这水能喝吗？"

"已经落进你的肚子里啦，能不能喝你

都喝了。"

"牛羊能喝，我肯定也能喝。"沐沐说，"好想下河里去，躺在水中，听它流动的声音。"

我没有拦住她，现在，她可以随心所欲地做任何事。再也没有痛苦的折磨，再也不用为疾病焦虑，她成了那个最本真的自己。

但是沐沐并没有下河，只是怔怔地看着河水从脚下流淌，汩汩哗哗，弯弯绕绕，去向遥远的地方。

太阳突然就落到了西边，被一座小山的山尖戳着，像谁用刀叉戳着一枚煮熟的鹅蛋黄。很快，就有人在鹅蛋黄上咬了一口，天地齐齐暗下去一大块。

突然间，一切都黑了下来，连声音也变黑了，或者因为声音消失，黑显得特别浓。我能听到自己的心跳声，原来那一天二十四小时分秒不停的电脑主机的嗡鸣、一块又一块闪烁的屏幕，遍布沙发、地板、墙面的线路，还有许多迷你话筒和音响，也一起失去了光彩和声音。什么都没有了。

"沐沐，沐沐！"

我高声喊着她。没有回答。她一定很害怕，这种安静和黑暗，就像她临终前所感受到的那样。可能比那时还深还重。

"沐沐，沐沐！"

没有回应，我感觉有一大把钢针在扎自己的心，那颗跳得过快的心脏，正奋力把血液从针孔中泵出。如此，血液便难以进入血管，也无法因心脏的压力流遍全身。我感到头有些晕，眼前模糊。没错，哪怕世界如此之黑，眼睛也会模糊，这模糊反而让黑之中跳跃着细小的金色星星，还有米白色的团团的雾。

停电了。我终于从惊愕中反应过来，随即心里稍感放松。只是停电而已，我之前竟然完全没有考虑到这个情况。看来以后得准备一个发电机，或者容量足够大的蓄电池，以防停电时所有机器都关机。

我摸索着找到了手机，摁了一下，黑暗被屏幕的光凿出一小块空隙。凌晨两点，最安静的时刻。借着手机电筒，我找到了电闸。果然，跳闸了。

我把电闸合上，并没有来电。

这时，我听见楼道里有脚步声和说话声。几个人腾腾腾走上来，敲我的门。

犹豫了很久，我打开门。门外站着一个穿着电工制服的人，还有两个应该是邻居，我脑海中有见过他们的模糊印象。

"先生，您家是不是在用超大功率的电器？"电工问。

"啊，没有，我家里都是正常电器。"我回答。

"能让我们进去看看吗？"他说着，就试图往门里挤。

"不，你不能进去。"我大声说。

"为什么？"旁边的两个人异口同声问。

"为什么？"我也说。

静默了两秒，其中一个人听明白了我的反问，回答道："现在是夏天，我们这栋楼的用电负荷超载了，导致大停电。我们怀疑你家在使用超大功率的电器。"

"是的，"另一个补充说，"我们想确认一下，没别的意思。"

"没有，我告诉过你们了，我没有使用什么超大功率的电器。我是……一个游戏设计师和游戏爱好者，只是多了几台电脑而已。"

"哦，矿工。"电工说。

那两个人目露疑惑。

电工解释说，"不是那种矿山的矿工，而是互联网矿工，挖比特币的，一种虚拟货币，你们听说过吧？"

他们俩点点头，又摇摇头。

电工继续说，"你知道，如果你在家里用多台电脑挖矿，是违规的。我们这是民用线路，对居家用电载荷是有上限规定的。"

"你误会了，我也不是矿工，当然，我知道你说的那种矿工。不过我不是，哪种矿工都不是。"

我不可能让他们进去，不可能让他们惊扰到沐沐。现在，黑暗仍在没有电筒光照的地方肆虐，她一定十分害怕。我想赶紧把这几个人打发走。

"我家里有……病人，怕打扰，所以我不能让你们进去。我可以保证，我既没有使用大功率电器，也没有挖矿。"

"但是……"电工从自己的手机屏幕上抬起头，"我查了一下，近期您家里的用电量却是猛增，比半年前超了五倍不止。这不太合理。"

"就是我说的，我这几个月开始工作了。可能是三台电脑，三台空调，还有……病人的治疗仪器，几乎一天二十四小时开着，用电量才高。而且，我没有拖欠一度电费。"

他们看我态度如此坚决，也没有理由硬闯，便说："那好吧先生，我们都是为了工作，希望您能理解。"

"那么，您能尽快恢复本楼的电吗？"

"我努力。"

他们离开了，两个男人带着疑惑回头看我。我跟他们摆了摆手，还微笑了一下。不过他们应该看不见。

半个小时后，屋子里的屏幕一个接一个闪亮起来，全部的灯也亮了。我关掉灯，关掉空调，把没用的电器全部关掉。电饭煲、烤箱、空气炸锅之类的，我也不会再用。我要把所有的电量用到刀刃上。

接着，我打开工作台上最大的电脑，我所有系统的主机。

显示器上亮起开机进度：百分之一，百分之四，百分之六，百分之十三，百分之二十四……百分之九十九……

唰的一下，所有屏幕同时闪出画面。进入系统，这是它第二次问我：您确定吗？

"确定。"我说着，点击了屏幕上的确定按钮。

一声长长的哈欠，像是睡了一个又甜又美的长觉的人终于醒过来。

"嗨。"是沐沐的声音。

"嗨，沐沐，你还好吧？"

"什么？我很好，我做了个梦，梦里一片混沌般的黑暗，像是盘古没有开辟天地时的人间。现在我醒过来了，精力充沛，心情舒畅。"

她不会记得我们刚刚经历过什么，想到这，我松了口气。其实我一直知道是这样，但是在她开口之前，仍然担心得要命。好了，我们的同居生活继续。只是接下来，我得更加注意，夏天确实是用电高峰期，得小心千万别再断电。我已经在屋里宅了两个月了，饿了煮泡面或者叫外卖。我好像没有睡过觉，或者说，我好像分不清睡和醒，反正这两个月的时间里，我时刻都和沐沐在一起。

2

哐的一声，我的门被撬开。

陈皮特、父亲小满和达来被屋子里的景象惊得目瞪口呆。他们看见了什么？这个一居室，到处都装着显示屏、摄像头、微型话筒和音箱、数据线。没有开灯，无数电子仪器的微光和嗡鸣充斥着整个屋子。他们绕过地上的电线,推开卧室的门,看见床上卧着一个人,这个人头上戴着一副巨大的VR眼镜。他的胡子很长,头发更长,乱如冬日风刮到墙角的荒草。

这个人就是我,我正沉浸在和沐沐的对话中,连门被撞破都没有听见。

父亲小满好几个月联系不到我,担心我出事,就约达来一起来北京找我。陈皮特也跟来了,他知道,我的失踪和沐沐的离世有关。我的电话已经换掉,根本无从联系。达来后来想起了一件事,我们一起创业的时候,曾经共用过网络购物的账号。他找到了那个账号,从上面看到了我网购电子产品时留下的新地址,才找到了这里。他们先是联系了物业和房东,房东确认了租房的人是我,物业则告知他们,有邻居投诉过这个屋子里的噪音,还有一次停电,他们怀疑我在屋里挖比特币,但是没有证据。房东不同意他们破门而入,但是父亲和陈皮特都顾不得许多,从五金店买了铁钳子和电钻、锉刀,撬开了门锁。

屏幕上的沐沐看见了他们,话筒流出声音,跟他们打招呼:"爸爸你好,达来哥哥你好,小满叔叔你好。你们好。"

父亲整个人都震惊到失语,陈皮特和达来多少明白了一些。

"沐沐?"陈皮特颤抖地喊道。

"爸爸,你变帅了,你把头发染了吗?"

"沐沐,真的是你?"

"是我啊,爸爸。我给你讲个故事爸爸,有一次,我在洱海边骑行,遇到了一头牛……那头牛缓缓地走入了海中。"

陈皮特冲到床边,猛然把我头上的VR眼镜摘掉,露出我凸出的直愣愣的眼睛。我形容枯槁,眼眶凹陷,两只眼球像两个玻璃球,间或一转。

父亲也扑过来,抱住我的头,哭喊着:"儿子,冬至,你怎么了,你怎么变成这个样子了!"

陈皮特下定了决心,戴上了眼镜,这一次,他看见了一个更加真实而鲜活的沐沐,一个完整的沐沐。他的身体剧烈地颤抖了一下。

他们闯进来之前,我正和沐沐重温她回美国时的经历。她第一视角的镜头,游过繁华的街道和拥挤的人群,远处是自由女神雕像的半影。在餐馆里,她对着面前的汉堡深吸一口气,说:"我要赶紧回去吃中餐,我已经吃了五顿汉堡啦。"随即,那些琳琅满目的中餐美食就出现了,都是我们一起或者她在骑行过程中吃过的——牛肉面、火锅串串、豆皮、小龙虾、糍粑……

这时,我认出了父亲,也认出了达来,扭头看了看,也认出了陈皮特。

陈皮特流出了眼泪,嘴里喃喃念着:"沐沐,我的孩子,我的女儿。"

我冲父亲微笑了,感觉这一切可以结束了。

"我好累啊爸爸。"我说。

父亲小满抚摸着我的头:"不怕,爸爸在呢。"

"我想睡一会儿。"我说着,就闭上了眼睛。这一次,我睡得沉入海底般深,没有任何梦,没有任何光影和声音,连黑暗也没有。单纯的沉睡,像是最初在母亲的腹中。

我睡了三天三夜。在达来的坚持下,他们没有送我去医院,但是找了大夫来给我输了三天葡萄糖和营养液。父亲买来剪刀和剃须刀,把我的头发剪短、胡子刮光。

我醒来后，告诉了他们我做的一切。

我找到了让沐沐复活的办法。

回到北京之后，我租了这栋房子，然后购买了大量电子设备，把整个屋子只要我能到的地方，都装上了显示屏、话筒、音箱。花了一个月的时间，我把沐沐拍摄的所有视频、影像等素材，全部整理为统一格式，数据化，然后生成了一个虚拟又真实的沐沐3D影像。我把主机连上网，并且接驳到世界最先进的人工智能系统，这样只要我跟沐沐聊天，人工智能系统后台就会根据这些素材生成回答——沐沐的回答。一开始，这个沐沐的回应还很怪异，答非所问，但是随着我几乎不间断的问答和调整，她越来越成熟了。

我就这样开始了和沐沐亲密无间的生活。

接下来几天，陈皮特和父亲与我寸步不离。父亲是照顾我，陈皮特是监视我。每一次，当我的手再次伸向开机键，或者要把VR眼镜戴上时，陈皮特都会拦住。他看我的眼神十分复杂，那里面有同情，有怜悯，还有一丝恨意。所以，这几天我没有见沐沐，甚至都没能听到这个名字。我的灵魂被抽走了，像龙被抽走了筋，那是一种犯毒瘾一样的痛苦。我在网上看到过那些人的模样，只是我的痛苦都在心里，没有挣扎和叫喊。

等我能起床，基本恢复了，有一天，父亲出去买东西，陈皮特跟我说："冬至，我必须和你谈谈。"

"好。"我说。

"我说过，感谢你给过沐沐爱情。我没想到，你对她如此深情，她已经离开这么久了，你还走不出来，还做了这些疯狂的事。"

"我也没想到，可我就是不由自主。你不知道，当我想到怎么复活她的时候，我太开心了。我觉得我们都得救了，所有伤心人失望人都得救了。"

"这正是我想跟你聊的事儿。"

他还是掏出了烟，不是雪茄，只是普通的香烟。点着，吸烟。

"我想让你把有关沐沐的一切都删掉，你的那些个程序，她的所有视频，一切的一切，全部删掉。"

"你疯了？那是沐沐，你的女儿。那是她留在这个世界的最后的痕迹。你难道不希望她永远活着吗？"

"沐沐已经走了，你用这些电脑、屏幕什么的，还有那些程序，让她这么活过来，她就永远被封存在这里了。这不是活着，这是囚禁，这是牢笼。她的灵魂永远不得安宁！"

我愣住了。我从未想过这个问题。

"她不是你的玩物，不是你养的电子宠物。你放了她吧，让她去该去的地方。这世界如果有来世，她一定会是没有任何病痛。你这样豢养着沐沐，她就永远失去了重生的机会。"

我没法回答。

我也没法亲手让自己复活的沐沐再死一次。

"我清空这个自动回复程序，留下她的视频和影像行吗？"

陈皮特摇头："什么都不留，一丝一毫都不留。只要留下一点儿，你就会再次去复活她。"

他说得对。

我答应了陈皮特，条件是他让我再和沐沐待一天。

"只给你十分钟。"陈皮特说。

我别无选择。

我终于又一次开机，进入程序，戴上VR眼镜。

"嗨，沐沐。"

"嗨，冬至。"

她还是一样，并不知道我的世界发生了什么。她继续讲述她的生活，那些高中时的顽皮，生病中的痛苦，草原上的新鲜感，一路骑行的奇遇。她的讲述中，所有的细节都被程序按照某种逻辑重新搭配在一起。

无穷无尽的可能性只剩下十分钟，八分钟，五分钟，三分钟。

最后一分钟。

最后一秒钟。

"沐沐，再见。"

"什么，再见？"沐沐问。

"是的，再见了，我的沐沐，我的爱人。"

"去去去，谁是你的。我是沐沐，我是我自己的，我是全世界的。"

"沐沐……"我最后一句话还没有说出，屏幕彻底黑了下来。

陈皮特关掉了电源。我戴着眼镜，不敢摘下来。我听见了他在砸那些屏幕和摄像头。他拆开了那台主机，开始砸那块硬盘。

陈皮特毁掉了一切。

就让我留在永恒的黑暗中吧，就像那款"旅程"游戏的最后总是宇宙的无尽黑暗一样。黑暗在，宇宙就在。

3

等一切安静下来，并且是安静了很久之后，眼镜被摘掉了。

父亲也回来了。

陈皮特递给我一个东西，是一个小瓶子。

"我本来不想给你的，这是沐沐留下的最后的东西。"陈皮特说，"现在，沐沐走了，留给你吧。"

"这是什么？"父亲先问出了话。

陈皮特说，瓶子里是沐沐在医院里抽的最后一管血。那天，护士又来抽血化验，沐沐恳求她，多帮自己抽一管。护士当然不同意。沐沐恳求她，说，姐姐，你知道，我也活不了多久了，就帮帮我吧，别让我带着遗憾走好吗？护士被她说动了，在抽血时多抽了一管，留给了沐沐。沐沐又让陈皮特买来了专门的瓶子，把血灌进去，密封好。她说这管血还给达来哥哥。她从他那里借来骨髓，多活了这些年，现在要死了，只能还给他一管血。

陈皮特隐瞒了这件事。现在，他已经把沐沐在我这里的所有信息都抹去了，心中不忍，才把这个留给我。

"你留着，或者你去给达来都可以。"陈皮特说。

我接过来，把它贴在脸颊上。我恢复了感觉，右脸颊又感觉到了沐沐粗粝的手掌的抚摸。我绝望的心开始呼吸，仿佛沉在水底很久，一股气终于喘上来了。我应该是出汗了，全身的每个毛孔都在分泌汗珠，如同穿了一身水做的衣服。接下来是汗液蒸发后的微凉，小小地打了个寒噤，心也跟着快速收缩了一下。

我的头脑反应过来，发现自己的手紧紧地攥着那管血，手指因长时间用力而缺血，已经显示出了白色。我赶紧松开，担心把瓶子攥破。尽管密封着，那管血也已经显现为干瘪的样子，有些发黑，或许，已经有细菌在其中滋生。但无论如何，那都是沐沐的血，她留在这世界上最后的唯一的基因。

我扑通一声跪下来："谢谢。"

陈皮特摸摸我的头，叹息一下，说："孩子，你活得太沉重了。沐沐的事，我的悲痛不比你少，只是沐沐肯定不希望我们永远沉沦下去，是不是？好好活着吧，让她无牵无挂。"

陈皮特离开了，我一直跪到膝盖剧痛，腿脚发麻，歪倒在地板上。

不知过了多久，腿部的麻开始缓解，我站起来，捧着沐沐的那管血，走出了屋子。

我已经许久没有感受过阳光和空气了，它们重新回到我身边。尤其是阳光，我知道，照在我身上的每一束，都走了八分二十秒的时间。无数个八分二十秒密布于我的头顶、脖颈、胸口、背部、手足，那就是永恒。

"你知道吗，从太阳到地球，光要走八分二十秒。"沐沐仰头看着天空说，"火箭需约三年，飞机要飞约十七年，高速火车要约八十五年，小汽车要约一百七十年，骑马约需三百四十一年。"

它那么近，又那么远。

"如果走着呢？"我问。

"我们这么走着，从地球走到太阳，需要二千八百四十四年。人类文明史的一半时间。"

"就是说，从人类有了文字开始，我们就往太阳那里走，走到现在，刚好回到地球。"

我忘记了这是什么时候跟沐沐的对话。有关于她的记忆，已经被那些视频、照片，尤其是后来的AI对话彻底打乱了。沐沐不再是一个具有线性特征的人或者形象，现在，在我的脑海中，成千上万个平行宇宙中的她叠加在一起，压缩成一个无比轻薄的影子。它太轻了，几乎能带着我飞起来。数据能删除，记忆仍在。

接下来的日子，我渐渐恢复了正常生活。屋子里的一切都被拆除了，只留下一张床和几把椅子。父亲在照顾我，母亲每天要打一个视频。那天，我出去跑步，刚进楼道就闻到一股焦烟味，应该是有人家的锅烧干了。我打开门，一股煳味扑面而来，竟然是我住的地方。

难道父亲出去了？我带着疑惑，赶紧去厨房里看。我看见那口锅盖着锅盖，但在冒黑烟。锅下的火仍然在烧着，完全不知道它已快把锅烧化了。我赶紧关掉煤气，打开锅盖。腾地一下，一股炙热的黑烟从锅中冲出来，我感觉自己的鼻翼立刻糊满了刺鼻的粉尘。

我大声咳嗽，打开窗子，然后关上厨房的门，退回到客厅里。

我惊讶地看见，父亲正盯着电视在看。电视上满是雪花，因为之前电视连的也是我的电脑，早就没有交电视费了。

"爸爸！"

"儿子，你看呀，乌拉盖下雪了。"他指着屏幕，"好大的雪啊。"

我愣在那里，心里清楚，父亲出问题了。可能他早就出问题了，但是我一直沉溺在自己的爱与悲伤里，丝毫没有注意到。愧疚瞬间灌满我的所有骨骼，我在他身边坐下来，扭头看他。他的头发有一多半白了，没有白的也不是黑色，而是灰色，这种灰白交杂，让他看起来有些悲戚。我看见了他脸上大大小小的斑，像是谁的眼泪滴在纸上又蒸发后，留下的那种斑驳印记。

我又靠近了一下，左胳膊碰到了他的右胳膊。一股肉体的温热立刻传递过来，像低度电，洞穿了我的每个细胞。另一些记忆开始复苏，小时候我骑在他脖子上，或者他抱着我的时候，这种温热就存在。但那时候，那热是多么强烈而直接啊，现在他的热像暖壶里放了一天的水，温吞吞的。

好吧爸爸，那就让我的热来温暖一下你吧。

接下来的几天，我带着父亲去医院做了一个全面体检。体检报告出来了，从头到脚，每一个器官几乎都有点问题：大脑有轻微脑梗（他犯过一次病，可是从未告诉过我），颈椎椎管狭窄，腰椎间盘突出，腿动脉血流缓慢，膝关节半月板磨损严重，脚上有痛风石结晶。他这么瘦，竟然还有脂肪肝——可能是过度饮酒造成的。肺部有钙化点；心脏，早搏明显；胃部，幽门螺旋杆菌感染导致的胃溃疡和胃炎。

在我浑浑噩噩的日子里，我的父亲已经千疮百孔了，可以想见，母亲的身体也好不到哪里去。

我查了查自己的账户，还不错，前些年创业时攒下来点钱，这段时间我除了购置那些电子设备和房租、吃饭，几乎没有花什么钱。这几十万，足够给父母看病。于是，我和父亲回了一趟赤峰，把母亲接来了北京。当时，我想趁机回一趟乌拉盖，看看达来的牧场怎么样了，可惜因为开矿在修路，不方便过去。

不过我从网上和当地的新闻里看到过，"人间牧场"似乎运行得很不错，并未受矿山的影响。他们的广告，已经出现在市里的公交车上。我不知道达来是怎么渡过难关和搞定场地的，但显然，他成功了。

"有一天晚上，拉石头、拉水泥的车轰隆隆过了一整夜。一辆接一辆，全村人都没怎么睡觉。第二天起来一看，门前的沙石路，竟然轧出了两条车辙沟。"母亲说。

过了一会儿，她又补充，"还有炮声。他们炸石头铺路，炮声在很远的地方都能听见。轰，轰，房顶的渣土都被震下来了。"

她说的就是乌拉盖综合矿区的工程。之前达来说那里发现了大型矿藏，后来上级部门下发文件，决定成立综合矿区。综合矿区的意思就是不止一种矿产，不止一处矿址，而是多处开采。其中在达来他们草场那处，主要是煤。现在，它可是最值钱的能源之一，黑色的金子。

近半年的时间，我带着父亲和母亲奔波在各家医院里，给他们检查身体、抓药、治疗，母亲还做了两个小手术。半年之后，我和父亲母亲都清楚，有些病是无可挽回的，只能接受它。因为一整年跑医院，我几乎看遍了人间的痛苦，心里反而平静下来了。

许多次，我在深夜的急诊室留观病房里，靠着墙角过夜。每一次，几乎都会半夜出现喧闹，而每一次喧闹，都是一个人在病危、在抢救，甚至在死亡。我也更多地理解了沐沐临终前的心情，明白了她的决定是多么勇敢而伟大。尤其是，她早早签署了器官捐献同意书，但是鉴于她的病和状况，最后只有眼角膜捐给了一个受赠者。由于保密协议，我们并不知道是谁接受了她的眼角膜。但是我们知道，有一个人的眼睛因此再次看见了人间。数据没了，眼角膜还在。

父母疲惫了，他们想回家去。

我也想回去了，去看看乌拉盖，看看达来和拉西爷爷。据说，他仿佛返老还童了，还能喝半瓶酒，骑着马晃荡十几里，沿着沐仑河，哼着呼麦或长调。他活成了老神仙。

4

"人间牧场"。

我原来熟悉的那块草场、那条路，都消失了。我的车行驶在一条新的宽阔平整的水泥路上，能从省道直接通到乌拉盖。当年，六岁的我和母亲去看父亲时走的那条路，早已经彻底荒废；我跟着父亲再次去草原和与沐沐去时走的那条路，则被埋压在这条水泥路的下面。一边走着，我心里的疑惑越来越重：这明显就是一个矿区了，虽然四周的山坡和许多块草场上，仍然有茂盛的青草在生长，但看不见一只牛羊。那些草显得很尴尬，也很孤独，它们穿破冰雪和泥土长大，把头伸出地面却发现，并没有牛羊来啃食。连下地羊、老鼠之类的小动物也少了，甚至蚂蚱都难得一见。风还是和往年一样，但风里的味道却又不同。它们搞不清发生了什么，只能本能地、懵懂地吹着。

我看了看手机导航，没错，目的地十分明确——"人间牧场"。这是达来发给我的地址，不可能有误。

那是哪儿错了？

后来，我在原来牧场的西北角的一处山坳停下来。导航显示，这里就是"人间牧场了"。我知道这块山坳，这里因为地质的问题，沙石较多，不适宜牧草生长，只是稀稀拉拉有些艾蒿之类的植物。现在，此处靠阳面的山坡被铲平了，形成了一个大块平地。上面盖着一大片厂房。难道这就是牧场？怎么可能。

我下车的时候，看见一个女人站在坡上大门口处。她的面貌不像是本地人，但脸上的神情有种熟悉感。

她见我下来，快速走过来，并且提前伸出了手："冬至？来总让我来接您。"的确不是本地口音。

我也伸手握了一下："您好，您是？"

"哦，我是牧场的营销总监，我叫闫落。您喊我名字或者落落都可以。"

"你好你好，辛苦了。"

我跟着闫落进入牧场，外面看着很大，但院子里并不宽敞，好几排棚屋一样的房子，一栋挨着一栋。每一栋里，都有几十头牛，它们正在那里低头吃草。

我还没来得及细看，就被闫落带进了办公区。

进屋的时候，达来正在打视频电话，我瞥见视频那头好像是陈皮特，立刻躲着镜头。

他们好像在商量系统升级的事，达来的意思是，应该一步到位，关掉"人间牧场"的游戏板块，专注于产品的改造和营销，但是陈皮特认为，游戏保证了产品销售的入口，如果停掉这部分，产品就失去了最大卖点。

他们最后搁置了争议。

闫落离开后，我和达来坐到了旁边的沙发上。

"不错，"他看着我说，"气色不错，看来你彻底恢复了。那个，小满和你妈妈，都还好吧？"

"他们还可以，"我说，"一身小毛病，不过没有大碍。"

达来笑了一下，开始用面前的茶海烧水泡茶。

水开了，他把水倒在茶叶上，那些干枯的叶子开始舒展开，伸胳膊伸腿，像是从一场大梦中醒来，打了个哈欠，活了。

他洗过茶，把第一泡倒掉，第二泡倒了两杯，端起其中一杯，示意我喝茶。

我啜饮了一口，喝不出是什么茶叶。

"我知道你的疑问。"他说，"不过别着急，喝完茶，我带你去牛栏看看。"

接下来，我们俩几乎没再说话，只是一杯接一杯地喝茶，直到那壶茶泡到没了滋味，白如清水。

出了办公区，向左一转，就是一大片牛栏。

等走近了，我终于看清了，每头牛的头上都戴着一副眼镜，VR眼镜。它们的腿在原地挪动着，不时低下头，吃牛槽里的青草。青草里拌着玉米面，还有一些白色颗粒状的东西，不知道是什么。

我看向达来。

达来掏出一支烟，不，是掏出一支雪茄，递给我。

我摆摆手。

他用火机点着了。烟雾中，我有点分不清他到底是达来还是陈皮特。

"奇怪吗？"他问。

我点头，说，这是什么意思？

达来叼着雪茄，拍了拍一头牛的脑袋，那头牛没有反应，也没有鸣叫，木然地咀嚼着草料。

"也是被逼无奈。没有草场，牛根本没有地方放牧。好处是，矿里给了一大笔赔偿款，很大一笔。我本来准备把这笔钱分掉，牧场一关，从此不再涉足商业，但是关键时刻，皮特想到了置之死地而后生的好主意。他问我公司的核心卖点是什么？我说是牧场啊，虚拟真实的草原牧场。他又问那客户看到的是什么？我说是我们虚拟的真实牧场。皮特说既然可以给玩家和客户虚拟牧场，为什么不能给牛羊虚拟牧场？我愣了半天。后来，我明白他的意思了。为了完成这件事，我们重组了公司，专门找了一个人负责，就是刚才接待你的闫落。她最早是人间牧场的玩家，对我们这里特别感兴趣，后来工作上出了点问题，她辞职了，刚好看到我们在游戏页面发布的招牌信息，就过来应聘，正好赶上牧场的转型。她干得很不错。"

"你的意思是，只要给牛戴上VR眼镜，让它们看见虚拟的草原，它们依然会正常生长和产奶产肉？"

"是这个道理，不过你还是太保守了。有了VR眼镜，我们就可以用最高的效率控制奶牛的发情期，辅以激素药物，刺激它多产奶；肉牛，也可以刺激它多长肉。牛和人一样，都是视觉动物，我们看见什么，心里就会长出什么。"

我背后有些发凉，觉得山里温度果然低些。

看了看眼前一头又一头吃草的牛，它们都那么安静，嘴里不停地咀嚼着，仿佛除了吃，再没有其他感觉。根据"人间牧场"官网的介绍，这样的牛，达来他们养了上万头，而且规模仍在继续扩大。他们的牧场早已经超出了乌拉盖的范围，在呼伦贝尔、在甘孜，甚至在澳大利亚，都有"人间牧场"的分部。

"我再给你看点儿新装的东西。"达来说着掏出手机，打开一个名为"天上"的软件，然后按了一个按钮。

那些牛整齐划一地集体动了起来，开始缓缓走动。我再往前一些去看，发现原来它们蹄子下面并不是砖地或水泥地，而是类似于跑步机上的那种履带。履带转动，它们就不得不动起来。

达来邪魅一笑，他按着手机上一个环形图标旋转，履带开始加速，那些牛也开始加速。后来，那些牛简直是飞奔起来了。

"在它们眼睛里，它们此刻正在乌拉盖草原上奔跑，它们越过一片又一片草坪，周围都是牧草、鲜花、蝴蝶，头上是蓝天和白云。这一切，比真实的草原更美。通过这种方式，所有的牛都会得到足够的运动量，也就能有紧致的腱子肉，肥瘦相间的牛腩，滑嫩的上脑……每一头牛都有一个电子档案，检测它的体重、脂肪含量，等到出栏的时候，它们的每一块牛肉都会是最佳配置。"

我目瞪口呆。这一切和我无关，这一切的起点却和我有关。

"我们的牛肉和牛奶，现在不仅在国内卖，还要出口到日本和韩国。很多餐桌上的雪花牛肉，都是从这里出去的。"

震惊感在晚上的时候才消失。我们吃过晚饭——餐桌上的牛肉，我一口也没动，我只吃了一点蔬菜——坐在牧场唯一的二楼的天台上，天空中星斗闪烁，不远处传来各种器械的声音，公路上，汽车尾灯连成一条虚虚实实的线，从乌拉盖通向远方更明亮的灯火城市。最黑的煤，摇身一变，就会成为最亮的灯。

我跟达来提了一个要求。我说我要戴着牛的VR眼镜，感受一天牛的生活。

达来耸耸肩，不置可否。

我掏出了沐沐留下的那瓶血，递给他，并告诉他缘由。

达来捧着那瓶血，怔怔地看了好久。

他最终把瓶子递给了我："沐沐不欠我什么。我没能让她好好过完一生。这个还是你留着，和我相比，你给予她更多，更珍贵。"

我接过来，说："明天，让我当一天牛吧。"

达来撇撇嘴，又掏出雪茄，点了两次都没点着。

"好，"他说，"我陪你一起。"

第二天一早，我和达来就站在牛栏里了。我左边是达来，右边是一头黑白花母牛，它的腹部已经开始隆起，一头小牛正在孕育。我们戴上VR眼镜——这是达来连夜让技术部改制的，牛的眼镜太大了，我们戴不了，他们便改装了两个人用VR。

那个工程师小姑娘给我戴眼镜时笑说："老板们也体验一下当牛做马的感觉吧。我们设计程序时，为了保证效果，可是没少戴这玩意。"

我不是大老板，但我没反驳她。

我看见了草原，乌拉盖草原，它和我置身其上时、和我开始设计"人间牧场"时的虚拟草原都不相同。它是所有草原的总和，是山川河流的总和，是人间和苍穹的总和。这些画面，并不是为人准备的，而是根据牛的视觉特征设计的，所以那草原并不是我以为的五彩斑斓，而是只有黑白色。牛是全色盲，它只能看见黑白，不同程度的黑和不同程度的白。天地瞬间变得简单了，青草是灰白色的，天空是另一种灰，只有黑是完全的黑。我想起了"旅程"游戏的最后，苍穹所留下的那种黑，以及脑海中浮现的那种白。

过了一会儿，我感觉脚下在动。我知道，作为牛的运动时间到了，我跟着履带的节奏迈开脚。

我走在黑白色的草原上，远处青山如淡墨，近处花草如清灰。因为牛的眼睛是广角视野，所以我有了一个更宽的视域，只是脚下的部分受限。这仿佛是一幅巨幅的会动的水墨画，只用黑白两色，就描绘出了山川万物。

摘下眼镜的时候，我对自己生活的世界感到了一丝不适应，它太鲜艳、太明亮了。我的脑海和视觉神经系统，仍不由自主地要把那些五颜六色变成黑白色。我想起来，手机照片有渲染功能，一键就可以把照片变成黑白色。我希望自己的脑子里也有这样一枚按键。

我转头去看达来，发现他那里已经空了，既没有人也没有牛。不知什么时候，他已经离开了。或者他根本就没上来过。

我跨出牛栏时，右边的黑白花母牛轻轻地哞了一声。我无法理解这一声鸣叫的含义，便假想它是在说再见。

再见什么？再见以前的世界。

傍晚时，我启动车子，向乌拉盖草原更深处开去。

路过正在开采的露天煤矿，第一批煤已经挖出来，堆成了巨大的煤山，黑色的，即使在黑夜初降时仍能辨别的黑色。很多泥土还没有运走，风吹日晒之后，那些土变成了一种灰白色。机器还在轰隆隆响，向地下的更深处挖掘。

后来，机械声渐渐小了，消失了。我重新找回了草原的安静。

没有路了，我弃车而行。这里应该还有牛羊在放牧，我踩到好几次牛粪，也闻到了牲口待过的味道。

我看见了波光，是沐伦河。我到了沐伦河边，这是它在乌拉盖草原最宽阔的一处水面，远远望去，像一柄刚磨好的刀。

我走进水里，水轻轻流过脚踝。随手在岸边拔了一棵草，找到最大的一片草叶，揪下来。我用草叶的边缘对着手指肚轻轻一划，皮肤破裂，血珠涌出。我赶紧打开沐沐的那瓶血，把我的血滴进瓶子里。很快，她的干裂的血被我的血浸泡、湿润了，一起化成酱红色的液体。

等瓶中沐沐的血全部融化，我把瓶子放进了河里。河水灌进去，我们的血很快就被稀释得无影无踪。

我躺下来，头枕着一块石头，河面正好在耳际。

这时，我看见了沐沐，她出现在天空之中。我分不清这是幻想，还是我再一次置身在虚拟世界里，又一次复活了沐沐。沐沐轻轻落到我身边，我把头埋在她怀里，她的心不是在跳动，而是在流动，发出汩汩之声。

天上有星子闪烁，苍穹因此看起来并非无穷无尽，而是像是淡蓝色的蛋壳，一戳即破。

我脑海中忽然浮起全新的念头：一切刚好相反，我才是那个虚拟的人，而沐沐活在现实世界里。她并不是去世，只是以这种方式抽身离开，回到了物理真实之中，独留我一个人沉溺于这真假难辨的河流……

与永莉有关的七个名词

张　楚　《长江文艺》2024 年第 3 期

> **推荐语**
>
> 张楚以其细致入微的刻画、心理情绪的精准拿捏、对于世事无常的坦荡，勾勒一个女人从青春到中年在时间的潮水中载浮载沉，在命运的沟壑中挣扎前行，从懵懂、迷惘到逐渐清晰的自我，有欲言又止的情愫、有身心与共的女性情谊、有不可抗拒的转折，也有永不言弃的生活戏剧性，一切皆有可能，一切也都不会完全绝望，哀而不伤，含而不露。
>
> （刘大先）

屋顶

郭永莉的自行车老是慢撒气。她想换条轮胎，刘兰英说，换啥换！换条轮胎七块钱，腿子肉才六块五一斤！吃得比母猪多，留着蠢劲做啥用？刘兰英说这话时正忙着往槽子里扛猪食。她养了十六头约克猪。

郭永莉瘦瘦的，饭量却顶两个刘兰英。她嘟着嘴跨上自行车，去村口的赤脚医生家借打气筒。通常气还没打完，郭亮和肖恩慧就一前一后到了。她束手束脚地站旁边，看着郭亮将轮胎打得邦邦硬。郭亮脑袋大，人家都管他叫郭大脑袋。

郭大脑袋他们仨，都在镇上的中学念书。

郭永莉一直想不明白，为啥要读书，那些不读书的同学，都去县城里打工了，没关系的去了百货大楼，去了小饭馆，有关系的去了轧钢厂，去了药房，去了桃源宾馆。他们回家的时候，骑着鲜艳的电动摩托，女孩子们涂着口红，男孩子们叼着万宝路香烟。他们疾驰而过，柏油路上扬起的灰尘通常让郭亮大声咳嗽起来。有啥洋气的，郭亮撇着嘴说，不就是个破电动车吗，又不是奔驰宝马！他嘴上这么说，郭永莉还是能看到他艳羡的目光。一个口是心非的人，郭永莉心里想，郭亮是个口是心非的人。他爸妈有钱，有钱的爸妈就是不给他买摩托车。他们拒绝的理由很符合他们的身份和秉性：车多辆多的，出了肇事咋整？

不过，无论郭亮说什么，她还是信的。郭亮说，郭永莉长得瘦，可眼睛大，是她们三姐妹里最受看的。郭亮说，郭永莉脑子笨点，可能吃苦，对她能在镇中的英语比赛中获得了纪念奖很是钦佩。郭亮说这些话时，通常跟她并肩骑着自行车行驶在乡间的柏油路上。路两边全是白杨树，芒种后叶子黑亮黑亮的，路上拉铁矿石的大解放车更多，他的声音要跨过解放车的喇叭声、堵车时司机的咒骂声，还有肖恩慧那条土狗的吠声，才能断断续续传进她的耳朵。她不说话，满脸通红，时不时偷偷瞄一眼跟屁虫般尾随着他们的肖恩慧，小腿将慢撒气的自行车蹬得更快。

肖恩慧总是带着他那条狗。肖恩慧上课时，它就在校门口撒欢，要么跟野狗们去田野鬼混。肖恩慧一张丝瓜瓤子脸，单眼皮常年耷搭着，看人时白眼仁多黑眼仁少。说实话，郭亮长得比他威武多了，大头粗颈，不过十六七岁，却早早蕴了肚囊。你能快点吗！他不耐烦地扭头朝肖恩慧喊，死螃蟹没沫！肖恩慧也不生气，朝他们俏皮地吹着口哨。口哨响亮，颤抖的尾音似乎将那大卡车的鸣笛声都盖了过去。

镇上的中学，离家并不远，可中午和晚上还是在学校吃。相对于母亲身上浓烈的猪圈味儿，她更喜欢学校食堂里飘着的剩菜馊味。她最稀罕的一道菜是干豆腐片炒辣椒，翻来拣去总能挑出几片油腻的肥肉。郭亮呢，顿顿都买那最贵的，猪肉炖粉条，油炸鲤鱼啥的，不住地往郭永莉碗里夹，夹就夹了，郭永莉却不吃，最后剩碗里。郭亮也不恼，似乎将好吃的给了她就好，她吃不吃倒不打紧。有时郭永莉将肉片再夹到肖恩慧碗里，肖恩慧小心翼翼地将肉挑出来，犹豫着放到餐桌上，时不时地朝那块肉瞄两眼。绿头蝇很快乌泱乌泱扑过来，滚成一团黑云，肖恩慧嘴角抽搐，舞动着筷子将苍蝇们掸走，喉结涌动几下，快速地扒拉着碗里的米饭咸菜。

肖恩慧只有一个奶奶。奶奶是瞎子。郭永莉还没见过这么能干的瞎子，种地，做饭，洗衣晾衣，养鸡，啥都会，只是家里像垃圾场。头次去肖恩慧家，郭永莉难免皱起眉头。她母亲忙得吃饭都蹲猪圈里吃，可家里照例拾掇得溜光水滑，而肖恩慧他们家，灶台上的灰尘积得比冬天的雪还厚，灶具黑腻，粘着菜叶米粒，地板上是尘土、碎纸屑、破鞋烂袜。"你忒懒，"郭永莉对肖恩慧说，"你奶瞎，你又不瞎。"肖恩慧耷拉的单眼皮微微挑了挑。再去他们家，地板明显干净许多，衣裳也叠摆得四致。肖恩慧奶奶咧着嘴给她和郭亮递茄子吃。郭永莉看到紫茄子上粘了块鸡屎般的黄泥，没敢吃。

郭亮家倒是常去。他爸妈在县城里卖烤鸭，家里少有人迹。他们仨就在宽阔的客厅里写作业。只有她和肖恩慧写，郭亮忙着给他们做吃食。说实话，郭亮做饭比学习有天分。他炸的鸡柳金灿灿，上面撒了咖喱粉和黑胡椒；他煮的素面里会加哈尔滨红肠和沙瓤西红柿，吃起来酸爽微甜；他用木柴烤的老玉米，饱满脆生的焦皮轻烫着口腔，当粒芯被牙齿挤压出来时，焦煳的香气和水嫩的甘甜立马混淆着扑进鼻腔……当然，她和肖恩慧的待遇是不同的，郭亮分给她的鸡柳，总比给肖恩慧的多两块，面汤里的甜肠也多两根。肖恩慧才不介意呢，也许长这么大，他还从来没有尝过这么好的吃食。他爸原先在煤矿上班，下夜班时被拉矿石的解放车碾死了，他妈拿着补偿金跟卖保险的东北人跑到三亚开饭馆。未过半载，他爷查出是肺癌晚期，在炕头熬了不过几天，睁眼死了。从小学四年级开始，他跟奶奶过。瞎眼奶奶哪里都好，只不过炒菜时，会弄混糖罐和盐灌，酱油瓶和醋瓶。

有年夏天，好像快出伏了，晚上，郭亮给他们炖了锅莲藕糖醋排骨。郭亮嫌热，说，我们去屋顶吃吧。郭永莉说，你个神经病，不怕被邻居笑话吗？郭亮说，我在自个家屋顶上吃饭，关他们屁事！郭永莉去瞅肖恩慧，肖恩慧没吭声，径自去搬梯子。他们仨，一个往屋顶端排骨，一个往屋顶拿碗筷，还有一个往屋顶拎啤酒。

屋顶也热，坐在上面犹如坐在炭火才熄灭的炉上。不过，有风，虽是晚夏的热风，多少掺了些夜晚的凉意。郭永莉声明她不喝酒，郭亮还是嘻嘻着给她倒了碗。排骨里的糖放多了，齁甜，郭亮为他的手艺失常先干了碗啤酒。肖恩慧的白眼仁瞥着长满豌豆的院子，也喝了碗，喝完后就打嗝，他说，这是他第一次喝啤酒，咋是泔水味。郭亮说，原来你还老喝泔水啊？肖恩慧佯装去打他，郭亮嘿嘿着又给他倒酒，说，喝吧，喝吧，不醉不归。郭永莉

不敢大口喝，只小口小口抿。她坐在郭亮跟肖恩慧中间，老怕屋檐下路过的街坊邻居瞅到。天色越来越黑，听不到蝉鸣，倒能听到蟋蟀的叫声，夏天很快就要过去了。喝着喝着，郭亮跟肖恩慧直挺挺躺下了，不久鼾声浮升。郭永莉俯视着被夜色覆盖的村庄，既觉得舒心，又觉得有点难过。可为啥难过呢？她想不明白。后来也迷迷糊糊睡去。等骤然醒来，发觉郭亮的手搂着她的腰，她皱着眉头甩掉，另一条胳膊又围圈过来。她干脆起身盘腿坐好。肖恩慧也醒了，坐在空酒瓶旁端看着他们。

他的脸庞只是团黑乎乎的细长影子。她便问，喝多了？肖恩慧说，没。她又悄声问，你……想啥呢……肖恩慧沉默了片刻说，真羡慕你们。她本来想问他羡慕啥，可想想他的瞎眼奶奶，就没吱声，后来她起身走过去，站他身旁摸了摸他的头发。她能感到他的身子颤了两颤。他们谁都没再说话，她重新坐到郭亮身边，从锅里拣出块排骨慢慢地啃。排骨凉了，腻口，她就嘬了点啤酒。不久，便听到刘兰英扯着嗓门喊她的名字，似乎恨不得全庄的人都能听到。她不敢应声。肖恩慧替她扶着梯子，她一步一步往下缩。肖恩慧的脑袋跟夜空中滑过的萤火虫离她越来越远，四野阒然，连犬吠和蟋蟀声也没有，整个世界也在静默中透亮起来。她想，能跟他们在屋顶上坐一辈子，也挺好的。当她跳下最后一根槽木时，不禁朝屋顶张了张，不料脚没站稳，崴了下。她龇牙咧嘴地揉了揉，刘兰英呼喊的声音犹如浪潮涌来。她仰着脖子看屋顶，肖恩慧正机械地朝她摆手，还笑了笑。他刷牙不用牙膏，都是用精盐，可能刷得过于用力，被盐渍出了颗粒般的

凹槽。他笑起来特别像一只修长而害羞的绿扁蚂蚱。

刘兰英拎个手电筒，母女一前一后往家走。刘兰英边走边发出轻微的呼噜声，仿佛走着走着睡着了。她的呼噜声跟那些心宽膘肥的母猪越来越像。她很少管教郭永莉，她跟邻居说，这是让她最省心的一个闺女，看上去傻乎乎的，可又没傻到会被人拐走的份上，心又宽，万事都不入眼。也许她的话没错。郭永莉还有两个姐姐，她行三，熟络的人都喊她郭三。大姐辍了学，跟刘兰英养猪。她跟郭永莉长得像，只是左眼有点斜视，相看了几个对象，男方都有些嫌弃，这心事就一天比一天低。二姐呢，高中才毕业，去县服装厂上了班，不过个把月，就找了男朋友，还喜滋滋带到家里来，把刘兰英气得一宿没睡。郭永莉她爸有个战友，在山海关卖水果，战友有个儿子，在京唐港当海员，两家从小就定了娃娃亲，单等到了合适年岁，战友变亲家。二姐呢，属辣椒的，呛人是常事，七八天没回家了。要不是家里的那头母猪快生崽了，刘兰英早攥着擀面杖去厂里抽她了。

水塔

学校里有座水塔。红色，砖砌，不高，顺着铁质扶手能爬上去。有鸟在塔上鸣叫，不是麻雀，不是喜鹊，也不是斑鸠。打热水从塔下路过，郭永莉都忍不住驻足仰望。她想，叫得么好听，肯定是夜莺吧？她没见过夜莺，也不知道夜莺是否会在白天鸣唱。有天晚上，郭亮爬了上去，将腿从塔沿耷拉下来，讨好似的朝郭永莉招手。郭永莉将暖水瓶放下，贼眉鼠眼地环顾四周，校园里静悄悄的，快打熄灯铃了，孩子们正在洗漱，她就弓着腰爬上去。失望是难免的，蔓生着杂草，草里有只死斑鸠，肉腐烂了，只几根灰羽支棱着。她捂着鼻子将斑鸠扔到塔下，还没来得及擦手，郭亮就将她扑翻。她挣扎了两下。

这年他们上高一。都考的县第二中学。开学前，郭亮父母先是派了村里的媒婆到郭永莉家说媒，后来又亲自登门拜访。郭永莉家向来是刘兰英当家。父亲有哮喘病，整日在村委会屋檐前跟老头们晒太阳，家里的大事小情从不过问，早习惯了做甩手掌柜。刘兰英想了想说，这俩孩子，倒是般配，天天腻歪一块，只是年岁太小，要不，再等等？媒婆说，大嫂子啊，等啥呀，郭家两口子在县城卖烤鸭，光楼房就有两套，就这么根独苗，多少人家盯着呢！狼多肉少，可别等着快到手的鸭子再飞走。刘兰英当时正在拌猪食，她将一大袋添加剂倒进热气腾腾的桶里，又吭哧吭哧搅拌半晌，这才直起腰盯着媒婆说，行，过年了，给你送条猪背腿。郭亮的父母是开着夏利车来的，后备箱里装了八只烤鸭，还有台爱多 VCD。刘兰英让二闺女骑着自行车，将烤鸭送给了娘家人。她有五个兄长三个弟弟。她当时暗自庆幸，亏得爹妈没再给她多生养几个兄弟。

郭永莉呢，也没多说啥。这个连一千五百米都跑不下来的胖子，如今是连喝粥也要鼻尖沁汗。可他对她是真好。两人不在一个班，没下早自习，郭亮就偷偷摸摸去打饭。郭永莉的碗里总有枚剥了皮的鸡蛋，中午更不消说，肉菜青菜荤素搭配营养均衡。晚自习后，他拽了郭永莉偷偷爬上水塔，从兜里掏出橘子，剥好，一瓣瓣喂她嘴里。郭永莉扭捏着掸掉他的手。

他说，有啥害臊的，媳妇？郭永莉说，滚，谁是你媳妇？郭亮嘻嘻笑着来摸她。他的手没干过农活，软而肥，比郭永莉的手还要柔滑，不过倒是常帮他父亲杀鸭烤鸭，能闻到股松果的香味。有时两人搂抱着昏昏睡去，等秋风顺着尾椎骨爬蹿，郭永莉才打个寒颤，揉揉眼愣愣地盯着郭亮。她真的要嫁给他？真的跟他在土炕上睡一辈子？他这么胖，老了会不会得脑溢血或心衰？他真的稀罕自己？听着熄灯的铃声，看着一盏盏的灯次第灭掉，她心里空荡荡的。此时，肖恩慧的脸就在静谧的黑暗中浮升起来。

肖恩慧跟郭永莉一个班，前后桌，两人很少说话，仿佛他们以前根本不认识。碰到了不懂的题目，郭永莉扭头问他，他也讲，眼却从不正眼瞅她，自说自话。郭永莉难免有些生闷气，他讲完了，她就狠狠瞪他两眼。他斜着眼，装作没看见。也许他真的没看见吧。他的白眼仁那么多，瞳孔又小，没准还散光。他也没再跟郭永莉他们一起吃饭，有时郭亮也叫他，声音懒懒的，肖恩慧就摇摇头，自己端着饭盆大踏步走了。他很瘦，走起路来轻飘飘的。有一次郭永莉问他，你的黄狗呢？肖恩慧摸了摸鼻子，说，生了窝小狗。郭永莉呀了声，说，我最稀罕小猫小狗了。她期待着他说，你要稀罕，我送你。可他半响没吱声，她有些赌气似的说，那，你送我一只呗？他仍不吭声，顾自埋头做数学题。郭永莉觉得肖恩慧越来越小气了，很长一段时间内都没有搭理他。拽啥呢？她瞥他两眼，看到他头顶上生了白头发。活该，她恨恨地想。

还是郭亮对她好，才入冬就买了小护士护手霜，说怕她的手皲了，还买了顶粉色针织帽，帽顶缀着苹果大的绒球。他说，等下了雪，就戴着这顶帽子打雪仗。他还给她买了爱立信手机。她说，我们家连电话都没有，我要这玩意干啥？郭亮说，等着我打给你啊。郭永莉把手机给了刘兰英。经常有外镇的猪贩子找她，电话都是打到邻居家。这下好了，无论她是在猪圈里还是在集市上买饲料，猪经济们都能听到她浓重的鼻音了。

天冷了，去塔上的次数也少了。放寒假的前一天晚上，很多同学都回了家，校园里黑乎乎的。郭亮偏拉着她爬水塔。郭永莉说，你有毛病啊！冷飕飕的，灌西北风啊？郭亮嘿嘿地笑着，犹如一头北极熊缓缓爬上，从怀里掏出只烧鸡，撕巴撕巴，先吃了个鸡腿，又掏出瓶北大仓白酒，吱喳着喝了口。郭永莉抓着冰凉的扶梯扶手往上爬，爬到半腰处，便听到有人喊，喂！干啥呢？声音粗重，一听便是保卫处的老王。老王可能也不太老，只是满脸络腮胡，脸上是那种因常年酗酒浸成的酒斑。同学们都怕他，尤其是女同学。他最喜欢跟女同学聊天。

郭永莉忙朝水塔上望，郭亮却不见了踪影，又朝梯子下瞄了两眼，凛冽的西风携带着酒气。她嗫嚅着说，我在锻炼身体。老王喝道，小小年纪就撒谎！给我爬下来！郭永莉就乖乖下来，搓了搓手转身想走。老王说，你哪个镇的？放假了也不回家！等野汉子是吧！郭永莉吃惊地瞪着他，实在是没料到他会说出这么恶心的话。老王又说，你是不是冷啊？郭永莉嗯了声。老王欺身过来，说，冷的话，叔给你暖暖手。一对熊掌箍住了她的手。郭永莉挣扎了两下，老王就将她搂进怀里，胳膊夹着脖子将她往水塔后边拖。水塔后面没有路

245

灯，黑漆漆的，郭永莉扯着嗓子喊，郭亮！郭亮！郭亮也没动静，老王的手又钳住她腰身，嘴巴先凑了过来，郭永莉这才彻底醒过来，大声喊，郭亮！郭亮！救我！一双散发着柴油味道的大手瞬息堵住了她的嘴巴。她浑身颤抖，猛地挣了几挣，却发现老王那厢似乎松软下去，她喘息着小跑到一杆路灯下，看到有团影子正跟老王滚翻到一起，擦了擦眼，迷迷糊糊的，只晃到那团瘦削的身子，一会在上面，一会被老王压在身下。老王大声咒骂着，朝着影子就是几记老拳。正在发怔，手却被攥住，哆嗦着扭头，却是郭亮，不禁骂道，死胖子！你跑哪里去了？跑哪里去了?！郭亮左手拎着烧鸡，右手拽着她，手指放在唇边嘘了声，又朝老王那边瞅了眼，说，快跑！快跑！

他们那晚住在了学校附近的宾馆。宾馆没有暖气，只有台漏风的空调呼噜呼噜着躁响。郭永莉蜷在床上，风寒病患者般筛抖。郭亮帮她脱了鞋袜，又去褪她的衣服。她嘟着嘴掸掉他的手。郭亮说，他方才吃鸡腿，噎住了，灌了口酒，又呛着了，跪在塔顶抠喉咙，想将鸡腿吐出来，听到她呼喊，却没听清她喊的是啥，寻思她冷，不来塔上了，等那只鸡腿总算吐到草丛里，才看到她在路灯下哆嗦，那边呢，却是穿着保安服的老王在跟人打架，怕沾包，这才拉她跑出来……郭永莉不想听他说话，她觉得他说的全是假话，她疯了似的喊救命，难道他都没听到？那个跟老王干仗的人，看身形倒有些像肖恩慧。肖恩慧……不会有事吧？想着想着困顿了，似乎睡着了，又似乎清醒着，老感觉身上压了座山，动也动不得，睁了眼，却是郭亮趴她身上乱动，动了没几下，就安生了。他躺在她身旁喘着粗气，她战战兢兢地摸了摸下身，还好，套着秋裤，只不过，秋裤湿漉漉的。

翌日午时，两人才懒洋洋地爬起来，郭永莉也没有搭理郭亮。郭亮买了豆包和奶茶，她一口没吃，一口没喝，两人偷偷去学校拿行李，却发现学校门口贴着张白榜，上面写着：高一·二班的肖恩慧同学，违反学校纪律谈恋爱，被保安处工作人员发现，恼羞成怒，殴打保安，性质恶劣，被开除学籍。

郭永莉身子晃了几晃，郭亮扶住她，手也在抖。郭永莉说，学校真混账！信口雌黄，明明是肖恩慧救了我……郭亮忙捂住她嘴巴。她的嘴巴很大，嘴唇很厚，郭亮的手显得那么娇嫩稚小。郭永莉扯开他的手说，我去找校长！我要告老王非礼我！郭亮贴着她耳朵说，乖乖，你别没事找事，你差点被他强奸，这要是被村里人知道了，我们家这张脸往哪里搁?！郭永莉木木地望着他。他的脸又白又胖，没有一丝血色。

寒假那些日子，郭永莉老想去肖恩慧家看看。有几次走到他家门口，却只躲在麦秸垛后面。别人家全是红砖垒砌的院墙，只他家是高粱秆和玉米秸搭就，稀稀拉拉，站在狭长的院子里，也能望到外面的行人。郭永莉听到肖恩慧奶奶的咳嗽声，说话声，洗衣裳的声，吆喝狗的声，却唯独听不到肖恩慧的动静。有次郭永莉听到了老人哭泣的声音。老人们哭起来，是没有大声息的，气流从喉咙里艰难地淌出来，仿佛有人扼住了脖子，咿咿嘤嘤，呜呜嗯嗯，听不出悲伤。她听到老太太呜咽着喊，这可咋好呢，这可咋好呢！郭永莉转身小跑着回了家，边帮着刘兰英淘泔水边盘算着，要不，到学校把事说清楚？肖恩慧成绩那么好，肯定能考出去的，不过，眼下放了假，学校里除了值班的老师，也不会有啥校领导，不如等开学再说吧。

大年初一那天，要挨家挨户拜年。到了肖恩慧家，只他奶奶坐炕沿上。她说，恩惠一早就出去了，估计是上祖坟放炮仗。等回了家，刘兰英说，肖恩慧来过了，这个可怜的崽子，说是开春就出去做工了，他念书不挺好吗？郭永莉没敢接话茬。大年初六，从郭亮家吃饭回来，路过小卖店时，忽听到有人喊她，不是肖恩慧是谁呢？她心里突突的，站住，想转身，这身子却锈住，或许过年这些天，肉吃得太多了些。后来她又听到肖恩慧弱弱地喊了声她的名字，她猛地转过身，却发觉身后空无一人。难道是自己惊咋了？她四处瞅了瞅，只看到灰色雪花一朵朵落下，落到睫毛上，落到黑魆魆的槐树枝干上，落到冒着烟的烟囱上，落到她手里的那只烤鸭上。

过年最糟心，平日里不怎么往来的亲戚也要走访一遍，嘴里说着吉祥喜庆的话。别人家都是男孩拎着白酒跟点心去拜年，他们家呢，仨丫头，大姐呢，是属夜来香的，白天见不起人，二姐呢，属刺猬的，逮谁扎谁，这拜年的活就落在郭永莉头上。等拜完年，郭亮母亲又邀她去家里小住了几日。这些年的风俗就如此，只要定了亲，女方就搬到男方家，住上几年，够了结婚年龄再办仪式。她和郭亮还在读书，平时也难得去，便在刘兰英撺掇下索性住了三晚。第一晚还跟郭亮母亲睡，第二晚郭亮就不干了，搬过来陪她。陪也不好好陪，老鼓捣那些让她脸红的事，不过，刘兰英叮嘱过，要矜贵些，不该给的，死活不要给，免得被男人轻贱，越是守得牢把得紧，男人家越是敬你重你。郭永莉向来听刘兰英的话，把郭亮气得险些动粗。郭永莉就

有些委屈，又不能哭，就对着墙生闷气。

很久，郭亮说，你知道不，肖恩慧走了。郭永莉没搭茬。郭亮又说，他表舅在丽江开宾馆，去帮忙了。郭永莉半晌才闷闷地问了句，丽江在哪儿，远不？郭亮说，在云南，听说有六千里地呢。飞机也要飞半天。那晚郭亮喝了酒，也没闹，老实得很。丽江，六千里。她嘴里轻声念叨着，用食指在墙上默默写着"丽江"两个字。她听说过九寨沟，听说过神农架，还听说过桂林，可没听过丽江。六千里，有多远呢？她眼前浮现出肖恩慧那张丝瓜脸，那双老是抹搭着的眼睛，又想到那条又老又馋的黄狗。

肖恩慧说老狗生了崽，他真抠心，一只都舍不得给她。

岗上

郭亮辍了学，跟他爸去烤鸭子。他时常骑着他爸的摩托车来学校。同学们都知道她有个男朋友，卖烤鸭，便有那嘴馋的，时不时托郭永莉买几只，好歹一只能便宜三五块。郭亮就跑得格外勤。郭永莉呢，书读得好不到哪里，也孬不到哪里。老师说，照这成绩，日后读理科的话，上个卫校或专科啥的不成问题。她也没往心里去。从小到大，都是个没主意的人，人家说啥，就是啥，说不是啥，就啥也不是。高二暑假时，在郭亮家里住了些时日。这年闹猪瘟，刘兰英养猪赔了个底掉，郭家知晓了，送来了两万块钱，说是先把饥荒还了。刘兰英就跟郭永莉说，你们定亲也两年了，上你婆婆家住些天吧。

郭家在县城买了两处楼房，有处早已装修好，看来是等着结婚用的。头个晚上，

铺的红被罩红床单，连枕套都是艳红色，绣着对小鸳鸯。郭亮有些手忙脚乱，可该做的也都做了。郭永莉倒有些心不在焉，似乎什么都不懂，又什么都懂，也没啥可在乎的，可又觉得女孩最在乎的，瞬息就没了，终归觉得委屈，可话又说回来，委屈个啥呢，村里的女孩都这样，早早找了婆家，吃喝拉撒睡，炕上一条被。她觉得她跟那些女孩不一样，哪里不一样？委实想不明白。该来月事那几天，干干净净的，也没在意，又过了俩月，还是如此，难免有些狐疑，赶上高三月考，日日学得蓬头垢面，姑且放一旁。等肚子渐渐鼓囊起来，先就被刘兰英察觉，忙带她到镇医院检查。医生说是快四个月了。已经立秋，郭永莉骑着自行车，跟刘兰英往家里赶。她懵懂着想，咋整呢，明年春天分娩，夏天就高考，要奶着孩子去考场吗？半路上刘兰英钻到玉米地里小解，钻出来时边系裤腰带边说，丫头，打掉吧，可要跟郭家说声，毕竟是他们家的种。郭永莉咬着牙想，日后再不跟郭亮搞事情了，敢情他舒坦了，却耽搁了自己考试，让他戴避孕套，偏不听。就说，妈，孩子不能要，我才多大，孩子生下来谁养活？刘兰英说，三儿，郭家对咱不薄，于情于理，还是跟郭家念诵声，听话，啊。

当晚将郭亮跟他父母请过来。他们一家听说郭永莉怀了身孕，瞳孔立时变成了灯泡，险些射出光来。还没等刘兰英往下说话，郭亮扑通一声跪在地上，求郭永莉将孩子生下来。郭永莉整个晚上都没说话，大人们却聒噪个不停。郭亮他妈说，翌日起就要保胎了，正是婴儿长脑子的关键时刻，明天就去买些新疆大枣核桃，排骨人参汤是要日日喝的，鸭子呢，先不要吃了，性寒凉。等闺女生了，请专职保姆伺候，断不能委屈辛苦了她。等孩子大些，就给他们操持婚礼，用不着郭永莉家陪嫁，房子、家电、宝马车，统统他们出，还要给郭永莉二十万的彩礼钱。说着说着嘴就咧成朵蜀葵。

全家人只二姐不同意，她说，我妹又不是生育机器，这么小当妈，一把屎一把尿地拉扯孩子，啥时是个头？你们要真心疼她，赶紧带她去妇幼医院堕胎……话音未落，刘兰英的巴掌就扇了过去，叱喝道，先将你的糟心事料理好！哪里有闲心说三道四！二姐瞥了眼郭永莉，摔门拂袖离开。前些日子，她跟那个染头发的男孩分了手，找了个有家室的出租车司机。

书是暂且念不了，只得跟学校办了休学。郭亮隔三差五往她家跑，钱是舍得的，毕竟一只烤鸭能赚九块钱，大包小包地送，鱼虾牛羊地拎，主人哪里敢嫌弃？见了郭永莉，总是先趴在她小腹上细细地听，还轻声哼着小调，唱给那看不见的孩子听。总之，郭亮很有副做父亲的派头。郭永莉看着他耳朵后面的汗珠，听着他由于蹲踞而稍显急促的呼吸声，埋怨也就稀淡了，一种园丁培育胎芽的喜悦感暗自涌动着，从心房拱出来。我就要当妈了，这么想着，很快，一股巨大的、沉默的恐惧感攫住了她的心房，让她坐卧不安，听着母猪的哼哼声也心烦，甚至看着清晨猪圈顶上绽放的倭瓜花，也有种欲哭的念头。

挺着肚子的郭永莉时常到村西的高岗上散步。小时候，高岗是片荒地，她老跟肖恩慧郭亮来岗上挖田鼠，岗上还有片密林，他们用粘网粘斑鸠和麻雀。如今高岗上种满红薯，眼瞅着也要刨了。她躺在茂密的红薯秧子上，看着瓦蓝的天空。不时有飞机如儿童玩具般飞过,拉出又细又长的白线,线一截一截断掉,他们常常朝着飞机拉线的方向跑,跑着跑着,飞机就消失在肉眼瞅不到的天尽头,变成一枚白点,融入云层。她揪了片红薯叶子,默默嚼着,怎么就念起了肖恩慧。不晓得他在那个叫丽江的地方活得咋样。还么瘦吗?吃住得惯吗?他表舅待他如何?又想到瞎眼奶奶,唯有叹息。

等孩子生下来,正是春暖花开时节。郭家大宴宾客三日,村里人家俱来贺喜。是个男孩,又白嫩又肥胖,特别爱笑。出了月子,阳光好时,她抱着孩子去高岗上晒太阳。郭亮仍跟他父母在县城烤鸭子卖鸭子。郭家没请保姆,她也没去郭家住。婴儿是种多么奇妙的物种啊,话不会说,歌不会唱,饭不会吃,除了拉屎尿尿睡觉,啥都不会,可他们有着神奇的本领,让生养他们的人,甚至是不相干的人,都愿意为他们的睡眠、吃食和排泄焦虑、奔走、失眠。他们哭哭啼啼,他们咿咿呀呀,他们白白胖胖,他们快活如佛。反正郭永莉闹不懂婴儿是咋回事,想到自己也曾经是个婴儿,难免讶异。

高考最后一天,她偷偷抱着孩子坐着公交车去了县城。考场都被警察围圈起来,画了黄线。她抱着孩子在附近转悠,转累了,跑到商场给儿子买玩具。临近晌午,又踅磨着去考场,正赶上散场,学生们乌乌泱泱拥出来,看得她有些眼晕。有个女孩径直朝她走过来,近处才看清,是曾经的同桌。同桌长了口龅牙,人都叫她龇牙龅。见到郭永莉她无疑很开心,见了孩子却是一脸茫然,忙问是谁家的?当初郭永莉只是谎称生病,办了休学手续,没人晓得她是去生孩子。郭永莉支支吾吾地说,这是她弟弟,来县城打疫苗。龇牙龅摸着婴儿的脸颊说,哎,可惜你生了病,不然今年肯定高中,题简单着呢。郭永莉蔫头蔫脑地问她,打算报哪里的大学?龇牙龅说,她想去沧州念书,都十八岁了,还没出过市呢。郭永莉有些黯然,她不仅没出过市,连邻近的县城都没去过。龇牙龅摸了摸婴儿的大耳朵,说,看样子你的病也好多了,秋后赶紧返校吧,以前大家老念叨你。哎,你跟肖恩慧,可惜了呢。

郭永莉听到肖恩慧的名字,脑子嗡了下。龇牙龅又说,哎,你运气比肖恩慧好多了,听说他在丽江当导游,出了车祸,还在昏迷当中呢,也不知道啥时能醒过来。郭永莉闻听此言大惊,忙问,你咋知道?我们一个村的,都没人提起。龇牙龅说,肖恩慧的表舅,是我们家隔壁的连襟,打电话时提起,有个远方外甥,姓肖,没爹没妈,高中没毕业,奔他去了,在宾馆当服务员,有时也带游客,不承想出了车祸,把他愁死了。你说,不是肖恩慧是谁?郭永莉说,你别瞎说了!要是出了车祸,他奶能不知道?!龇牙龅说,你傻呀,谁忍心把这话传给一个又老又瞎的人?不说,留个念想,真要说了,老太太还能活?

看着眉头紧皱的郭永莉,龇牙龅笑了笑,又说了几句客套话,走了。郭永莉乘公共汽车回了家,也没心思喂娃,刘兰英唤她帮忙去大队交电费,她也不应,只在厢房里枯坐了半响。思来想去,肖恩慧八成无恙,那么可怜的人,菩萨会怜惜的……干脆抱了孩子佯装在村里转悠,转着转着便到了肖恩慧家。老太太正坐院子里择豆子,眉眼和善,不像是家里出了灾祸的模样,心里踏实了些。正要走,忽听老太太问,是三儿吗?郭永莉屏住呼吸,不敢应声。老太太说，进来吧。郭永莉抱着孩子进了庭院，坐马扎上看她剥豆子。老太太说，你好久没来了呢。听说你结了婚，又生了个大胖儿子？多好的命啊。郭永莉嗯了声，老太太站起来进屋，出来后手里捏着封信，递给她，说，这是恩慧走前留给你的，一直晃不到你面，在我手里都快攥熟了。

郭永莉接过信，招呼也没打，抱着孩子跟跟跄跄出了庭院，寻了块干净石头坐下，将信拆开，只有张白纸，称呼也没有，白纸中央有行字：三儿，等你考上了大学，来丽江玩。

这么简单的几个字，却让郭永莉打了个寒噤。她又从头到尾看了几遍，这才将信撕成碎片，随手扔了。

到了八月，郭亮回村里时，郭永莉跟他念叨，她想去接着读高三。郭亮的眉毛惊得险些掉下来，问道，你说啥？郭永莉说，你耳朵聋吗？孩子也生下来了，我想接着念书。郭亮哈哈大笑起来，说，你去念书，儿子咋整？这还没断奶呢。郭永莉说，你妈当初不是说，要请保姆的吗？郭亮问，你要考上大学咋整？郭永莉想了想，说，考上就读。郭亮问，然后呢。郭永莉说，毕业了就跟你结婚。郭亮说，你说的可是真话？郭永莉说，我跟你连孩子都有了，为啥说假话？郭亮说，我先跟我爸妈商量下。郭永莉说，不管他们同意还是不同意，我都铁了心去读。郭亮冷冷地瞥了她两眼，又哼两声，将儿子抱了过去。

不承想郭家对她去念书的事倒是欣然应允，反倒是刘兰英颇为震怒。她骂道，不知好歹的玩意！念书有屁用，毕业了不也是到企业打工，就是考上了，也没钱给你交学费！

郭永莉只是埋头整理行李，将书一包包用麻绳捆好。

丽江

她比谁都能吃苦。班里的同学也不认识谁，同学们对这位插班生也不感兴趣，她只管矻矻磨磨地读书。婆婆还真找了个保姆，保姆没有奶水，每天早中晚，她都要跑到楼房给孩子喂奶。奶水本也不多，郭亮就托人从香港买奶粉。闻听奶粉的价格，她委实吓了一跳。跳也白跳，她也没钱，只是听说店里烤鸭的价格涨了两块。

她体验到了一种从来没有体验过的⋯⋯快乐。学校晚上十点半准时熄灯，她睡不着，点了蜡烛在教室做题，被巡查的发现，将她训了一顿，后来，她干脆猫被窝里打着手电筒背英语单词。期中考试，她考了班级第十九名。到了期末，她考了全年级第十一名。浑身总有使不完的劲，日日跑三趟郭家，将肿胀的奶头塞进嗷嗷哭闹的孩子嘴里。不过她很少留宿，她骗郭亮说，宿管每日都查寝，要是被发现夜不归宿，是要挨处分的。郭亮斜着眼瞥她，问，老王还在当保安吗？你提防些。郭永莉说，他天天喝酒，早被教务处开除了。郭亮说，哎，不知道肖恩慧咋样了，真是对不住他。

她也没言语。

有天傍晚，她老是心神不定，似乎听到婴孩的哭声，她悄悄地走出教室，在昏黑的走廊里，她看到郭亮抱着孩子木桩般站在那里。孩子在哭，不过声音很小，像是猫崽的哼唧声。她才猛然想起，课外活动加塞数学周测，忘了回去给孩子喂奶。郭亮明显有些恼，绷着脸，将孩子塞给她。她慌里慌张地看了看四周，这才扒开衣襟给孩子吃奶。郭亮说，别念了，咱回去吧，念书有个屁用，公务员也没有我卖烤鸭赚得多。郭永莉不说话，警惕地瞄了瞄走廊尽头，那厢传来高跟鞋的声音，肯定是老师们来讲题了。郭亮说，你是聋子吗，没听到我说话吗？！郭永莉忙捂住他的嘴巴，将散发着鸭油味的牢骚按下去。郭亮一把抢过孩子，说，不想过就别过了！我找啥样的女人找不到！郭永莉战战兢兢地抻了抻他衣角，郭亮掸掉她的手，抱着孩子走了。他越来越胖，又有些猫腰，不过十八九的年岁，从背影看竟像是位老人。孩子没吃饱，哇啦哇啦地号哭着，哭得她心烦意乱，又怕被别人瞧见，小跑着进了教室，坐在座位上，一个字都看不进去。她感觉自己正走在一条幽深狭长的隧道里，隧道里只有微微了了的光，她蹑手蹑脚地往前走，却不晓得要走到哪里，何时又走到尽头。

开春时，模拟考试一轮接一轮，她的成绩也像涑河的春水一天天地涨。一模的时候，她竟考了全年级第五，按这个成绩，是能上211大学的。老师们对这个木讷寡言的学生充满了好奇，长得矮矮瘦瘦，脑瓜竟还灵光。他们这所高中，本来就是所普通中学，升学率不高，对成绩好点的学生，要格外照顾，前二十名的，各科教师都要开小灶。小灶是开了，这一日三次喂奶的时间，便又被缩减了。为了节省时间，她央求郭亮给她买辆电动车。郭亮说，你自己的事，你自己解决吧，我没那闲钱。她也就作罢，毕竟这世上，除了割肉疼，就是掏钱疼。反正春天到了，阳光酥痒得很，空气里满是黄刺玫的香气，她的腿脚伶俐许多。

有天晚上，郭亮来找她，说孩子发烧了，让她回去照看一晚。她就偷偷回了家。孩子的烧已经退了，不过小脸仍是通红，时不时手脚抽搐。她将孩子紧紧抱在怀里，想，当初自己多傻，稀里糊涂把他生出来，又不能好好照看他，鼻子一酸，眼泪就落孩子脸上。她向来是个别人说啥是啥的人，天生不知道"主意"两个字咋写，耳朵软，每走一步，似乎都是听别人吆喝，仿佛一头蒙着眼罩的驴子，当初要是铁了心堕胎，哪里有如今的委屈？郭亮面子活做得好，日后若真要结了婚，不见得是如何的模样，这才几天啊，天天甩脸子。又念起前些年，一起骑着自行车上学的日子，竟恍若旧梦。我说啥也要读大学，她用酒精棉球擦拭着孩子的耳朵，想，大不了，我抱着儿子去读。

这天气一天比一天热，教室里别说空调，连吊扇都没有。大腿和胸腹生了一层层痱子，痒得很，抹了痱子粉，还是一层一层地胡生。那天正在做化学真题，忽就身旁矗了个人，挑眼去看，却是郭亮。郭亮手里拿个空尿素袋子，先是甩地板上，随即将她书桌上的卷子课本抱起，一股脑往里塞。郭永莉怔怔地看他，脑子里却还在想着化学公式，不知道他这是耍啥幺蛾子。郭亮又将她手中的试卷抢过来，揉巴揉巴扔了。她这才反应过来，颤声问道，你想干啥？你这是在干啥？郭亮大声道，走，回家！他的声音很响亮，也很板正，仿佛播音员在字正腔圆地播音。回去！不念了！郭亮扯着嗓子喊，别他妈给脸不要！边喊边继续往尿素袋子里塞书。

教室里的同学都放下手中的笔，好奇地伸着脖颈朝这厢张望。郭永莉的脸颊涨成猪肝色，蹲伏下去，将袋子中的书一本本往外掏。郭亮一脚将她踹倒在地。这时

251

同学们都围圈过来，大声质问着他为何打人，又有旁的同学去喊班主任。郭永莉从地上爬起来，死死地盯着郭亮。郭亮将她所有的书和卷子全卷进袋子，掏出条铁丝，扎紧袋口，抻着往外走。郭永莉的下嘴唇被她咬出了血珠子。从小到大，还从来没有这般丢过人。

就这么着回了家。班主任寻过几次，都被郭亮赶跑了，去找刘兰英，刘兰英不养猪了，开始养貉了。庭院里散发着尿骚气。她听班主任讲明来意，这才说，郭永莉早就是郭亮家的人了，嫁出去的闺女泼出去的水，她不好掺和，也不好撕破脸，小两口的事情，就让他们自己看着办吧。班主任怏怏回了，又拜托校长来找郭亮。郭亮倒是挺给校长面子，给校长沏茶点烟，说是郭永莉当了母亲，就要尽当母亲的义务，哪里有当妈的不给婴孩喂奶的道理呢？哪里有当老婆的不跟男人睡一张床的呢？校长被他说得一愣一愣的，瞅了瞅郭永莉怀里的孩子，叹息两声，只得撤了。临走前，郭亮给校长拎了两只烤鸭，说，以后去我们店里买熟食，我给您打五折啊。

郭永莉整日神情恍惚。她显然是被郭亮唬住了。她从未想到过，一个白净的胖子有这么大脾气。白天侍弄孩子，晚上还要伺候郭亮。郭亮花样更迭，每每让她羞愧，觉得被羞辱了般，将他推下身，他就更兴奋难耐，攥按住她的手，将夜晚变得更为漫长。他俨然变得蛮横起来，或许他知道只是暂时将郭永莉的气焰灭了，若是不压住，哪天郭永莉心头的火再烧起来，可就是大麻烦了。每次离家前，郭亮先将菜买好，将房门反锁，这才去烤鸭店。保姆手艺不错，原先是饭店的面点师傅，烙饼、蒸饺、甜点、馅饼样样拿手，郭永莉很快就胖了一圈。她也不再跟郭亮提高考的事，还有半个多月就到日子了，这样子，也没法进考场。她每日傻吃蒙睡，眼看赶上以前刘兰英养的约克猪了。郭亮对她的看管放松了些，允许她抱着孩子到烤鸭店里逛一逛。郭永莉站在店门口，抱着孩子看那路上的行人。她目光呆滞，少言寡语，渐渐地连走路都稍显迟缓。

刘兰英探望过她两次，见了她，老觉得哪里不对劲，就跟郭亮说，小两口过日子，可不能动手，胆敢欺负我闺女，我饶不了你！郭亮对刘兰英颇为忌惮，他见过刘兰英骟猪，晓得这老女人手黑得很。刘兰英又对郭亮母亲说，要把郭永莉接到村里住些日子，郭永莉性子拧得很，要是想不开，有啥三长两短，孩子不就成孤儿了？郭亮父亲便亲自开车，将刘兰英和郭永莉母子送了回去。

郭永莉呢，一直在娘家住到六月初，期间她偷偷跑到镇上的高中，跟在那里复读的老同学借三模的试卷。同学大概也闻听了她的事，安慰她说，反正高考早就报了名，实在不行，直接去考试，看他能把你怎么样！还能杀了你不成！郭永莉只是嘟囔着道谢，并没有理会同学的话。她没体检，也没领准考证，考啥呢。六月中旬，郭亮将她接回县城。他看来是彻底放心了，高考结束，郭永莉也没耍闹，一切都很好，像他预料的那么好，他得意地抽着烟，摸着郭永莉的手说，我们去商场逛逛吧？给你买几条裙子。郭永莉慢吞吞地说，有啥逛的，下午去妇幼医院给孩子打疫苗。

没想到医院的婴儿那么多，鬼哭狼嚎的，郭永莉恹恹跟保姆说，太热了，我去商店买瓶水，你先排队。等她出了医院，正好有辆车停靠在路边。那是通往北京的长途汽车。大抵出了点小故障，司机趴在车轱辘下修理，郭永莉怔怔地在旁边看他拿钳子东敲西敲的，鼓捣了很久。等司机爬出来，看着郭永莉站在一旁，以为是旅客在看热闹，就说，弄好了，赶紧上车吧！郭永莉问，啥？司机说，快上车吧，热死人的。郭永莉犹豫着被他推上了车。车上的旅客并不多，午后的阳光和热风把他们都催眠了。除了发动机的声音，听不到旁的动静。

郭永莉挑了个靠窗的位子，呆呆地想，为啥要上这辆长途车呢？孩子跟保姆还在医院，疫苗还没有打呢，想到这里，她趔趔趄趄地走到车门处，不承想哐当一声，门就关上了，司机皱着眉头说，你瞎跑啥？还不赶紧坐好！前几天有个老太磕破了头，跟我们要了两千块的医药费！这世道！郭永莉支支吾吾地说，我……我……我不是……坐在前排小憩的售票员忽然苏醒过来，她望着郭永莉说，咦，你刚上来的吧？赶紧买票。郭永莉掏了掏裤兜，裤兜里有四百块钱，是郭亮让她买裙子的。售票员翻着白眼说，你没有零钱吗？郭永莉又摸了摸上衣，掏出五十块钱。售票员一把夺过，又找了她十块。郭永莉弱弱地问，终点站是哪儿？售票员说，北京四惠！郭永莉问，四惠有火车吗？售票员说，有地铁，想去哪个火车站都行。郭永莉又问，有直达丽江的火车吗？售票员明显被她问得有些不耐烦了，说，不知道！郭永莉低声哦了声，自言自语道，那咋样才能到丽江呢？

这时司机师傅戴上墨镜，嚼着口香糖说，妹子啊，想去丽江？简单得很，从北京坐火车，一天一宿就到了。郭永莉望着窗外一闪而逝的白杨树，没有吭声。师傅就说，怕啥呢？买张卧铺票，睡醒了，就到了。哎，你们这些孩子啊，总是没耐心，老嫌时间过得太慢。

阁楼

很长一段时间，饭馆的人都寻思郭永莉是个哑巴。勤快是勤快的，手脚不识闲，忙完了，低眉耷眼缩在一角，等有人大声呼喊她的名字，她才激灵下，仿佛梦中惊醒般。闲来无事，她便和郝丽梅偷溜到门口，郝丽梅点着支中南海，大口大口地抽，仿若濒死的人在贪婪地呼吸，她则靠着墙壁看着郝丽梅发呆，间或贼眉鼠眼地往店里瞄两眼。郝丽梅抽完烟，朝她使个眼色，两人便一前一后踅进。在外人看来，她像是郝丽梅的跟班。郝丽梅颧骨高，唇线长，手骨节比男人的大，油亮的短发摸上去像是老刺猬的棘刺。只不过说话时，一双眼睛成线，瞳孔被硬生生挤碎，闪出恍惚流离的光。

这家小饭馆跟某知名大学隔了条马路，主营烤鱼，生意倒也红火。老板给他们租住的房子就在饭馆后边的胡同里。她和郝丽梅住阁楼，没有床，铺了张海绵垫，躺久了腰酸肉疼。也没有空调和电风扇，郝丽梅买了两把折扇，通常一边赌气地扇着，一边絮叨着家长里短。郭永莉这才知道，她攒的钱大部分都寄回家里，将来好给弟弟盖婚房。郭永莉听不出她话里的埋怨，相反，倒透露出一种难以自抑的得意。她的男朋友，就在马路对面的那所大学读金融。说着说着她打起哈欠，翻个身的空，呼噜声便嘹亮起来。窗外的蝉不死不活叫着，郭永莉睁着眼，看着黑魆魆的墙角，恍惚间便听到孩子的哭闹声。

让她惊讶的是，自己已然忘了孩子的

模样，只有郭亮的大脑袋时不时于黑幕中浮现。他们肯定到派出所报了案，在电视台循环播放着寻人启事，不出意外，汽车站旁的电线杆上、人劳局的招聘栏里也贴满了她的照片。如今，她和他们被密密匝匝的高楼大厦隔开，他们看不到她，她也不想再看到他们。那天，当她走出四惠长途汽车站顺着台阶迈上天桥时，巨大的声浪险些让她崩溃。她心里明白，不可能去丽江的。想到丽江，肖恩慧的脸便从天桥下的车流中朝她张望。她看不清，禁不住扶住栏杆将身子微探出去。随着一辆接一辆的轿车飞驰，肖恩慧的那张脸被碾碎了，脸颊上满是汽车轮胎的印痕。她噙住泪，压着自己的胸口，不让自己哭出声息。

每个月，郝丽梅有那么几天在外面留宿。不用猜，肯定是跟男友出去了。她攒的那点钱，除了给家里，大部分都花在男友身上。她自己呢，倒舍不得乱花一分。她爱吃糖炒栗子，每次路过栗子店，都要犹豫良久才支支吾吾地跟店家讲，要三十颗，三十颗哦。十颗分给郭永莉，剩下的她直接灌进裤兜，也不用纸裹一裹，她讪笑着说，草纸最吸油和糖呢。她吃栗子的模样多年后郭永莉也忘不了：随着嘎嘣嘎嘣的脆响，栗子皮被完整地吐出来，全然看不出没了果肉。那时郭永莉觉得，这个女孩真不简单。

每次郝丽梅外出，都要凌晨才回来，然后蹑手蹑脚地爬到阁楼。郭永莉能听到她轻轻褪掉衣服的窸窣声。她浑身散发着一种奇异的味道。不久，天光缓缓爬上她的脸。郭永莉侧身盯着她，看光线从她的乳房浮游到她的下颌，再从下颌攀到嘴角。她的嘴角上翘，让她黑瘦的脸庞有种油画般的明朗。她没有心事吗？她会和男朋友结婚吗？恍惚听她念诵过，其实她想跟她姑姑一样，当名企业会计，每天在财务室喝喝茶，做做账，既体面，薪水又高……一想到这些，郭永莉总是有些难过。她搞不清楚，自己为什么会难过。从前是头蒙了眼罩的驴子被人牵着走，倒也省心，如今牵绳子的人没了，眼罩也摘了，却委实不知道往哪里走。

亏得有郝丽梅。她来北京的时间比郭永莉长，去过故宫和颐和园。她是那种永远对名胜古迹充满了好奇心的女孩，哪怕每个礼拜只有半天休息时间，她还是拽着郭永莉爬了长城，去动物园看了蟒蛇和孔雀，到雍和宫烧了香，还去延庆游了青龙峡。"十一"期间，她又拽着郭永莉去香山看红叶。同行的还有郝丽梅的男友岑亚楠。

那是第一次见到岑亚楠。朴素得很，脸红扑扑的，穿着双布鞋。岑亚楠不是个话多的人，只朝她咧嘴笑了笑。他满嘴的四环素牙。郭永莉便隐约有些失望，觉得他长得有些太老相，配不上郝丽梅。不过郝丽梅可不这么想，她蹦来跳去的像只春天的花栗鼠，一会儿往他嘴里塞栗子，一会抱着他胳膊假装荡秋千，即便有游客朝他们这厢张望，她也只是咯咯笑。她像一团总也灭不了的火，没有灰烬和影子的火。待在她身边，郭永莉觉得自己也是暖和的。那天傍晚他们在小吃店吃的卤煮和包子。岑亚楠嘴巴小，包子却一口一个，看得郭永莉有些眼晕，等筷子冷不丁掉地上俯身去捡，便听身后有人说，×，这酸豆汁也忒难喝了！她的身子立马僵住，半晌动弹不得，竖了耳细听，那人又埋怨道，天斗（气）也生古，比家里冷忒多。她勉强直起腰身，猛地将凳子往前拽了拽。郝丽梅问，咋了你？小脸煞白煞白的。她抓起张餐巾纸擦了擦嘴角，没吭声。

听身后那人说话的口音，明显是桃源县的人，不仅如此，声线跟郭亮还有些像，咬字重，声音却含混，仿佛嘴里随时含着块糖。她没敢吭声，也没敢回头，直到那人离开，才颤抖着对郝丽梅说，走吧，我们赶紧回。岑亚楠一直盯着她看，半晌指了指自己的嘴角，闷声闷气地说，菜叶。她嗯了声，却没动。郝丽梅似乎察觉出她的异样，凑到她耳边问，咋？来事了？她羞涩地摇了摇头，又瞄了瞄岑亚楠。

那晚，郝丽梅没回阁楼。她没睡着。

郝丽梅是个好干净的人，空闲时最喜欢洗衣裳。不光洗她自己的，洗岑亚楠的，连郭永莉的也一起洗。虽说是阁楼，也只七八平米的样子，没有阳台，只能在窗前抻了条绳子，拴在钉子上，免得水滴落地板革上，下面通常会接连摆放三五个洗脸盆，花花绿绿盛大得很。入了冬，没有拧干的水就冻成了细长的冰锥。那件郝丽梅最喜欢的桃红色羊绒大衣让她很是懊恼，嘀咕着说，咋起了这么多球？唉，该去干洗的。

腊月二十三，郝丽梅也正是穿了这件羊绒大衣，拉着郭永莉去的大红门批发市场。公交车上人很多，渐渐两个人就被挤散，郭永莉正打着瞌睡，忽听到声尖叫。她慌忙着起身探头，就见一团红影跟一团黑影纠缠扭打在一起，耳畔回荡着郝丽梅的喊声，臭流氓！打死你！臭流氓！打死你！郭永莉挤过去，屏气站在郝丽梅身旁。公共汽车也停下，围观的乘客才明白是如何一回事。原来是个中年男人不停用下体蹭郝丽梅后腰。郝丽梅将那男人骑在身下，不停扇着他耳光，边扇边喊，臭不要脸的！老娘就这么件好衣裳，还被你糟蹋了！

那人好不容易挣脱开，捂着脸仓皇逃走。两人也下了车。郝丽梅的眼眶有些湿，不停嘟囔，是亚楠给我买的呢，是亚楠给我买的呢。郭永莉便安慰她说，快过年了，我送你件羽绒服吧。郝丽梅梗梗着脖子说，不用！别乱花钱，又说，你记住了，永莉，对坏人千万不能手软。郭永莉想了想，这辈子好像还没有遇到过坏人，不过还是郑重地点了点头。郝丽梅似乎处于一种莫名的亢奋中，也许公交车上的遭遇让她的神经过于紧张。这种亢奋一直持续到晚上。

这天客人尤多，其中有一桌大概喝高了，结账的男人摇摇晃晃过来。恰巧吧台妹子出去如厕，托郭永莉帮忙收账。总共是二百四十六元，男人打着嗝说，二百三，二百三。郭永莉忙说，店里没有打折的规矩。男人蹙着眉头骂道，你傻×啊！把你们老板喊来！郭永莉小声说道，老板不在。男人咧嘴笑了笑，说，那你把剩下的钱找给我。

郭永莉有些发蒙，盯着男人不知所措。男人说，我给你三百，你不该找给我五十四块吗？郭永莉支吾着说，先生，您还没付款呢。男人拍了拍桌子嚷道，你还讲理不！我明明付了三百块钱！怎么睁眼说瞎话！想私吞啊！他这一闹，那桌酒友们便围圈过来，酒气熏天，朝着郭永莉大声叱责。郭永莉满面通红一时语塞，这时郝丽梅背着手走过来，慢条斯理地说，大哥，吃霸王餐也没你这种吃法，太难看。我一直旁边站着，啥都看得一清二楚。您哪，可是一毛没拨呢。

男人扫了郝丽梅两眼，忽就抬手扇了她一记耳光，郝丽梅想也没想，反抽了男人一记耳光，嘴里还骂着，吃不起饭去吃屎！欺负我们打工的乡下人，算什么男人！

众人都愣住,男人似乎也清醒些,铁青着脸掏出钱,啪地拍到桌上,又死死盯了郝丽梅半响,这才挥了挥手,连同那桌人闪出了屋。郭永莉和另外几位服务员呆呆地望着郝丽梅,郝丽梅笑了笑说,看啥看?我这件羽绒服是不是很漂亮?是永莉送我的新年礼物哦。

下班后,郝丽梅说出去趟。郭永莉晓得她是去会岑亚楠,也没多嘴。那晚郝丽梅没回阁楼,她也没往旁处多想。第二天上午十点,才到饭馆不久,老板便接到电话。什么?老板的声音颤抖起来,没错,郝丽梅是我们饭店的,啥?死了?咋可能!昨晚还端盘子呢!我不认得她家人!我们小饭馆的服务员,都属苍蝇的,四处飞来飞去……

郭永莉两三天没睡着觉。听饭馆里的人说,郝丽梅是横穿马路时被辆黑色桑塔纳撞死的,车主逃逸,她男友眼睛近视,也没看清车牌号。派出所通知郝丽梅的家人去认尸。是她父亲去的,一个罗锅,没有灶台高,满嘴鸟语。郭永莉将郝丽梅的衣裳一件件叠好,小心翼翼地装进空尿素袋,专等着她父亲来拿,等了几日也没动静。后来又听人说,郝丽梅父亲抱着骨灰盒坐着绿皮火车回家了。

郭永莉没流一滴眼泪。有天深夜,一丝睡意也没有,随口便说,丽梅,我睡不着,可咋整?数绵羊也不好使呢。说完她马上意识到什么,环视着屋内。黑乎乎的,只听到风从窗隙吹进来的细小呜咽声。她打开灯,将衣橱里的那件桃红色羊绒大衣摘下来。她记得,这件衣服郝丽梅本来是要扔掉的,郭永莉劝她说,个败家娘们,洗洗不就干净了?郝丽梅将香烟捻灭,说,我明明知道脏了啊,别扭。恰巧赶着去上班,郭永莉手忙脚乱地将大衣重新挂进衣橱……她将衣服平铺在海绵垫上,用湿毛巾将秽物痕迹擦了又擦,拿熨斗将褶皱熨平,仔细叠好,坐着发愣。腿麻了才起身,却发现地板上有张卡片,捡起来,却是郝丽梅的身份证。身份证上的郝丽梅看不出长得黑还是白,头发翘着,一双眼朝她眨呀眨的。郭永莉鼻子猛地一酸,起初只是短促的、时断时续的抽泣,后来便是大滴大滴地落泪,怕楼下的同事听到,手死死封住嘴巴。窗外黑魆魆的,百鬼夜行,连只麻雀的影子都没有。

那天下班出门,便看到岑亚楠蠹电线杆下。见到郭永莉时他木木地晃过来,没待郭永莉说话便拽着她胳膊抽噎。郭永莉半响没动弹,后来见他哭累了,才嗫嚅着说,会好的,会好的。岑亚楠点着头,却仍哭个不停,好不容易停住,才说,都怪我,都怪我,去北海公园玩,回来晚了,在学校门口碰到巡逻的,要查暂住证,她便慌了,小跑起来……不过,我后来想了想,那辆黑色轿车,好像一直跟着我俩……都怪我懒,眼镜坏了也没修……都怪我……都怪我……郭永莉蹑手蹑脚走过去,犹豫着拍了拍他肩膀。岑亚楠一把抱住她,喃喃道,你不知道,她怀孕了……法医说的……郭永莉身子晃了晃。岑亚楠说,估计她自己也不知道吧……大大咧咧的,假小子似的……从初中就那个傻样儿……

郭永莉咬着嘴唇问,派出所那边,有线索了没?

岑亚楠又抽泣了半响,才说,没。

过年时,岑亚楠也没有回家。他邀请她吃老北京菜。他本壮实得很,如今却缩了半圈,一口四环素牙更黑更黄。郭永莉有些心疼他,却委实不晓得该如何劝慰,只得偷偷结了账。岑亚楠似乎很是恼怒，非吵嚷着将饭钱给她，推搡间手就碰到了她的胸部。两人都呆住。岑亚楠结结巴巴地道着歉，郭永莉说，我那里，还有她很多衣裳，要不，你去阁楼拿一下？

房子里难得地安静。岑亚楠随郭永莉上了楼。她将那个鼓鼓囊囊的尿素袋子从衣橱里拽出，弯腰推至岑亚楠腿边。岑亚楠呢，只是面无表情地看着窗外。窗外间或传来鞭炮声和孩子们的喧闹声。她便说，不想留的话，你给个住址，我邮到丽梅家里。岑亚楠不言语，径直躺到海绵垫上，双臂枕在脑后。郭永莉问，喝水吗？岑亚楠嘟囔道，不。郭永莉问，为啥不回家过年？岑亚楠说，我得留在这儿，陪她。她一个人，多孤单呢，她可最好热闹。郭永莉心头一紧，郝丽梅死了不过七天，按照老家的风俗，这日恰巧是头七，便说，要不，我们上街烧些纸钱？岑亚楠哽咽着说，人死如灯灭，收不到的。

郭永莉不晓得如何接话。岑亚楠缓缓搂住了她的腰身，她没有躲闪。后来，两个人肩靠肩躺着。岑亚楠说，我和丽梅早商量好，一毕业就结婚的。郭永莉嗯了声。岑亚楠说，我们从初中就是同学，她不爱学习，淘得很，我来北京上学，她非跟着来打工。郭永莉嗯了声。岑亚楠说，你信命吗？郭永莉嗯了声，随即又说，不信。岑亚楠说，你为啥出来打工？在老家多好。郭永莉没有回答，而是问，你们学校有会计专业吗？岑亚楠说，有啊。郭永莉问，能蹭课吗？岑亚楠说，当然。郭永莉一把攥住他的手，说，我想参加自学考试。岑亚楠反手攥住她纤细的手腕，翻身将她压身底下。她没有动，他也没有动。半晌，他叹息着翻身下来。

郭永莉又听到了断断续续的哽咽声，她将头扭向窗外，一大朵烟花恰巧从楼隙间升腾起来，只是屋檐太低，又有衣物遮掩，她没看到烟花是如何在黑夜中裂碎的。她想起往常家里过年，都是她负责串亲戚，二姐负责放鞭炮。她呢，跟大姐、爸妈远远站檐下捂着耳朵张望。那年，落下的火焰怎么将麦秸垛点燃了，熊熊大火将天空都映亮，整个村子的人都慌里慌张地来灭火，大姐不慎摔了一跤，磕掉了半颗门牙……

筒子楼

郭永莉是在考点认识的宋佳欣。考完一科，郭永莉在厕所门口看到个女孩东张西望，难免多瞅了两眼。女孩便迈着小碎步过来，轻声问，我来事了……你有卫生巾没？郭永莉摇摇头，窸窸窣窣从包里拽出包纸巾。饭店最不缺的就是餐巾纸。中午，考生都聚集在校门口的小吃店。郭永莉到了家拉面馆，只见人头攒动闹语喧腾，哪里还有空座。才想去旁边的饺子馆，便看到个女孩站起来，倾着上身朝她拼命招手。

女孩就是宋佳欣，她是个自来熟，不光给郭永莉点了面，还点了烤串和酸奶。很快郭永莉便晓得了她的名字，不光晓得了她的名字，还晓得她是青岛人，目前在酒店做服务员。她父亲呢，是个渔民，哥哥叫宋德明，在朝阳区一家鲁菜馆当大厨。郭永莉不时颔首微笑。后来宋佳欣说得有些疲累，这才漫不经心地问，呀，倒是忘了问，你叫啥名字？

郭永莉说，我叫郝丽梅。

宋佳欣问，老家哪儿的？郭永莉说，安阳。

宋佳欣又问了些有的没的,她问啥,郭永莉答啥,一个多余的字也没有。宋佳欣似乎看出她谈性不高,索性闭了嘴。闭了嘴的宋佳欣娴静漂亮,一双丹凤眼显得羞涩明亮。

考完这一科,就能拿到专科毕业证了。她忘了这三年是如何熬过来的。但凡得闲,便去岑亚楠他们学校蹭课,下了班,就猫在阁楼读书。岑亚楠呢,倒极少联系。他找过她几次,要么请她吃饭,要么邀她游玩,都被她婉言推辞了。她知道,他可能对她有点意思,不过,这点意思到底是源于对郝丽梅的念想,还是源自本心,她倒搞不清楚。她也不想搞清楚。最好的选择,大概就是慢慢断掉往来吧,反正两人委实也没啥,除了除夕夜晚的拥抱,他们连手都没牵过。后来岑亚楠便不再找她,只是到了郝丽梅忌日那天,会给她发个短信。她通常也不回复,买些草纸,夜深人静时偷偷寻个马路岔口,一张一张地烧,看着黄色草纸被火舌吞成黑色灰烬,看着黑色灰烬被疾风旋走,她心里觉得无比踏实。一晃离家五年了,这五年来,她很少想到家人。想到郭亮时,只闻到一缕两缕松果烤鸭的香味。那个在她怀里蠕动的婴儿该上幼儿园中班了吧?他长得像郭亮,还是像自己?一个没妈的野孩子……想到他肥胖的小脚小手,想到他吃奶时的贪婪小嘴,她的心脏难免会抽搐不已。

没想到在学校门口,她又碰到了宋佳欣。宋佳欣笑着跑过来,说,好巧啊,我哥待会儿来接我,你住哪儿?让他送你回去。郭永莉忙说不用了,我住海淀黄庄那边。宋佳欣哇了声,说,好巧啊!我住万柳,离得真近呢。不一会儿宋德明开着辆掉漆的夏利来了。第一眼看到他,郭永莉暗暗吃了一惊。他长得太像肖恩慧了,丝瓜瓤子脸,债主单眼皮,只是看着比肖恩慧老,眼角处多雕了几丝皱纹。宋德明见到她也没吭声,只说赶紧上车。也许,对于妹妹的诸多闺蜜,他早习以为常了吧。

先送的宋佳欣,后送的郭永莉。郭永莉下车时,宋德明说,你手机号多少?我那妹妹,可不让我省心,日后有啥事,少不了麻烦你。郭永莉说,佳欣是多可爱的女孩啊,有啥不省心的?宋德明说,嗐,一个字,傻。

没想到翌日傍晚便接到了宋德明的电话。他问,丽梅啊,你吃猪大肠吗?郭永莉说,吃呀,逢年过节,我爸都会做一道焦熘大肠呢。宋德明说,太好了!我才做了九转大肠,给你来份?郭永莉没吭声。认识不过一天,他委实有点吓到她了。宋德明说,没别的意思,这道菜以前是用微火炒,讲究酸甜香咸,我做了点改良,味道偏辣——你得意辣口不?郭永莉说,大老远的瞎跑啥,谢谢你昨天送我回来,改天请你们吃麻辣烫。她没说"你",而是强调的"你们"。宋德明叹了口气说,倒不麻烦,是佳欣想吃,我多炒了份儿,才给佳欣送过去,这不顺路嘛,给你也捎份儿。这时后厨催着上菜,郭永莉慌忙道了声谢谢,挂了电话。

第二天临下班前,听到门口有人大声喊着什么,并未留意,后来有个服务员说,真是见了鬼,丽梅都死这么久了,咋还有人在外面叫魂呢?郭永莉打个冷颤,三步并作两步出去,却见宋佳欣正梗着脖子叫嚷,忙将她抻到角落,问,你咋来了?边说边睃巡着四周。宋佳欣一把掸掉她的手,问,你慌个啥?我下班了,闲得无聊,想找你去吃宵夜呢。郭永莉这才长舒口气,说，想吃啥？我请你。宋佳欣懒洋洋地说，我想吃小龙虾，我想吃好多好多小龙虾。

那晚郭永莉彻夜未眠，晨起便跑到饭馆，跟老板辞了职。阁楼是不能住了，又忙着找房，找来找去，在回龙观寻了处筒子楼。搬家那天，她扔了很多衣裳，可郝丽梅的那袋衣服却没舍得丢。搬完家又立马销了手机号。2004年时，她就去了趟郝丽梅的老家安阳，在派出所换了第二代身份证。她也搞不明白，郝丽梅的家人为何一直没有注销户口。无论如何，无人知晓那个叫"郭永莉"的县城女孩死去了，而早已化成灰烬的女孩"郝丽梅"，又在京城的茫茫人海中诞生。

工作倒是好找，不消几日，便去了家川菜馆当服务员。日子变得更为乏味，除了端菜便是读书。她报考了本科自学考试。这一天，跟剩下的所有"这一天"，并没什么不同，就像一个老人的影子，不会再蜷缩，也不会再膨胀。郭永莉觉得对她来讲，日子无非一个字，熬。她长期处于一种惶恐中，仿佛被判了死刑的犯人，无比焦灼地等待着行刑日的来临。她跟这个世界彻底失联了，那些她认识的人，认识她的人，都被缓缓吸入到肉眼看不到的二维空间，匿身于只有长和宽的世界。可是安全感并没有随着那些人的消失而变得牢固，相反，她老感觉到有只看不见的、浑身冒着血腥气的巨兽在缓缓朝她逼近。她不知道那头巨兽是什么东西，不过她能闻到它腌臜的气味，听到它巨爪抓挠的声响……这种不祥感常常让她失眠，导致她次日总是带着浓重的黑眼圈去饭馆上班。即便如此，她还是胖了些，让她惊讶的是，个子也高了些。有一天她望着镜子里的自己，都不敢认了。这是个丰腴得并不过分的女人，眼神空洞，贴皮短发犹如刺猬棘刺，当她咧开嘴巴，她仿佛看到了郝丽梅正在朝她心不在焉地微笑。没错，除了眼神，她跟郝丽梅越来越像。她诺诺着想，其实郝丽梅并没有抵达另一个世界，她的魂灵跟自己的魂灵住在同一具躯壳里，只不过她的魂灵一直在睡觉，没有打扰自己；没准，是她一直都醒着，自己在沉睡，镜中的自己，原本就是她。

一晃三年过去，她拿到了本科毕业证。她发现，没有比考试更容易更纯粹的事了。那是北京奥运会的第二年，世界似乎更喧闹，一派欣欣向荣的景象。她揣着毕业证去了几家规模很小的私营企业，可并没有被聘用。那些公司的财务人员，不是海龟的留学生便是985的高材生，她的文凭在旁人看来，简直是既可疑又可笑。癞蛤蟆想吃天鹅肉，她难免自嘲。吃了几次闭门羹，便想开了，继续在饭馆打工。三更半夜睡不着，又蠢蠢欲动，想报考中央财经大学的研究生。没了绳子和眼罩的驴子豁然开朗，已然知道走哪条路。路都是没有尽头的，唯有没有尽头的路，才让人心生念想。

五一劳动节时，北京已是盛夏，劳累一天，浑身黏糊糊的，快要下班时，又来了拨客人，明显是来旅游的。上菜时有位顾客不时瞄她，瞄来瞄去似乎再也憋不住，一把抓住她胳膊大声道，郭永莉！郭永莉！你是郭永莉吗？！

郭永莉？多熟悉的名字啊。她怔怔地看着那人。是个妇女，黄脸庞，头发油腻，看着面熟，却愣是想不起。女人惊喜地喊道，天哪，真的是你！只瞥了你一眼，我就知道是你！天哪！原来你在北京！原来你还活着！说罢上上下下打量着她。她木木地盯着女人说，对不起，您认错人了。女人见她神色冷淡，又一口标准的普通话，顷刻间便有些委顿，喃喃道，咋这么像呢……哎，又不太像。讪讪着撒开她胳膊，视线却黏在她身上。

郭永莉蓦然想起，这女人不是别人，正是她的高中同学龅牙龅。多年前高考时，她抱着儿子在校门口遇到过她，也正是从她嘴里知道了肖恩慧出车祸的消息。她转身去了后厨，咕咚咕咚喝了杯冰水，喝完冰水后她立马意识到，必须要打消龅牙龅的疑虑，不然就没法安生了。当她上完那盘夫妻肺片，便装作有一搭无一搭地问龅牙龅，这位大姐，饿坏了吧？出来旅游啊，就是遭罪。

龅牙龅勉强笑了笑，能看得出，她很是为自己方才的莽撞感到尴尬。郭永莉轻声道，您刚才提到的那个……啥啥莉，是你们家亲戚？龅牙龅叹了口气说，哎，不瞒你说，是我同学，七八年前失踪了，有说是被人贩子拐走的，也有说精神出了问题，失足掉河里淹死了，反正是活不见人死不见尸。郭永莉说，年纪轻轻，可惜啊。龅牙龅说，可不是吗？听说她丈夫抱着儿子，找了四五年，天南海北都跑遍了，从三亚到乌鲁木齐，从西宁到福州，拉萨也去了呢，连个人影儿都没找到。那男人啊，失心疯了……郭永莉咳嗽两声，问，她公婆也不管？龅牙龅说，管不了，那男人啊，就是头犟驴，为了找媳妇，前前后后花了四五十万。四五十万啊！连他们家的烤鸭店也兑出去了呢。

郭永莉唉声叹气，半响才说，天底下竟有这样的男人。龅牙龅说，不是咋地，后来，他丈母娘怜惜他，将大女儿许配给他了，听说这两年好歹安稳些……就是永

莉啊，不知道是死是活，哎，可怜的永莉，当年可是班里的学习尖子……

这些年来，她从不敢去细想自己出走后，家里到底发生了如何的变故。她只隐约觉得，像郭亮那般没心没肺的人，肯定早娶了别家姑娘。没想到他这么轴。咋就这么轴呢？她竟一点都不了解他。这么想时，难免有些心酸。又倏地想起水塔上的日子，想到他白皙的、柔弱无骨的手变魔术般烹炸出的各种佳肴……她坐马桶上，呆呆地望着厕门……心乱如麻，端了盘水果去大厅，龅牙龅一帮人早结账离开。站在干燥的热风中，她萌生出一股强烈的念头：她要回家，她要回去看郭亮和儿子，看爸妈，看姐姐们，看肖恩慧奶奶……

当然，也只是想了想。想了想而已。

她早没有家了。她只有她自己。连自己也是假的。

翌日早早醒了，抓了把糙米煮粥，一晚没睡踏实，难免又是打哈欠又是流眼泪。才从厕所出来，便听到个女人尖声叫道，郝丽梅！郝丽梅！是你吗？！

这两天的遭遇让她心脏时刻处于爆炸的边缘。她捂着胸口缓缓抬头，却是宋佳欣。

一晃多年未见，宋佳欣还是那个宋佳欣。她找了个男朋友，是房地产公司的销售员，她呢，早不在宾馆当服务员，去了燕郊一家家具厂当会计。五一前领了结婚证，只是还没举办婚礼。你这个坏人，宋佳欣嗔怪道，莫名其妙就失踪了！又是搬家又是销号！难不成犯了滔天罪行？郭永莉强挤出一丝笑容，说，嗐，家里出点事，待了段时间，我也是才回北京不久。你看你呀，真是越来越漂亮。宋佳欣嘻嘻着说，那当然。对了，我哥还老打听你呢！他呀，如今做老板了，开了家湘菜馆，生意火得很呢。

宋德明，如果没记错，她哥哥好像叫这个名字。便说，你哥哥手艺好，饭馆不火才怪。宋佳欣拉着她的手说，晚上我们去他那儿蹭饭吧！让他好好款待款待你。他要是见到你，八成要乐得跳起来。

见到郭永莉时宋德明没有跳起来，只不过手里的铲子掉到了地上。他比前几年老了，脸短了些，单眼皮也有些肿胀。他有些拘谨地走上前，想跟郭永莉握手，可能觉得手不干净，忙在围裙上蹭了蹭。郭永莉一把攥住他的手，说，恭喜啊恭喜，都当大老板了。宋德明似乎才缓过神，哈哈大笑两声，说，丽梅啊，你这是从哪块石头里蹦出来的？当年我和佳欣可是把海淀区翻了个遍。宋佳欣说，可不是呢，我哥还以为你出了事，非拽着我去派出所报案呢。

郭永莉沉默片刻，这才笑着拧了拧宋佳欣的腮帮子，说，我这种无才无貌的，最安全了。

宋德明那晚陪她俩吃的饭。他的眼睛一直盯着郭永莉，盯得她汗毛都竖起来，就说，宋大哥，你忙你的，千万别耽误了买卖。宋德明笑了笑说，也好，你们姐俩好好亲热亲热。

那晚回到筒子楼，宋佳欣也没让她好好睡，咕咕唧唧说了一晚闲话。翌日迷迷糊糊才到饭店，便看到门口停了辆奔驰，心想，啥好日子啊，这么早就上客了？不料车门推开，宋德明从里面钻出来。郭永莉疑惑地看着他，他嘿嘿笑着说，走吧。郭永莉问，去哪儿？宋德明说，上班啊。郭永莉更是糊涂了。宋德明说，我帮你把工作辞了。郭永莉问，你是不是没睡醒，说梦话？宋德明说，你昨个也看到了，我们店缺个大堂经理，我呀，觉得你是最合适的人选。你不是学过会计吗？可以兼职管账，我给你开双倍工资。郭永莉哭笑不得，方想质问，却被他径直拉进了轿车。郭永莉说，你这人，强买强卖啊。宋德明说，这不是为了你好吗？郭永莉说，总得事先跟我商量商量吧？哪儿有你这样鲁莽的。宋德明便佯装打自己的脸，说，罪过罪过，我这不是怕夜长梦多吗？

就这么着到了宋德明店里。

店位于芍药居，虽是湘菜馆，他最拿手的九转大肠啊葱烧海参啊爆炒双脆啊却都还留着。店有些窄，却也被分割出三个像模像样的包厢，无论中午晚上都人满为患。宋德明呢，是主厨，手下还有两位师傅，即便如此，每日忙得俱是脚尖朝后。郭永莉呢，也察觉到大堂经理的不易。下班回了家，脑子里仍是顾客嗡嗡的讲话声，做梦都在手忙脚乱地算账数钱。更让她不安的是，无论多晚，宋德明都开车送她回家。推辞了几次，宋德明便说，咱们店十二点才打烊，地铁公交都没了，难道你要天天打车回？他的话不无道理，不过，时间长了，难免招致店员们的闲言碎语，干脆将回龙观的筒子楼退了，在芍药居附近租了间十多平米的住处。宋佳欣甚是不满，嫌郭永莉没跟她事先商量，做不成邻居了。住处离饭馆四五里地，即便步行也很是方便。宋德明咧着大嘴笑说，好得很，好得很，现下送你是捎带脚，这下你没话说了吧？郭永莉哭笑不得，只好应了他。

春节放假，又只剩她自己。除夕那晚早早吃完速冻饺子，便去楼下放烟花。她觉得人老了，仪式感总归要有。积雪尚未消融，北京冬日的风吹在脸上，生疼，烟花也没她想象中那般美，瞬息便随风坠落。她快快着回到房间，打开电视看春晚。不久有人砰砰敲门,透过猫眼,便晃到宋德明那张丝瓜脸。

他不是空手来的。他几乎把饭馆库存的食材悉数搬来了。郭永莉说,我才吃完,你这是唱哪出戏?宋德明也不搭理她,转身去了厨房。不一会儿,便听到厨房里传来咔嚓咔嚓的切菜声,火苗噗噗噗噗的燃烧声,食材滑入油锅的滋啦滋啦声,听着听着便有些困顿,竟趴桌上睡过去。等宋德明将她唤醒,才发觉窄小的饭桌上挤满了菜,热气腾腾的,勾得肠胃也咕噜着响。便说,奇了怪了,你不回青岛了吗?宋德明嘿嘿笑两声,并未言语,倒了两杯白酒,说,你一个人在北京过年,我还真放心不下,反正父母有佳欣陪着,我也省心。郭永莉接过杯子,说,那嫂子和孩子们呢?她听宋佳欣偶然提及,宋德明早有了家室,是三个女孩的父亲。

宋德明说,一年又一年,人比草木老得快。郭永莉见他未搭话,便说,男人啊,心肠硬起来,跟钻石一样,嫂子在老家拉扯孩子,容易么?宋德明跟她碰了碰杯,说,你这人啊,让人捉摸不透,人家好心好意陪你过年,偏问那丧气的话。郭永莉觉得他似有难言之隐,也不好再过问。

宋德明说,你要真想听,我不妨给你讲个故事。郭永莉给他夹了块猪肝,说,快说,八卦下酒,越喝越有。宋德明将猪肝塞嘴里说,从前哪,有个小伙子,早早娶了媳妇,后来去北京打工,平时很少回家。老婆呢,给他生了仨闺女。那年回家,老三生了病,要输血,男人便让医生抽他的,他知道自己和老婆都是O型血。医生说,你女儿是B型,只能用血库的血。男人有些发蒙。他文化不高,可好歹上过高中,清楚父母如果是O型血,子女必定也是,难免起了疑心……

郭永莉目不转睛盯着他,他垂头笑了笑,说,后来,男人偷偷带孩子做亲子鉴定,跟他猜的一样,闺女不是他的。他本来是暴脾气,却并未发作。后来,又带老大老二的头发去做鉴定,你猜,是啥结果?

郭永莉盯着他肿胀的眼泡,心里早有了答案。他嘴角耷挂片韭菜,她忍不住伸手替他擦掉。宋德明笑着说,男人获得了自由,却再没信过女人。直到有天,他遇到了妹妹的朋友。郭永莉的手有些抖,却仍装出副心不在焉的样子,问,你咋那么肯定,这女人,跟他前妻不是一类?宋德明给她夹了块海参,说,她的眼睛,比水晶都亮,她的身上,随时都穿着铠甲。你说,这样的女人,怎么会跟她一样?郭永莉的眼眶潮得很。还从来没有哪个男人如此赞美过她。

宋德明说,吃吧,吃吧。郭永莉说,那男人,有啥想法呢?宋德明说,他呀,想娶她。说着便去拉郭永莉的手,郭永莉拿筷子掸掉,说,要是那女人,比男人的秘密还多,他会咋想?宋德明说,男人管天管地,管不住女人的过去。谁没有过去呢?武则天还当过尼姑呢。郭永莉扑哧笑了。宋德明得意洋洋地说,男人想好了,要送女人最好的聘礼。郭永莉将头扭向窗外,一大团烟花将好炸裂,在空中绽成朵巨型牡丹。她不禁叹道,真美啊。宋德明又去拉她的手。这次她没躲。宋德明说,我打算,把我的饭馆送给她。你说,这份聘礼是不是很有创意?

年后一上班,宋德明便带郭永莉去行政审批中心变更了各种登记。其实郭永莉倒觉得无所谓,如果两人结了婚,法人代表是谁又有何关系?可宋德明倔得很,仿佛她若不应了他，便是瞧他不起。他这种想法可笑得很，可她内心又涌动着难言的感动与欢喜。接下去便是商量结婚的具体事宜。按照宋德明的意思，要在十月份办三场婚礼，一场在老家，一场在北京，还有一场在安阳。老家的婚礼是走个样子，给爹妈看，给那些喜欢看热闹的乡亲们看，他要让他们知道，他新娶的老婆是何等的神仙人物，让那些嘲笑了他多年的狗眼们彻底闭嘴；北京的婚礼是给老乡们看，给同行的老板们看，为了让他们知道他的实力和魄力，婚礼要在最昂贵的五星级酒店举办，烟要摆中华，酒要摆茅台；安阳的婚礼当然是给郭永莉的家人们看，让他们知道，她嫁给了一个有钱的好男人，他们要是不放心，那这个世界上就再没有更好的女婿了。郭永莉说，安阳那边没什么亲戚，就算了，更不用回门，另外，即便是在北京操办婚礼，也不用这样大张旗鼓，两个人是否幸福，跟别人的祝福和赞美都没关系，也用不着名烟名酒，抽进嘴里喝进胃里，无非变成烟和屎。活要面子死受罪的事，只有蠢人才干。

宋德明竖起大拇指，说，丽梅啊，你不愧是学会计的，算得精，道理讲得更清！

一晃到了春天。郭永莉最喜欢北京的春天，空气中满是槐花香味，虽说有点干燥，可干燥得恰到好处，身体被阳光抚晒得舒泰自如。那天下午，她和宋德明抽空在元大都遗址公园转了转。宋德明说，等结完婚，我们就在太阳宫附近开家分店，北京真是古怪，明明又热又干，人却偏喜欢吃辣。郭永莉说，报纸上不说了嘛，孩子们压力大，辣椒素能刺激人体释放那什么肽，类似麻醉效果，能减轻疲劳，让人身心愉悦呢。宋德明说，我说呢，自从跟你在一起，浑身便总有使不完的劲，原来你就是一棵辣椒啊！说完猛地亲了她一口。郭永莉佯装去打他，他机敏地跳到百叶蔷薇花丛后，晃着丝瓜脸朝她傻笑。

那晚店里的顾客格外多，郭永莉有条不紊地结账、催菜，叮嘱新来的服务员千万别上错菜，为了安抚一对从干锅肥肠里吃出头发丝的情侣，她特意送了他们一份湘西外婆菜。她老想去趟厕所，那泡尿憋了足有半个时辰，可要么洗手间有人，要么恰巧顾客来结账。好不容易抽空去了，才蹲下，便听到嘭的一声巨响。开始她以为是压路机在碾压路面，斜对面的那条路刚铺好沥青和碎石，然而像塑料积木般倾斜着坍塌的墙壁让她立马惊声尖叫起来。她最后的意识是想站起来系好裤腰带，可在第二声震耳欲聋的爆炸声响中，她很快失去了知觉。

地下室

没想到会在学校碰到岑亚楠。郭永莉没认出他，可他随口就喊出了她的名字。她眯眼打量他半响，才迟疑着问，岑……岑亚楠？岑亚楠点点头，说，神奇啊神奇！我们多少年没见了？他掰着手指算了半天，十六年？还是十七年？你呀你，这些年跑哪儿去了？那时我还去烤鱼店找过你，老板说你早辞职了。

岑亚楠穿着黑色西裤黑色夹克，夹克里是雪白衬衣，脚上却是双布鞋。她记得他上大学时就天天穿布鞋。她低头看了看自己，套着件桃红色羊绒大衣。大衣不仅满是毛球，还褪了色，跟被春雨打落的海棠花仿佛。她笑了笑说，天南海北地瞎跑，混口饭吃。

岑亚楠又细细扫看她半晌,问,在哪里高就?她沉默了会儿说,唉,待业。岑亚楠若有所思地看着她,看得她不自在起来,就问,你留校了?岑亚楠说,在后勤处。她便说,当领导了吧?他面无表情地点点头,说,副处长。她忙说恭喜恭喜!当初以为你会搞学术,没想到从政了。从政好,路更宽,以后有啥事啊,我就找岑处长。

岑亚楠抖了抖眉说,我们后勤啊,缺宿管,你要愿意,不妨纡尊降贵。她愣了愣,立马说,天上掉的馅饼,我当然得接着。岑亚楠咧嘴笑了笑。他嘴巴小,只露出上面的牙齿下面的牙龈。她留意到他以前的四环素牙如今比牛奶都白。

那个案子……郭永莉将目光移向旁边的灌木丛,淡淡地问道,派出所后来有消息吗?

岑亚楠似乎愣住,半晌才回过神,木木地摇了摇头。两人一时都无话,只听到楸树上喜鹊的叫声。后来岑亚楠说,永莉啊,你下个礼拜一去后勤报道,就说岑处长介绍的,填个表盖个章,就完事了。

郭永莉赶紧上前握了握他的手。他的手比从前软多了。

他说,永莉啊,我们加个微信吧,联系起来方便。

郭永莉尴尬地笑了笑,说,不好意思,我没微信。要不,你记下我的手机号码?

岑亚楠肯定不知道,她不仅没微信,也没抖音、快手或小红书。她不会网购,不知道淘宝、京东、美团、拼多多和当当,买东西都是跑商场,吃饭都是下饭馆,买书都是去新华书店。她也没下载滴滴软件,无论白天黑夜,很少能打到车。坐地铁的时候,看到无论男女老幼都垂头看手机,她心里难免犯嘀咕。她惊讶地发现,手机已经变成了人体器官,变成了公交卡,变成了钱包,变成了身份证,变成了贷款机器,变成了照相机,变成了电影院,变成了收音机,变成了婚姻介绍所。仅仅七年时间,这个世界像是一部被谁按了快进键的电影,她无论如何也难以想象,中间错过了如何翻天覆地的剧情。

她在牢里整整待了七年。

对于当年那场著名的饭馆煤气泄露爆炸案,京城各大媒体都做过详尽报道。死亡三人,重伤六人,轻伤十四人。死了的三人俱是饭馆的大师傅,当然也包括宋德明。重伤的有服务员,还有三名前来吃饭的大学生。郭永莉是轻伤,头部被砸,腰部脊椎受损。两位大师傅的老婆从湖南乡下急匆匆赶来,哭天抢地,要求赔偿每人六十万,另一名死者是位子退休的老干部,家属要求赔偿两百万,还有那些重伤的……作为手里只有五万元积蓄的法人代表,郭永莉没有别的选择。这个选择,大概就是最好的选择。

租住的那间地下室,离学校有点远,每日都是先坐地铁,再转公交,最后步行。她的工作很清闲,就是防止陌生人和女生进入男生宿舍楼。为了记清每位学生的长相,她天天翻看着学生登记表。除此之外,还要偷偷复习英语和政治。那天来学校,就是问询一下研究生招生事宜。她想十月份报考会计专业的研究生。

除此之外,她好像也没有什么好惦念的。

出狱后,她先去了趟丽江古城。这么多年来,她还记得当时肖恩慧留给她的那封信,信很短,只有十三个字:三儿,等你考上了大学,来丽江玩。她不知道肖恩慧是活着,还是死了。虽然没考上大学,丽江总是要去一趟的。等她到了丽江，发觉跟想象中的不一样，那么多的花儿，那么多的水，那么多的植物，完全不像是高原，倒像是江南。她去的时候正是五月，天天落着细雨，她在宾馆里昏睡了两天后，终于撑起伞去了趟狮子山公园。狮子山不高，但是能俯瞰到古城全貌，望着灰扑扑成片的老房，她想，肖恩慧如果还活着，如果还在丽江，哪一间房子是属于他的呢？他结婚了吗？孩子多大了？狮子山上有很多柏树，她从石阶上捡了很多柏树子，随手揣进裤兜，下山时她在一个小酒吧坐了很久，喝了杯啤酒，花五十块钱点了首歌。回到北京后，洗衣服时，那些柏树子便四处散落开去，她捡起来随手扔进花盆，不承想，没多久柏树子便发芽了。她有些吃惊，这么阴潮的地下室，柏树都能长出来，这个世界上，还有什么是不可能发生的呢？

从丽江归来不久，她又回了趟老家。从四惠汽车站到县城的长途客车又添了好多趟。听着身边的人说着陌生的家乡话，她努力让自己变成个聋子。到县城后，她直接打了辆出租奔村子。站在黄昏的村头，她有些难过。这么多年了，村子几乎没有变化，村口的诊所还开着，小卖店的招牌也没变，仿佛她不是离开了十八载，而仅仅是一个昼夜。

她忐忑地朝家里走去，每挪一步，心脏便爆破一次，在她怀疑自己快要晕倒前，一个抱着皮球的孩子从身旁跑过。她一把将他拽住，问道，小家伙，你叫啥名儿？很明显孩子有些意外，他气呼呼地盯着她问，你是谁？从哪儿来的？她笑着塞给他几颗奶糖。孩子说，你是坏人吗？我妈说，坏人诱拐小孩时，都会给糖吃。她柔声道，我不是坏人，我就是这个村子的啊。我问你，你认识刘兰英吗？

孩子摇摇头，她只得指着自己家的房子问，就是这家，刘兰英以前养猪，后来养貉子。孩子歪着头想了想说，你问的是二奶奶吗？她有三个女儿。她赶紧说，没错，三个女儿，有个女儿……还离家出走了。孩子脆生生地说，你来晚了，二奶奶二爷爷早死了。她眼睛倏地一下黑了。孩子又说，二奶奶后来不养貉子了，又养猪，犯了心脏病，给猪接生时，死在猪圈里。二爷爷第二年也死了。

她只觉呼吸困难，缓缓蹲下身去。孩子问，你没事吧阿姨？她皱着眉头摆摆手。孩子没再说话，转身跑开了。后来她站起来，朝着家门口蹭。大铁门生了锈，锁头也生了锈，透过栅栏，她看到院子里堆满了塑料垃圾和柴火，猪圈上蔓草丛生，麻雀扑棱着翅膀蹦来蹦去，原先种西葫芦的墙根处，挣扎着几棵瘦小的蜀葵。恍惚间，她仿佛听到刘兰英在大声呼喊自己的名字，倾耳细听，也只有夜风拂过的声音。这个家的灯，再也不会亮了吧？后来，她捂着胸口坐到大门口的石头上，呆呆地看着夜色一点一点将村庄笼罩，将牲畜和树木笼罩，将活人和死人笼罩。

那是她最后一次回家。

这栋男生楼的宿管有三个人，轮流值班。其中有个大姐，退休前是北京自来水厂的职工，喜欢看小说，跟她很是聊得来，知道她至今仍是单身，便张罗着给她介绍对象。她说，我都这把年岁了，还找啥男朋友啊？大姐便说，你可不能轻贱自己，不过才三十六七岁嘛，还是朵花呢。她便垂头不语，大姐又说，别整天跟哑巴似的不说话，人都有惰性，你不跟人往来，人家咋能猜到你是啥心思？我有个表弟，是公交车司机，不到五十，有车有房，儿子开地铁，老婆得癌症没了，你要没意见，不妨见上一面？

她只是机械地翻着学生登记表，不说一句话。

到底是没见。大姐待她便不似先前那般热情。她很是满意。秋天开学后，新生便要入住了。北京的秋天比春天好，凉飕飕的，鸽子的哨音在楼间萦绕，野猫不停扑逮着喜鹊，蟋蟀在鸢尾花丛里嘶鸣，一切都仿佛要结束，一切都仿佛要开始。或许是受了些风寒，她在家里躺了几天，等回去上班，新生已入住。她百无聊赖地盯着一张张娇嫩的面孔推开门，又关上门。

有天晚上她洗了头，正用吹风机吹头发，一个男生抱着脸盆从门外走进来，看样子才洗澡回来。她并没在意。男生看到她似乎愣了下，随后喊了声，阿姨好。她边整理头发边说，同学好，你是大一新生吗？

男生说，是啊。她漫不经心地问了句，老家哪儿的啊？男生说，兰若市桃源县的。

她咦了声，是吗？男生不无得意地说，我们老家有河有海，有虾有蟹，物华天宝。

看来男生是个很健谈的孩子，生硬的普通话并没有阻止他交流的热忱。她朝他笑了笑，男生说，阿姨，您是哪儿人啊？她想了想说，我跟你是老乡，也是桃源的。

男生戴着副厚厚的眼镜。她看到他的眼睛闪了闪，他说，老乡见老乡，两眼泪汪汪，唉，我又想我爸了。

她便打趣道，男孩都跟妈亲，难道，你不想妈妈吗？

男孩迟疑了会，说，我没有妈妈。我一周岁多点，她……她就失踪了。

她心里咯噔了下，随口说道，唉，可怜的孩子……难怪你跟爸亲近呢。

男生笑着说，我爸厉害着呢，专跟家禽牲畜打交道。以前卖烤鸭，人称桃源鸭王，后来养貉子，貉子皮返销东北呢。

透过玻璃窗，她目不转睛地盯着男生。她的嘴巴翕合了几次。她以为自己在说话，实际上，她没有听到任何声音。

鹊 漪

杜 梨 《收获》2024 年第 4 期

推荐语

现实、梦境、野话、流言、灵异事件、惊悚旧闻和个人生活志的杂糅，小说从模范生活世界走向恣意的游走和搭建，《鹊漪》堆叠繁复，却化繁为简。（何平）

入梦后，后羿在梦穹里摆上几枚太阳，梦境燃烧，蝉鸣难熬。花末在一座古塔内上下奔走，头戴帷帽，身着鹅黄坦领和石榴色破裙，手捧一匣绿豆凉糕，想要找一处茶室庇荫，却怎么也找不到门。以往这古塔是要动摇坍塌，一同连她都坠下去的。她常做这种失重的梦。

但这次却没有。旁边一扇木门开了，一只蓬毛的雪鸮走出来，笑眯眯请她去喝杯茶。居然是多荷果。她随他进入古塔，鼻尖传来浓郁的松香味。在梦境中，五感皆可能会变得拟真，但气味的练达还是很难。门内有几棵小松盆景，昏黄的松油灯，幽幽送来浓郁的香气。松木茶几上摆着一壶茶和两个雪花杯。雪鸮多荷果落在对面座位上，伸出翼指，将冒着热气的红茶推到她面前。她摘下帷帽，微抿一口，甘甜中有微苦，似有坏脾气美人儿在舌尖跳舞，露出白玉的臂和香软的腰肢，回旋着落入口中，脾胃作道场。那香味也比平日浓郁得多，似乎能品出松子的油脂味。

她将绿豆凉糕推到雪鸮面前。雪鸮用翼指一扣，绿豆凉糕立刻变作几只眼神清凉的绿松鼠，在松木桌上嗅来嗅去，又用青青小舌头，舔他杯中的红茶，松鼠薄薄的肚皮内能看见甘醇的红茶浆。花末看得呆了。忽地，雪鸦将几只松鼠吸入腹中，舒适地眯了眯眼睛。

她又饮了几杯茶，松油灯下，多荷果的鸦面恍惚变幻，但她能辨识出那双眼。多荷果说，他四处寻找入口栖息，见到这座古塔，意随心动，变作一只鸦飞进。来时他衔着一根松枝，随手长出几棵小松树，割出少许松油，又伐成一张桌，不过须臾而成。他递给她一张松笺，上面有四枚朱红小字：揭谛！揭谛！

多荷果不信神佛，眼前这鸦是谁？花末欲开口，却觉出一阵摇晃。这古塔要塌，梦要醒。迷蒙中，"布谷布谷"穿透松香梦。夏日清晨，身从酷暑中抽离，床盖微凉。梦境之外，天空地旷，四声杜鹃正越风飞行。从唐至今，不知倒了多少参天树，抹了多少杜鹃。

醒来，多荷果正背对她喝一杯红茶。面前的茶案上，还摆着其他早餐食物，古塔中的那间小屋竟是眼前小屋所幻。那是多荷果第一次进入她的梦境。她跟他说了梦中情景，他很惊讶："还好我没变成仓鸦，别把你吓一跳。"

很小起，每当花末入睡，就会进入一个荒芜的城市。那里高楼未林立，人烟稀少，只有贯通南北的一座高速长桥。往北走是崇山峻岭、结冰的黄河与通天的瀑布，往南走有无垠的沙滩与海洋。蒸汽绿皮火车从头顶的轨道中掠过，老式地铁和几层交叠的中转。有时站在高楼上眺望远方，会看见高迪那些梦幻的建筑、埃菲尔铁塔和蓝格子的瞭望塔。梦中的城市没有疆域，只吞吃她记忆中出现过的风物，再根据意识重建出沙漏模型。

自然，这座城市也会露出獠牙，有时阴不可测，让心里最深的恐惧现形。有时睡得时间过久，她明显感觉有一股极深的引力想将她吸在城市的流沙中。她想，这里也许是她随身携带的世界，若有一天长睡不醒，那就是永远留在那儿了。

多年来，从未有任何熟人进过她的梦，哪怕是多荷果。这次，可能是她在灵隐寺数罗汉时，为多荷果请回来一尊佛的缘故。多荷果魂魄出窍，难怪行为举止不似他自己。不过随着拜访次数多了，两人终会在梦中相识，他醒来后也会记得。花末坚信这一点。

多荷果一直想在北京买套房子，这个想法在花末怀孕后变得尤为强烈。他不想再忙上忙下搬东西，随时准备卷铺盖走人。每次搬家，他都感觉肉被啃掉，灵魂流出，小壳也破了。又得花两三个月，才能一点点复生。就在这种反复拉锯中，花末学会了在梦中建造房屋。为此她去观摩各种动物的窝，好在睡梦中编织出来，这样也许能填补多荷果的心窝。

可推拉的落地玻璃窗，一推开窗外面就是浅蓝的湖。清晨的风拂过脸颊和脚踝，有种湿润的凉意。多荷果在露台上架起小桌，煮了咖啡，烤了面包，还切了两个小橙。这是她在两人小小的茧里想出来的情景。他们的生活是一枚阿茧，从彼此的幻想里抽出很多鲜亮的丝，再慢慢缠出想要的形状。人们总有各种办法逃避现实，她和多荷果还可以做梦。

如果能在梦中获得满足，现实的残缺也许不足为道，人本来便依存于这两个世界生活。梦中所见到的，比现实中殊胜一万倍，感官被无限放大，无限贴近那些风景、建筑和动植物，是现实中永不能抵达的。

她的职业也需要这种想象力，但甲方们总批评她绘图不切实际，在构建梁枋时缺乏落地能力。在梦中造房的好处是，所有的结构设计都可以推倒重来。但不好的是，她睡醒后没办法再进入之前的设计，如果梦境中断，这条线也就断了。为此，花末的图纸发挥不稳，思路也总是中断。甲方不分昼夜开会，她有时在家也要加班到很晚，烦闷至极。忙里偷闲，她会去野外寻找灵感，看看自然中的建筑师。

最近，多荷果又提起买房，说他那天夜里加班，在案卷里看见了一些特价房或法拍房，很多都出过人命或怪案。这样的房子挂出来便宜，加上政策扶持，如果买下来是蛮划算的。

花末说他鸠占鹊巢，还嫌自己的官司不够多？

多荷果指出她成语用错了，并说所有的土地和房子中都死过人。人之所以会恐惧，是害怕这一切会发生在自己身上。他人的因果与自己无关，只要不介入他人的因果就行。

在这个城市生活了十二年，多荷果所有的只是堆积如山的案子和永远也推不完的材料。每句话后面都有无数生命，眼神闪烁地盯着他。字字推敲琢磨，棋盘上每移动一颗子，就要消耗他无限精力。他在这种日夜磋磨中变得冷漠，因职业需要看了太多恐怖画面。他不怕那些小房子中的谋杀、自杀或意外。他们的单位就在郊野的坟墓之上，没有狐妖也没有鬼怪。更何况，人比鬼可怕，是他们这行的常识。他倒是听说在阎锡山的府邸，有人选了间幽静的房子住进去，做噩梦还被鬼压床。不过这些，年轻人是不怕的。

现在紧迫的是，花末怀孕了，他迫切地想换套大房子安定下来。也许会像有些人说的那样煞气重，但没准可以驱走一些披着人皮的恶鬼。

花末盯着软件画图，说："现在分的三十平方米够用了。"

多荷果反驳："朝不保夕，小孩来了怎么住呢？"

花末忙着叠加图层，随口敷衍："那是他的命。"

多荷果有同事认识专门处理这些房子的中介，他打听了，有的房子还有试住期，可以感受一下，不行再退。由于长期伏案工作，多荷果的背越来越驼，更像只蜗牛了。花末拍他的背，他条件反射直起来，过会儿又塌下去。她真怕有人踩碎他小小的壳。

难得一个周六，多荷果陪花末去永定河边，看中华攀雀盖房子。今年气候极其反常，仅仅是六月，北京就热得发疯。一出门，如吸入三昧真火，皮肤寸寸爆裂，整个人如红莲绽开，外表堪堪维持人形。阳光透过黑色鞋面，晒得人脚背生疼。永定河畔偶尔吹来阵阵凉风，只能解些微的暑气。花末忍着不适，将全部感官集中在中华攀雀和它们芒果般的小房子上。

河边的树上，一只雄鸟正不断装修自己的小别墅。而另一处更低的攀雀巢里，有只雌鸟正顶着烈日育雏。每家的进度都不同。攀雀在产卵后，亲鸟们会互相比谁逃得更快，逃避即将到来的育儿责任，去寻找更多的交配机会，往往只留下一只亲鸟负责育儿。雄鸟的逃跑概率较高，为此，雌鸟生产后会将蛋埋在巢下，趁雄鸟外出觅食时，迅速逃跑。等雄鸟回巢时，发现早已鸟去巢空。

随着亲鸟越来越疲倦,花末也收了工,从芦苇丛出来,招呼多荷果回家。多荷果坐在林荫下,脸红得像熟虾子,背也驼得像熟虾子。

还未等滚烫的热汗落下,多荷果就说他已经看好了一处房子。那房子只有一桩失踪案,两年前,女主人在房子里失踪,丈夫报了警,但始终没有找到人。虽然房内有微量的鲁米诺反应,但警方没找到尸体或者任何人体组织,周遭没什么异常,她的丈夫也被排除了嫌疑。警方排查许久,最终成了悬案,不了了之。房子在西五环外,格局蛮不错,九十平方米,南北通透。男主人着急出手,价格方面也好谈。

多荷果问她愿不愿意去看看。花末看他贴在车上的平安符,是张便宜的贴纸,据说是乾隆御笔。他说贴上之后再没被剐蹭。时间久了,纸边都打了卷儿。她怜惜起来,叹口气,问他价格。

多荷果掰着手指跟她算:"四百多万,比市场价低几十万。管双方父母和亲戚朋友借借,再贷一下款,这个价格踮踮脚是可以的。"

花末无奈点点头。多荷果立刻驱车前往京西。到了地方,中介正扶着电瓶车,等在槐树的阴凉里。中介女孩胖胖的,黑葡萄眼,一笑露出两只梨涡,对着两颗虎牙。她的白衬衫蒸出热气,衣领沁出点点薄汗,看着让人放心。

房子在十六层。深棕色金属防盗门,两边还贴着今年的新对联。花末右脸感觉麻麻的,转过头去,只看见右边邻居的门顶上有黄符纸,门上贴着尉迟恭和秦叔宝,皆是浓眉大眼,目光炯炯,在红纸上挥舞着法器,门把手上挂着一面八卦镜。

中介说,旁边住着一位独居老人,好像不怎么出门,出事后也没搬走,一直住下来,只不过门上多了一些法宝。多荷果听到法宝两字,扑哧一笑。

三人刚进门,即被阳光晃得睁不开眼,屋里的瓷砖雾蒙蒙地发光。正对面是绿丝绒窗帘,三扇阔大的落地窗,在屋内氤氲出丰沛的暑热。中介忙打开空调。

客厅只有一套棕皮沙发和同色木茶几,对面的电视柜上有台液晶电视。男主人留下了几个大件,其余全处理了。炽热的午后,整间屋子有些空荡的璀璨。去其他房间看,除了床与空调,皆是一览无余。这开门见光的布局并不算好,须得有一扇屏风或者高植遮挡,才能中和屋中的气流。中介夸这房子的层高也好,因之前按公寓房走,层高都是三米。

花末走到窗户边,小区内林木繁茂,几乎遮住了楼下的池子。窗边热浪蒸起气流滚滚,窗轴有点锈,她用力一推,视野洞开,夏蝉高嘶,和空调的潮味撞个满怀。

转身回到客厅,透过强光,她忽然发现客厅中间有一处几不可辨的断裂,那断裂似旋木雀的嘴,从天花板垂下,生生地将三维空间劈开一丝裂隙,内部隐隐泛着古铜的光。

花末瞪大了眼睛。硕士时写古代建筑史的论文,她在图书馆翻到过一本叫《云罅营造》的小书,是明人根据宋人的《营造法式》续编的一本建筑野话,有一些空中楼阁的建造方法,其中就提到过这种空间裂隙。作者在探访乡间奇筑时,曾听说一户人家"南屋中有细裂,几不可见,伸手则没指,探之有泠泠声。尝有乡人之女夜中梦游,入之不还。家人大骇,多日盼而不回,四处遍寻不见。又无人敢探,遂不复住"。

她心跳加速,过往的飞鸟撒下一粒轻飘飘的种子,此刻瞬间如魔种破土,长成通天藤蔓,藤蔓的顶端是座秘密的空中楼阁。她几乎不敢相信自己的运气。

多荷果看她眉头微皱,觉得可能是不喜欢,悄悄来探口风。只见花末对他使了个眼色,说要砍价。多荷果的愧疚如海浪漫过鞋袜,一点点濡湿脚底,凉意漫到胸口。他忽然有些后悔执意带她过来。

花末很快跟中介谈好价格,并提出先短租一个月看看。中介拨通房东的电话,房东迟疑片刻,说这个价格可以接受。如果她住着没问题的话,还是希望尽快交款,办过户。

中介女孩很欢欣,这几乎是手上出得最快的一套凶宅。花末他们回家筹集房款,打完一圈电话,两人叫了便利店的咖啡和小蛋糕,开始算账。

花末一面说着装修风格,一面放大看中华攀雀的"芒果巢",看到那些微摇的蒲绒,大有触动。攀雀在酷热中来回翩飞,将树皮纤维、羊毛、蒲绒和杨柳絮织得如此服帖,细密的缝隙让南风透过,又隔绝了暑热,住在里面的小蛋一定觉得舒服异常。雏鸟在蛋中时已会交流,那细密的鸟啼从轻薄的蛋壳中透出,有些像人类的胎动。这类悬在空中的芒果巢不错,可以悬挂在梦中,亦可做现实中的结构参考。

夜晚,花末隐约看见自家的小佛龛在发光,定睛一看,原来是月光溜进窗帘缝隙,龛门的纱在墙上流出斑驳。她又琢磨了一遍买那套房的可行性。平日里,每做一个美梦,醒来就会分外失落。人的记忆总像一尾鲶鱼,一扭身就在水中滑走。她真的需要一个能固定梦境的载体。那本书上说,只有抓住这样的裂隙,她才能把梦栽进去,获得一个恒定的空间。那套凶宅,可以一试。

两人约定了搬过去小住的时间,不过多荷果工作太忙,大部分时间还是住在宿舍。花末回了趟母校,在图书馆的角落里找到了那本小书,复活了记忆,"余心下异动,当夜草宿于其南屋,拂席曲肘而枕。少顷,倦意来袭,但见罅内吉光染动。忙起身入内,但见野旷天低,山翠桃红,莺啼花香。一女于桃树下顾盼流连,忽见余前来,不由大惊,忙问家中事,曰误入桃花源,流连多月,迷途竟不知返也……"

花末做好笔记,仔细推敲片刻,想到了一个办法。

周六,她打包了小佛龛和一些生活用品,去稻香村买了点心,独自开车去了那套房子。租金早已打过去,中介提前将钥匙放在了电表箱里。她进了门,将窗户打开换换空气,随后将小佛龛放在高处摆好,点了乌木沉香,摆了果子,念了经。坐定后,又在手机上订了两株一人高的小叶罗汉松和几只佛手柑,快递很快送上门。做完这一切,她沏了壶红茶,摆了稻香村的枣泥饼和玫瑰鲜花饼。

她咬了两口枣泥饼,打量这两株罗汉松。这两株罗汉松俱是形态威武,枝条纤长,有些守门将军的味道。她用手捏了捏树干,足够结实,是不错的梦楔子。她要先捉住梦的脚,缠在这两株小叶罗汉松上,就像吊床一样先打两个结。至于能结出什么,得看梦的形态。

吃完枣泥饼,喝完一壶红茶,心满意足,她把瑜伽垫和凉席铺在客厅的地面,放一只小枕头,枕边摆几只新鲜的佛手柑,侧躺在小垫上准备入睡。正午阳气旺,也是编织的好时刻,不会被魑魅打扰。

朦胧中，她在乌木沉香的味道中行走。走过一段青色的砖墙，眼前现出一座破败的宫殿，宫殿的屋脊上站着大嘴乌鸦和达乌里寒鸦。外面似乎是盛夏，绿得要滴下来。可眼前积雪如此大，将殿脊的鸱吻都盖住，糅作模糊一团。她凝目细看，达乌里寒鸦那黑白相间的脸似在眼前，纤毫毕现。她掏出枣泥饼，邀请它们来吃，枣泥饼发出灿烂的光，有如金乌。达乌里寒鸦飞到手中，瞬间化成一枚鸦头针；又有一只大嘴乌鸦落在手中，也化作一枚鸦头针。

花末揣好它们，进入宫殿。殿内堆满积雪，阴寒贯穿肌骨。她回首一看，梁上挂着一些肝肾脾肺，滴出浓郁的血，远处有鸦袭来。前方并无什么神明画像，香案上摆着一些瓜果祭品。两只狻猊端坐两侧，张开大口。沉香如虎下山，味道愈来愈浓郁，要遮盖过屋檐下的腥味。背对着花末，在蒲团上跪拜的，是个穿着裙子的现代人。花末走到距其一步之遥的地方，停了下来。那人回头，头目青肿，血泪不断涌出。再一看，对方的肚子中空，肝肾脾肺皆不见，恐怕是挂在了身后的屋檐下。

对方张口，说了些什么，可花末像溺了水，怎么也听不清。她将手中的两枚鸦头针丢出，达乌里寒鸦和大嘴乌鸦向那人扑去。

雪块纷纷从梁上掉落，大殿又在嗡嗡震动，狻猊的烟雾也越来越浓郁，似在发怒。她在梦中尝试钉住这座幻化的宫殿，这座宫殿正试图逃跑，就像曾经出现的古塔，她必须要留住它，哪怕只有一砖一木。哪怕这梦在发怒，甚至变得如此恐怖，她都要克服，现在还不能醒。

花末想了想，将心从胸口拿出，如拿一枚供果，既是无相，便是无相。她在剧烈的晃动中，拿着那枚勃勃的心艰难往前走。走到案前，将其放在了猪头的旁边，与牛头相依偎。这两只动物死前想什么呢，眼眸微阖，嘴微张。两只鸦已衔来对方的肾肝脾肺，那人正动手安进肚中。

醒来后，花末汗涔涔。暑气散了些，她走到空调下散热。梦里的大殿并未垮塌，这次应该成功了。她醒醒神，立刻去看小叶罗汉，盆栽旁边皆有小小碎叶。刚才由小叶罗汉化身的那两只乌鸦，在梦中帮了她大忙。她缠住梦脚了，之后可以借助这两个小支点，慢慢摸进梦里。临走时，她瞟了一眼邻居老人的门神，门神的纸贴了半年多，仍是鲜红欲滴。老人想来很爱惜。

到家后，花末倒了冰镇的酸梅汤，拧开空调开始绘图。甲方要求她们项目组画一组轻型的独栋楼阁，已经毁了很多次稿，骂了设计师很多次，时间卡得越来越死。她必须要拿下这个项目，小孩的到来让她压力很大。长久的熬夜让她和多荷果脑灰质递减，脑子就像沙漏，人的记忆还是太滑了。

她画了一座由新型外结构材料织成的"攀雀巢"，内部结构玲珑剔透，人可从这扇半透明的墙中感受外面的风景。这墙的保温层同时可依赖太阳能与风能，维持室内恒温恒湿。一反传统的设计，建造条件要求较高，后期应该会有很多对图会。她也拿不准甲方的脾胃，只能先试试。

她给多荷果发去结构图，说他们很快就能搬过去了。多荷果正忙于案头工作，看了一眼，觉得她的话有点奇怪。等他到家，花末已在床上睡着，枕边有张便笺，用建筑系的仿宋体写"梦脚已缠好，我先去梦中扎一扎"。

多荷果知道妻子有个梦中世界，有时

她睡得多，可能是过于沉溺梦的缘故。这对多荷果来说不可思议。他很少做梦，即使做梦，醒来也记不住。他躺倒在床，轻轻咳嗽。花末被吵醒了，模模糊糊说，她在那栋房子里，可能梦到了以前的事。不过看得并不真切，她想再去看看。

多荷果说他得去内蒙古出趟差，如果觉得不放心，可以继续住在宿舍，等他回来再一起搬去那套房子。

花末支吾一声，翻身睡去。

过了两天，多荷果去了呼伦贝尔，在草原上感到了久违的凉意。行驶在草原小路上，一头棕色花牛卧在前方的皮卡里，车轮泛起淡淡的烟尘。那牛回头望着他，眼眸大而天真，满满的黑瞳仁，微微抬起湿润的嘴唇。他心里痒酥酥的，那双水润的眼似乎探进了他的内心，并用睫毛刷了刷他的心脏。

业务会上，多荷果开始报告。前两年的案子里，很多凶杀案手法相似，高度怀疑为社会性模仿作案，也许与密集的媒体曝光有一定关系。情感类矛盾增多，碎尸案同比有所攀升，很多时候被害人来不及反应，甚至无处可逃。多荷果觉得，在家庭或两性关系的小世界中，一方体内藏着暴君，习惯性控制对方，一点点蚕食，最终剥夺对方的生命。事情往往起源于微小的控制，大多有迹可循。施害者逐步掌控心理主动权，随着控制的深入，在施害者看来，受害者最终成了一件物品，丧失了独立的人格主权。这间接导致了在以两性关系为核心的暴力犯罪中，经常出现受害人被碎尸或泼汽油等极端行为。

领导拍拍他的肩膀，小声提示他不要太激动。事后处理数据并进行归因分析是他们唯一能做的事，对于这种普发性溃烂，数据员只能观测报告，并无药可医。

吃晚饭时，当地人说，每年春季烧荒，草原边境都会发生大火，火势不可控，大量野生动物从北面逃过来，黄羊用头使劲撞边境铁丝网，背后是冲天的红与黑。不知怎么，那双湿润的花牛眼睛就像湿婆神的第三只眼，始终凝望着多荷果。他想，看来动物和人都一样，真是一点办法也没有。

临睡前，多荷果与花末视频，发现她正在那房子里。这次她拉了四只菠萝健将，念念有词："般若波罗蜜多，波罗揭谛，波罗僧揭谛……"在南方的古人看来，菠萝是镇邪的利器，它们会化成四大天王，用一身铠甲和尖刺来震慑小鬼和坏人。花末举起自己红肿的手指，说她已经被菠萝给蜇了，看来这四只菠萝天王很厉害。

四只黄澄澄的菠萝，呆立在瑜伽垫的四角，看起来天真无邪。多荷果啼笑皆非："波罗蜜多的波罗不是彼岸的意思吗？你这能管用吗？"

"都差不多吧。"花末哈哈一笑。她的一堆东西放进来，客厅看上去没有那么空旷了。

她说，来的时候，旁边那家的老人刚好出门倒垃圾，看见她开这屋的门，立刻把垃圾放在门口，转身进了屋。等她进了屋，老人又来敲门，神色有些犹疑。他略带南方口音，问她是否要常住。她说也许有这个打算，先住住看。那老人又问她，知不知道这房子出过事。她点点头。老人煞有介事地递来一面小八卦镜，说如果不介意，可以收下。花末接下道谢，顺手给老人拿了几个苹果。老人似乎对这房子里出来的东西很警惕，连连拒绝。花末没有强求。

多荷果连忙叮嘱她，不要给陌生人开

门。花末耸肩笑笑。他俩就像一枚花生，把壳掰开，里面盛着一只小小的生果仁。多荷果每日小心浮在水上，生怕花生翻了。

互道晚安时，花末说："让我们在梦里试着见一面吧。"

隔天，花末一直都没有回消息。起初多荷果以为她是渴睡，可直到下午三点都没有消息，电话也无人接听。多荷果托中介去敲门，也无回音。中介用备用钥匙开门，发现花末不在屋里。客厅的瑜伽垫上有起夜的痕迹，花末的手机也在枕边，人却不见了。目之所及的生物，只剩两株小叶罗汉松和四只菠萝。她找遍了屋里每个角落，都没见到人。视频那头，女孩一脸惶惶，问他花末有没有梦游的习惯。

多荷果打了一圈熟人电话，都没有花末的消息。多荷果抛下工作赶回北京，等警方二十四小时立案，他的岳父母刚好飞机到达。

警方将周围所有监控都查遍了，也没有看见花末的踪迹。她就在那间密室中消失了。室内没有监控，墙里墙外没有暗格，掘地三尺也只有那几样家具。屋内没有他人闯入的痕迹，也没有任何鲁米诺反应，床铺上只有花末一人的生物信息。邻居也没有听到过什么可疑动静。邻居老头接受完问询，从门后变出一把艾草簇子，扫了扫门楣。

警方调查了几天，排除了多荷果的嫌疑。房东的学生赶来配合调查，说对方想快点处理掉这个房子，不想再拖。如果警方结案，希望能快点通知他。

这句话撞进多荷果的耳朵。他深吸一口气，没有吐出来。花末就像英国人写的小说，在空气中画个函数图形，然后自己消失了。

花末的甲方对这个项目表示很满意，只是说方案设计还需要再修改，如今花末失踪，但甲方坚持要这个方案，设计院一天打十个电话来问多荷果。多荷果不敢让妻子的工作被耽误，一面处理手头材料，一面在她的手机里寻找各种蛛丝马迹。

他有过猜想，觉得她可能是工作压力太大，房子又奇怪，孕期抑郁，她索性想了个辙，躲开所有人。说不定她早已避开了所有监控，偷偷追上他，坐上了去内蒙古的火车。在大家都垂头丧气时，她会突然敲门回家，说她去草原上看猫头鹰了。

岳父岳母住在那套房子附近，眼神焦干。他送早点过去，他们看着他，又透过他看着窗外。他们问他是不是吵架了，眼中有与日俱增的怀疑和慌乱。他们一个坐在靠窗的床沿，一个坐在小床头柜上，和他始终保持距离，也没有碰桌子上的早点。窗外有一团巨大的瘴气拢过来，好像要随时吞掉他们。

那间房子有鬼，花末被它给吃了，之前的女人也是。多荷果搓搓手上残留的油花，想破脑袋也只想出这个可能性。警察暂时给房子加了封条，但租金还没有退还。若是按花末临睡前所说，他必须要返回那套房子，去她栽种的梦里将她带回来。哪怕这可能会让警察误解为有些犯罪嫌疑人往往会回到作案地点，重温犯罪时的情景。

他从包里翻出钥匙，买了水和褪黑素，重新回到十六层。撕开封条，老头的门神仍在窥视他，他转过头看了看，确信是老头在门后窥视，而不是那两位目光炯炯的门神。

屋里拉了警戒线，菠萝们还站在四个角，由于窗户被关了，屋中的菠萝味更加浓郁。他推开窗，楼下草木的香味在热气中袅袅而动。他照花末的样子点炷香，吃了褪黑素，倒在瑜伽垫上，过了一刻钟，终于入眠。

他第一次进入有相的梦。一座破败的宫殿，像是遭了难，一地碎瓦当。垂脊上的脊兽所剩无几，瓦檐上长满杂草，随风轻晃，两只鸱吻像遭了雷击，有些焦黑。他走进大殿，殿内昏暗，氤氲着一股果木和沉香的混合气息。视线逐渐清晰，殿内站着四个铠甲武士，身高九尺，执长枪或短鞭，对他怒目而视。他走过去搭讪，他们嘴唇紧闭，不发一言。他又看向前方，遮幔自殿顶垂下，两侧烛台内灯火如豆，两只狻猊香炉歪倒在一边，没了烟气。遮幔内，影影绰绰，有人影闪动。他走上前，想要看清帐中人。

撩开幔帐，他吓了一跳。眼前的人头发蓬乱，眼窝青肿，皮肉模糊，依稀能看出是个女性。她穿着现代的裙子，手臂和腿看着像重新安上去的，扭动的姿态僵硬。女人两侧有两只乌鸦，正灵巧地用喙穿针引线，似乎想把她的手臂和腿缝得更紧致一些。他的潜意识已勾连到那个失踪的女人，不忍再看下去。女人的嘴唇似乎在动，胳膊抬了起来。他后退两步，想夺路而去。他记起前来的目的，又只能僵硬地转身，问她见没见过花末。

女人开口了，声音却并不像她的模样，谈吐清晰："她把我安置在这儿，自己出去了。"

他打个寒战，又问有什么可以帮她。

女人摇摇头，黑眼睛眨眨，说花末太执着于造梦，已经走火入魔。这个梦已将花末的形体吞噬，如果他直接戳破梦境，强行带花末离开，她将会受到刺激，构梦的天赋会从她的意识中被强行剥离。从小伴生的城市垮塌，对她来说可能是灭顶之灾。

"那该怎么办呢？"多荷果有些眩晕。还有孩子。

女人沉默了。两只乌鸦停下来，也歪头看着他。那两只乌鸦的表情他很熟悉，是花末会捏出来的鸦科脸蛋儿。

多荷果夺路而逃，大殿在他身后覆灭。那是来自案宗的幻觉。他告诉自己，一定是报告太累了，现实的案子都到了梦里。他心猿意马，在梦中乱走。面前始落鹅毛大雪，盛夏的浓绿隐去，草木枯萎零落。他走到冰河边，不觉寒冷刺骨，身上也加了冬衣，不知是花末怕他挨冻，还是他自己的潜意识起了作用。

冰河绵延千里，近处的冰面被冻得发白，像鲲刚好翻起肚皮，立刻被封印于此。冬日水枯，水流败走，中心的小岛浮出水面。他踩着冰向着浮岛走去，猛听得远处有呕哑叫声。一阵遮天蔽日的鸟浪袭来，鹤形连绵不断，涂绘成群山的形状。鸟群似被狂风荡着，不断变换形状，每只都奋力且脆弱，似乎轻轻一碰，这连绵的鸟带就灰飞烟灭。他舍不得眨眼，这就是花末有时醒来，用语言和文字告诉他的景象，果然，不足梦中千万分之一。

他继续向前走，冰面的边缘，有不动流水，一只白尾海雕正蹲在冰面上，耐心等着水中的鱼游来。鱼的鳞光浸入冰冷的水纹，鹰眼望着果冻般的鱼眼，多荷果透过海雕的眼睛看到了鱼。他重新感觉到那双眼睛。那双眼睛不断变化，从形状到颜色，短暂幻变为他熟悉的样子。他在那双眼睛中旋转，终于想起了这双眼睛是花末的。

白尾海雕给他叼了条鱼，他伸手接过，那鱼变作一柄利刃，他向冰面掷去，冰面霎时裂开,下面是无尽的冰瀑。他纵身一跃,耳边风声鹤唳。他没入冰水,浑身发抖。

抬头一望,花末正坐在不远处的皮筏子里,穿着睡衣,脸庞浮肿,整个人看上去很憔悴。他努力游近她,发现自己变成了一只白鹅,两只蹼拼命划着水。他开口呼喊,也只能发出家鹅的嘎嘎声。她发现了他,很快向他驶来。他蹬着水,恨不能再快一些。

好容易游到花末身边,花末将他从水中抱上来,用衣服搂住他擦干。一人一鹅互相张望,都有点流泪。他张开翅膀拥抱她,开口都是嘎声,随着话越来越密,嘎嘎声也越来越急。花末让他尽快从房子里离开,她会处理好一切。

"现在走还不是时候,梦境刚刚稳固,你才得以进来。我把梦种在了客厅的一道裂隙里,梦的空间目前也是封闭的,"花末摸了摸他的头,又拨开他羽毛下覆盖的耳洞,好奇地看看他变成耳洞的耳朵,吹了口气,"我带你去看我新盖的攀雀巢,以后孩子出生,住在那里一定很舒服。这里是我的梦,很安全。除了你,还没人进来过。"

她还说,雌犀鸟在育雏期也是这样把自己用泥封在树洞里的。他有些害怕,拿翅膀扇着她,催促她快点回家,爸爸妈妈都很着急,甲方天天狂轰滥炸,外面因她的失踪而变得一团糟。花末装没听见。

她带着他抵达河流的尽头,那里有一座横跨两山的空中铁轨。铁轨是交叉钢结构,在日光下看是冰冷的蟹青色。老式的绿皮列车冒着蒸汽呼啸而过,火车的北面是整面冻结的冰瀑。她把皮筏停在岸边,带他进站。站台内贴着橄榄色马赛克瓷砖,隧道分上下两层。不知何时,多荷果又变回了人身,他们握了握手。在过去的许多

梦中,花末都在这座双头火车站中紧赶慢赶,总怕自己坐错车或误了点。那种紧迫感始终拧着她快走,但墙上并没有时刻表和目的地。这次既然和多荷果一起,她就不再怕那些跳跃的时间。

他们坐着火车穿过冰瀑,远处的高迪建筑盖着蘑菇奶油顶。景色时近时远,取决于观者的意愿。火车到站了,他们从高坡上下来,又开了一辆老式黑色桑塔纳,越过河流纵横的平原,到达了花末的选址地。旷野间有一株参天的老榕树,繁茂的绿叶与枝条间有座吊悬的茅草楼阁,随着生物之息,它的蒲绒在细微摇动。她带他顺着榕树的子根往上爬,两人的手脚都要灵活许多。很快,他们抵达了那座茅草楼阁。拂开柔和的风吟,绕过石黄的鹤面屏风,在鹿皮凳上落定。石案上放着茶壶茶碗,自动沏了碧螺春,会呼吸的蒲绒窗半开半阖。渔夫与䴙䴘站在船头,碧绿的水纹渐次荡开,水面的春意如此浓烈。她招呼他吃红藕青团。

两人聊到那个破碎的女人。多荷果问是不是之前失踪的女人。花末说可能是。但她问那女人什么,女人都不怎么回答。不过女人对她和多荷果很感兴趣。花末借助梦的幻形,将那女人重新缝在一起。如果那女人在现实中真的存在,可能早已是一堆尸块。

多荷果说:"如果能将那女人拖回现实,说不定能够重查旧案。"

花末低头看着茶碗晕出的光圈,说刚好她在梦中获得了无尽的时间和空间,她会想办法。

食毕,她带他走旋梯到二层。两人坐在蒲团上,点着兔子灯,看窗外逐渐西沉的太阳。眼前光影流转,与一楼的春江不

同,映出巍峨的雪山。山下正发射一座宇宙飞船。飞船点火,猛然爆出天摇地动的紫色流火,无数闪耀的淡紫流苏自地面炸开,银红交织的烟花扑满天际,比多荷果看到的任何一场烟花都要壮美。

花末让多荷果帮她请十天假,十天之内她想办法出去。房子想办法稳住,跟房东说一声,不要让别人住进来。他问她在梦中吃这些甜食,醒来会不会发胖。一语惊醒梦中人,花末立刻狂塞了许多红茶慕斯蛋糕。

看过烟花,她将他推进那艘飞船,发射出了她的梦。花末对自己摇摇头,多荷果工作久了,人也变呆了,劝她回去的理由竟是甲方找她。飞船可以把多荷果发射出去,却总会把她送回那座大殿前。她和那个明代女子一样迷路了,怎么也醒不过来。可能是她把心扣在大殿里做投名状,没法再自由出入的缘故。

满眼繁星里,多荷果惊醒,宇宙飞船在虚空中解体,他被抛到了床上。他想要坐起来,身体还呈现木僵状态。他立刻觉出肉身的禁锢,终于缓过来,这个世界到了正午。他能感觉到,一种枯干从里到外摄住了他。他的头发变得稀疏,眉毛越来越淡,眼角在下垂,眼里那两颗星早已死去,甚至花末怀孕也未能将其点亮,反而击沉了半分。他对任何事都提不起兴趣,他处在一种早发的中年怠惰中。

他把玩着床边放的小八卦镜,对光进行折射。忽然,在影的晃动中,他发现空气中似有条裂隙,他向内伸进几根手指,手指很快被吞没,向内弯曲,感觉进入了另一个世界。他想要扒开裂隙,却发现光源很稳定,无论怎么拨弄,好像也只是打转。

他揪了块枣泥饼投进裂隙,饼没有掉在地上,而是凭空消失了。他吓了一跳,继而想到,如果那个女人是在这间房里遇害的,那么凶手碎尸后,很可能把尸体顺着缝隙一块一块地扔了进去。这里是两个空间相互折叠产生的鼓包,花末可能是通过梦撑开这道裂隙,才走了进去。

他难得来了精神,想要继续追查下去。他买了一个微型摄像头,并开通了云录像功能。还好,花末续了这里的网络,他把路由器藏到了沙发下面。花末同样在这里失踪,消息已经传出去了,凶手没准会出于好奇回来看看。

他带走了褪黑素和水,将所有东西归到原位,给佛龛拂了尘,供果和水都没动。锁了门,他带着小八卦镜,去敲了隔壁老头的门。过了片刻,老头才开门,他说明来意,露出小八卦镜,老头这才悄悄拉他进门。

老头进门便问他找没找到人,似乎不像警察来时那么敷衍。

他把八卦镜还给老头:"也许找到了,也许没找到。"

老头说:"这面镜子你先收着,总归有用,心理作用什么的。"

多荷果想笑,没笑出来。

不知怎么,两人都有些心照不宣。老头的黑白花猫走过来在他脚边嗅。老头说这是他的黑猫警长,看家护院的,遇到坏人会哈气。有时伊跑出楼道,见到那邻居男人,总是弓起背嘶嘶哈哈。

"当初失踪案闹那么大,我们都觉得是他,可警察把他关了关就放出来了。我们只好装不知情,什么也不知道。我经常去门背后望望,大气不敢出。我怕伊盯牢我,好在后来伊不来住了……"

最后,老头又叮嘱他,万事小心。他

也同样叮嘱对方保重。两人加了微信，便于随时联络。

多荷果回到岳父母身边，神色松快了些，说先替花末请几天假。岳母简单支应着，桌子上的早餐只动了几口。他劝了许久，两位老人才随他下楼，去了附近一家餐馆。岳父小心问他，有没有打听到什么新消息。他迟疑片刻，不知该如何开口。

岳母泄了闸，呜呜哭："是不是人不在了？"

他急忙递纸安慰。岳父又拍桌子又挠头："除非是迫不得已，否则她不会放下这么重要的项目，一人跑出门的。"一家人又想到花末还怀着孕，闻着锅气都饱了。

饭桌上的菜从热到冷，岳母哭得背了气，只喝了点水。过了一会儿，老两口站起来，说下午去雍和宫，明天去潭柘寺。多荷果不再劝，草草扒了两口饭，三人一起离开。

多荷果等了三天。第三天夜里十点多，手机软件突然提示有人闯入。他忙点开软件，红外屏幕里闯进了一个男人。男人戴着鸭舌帽和眼镜，黑灯瞎火中坐在了沙发上。他环顾四周，视线似乎转到了佛龛，轻笑一声。他静静地坐了二十分钟。多荷果的心在这头狂跳，甚至不敢呼吸，怕呼吸声通过无线传到对方耳朵里去。

少顷，男人站起身，从怀中掏出了什么东西，对着空气切了几下。什么都没少，但那片空间变得更黯淡了。从黑白灰的录像中看，空中多了一个发灰的三角形。

接着，男人从三角形里拽出一条人腿，就像扯出一条金华火腿那样自然。男人拿出一些残肢，紧接着开始翻找，似乎在找什么。多荷果看过很多罪案现场照片和视频，大部分都是过去时态。在翻材料前，他一扫案卷提要，必然有心理准备。但此刻发生的事，还是让他心脏狂飙。他几乎就要立刻拨打报警电话，又转念一想，万一男人顺着这个空间进去，抓住花末做人质怎么办？正犹豫时，男人已经将那片三角形复原，一切如常。没有什么人腿。多荷果差点以为自己在看一出戏剧，刚才那些只是魔术效果。

多荷果吞下褪黑素，强迫自己入睡，这次他没能在梦里见到花末。花末和她的梦，都被锁在了那套房子里。他周围环绕着几个泥塑小像，正对他解一些偈语。这人说一句仙丹草，那人回一句大杜鹃。几道金光从泥塑中跳出，其中一个他认得，是金翅大鹏。醒来他仔细回忆，是那只端坐在释迦摩尼头顶的金翅大鹏，他和花末在山西古庙见过。不知是佛祖还是花末送来的金翅大鹏，可能是在安抚他。这是他第一个记住的，属于自己的梦。

他暂时没把录像交给警方。他们在一个大系统内，他担心他们会伤害花末的梦。他有可能会在这种未知中，永远地失去妻子。男人不会转移尸体，这样的高温，尸臭会很严重，不利于隐藏。但他应该很好奇花末的去向，他应该还会返回那套房子，不是为了看尸体，而是为了找花末。职业习惯让多荷果不由得开始琢磨，藏尸两年后尸体的状况。如果折叠空间存在，像皮包的夹层一样，那里是否可以逃脱空气和时间的作用，让尸体保持不腐。他放大视频录像细看，尸体并没有明显的腐烂。

多荷果委托私家侦探去调查了房东的背景，他将视频中的影像作了对比，是那个男人无疑。男人在一所重点大学里教物理，有自己的实验室和团队，发表论文若干，职业道路十分顺遂。失踪的人是他的妻子，两人在外人看来并无嫌隙。这一对夫妻和他综汇的那些案件不同，表面看，男人没有长期家暴的迹象。或许也有，但是女方从未报过案，也从未对周围的亲朋好友，甚至是父母倾诉过，一切都风平浪静。

但邻居却不这么看。自从和邻居老头接上头，独居的老头便总是发消息给多荷果。老头年轻时做过情报员，留下些职业病，退休后躲进自己的小楼成一统，秘密观察其他邻居。有时下楼，顺带瞟一眼别人家垃圾袋，分析这家人的衣食住行。老头一直觉得那男人有问题。

"每次在电梯里碰见，那男人都冲我笑。"

多荷果回："笑还不好？人家是出于礼貌吧？"

老头说："没事冲邻居笑什么笑，发神经。"

"怎么呢？"

"伊手头总拎着黑塑料袋，滴答滴答淌血水。有时在门口放久了也腥臭，有红洇出的。我也是好奇，有次伊没扣牢袋子，我看见里面装着一个毛绒绒的猫头，吓都吓死掉。从那之后，我再也不敢让我家猫去阳台。那里两边落地窗都能看见的，我真害怕哪天我家警长跑出去被杀掉。"

多荷果猛敲一下桌子："那个女的呢？那个女的怎样？这样也不离开吗？"

"不晓得。谁知道是不是一丘之貉，"老头继续发语音过来，"每次看伊，表情不咸不淡，倒是常见伊带猫回来。起初我还问伊猫猫几岁啦，伊含糊其辞。我半夜睡不着，有次念头上来，怎么他们收了那么多只猫，我在阳台上都没看见一只，原来都是被害死掉了！"

"你有没有跟警方提过？"

老头说："没有。我孤家寡人，他们年轻，我害怕报复的。"

平日里，这种事报警是没什么用，不过关键时刻可以作为辅助证据。多荷果想到案卷记录的鲁米诺效应，可能与此有关。如果老头提供的情报是真的，至少在杀猫时，那人还没打开那个折叠空间，不然他可以将猫的尸体放进去，不用一次次拎出来。

虽然有了证人证词和影像证据，但都不如尸体直接有效。如果男人拒不承认，审讯不出结果，老人也不愿作证，这将是个死结。贸然出击就是打草惊蛇。他必须想办法告诉花末要放弃那套房子，他不想和尸体生活在一起。他希望下班以后能够回到相对平静的生活。想起梦中看到的那个女人，他忽然觉得之前的无梦确实是福。

如果男人摸黑进门，他可以选择正午去那套房子，那样成功的机会更大一些。他继续让私家侦探跟踪，摸清了男人活动规律后，他挑了对方上课的时间，提前确定课表不会有变。接着他请了假，再次踏入那套凶宅。

上门前，他先给老头拎了一个庞各庄西瓜。老头这次收下了。两年以来，老头为有人可以一同挖掘这个秘密而感到兴奋，邻里间的顺藤摸瓜比大国局势更有滋味。

多荷果进了屋，小心套上鞋套。房屋的租赁合同依然生效，他并不算入侵民宅，反倒是那个物理教授有侵入民宅的嫌疑。客厅中，空气的气流与灰尘乱舞，周遭笼罩着闷厌的热。他开了空调，对着佛龛拜了拜，但没有拂尘。药师佛的蓝色琉璃在淡淡的浮尘下现出磨砂质感，他身上那些精致的璎珞似乎变成了缠绕的咒语。

多荷果坐在瑜伽垫上，小心地凑近那

条缝隙嗅嗅，没什么特殊的气味，也没有腐烂的气息。可这一刻他忽然懂了，为什么他一进入梦境就能看到那个女人，因为他正对的方向，正是尸体的所在位置。

他让老头一有动静，随时给他消息。很快，正午的睡意压倒恐惧，他在微凉的灰尘中睡去了。

光和影，是一对孪生兄弟，只有光下才有影，光会对影造成一定程度的扭转，影中的一部分也可以为光所破。光能够表现出干涉现象，也会表现出衍射现象。倘若用单色光束照耀圆盘，圆盘背后会形成阴影，如果仔细调节两者的距离，阴影中间会出现一个亮斑，这个斑点被称作泊松亮斑。而在精密地计算过后，泊松亮斑可以将空气烫出一个洞。用电子束先软化空气的壳，创造出一个小型雷暴场，之后发射高能粒子束，可在一定程度上将空气撕裂。这就烫出一个洞了。

当刘左峰用高能粒子炮反复进行迫击实验时，他没有想到，就在自己的家中，就存在一个天然撕裂的场。出实验室，看一眼手机，齐鹊又打了很多电话，估计核心主题只有一个，无非就是问他，处理好了吗？齐鹊的焦虑又发作了，她总是怕他的事情暴露。那又怎样？刘左峰嗤笑，他发那么多重点刊物，拿过那么多基金扶持，难道这些事就可以让他跌落神坛？痴心妄想。隔壁生命科学院的，光明正大做动物实验，没人说什么。动物为人类牺牲理所应当。到他这里，也是一样。

泊松亮斑，在这个最基础的光学知识中，刘左峰找到了不一样的灵感。他曾尝试用小型粒子光束照射流浪猫的瞳孔，并从中观察晶状体的波动，光波经过晶状体穿过猫头，形成的小孔会清晰地出现血色的球状光波，向外扩散，圆环交织，在墙纸上形成绝妙的红色亮斑。这是物质的洞，也是可以清晰验证的平行圆环。只不过他试过很多次物质交叠，测量并记录光的走向，却始终没有将空气撼动分毫。

齐鹊是低他两级的师妹，但专业不如他，努力倒是努力的，但天赋不够。最好的一点是，她很听导师的话，也痴心于他。嫁给他之后，为他到处换马甲收养流浪猫，或去市场买便宜的小猫。他当初看中的，也是她那看起来眼含秋水、人畜无害的模样。女人都差不多，他需要一个听话的。齐鹊早就知道那条裂隙的存在，只不过她不敢说或者存心不告诉他。那条裂隙足够他发重磅论文，拿重大项目，问鼎国际重要奖项。

有时候他会找不到她，往往是在那些实验过后，需要打扫现场的时候。他发过几次脾气，她也没什么声响。等到他清理干净，她不知什么时候又回来了，在厨房炒菜。时间久了，他疑心她去了哪里。他有时抓住她，摁着她的头，将她的脸贴在猫头上，让她的眼睛和残缺的猫眼对视。即使这样，齐鹊也没什么反应。他一度以为齐鹊被吓得失语，不得不抽出时间观察她，怕她发疯，毁了他的一切。可齐鹊还是那样淡淡的，似乎没什么反应。有时，他觉得她更像是一个仿生人，没什么情感，甚至觉得她是他的影，天生就该是他的配菜。他越想越舒适。每天齐鹊帮他整理实验记录，给他配好一日三餐。他应酬多了，有时彻夜不归，她也不说什么。那时她已经辞去一所二本学校的物理教职，只因他说在那样的垃圾学校里，出不了成果，纯粹浪费时间，不如给他做助理。说话间，他的手掐着她脖子，玩味似的，留下了三个淡红的指印。

齐鹃把他手指掰开，说，好。第二天她就打了辞职报告，之后专心给他做免费助理。他觉得这是笔划算的买卖，何况，他还想要个孩子。

有天，他拎着塑料袋下楼，看见隔壁老头对他探头探脑，眼神警惕。他下意识地挤出微笑，意识却在疯狂奔走。这个老头知道他在大学教书，平时一向很是客气，言语间还有些讨好，怎么忽然变了面孔？他仔细琢磨，思想的野马愈发脱缰。难道，齐鹃趁他不在家时与老头儿私通？或是向老头透露过什么秘密？怪不得她有时不在家，等他大发雷霆时又能及时赶回，她或许就在邻居家也说不定？他没有留意自己的笑容，嘴像被划开，咧到了耳后根。这个猜想让他的骨头隐隐发热。老头儿在他的视野中，慢慢瑟缩成一颗风干的橘，滚回了自家的房里。

那天夜里，他将齐鹃剥个干净，上下打量，并无可疑。他将她的手腕固定在头顶，狠狠侵犯她。齐鹃的喉头发出模糊的吱呀声，身体因猛烈的攻击而高高弓起，像被扔进油锅的活虾。有那么一瞬间，他以为她就要死了。等一切结束后，他瘫在一边，拿手糊过她的脸，发现那上面不仅有污物，还有更多潮湿的液体。他低声说，再哭，我就把你眼睛挖出来。

第二天，刘左峰从宠物店拎上来一只猫。齐鹃辅助他，还是照往常一样。在他清理的时候，她说出门倒下垃圾。他故意将厕所门关上，露出一条小缝。

齐鹃开了门，往厕所的方向看了一眼，又关门折返。瓷砖上滴了些血，她手里拿着什么东西，站在客厅中央发愣，甚至都没发现他就在身后。阳光分外浓烈，这也是他当初选择这套房子的原因，走进来，觉得一切都很光明。光，几乎是他的一切。接着，她将手中的东西投进空中。就在他的注视下，那样东西消失了。随即，齐鹃往前走了一步，似乎推开了什么，消失在了客厅中。眼前天旋地转，耳朵嗡嗡响，他感觉自己像被球形闪电击中，整个人烧成焦炭又全身涅槃。

等齐鹃出来时，他正坐在沙发上，全身不住地战栗。他站起身，一步步走向她。她第一次露出惊惶神情，和那些猫一样发狂。她的叫声也像它们。他看见缝隙中，有许多猫眼在闪烁。

花末去过几次大殿，想从女人那里知道出去的路径，可女人总是顾左右而言它，似乎觉得在这里孤独许久，有人陪她正好。花末最初看到这个房间的裂隙时，没想到进来会看见一个七零八落的女人。她记得女人的名字中似乎有个"鹃"。

花末坐在大殿的破蒲团上，隔着幔帐和女人聊天。她提到今年北京的夏天很热，以前能持续两三个月的杜鹃叫声，现在只能听见几天，说起她夏天在芦苇丛边看大苇莺喂大杜鹃。杜鹃们最喜欢寄生在雀形目小型鸟类的巢穴中，有些靠着自己近似猛禽的体型、姿态和花纹来吓唬那些育雏季的小鸟，迫使对方离开巢穴，再飞快地下一枚相似的蛋，或衔着蛋推进宿主的小窝。虽然大部分鸟类并不会数数，但为了保险，杜鹃们还是会吞掉对方的一枚卵或几枚卵。杜鹃性情孤独，经常能听见它的声音，不仔细找很难看到。女人没有回应，花末就一直说，都是些散碎的闲话。

女人似乎有了些兴趣："我名字里有杜

鹃的鹃字,但我还从没有见过任何一只活的杜鹃。这么想想,真是白活了一遭。"

花末赶忙给她变出几只杜鹃来看,大杜鹃、四声杜鹃、八声杜鹃、噪鹃和鹰鹃。

女人问她的城市建得如何,花末邀请她去攀雀巢看看。女人看着自己被缝合的身体,摇了摇头,她怕自己走不了几步就散架了。

花末说:"我怀孕了,我家属着急买房子,我们不得已才找到了这里。我起初说他鸠占鹊巢,现在进来一看,一语成谶,恐怕我的工作也完了。"

"你怀孕了?"女人声音有了波澜。

花末点点头,看帐中飞出的乌鸦落在膝头:"即使在梦中盖起我的雀巢,也有种杜鹃寄生的不真实感。况且一直住在梦里,孩子能不能活下来,还是个问题。"

过了片刻,女人开口:"我死时也有个孩子。"

花末坐直了身体,轻抚乌鸦的头,她此刻想扭转,又不敢发出声音。

女人说,孩子当时快四个月了。刘左峰一直想有个孩子,但她一直在想办法抵抗,躲避他的控制和歇斯底里。从他第一次在她面前杀动物,她就有预感,这种事早晚会落在自己身上,有了孩子也不会有任何改变。出于羞耻,她不敢跟任何人说,怕别人的同情、怜悯或隐隐的幸灾乐祸。她的证件都在他手里,他也知道她所有家人的住址。她必须要想一个万全之策,她要全身而退,最好还能让他身败名裂。为此,她默默搜集证据,东躲西藏。起初她有单位,还能在办公室躲一躲。回到家中,几乎是无处可藏。有次没按时吃避孕药,当验孕棒验出两条杠时,她眼前一黑,恨不得从楼上跳下去。然后,她就发现了那道缝隙。

趁他在洗手间清理血迹,她拿来他的小型粒子炮一试,缝隙竟然扩大了。再往里探,那里竟是一个透明的空间,在光的散射下,能够清晰地看见光线的分界。她连忙探进去,缩起来,感觉像回到了母亲的子宫。之后,刘左峰从洗手间冲出来喊她,大踏步经过她身边,却看不到她。那一刻她浑身发抖,眼泪根本止不住。她觉得她终于得救了。

花末听罢,呼吸困难,手脚冰凉。她抬眼一看,女人已从幔帐后走出来,平坐在地上,脸上的伤口在昏黄的光下看起来没那么骇人了。她说,谢谢你给我搭的这座大殿,让我看到了物质的另一种可能性。花末抬头看见沉睡的蝙蝠,不断有松香味的灰尘掉落。这个地方快撑不住了,女人最后的意志也要消亡了。

花末赶忙问她,那裂隙是怎么回事,她有什么可以出去的办法。

女人的眼睛亮了:"在狭义相对论中,光的速度是恒定不变的,即使在真空中传递的速度也恒为 C。但我们在相对压缩的空间中,经历的是膨胀的时间。我们进入的这道裂隙,相对外界来讲,是压缩的空间。在这里我们经历的时间,也比外界要相对缓慢。这条缝隙可能源自于空间的叠压,经过光的双折射,露出了端倪。MM 实验证明了以太不存在,但透明的空间或许是存在的,还需要进一步论证。当然,我不想让刘左峰知道这些。我恨透了他。自从我发现了这里,就会把猫的眼睛或者耳朵偷出来藏进这里,可能潜意识里是一种赎罪吧。这里的时间相对外界更慢,腐烂也发生得更慢。可惜,那些证据都被他毁掉了。"

"有一个最重要的证据没有被毁，你的尸体。"花末惊异于女人思维的清晰。女人被杀时，大脑还未完全死亡，头颅就被抛入缝隙中掩盖。残存的意识被此处空间捕捉，形成了回响。仅凭这残存的意识，就足见女人的聪慧。

"这条缝隙可能是天然的，只不过我用粒子刀切割后，稍稍推进了它的扩容。刘左峰将我的尸体塞进来，也增进了空间。但之后他并没有任何行动，可能是怕事情败露。你们没有粒子刀，没法切割空间，你是通过梦这种潜意识进来的。任何静止有质量的物体都不能超越光速，但如果不考虑人类大脑的质量，梦或许是无质量的。那么大胆反推，你的梦超过了光速，跃进这道裂隙，你将梦里的城市完全固定在此处，成为了有质的存在。但我不明白为何裂隙将你也吞了进来。也许是这个空间正在膨胀，你进来了就出不去。"

"就像孟加拉虎学会了吃人。"花末回一句，"现在有什么办法能出去吗？我想把你带出去。"

如果空间继续膨胀，不仅是死去的女人、花末，这套房子也将消失。刘左峰应该计算过裂隙的膨胀速度，他知道这套房子将会消失，才会来急脱手。

女人低头，手指绞着自己的长发。她身上的伤痕逐渐褪去，她的意识正如流沙般消散，她的欢乐与痛苦都将不复存在。花末站起身，走到她身边，轻轻碰碰她的手。女人再抬起头，眼睛不复青肿，黑瞳如明珠，将大殿的永夜照亮："有一个办法。"

这两年来，她残存的意识不断计算闪回，除了躲避生理的幻痛、麻痹精神的痛苦，也是为了这一刻筹谋。她向四周指去，大殿的房梁、墙壁和地板上，出现了密密麻麻的公式。

这次进来，多荷果没有看见大殿。他坐上花末梦中的蒸汽绿皮列车，上下穿行，寻找合适的站台。没有人报站，他只能琢磨相应的地点。周围都是些看不清面目的人，营造出拥挤的感觉。老式的铁闸门缓缓拉开，墙上的机械表整点报时旋转，他坐在绿油油的皮座上，喝不知从哪儿来的橘子汽水，嗑正林西瓜子，小餐桌不断变出各样美味的零食和小吃。窗外依次掠过横断的峡谷，千年的冰雪层，伸手就可以摸到浓郁的雪白。

下一秒，火车忽然脱轨，向冰瀑撞去。他闭上眼睛，拉开滑翔伞，在云端上遨游。下方是蛋糕般的流体雪峰，融化的雪瀑从高处坠落，飞出万千朵北长尾山雀。风中有奇异的香，像是成群结队的松木滚下悬崖瀑布，松木撞击在山崖，新雪散落飞溅。松油凝固，放大出雪花的形状。广阔，精妙。一想到那女人说如果强行带走花末，这一切就可能坍塌，他有些惋惜。他周身变得雪白，眼睛似乎能望见遥远雪峰上的金光，很快他变成一只雪鸦，越过风雪，衔着松枝飞入一座古塔。

雪峰不断坍塌，气温越来越高。他钻入古塔，很快，在塔的第三层，看见了头戴帷帽、身着唐装的花末。花末看上去大汗淋漓，一脸焦急的样子。他带她进了塔内的一座隔间，温度霎时低了几度。花末经历过相似的情景，多荷果请她喝了美味的红茶，她请他吃了绿豆凉糕。多荷果将绿豆凉糕变成了透明的小绿松鼠，吸入口中。随后，多荷果拿出一张松笺，上面用红字写着："揭谛，揭谛！"

花末当时不明白到底是何意，如今探明正果，也无怪当时的多荷果醒来什么也不知道。那时的梦正是此时的投影，是梦焚毁时发出的警告，让她必须离开。

女人告诉她，依据质速公式，物体的运动速度越大，它的质量也就越大。花末本身是有质量的，如果想带着女人的尸体从这个裂隙中逃脱，必须想办法创造出一个加速度，趋近于粒子加速器的速度，将裂隙重新打开。同时，必须让多荷果从梦中醒来，在现实中拖她和尸体出去。如今花末的梦是有质的存在，也可被潜意识捏塑。如果她能下决心把梦毁掉，将梦里的山河湖泊全然摧毁，把可燃物通通点燃，制造出类似小行星撞地球的末日场面，梦便能在摧毁中获得加速度，才能让花末冲出裂隙，完全醒来。

因此，花末让那辆绿皮列车不间断运行，摩擦轨道生热，铁轨连接处断裂。绿皮火车作引，冲下山谷，撞裂冰瀑。这就是多荷果来时看见雪峰在融化坍塌，松木成堆滚下的原因。后羿在梦穹里摆上几枚太阳，梦境燃烧，蝉鸣难熬，花末的梦正在沸腾。

付出这么多努力，连梦也拴不住。花末深深叹口气。随着最后一片雪花溶入红茶，多荷果透过窗棂，看了看满天嘶叫的雨燕，不由对花末说："那我们再走一走吧。"

花末欣然应允。她正不断分裂，奔往各个方向，在她细细打磨了近三十年、可能婴儿时期就在幻想的世界中行走观望。以多重身行百千亿步，感官叠层不断增厚，变成蜂巢状来储存风景。她四处摘取钟爱的表象，把它们扔进她早建造好的雀巢中，好似普罗米修斯盗取火种。

女人给了她一枚 CPT 原子钟，遇害时，她手腕上正戴着这块表，是她学术生涯最重要的纪念。然后，乌鸦们缝起来的女人崩落一地，烟消云散。花末把表揉碎扔向空中，原子钟化作无数只杜鹃，叫着"布谷布谷"飞往梦的各处，开启最后的倒计时。女人叫齐鹃，由于原子钟的存在，她一直知道外界的时间。花末和多荷果不敢深想。

两人回到了最初相遇的那片冰河。随着梦温上升，冰层逐渐融化，水面开始沸腾翻滚，无数鱼被烫得跃出水面，又被各种鸟扑来捉走。更大的爆裂纷至沓来，黑紫色的阴云于北面天空凝结，蓬松的白色鸟浪冲散了连绵的云朵。球形闪电横空劈下，鸟儿如暴雨砸落冰面，落在肩头和怀中。花末指着远处的雷暴云，说她在大西洋最西端见过这种自远处海面逼近的雷暴云，当时岸边是晴天，能清楚看见雷暴云下的雨线。梦的末日来到，她很高兴能复刻记忆，还能做得这么拟真。

多荷果握紧了她的手："至少我们还有孩子。"

花末擦擦眼睛："那不一样，你不明白。"

两人转身，身后出现了花末的攀雀巢。这次看到的攀雀巢几乎吸纳了那棵撑住它的树，花末偷藏起来的表象将攀雀巢喂得如摩天大楼。不断坠落的鸟儿很快覆盖了攀雀巢，有各式各样的鸟，存在于现实或想象中。它们用各色的眼睛盯着她看，她张开手臂，扑到它们身上，最后贴一贴。众鸟幻化为一只闪耀的巨鸟，她将头埋入其胸羽中，贴着它滚烫的皮肤。它的皮肤极细而薄，由于血管丰富，加上剧烈的心跳，温暖的皮肤呈现粉红。四声杜鹃原子钟叫着"布谷布谷"从天际飞过，多荷果必须要离开了。

多荷果看见花末越变越大，花末用手指拎他起来，将他拍扁，再折成一支鹤形箭。加速度就是引力，引力带来空间的弯曲。空间的弯曲将慢慢拉成满弓，将多荷果按在弦上，发射了出去。多荷果只感觉到周边的热浪几乎把耳朵割掉，周身如蜡融化，他尝试低头看花末，花末、巨鸟和鸟巢都已化作遥远的小点。在他彻底融化后，他猛然惊醒，热汗淋漓。他坐起身，眼前的裂隙隐隐发出红光。旁边有人轻咳，他扭头，一个中年男子正坐在沙发上，饶有趣味地看着他。是刘左峰。

刘左峰手里玩弄着一把银色的小刀，像切西瓜那样对着空气划了几刀。多荷果看见空气碎掉几片，有热气从破口处袅袅升起，再看地板上的空气，慢慢凝固成金色的小点。刘左峰已经把空调关了，多荷果更加燥热，黏腻如蚯蚓从脖颈后爬过，他不自觉地抖了一下。大脑告诉他要装傻，他尝试开口："您是？"

"我姓刘，是这套房子的主人。你不用跟我装傻，我就问你，你媳妇儿去哪儿了？"

"我不太清楚。"他揉揉眼睛，站起身，打了个哈欠。

"不知道还会回到这儿？"对方冷笑道，"现在不应该到处找人吗？"

手机一直在响。多荷果瞥了一眼，是老头一直在提醒他那人进门了，问他现在情况如何，要不要报警。到底是哪个环节出了问题，怎么刘左峰会突然过来？还没来得及细想，刘左峰走到他身边，用小刀抵住了他脖子。

"你干什么？你可别乱来！"多荷果差点说出有监控，他咬了下舌头，吞掉了后面半句。这不是普通的刀，对方如果动手，不是捂住颈动脉就能解决的事。

"这两年，我一直在观测这道裂隙里的引力场，直到它前段时间吞进了一个大质量物体。你告诉我，那是什么呢？"刘左峰的声音有点阴柔，跟多荷果想的有些不一样，"我很不喜欢别人撒谎。"

多荷果的汗变凉了，他要为花末多争取点时间。他的世界里，没有原子钟，也没有纳米尺。他装作思索的样子："鲸鱼？"

"……"刘左峰没有回答，在他的胳膊上划了一刀，蚀骨的刺痛。多荷果胳膊中间的肉少了一小条，皮肤之间出现了真空，血正不断从切面涌出，又被什么阻隔，只滴了几滴在地板，但痛觉无法骗人。

多荷果吃痛，和他厮打起来。刘左峰看似躲闪，实际不断用刀划破空气。多荷果感觉似有玻璃子弹插入体内，那些坠落的空气碎片擦破他的脸、手臂和脖子，这样杀人的确不见痕迹，刀刀只入虚空，血却真实流下来。多荷果的血凝固在脸上，刺痛几乎让眼睛睁不开。他开始叫喊，如果老头儿在偷听，想必这时已发现了险情。他逐渐抵挡不住，他需要帮手。

刘左峰占了上风，一边喘气一边说："你抵抗也没用，早晚会死。裂隙正在膨胀，今年夏天温度反常，室内的空间比以往更加脆弱。过去，粒子刀只能勉强切开一部分空间，现在这里的空气脆得像渣一样……"

多荷果忽然感觉身后温度骤然升高，他松开刘左峰，用力甩开他的撕扯，向门口跑去。刘左峰没反应过来，被他拽了个趔趄，摔在瑜伽垫上。下一秒，空中炸开紫色的烟花，白色的火焰轰然腾起，瑜伽垫也连带着燃烧,红黑的火舌迅速爬向刘左峰。多荷果迅速打开大门,向外大声呼救。老头也打开门,拿着笤帚冲出来,胳膊哆嗦着,帮着他在楼道里上下呼救,很快拨了119。他抓着多荷果说,警察马上就到。

刘左峰在地上打滚,多荷果冲进洗手间接了盆水,用力泼过去。刘左峰如一块嘶嘶作响的淬铁。一个熏黑的人从残火中冲出,头发被烧了一半,花末还穿着走时的睡衣,给火燎得破破烂烂。多荷果赶忙迎上去,脱下衣服帮她遮挡。花末说,感觉自己是从烤炉中逃出来的烤鸭。

年轻的民警赶到时,还以为只是一桩纵火案,直到他看见满地的人体组织。

两年前,刘左峰看见那些被齐鹃小心藏在裂隙内的证据时,愤怒与喜悦同时袭来。那的确是一个独立的空间,里面的猫眼睛没有腐烂,或者腐烂缓慢,这也就意味着,裂隙内的时间与现实的时间是两个时间。他抓到了齐鹃背叛他的证据,隐瞒裂隙的存在比绿帽子要难忍得多。这是原则问题。齐鹃的价值到此结束。他不需要再用流浪猫做实验了,他想要的就在眼前。他失手,他是这么说的,在与齐鹃的打斗中,不小心刺伤对方,造成了对方的死亡。但法医说,齐鹃的头更像是在一个截面内被猛烈截断的,就好像是古代的砍头。花末和多荷果猜测,是刘左峰将齐鹃用力挤进裂隙所致。

不久,刘左峰为了观测空间的可容性和连续性,将她的身体拆分,逐一放进了裂隙内。光能为空间提供热量,也能修复失去的空气薄膜。那个月,他家有异常用电指示,没有引起任何人的重视。光是完美的杀手,也是出色的隐匿,如果多荷果没有决定买房的话。

刘左峰对自己的成果是满意的,觉得这是最好的一次实验。在裂隙莫名膨胀吞下花末后,他远程观测到了异常波动,但不明白为什么裂隙会突然膨胀。之前裂隙确实出现了持续升温的趋势,根据计算,它会在未来两年的某时吞掉这套房子,膨胀后也许会塌缩,那时一切都会暴露。因此,他早就想好了脱身之计,只是没想到裂隙的膨胀突然加速,这让他坐立不安。直到警方给他打电话,说又发生了一桩室内失踪案。他当天就打包好行李,买了出国的机票,但又实在想留下来,看看到底发生了什么。

事情发生那天,裂隙内躁动不安,他在电脑上收到了警报,立刻将课交给助教,飞快赶回家中。看到多荷果躺在瑜伽垫上睡觉,他明白对方肯定知晓了一切。刘左峰觉得,自己败就败在好奇心和对知识的探索欲上,就像童年第一次从猫的眼睛里看见琥珀色的亮斑,心中钻出蚯蚓,那种黏腻松软的悸动。直到最后,也没人告诉他,花末是做梦进去的,也是花末梦中城市的末日,导致了膨胀的加速。这或许是除了死刑之外,最好的惩罚。

花末和多荷果洗清了纵火嫌疑,告别那套房子和隔壁老头,卷铺盖回到三十平方米的宿舍。花末来不及补梦,工作上的延误已多到爆炸。她努力回想梦中攀雀巢的架构,在图纸上反复修改。当日,她进入那只巨鸟的胸腔,鸟儿将她搂在怀中,帮她躲过了爆炸。她没有再做过梦,更没法去找劫后的攀雀巢,甚至不知她的攀雀巢是否还存在。醒来后,她常常怅然若失,有时觉得睡眠饱满,有时觉得完全没有睡过。她好像是一个被削去了奶油的奶油蛋糕,彻底成了平庸的海绵坯子。多荷果安慰她,无梦是福,总比入梦后看恐怖片好。花末托着腮:"可我觉得跟齐鹃聊天很有意思,她给了我很多灵感。如果不是她,我至今还被困在梦中。"

她没有告诉多荷果,在那无限的时间和空间之中,她觉得自由幸福,再也不用担心醒来就失去她的世界,可以在梦中任意建造,没有甲方和开不完的会,更不用想起有孕在身。有时她想过,如果真的能和杜鹃一样寄生在宿主的巢中,或是把孩子放在梦中的攀雀巢中长大,那真是再好不过。花末只能在梦中想想。

齐鹃倒是听得如痴如醉:"嗯,虽然这样死了很不甘心,但相比之前,我拥有了完全的自由。"

花末最后问她:"还有什么遗憾吗?我能不能帮到你?"

"多去看看杜鹃吧。下辈子,我想做一只杜鹃。"

由于裂隙和空间的事在业内传开,花末有了些奇怪的声名。她在梦中不断复演的建筑草稿,去除了很多设计上的缺陷。攀雀巢的项目很快落定,最终的成果不知什么样,但永远不会和她梦中的一样。

怀孕的月份越来越大,项目完结,她提出了在家办公,不定期去设计公司。她去齐鹃的墓上送了花,黑白照片上的齐鹃看起来更加温婉,四周很安静,枫叶飘几片,覆盖在墓碑上。时间来到秋的末尾,杜鹃应该早就飞去了南方。花末回到家,给小佛龛拂尘,给药师佛浴身,青琉璃的宝光体,看起来无坚不摧。多荷果依旧在加班,写的案例中多了一个刘左峰。花末独自入睡,祈祷能早日回到自己的世界。

临产前,花末发现自己置身汩汩的水流中,清泉有如海蓝宝石,闪着灼灼的光。这水流环绕着纵向的太湖石向外淌去,她踏着水流向外走,甚至能闻到这水流的香气,柔软在体内流转。她恨不能扎根在这水中央,永求润泽。

右面山崖有些长臂猿在林木中穿行,其中一只冲她笑嘻嘻伸出手掌,正是多荷果。她伸手一握,被提至林间,足下的清泉滴落丛林。猿猴正攀林过木,多荷果绒绒的毛发贴着她,痒酥酥的。她说,不如我们在这通天的林木间做一处吊巢,临水而居,每日都可在这泉水中濯足。多荷果点点头,用猿声唱歌给她听。他们一同去山林间采集柔软的枝叶,开始围绕着最高的那棵大青树打旋。他们不断建巢,甚至忘了猿群早已离他们远去。花末在巢边缀了许多可口的酸枣,伸手可吃,引来无数林鸟。

眼前这只乌黑的猿对她露齿微笑,她伸手抚摸多荷果被藤蔓和林木刮出的伤痕,伸出的手变成了米黄的猿掌。两猿摘着酸枣吃,偶尔攀下饮几口泉水,清冽甘甜。彼此拥抱,通体干净,猿毛蓬软。她不禁叹一句,若是能留下来就好了。霎时,天雷滚滚,梦境开始摇晃。他们的巢不断掉落,两只猿掉下大青树,向泥沼堕去。

截岔往事

孙 频 《十月》2024 年第 4 期

推荐语

孙频《截岔往事》细写山谷盆地上的七个小小村落，关涉其地貌，其劳作，其风情，精密地完成了小说空间的构造，又于此上述往事，说恩怨，讲和解，在饱满的时空背景下探讨人性深处深藏的委屈，隐秘的欲望，艰难的宽恕，尝试在一个个具体的情景中走进更广大的心灵世界。（黄德海）

1

这世界上的河流基本都是亲戚，血脉相连不说，最终还会相聚到同一个地方。文谷河是这个河流家族中最平凡的一条河流，它时而爬行时而直立行走，从阳关山的峰顶慢慢溜达到了平川上。虽说路途遥远，但它一路上也没闲着，收留了无数条小河，像什么葫芦河、西冶河、中西河、峪道河、禹门河、董门河、向阳河、孝河，这些小河又收留了无数条无名涧溪和泉水。最后，这张河网就像一片巨大的树叶悬挂在了阳关山上。

逛着逛着，从文谷河就逛到了龙门口，这是一个狭窄的谷口，一出谷口，就进入了截岔。

所谓截岔其实就是一个端坐在山谷中的盆地，是文谷河、中西河和西冶河三河交汇的地方，故名截岔。山中其他地方只能种植莜麦、土豆和南瓜，而截岔地区则因为气候温暖潮湿，再加上水源丰富，不仅可以种植小麦、玉米、豆类和谷子，竟然还可以种植水稻，且一年两熟，所以那时候截岔经常以"山上江南"自居，且面无愧色。如果一个人本来正在遮天蔽日的原始森林里走着，走着走着，穿过一个山谷，忽然看到前方卧着一处巨大的盆地，盆地内不仅装着大片碧绿招摇的水稻和麦田，还装满了苹果、葡萄、梨、西瓜、香瓜之类的瓜果，心里不免还是会有一点恐惧的，就像误入了由山鬼变幻出来的深宅大院，虽雕梁画栋，却多少散发着一种阴森感。

事实上，这截岔盆地是整座阳关山上最富庶的地方，没有之一。平川上的人们说起我们截岔的时候，称呼为"截岔上"，这是一种略带歧视性的称呼，以示作为山区的截岔始终无法和平川处在同一个空间里。而当住在深山里的山民要去截岔赶集的时候，则会说"下截岔去呀"，"呀"这个感叹词里兜着一种撒娇式的欢喜，因为河流下游代表着文明和富庶，何况截岔盆地里不仅装着七个村庄，还装着一个武元城，武元城里逢月赶集，还有一年一度的庙会，是所有山民期待的盛大节日。

武元城也是文谷河的出山口，从这里出去，文谷河就缓步进入平川地带了。从唐朝开始，阳关山上砍下的木材都是通过编木筏的形式，顺着文谷河漂下来，一直漂到武元城的响泉滩上岸，久而久之，这里便形成了一个木集，木材商和方圆十几个县的老百姓都要上这里来买木料。雍正年间，这里成了一个税口，开始征收木税，成为税关之后，人烟也随之稠密了起来，慢慢有了寺庙、道观和戏台，寿宁寺里有一座七层白塔，还有一座四圣宫，里面供奉着尧、舜、禹、汤。圣人扎堆，很是热闹。两条街上也有了饭店、车马店、骆驼店、理发店、中药铺、染坊、旅店，因为用木材方便，所以很多店铺是用木材搭建起来的，后来又有了城墙和城门，随之孕育出集市和庙会。这里俨然是一座藏在深山中的袖珍木城，木城里最多的就是木料，一层摞一层，木塔一般林立在城中，小孩子们最喜欢在那玩捉迷藏，和迷宫一样。那时候无论是民间还是庙堂，建筑的灵魂都是土木，对木材的需求量很大，直到民国年间，税卡废除了，武元城不似从前那般热闹，但新中国成立后成立了木材公司，而木材公司的中转站就设在了武元城，所以林场的木材还是要编筏送到武元城。

截岔的性格和平川不同，和深山老林也不同，平川有点"滑"，深山老林有点"愣"，而截岔的性格是豪爽、慷慨，还有点好斗。比如在平川上，你只能看到包在最外面的一层泥土是什么颜色的，土的下面埋着什么就不知道了，但在截岔不同，它会肝胆相照地让你看到，埋在下面的地层依次是，元古界长城系，下古生界寒武系、奥陶系，上古生界石炭系、二叠系，中生界三叠系及新生界第四系，甚至让你看到它的基底，是太古界河口的古老变质岩系。这些多少亿年前的古老岩层就袒露在盆地的盆沿上，这是拜侏罗纪时期的燕山运动所赐，当时岩层发生了剧烈的挤压和断裂，从而形成了这个盆地。我小时候在截岔盆地里游荡的时候，无论往哪个方向走，迎面碰到的都是这些古老的时间巨兽，你不得不去仰视它们，敬畏它们，然后在它们的威严下屏息而行。

我出生的那个村庄是个独家村，像颗坚硬的牙齿，孤零零地长在河滩上，村里只住着我们一家三口以及一头牛、一只狗和十只鸡。后来我才知道，这里原本是荒滩上的一块空地,我父亲当初离开截岔盆地之后,便来到这空地上盖了两间房,垦了几亩地,养了一头牛,收留了一只流浪狗,后来又娶了个媳妇,就变成了一个迷你村。虽是独家村,父亲还是郑重地为它起了个名字,叫小虎村,这大概是世界上最小巧玲珑的村庄了,而在我出生之后,我的小名也叫小虎,这小小的村庄倒像是父亲送给我的礼物。

我很小的时候父亲就给我讲过,他本是出生在迷虎村的,曾经的截岔七村之首,到我出生的时候,迷虎村已经是一片废墟。我试图去想象过它曾经的样子,一个多自信的山村才会被这样认为,连老虎都能在此迷路。而小虎村听上去更像是迷虎村留在世上的一个孩子。

截岔七村皆是沿文谷河而建,随河蜿蜒,像排列在截岔盆地里的北斗七星,又似被文谷河串起来的七颗珍珠。据父亲说,当年每个村的村口都有一座水磨坊,一半身子站在河岸,一半身子跨在河中,每座水磨坊都有自己的名字,像什么丰盛磨、三义磨、永丰磨、大兴磨、和盛磨。水磨坊曾是一个村里最热闹的地方,商量婚丧嫁娶之类的大事都要坐到里面,小孩子们则欢呼着跑出跑进。因为面粉飞扬,水磨坊里终年像在下雪,所以从水磨坊出来的男女老少个个是白头发白胡子白眉毛,倒像是圣诞老人存储盒,从里面取出来的全是型号不一的圣诞老人。即使出了截岔,再往河的上游走,只要河边有村庄,就一定有水磨坊,从截岔到阳关山顶峰,这一路简直就是一个水磨坊博物馆,陈列着各种款式的水磨。

父亲小的时候,还是典型的农业社会,对农民来说,没有比土地更宝贵的东西了。

截岔盆地因为四面环山,种庄稼的又只能在河流两岸的河滩地,所以土地就分外金贵,可以算得上是寸土寸金。山民们把那些旱涝保收的水浇地称为是"刮金板",可见对其的珍视程度。父亲说,那时候截岔盆地里流行一句话:"生是本村的人,死是外村的鬼。"就是说,人死了以后因为舍不得埋在本村的水浇地里,只能埋到荒僻的山林野地里,做个山林中的游魂。

为了引水浇地,截岔七村专门开了一条引水渠,因为共用一条水渠,截岔七村不仅多结为水亲,还时常打水仗,甚至还打出过人命,也是在打水仗的过程中立起了"截岔王"这样的彪悍人物。水亲以水结缘,几个村往来密切,常结为儿女亲家,每年农历的七月初二,截岔七村的人会集体前往武元城赶庙会,白天踩街,看高跷看旱船,晚上坐在戏台下面听大戏。

但一到了枯水期,七个村把脸一翻,谁都不认谁了,扛起铁锹和锄头随时准备打水仗,甚至还会通过"油锅里夹铜钱"这样的险招来分水,夹起几枚铜钱,就能分到几股水,据说,为了能给曲里村分到更多的水,截岔王在油锅里夹铜钱的时候,把自己的两根手指都炸熟了。

分水的前提是,每个村都在村口建了座拦水坝,如果最上游的迷虎村把水拦住,那下面的几个村子就无法浇地,庄稼就可能要旱死,所以上游的村子一浇完地就得赶紧开闸放水。但在枯水期,每个村子都想把水拦住,先把自己村的地浇足再说。于是后来,各村达成一个协议,就是轮着浇水,轮到下游的村庄浇水的时候,上游的几个村庄都得把坝打开,好让河水通过。

即使达成了协议,还时常有人在半夜偷水,就是悄悄把河水又拦截住,或是把别的村的水坝打开，所以当时有一种职业应运而生，就是看水人。看水人一般都是兼职，且身份琳琅满目，曲里村是截岔王亲自出马镇守，塔上村派出了截岔有名的中医郝树志，因为他医术医德俱佳，截岔人看病都得有求于他，谁还好意思从他眼皮子底下偷水，柏林村则是放出几个黑皮，就是小赖皮，南堡村派出的张有德身上背着自制的炸药包，往河边那么一杵，颇有水王的气势，恐怕截岔王要不服气了。

每年的七、八月份，河水到了汛期的时候，就是沿河的那串村庄喜忧参半的日子。喜的是，汛期的文谷河不仅特别肥，还很仁慈慷慨，像圣诞老人一样，总是会从上游捎下来很多礼物，上好的松木，胳膊腿儿还囫囵的家具，成捆成捆的柴禾，牛羊的尸体，还没来得及刷漆的空棺材（反正最后谁都要死的，省得再雇人割棺材了），磨盘大的南瓜像童话里的南瓜马车一样从上游驶下来，大葫芦也跟着漂了下来，上面骑两个人不成问题，有时候还会漂下来一座完整的水磨坊，当然里面没有磨盘，还有的时候，会漂下来个把死人，脸朝下，静悄悄地浮在河面上，状如一段阴森的浮木。

每到这个时候，截岔七村的人便倾巢而出，都在河边守着，等着收文谷河捎来的礼物。位于上游的迷虎村自然最占便宜，可以挑拣些称心的礼物，比如木料啊、柴禾啊，大南瓜啊，空棺材留着也不错，谁家还没个老人，至于那些破烂家具，死牛死羊和死人就留给下游的那几个村庄。但文谷河向来是有公心的，喜欢尽量做到不偏不倚，它在经过迷虎村和大塔村的时候，尽管捎来了不少礼物，却也会顺便把河滩地里长着的那些南瓜、金瓜、西瓜、香瓜、葡萄、苹果当作礼物捎走，带给下游的那几个村庄。

所以下游的南堡村和柏林村都懒得种西瓜，因为即使不种西瓜，每年夏天照样可以吃到又沙又甜的大西瓜。等河水开始变肥变宽的时候，下游的村民们就蹲在河边，手搭凉棚，翘首等待着西瓜队伍的到来，等着等着，就看到碧绿滚圆的大西瓜排着队下来了，赶紧伸出捕鱼的家伙，西瓜可比鱼好捞多了，傻呆呆的，一捞一个准，如果在这里漏了网，那西瓜就跟着河水赶往武元城了。偶尔，在捞西瓜的时候会捞起一个光屁股小孩，就好像在西瓜里长出了一个小孩，原来是在河里耍水的小孩，头上戴了半只西瓜皮，本是为了遮阳，却被当西瓜捞了起来。

不过，如果你以为文谷河总是这么慈眉善目得像个圣诞老人，那你就错了。它可是一条河，有着河流难以被驯服的野性。一到雨季，如果连日下雨，就可能酿成洪灾，洪水从山上奔腾而下的时候，状如饥饿的猛兽，会张开血盆大口，见什么吃什么，直至吞噬掉河流两岸的一切，房屋、田地、村庄、树木、动物、人。

二十世纪七十年代因为屯田垦殖和冶铁的需要，阳关山的林木被过度采伐，最终导致了1975年的那场大洪水，而迷虎村就消失于那场大洪水。在截岔七村里，迷虎村是离文谷河最近的，所以淤田最多最肥沃，但也最容易受灾，那场大洪水不是卷走两座房屋几亩淤田就作罢了，而是，它轻而易举地把整座迷虎村给端走了。洪水撤退后，迷虎村已被夷为平地，河岸的肥田也被厚厚的淤泥覆盖，多年被驯化和养护出来的良田，眨眼之间又返回蛮荒了。往年也有大大小小的洪灾，都是在洪水过后开始修补房屋，重新垦田，但那一次的洪水实在是太凶猛了，卷走村庄不说，还卷走了十几个人，而迷虎村已经不是修补的问题了，是整座村庄都得重建，淤田也全部需要重新开垦，而最最关键的问题是，洪水是年年都要来的，今年重建了村庄，开垦了淤田，到明年发洪水的时候，又得一切从头开始，年复一年，永无尽头。所以，在那次洪水之后，上面就做出了一个决定，那就是，迷虎村整村迁移。

后来偶然的一次机会，我从柜子深处翻出了一些爷爷留下来的遗物，那些遗物是被父亲藏在那里的。遗物中有一些纸质的资料，已经发黄了，我看了看，大概是那次大洪水之后整村迁移留下的资料。当时的安置原则是"上山不出口，东西两葫芦，分散不集中"，就是说，不打算再集中建村，而是要把迷虎村的村民分散到不同的村庄去，且不许下平川，只许村民们去往海拔更高条件更艰苦的中西川和葫芦川。大概是在迁移的过程中出现了不少问题，发现实际难度远比想象得要大，所以后来松了些口子，又允许少部分村民下山，迁徙到了平川上。我在那堆资料中发现了一张"迷虎村移民迁居录"，在那份名单里，迷虎村的三百多号村民被分散到了山上山下的五十多个村庄里，有的去了平川上的义望、洪相、广兴，有的去了西社、横岭，有的去了条件艰苦的古洞道、苏家岩，还有的去了阳关山海拔最高的庞泉沟，那里的积雪终年不化，一年有八个月需要在屋里生火炉，六月份的时候还在穿皮袄。在那名单里，居然还有几户迁到了河北、山东，甚至有一户迁去了遥远的江苏。

那张迁居录令我久久难忘。有的村庄只迁过去一户人家两口人，甚至有个叫代家庄的村子，已经快到古交的地盘上了，只迁过去一口人，八成是个老光棍或老寡妇，这样一个老人背井离乡，迁往一个人生地不熟的村庄是如何生活下去的，实在难以想象。还有那迁往外省的几户人家，对于几乎没出过山的山民，又是怎么一路千里迢迢寻过去的？在这份迁居录里，还有少数幸运的村民就近留在了截岔盆地里，被分散到了其他六村，其中就包括我爷爷一家，仅仅是从迷虎村迁到了曲里村，而曲里村的淤田数量仅次于迷虎村。

我出生的时候，我爷爷已经死了。那是在洪灾之后，我爷爷带着奶奶和我父亲兄妹三人迁到了曲里村，开始在曲里村盖房垦田。一天，都到黑夜饭时了还不见他回来，父亲便赶紧提着手电筒出去寻找，事实上并不难找，他就光明正大地躺在刚垦了一半的水田里，后脑勺上被砸了个大窟窿，流出来的血已经凝固成猪肝色，估计死了最少也有半日了。也就是说，他是大白天被人打死在水田里的。我奶奶从此一病不起，两个月后也匆匆离世。

这段往事父亲只是偶尔提起，他和我说起最多的并不是这个，而是爷爷如何吃苦能干又聪明，能打一手好算盘，还会嫁接葡萄，他嫁接的葡萄树上能同时结出绿色、紫色和粉色的葡萄。奶奶身体不好，常年吃药，爷爷从地里回来还要做饭洗碗洗衣服，一手把他们兄妹三人拉扯大。1960年的时候粮食不够吃，他把仅有的一点白面掺上高粱面给他们兄妹吃，自己则日日吃用榆树皮和土豆干磨的面，他总能在山里找到榆树，所以，多余出来的榆树皮还拿到供销社去卖。又常说起爷爷如何节俭，一支百草牙膏用光了也不舍得扔，还要用擀面杖反复地擀牙膏皮，直到把牙膏皮擀得像纸一样薄。

这些话反反复复地说，以至于我觉得爷爷还和我们生活在一起，只是，他不用吃饭不用睡觉，每天就住在墙上的黑白照片里。

那是他的遗像。

2

父母都去世后，父亲便从截岔盆地搬了出来，独自在截岔七村（包括迷虎村的尸骸）上游的荒滩上开垦了几亩地，盖了两间房。他的两个妹妹均已远嫁，一个嫁到方山，一个嫁到古交。父亲一开始娶不到老婆，后来终于娶到了一个文谷河上游的瘸腿姑娘做老婆，这瘸腿姑娘就是我的母亲。

那时，父亲已经在文谷河上做起了放筏工。当时，阳关山林场砍下的木材主要还是通过筏运的方式被送到武元城的中转站，方圆百里各个煤矿用的坑木、道木，火车用的枕木，火柴厂用的木头，几乎都出自武元城，而筏运木材只能在夏秋两季水肥的时候进行，所以每到夏秋两季，放筏工便格外辛苦。

木筏一般都是把细木料编在前面，越往后的木料越粗越长，所以当木筏从河面上漂流而过的时候，既像一只正在开屏的水上孔雀，又像一块从河流上游漂下来的木头岛屿，大点的岛屿上还有小房子，一般是用油布搭成的帐篷，还有冒着炊烟的炉子和一堆锅碗瓢盆，木筏在水流湍急的地方会泡进水里，有点像木质的潜水艇，这时候，那些锅碗瓢盆便都盛开在了水面上，像朵朵睡莲，随时都会漂走，得有一个放筏工专门来采摘这些锅碗瓢盆。木筏上往往还搭有一个木架，上面繁复臃肿，不是一般的拥挤，挂着蔬菜、莜面口袋、盐袋子、油瓶、衣服、被褥、酒葫芦，还会站一只和放筏工做伴的八哥，因为能讲几句人话，时常被放筏工当作半个人来交谈，"吃啦没""吃啦吃啦""再叫唤把你的舌头割掉"。一听这话，它便很高兴地威胁道"把你的舌头割掉，把你的舌头割掉"。

因为架子上沾不到水，所以成了放筏工们共用的一只水上储物柜，只不过这柜子是透明的，里面的东西看得清清楚楚。筏子上往往还会支起一块长长的木板，大约只有一掌宽，既当凳子又当床，放筏工想休息的时候，需要像耍杂技一样，稳稳地把自己搁在木板上，然后抱着两只肩膀酣睡。睡不着？困得实在厉害的时候，站着都能睡着。

从林场的下油坊木场到武元城，走水路需走半个月，这半个月里，放筏工们吃住都在筏子上。因为漂在水上寒气很大，到了深夜，放筏工们就在木筏上生一只火盆，然后几个人围着火盆喝酒。每个放筏工都带着大葫芦，装满高度白酒，用来抵御寒气。这时候如果你站在岸边，就能看到，一簇一簇的鬼火从文谷河上游漂了下来，好像那些木筏是搭满鬼魂的幽灵船，要赶到河流下游往生似的，鬼火在浓稠的黑暗中跳动着，安详宁静，并不恐怖。

木筏是由筏头来掌舵的，立在筏梢，看准水路，后面的二排和三排紧密配合筏头，小心避开水中的大礁石，也不能让木筏上了浅滩，否则会搁浅，码尾的人手里拿着一根长木杆，把木杆拖在水中，按水流的缓急来掌握速度。放筏最怕的是叠排，就是后面的木筏把前面的顶了起来，顶成人字形，再跌进水里就容易散排，有的筏工在叠排时直接被拍成了肉饼。

父亲后来当上了筏头，总是立在木筏的最前面引路。每次他放筏经过家门口的时候，我和母亲总是早早就在河边等着，眼看漂下来一片木头岛，再一看立在筏梢的人，并不是我父亲，又漂过去一片，又一片，这些木头岛在水中行走的姿势飘逸极了，身形虽庞大，却似一根根轻若无骨的羽毛栖息在河面上，并不向往远处的那些大江大湖，单单只是在阳光中和水波里逍遥地漂着，至于漂到哪里，它们似乎并不在意。

又漂下来一片木头岛，我远远就看到父亲的身影正立在筏头，长长的木筏正驯顺地跟在他身后，只见父亲把手里的长杆使劲往河里一撑，整片木头岛便减速了，等到筏子靠了岸，我和母亲就背着炒面和面豆上了筏子。炒面和面豆都是放筏工常吃的干粮，炒面是把白面、豆面、玉米面放在铁锅里炒熟了，有的人家还在炒面里加些红枣，吃的时候可以加白糖，也可以加咸菜，可以干着吃，也可以用水拌了吃。我上小学的时候，每天都有同学带一种零食，就是用纸叠成信封，在信封里装满炒面，吃的时候同学之间会互换信封，虽然信封里不过是司空见惯的炒面，却好像收到了远方给自己寄来的信一样，吃的时候竟有种异样的满足感。我也在信封里带过炒面，但从来没有同学和我换过信封，我连一个朋友都没有，不知道是不是因为我是独家村长大的小孩。

如果家里碰巧刚吃过油糕，就给父亲带一罐瘦糕，瘦糕就是没炸过的糕，还保留着糜子的清香，父亲喜欢吃瘦糕。但瘦糕冷却之后会变得像铁一样硬，身上装两块冷糕倒像背着两块砖头，不过只要在火上一烤，那砖头就会化为绕指柔，且糜子的弹性极好，有时候能扯到一米多长，绕几圈，都能当围脖用了。

等上了筏子一看，除了放筏工，筏子上已经站了十来个人了，有的带了一头牛，有的领着一头猪。这都是住在河流上游的山民，他们经常搭着筏子去下游办事，或是走亲戚，或是去给自己的猪配种，还或者是去武元城赶集，他们把搭木筏子叫"捎足足"。行到河水湍急处，木筏整个潜进水里的时候，他们会集体惊起，然后又并排栖息在那条窄窄的木板上，很像一群落在天线上的麻雀，还争相把脚跷得高高的，生怕鞋子被打湿了。放筏工则赤足立在水中，再冰冷的水也是如此，所以放筏工上了年纪之后个个腿脚变形，不是里罗圈就是外罗圈，甚至连路都走不了。

父亲对沿河这些想搭筏子的山民有求必应，别的木筏早就漂走了，他却不急着赶进程，一个村一个村地靠岸，人们一般都在水磨坊那里等筏子过来，父亲捎人，捎牲畜，捎东西，捎话，且分文不收。去看坟的风水先生要搭他的筏子，去布道的牧师要搭他的筏子，去亲戚家吃席的老人要搭他的筏子，被大树拍死的伐木工尸体也要搭他的筏子回家。他的筏子简直就是一辆游荡在文谷河上的公共汽车，每个村都是一个站点，他恪尽职守，一站都不肯落下。

一过龙门口，木筏就开始漂进截岔盆地了，一旦进入截岔盆地，即使当时还是个少年的我，也会忽然之间感到一阵微微的紧张。这种紧张可能是因为，我从小就知道我们是截岔人却回不了截岔，还知道我爷爷当年就是被打死在截岔盆地里的。因为这个缘故，我从小虽然也经常在盆地里晃荡，但是和盆地里的那些小孩却很难成为朋友,我会远远地躲着他们,而他们也不爱和我玩,好像他们是装在盆地里的孩子,而我是孤零零地挂在盆沿上的孩子,不是同一物种。

每年到了腊八那一天,截岔的家家户户半夜就会起来做馏米,我家虽然孤悬在盆地外,但馏米也是要做的,过年的时候扁食也是要包的,不然真是觉得自己被逐出人寰了。吃过馏米,我会溜进截岔盆地里,把自己藏在一个隐蔽的角落里,等着观看截岔的小孩出来做一种游戏。终于有两个小孩出来了,一个端着一盆馏米,一个拿着一把斧头,他们会用馏米喂自己家门口的石磨、石碾、石狮,在石磨和石狮上各放一小团馏米,就表示喂过它们了。然后,他们还要喂枣树和杏树。只见两个小孩走到自家的枣树底下,拿斧头的那个小孩边砍树根边吓唬树,把这枣树砍了吧,连枣儿都不结,要它做甚。端馏米的小孩连忙制止道,别砍啦,喂上它一点馏米,明年就会好好结的。说着就把馏米抹到刚砍过的斧痕上。这两个小孩一个唱红脸一个唱白脸,配合得天衣无缝。还有的小孩在给枣树喂馏米之前要先问一句,今年结不结果?然后马上替枣树回答道,结呀,还要多结哩。那时,我对这种小孩们自编自导的游戏十分迷恋,多年以后我在剧场里看小话剧的时候,总是会想起当年截岔小孩们玩的那种游戏。觉得那些小孩就像站在舞台上一样,天、地、神、树都成了这舞台上的演员,有一种人神共庆的欢愉气质。有那么一刻,我真想走过去,和他们成为朋友,一起来玩这种游戏,但我心里又充满畏惧,生怕被他们拒绝。

每次漂进截岔盆地的时候,我都能感觉到,站在我旁边的母亲甚至比我还要紧张。她因为一条腿有点瘸,站在木筏上的时候,会把我当拐棍挂着,牢牢抓着我的肩膀。因为紧张,她手里会不由得用力,以至于差点把指甲掐进我的肉里。我知道,她总是找各种借口搭父亲的木筏,比如要去武元城赶集,去卖鸡蛋卖木耳,要上筏子给父亲送干粮,其实是想看住父亲。尤其当截岔人开始陆陆续续登上木筏的时候,就是母亲最紧张的时候。她总是过度热情地与上了筏子的村民们寒暄着,脸上挂着一副大大的假笑,目光却总是偷偷地系在父亲身上。每次父亲挥动起手里的长杆的时候,她的目光就被那长杆钓起来,抛在空中,划过一道弧线,又重重跌入水中。有一次筏子在水流湍急处又潜入了水中,她忽然拖着一条瘸腿,惊恐地朝众人大喊起来,快跑,快跑啊。众人有些迷惑地看着她,还有人在偷偷地笑,在那一刻,我觉得好丢人,真想把自己的头埋进筏子上的锯末口袋里。

但我知道,连筏子带人一起沉没,或者,干脆发生叠排,把筏子上的人齐齐削进河里,这样的场景已经在母亲脑子里演习了成百上千次了。

这是因为,我和母亲都知道父亲的一个秘密。他藏有一个小本子,上面写着几十个人的名字,估计是他猜测出来的杀害爷爷凶手的候选人名单,颇有点像阴间的生死簿。其实,所谓秘密也是他自以为的,趁他不在家的时候,母亲时常把那小本子找出来翻看,每次都把上面的名字数一遍,像数绵羊一样,看看是多了还是少了。有时候,有的名字会被父亲用笔重重划掉,像被放生的嫌疑人,与此同时,另一个新的名字会被捉进本子里。有时候我会凑上去和母亲一起看,她也默许了。大约是母亲知道我很孤独，连个玩的伙伴都没有，所以不管做什么都带上我一起，并不大把我当小孩子。她还告诉我，本子上的这些名字，她已经悄悄打听了一遍，有的就是迷虎村原来的村民，有的是截岔另外六个村的，这些人有的还住在截岔盆地里，有的则已经逆流而上，迁到文谷河上游去了，还有的下山去了平川地带。我心想，如果那凶手真的已经进了深山或去了平川了，哪里还能找得到，记也是白记。

看的次数多了，我都能把本子里的那些名字背下来了。但不管名字如何增减，稳稳坐在头把交椅上的永远是截岔王。这可能与截岔王的威名有关，据说此人身高八尺，豹头环眼，两只拳头握起来的时候就像左右各拎着一只铜锤，最擅长打架，且根本不打算要命的那种，"截岔王"得以被封王，还是因为分水的事。他为了给曲里村分到更多的水，徒手从油锅里捞铜钱，以至于把手指都炸熟了。以截岔王的身手，在人后脑勺上砸一个大窟窿是不费吹灰之力，况且爷爷当初就死在了曲里村，所以他的嫌疑无疑最大。把截岔王放在榜首，连我都赞同。

在生死簿上稳坐第二把交椅的是柏林村的著名黑皮游家明，此人还有个外号叫"滚刀肉"，其身手之黏软不烂可见一斑。据说当年一到了年根，文谷河沿岸要债的买卖基本都要雇游家明，而他也十分具有职业操守，绝不会轻易让雇主失望。去讨债的时候，他自带着被褥和碗筷，还有他那只大花猫，像顶皮帽子一样蹲在他头上。去了人家家里，他二话不说，先笑眯眯地把被褥铺在炕上最热乎的地方，摆出一副后半生打算就在此安居乐业的架势。锅里的面熟了，他第一个先捞上来吃，还说自己不是什么讲究人，有什么吃什么，不挑。还要翻箱倒柜地找人家家里藏着什么酒，有什么喝什么，真是不把自己当外人。如果主人赌气不做饭，他便笑眯眯地自己动手，和面、炒酸菜、做臊子，做好了他一个人坐在炕头吃，全家人围在炕下看着他吃，他有条不紊地吃面、喝汤，还不忘在面里放两块腊八蒜，待吃饱喝足便歪在炕头剔牙、打嗝、放屁、撩猫逗狗。两天下来，那家人都饿得奄奄一息了，只有他一人生龙活虎，像太岁一样稳坐在炕头，抬都抬不出去。腊月二十三日的晚上，连灶王爷都被打发到天上说好话去了，这货照样躺在炕上打呼噜磨牙，岿然不动，就差主人跪下来给他磕头了，你是大爷，大爷快家去吧，再过几天就是年主（除夕）了。他很高兴地说，那正好在你家里过年嘛，有油糕吃油糕，有扁食吃扁食，我这个人，最好交代。说罢，还很疼惜地替自己摇了摇头。果然，除夕炸油糕的时候，炸一个他往嘴里塞一个，等油糕终于炸完了，却一个都不见了，全装在他肚子里了。他就这样，坦然地在别人家一住数日或数月，据说最长的一次住过半年，直至主人像送灶神一样把他送走。

生死簿上的三号人物是南堡村的张有德，张有德并不是截岔人，是年幼的时候，随其母从陕北逃荒过来的，母子二人被南堡村的一条老光棍收留了下来。不几年，老光棍去世，又过了几年，其母也去世了，他便被遗弃在这大山的盆地里，也不知道是怎么长大的。大约因为这幼年被遗弃的经历，在成年之后，他对集体便有一种过于浓烈的嗜好，简直上瘾，他比任何一个人都更像南堡村的人。为了证明自己是地道的南堡村人，也为了报答当年老光棍的收留之恩，他把村里一个外号叫"四洋人"的老光棍接到自己家里，认四洋人为干爹，自己能省一口是一口，每天只是好吃好喝地供着四洋人。但老光棍并不甘心被供着，一有空就跑回自己家里，回家的时候还从不空着手，每次都要搬走一件张有德家里的东西，从锅碗瓢盆到被褥凉席，甚至家具都一件一件地搬到了自己家里。他就像蚂蚁搬家一样，渐渐把张有德家里搬空了。而张有德每次发现四洋人又不见了，便哭着去四洋人家里求他，直到把他求回来。睡了一夜，四洋人又跑回去了，歪在炕上架着二郎腿，专心等着张有德来求他，他已经盘算好了这回的要价，他要吃鸡，吃羊肉也行，还是鸡吧，这个季节的羊肉难免有膻味。

不光是四洋人，南堡村的每一个人都可以躺在张有德家的炕上白吃白住，都可以支使张有德去他家地里白干活，连小孩子都可以支使他。张有德就像一座微型的城邦，谁都可以来他身体里和心里借宿，甚至长住不走，唯独没有他自己的容身之地，当然，他也并不需要他自己。多年之后，当我再次回想起张有德这个人物的时候，忽然觉得，其实他最终还是获得了一种巨大的胜利，一种自己消灭自己的胜利，一种精神打败物质的胜利。对于这样一个连自身都不存在的人来说，派他去给集体抢水真是再合适不过了。果然，张有德不负众望，在看水的过程中，曾做出了把自制的炸药包背在身上的壮举，以至成功为南堡村抢到了几股水。他并不在乎自己，大概是因为，早在还年幼的时候，他的一部分已经先他陨落和消亡了，从某种角度上讲，正是这种残缺让他变得无敌。

几十个名字常年休眠在这生死簿里，使这小小的本子似坟墓，又似火山，不知道哪天忽然就喷发出什么来了。本子的封面已经被摩挲得破烂不堪，可以想见，在只身离开截岔盆地后的这些年里，这小本子大概成了父亲的贴身陪伴，经常出入于他的两只手掌之间和枕下。他不在家的时候，它还会轮流出没于母亲和我的手中。那些名字，一个个被父亲捉住并养在本子里，一养就是十几年，竟被养成了一群熟得不能再熟的人。所以，我家虽然只有三口人，但有时候又会觉得家里熙熙攘攘的，到处都是人影，到处都是目光，除了墙上的爷爷，还有那些养在本子里的名字，他们不时会溜达出来放风，会交头接耳窃窃私语。然而，最恐怖的是，在这些名字当中，有一个名字终究会在某一天长出脸和手脚来，变成一个真正的杀人凶手。也就是说，这杀人凶手也日日夜夜陪伴着我们，在十几年里须臾不曾离去。

这天，我和母亲上了筏子一看，筏子上已经有十来个人了，一看就是从文谷河上游的庞泉沟下来的，因为大夏天他们身上照样裹着棉袄，庞泉沟那地方，好像一年四季都在过冬天。再者，从庞泉沟下来，要乘着筏子走好多天的水路，山中的河流多来自深山，水中的寒气利如刀剑，直刺骨髓，所以筏工们大夏天也要穿棉袄。除了十来个人，筏子上还堆着几麻袋饲料，看样子也是要送到下游去。几麻袋饲料堆在木头岛上，构成了岛中岛。饲料岛上盘踞着两个老人，其中一个裹着皮袄，护着两只雪白的桦皮桶，桶里装着金黄色的沙棘酱。这沙棘酱是用山里采摘来的沙棘果榨成的，只是，那沙棘果只有米粒大小，枝上又长满刺，采摘十分费劲，熬这两桶沙棘酱怕是要费不少时日。看样子，沙棘酱是带给下游的亲戚家的，也说不来是要和亲家走动，沿文谷河结为水亲是常事。

老头一见到有人上了筏子就大声打招呼，上来啦？吃啦没？每次都把这句话重复一遍，就像一只大号的八哥落在筏子上。即使上来的是张生面孔，但左不过大家喝的都是同一条河里的水，生又能生到哪里去。见无人理会他，母亲忙道，大爷穿得这么厚，是从庞泉沟下来的？老头笑眯眯地说，早先俺行（我家）就在截岔的迷虎村，后来迷虎村被冲跑了，俺浑家（全家）才被贬发到庞泉沟，那地方，冷得害怕了，三伏天就能下起雪来。

听到迷虎村三个字，母亲的脸色变得稍微有些不自在起来，只答对了一句，那可要穿戴得厚些，尤其是腿上，最怕受凉了。然后便把脸扭向了饲料岛上的另一个老人。

这是个老太太，干瘪如老丝瓜，没牙的嘴唇塌陷下去，张开嘴的时候，倒像脸上有个黑洞洞的窟窿，满头白发，像顶着一脑袋雪花，老太太坐在岛上，像孙悟空一样手搭凉棚，打量着每一个刚上筏子的人。她手边还蹲着一只鼓鼓囊囊的编织袋，袋子上扎了两个窟窿，两条颀长雪白的鹅脖子从里面伸了出来，一边眼花缭乱地挥舞着一边嘎嘎乱叫，乍一看，倒像是那编织袋长出了两只脖子两个脑袋，挺吓人。母亲说，嬢嬢，这是要去卖鹅？都养这来大了，可是不下蛋了？老太太咧开黑洞洞的嘴巴，戳着鹅的脑袋笑骂道，太能吃了，和养一头猪差不多，又爱打架，打起架来，十只鸡都进（比）不上它，狗都进（比）不上它，下的蛋倒是大，就是有股土腥气，不想养了，拿到武元城卖了它们换狗

儿。她看到我站在一边，便像变魔术一样，从怀里掏出一只硕大的鹅蛋递给我，那鹅蛋若是放到鸡蛋里，绝对算个巨人，我用双手才能抱住，鹅蛋是煮熟的，摸上去还是温热的。

每逢武元城赶集或赶庙会，都会有一些老人从深山老林的各道缝隙间分泌出来，牵着一只羊，抱着一只大公鸡，或者扛着半袋土豆，聚到河边等木筏漂下来，好让木筏把他们捎到武元城去卖掉东西。坐筏子的次数多了，我慢慢发现，很多从文谷河上游漂下来的老人其实从前都住在迷虎村。是那次洪灾之后被分流到深山里的迷虎村人，如今他们都已经凋谢成老人了。

旁边的老头突然插话进来，她呀，就好养鹅，以前住在迷虎村的时候，她行（家）就养着几只大鹅，像看门狗一样，赖得呀，见人就上来咬，还特别能吃，见甚吃甚，俺行（家）就在她房后嘛，那几只鹅动不动就跑到俺院子里偷吃舀喝，把猪食抢了吃，把鸡饲料也偷吃光，还要把院子里刚红眼圈的西红柿也偷吃掉，人家还晓得红的比绿的好吃，你说厉害不厉害，和霸王一个样，卖了好，快些卖了吧。

老太太不高兴地说，怎么不说说你兀会儿（那时候）养的那几只羊，那也能叫羊？跑到俺西瓜地里偷吃西瓜，专挑熟的吃，和人一个样，最后吃得走都走不动道，全躺在了俺西瓜地里，不晓得的还以为是俺给你家的羊下了毒药呢。

老头的兴致倒越发好了，大概是难得有人和他叙旧。他不依不饶地说，迷虎村谁家没有块西瓜地，就你行（家）有啊，羊又不晓得那是谁家的西瓜，上面又没做记号。说起这做记号啊，俺就想起兀会儿（那时候）在俺西瓜地里，趁着西瓜还是娃

娃的时候，俺就在上面刻好名字，把大塔、塔上、西落、柏林、曲里、南堡几个村的老伙计的名字都刻上去，等到西瓜熟了，上面刻的名字也长树式（端正）了，就像是专门为他们结出来的西瓜。等到文谷河的水肥起来的时候，俺就把那些有名字的西瓜挨个扔进河里，它们跟着河就漂走了，俺那些个老伙计，每年到了西瓜熟的时候，都在水磨坊边等着呢，看见有西瓜漂下来了，抱起来一看，不是自家的名字，又放回去，再抱起一个，这个正是自家的名字，便乐呵呵地抱回家去。俺每年伏天寄给他们的西瓜，他们总能收到，基本上没落下过。

老太太揪起筏子缝隙间的水草，一边喂鹅一边撇嘴，又卖谝你识字，俺倒是一天学都没上过，不也能认得自己的名字？在截岔的时候俺还种着几亩稻田，还能吃上好大米，不比那晋祠大米差，俺种点硬大米种点软大米，把软大米磨了，正月十五的时候还能滚几个元宵吃。这阳关山上，也就截岔这一带能长得了水稻，贬到庞泉沟那种地方，还种水稻？逮着喝两口西北风就不赖啦。

老头叹道，人家不让咱们留在截岔，咱们又有甚办法，人就是哪里住惯哪里好啊。

说着说着两个老邻居忽然都陷入了沉默，因为，筏子已经过了龙门口，开始漂进截岔盆地了。

3

一进截岔盆地，眼前霍地就明亮起来，不仅因为山势在这里变缓，更重要的是，盆地里一下多出了很多植物，搞得这盆地真像个聚宝盆一样。沿着河岸可以看到高海拔处看不到的大火草、铁线莲、草芍药、唐松草和凤凰草，树木则除了青杆和油松，还多了红桦、白桦、青杨、乌柳、辽东栎，还出现了大片的枣林、苹果园、梨园、葡萄园，色彩斑斓的果实如宝石点缀其间。河岸的淤田则拼成了七巧板，只见一大块浓烈蛮横的绿色，连根针都插不进去，那肯定是玉米地；在阳光下闪闪发光，好像把庄稼种在了镜子上，那是稻田；正在放紫色烟花的是土豆地；红肥绿瘦的是西红柿地；绿叶间挂满金色星辰的是黄瓜地。西红柿和黄瓜有脚，能自己爬到架子上去，西瓜、金瓜、南瓜则没有脚，又都是圆胖子，只能在地上滚来滚去。

筏子在截岔经过的第一个村庄就是曾经的迷虎村，如今只剩下一堆被洪水淹过后的残垣碎瓦，其中还有一座幸存的房屋，只是连窗户和门都没有了，里面黑洞洞的，状如鬼屋。从迷虎村的尸骸旁边经过的时候，筏子上的人忽然全都沉默下来，集体注视着那岸上的村庄尸骸，很像葬礼上的默哀，除了父亲，他故意避开了目光。坐在饲料岛上的老头和老太太也一言不发地注视着曾经的家园，神情很是凄怆，鹅大概饿了，伸过头来咬老太太的手，她都浑然不觉。筏子一旦漂过去了，他们又坚决不肯回头去看，似乎铁了心地要把那梦境一般的家园留在过去。

接下来是大塔村，已经有两个老人和一个带孩子的女人等在水磨坊边了，水磨坊成了父亲每站必停的放筏驿站。每逢有水磨坊，他就指挥筏工们让木筏靠岸，再恭恭敬敬地把水磨坊边等着的人一一扶上木筏，上了木筏，还要照顾老人和小孩，把他们安置在稳妥干燥的地方。这次因为筏子上有饲料岛，父亲便把两个刚上来的老人安置到了饲料岛上，加上已经盘踞在上面的那两个老人,饲料岛变成了老人岛。只见父亲笑容满面,忙前忙后,对众人嘘寒问暖,活像一个蹩脚的司仪,生怕对客人们照顾不周一样。与父亲形成鲜明对比的,是那些刚从截岔上筏子的人,尤其是年龄大些的人,都是一副别别扭扭的样子。似乎想上筏子又不好意思上,但因为别的筏子为了赶时间都不肯停下捎人,他们只能上父亲的筏子。上来之后,脸上又多少挂着些惶恐不安,站也不是,坐也不是,父亲伸手去扶他们的胳膊的时候,他们会下意识地躲闪一下,好像怕被烫着一样,回过头来,又略带谄媚地对父亲笑笑,笑完便匆忙把目光挪到他处,并不敢与父亲对视。

他们在筏子上说话的时候也是轻声细语,好像周围全是睡觉的人,生怕把别人吵醒了,只是把耳朵递过去,或把眼神送过来。与上游下来的那些山民形成了鲜明对比,那些山民说话的时候都像是喊山,明明只有一步之遥,他们还是要拎着对方的耳朵,把话使劲扔进去,好像生怕别人是聋子,而且个个像话痨,只要张开嘴,那根本就停不下来。不知是不是在深山里都是牛羊却人迹罕至的缘故,被憋坏了。若是四个人一起上筏子,他们还会抬一张方桌上来,四个人围着方桌打麻将,麻将摔得震山响,身上裹着皮袄,为了防止鞋子被河水浸湿,干脆脱下来,把鞋带一系,把鞋挂在了脖子里,光着脚打麻将。筏子在每个村口都要停留,他们也觉得烦,但没办法,人家筏子是运送木材的,又不是自己包下来的。这筏头也是,宁愿误了工期少挣点钱,也要把每个村的人都捎上,有时候捎的不是人也不是牲畜,就是一句话,也一定要捎上再上路。他们对父亲又是钦佩又是恼火,背地里说他是个滕子(傻子)。

后来我才慢慢想明白,在截岔盆地里,但凡上点年龄的人,都知道我爷爷当年的事,他大白天被人打死在水田里,又因为同村人的相互包庇,找不到任何线索,导致成了桩破不了的无头案。虽说这已经是十几年前的旧事了,但因为没有了结,所以一直就悬在那里。虽有时间的晕染和冲刷,但这桩旧事显然并没有被时间消化掉,相反,它变成了一根尖尖细细的刺,始终扎在截岔盆地里。

而父亲的那个名单可以说网罗了整个截岔盆地,甚至连早已迁出截岔盆地的迷虎村人都被网罗了进来。也就是说,对于父亲来说,沿河上筏子的每一个人都可能是当年杀爷爷的凶手,这也是母亲感到不安的原因,只要父亲把长杆插进河底稍微一拖,就可能发生叠排。然而,父亲掌舵的每一只木筏,慢虽慢了些,却都还算顺利,从没有什么意外发生。而且父亲对每一个乘客都有一种超乎寻常的客气和殷勤,脸上漆着一层厚厚的笑容,但他越是这样,母亲就越发感到害怕。

因为父亲一开始放筏的时候并不是这样的。开始的时候他对截岔人冷冷淡淡,放筏也恨不得能绕过截岔盆地,但人家文谷河才不管呢,人有人道,河有河道,截岔是放筏的必经之地。每次硬着头皮漂过截岔盆地的时候,他几乎一路上都不做任何停留,径直就把筏子漂到武元城了。

他在家里休息的时候,也从不会说起他的复仇计划,只是白天去地里干活,傍晚捡些树枝回来劈成柴火,我家有一面墙整个就是用柴火垛成的,十分雄伟。他不光喜欢屯柴火,还喜欢屯面屯土豆,我家简直就像仓鼠的窝,到处屯满东西。再不然就是修补家什,东西用坏他也不肯扔掉,一张嘴就说自己当年从截岔出来的时候,除了光人一条,什么都没有。我和母亲都害怕听他忆旧,他一旦开始忆旧,我和母亲立刻抱头鼠窜。因为他说起那段苦日子的时候,脸上并没有多少伤感,反而还有点兴奋,好像有一种受虐的快感,简直瘆人。

到了晚上,他便雷打不动地给自己倒一壶白酒,摆一盘花生,开始独自喝小酒,经常是喝了好半天了,才想起该往嘴里扔一粒花生米了。喝了酒的父亲时常会灵魂出窍,他会虚虚地盯着一个地方一看半天,眼神邈远空洞,却又像是什么都没看到,不过那里本来就什么都没有。此时如果叫他一声,他好像也听不见,过半天了才终于答应一声,声音好像是从很遥远的地方传过来的。有时候,待着待着,他会忽然朝对面阴森森地冷笑一声,就好像对面正坐着他的仇人,而他实在不知道该怎样去惩罚这个仇人,只能报之以一声冷笑,以表示他极度的愤怒和蔑视。更多的时候,他连愤怒和冷笑都没有,只是木着一张脸,整个人看起来疲惫涣散,连目光也如游魂一般,不知道该躲到哪里才好,偶尔会落在我身上,像只怯怯的小飞虫一样,大概是怕被我发现,倏地又飞走了。更可怕的是,每次喝完酒之后,他都会把他那本生死簿拿出来,从头到尾又欣赏一遍,然后像个判官一样在上面勾勾画画,把某个名字慷慨逐出阴间,又毫不留情地把另一个名字从阳间拖进来。

我猜测,对于父亲来说,酒具有招魂的功能,在那些年里,只要喝点酒,父亲便可以为自己召唤来一个福尔摩斯,那福尔摩斯在他脑子里纵横驰骋,拼命破案。

酒精变幻成的福尔摩斯把这些嫌疑人一个一个拎出来分析,再一个个排除,排除完的重新又分析,觉得还是有嫌疑,于是有些名字写上了又划掉,划掉了又写上,都不知道在他那本子里生生死死多少回了。而母亲担心的是,父亲从不向任何人说起这个本子,包括她,如果他能像诉苦一样正大光明地把这小本子摆出来给她看,说他多么想找到这个仇人,她倒也放心了。除了酒后津津有味地摆弄小本子,父亲还会偶尔在梦中吐出一两句内容不清晰的梦话,因为没头没尾,就那么孤零零的一截横在黑暗里,所以更显得恐怖。

我开始时觉得,他不肯向任何人讲述这个小本子的原因是,他每向人讲述一遍,就意味着把自己心里的仇恨又喂养得肥大了一点,语言的创造力有时候是惊人的,说的次数多了,假的也会变成真的,反之,真的也可以变成假的。但后来,我在爷爷的遗物里发现了那张"迷虎村移民迁居录"之后,我开始意识到,父亲的不愿讲述,可能还有一个原因,那就是,他也发现了爷爷留下来的那张"迷虎村移民迁居录",那张迁居录应该让父亲感到了一种更为复杂的痛苦。因为,就连我无意中看到那张迁居录之后,我心里都难受了好几天,尤其是名单上那个独自迁往代家庄的老人,虽然并不认识,却令我久久难忘。

母亲一心只想让父亲和截岔人和解,后来她打听到在文谷河上游的呼家村有一座小教堂,教堂里住着一个老牧师。从河流上游到下游可以搭乘筏子,从下游到上游则要靠走路、骑自行车,或者搭乘林场的东风大卡车。因为常年帮林场运输木料,和林场比较熟,就说好了搭乘林场的大卡车。天还没有亮,我正睡得迷迷糊糊的时候,就听到门外传来汽车的喇叭声,接着就听到父亲和母亲连滚带爬地跑了出去,生怕汽车走了,那时候开汽车的可都是大爷。那天,父亲和母亲去了更深的山里,只留下我和一个独家村相依为命,我的食物是炒面,满满一大瓮立在墙角,只要不受潮,炒面放几年都坏不了。平时我如果得了什么不想被父母发现的好东西,比如捡到截岔小孩玩丢的玻璃球,再比如舅舅给我的一块钱,我就会把它们藏到炒面里。我很喜欢藏东西时的那种感觉,把手埋进炒面里,甚至可以把整条手臂都埋进去,那种柔软的旋涡能把你整个人都吸附进去,把一颗玻璃球或一块钱藏在炒面深处,就像把一粒种子埋在黄土中,过不了多久,炒面里就会长出更多的玻璃球和一块钱。

那天,父母亲走后,我一个人站在盆沿上望着盆地里的那几个村庄,就像一个人坐在热气球上俯视着脚下的地球,熟悉的孤独感变得前所未有的庞大,那一刻,我如此渴望能拥有一个朋友,不管他是谁,也不管他是老人还是小孩。后来我想,父亲当初离开截岔盆地,只身来到荒滩上盖房垦地的时候,是不是也有过与我类似的感受,在那么一两个瞬间里,我几乎就要被那种巨大的孤独感完全吞噬掉了,连点骨头渣都不留。而那时候的父亲还买不起牛,也还没来得及收留那只流浪狗,唯一陪伴他的就是那本生死簿,生死簿里的几十个名字日日夜夜陪伴着他,从某种程度上讲,这种非同寻常的陪伴是不是也减少了他的孤独感?就像一个流落到荒岛上的人,也许会把自己的影子都当成朋友。

天快黑的时候,父亲和母亲又搭乘林场下山的车回来了,下山的大卡车车厢里装满木料,父亲和母亲被堆在了木料的最顶端,大概是怕车开得快了把他们甩出去,两个人还用绳子把自己绑在木料上,倒像两个被押送的囚犯。好不容易解开绳子下了车,我一看,两个人都变成了雷震子,头发向上竖起,直指天空,大概是被山风雕刻成这个样子了。他们并没有给我讲见到牧师后的情形,但过了些时日,母亲又带着父亲去了趟呼家村,还是去拜访那牧师。

后来我在父亲的筏子上也见过那牧师几次,他搭乘筏子去武元城布道,看上去和普通人也没什么区别,就是一个瘦小的老头,戴着副巨大的眼镜,上了筏子有人和他打招呼,他就说,主与你同在。有人要给他让地方坐,他就不客气地坐下,然后对那人说,主保佑你。有一次,筏子上的两个男人因为抢一块干燥的坐处而打了起来,牧师走过去正色道,主不喜欢你们骂人,主喜欢你们宽恕人,爱人,要去爱别人,爱,这是主所喜悦的。打架的两个人竟真的偃旗息鼓下来。我猜测,牧师当时在呼家村的教堂里向父亲布道的时候,大概也是这么说的,要去爱,要去宽恕。因为,父亲去了两次呼家村之后,忽然就做出了一个决定,当木筏从下油坊木场漂下来的时候,他要在每个沿河的村口都停留一下,好让需要去下游的人们搭上筏子。为此,有好几个筏工都不愿跟他干了,因为这么做实在太浪费时间,人家别的筏子都跑两趟了,他们才跑一趟。他也不勉强,辞了就辞了,他另找了几个新手做筏工。只要筏头没换就好,因为筏头是一条筏子上的定心丸。

从此,父亲摇身一变,变成了一个牧师的劣质仿制品,不过他不是出现在教堂里,而是漂流在文谷河上。即使隔着二里地,都能看到他脸上堆着一层厚厚的笑容，这笑容太过丰盛肥厚，以至于溢得到处都是，简直有些触目惊心。这笑容可不是随手安装在脸上的，是父亲对着镜子苦练出来的。有了这个打算之后，又生怕人家不敢上他的筏子，他便开始对着镜子苦练笑容，白天练，晚上练，连梦里都在练。微笑，大笑，冷笑，狂笑，慈祥地笑，豪迈地笑，不屑一顾地笑，不露齿地笑，三十二颗牙齿全露在外面地笑。他对着镜子笑，对着墙笑，对着狗笑，对着空气笑，吃饭时在笑，睡觉时在笑，骂人时也在笑。他把所有笑的品种演习了成百上千次，然后摩拳擦掌，只等着在筏子上投入实践了。

筏子再经过截岔盆地的时候，父亲一改往日的冷淡，一反常态地热情招呼人们上他的筏子，但人人都觉得其中有诈，哪敢上他的筏子，谁不知道他父亲当年就是被打死在截岔盆地里的。如果遇到有老人带着个小孩正等在岸边，他会像个狼外婆一样，掏出一块他自己舍不得吃的红薯糕，笑眯眯地引诱那小孩，小儿快上来，上来给你个好吃吃。小孩乐呵呵地被红薯糕钓到了筏子上，后面的老人急得直跳脚，但孩子不能不要，只好也跟了上去。再则是因为愿意停留下来捎人的筏子越来越少了，谁都不傻，筏工们都想着多跑一趟就多挣点钱，想去武元城的人们，如果不想步行，就只能搭乘父亲的筏子。毕竟有些好汉不怕死，坐就坐了，爷又不是被吓大的。果然，坐就坐了。不光是坐了，他们还发现，筏头的态度好得吓人，像孙子一样。

既然筏头像孙子，有些人上了筏子便像大爷一样横，要求把最干燥舒适的地方让出来给他坐，换了别的筏头，早一杆子把他挑进河里去了，你他妈谁啊，敢跑到我筏子上横？但父亲不但不生气，还笑眯眯地帮这大爷找地方坐，甚至还殷勤地给人家递过去一根烟。他显然在效仿呼家村的老牧师，但那老牧师，不管别人信不信，他自己总归是信的，这种信仰使他变成了一种更纯粹更坚硬的存在，戳在人群里，却又比谁都虚无轻盈，好像只是一团气体。而父亲不同，他更像是在扮演那老牧师，他只是一个演员，但并没有真正理解角色，光是得了些皮毛，所以他是滞重的，混沌的，有时候难免还会显得有些滑稽，倒更接近于一个喜剧演员。

4

既然坐过的人也没见少了胳膊少了腿，囫囵着下了武元城，又囫囵着回来了。一来二去，敢坐父亲筏子的截岔人就慢慢多了起来。虽然不乏个别黑皮敢在筏子上称大爷，但多数上了筏子的截岔人，还是有些神情紧张，不敢不笑，也不敢使劲笑，更不敢大声说话，只是相互交头接耳，倒像个秘密组织。有的大人带着小孩，在上筏子前，还要特意在小孩身上绑个葫芦，以作为掉进河里之后的救生工具，看来是随时准备着要跳河逃走的。主要是父亲突如其来的热情委实把他们惊着了，只觉得是不是有什么阴谋在里面。

其实连母亲也是这样想的。当父亲在放筏的间隙里回家休息的时候，母亲并没有看到一个焕然一新的宽恕者，还是那个旧的父亲，白天下地，晚上闷声不响地喝半天酒，喝下去半壶了才想起来要往嘴里扔一粒花生米，好像他根本就不是在喝酒，他只是为了迎接酒后被召唤出来的福尔摩斯。更恐怖的是，因为他在筏子上笑得太多太用力了些，以至于把脸都笑瘫了，不笑的时候脸上也不由自主地挂着一层笑壳，连发怒的时候也像在笑，活像戴了个小丑面具。母亲明白，呼家村怕是白去了，父亲还是没有学会宽恕。她一边偷偷观察着父亲脸上的笑容，一边却又好像不忍心多看，只是假装漫不经心地对我说，小虎，我像你这么大的时候也是班上的好学生，不是瘸了一条腿兴许还能考上大学，在城里有份好工作，你晓得我这条腿是怎么瘸的？十四岁那年放暑假的时候，我去山上采药材，摔下山摔断了一条腿，父母怕花钱，由它自己长好了，结果长好后就瘸了。和你说吧，其实我都不止一次地寻过死，觉得活得没意思，一个瘸子这辈子还能干什么，结个婚都被人挑三拣四，不过我后来想明白了，我得先放过自己，不然，自己就是自己最大的仇人。

我知道这话不是对我说的，便假装听不见，父亲也假装听不见，只是一杯接一杯地喝酒，两只嘴角还控制不住地上扬，喝酒的时候也像是笑着喝，真是吓人。一壶酒喝得差不多见底了，他照旧又翻出那个破旧的小本子，笑容可掬地研究着上面的那些名字。那可怖的笑容真是瘫在脸上了，连做噩梦的时候都是笑着做的。

母亲忽然罕见地爆发了，她一把夺过那个本子扔到了地上，满脸是泪，她冲父亲说，我晓得你要不是当初被赶出截岔你也不会找我，可我要不是因为十四岁时摔断一条腿落下残疾，我也不会找你，既然走到一起过日子了，我就不会丢下你，你也不要早早死在我前面，你要是真杀了你的仇人，你不用偿命吗？你有几条命？父亲有些吃惊地看看母亲，可是，他连吃惊都是笑着吃惊的。我真想把舅舅送我的那副墨镜翻出来戴上，不要再看到父亲脸上可怕的笑容。

他慢慢捡起本子揣在怀里，只说了一句，谁说我要杀仇人了。然后便披了一件衣服，走到屋外，又出了院子。我跟出去的时候，父亲正坐在河边抽烟。大山里的夜晚，初看是一种纯净的毫无杂质的黑暗，看久了才发现，黑暗其实也有很多层次，层层叠叠，如一幅在山河间铺开的水墨画卷，夜空里挂着一弯上弦月和几点寒星，文谷河在黑暗中长出了银色的鳞片，散发着一种温柔的明亮。我们的小虎村在黑暗中变身为一盏孤零零的灯光，异常瘦小微弱，前面的截岔盆地里也亮着灯光，像是装了一盆星星。无论如何，这些年里，那些灯光都是我们的陪伴，尤其是除夕的晚上。

除夕晚上，整个截岔盆地都在放鞭炮，主要是二响炮和麻鞭，有的人家把麻鞭挂在枣树上，有的是小孩子提在手里，一边跑一边到处噼里啪啦地响。这家的刚放完，那家的又接上了，好像一条火龙在截岔盆地里乱窜，在此起彼伏的鞭炮声中，总有二响炮飞到半空中大吼一声，看吓到别人了，便满意地消隐而去。还有的小孩放起火和甩炮，起火是绑在竹扦上的，起火蹿上去的时候就像一颗流星从人间飞到了夜空里，再盛开成一朵金色的菊花。拿着甩炮的小孩子则专门往人多的地方甩，甩炮像五光十色的老鼠一样在人们脚下乱窜。若是去了武元城，还能看到烟火，像什么炮打灯、浓车火、城儿壁子、海底捞月、平火。平火是烟火里最威武的，一般用来压场，平火分大、中、小三组，分别称为"大将军、二将军、三将军"，大将军个头最大，笨重异常，需要十几个年轻后生才能搬起来。放大将军的时候，开始喷出来的是金色的小星星，像金色的喷泉一般，但这喷泉还在不停地往高里长，最后，它居然长到了三层楼那么高，真正是烟火中的大将军，几里地之外都能被看到，它还慷慨地掏出更多的星星撒向截岔盆地。

而我们小虎村，最多就放一串麻鞭两只二响炮，但那点声音太微弱了，还来不及变成动静就被黑暗全吸进去了。所以我经常想，如果父亲和截岔人和好了，我们一家人是不是就可以搬回到截岔盆地了。

那晚，父亲在河边坐了很久，直到我催他回去，他才朝着河水说，小虎，你说人们怎么都不相信，连你妈都不相信，我就是想为人们做点好事，尤其想为截岔人做点好事。很多年之后我才想明白，父亲所谓的"想为人们做点好事"，大约就是从看到那张"迷虎村移民迁居录"开始的。可在当时连我都不信，只要想想他那生死簿，想想他有事没事就翻开那阴森森的小本子数人头，就没人敢相信"他是想做点好事"。

此后，只要父亲的筏子经过小虎村，母亲早早就在岸边等着。正好我也放暑假了，母亲便把我也一道拉上，等父亲的筏子漂过来。而这简直是我巴不得的事情，对于一个在独家村长大的小孩来说，对人群有一种奇异的迷恋，而一旦真的掉到人堆里，则又是兴奋又是害怕，反而一句话都说不出来了。

后来我回想起那些坐木筏的经历，觉得一只木筏其实就是一场临时性的聚会。整个夏天，有无数场千奇百怪的聚会从文谷河上漂过，而这本身又是木筏之间的盛大聚会。木筏上的人主要有两类，一类是串门走亲戚的，一类是去武元城买东西或卖东西的。除了截岔地带，山村多数都很闭塞，见缝插针地镶嵌在大山的某一道缝隙里，因此，走亲戚和串门对于山民们来说是头等大事。为了走个亲戚，背上干粮走两天盘山路是常有的事。到了亲戚家里，主人和客人都很兴奋，那是一种由衷的欢喜，主人连忙把客人让上炕，摆上炕桌，倒上茶，老婆则忙着生火、架锅、炸油糕，或蒸一大锅莜面栲栳土豆片。主人和客人都像八辈子没说过话一样，好不容易逮到了说话的机会，从见面就开始不停地说不停地说，说得口干舌燥了，喝口水继续说，连上厕所都是跑着去的。吃饭的时候，甩着腮帮子边吃边说，吃完了继续说，说到高兴处便哈哈大笑，说到不高兴处便抱头痛哭，哭完接着又说。一直说到天黑了，月亮爬上来了，一家老小都在炕上躺成一长排了，两个人还杵在被褥当中不停地说，一个听着听着都要睡着了，另一个把他叫醒，拎着他的耳朵继续把话灌进去，他为了礼貌，只好把眼睛瞪得大大的，防止自己再睡着，一边胡乱应承，应承着应承着，眼睛又悄悄闭上了。这样一直说到半夜，说着说着，终于连最后一点声音都熄灭了，连那个说话的人都睡着了。

有些深山里的山民上了筏子也是这样，八辈子没说过话一样，从头说到尾，从天上说到地下，从古代说到未来，把一筏子的人烦得都要跳河了，他却浑然不觉，只管在那里滔滔不绝地演讲，唾沫四溅，站在离他两尺开外的地方都会被喷一脸。若是有人胆敢抗议，少聒噪两句吧。演讲者便愤然反击，你怎么不在文谷河上盖个盖子？管天管地还管起人说话来了？

有的山民上筏子是为了去武元城做点小买卖，这在当时叫"副业"。有个老头，我每次在筏子上见到他的时候，他都抱着一只木盒子，盒子里养着一大块雪白的豆腐。原来他每天半夜就爬起来做豆腐，做好豆腐便拿去武元城卖，所以总是搭父亲的筏子。他每次见到我，都要割下一小块豆腐给我吃，母亲连忙推辞，说，大爷快不要割，割开卖相就不好了。老头不高兴地说，都是迷虎村的人，娃娃吃块豆腐就咋滴啦？原来老头也是当年洪灾之后被迫从迷虎村迁到葫芦川的。

还有一个中年女人，说她打小就是在迷虎村长大的，大洪水之后跟着父母迁到米家庄了，那时候她也就二十来岁。我每次在筏子上见到她的时候，她都挑着两只坛子，坛子里装着酒枣。原来是这女人家里种的枣树多，每年秋天打了枣，她便酿上十几坛酒枣，埋在地里，让酒枣在冬天的时候吸收雪的精魂，待到第二年夏天再挖出来，此时的酒枣已经酒香扑鼻，还夹着一缕雪花的清香，吃几颗人就醉了。每到这个时候，她就搭父亲的筏子去武元城卖酒枣。若是在筏子上碰到从前的熟人，她会拿出酒枣来分给熟人吃，卖不卖倒成了次要的事情，我也被她列入了熟人的范围，每次都会塞给我一把酒枣。有一个老人贪嘴，吃了一把酒枣不过瘾，又从坛子里舀了一大把，吃完不一会儿就醉了，如醉罗汉一般在筏子上东倒西歪地打拳，时而又跑到筏子边，哭着喊着要往河里跳，还说谁也不要拽住他，别人告诉他，根本没人拽他，尽管跳。他便又就近轰走一个筏工，说是自己来掌筏，一直开到它东海去。结果，筏子还没来得及掌，他就盘坐在筏沿上打起呼噜来了。

还有一次，一个在那次洪水之后，从迷虎村迁到水裕贯的老人客死在那里了，老人临死前的愿望是把他送回迷虎村，魂归故里。但从水裕贯到截岔盆地路途遥远，步行的话，至少需要两天两夜，况且还抬着一口柏木棺材。于是，老人的子女便想搭父亲的筏子，带着棺材漂回到曾经的迷虎村去。父亲连犹豫都没犹豫，一口答应，于是，一支浩浩荡荡的送丧队伍便上了父亲的筏子。

那天，我和母亲上了筏子的时候，不禁吓了一跳，筏子上白花花一片，像是哪里都没下雪，就这筏子上下了一场大雪。再一看，原来是一片穿孝衣的男女，戴着白帽，白帽上还有白帘子垂下遮住面孔，有的手里挑着白灯笼，有的举着白色的花圈。在这一片浩瀚的、纯净的白色正中间，却极安静地栖息着一口黑色的棺材，上面还画着艳丽诡异的花卉和鸟兽，一看就不是这个世界上的花卉和鸟兽，面目阴森。几个女人抚着棺材，垂下的白色帘子挡住脸，正发出低低的啜泣声。忽然之间，一阵狂暴的山风疾步掠过文谷河，送丧队伍白衣飘飘，几欲集体成仙，两只最大的花圈被吹到了半空中，拿花圈的人怕花圈被吹跑，死不撒手，于是便被山风一起带到了空中。两个白衣人像乘着气球飞到了空中，筏子上的人齐齐仰起脸观看他们的飞行，连哭也忘了。但好景不长，山风的脾气向来琢磨不定，转瞬又撤走了，两个攀着花圈的白衣人没有了依托，直直坠入了河中，花圈上的白花散落，像莲花一样盛开在河面上。

我发现连送丧队伍也认识我，一个司仪模样的人摸摸我的头，递给我一个白布包，我打开一看，里面是花生、瓜子和糖块。后来一想，这送丧队伍里的人基本都是迷虎村的人嘛，显然，他们都把我当作了一个小迷虎村人。但我一想到父亲的那个本子上记的好多名字都是迷虎村的，便又有些不寒而栗,也就是说,父亲一直想找到的那个凶手,可能就藏在这些人中间,只不过他早已易形,也已经变老,可能就是那个卖豆腐的老头,或是那个拎着沙棘酱走亲戚的老头,还或者,是那个正躺在棺材里的老人。

筏子漂过龙门口,终于漂进了截岔盆地,静静地漂到了迷虎村的尸骸前。

一具棺材漂进来的消息早已传遍了截岔盆地,截岔六村的人都跑过来围观,一时间人头攒动人山人海,小孩子从缝隙里插进来,后面看不见的跳起来往里看,简直像赶庙会。这时候我忽然发现,那没有了窗户和门的鬼屋里居然钻出一个老头来,好像里面真的住了鬼。后来我才知道,原来是洪灾之后迁到了平川上的李顺老汉,因为在平川上实在住不惯,加上老伴去世了,儿女们又各自成家,他便一个人偷偷又跑回了迷虎村,在一堆废墟里硬是捡出一间还算囫囵的房子,起码还有个屋顶,从此便住了进去,加上衣衫褴褛,乍一看到他,还真分不清是人是鬼。

人们都围观着父亲的筏子和那具棺材。倒不是因为亡灵执意要归乡有多稀奇,人老了都讲个落叶归根嘛,而是因为,在水上放筏本来就是件风险很大的事情,所以筏工们都是很忌讳触霉头的,连不吉利的话都不许在筏子上说,更不可能帮人送一具棺材,任是天王老子的爹娘没了都不行。但父亲不但把棺材安然无恙地送回来了,还分文不收。人们用半是敬佩半是狐疑的目光看着父亲。还有些更为复杂的目光明明灭灭地闪烁在人群当中。不待送丧队伍把感激的话说完,父亲已经长杆一点,立在筏头飘然远去。

除了死人,父亲的筏子上还坐过孕妇、新娘、病牛、骆驼、拖拉机,乘客的品种之繁多,令人眼花缭乱,真是应有尽有。而父亲的放筏技术一流,即使在涨洪水的时候,他也能保全筏子囫囵漂进武元城,从没有散排叠排的情况出现。但母亲显然还是放心不下,因此,还是一有空就带着我搭上父亲的筏子,像一大一小两个保镖一样护送着筏子去武元城。生怕哪天父亲忽然一翻脸,来个叠排,把一筏子的人全抖落到河里去。她可能觉得,父亲知道自己的老婆孩子都在筏子上,就绝不至于做出这种事来。母亲把我和她当成两枚人质押在了筏上。

自从送完那棺材之后,在截岔的岸边等父亲筏子的人就越来越多了,人们似乎是得到了一个承诺,连最不吉利的死人都能搭筏子,活人怕什么。父亲仍然是每村必停,有求必应,瘫在脸上的笑容也越来越惊心动魄,几乎要刻进肉里了。我后来想,那时候的父亲,在对"宽恕"的训练上,已经开始渐入佳境,以至于连他自己都搞不清那宽恕的真假。

虽然上筏子的截岔人越来越多,但我发现,这些人都有一个共同的特点,那就是,上了筏子以后,除了神情紧张,不敢大声说话,手里还或多或少会拎着点礼物,几个土豆、一袋银盘、一串柿饼、一包油糕。当他们在筏子上看到我的时候,简直像见了救星,忙不迭地跑到我面前,夸张地笑着,摸着我的头说这小儿一看就很机明(聪明),跟了他爷爷了。又赶紧把手里的礼物塞到我怀里,然后如释重负地做一回乘客。若是我不在筏子上,他们便会在下筏前把礼物悄悄留在筏子上。那些礼物,父亲从来不拿,统统留给其他筏工。而母亲却在背地里嘱咐我,截岔人给你东西的时候，你就收下，这样他们也坐得心安一点。

这一点，她不说我也明白，所以，别人给我什么我都不推辞，像个大号储钱罐，往里面塞什么都可以。于是他们又惊叹道，啧啧，看这小儿懂事得嘞，还真是他爷爷的孙子。不知为什么，我总觉得这话不大像是夸人的。

这天，筏子在经过截岔的时候，我忽然看到一只胖大的莜面口袋晃晃悠悠地上了筏子，口袋下面还长着两截瘦骨嶙峋的腿。我吓了一跳，难道是莜面口袋自己长出腿来了？这时候，莜面口袋被重重摔在了筏子上，一个异常干瘦的老人降落在了我面前，好像是从莜面口袋孵出来的。其实刚才是老人扛着那口袋上来的，只是那口袋足足比他肥大了两三圈，所以把他淹没了，只剩下两条腿。老人的表情比任何人都要惶恐，上了筏子他谁都不瞅，二话不说便从腰间抽出一条裤带，我以为他要脱裤子，连忙去阻止，却见裤子上还绑着一根麻绳，一抖落，那裤带竟是只面口袋，他又把背上背着的葫芦瓢取下来，便开始从大口袋里往小口袋里舀莜面，舀了半口袋才停下来，然后，又把这半口袋莜面背到了父亲面前。还不等父亲开口，他就赶紧抢着开口，眼睛却躲闪到别处，只听他结结巴巴地说，林宗啊，这，这半口袋莜面你千万要，要收下，你要是，要是不收下，俺哪里还敢让你捎俺这对足啊，硬走到武元城去，俺，怕就回不来啦，老啦，腿比人还老得快，林宗啊，这两年截岔人得了你不少的恩惠，俺晓得截岔人对，对不住你，这半口袋莜面你留，留下了，俺心里头多多少少也能好受一点。

听到这番话，日夜瘫在父亲脸上的笑容似乎有些冻住了，好像下一秒钟就会坍塌瓦解，眼睛里也忽然变得波光闪闪，但这个过程只持续了几秒钟，片刻之后，我便看到，一团更大更浓烈的笑容像乌云一样从父亲脸上升起，遮天蔽日，把他眼睛里的波光，把他的鼻子嘴巴全都挡住了。我后来想，自从搬出截岔之后，也许父亲是第一次听到有人对他说这样的话，而这番话提醒了父亲，他还有委屈的权利。于是，感到委屈的父亲用一种更欢快的声音对老人说，叔，你说的这是什么话，怎么是你们对不住我了，要收了你的莜面，倒好像你们真对不住我了，那行？

老人的惶恐已经接近于忏悔了，好像他此刻正站在教堂里，他仰脸对牧师忏悔道，你爹当年被打死在截岔，俺晓得你心里过不去，给了谁也过不去，可是人总要往前瞅，不然还有甚活头？早都过去的事了，过了就过了，你不要老是搁在心里头。

而父亲脸上的笑容还在升级，还在往宽里和阔里长，以至长成了一团巨型乌云，覆盖住了筏子上所有的人，乌云里还翻滚着闪电一样的笑容和目光，只听父亲大声笑着对老人说："叔，什么搁心里头，我连记都记不得，只要我林宗还在这文谷河上放筏，我的筏子你随便坐，但你不要给我什么莜面，我不能要。"

我后来想，父亲大约就是在那一刻意识到的，原来，宽恕也是一种复仇的武器。

老人用乞求的目光看看父亲，又看看我和母亲。母亲拖着瘸腿走到老人面前，接过莜面口袋说，叔，我最爱吃莜面，莜面给我和给他是一样的，我们是一家子。老人感激地看着母亲，然后，慢慢挪到了那只胖大的莜面口袋前，蜷缩在了上面。这时候，父亲周身席卷着笑容走到母亲面前，用不容置疑的口气对她说，不能要人

308

家的莜面。母亲也生气了，回他道，你不吃我吃。父亲恐怖地笑着说，不能要。母亲使劲瞪了他一眼，转身把半袋莜面扔进了河里，然后自己也跟着跳了进去。我急得差点要哭出来，却见母亲嗖嗖地向岸边游去，没想到，母亲居然会游泳。

筏子上的人们都翘首看着母亲，直到她游到岸上才松了口气，只是，筏子上一片死寂，再没一个人说话了。刚才那老人还坐在莜面口袋上，像个很老很老的小孩守在一座孤岛上，又孤独又惶恐。

5

每年的农历八月初二是河神的生日，这一天晚上，不管是上游还是下游的村庄，都会在文谷河里放河灯。河灯分好几种，一种是用瓷碗做的，装上半碗麻油或煤油，再把用棉花搓成的灯芯放进碗里点着。另一种是用琉璃咯嘣做的，做琉璃咯嘣需把玻璃烧成玻璃液，然后用玻璃吹管蘸上溶液，吹出球形或葫芦形，薄如蝉翼，用这样的玻璃容器做河灯简直再合适不过了，在里面灌满麻油，再插一根灯芯就成了。还有一种河灯是纸灯，用纸叠成碗状或莲花状，然后在底部蘸上石蜡防水，在石蜡凝固之前还要放到沙子上，把沙子黏到河灯底部，一来防止灯被浸湿，二来加重灯的分量，不易被风吹翻。纸灯上往往会写一些祝愿的话，还或者，河灯主人会把自己的心愿写上去，好让河神帮自己实现。

到了八月初二这一晚，我早早就守在了河边。随着夜色逐渐浓重下来，文谷河也被染成了一条漆黑的幽冥之河，散发着一种隐隐的恐怖氛围，从山川间爬行而过。突然之间，一片繁星坠落在河面上，幽冥之河竟长出一片金色的鳞片，然后，坠入河里的星星越来越多，不只是多，它们还在河里相互嬉戏追逐，以至于把整条河都点亮了。于是，漆黑的幽冥之河忽然就变得辉煌起来，如一座神庙，好像整条银河都沉入了文谷河当中。

河里的每一颗星星就是一盏河灯，上游村庄放的河灯已经快漂进截岔盆地了，我拦住两盏河灯，上面都长着字，一盏是"风调雨顺，平安是福"，另一盏是"请母亲大人托梦回来"，下面还有落款"野则河村 张开礼"，好像是怕自己的母亲回来时迷了路。我把两盏河灯又放回去了，这些河灯，其实就是一个个信使，背着主人的邮件，千里迢迢赶去送信，只是收件人的身份五花八门，可能是人，可能是神，还可能是鬼。所以，这些河灯，看似漂在文谷河上，实则是漂在生与死的界河里，可以从生的世界漂到死的世界里，也许那里的亡灵都在苦苦等待家人的书信，所以万万不能把这些书信半路截和了。

我也做了一盏纸河灯，还悄悄在河灯上写了一个心愿："我想交到一个朋友，如果那个朋友收到河灯，请把回信放到柏王的树洞里。"柏王是截岔一带最古老最雄壮的一棵虎头柏，据说它已经活了两千多年了，没有哪棵植物哪个村庄能陪它这么久，导致它变成了介于树、神和精怪之间的物种。树干需要十几个人才能抱得拢，光是树杈间的鸟窝便大得像所小房子，至于底下那个树洞则更是恢宏，够三四个人在里面吃饭睡觉。三伏天的时候，我经常去那树洞里睡午觉，森林的寂静清幽自带一种神性，所以，睡在那树洞里，经常会无端感受到一种庄严感，仿佛自己正在一座世外的庙宇里修行。柏王是截岔一带的地标，上至耄耋老人，下至黄毛小儿，无人不晓此树。所以我才在自己那盏河灯上写上柏王，这样不管是谁收到信都知道去哪儿回信。

我把河灯里的蜡烛点亮，然后小心翼翼地把它送入文谷河中。只见它先是在水涡中打了两个旋，然后便如一朵金色的莲花，静静地、安详地朝河流下游漂去。我知道，它将漂过截岔六村连带迷虎村的尸骸，如果截岔六村没有人收留它，它将漂进武元城，如果武元城也没有人收留它，那它可能会漂进汾河，然后随汾河进入黄河，再随黄河进入大海。如此漫长艰辛的旅途，简直赶得上唐僧去西天取经了。又想到这小不点儿的邮差却背负着我那么庞大的一个心愿，心里便又有些感动，只是站在河边，久久目送着它的背影。

自河神节之后我就有了一个隐秘的盼头，但又不想让任何人知道，只是每天都要去看望柏王，顺便在它老人家的树洞里躺一会儿或坐一会儿。其实我是想看看有没有人把回信放到树洞里，也不知道河灯最后把我的信捎给了什么人，我勉强按捺着兴奋和期待，猜测了无数次，可能是和我差不多大的小孩，或许还是个女孩，也或许是个老爷爷，还说不定，最后是大海里的鲸鱼收到了我的信，但它也没法给我回信啊。我去了树洞几次，都扑了个空，心里不免失落，又想到河灯也许已经沉到河里去了，那就真的被河神收到了，也罢。失落之余，还是每次都在幽寂的树洞里静坐一会儿，山风从森林里奔跑而过的时候，柏王会发出沙沙的声音，好似一个老态龙钟的老人正在和我说悄悄话。

过了几天，正当我灰心之际，却在柏王的树洞里捡到一封信，那是一封真正的信，写在从作业本撕下来的方格纸上，更重要的是，寄信人还用同样的纸折了一只信封，把信装进去，用糨糊把口封上，信封上什么都没写，却画了一张花花绿绿的邮票。我心跳不止，无端觉得这信可能是寄给我的，连忙拆开，果然是写给我的。信里写道："朋友，我收到你的河灯了，既然你的河灯能漂到截岔，说明你肯定在截岔的上游，我猜不到你到底住在哪个村，你有空来截岔耍吧，你见过水稻吗？截岔还能长水稻呢。我们截岔本来有七个村，有一个村被洪水冲跑了，就剩下六个村了。你说你想有一个朋友，我也想有一个朋友，我收到你的信，又给你回了信，那我们就算朋友了。我有一个秘密，不想告诉别人，但我可以告诉你，因为我不认识你。我堂姐放暑假又到截岔来了，她在北京上学，比我大两岁，一见我就谝她是北京人，我很讨厌她，每次都不想看见她。有什么了不起，把你生在山里你就是山里人，把你生在北京你就是北京人，没什么好卖谝的吧。我要是能考上大学，也考到北京去。小时候玩捉迷藏的时候，她知道我躲进柜子里就故意把柜子从外面锁上，害我在柜子里被关了半天，差点尿了裤子，我好讨厌她。我在家门口挖了一个陷阱，里面灌了水，上面搭了高粱秆，再铺上树叶，结果她没踩进去，倒是我孃孃踩进去了，我的复仇计划破产了。"

下面没有署名，但我还是激动不已，这是我生平收到的第一封信。而且他不知道我就住在截岔上游的小虎村，而我也不知道他究竟住在截岔哪个村，这让他的来信显得又神秘又遥远。他还在信的结尾说到自己的复仇计划，立刻让我想到了父亲和他的小本子，觉得他就是一个小号的父亲，而我对他们这种人简直太了解了。我立刻隆重地回了信,在信中对他表示了深切的同情,并劝慰他要放下仇恨,要宽恕他的堂姐。写完这句,我自己都吓了一跳,自己什么时候也变成一个小型的牧师了。但我觉得还不够,他在信中向我吐露了一个秘密,他给他堂姐挖了个陷阱,只是他堂姐没掉进去。我觉得我也必须在信中说出一个关于自己的秘密,才显得公平。于是我又在信中写道,我住的这个村子只有三口人,就是我爸我妈和我,另外还有一头牛、一只狗、十只鸡,便是这个村的全部成员。最后我又补充道,我还养了两条鱼,文谷河里逮到的,也算这个村的成员吧,有时候我会把它们装在罐头瓶里,带着它们出去散步。

我也学着折了一只信封,也在上面画了一张花花绿绿的邮票,然后把信装进去,糊住口,放到了柏王的树洞里。过了两天,我发现我的信被取走了,忍不住心中窃喜。又过了两天,一封崭新的信出现在了树洞里。好像这柏王的树洞变成了一个小小的邮局,一个只属于我们两个人的邮局,藏在这无边的森林里。

他在第二封信里又向我吐露了一个秘密,说他上小学的时候,曾偷了同学一支自动铅笔,因为大人不给他买,他实在太羡慕那支自动铅笔了。但这支偷来的自动铅笔他一次都没敢用过,只是悄悄藏了起来,藏着藏着后来就找不到了,直到笔丢了他心里才好受了一些,觉得好像又把笔还回去了,但心里面总觉得自己是做过小偷的。

为了公平,我也在第二封信里回给他一个秘密。我说,你知道吗?瘸子也是能游泳的,我妈就是个瘸子,但她会游泳,因为她从小就在文谷河里游泳,后来上山采药材的时候摔断了一条腿,我外公和外婆又不舍得花钱给她治,她那条腿就落下残疾了,可是尽管腿瘸了,她却还能游泳,还游得挺好的。

写完这封信的时候,我心里某个地方隐隐有些不舒服,那时候我还不知道,这是因为我已经感受到了残忍以及由此带来的不适。但我太害怕失去这个朋友了,便不敢再犹豫,把写好的信装进信封,糊了口,又放到了柏王的树洞里。

到第三封信的时候,他又向我吐露了一个更大的秘密,让我一时有些不知所措。他在信中说,他得了病,已经有大半年不上学了,他妈不让他往外跑,他只能趁他妈不在家的时候,偷偷地溜出去,溜到柏王那里。他还去省城看过病,也住过院,但没治好,现在没有一个同学去看他,老师和同学已经把他忘了。他爷爷说他肯定会好起来的,但他堂姐悄悄告诉他,他的病治不好了,他快要死了。他说,人死了不知道会不会疼,看他们村里死了的那些老人,不吃不喝,一动不动地躺在棺材里,就像睡着了一样,不吃不喝地躺着也不错,什么都不用干,也不用考试,只是怕将来考不了大学了,北京也去不成了,也没法向他堂姐报仇了。

我心里一阵难过,好不容易才交到一个朋友,这从未见过面的朋友却快要死了。我必须回复他一封更为隆重的信。为了安慰他,我在回信中和盘托出了一个更大的秘密,我说你不要害怕,我爷爷已经死了很多年了,死了就是睡一个长长的觉,死了的人白天不会和人讲话,但晚上会去梦里和家里人讲话。我爷爷就时常到我爸的梦里来看他,还会和我爸说会儿话。犹豫了一下,我继续往下写,这时候我已经不再是出于安慰了,更多的其实是出于讨好,好像生怕对方不理我了,不再给我回信了,我必须留住他。我写道:"我爷爷是被人从后脑勺打死的,流了好多血,他死的时候我还没生出来,我只见过他的照片,人死了就住在照片里了。我告诉你一个秘密,你不许告诉别人,我猜我爸一直想为我爷爷报仇,因为他有一个小本子,专门用来记仇人的名字,那本子上的名字足足记了有几十个,我都能背下来,头一个名字是截岔王,第二个名字是游家明,第三个名字是张有德,下面还有一大串,连那个看病先生郝树志的名字都在上面呢。不过,这个仇他肯定报不了了,因为连他自己都搞不清到底哪个是杀我爷爷的仇人,仇人多了等于一个仇人都没有。"

此后我这唯一的朋友就再没给我回过信。我连着去了柏王那里几次,都没看到他给我留下只言片语,我不死心,又给他留了一封信,在这封信里我只问了他身体怎么样了,有没有好起来。因为我已经没有更大的秘密可以出卖了,在前几封信里我已经把自己抖落得空空荡荡了。过了两天,我又去柏王的树洞里拜访,只见里面安安静静地躺着一封信,我赶紧打开一看,原来是我上次写的那封信。这次柏王失信了,没有帮我把信寄出去。我失落地躺在树洞里,知道自己又返回到从前了,我还是那个挂在截岔盆沿上的孩子,连一个朋友都没有。

父亲一如既往地每村必停,有求必应,别的筏子早跑到武元城卸下木料了,他还不慌不忙地漂着,拉着满满一筏子的人、猪、鸡、马、牛、羊、蘑菇、木耳、土豆、饲料,简直就是一只漂在文谷河上的诺亚方舟。遇到腿脚不便的老人要搭筏子,他会跳下筏子,亲自把老人背上去,简直比老人的儿子还孝顺。有腿脚不好的老人攒下半口袋干木耳,想拿到武元城去,武元城有专门收木耳的人,父亲都不用他们亲自跑,在村口接了木耳,去武元城卖给收木耳的人,还要把卖的钱一分不少地再送回去。在这个过程中,父亲不仅表现得相当愉悦,甚至都有点上瘾了,谁不接受他的帮助他就和谁急。他脸上的那层壳越笑越深,但无论怎么笑都有一种挥之不去的阴森,简直像个出土的青铜面具。就连后来的我都有些搞不清楚,当时的父亲是真的感受到宽恕所带来的愉悦了,还是发现宽恕也可以作为武器,从而把这个武器使用得更加如鱼得水?再或者,是两者兼而有之?

母亲赌气不上父亲的筏子了,却把我派出去,让我做她的小特务,任务还是看住父亲。这一日,父亲的筏子又从文谷河漂下来了,我便一个人上了筏子,父亲见母亲没有上来,好像有些失落,但也没多问,只是撑着筏子继续往下漂。

筏子进入截岔盆地,先是漂过了迷虎村的尸骸,从那尸骸里忽然跳出一个干枯瘦小的老头,像是从古老的坟墓里钻出来的,挽着裤腿,赤脚上套着黄胶鞋,嘴角叼着一杆旱烟袋,手里拎着半袋干木耳,是李顺老汉,看样子是打算去武元城卖木耳的。父亲把李顺老汉捎上,然后继续往前漂。接着漂过了大塔村和塔上村,我总觉得起塔上村这个名字是为了和大塔村较劲,你一个小村子敢叫大塔,那我就叫塔上,总能镇得住你。一进截岔,父亲脸上的笑容更浓烈了,近乎浓墨重彩的晋剧脸谱。筏子漂到曲里村的时候,上来两个人,女的年轻些,总试图扶住自己身边的那个铁塔似的老头,老头虽然架着一副拐杖,但还是在努力保持一尊铁塔的威严，总是不想让她扶，仿佛一旦被人扶了，就坐实成残次品了。但他走路实在是够费劲的，他的右腿看起来像条假腿，没法打弯，所以走路的时候，就用全身拖着右腿在地上使劲划圈，看他走过的痕迹，简直就是在地上胡乱画圆圈。

父亲远远看到在岸边划圈的老头，脸上的笑容似乎凝固了一下，但很快，就像反弹一样，他的脸上又轰然绽放出一种更猛烈的笑容。父亲连忙把筏子靠了岸，然后跳下筏子，要亲自接那老头上筏子。老头虽不情愿，但再怎么划圈也划不上去筏子，再加上中过风的身躯滞重迟钝，以至发酵成了过去双倍的分量，两个人都扛不上去，只好又叫来一个筏工，三个人手脚并用，像搬运木头一样把老头搬上了筏子。然后父亲又把老头安顿在一只干燥的麻袋上，麻袋里装满了锯末，是要运到武元城的那家木材加工厂的，这算是筏子上最舒服的椅子了。

等上了筏子我才发现，老头不光是右腿瘫了，连脸都瘫了，右嘴角是歪的，使劲向下扯着，口水从里面滴出来，顺带把右边的一只眼睛也拽了下去，所以两只眼睛一只吊着一只垂着。老头的右手哗哗抖个不停，其中的食指和中指居然是黑色的，质地有点像烧剩的炭渣，这样两只手指插在一只肉质的手上，使眼前的老头有点像改装过的机器人，十分可怖。我怀疑他身上的那些器官，有些是肉质的，有些则也是这种炭渣质地的。难道他在油锅里被炸过？

这时那个从迷虎村尸骸里钻出来的李老汉凑上来，忽然叫了一声截岔王。我才明白过来，原来这就是传说中的截岔王，在父亲的生死簿上稳居头把交椅的那个嫌疑人。想来那两根炭渣般的手指就是当年从油锅里夹铜钱的时候被炸熟了，本来可以锯掉的，一直留着，大约也是一种纪念，就像把勋章佩戴在身上。只听李老汉一点不见外地说，截岔王，你老人家这是瘫啦？连你都能瘫？那俺们还活不活了？截岔王坐在麻袋上一言不发，歪嘴里不停地淌着口水，如果在下面接个盆，估计一会儿就接满一盆了。

他旁边的那个女人不时替他擦一下口水，原来是他女儿。只听他女儿接口道，可不，中了一次风就成这样了。几个从上游下来的人也围过来，七嘴八舌道："瘫子还去赶集？""瘫子不好死，在炕上躺七八年不成问题。""这是半瘫，没瞅见一条腿还能动，全瘫了就麻烦了，每天往裤子里尿。""这嘴都歪成漏斗了，吃饭怕也是个麻烦事吧，吃进去的又都洒出来了。"

这时候父亲过来了，人群安静而不祥地裂开一道缝，把父亲裹了进去。父亲笑容满面地走到截岔王跟前，人群似乎悄悄往后退了一圈，我想起母亲的嘱咐，便上前一步，紧紧跟在父亲身后。父亲亲热地拍了拍截岔王的肩膀，说，叔，有几年没见你了，心里还挺惦记你的，怎么，这是要去武元城赶集？截岔王斜着眼，歪着嘴角，还是一言不发。他女儿忙抢着替他说，不是去赶集，都半瘫了还赶甚集，他一个老伙计的小子吃（娶）媳妇，要在武元城里摆一天武元席，人家还专门跑过来送的喜帖，他一辈子就好个面子，不去也不好，走路太累，又是个半瘫，想着要是能捎上足，就省得走路了。

我只吃过一次武元席，那是截岔地带最盛大的一种宴席，得有十分重大的喜事才配得上武元席。办武元席的时候，武元城的那条主街全部被占满，从街头到街尾摆满桌子，桌子和桌子之间又首尾衔接，组成一条长龙盘踞在主街上。武元席上的菜也是截岔一带最好的，像传统的"炸五谷"和"八大碗"自不必说。"炸五谷"就是炸丸子、炸烧肉、炸花生果、炸山药、炸红薯，而"八大碗"是指清蒸丸子、八宝饭、红烧鸡、方烧、条烧、喇嘛肉、胡萝卜蒸羊肉、炝莲菜。此外，熬鱼和猪肘也一定会出现在武元席上，还有平时根本吃不到的过油肉、酱梅肉、琥珀肉、柏籽羊肉、黄酒焖肉、烤羊排等菜肴也会出现在武元席上。吃一次武元席够截岔人回味一整年，每天在饭市上讨论的也多是那顿武元席。一回头，吃过武元席一个月了，再一看，两个月了，三个月了，半年了，但还像是昨天刚刚吃过一样。办武元席需要不菲的开销，甚至会花掉一家人一整年的收入，所以一般人是不敢办武元席的，但只要办一次那就是截岔最隆重的节日，主人会把所有的亲朋好友请到武元城，还有朋友的朋友，亲戚的亲戚，甚至连正在武元城赶集的陌生人也可以坐上去蹭席。我吃过的唯一一次武元席就是蹭席，可不，截岔谁会请我们一家去赴宴呢？总之，武元席的隆重和热闹是绝不亚于元宵花灯会的。

她语速很快，好像急于替自己和父亲辩解，又好像急着要掩盖点什么。看来，她也是知晓那段截岔往事的。父亲一边笑一边在身上翻找着什么，人群又无声地往后退了一圈，我却离父亲更近了，像父亲身体里分泌出的一个影子，我生怕父亲会摸出一把刀来，或是比刀更可怕的东西。父亲扭脸看了我一眼，目光异常明亮，却什么都没说。父亲最后翻出的是半包皱巴巴的纸烟，他往自己嘴里塞了一根，又递给截岔王一根，截岔王没接，父亲宽容地笑了笑，把烟卡在了那两根炸熟的手指中间，然后掏出火柴，先替截岔王点上，之后才把自己那根也点上。天哪，他连抽烟的时候都是笑着的。

截岔王侧着脸看了父亲一眼，因为一只眼睛高一只眼睛低，所以看人的时候不得不侧起脸，好像看得极为专注一样。他伸出颤颤巍巍的左手，从自己那两根炭黑色的手指中间把烟拔出来，塞进了歪嘴里，我担心那歪嘴连根烟都叼不住，结果他还很体面地把大半根烟都抽完了。父亲手里的烟先抽完了，他灭掉烟头，起身又拍了拍截岔王的肩膀，笑着说，叔，有事就说，咱们可不见外。

父亲转身刚要走的时候，截岔王忽然开口了，声音从一张歪嘴里发出来，倒像是从一个曲里拐弯的洞穴里钻出来的，轰隆隆的，含混不清，还带着些回声。他叫了一声，林宗。父亲停住了，慢慢把脸扭了过来，笑容还挂在脸上。只听截岔王又轰隆轰隆地说，听说你保存着一个小本子，专门用来记仇人的名字，名字记了都有几十个了，俺在你本子上坐的还是头把交椅，你倒挺抬举俺。你不用管俺是怎么晓得的，俺小孙子给俺倒歇的。

他很正大光明地把他的小孙子出卖了，我心虚地往后退了一步，我知道他小孙子是谁了，就是那个和我书信往来却从未见过面的朋友。父亲似乎微微一愣，但没吭声，继续笑，等着截岔王往下说，截岔王果然又继续道，几十个人，你自家能弄机明（清楚）到底哪个是你的仇人？怕是你自家也弄不机明吧。听说在你那本子上坐二把交椅的是游家明，你和截岔不来往，可能还不晓得，游家明得了食道癌，两年前就殁啦。哦，对了，坐三把交椅的是张有德，是吧？你去看看张有德这会儿活得还像不像个人，身子垮了，什么营生也干不了，刚过五十满嘴的牙就掉光了，有人看见他在垃圾堆上捡吃的，送一碗饭摆到他家门口，他还假装看不见，有骨气呢。他还用你当仇人对付？说不来哪天就饿死了。这来多的人，你能分机明到底是谁杀了你爹？怕你也没那个本事吧。你也不用再找了，俺今儿就是来告诉你的，杀你爹的仇人就是俺，你把俺排到头把交椅上算你有眼光，赶紧把其他名字都勾掉吧，就留下俺截岔王。俺这半条老命你随便拿去，甚时候想拿甚时候拿，俺要是和你哼哼半声，就不是人养出来的。你也看到了，俺现今就是个瘫子了，走路都走不利索，能活几天可不好说，你要报仇就趁早，俺死了你找谁报？你要觉得不够，俺再把俺小孙子一起拉上给你垫背，他得了白血病，怕活不了几天了，俺就这么一个孙子，俺们爷俩抵你爹一条命够不够？

他女儿大声打断了他，说甚呢，越说越不像话。一边呵斥一边俯下身帮他擦口水，在他刚才讲话的当儿，从歪嘴里淌出的口水竟把他的衣服打湿了一片。他挣扎着不想让他女儿帮他擦，嘴里还含混不清地喊着，俺就是你那仇人，快不要再找了，以后也不要见人就笑了，怪瘆人的，你去问问哪个截岔人不怕看见你笑？你要不笑，谁都能好受点。这不，仇人就在你对面，以后不想笑就不要硬笑了，对自己的老婆娃娃好一点，你这娃娃，自小俺就见他在截岔里一个人晃悠，连个和他耍的娃娃都没有，也是恓惶。老人们讲求仁得仁，你爹一辈子贪的是好处，俺一辈子要的是个名声，俺死了，这名声正好归俺。

父亲的脸还是笑着的，我却好像看到，他的笑容后面还藏着一个人，那是另外一个父亲，两个父亲交叠在了一起。他特意返回去，其中一个父亲拍了拍截岔王的肩膀，很大度地说，叔，那些过去的事提它做甚，你也上岁数了，把自己的身体保护好才要紧。他刚要转身，截岔王又大声喝住了他，因为右手不听使唤，他只好拼命挥舞自己那只左手，我这才发现，截岔王整个右半边都瘫了，右手右腿，右边那只眼睛，还有右边那个嘴角，只有左半边还能动，所以左边得费力地拖着右边，好像一只牛正拖着身后笨重的牛车。他的歪嘴轰鸣着，俺就是你那个仇人，谁也别和俺抢，俺说是就是，你记下，等俺死了你就没有仇人了。另一个父亲则淡定地笑着说，叔，你弄错了，我根本就没有仇人。说罢转身走开了。截岔王听闻此话，把左手哆哆嗦嗦地伸进了裤腰里，不知道裤裆里藏着什么，等抽出来的时候，手里却多了一把水果刀，看来是出门之前就有准备的。

众人以为他要用刀伤人，不愧是当年的截岔王，便纷纷向后退去，不料，截岔王举起水果刀向自己的小腹刺去，把刀刺进去的时候，嘴里还吼道，俺这条命你不拿是吧，不拿俺给你。众人蒙住了，周围一时鸦雀无声，却见截岔王把刀拔出来，哆哆嗦嗦地还要刺，众人这时候清醒过来，呼啦扑上去把刀夺掉，问一个瘫子夺刀太容易了。只见他小腹上虽然被捅了个窟窿，但因为手上没劲，扎得不深，并没有大碍，只是流了些血。有人脱下自己的裤子做绷带，众人七手八脚地帮他把伤口包扎起来了，截岔王四脚朝天地任人摆布，歪嘴里还大喊着，俺就是你那仇人，俺就是，杀了俺你就没有仇人了，你也好过些，你老婆和娃娃也好过些。

说自己根本就没有仇人比把刀架在仇人脖子上更有杀伤力。看来，父亲还是败给了父亲。

6

过了几天，我又搭上父亲的筏子的时候，听到坐在筏子上的人正在小声议论着什么，看到我过来，还故意把声音放大了一点，看来是想让我，准确地说，是想让父亲听到。原来，截岔王的小孙子昨天夜里走了，白血病，到底没救过来。我心里明白，是我那个唯一的朋友走了，我还连他的面都没见过。想起那天截岔王在筏子上说过的话，把俺小孙子的命也抵给你。又想起那游家明两年前就已经死了，却至今还躺在父亲的生死簿上。心里忍不住替父亲感到愧疚，还有一种隐隐的恐惧感，好像那个从没有见过面的朋友，还有游家明，真的把命都抵给我爷爷了。于是，他们和我爷爷变成了一个人，或者，同一个鬼魂。回到家里以后，我有些畏惧地看着墙上爷爷的照片，他坐在那里，看起来更庞大更阴森些。

为了与墙上的爷爷对抗，我偷偷做了一件事情，我把父亲的小本子藏到了柏王的树洞里，无论我把什么藏进去，包括我自己，它都会保管得好好的。令我感到意外的是，父亲并没有到处找他的那个小本子，甚至好像都忘记了它的存在，他喝完一壶酒之后，便坐到河边抽烟去了，他久久坐在河边，不知道在想什么。母亲很不放心，派我出去跟着父亲，我只好也坐到了河边。月亮爬上来了，月光点亮了河水，河水又照亮了我和父亲，我自己和自己做

游戏，猜测现在父亲的脸上是笑还是不笑。我赌他不笑，因为他实在没有必要大晚上对着一条河笑，况且，他白天笑，晚上笑，也该笑累了。然后我悄悄扭过头，看看父亲的脸。他真的正对着一条河笑。我赌输了。

就这样又过了几日，这天，母亲说她新晒了些羊肚菌，要拿到武元城去卖，便又带着我上了父亲的筏子，我知道她是找个借口上筏子。父亲见母亲上来了，虽然什么话都没说，还是那副笑脸，但我能看得出他由衷地高兴。我发现我已经不知不觉练就了一种本事，那就是，能辨别出父亲脸上的千百种笑容，高兴的笑，仇恨的笑，宽恕的笑，恐惧的笑，刀光剑影的笑，泪如雨下的笑。

筏子漂进截岔，漂到南堡村的时候，上来一个人。此人极瘦，骨架外面包着一层皮，还是个秃子，头上没有一根头发，光着脚，连鞋都不穿，他张开嘴说话的时候，我才发现，他嘴里没有一颗牙，但他的年龄看上去还不足以要把牙齿都掉光。总之，他身上有一种强大的荒芜感，强大到不仅不需要鞋，甚至连头发和牙齿这样的点缀他也不需要了，这又使他周身散发着一种奇异的洁净，虽然他身上的衣服已经接近于褴褛了。他上来的时候一手拎一只木桶，盖了盖子，不知道里面装的是什么。我当时还不知道，此人就是生死簿上的三号人物张有德。

张有德上了筏子以后，放下两只木桶，目不斜视地走到了父亲面前。父亲忙笑着和他打招呼，有阵子没见了，这是要下武元城去哪？张有德平平静静地看着父亲，忽然就开口了，声音从没牙的嘴里发出来，像风掠过石滩，带着些枯肃和苍冷，但令我印象深刻的是，连他的声音里都带有一

种洁净之气，像个参禅得道的僧人。他的话很简单，他说，听说你在找杀你爹的仇人，我是来告诉你，仇人不是截岔王，也不是游家明，是我。截岔王不过是为了留名，我才是你那个仇人，把我的命抵给你爹，你就可以安生了，以后切勿再找了。

说罢他走回到两只木桶前，众人以为他要从桶里拿什么武器，吓得往后退了一圈，只有母亲脸色一变，拖着一条瘸腿朝张有德走去，在她还没有走到张有德跟前的时候，张有德已经一手拎一只木桶来到了筏子边。在众人还没有反应过来之前，他提着木桶轻轻一跃，跳进了河水中。那两只木桶里装的竟然是石头，所以掉到河里之后，两只木桶拖着他迅速向河底坠去。母亲趴在筏沿上大喊，快撒手，快些撒手。但眨眼之间，张有德已经从文谷河里消失得无影无踪了。

多年以后，当我回想起第一次也是最后一次见到张有德的情形，那情形如同达利的画一样，渐渐扭曲幻化，甚至飞翔，他在画中变成了一个骑士，但他骑的不是马，不是鲸，也不是风，而是两只桶，他骑桶前往的地方，忽而是水草蓊郁阴森的河底，忽而又是白云疾驰而过的天空，而去往这两个地方，本身又是一回事，都是无尽处，都是生死消弭之处，对于他来说，那确实是最好的去处。人要是都无法死亡，很多事情就失去了意义。他其实是把自己献祭给了一个概念，比如集体，而概念对人残酷的戏弄，又被献祭这种行为的庄严性弱化了，以至于像他骑桶这样的行为都显得不那么滑稽了。

他们在河底找到他的时候，他的两只手还死死焊在木桶上，撬都撬不开，最后只好连人带桶一起捞了上来，最后把他放到一口薄棺材里的时候，那两只桶依然陪着他，变成了他身上异常忠实的一部分。

我一口气跑到了柏王的树洞里，那个小本子还在，我惊恐地发现，它尽管被我封存在这里，它里面的那些人却一个接一个地走了出来，走到了父亲面前，又从阳间走到了阴间，它真的成了一本可怖的生死簿。我数了数，除了勾划掉的，本子里还有三十九个名字，我担心这三十九个名字会一个接一个地从本子里走出来，一个接一个地搭上父亲的筏子，然后每一个名字都郑重告诉父亲，我就是那个你要找的仇人。三十九个仇人，你不知道哪个是真的哪个是假的，只是感觉这三十九个人组成的空间，像极了一个摆满镜子的密室，你无论朝哪个方向看去，都能看到人影。到最后，你会发现，这间密室里其实堆叠着无数个人影，在镜子里，镜子怀抱的镜子里，镜子对面的镜子里，一个又一个的人影像种子一样破土而出。

为了不让更多的人发现小本子里的秘密，我决定把它藏得更隐蔽一点。于是我顺着柏王的树干往上爬，后来在树干上找到一道裂缝，我把本子塞了进去，又在外面伪装了些树叶和青苔，从外面一点都看不出来，我这才放心地从树上下来，回了家。

快到家的时候，天已经黑了，我站在山坡上看着前面那点孤独寒瘦的灯光，那就是小虎村，它像是一切村庄甚至城市的起点，都是从一盏灯光开始的，又像是世界的尽头，那尽头处大概也是这样一盏孤灯吧。进了家门看到父亲又在喝酒，与往日不同的是，桌上连碟花生都没有，只光秃秃地摆着一壶酒和一只酒杯。我怕他问我有没有看到他的小本子，但他没有，甚至都没有和我说话，他只是对着酒杯微笑，一杯接一杯地喝酒。墙上还是爷爷的那张旧照片，黑白色天生的肃杀搭起了一座阴森的小庙，爷爷端坐其中，俯视着我和父亲。

我也抬头注视着他。我发现他变得更庞大了，大概是因为，张有德也被他吸附过去了，也成了他的一部分。到最后，那本子里的三十九个人会不会都被他吸附过去，而他将变成一个巨人，住在那黑白的庙宇里。这时候，只听父亲问我，小虎，你的作业本有没有没用完的，给我一本。我刚要回答，忽然听到传来一阵敲门声。对于一个独家村来说，听到敲门声是一件稀有而不安的事情，这么多年里，除了外公和舅舅偶尔来敲过门，我还从没有见过别的客人登门。

开门一看，门外站着的不是外公也不是舅舅，而是一个真正的客人，这真正的客人出现在小虎村，简直如同天外来客。来人是那个住在迷虎村废墟里的李顺老汉，他从一个村庄的尸骸里走到一个如孤坟一般的独家村，气质上倒还是一致的，都是一些被世界抛弃和遗忘的角落，所以看到他也不应该太惊奇。父亲忙把李老汉让进屋里，说，顺叔，你怎么敢走黑夜路？不怕遇上麻虎（狼）？我低头一看，他的胶鞋都湿了，估计是被山间的夜露打湿的，他也不坐，很不见外地操起桌上的酒壶，给自己灌了两口，似乎是在给自己壮胆，壮完胆之后，如小鸡般瘦小的李老汉大义凛然地对父亲宣布道，林宗，俺就是你要找的那个仇人。

我赶紧想了想生死簿里有没有李老汉的名字，好像是有的。我既恐惧又兴奋地想，完了，本子里的三十九个名字排着队来找父亲了，每一个名字都会告诉父亲一句同样的话，我就是你要找的那个仇人。

三十九个仇人站在面前，父亲估计都要应接不暇了，想不到，有一天连仇人都能大丰收。

这时候母亲从厨房出来了，端出小米稀饭和葱花烙饼，请李老汉坐下吃饭，但李老汉不吃不喝也不坐，只是凛然站着，果然是个仇人的样子。以往在翻看父亲那个小本子的时候，我无数次地想象过，那个仇人究竟长着一张什么样的脸，现在，截岔王、游家明、张有德、李顺的面孔都重叠在了一起，然而，还有更多看不清的面孔重叠进来，当三十九张面孔重叠在一起的时候，我究竟会看到一张怎样的面孔？

只见李老汉不但不吃饭，还干脆把脖子往父亲面前一横，说，快些拿去，来给你送人头你还不要？俺就是你要找的那仇人，仇人给你送人头来了。父亲脸上依然堆着笑，他看着那颗花白的头，后退了两步，连哄带骗地对李老汉说，顺叔，要是不吃饭就早点回吧，夜深了怕麻虎（狼）都出来了，我家就一张炕，多个人也睡不下。李老汉继续梗着脖子说，半截子进棺材的人了，还怕它个麻虎（狼）？有本事让它把俺吃喽，有本事让它连骨头也不要吐。母亲也过来劝慰道，顺叔，林宗他胡写乱画了几个名字，就是闲得没事干，都是一个村出来的，有话好好说。

李老汉收起脖子，目光正好与墙上的爷爷相遇，他忽然就跳起脚来对着爷爷说，还能活几年，老子谁也不怕了，林宗，你晓得你有多少个仇人？就你本子上记下的那三四十个名字？你说得不差，截岔王必不住（可能）是你仇人，游家明、张有德也必不住（可能）是你仇人，可是，迷虎村下游的大塔村、塔上村、曲里村、柏林村、西落村、南堡村，哪个村没有你的仇人?告诉你句实话吧,那几个村哪个村都有想杀你爹的人。那时候,你爹仗着迷虎村在截岔的最上游,总是把水坝拦住为难下游,先把本村的地浇饱,就是本村的地浇饱了,他还是不让坝痛快地打开,下游几个村的地就早着,最后早得实在不行了,就有人来偷水,就打起水仗。你晓得他为甚要这么做?因为在文谷河沿岸,控制了水就控制了人,其他六村就都得听他的,水拿在手里就是权力啊,他要的就是那点权力。那时候迷虎村的人还都挺吃兴(得意),谁让俺们村排在截岔最上游呢,老天爷赏饭,后来报应就来了。不过最吃兴(得意)的还是你爹,谁让人家是村长呢,人家能把迷虎村的地浇得饱饱的,粮食长得最多,村里人谁敢不听他的?人家还把上面也哄得好,上面可信得过人家呢。还有件旧事,俺不晓得你记不记得,以前迷虎村有个叫林三为的人,这人愣,就不服你爹,时常在半夜的时候偷偷打开水闸,给下游的几个村放水,你爹骂他吃里爬外,后来,这个人忽然就没了,哪里都找不到,他爹妈一直在等他回来,他爹直到咽气都没等到。那年大洪水把迷虎村都冲跑了,林三为家的房子也被洪水端走了,洪水过后,房子底下露出一具尸首,烂得就剩下骨架了,也认不出是谁,草草就埋了,可俺估摸着,那骨架就是林三为的,谁能想得到林三为就在自家的房子底下躺着?就是没人能想得到,才把他埋在那里吧。俺说句公道话吧,爱不爱听是你的事,你爹当年就是文谷河上的一个水霸。

父亲没说话,只是扭过脸,笑着看着爷爷的照片,似乎想把爷爷从墙上叫下来对质。李老汉也看着爷爷的照片,于是两个人的对话变成了三个人的,只是其中两个人都不说话罢了。李老汉对着爷爷的照片说,这只是截岔六村,你以为迷虎村的地浇饱了你就没有仇人了?告诉你吧,你在迷虎村的仇人更多。迷虎村后来不是被文谷河收回去了吗?人家是条河,是爷,俺们不过是些受苦人。迷虎村被收回去以后,上头说不就地建村了,再建还是要淹,干脆把村民们都安置到别的村去,那安置村民的名单就交给你爹来定,人家是村长嘛,对迷虎村的情况最熟悉,这就又成了他手里的权力。

我发现父亲脸上的笑少了一半,剩下的一半薄薄地浮在脸上,倒更像是一层遮挡自己的面纱,仿佛在半梦半醒中一样。他站在那里,还是一句话都没说。而李老汉已经说上瘾了,根本不管父亲接不接话,他住在废墟里,大概很久没有好好和人说过话了,他还在往下说,迷虎村的三百多号人被分散到了五十多个村子里,有的被贬到了平川上的义望、洪相、广兴,俺们一家就被贬到了广兴村。说起来还是去了平川呢,结果呢,俺们的口音和人家不一样,吃食习惯也和人家不一样,人家叫俺们"山斗子",看不起俺们,笑话俺们的口音,俺们还嫌他们寡淡,又寡淡又精,人太精了就没尿意思了,连个串门的地方都没有,说起来是去了平川上了,平川上生活比山上好,那和贬犯人有什么区别?俺是一天都不想在那里待,连做梦都梦见回了山里了,梦里把俺高兴的呀,可算是回去了。后来,俺的几个儿女该娶的娶,该嫁的嫁,俺老伴儿也走了,就剩下俺孤人一条,俺还待在那里做甚?俺就赶紧跑回来了,回来了连电也没有了,但心里舒坦,俺自家种点菜种点山药蛋就够吃了,文谷河的水随便吃,又没盖盖子,平川上吃个水还要掏水费。有的被贬到了深山里,像那些老雕都去不了的村子,什么大草坪、金沿,除了牛羊,一年到头看不见个人影影。有些村不靠河不靠路,去哪里都要靠两条肉棍棍腿,从截岔走到苏家岩还不走他个四五天？饿了吃口干炒面,黑夜了就睡在树上。还有的去了庞泉沟,那里的雪就没停过,七八月还在下雪,冬天下的雪能把人埋掉。这都算近的啦,还有的被贬到了什么河北、山东,李五金一家还被贬到了南方,那去了南方可怎么活？连说话都听不懂。李五金后来就报销在南方了。

父亲的脸色开始发白,似乎呼吸也有些艰难了,很像一个掉到河里正在溺水的人,但他脸上还艰难地残留着一点笑容。我看着他残留在脸上的那点笑容,希望连这点笑容也消失掉,似乎只有这笑容全部消失掉,父亲才算痊愈了。这段时日里,笑已经成了父亲的一种疾病。李老汉并没有因此停下来,相反,他的演讲已经逼近高潮了,只听他大声说,你爹把村里人人贬发到无远可近（遥远）的地方,他把自己安排得倒齐全,带着你们全家搬到了曲里,那还用搬？你说说看,除了那几家和他关系好的留在了截岔,迷虎村的人哪个不该是他的仇人？所以,你以为你在本子上记上那三四十个名字就够了？那哪够,每个截岔人都有几个亲戚吧,还有亲戚的亲戚,哪个截岔人的亲戚实在看不过眼了,跑到截岔来给你爹一榔头,然后往深山老林里一钻,也不是没可能吧,那哪还能寻得见？你晓得你为甚一直寻不见那个仇人了吧,因为那个仇人根本就不是一个人。

我和母亲一起看向父亲,不知什么时候,他脸上的最后一点笑容也消失了,我很久没有看过父亲不笑的样子,一时竟有点不认识他了。但渐渐地他脸上重又有了光亮,好像他已经从溺水中把自己解救出来了,然后,他朝着一个虚空的地方,再次慢慢笑了起来,他无声地微笑着,整个人有一种如释重负的轻盈和自由。

我后来想,也许,父亲就是从听到爷爷把文谷河的水当作权力的一瞬间明白了他自己,他把宽恕当成了一种权力。他们其实如此相似,不愧是父子。我想,也是从那一刻起,父亲真正放过了自己。

7

父亲问我要了一个没用过的作业本,把里面的方格纸一张一张地撕了下来当作信纸。他写了很多封信,又专门下了一趟山,在县城找到邮局,按照爷爷留下的那张"迷虎村移民迁居录"上的地址和名字,把那些信一封一封地寄了出去。沿文谷河的那串村庄,包括截岔七村,他捎的则是口信。所有的书信和口信都是同样的内容,八月十五的晚上他要在武元城摆武元席,请所有的截岔人包括早年迁出去的截岔老人们都来赴宴,一来是为截岔人能过个团圆节,二来是,这可能是最后一次摆武元席了,因为要在武元城这里建文谷河水库了,等水库建起来的时候,武元城就整个沉到水库底下去了。

他还给我爷爷写了一封信,但写好之后就烧了,他说只有烧掉,死人才能收到。我想起我那写在河灯上的信,是河灯做邮差,把它送给了收件人,后来又是柏王做邮差,传递着我和我那唯一的朋友之间的书信往来。现在,是火做了邮差。只见这个邮差伸出蓝色的舌头,舔着那封薄薄的信,那信转瞬之间就变成了黑色的羽毛,在火光里安静而诡异地翻飞着，带着幽灵的气质，大约那个世界里的亡人已经收到了。而信里的那些字，我还一个都没看到就被烧成了灰，这样也好，毕竟是写给爷爷一个人的信，那就只应该让他一个人看到。每封书信都是长有心脏的，都抱着一个秘密，书信若是人人都可以看，那这个世界上就没有暗影和角落了，该多无趣。

为了筹办这次武元席，父亲拿出了这几年他放筏攒下的全部积蓄，母亲不仅支持他，还拿出了自己卖鸡蛋和木耳攒下的一点钱。父亲下了两趟山，去平川上置办各种食材，然后请林场的卡车把食材拉到武元城，还拜访了几个红白宴功夫最好的大师傅。因为摆武元席那天是八月十五，准备些月饼自然是必要的，所以母亲也开始前后忙碌起来。她拉着我，漫山遍野地找核桃，找山杏，采野玫瑰花和银盘。山杏和野玫瑰采到后要用白糖腌起来，腌好后可以做月饼馅里的青红丝。我爬上核桃树摘核桃，母亲在树下捡桃，母亲采野玫瑰的时候，我把花瓣谢去后露出的玫瑰瓶儿放进嘴里嚼，清甜中带着一缕玫瑰的花香。母亲在松树下采银盘的时候，我爬上树摘松果，里面的松子也是做月饼馅的原料之一。还采了些野果，刺李和蛇莓可以酿果酒，茅莓可以做醋，沙棘则可以做成沙棘酱，用沙棘酱可以做一道美食叫"开口笑"，做的时候先把黄米蒸熟，红枣去掉枣核，再把蒸熟的黄米塞进红枣里，然后把南瓜掏空，里面塞上红豆、玉米、松子，再上锅和红枣一起蒸熟，最后把熬好的沙棘酱浇在上面就成了。顺手还采了些草药，比如黄芪和党参，黄芪可以做一道菜叫黄芪煨羊肉，大补。金露梅和银露梅的花瓣则可以泡茶喝，还有些野菜的嫩芽，比如铁扫帚、野葵、小茴蓿什么的，开水一焯再凉拌一下就很可口了。

山杏和野玫瑰花腌好了，分别切开做了青红丝，再把核桃、花生、芝麻、松子捣碎，加入黑糖搅拌均匀，从广寒宫的模子里抠出来的月饼要放到泥炉里慢慢焙上两个小时，烤好的月饼是金黄色的，咬一口，满嘴都是玫瑰花香。除了月饼，还要做油糕和馏米，这都是阳关山上过节必备的吃食。油糕是把糜子磨成面粉，蒸熟了揉成面团，里面可以包红豆枣泥馅，也可以包萝卜黄豆馅，还可以什么都不包，那就是素糕，油糕不炸也可以吃，那就叫瘦糕，把包好的油糕一层一层地码到瓮里，可以放很长时间。做馏米的时候则要选用一口最大的锅，足够一个人在里面洗澡的那种，一层黄米一层红枣地铺在笼屉上，再在最上面撒上一层五颜六色的果干，像什么杏干、蛇莓干、山葡萄干、山楂干、金瓜干、栒子干，大火蒸几个小时，每隔一个小时要往米里淋一次水，等到米香四溢的时候就可以出锅了。

父亲则在武元城忙宴席的筹备，很多菜都是需要事先准备好的，像丸子、烧肉、小酥肉、方肉、喇嘛肉、花生果都是需要事先炸好的，红薯和山药也需要事先炸好，沙棘红薯和拔丝山药是小孩子们特别喜欢吃的菜。另外一些菜，比如蒸肉、蛋卷和皮冻也是需要事先做好的，蒸肉需要把猪肉馅和土豆泥和在一起，再上锅蒸熟。买回来的猪、羊、鸡、鹌鹑先后都派上了用场，鸡变成了香酥鸡，鹌鹑变成了鹌鹑茄子，猪头肉、猪蹄和猪耳朵已经卤上了，猪血还做了猪血肠，从文谷河里捕的鱼养在盆里，是准备做熬鱼的。

终于等到了八月十五那天，武元席自

然要在晚上摆，顺便可以赏月。我下午就和母亲抬着月饼和油糕去了武元城，只见那条主街上已经摆满了桌子，长桌子、方桌子、圆桌子，各式各样的桌子毫无缝隙地连接在了一起，像条瘦骨嶙峋的龙卧在那里。我眼巴巴地等着，终于等到天黑了，然后，我看到东边的那排山峦上忽然镶了一道银边，便知道月亮要升起了，心里一阵欢喜。等着等着，终于等到一轮巨大的满月从山峦后面慢慢爬了出来，随着月亮的升起，银色的月光像大雪一样覆盖了山谷里的武元城。响泉滩上的那些积水像大大小小的镜子散落在那里，每一面镜子里都住着一轮月亮，甚至连碗口大的小水坑里也住着一轮幼小的月亮，好像全世界的月亮都在这一晚跑出来团聚了。城里那些庙宇、道观、戏台、店铺全都被镀上了一层银光，连主街上的那些桌子都闪着银光。而武元城周围的那圈山峰在月光的反衬下更显黢黑森然，像威严的众神站立于四周，慈悲地俯视着这座小小的木城，大约它们也知道吧，知道这木城即将结束自己的使命，知道今晚的武元席便是最后的盛宴。

祭过月明爷之后，终于开始上菜了，一道接一道的菜被端上了桌子，相同的菜每隔两张桌子就上一盘。"炸五谷"和"八大碗"上来了，过油肉、酱梅肉、鹌鹑茄子、黄芪羊肉、扣肉、熬鱼、香酥鸡、银盘炒肉、虾酱豆腐、羊杂割、拔丝山药、开口笑、猪头肉糕、虎皮肘子、佛手卷、烧花油、小烧肉、大烩菜也都上来了。虎头虎脑的铜火锅也摆上来了，里面翻滚着烧肉、丸子、豆腐、土豆、白菜、木耳、粉条。每张桌子还上了一盆头脑，头脑是把羊肉、黄芪、良姜、煨面、莲藕、山药、黄酒糟、羊尾油炖在一起做成的汤食，最好的头脑用的都是雁北羊。只见汤色洁白如玉，每一盆玉白色的汤里都卧着一轮金色的月亮，酒也摆上来了，有黄米酿的黄酒，还有刺李酿的果酒，是专门给小孩子喝的，每只酒碗里也沉着一轮月亮，月饼摆上来了，也是缩小版的月亮。一眼望过去，这长龙身上竟然栖息着无数个月亮，连小孩子的瞳孔里都升起了月亮。到处都是月亮，像是天上那轮月亮的子嗣们都来到了人间。

母亲一直提心吊胆地等着，她生怕宴席摆好了却没有人来赴宴。但随着月上中天，前来赴宴的客人们三三两两地在月光下出现了。他们有的是从山上步行几天下来的，有的是搭乘筏子下来的，有的是骑马过来的，有的是从平川上骑自行车上来的，有的是被林场的卡车捎过来的，有的是从外省坐火车再坐汽车、拖拉机再步行过来的。无论乘坐的是何种交通工具，当他们一个接一个在月光下出现的时候，又好像，他们是集体乘着月光来赴宴的，今晚的宴席应该叫月光宴才对。

菜上齐了，酒斟好了，月饼也摆上了，那条瘦骨嶙峋的长龙忽然变得五光十色，近于华美。客人们纷纷入座，多年不见的故人们相互问候，有的还抱头痛哭，宴席就要开始了。父亲也在月光下出现了，他端着酒碗站在龙头处，声音洪亮地对着整条长龙说，截岔七村的父老们，我代我爹向你们赔个不是，这碗酒就算是我爹敬你们的了。说罢一仰脖子，一碗酒一饮而尽，然后他放下酒碗，后退几步，郑重地跪在了地上。父亲在月光下朝着众人磕了三个头。整条街上鸦雀无声，只有大雪一样的月光纷纷扬扬地将一切覆盖。

在来年春天到来之前，住在武元城里的人们陆陆续续搬了出来，因为开春的时候水库就要开始动工了。几年之后，水库建好了，整座武元城就要沉到水底了。水库放水的那天，几乎截岔七村的人都涌到了水库边，来和武元城告别。随着水位的慢慢升高，孝文庙、观音庙、崇真观、四圣宫、寿隆寺、古戏台渐渐从人们视野中消失了，店铺林立的两条街道也消失了，到最后，只剩下了白塔的塔尖还露在水面之外，所有人都依依不舍地注视那个塔尖，直到它也消失在了茫茫水面上。最终，山谷间长出了一面碧波粼粼的大湖，从唐朝始有的武元城葬身于其中。

又过了两年，阳关山里的盘山公路也修起来了，是顺着文谷河修的，河到哪里路就到哪里，看起来更像文谷河的一道影子。公路从山顶的庞泉沟蜿蜒而下，如一条丝带般一直蜿蜒到水库边，又擦着水库的边过去，一直伸展到平川上，与平川上那些密密麻麻的公路交汇在了一起。它也找到了自己的归处，就像河流最终会汇入大海一样。

随着公路修好，还有人们在生活上对木材的需求量大大减少，木筏也渐渐从文谷河上消失了，随之一起从文谷河上消失的，还有放筏工。自从林场不再放筏之后，父亲就在家里专心种地，闲时采采木耳和蘑菇，我家没有再搬进截岔盆地，我们的独家村依旧挂在盆沿上。再后来，截岔的孩子们纷纷离开家乡，都去平川读高中去了，开始了住校生活，这其中也包括我。大约是得益于从小习惯的孤独，在学习上倒颇能耐住性子，导致我读高中的时候学习成绩还不错。

但每年夏天一到了汛期，文谷河开始涨水的时候，父亲都会自制一只木筏，从文谷河的上游往下漂，仍是在每个沿河的村口都要停留一下，把那些想去下游走亲戚甚至想去水库钓鱼的人们都捎上。筏子依然要走半个月的水路，漂过龙门口，漂进截岔盆地，最后漂进文谷河水库。漂进水库的筏子上已经只剩下了父亲一个人了，他会放下长杆，静静立在筏头，任由筏子随水飘零。烟波浩渺的水面上映着翠峰的倒影和父亲的一叶扁舟，远处的芦苇荡里芦花如雪，不时有几只体态优美的水鸟从芦苇荡中飞出，从水面上滑翔而过的时候，总是会留下一道丝绸般的水痕。

我考上大学的那年，他腿上的风湿性关节炎已经很严重了，以至腿都变形了，走路的时候也开始一瘸一拐。不过母亲宽慰他道，两个瘸子一共还剩下几条腿？三条。他说，能剩三条也不错。

也是在每年的这个时节，都有很多大南瓜和大冬瓜从文谷河的上游漂下来，有的南瓜和冬瓜大如一座小房子，在上面掏个门，直接就能住进去。每个南瓜和冬瓜上都刻着父亲的名字"林宗"，而且不是刚刚刻上去的，应该是在它们很小的时候就刻上去了，随着它们渐渐长大，那名字便也牢牢长进了肉里，像人身上的文身一样，洗都洗不掉，直至变成了肉身的一部分。父亲不忙的时候会蹲在河边，乐呵呵地收他的邮件，不过，即使父亲没有及时收到那些南瓜和冬瓜，它们顺着河水漂进了截岔盆地，也总有人会把它们送回来，端端正正地摆在我家门口。

因为，那上面是写了收件人的名字的，那是寄给我父亲一个人的邮件。

巴旦木也叫婆淡树

杨 方 《野草》2024 年第 6 期

推荐语

杨方的叙述，荒诞、幽默，经常妙语连珠。《巴旦木也叫婆淡树》从茅厕入手，从江南到西部，从形而下到形而上，为一个人、一个地方和一个时代立传。在当下的文学地图上，杨方标注了义乌和义乌人的精神传奇。（吴玄）

方尼娅出生的地方有着近乎无止境的日照，五点刚过，东边天空就开始泛白，直至晚上接近十一点，西边的天光还没有完全黑透。李祖不一样，李祖的白天和黑夜基本平分。

李祖是方海平出生的地方，他对白昼和黑夜的划分习惯以李祖为准。身在其他时区，方海平会发愁白昼没完没了地延长，傍晚的霞光，像极光一样永不消退。这大大扰乱了他的原生生物时间。原生这个东西，往往会伴随着一个人的一生，直至死去。在和李祖有三小时时差的地方，方海平按照李祖的天黑时间开始打瞌睡，进入一种白日梦游的状态。这就好像在水底睁着眼睛看东西。有一天下午，他漂浮在阿拉木图的某个露天泳池里睡着了，醒来的时候，看见水面漂浮着一片巴旦木树叶。周围没有一棵巴旦木树，连其他随便什么树种的树都没有一棵。方海平怀疑这片细长的叶子，是从他梦里掉出来的。他伸出手，将湿漉漉的树叶捞起来。巴旦木叶子的形状，和李祖水蜜桃树的叶片有点相似。这让他猛然想起，在此之前，他生活在一个叫李祖的地方，说语速极快且发音响亮的义乌方言。现在他置身另一个国家,有一个金发的妻子,还有一个混血的女儿。他操俄语说话,有时候也操哈萨克语。

于是在方尼娅六岁那一年,方海平带她回了一趟李祖。这个丘陵地形的江南小村子,一年四季氤氲着水雾之气,好像大地上的一切都在呼吸,吐纳。田畈里青纱帐一样的甘蔗林,晨昏时分被阳光照得如水般闪闪发亮。方海平每天领着方尼娅去认识李祖,一口淹死过人的水塘,水塘旁飞檐翘角、青砖黑瓦的建筑是方姓人家的祠堂,祠堂门口坐着的驼背老人是李祖的太太公。太太公刚生出来的时候肩胛骨的地方长着一对小翅膀,大人们用土布将那对翅膀紧紧地捆绑起来,没法生长的翅膀,最后长成了难看的驼背。

方海平摸摸方尼娅的肩胛骨,方尼娅很瘦,肩胛骨很突出。医学上这叫翼状肩胛骨,属于遗传或后天形成。

李祖人的肩胛骨都很突出,好像有一对翅膀没法长出来,方海平说。

那时候分散于各处的粪缸已经被移走,整治农村环境建设刚刚开始,村子里打算修建两座公厕。方海平回来后慷慨地出了一大笔钱,由于这些钱修建两座公厕绰绰有余,村里于是决定多修几座,这样多少可以弥补粪缸移走后给村民带来的不便。方海平带着方尼娅从正在建造的公厕前走过,有种荣归故里的感觉。一路上都有人和他打招呼。方海平用义乌方言回应他们,这让一旁的方尼娅大为惊异,就好像听见一只低嗓门的棕背伯劳,突然发出了南方柳莺的叫声。尤为让方尼娅不安的是,李祖人当着她的面,热烈地分析这个漂亮的洋娃娃,混杂的长相中哪些部分属于父系血脉的遗传,哪些部分属于母系血脉的遗传。在人类的遗传中,到底是父系基因强大,还是母系基因更为强大。方尼娅看着他们的嘴快速地开合,觉得这些人的脸长得没有太大的不同,人人都面貌相似,而且所有的人都姓方,仿佛来自同一个家庭。

叫李祖的村子没有一个人姓李,这多少有点奇怪。就像叫李子的树上没有一个李子,反而结着另外一种水果。长着亚洲面孔的祖母,通过方海平的翻译,勉强让方尼娅明白最早生活在李祖的是姓李的人,后来方姓人迁徙至此,人口越来越多,李姓人就把村子礼让给了方姓人,为了表达对李姓人的感恩,方姓人没有改换村子的名字,而是一直沿用了李祖。

那么,那些方姓的人是从哪来的?那些李姓的人后来去了哪里?方尼娅的中国话有点生硬,但表达还算清楚。

亚洲面孔的祖母显然回答不了从哪来,到哪里去这样的问题。她伸出粗糙的大手,一把抓住方尼娅,拎着她爬上一根陡立的竹梯,上面是储物间一样杂乱的阁楼,祖母拍打着一口红漆棺材,通过一些肢体动作,让方尼娅明白这是她花了大价钱给自己准备的。为了保证死后可以腐烂得慢一点,每年都要请人给棺材刷一遍漆。

已经刷了六年了,跟你的年龄一样厚,祖母比画着说。

阁楼上很暗,有种天要黑下来的感觉。红漆棺材在这种蒙昧的光线中出奇地红,红得发亮,像是一个崭新的飞行器,悬浮在阁楼上。祖母把方尼娅抱到红漆棺材上,让她通过棺材上方一扇洞口一样的窗棂,看她死后要埋的地方。方尼娅顺着她手指的方向看去,是一片很空的天空。这让她很疑惑。

你要把自己埋在天上吗？

祖母显然把天上听成了山上，她很肯定地点点头。不埋在那里还能埋在哪里呢？李祖所有的人死了，都埋在那里。

方尼娅听懂了祖母用义乌方言说的这句话。有时候就是这么莫名其妙，原本听不懂的语言，包括鸟的、鱼的、猫的、狗的、虫子的，好像有神灵帮忙给翻译了一下，突然就听懂了。

之后的某一天，方尼娅沿着梯子独自爬上阁楼，先是踩在一个矮胖的咸菜坛子上，再踩在高一点的米酒坛子上，然后站到了红漆棺材上。透过洞口一样的窗棂，方尼娅看见落日正沿着田畈上的一座稻秆蓬落下去。这个影像让方尼娅一直有个错觉，稻秆蓬是太阳的落脚点，宿营地或驿站。以至后来方尼娅无论在什么地方，即便是荒凉得什么也没有的戈壁滩，一望无边的草原，又或是高楼林立的繁华都市，每到黄昏，她都觉得太阳最后一定是从一座稻秆蓬上落下去的。

那座稻秆蓬委实不够美观，潦草，歪歪斜斜。太阳如果落得快一点，极有可能把它撞散架。田畈里不止一座这样的稻秆蓬，方尼娅猜想稻秆蓬可能是下雨天用来躲雨的，也有可能是用来放农具的，不知为什么，只有最歪斜的那一座，成了落日落下去的地方。方海平认为这是视角的问题，方尼娅个子矮，只能站在红漆棺材上，通过棺材上方那扇窗棂看出去。其实从阁楼其他窗棂看出去，落日一定是沿着另外的物体落下去的。树梢，电线杆，水牛的背，某个人头上锥形的竹编斗笠。

方尼娅觉得这不是视角的问题，这应该是落日自己的选择，它喜欢那座稻秆蓬。

方海平点点头，没有再提此事。他没有告诉方尼娅，稻秆蓬里面其实是一口臭烘烘的粪缸。村里人将粪缸置于田畈，是为了浇肥方便。方海平十八岁前每到学校假期，都得跟着父辈在田间劳作，他曾用一柄杆很长的粪勺从粪缸里舀粪浇肥。有人偷砍他家甘蔗，他提着粪勺赶过去，像赵子龙提着亮银枪。柄很长的粪勺，确有亮银枪的威力，大有挥出去，可以荡平一片的气势。方海平单枪匹马地挥了几下，就把几个偷甘蔗的人给臭跑了。不上学之后，方海平挑着担子鸡毛换糖，最远去过江西。二十三岁，方海平怀揣鸡毛换糖挣来的不多的一点钱离开李祖，坐着绿皮火车一路向西，几乎穿过大半个欧亚大陆。西部广袤的天地让他雄心勃勃，同时又有一种前路未卜的忧心忡忡。火车最后把这个矮小瘦弱、充满梦想的义乌人带到了荒凉的边境地带。那里有一个刚刚开放的口岸，每天大批边民带着自己国家的物品在这里进行交易。方海平是第一个来到这里的义乌人。每一个义乌人，都是一个小商品批发部，方海平也不例外，他背着一麻袋义乌小工坊制作的廉价首饰，在尘土飞扬的口岸撑起一把太阳伞，做起了生意。那时候的口岸，还没有来得及建设好，一切都是刚刚开始的样子。几排简陋的红砖平房，是口岸工作人员的办公场所。用篷布搭起来的简易饭店，苍蝇兴奋地在油腻腻的桌子上方嗡嗡欢唱。旧铁皮屋子的小旅馆，在阳光强烈的下午被风吹得咣咣响，有时候这种声音来自另一种原因。人们在毫无遮拦的空地上铺开塑料布，把货物像垃圾一样倒出来，堆在地上售卖。马车车轮、拖拉机车轮、货车车轮从旁边碾过，任何一个移动的东西，都能扬起一大片尘土。尘土在半空中飘荡着，要过很久才会重新落回地面。方海平脚边那些闪闪发亮的廉价首饰，落难般蒙上了厚厚的尘土，依然被从边界线那边过来的人，毫不嫌弃地塞进蛇皮口袋带走。那几年，边界线那边的几个斯坦国，经历了一场经济动荡，物资匮乏，食品短缺，店铺里的货架几乎空空荡荡。方海平毫不费力地从那些蒙尘的廉价首饰身上挣到了大把的钱。他马上用挣到的钱在口岸租了一个几平方米的木头房子当店铺，扔掉了那把风一吹就倒的破太阳伞。木头房子其实比太阳伞好不到哪去，四处漏风，开门的时候稍一用力，门板就有可能扑面掉下来把人砸晕过去。但不管怎样，方海平还是给它取了一个响亮的名字：中亚首饰批发部。他买了瓶墨汁，找来一块纹理粗糙的木板子，用小学生的书法水平，一笔一画竖着写好，然后举着榔头哐哐哐一阵猛砸，把木板子钉在了门边上。

方海平每天在巴掌大的中亚首饰批发部里忙得要尿裤子。茅厕有点远，其间要穿过一片停着马车的空地。拉车的马随地拉撒，去茅厕的人，得在马粪蛋子中穿行。方海平计算过，用最快的速度去一趟茅厕，来回也要十五六分钟。方海平想不通，这里的人宁愿跑很远的路，浪费很多赚钱的时间去上一趟厕所，也不愿就近多建几个茅厕。而他的生意总是那么繁忙，来批发首饰的人，一波刚走又来一波，他连去撒泡尿的时间都抽不出来。有时候刚准备出门，来人就把他堵在了门口。中亚国家的男人，个头有他两个那么高。女人的体型也颇壮硕，乳房像两个篮球那么大。他们不容分说，挤进店铺，小小的空间立马被塞得满满的，连转个身都不可能。方海平担心自己夹在其中会有无法预料的危险发

生，因为个头矮小，他的脸刚好对着女人的胸部，如果那个女人再靠过来一点，自己肯定会被闷死在那对乳房上。等他们离去后，方海平发现急不可待的尿意已经转换成了其他难以启齿的意。羞耻的同时，他奇怪那些尿液跑哪去了，是被憋了回去，还是变成了汗，从毛孔排泄掉了。他其他的想法，最后其实也是同样的结果。方海平时常疑心自己的汗水里面挟带着浓浓的尿味和荷尔蒙味。久而久之，他练就憋尿的本领，不到不得已，他一般不往茅厕跑。除了抽不开身，另一半原因是那个遮蔽性良好的旱厕，充斥着积怨般的臭气，简直能把人熏得一头栽进粪坑里去。这让他无比怀念起李祖的粪缸来。方海平自来到西部，吃喝方面毫无过渡地就能适应。撒着厚厚孜然粉的烤肉五毛钱一大串，冒着泡沫的啤酒两块钱就能买一大扎，拉条子一盘不够还可以免费加面，对他这种饭量的人来说加面显然有点多余。他更喜欢馕坑里刚打出来的热馕，卖馕的女人看上去比热馕还好吃，她跟她打的窝窝馕一样圆鼓鼓的。每次方海平去买馕，她都要朝他抛眉弄眼一番。买几个馕你？得知方海平只买一个，她大摇其头。这里的人都十个十个地买，你买一个，小气得很，儿子娃娃的不是。方海平没法反驳。

方海平听见别人叫她阿娜儿。阿娜儿说话主语谓语随便颠倒，听得人很错乱。这是边民的语言风格。方海平得在脑子里把阿娜儿的语言重新组合一番，才能懂得其中意思。

哎，那个谁。阿娜儿这样称呼方海平。她对方海平说话的语气带着一丝调侃，也可以理解成挑逗。

一个馕，买起来不嫌麻烦你，我卖起

来都嫌麻烦。阿娜儿很干脆地把一个馕送给了方海平。

后来方海平去买馕，每次都要带上点小东西，一对玻璃珠子的耳环，一条假珍珠项链，两个亮闪闪的塑料发夹。他不想白占女人的便宜，也不想在女人身上浪费时间。他的时间是拿来赚钱的。其他可以缓一缓，赚钱刻不容缓。方海平来到口岸没多久，中国改革开放的商业大潮，一路磨磨蹭蹭，像一列极慢的火车跟在他后面，也从南方到达了这个边远的西部口岸。方海平和所有商业嗅觉灵敏的义乌人一样，早于别人嗅到了发财的商机。在口岸还在规划建设商铺的时候，方海平拿出积累的钱，大胆下手，买了几间还仅仅是设计图纸上的店铺，及至后来其他义乌人带着各类小商品纷至沓来，方海平已经站稳了脚跟，独占了首饰行业的批发。他那些亮闪闪的廉价首饰，通过口岸，呈放射状覆盖了中亚地区。每天无尽延长的白昼终于切换成黑夜的时候，方海平哈欠连连地对着一大堆不同国家的钱币发愁。相较于整包整包地批发首饰，整堆整堆地数钱是一项更累人的活。他得把各种钱币区分开来，一张一张数清数目，用橡皮筋一捆一捆捆扎好，塞进麻袋，然后扔在一堆装着廉价首饰的货包中间，这样也许更安全。停电在口岸是经常发生的事，方海平单凭钱币的手感和纸张大小，就能在黑暗中区分出是哪个国家的钱，以及钱的面值大小。他还熟知各种货币和人民币之间的汇率，卢布、坚戈、苏姆、里拉、马纳特，他觉得这些花花绿绿的钱币，是一些和冥币差不多的纸张，唯有人民币，才是货真价实的硬通货。这就跟白天黑夜的划分以李祖为准一样。有时方海平会怀疑数钱的时候，自己很有可能处于一种睡着的状态。理由是他在白天清醒的时候，经常会把钱数错，而在夜晚迷迷糊糊的状态中，却从未数错过钱。有一次，他从对面的镜子里，观察到数钱的自己，耸着肩，驼着背，勾着头，仿佛睡着了一般，只有十根手指头，清醒地、昂扬地点着钱币，钱币在他手中发出的响声，像一队锡纸兵在列队走过。方海平被自己的样子吓了一跳，就好像看见梦中的自己，坐在一堆钱币中，带着做梦的表情在数钱。

数钱休息的间隙，方海平靠在脏兮兮的沙发靠背上，想起自己来西部的起因，总不免哑然失笑。他得感谢李祖那些分散于房前屋后的粪缸，那绝对是个获取信息的重要场所。不像西部，茅厕盖得严严实实，里面分隔出来的蹲位，竟然还要加上一块遮挡的木板门，这简直让人不能理解，仿佛排泄是一件见不得人的事。有一次方海平急吼吼地往茅厕跑，迟一秒括约肌就有可能括约不住。他在不知道里面有人的情况下闯进了一个隔间，结果那个体毛茂盛的男人，像个女人一样尖叫起来，他掐住方海平的脖子，几乎要把他的舌头给掐出来。吓得方海平没完没了地道歉。事后方海平实在想不通，一个大男人，反应那么激烈，好像遭受了天大的羞辱，至于嘛。方海平只能把这归于地域文化的差异。李祖那些随意分布的粪缸，仅有象征性的遮挡，几把稻秆，或者几块长短不一的木板子，再不就是几个破尿素口袋，小范围地在后边随意一挡，前面则是完全的开放式。蹲厕的人，基本暴露于外。有人路过，打个招呼，或停下来聊几句，不管男女，皆不避讳。和方海平家紧挨着的女邻居，嗓门大，脾气火爆，经常一边蹲厕一边和公婆吵架，老远都能听到。相亲的时候，婆婆并没有看上她，觉得她额方眉粗，颧骨高突，嘴角下垂，下巴短窄，一张脸长得哪哪都是克夫相。她气恼地跟着媒婆离去的时候，不知是生气还是茶水喝多了，感觉憋得慌，就在路边粪缸蹲了下去。这种生理反应是会传染的，媒婆也觉憋得慌，也蹲了下去。婆婆出于陪客礼貌，虽然不憋，也相陪着蹲在了粪缸上。媒婆不甘做媒失败，想做最后的努力，她大夸女邻居的某个部位长得比脸有福相，大而结实，圆而饱满，旺夫不说，还能生儿子。婆婆伸头一番观察，后悔自己只顾着看脸上的风水，全然忘记了臀部的重要性。幸亏一起蹲了个厕，不然，就给错过了。

一桩婚事，就这么在蹲厕的过程中确定了下来。女邻居嫁过来后，确实旺夫，也确实生儿子，但是脾气不好，不敬长辈，和婆婆一起蹲厕，总是比婆婆抢先起身。婆婆觉得这不合蹲厕礼仪，一般来说，有长辈在旁边蹲着，长辈不起身，小辈是无论如何也不可以先长辈起身的，这道理就跟饭桌上须长辈先动筷子一样。但女邻居不管这些，为此婆媳两人经常在蹲厕时吵架。女邻居凶悍，婆婆吵不过，公公闻声赶来，帮着婆婆一起吵。女邻居坐在粪缸上与公婆对骂，毫无窘迫之感。

那一日女邻居在蹲厕时和公婆又发生争吵，方海平刚好路过，停下来劝架。公婆走后，方海平站着和女邻居聊了几句。出于对方海平的感谢，女邻居向他透露了一个在她看来属于商业机密的信息，中国西部尚有一片义乌人尚未涉足的空白区域，虽然偏远，但靠近邻国，刚开通的口岸，将会成为一个发财通道。而且据说，一条国际货运铁路线将从那里通过。她原本打算让自己的老公先去那里看看，怎奈那个目光短浅的家伙认为西部穷得遍地都是石头，去了那样的地方，可能连根毛线都挣不到，更别说发财了。女邻居在义乌铁路货运部门工作，虽然只是个负责抄货单的临时工，但有机会知道义乌的小商品，通过铁路线都发往了全国的哪些地方。女邻居的脑子里，有一张义乌小商品分布图，如果绘制出来，将是一个以义乌为圆点的放射性网状输出图。中国版图没有被网罗在内的，也就剩下些边边角角的地带了。女邻居断言，这样的边角地带，未来肯定会有大好的商机。

方海平当即起了去的意。

方尼娅听方海平说这些的时候十六岁。自六岁之后，方尼娅再没有回过李祖。她在一个和李祖有三小时时差的地方长大。她上学的学校不教汉语，每天放学，她穿过冼星海大街，经过冼星海的雕像，去一个中国留学生那里学两个小时的汉语。她养的那条花斑狗，狗脸颇具人性。她跟花斑狗说汉语。有一天花斑狗咬烂了陈文秀的靴子，陈文秀把花斑狗卖给了游走的马戏团，方尼娅自此坚持用汉语跟陈文秀说话，尽管陈文秀听不懂汉语。

方尼娅对方海平的首饰生意从不感兴趣，她甚至不清楚方海平在靠什么赚钱。她以为他们什么不靠也能生活。十六岁之后方尼娅就满世界地跑。有一年方尼娅跟团去肯尼亚看动物迁徙，一辆焊着钢筋护栏的敞篷卡车拉着他们在雨季的草原上追着食草动物跑，有人要方便，司机先下车侦察情况，确定没有危险的食肉动物在附近，游客才敢下车，就地匆忙解决。女游客接受不了这种方式，为避免下车，一整天不敢吃喝。方尼娅和男游客一样照吃照喝，下车解决也和男游客一样，没觉有什么障碍。又一年，方尼娅在中国的塔克拉玛干玩沙漠越野，她撑开伞蹲下去的时候，一阵风刮走了她的伞，这时候刚好有一辆越野车开过来，从她旁边开过去。方尼娅淡定地蹲着，只当车上的人全是眼瞎，看不见自己。方尼娅发现自己在这方面有李祖人的底子。

李祖如入无人之境的蹲厕文化，让方海平获得了赚钱的信息，也让方海平在初到西部时吃了不小的苦头。由于生意繁忙，方海平经常得把自己的膀胱功能使用到极限。拉车的马从门前走过，在他面前肆无忌惮地撒尿，那种欢快的排泄声，严重刺激到了他饱胀的部位。方海平忍不住学马在店铺后面就近解决。此举立刻招来一群戴头巾妇女的胖揍，许多只手一起伸过来抓他的头发，揪他耳朵，扭脸，抠眼珠子，连招带拧。脚上功夫也不比马或者驴差，差点让方海平从此以后都失去了撒尿的功能。离开的时候，每个女人都骂骂咧咧往口袋里塞了一大把首饰，算是对她们的赔偿。其中有个每根手指都戴着戒指的女人，第二天哐当推开中亚首饰批发部那扇摇摇欲坠的门，要求方海平给她调换一个戒指，那个戒指镶嵌的假珠宝掉了，看上去像是被挖掉了眼珠子一样难看。方海平二话不说满足了她。她手指上又长又尖的指甲让方海平恐惧，他身上的很多挠痕有可能出自它们。另一个女的，在几个月后来到店铺，取下脖子上的项链，她觉得这根不够闪亮，要求方海平给她换一根更闪亮的。方海平索性又给了她一根。他可不想再挨一顿揍。

阿娜儿的馕坑就在中亚首饰批发部斜对面，她蹲在馕坑上，越过一摞子的馕，目睹了方海平挨揍的热闹场面。这个义乌人像是经历了一场劈头盖脸的沙尘暴，被飞沙走石击打得一片凌乱。阿娜儿笑得差点掉进馕坑里。她告诉方海平，不用跑那么远去上厕所，可以就近去她家。她家的茅厕在院子里最角落的地方，上面爬着隐秘的南瓜藤。

方海平去过一次后就不肯再去。这一带边民的茅厕颇有些讲究，严实，隐秘，门上挂着绣花的布帘子，仿佛进去的是个闺房而不是茅厕。茅厕上方悬挂的一个大南瓜，让方海平惴惴不安。那个南瓜实在太大了，方海平从来没有看见过那么大的南瓜，他担心它会突然掉下来，把他砸进粪坑里。最让他恐慌的是茅厕的一角，拴着一只长角的山羊，自始至终，山羊都在盯着他看。在李祖开放的环境下，被人看倒可以坦然淡定，但是在一个封闭的环境里，被一只山羊近距离地看，方海平觉得特别别扭，那只山羊的眼睛里，包含了恼怒、蔑视之类的内容，好像他当着它的面排泄，这种行为严重冒犯了它。它像那些包头巾的妇女一样，几次试图冲过来顶他，用它坚硬的角给他狠狠来上一下。幸亏够不着。后来方海平宁愿跑很远的路，穿过遍地的马粪蛋子，捂着鼻子蹲在臭气熏天的旱厕里，也绝不愿意再去阿娜儿家上茅厕。那简直跟被审判一样。

阿娜儿觉得最好的办法莫过于雇个帮忙的人，这样方海平就不至于跟马一样，当着女人的面撒尿。挨一顿打是小事，她们真发起火来，有可能会把他赶牲口一样赶出口岸，永远也别想再回来。边民的习俗，女人是不容被这样的行为冒犯的。马可以不讲究，人怎么可以不讲究呢嘛。

方海平不想被赶走，这里的一切才刚刚开始。口岸正在建设中，每天巨大的货运卡车轰隆隆地从口岸那边开过来，带来一阵小小的地震。卡车上的货物，永远让人意料不到。有可能是当废铁拆下来的坦克履带，大炮炮管，也有可能是某个工厂的大型机器，某艘航母上的零件。在这些卡车的重压下，方海平感觉到了大地的颤抖，既兴奋，又有点恐惧。他知道一个大冒险的时代到来了。在短暂的时间里，他又积累了一笔钱。他后悔商铺买少了，他的钱应该全部拿来买商铺。到时候口岸整条街的商铺，都是他的。各种钱币，中了魔咒般往他的店铺里飘来。方海平觉得自己将来在口岸弄出一个义乌那样的小商品批发市场来，也不是没有可能。

方海平向李祖的亲戚朋友，包括女邻居借了些钱，加上自己的积蓄，又买下了一些商铺。他准备用他的方式吞下世界。

方海平向女邻居打电话借钱的时候，女邻居已经睡下，得知方海平所在的地方，太阳还要过两三个小时才会落下地平线，女邻居惊讶得瞌睡都没有了。天哪，你那里的一天，差不多有四十个小时那么长，你赚钱的时间，要比这边的人多出两倍。

方海平想了一下，觉得女邻居说得对。女邻居总能发现别人发现不了问题。这里的一天，似乎真有四十个小时那么长。自己一天里面，似乎真的要比别人多出两倍的挣钱时间。他没理由不发财。

但首先，他得雇一个上厕所时帮他看店的人。如果在李祖一天只需去两到三次厕所，那么，在口岸如此漫长的一天里，至少要去四到五次，这样算来，他光上厕所就要白白浪费掉一个来小时的时间。就算浓缩成三次，也得浪费掉半个多小时。

方海平找出一张纸，找人用维汉两种文字写了一张招聘启事贴在门上。阿娜儿看见了，走过去歪着头用汉语把招聘启事念一遍，再用维语念一遍，念完一把撕下来，扔进馕坑里，动作透着粗蛮。她用主谓颠倒的句式告诉方海平，如果要招人的话，招她就可以了。以前口岸打馕的只有她一个人，随着来口岸的人增多，一下子出现了七八个打馕的人，为了吸引顾客，他们打的馕花样百出，油馕，玫瑰馕，肉馕，辣皮子馕，茴香馕，孜然馕，皮牙子馕。她只打最平常的馕，她的馕变得无人问津。

哎，那个谁，怎么样？点个头嘛你。阿娜儿朝方海平星星一样眨眼睛。她只眨左眼，右眼睁着，负责眉欢眼笑。方海平弄不明白她是怎么做到的。

方海平对着那只右眼拼命摇头，但这种文明的拒绝方式毫不起作用。第二天，方海平来到中亚首饰批发部，看见阿娜儿站在门口等着，头上手上脖子上，戴满了他给她的那些廉价首饰，整个人亮闪闪的，像一个展示廉价首饰的模特。

方海平告诉阿娜儿，他想雇个男的，满身腱子肉，扛东西走路飞沙走石。

阿娜儿打馕每天要揉一大坨面，力气大着呢。她扛起装满首饰的麻袋，从满是虚土的街上走过，脚步掀起齐腰高的尘土。一般来说，一匹马跑过，或者一辆电动三轮车开过，才会产生这样的效果。

不行，我不雇女的。方海平还是摇头。

阿娜儿有些生气。那个谁，你上过我家茅厕，阿娜儿说。

这句话跟她身上的廉价首饰一样亮闪闪的，引得周围人一阵嘎嘎大笑。

方海平想不通，他就上过一次，这竟

然可以成为他雇用她的理由。他那时还不知道，这也成了后来其他很多事情的理由。

阿娜儿不管方海平怎么想，她像扒拉一坨面一样扒拉开方海平，走进中亚首饰批发部，开始招呼这一天到来的第一波批发商。

阿娜儿根本不是个做生意的料，经常弄错货物，算错价钱，而且大方得要命，动不动就给对方把零头抹掉，或者像送方海平馕那样，把方海平的首饰白白送人。这让精明的方海平大为恼火。唯一让他感到满意的是，阿娜儿会说一点俄语。

阿娜儿会说俄语并不奇怪，邻国曾以俄语为主，阿娜儿在那边有亲戚，亲戚家婚丧嫁娶，阿娜儿都会过去参加，她跨过边界，就像跨过一条虚线那么频繁。对那边的情况阿娜儿也熟悉得很，她告诉方海平，那几个斯坦国的女人，没有首饰简直活不了，哪怕没钱买列巴，女人也绝不能没有首饰戴。她问方海平知不知道斯坦是什么意思，波斯语系里，斯坦是地方的意思。伊拉克以前叫亚述里斯坦，中国叫秦那斯坦。阿富汗叫阿富汗斯坦。中亚的这些斯坦国，曾经是古代丝绸之路商业贸易的中心区域。阿娜儿建议方海平去那边做买卖，那边的首饰生意，钱一定可以秃噜秃噜（大把大把）地挣。

方海平听了直摇头，那片区域对他来说陌生得让人恐慌。谁知道在那边会遇到什么。这个口岸曾是丝绸之路上的一个驿站，过往的商队，在这里扎起绵延的帐篷，烧茶的炊烟在黄昏一股一股升起，骆驼和马匹在夕阳最后的光亮中嚼着嘴里的草料。不过有很长一段时间，这个驿站像死了一样，没有商队，没有贸易往来。直至现在，这个口岸又活了过来。就像一个时代结束，

另一个时代在他面前开启。方海平看着通往那边的商路，有时也会蠢蠢欲动，萌生出把他的生意做到中亚，乃至更远的地方去。这不是没有可能的事。但目前他得完成最初的财富积累。他是一个聪明的义乌人，绝不干那种没把握的冒险。

方海平很快跟着阿娜儿学会了边民的语言风格，他用主谓颠倒的句式和拖长的腔调说话，俨然一个本地人。他俄语学得也很快，他发现自己很有语言天赋，以他的聪明，没用多久就能用俄语和批发商流畅地交流。随着生意的做大，一些简单的书面合同，不需要请翻译他也基本能自己搞定。这让阿娜儿佩服得不得了。阿娜儿伸出因揉面而变粗大的手指，敲南瓜一样敲方海平的脑袋。

那个谁，你这里面全是脑子。

方海平懒得回答她，脑袋里面不是脑子，还能是什么？

我脑袋里全是大理石，太阳很大的时候，或者生气的时候，我的脑子就会僵硬得什么也不能思考，阿娜儿说。

方海平表示认同。这个非常死板又倔强的女人，经常弄得他头疼不已。她脑子里好像只长了一根筋，遇事不知道转弯，就像拉车的马，只会横冲直撞地往前跑。她还喜欢自作主张，管这管那。不知道的人，都以为她是他的老板，更多的人是把她当成了老板娘。阿娜儿张罗着重新租了间像样的红砖平房，门上挂起显眼的招牌，招牌上"中亚首饰批发部"这几个字，阿娜儿别出心裁地用各种首饰拼起来，亮闪闪的，颇为引人注目。阿娜儿对自己的杰作沾沾自喜，方海平却为白白用掉了那么多首饰心疼不已，明明拿块木板，随便写几个字就可以的事，偏要花那么大的

成本。可气的是，阿娜儿才不管方海平怎么想，她一没事就坐在中亚首饰批发部的门口嗑瓜子，一边嗑，一边口吐花瓣一样把瓜子皮吐得满地都是。方海平一旦说她，她就会一扭身子，自他面前扭着屁股走开。经过他身边的时候，她那难以掩藏的狐臭，从衣领里飘散出来，令方海平苦不堪言。他几次提出，现在的医学，可以很轻易解决掉这个问题。如果她没有钱，他可以借给她。再不济，也可以喷点香水什么的，掩盖一下。

方海平为了自己的嗅觉器官好受一点，买了一瓶香水送给阿娜儿，被阿娜儿嫌弃地扔到一边。

那个谁，你知不知道，狐臭越臭的狐狸，越受狐狸欢迎，这就跟人的香妃一个样，阿娜儿说。

你是人，不是狐狸，方海平说。

人也有自己的气味。

可那是臭味。

臭味也是我自己的气味。

熏得我头晕。

习惯了就不晕了。

习惯不了。

时间长了就习惯了。

方海平气得冒烟。你被解雇了，马上走人。这样的话他对她说过不止一次，他单方面做出的决定等于放屁，阿娜儿根本不做理会。

两个人经常这样叮叮当当地吵，无论方海平怎么抗议，阿娜儿都拒绝对自己的狐臭进行处理。她不仅不接受香水，也不喜欢用洗发水沐浴露之类香气很重的东西。她认为这些散发出化学味道的东西，掩盖了人自身的味道。她如果用了，闻起来，就跟其他所有用了这些东西的女人是一个味了。

那样的话，你就没法通过气味来辨别我跟其他女人的区别。很多动物，都是靠味道来识别喜欢的异性的，阿娜儿说。

我不是只长了鼻子的嗅觉动物，我可以用眼睛来识别。方海平气恼得想撞墙。

可是，如果你眼睛看不见的话，你就得凭气味闻出哪个人是我，阿娜儿说。

方海平不想继续跟她谈论气味这样的问题，也不想再过问她的狐臭。这些东西让他们的雇佣关系听起来有点变味。阿娜儿打的比方也让方海平不安，他担心自己的眼睛有一天真的会看不见。这个乱说话的女人，用词里带着不好的暗示。方海平学西部人的方式，朝地上呸了三口口水。这有点愚蠢。方海平发觉自己越来越像西部人，身上甚至有了西部人的懒散和懒惰，义乌人的勤奋和精明在消失。不得不承认地域文化对一个人产生的影响，这就像是把萝卜种在土豆地里，萝卜会变得越来越像土豆。他现在已经彻底摒弃了李祖人没有章法的蹲厕习惯，学会像西部人一样，把上厕所当成一件隐秘的事情。并且学会了用小水壶里的水洗手。倒一点点水在手心里，尽管水量少到仅能打湿手，也要认真地把每一个手指都搓洗到。如此三次。那种仪式般的洗手，让人觉得清洁自己是一项神圣的事情。西部缺水，方海平听阿娜儿说在没有水的情况下，他们偶尔也用沙子或土替代水来洗手净身。这让他很不解，那东西，怎么洗？阿娜儿指给他看一只鸡是怎样在土坑里替自己洗澡以此清洁羽毛的。毛驴也是，在地上打滚应该就是它们的洗澡方式。

方海平发觉自己正在被这个女人侵蚀。从说话腔调，做事风格，到思维方式。阿娜儿喜欢说慢慢来，这里所有的人都喜欢说慢慢来。这里的一切也是按照慢慢来的方式慢慢地进行着。这让方海平很是崩溃，他从一个说话语速都极快的地方，跑到了一个什么事都慢慢来的地方，简直就像一个急性子的人，坐上了一辆磨磨蹭蹭的毛驴车。商铺的建造进度是那么缓慢，西部漫长的冬天耽误了建筑工人的工作时间，冻土层要到每年的四月份才开始变软，这个时节，地表的黄色野郁金香开始热烈地开放，继而是红色的更为热烈的野罂粟花。在这个地带，所有的花开得都很短暂，风一吹就开，再一阵风吹过，花就落了。夏季也是极其的短，才看见建筑工人动手干活，不到十月就下起了雪，接下来又是漫长的封冻期。等商铺建好，及至开张，野郁金香和野罂粟花已经不知道开了多少次。方海平也已经不再是那个初到西部，口袋里没有几个钱的年轻人了。他留起了小胡子，黑色短胡子增加了他脸上的执着表情。西部的饮食也让他明显发胖，这种体型让人联想到成功人士。

方海平留下了位置最好的几间商铺，作为自己的经营店面，其他的，全租给了后来来到口岸的义乌人。这些义乌人，简直把义乌国际小商品批发市场照搬到了这里，义乌市场里所有的商品，这里都有。所有的竞争，这里也有。方海平办理了护照，计划着找个时机去中亚看看。他对那边不再恐慌，随着财力的增加，他的底气也足了起来，那片广大的欧亚腹地，变得对他充满了吸引力。那里也许蕴藏着更大的商机也说不定。

方海平在打瞌睡的半下午时光，会有一种抽身而出的脱离感，他像一个旁观者那样，看着自己的生意，从最初的一把破阳伞，到几平方米的木头小屋，再到红砖平房，最后扩展成了很具规模的欧亚首饰批发中心。这个名称是阿娜儿改的，在她对汉语有限的理解里，"欧亚"比"中亚"大，"中心"比"部"大。这些词语代表着她对世界的认知。方海平看着她蹲下身子，认真地在欧亚首饰批发中心的玻璃柜台里摆放各种款式的首饰样品，这些仿真货看上去比真的还要漂亮，但是给人一种冷冰冰的感觉，反而是记忆里那些几毛钱的廉价首饰，更能让方海平生出热爱。热爱是一种有生命力的东西，可以一点点地生长，让他从白手起家，生长成现在的规模。

方海平在琳琅满目的商铺一角，修造了抽水马桶式的卫生间，他再不用跑很远的路去上厕所。通过阿娜儿，欧亚首饰批发中心招了十来个员工。其中几个女的，方海平怎么看怎么眼熟，他在打一个大大的哈欠的时候，猛然想起，他曾经挨过这几个女人的打。她们下手的时候一个比一个狠，有一个，差点把他的耳朵揪掉。现在她们落到他手里，他思忖是不是可以找机会报复一下。她们跟阿娜儿一个样，干事喜欢慢慢来，稍微有点空闲，就坐下来一边谝传子，一边嗑瓜子，口吐花瓣一样把瓜子皮吐得满地都是。这让方海平很是恼火，他威胁要扣她们工资，辞退她们也不是没有可能。但是她们明显不怕他，她们学着阿娜儿的口气跟他说话。

哎，那个谁，听说你在阿娜儿家上过茅厕。她们嘻嘻哈哈，根本不把他当老板看待。有个年纪大点的妇女，开玩笑方海平上过阿娜儿家的茅厕，那就应该娶阿娜儿为妻。人家姑娘上的茅厕，都被你看见过了欸，她说。

旁边的男人们发出一阵猛烈的嘎嘎大

笑，这是口岸边民特有的笑。这种狂野的笑声被阿娜儿的兄弟粗暴地打断。阿娜儿有好几个兄弟，其中一个是卡车司机，经常开车去附近的几个斯坦国运货。其中的另一个是夜班车司机，也是经常跑附近几个国家，他的大客车里坐满了来口岸进货的人。两个兄弟人高马大，手臂上长满浓密的汗毛。他们所经之处，空气中飘荡着比阿娜儿浓烈一百倍的狐臭味。看来狐臭是他们家祖传的气味。这两个喜欢用暴力解决问题的男人，大声警告方海平最好别对阿娜儿起歪念头，否则他们会切了他。阿娜儿两兄弟随身带着刀子，拿出来切西瓜，切手抓肉，他们也有可能用刀切别的东西。

毛驴子才动歪念头呢，方海平用义乌方言回怼他们。他弄不懂上了个茅厕怎么就跟婚姻大事扯上了关系，他上过阿娜儿家的茅厕，不等于看见过阿娜儿上茅厕。在李祖，就算看见了也没什么大不了。他奇怪自己的命运似乎总和茅厕这样不宜谈论的东西联系在一起。为了自身安全考虑，他决定辞退阿娜儿。

阿娜儿照旧毫不理会方海平单方面的决定，她也不理会兄弟们的态度。她对方海平说，不行我们私奔，去哈萨克斯坦，或者去别的什么斯坦。那边的首饰买卖肯定比这边更好挣钱。

方海平觉得阿娜儿疯了，他想过去中亚那些斯坦国看看，可从来没想过要和她一起去，更别提跨国私奔了。他不想丢掉他好不容易奋斗来的东西。但是阿娜儿才不管方海平怎么想，她大张旗鼓地着手准备私奔要带的东西。那架势，方海平如果不答应，她会扛麻袋一样扛着他私奔。

口岸很快疯传出方海平要带阿娜儿私奔邻国的谣言。谣言像扬起的尘土一样传播得满天都是，半天不落下来。其实也不能算是谣言，从当事人嘴里传开去的话，怎么能是谣言呢？欧亚首饰批发中心的那几个女人，一副等着看私奔的表情。方海平真正地恐慌了起来，这个又蠢又笨的女人，总是能把事情弄得一团糟。看着吧，接下来还会更糟糕。方海平下定了决心要认真辞掉阿娜儿，这样下去不是个事。

事情的结果是，在他开口前，阿娜儿旋风一样跑到他面前，告诉他她的兄弟要来杀他。他们怀揣着切这切那的刀子，卷起袖子，露着长满汗毛的胳膊，脚下腾起大朵的尘土，正穿过一家家店铺，往方海平的欧亚首饰批发中心走来。他们走得很慢，有时候还停下来和人聊上几句天，好让阿娜儿跑到前头去给方海平报信。

他们不会真杀了你的，阿娜儿安慰方海平。

方海平可不敢拿自己的脖子开玩笑。他揣上护照，飞快地往边检跑去，路上他摔了一跤，磕破了嘴唇。等他狼狈不堪地过了国界，远远看见阿娜儿两个兄弟站在那一边，挥舞着手里的刀子，朝他嘶吼。逆着的风把他们的声音全吹了回去。

方海平转过身，把他们抛在身后。他的面前，亚细亚的群山正笼罩在金黄的阳光下，风从那边吹来，带来那个方向广阔的气息。方海平深嗅几口，品味出干燥的风中那片土地上草木和泥土的味道，还有一种遥远的咸水湖的陌生气息。方海平没想到自己以被人追杀的方式，终于踏上了这片土地。

他随便上了一辆车，一个小时后，扬

着尘土的车把他带到了一个叫雅儿肯特的小镇。从口岸通往小镇的路,被超载的大卡车压得坑坑洼洼,一路上颠簸不堪,等到了小镇,一下车就是拉客的司机和混乱的车站,这里大概是一个中转站,去往中亚各国和去往中国的人,大都会在这里停留一下。

雅儿肯特给方海平的第一印象很糟糕,唯有马路倒是很宽敞,马路上有很多标注了限高五米的黄色管道,它们像毛细血管一样遍布小镇。方海平不知道这些管道是干什么用的,他站在这些管道下面,发愁地看着管道上的俄语字母。拼读一番后,他基本弄清楚了黄色管道是煤气输送管。这个国家天然气资源丰富,美女也不缺乏。方海平一转头就看见一个行色匆匆的长腿姑娘,小跑着走路,不时回头看一下,好像后面有人追她。她转头时耳朵上一对亮闪闪的大耳环也跟着显眼地晃动,方海平认出这对耳环出自他的欧亚首饰批发中心。

嗨,杰舞丝卡!

这个俄语里对姑娘的称呼,从方海平南方口音的嘴里吐出来,听上去有点不那么礼貌。

杰舞丝卡收住脚步。你好谢谢不客气再见欢迎再来。她把会的汉语对着方海平全说了一遍,她明显不懂每个词的意思。

方海平抬起手,指指耳环。他还没来得及开口,她立马点了点头,然后迅速朝身后的饭馆走去。方海平很快明白过来,她以为他刚才指的是饭馆,而不是那对耳环。

杰舞丝卡走进饭馆,一屁股在矮沙发上坐下来,等着方海平走进去。她的坐姿有点淫荡,两条长腿伸出去,懒洋洋地摊开来。方海平犹豫了一下,走进去,在对面坐下。

耶娃,她告诉方海平自己的名字。

两个人一起吃了顿饭,还喝了点酒。高度的烈性白酒,让方海平这个南方人有点不胜酒力。小饭馆里闹哄哄的,两个人都没有说话。耶娃毫不客气地吃光了所有的东西,喝光了瓶子里剩下的酒,然后等着方海平付账。走出饭馆后,方海平在街头晕晕乎乎地乱走。不会更糟了,方海平在心里想。他很快又想到,肯定还有比这更糟的。信不信,将来也许会非常糟。他想到自己有可能得丢下口岸这些年苦心经营起来的一切,就有一种割肉的感觉。不过也没什么大不了,以他现在的能耐,完全可以去新的地方,开拓更广阔的市场。边境上的小口岸,早晚有一天,会再度恢复沉寂。被阿娜儿兄弟追杀,也许是一个契机。要不他会死守在那里,看着生意一天不如一天。事实上生意已经一天不如一天了。人们不再愿意跑很多路,花费很多时间,越过边界去中国进货。口岸在它完全建好的那一天,就已经开始从繁闹走向了日渐冷清。

耶娃寸步不离地跟着方海平,他去哪,她跟到哪。看上去他们像是一起来这个小镇旅游度假的一对儿。但是两人明显地不般配,她的金发很招人,红唇也很招人,她高出方海平一个头还不止。如果他们接吻,方海平这个矮个子的南方人就算踮起脚也还是有点吃力。好在方海平磕破的嘴肿得老高,看上去就疼,这打消了他其他的念头。他们就那样很不般配地相挨着把雅儿肯特小镇走了个遍,好像小镇有他们深情的过往,有他们的故事,他们是来小镇怀念什么来的。走到后来,他们挽起了手臂。

半下午的时候,方海平决定回到中国

那边去。他不能这样在异国的小镇浪漫地流浪下去,他得回去打理他的生意,他不在的时候,那帮不可靠的女人,包括阿娜儿,她们啥都不会干,只会把瓜子皮嗑得满天飞。至于那两个扬言要杀他的人,他不信他们真的会杀掉他。

耶娃紧跟着方海平,一副他去哪她就去哪的做派。他一旦离她稍微远一点,她就行色匆匆,不时回头看一下。这让他觉得说不定真的有人在追杀她。方海平在小镇给她办理了一张临时的旅游签证,办签证的时候方海平发现耶娃不叫耶娃,叫什么什么莎。他有点犹豫要不要带她回到国界那边去。但是耶娃,或者什么什么莎先于他上了一辆开往中国的车,他只能跟着上车。耶娃或者什么什么莎一路上沉默不语,不问方海平要带自己去哪,似乎方海平带她去哪她都会毫无疑问地跟着,就像方海平捡到的一条狗。

当方海平带着漂亮的俄罗斯杰舞丝卡出现在口岸,私奔的谣言不攻自破。阿娜儿的兄弟出来看了一眼,就回家喝酒去了。他们觉得挺没劲的。整日整夜地开长途车,让他们的脑袋里轰轰地响,好像有个发动机在脑子里转得停不下来。他们需要干点别的什么让自己熄火的事情。比如喝点酒,打一架,杀个人。但是这样的机会不多。不管怎样,他们试图杀人,磨好了刀子,把对方,一个有钱的义乌人,追得逃到了另外一个国家去。他们的事情已经在口岸传开了去,这让他们颇为得意。至于阿娜儿,他们宁愿她嫁到边界那边的斯坦国去,也绝不能嫁给一个南方人。斯坦国的法律,男人可以娶好几个老婆,即便是那样,他们也觉得没什么。南方人不一样,南方人的生活习俗和这里天差地别,他们能听懂斯坦国的语言,但是打死也听不懂南方人的语言,而且所有南方来的人,都是长着三个脑袋的家伙,他们太聪明了,赚钱的机会全被他们抢了去。当地人只能拉人,拉货,给他们打工,挣点他们手指缝里漏出来的钱。这太让人生气了。

阿娜儿被他的兄弟们严严实实关在家里。不关起来不行,她会跑去找方海平。就算把她的护照拿走,藏起来,她也有可能铤而走险地去越境。这个没脑子的苕子,什么事都干得出来。

阿娜儿应该是最后一个知道方海平带回了一个俄罗斯杰舞丝卡的人。所有人都担心她会怎么样,但是她并没有怎么样。她用睥睨的眼光打量了一番这个有黄金比例身材的漂亮女人,然后就扭头走开了。那是一种平静的蔑视,仿佛对方是地上的一摊脏水。

那个谁,带了个妓女回来你。阿娜儿朝方海平挤眉弄眼,不改她对他一向的调侃口吻。

你应该知道她是个妓女。她追在方海平后面大声强调。

从她的做派上你难道看不出她是个什么货色吗?阿娜儿一边干活,一边不忘随时来上一句。

她甚至直截了当地问方海平,跟一个妓女睡觉,是什么样的感觉?

方海平能说什么呢?他早应该怀疑一下这个问题。她可以随便跟着随便哪个男人,随便去什么地方。男人随便想怎么样,就可以随便把她怎么样。

方海平抓了一把钱给耶娃或者什么什么莎,示意她走。她不明白地看着他。方海平增加钱,用俄语跟她说让她走,她还是像听不明白。

这也太糟糕了。

还有比这更糟糕的吗？

方海平真想扇自己两耳光。继而方海平想，也许那个国家风气不同，姑娘们都很开放也说不定。内心里他其实很清楚自己对这种女人毫无抵抗力，尤其是那两条长腿懒洋洋地摊开来的时候。方海平瞥一眼阿娜儿，阿娜儿的腿短且粗，坐着的时候两腿习惯性并拢，而不是摊开来。

她不是妓女，方海平说。

阿娜儿响亮地笑起来。她那魔鬼般的笑声，让方海平心虚极了。他跟耶娃或者什么什么莎说，从现在开始，你跟过去那些名字无关，你叫陈文秀。

不管叫什么，都是妓女，阿娜儿说。

只有妓女才需要用香水来掩盖身体散发出的臭气，那是无数个男人混合的气味。阿娜儿邪恶地朝方海平眨着左眼，右眼里是幸灾乐祸。

当着崭新的陈文秀，阿娜儿一次次肆无忌惮地提到妓女这个词，她觉得她反正听不懂，就算听懂了又能怎样。陈文秀也表现出听不懂的样子。方海平觉得幸好听不懂，否则，真有的好看的。

陈文秀往身上喷很多香水，从街上走过，总有人用蹩脚的俄语冲着她喊杰舞丝卡。那感觉，跟中国人喊小姐一个意思。陈文秀回应每个人她会说的所有汉语，你好谢谢不客气再见欢迎再来。最后一句无疑暴露了她曾经的职业性质。方海平限制她出去，她很听话地待在欧亚首饰批发中心，整天仰着那张漂亮的脸，丝毫不觉疲惫地试戴陈列在玻璃柜里的各种首饰。直到把所有首饰全都试戴了一遍，才停下来。

你好谢谢不客气再见欢迎再来。陈文秀突然对阿娜儿说话，她仰着漂亮的脸，手远远地指着一个上了锁的玻璃柜。把那个给我。她用俄语对阿娜儿说。那里面是一串货真价实的珍珠项链，这是欧亚首饰批发中心唯一一件真货，价值不菲。

所有人都担心她用这种调门跟阿娜儿说话，她也不怕阿娜儿扇她。阿娜儿要是抡起胳膊扇人，肯定能一巴掌把人扇到边界线那边去。她揉面的手掌，力气大着呢。

阿娜儿没有扇她，但是阿娜儿也没有把珍珠项链拿给她。又不关我的事，她说。转身走进隔壁房间忙她的去了。她拒绝做数钱以外的任何工作。她用点钞机数钱，那些钞票像不断吐出的舌头。阿娜儿坐在一堆钱中间，数钱的怒气通过地板，传送到隔壁房间，地震一样把那个陈列着珍珠项链的玻璃柜子给震出了一条裂缝。等阿娜儿数完钱，从隔壁房间出来，看见陈文秀坐在椅子上，两条长腿懒洋洋地摊开来，带着淫荡的意味。脖子上的那串珍珠项链，像萦绕着她的一条亮闪闪的蛇。

欧亚首饰批发中心其他女人都在等着看热闹。她们总是那么爱看热闹，而且喜欢胡说八道，像群母狗到处放屁。方海平陷入了怠惰之中，他没法建立好他想要的生活秩序，无法集中精力去拓展他的生意。有时候他觉得自己像一个在公路上随时有可能爆掉的旧轮胎。女邻居打来电话，告诉他原本有可能要经过这个口岸的那条国际铁路线，将改道从另一个口岸经过。这意味着边境线上另一个口岸的即将兴盛，和这个口岸面临的衰败。想到这些，方海平就心烦。

烦也没用，凡事各有其时。

冬天到来的时候，陈文秀仰着冰冷的脸，穿着在那一边新买的貂皮大衣，走进欧亚首饰批发中心。天气还没有很冷，她完全用不着穿成这样，而且衣服上的吊牌还没有剪掉。她想找一把剪刀，剪掉吊牌。阿娜儿问她为什么不能把它咬断。然后，阿娜儿就伸头咬断了它。她的这个动作让陈文秀晚上做噩梦，梦见自己的脖子被咬吊牌一样给咬断了。她以这个为理由，再次去了那一边。她经常找类似的理由去那一边，方海平拿她毫无办法。她越来越鼓的肚子，就像一本可以随意过关，无须签证的护照。她是那么任性又残酷的漂亮女人，方海平心里清楚，就算她叫陈文秀，她其实同时也叫耶娃或者什么什么莎。

阿娜儿对方海平的称呼从"那个谁"变成了"那个苕子"。

那个苕子，为什么不把她揍一顿你。

她在那边喝酒，大着肚子和人调情，我开卡车的兄弟和开客车的兄弟都看见过。

即便是一头毛驴也会生气，你儿子娃娃的不是。

阿娜儿看见方海平的脸羞惭得苦皱了起来，只能闭嘴什么也不说。

冬天阿娜儿不会散发出狐臭味。她不说话的时候，方海平得扭转头用眼睛寻找她。不像夏天只要嗅一嗅鼻子，就知道她在哪个方位。有时候方海平突然想象阿娜儿不在那里，他身上会有一种阴沉的战栗掠过。阿娜儿是他来到这个地方认识的第一个人。如果她不在，谁又能证明他这些年奋斗来的一切是真实的，而不是一个肥皂泡一样的白日梦。每天方海平在半下午的时候就开始瞌睡连连，这让他总以为自己是在白日梦里。包括方尼娅的出生。每每想起，方海平都以为那不过是一个婴儿在他梦里的出生。他打着哈欠，看着陈文秀从国界那边走来，因为个子高，她的孕肚并不是很明显，至少给人一种离分娩还早的感觉。在她跨过边界线的那一刻，一团东西从她的裙子下面掉落了下来。谁也没法说清楚，婴儿是降生在这个国家，还是降生在了那个国家，或者一半生在这个国家，一半生在那个国家。幸好是春夏交接的时节，天不冷不热，风也不大，阳光明晃晃地照着，让周围的一切看上去像是假的一样。方尼娅被边检人员从地上光溜溜地提溜起来，跟提溜一个不长毛的小动物一样交到了方海平的手里。这个在肚子里就经历了无数烈酒的婴儿，谁知道会不会是个傻子。方海平这样想着，把婴儿交到了阿娜儿的手上。她出生的时候那么小，阿娜儿没想过她能活到第二天。她抱着这个不哭也不睁眼睛的婴儿，在医院一刻也不放下地抱着。婴儿保持着没出生前的姿势，好像还没被生出来，还在靠羊水和脐带呼吸。第二天，婴儿睁开了眼睛。她把阿娜儿的怀抱当成了娘胎，让真正的出生延迟了一天。

方尼娅睁开眼睛看见这个世界的第一个人是阿娜儿，这注定她以后的生长中，很多方面都有点像阿娜儿。比如狐臭，方尼娅十几岁的时候，开始发育的身体莫名其妙散发出狐臭来，虽然很轻微，但还是被方海平毫不费力地捕捉到。方海平对这种气味，敏感度异于常人。似乎这种气味，已经植入了他的记忆库里。他坐公交车，像一只嗅觉灵敏的缉毒犬一样，一上车就能闻出哪个座位上的人有狐臭。就算是从大街上走过，他也能大老远地嗅出风中一丝隐约的狐臭出自哪个人的身体。那人看上去干净体面，胡子刮得干干净净，但是他的狐臭，就像狐狸尾巴一样，掩藏不住。方海平本人没有狐臭，陈文秀也没有，方尼娅的狐臭多少有点来路不明，就好像阿娜儿家的祖传气味，隔着肚皮遗传到了方尼娅身上。方尼娅本人认为，这不是没有可能的事。她在长大后的某一天，见到阿娜儿的时候，立刻被一种熟悉的东西给吸引了，她十分怀疑自己是阿娜儿代孕在陈文秀肚子里的孩子，自己跟阿娜儿有很多相似之处，比如狐臭，比如可以不停地眨巴左眼，而右眼睁着。她们都喜欢说关我什么事。而和陈文秀，似乎没有任何相似之处。就连长相和肤色，方尼娅也偏向于亚洲。方尼娅不明白自己和陈文秀究竟有什么关系，这个一喝多了酒，就来回晃动手指，尖声叫喊的女人，每天都能换一副面孔。她走在大街上，行色匆匆，习惯性地不时回头张望一下，好像有人在追她。她经常失踪，隔一段时间突然出现在家里，像是来访的一位客人。

方尼娅走路不紧不慢，从来不回头看，也不环顾左右。她总是让自己隐藏在宽大的衣服里。她和方海平一样，脸上时常露出做梦的神情，她用这种表情把世界关闭在外。

会走路以前方尼娅一直待在欧亚首饰批发中心那十几个女人的怀抱里。她们把她放进一个阿娜儿专门做的羊毛口袋里，干活的时候，她们像袋鼠那样，把袋子捆绑在身体前面，像是方尼娅的一群袋鼠妈妈。

陈文秀觉得阿娜儿真够好笑的，好像方尼娅离开了她做的那个羊毛口袋就会死掉一样。

方尼娅会走路后，有一天陈文秀突然带走了她，去了边界那一边。但是她没有带走那个袋子。方海平拿着那个袋子来问阿娜儿怎么办，阿娜儿回答，关我什么事。

口岸已经日渐萧条，曾经繁忙的海关一天没有几个人进出。许多货物，都不再经过这个口岸，而是转向了有铁路线通过的另一个口岸。从义乌发出的货物，源源不断地到达那里。这里变成了一个被遗忘的地方。方海平决定去阿拉木图看看，到了阿拉木图后，他决定继续往西走，他又去了比什凯克，去了塔什干，阿什哈巴德，杜尚别。他发现这些斯坦国的女人，真的如阿娜儿所说，对首饰格外地偏好。他在一个女人的脖子上，同时看见了六条项链。而几乎每个女人的手，都戴满了戒指和手镯。他毫不迟疑地决定在几个斯坦国的首都各弄个首饰批发点。之后他的主要生意都转到了中亚的五个斯坦国。

方海平在那边除了生意兴隆，其他方面诸事不顺。他从加加林大街走过，树的影子被拉得老长，和他形影相吊。他的住所视野极佳，看出去是起伏的阿拉套山。但是他的房间里很孤独，阳光几乎照不进来。他望向窗外，时常感觉虚弱无力。

过了两年，方海平在口岸的欧亚首饰批发中心终于关门大吉。其他在口岸做生意的义乌人，已经先后离开，方海平是坚持到最后的一个义乌人。没有了义乌人的口岸，一下子沉寂下去。这个边角地带，一度在李祖女邻居的预言中真的成了一个可以挣大钱的地方，但现在它需要谢幕休息一段时间，也许若干年后的某一天，又会再度兴盛起来也说不定。

方海平锁上欧亚首饰批发中心的门，准备离开的时候，商铺里的电话铃声突然响起。它固执地响了一遍又一遍，口岸因为这个没有人接听的电话显得异常寂静。方海平在电话铃声中沿着街道走去，一家一家紧闭的商铺扑面而来。一个迎面走来的醉汉，莫名其妙冷不丁扇了他一耳光，把他冻僵的脸扇得热乎乎的。他停下来，就像酒醒或者梦醒。他第一次发现，口岸颓废的街道，像个失恋的人一样哀伤。他在这里度过的所有日子，回头看来，真的就是一场白日梦。那些成捆成捆的钱币，在他的银行卡里，也只是一些虚拟的数字。

自此方海平常住那边，后来他把国籍也变成了那一边的。他回来办理一些手续的时候，阿娜儿调侃他，按照那边的法律，方海平在那个国家可以娶好几个老婆。

方海平说，我不是为了娶老婆才去那边的。我是一个有抱负的人。

阿娜儿大笑起来。你真是个苕子。她笑得很开心。

阿娜儿在几年后嫁到邻国的一个小镇，方海平听说后驱车去看她，在那个安静的小镇，他看见一片从来没有看见过的果树林，树上的果实有点像没有长大的毛桃，但又不是毛桃。阿娜儿告诉方海平这是巴旦木，也叫婆淡树。她表现得好像是在透露一个秘密。

方海平想请阿娜儿去阿拉木图帮他，他的生意需要可靠的人。阿娜儿拒绝了他。她生活的小镇靠近里海，那其实是一个巨大的海迹湖，还保留着海的气息。阿娜儿每天吹着来自里海的风，被阳光明晃晃地照着，她忘记了口岸那些廉价首饰般亮闪闪的往事。不过阿娜儿告诉方海平，她的两个兄弟，在口岸冷清下来后整日无事可做。因为闲得慌，不是喝酒就是打架。

方海平闻到从里海刮来的风带着一丝海的苦涩。他告别阿娜儿，直接驱车赶去口岸，找到阿娜儿的两个兄弟，他们想都没想就一口答应了下来。两个人轮换着开车，日夜兼程地跑几千公里，来到义乌，拉上满满一车货，然后再长途行驶，将货直接送往方海平在中亚的几个批发点。这样的操作，可以省去很多中间环节。当这两个跑了很多地方，见识算得上广的司机，第一次到达义乌的时候，被这个传说中的国际小商品城给震住了。他们见到各种肤色，各种穿着，说各种语言的人出现在这里，犹如万国来朝。庞大的市场，让两人晕头转向。他们在里面转了半天，发现这不过是其中某个区的某一层。如果要全部转完，恐怕花上十天半个月也不够。

李祖的女邻居带着他们去她的仓库装货，她早就不在铁路部门干临时工了，女邻居现在和方海平是合作关系，属于供货方之一。方海平发财后，对这个蹲在粪缸上和公婆对骂的女邻居一直颇为尊重，在将生意重心转移至中亚前，他认真地打电话征询女邻居的意见，仿佛她是一个很在行的生意专家。女邻居那天刚好喝了两碗米酒，尽管对中亚的一切一无所知，她还是装模作样地像个会掐指算算的诸葛亮那样沉吟了一番，然后告诉方海平，他的财运越往西越旺，最好西到不能再西。方海平毫不怀疑地听信了女邻居的酒话。

阿娜儿的两个兄弟一心想去李祖看看，他们在女邻居的带领下来到这个在全国已经小有名气的村子，立刻被那些外形如咖啡屋、书院、城堡、外星人飞碟、歌剧院、童话小屋的公厕给吸引住了。女邻居告诉他们，这些颇具建筑美感的公厕最初的建造资金来自方海平，这些年他一直在为这些公厕的改造做着贡献。其中一座被称作第五空间的公厕，外观造型和内部设计充满了中国戏剧元素，曾上过央视，一度成为网红公厕，每天都有很多人来观摩。女邻居把阿娜儿两兄弟领到第五空间，这座公厕门口的一块大石上，刻着两个字，阿娜儿的一个兄弟觉得应该读"空放"，另一个觉得应该读"放空"，他听人说过，凡是刻在石头或者匾额上的汉字，都应该从右往左读。女邻居也觉得应该是"放空"，进厕所就是为了放空，要不跑厕所里干吗去？石头下方一行小字注明这两字出自弘一法师，阿娜儿两兄弟不知道弘一法师是谁，女邻居告诉他好像是个和尚，扫地僧之类的，扫地范围应该包括寺庙里的厕所，要不，怎么会在厕所门口刻着他的字。女邻居说的时候，从厕所出来一个戴眼镜的男的，他张了张口，想纠正女邻居的胡说八道，想了想又闭上了嘴巴。

阿娜儿两兄弟从没见过这么讲究的厕所。他们走进每个公厕感受了一下，好像他们的前列腺出了问题，有撒不完的尿。之后他们心满意足地开着装满首饰的大卡车，一路向西。进入中亚后，方海平会跟着车一起跑。这两个曾经拿着刀追杀他的人，不管他说什么，他们都响亮地回答他没问题。但是他们做起事情来，永远磨磨蹭蹭，让人着急。方海平催促他们，他们中的一个回答他阿斯和巴（不着急）。另一个回答贝尔特（慢慢来）。一路上这两个人都在劝说方海平应该多娶几个老婆。一个说，如果你不多娶几个老婆，那你就白移民了。另一个说，如果你不多娶几个老婆，你就儿子娃娃的不是。

方海平无法解释，他移民不是为了多娶老婆，他对这个不感兴趣。他也从没解释过自己的婚姻，荒唐，莫名其妙，但是，谁又能说那不是他的生意通向中亚乃至更西的一个契机呢？途中卡车坏在了一个又干又热的不毛之地，为了节约有限的一点水，阿娜儿的两个兄弟在解手之后，从地上抓了一把土洗手，方海平学着他们，也抓了一把土，像用水洗手一样，他们认真地洗了三次，之后开始拿出肉和馕填饱肚子。阿娜儿的两个兄弟调侃食物吃进方海平的肚子里，最后长成了脑子，吃进他们的肚子里，却长成了肚子上的肥肉，所以他比他们有脑子，而他们是"一点脑子都没有"的人，活该得为他卖力。他们每句话的末尾，都要加上一句骂骂咧咧的后缀"阿囊死给（我操）！"

方海平可以不理会他们的"阿囊死给"，但是，他们的狐臭实在让他无法隐忍。两个体型庞大的男人，同时散发出的气味，简直能把人熏晕过去。他真想让他们滚回家去，让他们整天闲得慌，不是喝酒就是打架去。但是他们手臂上浓密的汗毛，让人看上去很不好惹。方海平走在两人中间，很有安全感。他们不管去哪家饭馆吃饭，都是迈着六亲不认的步伐，径直来到最里面的桌子，一屁股坐下来。其中一个大吼一声，啤酒！另一个跟着大吼一声，要冰镇的！餐馆里的苍蝇都立刻安静了下来。在一个十分混乱的小国家，有人想对方海平装满钱的背包下手，阿娜儿两兄弟只看了那人一眼，充满杀气的眼神就让对方放弃了念头。但并不是每一次都这么幸运，在另一个国家的边境，方海平被人抢走了身上所有的钱财，包括手腕上的表。还好，他们并不想要他的命，他们只想要钱。方海平没有做任何抵抗，他很配合地展示身上所有可以藏匿东西的地方，以示自己已被洗劫一空。

当时阿娜儿的两个兄弟均不在场，一个去卡车上拿东西，另一个去上厕所。

鬼知道他们到底在哪。方海平怀疑这是一个两兄弟参与其中的阴谋，不然不会这么巧。但也不能肯定他们真的参与其中，他们的表情是那么坦然，没有丝毫不安。两兄弟安慰方海平破财消灾，只要命不丢，什么都好说。之前来中亚做买卖的商队，经常有人把命丢在了路上。凶悍的哥萨克马匪骑着快马从任何一个意想不到的地方冒出来，上来先掏马屁股，他们老道得很，知道商队一般会把珠宝藏在马的那个部位里。如果马屁股里没有掏到东西，他们会掏人的。有人肠子被掏出来老长，竟然还能坚持活着回到中国。

方海平惊恐地捂住自己的某个部位，他想起抢劫者曾转悠到他身后，盯着他看了很久。

那一趟运气特别不好，他们刚把货卸在其中一个批发点，碰巧遇上骚乱，首饰遭到哄抢，那些做工精美、与真品无异的首饰被当作真货一抢而光，有人甚至为了一根水钻项链动起了刀子。返回的途中，另一个斯坦国和邻国发生了点小范围的摩擦，没人当一回事，这样的摩擦时不时地就会来上一下。方海平途经不安全区域的时候，想下车撒尿，阿娜儿两兄弟劝他先憋着，过了这个区域再撒。方海平一分钟都不想憋，憋尿给他的前列腺带来某种后果，时常令他苦不堪言。他执意下车，两兄弟骂着"阿囊死给"，也跟着下了车。三个人进行曲还没有结束，离他们不远的地方，突然响起一声爆炸，威力不是很大，什么也没炸飞，只把一棵树的头给削掉了，其中一小截树枝飞行过来，彗星尾巴一样扫过方海平的眼睛。三个人并排站着，方海平搞不懂，树枝单冲他飞来，好像那是一架无人机，被一双看不见的手操控着。

方海平的眼睛看着伤势不怎么要紧，混乱中找了个医院随便处理了一下，等他们慌忙逃回阿拉木图，受伤的眼膜出现了严重的炎症，虽然经过一段时间的治疗，保住了眼睛，但还是影响到了视力。

方海平撤掉了这两个斯坦国的批发点，大多时候待在阿拉木图。方尼娅代替了他大部分的工作。方尼娅对生意一无所知，但又有一种天生的老练，就像所有的义乌人，头脑里仿佛有一本祖传的生意经。起初方尼娅按照方海平的吩咐，去办妥每一件事情。后来她开始反驳方海平，提出自己的方法。再后来，方海平单方面做出的某些决定等同于放屁，方尼娅根本不做理会，她全然按照自己的想法行事。方海平发现，在这一点上，方尼娅和阿娜儿惊人地相似。为了证明自己不比方海平差，有几次方尼娅跟着阿娜儿两兄弟的卡车，去各个地方收款。途中两兄弟停下车方便，方尼娅提醒他们，最好滚到远一点的地方去。方海平担心的抢劫事件，从没有在方尼娅身上发生过。相比方海平，阿娜儿两兄弟更听方尼娅的话，她比他们矮小，但好像是在居高临下地看着他们。方尼娅无论叫他们做什么，他们都跑得飞快。他们中的一个说，如果当初我们不反对，现在你得叫我们舅舅。另一个说，你现在也可以叫我们舅舅，我们就跟你的舅舅一样。

方尼娅想象不出如果当初他们不拿刀追杀方海平，自己现在会是什么样，有一点可以肯定，自己肯定不会和陈文秀扯上关系。

有一天，父女两个坐在阳台上一边吹风，一边喝着红茶。方尼娅跟方海平说起荷兰的公厕。方尼娅去过几十个国家，大多数国家的公厕，她都能接受。印度那种放着一桶水，一只水舀子的公厕，不管怎样，都在人类理解的正常公厕范围内。但是荷兰，一个算得上文明国家的公厕，露天、敞开式不说，还建在人来人往的大街中央，旁边就是休闲地坐在太阳伞下喝咖啡吃甜点的人们。上个厕所，跟直播没什么区别。如果没有勇气上，那就只能憋着。方尼娅自然不会选择憋着，让她大为不满的是，公厕的设计似乎只替男人考虑，得站着撒尿。而且荷兰人个头高，设施的高度，中国人根本够不着。

方海平听得笑出了眼泪。他以为只有李祖一带的人才会有如此强大的心理素质，看来荷兰人也不差。如果此时他面前有个荷兰人，他一定要跑上去和他拥抱一下了。

又一天，父女两个坐在阳台上吹风，喝红茶。方尼娅预判某国的抗议活动可能还得持续一段时间，因为义乌老板们还在源源不断地接到抗议条幅和宣传语的订单。在这一点上，父女两个对"义乌指数"的准确性深信不疑。根据义乌生产小商品的老板们接到的订单及订单数量，能精准地预测出一些国际大事，比如义乌老板们从美国在义乌的订货单中，提前窥探出了美国大选的结果；早在英女王身故前半年，义乌的老板们就预测出英女王身体不容乐观，英国王室向义乌发出的关于女王哀悼活动所需物品的订单，泄露了一切。义乌小商品市场被大家称为第六大情报机构，一个"有神秘东方力量的地方"，不是没有道理。

"义乌指数"这个话题，让方海平觉得正在提到的那个地方，离自己似乎极其遥远。他每每想起自己以前的样子，都会被那个矮小瘦弱、身着廉价西装的陌生形象搞得惊诧不已。他那时候的年纪，比现在的方尼娅还要小。方海平发现，自己现在跟方尼娅说话的句式大多为疑问句，而方尼娅是肯定句。她说话的口气不容置疑。

方尼娅自作主张辞掉了阿娜儿的两个兄弟。

这样的买卖太不划算，是时候考虑撤掉批发点，用电商和直播的形式来经营首饰批发了，方尼娅说。

或者，干脆回到李祖去。方尼娅的这句话，声轻而有力。

这句话说出来后，两个人静静地坐着，一动不动，聆听着周遭时间的寂静。好像他们一发出声音，就有可能把这句话吓回去。

方海平视力越来越差，他只能看清楚鼻子跟前的事物，他平时基本靠嗅觉来确定陈文秀是否在家。那个已经肥胖得一塌糊涂的女人，随着年龄的增长，脸上的美色开始像面包上的糖霜那样往下掉落，方海平庆幸自己以后都不用看清她的面孔了。她每天把自己喷得香喷喷的，像一团挥发香精的气体。有一天方海平没有闻到香水的味道，之后的很多天都没有闻到。看来她又一次失踪了。这次失踪得有些久，久到再没有回来。

方海平跟方尼娅说，我应该娶一个安静的女人。

可女人只有死了才会安静，方尼娅回答他。

就是死了也不一定安静。方尼娅补充道。

方尼娅发现方海平的脸看上去像是蒙着一层悲伤的薄膜，方尼娅几次想要伸手把他脸上的悲伤撕掉。六岁的时候她曾伸手撕掉过祖母的头痛。祖母有头痛病，额头总是贴着黑乎乎的膏药，这让她看上去像是被什么无形的东西压制着。有一天方尼娅冷不丁伸手撕掉了祖母的膏药，扔进了水塘里。祖母扬言要打她，但是祖母发现她的头疼在撕掉膏药后竟然好了，自此以后祖母再没有往额头贴过膏药。其实，只要她不贴膏药，她就不会头疼。

方尼娅还撕掉过其他很多东西，一个

悲伤的日子，一件突发的事，一张花斑狗的脸，黑夜里的噩梦，耶娃或者什么什么莎，或者陈文秀。

包括阿里法拉比国立大学那位同班的高丽男友。

高丽男友说话带着黏音，他喊她名字的那种口气她一直记得。那个有着明朗容貌和健康身形的男孩，仿佛他的世界充满了温暖的善意，这是方尼娅一直无法忘记他的根源。他们分手的原因方尼娅一直不是很清楚，可能是他们还太年轻，也可能是他有鼻炎。高丽男友严重的鼻炎让他闻不到任何气味，包括方尼娅轻微的狐臭和她因为他而散发出的愉悦的丁酸酯。

方海平曾多次提议方尼娅去做掉狐臭，他担心她会因为狐臭嫁不出去。怎奈方尼娅和阿娜儿如出一辙，坚决不接受手术。至于香水之类的东西，因为陈文秀的缘故，方尼娅想到香水就想呕吐。

我的狐臭没那么严重，偶尔散发一点出来，标志着我汗腺功能正常，方尼娅说。

可那是狐臭。

那是我区别于别人的气味，就像动物对自己的标识。

你太傻了。

傻一点好。

你根本不知道男人是怎么想的，

男人也一样不知道我是怎么想的。

方海平气得想撞墙。另一个能让他撞墙的是阿娜儿。这些年狐臭就像一道暮晚的尾巴，拖在他后面。他怀疑方尼娅简直就是阿娜儿安插在他身边时刻折磨他嗅觉器官的替身。

方海平有时候会靠着仅有的一点视力，走到街上，用他灵敏的嗅觉分辨经过的人是否有狐臭。他发现人可以按很多种方式分类。好人坏人，勤快的人懒惰的人，有情人无情人，快乐的人不快乐的人，还可以分为有狐臭的人和没狐臭的人。他站在那里，一站一个下午，对从身边走过的每一个人做出分类。有狐臭，没狐臭，没狐臭，有狐臭。他在心里默念着，靠这种狐臭分类游戏打发无聊的时间，这几乎成为他的一种乐趣。一段时间后，他发现这世上有狐臭的人还真是多，那么，阿娜儿的狐臭也就没什么可值得大惊小怪了。有一段时间他又会觉得，其实有狐臭的人也没那么多，尤其是女人。阿娜儿的狐臭当属凤毛麟角。方尼娅也是。

方尼娅百味杂陈地看着方海平，她发现方海平脸上悲伤的薄膜在傍晚会变厚。她再次产生伸手撕掉它的念头。

耶娃或者什么什么莎，或者陈文秀走的时候，带走不少钱财，还欠下了一笔不小的赌债。货物仓库也遭受了一次不明原因的火灾，方海平不得不将口岸空置多年的商铺卖掉。他让方尼娅去里海边小镇找阿娜儿，她可以帮忙处理那些商铺。

方尼娅到达里海边的时候，广阔的里海让她产生一种渺茫感。据说人体的水分占比是百分之七十，与地球表面水覆盖率惊人地相似。她看着黄昏在里海的水面变成淡淡的姜黄色，那是一种与梦境相似的颜色。

方尼娅在那里没有找到阿娜儿。她在里海边的小镇住了一夜，听见成熟的巴旦木在夜里裂开来的声音。第二天，方尼娅驱车前往边境，终于在口岸和阿娜儿相见。

阿娜儿拿出无核白葡萄招待方尼娅。吸收了漫长光照的水果，甜到让人生腻。

方尼娅靠着这个结实的女人，嗅到她身上的狐臭，就像小羊靠气味找到了母羊。当阿娜儿拿出那个羊毛口袋，方尼娅惊异地看着这个自己曾经待过的类似温暖子宫的东西，头脑里仿佛还保留着出生前的记忆。

口岸现在只有零星的店铺还开着，回到从前的繁荣似乎已无可能。卖首饰的店铺，尽是一些所谓的俄罗斯首饰和土耳其首饰。方尼娅清楚，人们跑到口岸旅游，买异国风情的首饰，最后买到的东西其实全来自义乌。这一点不奇怪，有一年方尼娅在柬埔寨买了一个当地风格的蛇形手镯，回去后方海平认出这个手镯的制造地是义乌。再一次是尼泊尔，那根看似手工制作的脚链上挂着两个铃铛，走一步，响一下，颇具异国风情。方海平确定这是李祖某个亲戚家的手工作坊制作出来的东西。

后来方尼娅不论去哪个国家，都要买一两件当地风情的首饰回来让方海平鉴定，无一例外，方海平几乎看都不用看就确定它们的产地是义乌。方尼娅不太相信，那些非洲原始部落动物牙齿，兽骨之类的首饰也出自义乌。直到她接管了生意之后，才发现从义乌发来的货箱里，囊括了地球上所有风格的首饰，甚至因纽特人的、印第安人的、食人族的。假如月球和火星上有人，他们佩戴的首饰，也一定是义乌制造。

方尼娅觉得这有点好玩，她追踪着那些首饰去了很多地方，而它们来自她的祖地。

一个念头扑面而来，她知道自己迟早要去那里。应该说，是迟早要回到那里。

阿娜儿现在一个人生活，靠打馕为生。她打的家常馕又变得颇受欢迎。她揉面的手粗大有力。不打馕的时候阿娜儿坐在馕坑边嗑瓜子，瓜子皮被她花瓣一样吐得满地都是。

方尼娅告诉阿娜儿，方海平的眼睛看不清东西了。

可他的鼻子跟狗鼻子一样灵敏，阿娜儿说。

他能闻得出从身边经过的人有没有狐臭，方尼娅说。

他嫌弃我身上的狐臭味，阿娜儿说。

方尼娅笑起来。他对狐臭记忆深刻。

关我什么事，阿娜儿说。

2024年1月23日北京时间2时9分，距离口岸几百公里的地方发生了7.1级地震，方尼娅那一刻正躺在阿娜儿家位于四楼的床上，她突然感受到床在晃动，以为床底下藏了个人，惊得跳起来察看。这时候窗子也发出了哗啦哗啦的声音，整面墙都跟着晃动起来。方尼娅以为是风把楼房刮得晃动了起来。她担心这么大的风，会不会把房子刮跑。

距离口岸两百多公里的阿拉木图，同一时刻也在晃动。方海平摸索着想走出去，走到屋子中央的时候，头顶的吊灯掉下来，砸在他头上。

方海平倒下去，和一堆碎片躺在一起。

阿娜儿冲进房间，拉起方尼娅往外跑，她们光着脚，站在雪地里。方尼娅在雪地里跳着脚站了不到两分钟，就叫嚷着要回到楼上去。她觉得就算是死在废墟里，也比在外面光着脚跟不穿鞋的鸡一样挨冻强。

阿娜儿也是这样想的。两个人回到房间，相拥着坐在床上。余震还在发生，有微微的震感。很快她们从短视频里得知这次地震也波及了距离口岸并不算远的阿拉木图。方尼娅打开手机监控，看见方海平躺在地上。她使用手机端进行远程喊话，方海平听见声音，朝监控镜头转过头，对方尼娅的喊话做出了回应，他说的是语速极快的义乌方言，方尼娅完全听不懂。

一种不祥的念头从脑子里闪过。方尼娅把这种念头一挥而散，如同一头牛用尾巴赶走了一只苍蝇。她继续用汉语、俄语、哈萨克语跟方海平喊话，但方海平均用义乌方言回应她。

阿娜儿也感觉出了不对劲，两个人商量了一下，决定立刻往阿拉木图赶。天还没有完全亮起来，边检还没有开关，她们坐在车里等，感觉整个人都冻僵了。那个冬日的早晨灰蒙蒙的，一切都被冻住了一般。好不容易，等到太阳升起来，空气开始流动，路面上开始有了动态的事物，乌鸦也开始发出不好的叫声。等她们过了海关，方尼娅以吊销驾驶证的速度往阿拉木图狂奔。

方海平躺了有一个世纪那么长。他的视力因为头部挨了一击，变得清晰起来。他看见离他不远的地方，有一条闪闪发亮的首饰，那些假的珠子，比真的还要漂亮。

他看见梦境的边界有一抹微光。

他闭上眼睛的时候，正是李祖天黑下来的时间。白昼合拢来，切换成黑夜。方海平死在了李祖白昼和黑夜的分割点上。对他来说，死亡不过是李祖白天和黑夜的界限。他卡在其间，既去不了白天，也去不了黑夜。而他所在的城市，白昼在没完没了地延长，金黄的阳光照在墙上，有一种回光返照的意象。

方尼娅赶到时，所能做的事情，是伸出手，像揭掉面膜一样，揭掉了方海平脸上那层悲伤的薄膜。她相信人的意识永生不灭，这个被埋在巴旦木树林旁的中国小个子南方人，在巴旦木成熟的时候，可以听见果核裂开的声音。飘落的巴旦木树叶，跟李祖水蜜桃树的树叶多少有点相似。

事后方尼娅回看监控，始终弄不明白方海平最后用义乌方言说了什么。平时方海平从来不用这种方言说话。他在死前，似乎把他曾经使用过的其他语言统统忘掉了，只记住了义乌方言。那是天书一样难懂的语言，翻译软件也翻译不了。

为了弄清楚方海平最后说了什么，方尼娅决定回一趟李祖。

方尼娅觉得自己所经历的旅行，从来没有把她带到比李祖更为陌生的地方。李祖很多东西都消失了。消失的速度，显然比发展的速度更快。这个曾经遍布粪缸的江南小村子，已经蝶变成了闻名全国的国际创客村。它比方尼娅想象的更为靠近世界的中心。

方尼娅来到李祖做的第一件事是走进第五空间上了个厕所。来李祖参观学习的人很多，大巴车一辆接一辆地开进李祖，从车里卸下来的人，把小小的李祖弄得拥挤不堪。尽管李祖有好多座公厕，第五空间的女厕前面还是排起了长队。方尼娅看见旁边的男厕空着，不知什么原因，世界上所有的公厕，都是这种状况，女厕排着长队，男厕空着。方尼娅犹豫了一下，径直走进男厕。男厕每一个隔间的门上，都挂着门神一样的京戏大花脸的脸谱。以此推测，女厕那边，应该是花旦的脸。方尼娅出来的时候，发现所有的人都怪异地看着她。方尼娅想，他们可能会猜测她是来自泰国的人妖，要不就是属于性别更为复杂的那一类。但那又怎么样呢？在这个世界上，每个人都是局外人，她大可不用管别人怎么想。

转而一想，这是在李祖，李祖与别处不同，与世界上任何一处都不同，李祖是她的祖地。方尼娅在洗手台整理了一下自己，她带着朝拜的心，朝祖母的老房子走去。

老房子离戏台不远。戏台叫燕归园，有老人在台上拉胡琴，唱婺剧。那种调门，方尼娅听方海平唱过。方尼娅听着，差点掉进路中间的一个大坑里，正奇怪路中间怎么会有个坑，却发现坑是画出来的。再往前走，随处可见的墙画，皆真假难辨。窗台上蹲着一只看风景的猫，窗台是真的，猫是画的。墙洞里有个老鼠，墙洞是真的，老鼠是画的。拐角处卧着一条狗，走近了，狗就是不起身让路，也是画。铺着青砖的巷子，走着走着，就碰壁了，巷子一半是真的，一半是画的。

晕头转向间，方尼娅被一个体型肥胖的老女人一把抓住。她盯着方尼娅，吸了一下鼻子，似笑非笑。

方尼娅立刻明白过来，她是那个女邻居。她们因为生意上的事情通过几次视频电话，女邻居开了美颜，跟眼前完全是两个人。

女邻居感慨方海平听了她的话，往西发展，结果西得回不来了。她悲伤了一会儿，然后指给方尼娅看她祖母的老房子该怎么走。如果不是女邻居指引，方尼娅很难找到祖母那座已经完全改头换面了的老房子。祖母在她过世的时候，把老房子的继承权，给了方尼娅的表姐。祖母是根据头发的颜色来做出这个决定的，方尼娅的头发明显没有李祖表姐的黑。祖母那口刷了很多遍漆的红漆棺材，最后没有能派上用场。祖母曾经指给方尼娅看的那座山，改造成了健身公园，山上祖宗们的坟按照新农村建设的规划，迁往了整齐的陵墓。

祖母勉强接受了骨灰盒，她把红漆棺材送给了出嫁的方尼娅的表姐打成了梳妆台。方尼娅的表姐在义乌国际小商品市场有商铺，每天生意兴隆，她把梳妆台供在店铺最显眼的地方。她觉得自己的发财，跟祖母的棺材脱不了关系。

方尼娅的表姐是一个很有经济头脑的人，她和所有的义乌人一样，最擅长的事情是让钱繁殖出钱来。她把这座保留着方尼娅深刻记忆的老房子，租给了几个年轻创客。那是几个清华留学生，法国的，马来西亚的，中国香港的，韩国的。留学生把祖母的老房子改造成了一座叫 Pure Life 的颇具艺术氛围和空间感的咖啡屋。因为发音的缘故，李祖人把它叫飘来。义乌国际小商品市场里的外国商客和城里的文艺青年，会跑到距离义乌不远的李祖，享受乡村慢时光。他们把飘来叫屋顶咖啡，因为坐在飘来的阁楼上，看出去是一片老房子灰瓦的屋顶。

方尼娅六岁的时候，喜欢爬上危险的竹梯，一个人长时间地待在阁楼上。方尼娅的表姐曾恶作剧地拿走梯子，致使方尼娅无法下来。现在通向阁楼的是一道窄而陡立的木楼梯，在方尼娅眼里，那仿佛是一个时间通道，爬上去，就能撞入过去。方尼娅埋头上楼的时候被下楼的人撞了一下，撞得她差点滚下去。她明白，无人能撞入过去而不付出点代价。

方尼娅认出撞她的人，是清华留学生中的那位韩国生。李祖的青年创客榜上有他们的照片和介绍。一道浅浅的暗影落在他面颊的一侧，这让他看上去有点冷峻。韩国生跟方尼娅道歉的时候，说话带着黏音。有那么一刻，方尼娅以为，自己和平行世界里的高丽男友，在另一个地方再次相遇。这不是没有可能的事。高丽男友也许同样会在另外的地方，遇见另一个平行的自己。方尼娅相信平行世界的存在。

在阁楼上，方尼娅一眼看见放着祖母红漆棺材的地方，放着一张暗红色的长沙发，阁楼暗沉的光线中，沙发看上去像是一个轻盈的漂浮物。方尼娅告诉韩国生，那里曾经放着祖母的红漆棺材，自己曾站在红漆棺材上，看见落日从稻秆篷上落下去。有一天，她走出村子，朝田野里的稻秆篷走去，但是一口又大又亮的水塘挡住了她的去路。在以后的岁月中，她经常会隔着什么看见稻秆篷，它在时间的投射中，成了永恒的落日之所。

这次回到李祖，方尼娅没有看见稻秆篷。稻秆篷的消失，让她的心里升起一种隐隐的痛感，好像自己与落日之间的某些关联，断开了。

韩国生对方尼娅说，有一点你不知道，在李祖，一天可以看见四次日落。

四次？方尼娅用眼睛问。

韩国生肯定地点点头。是的，四次。

有一天，他骑着车，追着落日跑。他先是在远处的山尖上看见落日落了下去，随着位置的移动，他第二次看见落日是在低一点的山坳。第三次，落日挂在吊车的钩子上。第四次，他看见落日自一丛通体透亮的芒花上落了下去。

大地上的有些东西，是专供移动的落日休息的地方，韩国生说。

是这样的。方尼娅告诉韩国生，她曾经看见落日停落在火葬场的烟囱上休息。

她没有告诉他，那一天，是方海平的火化日。

如果骑行的速度更快一点，在李祖看见更多次的日落也不是没有可能。韩国生脱下围裙，结束工作，准备去骑行。

方尼娅在红沙发上坐下来，她点开手机里面保存的录音，好像有神灵帮忙给翻译了一下，方尼娅突然就听懂了方海平最后用义乌方言说的话。她马上拨通了阿娜儿的电话，那边的阿娜儿急切地想知道那个苕子最后都说了啥。

他说他要去洗手间，再憋下去他肯定会把自己憋死掉的。

阿娜儿听了笑起来。那个苕子，没想到他不是被吊灯砸死的，他是被尿憋死的。

阿娜儿又说，这也太不应该了。他那么能憋尿，为了赚钱，可以一整天不去茅厕。他最后竟然被自己的尿憋死了，这也太滑稽了。

方尼娅听见阿娜儿吸鼻子的声音，然后听见她哭起来，吹喇叭一样地擤鼻涕。

杀手皇后

袁德音《十月》2024 年第 6 期

推荐语

《杀手皇后》的叙事既真实又虚幻，日常生活与悬疑事件并行，详细描绘了青年人在陌生文化环境中对自我身份的追寻，细腻地呈现了一段关于异乡青春的迷惘与成长，这是一首郁达夫式的关于青春、孤独的挽歌。（吴玄）

*

那年我十九岁，初到东京，被中介安排在高田马场的一所日本语学校念书。住宿则在田无，一个每天要乘坐西武新宿线急行三站才能到达的鬼地方。第一次见房东是在成田机场。在手机上互换过照片的缘故，他远远地便认出了我，朝我这招手。四十岁的模样，却说自己二十八。他很自然地拿过我的行李，放进一辆租来的面包车，招呼我上车后，自己便一屁股陷进了劣质的布座椅里，载着我向田无出发。

一路上，房东的嘴不曾停过。

"能选我的房子真是你的福分，你要知道我那边设备齐全得很，有电视机、蓝牙音响。你别瞧不上啊，小伙子，电视机在日本那对于你们留学生可是好东西，你们啊，最缺的就是听力练习，平常只要这样放着，我保准你今年过 N1（日本语能力最高级别）。"

他还表示，田无的屋子很大，有三个房间，除了我，他不打算找别人来住，希望我们能相处愉快。最后他还讲述了自己的创业史，从大学兼职到如今成为留学中介。可惜，由于舟车劳顿，他所谓的重要部分我都没听见。

房子朝东，在田无的青梅街道上，是栋二〇〇二年的老公寓楼。楼里的分工有些杂乱，除了住人，二楼、六楼分别设有拉丁舞室和针灸诊所。一层有四户人家，我恰巧住在针灸诊所对面。

房东打趣："不舒服的话，还能去对面看看，很方便。"

天花板很低，几乎伸手就能触着。门后设有过道，很窄，勉强能容下两人。过道左右则各是房间和厕所。客厅在过道的门背后，紧挨着两个房间，一间和室，一间洋室。整个屋子像被分割完毕的集装箱，令人透不过气。我被分配到了洋室的那间屋子，北边开了个小窗，窗帘布很薄，每到日出时分，就会被晒醒。我同房东提过几次意见，他的意思是年轻人多晒晒太阳对身体好。其实我知道，他就是怕我把和式的榻榻米踩坏。所幸，屋外的阳台很不错，从这望下去可以瞧见楼下的停车场，背后的"青山洋服"的广告牌很大——一个蓝色的正方体盒子，每到黄昏就变幻得紫莹莹的。

我嫌弃那房子。不过这些都是我在堕落前的想法。如今想起，那屋子简直棒极了。

那是在遇见沈佳怡前，痛定思痛学习的日子并没有持续太久。起先，我和胡沁一同找了家私塾，每晚六点语言学校下课，饭还未尝到一口便匆匆过去抢座，所幸私塾和学校同在高田马场，不用再挤电车。东京的晚高峰尤为吓人，我每每逃课便会赶上，列车员把我们当作海绵，一个劲地挤压，双手不好发力，便换作背部朝向我们做用力状。这使得早早蹿进车厢的我，脸被迫贴在玻璃窗上，手举得很高，生怕碰到谁，被当作痴汉。

课上多了便会生厌，我和胡沁也是如此。不过，东京的晚高峰我们也不想再尝试，为了避过它，我们常在高田马场附近闲逛，可日子久了也觉得无趣，便找了一个好去处——"BIG BOX"，位于车站附近的大型商场。其中最有趣的当属四楼的电玩城，电玩、娃娃机、弹子房应有尽有。胡沁喜欢抓娃娃和开赛车，虽说是电玩游戏，不过赛车她真是个好手，坐在模拟的赛车椅上，何时挂挡、油门、刹车，每一个节点都被她控制得恰到好处。我和她比过几次，每一次都是铩羽而归。

胡沁家条件好，不缺钱。我和她是被同一个中介安排来的。但她的运气却比我好得多，有在东京的远方亲戚照应，住在一间离学校很近的公寓，坐电车只需五分钟。由于离原宿近，她常去，时不时便向我展示她新买的时髦衣裳。

那段时间，她最常说的话便是，"老袁，你有时间一定得去原宿瞧瞧，去买几件衣服打扮一下，这样才会有女孩喜欢嘛！"

而我总是不好意思地挠挠头，说："下次一定。"

由于家庭条件的差异，我们的性格和习惯也大不相同。我不太爱玩娃娃机和电动，总觉得那些都是入不敷出的玩意儿。我打弹子机，那东西紧张又刺激，一天下来若手气好，还能赚回来不少。再者，操作扳手，眼看钢珠即将入洞时，那种感觉无与伦比。

天气好时，我还是回田无的。东京植被多，天也蓝些，日暮西沉间，天时常粉彤彤的，几朵流云交织在一起，像极了舞女的丝绸缎带。公寓楼的天台是最佳的观赏地点，夏天昼短夜长，常常六点半时，天还大亮。我就搬一张小凳子坐下，等待日落降临。有几次，房东见我房门开着，屋内却没人影，便通电话问我在哪。他急匆匆地上来，见我望着暮色发呆。他说我若有这个闲情雅致，不如给他写推文。因为公众号的事情，他其实找过我几次。过往的闲聊中，我曾有透露自己从事过文字工作，我虽是一提，他却放在心上。他说自己正在做大做强的过程当中，媒体推广便是最重要的一步，若我愿意，他可以付我工钱。我答应了。当然，我后来才知道工钱的事是假的。

一味地打弹子机让人沉闷，再加上长时间捏着扳手，我的手掌抽筋了。日子反复，教室的冷气开得很足，我常匍在课桌上睡觉。睡醒后便把梦到的内容写到本子上当作推文的草稿。这项苦活虽不给工钱，我干得却还算愉快。只需交了每周的稿件（留学中介广告一类的招摇撞骗），房东允许我在公众号发些私货。于是，我索性将其当作了自己的账号，偶尔发些抒情散文和东京的风土人情，粉丝也日渐增多。

在忙碌公众号的日子，我渐渐将弹子机抛之脑后。但介于写文使人苦闷，人也越发孤独起来，半夜时常想找个女孩拥抱。这样的机会很快就来了。令和的第一天，房东就拖着行李离开了日本，把整个房子留给了我。理由是国内有个很棒的商机，千载难逢。临走前，他嘱咐了很多。比如，记得付水电账单、推文不要停、不许带别人回家等。我都答应了。

令和假期十天，我和胡沁约会。我们趁着樱花还未凋谢前，去了一次市谷，江堤两岸的樱花粉白相间，被风一吹便化作蝴蝶翩翩起舞。胡沁很健谈，有说不完的话，甚至可以一路从我们相见念到分别。我只需侧耳倾听，时不时地点头即可。这点也是我最满意的，无需答复，只依这些话语化作温馨的流云轻抚耳畔便可。

渐渐，我们亲近起来，晚上也会通电话，时常聊到第二天清晨。如今却怎么也回忆不起当时通话的内容，但想想，无非是家长里短的那些话，又或者是讨论哪班的男孩女孩相貌周正些。唯独记得的是，中间她会去洗趟澡。我懂得这是女孩想要终止对话时的话术。但胡沁会回来。洗完澡后，她会在电话那头说："如果现在能喝上一杯冰牛奶就太棒了！"

和胡沁断去联系是七月份的事。很突然，没有前因后果，就这么默不作声地发生了。思前想后可能与我邀请她来我家做客有关。我难过了一段时间，花了好长时间才振作起来。躁动过后突然的静止反倒令我不适，才发现自己来东京后水土不服，犯起了荨麻疹，头发也掉了不少。我试着去听听音乐，放松身心，却发现手机里没一首歌曲是称心的。试着去写些东西，笔尖却浮动在半空久久落不下去。最后能做的也只有大睡一觉。

后来的日子，在私塾我有遇见过胡沁，她与我就这么迎面擦过，我们却要装作根本不认识对方的模样。这使我糟心，我是那种即使隔了一条街，只要认出对方，都会冲上前去打招呼的人。为了避开这些烦心事，我决定不再去私塾。

*

每当提起我和胡沁的往事，沈佳怡都建议我别再将此类琐事讲给其他女生听了。

其实我别无他意，只是想从女性的角度得到一些解释和建议。比如，和女生相处不能过早邀请她们回家做客啊，不能有过多的身体接触啊。但沈佳怡什么也没说，只是笑笑，她说每个人接受程度不一样，都只是参照而已。

十月的周二中午，我和她是在高田马场见的面。刚从国内回来，自认为状态还算精神，和沈佳怡碰面前，反复照了几次镜子，检查自己的仪容仪表是否还算"正常"。我们事先根本没有商量好，只是约定在车站见面，然后吃顿饭。我建议去附近的中国餐厅，她点头说："都行。"

一路上我没好意思瞧她，只好埋着头，往我印象中的方向走。天空一片湛蓝，空气中仍残有早秋的温煦。不知不觉，在各种细窄的弄堂中，我又错过了转弯的时机。

"你又走过了吧？"沈佳怡说。

我不好意思地挠头以证明她说得没错。

"真是不好意思，和你在一起总是下意识地紧张，导致忘了去路。"

"没事的。"她浅浅笑道。

点餐并不顺利，虽说和沈佳怡已相识一段时间，却仍说不上来对方吃食的喜好。再加上自身的选择困难，若是只有自己一人，便点份定食敷衍了事了。结果你推我就的，二人各点了几道菜，一声不响地吃完结束了。中途她有问我喜欢的歌手或乐队。我回了"李志"和"皇后乐队"。她显得格外满意。不过很快，她又只是坐在那里，盯着眼前的食器一言不发，陷入思索。

与沈佳怡虽只是一月未见，这一月里，沈佳怡却变化了不少：颧骨处长出的雀斑，由短发扎起的麻花辫……打扮虽与以往类似，突兀的是裙下竟露出了一截花色长袜。她喝水握杯时，我也有注意到她留了黑色的指甲。原本清瘦的身体被这一切衬得更显憔悴，总之印象中从前的她是一副很有灵气的模样。

距离我一点上课大约还有半个钟头，我不愿就这么和她离去，便提议在附近走走。她答应了。我们从一开始就没什么话说。出餐厅后，她仍一语不发，我们肩并肩走着，中途她时不时看我一眼。我们在高田马场绕上了一圈，期间险些走到新大久保去。快走到语言学校时，她才开的口，但说的大致也是信里的内容，别无二致。

突然，沈佳怡像是想到了什么，招呼我在一旁的路牙坐下，从包中取出了一叠折好的铜版纸，再缓缓展开。是东京的地图，斜上方的蓝绿之间很明显的有两处被水笔标注过的痕迹。

"你看。"沈佳怡指向那个红圈。

虽然一时之间没有明白她的意图，我却仍凑近看了。被圈起的两处是"田无"和"武藏境"。

我下意识地内心欢喜。

她说："我之前还没发现，我们挨得竟如此近。要不是你上次跑腿送信过来。我也打算走上一次。"

"其实走起来还是挺累的，来回也要两个钟头呢。"

"没事，我能走。"她笑道，"说不定沿途还能拍到不少有趣的照片。"

我点头。

"嗯，对了，上次谢谢你的糖果！"

"不客气。"

她忽地收起地图，抬起头。面庞在阳光下，显得格外明朗。

这时，我才意识到要分离了，心里有点落寞，却未开口。

我看着她转身朝车站方向走去。分手前，才想起来自己忘把书和 AD 钙奶交给她了。我叫住她。

"你的东西忘了。"

她回过头，不好意思地冲我笑了笑，看上去很害羞，红着脸，像只小兔子般跳了回来。

"谢谢，真是麻烦你了。"

我将书包中的袋子取出，一整个递给了她。沈佳怡当即拆开一瓶 AD 钙奶，用吸管戳穿，喝了起来。至于书是《沉默的大多数》，她只是瞧了一眼便放进了包里。

"写信联系。"她摆手往后退。

"写信联系。"

"今天这身行头不错。"她说。

我低头，才发现不知不觉中穿了一身黑。

*

没过几天，沈佳怡来信了，大致意思是，希望我们能从书信中提供各自的过去。我思来想去拿了一支铅笔，列了一张大纲。该死的，我实在太想给她一个好印象了。划去不该讲的，又圈起该讲的，最后草草拟订了一封大纲。可才动笔没几个字，故事中又反复出现了胡沁的名字。我回忆起沈佳怡所说过的话，思来想去是否要避开胡沁这一关键人物，但又不想为此断了故事的连贯性，最后决定继续写下去。

和胡沁断去联系的日子，我睡觉也不称心，时常会被宣传宗教的阿婆敲门吵醒。我耷拉着脸打开门，一言不发。

两个阿婆精神很好，看上去和蔼可亲。

她们问我："有兴趣去参加座谈会吗？"

我用日语回答："我是中国人。"

往常只需我搬出这句话，几乎是百试百灵，对方便会转身走人。如今在这两位阿婆身上却失去了效用。她们更精神了。

"哦！是吗？那你日语可真好。"

接着，两位阿婆便和我聊起了家常，盛情难却，当时的我想破脑袋也搬不出再多的词汇量请求她们离开。我没有细算，但的确直到我那支撑着门把手的小臂开始隐约发麻，她们才离去。关上门后，我才发现自己的手里捏着一张传单，是关于基督教的，上面印着两个大字"平等"。

弹子机玩腻了，一时间想不出新花样，我便和学校里的男孩厮混。他们大多数都留着奇特的发型，而我总觉得与他们格格不入，染发又怕影响发质，之后便自己剃了一个圆寸。当时厮混，与我关系最好的便是鸭子，留着一头红发，远看像颗火龙果，一首《飘向远方》唱得好极了。

鸭子常常邀请我去池袋做客，场所无不是风俗店、酒吧、歌厅一类的地方。

那段时间，我看厌了粉色的小台灯和悬吊在脚尖的高跟鞋。

一次酒后，他对我在风俗店内坐了一晚的行为很是不满。

"你是没性能力吗？那么漂亮的姑娘在你面前晃荡。洗个泡泡浴也好啊！"他说。

我摇头，"下次这类活动就别叫我了。"

鸭子照做了，之后再也没邀请我去风俗店，转攻歌厅。我去过几次，可刚进包厢，便后悔了。里面环境脏乱，满地的果皮糖纸，每走一步都很黏糊。沙发老旧，露着棉絮，几对男女依偎在一起，密不可分。两个音响吊在墙角，声音很大。灯球旋转，每一束光线都恰到好处地反射在我的眼睛上。我不是很喜欢那里，往往点上一杯橙汁喝上几口就走。我能想象自己在那低矮的棚子里待上一晚后的场景，脑袋昏昏沉沉，嘴里又干又苦，接着后悔自己昨晚为何没能早点回家。

鸭子有时会问我："是因为没有喜欢的女孩吗？只要你开口，我一定给你安排。"

我摇头。其实我只是讨厌那些男女每次都巧妙地跳过我，将话题抛给鸭子，仅此而已。

"我得回去写日记了。"

他表现得有些不可置信。

"但的确如此。"我说。

我没有骗他，这也是我离开的一个缘由。我写了将近三年的日记，一天没有落下。我故意将日记留在公寓，逼迫自己在凌晨前回家。这也是我约束自己的办法。

当然，我不是什么圣人，我也喜欢同女孩拥抱，抚摸对方，这使人开心。但不是在歌厅那种地方，拥抱抚摸应该是私密的，在逼仄的灯火阑珊处，二人挤作一团，互通心意，而不是像标本展会，任人观赏。提前离场的次数多了，鸭子便也不再邀请我。他说我让人扫兴。

我自认为同鸭子待在一块的天数，算是迷失。不过这般迷失下，我还是偶有良举。上午我会去健身房游泳，下午继续上课，等到晚上便去阿婆推荐的座谈会坐坐。那里的人很热情，将小板凳围成一圈，叽里呱啦地安慰鼓励对方，最后再补上一句，"阿门"。如今想起，当时我的日语就是在风俗店和座谈会练成的。

不过很快我又陷入了女人们的怪圈，这当然都是鸭子的功劳。他在带我沉沦这一方面可以说是坚持不懈。自从他听说我的房东走后，常带女生来我家玩。里面为数不多我相识的是桃子（日语momo），是鸭子的正牌女友，据说是日韩混血。除了

粉色头发外，我很难将她的外貌和名字联系在一起。我第一次见她时，是在歌厅，她依偎在一个陌生男人的怀里，举止亲密。当时我就明白为何桃子对于鸭子同别的女孩厮混毫无怨言了。私下我和她吃过一次饭，她对我很中意，用她的话说，我和别人不一样，至于哪里不一样，要深入接触后才知道。

起初我对陷入他们的这段感情是厌烦的。直到鸭子出事。学校流传着好几种关于鸭子的说法，说他杀了人，这几日总被警察传唤。也有人说他破格被早稻田录取，所以不来学校了。可我听桃子说，他是被一群头发五颜六色，小混混模样的人接走的。

"那些人是来要债的！"桃子一本正经道。

她还说："其实我和鸭子只是租借关系。"

我下意识地想到"炮友"这个词，便脱口而出。

她似乎也毫不在意，她说："不完全是。是那种拥有正式关系，却不受拘束的那种。"

我很难想象，她继续道："鸭子一定是遇上麻烦了，我不想和他维持这种关系了，毕竟这种关系也是存在风险的。比如追债的，又或者警察传唤一类，万一自己未来档案不好看可就麻烦了。"

"警察？"

听桃子说，其实在这之前鸭子就犯过事，一直是被警察盯上的状态。

"鸭子的房子根本不大，也只是和别人合租而已，算上他一共三个人。前几日，鸭子同往常一样，放了学便出去鬼混。等到凌晨的时候，他接到电话，说是他租的公寓忽然爆炸了，其中一个室友当场死亡。警方猜测是煤气泄漏引发的爆炸，不过还是按照惯例，传唤了鸭子。"

"那鸭子有留话给你吗？"我问。

桃子摇摇头,"你和他相处过,你知道的,这人谎话连篇,比如,自己的房子很大什么的。总之,是不能相信的。指不定就是他偷偷杀死了自己的室友。"

我有些惊讶,"他有不在场证明,不是吗?"

桃子故作神秘,示意我靠近些。我挪动椅子,尽量使上半身往前凑。

"鸭子有提到过他的室友,说是个令人讨厌的乡巴佬。总是故作清高,无论什么时候都摆出一副事不关己的模样。"

"就是没有人情味的意思吗?"我总结道。

"应该是这样的。"桃子点头。

"那鸭子是怎么处理的?"我问。

"他之后就没说什么了,不过他有过一次设想。"

"设想?"

"嗯,他说那家伙有抽烟的习惯,他要在出门前,放出一些煤气,再在桌上摆上一盒火柴或者一个打火机。如果那家伙没忍住点上一根,那就等着被炸得稀巴烂吧!"

我不禁倒吸一口凉气。

桃子见状,示意我不要到处乱说,"你可不要到处乱说哦,我把你当朋友才告诉你的。毕竟谁也不想惹上麻烦,不是吗?"

我点头,一口气喝完了桌上的凉水。

沈佳怡的回信,我至今记忆犹新。她说:"鸭子很有趣,想要认识。"

我几乎是赌气式地故意跳过了这个话题。我提议让她剪回曾经的发型。

我说:"你发量少,麻花辫显得很稀薄。不好看!"

她回信:"我头发真看上去很少吗?"

我回:"嗯。"

*

初见沈佳怡是在二〇一八年的九月。回忆在认识她前的那段日子,我身边的女人周转得没有停歇,胡沁、桃子。她们和我没什么亲密关系,却又不时地出现在我的生活中,搅得我的生活一团糟。不过这些烦心事很快就被与沈佳怡的相识冲散得一干二净,以至于我如今回忆起,依旧认为是那些零散的琐事将我和沈佳怡紧密地联系在了一起。

同年七月,天气逐渐炎热起来。鸭子的事情早已被我忘得一干二净。学校放了假,我就躲在屋子里喝啤酒。或是微醺后把自己泡在泳池里,远远看去只剩一顶黄色的泳帽漂浮在水面上。酒喝多了,便健忘起来,因此那段时间我常会接到房东的电话,催促我快些在公众号上发表文章。但无可奈何的是,随着胡沁和鸭子在我的世界没了踪迹,我的写作热情也跟着消失了。

在房东走后,房子的使用权便归了我,此后我便放肆了起来,不时地喊女孩来家中做客,桃子便是其一。我喜欢她们,至少她们不会像胡沁一样扭扭捏捏。那段时间,桃子常会带着她的小姐妹来我家喝酒。我想抱女孩的情绪也和病情反复一般起伏不定。由于害怕酷暑我重新留起了圆寸,碍于修理,之后的一段时间我都留的这种发型,稍有变化,我便用推子将多余的头发理去。它为我带来了些许桃花运。女孩们喜欢摸我的头发,她们说像是猕猴桃,当中摸得最起劲的是桃子。

女孩们常常下午来,到晚上离去,不过有时候也会留下来过夜。桃子带来的女孩大多都很漂亮、热情,她们落落大方,穿着得体,是我心目中的好女孩。和她们的相处可以称之为约会吧，总之我乐在其中。

不过我从未和她们发生过什么关系，这是真的。并不是不想，我只是害怕自己变成另一种人，同鸭子、桃子不一样，索性像他们漫无边际地畅玩也是一种法子。但我不行，总的来说，我不够好也不够坏，很容易会变成一个模仿他人的半成品。

好几次随着黎明的第一道阳光醒来时，我才意识到自己该买一对厚些的窗帘了。我索性半眯着眼，苦着嘴，尽可能地张开手指去丈量一旁女孩的身型。我试着去猜测她们的想法，但始终捉摸不透，或许她们只是希冀有一个可以免费喝酒的场所，和可以对一个看上去十分安全、没有威慑力的男人发牢骚。和她们在一起的日子虽说开心，但我也小心翼翼。关于喝酒，我既不打算喝醉，也不愿意她们一醉方休后留我独自清醒。

可终究还是有一次我没把握好尺度。记不清缘由，兴许是我喝醉了，和她们吵闹了起来，以至于我们不欢而散。此后，我的心情一落千丈，开始独自一人喝闷酒。起初桃子还会带些炸鸡来看我，时不时地提起一些有趣的事情同我讲，想哄我开心。可次数多了，她见我没有回应，也便冷淡起来，一次还提到了那些女孩有男友的事情。从那之后，我时不时地会去想象，当我同这些女孩喝酒闲聊时，她们的男友会在干嘛。在看书？打弹子机？还是和别的女孩睡觉？但她们会懂我在想什么吗？显然是不会的，在我微醺沉默时，为了不冷场，她们只会象征性地夸赞我的房子几句。比如，"你家房子可真大。""这块毛毯可真好看。"一类的。但我依旧默不作响。

与桃子的分别是在一个黎明。前一天晚上，我同她喝得酩酊大醉，发了酒疯，把阳台的窗户给拆了。冷风灌入，像是带霜的刀。俩人怕冷，裹着被子缩到了客厅里。等到天边微微亮，我试着将窗户修好，桃子在空调机上坐下，点了一根烟抽了一口，问我要来一口吗。我摇头。

毕竟是老公寓，门窗的螺丝都有了松动的迹象，碍于没有工具，我也只好徒手将窗户用蛮力塞回固有的轨道上。但精确地将左右两边对准确实是一件难事，重复了四五下，才完工。期间桃子一直闭着眼在抽烟，鼻子被冻得通红，白色的宽松T恤被风吹得呼呼作响。我倚在栏杆上休息，瞧着她。烟丝从那猩红的一点处飘起，悠悠然和天上灰白的薄云化作了一体。

"以后我就不来你这了。"她说。

"找到好去处了？"

她笑了一下，算是默认了。

"照顾好自己。"她说。

我"嗯"了一声。

之后七月的N1我考得一塌糊涂，那考场令我印象深刻，设在深山里，需要跋山涉水才能到达。考完那天，又碰巧阴雨连绵，虽说打了伞，仍觉得全身湿漉漉的，左边腰窝更是隐隐酸痛。同时，我也头一次有了鸭子的消息，据说他父母给他找了一个不错的律师，官司打了胜仗，再过一两周就能被放出来。我想到时和他一起去趟整骨院也是个不错的选择。身边没有朋友，长时间一个人，使我状态变得很差，头发胡须长得飞快，照镜子时一度认不出自己，像极了野人。头发长了，脱发的症状也越发明显起来。

唯一值得宽慰的是，我又重拾了写作。除了公众号，我自身也有所收获。那段时间，每到晚上我便着手写些口水歌。歌词没有大意，多数是描写苦闷生活的，不过偶有例外，比如我喜欢的篮球队夺冠了，又或者今天吃到了还算不错的食物，都会即兴发挥。由于身边没有乐器，弹不出一个音符，歌词的节奏感几乎是不存在的，因此只需每一行歌词的末字押韵我便满足了。有时状态好，甚至能一晚写出四五首歌来。写成后，便从电冰箱中寻些东西吃，隔天的咖喱，吃了一半的罐头什么的，浇上蘸酱，用瓢羹舀着吃。最后心满意足地躺回床上，幻想自己能出版一本短歌集，再给自己心爱的女孩看。如果短时间没有女孩看，那只能期待鸭子的归来了，届时把写完的的短歌集给鸭子瞧瞧，如果可以再当着他的面唱出来，他一定会大吃一惊的。

对于自己的状态，我也琢磨不清。是狂野还是内向，我总像一个游走在二者间的疯子，在热闹中寻找孤独，却又在寂寞中害怕冷清。我想我是狂野的，以至于鸭子总拉我去一些吵闹的场所，也不见有多少心烦。同时，我想我是内向的，整日窝在屋子里一周不和人开口说话，也无什么不适之感。我是一个奇怪的矛盾体，最终我找到了一种怪异的平衡，一种可以帮我平复我内心翻江倒海的行为——"在镜子面前跳舞"。在任凭欲望充斥全身的同时，又在镜中找寻仅存的理智，成为自己的观众，为自己鼓掌。这种方式显然不是最优解，不过极为自然，像准备好随时赴死的气球，悠然地等着被刺破。

随着照镜子的次数增多，每每照镜子的我总以为是自己生长了野蛮的胡须发毛之间，而并非它们存在于我的肉身之上。就那么一次，像是碰着了一个糟糕的机关，也是契机。

那是一个再也普通不过的凌晨。我哼着刚写成的小调，准备洗漱，我如往常一般开灯去卫生间，第一次我发现镜子很脏，上面充满了水渍和污垢。我将沐浴露均匀地挤抹在海绵上，不停擦拭，最后再用水冲洗，用抹布擦干。盯着镜中的自己，久久出神后我才认出自己，反复地端详那张宛如野兽的面庞。看镜子中的自己我联想到了野人，从野人再联想到印第安部落，一种原始疯狂的人性本能突然占据了我的全身迫使我想对着镜子跳舞。哪怕到了现在，我也难以解释那种冲动从何而来，是因为浴室暖黄的灯光，还是那些赤裸裸的水渍，还是镜子里那个陌生的我。在这些要素的促使下，我开始先往左边跳，待移动到浴缸处，大腿缓缓感到阻塞感后，再逐渐将重力压至右脚缓缓侧身向右转。这时，在伴随着身体本能自由发挥而出的舞蹈花样，我感觉棒极了。嘴中的曲子没有停下，舞步跨度小，节奏由慢变快，再又快变慢，我享受其中。如此舞蹈的日子持续了好久，单纯地跳舞搭配最简单音乐，嘴里哼着的永远是只有我会吟唱得还算不错的短歌。

不知是怎么样的一种情绪推动着我，鸭子出狱那天我鬼使神差地去机场接他了。他出狱那天是九月，印象里天气很好，就是有点冷，云层飘动，每有几只乌鸦掠过便薄了几分。原本以为来接鸭子的人不少，却不曾想到头来就我一人。我坐在铁制的椅子上静静地望着远处的自动门不断反复开合着，手里的小说无论如何都看不进去，喝了几瓶矿泉水，吃了几个便利店买来的热狗后，鸭子才来。他瘦了很多，脸上的肉不如之前那般饱满，像被小刀剜去了一块。红色火龙果也变成了黑色的寸头。不过，脸上很干净，胡子、鼻毛处理得一干二净，像用精密仪器扫描过了一般。至于衣服，仍是我们分别那一天穿的墨绿色飞行夹克，所幸春秋季节，温度差别不大，不会觉得冷。

他见到我的时候显然有点惊讶，他说没想到我会来。聊起没其他人来接机时，他显得很平常。他说起初那帮人还会来探监，但也只是抱着好玩、有趣的想法来的，那帮人只是好奇探监是怎样一种体验。回东京的路上，路途漫长，我们一路坐在浅草线的粉色坐垫上发呆，中间他有和我提到过监狱里的生活。说是"监狱"，其实只是普通的看守所，还是单间。由于在里面的日子无所事事，他只好看些狱警提供的小说。他看了其中的不少，吹嘘自己的日语因此变好了不少，随即用日语说出了一堆作家的名字以向我证明。不过他觉得那些人写得都不如我。他说我一定会成为大作家的。我没说什么，我只是怀疑他在读日文小说时，是否曲解了其中的内容含义。

由于没了住所，鸭子只好暂住我家，原本空荡荡的房子终于多了一丝生气。他的东西不多，都寄存于桃子家，我同他去取的时候正巧桃子不在，鸭子一副熟门熟路的样子。桃子家的门没锁，屋内拉了窗帘，暗沉沉的。我守在玄关没好意思进去，但仍止不住好奇，不时探头张望。除此之外，我还能闻到一股厨余垃圾长期未处理的味道，我能想象在黑暗中好几袋垃圾堆积在客厅、厨房的角落隐隐发臭。过了许久，鸭子搬了两个行李箱出来了，嘴上还骂骂咧咧的，一问才知道，桃子把他的东西都闲置在阳台了。

鸭子住进后的一周，我的屋子也变得一团糟，衣服、袜子、塑料薄膜在地上铺得洋洋洒洒。他也知道我是一个随性的人，不会有太多阻止、抱怨的行为，除了他每次要抽烟，我才拉开阳台的移门将他赶出去。除了抽烟和睡觉，他便来我房间发呆，把空调温度开得很低，吃点面包和咖喱，躺在地毯上抱着电吉他能玩一天。关于鸭子会电吉他，我也是和他同住后，才知道这点的。我拿出短歌给他看，他很吃惊，说写得很成熟，照着谱子先弹了几个根音，接着便试着转换和弦弹奏跟着律动起来，只是三两下便把我平常只能哼出的小调弹奏出来。那粉色的亮光闪闪的电吉他，当鸭子修长的手指在琴弦上飞快闪动时，我承认他是有天赋的。后来我们开始疯狂地歌唱，从房间到客厅再到浴室，我们欢笑，我们舞蹈，所幸连接线足够长，不至于让我们行走在一半时扫了兴。面对镜子的从一个人变成了两个，我很感谢在那段日子他趋于疯狂地陪我跳了一周的舞蹈。

在借宿我家的同时，鸭子也并未停止社交。不过他也尊重我的感受，并不会把女孩往屋子里带。至于我明知考学刻不容缓，却又什么也不想干，弹子机、麻将、篮球都使我提不起兴趣，头脑空洞、四肢麻木，只想追寻些刺激的事情聊以慰藉。我们常聊到关于女孩的话题，每每至此鸭子就像被击中了话匣子，开始开关手舞足蹈地说了起来，从如何认识女孩再到如何和她们开房。其中不乏一些细节，在我看来那些女孩也并不是被所谓的花言巧语欺骗了，而是在鸭子身上找到了所谓供需，也就是交易，就像两种大小适中的容器，互相倾倒，最终停留在同一水平线。但归根到底没日没夜地找女孩忘情拥抱仍是为了追寻快感。

在尽兴过后也有静下心来深入一些问

题的时候，比如在与女孩纵情的背后我们需求的又是什么。对此问题鸭子很快抛出了自己的见解。

当时他的怀里还抱着那把粉色的电吉他，嘴里咬着拨片。

"是快感！"他说。

"那为什么我们要去追寻快感？"

"在快节奏的生活中，我们犹如行尸走肉，我们要证明自己还活着。"

"可我并不想把自己的欲望倾诉，爆发在另一条鲜活的生命之上，哪怕你情我愿。而且与女孩子纵情只是一时的，大脑和肉体终究是有倦怠的时候，当这些器官适应了某种程度上的快感后，便只有更高的刺激才能使我们满足。"

"那就去追寻更高的快感呗。"

说这句话时鸭子显得很轻描淡写。

"那什么是更高级的快感呢？"

听到这，鸭子将叼在齿边的拨片吐出，两肩耸起，两颗眼珠猛地向外弹出，嘴也咧到了一种夸张的程度。接着他便同我讲述了，比和女生做爱更刺激，更能让人心跳怦怦然的事情。

"是见证生命的坠落，"他说，"是卧轨，当时那人就在我身边跳下，真的很近，那飞洒起来的血，差一点就溅到我身上了。他的断肢更是被电车撞飞几十米之远，在空气中留下一阵血雾。"

他说他也不清楚自己到底是抑郁还是为了追寻刺激，同样的杀生也是。这使得这些过激行为的边界变得模糊，自杀与他杀最终也只是变成了在自身寻求快感与他人身上寻求快感的区别。想要在模糊的界限中找寻定义，也并非不值得一试。

我有点害怕直视鸭子的脸，转而将视线放了掉落于地毯的拨片上，而拨片由于沾有唾液而在灯光下变得闪闪发光。突然，我的情绪从害怕又转而变成了愤怒，是我说不出的缘由，有可能我仅剩不多的道德感，让我从内心谴责这种将自身欲望置身于他人命运之上的行为。

我下意识抬起头冲着他的脸脱口而出。

"那你炸毁房子，也是为了追寻刺激吗？"

一瞬间鸭子又回到了寻常的表情，慌忙解释："不是的，不是的。我只是……那房子的确发生了爆炸，但此事与我无关，很可能是那人一心寻死，就是我那个室友……是他，是他最后拖累了我……"

但很快他又闭口不谈，最后屋里除了空调运转的响声外，只剩沉默。

后来的日子，鸭子一直以物色房子的缘由到处避着我。除了一次找我充当紧急联络人外，就不再回过家。不过仅是那一次照面，我就闻到了他身上的味道，除去女孩身上的香味外还有说不出的烟尘味，与烟味不同，是煤粉在剧烈燃烧爆炸后留下的异味。但同时我又害怕是我想当然了，是我的臆想，我害怕我成为那种先入为主的人。

*

鸭子走后的日子，我又孤寂起来，地毯和茶几上各种颜色的易拉罐随处可见，每天都醉醺醺的。至于身体，不知是酒精还是漂白粉起了作用，我的皮肤起了大块的红斑。一开始还有些担心，打算去附近的诊所看看，但很快我就陷入了一种麻木。用鸭子的话来说，就是变成了活死人，每天重复同样的日子，通宵、游泳、上课、酗酒，就像陷入了黑色的果冻，被冰冷却富有弹性的窒息感缓缓杀死。而我也转而将这种伤害放到了自己身上，我开始喜欢一瞬间的爽疼快感，起源于天生的恶意，就像孩子杀死蚂蚁一般出于本能。在那一个个漆黑的夜晚，我每天都会来些很简单的自慰，头脑空洞，没有任何的暧昧对象，似乎只是在完成该做的任务，将体内的浊物排出。我时常会去臆想此时此刻未来将与我紧紧拥抱在一块的女孩在哪里，此时此刻我自慰的同时，她又在做什么呢。在这些荒唐日子里，我把这些所谓的感官刺激一一记录在了我的日记里。

就是在那些一个又一个难熬的夜晚中的某一天，我结识了沈佳怡。如今回忆起，认识她的那晚，在眺望窗台景色的同时，我的眼前似乎出现了不可言状的物体，形状古怪，像是转轮又好像是冰块，在月光朦胧下影子一颤一颤的。当我想要看得更仔细一点时，它又转动得极快化作了一摊清水。它使人晕眩，使我意识到时间飞快，而我什么也紧握不住。

那天我记忆格外清晰，是二〇一八年的九月二十日。在拥抱自己的那个夜晚，大约凌晨三点，自慰过后我将沙发移到了阳台边上，隔着纱窗往外看，天还没有要亮的意思，鸟儿倒有几只，时不时地叫几下。将窗台外的景色瞄上一遍后，我又将脑袋倚在墙壁上无所事事起来，沉寂了好久。半梦半醒间荨麻症发作了几次，同蚂蚁钻心一般令人难以忍受，去浴室冲了一番冷水澡后才好受不少。我将其归咎于我长时间地作践自己的身体以受的报应。我想我该回趟国了，我受够一个人在日本的日子了，哪怕只是回去休养一段日子也好。被黑暗裹挟其中，我思考了很多，我为何寂寞，我并非一定要找一个能够温暖自己身体和内心的恋人，只是单纯想找个人聊聊，又或者约出来见面，哪怕只是互相给对面一个拥抱也好。而最终的结果却是我只能将所有的情绪宣泄在自己身上。

也是当晚，我做了个疯狂的决定。我拿起手机将能下载的社交软件都下载了个遍。我的手指只是麻木地划动着，有时手指不自觉地停下动作，盯着屏幕前陌生的面孔发上好长一段时间的呆，直到手机息屏看到眼中布满血丝的自己才回过神来。沈佳怡找上我时，我已经昏昏欲睡，我们在网上经过短暂的交流后，互换了联系方式。我对她的印象停留在《杀手皇后》中的歌词，"她狡诈迷人，从不停留在同一个话题，交谈中，她活像个男爵夫人"，她言简意赅，直入主题，说近日无聊极了需同别人吃饭解闷，问我九小时后有空吗。起初我是拒绝的，她的动态没有照片，少有的几条也都是对生活的感叹，可倘若对面是个可爱的女孩子，我定又要后悔。最终我们将吃饭时间定在了中午十二点。

第二天，为求方便我故意推迟将中饭搬到晚饭，因为紧急联络人的事情（复印证件），我还稍微迟到了几分钟。从中介所走回高田马场的路上，我的步子仍轻飘飘的，我生怕她是个长得黝黑的胖子，如果她长得不尽人意，我定会以最快的速度逃走。其实哪怕是早上游泳，下午上课时，我脑海中都会不由自主地浮现一张虚构的女生的面庞，但很快又会被涌动的水流和讲课的声响冲碎。而当时的我没剃胡子，没洗头，身上的淡绿色的格子衬衫也皱巴巴的，目所能及之处，两边裤脚卷得也长短不一。到车站后我随便找了一个人少的地方蹲下歇息，拿手机三两句话地向沈佳怡描述了一下自己的长相和穿着，说看见我的话招手就行。

直到我远远看见一个长相可以称之为好看的女孩向我招手，黑色的棉服把她衬得很是白皙。宛如时间停止，女孩微翘的短发，行色匆匆的路人以及形象糟糕的自己。却在这一刹那，我连短歌集的封面该是什么颜色，该在上面写怎么样的寄语都已经想好了。但很快我就后悔自己在出门前为何没有打理自己一番，甚至联想到了背后的红斑，生怕一点点的瑕疵都会影响到我在女孩心中的评分。

她走到我身前，显得略微有些不好意思，不出声，只是用眼神在给我打着信号，我愣神了好久才开口："你是沈佳怡吗？"

她松了口气道："我以为认错人了呢。"

寒暄几句后，我提议先找个餐厅坐坐，可和沈佳怡商讨一圈后也没找到合适的餐厅，她十分自然地靠着我，我们并肩走着，开始不停地走。途经吸烟场时，我们被过往的人流冲散了，我莫名变得有些不安，我们由并排变成了一前一后，我自顾自地往前走，不时地回下头，而她却毫无反应只是直勾勾地盯着我。走了一阵子，兜兜转转进了一家新开不久的米线店。到店后，整桌已经没了，只好挑边上的散桌坐下。我点了份番茄锅，沈佳怡要了份和我一样的。

全程我都侧着身用餐。我们有一句没一句地闲聊着，大抵都是现下的状况，偶有对未来的规划和展望。她是艺术生，学的是版画。当她说之后有打算去京都读书时，我心里不免有些失落。我自己也很难摸清楚状况，为什么会在短短的时间里对一个女孩有如此强烈的寄托感，我将其归咎于长时间没找女孩聊天了。之后我们又互相询问了各自的住处，那时的我对东京

的地理甚至没有一定的概念，当她说"多摩"时，我也只是记住了一个地名，下意识地联想到了《挪威的森林》中渡边的宿舍，中庭有棵遮天蔽日的樱花树。她的话不多，不过话题的转换倒是很快，让我捉摸不定。中间我提到了《杀手皇后》，我说以其中的歌词来形容她真是贴近极了。她显得很高兴，将自己喜欢的歌单也分享于我。总之聊天还算愉快。

饭后，我尝试性地提出了散步的请求。可惜她没有要停留与我散步闲聊的意思，她说："我后面还有活动，涉谷的后摇音乐会。"

"要我送你去吗？"

她摇摇头说："不了，我还是习惯一个人。"

我稍显失落后，她却又转身向我，指了指自己的手机，意思是手机联系。

结束约会后，我也没了在外面逗留的的心思，回了家后我胡乱地翻书，想着要不要和鸭子汇报一下情况，说我遇到了个不错的女孩。可最后只是在镜子前停留了几分钟，回到房间抱着枕头睡着了。大约十点半，我估摸着音乐会也该结束了，便试探性地给沈佳怡发了条消息。她回得很快。

我问："音乐会如何？"

她说："很不错。"

我又发了"认识你很高兴"一类的话。

她说："我也是。"

之后便没有消息了。就这样过了一段时间，她又发来了一条消息，说："我们写信吧。"

于是，我们互相交换了地址。

第二天清晨，那是一个阳光明媚的日子。鸭子喊我去帮他搬家，我早早地洗了

个澡，尽可能地全身上下都搓了一遍，从脖颈到脚踝，就连平常不会注意的跟腱处都做了清洗。鸭子的新家在鹭宫，离高田马场很近，房子离车站却很远，虽说可以坐一班公交车去，但倘如每天为此花费二百五十日元也是笔不菲的开销。我到时，鸭子正在尝试一人搬动地上的冰箱。虽然他叫了搬家公司，但搬家公司似乎没有要给他搬上去的意思，争吵无果后丢下家具、行李后就开着皮卡离开了。为此鸭子只好找上我，搬家具的过程中，鸭子还止不住地骂骂咧咧。新找的房子户型还算不错，坐北朝南，阳光很足。我们在便利店买了泡面和披萨，一边组装家具一边进食。就这样陆陆续续忙到晚上，中间好几次，我都不知道该如何开口，直到临走前才提起沈佳怡的事。鸭子显得很感兴趣的样子，不断地给我提意见，且和我表示追女孩就要胆大心细。但聊及写信时我又犯了难。

"我对写信真是毫无头绪。"我说。

的确如此，即使抛开内容，单是"该买什么样式的信封"，"买多少面额的邮票"，"寄信人、收信人又该写在何处"这些问题便令我犯难。我充满了困惑，害怕寄出去的信件如石沉大海一般沉入街边随处可见的红色邮筒中，永远不见天日。为此，鸭子还帮我查了一宿，凌晨三点左右陪我去了趟便利店，把信纸、信封买了。

天亮前，他一边把玩着组装家具剩下的螺丝钉，一边说："若你实在不放心，就别把信塞到邮箱了，你去邮局让工作人员帮你处理。又或者你亲自去送，在信上压一颗糖果也挺浪漫，不是吗？"

周日，我久违地去了一趟私塾。不是想要学习，而是天气明朗，私塾的落地窗特别明亮，写东西很有感觉，阳光渗过窗前的树叶变得绿油油的，印在信纸上。在写信前我事先将要说的话用铅笔写好，最后再用钢笔重描一遍。事后又开始琢磨是否再润色一下，增添几笔。

同时，沈佳怡发来了消息。

"今天好像春天啊。"她说。

我还未来得及回复她，她就发来了下一条："明天是我生日，我准备送自己一只蜥蜴。"

那时候的我被她迷了神，明明平常对此类生物害怕得不行，到了那种时候又觉得沈佳怡足够特立独行，很有风格。我问她："需要帮忙吗？"

"蜥蜴加上饲养箱实在是太沉了，如果可以的话能帮我搬一下吗？"她说。

我瞬间没了写信的兴致，打算旷课去新宿帮她搬东西。正当我要问她详细地址时，她又说不用了，宠物店老板打算送她一程。

我只好作罢。

那时，关于寄信我是有点遗憾与失落在身上的，我总将短暂的归国视作长期的别离，生怕自己回来后信箱中仍没有回信的踪影。可是自己又因为身体原因，不得已回国，我总以为回去就能得到救赎，身体会有所好转。

信我写了两封。第一封信中所写的大体都是废话，却出自真心，满篇都是"认识你很高兴"一类的话，洋洋洒洒写了有两页之多。后两页写有我的私事，多是对男女关系的困惑，为举例子我还简单提到了与胡沁、桃子的分道扬镳。最后我还表露了对沈佳怡的担忧，我写："和陌生男子交换地址是件很危险的事情。"结尾我写了，

"期待你的回信。"

同时我听了鸭子的建议,那天傍晚早早地吃了晚饭,在地图上标记完地址后,便从田无出发,一路上我心情愉悦,偶然拍几张照片记录一下,途经台東通り、もみじ橋(台东路、枫树桥),穿过亚细亚大学时,天台上正有学生嬉戏,空中时不时飘着悠扬的小调。抵达武藏境时已近黄昏,沿着小路又经过了几个小公园,夕阳落在滑梯上像极了庆生蜡烛上燃烧的火苗。临近目的地,我照着地图在附近摸索了一圈,将门牌号确认了一遍又一遍,最后将目标确定了一栋老式公寓。样式和村上学生时代所住的宿舍相差甚远,不过中庭竟也有棵樱花树,由于未到花期,显得病怏怏的。我在楼下些许停留了会儿,往四楼的方向望了几次,稍有犹豫要不要上去敲敲门,但最终还是放弃。离开前,我找到402的信箱,将糖果与信一并投了进去。

可能是入了夜,回来的路上所见风景黯淡了不少,才发现颇有一段路程,花了我将尽一个小时的时间。途中因为劳累我还在附近公园的长凳上歇息了会儿,我好奇沈佳怡收到信和糖果后是否会有惊喜。可又怕她反应迟钝发现不了,总觉得还不够,便又启了第二封信,信中我提到了三鹰市的井盖,偶有探出墙头的橘子树,以及电线杆上令人胆寒的乌鸦。借着路光,在回去的路上每走两步就写几句话,等到实在写不出时,也恰巧走回了家门口。结尾我附上:"明天我就要回国了,如有什么需要我带回的,请联系我。"

次日,也是同年十月我回国了。直到坐上飞机,我仍在想写信的事,担心邮票面额是否有购买错,姓名住址是否有填错。若沈佳怡真的收到回信,信在信箱中搁置太久后又会不会被人撤走。回国后,我去了几趟医院,配了些抗生素吃,每天人都昏昏沉沉的,父母和我说的话也听不进去,唯有沈佳怡与我联系,我方能打起些精神,偶有聊天,聊的也都是关于美术、文学的话题。比如,王小波、博尔赫斯、佐伯俊男一类。我自始至终觉得沈佳怡是个很有趣的人,至少她有自己的目标,比如想学版画,想上多摩美校。至于我自己,我却无从入手和考量,关于文笔倒有不少人夸赞过我,可是我也明白那些只是虚假之言,只是我常会写些蹩脚的文章,朋友便会"文豪"之称叫我,时间长了,这夸奖也就如同面具附着在了我的脸上,撕扯不下来。在国内那段日子是怎么度过的,可能由于药物关系我如今怎么也回忆不起。一心记得的也都是关于信和沈佳怡的事。沈佳怡说想喝 AD 钙奶,我便带了,说想看王小波的书,我便买了。

*

回东京后,我和沈佳怡越发亲密起来。我担心的事情也并未发生,我们时常见面,写信。

信中涉略内容也逐渐广泛起来,她会和我聊到她喜欢的吃食、朋友,又或者是癖好,内容生动有趣,少有负能量的一面。信中她还告诉我,她家房门不锁,随时欢迎我。于是我便去了几次,正如信中所说,她不锁门,但同时她也不在家。屋里灯火通明,室内的格局竟与我的出租屋如出一辙,这不禁让我怀疑东京的房子都是这般格局。穿过走廊,客厅里堆满了一整包一整包的厨余垃圾。桌上的透明箱子巨大,里面正是沈佳怡常提及的蜥蜴,黄色的小小一只，好像叫作"鬃狮蜥"。我的到来，好像惊动了它，时不时地朝我吐信子。左右两边的房间的门都敞开着，我凭着信中内容确定右边榻榻米的房间是她的。与客厅相反，沈佳怡的床铺得很整洁，房中央摆了一个低矮的茶几，茶几上摆着我送的书和一些香水小样。墙上挂着一些奇奇怪怪的画，我根本看不出个所以然来，在我的理解范畴内像是被小孩子用蜡笔胡乱涂了几笔。我颤颤巍巍地走进她的房间，在茶几前盘腿坐了一会儿，想象着她平常在此学习的样子，又小心翼翼地翻开了桌上的书，看了几眼，发现书签卡在第三页的位置上。

后来我又去了几次，盘腿在茶几面前坐几分钟便走。但有一次，我在屋内撞见了一个陌生男人。在我开门进去的一瞬间，侧躺在榻榻米上的男人像是吓了一跳迅速起身，朝我的方向走了过来，看了我几眼，全程一言不发，走了。此后我忧心忡忡，还联想到了以前的信件，比如沈佳怡曾经提到过的在美术馆相遇的男孩，自己一人独处时也会揣测第一次约见后是否有人同她一起去看音乐会。我开始担惊受怕，变成了一个不完整的个体，生怕她同所有男孩都这般热情，都写一样的书信。自此我也不再偷偷前去沈佳怡家中，我害怕哪一次进入又再次遇到别的陌生男人。同时我也安慰自己那人可能只是她的室友，我想找机会询问，可是到了当面又难以开口，最后决定写信将疑问一并倾泻。

可愈是避开沈佳怡，她找我的频率却愈发高了起来。我也想回绝，话到嘴边又觉得可惜，便应邀去了。从那时以来，她常会邀请我去她家看蜥蜴，有几次我还见她用镊子夹出蟑螂喂它，我见了连忙后退，

我问她怕不怕，她摇摇头。除了养蜥蜴外，她还有很多稀奇古怪的举动。比如，在浴缸里倒入松石绿色的颜料以模仿清澈怪异的湖泊，又或者将房间带有钩子的地方都系上花束以作干花。这些都是我不能理解的，但她却乐在其中，无法自拔。除此之外，我发现她还常在自己身上做实验，例如，想要在颧骨处晒出雀斑啊，想让头发变得五颜六色啊，想把指甲涂黑啊，都是其中一种。这些行为都是我无法理解的。因此，我和她的关系无论再亲昵，她对我来说都是一种模糊的存在。

对于穿衣，她也有自己的独到见解。她风格统一，往往穿得一身黑，显得清冷，却又总有突兀的东西在身上出现，比如小狗斑纹的袜子，又或者是绿油油的手串。我将其理解为点睛之笔。这不得已又让我联想到了《杀手皇后》中的歌词，"挑剔并且又讲究，她就是杀手皇后。"

很快，我把陌生男人的事情忘得一干二净。但在每天沉浸于幸福喜悦的同时，我仍觉得与沈佳怡的相识不真切。就像是活在梦里一样。那时候我几乎每天做梦，梦中的内容也千奇百怪，但不知道从何时起，梦开始变得出奇一致。梦中我出版了一本短歌集，颤颤巍巍地准备送给她，结果身后的房子就"轰"的一声爆炸了。我甚至能看到自己的脑袋飞起来，火星漫天飞舞，灰烬被风拉得很长，混着血，在地上留下很长的几道印痕。

每当鸭子来我家作客时，我便会讲起梦的事。

"真的，我'轰'的一下就被炸飞了。"

"不可能的，都已经是和平年代了，更何况是在日本。"他摆摆手。

"所以说，你真的没有炸死你的室友？"

365

关于这个问题我自己也记不清已问了多少遍了。

"你要我说多少次，真的没有！"

接着，鸭子就试着将话题转向别处。

"你有看到过我的袜子吗？小狗图案的。"

"大男人的袜子我哪儿会在意啊！"

十一月的EJU（外国人留学考试）我考得极为糟糕，文综和数学写不出来时，竟开始写起了信。那时的我似乎已没了廉耻心，终日只是拖着鸭子，让他教我电吉他，我总想着届时能在沈佳怡面前弹出自己的短歌是件很酷的事情。

那晚，我当面将信交给了她，她问我考得怎么样，我说还不错。

进餐厅前，未满二十岁的她会让我帮她买烟，我将此视为暧昧的表现。

考试过后，我空闲了起来。接下去的几个月我们频繁地见面吃饭，我打心底喜欢她，可要说了解，沈佳怡对我来说仍是模糊的存在。鸭子有时也会询问我和沈佳怡的情况，和我说"若吃了三顿饭，还未确定关系便只能做朋友了"。我对此不以为然。

二月，下了几次雪。过年，国内疫情严重起来，不久日本也有了病症。那段日子，父母常拨来电话，询问我身体如何。我说一切安好，你们也要小心。中间我也试着用糟糕的EJU成绩报了几个学校不过都失败了。本将希望寄托于六月的EJU和七月的N1，却又因为疫情都取消了。我自责无比，却又没有奋力一搏的勇气。

季节又循环了一回。我们照例见面，我不清楚她对我的感受，因为她没有特别说什么，我也几乎没话讲。见面时，我们只是随便走走。她很喜欢漫步的感觉，我们常从田无出发穿过小金井森林，然后走回她家。那只黄色的蜥蜴也变得越来越大，我也敢于夹起几只蟑螂喂到它的嘴边了，有时也会去买几束花送给沈佳怡，和她说，这个晒干应该会很好看。而她也知晓了我面对镜子跳舞的癖好，建议我可以换些歌曲，"后摇"就是很好的选择。暑假过完时，她已十分自然地靠着我走路，我喜欢过马路时她下意识地牵住我的手。秋季开始，她又着手于考学，她说她不想去京都了，她将目标定于"多摩美术大学"，这所大学在国内外皆有一点名气，不定期会开些展会，很有艺术氛围。她常让我帮她模拟面试，当时我的水平根本听不懂，除了点头之外什么也做不了，她找我的次数也就少了。随之忙碌起来的还有鸭子，由于疫情关系，东京都内好几所大学都取消了EJU成绩的硬性规定，转而注重于面试，鸭子听闻消息后，信心大增，马上报了几所有名的私立大学。唯独我一人无所事事，继续编写着无聊的公众号，在黑暗孤寂的日子里将自己的短歌哼唱了一遍又一遍。

秋季终了，我有了打零工的念头，却也只是一闪而过。语言学校里也有结识的朋友不时邀请我去参加一些聚会，又或是提前邀约一起跨年，都被我拒绝了。在那一个个寒夜中，我无聊将王小波的作品看了一遍又一遍。偶有寂寥和悲伤从胸口如浪潮被泉涌而来难以自抑时，我才会写几封信给沈佳怡寄去，却没有返信，拨打鸭子的电话也是无人接听的状态。我明白我又已是孤单一人。趁着为数不多还有几所大学可以出愿，我报考了几所，我想有书读就够了。

圣诞节我送她斯图西（stussy）的笑脸黑色针织线帽，我以圣诞专用的圣诞树图案包装纸和墨绿色丝带包好礼物，亲自送到了她家中。竟在半路遇到了沈佳怡,她好像出门很急的样子,虽仍是一身黑的打扮,裙子下居然套了裤子,面庞也显得很憔悴,嘴唇没有血色,脸阴沉沉的,我看了有些心碎。她很惊奇在这里能遇到我,问我来干嘛。我说送礼物。她收了礼物就往回走,走了两步好像想起了什么似的,走回来对我说了谢谢。我问她为什么没有回我信,她和我道了歉说,对不起,最近状态有些不好。

所幸,我与鸭子重拾联系。
我问他:"前段日子哪去了?"
他只是摆摆手说:"躲女人去了。"
可是他满面春光,丝毫没有狼狈的模样。
"那学校呢?"我问。
"合格了。"他轻描淡写道。
我真心为他感到开心。但对他来说这是一件再也普通不过的小事了。

等待合格消息的日子,我天天缠着鸭子让他教我弹电吉他。他不肯,只是自己抱着吉他,把音响开到最大在家里大喊大叫。他越是这般,我心中深藏的悲伤又不禁往外溢出。总是一副事不关己的模样,难道他没有悲伤吗?我时常这么想,但又很快否定了自己的想法。再悠悠然的人,敲击心底也会发出悲鸣的吧。

元旦期间,鸭子和别的女生同住,嘱咐了我好几遍叫我到时千万别来扰了他的好事。我一人待在家中,闲来无事就翻出沈佳怡的信来读。这是我第一次细看她给我寄的信。无论是信封还是信纸都挑选得很用心,像是银座选购来的高档货。信封上的地址和寄信人、收信人都是用彩色的蜡笔一笔一画画出来的。有时里面甚至有她精心剪裁过的小卡片。每一次重读,总有忍不住的悲矜袭上心头。一如被她凝视时,所感到的那种哀愁。我无法将这种感觉具象化,也无法将其保持在自己体内。元旦没有人联系我,也没有人为我送上祝福。我甚至想摘掉口罩在大街上大跑一场,却使不上一点劲。不得已我打开手机,播放《杀手皇后》。

"她就是杀手皇后,火力强劲,带激光束的胶质弹药,保证让你意乱情迷。随时随地,她心甘情愿,如帽檐的水滴般滴落。她顽皮有趣,又像毛茸茸的小猫咪,偶尔什么也不做,有时又像皮球泄了气。她将完全驾驭你,疯狂,疯狂……而她,你永远得不到。她就是杀手皇后。"

在一遍又一遍悠扬的曲调中,我躺在了地上。鸭子的纸箱仍未搬走,堆得满屋子都是,我连推开他们的力气也没有了。我只好扭曲身体,躲避它们,感觉房间被纸箱割裂开来,而我也是,空间被分成两半,而我也是,不断重复,周而复始。

到了十二点,看着黑夜中由于广告不时闪亮的手机。我起身打算写点什么。从回忆追溯到如今,一个个谎言,到底孰真孰假,我自己也分辨不清。记忆如同幻灯片在我脑海中闪回,我提起笔纵情写了起来,我告诉自己,最后一次了,放肆一点吧。信很长,怪我的私情,不愿意给大家看,只好再次诉说大致含义。我向沈佳怡坦白了对她的喜欢,同时也表明了此前信中所提以及之前所遇陌生男孩的疑惑。同时也不想在这段关系中浑浑噩噩、担惊受怕、患得患失了。我说,我喜欢你,但也请让这段关系停留在原地吧。

寒风中,黑暗裹挟了我,我找不到自己。凌晨两三点,田无偶有行人,我只是穿了一件呢绒衬衫,感觉不到鼻子的存在,如同行尸走肉，在夜雾中找寻红色的邮筒。

*

寄信后的第二晚，我同沈佳怡拥抱在了一起。

我没想到这次她回信会如此快，我们在田无公交站前约见，在餐厅里点了酱油面吃，之后去便利店买了一大堆含有酒精的饮品，回到家中拉窗帘、关电灯，仅留了一盏台灯，花时间喝完后，莫名其妙地拥抱上了床。

起初我们只是躺在被子上一动不动，期间并没有动手动脚，只是隔着衣服互相紧紧相拥，显得奇怪又亲密。但时间久了，我们之间的鼻息缓缓交织在了一起，我下意识地侧头，她不觉得尴尬顺势将头埋进了我的肩膀，使劲地嗅着，手也开始穿过我的衣服摸索起了我的全身。我整个人开始变得僵硬，如同被肢解一般，动弹不得。沈佳怡的动作很轻柔，逐渐将重心转至了我的下半身。我只觉得浑身怪异的火辣辣，我之前没有同女孩子拥抱过，更别说肌肤之亲了。但随之而来的亲吻让我不能思考。柔柔地像水滴一般落在我的唇间，带着不曾闻到过的香甜，渐渐这种感觉向我包裹，头脑阵阵晕眩，呼吸也跟着急促起来。我开始迷恋上这种感觉，我模仿沈佳怡机械式地重复亲吻，不自觉地伸了舌头。动作也变得大胆起来，但也只是胡乱地摸着，始终不得章法。她拉着我的手往她的胸部摸去，摸到的一瞬间，我一下变得惊慌失措，倚着床往后挪了一段距离。借着灯光，我们互相凝视，我将她的脸部拆解逐个观察她的发丝、五官，竟觉得陌生。我发现我不曾了解过她。

可是既然是一个陌生人，又何必那么伤感呢？我自始至终都在回避这个问题，从相识到暗恋，明明从未了解过，为何陷入至此。归根究底，我只是喜欢上了一个不具体的、抽象的人。而我自己的意识却无所附依，在凝聚中落了空，如同远去的流云还未成形就被冬日的寒风吹散。

沈佳怡来此的目的我捉摸不清，为了弄清楚状况，我打算勇敢一次，决定当面将问题解决，为何明明断绝了关系，却又来找我，是为挽留，还是为减少心中的负罪感？沈佳怡的行为犹如六月的天气飘忽不定。

我心跳怦怦然，像打鼓一般，"我不曾认识过你。"我说。

她和我说："对不起。"像犯了错的孩子低垂着脑袋，声音哽咽在喉头。

"你不用道歉的。"我说。

"我要的，我只是……我也不知道……"

她两手靠在床上，像要哭泣的模样，却一点眼泪都没落下。我伸出手，轻触她的面庞。她身体微弱地颤抖，我几乎直觉地抱紧她，她靠着我，不断呼出的热气碰触在我的脖颈上。像这样过了很长一段时间，她才继续开口。她说她的状态很差，这一切都要从去年说起。

我右手支撑在床上，用左手抚摸她的背以安慰。

沈佳怡深呼一口气，调整了一会儿，便开始讲起了往事。她的语速很快，其中提及了很多男孩的姓名，从其中一位迅速地跳转到另一件事物上，不停接下去，没有终止。沈佳怡说，同她约会的第一个男孩，是在原宿那次音乐会上相识的，那晚他们就互相拥抱亲吻在了一起。之后又从美术馆认识了几个男孩，她时常去他们的家，有的在巢鸭，有的在西川口，他们的房屋各具特色，令人印象深刻。

她说，她现在同一个上海男人纠缠在一起。男人快三十岁的光景，每天同一群年老色衰却有钱的日本女人待在一块，不缺钱花，却觉得内心空洞。上海男人也是在网上认识的她。沈佳怡声称需要认识有趣的灵魂，而上海男人则想找个年轻的女孩聊以慰藉，最后两人一拍即合。他们常去对方的家中，从起初的闲聊到交织在一起，再演变到才刚踏进玄关就变得急不可耐，互相帮对方褪去各自的衣裳，潦倒在被褥之上。可是糟心的事情也随之发生，一次他们在做爱时，男人的其中一个雇主恰巧撞见了这一幕。她怒不可遏，拽着沈佳怡的头发就往外拖，嘴里还念叨着"婊子"一类的粗俗话语。上海男人为了阻止暴行就动手打了女人，最后被关进了警局。

这一切听起来离谱且荒诞，甚至可以用魔幻来形容。

但听到沈佳怡被伤害时，我的心仍像被揪了一把。

"那之后呢？"我问。

"男人现在已经被放出来了。"

"你仍打算和他一块？"

沈佳怡点点头。

我内心无尽的绝望，却又无法诉说。如今回忆起，我们似乎从来就不是一路人。雀斑、蜥蜴、纵情，我很难如同她那般洒脱，也很难同陌生人第一次相见后便拥抱亲吻。她似乎从未觉得自己有问题，只以为是世界的秩序发生了紊乱。

又或者沈佳怡只是受到了蒙骗，看着她楚楚可怜的模样，在某一瞬间我甚至有了杀掉那个上海男人的想法，我只需向沈佳怡索要他家的钥匙，然后点燃煤气，在桌台上放置一盒火柴或者一个打火机就大功告成了。但很快我又否定了自己的想法，我这岂不是成杀人犯了。但我肯定，在日本一定会有人这么做的，为了爱情，为了怨恨，又或者为了什么别的东西。毕竟这个时代仅是些不正常的人，他们随波逐流如同瓦斯煤气一般稍遇明火便易燃易爆。但倘若人只是稍经一挑拨，就变得毫无人性，那也只是不假思索的动物罢了。思考良久后，我只是点点头，选择做一只沉默的羔羊。

我点点头说："我尊重你的选择。"

我没有勇气辩驳，我没有勇气承诺。即使到了现在我也难以解释那时的我为何如此无可救药，深深陷入了自己头脑所编织的牢笼之中，活在自己的臆想里。

"我应该早些告诉你的，我不该……"她说。

"没事的，都过去了。"

"我不想你卷入其中。"

"那女人还打你哪儿？疼吗？"

"不疼。"她摇头，"其实……我甚至有点兴奋。"

"你要看我身上的疤痕吗？"她凝视着我，眼中不自觉地留有笑意。

我有些慌张，不自觉地吞咽口水。我没说话。她似乎乐在其中，开始缓缓褪去衬衣和胸罩。白皙的皮肤很快展现在了我的面前，一开始我以为是用颜料涂抹的花纹，但很快我察觉到那尽是些不同形状的淤青，像是被磕碰的，被鞭打勒挤的，还有齿痕、烫伤，不计其数。

而她脸上却没有悲伤的神情，反而像是在炫耀战利品一般向我展示身上的图纹，和我说这个图案像蝴蝶，这个像蜷缩的小狗。尽管如此，在我看来那些只是施暴者在她身上留下的痕迹。她问我是否要亲吻那些印记，我摇头。

她问我还想亲吻她吗，我点头。于是，我们再一次拥抱在了一起。我变成了一头野兽，而她再一次化作"皇后"，将我像小猫一样拥入怀中，抚摸我。这次非常猛烈，但也只是限于亲吻，我甚至开始咬她的嘴唇，我变得暴躁起来，拼命将自己的舌头吐入她的嘴中。我出乎本能地想在沈佳怡的身上留下属于我的痕迹。曾几何时 我没想到自己也会成为一个施暴者，但我仍然做着伤害她的行径。

她让我住手。

我没有停手。

她有些难以接受我的转化，将我一把推开，说疼。

我转而将攻势放在了脖子上，一头埋入了她的细发中。

"疼。"她说，"你不要这样。"

我喃喃说："对不起。"

苦闷中掺杂的委屈令我难以顺畅呼吸，我不自觉地喘着粗气。我只是想和别人一样在沈佳怡身上留我的印记，又有什么错。此外，我总觉得她对我有所防范，始终没有将整个自己托付于我。

于是我说了胡话，"能在我身上留下印记吗？"

沈佳怡摇摇头，说不了。

我往后退去，我们之间像是有一面无形的空气屏障，我伸手去摸，却又猛然缩回。

那晚余留给我们的只有无尽的沉默。

我不打算留沈佳怡在家过夜。在送她去车站的路上，我和她都一言不发。我逼迫自己在对于处理和她的感情问题上迅速地做出判断。尽管如此，我很难彻底地与沈佳怡诀别。至此，我留给了自己最后一点希望，在上车前我留了一把钥匙给她，我说有空常来。她只是接过钥匙，什么也没说便上了车。

自此以后，我便再也没见过沈佳怡了。

第二天，悲伤像是迟来的药物副作用般令我难受得溃不成军，早饭吃不进，水龙头拧不开，干什么都无精打采的。我疯狂地给鸭子打电话也打不通，我一个人瘫坐在地上，连沙发都爬不上去，想哭却挤不出半点眼泪，最后在浴室吐了几次，对时间没了概念。在那种状态下只有酒精能够下肚，之后我便醉生梦死，我期望她会来，但没有。事后醒来，只发现阳台上多了一根烟蒂。之后的日子，为了维持通勤率，我强打起精神，仍会去语言学校上课。每次回家时阳台上便会多上一根烟蒂。我猜她来过了，我仅凭直觉在屋里喊了几声她的名字，没有回应。我突然联想到了村上春树的《山鲁佐德》，女孩潜入男孩屋中只为盗取他的贴身衣物。我检查起了屋子，却发现什么东西都没有丢失。（实际上绿格子衬衫左边第二颗纽扣丢失了。）我有些失望，倚在床头休息，我想她下次还会来。

在那百无聊赖的日子里，我日日与酒精同眠，为数不多的好消息就是合了一所东京都内马马虎虎的大学。剩下的日子我只是躺在地上，细数阳台上的烟蒂是否有增多。我时常会思索沈佳怡为什么不肯在我身上留下印记，我甚至想去找到那些男人，将他们剥光，然后轮番寻找他们身上是否有沈佳怡给他们留下的印记。

我不时想起一念：沈佳怡是否是杀人的教唆者。难道在那一个个黑夜，她与男孩缠绵在一起，与他们狂欢，与他们写信。只要有人稍不如她的意，她便用哭唧唧的面庞教唆他们杀人，而男孩还殊不知自己落入了"杀手皇后"的陷阱。而我也险些成为被转化的一员。但随之而来的恐怖想法盖过了此等阴暗：我是否又会成为下一个受害者呢？和鸭子曾经的室友一样，"轰"的一下，便在这个世界上灰飞烟灭。至于杀人手法，我总是不经意地将"炸楼"的图像塞入我的潜意识中，也许与鸭子有关，但只需涉及到杀人，我第一联想到便是"爆炸"的场景。与此同时，我也天真地以为，这世上没有比此更完美的作案了。

但这恐怕还是我想过头了。作为实际问题，我并没有纠缠沈佳怡，至于我自己也不是杀人放火那一类型的人。无论某些思想如何膨胀周转，我都不会改变。

至于鸭子，我怎么也联系不上，我想他可能在同女孩拥抱吧。

*

现如今回忆起这一切，都是因为整理了信。

在日本闲居的半年，因为失业，我从东京搬去了千叶，住在一栋离车站不远的公寓，每隔十分钟屋里便会震动一次。房子朝南，但由于被私人的民宅遮挡住，导致我一年四季都见不着光。最差的还属隔音，木制的墙壁像华夫饼一般，半夜常常能听到隔壁的动静。不过大部分的时间，我会去南砂和西葛西交界的江堤旁睡觉，那儿的草坪很软，偶尔睁眼，水面波光粼粼，像身披金光的猛兽。来兴致时，还会和江边垂钓的大爷闲聊几句，听他们吹嘘自己的技术有多好。接着，桥上的电车就会像银色的子弹般飞驰而过，将所有的声音淹没。

一个月后，我去猫舍买了一只黑猫以陪伴我的无趣生活。有了猫后，生活中也多了些琐事，喂猫、铲屎，成了常态。回想起碌碌无为的二十岁，我没有明确的目标，不知道自己该干些什么，或想做什么。甚至连喜欢的人和物都没有，只会一味地跟随别人，随世俗浮沉，却毫无逻辑和喜好。即便要我拿着炸药包去炸毁一栋楼，在选择被炸毁的建筑物的过程中，我也许都要物色，徘徊许久。我很好奇为什么大家都有明确的目标，当别人问起我时，我总答不上来，些许人会夸我是文豪，但事实并非如此。

此后的日子，我仍会去高田马场闲逛，一次我在路上似遇到了一个与沈佳怡极为相像的女人。也是一身黑的打扮，嘴唇、眼影涂得乌黑，头发像一只刚被捕杀上岸的八爪鱼，发梢染着耀眼的猩红。她正在发传单，我拿了一张，上面写着"新宿西早稻田シャルヤマンビル跳蚤市场"。

也是同一天，我做了一场奇怪的梦。梦里我回到了田无，天呈青紫色的，像一朵被揉皱的丁香花。紧接着一声声爆炸将我所在的地面击碎，随之我沉入海底，在水中我的身体不听使唤，一个劲地打颤，脑海中过去的回忆和梦中的场景一幕幕闪回，最后化作粉色的泡泡一个个膨胀、飞舞、爆炸、破灭。我把手举得很高，以免传单被压烂，抬头看，粉色的传单上，黑色的字体在灯光下不停闪烁，像极了跳舞的小人。如今我这才想起，有时写作并不是为了去铭记，而是去遗忘。再次遇到她，我期望再提笔，只是为了去舍弃从前的记忆。很难想象，原以为被掩埋的过去，其实一直在脑海深处慢慢扎根，甚至以梦的形式出现。它们追扰着我，令我寝食难安。

总之我想写些什么寄给沈佳怡。本想送一本短歌集，用紫色的包装纸，但最后放弃了。我用简洁的文字写下了二十岁的回忆，其中囊括胡沁、桃子、沈佳怡、鸭子等人，我深知回忆不可信，却仍将此篇文章写了下来以怀念那时的感情。最后我用 A4 写了厚厚的一沓，用麻绳打包，秉着去遗忘，去回忆，依照沈佳怡原来的地址邮寄了出去，却因为地址不存在而被退回。

在一个个难熬黑夜中，她的一生犹如走马灯般在我的脑海中闪回，我很难想象她在做什么，把玩火柴还是和谁写信，又或者是在画版画，又或是在跳蚤市场将战利品一一兜售。鸭子是在和女孩子调情还是弹电吉他，又或者在黑暗的角落挑选房子炸毁，我也不得而知。

不论怎么样，之后我便再也没见过他们二人。

我祝沈佳怡、鸭子幸福。也许说不上幸福，平安喜乐便可。

对了，此外我还想与沈佳怡说，褪去衣物后的你比我想象中的要胖些。

苏屋邨的阿凤

马家辉《收获》2024年第5期

推荐语

《苏屋邨的阿凤》是马家辉"香港三部曲"收官之作的重要章节。在流畅的普通话行文中嵌入粤语，让读者感受到鲜明的地方特色和文化。写实笔法铸就的风俗长卷本就密不透风，又编织进秘密会社、民间宗教与风土人情等斑斓的知识背景，恍如一面阿拉伯风格的织毯。织毯散落，迭现人生路上的无尽艰辛、市井小民的相濡以沫与生命落幕时的悲欣交集。在密密实实的布局中自然也有留白，那是对生命无常的感喟与坦然领受。（金理）

一 烂仔和好人

灰衣鬼，韩天恩，妙玄道士，一九五七年七月三日生于香港，二〇〇三年五月七日卒于澳门，得年四十六岁，死后做了二十多年的无主孤魂。澳门图书馆前几年发生火灾，烧毁了许多书，其中有《龙头凤尾》和《鸳鸯六七四》，他由是读到，由是大喜，由是非常期待《双天至尊》，等得不耐烦了，特地以粉丝之身前来催促，或者，恐吓。我若不赶快把"香港三部曲"的最终章写完，他将夜夜现身，让我睡不安寝。

我老老实实地告诉他，马郎才尽矣，一直未有灵感，一直写不出来。妙玄道士沮丧万分，不断眨动眼睛，显然是眼泪来临的前奏。我担心他因恼成怒，因怒成恨，刻意把话题岔开,倒过来探问他的前世生平,岂料这一问,不得了,他像敲开了的路边消防水栓般哗啦哗啦地说个没完没了。他说,我听。一连五个晚上,他滔滔不绝地说,直到天亮才在我眼前"嗖"一声烟消云散。太阳下山后,道士再度现身,从昨夜停下的地方说起。如此这般,来了走,走了来,他夜夜盘腿坐在沙发上说故事。他没喝半口水,我却不断抽雪茄和喝咖啡;他呱啦呱啦地说,我津津有味地听。防疫隔离结束前夜,他适时把前生说尽。

他黯然道:"说完了,我的一生。"

我不语,像刚看完一出悲欣交集的电影,心情沉重得反应不过来。半晌,我方道:"看来,我可以动笔了。"

韩天恩的故事得由他母亲说起。

他母亲张凤翔,大家唤她阿凤,跟家人同住九龙寨城,每天早上走路到胡丽嫦女医生的诊所上班。一九五六年,她二十一岁,是护士。

十月十日星期三的大清早,几个烂仔在九龙长沙湾李郑屋村办事处借故闹事,不满办事处职员撕去G座走廊墙上的"双十节"红色庆祝贴纸,叫骂呼喝,要求道歉和赔偿。更多的烂仔闻风而至,很快,几个变成几十个,再变成几百个,趁机打家劫舍,纵火、砸店、抢掠,闹个翻天覆地,警察来了,开了枪,却无济于事。到处是咒骂和哭号,烂仔欺凌百姓,"打撚死佢!唔好手软!""想点就点,今日我哋话事!"杂物被扔在街上燃烧,浓烟烈焰把白昼烧成了漫漫黑夜。胡丽嫦的诊所在李郑屋村旁的永隆街上,已经来了七八个病人排号候诊。气候初凉,伤风感冒的人特别多,小诊所的医生也就只能治疗伤风感

冒。察觉到街头有骚乱,胡医生颤抖着声音指挥阿凤:"拉闸!锁门!快!快!"胆小的病人仓皇离去,留下来的两三位并非不担心,只不过觉得骚乱毕竟是"外患",病痛却是"内忧",先安内而后攘外,先后要有序。

阿凤"沙啦啦"地拉下铁闸,踮起脚尖,眯着眼睛从闸门上的窗孔往外偷窥。眼前世界被压缩在小圆框里,蒙眬不清,只见左边忽然闪出几条身影,风卷残云似的向右边奔跑过去;右边又响起几声吆喝,两个男人握着火把往左边冲去,眨眼失去踪影,烟雾的尾巴飘浮在风里,遮蔽了窗孔的视线、她的视线。烟雾消散之后,世界重新复现,依旧灰暗迷蒙。她联想到在新闻纸上看过的照片,动物搏斗咬噬,在远方非洲原野上,然而动物求取的只是生存,终究有别于人类的恨与怒。

病人先后取过了药,坐在诊所前厅等待外面恢复平静。前厅尽处有道白色木墙,墙后分隔成一大一小的两个房间,左边小房间竖立着一排木架,是药房,亦是阿凤的工作间,从病人登记到协助诊疗,再到配药和收费,她一手包办,此刻无事可为,她坐着低头读《圣经》。背后药架上排着高高低低的玻璃瓶,瓶里药丸色彩缤纷,黄的红的绿的,阿凤每回按方配药都带着喜悦,心内祥和宁静,觉得每颗小小的药丸都裹藏着神的祝福。疾病的折腾只是考验,必须对神有信心,心里相信,嘴里承认,神会赐你圆满的救赎,不在今生亦必在天国。

右边大房间是诊疗室,胡医生独自闭门坐在里面,并未摘下垂挂在胸前的听筒,她需要安全感。她用指尖轻轻撑开两扇百叶窗,缩着脖子瞄向街外,见到一群又一群奔来逐去的人,喊叫,嘶吼,脸容扭曲,

无法判断他们是病了抑或疯了，怕就怕只是装疯，打针服药亦枉然。

前厅内，跷腿坐在沙发上的陈先生心不在焉地翻着《香港商报》，窸窸窣窣地揭着读着，仿佛永远揭不完，像读厚厚的电话簿。每隔几秒钟，他把目光从玳瑁框眼镜上方射向门外，眉头皱得像两只手掌里的报纸。陈太太端正地坐在旁边，一身黑衫黑裤，深蓝色绒毛外套，闭目喃喃念着《观音经》。其实也只是三十四岁，但一念起经来便有老太太的气味。

另有一张矮木椅，何小姐坐着，浅灰色的连身长裙，圆头鞋和薄毛衣都是耀眼的红，更把脸色映衬得苍白。她抱胸倚在椅背上，斜睨右方墙上的挂钟，眼皮不知不觉地垂下，半晌，悚然张开眼睛，仿佛担心秒针分针在她闭上眼睛的时候会停驻不动，然而很快便再坠入梦乡，梦里有无数的钟在半空旋转飞舞。何小姐的抵抗力弱，时常感冒发烧来找胡医生，往往有人陪在身边，主要是一个跟她年纪相当的年轻男子，二十六七岁，个子高得几乎要弯身进门。有时候则是个西装笔挺的中年男人，满脸的殷勤，阿凤记得这个人亦曾陪伴一位中年妇人到诊所，并且替她填写病人资料卡，在"配偶"栏里写上他的名字——屈志坚。何小姐对两个男人的态度是同等的亲昵，挽臂牵手，说话柔声哆语，阿凤好奇他们的关系，但当然不便多管闲事。曾有一回，何小姐跟屈志坚同来，贴坐在椅上喁喁细语，阿凤无意间望过去，何小姐发现了，对她打了个莫名其妙的眼色。阿凤连忙低头，腮颊瞬间涨红，像小孩子做了错事般心虚。取药的时候，何小姐忽然问她："拍拖了吗？"她愣住，抿着嘴唇摇头。何小姐调皮地眨眨眼睛，用劝告妹妹的口吻笑道："青春苦短啊，千祈咪（方言，不要）对唔住自己。"阿凤来不及回应，何小姐已经匆匆结过账，挽着屈志坚的臂离开诊所。阿凤望向他们的背影，恍惚了一阵，方想道："她为什么要这样问？是因为我看起来很寂寞？"阿凤瞄一眼搁在桌上的小方镜里的自己，明亮清澈的眼神，里面灌满了神的慈爱。她忍不住又想："难道恋爱只是为了不想寂寞？那么她有一个男朋友便够了，为什么有了一个又有一个？她到底想要什么？"阿凤不懂，也不想去懂，她深深记住《圣经》说"爱是不嫉妒，不自夸，不做害羞的事"，爱是好的，但只有神的爱才最纯净，她很庆幸自己已经有了主的恩宠，也由不得何小姐生起怜悯。

十月十日的这个早上，何小姐和屈志坚再来诊所，街外传来哄闹声，他不断瞄手表，神色慌张，唯恐被困在这里，赶不及回家跟妻儿晚饭。他在她耳边轻声说了两句话，何小姐脸色一沉，嗔道："你想走就走。我有资格唔准咩？"屈志坚欲言又止，终于站起身，一脸尴尬地推门离开。阿凤关上闸门后，替何小姐探热，38.2℃，打了退烧针，何小姐坐在前厅角落断断续续地打着盹。到了大概十一点，陈先生不耐烦了，对阿凤喊道："张姑娘，开门吧！我们要回去了。"阿凤请示过胡医生，匆匆拉起闸门，陈先生探头朝门外左右张望，向妻子挥一挥手，陈太太连忙跟在他背后冲出诊所，却又忽然转身狼狈跑回，捡起大意遗留在长椅上的手帕，朝何小姐尴尬地点点头，再追上丈夫的脚步。天花板上的吊扇缓慢地吱吱嘎嘎地转着，前厅里只剩下何小姐了，仿佛被世界遗弃，她对自己苦笑，怎么在最需要男人照顾的时候偏

苏屋邨的阿凤

375

偏孤单一人？这样想着，难免觉得酸楚，但她习惯在无法收拾地难过以前抢先压住它，她从来不愿意输给难过。于是何小姐深吸一口气，双掌在椅垫上出力一撑，立起身，虽然疲惫无力，却仍头也不回地推门离开。

"都不在了？"胡医生在诊室里喊唤张凤翔，"我们也该走吧？"

这不是问号，是指示，而阿凤求之不得。她到厕所换回便服衣裤，胡医生吩咐她把一箱刚从英国寄来的哮喘药抬到前厅，说："这个药特别贵，烂仔乜都做得出，放在诊所不太妥当，不如先带到我家。张姑娘，你话啱（方言，合适）唔啱？"

阿凤明白这也不是问号。胡医生住在青山道的西边，她住的九龙寨城却在东边，可是她不可能拒绝帮忙，胡医生既是她的东家，平日对她亦和善客气，大家又是教会的姐妹，何况今日并非平日。她"嗯"了一声，双手环抱纸箱跟在胡医生背后离开诊所，沉重的箱子，让她想起十岁出头的时候经常到街市帮忙爸妈摆摊卖菜，一箩筐一箩筐的货，她推着拉着，夜晚腰酸背痛不能成眠，只比她小两岁的弟弟则坐在旁边地上，咬着苹果，翻读连环图。爸妈嫌她手脚慢，却从来不责怪他疏懒，然而阿凤不抱怨，她坚信每个折腾都是神的恩典。她自幼在天台的街坊学校读书，洋修女每周两次来讲《圣经》故事，教孩子们唱圣歌，派送牛奶和糖果，笑容里有满满的包容暖意，洁白的袍和帽子对她有着神秘的吸引力，仿佛她只要定神看着，已经远离了脏乱的九龙寨城。年纪渐长，阿凤定期到教堂听经，结识了同龄的朋友，更觉得有了一个纯洁的天地，能够把厌恶的人和事屏障在外面。她感激主的眷顾，

开心的时候感谢主，迷惘的时候呼求主，她选择相信遥远的天国里有主在聆听，至少倾诉的声音能够感动自己。

抱着箱子朝前走去，阿凤心惊胆战。往常熙来攘往的青山道见不到半个人影，垃圾桶和巴士站牌七歪八倒，无数的杂物堆在路边，有些被烧得焦黑，有些仍然在燃烧，浓烈的黑雾飘上天空，幸而天空的宽厚足够消解所有的愤怒。马路两旁的店铺无不闸门紧锁，门上都糊着白纸，每张纸上都有两个血红色的油漆"十"字，一路往前延伸，十十，十十，十十。阿凤抱箱左摇右晃地走着，走着，走着，不自觉地默念，十十，十十，十十。单调的节奏使她眩晕，跟跄了一下，"哎！"地叫了一声。胡医生走在前面，稍微放慢脚步，略略回头问："顶得顺唔？"又说："这么多十字，我还以为去了医院。真不明白，年年都庆祝，点解（方言，为什么）今年会搞出个大头佛。喜事变丧事，有乜意思？"

有的，对搞事的烂仔来说，有意思。混江湖，做流氓，面子和银纸就是最大的意思。每年十月十日，控制李郑屋村的14K堂口烂仔在徙置大厦四周悬挂青天白日旗，又张贴双十字大红剪纸，并且要求家家户户花钱向他们买旗买纸，庆祝为名，勒索为实。14K源起于广东"洪发山忠义堂"，堂主葛肇煌是国民党的小军头，二十世纪四十年代来到香港大展拳脚，开枝散叶，也继续跟台湾那边勾结串连，徒子徒孙每年在李郑屋村的所作所为，既是为了发财，亦是向台湾交差表功。没想到这年十月初，屋村职员收到上级通告，责令加强维护环境整洁，所以要撕走过于碍眼的剪纸。烂仔觉得颜面无光，胡闹强迫职员

掏钱赔罪，职员无奈点头答应，但头点下了便像把鲜血滴到海上，鲨鱼群闻腥而至，趁机宣泄日常跟屋村办事处的积怨，最后演变成街道上的打砸抢。这一天是持续三日并蔓延到九龙各区的暴动起点，如龙卷风之初现，马上把许许多多人卷进狂乱恐怖的空中，包括张凤翔。

阿凤迷迷糊糊地醒转的时候，看见她母亲坐在病床旁边，红肿着眼，用手帕哼哼喷喷地擤鼻子。她侧脸见到父亲弯腰坐在椅上，两只手肘支住大腿，十指撑开捂住脸庞，仿佛不愿看见这个世界，更不愿意再看见她。

"终于醒啰！谢天谢地谢菩萨！"她母亲激动道，"醒番就好啰！"

她虚弱地"嗯"了一声。两腿之间袭来阵阵麻痛，似有无数的小蛇咝咝嗦嗦地吐着尖窄的剑舌，从隐秘的洞穴里溜出来，滑溻溻地蜷曲蠕动，在她的身体上爬行，朝她的腹上和胸前爬去，磷火般的绿眼睛一张一阖地似在狞笑。

阿凤问："胡医生呢？"

她母亲道："不知道啊，她没来过。她知道这事吗？"

阿凤惨笑不语，在枕上别过脸望向玻璃窗外，昏暗的街道没半个人影，煌煌的路灯下躺着落叶，远处一只垂头丧气的黑狗从灯光以外走过来，用鼻嗅闻了一会儿叶堆，又慢慢走到灯光外面。一阵风吹起了几片叶子，落到地面，马上又被风卷起，起起跌跌几回，阿凤看得眩晕，索性闭目养神。才刚阖起眼睛，昏倒前发生的事情一幕幕地、支离破碎地在脑海闪过，像荒凉旷野里的鬼火，一丛丛地，这边"嘭！"声闪亮，那边又"嘭！"声燃起。

青山道，永隆街。沉重的药箱。胡医生的脚步，自己的呼吸。十字十字十字十字。转角巷口两个烂仔，不怀好意的，色眯眯的，像毒蛇般的眼光。前行前行前行。两团黑影冲扑过来，像饥饿的狼群，狰狞的嗥嚎。胡医生挣脱他们的拉扯，转身一推，黑影笼罩眼前。药箱跌在地上，砰然巨响。人跌在地上，惨然的哀求。伸出的求援的手。胡医生的奔跑背影，还有那回头一望，歉疚的见死不救的眼神。无助的绝望的呼喊，唔好唔好唔好。晃动的黑影压下来，压下来，把她牢牢压住，上衣被撕破，裙子被掀起，挣扎，男人们的狞笑，一记连一记捆在脸上的巴掌。滚烫的泪水，号哭，祈求。神啊，我的全能的伟大的主，救我救我救我。求求你。双目紧闭，像无力的垂死的鱼。

阿凤头痛欲裂，抬起手臂压住已经紧闭的眼睛，却仍压制不住陆续浮现的影像，每分每秒的苦难都忘记不了。当时在绝望里听见一道叱喝："仆街仔，做乜撚嘢（方言，意思是做什么）！"

压在身上的重量忽然消失。杂沓的脚步，向远处奔去，边走边骂："死差佬（粤语区对警察的俗称），阻头阻势！"心头一松，感谢主，全能的伟大的主。信仰者，终得救赎！眼睛闭着，沉甸甸的力量忽然再压下来，撕裂，痛，无休无止的痛。泪水，流不尽的眼泪。伏在肩上的男人的头，浓烈的发油气味。胃里翻天倒海，猛烈咳呛，粗厚的手掌硬生生按住嘴巴。扭脸闪躲，抓住一个松动的空隙，狠狠张嘴咬啮，咬着男人的掌心，咬，再咬，死命地咬，咸腥的血丝缓缓渗滴到口腔，舌头，喉咙。

377

仇人的血，每一滴都是恨，恨，恨，永不磨灭的恨。终于身上一轻，有男人冷笑："算你好彩！俾我搞好过俾他们搞！"记忆的鬼火熄灭了。灭了，全灭了。一切的恶似在瞬间结束，却又永不结束。

冷笑的男人，盛浩仁。他祖父盛昌顺是山东团练教目，被土匪斫下头颅，高高悬挂在树上。他父亲盛隆兴是威海卫的英国租界警察，一九二三年南下香港做"山东差"，差人，差佬。三十九岁那年在尖沙咀追捕小偷，在天台上抓住了，见对方只是个眉清目秀的少年，心软放他一马，想不到被小偷回身一推，从六楼堕下丧命。妻子领着十四岁的儿子到殓房认尸，伏在遗体上哭得呼天抢地。盛隆兴的同僚把事情始末告诉她，她猛力拍打冷冰冰的尸体，不断喊问："做好人有用吗？有用吗？为什么要做好人？"

浩仁长大后亦当上警察，年代不一样了，手里有枪，又升官做了身穿便服的"杂差"，短枪挂在裤腰旁边，口袋里有警察证件，到任何地方都可以为所欲为，是老百姓惯称的"有牌烂仔"。但他不肯辜负父亲取的名字，"浩仁"，好人，他决心做好人，可是他只愿意把所有的好留给自己和家人。这世界太坏了，对世界好，等于对不起自己，生命苦短，不值得。这天中午，盛浩仁在情妇家里吵过架，憋了一肚子气，徒步往九龙寨城寻欢消恨，走到李郑屋村时见到烽烟四起，他担心寡不敌众，绕路打算先回差馆了解上级的应对安排，没料在青山道的巷子里见到烂仔胡作非为。他喝止了他们，但喝止不了自己的翻腾欲念，四顾暗巷无人，地上躺着个衣衫不整的女人。他站在阿凤面前，犹豫了几秒，就只是几秒，便扑上去，像一头无法拒绝血腥的兽。他是这么想的："与其被两个烂仔奸，不如让老子一个人奸。你今天走运了。"结束之后，盛浩仁认真相信自己是阿凤的恩人，她应该对他道谢，何况他替她召来救护车。

阿凤被送到亚皆老街的九龙医院，昏睡了半天，醒过来，又睡过去。终于再醒转，窗外天色灰沉破败，玻璃倒影里的她的脸，像一块残破的灰布。她几乎疑心自己疯了。她一阵惶恐，不太认得自己，仿佛身体和心都四分五裂，像被扔弃在街市的残破箩筐。她母亲坐在床边，抽泣着，说着安慰的话，每句话像敲在她太阳穴的一记锤子，捶出了裂缝，从脑里漏出了凌乱可怖的狰狞笑声，声音在半空中回转舞动，然后拢聚成一根巨柱压到她身上。她平躺着，拉起被褥盖住脸庞，在比天空更漆黑的被窝里失声痛哭，她母亲手足无措，只好哭得比她更凄厉。她父亲唉声叹气了一会儿，拍一下膝盖，站起身离开。

忽然有两个男人走进病房，自称侦缉部的警察——盛浩仁和他的下属阿祥。阿祥站在角落墙边，盛浩仁走近病床，天花板的灯光直射下来，黑森森的影子像凌天压地的巨山般覆盖在净白的被褥上。阿凤没动静，仍在被窝里闭着眼睛。盛浩仁在阿凤母亲耳边轻声说了两句话，她隔着被子推一推阿凤的臂膀，道："警察先生要替你录口供。"阿凤默不作声，她母亲再推她两下，她才微微掀开被褥，透过狭窄的缝隙，断断续续地、边说边哭地忆述中午时分的恐怖经历，青山道的小巷，从暗处扑出的烂仔，凌辱，拷打。她说："我听见烂仔骂了一声'死差佬'，然后……"盛浩仁忙不及地打断她，道："就是我啊！我凑巧路过，两个烂仔见到我，吓到走夹唔抖（方言，形容拼命地跑）。可惜我来晚了。仆街烂仔，冇人性。"他的声音非常沉厚，有别于广东男人的尖细，厚得像在暗巷里压在她身上的重量。她不会忘记那可恨的重量。

阿凤突然推开半床被子，竭力撑起半身，惨白脸色瞬间涨得通红，恨恨地瞪着盛浩仁，眼里满布血丝。她颤抖着嘴唇，两颊肌肉亦在抖动，仿佛有一只看不见的手叉住她的咽喉，她费力挣脱，喊道："不！不是他们！是你！"因为过于激动，她呛了几声，顿一顿，方再骂道："肯定是你……"句子未完，又咳嗽起来。

盛浩仁低头望她，挤出怜悯的眼神，道："系啊，的确系我赶跑了烂仔。但姑娘放心，只要你肯合作，我们会追查到底，那班仆街逃不掉。"

阿凤扯开喉咙嘶吼："不是烂仔！他们跑走了，是你过来……你还有脸装好人？你贱！你去死！"她忽然想起被捂住嘴巴时曾在对方掌上狠狠咬过一口，于是质问道："我咬过你！你手上有伤口，抵赖得掉吗？"仇恨的血腥，跟压在身上的重量一样，不会忘记。她只遗憾当时没把整只手掌咬下来，把他咬个血肉模糊，把他碎尸万段。

盛浩仁皱一皱眉头，松开交叉抱在胸前的双手，抬起右手掌，虎口上贴着药水胶布。他耸肩冷笑道："姑娘仔，我见你哭得咁凄惨，打算扶你起身，但你好似疯狗咁咬我。好心无好报，我未责怪你，你仲恶人先告状？"

阿凤怒不可遏，劈手拿起床边桌上的钢杯把水泼向盛浩仁，但手掌乏力，杯身一侧，水"哗喇喇"地淋向她母亲一身，母亲哇声大叫。阿凤干脆把杯扔掷过去，盛浩仁不闪躲，钢杯掷到身上后"当啷啷"

跌落地面。他木然不动，倒是阿祥站在门边喝骂："别乱来！我们可以告你袭警。醒哥救了你，你仲恩将仇报？"差馆同僚都唤盛浩仁"醒哥"，是他的姓氏谐音，亦是夸赞他行事醒目精明。

盛浩仁摆一摆手，示意阿祥不必紧张。他对正在用毛巾抹拭衫襟的阿凤母亲道："伯母，路上到处是烂仔，这种悲剧也不少见。她被欺负了，记忆难免颠三倒四。如果真系我欺负她，还会那么傻去找救护车吗？警察是好人，冤枉好人便不太好了。你好好照顾女儿，别让她乱噏廿四（方言，指胡言乱语），事情闹得不好收拾，对谁都无好处，啱唔啱？"

阿凤母亲抬头望向盛浩仁。他的眉毛粗而短，眼睛细圆，上方覆盖着厚重的眼皮，薄嘴唇，长下巴，五官在脸上不协调地拼凑着，像戏台上画坏了的一张花脸。他盯着她，凌厉的眼神像千军万马里朝头劈来的一把关刀。阿凤母亲心头一阵慌张，唯一能做的是咚咚点头，而愈点头，愈觉他不见得没有道理。她想着："他说得不一定没有道理。女儿哭昏了，回忆不一定可靠。等她彻底清醒了，记起了真相，说不定还会向警察先生道歉呢。何况就算是他，无凭无据，能奈他何吗？官字两个口，警察手里更有枪。向来是有枪的人说了算，不是吗？"她低头啜泣，衣衫上都是水珠，她却漠然无视。

阿凤见她母亲沉默，心里有数了，是无比的恨意，恨盛浩仁的下贱，恨母亲的懦弱怕事，恨父母不相信她。其实父母亲从来没有相信过她，小时候弟弟闯了祸，不知道有多少回了，她告状，他们却不问因由，打的骂的都是她，认为是她在嫁祸和夸大。她早已习惯委屈，在家里能不说话就不说话,但这回不可以。明明受了这样的羞辱,母亲竟仍不相信她,至少是不敢在蹂躏女儿的人面前表达相信。不表达出来的相信等于不相信,是对她的再次羞辱。母亲怎么可以这样忍心对待自己的女儿啊。阿凤眼鼻一酸,泪水汩汩流出,张嘴喊了一声:"阿妈!"本意是想说服她母亲,然而声音不知道如何哽住了,说不下去,也许因为心知肚明,再说百遍千遍都是枉然。阿凤忽然觉得处身大海,凄凉至极,怨与恨像汹涌扑来的恶浪令她浑身无法自控地抖动。她蹬腿顿足,号啕大哭,哭,哭,一直哭,在哭声里不断咒骂:"衰人!衰人!贱!"她母亲手足无措,也哭了,竖起两只手,又放下,再竖起,仿佛不是安抚女儿而是膜拜上苍,祷求老天爷施法令女儿跟她一样把一切当作无事。

盛浩仁铁青着脸孔,骂道:"藕线婆(方言,指精神失常的女性)!祥仔,叫医生吧。"阿凤边哭边伸手握住病床两边的白铁栏杆,手心冰凉。她猛力摇晃床架,仿佛渴望把世界倒转,天翻地覆,让时光回到白天,回到青山道的诊所门外,当胡医生要求她帮忙提药箱回家,她会断然拒绝;回到青山道的暗巷旁,当烂仔出现,她会比胡医生跑得更快更赶。病床"吱吱兀兀"地响,跟阿凤一样在绝望地嘶吼。阿凤恨不得自己真的疯了,而且最好更疯,疯得彻底地忘掉所有,什么事都没有发生。半晌,她忽然纵身跃起,冲到病房窗边,"格格嘎嘎"地拉动窗户的把手,可是玻璃窗锁得牢固,才拉了几下,阿祥已从背后抓住她的胳臂,硬生生把她压在床上。医生和护士进来了。盛浩仁不发一言,转身走出病房,轻轻抚摸虎口上的药水胶布,唇角微微掀动。伤口早已不痛了,只不过阿凤的哭声让他记起几个钟头以前的刺激,让他回味当时的每个细节。然而他勉力压住笑意,因为,他要做个好人。

十二月上旬已是阴寒肃杀,公园午后的天空阴沉倦败,阿凤坐在长椅上,四周的木棉树撑着光秃秃的枝桠,仿佛顽强地挣扎着,明白只要熬过去便是春天。她在淡绿色的毛冷颈巾里瑟缩着脖子,身上是深灰色毛衣,黑色薄棉外套,头发垂落腮边,盖住了半张蜡黄的脸。四五个男孩子在公园里奔来逐去,喧叫的声音令她烦躁不安。她有喝骂的冲动,可是,欠缺喝骂的力气,她已只剩下呼吸的力气。

忽然,孩子们跑到长椅不远处的秋千架旁,争先抢后往上挤坐,起了争执,其中一人被推了一把,脚步踉跄地跌了一跤,他爬起身冲前跟对方扭打,然而很快败阵,被骑压在地上狠捆巴掌。他哇哇地哭,其他孩子起哄嘲笑。阿凤冷冷看着,不知道为什么生不起半分怜悯。她想着,就是这样的吧?强者赢了,笑了;弱者败了,哭了。孩子们越早明白这道理对他们越好,那男孩日后长大,如果有足够的运气,壮大了力量,慢慢回来报仇也不算迟。报仇是需要耐性的,但必须记住你的仇人,更要先找得到你的仇人,万一找不到,有仇无处报,便是白白被欺负了。阿凤隔着毛衣轻轻抚揉微微隆起的肚皮,一圈复一圈,她恨不得孩子马上降临人间,她明白自己的仇人何在。

二 喃呒山

张凤翔的月事迟来了许多,到医院检验,医生说有了,但告诉阿凤,如果她选择拿掉，法规是容许的，胎儿是犯罪行为的产物，受害者有放弃的权利。阿凤点头道："好。"

然而三天之后她改变主意。理由倒非因为她有信仰，而恰恰相反，是一种出于跟教义违背的邪恶，她明白这不应该，可是决意这么做。她要生下孩子，然后离弃。她知道长沙湾同济慈堂设有照顾弃婴的孤儿院，坊里之间一直有飞短流长，传说院里有孩子被偷卖给烂仔，烂仔用锤子硬生生敲断他们的膝盖，甚至刺瞎他们的眼睛，然后把孩子驱赶到路上行乞。阿凤小时候常被母亲威胁："你唔听话，信唔信我送你去同济！"她吓得浑身颤抖，相信住进孤儿院是对生命的最大惩罚。此刻的她不甘心让一切平白过去，肚里的孩子是她的苦难产物，留下孩子就是留住了泄愤的机会，这是她在苦难之后唯一能够做的事情。神离弃了她，她亦要让孩子体会被离弃的凄惨，同济堂，那将是肚里孩子的去向。她希望坊间传说是真的，她渴望孩子受此遭遇。打定主意的那天夜里，她站在镜子面前，镜里的她脸容憔悴，眼里澎湃着恨意，她不敢相信这是自己，然而这明明就是自己。

怀胎时，度日如年，她父亲咒骂了无数次："留住个孽种做乜春？"阿凤默不作声。有一回，她父亲又开骂，阿凤双眼望地，低声道："正因为他是孽种。"父亲听见了，但不明所以，只再诅咒一句："痴线婆！孽种生出嚟肯定系个白痴仔！"阿凤被自己的邪恶念头吓得胸口窒闷，弯下腰吐了一地。她何尝不也恨肚里的胎，但他们既然从未相信过她，便不配骂她。这世上，只有她有对孩子报仇的资格。

有一天有事出门，三月初春，她搭着扶手小心翼翼地一步步走下长楼梯，她父亲站在她背后门边，她几乎感受到他鼻孔里喷出来的如刃寒气。她慌忙转身，见他紧抿着嘴，眼里闪着狠光。阿凤猜出他的心底事，索性挑衅道："你不敢？不如我亲动手？"她抬起右脚，作势欲跳。她父亲冷冷地望着她，不说话。这时候她母亲正好提着菜篮归家，在下层楼梯间撞见一切，手里一松，菜篮子砰声跌在地上。阿凤斜睨她一眼，头也不回地往下走去，肚皮隐隐作痛，仿佛每跨出一步，孩子便在身体里蹭她一脚。

阿凤此后未见过胡医生，诊所搬走了，人去楼空。她倒想象过无数次，一旦路上相遇，她会质问她："你凭什么把我推向烂仔，让我做挡箭牌？你的良心不痛？"然而这么一想，不免也有心虚，无法确定如果当时换转了位置，自己不会这么做。终究是人，软弱的人，难有人子的牺牲勇气。阿凤也没去教会了，不再跟教会朋友见面，她把家里的十字架、圣母像、玫瑰念珠和《圣经》统统塞进纸箱，扔弃在九龙寨城巷口，那里地上布满用过的针筒、锡纸和火柴盒，一摊摊的黄浊污水，乱七八糟的菜渣，臭气熏天的垃圾，数不清的蟑螂在爬行，两只老鼠在她的脚边吱吱蹿过。她想道："既然连最危急的时候都不曾显现圣灵奇迹，神肯定已经放弃我，或者我根本不配得到神的庇护。又或者，根本只有贱人，没有神。"贱人撕裂她的身体，等于撕裂她和神之间的联系，她被弃置到大地的暗角里，已经是个四分五裂的人了。怀胎以来，她的日子过得颠三倒四，夜晚睡不好，白天经常胸闷腹痛，有一回胎儿在肚里转身，她痛得特别厉害，干脆咬紧牙关拍打肚皮，心里骂道："你欺负我？好的，请便。我等你出来，到时候看看到底谁欺负谁？"

天恩降临得并不顺利,但十多个钟头的临盆阵痛却令阿凤的意志更为坚定。其实如果当天对医生点个头,把胎儿打掉,一了百了,当作噩梦一场,醒来后可以重新做人。然而她不甘心,水过可以无痕,流过的血和泪却不该烟消云散。无论如何她都要把孩子生下来,让他体会生命的悲楚,仿佛只要他多吃一分苦头,自己便能够减轻一分痛苦。

孩子总算呱呱落地,阿凤昏睡了一阵,迷糊地醒来,身上盖着几层毛毯,胸口和颈都是汗。她望见站在另一张床边的护士背影,打算张嘴要水,喉咙却被稠住,唯有干咳两声。护士知道她醒了,转身走出病房,不久后抱着婴儿回来,把他安顿到阿凤枕边。护士笑道:"恭喜晒,系个BB仔!佢对眼好鬼精灵,但系喊得特别大声,嘈醒晒其他细路(方言,意思是吵醒了其他小孩)。"阿凤一脸木然,护士以为她只是因为疼痛。护士说:"等阵俾你食粒止痛饼,忍一忍,BB饿了,先喂奶。"

护士催促她松开袍襟,阿凤犹豫一下,敞开半边上衣把乳头塞进孩子的嘴,孩子咬着吮吸,她微微觉得酸麻,但胸口马上有了温意,仿佛心肺之间冒起一柱暖暖的、有生命意志的水源,往外奔腾寻觅出口。她鼓起勇气低头端详孩子的脸,孩子闭着眼睛,沉静地享受来到人间的首回哺养。阿凤发现他幼嫩的眼皮曲折重叠,猛然一惊,想道:"他完全不像我啊。那么……"心里涌起一阵厌弃,她身子往后仰去,几乎像从墙上拔出钉子般让乳头跟孩子的嘴唇分开,孩子立即哇啦哇啦地哭,哭声凌厉刺耳,站在不远处的护士转脸瞅她一眼,带着嫌弃。阿凤慌忙把乳房贴近孩子唇边,孩子重新张嘴,用力一咬一吸,嘴角似笑非笑。阿凤轻轻"哟"了一声,但与其说是痛,毋宁说是被一种意料之外的满足感所震动。

她忽然强烈地感受到孩子需要她,依赖她。不,应该说,她感受到自己被需要,被依赖。孩子的吸吮给了她早已忘记的存在感觉,确确切切的,实实在在的,是她和现世人间的真实接触,一个人和一个人,血和肉的连接,此刻仿佛突然有阳光照穿了雨天的乌云,在皮肤上洒下舒坦的热度。孩子吮吸了一会儿,松开嘴唇,突然眨了几下眼睛,直愣愣地望着阿凤,好像在对她说话,却亦似在等待她说话。阿凤把视线从他的眼睛移向嘴脸,小而挺的鼻,小而翘的唇,脸旁的两团肉腮不知道是因为吃饱了奶水或刚才哭得太累而泛红,袖珍玲珑,像个娃娃玩具,却比她幼时拥有过的洋娃娃干净。她只玩过父母亲从路边摊贩手里买回来的二手玩偶,残破,老旧;眼前抱在怀里的孩子却纯粹而完整,而且簇新,而且由她自己带到世上。她叹一口气,想道:"他的鼻唇倒不能说不像我。可惜,他终究是多余的,这个世界不应该有他,也许……我早就应该把他拿掉。"她不愿意再想下去,紧紧闭上眼睛,跟依偎在左臂弯里的孩子一同沉沉入睡。

阿凤的世界,于她睡醒后,再一次倒转。

她张开眼睛,因为左肘被压得酸麻,稍稍挪动身子,孩子马上翕动嘴唇,仿佛嘤嘤哀求,妈妈、妈妈、别走,不要抛弃我。包裹在薄毡底下的一双小手亦不断摆撑,似欲挣扎出来拉住母亲。阿凤很受撼动。她本来打算出院后做的第一件事是把孩子偷偷送到同济堂,放在后门,然后转身离去。然而此刻惊觉,他,离不开,她。

怀胎的日子里，她每天似被暴风雨吹抛到半空中，好不容易掉下来了，一阵之后又被卷刮到天上，起起落落，头昏脑晕，她已经四分五裂。万料不到枕在肘间的孩子这时候像一只不知道从何处伸出的巨掌，牢牢地握紧她的手，硬生生把她拉回地面，不放开就是不放开，让她感受到久久未曾体会的踏实和安详。她定了定神，把脸凑近孩子，鼻息喷到他脸上，他嘟一嘟嘴，唇边流出涎沫，慢慢地张双眼，深邃的眼皮弧线像吊挂在眉下的两翼翅膀，随时引领幼嫩的身躯飞腾。阿凤吃惊地想："啊，是小天使？"孩子定定地望她，纯净的神情像夜晚的宁静河水，波纹不兴。

忽然间，天使对她笑。这张粉嫩的笑脸给阿凤带来了始料未及的喜悦，洪潮汹涌似的冲扑过来，猛烈冲撞她的胸腔。砰轰！砰轰！一下连一下地撞，终于撞塌了灰厚的围墙岩层，让她久久困在黯黑里的心脏苏醒跳动。随着喜悦而来的是暴烈的羞愧，她觉得自己在过去的一段时间里是只狰狞巨兽，张牙舞爪，守候着让她噬咬的猎物。她已经不是昔日的张凤翔，她甚至没面目自称为人。刹那间，她鼻头一酸，滚烫的眼泪扑簌簌地涌下，像豪雨袭来，"哗啦哗啦"地撞击地上的污垢，地面重新露出淡淡的几道白痕。

阿凤紧抿嘴唇，抬起手背拭泪，把孩子牢牢搂在怀中，用脸颊贴住他的头顶，温柔地厮磨。然而这么一磨，又磨出了两行滚烫的泪珠，她来不及把脸别开，热泪滴滴答答地落到孩子头上。来不及了，生命里所有的恶与善、去与来都来不及制止。阿凤的泪水是孩子经历的第一场雨。她俯下身，把头埋在孩子小小的身躯上，她豁出去了，纵声嚎哭，哭得天崩地裂、撕心裂肺，病房里所有人望过来，只看见她抽搐的背影，看不见她的天翻地覆。

张天恩是张凤翔在黑暗中的唯一亮光。他每回吸吮奶水都像把无穷的力量注入她的身体，滋养她面对生活的意志。她替他取名"天恩"。天，不再是天父了，而是每一天，一天复一天，他是她的恩，也是她的宠。阿凤有了坚定的意志，虽然天父离弃了她，她亦不可以离弃原先的良善的自己，不可以离弃怀里的天恩。贱人那天糟蹋了她，但如果她因此沦为邪恶，才是真正的被摧毁。她要重新活过来，她要孩子跟她一起活，替她重新活过来，而且活得比她美好。

可惜天恩不是个快乐的孩子，至少，见到他的人也不容易感到快乐。

他不丑，只是怪。他的嘴唇尖而薄，鼻梁挺拔，眼睛黑白分明，眉毛下面压住三层眼皮，眨动眼睛的时候，似有四只眼睛同时在开开阖阖。见到天恩的人无不脸露讶异神情，尽量把眼神移到别处，免得过分不礼貌。却也有不体贴的人，凑近端详一番，甚至啧啧连声，仿佛有了什么考古发现。亦有轻轻叹口气的，勉强挤出一句安慰话："呢个细路生得好鬼别致，有啲似鬼仔。"阿凤听后不免凄酸，暗恨当天那人的影子留在天恩身上。

天恩的外公倒直接，对张凤翔骂道："这个孽种一定陀衰家（方言，指可能会给家庭带来不幸影响的孩子）！'四目为眹，六亲困愁'，街市的相士佬说的！"

阿凤冷笑一声，道："难道没有他的时候我们就不困不愁？"

除了有一对怪异的眼皮，天恩哭声亦常惹人嫌弃。不知道是否因为甫出生即被母亲的泪水浇淋头顶,天恩太有哭的本领了,动不动便哭,一哭便天崩地裂,哭个没完没了,嘴唇之间扯开个小黑洞,仿佛想把世界所有东西一并吸进喉咙。他外公用手指戳近他的小鼻尖,厉声道:"小哭穷,大哭病!唔穷都俾你喊到穷,唔病都俾你喊到病!"阿凤黯然默默,明白父亲其实亦是在骂她。

自打天恩出生以来,阿凤的健康每况愈下,经常无故发烧。开始时打针吃药尚能止住,过了两年,一烧便是两三天,压不下来,得服一轮又一轮的抗生素。她偶尔忆起以前那位何小姐,记得她的提醒,"青春苦短啊,千祈咪对唔住自己"。是的,千祈唔好,但经历了那天的事情,她的青春才刚开始便已结束,短到什么都没留下,除了一个哭声震天的孩子。对不起她的绝对不是她自己。她倒忍不住好奇,何小姐的青春又留下了什么呢?身边仍然是那两个男人?不止两个?他们又各有几个女人?这些男男女女的隐秘爱情,到底是什么样的快乐,又有什么样的痛苦?这于阿凤心里都是谜。

政府给李郑屋村的暴动受害者发放了赔偿金,阿凤靠它做医疗费和抚养孩子。看病是烧钱的事情,手头日渐紧拙,弟弟阿龙又常向她借钱,却从不归还。她知道他嗜赌,规劝他罢手,阿龙反唇相讥道:"赌钱有来往,大食冇回头。说不定我会时来运转发大达。你留住个孽种才是输足一世!戆线婆!"有一回弟弟再打她荷包的主意,她拒绝,两人争拗一番,他竟然动手抢夺她压藏在床褥底下的银行存折。阿凤死命护住,阿龙扯捏她的胳臂,把她硬生生从床上拉起,再一推,她跌个双脚踉跄,天恩蜷缩坐在床边角落大哭。阿凤父亲正好回家,不问情由便破口大骂:"细的是哭星,大的是病瘟,有你两母子咁耐(方言,意思是这么久),我哋衰足咁耐!"

阿凤坐在地板上气得直打哆嗦。三岁的天恩鼓胀着脸,哇哇地哭,重叠的眼皮抖动得像崩决的河堤,眼泪哗啦哗啦地喷涌,仿佛小小年纪已经懂得痛惜母亲受到委屈。他外公拍桌道:"喊喊喊,喊乜鬼!你已经冇老豆,系咪想连阿公、舅父、老母都喊死埋?"天恩哭得更凄酸。他外公一皱眉,走到床边伸手捂住他的嘴巴,阿凤大惊失色,高喊"唔好",冲前拉扯父亲的衣衫。父亲的手被阿凤拉起,手背刚好"啪"声落在她的脸颊,结结实实的一记耳光,打得她眼冒金星,唇边泛起青肿。两人怔住,四目对瞪,半晌,父亲突然往前挪动脚步,似想再对天恩动手,她在惊惶里执起搁在桌上的泥茶壶掷过去,父亲侧身闪开,泥壶竟然不偏不倚地击中天恩的额角。阿龙抱胸站在旁边,冷笑道:"哼,打老豆,现眼报!"

大南街的木板房从此成为阿凤母子的小天地,她非常后悔没有早点搬离九龙寨城,离开那个从小被她称作家的地方,离开那几个对她充满嫌弃目光的人。在外头被坏人欺负了,万料不到在家里亦受家人鄙视,仿佛被欺负是一种罪,是错,是咎由自取和不可饶恕的恶行。当天失手用茶壶掷伤天恩,却掷醒了自己,该舍离的便舍离,否则连她亦该瞧不起自己。

手里钱紧,阿凤不得不再到医局工作,幸好租住的地方有邻居愿意帮忙看顾天恩,"远亲不如近邻",她终于明白这点意思。一屋四房的唐楼单位,最大的头房住包租夫妇,七十多岁的老先生老太太,儿孙都在外国，收租不为养老，纯粹为了让住客看他们的脸色。另外两个房间住了两个家庭。次房是韩子明和他的三个女儿，姐姐丽萍九岁，妹妹丽珠丽燕七岁，是双胞胎。他妻子去年死于肺结癌，丽萍生性懂事，照顾一对妹妹，像个小大人。三房是山东淄博来的李先生李太太，大家称呼他们"山东李"和李嫂，有一子一女，李森李娥，九岁七岁。平常一家四口讲山东话，住在尾房的阿凤隔墙听见叽哩咕噜，因为不懂，便不觉得嘈吵。

她上班的地方是深水埗公立医局，从大南街东行到南昌街，右转穿过荔枝角道便到。医局在辛亥革命那年开设于街角的天后庙里，上世纪三十年代迁到新址，有"深水埗皇帝"称号的富商黄耀东出钱支持，渐渐有了规模。深水埗位处海边，"埔"是滩岸，后来转成"埗"，升格为码头，人来货往，从早到晚没有半刻宁静。港英政府在深水埗陆续移山填海，像魔术师从袋子里拉出大大小小的七彩手帕，一条手帕是一条街道，海坛街、北河街、钦州街、白杨街、通州街、汝州街、鸭寮街、塘尾道、青山道、长沙湾道……每个名字都有根有源。阿凤住在大南街，大南是越南东岸岘港（Da Nang 的音译），当地常有货轮驶来深水埗码头，卸货上货，船开船走，却把异乡的名字留在了街道上面，只不过街名的源头故事已从人们的记忆里淡出。

邻居里面，阿凤最感激李嫂，因为天恩白天都受她照料，阿凤每个月把一张十元钞票塞给她表达谢意。李嫂昔日在山东做老师，到了香港，接下出版社的校对差事，留在家中赚外快。山东李在钻石山的大观片厂担任场务，日日见到大明星，经常把曹达华、于素秋、关德兴、陈宝珠的拍戏趣闻说给邻居们听听笑笑，又偶尔带两个孩子和韩子明的大女儿丽萍到片场客串童角，领零用，也常买叉烧回来跟左邻右舍分享。阿凤其实更喜欢李嫂亲手造的猪肉饺子，厚大结实，咬下去，不免惭愧广东云吞的小家子气。

对韩子明，阿凤充满好奇心，主要因为他是念经打斋的"喃呒佬"。

每回聊天谈到喃呒佬的工作，韩子明都摇头苦笑道："阿凤啊阿凤，我讲过几百遍了，我做红事多过做白事，赚生人钱多过赚死人钱！"

"喃呒"在清代叫作"喃筮"，到了民国改唤"喃呒"，因为主事者都是男人，便常加个"佬"字，广东人惯于喊唤剃头佬、收租佬、斩柴佬、装修佬、麻甩佬、咸湿佬、衰佬、贼佬，这个佬那个佬，仿佛无时无刻不在提醒世人，现实秩序全由男人做主。喃呒佬大体算是道教中人，又名"火居道士"，属于正一派的支脉，但可以结婚生子吃肉喝酒，百无禁忌，又比全真派和纯阳派更投入于斋醮科仪、符箓经咒，并且靠此谋生。民间的红事白事场合，十居其九有喃呒佬的身影，颂经拜忏，焚香画符，穿着或红或黄或灰的道袍和道冠，仿佛宇宙天地是舞台，他们只是穿戏服的唱戏角色。白事，也叫浊事，出丧、发殓、上山、做七、开路、附荐、招魂、买水、念《倒头经》，皆属其中；红事则有礼斗安神、旺土入伙、禳星消灾、婚嫁脱褐、神像开光等各式行仪。而无论是红是白，付钱的主家既求心安，亦有敬有畏、有盼有望，想象人世以外另有人世，眼前事，身外身，不离不弃。这口喃呒饭，韩子明吃了二十多年，吃得理直气壮，自觉功德无量。

子明在东莞出生，兄弟三人，父亲韩

汉东带他两个哥哥到广州做喃呒佬，留下他和母亲相依为命。母亲一天下田被蛇咬了脚踝，当场中毒身亡。十三岁的他到广州找上父与兄，韩汉东对三个儿子叹气道："命啊！你们的太祖母好后生就拉柴，你们的祖母好早就去卖咸鸭蛋，估唔到你们的老母同样咁年轻就瓜老衬（方言，指死亡）。韩家的几代媳妇都是短命鬼！以后你们娶老婆，记住算好八字，揾个硬净的女人。"大哥耍手摇头道："爸，女人太硬净，容易克夫，千祈唔好要！我死不如佢死，佢硬不如我硬！"

韩汉东主持道堂"韩道馆"，三个儿子也入道，各有道号，韩子明叫作"方圆"，又方又圆，祈求内外兼修。子明的记性好，自小把经忏倒背如流，父亲认为他最能承继衣钵，额外悉心栽培。一九四九年后，广州的许多喃呒佬徙居香港，子明亦遵父之命南下，在深水埗海坛街另设"韩道馆"分堂，然后是，青梅竹马的阿玲也来了香港，两人结婚，生了三个女儿，再然后，阿玲病死，果真应验了"老婆短命"的家族噩运。他不知道两位嫂子是否健在。流离乱世，音讯隔绝，他当年离开广州不久后，那边的道堂被政府取缔了，父亲亦于同年过世，兄弟之间从此失去联络。

韩子明跟阿凤在天台闲聊时谈过往事。阿凤每日下午四点已可下班，买菜回家，只要子明不在，便喊唤丽萍和两个妹妹到她房间一起吃饭。子明白天做红事，夜晚也常要做白事，九点多回家后才捧着碗筷到天台，蹲下边吃边看阿凤和孩子们玩耍。他比阿凤年长十岁，看她仍是个大孩子，也从未听她提及天恩的父亲，她只在刚搬进来的时候，对李嫂轻轻说过一句"天恩的父亲不在了"。但什么叫作"不在"？跑了？死了？谁都没有追问，各人有各人的来历和身世，问了便是冒犯。然而有一回子明望着天恩的三重眼皮，不经意地问道："他的眼睛咁精灵，似佢老豆？"阿凤心头一紧，沉下脸，鼻头酸了一酸，脸颊已经挂上两行眼泪。子明连忙把话题拉回自己身上，道："丽珠丽燕生得似我，普普通通，平平凡凡，无穿无烂。好彩丽萍似老母，眼睛水汪汪，望见她便挂住我老婆，但唔知道系好事抑或坏事。"阿凤暗暗伤心。这世上，从未有人让她牵挂。牵肠挂肚的人，思慕恋恋的人，没有，没有半个。孩子不算，孩子就是她，是她的血与肉，她从未有过另一副愿意拥抱她怜惜她的血肉之躯。

日子过下去，阿凤陪伴天恩长大，仿佛自己也投胎重新做了人，跟他一样看万事万物皆新鲜。可惜身体依旧不争气，一天一天地衰弱，医生说这跟一九五六年的事情有关系，被糟蹋了，下身常有炎症，发烧得天昏地暗。韩子明提醒阿凤："多去山上呼吸树木灵气。我陪你。"话是这么说，但他白天夜晚都要工作，哪来时间。只是有一天，子明咳嗽喉痛，无法开工，傍晚干脆带阿凤和屋里的孩子们走路到深水埗的嘉顿山。山不高，一口气爬坡登顶本来只要三四十分钟，两个大人到了半途停下休息，李森长得高大，领着同伴往前奔跑，丽萍背着天恩，丽珠丽燕和李娥手挽手跟在后头，转眼已经不见踪影，只从远处传来喧哗笑声。

阿凤坐在坡间石上，摘下帽子扇动纳凉，额前刘海晃来飘去，像在风里荡秋千。高瘦的子明抱着胳膊，背部倚着靠山壁。阿凤侧脸望他，心里忽然恍神了一下，浮浮想象他这时候穿着道袍，手抱木剑，是武侠片里的英雄，把她从强盗手里挽救出来。这么一想，竟然觉得双颊发烫，幸好吹来了阵阵凉风。幸好，生命幸好总有一些幸好，才不至于过于容易粉身碎骨。

两人一坐一站，沉默着。子明望向山下的木屋和矮房，右前方有一幢五层高的工厂，顶层刻着显眼的红色英文：GARDEN BAKERY，旁边另有几个中文字：嘉顿生命面包。他问她："你知道呢度（方言，这里）以前叫作什么山？"

"一直都叫'嘉顿山'啊。"阿凤笃定地说。

子明摇头道："以前叫作'喃呒山'！好多年前呢度有好鬼多坟墓，有坟墓就有喃呒先生来打斋搵食。"他向面包工厂的方向偏了偏头，续道："但后来有嘉顿生命面包在这边开设工厂，有银纸就有面子嘛，街坊渐渐改了口，唔要喃呒佬了，改喊呢度作嘉顿山。哼，等我发了达，一定在面包厂旁边盖一间喃呒馆，比它高、比它大，让大家调番转头叫这里作喃呒山！"他把双掌合在唇边，仰脸向前，朗声高喊："喃呒山！喃呒山！大家听住，呢度系喃呒山！"

阿凤"噗哧"笑了，站起身走到他身边，说道："好，到时候我同你一起来，一起叫。"然后亦向远处喊嚷："喃呒山！喂，呢度叫作喃呒山！"两人转脸互望一眼，像孩子般笑得弯下腰。子明连呼几声"妙哉妙哉"，那是道士的口头禅，法道玄妙，诚心领受。

坐回石上，再聊了一会儿，阿凤问子明："你晚晚进入殡仪馆，有无见过鬼？"

子明耸肩笑道："俗话说'人怕鬼三分，鬼怕人七分'，何况我有道术护身，鬼怪唔敢在我面前搞搞震（方言，指添乱，捣乱）。别忘了，我系喃呒先生，做白事，替他们念经超度，是帮他们的忙，就算鬼魂现身，亦应该只系来说多谢。人和鬼，如果无仇无怨，又或无拖无欠，根本河水不犯井水。但话时话，我对死去的人做功德，他们却从未搵我报恩，正衰鬼，无良心！"阿凤"噗哧"笑出了声，道："有良心的人都好少见，难道死了之后会转性？"

聊笑间，子明从裤后袋里掏出手帕擦抹颈上汗珠，瞄瞄阿凤，见她闷热得两颊红彤彤，像苹果。她脸圆，尽管经常挂着两个因病而来的憔悴眼袋，两边脸腮依旧鼓胀卜卜。她嘴唇翘薄，但人中偏短，在相学里不算是寿相。子明略犹豫要不要把手帕递过去，终究觉得不便，便把手帕塞回裤里。半晌，清一下喉咙，低头说话，仿佛自言自语："其实，也算是有见过。嗯，有一次，我见到，我相信我见到，鬼。"阿凤"咦"了一声，子明用右手指尖摩挲左腕上的念珠，慢慢道："阿玲跟我在香港捱了几年，吃了不少苦头，佢短命，抛低三个女儿就双脚一伸，走了，阳寿三十有一。出丧那晚，按规矩，丈夫虽然是喃呒佬，却亦不可以主事，但我无理会道兄劝阻，坚持亲自坐堂打斋。我在灵堂送过几百人上路，怎么忍心置自己妻子不顾？"

广东人的灵堂功德有十科分目：开坛请圣、启灵招亡、开经拜忏、破九方地狱门、引亡魂游十王冥殿、沐浴、过金银仙桥、散花解冤、坐莲花、送亡离位。各有唱经念白。在妻子的丧礼上，子明强忍悲痛，披袍戴冠，一科一科、一目一目，真心诚意做好每项仪轨，他一路提醒自己，不要哭，不能哭，哭了便易打乱科仪，亡者无法安心离去。九年夫妻缘尽，这是最终一程共行之途，自己亲手安顿爱妻亡灵，不可有错，不容有错。最后到了"破地狱"的行仪，子明手握桃木剑，嘴念《解结经》，用剑尖猛力敲碎地上的九块瓦片，那象征九重地狱——城门尽开，我的妻呀，送你到此，跨过九门，从此人鬼殊途。子明皱着眉头，喃喃念唱，声音比寻常响亮：

　　玉京仙范下瑶台，童子传言地狱开。尊海波涛皆息浪，锅汤炉炭化寒灰。真符告下罗酆去，冥府仍将净魂来。观听法音消万罪，三途五苦免轮回。

又唱：

　　亡灵寒苦在今秋，秋去冬来万劫愁。悉尽悲风和雪月，月明溪澜水长流。流来远送声凄惨，惨目伤心何处求。求愿天尊来救苦，苦离长夜渡慈舟。

最后唱：

　　法侣今将花散去，亡灵有罪愿消除。仙花散漫飞，遍满无边际。今日亡灵亲受度，逍遥快活南宫里。

道曲唱毕，依礼该由儿子肩担灵幡，手捧亡主灵牌，在喃呒先生引领下绕瓦行转九圈，但因为子明有女无子，只好把灵牌搁在矮木椅上，他举剑闭目，围椅慢行，一圈，一圈，又一圈，每一圈都是块沉甸甸的石头，重重地捶敲他的心，沉下去，沉下去，再沉下去。心伤肠断，他脚步不稳，跌个狼狈踉跄。子明慌忙站直了身子，抬头瞧见披麻戴孝的三个女儿跪在木椅不远处抽抽搭搭，丽萍红肿着眼望向他，这一望，亦像桃木剑击开城门，锁着压着的

愁魂哀鬼蜂拥而出，冲上子明的鼻里喉间。他悲从中来，双膝一软，蹲在灵牌面前，把脸埋于膝间，肩膊不断颤抖起伏，先是呜咽悲鸣，终至不可收拾，发出撕心裂肺的凄厉号喊："阿玲啊，阿玲啊，你我缘浅，愿你离苦得乐，可怜稚女无母无依，愁苦悲凄，谁悯谁怜？阿玲啊，阿玲啊。"子明抱头恸哭，道冠滑跌到地上，黄澄澄的道袍绸布被泪水鼻涕沾出一片片的斑痕，宛如血迹斑斑。三个女儿亦齐声哀唤："阿妈！阿妈！"这时候，椅上的灵牌突然朝左倾歪，尽管只是微微一动，但子明已经清楚看见。他猜想，不，他知道，他明白，阿玲仍在，她看到，她听见。人和鬼的触碰，竟然可以如此婉转幽微但又只限于一瞬之间。

　　那是三年以前的事情了，子明平静地对阿凤细述，她蹙眉聆听，本想婉言慰解，却不知道该从何说起。倒是子明淡然道："对亲人来说，人变成鬼，却依旧是人，是亲人。人死了仍然是亲人，而且可能来世仍然是亲人。"阿凤心里一阵戚然，只觉有些所谓亲人连做一世亦嫌太长太久。

　　天空郁郁苍苍，两人默然坐着，自顾自地想着心事。孩子们终于大汗淋漓地跑回他们身边。各自的亲人都在了，是时候下山了。

三　我也不是什么好人

　　阿凤曾经觉得自己见过鬼。在她先前的信仰里，魔鬼叫作撒旦，是神的敌人，那天在青山道的暗巷里把她欺凌的人就是冷血的撒旦，事后无影无踪，只留下了天恩。但她后来拒绝相信天恩是撒旦留下的种，不，不，既然神已经背弃了她，她亦

要背弃跟神有关的一切，神不神，跟她再无相干。那天只是一个偶然灾难，灾难过后，她几乎也沦为撒旦，幸好天恩把她拉住了，天恩才是她的神，她，也是他的。

几年下来，阿凤偶尔会从天恩的哭声里忆起往昔的恐怖，当他顽劣胡闹，她安抚不了，彻底地感觉自己无能为力，如同那年那天在街头地上。当天恩哭喊，几重眼皮上下跃动，像瞬间压下的漫天乌云，把她的世界笼罩成一片黯黑，仿佛预示撒旦重临人间，他的哭声是魔鬼的狰狞宣言。她想起天恩出生的那个傍晚，她母亲来医院探望，把婴儿抱在怀里叹气道："好彩唔系生囡。做女人，苦啊。"阿凤悚然想道："就是因为这么认定了，所以女人苦上加苦。"

天恩的哭闹常令阿凤头痛，耳朵里嗡嗡鸣响，好像有一只神出鬼没的野猫在她四周无休无止地嘶叫，又钻进她的脑里张嘴咬噬。到了夜晚，她睡不安稳，一天比一天瘦。阿凤去看医生，医生初时认为只是下身炎症引起的神经衰弱，嘱她服用安眠药，但药物很快失效。正好政府新设了一所青山精神专科病院，他把她转介过去，那边的医生亦只是跟她谈话慰藉，然后处方分量更重的安眠药。其实，她有自己的药——韩子明，唯有跟他在天台相聚的时候稍觉舒坦。有一回他带她逛深水埗夜市，蹲在摊档的矮椅上吃炒辣蚬、东风螺、碗仔翅、柴鱼花生粥，碗里飘起热呼呼的蒸雾。子明的脸被蒸汽挡住，她看不清楚，只听见他细心叮咛："多吃！好鬼热，小心烫到舌头。"更烫热的其实是阿凤的心，她觉得青春这一刻才真正开始。她忽然再次想起何小姐那句"青春苦短，千祈咪对唔住自己"，于是决心迎头赶上青春，追上自己。子明是国字脸，唇厚鼻阔，体格高瘦却有力气，左手挽丽珠，右手抱丽燕，肩上骑着丽萍，脸不红、气不喘地爬上五层楼梯是难不倒他的事。他自嘲道："我似咕哩佬（方言，指搬运工）多过喃呒佬！"

子明只要在家便跟孩子们玩得热闹，他们"道士老豆""道士叔叔"地喊他，兴致勃勃地要他说神仙故事，吕洞宾飞剑斩黄龙，九天玄女授法降蚩尤，张三丰义助沈万三，到伯夷焚衣刺鬼，陶弘景茅山炼丹，玉皇大帝、关公、哪吒……他把一肚皮的满天神佛倾倒出来，孩子听得瞠目结舌，他呵呵大笑，笑得比他们开心。子明常劝阿凤凡事看开些、看远些，别愁眉苦脸，苦尽肯定甘来，他是道士她是护士，都在助人解困，做好事，日后定有好报。她反问："日后？到底'后'到何月何日？"他搔一下耳根，道："总之是日后，一日之后再有一日，日日无穷无尽，所以希望亦无穷无尽。唔好理三七廿一（方言，意思是别管什么是非情由），阖埋眼睡一觉，天无绝人之路嘛！妙哉！妙哉！"

阿凤不答腔，子明忽然唱起歌来："走天涯，看世界，遇酒吃几杯，遇肉啖几块，化碗饭，塞皮袋，寻块布，遮四大，房屋破，自家盖，主人家，要安泰。不登名利场，不管成和败，不欠国家粮，不少儿女债。虎豹不能侵，妖魔不敢害，一觉睡到日头红，无恐无惊无怖骇。从今打破是非门，翻身跳出红尘外。拍手打掌笑呵呵，自在自在真自在……"

阿凤掩嘴笑道："原来你是丐帮掌门人？"

子明合十弯腰，嬉皮笑脸地说："非也，非也。不才道号'方圆'，特地前来道化施主。"他接着解释，刚才唱的是张三丰的《后了道歌》，心烦的时候，他唱；开心的时候,他也唱。烦恼时唱了会开心,开心时唱了更开心,做人,不管练不练仙、修不修道,都要懂得讨自己开心。子明也曾半开玩笑地对阿凤说:"让我赐你个道号,嗯……叫什么好呢?"他思量一阵,道:"就叫'清凤'吧!清凤师太,有礼!"

阿凤抡捶他的肩膊,他调笑道:"你以前不是信上帝吗?我家祖师爷王重阳说过,'儒门释户道相通,三教从来一祖风',说不定连耶稣先生亦是我的师兄弟,其实你早是我道中人了,只不过现在才认祖归宗。"

阿凤啐道:"你嘴巴轻佻,坏道士,别想成仙!"

"成不了仙,下地狱也不错,如果有你陪我。"子明眨一下眼睛,笑道。

子明从未细探阿凤的往事,只知道她跟家人不和,独力抚养天恩。她说过天恩的父亲"不在了",到底是生是死,她没讲明白,他也忍住不问,然而暗中猜想他是个抛妻弃子的负心汉,否则阿凤的房间里不会没有摆放半张亡夫遗像,尽管绝口不提,心里却仍有恨。有恨便是有牵连,他竟然酸溜溜。可是相处到一个地步,有些事情始终无法也不该回避。再这么走下去,她和他,天恩和他们,是亲人了,亲人之间无理由不清楚彼此的来龙去脉。他一直渴望有个儿子,如果是天恩,他是心甘情愿的。天恩的悟性高,记性也好,真要挑剔,就是性格稍嫌懦弱,凡事不争,比屋里的几个女孩子更为怕事。孩子们争执斗嘴,他总是最先投降,扁起嘴巴不做声,眼皮胡乱蹦跳一阵之后,开始哭号,眼泪鼻涕排山倒海地喷出,惹来瞧不起。天恩五岁多了,子明打算跟阿凤结婚后带他到北河街的关帝庙上契,让关二哥当他的干爹,保护他,替他壮胆。

一天中午时分,子明在道馆打过早斋,赶回家陪阿凤到旺角花墟公园散步,她的精神越见颓唐,只能每日下午到医局上两小时的班,早上留在家里看顾天恩,但常被他的哭声吵得头痛,深锁着眉头,唯在子明陪伴的时候稍为心静。

旺角好久以前叫作"芒角",因为芒草遍地,地貌如牛角入海。政府后来开辟弥敦道,贯通九龙半岛南端的尖沙咀,芒角变成旺角,是另一个世界了。尖沙咀古名香埗头,有村落和市墟,对开海面泊聚西洋商船,是南中国的海贸出入口。一八三九年几个英国水兵喝醉闹事,打死了林姓村民,是为"林维喜案",英国驻华商务总监义律包庇凶手,清廷钦差大臣林则徐下令封港,是第一次鸦片战争的导火线。之后,清廷签《南京条约》,割让了香港;再之后,第二次鸦片战争,清廷签《北京条约》,割让了九龙半岛;又之后,清廷签《展拓香港界址专条》,租借出深圳河以南、原属宝安县的大片土地,变成英国人所说的"新"界。花墟公园旁有"界限街",顾名思义是新界和九龙的交接处,花农们从清晨到傍晚在此设摊成墟,尚未走近已经扑鼻传来浓烈花香,远望过去,红黄白橘的花海像在地上裂散的彩虹,是实实在在的、可以伸手触碰的幻梦。阿凤这天买了两束粉白百合,捧在怀里,闭上眼睛嗅闻,心底难得平静。不知道是因为鲜花映照抑或好心情,她脸庞浮泛久违了的娇艳,子明的心乱跳了一阵,觉得是开口的时候了。

他边走边说:"护士都喜欢百合,新闻纸说过的。我们喃呒佬平日见得最多的是白菊黄菊,但其实,时节喜庆也摆放菊花,可见生死无碍,最重要的是心里到底有没有敬意。阿凤,你说对不对?"他边说边用手指戳一下胸口。她怔怔望他,似解不解。子明脸露窘态,暗骂自己说话太过绕圈子,几乎连自己也听不懂。于是,顿一顿,他直接道:"不如……我们摆酒请客,天恩做我的儿子,丽萍丽珠丽燕做你的女儿,我早晚搏命多打几场斋,多搵钱,你唔使担心我辛苦,至紧要是可以揩大几个细路。我们相依为命。噢,不,该是六依为命。我们不是去过青松观吗?记不记得那边有座月老祠,祠外有副对联,'愿天下有情的,都成了眷属;是前生注定事,莫错过姻缘'。有缘却错过了,太对唔住自己。"

阿凤愣住,几乎错觉又是何小姐在对她说话。是不是一定要有爱情、要结婚,才算对得住自己?她迷茫了一阵,没有答案,可是她明白,她在跟眼前的人谈恋爱,她愿意跟他有婚姻。阿凤心头一热,泪水汩汩流出,连忙把花抱到脸前遮挡。子明隔花望去,隐隐约约见到她挂在嘴角的笑容,忍不住逗她道:"又喊又笑,张姑娘,点(方言,怎么样)呀?即系好定唔好呀?"阿凤闭目不语。子明握起她的手,十指紧扣,牢牢牵她从太子道西缓慢地走回深水埗。

到了汝州街的三太子庙前,路边有摊贩喊卖凉茶,酷热的六月天,他们停下各喝一碗消暑。三太子庙建于光绪年间,门前有联:"驱除厉疫何神也,功德生民则祀之。"谦卑里夹带着自豪。旁边就是民国时建成的北帝宫,门联是"德圣巍峨,民安物阜;神恩浩荡,国泰升平"。无论世乱世盛,不管属华属洋,老百姓渴求的终究只是生活富足安乐,说简单是简单,却又来得不易,唯有盼求于满天神佛了。之后他们继续前行,到了北河街和基隆街口,子明放慢脚步,嗫嚅道:"凤,天恩以后要喊我做老豆,万一,嗯,我是说万一,他以前的……老豆……跑回来,点算?"

阿凤的脑袋"轰"了一声,本来走得汗流浃背,手脚却忽然冒起冰寒,空茫的眼睛望向远处。她并非没想过会有这么一天,亦已打定主意,找个合适的机会对子明道出真相,只不过,越是认真对待,越发把事情拖延下来,犹豫着每个字、每句话,尤其关于当初为何不放弃肚里的胎儿,对于她曾经有过的邪恶私心,唯恐说得不够慎重而惹来嫌弃。对钟爱的人忆述可耻往事,尤其不易启齿。阿凤在脑海思量过好多好多遍,甚至像傻瓜一样对着镜子练习,一句,两句,但说到第三句已经泣不成声,苦涩前事如毒液般淋浇在舌上喉间,她无法吞咽,却又欲吐无从。这时候冷不防被子明一问,仿佛天空忽然落下滂沱大雨,她握着一把支离破碎的伞,绝望而凄凉。阿凤喘气,胸口起伏,脸色惨白如手里拎着的百合。

子明吓了一跳,急忙扶着她的肩膀。他柔声道:"唔紧要,我随口问问啫。唔好念咁多,当我无问过,等你想讲才讲。"

阿凤突然张开眼睛,直愣愣望着子明,半晌方道:"他,死了。"

"死了多久?"子明冲口而出追问,却马上懊悔鲁莽。

阿凤道:"儿子出生那天,他死了。"

反正收不回鲁莽了,子明干脆豁出去,谜团像火烧心般令他按捺不住任性,连声问道:"点死?病死?葬在哪里?"

阿凤脸色一沉,道:"总之他死了,死了,死了。他下地狱了。他是衰人,贱人。你满意了吧?"她弯下腰,泣不成声。她仿佛看见李郑屋村街头的盛浩仁出现眼前,她冲过去，执起长长的锋利的刀刺向他，以及最先欺负她的那两个烂仔，开膛割肚，一个连一个，鲜血淋漓，不放过任何一人。死了，统统死了，凶手是她，但他们亦同样杀死了她。阿凤把百合狠狠摔到地上，花束颤抖了几下，似死前的挣扎。

须臾，她在哭声里喃喃自语："其实……我也不是好人。"她想起自己对腹中骨肉有过的邪恶。

"你说什么？我听不见。"子明趋前牵她的臂膀，阿凤伸掌"啪"声挡开他的手，流着泪，直起身子快步走远。百合静静地躺在路面，像委屈的尸体。

子明又何尝没有委屈？做亲人，他的本意只是求个明明白白，未料竟然闯祸。当然他心里仍有许多谜团，但忽然想起在广州三元里道观见过一对门联："茫茫人事莫相问，沧沧道海有余情。"的确，大抵不清楚不明白始可余韵不绝。大道无始无终无名无相，区区一个人的善与恶、好与衰、去与留，以至于生与死，其实都轻于鸿毛。真正重要的是别让自己所爱的人于此刻伤心。他拍一下后脑袋，清醒了，笑骂自己太痴太傻。

他弯腰捡起地上的百合，朝阿凤的背影追奔过去。

四　皆由万民多恋孪

两家凑成了一家，两间木板房各有新的安排，所有人都高兴。三个女孩住在原先那间，天恩搬了过来，子明则住到阿凤的房间，添置了枕头被铺，把房间布置成"新房"。看在阿凤眼里，桌子椅子明明是旧的却又似新的，是喜气洋洋的他们的新天新地，连用了许久的杯碗筷子都添上温情。子明对阿凤开玩笑说："老婆大人，是你娶我入门，你要对我负责啊。要不要我改口喊你老公？"

子明倒一贯地每天起床念一阵《太上清静经》，然后出门到道堂或其他地方做道事。阿凤好奇翻看经书，有不懂的便在晚上问他，竟也读出了趣味。阿凤的情绪渐渐安稳，除了恢复每天到医局工作两三小时，其余时间悉心看顾孩子，小心翼翼地不让女儿们怀疑她偏心弟弟。她非常感激子明没有对过去的事情穷追猛打，她倒没有太内疚自己说谎，因为在她心里，蹂躏她的烂仔已经被她碎尸万段，身处炼狱承受火劫酷刑。至于她自己，何尝不也在地狱走过一回？庆幸遇见子明，他用爱意把她拯救回来，现在他是她和孩子们的一家之主了，更是她的主，她不必抬头仰望十字架，人间的真实的爱已经很有力量。

子明愿意相信阿凤，因为爱她，也因为暗觉这对大家都好。他是鳏夫，克死了妻子，如果阿凤是克死了丈夫的寡妇，"门当户对"，意味她的命够硬，抵挡得住他的煞气。何况两个命硬的人走在一起，极阴生阳，必能催发喜事。婚后不到三个月，一九六二年底，果然喜事临头，子明一家六口成功申请入住"廉租屋"苏屋邨。"邨"是"村"的异体字，《康熙字典》则指"邨"比"村"字更古，从"邑"从"屯"，有"别馆"的意思，意谓老百姓脱离了原居之地，转移到另一个地方聚住。英国管治香港雇用了不少华人文官，知书懂礼，善于引经据典，有些殖民洋官本身就是中文造诣甚高的汉学家，明白政权牢牢掌握在洋人的手里，更不妨在政策执行上渗入中国古意，让住在这里的人寻得了恍恍惚惚的归属感。

廉租屋的租金高于"徙置区"，生活环境却舒适得多。徙置区居民主要是石硖尾大火里的难民。石硖尾在深水埗区内，是喃呒山和窝仔山之间的谷地，本名"硖石尾"，有硖石村、白田村、窝仔村等聚落，硖就是狭，因有嶙峋巨石隔阻拦路，通道狭隘，村民须跨石出入，行路难，正是寻常日子。硖石尾之名其后不知何故被颠倒过来，民居也渐渐由石屋变为紧密相连的木屋和铁皮屋，寮房遍地，挤住了无数从中国大陆南下的家庭。一九五三年的圣诞夜，白田村里有人不小心打翻了煤油灯，熊熊烈火蔓延其他村落，焚烧了五六个钟头，烧死了三人，也令五六万人无家可归。这群人这些年逃过一难再遇一难，流落在街头废墟上，天不应，地不闻。火劫后，香港民间和工商界筹款义助，联合国也捐款，港英政府盘算一番，决定成立"香港屋宇建设委员会"，广建"徙置大厦"安顿流离失所者，于是有了石硖尾邨。接着，政府把白田村拓建成白田邨，把李村和郑村合并为李郑屋村，一幢幢六层高的简陋楼房在这一带陆续建起，深水埗区从此换了颜貌。

大火之后七年，又有了尖山脚下的苏屋邨，该地本为苏村，村民多姓苏，于清朝乾隆年间由宝安县南迁聚居，村落于一九五三年亦难逃火劫，港英政府选择在这里启动巨型的"廉租屋"工程，花两年时间规划，五年时间兴建，终于完成了十六幢公共房屋住宅，每幢楼高八至十六层，各以花卉为名，杜鹃楼、海棠楼、丁香楼、剑兰楼、牡丹楼、茶花楼、荷花楼……子明一家六口被分配到樱桃楼，比大南街的木板房舒适太多了，一家一户，顿然觉得身处天国。要搬家了，子明和阿凤对旧邻居们依依不舍，但天下无不散的筵席，日子总得往前走。美中不足的是无法搬到百合楼。苏屋邨的单位有大中小之别，按住户人数分配，小的住两至三人，樱桃楼是中型，住四至六人，百合楼则是大单位，住七人以上。有一天阿凤替子明熨烫道袍，他坐在饭桌旁边啃瓜子边问阿凤："记唔记得那天我问你嫁唔嫁我，你手里住一束百合？"阿凤忆起的是在街上失声痛哭的伤心，脸色一沉，子明没看见，继续说："如果住得到百合楼，等于日日纪念我当时对你求婚。无得顶啊，妙哉！妙哉！"阿凤嫣然一笑，眼睛里似有百合盛放，觉得自己像熨斗下的袍布，静悄悄的，暖热的，生命的皱褶被逐条逐条地推顺抚平。阿凤忽然觉得应该对这么爱她的人全然坦白。自结婚以来，床笫间相拥相亲，子明沉甸甸地压在她身上，她欲望澎湃，却又涌起更强烈的恐惧，双腿不断颤抖，嘴里发出如求助般的呻吟。他以为那是激情，唯她自知是青山道上的痛苦记忆像恶犬般把她咬住不放。那是一道横隔在她和子明之间的汹涌大河，她必须提起勇气，跳进去，游过去，以坦诚为筏，抵达彼岸跟子明手牵手、肩并肩。

搬家前的夜晚，她唤子明陪她到唐楼天台。天色不佳，漫天覆盖着瓦片般的厚云，黯黑灰蒙，只偶尔在云边渗出若隐若现的昏黄月光，但瞬间又被遮蔽。初秋时分，呼呼地刮风，天文台预告了明早可能挂风球。子明以为阿凤想跟他讨论延期搬迁，劝阻道："天有不测之风云，但还是按计划做吧。明天是黄道吉日，宜迁居动土，我是道士，如果连老婆都不相信我，太没面子了吧？"这确是他不愿意改期的理由，但也因为过几天有场酬劳不薄的法事,他不希望被搬家耽误。

阿凤"嗯"了一声,正思忖如何开口,天空响起由远而近的轰轰隆隆,一架飞机在云层间呼啸而来,呼啸而走。他们抬头望去,飞机的肚皮赤裸裸地暴露眼前,机翼两边闪着诡异的绿光,机头垂向低处,是降落的姿势,像一尾巨鲸撞碎了瓦墙,仓猝慌张地潜回海底。深水埗在启德机场附近,日夜有飞机穿越,噪音震耳欲聋,他们见怪不怪了,也已学会在巨响与巨响之间的片刻宁静里说话。生活总有好机会和坏时刻,坏的不容易避得开,好的便要靠自己牢牢抓住。阿凤双手抱胸站在天台的铁网栏边,子明的手轻轻搭在她肩上。风吹来,强一阵,弱一阵,她觉得冷,低头缩脖,犹豫了一会儿,终于压着声音,像自言自语般把青山道上所受的羞辱、天恩的身世来历,以至于她对天恩曾经有过的阴暗想法,都清楚明白地告诉了子明。

说毕,她才惊觉,这么深这么久的伤痛,原来用二三十句话便可以说完,一场沉重的灾难,在话语里,竟然变得如此轻盈。话语终究无力,唯有用爱、用信任,去解开最纠缠的郁结。她忽然觉得整个人轻飘轻浮,仿佛吐出了五脏六腑,身体里空荡荡、轻飘飘,没有半分力量,似是不存在了,只有眼前站着的子明是真实的,也只有子明有办法让她变回真实。她的脸庞上面都是泪,怔怔地望着他。

子明听着,听着,十只指头张开紧紧捏住铁网,越捏越紧,手背青筋暴突,仿佛想把整张栏网撕扯下来,扔到街上,最好是那个人正在楼下行走,把他摔死,摔个血肉模糊。阿凤曾对他说天恩的生父已死,他本有疑惑,只不过不愿探究,如今明了真相,他倒恨不得那个人确实死去,用最悲惨的方式死去,死个十遍百遍也不够。阿凤见他不说话,半晌,忍不住问:"子明,你是相信我的,对不对?我对你说过,我其实不是什么好人。可是我后悔了,也算后悔得及时,所以,值得被原谅,一切都可以放下了,是吧?"子明踏前两步把她拥进怀里,她伏在他胸前一直哭,泪水把他的灰色衣襟沾湿,斑斑驳驳如乌云密布。另一架飞机穿越天空,轰隆巨响盖住了阿凤的哭声。回复安静后,子明问道:"你打算告诉天恩吗?"阿凤摇头道:"没必要。到了适当的时候再说。"

"几时才适当?"

"不知道。到了适当的时候,自然会知道。"

子明回家以后,彻夜难眠,第二天睡醒见到天恩,竟然感觉有点陌生。天恩对他笑,笑容如常纯真,但现下看在子明眼里却渗着淡淡的苦涩。而在其他日子里,当天恩哭泣、顽皮,子明见到的更是活生生的伤痛记号,如灾难之后的遗址遗证。子明努力不胡思乱想,却仍控制不住想象出具体的场面,仿佛曾经置身当天的青山道街头,耳朵里有阿凤的悲惨哭号和坏人的无耻狞笑。

往后数天、数周、数月,健谈的子明顿变沉默,阿凤虽然难过,却佯装无事,不给他压力。她明白他心痛她、怜惜她,而他需要时间沉淀,但阿凤未能察觉子明在心痛以外的愤恨。他是如此无力,无力于重回灾难现场,在阿凤蒙受羞辱以前阻止一切。子明心底像有一座燃烧着的山林,他每多想象一分当年青山道的恐怖,火势即炽烈一分。他每天勤于念经打斋,勉强自己忘掉，让过去的过去，然而只要停下手边工作，妄念如风，起风了，煽拨起诸般愤恨，恨难平，令他食不知味。也许，爱不一定要去爱对方的爱，可是对方的痛和恨必亦是你的痛与恨，甚至犹有过之。

子明挣扎了一段日子，反复思量，终于在一个晚上作出决定：揪出那个人。子明觉得必须查出狂徒的所在，站到他面前，直面他，然后，然后……再去想然后如何。他必须对阿凤母子所受过的苦难做些事情，而回到苦难根源，是最起码的第一步。

打定了主意，他前往道堂，在吕祖像前焚香跪拜，诚心叩拜此事成败。摇晃完一轮圣筒，"啪"一声掉出第五十八签，子明从木架上拎下黄色签纸，眯眼细读签题："古人永乐王定番邦。"题旁有诗："三战三北君莫羞，一匡天下霸诸侯；若经沟壑殉小节，盖世功名尽射钩。"他翻转签纸，有红字写道："可罢即罢，不须斩尽杀绝，事到无可奈何，也要守旧安歇，力保无失可得，三七可决。"

他叹一口气，明白了，感激吕祖赐点。吕祖是说事须忍耐，但为的并非风平浪静，只是得忍到时机成熟，始可一战。问题是"三七"到底是何所指，有待费心琢磨。三月七日？三十七天？三十七个月？三十七年？抑或三七廿一，只需二十一天之后已可寻得那个人的下落？求签问卦向来是既有吉凶征兆却亦有"天机不可泄露"的玄妙，唯待叩问者于事前认定和于事后验证，这道理，子明比谁都懂，因为他毕竟靠这行当吃饭。于是他提醒自己冷静，欲速则不达，逐步去做该做的事，当水到，渠自成。而他做的第一件事情是托请江湖朋友打听"醒哥"的下落。

阿凤说过那个狂徒被唤作"醒哥"，警察局当时很快结了案，指所有恶行都是李郑屋村的烂仔所为，烂仔早已不知去向。子明请深水埗和乐社的"大头兴"循此线索查探，过不了几天，"大头兴"传回让子明沮丧万分的讯息：醒哥两年前已经不再当差，闻说因为得罪了洋上司，无法升职，干脆辞职。关于他的去向，有几个说法。有人说他搬到港岛，拜了堂口，做了北角"义威堂"的双花红旗第一打手。也有人说他在湾仔码头做走私生意，被警方通缉，逃亡到菲律宾，依旧为非作歹，风生水起。更有人说他去了美国唐人街，在"东安帮"堂口管理赌场。无论哪种说法为真，子明心知肚明，签文说"事到无可奈何"，时机未到，他此刻最需要的是耐心，阿凤的仇必须记住，却仍须先要忍住，而且别让阿凤知悉，免得惹她伤心和担心。

搬往苏屋邨的计划如期进行，花费不轻，阿凤掏尽积蓄，承担了部分费用。花妻子的钱之于子明是愧疚的事情，他只好自嘲道："就当是借钱。有借有还，上等之人！"阿凤白他一眼，说："你意思是'有借有还，再借不难'？"他笑着靠近身子想抱她，但四个孩子在旁边玩耍，她脸一红，扭身走开。

迁进了新居，孩子当然雀跃欢欣，推门而进是一眼看尽的空间，没有间隔，一个角落摆着一张双层床，大姐二妹睡上铺，三妹四弟睡下铺，嬉笑喧哗皆在其中，是热闹的局促。另一个角落是子明和阿凤的床，左右两边墙上横拉一块湖水蓝的布帘便算是房间，是局促的温馨。她喜欢蓝色，像抬头看天，在狭窄的床边打了一扇窗户。

子明在家门后面用钉子悬挂一个小木架，端正地供着两幅肖像，张天师和吕纯阳，早上出门前，晚上回家后，毕恭毕敬地上香膜拜。他把孩子唤到木架下，道："他们都是我的师父，也是让我们全家有饭开的衣食父母。你们想食得好住得好，便要像孝顺老豆一样孝顺他们。"

自从向子明表明一切，阿凤像放下心上的千斤重担，既然夫妻相依相守，便该让对方看清楚最痛的伤口。她许久没读《圣经》了，但仍然对一些经文印象深刻，譬如说："爱是恒久忍耐，又有恩慈；爱是不嫉妒；爱是不自夸，不张狂，不做害羞的事，不求自己的益处，不轻易发怒，不计算人的恶，不喜欢不义，只喜欢真理，凡事包容，凡事相信，凡事盼望，凡事忍耐。"其实她觉得爱应该加上"凡事分享，凡事分忧"，前头的快乐，昔日的悲恸，唯有勇于向对方道出曾经遭受的创伤，而对方又能聆听和抚慰，方有办法创造属于彼此的共同幸福，前路也许仍是泥泞遍地，但至少，值得。她想起信仰故事里有个女人对神说："只要轻轻碰触你的衣裳，我的心便痊愈。"那夜当子明把她拥到怀里，她用手掌摩挲着他的汗衫，便认定了子明是她的药，她的神，她的主，她的吕洞宾。

婚后的她渐渐对下厨有了莫大的兴趣，先前也并非讨厌，只不过不如现在有情有感，煮饭炒菜的时候，仿佛把一家子的肠胃捧在手里，她的手艺有多细致，他们便有多满足。四个孩子不管吃什么都开心，子明也很随意，但他说正一派道士有四不吃，牛肉、乌鱼、大雁、狗肉，这四类动物分别代表忠孝节义，欺侮不得。他最常吃的是猪和虾，尤其梅菜蒸猪肉，她弄多少他吃多少，以汁配饭，脸不变色地扒下满满三碗。

到了初一十五则全家吃斋，她担心孩子的营养，总赶在子明回家以前偷偷让他们喝汤吃肉，她猜想子明是知道的，但互不道破，当作无事发生。做这样的事情，阿凤认为是保护而非欺骗，保护他的面子和感受。

子明每天到道堂和殡仪馆，阿凤明白这是他养妻活儿的家传职业，却仍难免感到迷惑，他是否真诚相信自己日日夜夜的念颂？或者只是既然做了道士，索性坚持相信下去？她问过他，他哧声笑道："傻妹，别自寻烦恼了。做人嘛，总得要相信一些什么，也总得要穿衣食饭。老天把我放在乜舞台，我就唱乜戏码啰。有人买票，有人唱戏，我唱得好，他们拍掌喝彩，我开心收钱。就算戏是假的，我的情却是真的。何况戏不一定是假，是假的也不一定是坏的。"他用手指戳一下胸口，又道："我选择相信。信了，戏便唱得好听。"阿凤欣然。他选择，然后他坚持，坚持本身也是一种选择，而任何选择都容许改变，选了再选，变了又变，无所谓软不软弱。她也愿意选择子明的选择，跟他在苏屋邨的四百平方英尺内重建她的天国、他的极乐。这天地，狭窄而辽阔，喧闹而宁静，她和子明，以及孩子们，在这里，自为日月星辰。

日月星辰的运行秩序在一九六三年受了干扰，不只是他们，所有人，一样。这年大旱，港英政府在五月初开始限制用水，由五月二日的每天供水四小时到五月十六日开始的隔天供水四小时，再到六月的每四天供水、一次四小时，家家户户叫苦连天，既要用木桶、塑胶桶在家里储水，亦常因水压不足水源中断，须到街头的公众水喉前排队取水。湾仔堂口"新兴社"龙头"哨牙炳"的儿子赵纯坚在北角理发店做学徒，被老板派往街头排队，跟福建帮烂仔争执冲突，一不小心跌个四脚朝天，头撞石柱，死了。这我在《鸳鸯六七四》里写过，不赘。子明不认识"哨牙炳"，阿炳的丧子悲恸跟他无关，但他这边已够忙乱，倒非因为要抢水，家里备水由阿凤带领丽萍负责，他放心。子明主要忙于参与一场又一场的祈雨法会。他是正一派道士，念咒请神是他的日常揾食行当，值此时刻，更有必要以一己之长替众生谋福。灵不灵验？难说，反正不只有正一派祈雨，全真道和先天道也祈，佛教僧侣也祈，神父修女也祈，回教长老也祈，你念你的经，他请他的神，一旦灵验，谁都可以认功劳；万一不灵光，亦谁都不必负责任。多么划算的生意。

五月和六月，子明奔波于祈雨法会之间，大清早出门，晚上回家，累得倒头便呼呼睡去，醒来再离家。一天夜晚回到家里，室灯如常全暗，阿凤在蓝布帘后面睡得全无动静，上下铺的孩子们此起彼落地发出"呼……咕……呼……咕……"的口水咕噜声，像一窝熟睡的小猪。客厅满坑满谷摆着水桶，大大小小的桶子，盛满水，也满满是阿凤和丽萍的焦灼。子明蹑手蹑足走进厕所，额头不小心触碰到门后悬挂的小灯泡，吊线剧烈旋晃，灯泡舞来动去，光束透过门缝投映到客厅的水桶上，桶里水面登时浮泛粼粼闪光，亮了又暗了，暗了再亮起来，仿佛有无数的妖邪在水桶之间跳来荡去，眨动着不怀好意的火眼金睛。子明大为震动，错觉自己仍在灵堂里做着"放焰口"科仪，阿凤躺在帘后床上，无声无息，是远去不回头的人。布帘上有一朵朵的小红花图案，平日看是喜气洋洋，此刻却像一摊摊的神秘血迹，不知道由谁何时喷洒。他连忙抬手抓稳吊线，关上灯泡回到漆黑的客厅，两三步走到床前，微微掀起帘布，没料吵醒了阿凤，她糊着嗓子道："回来了？厨房有汤，我替你弄热喝？"子明急道："唔驶（方言，不用，不需要），唔驶，你睡吧。你也累。"阿凤"嗯"了一声，转身重回梦乡。

子明松开手，布帘垂下，一道单薄的布墙再次把他和她隔开。也许因为白天在法会里遇见一个神色憔悴的道士，看了半天始认出是旧识，青松堂的永善道士，道友们说他的妻子不久前于火灾中丧命。子明难免这夜特别多愁善感，心里涌起莫名的惶然，站了一会儿，忍不住又掀一掀布帘，仿佛恐惧阿凤会突然消失。

幸好她在。子明俯身凑脸端详，见她双颊绯红，鼻息和缓，才松了一口气。他转身到厨房盛汤，把碗端到唇边，忽然自怜身世，鼻头酸了一酸。从东莞到广州，再南下香港，好不容易建立了安稳的家，却又失去妻子，孩子失去母亲。遇上阿凤是他在离乱里的好运气，而他确信——不，其实他只能祈求——好运气能够延续下来，一直在，他无法再次承受失去，也不愿意让她和孩子吃苦。子明前所未有地渴望自己是个法力无边的道士，不仅能够求雨，更能保护他们直到遥远的老后，即使有一天他不在了，仍会想办法回来，藏身在隐秘的角落保护他们。

这几个月里，香港是满天神佛。

佛教联合会在跑马地发动三天"佛教人士祈雨法会"，高僧大德引领数万位居士信众颂念《大悲咒》《龙王咒》《胜蔓夫人经》，礼成于《回向文》：

以此经咒功德，回向三宝龙天，愿施甘雨水济嘉苗，大地田畴皆沃足，五谷丰穰大有年，万姓康宁俱获福，普天胥庆乐升平，福慧圆修无障碍，十方三世一切佛，诸菩萨摩诃萨，摩诃般若波罗蜜。

天主教会发出公告，召唤香港教徒颂念《祈雨祝文》：

全能至智至仁天主，初造天地，各赋物类本德。生草木五谷，备吾人日用粮。缘我得罪至极，徒受主恩，以致主怒，不降雨泽，滋润大地，诚为至堂。我今认罪，痛悔求赦，望息主怒，兴云施雨，以苏我命。遵奉圣意，矢志勉力为善。阿门。

印度教徒群集跑马地嚤啰庙，由祭司主持法会，赤足、白袍，祭坛安奉八臂神像，旁有鲜花、椰子、谷米、乌枣等供物，坛前设火炉，齐声唤喊赞歌祷文。

道教徒当然亦投入心力，荃湾三叠坛旁的圆玄学院策动了七昼夜祈雨大会，广设诸坛：仁祥经坛、青松观集易八卦瑶坛、先天道坛、洁戒坛、蓬瀛仙馆全真坛、心庆堂忏坛。各坛内外供奉南海龙王、中央龙王、东海龙王、西海龙王、北海龙王、井泉龙王、行雨大王、雷神风伯、雷母元君等诸神诸将。开坛前，由圆玄学院赵聿修领众齐颂《恳雨词》：

跪尘埃，祷告苍天垂鉴原，人秉天以生，有贤有不贤，皆由万民多恋孪，以致旱劫降眼前。今将小满景，时雨不降临，栽插如不实，收获更艰难，民穷国病情境虑，忠孝负苦命怎全？可怜可怜，是以从儒典，设雨坛，讽经忏，消罪衍，施票宝，赈幽灵，求上帝开龙颜，念在神道设教竟速降甘霖，救众生哀恳玉皇大天尊玄灵高上帝。

各区各地也有大大小小的祈雨仪式，大埔、上水、沙田、九龙城、旺角、筲箕湾、上环……香港似是大戏台，各式各样的抬神巡游、跪地拜天、烧炮燃灯、打斋颂经、念咒放生等戏码几乎天天出现在大街小巷，所有人既是观众也是担忧的演员，而越担忧，戏码演得越热烈，再荒诞的台词和曲目亦心甘情愿去讲去唱，否则心难安，因为别无依靠。

这时候，"新兴社"在皇后大道东上的洪圣庙前筹办了一台赞神戏，"哨牙炳"强忍丧子之恸，出席主礼。他是堂口大佬，该承担的责任便要承担；阿炳老婆阿冰在家里哭得暗无天日，前两年死了一个儿子，今年再死一个儿子，香港旱灾，她的眼泪却泛滥成河；"孙兴社"老大陆南才已经去世十九年，他哥哥陆北风在一九五六年底被洋警官驱离香港，阴错阳差到了菲律宾，另立"六合堂"，并且重遇阿娟，两相缠绵；陆南才的私生子陆世文十八岁，洋名Simon，刚进马尼拉大学，主修艺术，对本来身世全不知情；仙蒂有了自己的舞厅和女子发廊，继续在男人的爱欲渴求里挣钱，她自己最渴求的对象则依旧是女子；萧家俊经营的士公司，荷包发财了，体形也发福了；港英政府跟北京讨论由中国大陆引进东江水源，总理周恩来发出了"全力支援香港同胞"的严正指示……一切一切皆非子明所知或所计，他和其他喃呒伙伴忙碌奔波于斋仪和斋仪之间，由早到晚颂经念咒，喉咙沙哑了，到雷生春医局灌下一碗二十四味凉茶便再投入工作。收入是增加了不少，但他最渴望的是能让家人和所有人免除旱苦。他左手摇响金铃，当当哪哪当当哪哪，右手握起桃木剑，指剑向天，手臂一挥，在空气里画出半圆，仿佛竖起一道屏障，把他的爱妻，他的女儿，他的儿子，把所有他认识和不认识的人统统罩护。如果可以，他愿意把生活在这个城市的所有人护荫在他的法力之下，如果他真有法力。

每一天，每一回，在斋仪上，子明专注闭目，口中念念有词："太上立科教，敬信除灾殃，瘟疫留毒害，闻善化吉祥，芳能转此径，鬼祸悉潜藏，天恩降甘露，大地禾苗长。"念到这段颂词，他略略分神。词里面有"天恩"，他儿子的名字。我的儿子有幸名列经中，会否暗藏着冥冥天意？

五　月球没有嫦娥

一九六九年七月二十一日，寻常的星期一，早上十一点五十三分二十八秒，子明和师兄弟围拢在道馆前厅的电视机面前，凝神屏息盯住小小的屏幕。他抱胸站立，其他道士或蹲着"巴兹巴兹"地抽烟，或跷腿坐在板凳上。厅里的空气如常混浊，困笼着苍苍郁郁的尘雾，香烟混杂香火以及男人们的浓烈汗臭。他们刚忙完一场法事，脱下大黄大红的道袍，用衣架子悬挂在窗边，身上的汗衫湿答答地粘住前胸后背，团团块块的汗斑宛如老墙上的剥落遗痕。时近中午，白昼的阳光映照进来，道袍的影子一抹抹、一条条地瘫痪倒地，窗外拂来一阵暖风，风吹袍动，地上黑影飘来晃去像缺头断足的鬼魂，明明被道士颂经超度了，却又偷偷恋栈甯回，浊世滚滚终究舍不得说走便走。室内烟尘亦跟随风向微微摆荡，日光里，道士的身影轮廓恍恍惚惚、影影绰绰，似古庙的魑魅魍魉，一时得意忘形，来不及在黎明以前逃遁，远处传来几声鸡啼，他们注定魂飞魄散。

这一天，道士们目不转睛地望住电视，屏幕信号闪烁不定，隐隐见到一个白色盒子搁在画面中央，盒的四周是茫茫白沙，再外面，是漫漫无际的黯黑。忽然，电视机"哗"一声，信号消失，只留下不断闪动的灰线，像无数的小蛇，大家心头一紧，同声怒骂："屌！"幸好过了几秒，影像复现，盒子仍在眼前，白沙与黯黑也在，大家嘘了一口气，但亦是高声呼喊："屌！"惶恐与亢奋的反应相同，是生命的悲喜纠缠。

"来了！来了！航天员走下来了！"新闻播报员突然雀跃呼喊，似在火车月台上迎接久违了的亲人，恨不得冲上前热烈相拥。可是航天员在三十八万四千四百公里以外的宇宙，在月球，播报员却跟子明和道士们同在香港，在地球，只能透过电视转播窥探他的脚步。

电视屏幕上的白盒子是降落在月球的太空舱，屏幕细小，白盒子像盒中之盒。太空舱底下有四支脚架撑住，矮扁的舱体有棱有角，像焚化祭品的香炉，子明暗笑有几分儿戏。戴着圆头盔、身穿厚罩衫的航天员在播报员的欢腾声里缓缓现身，双手扶着梯把，颤巍巍地沿梯级往下走，一步，两步，三步，四步，五步，左脚先踏到地面，接着，是右脚。

"登陆了！登陆了！人类终于登陆月球！"播报员再次喊嚷，像足球评述员喜见球员射门入网。航天员站稳脚步后，提腿前行，边走边说话，说的是洋文，叽哩咕噜，子明没听懂半个字，幸而播报员翻译出大意，原来名叫阿斯壮的航天员说的是："我个人的一小步是全人类的一大步。"

播报员又读出电讯稿上的花边消息："美国太空探测控制中心提醒阿斯壮，登陆以后，请留意找寻一名中国姑娘。中国有个传说，一名叫作嫦娥的美女偷了丈夫的不死药，逃亡到太空，在月球一住四千年。她身边有只兔子，也有个在肩上扛着斧头的壮汉。阿斯壮回答控制中心，好的，找到之后，我会带她回来。"播报员最后加入自己的诙谐点评："四千年了，嫦娥一定非常想念地球，但说不定嫦娥和吴刚已经是老相好了，开枝散叶、儿孙满堂，舍不得离开……"

电视机前的人猥琐的笑声四起。站在了明旁边的启元道士攒眉道："吴刚几千年只对住一个女人，不如死咗好过！"蹲在地上的尚清道士手指一弹，把烟屁股凌空扔往窗外，笑道："嫦娥忽然见到个鬼佬，唔知道有冇兴趣开开洋荤？"启元道士朝他的屁股蹬了一脚，道："鬼佬钟意搞屎忽（方言，屁股），可能佢睇中的是斩柴佬吴刚……"

众人七嘴八舌地拿嫦娥和航天员说事，像一群胡闹的少年，再严肃的事情皆可牵动男女浮想。子明却在不迭笑声里突然忐忑不安，略有不祥的担心。道教相信天界六重天，包含欲界六天、色界十八天、无色界四天、四梵天、三清天和大罗天，鬼佬航天员登陆的月球，属于哪重天哪层界？找不到嫦娥，可找得到王母娘娘？玉皇大帝呢？太上老君？九天玄天？雷神风伯雨师？难道他们都躲起来了，不屑对鬼佬显现圣颜真身？万一鬼佬在月球上谁都找不到、看不见，万一苍穹确如电视画面所展示的寂寥荒凉，万一地球是人类爱恨的唯一戏台，是否意味着我和道祖们一直相信的人和事都不存在？都是假的？都不算数？道众们目睹航天员登月，谁还愿意相信天上有神仙？子明陷入浓重的迷惘，想道："这可得了，是大事啊。怎么办？怎么办？"目睹航天员登陆月球，他却亦似看见自己脚下的地板哗啦崩坍，刹那间，天翻地覆，茫然不知所措。

傍晚时分，阿凤站在厨房灶前切菜，子明蹲在门槛上，双手托腮，盯住她的背，她的腰，她的臀，胡思乱想，良久不说话，脑筋似在漫游太空。最后他终于开口道："可惜鬼佬航天员揾唔到嫦娥。"又道："我猜嫦娥的脸跟你的一样圆，屁股也是。"她偏过脸来白他一眼，怪他不正经，却又感动于他的不正经。

子明对阿凤说了一轮白天在道馆观看人类登月时的感慨。她没停下手，菜刀上下切动，右边胳膊的赘肉跟随菜刀颤抖，嘴里说着话，却似赘肉在替她发言："呵，你这真是杞人忧天。难道航天员找不到嫦娥，大家就不烧香拜神吗？家里死了人，不需要出殡打斋？中元清明，无必要上香念经？我也不相信洋人从此不上圣堂。鬼佬射他们的飞船火箭，你念你的《太上清静经》，他们在太空见不着神仙，你在自己的心里见得到，不就行了？你说过，世人不知道的事多得很，老天把你放在什么戏台，你便唱什么戏码，管它戏真戏假，最重要的是台下坐了观众。我被你说服了，你现在反而怀疑自己？"

听了阿凤的安慰，子明作势自掴脸颊，吃吃笑道："对，对。我糊涂。月球可以冇嫦娥，地球却不可以冇嘛吭佬，我更不可以冇你和孩子。妙哉！妙哉！"结婚以前他觉得阿凤像女儿，她聆听他讲道理，婚后愈久他却愈觉她似母亲，他听从她的叮咛。也许男人娶妻，最渴求也最难求的不外是听与被听，其余的，可有可无，而且不难找到替代。爱不是热情，亦非激动，也可能跟忠诚无关，而是她迷路了，你有耐心给她指路；你累了，她不嫌弃，坚持在旁搀扶。走着走着，一起走到终点，当然最妙是一起成仙。

结婚八年了，子明是一贯始终地瘦削，阿凤的脸庞和身材却坚定地在发福的路上狂奔，前四年是圆润，后四年是圆滚滚，衣服不合身了，修一修，穿在十七岁的丽萍身上，不浪费。阿凤在婚后找到了新的人生理想，拼命赚钱储钱，尽快买楼，目标是香港岛的房子，离开李郑屋村愈远愈好。他们住的苏屋邨非常靠近李郑屋村，阿凤走在附近路上，胸口时常不明所以地感到焦虑，喉咙似被一只无形巨手叉住，眼昏胸闷，有大祸临头之感。有一回发作得特别严重，腹胃抽痛，呼吸调理不过来，难过得蹲在路边，翻天倒海地呕吐。子明连忙拍抚她的背，四个孩子瞪着惶恐的眼睛站在路边，阿凤吐得双目泛泪，模糊潮湿里瞧见天恩，心里一酸，纵声大哭。她觉得像独自在漆黑的房间内跟怪兽搏斗，他们只能在门外担心。子明倒做了一件事，偶尔让阿凤喝他从道堂带回的"吕祖护心粉"，他说，信众们喝过都说能够减缓头痛。他道："这是吕祖传下的方子，我也对神粉念过咒。我和吕祖联手保护你。"其实那只是启元道士开的药方，把几种草药研磨成白色粉末，泡茶喝，宁神养气。阿凤听从，只为顺从丈夫的好意，而不知道是心理作用抑或吕祖显灵，也许是丈夫的爱心有神效，她不再头晕脑涨了。她满心欢喜。

子明这几年顺风顺水，费劲安排师兄弟在殡仪馆之间奔波打斋，累归累，收入倒是丰盛，回家后把钞票交到阿凤手里，她眉开眼笑，翌天一大早赶去恒生银行存钱，晚上临睡前把存折簿子捧在掌里翻开，凑近眼睛看过一遍又一遍，虔诚而隆重地反复检视数字，嘴边泛起满足笑意，仿佛纸张是泥土，自己的眼神是阳光和雨水，多照射多淋浇，数字会从泥土里拔高茁壮。

子明生意兴隆，因为身边有贵人：喃呒强。

喃呒强是子明的东莞同乡，亦是他的师弟，本名尹德强，道号清玄，跟他一起打斋几个年头，忽然说不干便不干，脱下道袍，摘下道冠，回家"继承父业"，接下父亲在官涌街市的肉摊，做牛肉佬。官涌本是山名，在尖沙咀和油麻地之间，清代有城墙和炮台，清兵跟英国海军打过一场史称"官涌之战"的胜仗。英国人割据九龙半岛后，把墙拆走，把山夷平，把狭窄的官涌道拓展成宽阔的佐敦道。"佐敦"，Jordan，就是那位怂恿袁世凯称帝的英国驻华全权特使朱迩典，道以人名，然而老百姓仍然惯称佐敦为官涌。喃呒强平素嬉皮笑脸，说话真假难分，他笑道："我以前揸桃木剑赚钱，现在揸牛肉刀搵食，同样是对付牛鬼蛇神。早就有相士批我，杀破狼主命，人畜勿近！"

过了五六年，喃呒强又莫名其妙地扔下牛肉刀，跟老友在大角咀的九龙殡仪馆旁边合伙经营"长乐花圈店"。他对一些朋友笑说："人生匆匆几十年，应该乜都做吓，千万别被缚死，被工作缚死和被女人缚死一样，都系憨捻鸠（方言，指傻子）！"可是他又对另外一些朋友笑道："以前打斋是'发死人财'，现在卖花圈亦是'发死人财'，许多人说我善变，其实刚好相反，我做人专一到无撚得顶！"

九龙本来只有摩理信殡仪馆，一九五九年大角咀枫树街增设了九龙殡仪馆，一九六八年旺角通菜街又设万福殡仪馆，每间殡仪馆有四五个礼堂，每堂早晚各有一场丧礼。九龙殡仪馆开张当天在《华侨日报》刊登头版广告：

"规模伟大，雄视远东。自动电梯，冷气设备。地点适中，来往交通便利。礼堂宽敞，可容千人叙集。丰俭由人，待遇无分贫富。忠诚服务，务令主家满意。特倡节约殡礼：一、中西棺木；二、棺内装裱；三、接体入馆；四、洁体化装；五、小殓大殓；六、出殡土工；七、礼堂拜祭；八、灵车出殡；九、公众坟地；十、墓前石碑。全部只收二百五十元。"

丧礼各项仪式环节都需要人手，造就了各类生意门路，嘴甜舌滑的喃呒强便有了更多的发财机会。他经营花圈店，又笼络了殡仪馆的黄经理，取得馆内部分白事的承包权，拿了酬劳，先抽走三成，余下的交给子明，让他安排道士兄弟执行斋务。喃呒强昔时在道馆常被子明照顾，他感恩图报。至于灵车出租、碑石刻工、棺材山地……几乎所有跟丧事有关的买卖，喃呒强都或多或少地沾了手，一来有黄经理在后台牵线，跟各路店铺合作抬价；二来有花店老板胡须榕在背后撑腰，对竞争者拳头威吓，双管齐下，喃呒强在中间抽成吃利，捞得风生水起。丧家们流着眼泪办丧事，他睁着笑眼数钞票。

胡须榕是喃呒强的生意拍档，江湖道上打混十多年，是"潘林十八靓"其中一人。潘林是洪门"联英社"创堂龙头，拳脚了得，专擅蔡李佛拳，外号"鬼脚潘"，曾在街头厮杀里以一敌七，凭的就是一双比棒棍还要坚硬的连环脚。他门下有十八个主力战将，号称"十八靓"仔，各自统领不同的地区分堂。喃呒强跟胡须榕合作无间，一个用嘴巴，一个用拳头，几年间，狠狠发了不少"死人财"。胡须榕多番对喃呒强说："你何不干脆来'联英社'斩鸡头，烧黄纸，做兄弟？十八靓变成十九靓！"喃呒强摇头笑道："唔好啦！做老板比做大佬过瘾，我钟意赚钱多过打架。"

喃呒强和胡须榕常到子明家里吃饭喝酒，厅室狭窄，大人坐在餐桌旁，阿凤另在门外走廊摆了矮桌矮椅，四个孩子在外面，隔着拉敞的铁闸，边吃边偷听他们说话。阿凤早已练就一手出色厨艺，在苏屋邨的街坊之间渐渐小有名气，顺宁道生祥酒楼的老板雇她一周帮厨两个晚上，她答应，除了因为有收入，更为了有机会偷师学习经营生意，打算日后开店，连店名也想好了，叫"明凤菜馆"。

每回围聚畅饮，胡须榕喝得涨红了脸，拉起沙哑的嗓门，拍桌敲碗地讲述老大"鬼脚潘"的江湖事迹。喃呒强则谈了不少殡仪丧务的钱财纠纷，他忿慨道："人一死，双眼一闭，双腿一伸，乜都不知道了，家属要处理的事情却可多呢！我们替家属奔走办事，让他们省下烦恼，有些人却多掏些钱便斤斤计较，刁那妈，还有脸自称孝子贤孙？"

一个晚上，他们离开后，十九岁的丽萍在厨房帮忙母亲洗碗，突然问道："妈，怎样判断一个人是好是坏？"

阿凤耸肩笑道："我以前听老人家说过，'男人要负责任，女人要明事理'，我猜，做得到这些的便是好人。"才说完，阿凤暗觉不妥，侧脸瞟女儿一眼，小心翼翼地问："哦，交男朋友了？有人追求的话，最好先带回家让妈瞧一瞧，你心地单纯，要学懂保护自己。"虽然丽萍心地良善，一直视后娘为亲娘，但一个"后"字始终是一道无形的薄墙,没事时没事,有事了,便是抗拒的借口。她们曾因小事吵得激烈,丽萍流泪说:"你凭什么管我!"嘴角挂着怨恨。后来虽然言归于好,阿凤由此惊觉必须谨慎,免得撞上那道墙,头破血流。

这回被问及男女之事,倒是丽萍急得跺脚道:"没有!我没有!"

阿凤缓声道:"别紧张。阿妈只是提醒一下。会有的,早晚会有的。"

丽萍不作声,半晌方道:"我只是听见强叔和榕叔讲那些乱七八糟的江湖事,又打架又敛财,明明是坏人,我想不通,老豆为什么还跟他们做死党?"

阿凤松一口气,笑道:"因为他们对你老豆好啰。"她拎起干布抹一抹手,望向厨房窗户,窗旁墙边钉悬着一面绿框小粉镜,她瞧见上半张脸,眼角的几丝皱纹,浮肿的灰黯的眼袋,忙了一整天厨务,头发油腻,天花板的小灯泡打在头顶,她清楚见到稀疏薄发下的鱼肚白色的头壳,像枯草燃烧过后留下的灰烬土层。早年吃过太多的镇定剂,医生已经警告会掉发。她现在很少吃药了,只偶尔喝子明从道堂带回来的吕祖神茶。

阿凤微微侧过脸,站在背后的丽萍出现在镜里,她赫然察觉女儿有三分似年轻时的自己,虽然不是亲生骨肉,也许相处照料了这么久,年深日长,再不相像的人亦会不知不觉地酷似。但也许不,这只不过是她的错觉,她渴望女儿替她重活一遍,享受风平浪静的青春,没有欺凌和担忧,只有快乐的歌声,单纯的,安全的,有个深爱的人,保护她,对她好。窗外楼下有个篮球场,场边四周团团竖着灯柱,白花花的射灯把球场的水泥地映照得像漠漠荒野,男孩子们在灯下奔跑打球,叱喝声浪从东边滚逐到西边,又从西边反扑到东边,像两族的野蛮人在追逐厮杀,凶心狠意地用最原始的手段摧毁彼此。忽然,入球了,败阵的一方齐声喊骂:"屌!"阿凤的心"噗通噗通"地跳,涌起久违了的莫名焦虑。外面世界乱糟糟,到处隐藏着危险,丽萍、丽珠和丽燕,日日夜夜踏足门外,脚步可会走得稳顺?可会安全?她再次记起母亲说过的那声"女人,苦啊!"那天听见的时候,她只觉得恨,此刻却另有沉重的担忧。她对着镜子拨弄几下头发,转过身,背向窗外的篮球场,仿佛想替丽萍挡住外面所有可能的风雨。

厨所狭小,两人几乎是身贴身站着,阿凤望向丽萍,柔声道:"人心隔肚皮,不容易看清楚哪个人好哪个人坏。但其实,谁都可以好,也谁都可以坏,视乎对着谁和做什么事。所以不如简单些,想想对方有没有对你好,你又愿不愿意对他好。但是,说到底,他对你好比较重要。做女人,不能不学懂一点点的自私。"

丽萍嘟起嘴唇,像孩子般用两只手掌捂住耳朵,撒娇道:"哎呀,太复杂了。做人好难啊!"

阿凤笑道:"傻妹,谁说过做人容易?"仿佛亦是在安慰自己。

六 花圈,花炮,花篮

丽萍身材袖珍,却有个翘突的鞋抽下巴,像遗照里的母亲。她在天台学校念了两年初中,不读了,到喃呒强叔的长乐花圈店学师,由老师傅陈伯手把手地传授扎造技术。陈伯对她很有耐性,只不过经常故意用手肘触碰她的胸脯,丽萍哑忍,不想替强叔的店添麻烦。三年后的一天早上,陈伯在茶楼啃豉汁凤爪，不小心扯甩了假牙，鲠住喉咙，一口气咽不下去，死了。毕竟是师傅，对丽萍坏过，也对丽萍好过，人不在了，一切烟消云散，她只愿记得别人的好。她相信一句老话：若只看其他人的坏，你将变成对方的垃圾桶；如果懂得领受其他人的恩惠和优点，你才有办法累积智慧。

长乐花圈店有六名员工，本来由陈伯领头，他死后，丽萍当了头，因为她的手艺好，又是喃呒强信任的世侄女。每夜下班已经很晚，一身花香陪她回家。有时候子明在殡仪馆打完夜斋，到花圈店等她，父女俩一起走路，途中在大排档坐下吃消夜，艇仔粥，油炸鬼，闲话家常。有一回，天气炎热，多喝了两杯啤酒，酒意涌起，子明叹口气，黯然道："你阿妈生前最鬼钟意食猪血粥。"丽萍见父亲双眼泛起红丝，不欲他伤感下去，连忙故作调皮地道："希望她唔好投胎做猪，变成粥水里面的猪血。"子明瞪她一眼，却又忍俊不禁，把嘴里的粥笑喷到桌上。他用手背抹一下唇，继续吃粥，把一块热腾腾的猪肚送进嘴里，边嚼咬边道："如果你阿妈知道我们做了同行，肯定开心死。"

"同行？你系喃呒佬，我系花圈妹，怎么会是同行？"丽萍不解道。

子明"咕噜"一声吞下猪肚渣碎，笑道："我们都在'发死人财'啊。"

丽萍哼道："我们只是做功德。他们给感恩谢礼，是应分的。这是强叔说的。"

子明点头道："当然，当然。除死无大事，人走了，梗系（方言，表示当然，肯定）要做得好好睇睇，否则强叔点会咁好生意。你勤力打工，以后存够了钱，自己开间花圈店，但千祈唔好开在'长乐'旁边，唔好抢强叔的生意，免伤感情。"想了一想，子明又道："除了做花圈，你最好学埋做花牌，开拓下其他本事，生人死人的钱都赚，生死通吃，呵，想穷都难。"

子明忽然想到喃呒强已经好一阵子没跟胡须榕来家里喝酒了。胡须榕常替喃呒强出头摆平买卖纠纷，但几个月前听闻他们略有生意合作上的争拗，猜想还没讲和。做兄弟，做朋友，因财失义是常见之事，共患难总易于共富贵，交恶而能不出恶言，已算难得。喃呒强倒守住了口戒，子明从未从他嘴里听过恶言恶语，至少，尚未。胡须榕却脾气暴躁，而且信邪，所谓"捞得偏，信得邪"，他不是例外。每年天后诞，胡须榕带领"联英社"手下到油麻地码头抢花炮，抢到了，摆桌请客，空手而回则脸色灰沉，见人就骂，乱骂祖宗十八代。子明曾在抢花炮场地目睹他把手下骂个狗血淋头，后生仔沉不住气，回嘴，拂袖而去，胡须榕大怒，从后执住他的衣领，捺在地上，用拳头狂揍后脑门，险些闹出人命。

抢花炮，其实是抢夺插在酬神花牌上的一支小竹片。工人用竹枝筑成花牌底座，撑起一面高耸的直竖木架，有的三四米高，有的高达九米，木架上面覆盖红布，上上下下插满鲜花，也层层叠叠地挂满纸扎的吉祥饰物，八仙、寿星、财神、龙凤、麒麟、门神、红灯笼，像满天神佛开派对般热闹。木架底座两旁悬吊着一块块的生姜和一袋袋的红鸡蛋，祈求多子多孙、开枝散叶，用食物召唤最原始的生育欲望。天后诞、洪圣诞、太平清醮的日子，民间例有打斋巡游，行业工会、街坊组织、黑帮堂口等等各路人马分别成立"花炮会"，募款造酬神花牌，一座一座地奉抬赴庙，沿途钹锣鸣响，由道士颂经引领，替天神开路，容众生沾福。花牌送到庙前的空地上，众人焚香拜祭之后，时辰到，抢炮。

花牌上的小竹片便是炮。把它拔出来，在尾端缠上火药，点燃药引，竹片应声弹射到空中。射竹像射炮，所以酬神花牌也被唤作花炮。而当竹片从天空掉回地面时，"花炮会"的代表蜂拥而上，你抢我夺，场面既热闹也混乱，更往往演变成混战，拳来脚去，有人受伤挂彩。但大家习以为常了，把抢花炮看成刺激的节诞娱乐，也从中考验胆识和力量。一支竹片是一个炮，十支竹片是十个炮，竹上写着号码，成功抢竹的"花炮会"可以把对应号码的花牌抬走，再把牌布上悬挂的吉祥饰物拆下，分派给成员，各自恭领回家供奉。花炮都有名堂，一号"发财炮"、二号"添丁炮"、三号"兴隆炮"、四号"鸿运炮"、五号"丁财炮"、六号"吉祥炮"、七号"平安炮"、八号"长寿炮"……名号背后都是堂皇的人间渴求，但都得卖力冒险争抢，无法不劳而获，正是人间实相。专横的港英政府自一九六七年起禁止民间使用火药，"抢花炮"只好改为"抽花炮"，像在赌桌上依靠手风运气，失去了争来夺去的激烈味道。可是依旧有人坚持老规矩，继续用抢夺的形式进行，大不了被警察罚款。胡须榕正是其中一人，他说："抢回来的才是好的。你不肯搏命，鬼都唔会同情你，老天爷也不会保佑你。抽？抽佢老母！"

思量了一阵胡须榕和喃呒强的矛盾，子明决定做和事佬，趁丽萍下周十九岁生日，嘱咐阿凤煮几道拿手菜，召唤他们同来。打定了主意，吃光了碗里的艇仔粥，子明埋单，跟丽萍并肩缓步走回苏屋邨。行经宝安道街角，风吹树摆，四周响起鸣鸣沙沙的声音，像孩子在哭也在笑。子明嗅闻到从丽萍衣衫上飘来的淡淡花香，忍不住有了感慨："中国人嘛，办丧事要送花圈，办喜事要送花牌，连打崩头去抢一支竹片都叫作'抢花炮'咁好听。生生死死，花开又花落，唉，都只不过眨下眼咁快，其实有乜好伤心，又有乜好高兴。"他不禁哼起对阿凤唱过的张三丰的《后了道歌》："走天涯，看世界，遇酒吃几杯，遇肉啖几块，化碗饭，塞皮袋……"

丽萍不嫌他啰嗦，因为心不在焉，根本没听进耳里。她一心一意想着日后开了花店，应该取个什么店名。她寻思道："何不叫作'玲玲花店'？"她忽然很想念她的母亲，阿玲。

丽萍的两个妹妹，丽珠和丽燕，初中快毕业了，旧邻居山东李继续带她们到片场跑龙套，说以后会推荐她们到邵氏电影公司做演员碰运气，李翰祥是他的老同乡，经常找他吃饭吹牛。这对孪生姐妹长相像父亲，手脚是不合比例地瘦长，小时候偶尔联手跟丽萍斗嘴，子明望过去，仿佛见到昔时的两个自己在欺负妻子阿玲，不由得心疼，悔恨没有珍惜短暂的相处，唯剩漫长的遗憾时光。阿玲临终前握着他的手说："三个女儿交给你，我放心。我只担心你辛苦。答应我，再找个人，你对她好，她也一定对她们好。"也许是阿玲在天之灵庇佑，也许是运气，也许是因果，子明遇上阿凤，她带来了天恩，当一家六口在桌前吃饭，他感到天地圆满，想象阿玲也隐隐坐于角落微笑。如果吕祖此刻给他丹药，吞服即可升天成仙，他亦会说："感激祖师爷大恩大德，可是，我不需要了。不如祖师爷赏个光，坐下跟我家人吃顿便饭？"

天恩六岁那年，子明带他到政府部门办妥"改名契"，正式由张天恩换称韩天恩。懂事了，天恩回到家里，认真地向母亲探问生父去向，幸好阿凤这些年来把故事想象了无数遍，早已备妥答案，就等他开口。所以她气定神闲地，比他更认真地说："你在我肚皮里的时候，父亲已经死了。淹死的。在深水埗码头掉进海里，找不到尸骸。以前家里有过火灾，照片都烧光了。他叫作陈世仁，但我让你跟我姓张。"世仁就是"死人"，阿凤恨不得他用一百种方式死一百遍。天恩目瞪口呆，流下眼泪，哭得满脸的口水鼻涕。阿凤任由他哭，待到哭声稍竭，她方对他道："记住了，你的爸爸是韩子明。父子的'子'，明白的'明'。你就是韩子明的儿子，你姓韩，你只有一个爸爸，无花无假。"

　　天恩噙着鼻子点头，半晌，追问道："你呢？你的爸爸妈妈在哪里？有没有哥哥姐姐？"

　　阿凤笑道："我是在保良局的孤儿院长大，不知道身世。猜想爸妈都死了。保良局的院长姓张，所以我也姓张，许多孩子都跟他姓张。"

　　天恩的眼睛又红了，他双手捂脸，泪水从指缝间汩汩涌出，蜿蜒到手臂上像分岔的河道。他呜咽道："我们都好可怜。"

　　阿凤"噗哧"笑了一声，道："可怜什么呀，我们现在不都过得好好的？如果爸妈对你不好，有爸妈不如无爸妈。傻仔，人生在世，谁没有困难？关键是要熬得住。熬过来便好了。"

　　天恩哭道："我们都没有爸爸啊。"

　　阿凤脸色一沉，道："你有！我刚才不是说过了？我再说一遍，你的爸爸是韩子明，你是韩子明的儿子。他非常非常惜你。"顿一顿，又道："你要先惜自己，要上进，要争气，然后才有能力去惜值得惜的人。坚强些，别动不动便喊苦。相信阿妈，生命很奇怪，你越喊，它越苦；你有事没事多笑笑，好运气自然会来。好运气喜欢跟乐观的人相处。你懂'乐观'的意思吗？那就是，在最坏的时刻都不要绝望。你绝望了，值得你惜的人便没人惜了，不是很可怜吗？"

　　在天恩的心中，母亲是个勇敢的人，经常对他和姐姐们说："别怕，试一下。试了不一定成功，不试却肯定不成功！"她鼓励他们探索世界。但他知道她有个很大很大的禁忌：警察。天恩自懂事以来已经明白，这两个字，不能说，不可提。电视上出现警察，父母立即熄掉。在路上迎头遇见警察，母亲马上别过脸，父亲则是满目悻悻，眼神里，既厌弃也愤怒。他们从来没对天恩解释过理由，他只听姐姐们在聊天时提过："阿妈说警察都不是好人，叫我们有咁远避远。"他曾经向父亲探问因由，父亲愣一愣，叹气道："细路仔，唔好问咁多。总之每个人都有怕，大姐怕蛇，二姐怕蟑螂，三姐怕老鼠，你怕狗。阿妈呢，她怕那种人。"天恩问道："咁老豆你怕乜？"子明笑道："我怕你们三个唔听话，唔生性，唔读书。对，仲有，我最怕你阿妈唔开心。"

　　天恩明白母亲对警察已不只是怕。有一天他跟母亲出门，她到士多（方言，杂货店或小商店）买罐头，他在店外玩耍，糊里糊涂地走到十字路口，迷路了，惶恐，纵声哭号。不远处跑来一个年轻的警察，挽起他的手探问安道："小朋友，唔驶惊，阿妈在什么地方？我带你找她。"

　　阿凤听见了哭声，走出店外，远远望

见天恩，马上发疯一样狂奔过去，一把抓住他的衣袖，转身离开。但警察仍未放开手，天恩被两边的力量拉住，因为痛，哭得凄厉。母亲正眼没看警察，一味低着头死命地拉、扯、拖，天恩觉得自己快被撕成两半。警察不忍心，终于放行，母子俩失却重心，一起仆跌在地上。天恩连声哭唤："呜……好痛……阿妈……"阿凤站起，二话不说把他抱进怀里，像逃难般冲过马路，几乎被一辆巴士撞倒，巴士司机往窗外喊骂："癫婆！嫌命长？"她抱着天恩低头疾走，一口气往家冲去，沿途几个罐头从网袋里咚咚咚地跌出，她没理会，心里只是恨，无比的恨，警察，天恩，她，竟然拉扯到一起。她恨曾经发生的一切，恨刚才发生的一切，恨人间一切的坏。

回到家中，坐在餐桌面前，她发现衣襟和臂袖糊糊地湿了一片，分不清楚是天恩的眼泪还是自己的眼泪。她伏在桌上哭，先是抽泣，哭声渐变惨厉，肩膀起伏剧烈如天地崩颓，天恩反而被她吓得安静下来，坐在客厅角落红肿着眼，愣愣地望着母亲。忽然，阿凤止住了哭声，冲过去抓起天恩的手，把他硬拉到厨房，转开水龙头，让流出来的水哗啦哗啦地冲刷他的手掌，那只被有枪的人触碰过的手掌。她拎起肥皂把他的几只指头前前后后地抹了又抹、撸了再撸，然后一直冲水，仿佛他曾经碰过世上最肮脏的东西，若不彻底洗净，不如索性把手斫掉。天恩的皮肤被搓得麻痛，茫然不知所措，只能又哭起来，蹬腿踢脚地喊道："放开我，放手！"阿凤在他的哭声里慢慢回过神来，如梦初醒，"呀"了一声，心一酸，颓然跌坐在地上，双手环腰抱着天恩，脸庞伏在他隆起的稚童肚皮上，眼泪沾湿了他的衣服，好热，好烫。

天恩升上中学了，却依旧是个爱哭鬼，双眼像水龙头，轻轻扭旋便"哗啦啦"地喷水，尤其在学校里受到了委屈，回家时眼睛红肿像两个枣子。天恩的三重眼皮常遭同学嘲笑长得怪异，说他是卡通片里的妖怪，又嘲笑那是透视眼，能够看透女孩子的校服裙子，女同学因此避之则吉，见他如见鬼。天恩唯有独来独往，孤僻沉默，把事情看在眼里、放在心上，没有死党，也不愿意有死党。有天在校又被欺负，天恩哭丧着脸回到家里，子明知悉原委，问他当时如何应对。天恩低头，沮丧地回答："我骂回去。"

"男人大丈夫，成日'流马尿'，笑死人了。"子明叹气道。又问："你骂他们什么？"

"我骂，我不是妖怪，你们才是妖怪！"

"这就没意思了，只有小孩子才会互相叫骂，'我不是狗，你才是狗'，结果大家都是狗，分不了胜负。你是中学生了，应该慢慢学做大人，懂得好好说话……"

天恩瞪着眼等待父亲提供人生锦囊，泪水又在眼眶里滚动；一激动，眼皮马上撑起像只弓背的猫，不作声却亦似在喵喵呜叫。

子明清一下喉咙，不缓不疾地往下说，但刻意抬高声音，让三个女儿听见，也算是家庭教育："有些时候，粒声唔出比讲一万句话有力得多。你是人，他们喊一百声妖怪仍然无法令你变成妖怪。如果你是妖怪，他们拆穿你，表示你法术功力单薄，自己应该反省。是人是妖，心里有数就够了，知道自己是什么和不是什么，比其他人怎么说你更重要。嘴巴长在别人的身上，你管不着。管得住自己才是最大的本领。何况骂是骂不死人的。与其骂他们，不如想办法气死他们。"他呷一口茶,捋一下新近蓄成的八字胡,才慢吞吞地把话说完:"你不妨说,没错,我确实有透视眼,看得见你已经三天没换内裤,又黄又臭,污糟猫,丑死鬼!"

丽萍和妹妹们在旁笑弯了腰。阿凤也笑了,然后安慰天恩,道:"记住,眼泪宝贵,流出来,最好只是为了疼你的和你疼的人,他们值得。至于其他人,尤其是你讨厌的衰人,呸,算了吧,他们不配!"

天恩认真听了。父母的叮咛像迎头击来的一记棒喝,把他重重敲醒,他忍不住埋怨他们为何不早些提出忠告。也许早已说过,只不过他听了只当耳边风,既听不懂也不在意。许多事情唯有到了吃亏的时候始会警觉,可惜往往已经站在悬崖边缘,回不了头。幸好此事之于天恩,为时未晚,早有早的好,但迟了,只要青春在,便有重新起步的本钱。

自从有了领悟,天恩痛下决心,不该哭的时候绝对不哭,不愿意再浪费半滴眼泪;至于何时是"该",他要自己说了算。他想起王小虎,他爱读的《小流氓》漫画里的男主角。王小虎精于腿功,虎尾腿、碎石脚、裂头脚、雷电神腿、九阳天残腿、降龙十八腿……腿功天下无敌,而且每天面对镜子苦练眼神,战斗时,双目一瞪,令对手不寒而栗,自己未战先胜。于是天恩有样学样,每天早上站在浴室镜前,直视自己的眼睛,想象三重眼皮是坚韧的盾牌,能够抵挡所有欺凌。浴室镜面常被水蒸气雾住,他凝神贯注,费劲寻找在朦胧雾气里忽隐忽现的韩天恩,越看越历历分明,我的脸我的眼,我的眉毛我的鼻子,我的唇我的耳,我的手和脚,肩臂和胸腹,我,独一无二的我。

日复一日,月复一月,天恩渐渐积累了坚定的控制力,眼帘上方像架设了水闸,他在心里喊停,泪水在尚未流出前已被刹住。在镜子面前,他用力阖上眼睛,再用力张开眼睛,似习武者扎马操拳,一天复一天,持之以恒不间断。到了一个早上,当他横起手肘,上下抹走镜面的煞煞雾气,朝镜里望去,见到的已是个眉目浓重的英气少年。

七　急急如律令!

一九七三年七月二十日,自觉意志坚强的韩天恩,哭了。而且哭得很惨,很惨,为了一个值得的人:李小龙。

天恩此时习武已有一年多,每天的下课钟声一响,二话不说地抱起书包飞奔到荔枝角道的"耀堂跌打医馆",扎马步,打木桩,师父聂耀堂是洪拳高手,近日开始授他"虎鹤双形拳"。这天练过功夫,回家吃晚饭,之后如常跟父母和姐姐们围坐在电视机前看综艺节目"欢乐今宵",之后又如常推门而出,到六楼天井空地练功,双臂开弓,二马钳羊,右手五指弯曲如虎爪,左手五指尖喙似鹤嘴,对着空气挥耍十来分钟已经汗流浃背,他感觉流出来的都是力量,满满的力量。武术壮大了他的体魄和魂魄。

练功结束,天恩返抵家门已是十一点四十五分,门里传出聒噪,他猜想是姐姐们在拌嘴,岂料甫进家里,丽萍对他高喊:"恩仔,大件事!"旁边的丽珠抢白道:"李小龙死咗!"

天恩睨她一眼,啐道:"乱噏廿四!"然后脱下汗衫走往浴室,丽珠却在背后把他喊住:"真的!新闻讲的!"他愣住,呆立在浴室门外,听见丽珠感叹:"咁后生就死,可惜,可惜。但系日后大家记住的永远是年轻的李小龙。可怜他的仔女仲咁细。"

丽珠和丽萍七嘴八舌地讨论先前在报纸上读过的李小龙桃色新闻,交换了暧昧的眼神。在旁的丽燕没搭嘴,继续把半个身子趴在餐桌上追读《心有千千结》,琼瑶新近出版的小说,她从书摊租来,明天傍晚便要归还,得赶紧看完剩下的二十多页。

子明在床上盘腿低头,眯起眼睛修剪脚皮,却不忘提醒女儿:"嗐,人死为大,别拿死人开玩笑。"丽珠不服气地努努嘴。子明又道:"阎王要你三更死,冇人过到三点几。可是老话说'死而不亡者寿'。李小龙咁打得,替中国人争光,他死了,但又等于冇死。他其实长生不老,等于升了仙、飞了天……"

阿凤坐在子明旁边,背靠墙,天气闷热,手里扇晃着葵扇,打断他,道:"报纸说过他的乳名是细凤。我小时候也被唤过细凤,亦算是缘分。对了,他的老婆是鬼婆,不知道几岁?年轻守寡,真阴功。"

家人吱吱喳喳地议论,天恩目瞪口呆地站住。电视新闻重复报道李小龙死讯:傍晚时分忽然头痛,吃过药,卧床休息,没料一睡不醒,晚上被送到医院紧急抢救,夜晚十一点三十八分由医生宣告死亡。看着听着,天恩双手不断颤抖。

怎么可能?他是李小龙啊!

他不会死,他不能死。别人可以,他李小龙不可以!

天恩仿佛突然被推进了一间伸手不见五指的暗房,电视机的声音,父亲和姐姐们的声音,整个世界的声音变得遥远空洞,像退隐到几千里外。他背后不知从何处投来一束白光,眼前拉开一墙银幕。他抬头望去,银幕上面是堂皇威武的李小龙,赤裸上半身,肌肉结实如钢,下身穿黑布裤,黑布鞋,双腿弹跳着,双手摆动着,凌厉的目光盯住前方,冷不防地,猛喊一声:"我打!"他蹬腿跃上半空,迅雷不及掩耳地蹬脚踢倒敌人。然而天恩此刻感受到的并非激动而是无比的荒谬。他的英雄他的偶像,李小龙,李三脚,勇猛强劲,战无不克,竟然说死便死。这太荒唐了吧?到底怎么回事?生命到底怎么回事?难道生命的一切尽是儿戏,只是儿戏?

天恩似被困在浓浓迷雾里,思绪乱了,呼吸也乱了,胸膛急促起伏,在天花板光管的照射下,脸色惨白像灵堂前摆放的纸人。他惊恐地闭起眼睛,试图理顺呼吸,待再张开眼睛,李小龙已经消散无踪,电视新闻却仍再次报道:"本台特别消息,功夫巨星李小龙……"天恩有血有肉地活着,李小龙也活着,可是只活在声音和画面里,在回忆里,在新闻里,在从此以后人们的悼念里。

屋里坐着五个家人,分别把目光投到天恩脸上。丽萍见他神色有异,问:"恩仔,没事吧?点解面青口唇白?"

丽燕倒明白他的心意,合上小说,柔声道:"生有时,死有命,李小龙再厉害,依然只是血肉之躯。冇法子,睇开些。"

岂料一个"只"字令天恩更觉悲凄。他无法接受偶像猝逝的悲痛事实,鼻头一酸,泪水涌上眼眶,于是扭身夺门而出,冲到楼梯间,坐下用双手环抱双膝,低头把脸埋在膝间,呜呜咽咽地哭。哭了一阵,担心被邻居碰见难为情,张开嘴巴轻咬手臂,舌上齿渐渐渗出淡淡的血腥味。天恩突然想起,血和泪都是流动的液体,而李小龙不是经常提醒大家,做人应该如水吗？"欢乐今宵"转播过洋记者对李小龙的访问片段，有字幕，天恩也听得明白那句"Be water, My friend, Be water"，然而到了心碎的这一刻，他才真正懂了。如水柔顺，如水坚强，方可如水无孔不入、无坚不摧。他可以因为李小龙之逝而滴泪而流血，但李小龙不会瞧得起这样的他。要尊敬李小龙，便该让自己充满无限的弹性，能够承受苦楚、化解生命的各种打击和挫败，设法跨越障碍。

天恩的胸腹忽然涌起一股强劲的气流。再寻思一会儿，他抬起头，用手背揉一揉眼睛，不哭了。伤心依旧伤心，但他选择做个强者。

天恩开始习武亦全因迷上了李小龙。他喜欢金庸的小说、张彻的电影、黄玉郎的漫画，如饥似渴地追看追读，拳脚的犀利，侠义的忠诚，在他眼里都是男子汉的向往目标，而李小龙之于他，更是所有英雄角色的汇集，而且是真实存在的人物，活生生的血肉之躯，跟他同时同地，同呼吸。自从一九七一年看过《唐山大兄》，迷上了，天恩把能够读到的李小龙访问都读了。李小龙经常在访问里讲大道理，有些天恩听得懂，有些却不，像什么"以无限为有限，以无法为有法"，他便不知所云。但李小龙说"仅是'懂得'是不够的，必须'应用'出来；仅是'渴望'是不够的，必须'实践'出来，修习功夫并非为了击碎石头或木板，而是用功夫影响思想和生活"，他听了非常震动，最大的对手原来是自己，天地辽阔，独立苍茫，高手的每道招式都是在对自己施展。天恩记住了。李小龙的立身处世正是最好的示范，他有深度近视，所以努力研习咏春的"闭目藕手"

和"寸劲"，在近距离内挥拳制敌；他有扁平足，走路不稳，所以发明了强调跳跃动作的"截拳道"；他下体有一边是"隐睾"，按常理来说无法生育，他却有办法让妻子诞下一子一女。克服弱点，甚至把弱点转化为优势，李小龙让天恩敬佩得五体投地。年轻的日子像在迷雾里航行，找到值得崇拜的偶像，等于手里有了引路的航海图，而天恩，找到了。

天恩那年是在大坑东邨"美丽宫戏院"看的《唐山大兄》，夜里散场，心潮澎湃地奔跑回家，唯有急速跑动能够镇压住沸腾的血液。初夏的风似血般热，迎脸冲撞过来，两边耳朵嗡嗡作响，他像一艘装了马达的快艇，轰隆地朝前驶去，但不确定目的地何在，只知道停不下来，停了，艇翻人沉。就在这刹那，他决心习武。先前并非未曾考虑学功夫，却一直拖延，直到这个晚上才立志跟李小龙一样用武术掌控自己的生命。可是，马上有了疑问：应该拜谁为师呢？

他琢磨一下，想道："既然李小龙曾向叶问学习咏春，新闻纸又说叶问仍然在世，那当然应该拜到他门下。成为李小龙的师弟，死亦甘心。"

翌晨睡醒，天恩急步走往桂林街"信兴酒楼"向胡须榕探问意见。胡须榕正跟几个手下狼吞虎咽地吃着虾饺烧卖，招呼他坐下，听过他的想法，笑道："世侄，太迟了，叶师父快八十岁，收摊咗山（方言，'金盆洗手'的意思）！话时话，咏春的功夫姐手姐脚，不学也罢。不如我把你引荐给聂耀堂师父，他是我老友，洪拳了得，早年拜黄飞鸿徒弟林世荣为师，又跟黄飞鸿老婆莫桂兰学过拳，论辈分，是黄飞鸿的三传弟子。"天恩双目放亮，连连点头。他从小看过许多以黄飞鸿为题的电影，男主角永远是关德卿，大坏蛋永远是石坚，一忠一奸，正邪分明，在拳来脚往里宣示礼义廉耻，若能跟黄飞鸿扯上关系，天恩觉得是莫大的光荣，由是对榕叔感恩不已。

第二天傍晚，天恩依约往找胡须榕，跟在他身边到耀堂跌打医馆，来到门前已经被跌打酒的强烈气味呛得连咳数声。跌打馆设在荔枝角道上，馆内左右摆着两排矮木椅，三个小伙子在替客人抹药酒、搓肩膀、压膝盖，男女客人不约而同地"唉——哟哟"地喊痛，嘴角挂着的笑容倒是舒坦。聂师父坐在房间里抽水烟，抬头望见老友胡须榕，愣一下，笑道："咁撚耐（方言，这么久）唔见，仲以为你死咗？"胡须榕也朗声大笑，道："我死咗，你记得去我间花店订个大花圈！肥水不流别人田。"

聂耀堂头顶刮个精光，眼如铜铃，络腮胡，一身灰布短打，两只臂膀粗壮得似快要撑破衣衫。他和胡须榕坐定叙旧，聊及江湖近事，胡须榕满腹牢骚，抱怨湾仔"新兴社"龙头花王二企图染指九龙这边的鲜花批发生意。聂师父追问"联英社"如何应对，胡须榕道："讲唔掂数便打啰，江湖规矩本来就是打出来的。"

聂师父点一点头。他并非堂口中人，但知道门下有几个徒弟是"联英社"的人，徒弟能打，表示师父教得好，他高兴。江湖江湖，从来不是风平浪静，就算站在岸边观潮亦易被沾湿衣衫，但只要不被冷得伤风感冒，不算什么坏事。他祖辈于清末从山西逃荒到了广西，沦为乞丐，再辗转跑到广州，不知如何发了大财，所以他自出娘胎已是受宠的西关少爷。他出生那年，中国没了皇帝，他爷爷却经常把他抱在膝上说皇帝故事，天花乱坠，他由是也学懂了吹牛的本领。他父亲望子成龙，送他上洋学堂，他却不喜读书，只喜欢嬉玩冶游，城里人都在背后唤他作"三耳恶少"，他则抱怨如果皇帝仍在，只要家里捐点钱，就算大字不识半个亦可当个威风八面的官，新时代之于他，是个坏时代。

陈炯明被孙中山指派的蒋介石东征军打败，南逃香港，聂耀堂父亲因为在生意上跟陈炯明有牵连，担心遭到清算，举家移居香港，没想到住下不到两年便病逝，那时候被喊"堂少爷"的聂耀堂承继了大笔遗产，由西关少爷变成香港少爷，嫖赌饮吹不在话下，没几年便把祖产花得八八九九，他全家从上环搬到湾仔，开了一爿五金小店，也为了修心养性戒赌，到石水渠街的林世荣医馆拜师习拳。堂少爷口甜舌滑，常拍师父马屁道："黄飞鸿师祖是广东十虎之一，师父你则是香港十虎之首，有过之无不及！"千穿万穿，马屁不穿，林世荣对他教导得特别用心，但未几返回广州定居，临行前不忘把他引荐到师母莫桂兰的黄飞鸿国术社，专学五郎八卦棍和狮艺，但因为考虑辈分，他只能唤莫桂兰为师太。

"广东十虎"是清末民初的武林高手，各有名号：鹤阳拳王隐林、九龙拳黄澄可、鹰爪王苏黑虎、软绵掌周泰、侠家拳谭济筠、醉拳苏乞儿、七星拳黎仁超、铁指陈陈长泰、铁桥三梁坤、无影脚黄飞鸿。堂少爷小时候在广州听过不少关于他们的江湖奇闻，自己当了教头，闲来无事也对徒弟们说了又说，天恩是其中之一，自然听过不少。天恩想象武林前辈们是参天巨木，有根有源，而自己习武以后，忽然觉得踏实，有了归属依靠，仿佛找到了一个落脚的角落,尽管那只是个微不足道的位置,细小而卑微,他却有莫名的、厚实的温暖。说不定日后自己也会成为另一棵顶天立地的大树。他还年轻,他自信会。

为替"日后"作好准备,天恩替自己预想了一个武林诨号:火眼金睛韩天恩。他喜欢阅读的《小流氓》漫画里有个人物叫作"火眼神童",眼皮层层叠叠,眨动起来似汹涌袭来的波涛,能让敌人目眩头昏、浑身瘫软。这家伙是火云邪神的手下大将,脸善心狠,天恩觉得自己的一双眼睛正是"火眼",沾沾自喜,认定背后裹藏玄机,也许漫画预告了自己将在武林扬名立万,但漫画人物只属想象,他却有血有肉也有痛楚和汗水,如叶问如李小龙如黄飞鸿,如现实武林里的所有好汉。

天恩拜入聂耀堂门下,先从马步学起,洪拳十二桥马、四平马、子午马、伏虎马、麒麟马、独鹤马、钳羊马、吊马、败马,统统要学一遍。每回从武馆回到家里,双腿酸麻颤抖,恨不得跟它们一刀两断。但他只敢对母亲说是踢足球,因为知道她反对。

最初听见天恩提出习武,阿凤确曾盛怒,厉声斥道:"习你个头!武馆是烂仔馆,去了武馆就会做烂仔!你做了烂仔,便不要认系我个仔!"当她把"烂仔"两个字说到嘴边,鼻头一酸,扑簌簌掉下眼泪。李郑屋村的那群烂仔,不堪回首的那个下午、那段伤痛,无论过了多少年,仍常像鬼影般袭来,像一条咬住她不放的蛇,像一把深深插在牙龈上的铁钩。至于那个贱人,那个手里有枪的"有牌烂仔",更让她一想起便咬牙切齿。她不忍心跟天恩直说,你的身体流着一个贱人的血。

天恩被母亲的反应吓了一跳。他理解她的担心,但不明白她的激动,跟母亲争论无果后,他往找父亲商量。韩子明觉得男孩子习武并无不妥,强身健体,行侠仗义,是好事。他年轻时在广州也练过一招半式内家拳,后来道事缠身,搁下了,如今眼看儿子热衷武艺,不禁盘算自己亦该重新练功,毕竟上了年纪,得好好维护五脏六腑。况且道教仙人都是武术高手啊。吕纯阳飞剑斩黄龙,王重阳擅使三花聚顶掌,全真七子各有绝招,张三丰更创建了武当派,武界常说"北尊少林,南崇武当",道脉里有拳脉,子明惭愧自己只亲近了其一,余下的一半若能让儿子接上,是值得欣慰的圆满。所以他偷偷塞钱给天恩缴付武馆学费,提醒他道:"你大个仔了,要懂事。有些事情,做了便算了,说出来会让爱惜你的人难过,何必呢?"

有一天子明带阿凤到"小蓉记"吃云吞面,趁机规劝,故作不经意地道:"仔大仔世界,天恩想学武,由他吧。我看他品性单纯,不会做烂仔。学好了功夫,反而可以打坏人。"

阿凤的心重重地震了一下。打坏人?对,打死所有坏人!她忽然想象天恩在李郑屋村街头转角处跳出来,挺身阻挡坏人对她的劣行,拳来脚往,他们溃败四散,天恩把她从地上搀扶起身。一股热气在她胸里回荡,似在肃杀的寒夜里有人给她披上一件厚暖的外套,牵着她的手走离荒野。

但阿凤转念又觉得非常不对劲。她想道:"贱人当天若被阻挡,后来便不会出现天恩,也等于打碎了她的今天。天恩不存在了,她恐怕也遇不上子明,身边也不会有丽萍丽珠丽燕,她会走上其他的路,遇见其他的人。总会有别人吧?应该会有的吧?"寻思一番,她不免心虚。是会有其他的路，但不见得更平坦；有其他的人，亦不见得更能让她快乐。也许会，也许不会，她无法确定。她只明白，一旦有过便难再去想象没有，子明和孩子们给过她的温暖和快乐，不可能像茶水般只要把碗一翻转便统统倾倒进沟渠。事实不会如此，她亦并非这样的人。可是，她所经历的痛苦亦是千真万确，如果经历痛苦只是为了拥有他们，可真值得？他们的存在坐实了她不堪回首的折磨，而他们到底是苦难存在的证据，抑或是苦难之后的慰藉？难说，难辨，难明。

无数的问号像一阵一阵的热风吹向阿凤的脑袋，她头昏脑涨，两颊一阵热一阵寒，分不清楚亲和怨的界线。生命难有简简单单的爱。这一刻，坐在她眼前的子明仿佛突然消失在空气里，先是两条腿，然后是身体，再之后是脸，周遭所有人所有物都被抹走，她被遗弃在空旷无垠的荒野上，阴冷至极。她凄然而慌乱，禁不住深深叹一口气。

"做乜眼光光似撞邪？驶唔驶我烧杯符水俾你饮？"正在吃面的子明把筷子停在半空，逗她道。听见了他的声音，阿凤定下心来。他在，原来他真的在。那么天恩和丽萍她们亦是真的在。

阿凤摇摇头，心底泛起酸楚，眼前潮湿一片，视线模糊地望着子明，她忽然非常忧虑他再度消失。咫尺天涯，毕竟可以只是眨一下眼皮的事情。

子明以为阿凤身体不舒服，连忙付账陪她回家，半路上，她忽然说想去花墟买几束百合。百年好合，她如斯盼望。正值十月天寒，她挽着子明的臂肘，手掌在他的毛绒外套上摩挲，手心涌起热气，是切切实实的温暖。她抬脸对他嫣然一笑。子明把脸凑近她，用暧昧的语气道："你今天有些莫名其妙。走，孩子们都出去了，我们赶快回家。"阿凤白他一眼，脚步反而拖得更慢，因为心里暗暗做了个严肃的决定：同意让天恩习武。她要他保护她，保护家人，在乱七八糟的时代，唯有家人能够保护家人。

天恩从此光明正大地习武，每天下课后连跑带跳地去聂耀堂的医馆，有时候在师兄的督导下练马步，有时候由聂师父指点练拳，要背诵一堆桥手口诀：刚、柔、逼、直、分、定、寸、提、流、运、制、钉；又有穿、沉、分、架、摸、推、寻、磨、挂、撞、锁、劈。他却不嫌烦，比在学校读唐诗宋词更觉津津有味。阿凤经常煲老火汤让他滋补气血。有一回天恩练拳时不慎扭伤左臂筋肉，师兄替他敷了跌打油，他带着浓重的酸气回家，阿凤以为他被试招的师兄弟打伤，心疼地说："哎哟，拳脚无眼，学拳归学拳，但要先学识惜住自己。"顿一顿，又道："学了拳，记得要做个好人。锄强扶弱就是好人。"

其实不必母亲提醒，他着迷的《小流氓》漫画主角无不锄强扶弱，他们不仅是好人，他们是英雄，天恩心中的大英雄。

阿凤不反对天恩学武了，而且变得格外关心，日夜留神他有否疏懒拳脚，仿佛练功才是正事，读书考试反而无所谓。天恩本来就无心读书，成绩如今每况愈下，厚厚的拳谱他读得津津有味，可是面对薄薄的课本，翻不到四五页已经眼皮沉重，看来能够勉强把高中念完已是奇迹。他曾向父亲探听母亲为什么有了态度变化，子明随口笑道："她被你感动了。"天恩也被父亲这句话感动了。原来世上有力量的不只是拳脚，亦是意志。他更不可以辜负功夫。

子明亦有一套支持儿子的办法。他是道士嘛，用的当然是道术，心诚则灵，至少会"灵"在心里，带来盼望。所以他选了个吉日，叫天恩到海坛街的韩道馆，跪在张天师塑像前，上香。子明手持桃木剑在天恩背后对空挥耍，又当当锵锵地摇响铜铃，前后来往蹀动碎步，口中念念有词："赫赫阳阳，日出东方，吾今祝咒，扫尽不祥，遇咒者灭，遇咒者亡，天师真人，护我身旁，斩邪灭精，体有灵光。吾奉太上老君急急如律令！"

天恩站起身，子明递来一张长长窄窄的黄色纸条，上面有朱砂红画。子明道："这张'朱明符'，你以后走到天涯海角，记得都要带着，它可以保佑你拳脚不侵。"

天恩对这玩意儿毫不陌生，自小常见餐桌上搁着一叠叠的黄纸，他好奇翻览，都是些奇图怪画。父亲对他解释过，符和咒都是给鬼下达的命令，叫他们乖乖听话，否则必受惩诫。道教的口念咒语通常终结于"如律令"三字。律，是天律，天比鬼大，天的律令，鬼须听从。纸符上面的图画，乍看深不可解，但不过是用一些奇特的方式把现成的文字变形，再重新拼合。子明昔日曾经从桌上捡起一张符，对天恩说："这叫作'都匠符'，防盗贼、防风灾，你看像不像上下重叠的四座宝塔？"天恩眯起眼睛凑近端详，点头答像。子明笑道："其实每座塔都是相同的五个字。合，明，天，帝，日。它们代表阳刚之气，神圣之令、帝力之护，警告强盗小偷和阴风邪雨不可来犯。"

天恩瞪大了眼睛，仿佛在一团杂乱的麻绳里找到了绳头，只要轻轻一拉一扯，便可解开纠缠的死结。子明再捡起一张符，得意地说："你仔细看看这张专治腹泻的'压魅符'，见到什么了？"

"最上面的应该是个'山'字？"天恩嗫嚅道，没有十成把握，却又并非全无把握。

子明笑道："啱，是山。山下面有水，水下面是个有名有姓的鬼，叫作'魅'。人之所以腹泻，是因为居于山间水泽的'魅'在捣乱，压住了他，便万事大吉。写符，有时候要把鬼名写出来，所谓'子知鬼名姓，鬼自趋走，不敢害人'。你写出鬼的名字，等于指着鬼的鼻子来骂，你的胆子愈大，鬼的胆子愈小，人便愈安全。"

子明这回交到天恩手里的"朱明符"是个奇怪的图画，天恩拎在手里举起，抬头眯眼看了一会儿，慢慢读出四个字："弓、朱、目、目。"子明含笑道："妙哉妙哉，孺子可教也。很接近了，但不是两个'目'。那是一个'日'，一个'月'，合起来是'明'，明白的明。古人说'夏为朱明'，是夏天的旺盛阳气，适宜万物滋长。弓是弓箭，是护身的武器。把'弓'和'朱明'拼在一起，百鬼畏服，摧邪驱阴，保证让你的拳头一天比一天硬净。"

天恩嘟一下嘴唇道："呃鬼咩！"

子明轻拍他的后脑袋，道："神明面前无戏言。"

八 醒哥

韩子明当年奉父命从广州来港开堂，把韩道馆设在油麻地上海街。过了七八年，拜忏问卜的善信多了，地方不敷使用，道馆搬到深水埗的海坛街，附近馆堂林立，醉道人的青松观后来亦设坛于旁边的大南街上，道士们经常穿道袍、戴道冠，在路上匆忙疾走赶开工，一幢幢的唐楼，喃呒颂经之声隔窗传出，天空和地面都仿佛盘腿坐着各路执拂神仙。子明每回行经大南街一百六十四号的六层高楼，抬头望见墙上刻着的"道教青松仙观"六个黑字，楷体直书，羡慕得紧，但他有自知之明，不可能像醉道人何启忠一样创宗立派魄，能够守住小小的韩道馆，养妻活儿，已算做了人间功德，不枉尘世走一回。老话常说"性命"两字，人的际遇起落，确实关乎命运也牵于性格，如脚踏车的两个轮子，前轮缺不了后轮，后轮亦离不开前轮。他早就认了。

"醉道人"只是何启忠的别称，他嗜酒，仿佛酒中自有正道，酒醒时才是梦境。他道号"诚意"，自称全真教龙门派第二十四代弟子，更谓明代道士黄玄宪奉吕祖降乩之命，从龙门派里另开至宝派一脉，而他是至宝派的传教真人。关于黄玄宪的来龙去脉，从来未有可供查考的史料，但何启忠说，有，肯定有，他见过。他也见过吕祖，也见过观音，也见过满天神佛。他出生于广东顺德县羊额乡，二十一岁在罗浮山冲虚观学道，五年后在广州杨巷一间废置的纱绸店阁楼设立"齐善仙坛"，扶乩开方治病，渐渐有了名气，把仙坛迁至西关宝盛沙地，易名"至宝台"。二十世纪五十年代初，何启忠南下香港，跟至宝台的其他真人在油麻地共设新坛"青松观"，获吕祖降鸾派诗："紫云绕九龙，万世振玄风，真一无上道，飞身达帝宫。"

子明不曾见过何启忠，也没机会见了，因为醉道人已于一九六七年羽化证道，五十一岁。但他常听韩道馆的启元道士谈到他。韩道馆尽管冠上子明的姓氏，可是有几分似合伙的公司，道兄启元分摊了开支，并在道馆一角摆了桌椅，替酬神问卜的善众把病脉、开药方。启元出身于广州富裕之家，爷爷中过举人，做过县官，他自幼衣食无忧，好舞文墨，尤喜研究方药医道，常跟道侣往来，经历连场战乱后，家道中落，惊悟南柯不过一梦，遂到三元宫学道，属全真教一脉。二十世纪五十年代，启元到了香港，做小生意，发了小财，四十五岁那年干脆重披道袍，在道堂之间挂单问诊，闲时常到西环跟文友们赋诗吟唱。西环坚尼地城山市街与李宝龙路之间的山坡上，由上而下有七幢唐楼，合称"西环七台"：太白台、羲皇台、青莲台、桃李台、学士台、紫兰台、李宝龙台。楼名风雅，骚人墨客和商贾名流喜来雅集，其中又多学道之人，附近又有抱道堂和云鹤山房等道堂，每周皆有文酒高会，常见醉道人的身影。有一回吕祖诞，醉道人在唱酬之际喝得七分醉，口占一诗：

> 亦儒亦佛亦神仙，万化原来法自然。袖底青蛇腾剑气，杯中醇酒度流年。乾坤浩荡归元始，道德虚无记五千。三醉岳阳前日事，麻姑且莫问桑田。

启元在韩道馆把此事说了又说，子明听多了，背下来，回家后对子女吹嘘是自己的诗作，阿凤在旁捂嘴揶揄道："大话道士，认屎认屁！"

韩道馆是韩子明的大本营，但他奔波于外面的红白斋仪，每天只回来一阵，馆内仪务悉由师弟尚清打理。道堂收入主要来自香油敬钱、打斋礼金、骨灰牌位以及药方诊费，扣除了支出，子明占五成利润，启元占三成，余下的给尚清。他们相信这些都是生意，却也是功德，所谓"道不离慈"，道教向来把慈善视为事功，亦把功德实践为善行。启元曾对子明提到黄大仙祠挂的吕祖乩文："善救群生理本然，济人危急是神仙；坛开亦为行方便，台畔诸生志贵坚。"他道："咁即系话，我们就算做唔到天上神仙，仍然可以做人间神仙。"子明点头笑道："仲可以揾埋两餐啊。妙哉，妙哉。"

启元道士本名李兴生，比子明年长四岁，比尚清年长九岁，但看上去却比他们年轻。他认为这是行气之功。他钻研葛洪的《抱朴子》和《内篇》，虽不至于相信自己能够成仙，却喜依随书中指引锻炼。葛洪说"行气可以治百病，或可以入瘟疫，或可以禁蛇虎，或可以止疮血，或可以居水中，或可以行水上，或可以辟饥渴，或可以延年命。善行气者内以养身，外以却恶，然百姓日用而不知焉"，启元深信不疑，身体力行，早晚定时到公园的大树下服气、食气、吞气。师弟尚清也读过《内篇》，但最感兴趣的并非行气而是"黄赤之术"，即是房中术。他向启元请教书内述及的"还精补脑"要诀，启元调侃道："你清心寡欲三年，精脑自然合一。"尚清啐道："别说三年！只要三日唔碰女人，我个脑袋就便秘！"他常到深水埗码头的骑楼底找女人，当然不穿道袍，但偶尔兴起，额外多付几块钱叫女人脱个精光躺在袍上。

启元结过两次婚，第一个老婆在广州被日本鬼子的炮弹炸死，第二个老婆在香港挟着他的钱跟福建佬跑了，他无所谓，精神心力都放在养生术上。他练气，也炼丹，韩道馆所在楼宇有天台，天台上有房间，他占用了，摆满瓶瓶罐罐，里面是五颜六色的药材、药粉、药水、丹砂、水银、硝石、滑石、赤盐、砒霜、雄黄……房间像个实验室，他站在木桌前面，化学家似的把不同分量的材料从这瓶倒进那瓶，又从那瓶倒进另一个瓶，左搅右拌，右烧左煮，调配出各式名目的"启元长生液""启元长生丸""启元长生粉"，打算日后找药厂合作生产出售，非为谋利，纯粹广济群生。子明好奇到天台房间探看究竟，站到门外已经嗅闻到浓烈的异味，甫进去，一阵阵酸臭冲鼻而来，呛得他差点呕吐。启元曾把一碗黑如墨色的药汤端到他面前，笑道："饮了这碗'启元长生汤'，返老还童，长命百岁。"子明蹙眉摇头。启元白他一眼，然后仰颈把热汤咕噜咕噜喝光，抹一下嘴，道："汤里有毒素，但系人体里面也有毒素，用汤毒杀死体毒，以毒攻毒，五脏六腑干净哂。"子明吐一吐舌头，佩服道兄的胆量，他想道："长命百岁，岂不是要亲眼见住老婆仔女一个个死去？太惨了吧？算了，生死有命如四季，春夏秋冬是自然规律，终究道法自然比较妥当。"后来他倒向启元要了一些清心宁神的药粉，阿凤这阵子常觉头痛，睡眠不稳，他嘱咐她把粉末混在吕祖神茶里喝，果然奏效，她夜里倒头一睡到天明，而且呼噜连声，把子明吵醒。但他从未抱怨。阿凤的鼾声让他感到她的切实存在，仿佛她虽在梦里却仍对他说话，舍不得把他阻隔在梦境以外。多年前的丧妻之痛令子明渴望牢牢抓住身边的一切，要见到，要听到，要触摸到，要确认到，否则难受难安，像在午夜荒野迷途。

这一年的三月上旬，连夜失眠的人反而是子明，为了一个人，一个他一直想见到却从未见过，更从未想过会在韩道馆里遇见的人。

盛浩仁，醒哥。

盛浩仁在李郑屋村暴动平息后继续当差，阿凤跟他完全无关了，如水过无痕，他的江湖仍然是他的江湖。他对她做的事情，有如他在船边朝船外吐痰或者撒尿，吐完撒完便完，丝毫不放心上。但过了四年，他翻船了。盛浩仁跟一位有钱佬的姨太太搞上了，被捉奸在床，有钱佬在破门而入以前偷听到两人的淫声荡语。男人问女人："怎样？他比得上吗？"女人的叫声像杀猪，道："不能比！不能比！他是废物，废柴！"有钱佬怒不可遏，带同保镖冲进去，冲突一轮，保镖夺走盛浩仁的佩枪，交到老板手里，有钱佬轰隆两响在姨太太胸前射出两个血洞，然后报警，诬告盛浩仁谋财害命。

闹出人命，初时，九龙区总华探长蓝刚费力保住盛浩仁，因为不希望港岛区总华探长吕乐有借口攻击他领导无方。他和吕乐隔着维多利亚港，各管各的地头，虽然都是洋人政府里的差仆，却都是华人老百姓头上的土霸王，谁也不服谁，大眼瞪小眼，互相提防。蓝刚亲自在拘留所审问盛浩仁，然后派人揪出当天的保镖，胁迫他抖出内情。当差二十多年，向来只会对疑犯苦打成招，用拳头强迫做伪证，万料不到这回倒过来，要用武力求真。盛浩仁不禁苦笑。可是有钱佬亦非善类，他给蓝刚的洋上司送了大把的钞票，又动用权贵关系，非把奸夫用谋杀罪名处理不可。蓝刚唯有对盛浩仁说："有钱确实大晒，算你同我都唔好彩。"盛浩仁却不认命，夺枪挟持狱警，仓皇逃出拘留所，连夜搭船偷渡到菲律宾马尼拉。

在香港的时候，盛浩仁是"有牌烂仔"，到了异邦，干脆做没有牌的烂仔，相同的是手里仍然有枪，他投靠"六合堂"，大路元帅是陆北风。港英政府在李郑屋村暴动后把几千个烂仔驱赶到台湾，湾仔"新兴社"龙头陆北风早前得罪洋警官，被公报私仇，明明跟暴动无关，却被列入驱逐名单，但他遇上台风沉船，阴错阳差地流落到马尼拉，折腾了两三年，终于在唐人街站稳阵脚，打出了一片天空。华人尊称他"风哥"，菲律宾人喊他 Bagyo，风，从中国吹来的风；驻守当地的美国大兵叫他作 Happy Wind，快乐的风，你只要付钱，他有本领替你找来世界上所有使人快乐的东西。

"六合堂"是六个华人帮会的联合组织，各堂另有名号，六合天义堂、六合和合和、六合潮兴义……陆北风既是"六合堂"总堂主，亦是"六合新兴社"老大哥，他的香港江山交由"哨牙炳"全盘打理，菲律宾的新社等于分枝，他是那边的太上皇，更是这边的土皇帝。盛浩仁拜在六合新兴社门下，受到陆北风赏识，负责军火走私买卖，捞得风生水起。一九七五年春天，成立不久的廉政公署雷厉风行打老虎，"四大探长"中的蓝刚、吕乐、韩森分别逃窜到加拿大和台湾，只有颜雄不信邪，继续在油麻地果栏勾结毒枭。上任四年的港督麦理浩大手大脚地推动房屋、医疗、教育等福利政策，香港换天，变了新香港。而对盛浩仁来说，最重要的是有钱佬已经病逝，当年姨太太的命案不了了之，他可以大模大样地回来了。然而此番重临旧地，他并无久留之意，因为他在马尼拉已经三妻四妾、金银满屋，香港之于他只是走私的转运站、发财地，他归来暂留，只为把亡母的骨灰供奉到父亲身边。

盛浩仁的母亲生前被接到马尼拉，享了十年清福，病逝后火化，留下遗愿，要求儿子把骨灰送回香港。他的父亲早年在抓贼时被推下楼身亡，葬在新界的和合石坟场。盛浩仁返港后，替母亲办妥丧事，因而结识了喃呒强。喃呒强建议他在韩道馆替亡母供设灵位，地点在深水埗，比较方便香港的亲戚朋友常去上香。盛浩仁虽嫌韩道馆的格局太小，但喃呒强把丧事办得周到，他不便推辞，也就答应了。喃呒强当然不知道他对阿凤做过的恶行，心里只想替子明多牵一笔生意。

三月上旬的一个午后，盛浩仁依照喃呒强所给的地址到了韩道馆，由尚清道士出面接洽商谈，他选定了吕祖像旁的墙位，花钱，签合同，办妥手续后，反正与朋友约了晚饭，时候尚早，便跟尚清对坐聊天。韩道馆的角落里，四五个病人排队等候让启元道士把脉。香港这阵子非常潮湿，盛浩仁在菲律宾的干燥之地太久了，回来后不太适应，鼻敏感发作严重，两个鼻孔像裂了缝的水缸，鼻翼被拭抹得红肿破脱皮，忍不住也挂个号，但等不了两分钟便抬高嗓门要求插队，宁可多付费用。尚清趋前附耳对启元说了几句话，启元侧脸瞄盛浩仁一眼，没理会，直到看完其他病人，方招手唤他过来坐定，半眯眼睛望闻问切，然后皱眉道："盛先生脾肝虚损，内火过猛，要把火压住，不然容易烧坏身子。"他开了个方子，主要是桂枝、全蝎、辛夷、甘草、桑枝、苍耳子、防风等几味草药，嘱咐盛浩仁拿到医局执配。他又道："吃药始终会伤肾气，最好调和对冲一下。我有一道'启元长生汤'，是独门秘方，七分慢火，三碗水煎成一碗汤，补气灵神，若再配合我的'启元行气功'，持之有恒锻炼，半年内可以修复心肝脾肺肾。"他压低声音说道："我看盛先生是办大事的人，但免不了仍被俗事烦扰，心乱，日子久了，身体里面的金木水火土也乱七八糟。贫道敢问，盛先生早晚有否觉得腰侧隐隐作痛？到了晚上，嗯，会否力不从心？"

盛浩仁连连点头。风里浪里混江湖，提着头颅做买卖，酒色财气度春宵，怎可能不遍体鳞伤？何况到了五十岁的年纪，即使养尊处优亦必有隐病缠身。启元在发问前早已预知答案，因为不喜盛浩仁的嚣张气焰，故意夸大其词，吓唬他，也顺带推销自己研配的药汤，多赚他几文钱。他更马上念及："尚清刚才说呢条友是堂口大佬，长住马尼拉，猜想手下没有几千人亦有几百人，如果所有堂口兄弟都喝我的长生汤，如果他有门道把汤药外销到菲律宾，不失是条好财路。"港英政府近来加强管制中药补品，他担心"长生汤"不容易打正名号面世，倒不如往外寻找市场，东南亚管得松，值得多想办法。启元不认为这是贪念。为发财而发财，才是贪。他只是希望有更多的钱可以研制更多的药，济助更多的人。他做道士以前是生意人，明白"无财路路不通"的道理，包括救人之路。

于是启元大鼓如簧之舌，把"启元长生汤"和"启元行气功"对男性雄风的助效说得无与伦比，盛浩仁听得心动，想着不妨姑且一试，爽快地掏钱要了一包，亦向他请教功法要窍。启元表示还有其他病人候诊，现下不便指导，嘱他明天再来。

翌日中午，盛浩仁依约现身，跨着大步来到启元面前，瞪着铜铃大眼，竖起右手拇指，眉飞色舞地说："道长的药汤，无得顶！夜晚喝过，马上梅开二度，早上睡醒再下一城，好耐冇咁过瘾了，搞到我的女人喊救命。"启元略愣一下，回过神来，拱手笑道："风水佬呃你十年八年，贫道说话，无花无假。当然，盛先生本身的底子好，长生汤的效果才会好。"其实启元心底满是狐疑。长生汤的主效在于以毒攻毒，绝对不是壮阳药，昨天他只不过天花乱坠吹牛皮，可能无意间刺激了盛浩仁的勇猛雄心，催化了离奇的床上作用。这倒让他心虚了。心理作用之为物，可一不可再，接下来，怎么办？

盛浩仁继续回味昨夜的阳刚战绩，然后问："道长手边有几包长生汤？你有几包，我要几包。过几日我回去马尼拉，安排一下，再跟你订一大批，你海运过来。"启元喜出望外，拱手道："盛先生识货，贫道在此先谢过。"盛浩仁道："别客气，你可以叫我'醒哥'，大家都叫我'醒哥'。来，来，快教我那套行气功法，我要学，一定要学。"启元含笑点头，朝前厅右方摆一摆手，示意盛浩仁跟他经由木门后面的楼梯走上天台。上去后，启元略略解说功法原理，然后蹲开马步，双手叉在腰间，眼睛半阖半张，丹田运气吐纳，左右松肩，舞动手臂，展示了自创的八个步式。盛浩仁依样画葫芦，由于当警察时习过武，年纪虽然大了，身手尚算灵活，挥洒得有模有样，过不了多久已经大汗淋漓。正当他聚精会神练功，天台的木门被哑声推开，门后缓缓出现一个人——阿凤的丈夫，天恩的父亲，道士韩子明。

仇人见面并不分外眼红，因为并不知道对方是仇人，至少尚未知道。子明到天台打算跟启元道士讨论下星期的打斋仪务，没想过有其他人在场，自觉失礼，有点不好意思。盛浩仁被子明的突如其来打扰了吐纳，憋在胸里的气一阵乱窜，往下冲向小腹，痛。他朝子明射出两道凌厉眼神，

皱眉蹙额，满目嫌弃。启元道士察觉到盛浩仁不悦，马上趋前打圆场，对他道："这位是我的师弟，道号方圆。"又对子明道："这位是盛先生，醒哥。"

子明的脑袋"轰隆"一声。

醒哥？这个名字从他封闭已久的记忆洞穴里砰然跳出，清晰万分地浮现眼前。竟然是同一个名字。欺负阿凤的人，他十多年前花了许多时间打听去向的人，贱格的人，可耻的人，持枪的烂仔。难道眼前的醒哥正是当年的醒哥？白花花的阳光照在盛浩仁的头上脸上，子明看得一清二楚。眼前人的眉毛粗短而浓密，有着重重叠叠的三褶眼皮，怪异而熟悉。子明呆若木鸡地凝视盛浩仁的脸庞，心里一阵乱跳，呼吸愈来愈急促，胸口起伏不定。愈看愈像，愈像便愈觉得像，是了，确实相像，像他家中的天恩，像在学校里经常因为眼皮而被嘲笑的天恩。沸腾的血像洪水坍堤般冲上脑门，子明觉得浑身滚烫，似火烧般热，热得双颊发麻，脑海白茫茫，没有任何想法，没有愤怒，甚至没有仇恨，仇人出现过于突然，他彻底地手足无措。

盛浩仁觉得子明的呆滞神态对他是一种唐突冒犯，脸色一沉，鼻孔里哼了一声，不跟他打半个招呼，只别过脸对启元说话，商讨"启元长生汤"的买卖价格。启元提了一个数字，盛浩仁略为犹豫，还了个价，来往讨论几句，成交。启元拱手道谢，答应两个月内会寄十箱药汤往马尼拉。盛浩仁点头说好，但希望先取走几包，因为过几天便要离开香港。启元温言拒绝，表示汤药并非说有便有，需要时间研磨准备，最快要三日之后，即是盛浩仁离港当天的早上。其实，启元说谎。长生汤令盛浩仁大展雄风，也许只是心理效用，可是盛浩

仁把长生汤视为春药，启元担心，万一他这几天喝了不灵，不仅不再替马尼拉的手下订货，更会上门算账，岂不麻烦？先前的牛皮吹大了，只好硬着头皮吹下去，所以他决定在长生汤里加配淫羊藿、黄精之类药材，而这确要多花功夫调整分量。他想道："我卖给你的长生汤是独特配方，大可叫作'醒哥长生汤'。我从你身上多赚些钱，是应该的。"

无法当场取走长生汤，盛浩仁满肚子不高兴，却亦无计可施，唯有悻悻然告辞。他转身走向天台门道，子明正好站在门前，盛浩仁走近两步，怒目而视，厉声道："喂，借过！"子明竟然被他叱喝得心里一震，双腿微微抖一抖，然后，侧身让路。盛浩仁从他旁边走过，出门前不忘回头狠狠瞪他一眼，似用眼光代替拳头，重重地打过去，教训他有失礼貌，不懂喊唤一声"醒哥"。

子明呆呆望着盛浩仁的背影走下楼梯，消失在楼道的黑暗里。阳光从子明头顶直射下来，天气炎热，他却觉得全身血液忽然由沸腾变成冰冷，心底冒起一阵又一阵的寒气，忍不住打个哆嗦，然后，手掌颤抖，两边肩膀抽动几下，眼前影像渐渐模糊。他连忙阖上眼睛，却似仍然见到盛浩仁的眼皮，天恩的眼皮。天恩体内流着的一半血液来自这个人，这个贱人，这个衰人，而这个人刚才明明站在他前面，他却完全不知如何是好。他甚至被这个人厉声羞辱，这个人藐视他，不屑他，而他竟然害怕。

子明颓唐跌坐，双手捂脸，泪水从指缝间流出。

九　三七可决

子明彻夜难眠，把头蒙在被子里，身体转过来，又转过去。翌晨醒过来，脸容憔悴，似在一夜之间老了五岁。阿凤问他是否生病，他推说可能因为日间跟尚清道兄在天台聊天，中暑了。阿凤连忙从厨房端出一碗吕祖神茶，茶里掺泡了子明从韩道堂带回来的宁神药粉，几年前由子明劝她喝，她试了，果然神定心安，比吃保济丸和白凤丸都更见效，之后便常喝，想不到如今倒过来由她侍候他喝。

其实这阵子阿凤亦经常心里忐忑，对未来的日子隐隐有不祥的预感。她觉得只是因为丽燕。二十二岁的丽燕在电影厂做化妆师，交了个跑龙套的男朋友，不太老实，常跟女人打情骂俏，丽燕跟他分手了又复合。阿凤劝她一刀两断算了，否则后头的日子肯定闹得酸风醋雨。丽燕道："我原谅他了，他答应改。"阿凤叹一口气道："忘记比原谅容易。你不彻底忘记这事，以后每想起一回便要再原谅他一回，你做得到吗？"她虽然不信天主了，但没有放弃对"忠诚"信念的忠诚，对人对事，她都从一而终。今年四十岁了，她只有过一个男人，够了，她认为够便够，在子明以前的那个贱人，当然不算，他根本不配是人。

阿凤没把丽燕的事情告诉子明，因为不愿意丽燕责怪她打小报告。后娘虽是娘，却终究是后娘。而且阿凤不希望增添子明的烦恼，打斋的生意近几年多了许多，他忙上加忙，隐瞒是为了保护，尤其是对你爱的人。

子明亦对阿凤瞒住见过盛浩仁。他万般羞愧于自己的怯弱，也不想牵动阿凤的情绪。这么多年了，他明白她并未忘记，那么大的伤害，怎么可能忘得了？她只是把那个人想象成死人，一旦知道他仍活着，等于再次直面恶灵，召唤出来的愤恨烈焰可能会先把自己烧得面目全非。但子明守住秘密，等于把恶灵困在脑海，恶灵一直顽抗、噬咬、咆哮，令他日夜难安。他张眼看见他，他闭眼看见他，这是阿凤的仇也是他的仇。

郁闷了两天，子明连打斋亦心不在焉，颂念《破地狱》时竟然忘记忏文。他向喃呒强打听了"盛先生"的来龙去脉，证实了他确是当年在深水埗当差的"醒哥"，如今的菲律宾"六合堂"双花红棍。这天夜里，结束了斋仪，子明精疲力竭地从九龙殡仪馆走路回家，走着走着，忽然一拍脑门，"呀"了一声，自言自语道："三七！是了，三七！三七可决！"他记起结婚之初曾听阿凤诉说惨事，之后他向吕祖跪求赐示，得出第五十八签，签上说"三战三北君莫羞，一匡天下霸诸侯；若经沟壑殉小节，盖世功名尽射钩"；又说"可罢即罢，不须斩尽杀绝，事到无可奈何，也要守旧安歇，力保无失可得，三七可决"。他当时想破了脑袋仍无法参透玄机，不明白"三七"是何所指，直到此刻突然领悟，他遇上盛浩仁那天，是公历四月十八日，正是农历的三月七日，原来吕祖提醒他再如何费力寻找仍是徒劳无功，必须等到这一年的这一天，时辰到了，只要心志坚决，事有可为。天意啊天意。子明大喜，马上三步并成两步，几乎奔跑着回到韩道馆，燃香一炷，诚心答谢吕祖指点迷津。叩拜之际，他作决定：要把恶灵制服、擒杀、粉碎。必须如此，否则一辈子无法原谅自己。他本来打算再求吕祖赐示吉凶，但想到吕祖说过"可决"便是可决，若再啰嗦追问，等于怀疑吕祖。当下该做的是立定决心，订妥计划，切切不可错过刚好在三月七日遇见仇人的契机。

子明沏了茶，坐在椅上，夜深了，馆内只他一人。他挠头搔耳，苦思对付恶灵的万全法子，不禁烦恼重重。埋伏等待，躲在暗处，突然跳出来捅他一刀？跟在他背后，趁其不防，推他出马路？请托胡须榕，花钱买凶？左思右想，似乎都是方法，却又不是妥当的方法。盛浩仁并非善类，万一自己失了手，或所托非人，漏露风声，他回来报仇，肯定连累阿凤和孩子们。子明心底一阵惶然，自惭是个无胆匪类，忍不住自掴了几个巴掌。忽然，角落传来两三声"卡哒卡哒"，通往天台的木门不知何故没闩好，被风吹得开开阖阖。门声像一记棍子敲在子明的脑门上，他想道："启元不是要替盛浩仁准备乜鬼长生汤吗？他不是说过汤药之效在于以毒攻毒？对，毒，在长生汤里下毒，毒死那个贱人！"

要杀人，终究有挣扎犹豫，子明苦思了两天，终于咬牙决定动手，而且愈想愈觉得下毒的主意万无一失。他记得盛浩仁那天对启元说去马尼拉前会来领取长生汤药粉，子明计划把毒粉混进里面，他想象盛浩仁在那边毒汤下肚、七孔流血的痛苦情状，忍不住得意发笑。道堂里不常有笑声，何况是阴邪的笑。子明料想菲律宾警察或会调查死因，但即使查到药汤原来是毒药，那又如何？山高皇帝远，难道搭飞机前来香港抓人？而且，药汤交到盛浩仁的手里，他是吃江湖饭的恶霸，仇家无数，想他死的人可多呢，谁知道是谁下的毒？子明觉得此事不会牵连启元，更判断菲律宾警察根本不会重视一个华人黑老大的狗命，退一万步说，到时候出了事，他挺身负责便是了,绝对不会冤枉道兄。总而言之,这是个好计划,三七可决,他必须拿出决断的勇气来报仇雪恨。也唯有去掉盛浩仁,他方是天恩在这世上真真正正的、唯一的父亲。这行动,不管冒何险,无论有多错,子明确信,都值得。

下手前夜又是辗转反侧的一个晚上,好不容易睡着了,子明梦见亡妻阿玲,站在厨房洗米煮饭,他从背后喊她,她回过头来望一眼,眼神茫然,仿佛认不得他,不知道他姓甚名谁。他呼喊她的名字,但每多喊一声,阿玲便往后多退一步,愈退愈远,横在他们中间的是一条黑暗之河,响起奇怪的卜卜声,像锅里滚烫的油。子明从梦中惊醒,额上背上都是汗。他抬手摸一摸脸,眼睛、眉毛、鼻和嘴,一切都在,他在,他仍然是他。

从床上起身,换过衣服,阿凤和孩子们不在家,子明念过几段《太平清静经》,下楼走到鸭寮街口的大排档吃早餐。一杯热鸳鸯,一件西多士,他平常不点这些,只在心情好或心情坏的时候才吃。之后他慢慢走去竹园村,刻意避免遇见熟人,又戴上鸭舌帽,把帽檐压低,绕了几圈,在冷僻的巷道里找到一间药材店,要了一包砒霜。为了回到道堂时掩人耳目,他当场把砒霜倒进随身带来的小布袋,道堂有很多这样的袋子,方便启元执配草药,他带回家的"吕祖护心粉"亦用它来盛载。店员弯腰眯眼,全神贯注读着《东方日报》上的马经贴士,懒得多管闲事。

回到家里,依旧无人,他把袋子放在桌上,仔细盘算如何把砒霜混进"启元长生汤"。这其实不难,他前天已见启元把给盛浩仁的药包准备好了,只要趁他不察,偷偷到天台动手脚便行。时间才是关键,最好掌握日子,趁盛浩仁来取前才做,否则万一其他病人抢先要走了药包,或者启元自己先喝了,麻烦大了。寻思一阵,子明站起身打电话到韩道馆找到启元,直接探问盛浩仁哪天会来,借口是他有亲戚在马尼拉,打算托盛浩仁带些纪念品过去。启元没精打采地说:"醒哥今朝走咗啰。"

子明气急败坏地追问:"搞乜春?他不是要来取药吗?"

启元叹一口气,道:"他早上打电话来说有急事要赶回菲律宾打点。唉,长生汤也先不要了,他说以后再说。堂口大佬冇口齿,吕祖保佑他回去之后俾人打死。"

子明愣住,盛浩仁再一次令他不知所措。启元在电话那头一连喊了几声"喂喂喂",以为断了线。子明手掌冰冷,话筒紧紧地压住耳朵,忘了疼痛,半响,挂上电话。

走了,毒杀贱人的机会走了。子明泪丧地坐下,手肘支着桌子,不断揉搓脸颊,仿佛渴望从梦中醒来,刚才的一通电话只是梦境。揉着,搓着,揉搓出两行滚烫的眼泪。也许这是唯一的机会了,最后的机会。但,不,也许盛浩仁还会回来香港,还会找启元要药汤。也许盛浩仁会忽然打电话叫启元把药汤寄到菲律宾。会,不会,反反复复的念头在子明的脑海来回碰撞,仿佛有人把他推倒了,又有人把他拉起身。起起跌跌,跌跌起起,他觉得头痛,眼冒金星,天旋地转。再坐了一会儿,他站起来,回到房间,躺到床上把被子拉到头顶,仍然流着眼泪,流着流着,不知不觉间昏睡过去,没有梦,不似睡觉,只像死去。

不知道过了多少时间,子明迷迷糊糊地张开眼睛,踢开被子,跌跌撞撞地走到客厅，步往厨房准备给自己泡杯茶。厨房亮着灯，相信是阿凤回来了。他走进去，果然见到她，——脸色紫青的阿凤横躺地上，脸容扭曲，嘴边腮边都是白沫，身旁布满茶杯碎片，地上铺着一摊"吕祖护心粉"，厨台上有个小小的布袋，空的。

十　关灯散花

韩子明再一次丧妻，再一次替妻子超度亡灵。

警察调查了张凤翔的死因，结论是：意外身亡。子明被带到警察局问话，他边哭边说买砒霜是为了带回韩道馆毒杀老鼠，道馆楼下近日开设了一间烧腊店，卫生差，老鼠横行，流窜于唐楼上下；市政局最近推行"全港灭鼠运动"，他响应。启元道士对警察附和了子明的说法，尽管心里带着狐疑，因为从没听他提过要杀老鼠。推敲了一番，警方的结案报告指那天早上，韩子明回到家里，不舒服，上床沉沉睡去，随手把砒霜搁在客厅桌上，张凤翔买菜归家后因为头痛，一时大意，误把砒霜当作他刚从道馆带回来的"吕祖护心粉"，泡茶喝后倒下。

在警察局里，子明一度有坦承计划杀人的冲动，但想道："我尚未动手，他们总不至于抓我坐牢吧？可是……万一会……孩子们怎么办？不行，不可以。阿凤啊阿凤，对唔住，对唔住，对唔住……"他趴在桌上，抱头痛哭，拼命抓扯头发，半晌，把前额像捣蒜般撞向桌面，咚咚咚，咚咚咚，桌面都是眼泪鼻涕，盘问他的警察从桌子对面伸手拍一拍他的肩膀，子明心底冒起恼火，喝道："唔好碰我！"他记起阿凤痛恨警察，这一刻，她的恨仍然也是他的恨。

子明不知道阿凤会不会恨他。他这么做只是为了替她报仇雪恨，没料到害她白白丧命，他对她的爱，如毒，如刀。他觉得可能因为自己动了妄念，过于阴邪的妄念，恶果却由阿凤承受，她为他牺牲，这是她对他的爱。原来爱一个人不只是爱他的爱、恨他的恨，往往亦要为他的爱和恨而付出牺牲。但为什么牺牲付出的是她而不是他？因为她爱他更深？还是因为他的命比较硬？他想起他父亲说过："韩家的几代媳妇都是短命鬼！以后你们娶老婆，记住算好八字，揾个硬净的女人。"他替阿玲算过八字，是硬的；他也替阿凤算过八字，也是硬。算不出来的却是，硬碰硬，始终有人会跌倒。但也许是爱把她们的心和命都软化了。爱，原来可以很危险。

子明又想到吕祖签文上的"三七可决"。他一味认定"决"就是解决，农历三月七日遇见那贱人，了断前仇，替阿凤尽雪前耻。如今方知吕祖赐示的关键在于"可"字，可以这样，也可以那样，视乎你的选择和应对。机会确实来了，但他竟然处理得一塌糊涂，有了不堪的结局，除了自己，能怪谁？如果没有犹豫拖延，如果没有粗心大意，如果，如果，如果……

盘问室里挂着吊灯，低低垂下，照在子明额前。他抬头望向电灯泡，强光直射入眼，眼里白茫茫，脑袋白茫茫。他抬手"啪啪"地掴了自己两记耳光。

二十多年前阿玲举殡，子明亲自坐堂主持仪事，这回是阿凤，他亦坚持亲自念经度亡。阿玲久缠病榻三四年才离开，他算是有心理准备，如今阿凤走得突然，他似一觉睡醒，土崩房塌，自己和四个孩子留在摇摇欲坠的楼里，她却葬身于瓦砾下面，他们往低处喊唤，唯见灰土飞扬，听不到半点回声。

这阵子,子明失魂落魄,幸有师兄弟和喃呒强安排丧务。灵设九龙殡仪馆,灵堂里外摆满花圈,中间的几个由丽萍亲手扎制,她边哭边一朵花一朵花地插在该插的位置,嘴里不断呼唤母亲。上回丧母,她六岁,心里只有悲痛;现在二十四岁了,有悲有痛更有恨,恨生命之无常,恨人生的难料。她不恨父亲的粗心,意外就是意外,就算命中注定,意外亦是命,要恨便该恨命不恨人。她想起父亲多番说过,生死事大,生时有喜事要花牌,死去办丧事要花圈,花是礼是敬,是对生命高低起伏的忠诚陪伴,不可儿戏。她以前明白,现下,更懂得。

扎妥了花圈,丽萍执起毛笔,蘸墨在布帛上工工整整地写"劬劳未报慈恩如山",然后是她和妹妹弟弟的名字,写到"泣挽",已是泪流满脸,手指抖动得把笔松脱跌到地上。定过神后,她亲自把花圈高高抬起,缓步走到殡仪馆,花圈完全盖住她的脸,无人看见她的眼泪。

祭礼开坛,子明披袍戴冠,站在灵堂中央,手执桃木剑,嘴里念念有词。启灵招亡、开经拜忏、破九方地狱门、引亡魂游十王冥殿、沐浴、过金银仙桥、散花解冤、坐莲花、送亡离位,他专心致志地唱着念着,这是对阿凤最后的好。时间仿佛静止,子明灵魂出窍,飘荡于黄泉阴间,寻找阿凤,引渡阿凤,伴她走过人生最漫长却亦最短暂的告别一程,告别人间,告别他,告别丽萍丽珠丽燕和她的天恩。到了《关灯散花》的段落,子明已经陷入无意识的出神状态,唱白从他嘴里流出,先是《五花偈》:

落者落,飞者飞,有怀自是不胜悲,随风逐浪水流去,更有贴墙没地泥;白者白,红者红,红红白白笑春风,风风雨雨来何急,识破方知色是空。

之后是《叹花偈》:

花月尚依然,月前花色鲜,花下月轮月,叹人生,去无踪;莫向花前看,曾共花盘桓,今花露未干,叹人生,不长年。

子明停住了,嗦一下鼻子,强忍心底翻腾的悲恸,调顺气息,清一下喉咙,方一字一顿地唱出《散花》的终曲:

散一朵,是水仙,馥郁黄花献灵前。纸灰飞作白蝴蝶,血泪染成红杜鹃。

散一朵,状元红,识得浮生总是空。钱财宝贝如山积,死后何曾在手中。

散一朵,金海棠,百味珍馐列两旁。灵前罗列般般有,哪见亡人亲口尝。

散一朵,风入松,悲声吹入华堂中。只道寿年常汝赐,今朝一去永无踪。

散一朵,是绣球,夕阳西下水东流。金银珠宝持不去,只得山头土一丘。

散一朵,是垂杨,阴魂渺渺在何方。鹧鸪林里悲啼哭,不凄凉处也凄凉。

散一朵,是雪梨,正是离愁叹别离。愁人莫向梨花坐,看见梨花愁更悲。

散一朵,是金钱,金钱难买命长延。有钱买得人间寿,富贵之人万万年。

散一朵,是芙蓉,此花非白又非红。法语声声齐赞咏,资荐亡者上南宫。

散一朵,菊花新,愁眉不展对芳辰。蝴蝶纷纷花下过,不见花前月下人。

散一朵,是紫荆,人生好似水浮萍。

一阵狂风来打散，东西南北……

唱到末尾一句，子明望向跪在灵前的三个女儿，天恩在她们旁边双手抬捧着阿凤的黑白遗照。他看他们，他们也看他，对望的眼神里纠缠着如汹涌浪涛般的恨、怨、悲。遗照上的阿凤却含笑凝视子明，他的眼泪马上崩堤，泣不成声，步履不稳，无法唱出后面的"任飘零"三个字。启元马上趋前把他扶住，子明肩膀一抖，推开他，举手用道冠衣袖抹走泪水，深吸一口气，一咬唇，抬高声门把丧曲唱完：

……任飘零。人生世事与花同，死生开谢雨和风。一自春风收拾去，生寄死归也是空。仰白亡灵，人情似水，世事如花，识破浮生，黄粱一梦。万事到头都是幻，人生何处问浮沤。以今奏为奉道冥阳，追荐度亡上升法事一坛，以今夜静更阑，关灯散花，接引真言，同会宣扬。

阿凤仍旧望着子明，依然嘴角含笑，但子明看见了她眼眶里的泪光。

西北有高楼

王祥夫《长城》2024 年第 2 期

推荐语

在一些小说家为现代小说路径问题踟蹰之时，王祥夫却仍孜孜不倦地努力去焕发出传统写实手法的艺术魅力。《西北有高楼》塑造了一个心地纯洁、梳着两条大辫子的傻女人——大妞的形象，她命运多舛，倍受同情。大妞一家的街坊邻居，虽然也各自承受着生活的种种打击，但善良之心从未泯灭。作者不止于揭示苦难，而是恪守作家的真诚与良知，批判的锋芒直指荒诞之渊薮。可贵的是小说里那群在困境中挣扎着的"小人物"始终在相互温暖，以度凛冬。（宗仁发）

1

怎么说呢，你不妨朝西北那边看。

如果有人留意，就会经常看到西北角那栋楼的三层阳台上总有个女人探出头来朝下看，这女人已经不年轻了，却还梳着两条辫子，因为她梳着辫子，所以又让人觉得她还年轻，这就让人们有些捉摸不定多少觉得有点奇怪，人们看到她的嘴巴在动，却听不到她在上边独自说些什么。

"她在跟谁说话呢？跟谁？"有人问。

"那是个傻子。"有人说。

"她生下来就是个傻子。"停停，这人又说。

怎么说呢，这一带据说马上就要被拆掉了，所以有说不出的乱，到处是拆迁垃圾，不刮风下雨还好些，一旦刮风，垃圾会被吹得到处都是。院子里人们搬家扔出来的垃圾简直是什么都有，瓶瓶罐罐，破沙发烂床，但主要是各种烂塑料袋子，因为这里要拆迁，市政卫生部门就放弃了对这片拆迁之地的卫生工作，任由它脏乱，其实他们也收拾不过来。垃圾这东西其实是长腿的，会到处跑，今天在东，明天又跑到了西，最可怜的是道两边的树上，挂满了被风吹上去的塑料袋子。这地方肯定要拆了，人们都搬走了。但即使是这样，下边街两边的小饭店小菜铺小五金店还有镶牙馆小按摩店理发店现在还都继续开着，那些小店老板的想法是能挨一天算一天，就这么，大家都互相观望着，院子里的人家，怎么说呢，现在差不多都已经搬空了，门窗都被拆掉，铝合金铁合金的窗框子都被拆去换了钱，整栋楼整栋楼的上面现在是一个又一个的黑洞。说到拆迁，人们一开始还坚持着不搬，因为上边一直在催，一直在催，不停地在催，但没起什么作用，直到后来有了新政策，贴出了告示，上边一条一条说了许多要人不忘初心的大道理，但其实最动人的却只有一条，那就是谁家搬的早谁家就有可能先挑到那边好的楼层，那边是哪里？好像是谁都不会知道，但有消息灵通而又有关系的一些人已经私下知道那边是什么地方了，一传十十传百，都纷纷跑去看，却原来还是个工地，正在打地基。但位置很好，靠近市中心，又离一所学校不远，西边还有个大超市，大超市过去是个医院。于是人们开始搬了，一家搬，许多家就都也跟着搬，有兵败如山倒的味道，很快，院子里整整八栋楼都几乎搬空了，但怎么说呢，当人们都纷纷搬走，上边好像又一时不急着拆了，应该是，院子里的人家搬空了，下一步就轮到了小街两边那些大大小小的店铺，但上边下来的人只在街两边的店铺墙上刷了不少很大的"拆"字，用白粉，画一个很大的圈把那个"拆"字圈在里边，以期引起人们的注意，刷完这些"拆"字拆迁工作就停顿了下来，拆呢还是不拆？人们又好像为此十分着急，这是春天时候的事，现在都已经是秋天了，树叶都开始"哗啦哗啦"地飘落了，但还是没有拆的消息，时间停在这里了，好像不再向前去，也不向后退，一时停顿住了，但这里人来人往的热闹还是不减以前，住在这里的人们虽然暂时被安排到了别处，但他们没事还是喜欢回到这里来买米买面或买菜买油，好像东西只有这里的好，或者是找老街坊站在一起说说话，而他们所说的话又左右离不开拆迁。

"怎么还不拆？"有人说话了。

"还不全因为老张那个大妞。"有人答话了。

"她想干啥？"有人又问。

"她想等她的'小萨'回来，她怕'小萨'回来找不到家。"

人们说的那个大妞就是那个经常出现在三楼阳台上梳着两条辫子的女人，人们都叫她大妞，别人都搬走了，但大妞却没地方去，你让她去什么地方？她没结婚，虽然没男人她却生过一个孩子，但那孩子九岁上又丢了，给人贩子拐走了，所以她没地方可去，大妞可真够命苦的。人们说话的时候还会朝西北角那栋楼瞅一眼。有时候就会看到大妞恰好待在上边的阳台上正在呆呆地朝下望，还有，这里的老住户一看到她就会想起大个子老张。

"老张要是还在的话……"有人开口说话了。

但也有不认识老张的人，跟着问了一句："老张是谁？"

"老张早死了，他要不死他闺女早就有地方去了。"

这人说话的时候又抬起头来朝那边阳台上边看，别人也都跟上朝上边看，西北角三楼的阳台上边现在没人，但人们能看到阳台上堆满了垃圾，都是人妞捡的，她现在靠捡垃圾过活。人们都能看到她整天背着捡来的垃圾进来出去。

"谁是老张？"那人又问了，想知道个究竟。

"跟你说早死了，老张是个苦命人。"

答话的人是个黄脸老太太，是这个院子里的老住户，最近老年广场舞的明星，差不多的人都知道她。关于这个院子里的事，没有她不知道的，人们都叫她朱姨，其实她不姓朱，她男人姓朱，人们就都跟上她男人的姓叫她朱姨。朱姨长了两只小细眼，说话总是神神秘秘，总是把身子凑过来，总是把声音放低，这么一来呢，就像是她要说的话很神秘了。朱姨一共生了五个孩子，男人在农业局当副局长。那一年，她男人把他的老父亲从山东老家接了来，来了就不走了，结果就死在了这里，人们还记着那口大红的棺材，没地方放，就停在他们自家的门口，人们出来进去都要从那口棺材边上过，晚上挺瘆人的。山东人是重礼仪的，那几天好多山东人都从山东那边过来了，来奔这个丧。那时候大妞的母亲还没跳楼，大妞的家就住在朱姨家对面的那栋楼，只不过朱姨在一楼，大妞她们住三层，老张女人，总是挺着个老大的肚子从三楼下来叫上朱姨一块去买菜。

她们买菜总是在下午，这时候的菜便宜。

她们出去了，各自拐着一个竹篮。

"走慢点。"朱姨说。

"我也快不了。"老张女人笑着说。

朱姨对老张女人说："这回你放心，一定是个小子。"

这么一说呢，老张的女人脸上就有了笑容，老张的女人是个大高个儿，大妞长到后来就随了她，也是个大高个儿。老张女人一连生了三个女儿，她希望自己下一个能生一个儿子。说来也怪，老张家楼下一层的那户姓吕的山东人，女人居然也是一连生了四个姑娘，人们都叫她吕姨，其实她也不姓吕，是她男人姓吕，不知为什么，人们总是随着她们的男人这么叫，男人姓什么就叫什么姨，叫到后来人们都不知道她们姓什么了。后来吕姨的肚子又大了，但跟着又一个姑娘生了下来，也就是老五，吕姨看着这个老五是既生气又绝望，她一使劲，把这个孩子就摁在了盆子里，等她松了手，那孩子却又从尿盆子里漂了起来并且尖锐地哭出了声。为了她不会生男孩的事，她男人老吕总是半夜打她，吕姨死死咬住牙不让自己叫出声。人们都说老吕的女人也太苦了，是心苦，所以人一天比一天瘦。她工作的单位就在院子东边的商店，从南边出了院子往东一拐就到，所以她把家照顾得有条有理。这天吕姨又在哭了，人们听到了她的哭声，她男人这次没打她，她男人不在家，出差了。她可以放心地哭，把心里的委屈都哭出来。

"心病，这都是心病。"朱姨对老张女人说。

老张女人没说话，她心里也很难受。

"如果吕姨生个男孩就没心病了。"

朱姨看了看老张女人的脸马上又说：

"你这回肯定是个小子，你看你这走路。你再迈两步，再迈两步。"

"做女人真麻烦。"老张女人说。

老张女人挺着个大肚子从楼上慢慢慢慢下来了，她每下一个台阶都用一只手撑着自己的后腰，下一个台阶撑一下，下一个台阶撑一下，她终于从三楼上下来了。她从她住的一栋楼走到二栋楼，走到了朱姨家，但她不进家，她挺着大肚子把胳膊伸出去，敲敲窗玻璃，喊朱姨跟她一起去买菜，那几天朱姨的公公已经打发了，她男人不知道从什么地方雇了辆解放牌大卡车，把他爹的大红棺材和那些从山东过来的亲戚们一车都拉走了，回他们山东聊城去了。

那些天，老张女人心情挺好，她见人就说她这回可能是个小子，她已经感觉出来了，确实和以前有些不一样，而且，她说朱姨也看出来了，她说朱姨会看。

"朱姨的话八九不离十，她在医院工作，这种事她见多了。"老张女人对人们说。

"她有经验。"老张女人还对她旁边的邻居许锁凤也这么说，老张女人没事总去旁边许锁凤的家去串门，坐坐，说说话，或者喝口茶，做饭的时候缺点油盐什么的过去取就行。那时候的人们，白天总开着门，关门做什么，邻居有什么事一迈腿就进去了。

许锁凤是东北女人，黑瘦黑瘦，说话眼皮会不停在跳，到了晚上她对自己男人王大义说："你看看还有这么劝人的，朱家老婆说老张女人这一次一定是生个男孩，这不是害人家吗？哪有这么劝人的，这不是害人吗？要是生下不是呢？会更受不了。"

"他妈的混蛋。"许锁凤的男人直接来了一句。

"要真心想劝就说生男生女一个样，你说是不是应该这么说。"许锁凤的眼皮又跳开了。

"朱家这个坏娘儿们我看着就来气。"

许锁凤的男人又说："我看她是在使坏心眼。"

"她男人也不是个什么好东西。"

许锁凤想起来了，老朱，就是朱姨的男人，常常吃过晚饭没事带着他的小儿子在院子里散步，他嘴里叼着根烟，他那才五六岁的儿子嘴里也叼着根烟，别人说他那么小你就惯着他抽烟？

"玩玩呗。"老朱笑着说。

"我操！世界观有问题。"王大义说。

2

运动来了，说来就来了。

运动来的时候老张女人已经在坐月子，朱姨的话没说准，老张女人这次又生了一个姑娘，姑娘一生下来她就连着大哭了几场，她一边用手使劲捶自己的肚子一边哭。许锁凤买了五斤鸡蛋过去看了看老张女人，两家关系不错，总是有什么事都互相照顾着。

"这怎么办啊，这怎么办啊。"

老张女人就这一句话对许锁凤说了一遍又一遍。

"你说，"老张女人忽然盯着许锁凤，"你让我说什么？"

许锁凤忽然有点怕，老张女人的眼神看上去有点怕人。

"你说会不会我生的是个男孩儿，在医院里被人换了。"

"不会不会，哪会出这种事。"

许锁凤忙说医院不会出这种事，医院怎么会出这种事？

老张女人突然又放声大哭了起来，说大妞没毛病就好了，自己好命苦，三个姑娘，大妞是那样，这又紧跟着来了不长把儿的。老张女人"嗯噜嗯噜"地哭着，她一边哭一边用手使劲捶肚子，一把眼泪一把鼻涕。

"我是真不想活了，没意思。"老张女人说。

"看你说的都是些什么话。"许锁凤忙说。

"唉，没意思，人活着真是没意思。"老张女人说。

老张女人哭的时候大妞就在那里坐着，她呆呆地看着她妈，她的两只手手心朝上摊平放在自己的两条腿上，她也上过学，上到三年级学校说实在是没办法了，她现在连二乘二得几都弄不清，所以她不再上了，她就在家里跟着她妈待着，她整天也没什么话，也没什么动静，她妈哭的时候她会抬起手看看自己的手指，可手指有什么好看的呢？

许锁凤敲门进来的时候，大妞站起来一下。

"许姨好。"

许锁凤走的时候大妞又站起来一下。

"许姨好。"

除此之外她不知道该说什么，她不是不会说话，她就是不知道自己该怎么说话，她的脑子转得非常慢。

"我就看咱大妞挺好的。"

许锁凤对老张女人说，她这纯粹是为了让她开心。

大妞在那里坐着，两只手平放在腿上，手心朝上，有时候她会把手拿起来看来看去，看什么呢？

到了晚上，王大义在水池子那边洗碗，许锁凤站在他身后看着他洗，头顶上那盏灯是十五瓦的，不亮，也不暗，为了省电，大院居民委员会不许任何人家的灯泡超过十五瓦，连肖市长王市长家里的灯泡也是十五瓦的。

"你说，她一口一个活着没意思，脑子是不是有问题了？"许锁凤对王大义说。

"出什么事了？"王大义说。

"她怀疑医院是不是把自己的孩子给换了。"

"真是胡说，其实她根本就不该生。"王大义说。

"我看她再生也许还是个姑娘，老张压根就没那个本事。"许锁凤忽然笑了起来。

王大义也跟着笑了起来，但马上就不笑了，小声对许锁凤说。

"你知道不知道，老张刚被关起来了。"

"被关起来了？为啥？"许锁凤说。

"谁知道？按说他是部队上下来的人，现在又在武装部工作，会有什么事？不会有什么事吧？"

王大义说不上来了，他洗完碗了，把它们都又给放到碗架上去，他给自己点了根烟，抽着，眯着眼，他待会儿还要裁报纸，上边安排下来了，家家户户这几天都要在窗玻璃上贴防空纸条，报纸裁两指宽的条子，打点糨糊，一条一条交叉地贴到门窗的玻璃上，这样要是敌人的飞机飞过来扔炸弹，玻璃碎了也不会飞得到处都是，把人划伤，但谁是敌人呢，上边说了，敌人就是美帝和蒋光头，但人们不知道美帝的飞机和蒋光头的飞机什么时候会往这飞，街道通知了居民，不管美帝蒋光头什么时候往这扔炸弹，咱们先把防空条贴了再说，让他们的美梦实现不了。

王大义抽完了烟，坐下，把报纸拿过来裁条子。只要王大义在家，他几乎什么事都不让许锁凤做，王大义在工会工作，工

430

会和武装部在一个院子，在俱乐部的对面。

"你多裁点，我明天把老张家的条子也给她们贴上。"许锁凤对王大义说。

王大义说那个大妞什么也干不了，以后谁找她？"这下可好，她爸也给关起来了。"

"关谁不好，怎么把他给关起来了。"

许锁凤待不住了，她去了厨房，原地转了一圈，从厨房出来，又转了一圈，又去了阳台，她在阳台上站着，朝下看，朝远处看，是越看心里越乱，她在阳台上站了一小会儿，不少红蜻蜓就在她头顶上飞，像是要下雨了。许锁凤又转身进了家，眼皮此刻跳得飞快，她看着王大义。

"你看你，快去抹点清凉油。"王大义对许锁凤说。

许锁凤的眼皮子只要一抹清凉油就会好点，就会不再跳，所以许锁凤的身上老是有一股子清凉油的味道，院子里的人们因此给她起了个外号就叫"清凉油"。

"你说她怎么办？正坐着月子呢，老张这样了，她可怎么办？"许锁凤对王大义说。

"问题是她也许还不知道老张被关起来的事。"王大义说。

"这种事，最后一个知道的也许才是她。"许锁凤说。

"外边的人们可差不多都知道了。"王大义说。

许锁凤把刚买的菜忽然拿了一半要给那边送过去，两个茄子，三个西红柿，还有几棵小白菜。

王大义看着许锁凤，说过去千万别乱说。

许锁凤把菜给老张家送了过去，她推开门进了老张的家，屋里挺暗，一进门左手是厨房，再往里是卫生间，再往里一左一右是两间房，老张的女人在南边也就是左边的那间房，她正坐在床上，抱着她那个还不到一个月的四妞，许锁凤一进门她就两眼红红地说：

"老张怎么两天没回来了，单位出差也得跟我说一声啊。"

许锁凤的眼皮一阵乱跳，她可不知道该怎么说。

"可能是单位有什么急事吧。"

许锁凤马上又说吃饭的事好说，我多做点给你送过来。

"你千万可别下地别使凉水。"许锁凤说。

许锁凤又转过身子对坐在那里发呆的大妞说："你帮着你妈洗洗屎布子，你妈不能用凉水。"

"许姨好。"

大妞马上站起来了一下，又马上坐下，两只手平放在腿上，手心朝上。

许锁凤从老张家出来的时候，大妞又站起来了一下。

"许姨好。"

然后又坐下，两只手平放在腿上，手心朝上。

"唉，揪心，实在是揪心。"

许锁凤叹着气从老张家又回到了自己的家里，她一屁股坐在了那里，看着王大义，两眼里忽然都是泪。

"你可别哭。"王大义对许锁凤说，"来，抹点清凉油。"

"我这人就是心软。"许锁凤说。

"你就是心软。"王大义说。

王大义突然笑了，他想起了什么，想起了他和许锁凤谈对象时候的事，那次王大义从部队上探亲回来，他们还没结婚，他和许锁凤躲到没人的地方说话，他想了，憋不住了，他想要，想不到许锁凤果真就给了，许锁凤一边给一边说："我就是心软，我就是心软,我就是心软。"

就在这天晚上,朱姨也来看老张女人,外边开始下雨,还打雷,朱姨头上顶了个花手帕,花手帕着了雨,贴在头皮上,外面的雷声忽然又一个,忽然又一个,只在天边,每来一个雷半边天都会一下子亮起。

朱姨的手里拎着两串葡萄,朱姨家的窗外的院子里种了两株葡萄,葡萄是半生不熟,一半紫一半绿。

"你少吃两颗,没事的。"

朱姨对老张女人说这也不算凉东西,没事。

朱姨和老张女人说话的时候大姐正在厨房的水池子里洗屎布子,厨房在一进门那里,灯光半明不暗,大姐就在水泥池子里洗屎布子,那个池子什么都洗,洗碗洗菜洗衣服,池子上边是三层木格子做的架子,一层放碗筷,一层放酱油醋和油罐子,最高一层放笼屉还放着一摞盆子。这个厨房不能说大,从厨房出去就是那个阳台,阳台上堆着煤,那时烧火做饭都用煤,还有劈柴,阳台上还有两盆花,里边照例是草茉莉,一早一晚地开着。从阳台上探头朝下望就可以看到下边老吕的家,老吕家那时候还养了不少鸡,白的,老吕喜欢白色的鸡,所以他养的都是白来亨鸡。晚上那些鸡都会自己回来,"咕咕咕咕"叫着,自己钻鸡篓里去了。楼房的格局都差不多,从阳台望下去下边是老吕家的厨房,老吕家厨房门的两边拉了一根铁丝,平时洗的衣服就挂在这里,到了秋天这地方的人习惯晾干白菜,老吕晾的干白菜也挂这里,老吕是山东人,他喜欢吃干带鱼,买来的带鱼先不吃,洗好了挂在铁丝上晾干再吃,所以人们总能看到老吕家厨房门口的铁丝上晾着带鱼,去了头,剖了肚,等着风干。

"我跟你说,出事了。"

朱姨对老张女人小声说。

老张女人心惊胆战地看着朱姨。

"你快说,是不是我们老张?"

老张女人一把拉住朱姨。

"这话除了我可没人敢跟你说。"朱姨说。

老张女人眼巴巴地看着朱姨。

"你说,是不是我们老张?"老张女人又说。

"是,老张被关起来了。"朱姨说。

"关起来了?"老张女人看着朱姨。

"是被关起来了。"朱姨说。

老张女人不说话了,嘴张那么老大,有声音从嗓子眼里发出来,"嗞嗞"的,不是哭,也不是叫,像是喘不过气来,人像是快要给憋过去了。朱姨有点怕,她看着老张女人,看着她那只抓着毛线团的手越攥越紧,最后毛线团从她的手里滚了出来,那只手又死死攥成了一个拳头,最后这个拳头又被老张女人塞到了自己的嘴里,但哭声是塞不住的,老张女人哭出声,哭声此刻就像是一股看不到的洪流,决堤了。

老张的家里突然爆发出的老张女人的哭声有点吓人,这哭声持续了好长时间,好像就一直没有断过,一直哭一直哭,一直哭到朱姨离开还没停。到了后半夜,人们都在老张女人的哭声中睡着了,却忽然又被惊醒,人们都听到了那"嗵"的一声,哭声就此了断,紧接着,是婴儿的哭声。婴儿的哭声是在一个又一个暴雷的间隙里响起,纤细嘹亮而不容忽视。

最先从梦中惊醒的是住在一楼的老吕,他先是听到"嗵"的一声,声音就在自己家厨房的门外,然后是婴儿的哭声,他不明白发生了什么事,但他又好像明白发生了什么事,老吕慢慢打开厨房门,人一下子被吓得瘫软在了台阶上，是老张女人从三楼阳台上头冲下跳了下来，怀里，还紧紧抱着她那还没满月的四妞，可怜的四妞，在雨里，也在血泊里。

四妞没有死，因为她被老张女人抱在怀里，老张女人从三楼阳台跳下来的时候是头冲下，她当下就没了，四妞却还被她死死抱在怀里，她没松手。

老张回来了，被放了出来，老张失魂落魄跌跌撞撞走路的样子给院子里的人们留下了十分深刻的印象，什么叫没了魂，老张的样子就是没了魂。老张的哭声是突然爆发，"啊哈哈哈、啊哈哈哈、啊哈哈哈"，是男人的哭声，男人好像都不怎么会哭，只会嚎，那就是老张在嚎，人们都看见老张一边哭一边跪在老吕的家门口在烧纸，那是老张女人头朝下跳楼落地的地方，老张在那地方一边烧纸一边嚎，那嚎声可太怕人了，人们这才知道男人的哭声原来是这么怕人。那个四妞，很快就被送了人，因为老张实在是没法子把这个吃奶的孩子留在身边，她上边还有三个姐姐。一连几天，大妞不会说话了，她被她妈给吓傻了，吓痴了，她站在那里，坐在那里都不会说话，她呆坐着，两只手平放在自己的腿上，手心朝上，展开，手里什么也没有。

许锁凤那几天成了保姆，天天忙着给老张一家人做饭，大妞也帮不上什么，许锁凤把饭在自己家做好再给老张家用盆子端过来，面疙瘩汤，滴点香油撒些香菜沫在里边。许锁凤从外边端着饭菜进来的时候，大妞会站起来一下，还是那句话：

"许姨好。"

许锁凤端上空盆子离开的时候，大妞又会站起来，还是那句话。

"许姨好。"

说完这句话，大妞会再坐下来，两手平放在自己的腿上，手心朝上，没事，她还会去洗那些四妞留下的屎布子，她把屎布子洗来洗去，洗干净了，再晾出去，晾干了，再拿下来洗，翻来覆去。

"洗什么，别洗了！"

这天老张忽然对着大妞大吼一声。

"你怎么不替你妈去死！"

老张的话王大义和许锁凤都听到了。

"啊呀，大妞好可怜。"许锁凤眼泪马上就出来了。

"唉，再这样下去老张也要完了。"王大义说。

许锁凤忽然不再说什么，这个东北女人，一屁股坐在床沿上，眼皮也不跳了，清凉油也派不上用场了。

"我操了个他妈的！"王大义一拍桌子站了起来。

"你要干啥？"许锁凤泪眼婆娑。

"我去揍她个狗娘养的，这事都怪她。"王大义说。

"对，去揍她！"

许锁凤用力擤了一下鼻子，这下通了，她知道王大义说的这个她是谁，她完全同意。

第二天的中午，院子里发出了尖锐的叫声，是朱姨。

这时候正是人们上下班的钟点，在一栋楼和二栋楼之间的空地上，人们都看到王大义在打朱姨，他一只手拽着朱姨的一只手，不让她跑，朱姨也是刚下班，王大义先是用大耳刮子一左一右搧，几下就把朱姨给搧倒在地上了，然后是弯下腰继续搧继续搧，还用脚踹。人们都看着，但谁也不敢上前去把王大义拉开。这时候人们看到了朱姨的大儿子和大闺女，他们，居然也站在那里看，看王大义打他们的母亲，他们居然没有一个敢冲过来，就好像眼前的事跟他们没有一点点关系。朱姨的老大是个姑娘，叫爱新，爱新已经不小了，二十七八了，长了一双细小的眼睛，她站在那里一动不动，脸上没一点点表情，好像眼前的事跟她真的无关。朱姨的老二叫爱同，二十多了，是个大小伙子，也长了一双细小的眼睛，他也站在那里一动不动地看着王大义打他的母亲，还有朱姨的小儿子，他差不多也有十多岁了，他小小的就学会了抽烟，他也站在那里一动不动，好像眼前的事也跟他没有一点点关系。据说，王大义在院子里打朱姨的时候，朱姨的男人就在家里，只不过他是在家里观看，隔着窗子，他也没有冲出来。

"我操，我非要把你们的世界观给你们打过来不可！"

王大义终于打完了，拍拍手，跺跺脚，又把头上的帽子正正，在人们的印象中，他永远戴着一顶旧军帽，身上好像除了军装就没穿过别的什么衣服，只不过是领子上没有那两面红旗，帽子上没有那颗红星。

王大义"噔噔噔噔"上楼去了。

朱姨躺在院子里一动不动，围观的人也都慢慢散去，老吕的那几只雪白的来亨鸡过来了，它们一步一步试试探探，每走一步都点一下头，慢慢走到了躺在地下的朱姨身边，然后，在地上煞有介事地东啄一下，右啄一下，它们在啄什么，没人知道。

3

大妞去上班了，这事挺新鲜。

她上班的地方就在南边的医院，这家医院就在大妞她们家旁边，只隔一条很窄的东西向小街。往东去，是去车站的那条路，往西去，便可以一直走一直走，走到西边的山上，山上有什么，什么也没有，这地方的山大多是荒山，山下有宝藏，便是挖也挖不完的煤。人们说这个小城的地下是空的，都给挖煤挖空了，小城南边的那条河早没水了，水也都给挖煤挖得流到了地下。

大妞有工作了，她的工作是洗瓶子，这个工作真不怎么样，但好一点的大妞又都做不了。这工作还是老张家楼下二楼东边那家的方大夫给介绍的，方大夫就在这家医院工作，人长得胖墩墩的，圆圆的脸永远是红扑扑的，上海人，男人在银行工作，人倒瘦瘦的，戴副黄框子眼镜，人很和气，又斯文，也是上海人，他们每年过年都要回上海一趟，会给院子里的人捎回来不少东西，他们也乐意为大家服务。这一年，他们从上海带回来一个小小玩具，就是一面小小的镜子，还有一个立在那里正在跳舞的人，踮着两只脚，举着一只手，只须把那面小镜子对着小人一推，那小人即刻就在桌面上快速旋转起来，这真是既新奇又好看，于是许多小孩儿都跑去他家看。

大妞上班了。她的工作就是整天在那里"哗啦哗啦"洗瓶子。那间房子靠近医院的北门，出了北门就是大妞她们的院子，所以每天上下班只须走几步路，从院子出来，几步走过那条街就行。洗瓶子的那间房人们都叫它水房，靠着西墙是一个比一个高的台阶式大水泥池子，水不停地从最高的那个池子往下流，这样方便洗瓶子，以前的医院里都会有这么一个水房，洗瓶子的工具是一个又一个很大的方型铁丝编的筐，瓶子一个一个口朝上放进去，放满了，用手提着在水泥池子里"哗啦哗啦"

洗就是，还有一把刷奶瓶那样的刷子，要把每一个瓶子都认真刷到，刷完了再冲，冲干净了再放到消毒笼里去蒸去消毒，那时候还没有塑料瓶，医院的一切瓶子几乎都是玻璃制品，小眼药瓶子是琥珀色的，好看，涂皮肤的皮肤药小瓶子是深蓝色的，也很好看。医院还给大妞发了工装，居然是蓝色的，医院里别的人穿的工作服都是白色的，而唯有洗衣房和洗瓶子房的人们穿的工装是蓝色的，说是工装也不对，因为那只是一个很大的蓝色围裙，前边有一个很大的口袋可以放放工具，大妞洗瓶子的那个猪毛刷子很粗，须用很大劲才能塞到瓶子里，塞进去转几转就行，没清洗过的瓶子是口朝上放在一个铁丝编的方形浅筐子里，洗好的是口朝下放在另一个铁丝编的方形浅筐子里。

"这一筐头朝上放，那一筐头朝下放。"水房的那个小伙子李红旗对大妞说。

"这一筐放洗过的，头朝下，这一筐放没洗过的，头朝上。"水房的那个小伙子李红旗又大声说。

"怎么又放反了。"李红旗又大声笑着说。

水房的这个李红旗算是大妞的师傅，水房洗瓶子一共四个人，另外两个老女人很少跟大妞说什么，她们一边洗瓶子一边说些家长里短婆婆妈妈鸡毛蒜皮的事。

李红旗又过来了，又踢了一下筐子，说这下对了，没放错。或者突然又大声说："哈，又放错了！"

李红旗人其实挺好，还没结婚，也没对象，他岁数不大，才二十三。他爱踢足球，他从小随着他那当兵的爸爸在北京长大，说着一口好听的北京话。水房里他藏着一只足球，没事的时候他会拿着足球到水房后边去"嘭嘭嘭"踢几脚，水房的后边是一片空地，种了些杂树，还有玫瑰，开紫花，真香，靠水房不远处还有间空房，里边放了不少医院的杂物，其中有一具教学用的人体骨架，耷拉着头挂在那里，好多住在附近的小孩儿还会跑过来专门看那副骨架，他们进不来，只能扒在这间房北边的那个小窗往里边看。一边看一边害怕，是越看越害怕，忽然有谁大叫一声，大家便拼命四散跑开。

大妞在水房里洗瓶子，没过多久她就不再出错了，没洗的口朝上放一个铁丝筐，洗过的口朝下放在另一个铁丝筐里，她记牢了。洗瓶子的时候她总是和李红旗靠在一起，另外两个老女人双双靠在一起。老女人有说不完的话，而大妞却和李红旗没有多少话可说，或者他们根本就不说话。

但是，像花一样，该开的时候就一定是要开的，这一年大妞过了六月就整整十七岁。

那天，一个苍蝇粘到一个葡萄糖瓶子里了，大妞想把它用手取出来，但怎么也取不出来，李红旗把那只瓶子从大妞手里拿过来，把一根手指伸到瓶口里一抽一拉一抽一拉，"嘭"的猛地再一拉，那只苍蝇就跟着出来了。

"看看，这么一抽一拉就出来了。"

大妞笑了，李红旗也笑了。

李红旗忽然把身子背了过来，他背着谁？背着那两个老阿姨，他背着她们却面对着大妞。他把一根手指，中指，又一次笑嘻嘻地对着大妞慢慢慢慢又捅进了瓶口，又慢慢慢慢拉出来，又捅进去又抽出来，又捅进去又抽出来，手指一捅一抽的速度越来越快。

"好玩不好玩儿？"李红旗小声对大妞说。

大妞不懂，她摇了摇头。

"有时间我教你。"李红旗小声说。

"只要你想学。"李红旗又小声说。

"这个很好玩儿。"李红旗的声音更小了。

"你玩儿过没玩儿过？"李红旗看着大妞，他觉得自己已经遏止不住地起来了，是越想越起来，这简直就没有办法，他就让自己紧紧顶住水泥池子的池壁。

"我教你好不好。"李红旗说，脸红红地又说。

"好。"大妞说。

"你看，这比如是我。"李红旗把中指对着大妞竖了一下。"这个，比如，就是你。"李红旗把瓶子的瓶口指给大妞。

"这个这个这个。"

李红旗把中指又插到了瓶口里动了起来，一边动一边说："这个这个这个，很好玩儿。"

李红旗又猛地把身子侧转过来给大妞看。

"你看，我快憋死了，我想插你那个瓶子。"

李红旗的那地方顶得老高。

这一天，大妞她们的院子又停了水，人们就都过来到医院的水房里来打水，排队打水的人很多，医院让人接了一根胶皮水管子甩到了水房的外边，这样方便人们前来打水。前来打水的人们看到大妞了，才知道她已经有了工作，虽然这工作不怎么的。

"一晃都两年了。"有人叹息着说。

院子里的人都知道这话什么意思。

"她那个妹妹也两岁了。"又有人小声说，说那个孩子给得不远，就隔一条街，听说长得很像老张。

李红旗又踢球去了，但他抱着球没心思踢了，他站在那里，整个人一半在太阳里一半在阴影里。后来他又蹲下来，他不知道这是不是爱情，不是爱情下边怎么会一想到大妞就硬得像根铁棍子，李红旗蹲在那里，人一半在太阳里，一半在阴影里，到吃饭的时间了，他去食堂吃饭。他来了两个馒头要了一碗粥，还有一碗菜，酱油炒山药丝，里边有几片肉，还有两块酱豆腐，他吃得很慢，好像是完全没有胃口，下边，这时候又起来了。这是许多人的青春，也可以说许多人的青春原本都是这样。

这天，李红旗跟着大妞去了大妞的家，李红旗想好了，他知道大妞的家里平时没人，也许可以在她家里插她的那个瓶子，这又用不了多少时间。从医院的北门出来，过了小街就进了大妞家的院子，然后去西北角那栋楼，进了大妞的家，李红旗跟着大妞把她家看了看，南边，是一张大双人床，北边屋是三张单人床，品字形摆开，中间放了张桌子，大妞的妹妹们晚上回来就在上边写作业，然后。他们就去了阳台，阳台上满是阳光，他们朝下看就能看到医院，看到他们的水房，医院正门两边那个八字形顺着台阶由高到低的水泥扶手是孩子们的滑梯，每天都有孩子们在上边打滑梯，滑梯扶手两边开满了蜀葵，雨水好的年份里这种特别能开花的植物可以长到比一人还高，但一刮大风它就倒，虽然倒了，但还那么横躺在地上开花。

李红旗和大妞站在阳台上，他们其实也没有什么话。来的时候，李红旗就对大妞说了："要不，咱们去你家插瓶子？"大妞答应了，但李红旗这会儿突然又改变了主意，他俯身在阳台上朝下看的时候忽然想到了什么，他感到一阵晕眩。他明白大妞的母亲就是抱着她的妹妹四妞从这里跳下去的。

"咱们赶快走。"李红旗觉得自己不能在大妞家里待了。

李红旗又和大姐回到了医院。李红旗知道医院里有个好地方，那就是洗衣房。他们去了洗衣房。洗衣房里是两台很大的洗衣机，还有烙床单的台子，还有就是一大堆待洗的床单被罩，上边不干净，有的上边甚至还有斑斑的血迹，另一大堆是洗好的床单和被罩，烙好的都叠整齐了放在那里，洗好还没烙的又是一大堆堆在那里。

李红旗抱着大姐在那堆洗干净还没有烙好的床单上开始了，没有李红旗想象中的尖叫和反抗，只有没一点点声音的顺从，但李红旗进入得很艰难，很用力才进去，大姐"嗷"了一声，把李红旗抱得更紧了。

窗外是夏日中午的阳光，满窗碧绿，碧绿之中又有不停闪烁的光点。李红旗又来了一次，又来了一次，又来了一次，如果不是人们上班的时间快到了他也许还会来。

很快，人们就发现了留在床单上的血迹，马上上报了医院的领导。

"好家伙，严打期间出这种事。"

医院的书记李又奇脸上平时就没有什么笑容，他个人的生活就很麻烦，岳父岳母跟着他，岳母瘫在床上已经好几年了。还有他的一个久病在床的小舅子也在他家，但他怕老婆，他什么都不敢说。出了这种事，他脸上的表情高深莫测令人害怕。

李红旗很快就被带走了。

李红旗被带走之前，医院还找他谈了话，意思说如果承认是和大姐搞对象而且还准备结婚就是另一种性质，医院还问李红旗会不会娶大姐。李红旗想都没想，马上很坚决地说根本不会。李红旗的话很快就传到了院子里，许锁凤马上是气不打一处来，眼皮跳得更加飞快，她告诉傻大姐和老张说，这种事那小子既然这么不仁，我们就坚决不能那个义，那咱们就说他强奸，什么是强奸，这两个字对大姐解释起来可是太难了。

"你就说你不愿意做那事，是他强迫的。"

许锁凤教给大姐这么连说了几次。大姐记住了。

"你怎么说，你说说看。"许锁凤说。

"我不愿意。"

大姐说，坐在那里，两只手平放在两条腿上，手心向上。

"你再说说看，那怎么就做了？"

许锁凤在深入细致地开导大姐。

"是他强迫的。"

大姐说。坐在那里，两只手平放在两条腿上，手心向上。

"不是强迫，而是强 pai。"

许锁凤是东北人，东北人从来都把迫字念成"pai"。

"是他强 pai 你！"

"是他强 pai 我。"大姐说，把手抬起来看了看。

"对喽，这回就对喽。"

许锁凤满意了，眼皮也不乱跳了，年前，王大义带她去北京查过，那边的眼科专家说许锁凤是得了"神经性一紧张就眼皮乱跳症"，这病的名字好长，可真难记。每说一次旁边的人们都会"哈哈"大笑，许锁凤自己也会笑，说："这啥玩意啊，这么老长一串，我可记不住。"可过不久，许锁凤又会把这个病名对另外一批人再说一遍。

"大夫让我吃'西比灵'。"

"什么'西比灵'？"别人问。

"英国药，进口的。"

许锁凤忽然觉得自己真像是有那么点与众不同，吃点药也和别人不一样，西比灵，听着就洋气。

没过多久，不到一个月吧，李红旗被枪毙了，这真是让人们都感到意外，这是谁都不愿想的事，怎么会这么快就被毙了，这就叫给他赶上了，赶上了严打。有人看到李红旗被五花大绑在车上，后背插着一个牌，牌上写着他的名字，名字上边还有三个字：强奸犯。这一次严打被枪毙的还有一个抢手表的，手表没抢到人倒给毙了。这也是一个年轻人，哭得很惨，人们说李红旗站在车上跟没事的人一样，左看看，右看看，车开得很快，马上就过去了。这次一共被枪毙了十个犯人，很多人跟着去那个叫小站的地方看行刑，现场不知道为什么还站着几个穿白大褂的大夫。

给李红旗行刑的时候天下着很大的雨，雨把地面打起一阵一阵白烟。

4

大妞的肚子一天比一天大。

人们都说李红旗那小子枪法不错，一打一个准。

老张为了这事火得不行，他觉得自己真是见不得人了，走路都低着头。大妞在医院不能待了，老张让大妞去了麻黄厂，去堆麻黄。麻黄厂在城南。这地方人们生火都离不开麻黄，顺手抓把麻黄先用火引着，再把小煤块放在麻黄上。那时候，几乎家家户户都要烧麻黄，这你就可以想象这个麻黄厂该有多么大。过去的职业里边有一项就是卖麻黄的，一个小车，由一个小毛驴拉着，车上装的都是麻黄，这种车当年很多，赶车的一边走一边喊"卖麻黄来——""卖麻黄来——"麻黄买回来要摊平在地上先晾，晾干了再收起来，那时候家家户户都要有一个放炭的地方和一个放

麻黄的地方，放麻黄的地方人们叫它"麻黄仓"，鸡们喜欢这种地方，当然是母鸡，它们喜欢到这地方去下蛋。蛇也喜欢这地方，有时候人们伸手去抓麻黄，结果一阵怪叫，一条蛇被拉出来了。大妞去了麻黄厂去堆麻黄。麻黄垛有两层楼那么高，麻黄被提取完药用的麻黄素剩下的就只能生火了。有一年麻黄厂着了大火，人们站在城里都能看到那地方的火光，还看到火力把一垛子麻黄一下子忽然举到了半空，人们这才知道火的力量原来可以这么大，可以把那么大的麻黄垛一下子举到半空。

大妞去麻黄厂之前，许锁凤教了她几次，如果有人问她话她该怎么说，因为她那肚子已经大到了不可忽视的地步。

"有人问你你怎么说？"许锁凤看着大妞。

大妞不知道该说什么，她看着许姨。

"就说他死了，刚结婚就出事归天了。"许锁凤说。

"要不就说车撞了，当下就完了。"许锁凤又说。

这些话大妞都记住了，但麻黄厂的人哪里会问，他们早就知道了大妞和李红旗的事，这事在全城几乎传遍了，是人人皆知，但人们都在心里可怜大妞，根本没人会问。去麻黄厂上班要带饭，因为那边没食堂，人们到了中午就会靠在麻黄垛子上一边吃饭一边晒太阳。厂里给人们用大铁皮桶焊了一个热饭的工具，大铁皮桶外边是一层一层的可以放饭盒的架子，在桶里把麻黄点着，人们把带来的饭盒放在铁皮桶上，饭一会儿就热了，就这么简单。到时候厂里还会给人们送来两壶水，大铁皮壶，有半人高，一个人提不动，只能由两个人抬着。

大妞肚子已经大到坐不下来了，她只

能站在那里吃。她的两只脚都浮肿了，一按一个坑，她围着她妈的一条花格子头巾，还围着一条粉色的围脖，天已经很冷了，人们都被冻出了清鼻涕。

"大妞快生了，该置办什么就置办点什么吧。"

许锁凤这天过来对老张说。

"生下来死了才好。"老张说。

"你看看你这话说的，还像个话。"许锁凤气了。

老张就不再说话，喉结滚上来滚下去。

"屎布子小孩衣服都要准备。"许锁凤说。

"奶瓶奶嘴奶粉也不能少。"许锁凤又说。

"唉，那孩子也是一条命。"老张最后答应了。

许锁凤去准备了，老张塞给她五十块钱，那时候，五十块钱不算少了，买半扇猪肉也这个钱数。

这天晚上，有人上来找老张，这人径直来到了老张的家，这人在外面敲敲门，是晚上，白天人们都上班他也找不到人。他敲门，他进来，还没开口说话就流泪了。

"我是李红旗的爸爸。"来人开门见山。

李红旗他们的家人听说了大妞怀孩子的事，他们商量了又商量，然后派他爸来了，他们就李红旗这么一个孩子，也就是说，大妞肚子里的孩子是他们的唯一希望，是他们承继香火的唯一希望。

"出去！"老张忽然就火了，眼泪从眼里夺眶而出。

老张家的事李红旗的家人也都听说了，老张一流泪，李红旗的父亲也跟上流泪了，也是泪流满面。

"出去出去！"

老张没有松口，也没让这人看一眼大妞，大妞就在北屋，她把门从里边关得严严的，她和她妹妹都能听到外面在说什么，但她们都不敢出去。

"出去出去出去，我们家没这个人。"老张说。

那个人，李红旗的父亲，忽然身子一矮给老张跪了下来。这边的动静给许锁凤在那边听到了，许锁凤很快就和王大义赶了过来。

"干什么干什么干什么？"许锁凤说。

"你是谁？我怎么从来都没见过你？"王大义说。

"出去出去出去。"老张还是这句话。

李红旗的父亲站起来，他也不知道自己说什么了，他不会说了，他只好往外走，一步一步下着楼，轻手轻脚又跌跌撞撞。

"你怎么不像你妈那样也给我死了！"

老张忽然把北屋的门大打开，对大妞大声说。

"看你这叫说的人话。"

许锁凤气了，她气了谁都不会怕，她把手冲老张一扬，说你也太那个了，你怎么这么说话！许锁凤有点担心，担心大妞给他爸说得一时想不开也从阳台上跳下去。

"她要想不开真跳下去呢？"许锁凤小声说。

"她要也跳下去就好了。"

老张大声哭了起来，他坐床沿上，把自己的头埋在自己的两条大腿里。他看着自己的泪水"扑哒扑哒"掉在自己的黑布面鞋上，那鞋还是他女人活着的时候给他做的。老张哭得更厉害了。又在号，是号哭。

那个人，李红旗的父亲，忽然又上来了，他本来已经走出了楼道，他在楼道门口听到了上边传下来的哭声，他又重新上来了，许锁凤和王大义也没想到他会再次上来。他上来没说什么话,把两沓子钱放在桌上,又转身离开。

这次李红旗的父亲走得很快,当过兵的人,腿脚很麻利,他几乎是跑着下了楼,"腾腾腾腾、腾腾腾腾、腾腾腾腾腾腾腾腾",紧接着是"扑通"一声,人撞在了楼道门口的墙上,他顺着墙坐在了地上,没人能够听到他哭,他咬着自己的嘴唇,血流出来了。

外边黑着,楼道里就更黑,没人能够看到楼道门口坐着这么一个人,在黑暗中流泪。

大妞生了,生下个大胖小子。

"这下你该高兴了吧,这下你该高兴了吧。"

大妞七天出院,从住院到出院,都是许锁凤一手操办,她把那孩子抱给老张看。

一看到是个小子,老张马上就彻底管不住自己了,真让人想不到,老张会马上就"哦哈哈、哦哈哈"地笑起来,这真是很出人意料。连许锁凤都想不到老张会突然笑起来,这真是让人始料不及。老张根本想不到大妞会生个大胖小子出来。再后来,老张又把自己给悄悄关在了厨房里边,他把门从里边轻轻插好,然后面对着北面的那面墙站好,老张小声对着那堵墙说:

"小蛾,有男孩了。"

小蛾是老张女人的小名,她的名字叫刘小蛾。

"刘小蛾,你有外孙了。"老张又小声说。

"刘小蛾,我们有外孙了。"老张再次说。

老张说着,眼泪已经"哗哗"地涌了上来,他的一只手,在墙上用力地抠着,那堵墙的墙上已经被他抠出许多很深的道子,一道一道又一道。他脸上的泪水也是一道一道又一道。再到后来,老张不哭了,也不抠墙了,他把脸上的泪擦干净,鼻子那地方还有些发堵,他从家里出来下楼去了,提着个篮子,他去商店买了一只鸡还有猪蹄髈,鸡蛋是早就准备好了的,但他又买了十斤。鸡蛋供应现在不用购物券了,他可以多买几斤。油听说也可能今后不再用油票了。

"那小子长得真好看。"

老张对商店里边的人说,他和商店里边的人都很熟。

在商店里他看见了老吕的女人,她也正在上班,她在卖副食的那个组,她正在给顾客称东西,打包,收钱找钱,这两天越南红糖来了,人们都很喜欢从越南那边过来的红糖。

老张想了想,还是对她什么也没说。

但老张想了想,还是忍不住,他对老吕女人小声说:

"小蛾这下有外孙了,那小子真好看,是个小子。"

老吕女人忽然把不住秤杆了,秤杆一下子挑了起来,秤盘里的那包越南红糖一下掉在地上摔破了包,红糖撒了一地。

老吕女人蹲下来,收拾那些撒在地上的红糖。

"这些红糖不能要了,你重新给我再称二斤。"

那个女顾客很不高兴地对老吕女人说,但老吕女人像是没有听见,放下秤,进里边去了,商店里边有一个很小的卫生间,只能蹲一个人的那种,只够一平方米,头顶上是一盏十瓦的小灯泡,灯光昏黄如梦。

老吕女人蹲在里边老半天没出来。

"我让你高兴!"

老吕女人一个字一个字地说。

"我让你高兴!"

老吕女人一个字一个字地说。

5

房子肯定是要拆了,但大姐就是不往外搬,她能去哪里呢?一是她没地方可去,二是她说她哪里也都不去,死也不去,有地方也不去。她要等着"小萨"回来,"小萨"是谁?"小萨"就是她的那个儿子,"小萨"是九岁那年被人贩子拐走的,那时候不但是她疯了,连老张也想外孙想疯了,也许是受了太多的刺激,出了那件事之后,老张没过两年就去世了,去世的时候人瘦到只剩下不到八十斤,那么个大高个儿,人整个可以说是瘦没了。去世的时候老张什么话都不会说了,只会不停地说"小萨、小萨、小萨",小萨从丢掉到现在已经整整十一年了。小萨当年养的那只黑猫还活着,算一算,这只黑猫也已经十三年了。家里现在也只有大姐和这黑猫,这只黑猫有时候会从阳台上一下子跳到楼顶上去,在楼顶上这边走走,那边走走,有人看见它在楼顶的最边沿走来走去很担心它掉下来,有一次它真的从楼顶上掉了下去,那几天人们看到大姐整天在院子里找猫,猫的名字是小萨给起的,叫"黑豆"。

人们听见大姐在焦急地不停呼唤黑豆。

"黑豆、黑豆、黑豆。"

"黑豆、黑豆、黑豆。"

"黑豆——"

"黑豆——"

但很奇怪,这只黑猫十多天后又回来了,它蹲在一楼老吕家的门口不肯走,人们说那地方可能就是它十多天前从楼顶上掉下来的地方。

老吕的家,现在很安静,自从十一年前老吕女人怀了她的最后一个孩子后,这个家就算是彻底垮了,她最后又生了一个姑娘,这个姑娘就像是一股风,一下子就把老吕家的那盏希望之灯给吹灭了。

大姐的孩子也正是在那一年丢的。

大姐平时几乎不说话,但她有什么话还是会跟许姨说,许姨现在上不了楼了,她有时候会坐着轮椅来,会在下边喊大姐让她下来一下,她坐在那个轮椅上在院子里跟大姐说几句话,安顿几句。

许锁凤对大姐说:

"不行就搬了吧,迟早也得搬。"

大姐说:"小萨回来怎么办?"

"唉——"许锁凤一声长叹,无言以对。

大姐说:"到时候小萨该找不到家了。"

许姨又长叹一口气,她现在老多了,头发都白了,头发一白,脸就显得更黑更小,似乎比原来小了一大圈儿。自从王大义出了事,她就一下子老了,她老了,眼皮却不再跳了,这让她完全变成了一个毫无特点的人。一般人的眼皮不会跳,更不会那么快地跳,她的眼皮不停地跳不停地跳就让她在人群里一下子显了出来,显出了她的独特性,但现在她的独特性没了,眼皮不跳了。有时候她自己对着镜子想让眼皮跳几跳,但居然学也学不来。王大义出事是六年前,他起心要在对面"梨花里"那片靠马路的地方盖一间房是为了把自己的父母接过来,父母是乡下人,睡惯了炕,所以王大义要在那片空地上盖一间有炕的大房子,他居然不知怎么通过关系把那块地批了下来,这么多年来王大义对许锁凤百依百顺就是为了有朝一日顺顺当当地把父母给接过来。房子盖好了,挺大,是个平顶,是北方的那种一头高一头低的平顶,这种房子在建筑学上有个专用名词叫做"一泼水",是房子中最难看最简单的一种,屋里盘了条大炕,炕盘好后,试着烧了两次

441

火，火也好烧，炕也真热。

那一阵子，王大义是迷上了那间可以烧炕的房子，几乎天天都要过去看看，不是收拾一下这里就是收拾一下那里，后来连着下了两场雪，天就冷了。王大义干脆就睡在那间新房子里，王大义说自己好多年没有睡过热炕了，还真好，他想让许锁凤跟他过去体验体验，可许锁凤对炕根本就不感兴趣。许锁凤后来觉得自己还是没去的好。那天出事了，吃早饭的时候王大义就没回来，到了十点多的时候王大义还没见踪影，到了中午吃饭的时候王大义还没回来。许锁凤打发老二去马路对面那间有炕的大房子去喊他爸，老二敲不开门，他一急，就用脚直接把门给踩开了。

王大义躺在炕上，光溜溜的。

屋子里浮动着一层青烟，都是煤烟味儿。

许锁凤也忙赶了过来，但越靠近那间有炕的大房子她走得越慢，一步一步一步一步，终于走到了，门大开着，不少人围在外面。人们突然听到了许锁凤尖利的笑声，许锁凤也说不上自己是怎么了，她一进屋一看见王大义光光地躺在那里的样子就想笑，她管不住自己了，她就直接笑了出来，她一直笑一直笑，人们都奇怪她怎么会笑？自己男人死了她还笑，这是什么"世界观"？因为王大义动不动就爱把"世界观"这个词挂在嘴上，人们在背后就叫他"世界观"。这种场合不是能够让人发笑的场合，但许锁凤就那么一直笑，一直笑，许锁凤的笑声很可怕，她用笑声把自己的眼泪给带了出来，她笑着笑着泪流满面。她一直把自己给笑得浑身发软，她站不起来了，瘫在了地上，瘫了。

老二摇着她，说妈你怎么了，我不能再没有你。

好几个人过去帮着扶她也扶不起来。

亲戚们从老家赶过来打发王大义，哥弟和侄子，很多的人，人们哭，往死里哭，人们烧纸，烧的纸灰飘落像在下雪，但人们有什么办法呢，人是死了，人死如灯灭，到后来，人们还是把王大义给拉到城南的火葬场火化了。

王大义变成了一把灰，从火葬场的大烟囱里轻盈地飞上了天。人们这才想起要上房看看，这一看不打紧，才发现房子的烟囱原来是给一块石板盖住了，盖得严严实实，所以才把王大义给闷死了。人们好像明白是谁干的，但人们好像又不明白，人们都觉得后脊梁骨那地方有点发凉，人心埋得实在是太深了。公安局来人了，但他们也没一点点收获，上房的人用两块布把脚上的鞋包住了，公安局没辙。

许锁凤一下子就老了，站不起来了，虽然眼皮的毛病好了，却坐上了轮椅，因为和儿媳妇和不来，她又住到了那间有炕的大房子里，王大义就是在这间屋子里被烟闷死的。半夜醒来，她会躺在炕上冲着房顶突然大声喊，她怕有人再上去把上边给盖住。所以，人们总是能听到她晚上发出的怪叫，尤其是在后半夜，她大声地叫，完全不顾邻居们的感受。她只想着会不会有人上了房。

"啊——"

"啊啊——"

"啊啊啊——"

"啊，你给我下来——"

半夜听到这种声音真是怪吓人的。

"啊，你给我下来——"

"啊，你给我下来——"

"啊，你给我下来——"

现在只有一个人隔一两天就会过到许

锁凤那里去看看她，这人就是大妞。大妞的话还是不多，她几乎没话，她来了，也许给许锁凤带几棵菜、鸡蛋，或者几个西红柿。然后就静静地坐在那里，两只手平放在两腿上，手心向上，平放着，一动不动。

"大妞大妞，外边雨停了没？"许锁凤问大妞。

"唔。"大妞唔了一声。

"大妞大妞，猪肉是不是又涨价了？"许锁凤问大妞。

"唔。"大妞又唔了一声。

这天，大妞又来了，不是她一个人，她还带着一个人，这对大妞来说是很少见的事。她带着那个人从外边进来，也是个女的，个子也很高。许锁凤坐在屋里，因为大妞她们是从外边进来，光线从她们身后过来，许锁凤一时看不清这人是谁，许锁凤在家里没事坐着的时候或到门口晒太阳的时候总是背朝着家门，她坐着没事总会织点什么，毛袜子，毛手套，或者是毛衣，织好了，拆了，再织，织好了，拆掉，再织，她是在打发时间。她坐在轮椅上，一定是脸朝外，她认为这样就不会有人袭击到她，自从王大义去世后，她的"世界观"变了，她不再相信任何人，胆子也变小了，小到时时刻刻都会觉得有人想害她。

"我的世界观变喽，我的世界观变喽。"许锁凤对大妞说。

大妞不懂什么叫世界观，她看着许姨。

大妞带着那个女的进来了，为了让许锁凤看清一点，她让那个女的侧身站在光线里，许锁凤这下看清了，许锁凤猛地"呀"了一声，拍了一下巴掌。她明白大妞带来的人是谁了。

"是不是四妞。"许锁凤说。

来人果真是四妞，那个被老张女人抱着跳下楼没摔死的四妞。她先是被给到了大妞她们家的对面那家人，后来被那家人带回了老家咸阳。

四妞从咸阳回来了，她说什么也要回来看看。

许锁凤一眼就看出是四妞，来人正是四妞，她的养父母从小就没瞒着她，在她懂事的时候就把一切都告诉了她。她的养父史红兵是老张的战友，他们十六岁一起当兵，三十五岁那年又一起复员。史红兵有四个孩子，两男两女，生活也相当困难，但老张这边一出事他就把四妞抱了过去，家里有什么好吃的先给她，家里有什么好的也先给她，可怜的孩子。老张的战友史红兵到现在还让四妞姓张，他给她取了个意味深长的名字，叫"张不忘"。这个名字不像是个女孩的名字，但史红兵就是给她起了这么个名字。上学的时候，老师登记名字的时候还停顿了一下，老师问老张的战友：

"这个名字虽然特殊，但是不是可以改一下。"

"不改。"

老张的战友把四妞名字的来由跟老师讲了，直讲得那个女老师泪流满面。

"我从来没这么难过过。"那女老师把四妞抱在了怀里。

"命好大的孩子。"那女老师把四妞抱得很紧。

四妞现在已经结了婚，生了孩子，男人长得很周正，个子也不低，在义乌搞小商品，日子过得很不错。但她就是想回来看看，好在老房子还没拆掉，她回到了她出生的房子，大妞带着她站在了自己家的那个阳台上，四妞对此当然是没有任何记忆，但她已经哭到站不起来，只好蹲下来，蹲不住了，又一屁股坐在了阳台上，阳台上现在堆满了一包一包的垃圾，已经快要没人可站的地方。风吹着，吹着塞在蛇皮袋子里的一大块塑料布，"嗦啦啦、嗦啦啦、嗦啦啦、嗦啦啦"。

四妞就那么坐在阳台上，看着下边这个像是冒着蓝烟的城市，这个小城太干燥了，天热的时候如果碰上一连几天不下雨，地上就像是在冒蓝烟，贴近地面的一切都像是在蓝烟中摇晃，这就让周围的一切都显得像是不那么太真实，但它又确确实实存在着。

"妈——"

四妞忽然开口大喊一声妈。

四妞想喊，她忍不住就喊了出来，喊完妈，她扒着阳台的水泥栏杆慢慢又站了起来，她泪眼模糊地从上边看下去，下边那条小街此刻有很多人，在买东西，在说话，在指手画脚，什么地方忽然"砰砰啪啪"地放起鞭炮来，一股蓝烟腾起来，为什么放鞭炮，不知道。这个小城有许多的不可知，有许多欢乐，还有许多不欢乐，有人在生，有人在死。

然后，大姐就把四妞带到了许锁凤那里。

"晚上就在我这里吃饭。"

许锁凤兴奋起来，东北女人，虽然老了，但一旦兴奋起来还火光闪闪，她说她这里还有鲅鱼干。

"咱们吃鲅鱼干炖猪肉米饭。"

大姐这时发现自己的一根辫子开了，她把它又重新编了编。

四妞说："姐，谁现在还梳辫子。"

大姐："我要不梳辫子，小萨回来认不出我怎么办？"

"梳吧梳吧，我看就挺好。"许锁凤忙说。

大姐索性把另一根辫子也打散重新梳了起来。

许锁凤兴奋了起来，她很长时间没有兴奋过了，日子又像是一下子倒退了回去，她要自己做饭给张家两姊妹吃，她早已习惯自己做自己吃了，她把一个小案板放在腿上，切肉，切鲅鱼干，现在她使的是煤气罐，她那个老二，给她接了一根水管，这样一来她就方便多了。老二的日子现在一个人过得很好，他在游泳馆对面开了一个小店专门卖游泳裤和救生圈什么的，还卖些钓鱼用的东西，老二还经常过来看她。但这个老二就是不结婚，许锁凤也不再说什么。

"自己开心就行。"

许锁凤说，这话好像不是她这个岁数的老太太说的，但她确实是这么想。

"你是不是跟那小子好？"许锁凤问老二。

老二和一个名叫刘学新的小伙子关系很好，两个人总是形影不离，有时候还住在一起。

"是，我和他挺好，不能好吗？"老二说。

好到了什么程度呢？许锁凤想再问问什么，但她不知道该怎么问，她看着老二，心想他一点都不像王大义。

"你开心就行。"

许锁凤对老二又说一句："你的世界观怎么是这个样子，现在真是一人一个世界观。"

老二忍不住笑了起来，现在谁还提"世界观"这三个字，没人再说这个词了。老二最近去发廊搞了一个锡纸烫，人一下子像是年轻了二十多岁。

"我年轻不年轻？"老二对他妈许锁凤说。

"年轻，你看上去比你侄子都年轻。"

许锁凤笑得很开心，开心极了，她拿出一双自己织的毛手套，让他交给刘学新那小子。

许锁凤现在不再对老二说娶媳妇的事，她觉得这个世界你必须认，它变成了什么样你也必须认，你既然不能从这个世界上跳出去去别的什么地方你就得认，如果王大义活着他也必须认，这个世界是变得太快了，前不久有人闹事，因为电表闹事，不少人都去了供电局，因为电表走得太快了，人们找了一块原先的老电表对比了一下，家里就是那么些电器，电冰箱电饭煲电灯什么的，原先的老电表挂在那里一个月走二十个字，现在的电表却一下子走出三十五个字来，而供电局就是不给人们回复，警察却赶来了，命令人们必须马上散开，不散开不行，没有什么商量。电表的事根本就没解决，还有人被喷了一脸辣椒水。

"时代不同了电表能一样吗？"

这就是后来供电局给人们的答复，人们都愣住了，真不要脸！谁都对答不上来了，是啊，这个时代确实跟以前的那些个时代不一样了，简直是一个时代一个样，人们不知道该怎么说了，面对变化太快的世界人们只能哑口无言。要想好好生活，你最好别说话。

大妞和她妹妹四妞在许姨许锁凤现在的家里吃了一顿晚饭，她们说起了许多老街坊的事，不少人都不在了，老吕家的两口子都死了，那个胡锦秀，就是那个黄脸婆朱姨，她倒还活着。

"她什么玩意儿！"

说起朱姨，许锁凤还是满肚子的气："你王叔的死就跟她分不开。"但怎么分不开？许锁凤没往下说。

"你妈的死？能跟她分得开？你妈的死也跟她分不开！"许锁凤忽然又说起往事，"劝人有那么劝的吗？那叫坏心眼，那叫不怀好意，那叫火上浇油！你王叔打她还是轻的，你王叔就是这一点好，一辈子眼里揉不得沙子。"

关于过去的事，四妞当然一点都不会知道。她看看许姨，再看看她姐，别说什么往事如烟，在四妞这里什么都不存在。

许锁凤忽然拍着巴掌又"哈哈哈哈"大笑了起来，这个东北女人，就是活到一百岁也许还会像个孩子，她想起一件事来，说是事也不对，是一句话，一句王大义活着的时候经常说的话。王大义除了工作能做好，家里的零碎事他从来都做不好，总是让许锁凤埋怨，许锁凤总说王大义笨，王大义总是回她这么一句："我笨，我笨能把你搞到手吗？"不知为什么，许锁凤当年特别爱听王大义说这句话，每次他这么说她都很开心。

轮椅上的许锁凤笑得哈哈的，一边拍着手，轮椅上的毛线球滚地上去了，四妞忙把它捡起来。

"我和你王叔可是头婚，我们可不像那个姓朱的。不对，她不姓朱，她姓什么来着？"许锁凤想不起来了，"就你们都叫朱姨的，现在骚到全城都出了名了。"

许锁凤是在说朱姨，她的名字叫胡锦秀。

朱姨的性格现在也有了很大的变化，人们都说她的性格越来越变得有些外向了。朱姨现在热心于跳广场舞。原先的广场在西门外那地方，靠近展览馆。展览馆的样子就像是小型的北京人民大会堂，后来重修城墙还把它整体移了一下，那么大个"工"字形建筑要整体挪移让许多人都觉得不可思议，但确确实实是整体挪移了，从原来的地方向北挪移了够几百米。城墙重新修复后广场就不复存在了，市里在城墙的下边又开辟了许多个广场，人们可以去那里跳舞舞剑抖风筝。朱姨现在天天都去跳舞，自从老胡去世后朱姨像是换了一个人，人们才忽然觉得朱姨是一个这么好玩儿的人，她是一下子就变了过来，没有过渡，一下子就变过来了。以前人们都不会觉得她是个有说有笑的人。而现在，她居然，怎么说呢，她居然成了广场舞的主角，她从不和别人跳"一二、一二、一二一二、一二三、一二三、一二三一二三"的那种集体健身舞，她从不跳这种，而是，怎么说呢，她居然戴了一副黄边眼镜，抹了口红，穿了一条花裙子，别人跳舞，像她这个岁数，只是腿动和胳膊动的事，而她是眉也动眼也动，是用眉动眼动眉飞色舞来配合她的胳膊和腿。她跳舞，可以说是独自跳，她有意把腿罗圈起来，飞快地过来，猛地一转身，一个媚眼飞过来，又飞快地过去，在那边又猛地再一转身，又一个媚眼飞过来，这么一圈儿，那么再一圈，眼神这么一飞又那么一飞，让人们看得开心极了，说是风骚，是真风骚，是那种极为少见的老风骚。她那眼神和满脸的丑笑十分感染人，丑有时候也是一种美，当这丑是有意表演给人们看的时候它便有了美都无法与之相比的吸引力，民众的低俗就在这里，他们喜欢丑远远大于喜欢美。艺术这种事，是真正的艺术家在那里把艺术往高了推再往高了推，而到了民众这里却会被一下子再拉下来。如果说真正的艺术家是个战士的话，那么他们实实在在是在和那些民众战斗。朱姨在广场上的出现，因为她的舞姿，人们才猛然想起她年轻时候曾在部队的文工团里边待过，只不过是嫁了老胡之后，她把自己的一切都收拾了起来，她是老胡的第二个女人，建国之后许多干部和老胡都一个模式，家里的老婆都被城里的女人替代了，没有二婚的几乎很少，用他们的话是"婚姻自由"，用他们的话是"先嫁听父母，后嫁由自己"。这句话编排得真是好，猛地一听都像是从女方那边说起，倒好像跟男方没什么关系。但说真心话，男方那面还真不好说，因为他们都是国家干部，国家干部是可以随便说的吗？谁都不能随便批评人家国家干部。朱姨对家里人说她这是在锻炼身体，对同龄人说她这是让自己的心保持年轻。她天天去广场，而每次去都是独自一个人，或者是今天选中一个老舞伴和他跳一会儿，明天再选中一个老舞伴再和这个跳一会儿。她的舞伴没有固定的，她和选中的男舞伴跳的时候一开始还搭搭胳膊搭搭手腕，但马上会脱离，她会在男舞伴身边不停地绕圈子，却不再跟他拉手接触。但接触一下又能做什么？他们都老了，即使有想法也无能为力。

"老不要脸的，没一点世界观。"许锁凤这样说。

"没有世界观的人你就不能跟她打交道。"许锁凤又说。

"你的世界观是啥样的？"许锁凤笑着，扳着大妞的胳膊问，"我看你啥世界观都没有你这不也活得挺好吗？"

许锁凤笑了起来，她想让大妞也高兴一下。

许锁凤和四妞说话的时候大妞不吭一声，她好像听着她们在说，又好像没在听，一切一切都好像是离她很远，只有说到小萨，她才忽然有话，脑子才会变得清亮，因为门开着，可以看到外边，大妞突然站了起来朝屋外走去，她看到了两个饮料瓶扔在门口的地上,她出去把那两个饮料瓶捡了起来,又看看四周,看看还有什么东西可捡。大妞没看见什么可捡的,她看见了乌鸦,从西边飞过来了,扑扇着大翅膀。

这两天乌鸦又多了,早晨是从东边往西边飞,到了晚上是从西边往东边飞。

6

天冷了,树叶都黄落了。

"不找事做不行,老了怎么办?"

那天许锁凤一边织着手里的毛活儿一边对大妞说:

"你要找事做。"

大妞又要去做临时工了,这一次是要去蒙德拉小区做保洁。是李红旗的妹妹托房产所的刘兰花给找的,自从小萨丢了以后,大妞和李红旗的家人又有了来往,小萨上小学李红旗的家人给过两万块钱,这事大妞也总记着,有些事情,大妞总是忘不了,而有些事情大妞又总是记不住。李红旗一家人对大妞都很好,都快二十年了,李红旗的家人从来都没把大妞当过外人。

"嫂子。"

李红旗妹妹这样叫大妞。

"不许她们这么叫!"

老张活着的时候坚决不许她们这么叫。

"我心上滴血!"老张说。

蒙德拉小区在城南,过了第三医院再走一段路就到,从大妞现在的家出来一直往南走就行。那是个新小区,从外表看很漂亮很上档次,但是从里边看就未必,二十多栋的高楼什么样的人都有,地下车库是两层,车库里平时没有人,去年贴在车库门上的对联还兀自在那里自取其乐地金红闪烁,人多热闹的时候金红二色固然好看,没人而冷清的时候尤其是在地下车库这个连个人影都没有的地方,这两种颜色就多少有点显得阴森。

想不到,现在当保洁还要考试,而且后边还跟着面试,这第一关大妞就过不了,李红旗妹妹托的那个刘兰花说:"他妈的,想不到这还要考试,太离谱了。"直性子刘兰花开口就是"他妈的"。她对李红旗的妹妹说:"正好,体育场他妈的缺个看自行车的,我跟我姑姑说了。"刘兰花的姑姑在体育场当主任,"不行就让她去体育场吧,那地方不用考试也不用学习,去体育场看车也没什么事,现在偷车的人也没有,谁现在还偷车啊。"

体育场也在那条路上,比去蒙德拉小区还近一半的路。那是个老体育场,紧挨着儿童公园,春天丁香花开的时候这地方都香得呛鼻子。现在的体育赛事很少,体育场里的房子都被出租做了小商店,这地方还喊出了一个口号,叫做"打造北方小义乌"。这可要比打什么比赛都要热闹得多。体育场是圆形的,好像是在世界上也没有方形或三角形的体育场。

负责体育场工作的是个东北老女人,姓刘,刘兰花的姑姑当然姓刘,人们都叫她刘主任,是个副科级,但这地方她说了算,她嗓子总是哑哑的,每天都要背操手绕着她的体育场走一圈,一边走一边思考问题,思考怎么来钱,她一边走一边抽烟一边用手指不停地弹烟灰,一根抽完这一圈还没走完,她就会停下来再续一根,再一边抽一边思考问题一边不停地用手弹烟灰,她那个右手的食指和中指是焦黄的,她身上没别的味都是烟味,她的嗓子哑,按说应该少说话,但她还爱大声说话大声地训人。体育场的房子除了出租了一大半儿，现在还留了一小半做训练用，搞训练的时候那些被培训的学员要吃要住，所以这里还有一个小食堂。每天都有人会往这边送菜送肉送鱼什么的，这一切都她自己一个人负责，她是事无巨细一揽子全管到。她穿中山装，但不戴帽子。她还喜欢读书，起码她自己这么说。她的办公室，按说她这级别还什么办公室不办公室，但她给自己安排了一间，办公室里边一进门就是一张很大的办公桌，桌上交叉放着两面小国旗，她说做人不能忘国，没有祖国你就什么也不是，她读的书也都放在桌上，好几本马克思的书，老马是大胡子，一看就不是中国人。她说她中午没有睡觉的习惯，读读书就算是睡午觉。还有一些书是中央领导人的文选。她说在中国文字最标准化的就是中央领导的这些个文选，"多读它们，你的文字水平和一切水平都会得到很好的发展"。她对体育场的人们普遍地这么说。人们都知道她在体校当过近十年教员，教射箭，据说她的臂力过人，全是当年射箭练出来的，人的身体真的很奇怪，两条胳膊的肌肉练出来了，乳房却好像没了，刘主任那地方是一马平川，好像什么都没有，屁股后面呢，也一马平川没什么可看的线条，年轻运动员给她起了个外号：平板电脑。她年年夏天都要留一次小平头，她说为了凉快，不认识她的人猛一看还不知道她是男是女。

快要入冬了，入冬前，埋在地下的暖气管排水系统都要重新检修一下，室内的暖气也要检查一下漏水不漏水。所以这几天体育场特别忙。

"你来一下。"

刘主任招招手把大妞叫到了她的办公室，她的办公室里边都是烟味儿。

刘主任也没让大妞坐，就让她那么站着。

刘主任对大妞说，来我这儿就得好好干，你看我地方就不是养闲人的地方，你今天先去熟悉熟悉，今天你就先跟他们抬下水管，在咱们这儿工作就是要哪忙就去哪。

灰色的水泥管子有多粗？一个人可以在里边钻进钻出，六个人抬一根这样的水管子很吃力，这样的水管子一般都要用机械来处理，但刘主任把话指示了下来。

"能省就省，也没几根，咱们人抬吧。"

既然刘主任这么说了，人们也没别的可说，那就"吭哧、吭哧"抬吧。体育场的南边新挖了一道沟，这些水泥管子都要下到那道沟里去。

这是第一天，大妞跟人们一起抬水泥管。人们问什么话大妞都不回答，她不知道自己应该说些什么。

"这可好，来了一个哑巴。"人们说。

大妞从来都没干过这样的重活，而且，抬水管子的就她一个女的。刘主任还说："她那么高的个子，应该是身大力不亏。"大妞从小到大，碰上高兴事是这样，没话，碰上不高兴的事她还是这样，没话。干这么重的活抬这么重的东西她还是第一次，她马上就要坚持不下去了，但她还是坚持了下来。

"比这苦的事多着呢。"

刘主任那天站在那里看人们抬管子，看他们一点一点挪动，居然这么说，说打比赛练项目哪样不苦。但刘主任作为一个女人忽略了一个问题就是岁数问题，大妞已经不是吃那种苦的岁数，虽然她还梳着两条辫子。

一根大水泥管子抬下来，大妞浑身的衣服从里到外都湿透了。

那天下雪了，又粗又大的管子也埋完

了，大姐又被喊去洗床单被单，过两天有个体育培训班要开班。这天刘主任一边抽烟一边背操手在体育场绕圈，体育场外边的风实在大，她不在外边绕了，她在里边绕，她一边绕圈一边抽她的烟，一边时不时地用手指弹烟灰，她看到大姐在洗被单，她招招手示意大姐过来。大姐没动。

她又招招手，示意大姐过来，她想跟她说几句话。大姐不知道她什么意思，还是没动，直直看着她，虽然直直看着她，但那目光又十分漠然，让人不好捉摸。

"唉，真还是个傻子。"刘主任说。

她对另外那几个人说："她有点傻，大家都照顾着点她。"

就在昨天晚上，刘主任的侄女刘兰花来了一下，给她姑送了一大袋子土豆、一箱做好的柿子酱、一大袋子胡萝卜，还有一大袋子压好的粉条子，都是李红旗自己家大棚里种的，她把大姐的事都对她姑说了，包括那个李红旗。

刘主任在心里暗暗吃了一惊，老半天没说话，她忽然心软了，那水泥管子实在是太重太重了。

"你怎么不早说呢？"刘主任对她侄女说。

"他妈的，让她去厨房洗碗去吧，风吹不着雨淋不着，明天要降温了，日本那边地震了。"刘兰花对她姑说。

昨天晚上还发生了一件事，刘主任放在桌上的那个烟灰缸不知怎么就裂了，屋里晚上不像进过人，怎么回事？刘主任把这事对刘兰花说了，说这真是怪事，没人动它它自己就裂了？她一边抽烟一边说人这一辈子要经过许多怪事，许多怪事连科学家们都感到头疼。

"比如你奶奶吧，"刘主任对刘兰花又说起家里的旧事，"你奶奶去世那天中午，人们要做饭，你妈把锅放在灶上，倒了点油在里边，然后是往里边倒菜，然后是下铲子，谁知道铲子一下去还没炒两下，锅上出现了一大窟窿。"

这事家里人都知道，刘兰花觉得也没什么稀奇。

"老太太可厉害了，她肯定在那里说我叫你们吃，我叫你们吃，我让你们谁都吃不成。"刘主任说。

刘主任抽着烟，和侄女说着话，把烟灰一点一点都磕在那本她根本就没看过的《资本论》上，她根本就没有可能看它，虽然她对人们说她从头到尾看过两遍。在中国，真正读过这本书的人很有数，往多了说估计不会超过一百。不少人吹牛说自己读过，但读过没读过只有他们自己知道，这只能让别人觉着好笑，这是本很不好读的书。

没过几天，大姐就腰疼得动不了了，站不直，弯着点腰还好受点，可能是抬水泥管子抬的，把什么地方拉伤了。她只好回家躺着，天很冷了，夜里的风很大，可以听见楼前边树上的乌鸦一晚上都在叫，那些乌鸦最近都落在楼前边的那两棵树上，黑压压一片。

天气好的时候大姐会慢慢慢慢挪下楼去捡破烂，捡一大袋子，然后弯着腰再把它们扛上楼去，一入冬，这边的拆迁就更没人提了，人们说到了明年春天再看吧，地都冻成个这样了还拆什么拆。大姐因为腰疼，再加上扛着捡来的垃圾，她上楼上得很是困难，后来只好爬。好在人们都搬走了，没人能够看到大姐拽着个大塑料袋子在楼梯上爬。

许锁凤来过一次，她坐着轮椅上不来，

只能在下边使劲喊，许锁凤朝上边大声喊：

"天冷，大妞——又没暖气，大妞——你不想冻死就跟我走，大妞——跟我去睡热炕——"

因为这地方准备拆迁，暖气和电早就停了。又下了两场大雪，天就更冷了，没人知道大妞在那既没暖气又没电的屋子里怎么过。但人们都知道她肯定是还活着，因为人们从下边朝上看，可以看到上边的门和窗都用东西堵得严严实实。有时候那只黑猫会从屋子里溜出来，缩在阳台的边沿上晒太阳，鼻子毛上都是霜，想必它也很冷。

"看那猫，看那猫胡子，都白了。"下边有人说。

大妞的另外两个妹妹也会时不时地过来看看她们的姐姐，但她们也都很忙，大妹在饭店打工，小饭店，门脸不大，她负责洗碗，二妹在小区搞洁保，一个人包五栋楼，每天要从一楼一直清扫到二十五层，一栋楼两个单元，一共五栋楼，你想想会清扫到多会儿。说到照顾这个脑袋有问题的姐姐，她们都是有心无力，也只能抽空过来看看，说几句话，她们也想把大妞接走去她们家住住，天暖和了再回来，但不可能。

"我走了，小萨回来怎么办？"大妞首先就不愿去。

大妞正在用手剥捡来的栗子，一堆绿毛霉栗子，偶尔也能剥出一两个好的。她的手上都是冻伤。

"我可不走，小萨回来怎么办。"

小萨的小名叫张小萨，大名叫张永进，都是老张给起的。

"咱们姓张，咱们不跟他们姓李。"老张说。

大妞的爸爸老张在小萨被人贩子拐走之后很秘密地做了一件事，这件事老张的家人都没对外边的人说过，他们怕一旦说了老张的单位会停发老张的退休金，这件事就是老张其实已经出了家，他出家的地方就在这个小城的东街靠近东城墙的法华寺。那个寺院不算老但挺好，山门全是黄绿二色的琉璃，太阳一照，闪闪发光。

法华寺的长老曾经是老张手下的一个小班长，后来他复员去当会计，有一年账目却怎么也理不清，这让他烦透了。干脆，他出家了。他一出家，单位那边果然也没人再问了。

老张对现实生活完全绝望了，如果说他的外孙小萨还算是一根把他与尘世紧紧拴在一起的细绳，那么，小萨一被人贩子拐走这根细绳就彻底断掉了，老张掉了下去，掉到了什么地方？这个问题只可意会不可言说。

老张没在庙里住过，他没来得及住，人就死掉了。

他出家的名字叫：妙永。法华寺的花名册上至今还有老张的名字，是这么写：妙永，曹洞宗妙字辈，法号妙永。

7

快接近春节的时候这个小城又下了两场很大的瑞雪，天气就更冷了，雪大天寒，人们发现有不少乌鸦被冻死了，从树上"扑搭、扑搭"直接掉下来，或者它们就是被风雪直接从树上吹下来的，掉下来的乌鸦都全身缩作一团，屁股后边都糊着一堆屎。

人们都说，一开春这边的房子肯定要拆了，不拆就不像话了，看看这垃圾，看看这个乱，人们说这话什么意思呢，其实是没一点的意思，也只是大雪天的没话找话。因为天气冷，下边街上来的人不太多了，深一脚浅一脚的也不好走。虽然下边街两边的小饭店、小菜铺、小五金店还有镶牙馆、小按摩店、理发店现在还都继续开着，但那些小老板手艺人也都打算要找个新地方了，春天一来，万象更新。

"去他妈的，一个人老待在这儿算什么。"人们都说。

人们掐算着日子，掐算离春节还有几天，五天、四天、三天、两天、一天。

春节前这一天，有人来敲大姐的门了，很长时间都没人来敲门了，是谁呢，许姨是上不来，她没那个本事了，朱姨也许会上来但又不太可能，还有大姐的两个妹妹，她们都想让大姐去她们家跟她们一起过年，但大姐跟她们说好了，谁家也不能去，小萨回来怎么办？

春节前的晚上，也就是人人都喜欢的除夕夜，大姐听到了，听到有人从下边上来了，真是有人从下边上来了，脚步声"扑通扑通"地从下边上来了，然后，在门口停住了，停了片刻，外面的人开始敲门，敲门的声音在大姐听来很熟，一下两下三下，一下两下三下，一下两下三下。

"谁？"大姐问。

外面没人回答。

"谁？"大姐又问。

外面还是没人回答。

大姐不敢动了，她真是有点怕，她身上穿得很厚，她不想让自己冻感冒也不想让自己冻死，她要等着，她不敢待在那一南一北的屋里，那两间屋里的墙上都是银光闪闪的霜。她只能待在厨房里，而且，她还要把厨房的门关死，她在灶里生了点火，这样一来还有点暖和气，那只黑猫此刻就卧在灶台上，它也冷，这个冬天可真是太冷了，它把自己蜷起来，蜷起来，它的防寒措施就是只能把自己努力蜷起来，蜷到最小，这样就能把身体的温度最大程度地保存起来。

外边的人又在敲门了，敲敲，停停，敲敲，停停。

大姐慢慢站起来，慢慢摸索着去开门，她怕极了也渴望极了，门从里边打开了，屋里的冷气猛地和外边的冷气汇合在了一起，一时是屋里的人看不清屋外的人，屋外的人也看不清屋里的人。

大姐猛地像是听到了那熟悉得不能再熟悉的喊声：

"妈——"

"妈——"

"妈——"

怎么说呢，当白腾腾的寒气散开之后，大姐愣在了那里，还不如说她真是被吓坏了，站在她面前的不是她的儿子却是好几个人，是四姐的全家，他们开着车冒着大雪从外地赶过来了。他们没别的，只是想跟可怜的大姐一起过一个年，不管吃什么，不管喝什么，不管屋里有多么冷，他们赶过来了，要跟可怜的大姐在一起过个年，他们都来了。

"大姐春节愉快！"四姐的男人说，好周正的一个男人。

"大姐春节愉快！"四姐说，眼里一时满是泪。

"大姨春节愉快！"四姐的孩子们也都说。

外面又下雪了，纷纷扬扬的雪，好大的雪，这雪下得可真好。

火空海

七堇年《当代》2024 年第 6 期

> **推荐语**
>
> 七堇年的《火空海》是一篇关于攀岩和攀岩者的小说。野外徒步、洞穴探险、攀岩、滑翔、潜水……这些新的生活方式已经吸引了一大批人，但关于这些新生活的书写却相对小众。七堇年深入书写了这一极限运动对主人公的召唤和挑战，在反复的试验和反复的失败中，英雄式的激越被证明不过是人类中心的臆想，接受一种存在即是过程的价值观，是这部作品更重要的意义指向。（杨庆祥）

1

他又梦到了那个场景：一只鲜红色的吊帐[1]，悬挂在峭壁上，远看似一片枫叶，贴上墙头。

拉开吊帐的拉链，迎来峭壁上的第一道曙光：天空蓝得发脆。空气冰冷，刺入呼吸道的瞬间，几乎是坚硬的。风一过，如冰凉的飞刀，贴着岩壁，削过头顶。

轻微的细小落石声不时传来，石粉尘末落在吊帐的防水层上，嗖嗖滑落。乌鸦的嘶叫声碰撞在万丈岩壁上，反复回荡。胡兀鹫展开阔翼，沉默盘旋着，在遥远的

---

[1] 吊帐（Portaledge），大岩壁攀登者通常需要在岩壁上奋战很多天。如果垂直的岩壁上没有天然的平台适合休息时，就会用到吊帐：即悬挂式帐篷，用岩钉或者膨胀螺丝锚点固定在岩壁上。攀岩者结束每一段之后会回到吊帐休息。

地面投射微小的移动阴影。

强烈的暴露感能一把抽走呼吸。向下俯瞰，岩壁的裂缝几乎是直直插入万丈深渊，就连从不恐高的阿斗，也不免感到心跳加快，手心渗出毛汗，肾上腺素涌动。他不得不收回目光，抬头望去：上方的岩壁呈轻微的仰角，仿佛城墙将倾未倾，压迫下来。再往上，就是那道结冰的瀑布了——宛如绽放的透明烟花，炸开一道道冰白的流苏，在空中凝固着；瀑布中段，微微收拢，俨然一架巨大无比的枝形吊灯；再往上，瀑流变细，仿佛一道升向天国的水晶天梯，直抵苍穹。

2

梦境戛然而止，天已大亮。晨光锋利，扎穿了帐篷那层薄薄的面料，闭着眼睛都感觉刺眼。阿斗醒了，一瞬间有点想不起自己在哪里。眼睛干涩，花了好久才能睁开。同伴刘白早已经起身了，不知去向。阿斗摸出手机看了看时间，七点，该起了；他钻出帐篷，走到几米开外去小解。

气温零下二摄氏度，深呼吸时，冷空气仿佛钢丝捅入鼻腔，刺得阿斗清醒过来。

回到帐篷门口，他发现昨晚接的那一桶水已经结冰，便操起冰镐，走向水源的上游，凿冰取水，但冻得太结实，厚到凿不破。他只好走到更远的地方，舀干净的雪，压实，装满一锅，带回营地，点燃高山炉烧水。雪化了只有一点点，他来来回回舀了好多次，才能烧满一小锅。

在高海拔，再小的事也格外费力。舀雪的间隙，阿斗停下来喘气，仰望眼前这面大岩壁，感到某种冰晶一般纯粹而锋利的美感，如慢箭一般，缓缓刺穿了身心。

大岩壁仿佛一座宏伟的神殿之门，俯瞰着他，也拒绝着他。这是他的庙宇，可他像一位虔诚的信徒，不得其门而入。一再尝试攀登，一再失败，一再回来，多少年，多少次了？他都有点记不清。

第一次来到这座大岩壁跟前，阿斗就被迷住了。他确信自己要登上它，也许是世界上第一个，很可能也是最后一个：与永恒的岩壁不同，冰瀑是短暂的，往往只有一个冰季。几个月前，这道奇迹还不存在；而几个月后，这道奇迹就将融化消失。而来年，后年，谁也说不好它还会不会再有：随着全球变暖，降水量多寡变化，即使冰瀑再次凝结，也不可能一模一样。这就如同世界上没有两片相同的树叶一样，世界上也没有两道相同的冰瀑。若说岩壁是山川的掌纹，那么冰瀑就是山川的垂泪。独一无二的，凝固的垂泪。

3

远远地，阿斗看见了刘白的身影：脸色苍白，走得很慢，上气不接下气，双腿打晃，好像地上长满了看不见的手，在拽他的双脚。

"他妈的吐了三次了，太难受了。头剧痛，靠，"刘白抱怨，"你睡得跟猪一样，打呼打了一晚上，太过分了。"

"高反都这样。吃药不？"阿斗冷冷问，"我这有乙酰唑胺。"

"有用吗？"

"看人，"阿斗翻出急救包，"副作用是全身要发麻，我估计你现在才吃已经迟了，爬升前就要开吃；要不你试试他达拉非，韩版的伟哥，等于让血管膨胀，促进血氧含量……"

刘白目瞪口呆:"这都是啥偏方?!算了吧,我就知道红景天,有吗?"

"别信那个。其实药都没啥用,最主要的就是海拔适应。待上几天,就好了。"

"几天?!一天我都受够了。"刘白摇着头,"说真的阿斗,要挣钱,做什么不好,做领队,到这来受罪?辛苦不辛苦啊?"

"不辛苦,命苦。"阿斗低头自嘲,"算了,我看你就吃一颗EVE吧,但含有丙戊酰脲,会减少血小板,不能多吃。我先给你测测血氧。"他拿出便携血氧仪,一个比橡皮擦大不了多少的玩意儿,夹住刘白的食指,等待结果的间隙,他倒出刚烧好的热水,兑了葡萄糖,递给刘白。

"你带队,遇到过我这种高反的吗?"

"肯定啊,多多少少都会高反。严重的,马上就下撤,你这种,适应一下再说。"阿斗看了一眼血氧仪,78%,"好得很啊,比我还高。"阿斗放下心来。面对这样的大岩壁混合攀[1]挑战,没有搭档,是几乎不可能完成的。阿斗心中最理想的搭档当然不是刘白,但有一个人总比没有要好。

4

吃完早饭,收拾完帐篷,俩人出发比平时时间晚了许多。把所有的攀登物资运到岩壁根部,俩人来回两趟,时间已经过午。

"这就是火空海?你说多少个绳距来着?"刘白问。

"差不多二十个左右。"

---

[1] 大岩壁混合攀,是传统攀岩中难度较高的情况,涉及岩石和冰雪复杂地形,除了攀岩所需装备之外,还需要运用冰镐、冰爪等,通常以小型团队合作的形式来完成,对技术和意志的考验很大。

两人稍作休息,拆卸驮包,建好大本营。为了减轻负重,一支牙刷柄都要掰断,但有一件东西是不能省略的:刘白拿出一只银色的轻质铝盒,正要放进自己的背包,阿斗转身看见,"不行,这个放进公用的。"

刘白察觉到阿斗眼里的坚决,没有多说,顺从了。他刻意转换话题:"咱们吃的,最多够十天,对吧。你觉得搞得定吗?"

"搞不定也要搞定。"阿斗说,"别担心,我来领攀。"

刘白没吭声,他按照阿斗的意思,解开一捆绳子,一把一把捋顺,放入绳包。理绳的过程过于单调,让他走神:这些绳子、装备、景色,甚至自己现在这个搭档的角色,都曾经属于叶子。阿斗和她度过这么亲密的时间——帐篷,一整座山,一片岩壁,只有他们两人:会发生什么?

刘白因为没有亲历,而只能展开想象。那种想象令他不安。在他赶地铁、上班、吃饭、下班、洗澡、看电视、不断刷手机等她消息的时间里,他不知道他们会在山上经历些什么。他逐渐意识到,人其实可以忍受任何现实,唯独没有办法忍受想象。

现在叶子不在了,他的想象死无对证,更绝望了。想象变成一张钉板,令他日夜煎熬,非得亲身体会一次,亲自走一遭,否则总觉得没有了结。也许亲自确认了他们只是受罪,没什么浪漫可言,这样就可以放过自己。他最终想要的,也只是放过自己。

阿斗清点着装备,余光瞟到了那一堆绳子,脸色突然严肃了起来:"这样不行,记着,一定、一定、一定要记得打绳尾结。这不是玩笑。不然——"阿斗特意将绳子尾端摘出来，拿起保护器[1]比画了一下：绳子嗖的一下从保护器的管槽中滑出——这就是末端不打结的后果：直接掉落，粉身碎骨，"你知不知道每年，有多少人因为没打绳尾结而出事？"

"不好意思，生疏了。"刘白说着，眼皮垂下来，不看阿斗。

阿斗没有像过去那样发飙骂人，只是叹了一口气：一个连绳尾结都要疏忽的搭档。可他除了刘白，也找不到别的搭子了，更何况，他们共同的理由是叶子。过去那么多年，除了叶子，他没有任何别的固定搭档，朋友，连喝酒的哥们儿也没有。他一个人就是一支队伍，独来独往。没有人教会他如何与人交际，他好像也不需要。一种毫无来由的失败感，提前笼罩着他。

5

与其说是攀登危险，不如说是攀登救了他。阿斗不止一次想过，如果没有攀登，自己的生活现在会是什么样子？还会有生活吗？或许已经死了，或许生不如死。可能像一把糜烂的枯草，蜷缩在某个暗无天日的游戏厅，像"那个人"一样，死于一针致命剂量；好一点的话，或许一辈子待在农家乐的后厨杀鱼，闲来被老板派去送外卖。在农村长大，他没去想过太多的可能性。整个童年在提心吊胆之中度过，最想要的可能性，只是离开那个人，或者，那个人离开。

那个人的皮带不是用来系裤子的，家里的吊扇也不是用来吹风的。他的暴力根本不需要理由，手边任何东西都可以是刑具。筷子，遥控器，晾衣架，扫把。那个人喝多了的话，家里的墙壁、地板，就会变成刑场。他将妈妈揍得鼻青脸肿之后，还会扯掉她的头发，塞进她嘴里。这不是人干的事，阿斗内心默默把那个人称作"它"，学校里，老师一遍一遍纠正阿斗作文里的错别字，爸爸，第三人称，男，"他"。

不，它。

妈妈逃跑过两次，一次带了阿斗，另一次没有，但都失败了。"它"会当着亲戚和公安的面哀求，忏悔，扇自己耳刮子。但是每次她被哄骗回来，"它"只会打得变本加厉。有天放学回家，妈妈不在。很晚了，她还是没有回来。阿斗以为妈妈又跑掉了，有点发蒙。"它"也不问，独自喝闷酒，打发阿斗去喂猪，结果这一出去，他才在后院墙外的那棵桂圆树上看见一个人影，吊着。

这一幕明明是亲历，但记忆一定发生了某种自我保护机制，将它虚构：仿佛这一幕是电影里看来的，跟自己无关。这一幕成了他自己的"切尔诺贝利"：灾难发生了，被否认，被遗忘，人们离开，遗弃现场，建一座混凝土盖子，封起来。长大后，阿斗依然害怕大树。绝对不吃桂圆，也不吃猪肉。他不解释为什么，别人就默认他有信仰原因，他从不辩解。

他也不太想得起自己怎么度过那一幕之后的许多年：妈妈走后，那个人的火力就转移到自己身上了。阿斗当然不喜欢学校，但更害怕回家。放学后，他只能在路上东逛西晃，拖延回家的时间。被迫只能与那个人共处一室的时候，阿斗每时每刻都是提心吊胆的。他睡觉在枕头下藏着一

---

[1] 攀登过程中用来保护攀登者的器材。主要有三类，即8字环类、ATC类、机械制动类。基本功能都是通过摩擦原理起到制动的作用，保护攀登者不掉落。

把刀，吃饭狼吞虎咽，以求自己赶紧长大，健壮，这样"它"就打不过自己了。在家里，阿斗将两只眼球交给天花板、电视机，或者作业本、墙壁、地板，这些都比较安全，但绝对不能与那个人对视——就像丛林中遇到野兽，切忌与它对视。他只能以一种近乎耐心的仇恨，日夜祈求那个人离开，彻底的最好。

后来那个人去了外地打工，阿斗被送去爷爷家，他才松了一口气。但很快，他发现老头喜欢虐待村里的每只野猫野狗，并与菜园里那只母羊关系诡异。冬天冷的时候，母羊被拉进屋来，老头与羊同吃同睡。夏天，则每晚都去羊圈，有时候白天也干。终于在暑假的某一天，大中午烈日炎炎下，老头暴毙羊圈，死于激动过度心脏衰竭，裤子尚挂在脚踝。

阿斗想过，要不要把老头的死讯告诉那个人。转念之间就抹去了这个念头，因为自己既没有联系方式，也不想联系。到了办丧事的时候，阿斗才知道，这是一场两个人的葬礼：早在一年前，那个人就死了。至于死因，由于实在太不光彩，大人们在阿斗面前说法含糊。从牌桌上七嘴八舌的唇语中，阿斗猜测跟针头有关。

丧事是六姑带着亲戚们一起操办的，在老家院坝搭起棚子，吃吃喝喝，烛烟不绝，棋牌喧喧，一地狼藉，花生，瓜子，鞭炮的碎纸屑，除了色调黑白，跟喜事儿没区别。花圈上竟然写着怀念之词，叫阿斗看了想笑。

守灵七天，人们就打了七天七夜的牌。一种诡异的热闹氛围笼罩着葬礼。他听见有一张牌桌上传来一个声音，没有被洗牌声掩盖："狗日的这家人尽是变态，你看这个儿娃子，老汉儿死了，一滴眼泪都没得。"

阿斗听到后，径直走到那张牌桌跟前，扑上去，猛地一把掀掉了每个人的牌，然后死死盯着牌桌上的每一双眼睛。麻将牌铿锵有力，滚出十几米远，把周围几桌都镇住了。四个大人吓了一跳，看到这孩子眼神生猛，咬牙不吭声，不晓得还干得出什么事来，都有点怕。阿斗心里涌起一股不可告人的窃喜，强忍笑意，控制嘴角的弧度——这份死讯，他实在等待太久了。

他的目光越过六姑高耸的假发，望见后院那棵高大的桂圆树。他转身离开牌桌，拼命奔跑起来，大口呼吸，像是想要吞噬一点什么东西进去。但什么也没有。没有难过，也没有高兴。空气的尽头还是空气，他只知道生活还要继续，到处都是大树，他得避开。

6

读书当然是没有兴趣的，阿斗考不上高中，给六姑开的鱼火锅当伙计。他脾气暴躁，客人但凡多喊两句"添饭""加碗筷""上菜快点"，他不仅不耐烦还会骂脏话，弄得生意都没法做，只能去后厨洗碗；又因为动作粗率，摔碎了太多碗盘，被六姑派去做墩子，学杀鱼。

鱼鳞黏糊糊，下水血淋淋，弄得他浑身上下又湿又臭；去鳞机隔三岔五就会堵，要掀开不锈钢齿轮盖，一把一把地往外掏；切记打开盖子之前要关机，不然要被鱼鳞血污喷射一身，这就是他第一天干活儿学到的教训。这差事人见人嫌，但有那么一丝不可解释的着迷，让阿斗竟然干了下去：鱼刺，菜刀，都是狠东西，那种锋利能强迫他专心，而专心能让他偶尔有一刻平静。当他宰掉鱼头，就好像宰断了"那个人"

留下的隐形锁链，宰掉了一点怒与躁，丢进下水道。

杀鱼一年后，阿斗手艺精进，菜刀越来越像延伸的器官，长在了虎口，再怎么震也不痛不麻了；鱼能被他片成两毫米那么薄，拈起来都是透明的。他经常熬夜打游戏，直到凌晨天快亮，再一口气杀完鱼，扔进冰柜，然后倒头睡懒觉，下午才醒来，晚饭当成早饭，日子就这么混下去，还不坏。

那时候的阿斗对"攀岩"这两个字当然是闻所未闻，去到岩场完全是偶然：当天，送鱼的皮卡坏了，堵在路上，六姑派他赶紧骑电瓶车去接；就这样他到了被当地人称作龙岩的岩壁下面，看见皮卡和一辆面包车堵在一起。从面包车上跳下来一群年轻人，大学生模样，光鲜朝气，背着大包小包，一到岩壁下就卸下，拆开来，有各种各样的奇怪装备。阿斗努力忽视他们，又做不到。他们跟自己同龄，但除此之外，什么都不同。

等他把两箱鱼从皮卡上卸下来捆上电瓶车，那帮大学生中已经有人爬到了岩壁上。路过的村民们纷纷停下来围观，看稀奇，有人喊："要不爬上去帮忙取一下上头那个蜂箱吗？"

阿斗偏着头往上瞧，眼睁睁看见那些大学生像一块块腊肉那样，吊在绳上，挂到岩壁高处去了。

"这是在干吗？"阿斗问。

刘白刚好站在一旁打保护，他戴着头盔，听得不真切，便回头看了一眼。那是他对阿斗的第一印象：人字拖，脏T恤，头发乱蓬蓬，额头汗涔涔，浑身散发着一股鱼腥味儿，但是他妈的长得够帅的，刘白心想，这棱角，这身板儿，要是出生在大城市，大概能上表演系。

刘白解释了一句："这是一项运动，叫攀岩。"

阿斗感到困惑：好不容易进化了几万年，从猴子变成了人，现在又要比赛谁爬得高？"这是……有奖吗？"阿斗忍不住问出口。

刘白的背影耸了一下，像是在笑。阿斗总觉得那背影有点嘲笑的意思，又不确定。他也听不懂场地上的人都在喊什么，简直是在说外语：侧身，折膝，反肩，顶胯，上高脚，重心推过去……

阿斗再往上一看，有个女生正翻上一处屋檐般凸起的岩块：这怎么可能是人爬得上去的?! 他内心大为震惊，眼看着她轻巧得像只猫，轻柔敏捷，一眨眼就翻了上去，简直跟手脚上都装了磁铁似的。

阿斗从小在这面岩壁底下长大，从没觉得这地方还能用来攀爬，只有老一辈采药人挂着麻绳降下来过，说是猴子都上不去；而眼前，半根烟不到的时间，那个女孩子就爬到了顶。阿斗感到难以置信，就这么死死盯着看，连烟蒂烫到了手都没有察觉；他心里直痒痒，恨不得立刻自己也上去爬一把试试，但又担心自己爬不上去，丢人现眼。

六姑来了好几个电话，催得慌，他只好回去了。那一上午阿斗心神不宁，不知道是惦记岩壁还是惦记那个女生，杀鱼的时候一刀割破了左手，整整五厘米的口子，血流如注，滴了一地，分不清是鱼的，还是自己的。

晚饭时候，那帮攀岩的大学生突然出现在鱼火锅店，一群饿狼似的，全都饿坏了；有人直奔冰柜，拿可乐，拧开就喝；有人直奔厨房，大吼大叫，让店家赶紧来点菜。

六姑在厨房忙不过来，敦促阿斗赶紧去招待。阿斗反常地主动起来了，殷勤倒水，上餐具，拿纸巾，一逮着机会，趁机问那帮人："你们是哪里来的？"

"地质大学的攀岩社，我们刚刚在这里开了线[1]。"

阿斗不知道"开线"是什么意思，也没敢问。等他们风卷残云吃完饭，那个翻屋檐的女生叫住了阿斗，他正暗自高兴，没想到对方只问了一句："老板，一共多少钱？"

"鱼怎么样？好吃不？"阿斗没话找话。

"还可以！以后我们要经常来这儿，都吃你们家。"她说。

阿斗心里一喜，脱口而出："没问题，给你们打折。"

他们走后，阿斗才想起忘了问那个女生的名字。他有点懊悔，打游戏也心烦意乱，实在忍不住，偷偷骑上电瓶车，溜去岩壁底下。天已黑了，他没有头灯，没有绳子，咬着一支电筒，站在岩壁下看了看，咬咬牙，挽起袖子，凭着一股蛮劲儿就往上爬。

才到了三四米高的地方，就卡住了，找不到继续往上的抓点，脚下不停地滑。阿斗咬着电筒的嘴突然被一只飞虫啄了一下，他一甩头，电筒就掉了，眼前突然漆黑一片。他回头一看，地上躺着一束电筒的光，自己什么时候爬这么高了？他突然慌张起来，不敢上又不敢下，热汗冷汗湿了一身，蚊虫在耳边嗡嗡绕着，他战战兢兢，小臂紧锁，酸痛到发胀，撑不住了，跟跄摔下来——还好没受伤。

---

[1] 在自然岩壁上，用打入膨胀螺丝、安装固定挂片的方式设计和开发出攀岩路线。

7

盼了一周，他们没来。第二周，还是没来。

阿斗非常失望，连着两周都低落沉闷，估计他们也就是郊游一次，再也不会来了。他不知道只是因为期末临近，大学生忙着考试，约好暑假再爬。

第三个周末，终于来了，还是浩浩荡荡那帮人，路过鱼火锅的时候，问能不能借一下插头，给电钻充电，说是开线要用。阿斗顾不上给六姑打招呼，杀完鱼就跑去岩壁下，眼巴巴望着他们攀爬。

虽然从小在这儿长大，但阿斗还是第一次这么近距离观察这些自然岩壁：闻上去有种青草般的苦味，泥和雨的气息。有的地方看起来光板一片，只有指甲盖那么小的轻微凸起，但他们的脚尖咬上去，仿佛磁铁粘住冰箱门一样，一丝都不滑。阿斗看着那些同龄人如此快乐，放肆，上上下下地挂在岩壁上，心里羡慕得又酸又痒。

刘白见阿斗眼巴巴望了一上午，有点于心不忍，午休的时候跟他打了招呼。阿斗对刘白的第一印象，是"城里来的大学生"：戴眼镜，圆脸，显得有点婴儿肥，皮肤白得像女生，一口标准的普通话。"想试一下吗？"刘白这么一问，阿斗心下一喜；没想到叶子上前打断，质问刘白："攀岩有风险的，你怎么随便让人试？"

阿斗一眼认出这个会翻屋檐的女生，心里紧了一下。叶子的提醒只是出于谨慎，而在阿斗看来这等于高傲。他对此很敏感，脸色变得难看起来，把目光投向刘白。

"这是我们队长……叶子。"刘白讪了，不再吭声。

"都有头一回嘛，试一试嘛。我就住这

儿的。你们不是电钻要充电啥的吗？去我家充电，随便充；我那还有民宿，你们要是多来，吃饭住宿都可以打折。"

"这不是打折的问题，"叶子嘀咕着，低头给磨破的手指缠上绷带，"主要是风险高，我们都买了保险的；还要装备……"

"买就买嘛，不就是保险吗？多少？"

"不是这意思……"刘白拉住叶子，小声凑上耳朵跟前提醒她，"跟当地的要搞好关系，我们才在这里开线……"

刘白声音很小，还是被阿斗听见了。他琢磨出一点儿什么，立刻说："这片岩壁就是我家背后的，信不信说不让你爬就不让你爬了？"

"好啦好啦，没说不让你爬，一会儿你就体验一把，穿我的装备，你脚多大？"刘白问。

"不用，"阿斗嘴硬，"光脚就给你爬了。"

8

叶子手把手教阿斗如何将安全带[1]穿戴在腰胯部，带子的长短怎样调整。头一次和女孩子这样靠近，阿斗紧张到不敢呼吸，仿佛胸口突然开了一家夜店，心跳在蹦迪。当她贴近阿斗，伸手在胯部帮他打8字结[2]的那一刻，一种恐怖的甜蜜迎头泼来，激得阿斗本能地闭上眼，深呼吸，拼命抑制自己的勃起，几乎想逃。她发现了吗，靠，

---

[1] 攀岩安全带为攀爬者和确保者（保护者）提供一种舒适、安全的固定装备，可以把坠落的冲击力分散到腰和腿上，避免全部集中在腰上而受到伤害。安全带通常包括腰带、腿环和一种前方有附加的连接系统，腰带为主要受力部分。
[2] 将绳索尾端打一个8字结，可以牢固地将安全带与绳索连接起来，进行攀登，这是攀登中最基础的绳结。

千万别！阿斗赶紧蹲下来，蜷缩在地上，装作换鞋，窘迫之中祈求它快点过去。也没想到攀岩鞋这么小，简直是三寸金莲，根本穿不进去，阿斗龇牙咧嘴地把脚趾硬往鞋里塞，"这鞋……没有大的吗？"

刘白说："攀岩鞋就得这么小，你穿的还是我的，算大的了。"

费了九牛二虎之力穿好攀岩鞋，脚尖疼得钻心，阿斗被这一茬打岔，激动的"小伞"总算消停了，勉强能站起身；叶子拉了拉阿斗的保护环，攀登环，检查了8字结，确认都扣好。"去吧。"她说着，站在下方拽着绳子，亲自为阿斗打保护。

就像每个第一次爬上岩壁的人那样，她知道阿斗正在过度紧张：死死抠住每个手点，拼命锁臂，顾不上看脚点。眼看阿斗肌肉发胀，因过度发力而轻微发抖，叶子忍不住喊道："手臂拉直，拉直，不要弯曲，像青蛙那样蹲下来，对，把身体的重心放下来！对——然后用腿发力！好多了——对，就这样！摸左边那个点，对，别急着引体向上，先出脚。脚尖，是脚尖，不是整个脚掌……"

叶子边喊边教，刘白在一旁看着，嘀咕了一句："没见你对我这么耐心。"

"那是因为你本来就爬得很好了啊。"叶子说。

一股不甘心涌上阿斗的脑门，他越想表现，越是笨拙：反复脚滑，脱手，掉落。阿斗心里窝着一股无名火，执拗地一再要尝试一个难点，但那明显超出他的能力范围，掉得狼狈极了。阿斗忍不住破口大骂，脏话连篇，好像突然变了一个人。

"别急啊，慢慢爬。"叶子喊了一声。

"这也就5.9[1],简单得很!"刘白也高喊着,转头却悄声对叶子说,"你够狠的啊,一来就让人家爬5.9,都不带热身的。"

"这儿最简单的就是5.9,"叶子耸耸肩,"他这算好的了。"

第一次攀爬,挫败感与爽快感仿佛一张双面砂纸,拉回摩擦着阿斗内心。下了岩壁,他大汗淋漓,总感觉自己没发挥好,丢了人;而刘白拍拍阿斗的肩,"第一次就搞定了5.9,怎么样,爽不?"叶子也补了一句:"不错!天赋型选手!"

当时阿斗还不知道5.9意味着什么,也从来没有人对他用过"天赋"这种词,这一切对他来说都很陌生。他只是感到一种前所未有的新奇召唤,完全来自另一个世界。

当天傍晚,照例是一帮人去六姑的店吃完鱼火锅才走,阿斗自作主张给他们打了折,然后厚着脸皮问刘白要借一套装备,说是想自己练习。刘白被他的天真和无知给逗笑了,"给了你装备也没有用啊,攀岩是需要搭档的!谁给你挂绳子,谁给你打保护?白天要是没有叶子拽着你,你早就掉下来摔死了一百次了。你以为你是Alex,一上来就free solo啊?"

阿斗突然窘迫起来,倒是叶子安慰说:"这样吧,那套旧的抱石垫,每次搬来搬去也麻烦,就放在你们这里吧,没事的时候,你可以从抱石练起。"

这一练,阿斗几乎上了瘾:也不知道是为了争回面子,还是真的喜欢,他一来就发了狠,每天清晨杀完鱼,一溜烟就跑到龙岩底下,铺上垫子,在矮处抱石,化身一部攀岩机器。村里人都觉得他疯了,不知道中了什么蛊,成天爬石头,耍猴。阿斗的日常作息来了个一百八十度转弯:早起,杀鱼,攀岩,吃饭,睡觉。岩壁简直成了他的餐桌,他的睡垫,他的庙宇。

他要的是那种镇静:只有到了岩壁上,那种出于本能的恐惧——对高度、死亡的警惕与恐惧——才能让阿斗全神贯注,忘记过去,忘记自己。那种专注的浓度,比杀鱼要爽上一万倍:唯独在死神的俯视面前,他内心的狂躁才能平息。与其说热爱攀爬,不如说他需要攀爬。他需要攀登过程那种最纯净的专注力,镇压内心的风暴,换来平静。

如此多年过去,阿斗越来越确认,若不是因为攀岩,生活将是毫无指望的。

9

大岩壁上的第一天,高气压晴,却有七级大风。岩壁上的水流被狂暴的横风吹成烟雾,沿着水平方向飞散,如同一张巨大的白色旗帜。刘白生生被帐篷的剧烈摇晃给吓醒了,"这还能搞吗?"

"试试呗。"阿斗用一种冷淡来掩饰紧张,照例穿戴装备,准备出发。

攀爬并不顺利:强风被岩缝挤压,酷似一种怪叫;风阻化作好几双手死死拽着他,拉扯着他。细小的砂石总是被吹进眼睛里,烦得要命。

艰苦地推进了两个绳段,效率很慢。

---

[1] 5级地形代表垂直的、需要绳索和器械攀登的地形,也就是攀岩地形。其中,5.0—5.7级为入门级,非常简单;5.8—5.9级需要攀登者掌握一定的攀岩技术和技巧,对有经验的攀岩者来说不是很困难,并能自如地应付;5.10级需要攀登者熟练掌握和运用各种攀登技术和技巧;5.11—5.15c为专家领域,要甚高的天赋和大量的艰苦训练才能达到。

风力没有减弱的迹象,等刘白跟攀上来,时间已经有点晚了。阿斗一拿到回收的绳子,赶紧又继续向上爬到了第三绳段,然后趁着天黑前,下到大本营。

大岩壁长距离攀登就是活生生的西西弗斯:每天向上推进一两段,然后又下来,回到营地休息。第二天先回到前一天的终点,再继续往前突破。随着高度提升,中间需要往上"搬家",也就是在新高度重设吊帐营地。这是整个攀登中最痛苦、最枯燥的部分:搬运日。他们得拖着接近自身体重那么沉的物资,手持上升器,一寸一寸沿着绳子往上挪。

为了稀释掉落的冲坠力,攀岩使用的动力绳具有极好的延展性;即使是用作路绳的静力绳,在一定长度下,依然有弹性。在绳子上爬升,就像踩在沙丘上:上三步,掉两步。他们就像空中的纤夫,在峭壁上拉拽驮包,而重力和延展性,让这活儿比在平地上更难上十倍。更可怕的是碰到屋檐状凸起,驮包被卡住,根本拽不动。即便脾气好的刘白,也被这烦人的状况搞得毛躁不堪。一整天过去了,从清晨到日暮,太阳都已疲倦下来,俩人总算把大本营搬上了岩壁,建了第一个吊帐。

天边发亮,第二天看起来会晴。阿斗将自己扣入保护站,然后一屁股坐在平台边缘,两只脚吊在空中晃荡着,点了一根烟。在这峭壁上抽烟,够潇洒的,刘白看着他背影,心里有点复杂。他至今没有告诉过阿斗,自己有多么严重的恐高。从第一次野攀开始,他就努力不让叶子发现这个弱点。那种恐惧不由自主,令他双腿发软,呼吸不上来。但他挺过来了。

刘白看了看这狭小吊帐空间:天,这就是未来几天俩人的容身之所了。比一张桌子大不了多少,背包就是枕头,绳索铺开就是床垫,装备和补给品则塞满另外两个驮包,固定在帐篷外的平台上。

阿斗抽完了烟,随手在石头上摁灭,接着他在刘白瞠目结舌的注视下,径直脱下了裤子,蹲在平台边缘,屁股冲着背后,面不改色地上大号。

"你倒是换个地方去啊?"刘白背过去,别开脸。

"这地儿就这么大,我能去哪儿?"阿斗满不在乎。

十足的野人,刘白心想。这就是叶子经历的吗?一男一女挤在这么狭小的空间里,吃喝拉撒。刘白强迫自己不去细想,但又控制不住自己去细想。那种想象一旦发作,仿佛猫爪挠心,他忍不住猜测他们到底有没有……有没有……一想到那画面,刘白就感觉心里被什么捅了似的。他想知道答案,又不想知道。

俩人各怀心事,沉默不言。天黑了,都没胃口,懒得做饭,草草吃了些能量棒、巧克力,钻进吊帐就要躺下。空间太小,他们局促得仿佛是两只刺猬挤在同一个气球里,诡异又安静。睡前,阿斗只说了一句话:可能有落石,你睡觉最好把头盔戴上。

10

吊帐上的第一夜完全睡不实。刘白又梦见叶子了,梦里她还如此清晰地活着,他能确切地感受到她的鼻息与温度,以至于醒来的时候,刘白怅然若失,搞不清楚自己在哪里,在干什么。某种压抑的心情,迫使他想要拉开天窗,却一下子被高空的视野彻底惊醒:他在半空中,在云上。浓雾如稀粥一样弥漫着，空气冰冷、清冽，隐约有微风。刘白缩回帐内，搓揉着眼角，对着手机屏幕上的影子，看到自己脸上压出了一个头盔带子的褶印。

阿斗也醒了，拉开门帘，背过身，撒起了晨尿。刘白实在受不了，"下次你能不能打声招呼?！"

"是女的我还回避一下，你矫情什么？"阿斗尿完，大大咧咧地翻出早餐，"一人一包脱水饭，咖喱跟番茄的，你吃哪个？"

"手都没洗，别碰我的！"刘白大声说着，拣了一包番茄味的，"叶子最爱吃西红柿炒蛋了。"

"啥？！她跟我说最讨厌番茄味儿的，一闻到就想吐。"阿斗说完，发现刘白面色难堪，找补了一句："好吧，可能就是她在家吃多了。"

气氛倒是松弛下来，自在多了。在等待炉头烧水的间隙，刘白又是查看天气，又是查看路书，仔细研究岩壁照片，不停询问每一绳段的难度和状况。

"干就完了，怕什么。"阿斗察觉到刘白的紧张与犹豫，但说不出什么安慰的话。阿斗越是满不在乎，刘白心里就越是打鼓。但是看在叶子的分儿上，他咬牙不吭声，硬上。

从第八段绳距开始，线路的难度突然增加。苔藓与杂草覆盖着手点、脚点，踩上去更滑。霜化成水，岩壁很湿。刘白的手被植物的刺扎到了，生疼。常年的抱石练习不是白搭的，他的基本功扎实，技术动作细腻，难度本身不在话下，但这两百多米的高度，让他的每一步都处于战栗中。一想到此刻自己在七十层楼高的地方吊着，他的身体便不由自主僵紧，每一步都倍加小心，爬得很慢。

阿斗为刘白进行上方保护，他吊在保护点上，安全带勒得他的腰椎都快断了，大腿缺血发麻，只能局促地换脚，让缺血的双腿缓一缓。汗水早已被寒风吹干，阿斗冷得瑟瑟发抖。日影已经从他的左肩移到了头顶，阿斗等得不耐烦，焦躁不安地换着脚，骂骂咧咧。

仅仅是跟攀，刘白已经倍感吃力。每到一处难点，他都掉几次，再重来几次，才能通过。粗糙的岩石不断磨损指尖，手皮一破，再爬就疼得像是火烤。频繁的掉落，一次一次重来，渐渐耗尽刘白的耐心。等他终于气喘吁吁跟到了阿斗的位置，已经累瘫了。狼狈地爬上小平台，还没来得及把气喘匀，阿斗就毫不客气地抱怨："他妈的冻死我了，怎么这么慢？！"

"你急什么急？"

"不是我急，这是大岩壁，不是在空调抱石馆啊，效率优先啊！你那脚，跟雕花似的，打太极啊？"

刘白听了十分不爽，嘀咕着什么，摘下腰间的装备，交给阿斗的时候草草一甩，阿斗还没反应过来，一根扁带连着两把主锁直接滑下平台，掉入万丈深渊——这种低级错误最是大忌：掉装备不仅会带来麻烦，如果下方还有攀登者，还容易被砸中。

"我×你大爷的！干吗呢这是？！"阿斗突然发火，"有你这样做搭档的吗？！"

刘白突然自知理亏，又很憋屈："有本事你找别人做搭档啊？！找得到吗你？！混成这样，就你这臭脾气，知不知道你们每次爬山回来，叶子都跟我吐槽——"

"——行了你别再提那个人了！没了！人已经没了！全他妈怪你！"阿斗像是突然被什么扎了，拔高嗓门，"从现在开始，我他妈的不准你再提她一个字！一个字都不许提了！"

刘白没见过阿斗发起火来的阵仗，吓了一跳。他不想在这种地方吵架，这太危险了……刘白拼命深呼吸，攥着拳头，咬着牙，看着万丈深渊，云海升腾，一阵恐高袭来，令他微微晕眩，陡生一种抽离感：人类真是蠢啊，到了这种地方，还要吵架。不能这样……叶子在天上看着，也会笑话的。

"阿斗，我来这儿，不是为了跟你吵架的。"刘白的声音很平静，"想当初，你腰上这条安全带，还是我送的。"

阿斗听他这么一说，也闭了嘴。

11

整个大一暑假，地质大学在龙岩开线，刘白懒得每天往返跑，干脆住在了六姑的农家乐。阿斗担心他不适应农村，专门把最干净的一间留出来。刘白一直以为六姑是阿斗的妈妈，喊错了好几次，阿斗实在听不下去了，开口纠正，这才顺便带出了父亲的事，爷爷的事……那天晚上，阿斗有点喝多，交了底。刘白听得胆战心惊：从小到大，还没有哪个人这样对他突然敞开心扉，包括内心暗无天日的角落。但阿斗这座"博物馆"确实有点少儿不宜，刘白一时找不出话来安慰，只能闷不作声，一杯又一杯地灌自己。

刘白一句话不说，阿斗反而松了一口气：这是他最想要的反应——没有反应。不要点评，没有评判，也不需要同情，他只是想把内心见不得人的那一面，翻翻土，挖出来晒一晒，不然它们快要在自己身体里腐烂，发臭了。

就这样阿斗一口气越说越多，刘白默默听着。他想起自己小时候家境拮据，同桌是个生意人的小孩，要什么有什么，而自己连想要换一个文具盒，都必须用考双百分来交换，语文差一分都不行；每次交完学费后，父母都要对他强调账单，仿佛欠了他们巨大的债务。偿还的方式是"要用功读书""考个好的大学""找份好的工作"。这三句简直成了顺口溜，隐形的紧箍咒，从小念着，戴着，勒进了他的头骨。

刘白逐渐接受自己没那种富贵命，直到他遇到阿斗，才发现原来还有人命更不好。某种隐形的优越感，居高临下的怜悯，令刘白有点暗爽，又点难以启齿。只有在阿斗面前，刘白才感觉自己不需要竞争，因为他生来站在起跑线前面，这让他可以松一口气：终于，他是更幸运的那个了；但隐隐的，他又有点羡慕阿斗：没有被严苛地期待，做什么都可以，他的未来是一片旷野，可以像野草一样生长，风一样自由。那样的人生，他想要，但又不确定是否敢要。

酒精从脑海翻腾到肠胃，刘白跌跌撞撞去了厕所，吐完，扶着墙，直起身子，对着一块肮脏瓷砖，语无伦次地说："其实吧，有父母，也没好到哪里去……我还挺羡慕你的，没人管，做什么都可以……不需要天天听他们念叨，满足他们期待……真的，挺好的……"

阿斗感觉那应该是真话，暗地里吃了一惊：还有人羡慕自己？！

那天刘白最后的记忆，是依稀感到背后有人在拍他肩膀。下手很重，带着鱼腥味儿。那股味道把他托起，放上床；而他什么力气也没有了，也不管了，世界熄灭，他昏睡过去。

12

毕业前夕，刘白邀请阿斗去他们大学吃散伙饭，顺便尝试学校的人工攀岩墙。阿斗感到莫名紧张，一周都睡不着觉，郑重地向六姑请假之后，就开始辗转反侧，愁到时候穿什么去——因为刘白说了，叶子到时候也一起。

没有一件T恤是新的、干净的、没沾染鱼腥味儿的。阿斗提前一天就不再杀鱼，反复洗澡，刷手指，还去了镇上理发。他还是不放心，专门去买了一身新衣服；本来是白T恤，黑裤子，又担心万一吃东西弄脏了白衣服会尴尬，付钱了又倒回去，和小贩好说歹说，换成黑色。

出发当天，阿斗对着镜子反复打理头发，偷了六姑的发胶抹在头发上，想做点造型，结果搞砸了，滑稽得像顶着一头猪油，于是又洗了一遍。确认没有瑕疵，干干净净，才出门去等公交车。那趟车里大都是菜农，阿斗害怕衣服皱了，沾染什么东西，就一直站着。但是T恤胸前是一个硕大的logo，字母还拼错了。他穿着一身山寨毫不自知，走进校园，刘白和叶子见到他的那一刻，立刻就笑了。谁也没有说为什么，但那个笑容显然不只是欢迎，背后有什么不对劲，让阿斗察觉到了，开始不自在。

不自在的还有周围的一切：错肩的每个男生都那么高高在上，每个女生都这么目中无人。没人看他，他觉得是别人看不起；有人看他，他又怀疑对方看穿了自己：只是一个高中都没有上过的后厨伙计。大学那种氛围不属于自己，他既不喜欢，也没兴趣。好看的女生很多，大大方方穿着超短裙，那种青春与性感几乎是进攻性的，他感到无力招架，看也不是，不看也不是，于是只能盯着地面走路。

到了大学的体育馆里，刘白就像到了他的地盘。他在攀岩墙前呼朋唤友，变了个人似的，不像在自然岩壁上那么拘谨。人工岩壁上的手点脚点全是固定的模块，犹如固定的编曲，只有固定的跳法，但阿斗习惯了自然岩壁，自己按自己的方法来，对固定的手点脚点不适应，感觉那手感纯粹是"爬塑料"，不舒服。

岩馆的氛围就像一场派对，房间里穿梭的大学生，令阿斗感到格格不入；刘白不断和周围的同学插科打诨，叶子也是；唯独阿斗谁也不认识，只好借着自动保护器[1]，默默爬完一条5.10b的线，他兴味索然，下来就再也不上了，坐在垫子上一声不吭，玩手机。

刘白和叶子察觉到他的不对劲，提前结束，带他去学校后门吃烧烤。周围都是在吃毕业散伙饭的大学生，他们的举止和话题，和农家乐鱼火锅的氛围大不相同，让阿斗有股莫名的坐立难安。他不知道能用什么掩饰那种不安，只能抄起菜单，认字一样顺着叫下来，点了一大桌串儿。

盘子套着塑料袋，一股几乎刺鼻的辣香，冒着热气端上来，五花肉、兔腰，啤酒哐当哐当整箱往地上一放。叶子和刘白有一搭没一搭地聊着天，吐槽学业，交换老师同学的八卦；说起辅导员有狐臭，秃头戴假发，胖到能把肚子搁在讲台上，他们哈哈大笑起来。那种快乐，让阿斗感到尖锐的失落。

---

[1] 岩馆里的难度墙通常高于5米，自动保护器是一种代替真人保护员的装置，可以让攀登者实现独自攀登；可是一旦掉落就直接会掉回起点，不能像人工保护员那样让攀登者停在卡顿点。

由于没有共同话题，阿斗插不上嘴，只能埋头苦吃，一开始竖着耳朵听，渐渐越听越毛躁，心里不爽，耳朵嗡嗡的。阿斗频繁自斟自饮，烦躁地打蚊子，噼里啪啦在自己身上扇。

最后的烤茄子还没端上来，阿斗已经彻底察觉到刘白对叶子有意思。一丝羡慕，又不只是羡慕的心情，像火柴一样擦过心头，点着了一星火，又吹灭了。读书，上学，谈恋爱……那个世界离他很远。阿斗感到一阵落寞，一口干掉啤酒。膀胱都快炸了，他想去上厕所，又不走开。他烦躁地摸出烟盒，用眼神问了问叶子：介意吗？

她轻轻扬了扬下巴，也用眼神回应着"抽吧没事"，她接着说："真酷，我喜欢用火柴的……"

的……什么？的人？

接下来的那一整晚，阿斗陷入对这个悬置句的遐想中，闷头喝酒，渐渐感觉昏沉，脑子里像是有一盆火锅在沸腾，很辣，又黏糊。

叶子显然注意到了阿斗被冷落了，她非常体贴地拿来两瓶啤酒，爽快地自己倒了，又给阿斗来一杯："听刘白说过你，挺不容易的。"叶子一笑，刘白却紧张地摇头，狂递眼色，脚尖迅速在桌子底下碰了一下叶子的腿。

叶子还没反应过来，有点蒙："怎么了？"

阿斗见了，脸色一变，"你把我的事儿都跟人家说了？"

刘白当场愣住，没再开腔。阿斗筷子一摔，猛地起身要走。刘白立刻追上去，"你听我解释……"

"我当你兄弟，结果你把我的事儿，撕给别人看?！"阿斗的嗓门拔地而起，刘白给吓得矮了一头。

阿斗愤然离席，说公交车要收车了，自己得走。刘白拉着阿斗，道歉的话却说不出口，于是要他等下别走，"吃完，咱回趟宿舍，把攀岩鞋和安全带，都送给你。以后我怕是用不着了。"

"谁他妈要你的东西！"阿斗扭头就走，生怕他们追上来似的，加快脚步，一路狂奔。跑到公交站，刚好跳上车，却发现刘白和叶子根本没有追上来，连影儿都没有。

阿斗感觉心里塌了一块，随便找了个座位，一屁股坐下来。一路上，窗外的街道随着公交车晃动，从校园、高楼、街道……直到城乡接合部。随着最后一盏路灯消失，乡村的黑暗扑面而来。阿斗一路上只觉得白蚁噬骨，到了终点站，内心已经蛀空了一大块。

他后悔自己这么别扭，拧巴，搞砸了一切。刘白是他唯一交过的朋友，是一场本来轮不上他上场的比赛中，一个善意的传球——而自己偏偏手滑，没接住。一想到此，阿斗眼眶发潮，又因为害怕丢人，强迫自己忍住。

回到了六姑的鱼火锅店，最后一帮客人已经离去，满桌狼藉，一地污糟。他帮着六姑收拾完，已经是半夜一点，累得没多想，直接睡去。

次日他们没有联系，刘白没说什么，阿斗也没有，就这么不了了之。很多年后阿斗才意识到，那次散伙饭，果真是他们最后一次以朋友的身份面对彼此。

13

"你怎么瘦了这么多？"叶子再见到

阿斗的时候，惊讶于他的模样：瘦了一圈，胡子没剃，头发长得遮住眉毛，晒得跟泥鳅似的黑，她差点没认出来。

"刘白真不来了？"阿斗开口就问。

"对啊，找工作，焦虑得满脸长痘。"

"那你呢？你不打算上班吗？"

"我吧……算了，散散心再说，多爬几天，可能就想开了，不就是个考研。"叶子说着，把刘白本来要送给阿斗的那套装备给了他。

接过来的一瞬间，阿斗就有点绷不住了，却又努力装作毫不在乎——安全带，闲鱼二手也要八九百，是自己根本买不起的那款；攀岩鞋，斯卡帕经典款，被刘白撑大了，反而舒服些，大脚趾不至于疼到钻心；粉袋，红蓝相间的，上面的签名竟然是 Adam Ondra，来自捷克的攀岩怪才，世界最高难度级别的统治者。阿斗记得，Ondra 完成"寂静"那条线路的视频，还是和刘白一起看的。

阿斗接过来，明明心里荡着，脸上又装作淡定，说，走吧，我们爬。

短短一个月没见，阿斗已经能轻松先锋 5.10a 了，叶子对他的进步感到不可思议。阳光照射在石灰岩上，他精瘦，修长，黝黑，像某种动物，带着发光的野生感；干净利落的发力，从容的脚法。阿斗的协调性、平衡感极好，已和当初第一次上岩壁的状态判若两人。中间发生了什么？叶子对他的进步感到吃惊，也许这就叫作天赋吧。

叶子一来，阿斗终于有了固定搭档，再也不用左一个右一个求着陌生人帮忙打保护。俩人开始密切地磨合，整天整天地磕线。连续两周下来，龙岩的每一条线，他们都已烂熟于心，实在有些爬腻了，叶子提议说俩人换个地方，去阳朔试试，就当毕业旅行。

哪怕根本不知道阳朔在哪儿，阿斗还是一口答应了下来。她一走，阿斗赶紧找六姑，要预支工资，买车票，还要请假。也没想到六姑当天下午本来就在牌桌上输得一塌糊涂，正没处撒气，不仅一口回绝，还逮着阿斗骂了个狗血淋头："白眼狼，现在天天就知道爬石头，什么都不管了，跟你爸一个德行。"

阿斗几乎已经忘了那个人，突然被这么一把飞刀扎了个正着，毫无准备。他铁青着脸，不吭声；就在这时，旁边的去鳞机发出一声闷响，抖了两下，又卡住了，一想到盖子下面那堆秽物，阿斗就感到恶心。他站着没动，六姑大骂："愣着干啥？！去清啊！"

一股恼怒冲上前额，仿佛一颗嵌入已久的子弹，反向从颅内蹦了出来。阿斗火了，抄起板凳，砸向那嗡嗡作响的去鳞机，大吼一声："老子他妈的受够了！"

六姑先是吓了一跳，接着也不甘示弱，一把甩掉手里的瓜子壳，操起桌上半个大西瓜，直接扣上阿斗的脑袋。鲜红的瓜瓤顺着他的额头往下滑，黑色的籽儿粘在他鼻子上，有点发痒。阿斗抹了一把，汁水鲜红，不知道是不是血，只感觉脑子嗡嗡的，有点站不稳。

他什么都顾不上，直接跨上电瓶车，往路上冲。开着开着，电瓶车越来越无力，爬坡上不去，彻底没电了。阿斗甩掉电瓶车，不知道该怎么办，可他打死也不想回去，于是一路走到公交站，坐上了进城的 18 路。

车上每个人都对他侧目：一身西瓜汁，仿佛头破血流，头发又湿又乱，眼神像从屠宰场逃跑的野兽。旁人的目光让他冷却下来，阿斗为了掩饰不安，掏出手机，装作茫然刷着。他盯着屏幕，什么也没看进去，过了好久，觉得无路可去，给叶子发了消息：在吗。

叶子正在家闲着看剧，消息弹出来的时候，她愣了一下。她最讨厌别人动不动就问"在吗"，但这两个字来自阿斗，竟有种合情合理的好笑：这家伙嘴笨，总是挑最蠢的话说。但她直觉他有事，于是拨了电话回去。

阿斗那边声音很吵，说话含混不清，但有一股异样的无助感，隔着听筒都能渗出来。叶子发了自己家定位给阿斗，让他直接打车过来。

阿斗挂了电话，看了下定位，十五公里。搜了一下公交地铁，都没有。他迅速在心里算了一下，打车起码也要几十块，哪里舍得。他赶紧扫了一辆单车开始骑。蹬得飞快，红灯都不等，好几次，险些和跑外卖的电瓶车撞上。

骑着骑着，他意识到这片是富人区，蓝楹花拱卫出一条林荫道，草坪上落满花瓣。道路干净漂亮到让他犹豫。门口的保安穿着胸口缀有绶带的制服，远远地早就盯上了阿斗，还没等他接近大门，就跑出来拦住他。

阿斗几乎有了掉头要走的念头，正犹豫着，叶子打来电话让保安开门。总算进了园区，四周安静优美，像是电视剧里才会有的那种小别墅。他走了好远，才到叶子家的那一栋。站在门口，隐约觉得应该按门铃，又找不到按钮。叶子从监视屏看到人来了，打开门，被他一身狼藉吓了一跳，"怎么了你这是？"

阿斗说不出话，愣在门口。"快进来吧。"叶子给他递上拖鞋。阿斗一低头，看见大块的米色地砖像是镜子一样照着自己的狼狈相。白色羊毛地毯，简直比自己的被子还要干净。那种干净让他连呼吸都收得小心翼翼，好像自己吐出的每一口气，都会脏了这里。

阿斗不打算进去了，"我就是来跟你说，阳朔我去不了了。"

"为啥？"

"六姑不让。我也没钱。"

"就这事儿？"

"就这事儿。"

"我还以为怎么了呢……"叶子几乎有点哭笑不得。

阿斗环顾了一下叶子家，说："真想不到，你家是这样的。"

"怎么了？"

"就……不像你平时。不像喜欢攀岩的人。"

叶子真是服了阿斗这张嘴了，没见过这么不会说话的人。阿斗木讷地低下头，转身就走。叶子也没有追出去，只是在背后喊了一声，他也没回头。

又骑回十五公里，回到市中心，在街上徘徊，实在不知去哪儿，走进麦当劳店，点了一杯可乐，打算彻夜逗留。太困了，阿斗忍不住靠着墙打瞌睡，断断续续醒来，提心吊胆会不会被赶出去。无聊到刷手机，看到叶子的消息：别担心那些，票都给你买好了。

他想回：你怎么知道我身份证号码？打完字又一个个删掉，不知道回什么，干脆扣下手机，再次犯困，靠着墙，昏睡过去。连梦里他都在纠结到底要不要去，去了会不会丢人……醒来的时候，天都快亮了，麦当劳的员工正在换班，早高峰来临，人多了起来。有学生，有上班族频繁进出，吵得慌。

阿斗咬着稀烂的吸管一头，徒劳吸着空杯，傻傻坐了好久。终于想通了，打算去；正要回复她"谢谢"的时候，手机没电了。

14

很多都是第一次：第一次出远门，第一次坐高铁，第一次打车。阿斗在出租车上，为一会儿到了酒店到底是双人间还是大床房而紧张到脚趾抠紧，想问又不敢问。他跟在叶子后面走进酒店大堂，空气清新剂的味道让他一直打喷嚏。双手显得多余，没有裤兜，只好勒住背包带子。递上身份证之后，他竖起耳朵听叶子和前台小姐的对话，然后发现自己的担忧十分好笑：叶子开了两间房。

电梯轿厢里过于安静，局促到不说点什么就过意不去，阿斗硬生生憋出两个字："谢谢。"又添了一句："以后还你。"

叶子几乎笑了："想这些干什么？好好爬，阳朔肯定让你大开眼界。"

第二天，叶子打算租一辆电瓶车去岩场，但是她不会骑。阿斗心里一阵高兴，这个他可太熟了。俩人骑车穿过阳朔镇，一路雷鬼音乐，酒吧，咖啡馆，啤酒鱼。打着赤膊，晒得黝黑，拖家带口来攀岩的老外满地都是。而这一切，叶子告诉阿斗，在你出生之前就是如此了，那时候甚至更开放，更自由，一个乌托邦。

一说起阳朔攀岩的历史，叶子就两眼放光，滔滔不绝：自从 Todd Skinner 等国外攀岩者于二十世纪八九十年代在这里开辟了攀岩路线，这个广西壮族小镇逐渐变成了中国攀岩的摇篮。一个个初代中国攀岩者的大名，她如数家珍。阿斗戴着头盔，在车流的噪音中，听得并不真切，隐约有点嫉妒——真希望有天自己也成为传奇，她用这种语气描述。

到了岩壁面前，一切胡思乱想，不自在，焦虑，通通消失。阿斗"哇"的一声，满脸惊喜。他感受到，一种运动，背后包含着一种文化，一种氛围。在岩壁跟前，能听到全国各地的方言，甚至世界各国的语言。没有人关心你从哪里来，你有怎样的过去，你有什么样的父母，甚至有没有父母。到了岩场，就只认实力：爬得好就是王道，爬得不好也没关系，每个人都成了快乐的猴子，活在岩壁上。

这种氛围确实让阿斗大开眼界，有种找到了同类的兴奋感——在岩场磕线，时不时总能听到一两声猝不及防的吼叫：要么是不小心脱手，或者冲坠，要么是千辛万苦克服了难点，放声呐喊——那是世界上最自由的声音，前所未有的极乐：时间消失了，自己也消失了。他不知道自己是谁，来自哪里，有过什么，做过什么……甚至不知道自己是否还存在。在岩壁上，阿斗只关注着自己的手、脚、动作。他什么都忘了，好像过去已经一键删除，他变回一屏空白。

从叶子那里，阿斗头一次听说到"心流感"这个词：纯粹地专注，全身心地投入，时间消失，周围安静下来，自己成了一颗强大的导弹，光滑地飞翔，即将正中目标。那种感觉是一扇美丽新世界的大门，通往多巴胺、内啡肽、肾上腺素的乐园，是唯一合法而健康的上瘾。阿斗甚至无端相信，世上的每一块岩壁，一定饱含老天的爱意：它们诞生自地震，火山，板块挤压或者侵蚀沉积，耐心地在此地等待了亿万年，就为了救他——岩壁是他的哭墙，也是他的迪士尼。

在阳朔泡了两周，阿斗和叶子住在民宿，起早贪黑，到处爬线，进步神速。从早到晚，岩友们亢奋的呐喊与金属器材的碰撞声相互交织，随着朝霞升起，降落成一颗铁锈色的蛋黄，缓缓沉入地平线。阿斗开始尝试5.12难度了。放在十年前，5.12水平已经能算是国内高手，而现在，这不过是高手爱好者们司空见惯的水平。尝试的过程毫无捷径，除了训练，就是"死磕"，手皮磨破，长出茧。最崩溃的一次，阿斗连续三天死磕一条线路，被一个难点卡住，怎么也过不去，掉了二三十次，就像卡在游戏里最难的那一关，让人暴躁。那是一个樱桃大小的凹陷，指力点，而他常年杀鱼、握刀、颠勺，落下腱鞘炎，手腕时不时就酸疼，发不了力。

叶子发现阿斗虽然天赋异禀，但是太急于求成，暴躁的性格到了岩壁上更是收敛不住，经常一路爬一路骂，要多脏有多脏，尤其在那个难点面前，阿斗嘶吼着，做出了最后一次尝试——但还是掉了。他失控在岩壁上爆粗口，几十米以外的岩友都能听见，摇头窃笑。

叶子实在看不下去了，高声大喊："你下来！到此为止！"

天已经黑了，他们搞了一整天，筋疲力尽。岩场的人们纷纷离去，四周不再有白日的热闹，陷入寂静。阿斗的手皮被磨出血，脚指甲盖已经裂了，趾甲下面是瘀血，乌紫一块。他收拾装备，感到沮丧。

叶子说："你这脾气哈，真的不行，要收敛一下。哪有一路爬一路骂的，真的，我都听不下去了，你改改。"

"×，怎么改？"阿斗顺口就来。

叶子发出"啧"的一声，叹了口气："你看真正的高手，都爬得特别安静，面不改色的，要沉得住。"

"那我爬起来根本顾不上嘛。"阿斗嘴硬。叶子本科读的是心理学，不打算跟他硬碰硬，转身拧开两瓶水，拿出创可贴，找了一块大石头，拉着阿斗坐下。

在两束头灯的照耀下，俩人肩并肩休息，感受石灰岩一点点变凉。头顶是一整片完美无瑕的星空：近得犹如一把巨大的黑伞，布满了针眼。银河蜿蜒，清澈，一粒粒星辰浮在河中，鱼鳞般发光。月光照亮岩壁，反射出金属般的银色。

"回去以后，你打算做什么？"她问。

阿斗一愣，他没有怎么想过以后。"未来"这种字眼，不属于他。但是这句话提醒了他，眼前的乐园正在倒计时。阿斗一时语塞，而就在那一刻，一场英仙座流星雨毫无预兆地降临，发光的弧线划过夜空，像绿色的火柴，俩人同时惊叫起来，在山顶胡蹦乱跳。

"我刚才许愿了，有一天一定能爬'火空海'，你见过照片吗？绝了，我做梦都想登上它——你呢，许了什么愿？"叶子发问，看着阿斗。

他再次被这突如其来的问题搞得哑口无言，脑子里一片空白，高速旋转，想要说出点什么，又张口结舌。从小到大，他学会了不期待。一切心愿都遥远得像是天上的星星。他想要的可太多了，浩若繁星，不可指望，"没什么好许愿的。"他低声应付。

"你知不知道有个概念叫'习得性无

助'？"叶子说，"谁会没有愿望？"

阿斗沉默半天，憋出两个字："你啊。"

"我有愿望啊。"

"我是说……我的愿望是……你。"阿斗内心涌起岩浆，几乎把他淹没，他得赶紧在自己被熔化之前做点什么。他的手探向她的手。那手心粗糙，沾满镁粉，像一张温暖的砂纸，覆盖着自己的手背，令叶子心下一颤。她侧着头，注视着阿斗：这个怪异的，暴躁的，天真而又木讷的家伙。有时候像一把野草，有时候又像一只行走的伤口，血淋淋地出现在人群中。他对自己的天赋、外表，毫不自知。世界上大概没有比他更笨拙的人，脾气暴躁，可是一旦到了岩壁上，阿斗就换了一副模样：从容，自如，像一只垂直向天空漫步的黑豹，完全不属于人类。

他是她的搭档。对于攀登者来说，搭档比什么角色都重要，彼此要默契，信任，以命相托，生死之交。她承受不起把彼此的关系变得复杂，至少此时，她不想。

"阿斗，我们是搭档。我告诉过你的，对攀登者来说，搭档意味着什么……搭档比伴侣还重要，得是百分百信任，彼此配合，你懂不懂？——我不想影响这种关系。"她说的每个字仿佛岩钉，一寸寸敲进阿斗的心。他心墙深处，最疏松、脆弱的那一片，被敲出一道裂痕来。

也是。这又是一场原本不属于他的球赛，他本来连冷板凳的资格都没有，如今却能上场打打球，这已经够好了，好到让他害怕。阿斗感觉自己被叶子注视着的半边脸正在嗤嗤熔化，烫得冒烟，这种感觉无比陌生，几乎令他想逃。

"你要想清楚噢，"足足过了一分钟，阿斗才说，"做搭档，我可是……那种人。"

叶子一愣："哪种人？"

"……不是什么好人。"阿斗的声音太小，叶子几乎没听清。她一追问，阿斗就再也不吭声了。她注视着一滴汗水，缓缓从阿斗的鬓角滑下，说："我相信你，你也要相信你自己。"

腿麻了，实在难受。叶子抽出手，拍拍阿斗的手背，慢慢站起身。她从兜里摸出烟盒："要吗？"她问他。

阿斗茫然摇头："不了。"叶子自顾自点了一根——用的是打火机。

该死的，是打火机。

"你不是喜欢用火柴的吗？"阿斗脱口而出。

"啥？"

"你不是喜欢用火柴的吗？！"阿斗感觉她没听懂，又不想挑明，语气几乎是质问的。叶子被搞得莫名其妙，气氛忽然间冷却而凝重。她默不作声抽烟。阿斗好像抵抗着什么似的，蜷缩在原地，双肘抱膝。他想起自己的来处，那些暗淡的起点。那里一片焦土，种不出"爱"这种东西。他当然比谁都渴望尝一口爱，但爱是什么，长什么样，多少钱一斤？什么味道？好吃吗？他从没见过。阿斗再次想起"那个人"，想起那棵桂圆树……他只知道自己这种人，配不上。叶子这样的女生，怎么看得上自己？怎么可能呢？……也许换作刘白，一切就不一样吧。纷纷杂念，像一块玻璃突然碎成万片，砸向自己。

"你别胡思乱想了。"叶子掐灭烟头，直接离开山顶。草丛中轻微的脚步声，提示着她的距离从一米，到三米，到十米。听不见了。她走了。竟然真走了。阿斗怀疑自己又搞砸了。后悔紧接着变成一种无来由的恼怒，指向自己的无能。冷静，他劝自己说，冷静。

阿斗独自回到酒店，一路上被腿上的蚊子包搞得心烦意乱，挠出了血。他愣在叶子的房间门口，想敲门，又下不了手。手机亮起，叶子给他发来消息："明天就是咱们最后一天了，别多想了，就好好爬吧，对了还记得刚才许的愿吗？"她找出火空海的照片，发给他。

好壮观的岩壁，确实摄人心魄，阿斗盯着那面岩壁，一万吨话争先恐后涌上脑海，闸门却又窄到只有一条缝。他打了又删，删了又打，站了半天，一句话也没挤出来。

叶子盯着手机上"对方在输入……"却又一直没消息，终于失去耐心。足足半小时后，她洗完澡出来，才收到阿斗的消息："谢谢关照，这趟很愉快。"

叶子几乎叹了一口气：这家伙。心思很多，嘴笨。算了，简简单单最好。叶子不想再多说什么了：比如明天，其实是她生日。

15

阿斗和刘白已经在火空海奋战了五天，但进度很慢，天气不好的时候只能原地等着；天气好的时候，最多能推进两段绳距，阿斗在心里默算，全程时间肯定会比预想的要花更久。

第六天，他们到了第十一段绳距，之前那段轻松愉快的裂缝戛然而止，接着来到一片仰角的光板，没什么脚点——望而生寒的指力线[1]。依然是阿斗领攀。他得靠右手三个指尖，死死抠住半根筷子那么窄的边沿，左脚尖抹住岩壁上的微小波纹，并且发力，去够着上面一个更小的手点。岩壁完整一片，根本没有地方放保护，一冲坠就是一大截，所以整个过程必须一气呵成，行云流水，一丝犹豫都不能有。一旦犹豫，很快会力竭。

所有的基础训练当中，他最恨指力训练。腱鞘炎就没好过，一到高原，细胞水肿，疼痛大肆发作，阿斗咬紧牙关忍着，爬特别慢，三次脱手过后，他显然已经被挫败感击溃了，发出一声咆哮，骂了一句脏话，摆荡在岩壁上。

头顶上传来刘白的呼喊："什么状况？"

阿斗不吭声，天地间只剩下自己急促的呼吸声，肺都要炸了，却还是喘不过气来。

刘白催促道："快要变天了，下午必须突到大平台那里，可能有暴雨！"

"我知道！手腕儿疼，你别催！"

"要不我来吧！指力我还可以。"刘白主动请缨，阿斗有些意外。犹豫了片刻，同意了。阿斗下来，反复叮嘱刘白，挂片就在上方十米的位置，是之前打好的，这一段没什么地方可放塞子，最好千万别掉；刘白显得信心满满，"你放心吧，这三年我全练这个了。"

阿斗还是有些不放心，但也没办法了。手腕太疼，如果卡在这里，天气一变，不知道得耽误多久。

切换至刘白领攀，他紧咬嘴唇，指尖掐着岩壁上一些细小的凸起，小臂的肌肉因发力而清晰地鼓起。他连过三个难点，行云流水，着实让阿斗吃了一惊。最后一个难点，在借力那个"口香糖"的时候，刘白发出一声声嘶力竭的呐喊，一个漂亮的动态，抠住了最上方的大点。

---

[1] 一条攀岩线路，如果手点很小，强调用手指尖发力，这种风格的路线被称作指力线。

终于稳了。

"确保了没？看清楚了没？"阿斗在对讲机里反复问刘白，提醒他扣好了还要测试，检查主锁是否锁好。他有点心虚，攀爬之前，给自己加了一把副保险。

跟攀顺利多了，抵达会合点，阿斗仔细看了一下刘白建的站，没什么问题。"你可以啊，这三年练出这个水平，没白白浪费啊。"阿斗说完，刘白显得有些得意，说："这可不止 10b 吧，我看刚才那一段，起码 11 了。你确定我们的线爬对了吗？"

"不确定啊。"阿斗耸耸肩，满不在乎的样子。

"你别这么吊儿郎当的行不，路书呢，拿出来研究一下。"

"没带身上，不晓得放哪儿了。"阿斗浑身发热，脱下了外套，"一会儿变天，不搞了，煮点什么吃吧，饿死了。"

俩人钻进吊帐，点火，烧水。刘白瞥见阿斗的硬壳外套还扔在高山炉旁边，怕着火，正想叠起来收好，却不小心发现硬壳的口袋里，露出一张纸的一角。他还以为是路书，翻出来一看，没想到是一份遗书。

本人张斗，身份证号 510502-19900805××××。攀登是我的热爱，是我的生命。无怨无悔。愿为一切个人选择承担责任。攀登途中若遭遇意外，或生命垂危，不必过度抢救，让我痛快离开。

刘白攥着遗书，一时间不知如何是好，只好将它先放回口袋，努力让自己平静，装作什么也没看见。他脑子里很乱，琢磨阿斗写这些是什么意思，他不信阿斗做领队带客户上山的时候，也敢这样。

16

果然变天了。狂风咆哮，落石轮番轰炸，擦过帐篷，掉进万丈深渊，发出恐怖的炸裂声。冰雹袭来，子弹一般轰击着吊帐，他们仿佛是困在水球里的蚂蚁，无助极了。为了省电，俩人都不开头灯。唯独吊着的高山炉还在烧水，炉头燃烧着蓝色火焰，映照在俩人的脸上，一阵蓝，一阵黑，鬼似的。

刘白一声不吭，强作镇定。他的眼神聚焦在一处看不见的角落，一点儿都不看阿斗，明显回避着什么。在窒息一般的沉默中，俩人闷不吭声，埋头吃饭。一阵狂风推搡着吊帐，晃得简直就跟暴风雨中的小船一样，刘白脸色发青，放下铝碗，仿佛想吐。

阿斗察觉到什么："害怕了？"

刘白没吭声。

"抱石的，没见过这种阵仗吧。"阿斗话音刚落，"啪"的一声巨响，一块电视机那么大的岩石从平台旁边的山体上滚下，发出震耳欲聋的巨响；突然间，闪电仿佛几道光剑，劈开了帐篷；紧随起来的，是滚滚雷声。吊帐被狂风推搡着，摇晃个不停。

"抱石怎么了？你瞧不起？！"刘白突然间咬牙切齿。

"开个玩笑嘛，又不是瞧不起的意思——"

"——那你什么意思？！你揣着遗书爬，什么意思？！"刘白一跃而起，抄起阿斗的冲锋衣，从胸口内袋一把抽出那张遗书，当着阿斗的面撕得粉碎。

一道闪电再次劈来，帐内惨白一亮。

"这很正常，"阿斗撇了撇嘴角，"你也该有这个。"他说得如此轻松，仿佛这是一

472

份健康保险。"正常个屁！"刘白一把撕碎遗书，扔了出去，它们雪片似的飘向空茫之中。雷声接踵而来，滚滚低吼。俩人结结实实地沉默着。帐外风声肆虐，仿佛死神漫不经心吹响的口哨。

"刘白，你别忘了，是你自己自愿要来的。你答应过，这是为了叶子。"

"我是陪你，但我没答应陪葬。"刘白说完，风雨无情浇灌，帐篷有点漏水了。呼啸的风声鬼哭狼嚎，雷电时不时就劈一道，像是要把帐篷砍成两半。这简直是地狱。刘白心想。

17

毕业那一年，刘白时常感到自己身在地狱。

初入职场，工作并不顺利，熬死熬活，加班太多，能去岩馆的时间都越来越少。好不容易到了周末，一个人去岩馆抱石，但叶子不在，他心里空得慌，周围的岩友越是爬得热火朝天，他就越是孤单，活像一个面壁者，傻坐在垫子上发愣，琢磨着她的生日就快到了，该怎么表示一下。

刘白本来早早就准备好了礼物，打算向叶子表白，结果她和阿斗去了阳朔，音讯全无：白天一旦开始磕线，手机根本顾不上看；晚上回来，叶子又累得精疲力竭，一切留言已读不回，直接入睡。

刘白实在是坐不住了。请了假，连行李都没带，直接打了个飞的，赶到阳朔去。出了机场，他直接约了出租车，就往岩场冲；想了想，还是先去买了一束玫瑰，免得像个讨债的。他拿着花，攥得太紧，一不小心刺扎入虎口，疼得他一咧嘴，总算坐进出租车，刘白满头大汗，让师傅把冷气开低一些。

到了岩场，又找不到叶子具体在哪儿。刘白只好沿着小路，走遍了每一处岩壁，四处寻人，累得跟条狗似的。这里中外老少都有，大家都是来攀岩的，一身赤膊户外衣裤，要么在爬，要么坐在户外椅子上喝水吃零食，轻松愉快；唯独他一身格格不入：背着个通勤书包，穿着件白衬衣，西裤，蹬着一双皮鞋，蹭得一脚泥；他手里捏着那一把蔫不拉唧的玫瑰，衬衣的后背早都被汗水湿透，腋下两大块汗渍，滑稽地夹在胳膊底下，整个人心烦意乱。

不知道叶子此刻是挂在岩壁上，还是在地面？十几个电话砸过去，她依然没有接；手机大概是被甩在包里去了，完全听不见。刘白窝着一股无名火，东张西望，足足转了四十分钟，总算碰见阿斗和她，俩人正站在一条线路下，有说有笑。

刘白阴沉着脸，草草将那束早就焐热了的玫瑰塞进叶子手里，想说生日快乐，脱口而出的却是："找死我了，电话怎么不接?！"

叶子一脸蒙："你怎么来了?！"

"给你过生日啊！"刘白从头到脚扫了一眼叶子：运动背心，瑜伽裤，紧致线条一览无余，一股强烈的醋意涌上脑门。

阿斗吃了一惊：他只知道这是最后一天攀岩，不能搞砸，却不知道这是叶子的生日，他连礼物都没准备，昨晚还和叶子别扭了一阵。他一时不知如何是好，低下头，盯着鞋，用脚尖追杀地上的蚂蚁。

"给我过生日，那你好好说话啊！"叶子提高分贝。

"我怎么没有好好说话?！你一天到晚不回消息，电话也打不通，干什么呢这是?！"

"攀岩啊?！"

"谁知道你们还干什么了?！"刘白像个孩子似的，有点胡闹的意思了。阿斗一步上前："啥意思？你说得好像我们对不起你了似的?！"

叶子赶紧拉住阿斗，把他往回拽。阿斗忍了，转身走到一边，操起腰间一把快挂，神经质地把玩起来，咔咔咔地用手指别着锁门，盘核桃似的。

叶子深吸一口气："刘白，咱说清楚好不好？明明是你自己不喜欢野攀，不肯和我们一起出来啊?！"

"我要上班啊?！挣钱吃饭啊?！我哪有时间出来?！"

"你爬不了，那我们也就不能出来?！"

"你一出来就玩消失，消息也不回，"刘白嗓子都劈了，激动得几乎是在喊，"今儿趁着生日，我就是来给你表白的，我想你做我女朋友！今天就跟我回去！"

阿斗手里咔咔咔的锁门别动声戛然而止，好像有一根看不见的烟蒂烫在心上。自己不敢索取的，刘白竟然可以如此大声喊要……一股剧烈的烦躁，迫使阿斗掏出烟，划了一根火柴，吹灭后，空气中一股红磷的味道。"火柴，打火机，"阿斗几乎在用眼神问叶子，"你到底选哪个？"

两个大男孩的目光齐齐投向叶子，令她顿觉双肩好像压着巨石，一边一个。她看了看阿斗，又看了看刘白，张口结舌；但今天此刻，若不二选一，好像这一刻就永远卡在此处。

刘白见状，突然软了下来："叶子，我会好好上班，努力工作，给你好的生活，好不好？"

"说这些干吗？我什么时候要你给我生活了？"

"那你想要什么?！"
"想要野攀啊！"

"那也要生活啊？你跟着这家伙——他连高中都没上，能给你什么?！"刘白这么一说，阿斗彻底爆了，把烟一丢，冲上去一个推搡就把刘白掀翻在地，俩人往死里扭打起来，杀红了眼。

叶子在一旁急得跳脚，岩友们纷纷上前劝架拉人。等叶子扶起刘白，才发现他的鼻血都滴落到衬衣上了。鲜红一团，气得她大骂："张斗！你过分了！你还真就跟你爸一个德行啊！"

仿佛冰水淬火，"刺啦"一声，扑灭了什么。阿斗拳头悬着，突然停了手；刘白狠狠啐了一口血沫子。

"收一下你这臭脾气要死啊？动不动就暴躁！就你这样，我还怎么跟你搭档?！你这性子，到了岩壁上，早晚不是害死我，就是害死你自己！"叶子头一次这样生气，令阿斗几乎感到耳鸣，嗡嗡的，有点蒙。

刘白接过叶子的纸巾，猛擦鼻血；叶子转身就开始收拾装备，准备走人。阿斗慌了，他上前想拉住叶子，又不敢出手。他从未感觉自己如此无助，好像突然间要被剥夺一切，"对不起，叶子，你别走，我……我改……我脾气不好，叶子，给我个机会……"阿斗几乎要跪下来了。

叶子不为所动，挎起背包，"我把话说清楚，刘白，我俩辛辛苦苦训练，就是为了火空海，没空想什么谈恋爱，你也不要逼我；我跟阿斗，就是好搭档而已，你别乱吃飞醋。"叶子说完，转身对着阿斗，"你也得答应我，必须改了这臭脾气，不然我真不确定要不要和你搭档，尤其是挑战大岩壁。"

刘白也不吭声，擦着衬衣上的血，没有点头，也没有摇头，委委屈屈地嘀咕着：

"……我都不知道，你说的火什么海，在哪儿……"

阳朔的最后一夜，阿斗彻夜未眠。他翻来覆去，感觉自己像个全身烧伤的人，没有了皮肤，躺着都疼。等天亮，阿斗想去敲门找叶子，好好把话说开，没想到房间开着，行李不见，人都走了。

手机上有她的消息：我先回去了，阿斗你要好好训练，下次，我们火空海见。

18

第一次来到火空海脚下，也是一个雨天。阿斗和叶子俩人徒步整整两天才抵达大本营，刚刚撑好帐篷，大雨一秒不差地赶来，浇了个透，俩人只好躲在帐篷里吃饭。阿斗用高山炉烧水，下了泡面，泡椒味儿的雾气，热腾腾地飘满整个帐篷。正准备开吃，阿斗的叉子怎么也找不到了，叶子本来要和他共用一双，阿斗想了想，还是觉得不妥，直接用墨镜的镜片当勺子，舀着吃。叶子见了笑起来，低头不语。

小锅的热气让整个帐篷里温暖，烟雾袅袅。俩人谁也没说话，嗦着面，眼睛从碗口抬起，看着对方，毫无理由地窃窃傻笑。水蒸气在内帐结露，过了一会儿，才发现不只是结露，是一角有点漏水。阿斗将头盔反扣过来，套上一只塑料袋，接住水滴，说，我就睡这头，你睡另一边。

第二天一早，牛铃声响起，阿斗醒来，拉开帐篷，突然被一个热乎乎的牛鼻子凑上了脸，吓了一大跳。

拉开帐篷，光线如洪荒涌入。雨后的天空干干净净，粉红的晨曦草草几笔勾出天际线，壮丽的云海正在沸腾，随风涌动，带来遥远山岭上的新雪之寒。海绵一般的大地吸饱了水，潮湿，散发一股泥土气息。

阿斗去到溪流的上游打水，放入净水片，静置。刷牙，擦脸，煮早饭。喝完热咖啡，晨雾就散去了；天空仿佛一面蓝盾，金属般光滑的晴朗。而那一面大岩壁——火空海——就这样被揭开面纱。那一幕，瞬间让阿斗明白为什么这是叶子的夙愿——那简直是一座巨型的神像，慈悲而平静，俯瞰人间。在它面前，一切都是短暂与渺小的。小到心甘情愿，渴望将自己微不足道的生命献给一次崇高的挑战。

攀登的所有形式中，大岩壁长距离攀登是最难、最综合、最持久的考验之一，从技术到心理，从能力到意志。更何况，这是在高海拔山地，低氧环境让这一挑战变得更加困难。这已经不是一项运动，而是一门艺术。不为任何目的，代价十分高昂，回报却仅仅是继续活着，不留遗憾地，真真切切地活下去。

一股海啸涌动在胸腔中，阿斗此刻无比渴望攀登，渴望全力以赴，不留遗憾。他好像看见了一种浩瀚的、壮观的大爱，如海如山：对岩壁，对生命，对身边的人。只要能和她一起共赴这崇高的挑战，他便此生无憾，一切都值得。想到此，阿斗感到知足且自由，他确认自己想要这样活着——浓烈，奋力，无牵无挂。在如此排山倒海的生本能面前，语言彻底失效了。阿斗激动不已，猛地跳上一块大石，站成一个大字，拼命伸展四肢。高山上的第一丝风，第一缕光，全都慷慨地朝他涌来。他像小狼一般，冲着岩壁与天空，痛快地号叫着；在逆光中，他的身影几乎透明，一股清澈的少年感令叶子无端感动，她默默笑着,在他身后悄悄拍下了这一张背影。

火空海。阿斗在心底默默重复着这个名字,转身问叶子——为什么叫这个名字,有什么意思吗?

叶子笑着:你猜?

应该是山顶有片海子?清澈见底那种?又是什么传说哪个仙女掉的镜子?

上去你就知道了,她说。

19

到处都是挖虫草的人,匍匐在矮生杜鹃丛中,时而忽地直起腰,升起来,时而又埋下去,像一只只小牦牛。大人们挖虫草,小孩们则用一种动物般的目光盯着他俩,仿佛看待外星人。好奇的人们围了过来,牧童,牛羊,也围了过来,消息很快传开了——连当地的小孩都知道,这两天来了两个城里人,跟我们这儿的神山干上了,不知道打什么主意,住在山脚下,面壁扎营。

阿斗举着望远镜观察:这岩壁就像一座竖立着的巨大迷宫,隐藏着一些看不见的路径。他心里没底:"你觉得我们搞得定吗?"

"一次不行再来一次啊,这起码得磕上三年五年……我们这次就是来摸底,看看到底要克服什么难度。"

叶子正在用无人机拍摄岩壁细节,一段一段扫描,试图破解出一张可行的迷宫路线图。但是飞行距离受限,天气也不好。他们拍了好多天,图片效果都不理想。勘测的最后一天,依然是多云。太阳能充电器已经连续几天充不满,无人机和笔记本总是在没电的边缘。叶子忧心忡忡地说:"可能只有一个办法了,从上面绕上去,绕

到顶上,再绳降下来,一段段地,摸清这面岩壁。"

"那起码还要搞上一个星期?吃的还够吗?"阿斗一边问,一边趴在一块大石头上研究昨天拍摄的那些图片,忽地听见后面一个本地人的声音,"你们是哪里来的!干什么!"

阿斗回头一看,几个牧民骑着摩托车,团团围了上来。

"不干什么,拍照不可以吗?!"

"这里是我们的地,不许挖虫草!"

"挖虫草?!"阿斗几乎笑了,"我们不是挖虫草,我们就攀岩。"

"什么东西?不准!"

"凭什么不准?!"阿斗嗓门一高,斗鸡似的,突然脖子就红了,惹得几个牧民跳下摩托车就冲他过来了。叶子赶紧按住阿斗,连连跟对方道歉:"对不起我们刚来,就是觉得您这里特别美,没有别的意思,就是在拍照;对了,想问下山顶有没有小路,可以从后面绕上去?"

见她温柔礼貌,对方的口气也软了下来,一个最年轻的牧民斜跨在他的摩托车上,说:"可以绕上去,就是路特别吓人,陡得很;你们上去干什么?"

"没什么,就是探探路!"

"探路干什么?"

"找好路,下次自己爬上去。"

"那可不行的,摔下来了怎么办,不准爬的!"

"哪条法律规定这山不让爬?!"阿斗又急了。惹得牧民也七嘴八舌嚷嚷起来了,眼看好不容易安抚下来的局面又要被搅翻,叶子赶紧捂住阿斗的嘴,把他硬塞进帐篷去,"你能不能少说两句?!"

牧民们团团围住帐篷,在外面吆喝:

"你们现在就搬走！什么人啊真是，城里来的了不起啊！"眼看他们群情激愤，叶子赶紧上前赔笑脸："大哥您别着急，我们这就收拾东西，马上走，给我们一点时间啊，对不起啊……"说着她也躲进帐篷，一想到寡不敌众，真不知道怎么收场。

牧民们围了一会儿，看见叶子一通服软，在收拾东西，便渐渐散去。阿斗和她一直躲在帐篷里，确认外面的摩托车声渐渐远去，才敢钻出来。

"我求你了阿斗，管管你脾气，行不行？这是别人的地盘！"

"谁的地盘也要讲道理啊？"

"人家都放话了，要我们滚蛋；你要是这次闹大了，咱就永远也别想爬了！"

"那就不要被看见啊！"

"怎么可能不被看见？我们先回去，用现在的照片，去岩馆复刻几个难点，下次再回来！"

"你什么时候跟刘白一样尿了？！只想在岩馆爬塑料？！"

"胡说什么啊！不练怎么爬？"叶子快被气死了，"啥也别说了，收拾，明天一早，下山！"说完别过脸去，懒得理他了。

阿斗不服，心里窝着一堆暗火，坐也不是，站也不是。他麻着一张脸，陪叶子一起收拾装备，收着收着，心里却有了别的主意——就等天黑了。

20

高山之夜，万籁俱寂。月色皎白，映得天地一片银亮。阿斗辗转反侧，确认叶子睡着了，便轻轻钻出帐篷，拿起已经收好的装备，悄悄独自出发，打算绕过岩壁，从后方上到顶，绳降下来，破解可行的路线。

叶子睡到一半，有点想上厕所，恍惚睁眼，突然发现身边没人；吓得她几乎弹起来，拉开帐篷，鞋不见了，装备也不见了。她赶紧拧开头灯，追出去一看，惊呆了——黑暗中，一星光斑正颤抖着缓缓移动，仿佛一只萤火虫飘浮在漆黑夜空，那绝对是阿斗了，正沿着碎石坡往后山走去。

叶子大喊："阿斗你回来！！你这样太冒险了！！"

阿斗听见了下方的喊声，回头看，发现了叶子的头灯。她正高高举着手电，不停朝自己摇晃。

"你别担心！我就从后山上去，挂一把线，天亮了就能绳降下来，没问题的！"

"太危险了！你这样不行的！赶紧停下来！"

然而阿斗就跟没听见似的，甚至爬得更快了。叶子见这家伙还不肯下来，急得跳脚；赶紧跑回帐篷，戴好头盔，穿戴装备；一种不祥的预感袭来，空气仿佛更稀薄了。她一路奔跑，上气不接下气地来到岩壁下方，大声呼喊阿斗，但对方不应。

漆黑的山上，碎石坡陡峭得几乎惊悚。乱石嶙峋，散落一片乱葬岗。天空中飘着小雪，脚下又湿又滑。阿斗冲昏了头脑，不管不顾地朝山顶爬去，没做任何保护。

眼前出现几块冰箱那么大的巨石，斜堆着，中间是个大缝；阿斗提起一口气，原地起跳——越过了巨石，顺着惯性又往前冲了两步，跃在了一堆碎石上；可几乎就在一瞬间，脚下的石块稀里哗啦松动，链式反应一般，触动了更多的松动石块……阿斗大喊一声"落石！！"

恐怖的一连串炸裂声中，落石滑崩，下方的叶子死死贴着岩壁，恨不得把整个身子缩进头盔底下，避开冰雹一样砸下的石块。肩膀突然中弹一般疼痛,她连声音都叫不出,滑坠十多米,朝黑暗中的碎石坡滚去。

阿斗疯狂大喊:"叶子!!叶子!!你没事吧!!!"

然而茫茫黑暗中只有自己的回声,不祥的死寂。他知道自己闯祸了,冷汗淋漓。剧烈的惊慌将本来就很稀薄的空气彻底抽成了真空,阿斗无法呼吸,肾上腺素令他剧烈颤抖。他嗖嗖地下撤,连滚带爬,像只急躁的猴子,踩掉了更多的石块,噼里啪啦子弹一般的碎石又一阵落下,"完了完了我×,我×……"阿斗牙齿都在发抖,因为害怕触发更多的落石,他不敢再乱动,打算横切到岩壁,用绳子垂降。但这需要做个保护站,而他手太抖,掉了一把机械塞,卡在岩缝里,怎么都取不出来,越紧越拽,越拽越紧,他顾不上调整了,草草做了个单绳系统,火急火燎地下降。

绳子与金属下降器的管槽快速摩擦,立刻产热,一股烧焦的味道十分刺鼻,仿佛绳子随时要被烧断;眼看快要到底,绳子却根本没打绳尾结,他的下降器直接从绳子尾端滑脱,万幸他只是掉在碎石坡上,除了屁股一阵剧痛,人没大碍。

碎石坡下方,叶子的头灯停滞在一片黑暗中。阿斗朝着那个光点奔去,发现她尚有意识,只是动弹不得。阿斗背起叶子就下山,疲惫和急促,让他的肺都要炸了。黑暗中,他奔向远处的一座牛棚,疯狂扑门,大喊救命;一个牧民打开了门,阿斗双膝一软,跪倒在牧民面前:"大哥求求您了,救命!"

牧民正是白天围拢来的人当中最年轻那位,他见状,没有多说,转身披上外套,就发动摩托车,让阿斗把叶子扶上后座中间。三人一路疾驰,朝山下而去。

颠簸中,寒风刮过头皮,削肉剥骨,不知是冷还是怕,阿斗浑身颤抖,紧紧抱着叶子,生怕她掉下去;长夜仿佛黑色的雪崩,掩埋着他,令他无法呼吸。星空冷漠,月色冰凉,地上一道摩托车独轮辙印,延伸至幽暗的远方。

21

刘白满头大汗地跑到医院,没头苍蝇一样乱钻疯窜,总算看见阿斗坐在走廊上,鼻青脸肿,头盔还歪在脖子上,像是被虐待过度的战俘。

"人呢?!"刘白咆哮。

阿斗朝旁边的放射科诊断室看去。刘白急得非要往里钻,被技师吼了出去,让乖乖等着。刘白焦躁地转过身,一见阿斗,气得连话都哽不出,一个耳光狠狠扇去,把阿斗的头盔都扇掉了,滚到地上;刘白还不解气,狠狠一脚踢飞了那该死的头盔,哐啷一声,头盔撞倒了垃圾桶,吓得病人们大叫。阿斗过来捡头盔,刘白就掐着他不放,一阵撒气,被赶来的保安摁住。

不知过了多久,诊断室的铅门打开了。"谁是家属?"技师一边喊,一边推着叶子走出来,"家属来接人!"

俩人一听,立刻冲上去。阿斗紧跟病床,刘白却一把推开他,大叫:"不许你碰她!"

阿斗拦住技师,非要马上给个说法;技师被纠缠得不耐烦,"我们只负责拍片哈,等报告吧!急也没用……你们现在去拍CT,还有照X光……"

刘白推着叶子的病床跑遍了各个诊断室,等待拍片的间隙,阿斗神经质地徘徊

478

在走廊，像个坏掉的木偶，一下又一下，狠狠地用头撞墙，哭得两个肩膀都在抖。内疚已经要压垮了他，他彻底不知道怎么办才好了。

急诊科的报告出来了。显示屏出现叶子名字的时候，刘白立马站了起来，走向医生的问诊室。阿斗也想跟进去，却被拦了出来，"一次只进一个陪同。"医生说着，顺手带上了门。阿斗只好把脸贴在门缝上，竖着耳朵听："简单说哈，右侧肩关节粉碎性骨折，肱骨近端粉碎性骨折，伴随分离错位，软组织挫伤；脚踝，距腓韧带撕裂……"医生说，"手术肯定是要的，家属在不在？准备办入院手续，签同意书。"

"没有家属。我自己签字，可以吗？"叶子的声音非常微弱。

"病人神志清醒的情况下，可以。"医生回答。

刘白拎着一堆片袋，MRI，CT，X光，从诊断室走出来。阿斗刚想靠近，刘白便呵斥他："你给我滚远点！别碰她！"他几乎是从齿缝里咬着几个字，"从现在起，我不许你靠近她！"

22

如今回想，叶子手术那段时间，竟是刘白记忆中最甜美的日子。他照顾她，就像照顾一个梦。住院那几周，刘白请了年假，在叶子病床前二十四小时陪护。他没告诉她，因为这个时间当口太微妙，项目做到尾巴上被别人抢了功劳，一年的活儿算是白干了。这些都不重要，刘白心甘情愿守着叶子，从术前到出院，寸步不离。他甚至在手机上记下她的细节偏好：讨厌香菜，不加蒜，不吃米饭；喜欢牛肉，喝粥怕烫，总想吃辣，但是医嘱不准。

偶尔地，叶子还会突然馋一口奶茶，或者鸭架。赶上下雨天，外卖点不着的时候，刘白就自己跑三个街区去买。除了如厕洗澡请护工代劳之外，刘白已然成了她的左膀右臂，连护士都以"6号床家属"称呼他。同一病房的陪护大妈特别八卦，总问叶子："你老公可真贴心，结婚多久啦？"刘白也不接话，纵容每个甜蜜的误会。

停了镇痛泵的第一天，叶子伤口疼，睡不着。夜深，刘白靠在陪护椅子上，困得不行，歪着头，打瞌睡，时不时做梦，但姿势太难受，没法睡踏实。叶子没有叫醒他，对着窗口轻轻晃动的窗帘自言自语："小时候我其实家里很幸福，"她说，"越是幸福，后来就越难过……"

刘白听见什么，迷迷糊糊问："怎么了，要喝水吗？上厕所？"

叶子摇摇头，自言自语："爸爸也喜欢攀岩，开了一家岩馆。三岁就带我上岩壁，每周末都去，只要不是大雨就不间断。后来妈妈患上乳腺癌，一直瞒着我。小学毕业，妈妈走了，爸爸整个人就垮了。可能是他太悲痛了，他非要独自去攀登火空海，好死不死，还在路上，就遇到汶川地震。他就再也没有回来。后来的救援什么的，都是爸爸的搭档帮忙处理的，我都没见着他最后一面……"

刘白伸出手，覆盖住她的手。那手心干燥，光滑，与阿斗的手完全不同。两人轻声细语说到天亮，周围是病友们此起彼伏的鼾声。"我的家就是你的家，"刘白说着，手指覆盖住她的手指，逐渐抓紧，"我带你回家。"

23

程序员的工作刘白谈不上喜欢,也谈不上不喜欢。朝九晚五,五险一金齐全。不太忙的时候,他下班了就去公司旁边一家岩馆,爬一把再回家。办了年卡,续卡八折。抱石馆的人工岩壁,上不过三米,下有厚软垫,更像是健身房。抱石对他来说,就是一种爱好,甚至是一种社交。

"那叫什么攀岩,那就是在房子里爬塑料。"野攀狂人总是对这种生活方式不屑一顾,他们是完全不同的另一种人:常年浪迹山野,住在岩场附近,租个农家院子,每天睡到自然醒,吃点东西,然后就去攀岩,一直搞到晚上才回来;回来就是干一顿酒,天南地北地聊天,侃大山,喝到半夜,倒头就睡。至于生计,有的开个店,做甩手掌柜;有的做教练,带客挣钱,就像阿斗那样。可那样的人生,刘白既不想要,也不感兴趣。

出院那天,刘白忙活了一整天,先是吭哧吭哧打扫了卫生,然后又亲自去取蛋糕,摆上桌,洗了菜,切好,只等准备下锅,然后回医院办出院手续,接人。

直到打车之前,叶子都没想到是回刘白的家。"当然是去我那儿了,"刘白说,"照顾起来方便,我上班也近一些,好吗?"

一想到自己毕竟是给别人添麻烦,叶子也没有反驳。打开门的那一瞬间,她被家里的温馨与干净给惊呆了:米白色的墙壁,樱桃木色系的家具,电视墙被刷成墨绿色。家里挂着好几幅《睡莲》复制品。一个选择莫奈的男生。平和,温柔。叶子暗想,夏加尔,莫兰迪,也许都适合他。

刘白带她洗手,用酒精片消毒他俩的手机。叶子看见阳台上种着绣球、茶花、薄荷,也有天堂鸟、龟背竹,参差错落,绿意盎然。刘白指着一盆又一盆植物,像介绍宠物一样,告诉叶子:"这是'无尽夏',我喊它小夏,特别娇气;还有'东方亮',"刘白指着那盆白茶花,"亮亮今年不乖,都不开花。"

"我的绿萝都死了。"叶子苦笑了一下。不知道为何在那一瞬间她想起阿斗,赤脚人字拖,四季不换,说是方便穿攀岩鞋;衣服脏了,反过来再穿几天。攀完岩,黑乎乎的手从来不洗,直接抓薯片吃。在阳朔住酒店的时候,她在门口瞥见过一眼阿斗的房间,衣服一塌糊涂堆在沙发上,但是男孩的房间不都是那样的吗?刘白的细致与整洁,比女生更甚:从阳台到客厅的过道上,地板有三厘米的小坎儿,已经铺上了坡垫,方便轮椅上下。她看见这个细节,感动得眼眶湿润,刘白只是笑了笑。

餐桌上点着蜡烛,刘白打开电视,选了一档BBC纪录片放着,就急匆匆戴上围裙,下了厨房。叶子赶紧让他别弄多了,刘白却笑呵呵操起锅铲,"再简单不过的菜啦,放心,下锅就起。"他的背影在灶台边忙碌起来。

抽油烟机的响声中,葱姜蒜溅着油星下了锅,刘白颠勺的动作娴熟而从容,这一幕伴随着鱼香肉丝的香气,仿佛从童年远处飘来,熟悉又陌生。叶子看呆了,有点想哭:她想不起妈妈最后一次做饭是什么时候,记忆中,她一直不在家,总是住院。家里的厨房操作台总是落满灰尘,冰箱拉开,只有爸爸的啤酒、外卖剩菜,经常连牛奶、水果都没有,空荡荡的。

"上次生日没过好,给你补一个,"刘白上完四道菜,又端上一个大蛋糕来,"顺便庆祝你出院！"

叶子从晃动的烛光中几乎可以看到生活本来的样子：温暖得像一枚蛋黄，包裹在坚硬的壳里。爱也许就是如此了。父母去世以后，她经常问自己，为什么偏偏是我？后来她想通了，所谓人各有命。该来的，躲不掉。叶子本以为来自家庭的幸福，注定离她很远，但没想到此时此刻，某些虚无缥缈的东西，凝结在蛋糕的糖霜里。

吹灭蜡烛的时候，叶子许了一个愿：早日康复，也许还能回到火空海。

刘白没有问她许了什么愿，只是紧紧地凝视着她，在蜡烛吹灭过后的细细烟雾里，一股久违的快乐颤动在内心，甜得他快要融化。也许否极泰来，也许老天有眼，一切等待都是值得的。

喝完汤，一枚求婚戒指在碗底。叶子看见了，心里一震，说："要么……我们……先别这么快……"

刘白的表情显然失落，令叶子非常内疚。

"行，那就不着急。我先存着。"刘白挂上笑脸，说，"但我心意，都摆在这，你知道就好。"

这话是一点不假。刘白从小被父母那套出人头地的紧箍咒念得反胃；不仅父母，就连老师，同事，全社会都在念，他越长大，越恶心那套话术。他用自己的方式来表达反叛：偏就不在乎什么雄心大志，山川湖海。上班下班之外，他只想做自己喜欢的事：做饭，养花，攀岩。一室，两人，三餐，四季。这有什么不对的？

吃完饭，刘白站起来就收拾桌子，拿去洗碗，一刻都不拖延。叶子帮不上忙，只能坐在轮椅上看电视，满脑子担心晚上刘白是不是想和自己一起睡，到时候要怎么拒绝，焦虑到不自觉眉头紧锁。

刘白洗完澡，湿漉漉地走出来，发现她脸色难看，问："怎么了？"

叶子没说话，她右手打着石膏，绷带，不能洗澡。刘白推着她走到卫生间，用温水打湿毛巾，温存地擦拭她的肩膀，脖子。叶子看着镜子里的俩人，被突如其来的亲密搞得很不自在，"我自己来吧。"她的语气充满防御，又有些紧张。

刘白顿了一下，停了手。他帮她打好一盆水，拧好了毛巾，说："好，你自己来吧。有需要，随时叫我。"

他走出卫生间，带上了门。她听见门外传来他犹豫的声音："叶子，没关系，我不着急。"听上去，倒像是刘白自己在安慰自己。

叶子慢慢擦拭自己的腰腹，腿，脚。她看着镜子里缠着绷带的自己，感到脆弱。这又是住进别人家的第一晚。童年时代，父亲照顾住院的母亲，她经常一个人在家，或者被安排去寄宿亲戚家。每到一个陌生的家，第一晚总是最难熬。热水的开关要重新摸索，拖鞋毛巾放哪里，都有新的规矩。每个家的床都是不同的味道，刚去的好几天，她都睡不着。寄人篱下的感觉，她最害怕了。想起这些，叶子对着镜子里的自己落下眼泪，又立刻擦干。

足足半小时过去，她才擦完身体出来。刘白推着她走进主卧室。叶子看见床上只有一个枕头，顿时松了一口气。刘白温柔地把叶子扶上床，说："你晚上翻身小心点，伤口别崩了。"

叶子看见床头有一个相框，照片是一只柴犬，天真可爱，咧着嘴笑。"这是你的狗吗？"她问。

刘白好像提起一个亲人离世似的，突然难过，说："对啊，它叫鲁班。九岁了。

两年前回汪星了。"刘白说着,拿起相框,对着鲁班的照片亲了一口。他放下一杯热水在床头,说:"晚安,我去隔壁睡觉了,要起夜的话,喊我。"

叶子突然心里一软,一半因为小狗可爱,另一半原因,自己也说不清。刘白一走,灯一关,门一带,她在黑暗的房间里,流下眼泪来。

24

再也收不到叶子的消息了。阿斗盯着那个发不出去又加不回来的账号,心里一阵阵发紧。他拎起喝空的酒瓶子,神经质地往自己头上敲。房间变成了回音壁,他一反刍,自责与内疚就在四墙之内来回碰撞,折磨得他睡不着,睡着了就醒不来。

在家躺了两周,什么也干不了,他只想消失,又不知可以消失到哪里去。他好像第一次尝到了爱这个东西几斤几两,什么滋味:能让人感觉重活了一次,又突然间,身心被碾碎。

阿斗打算再去攀攀岩,透透气。过去这几年,他都是这么过来的:每当遭遇低落时刻,他就只想逃向岩壁。只有攀岩,才能让他从内心的野火中全身而退,不被烧伤。

再次回到龙岩的那个早晨,阿斗还在宿醉,蓬头垢面,像个刚从精神病院逃出来的疯子。岩友们早就听说了传闻——这家伙鲁莽冒进,害得搭档受伤,脾气火暴,纷纷避之不及,对他视而不见。

阿斗一瞬间就什么都明白了。既然没有任何人再愿意做他的搭档,他只好独自攀爬——用自保的方式:用下降器自制一个制动系统,手持伸缩杆,在上方扣入一把快挂,往上爬一步。

这杆儿俗称"尻杆儿",除非迫不得已,单独磕线,谁也不愿意用。慢,奇慢无比。光是用那杆头的小钩子去扣入快挂,就足以耗尽耐心。这简直就像用一根晾衣杆去钓鱼,越着急越钓不着,令阿斗百爪挠心。

每条线路好像变得更难了似的。短短几周没练,状态就一落千丈,毫无岩感。攀岩鞋几个星期没穿,脚尖钻心地疼。每个难点都脱手,重来几下,手皮就磨破了,他干脆撕掉绷带,任由伤口的疼痛折磨自己。效率太低了……阿斗从来没有这么挫败过。以前磕线,一个难点克服不了,难免掉几次,十次,几十次,都没关系,那是一种痛并快乐的尝试,掉得足够多,动作也就足够熟悉;最极致的时候,他能花上几天,甚至几周,跟一个难点死磕——死磕到头,总有一次突然就过了,通关的那一瞬狂喜,让人上瘾。

但这次不同,这纯粹是自虐自罚,彻头彻尾的狼狈:每一步费劲儿极了,事倍功半,谈不上任何的动作流畅,甚至连专注都做不到,更别说心流感了。他满脑子都是叶子,刘白,落石,医院……纷纷杂念泥沙俱下,令他心乱如麻。

到了线路的第七个挂片之处,阿斗再次伸出"尻杆儿",拼命去够头顶上的下一把快挂,可是上方一块凸起的钟乳石挡住了线路,直杆绕不过去,总是差那么一寸够不着:一次,两次……试了五次,还是扣不进去;好像上天故意玩弄自己,狼狈极了。阿斗气急败坏,破口大骂,一着急反而手滑,"尻杆儿"连带那把快挂一起掉了,从空中摔到地上,啪的一声稀巴烂。下面骂声四起,"妈的谁在掉东西!要砸死人啊!"

教练老树正在旁边带小朋友，阿斗这么一搞，太危险了。他实在看不下去，走过来帮忙，捡起杆子，对阿斗说："我给你打保护，你先下来吧。"

阿斗降到地面，羞愧难当。垂着头，不吭声。老树问："你一个人来啊？"

"嗯，一个人。"阿斗转身抹了一把脸，狼狈地捡回"尿杆儿"，一屁股坐下来，心里实在难受，点了根烟。

"别在这儿抽烟，小心烧绳子。"老树冷冷地制止他。

换作平时，阿斗估计得跟人打一架，但这当下，他乖乖站起，走到垃圾桶边上去抽；一不小心，感觉脚踩到了什么，疼得钻心，他也不叫，邪邪笑着，弯下腰细看，拔下脚底的一枚玻璃碎片。血流如注，他却有种着迷般的神情，细细端详伤口。

"小心破伤风，我给你拿碘酒，等着。"老树的声音温和又威严，也许是因为信基督，也许是因为久为人父。阿斗和他仅打过照面，从未有过交集。此刻阿斗想说点感谢的话，站起身的时候却低血糖头晕，感到不舒服；还没走两步，一弯腰，不是鞠躬，而是呕吐了出来——那股沤馊酒味儿，熏得自己都受不了了。

老树没有嫌弃，拧开一瓶水，让阿斗漱口。拍拍这孩子的肩膀，真薄。这当然不是老树第一次注意到阿斗。在龙岩爬了这么久，阿斗这张脸给他的印象最深刻：如果儿子还活着，今年就该跟阿斗差不多大了。

25

儿子车祸去世后，老树和妻子就分了居。十年间，老树用登山排遣心中郁结，以此对抗痛苦——因为登山本身就是痛苦：彻底的自虐自罚，以毒攻毒。在高海拔地带，高反让人时时刻刻头痛，恶心，边走边吐，边吐边走。跋涉碎石滩，无穷无尽，仿佛穿越地狱，每一步都是折磨，可是一旦翻过垭口，眼睛就飞上了天堂：雪山皑皑，一目千岭——那一幕总让老树觉得，神是存在的，也是慈悲的。神有一万个名字，其中一个名字，一定叫高山。

老树就这么一座山一座山地挺了过来，挺过了中年丧子之痛，直到膝盖实在是不行了，又查出颈动脉斑块。医生警告过，再上高海拔，等于带着颗定时炸弹找死。从此老树做起了教练，教小孩子们攀岩入门，算是启蒙教练。他喜欢小孩，也喜欢上课，和小孩在一起就像和儿子的替身们在一起。这一教就是好几年，至少在龙岩，老树算是老炮了。

"那你以前在哪儿登山？"阿斗问。

"新疆，西藏，四川。都爬过。新疆是我老家。"老树把碘酒交给阿斗，让他自己擦，"下个月我就回去一趟，你要是状态不好，可以来找我。"

26

新疆，阿斗没去过。他果断买了火车票，三天两夜，去找老树。枕着铁轨摇晃，阿斗百无聊赖，时而刷手机杀时间，盯着车窗外出神。

天山好像是个被世界遗忘的角落，群脉连绵，似静止的海浪。牧场一望无际，牛羊散落。老树的院子里，只有母鸡在悄悄走动。麻雀时不时飞下来抢食。屋顶上的落叶疲惫而安宁，葡萄藤一半枯着，一半绿着。老树整理出旧宅的一间，给阿斗住。那是一间老木屋，家徒四壁，只有开门声吱吱嘎嘎，一进去，仿佛走入一个幽暗的洞穴。

阿斗住下的第一周，什么都不习惯。感觉是被处以流刑，寂静变成一种惩罚。房间里的气味，室外的光线，都和南方不一样。这里的风沙刮起来，像要生生剥了他的皮。几乎时时刻刻，他都在惦记叶子。她的伤好了吗？刘白呢？他们过上了什么样的生活？

躁郁症像冬天的降临那样，不知不觉，越来越深，越来越冷。发作起来，阿斗时而欣快狂傲，感觉自己天下第一，分分钟可以把天山都踏平；时而又像一头困兽，在房间里神经质地转圈，烦躁得浑身着火。实在待不住的时候，他会突然闯出门去，随便拿着什么东西撒气。水桶洒了，让他发怒；鸡捉不到，也让他发怒；盘子里的豆腐夹不起来，也要发怒。

老树也不跟阿斗来硬的，而是趁着吃午饭的时候，将他带到木屋外面，拿起一把锤子，一盒钉子，对阿斗说："有个古印度的故事，你听过吗，关于一个脾气不好的小孩儿——"

"别他妈当我三岁。"阿斗端着饭碗，满不在乎地吐出了一根鸡骨，等蚂蚁聚拢，毫不留情地把它们一一踩死。

"——那孩子脾气不好，老爸要他每次一发火，就往墙上钉一个钉子，"老树说，"你也这样，试试。"

"凭啥?！"

"每次，都要钉，"老树没有正面回答，只是朝木屋的外墙上钉下了第一颗钉子，"比如今天，你跟母鸡生了气。"

说完老树把锤子交到阿斗手上，转身离开。

27

短短几天，木墙就已经钉满了好长一排钉子。

第一场雪，猝不及防地降临了。窗外呼啸着白毛风，仿佛怪兽彻夜嚎叫，阿斗又失眠，想出门透气。他不顾狂风大作，跌跌撞撞爬进车里，也没想到车门刚一拉开，背后袭来一股逆风，铰链当即拉断，阿斗眼睁睁看着车门像一块纸壳那样被吹到空中。阿斗暴躁地大吼："我×你大爷的，我×你大爷的！"

车门没了，阿斗还不顾一切地企图发动引擎，但火花塞都冻了，机油凝固，嘀嘀嘀的报警声格外刺耳。阿斗像个疯子一样，使劲儿拧车钥匙点火，只听一阵嘎嘎异响，根本打不燃。

老树听见响动，还以为有贼，披着大衣冲出来，发现是阿斗，像一头野兽一样自己跟自己发怒。老树心生怜悯："小子，狂什么，这可不是你的车。"

阿斗跳下来，冲进狂风，从老远的地方捡起那块车门，扛回来，非要装回去，却根本连拿都拿不住——风太大了，沙尘带雪，遮天盖日，什么都看不清，别说安装车门了，就连人都站不稳。阿斗举着车门，被剧烈的风阻掀翻在地，急得一哭，眼泪瞬间就结成冰。他放下车门，从雪地里爬起来，乖乖回到木屋后墙，又钉下一颗钉子。

28

大雪封山的时候，屋子就像一间停尸房。阿斗整日躺着，感觉躁郁症在他内心建了一座小小的监狱，自己既是典狱长，又是狱卒。每天醒来的第一个念头就是,叶子在做什么,第二个念头就是,天,我为什么还活着。

他不是没想过关紧门窗,烧一盆炭,一觉睡死,但是躁狂发作的时候,他顾不上死;而抑郁袭来的时候,又没力气去死;最糟糕的时候,他连下床都做不到,从床沿到厕所之间的跋涉,疲得像是登了一座山。路过窗户的时刻,阿斗眼睁睁看着老树的车,快要被大雪没顶。阿斗觉得自己也像这辆车,坏了,动不了,快被风雪活埋。

春节快到了,老树要去跟亲戚过年,拉着阿斗一起,可他哪儿也不想去,说要一个人留在村里。老树也没有强迫他,留他一个人看家。

除夕夜,鞭炮爆竹吵得阿斗心烦意乱,一夜没睡着;第二天大清早,窗外大雪如海,覆盖一切,每一只屋顶仿佛是小船。铲雪车出动了,来来回回,噪音令他想补个懒觉都不安生。阿斗正想拉开门骂街,却发现大雪封门,根本打不开,气得他抄起一把铁铲,从窗户翻出去,跳到齐腰深的雪里,一边铲雪,一边骂骂咧咧:让不让人睡了,我×你大爷的。

老树打电话来问候,他也不接,全掐了。过了一会儿,手机又响,老树发来一条短视频,点开来:

爱斯基摩人有一个习俗。当你愤怒失控时,拿起一根棍子,到雪地里,拖着它,一直走,一直走。走到心里平静了为止——以此,见证愤怒的长度。

阿斗颓坐在原地,盯着手机,久久不能动弹。铁铲从他手里滑落。他又一次,来到木屋墙跟前,钉下一颗钉子。这一整面墙,已经钉满了钉子,与其说是一面墙,不如说是一墙狰狞的刑具,记录了他每一起怒火。他已经记不起那些荒谬的原因——甚至毫无原因。

阿斗看着满墙的钉子,拖着铁铲,朝着大雪深处走去,身后留下长长一道痕迹,消失在茫茫大雪中。

29

阿斗不断尝试给叶子电话,消息留言,写邮件……但叶子从来不回。如此,他更确信自己像是在服刑。叶子所在的那个世界,已经隔绝他了。为此他经常盯着墙角那副锋利的冰镐出神,不止一次想象过用它敲向自己,一了百了。

天地间落得个白白净净。老树过年回来,将院子里的葡萄藤架改造成干攀[1]训练架,在架子上练习干攀技术。

你来试试? 老树问。

阿斗摇头。他继续劈柴。木屑溅起,扎到眼睛,不知停止。直到筋疲力尽,才一头扎回屋里,玩游戏打发时间。那些日子他就这么颓着,要么几天几夜不睡,要么几天几夜不醒。要么好几天完全不吃饭,要么突然半夜起来饿到发疯,将冰箱里的冻馕、面片、剩菜……一股脑地往嘴里倒,吃到撑死。

"你儿子这状况啊,典型的躁郁症,学名是双相情感障碍。"老树带阿斗去精神科,医生说,"按下葫芦浮起瓢,特别难。你就这么理解吧,等于一个跷跷板。控制躁狂了吧,人容易抑郁;控制抑郁了吧,人又

---

[1] 干攀是利用冰镐和冰爪进行攀岩的一项运动,在冰岩混合地带,也是一种必要技巧。

容易躁狂。很难治啊。基本上，绝大多数病人都要终身服药。还有这药，进口的，贵，你们就吃国产的吧；记着啊，吃上了，可不能随便断药。副作用因人而异，吃着先观察，实在受不了的话，咱换一种药调整，但是千万不能随便停药。"

老树默默听完，看了一眼坐在医院走廊上的阿斗，对医生说："他……不是我儿子……"

医生愣了一下，"……反正，你多做好心理准备，对病人要有点耐心。"

阿斗的侧影在长长的走廊里显得无比渺小，孤单。他垂着头，无精打采，茫然地刷手机，短视频太吵，刷得他莫名烦躁，一把掐掉，反扣手机，盯着走廊的墙壁，想了下，又点开，写邮件：

叶子：

这里的冬天好长，没完没了的大雪，狂风。日子挺无聊，老树喜欢在院子里练习干攀，改天我也试试，练好了，去火空海也用得上，冬天的话，那上面不就结冰了吗……

30

刘白扶着叶子从轮椅上站起来：复查一切顺利，恢复良好，没有术后感染，瘢痕不严重；剩下的就是漫长的康复训练。一出医院，叶子指着医疗器材店，说："咱立马处理掉轮椅，再也不想看见这东西了。"

也没想到店家不收，倒是旁边的收废品小贩眼尖，上前捡便宜，但只肯出二十块钱。俩人哭笑不得。刘白说："二十块就二十块，就当赚了两个甜筒吧。"

能重新走路的感觉真好，哪怕还拄着拐杖。"来，拍张照，纪念一下。"刘白笑着，举着一个冰激凌甜筒和叶子干了杯，在麦当劳门口自拍合影。拍完照，刘白顺其自然看到了叶子手机里有消息跳出。

"这人……我就帮你删了哈。"
"谁？"
"还能是谁。"刘白直接从叶子的邮件联系人里删掉了阿斗的名字，顺便拉黑。叶子想要说什么，却又一时不想打破此刻气氛，没说话。她舔了一口冰激凌，刘白伸出手指，替她抹去嘴角的一星奶油。

阿斗最初写来的那些邮件，叶子都看到了。她早已原谅了他，但刘白没有。借着手术刚完，拿手机不便的理由，刘白顺理成章得到了叶子的手机密码，进而是电脑密码，然后是邮箱密码。

刘白对她体贴入微，她是知道的：这么久以来，他悉心照顾她的每一天；下班回来，哪怕再累，刘白也会第一时间下厨做饭，包揽洗碗，打扫卫生，从未懈怠。他是确凿无疑的好人，并且爱着自己，叶子清楚，但他对她越好，她越内疚，越察觉到不对劲：像一副柔软的手铐，一场道德绑架。他关照她生活，也关照她每一个举动，每一个念头。刘白的控制欲仿佛涨潮，渐渐淹没一切："他还有脸给你写电子件？我帮你回吧，让他以后别写了。"

"你别管我。"叶子拄着拐杖和刘白争夺手机，"啪"的一下，手机掉在地上了，拐杖也差点滑了。

刘白忍住，没有发作，趁着捡起手机的间隙，盯了一眼电子邮件地址，默默记下了；他平静地将手机还给叶子，说："我得去上班了，来不及了。你就自己回家，乖乖地，在家等我。"他把叶子送上出租车，拎起背包上班去了。

一到办公室，刘白就扑到办公桌前，直接点进叶子的邮箱，把阿斗的地址设为垃圾邮件，直接拉进黑名单；他还不忘更改设置：遇垃圾邮件，直接删除。想了想，他还不放心，干脆写了一个程序，植入命令：阿斗的来信自动转发给自己的邮箱，这才心满意足，舒了一口气。

31

当晚，他们爆发了相处以来第一次争吵。叶子改了手机密码，被刘白发现了。

"你不看我手机，你怎么知道我改了密码？"

"你也知道我的手机密码、电脑密码，我对你毫无隐藏，你有什么不能让我知道的呢？"

"这就是个边界问题，你可以改密码啊，反正我从来不会看你的手机。你也别看我的。"

"那你手机有什么不能看的？你不是说你跟他只是搭档吗？你们现在没法搭档了，还要什么联系呢？你这么惦记他吗？我对你还不够好吗？如果你还嫌那个人给你带来的麻烦不够那你就去找他吧我该做的都做了我好好工作好好挣钱我为了什么……"

刘白连珠带炮，让叶子没有还嘴的空隙。她懒得再说什么，空着一个脑袋，只看到他嘴在动，已经听不见说什么了。总觉得刘白那套逻辑哪里有问题，又一时说不出是什么问题。他的确在好好工作，努力挣钱，顾家体贴：冰箱永远整齐饱满，脏衣篓不会堆积成灾；每件衬衣、裤子，都有完美的熨线。但这一切就像一个无比正确的深渊，流沙一般，缓缓吞没着自己，而她甚至找不到一个确凿的立场与之抗争——毕竟道德高地已经被刘白完全占据

了。可这个家，就像一座甜蜜的海上孤岛，而她不想做鲁滨孙。

她只能用锋利的沉默，反抗着刘白。她越不开口，刘白就越急，"我就不明白了，山上到底有什么好，你就是放不下呢？"

叶子还是沉默。刘白见硬的不行，来软的："我也喜欢攀岩啊，等你好了，我们去岩馆，照样可以爬呀？"

"那不一样。"

"怎么不一样？"

叶子痛苦地捂着头。她要怎么才能向他解释——当一个人见识过了比自己更崇高的事物，并以此为信念，就再也没有办法甘于日常生活。

"对于理解这种感觉的人，不用解释。对于无法理解的人，解释了也没有用。"她想起阿斗说的话，挺对的。这只是一个选择问题。人与人要的，不同。但刘白不能接受，她要的，和他不同。

32

叶子：

你好吗？

我知道你可能屏蔽了我，不愿意回我消息，第十七封了，还是不知道你过得怎么样。我只是想对你说，对不起。我正在改……

这里冬天很冷，冷到开水泼出去，能立刻蒸发成水汽。火空海的夜晚，也没有这么冷……当然，晴朗的时候，这里也有最干净的冰……

阿斗不知道自己的这些话，统统进了叶子垃圾箱，刘白的收件箱。没有消息的每一天，他神农尝百草一般，亲测了每一款药的副作用：奥氮平，氟西汀，苯二氮

草……呵欠五秒钟一个，不停地打，打到每天都眼泪汪汪，大脑昏昏沉沉，仿佛始终笼罩着一层脑雾。剧烈的口渴折磨着他，那是无论怎么喝水也没法缓解的神经性口渴，令阿斗什么都吃不下，体重掉了十公斤。呵欠、失眠、反胃、烦躁、恶心、口渴……阿斗——挺了过来。

好在猛药开始起效，扑灭了躁郁症的火灾，阿斗陷入一种满目疮痍的平静，像被山火烧尽过后的，灰白的森林——树干牙签似的插满山头，没有绿色，没有生机。空荡荡的死寂，但至少是平静的。他觉得脑袋上安了一个取不下来的头盔，罩得人发蒙，一天到晚昏沉沉的。

老树见阿斗日渐消沉，被副作用折磨得不成样子，便想方设法带阿斗散心，拉着他一起出门。

好久没有见过如此泼辣的阳光，照耀雪面，如同烈焰冰湖。天山山脉纬度高，气候干燥，漫山遍野的粉雪，质感丝滑，仿佛是液体，当雪板擦过雪面，就如同轻轻擦着海浪尖飞翔，舒服得让人起鸡皮疙瘩。

阿斗看着老树他们滑雪，山谷间回荡着熟悉的嘶吼声：运动带来的快乐，动物般简单，不知今夕何夕，无论天上人间。曾经他也如此快乐过，一丝羡慕掠过心头，却不想动。阿斗不会滑雪，也没有装备。

那你想爬一下吗，咱随时走。老树把雪板一插，抽掉手套。

大雪天的，有病啊，手僵。阿斗裹紧羽绒服，整个人缩着抽烟。

老树哈哈大笑：在新疆，没有哪个季节是多余的。

33

走向松林，迎面而来的是晶莹剔透的瀑布，结成了冰：左边像一座透明的圣诞树，右边像一双透明的天使翅膀。我靠，这也太美了，阿斗暗自发出惊叹。老树却说，这算什么，跟我来。

第一次站在那冰瀑下的时刻，阿斗惊讶得下巴都要掉下来了——这哪里是瀑布，分明是一座玻璃制成的巨大管风琴。一道道垂直的冰溜子恰似透明的巨大哨管，仿佛两百年前的巴赫要在此复活，为世人演奏《哥德堡变奏曲》。

老树给这面冰瀑取的名字，恰恰就是"管风琴"。一种教堂般的庄严与清澈扑面而来，几道丁达尔光透过云彩，如雾之手抚摸前额，几乎让阿斗热泪盈眶。他钻到了冰瀑的背后，看见阳光被棱镜般的冰体折射，滤出微蓝发亮的光栅；未冻的流水仍在冰柱内部奔腾，如透明的血液，至纯至净。

但要攀登它也太难了吧……阿斗凝视这奇迹，恨不得立刻尝试，却又几乎舍不得玷污它的晶莹剔透。他努力按捺着激动，跟着老树去熟悉装备。阿斗举起冰镐，仔细观察那锋利无比的鹤嘴头：这是老树借他的老款 Grivel，铬钼钢，缺点是笨重，优点也是笨重——挥动镐头的瞬间杠杆作用更大，入冰感更脆，更利落。鹤嘴头与镐柄的弧度，弯曲得就像一只耳郭，进攻性很强的一款设计，对付垂直冰壁最好不过了。阿斗已经忍不住想象镐头入冰瞬间，爆冰炸开的快感。肾上腺素已经涌动起来，他看到自己越发急促的呼吸在冷空中化为烟雾。

"够了这是打磨好的！你要调的是冰

爪，"老树走过来，"我帮你看看，你的尺码多少，43？"

阿斗坐下来，比照着高山靴底，仔细调整全卡式冰爪的长短：尺孔标记F加半。老树用六角扳手紧了紧前齿的小螺丝，递给阿斗。好了，咔一声，冰爪精确地卡入高山靴的前后槽，稳了。阿斗全副武装，站了起来。他试着跺跺脚，来回走动：冰爪咬住冰面，一丝不滑，只是像穿了鞋的企鹅那样略显笨拙。

"你这是法式步伐，"老树提醒他，"这在平缓的冰面上还行，但是陡峭的地方，你就不能这样了，知道德式步伐吗？"

阿斗略带点点头，"看过。"

老树笑了，"看过可不行，你得做出来。像我这样……踢冰，对，果断一点！前齿一旦踢进冰里，就把身体重量放上去，就像攀岩一样，放低重心！对，再站起来！上肢，挥镐，手腕放松，想象你劈柴的时候，甩出斧子的感觉。"

阿斗低头一看：冰爪的两根细细的前齿尖儿，嵌入冰壁，仅靠这半根牙签不到的杠杆，就能承载全身体重；冰镐的鹤嘴头，一颗瓜子尖那么小的着力点，就能挂住整个人。阿尔卑斯式攀登发展至今，装备像武器一样进化得如此精巧而坚实，难以想象第一个尝试攀冰的人是谁。他当时一定踩着最原始的笨重冰爪，为探险从容赴死如散步。这是登月般的勇气啊……阿斗浮想联翩，被冰瀑下的喊声打断——

"不错啊，你确定你是第一回吗？！漂亮！"老树大喊。

"牛×！"

"够帅！"

老树和另外几个朋友的喊声回荡在山谷，阿斗听了，嘴角浮出一丝微笑。从小到大，他从来没有在任何一件事情上如此得心应手。无论老师还是爹妈，对他都只有一个词：废物。多一句的话：我上辈子欠了什么债，养了你这么个废物。

此刻阿斗挂在冰壁上，感觉整个自我又一次溶解在心流之中，如入化境——时间消失了，世界静止了。远处恍惚还剩下一片模糊的声音，那是老树和朋友们的笑声与赞赏。阿斗突然意识到——不是说自己真有他们表扬的那么好，而是……有没有可能，自己也没有那么糟糕?！有没有可能，至少世界上有一件事，至少攀登这件事，他确信自己是如此喜欢，如此擅长……生而为此？阿斗感觉心里有一小块角落，那块一直黑暗、一直挠不到的溃疡角落，精确地被灼烧到了：又疼，又爽。热泪沸腾在胸口，迫使他大口呼吸。

阿斗挂在高高的冰壁上，俯瞰脚下一片壮丽的雪松，蛋糕一样撒满糖霜，夕阳是蜂蜜色的，美得发甜。有那么一些瞬间，阿斗体会到百感交集的快乐，几乎想要死去：这何止是攀爬一条冰瀑，当美感与心流感交织，他感觉自己是在雕刻一曲凝固的《哥德堡变奏曲》。

也正是从"管风琴"开始，阿斗养成了一个习惯，一边听古典乐，一边攀冰。手中的冰镐仿佛是一副乐器，由他内心涌动的岩浆锻造而成；淬火后，锐利，坚硬，积蓄着巨大能量——砰！镐头敲入冰壁的瞬间，冰碴飞溅，暴力经由腕部的动作被完全地甩了出去，释放得干干净净，烦躁得到纾解，由此他整个身心越发干爽，清澈，融入一片平静："比冰与铁更穿透身体的快乐……"阿斗无端想起这句诗，那是在老树的故纸堆里读到的残书：一本波德莱尔的诗集。

489

是攀登，再次救了他。是新疆的冬季，干燥寒冷的冰壁，而不是丙戊酸、卡马西平、拉莫三嗪、奥氮平、氟西汀……救了他。阿斗每天苦练攀冰，在冰壁上戴着耳机听巴赫，沉浸在完全透明的心流深处。一千遍《哥德堡变奏曲》之后，他几乎能感到自己蜕变成了不一样的生物。攀岩与攀冰被称作"壁上芭蕾"果然不假：每当黄昏，看着被夕阳染红的白桦林，阿斗会想起在六姑店里杀鱼的日子，觉得那一切遥如前世。那个杀鱼的小伙计，无论如何也想不到有一天自己和古典乐、诗、冰雪岩石……融为一体吧。他感觉自己终于能与内心的火山达成和解，往事已成庞贝。

立春那天，老树把阿斗带回那一面木屋后墙，说："从今天开始，你每次忍住一次发火，就把钉子拔掉一颗。"

"今天我一次也没发火啊。"阿斗说。

"那也拔掉一颗，说明你度过了平静的一天。"

34

窗外的树都绿了。阿斗吃早餐时，闻到早春清晨的第一缕风，凝视着麻雀停在窗口啄食他撒下的谷粒。他从未体会过如此平静而清澈的心情，唯独右手疼得端不住牛奶，差点洒了一桌子。

"肱骨外上髁炎。"老树放下碗，捏起阿斗的右手肘，轻轻按摩，"挥镐挥得太多了，得休息。你已经很厉害了。但心态要放轻松点，慢慢来，你看脚指甲都紫了。"

到了五月，北疆的冰季结束了。就连管风琴都已化成了水，晶莹剔透地流动起来。一阵激烈的鸟鸣声响起，阿斗抬头望去，发现是几只嗷嗷待哺的雏鸟拼命张大嘴，嚷嚷着不停。他从来没注意过春天已经这么浓了，连燕子都回来了。

走到后墙，阿斗拿起钳子，将最后一颗钉子从木墙上拔掉。他舒了一口气，转身要走，看见地上一只雏鸟，从巢里掉落了，刚想要去捡，又怕染上自己的气味，他赶紧跑回去洗手，然后摘了一捧枯草，轻轻捧起幼鸟，把它送回屋檐下的巢中。

这一切，老树都看在眼里。他走过来，收走了一整盒钉子与锤子，说："都取下来了？"

"取了。"

"你觉得这跟从前有什么不同吗？"

阿斗看着那面墙——钉子是没了，但满墙壁都是钉眼儿，仿佛弹孔，记载着一场血腥而惨烈的战役。阿斗隐约知道，是时候了。火空海，他一直都记得。日日夜夜，日日夜夜。没有哪个晚上，他不想念着叶子；梦里他一次次回到火空海，回到一切不可挽回之前。如今仿佛是服刑结束，阿斗试着相信自己已经改造成了一个新的人。

叶子：

你好。

这大概是我在新疆给你发的最后一封邮件。我要回来了。我依然常常想念火空海，想回到那里，完成它。

不管这还是不是你的梦想，至少，它现在已经成为我的执念，再一次对你说，对不起……希望你原谅。

35

攀岩馆的门口，卷帘门紧紧关着，被泼了红漆，一张"欠租停业"的公告贴在门口。这是刘白经常来的地方。估计他已经不怎么爬了吧,阿斗叹了口气,走进旁边的火锅店,想顺便买瓶水。

下午三点,店主也没生意,正在打盹,一眼认出了阿斗,热情得让人有点儿招架不住。问起刘白和叶子,店主打了个呵欠:"结婚了呗,还来送了喜糖。这两口子,好久没来啦。"

阿斗心里一沉,愣在原地。以前,刘白在岩馆练完抱石,时不时就叫上自己在这儿吃火锅,叶子也常来。那时他们年轻气盛,酒过三巡,尽说胡话,大笑大闹。他记得自己第一次认真为未来做起了打算,就是在这个火锅店:三人喝光了一箱青岛,趁着酒劲膨胀,他夸下海口,"以后就吃攀岩这碗饭了!先做教练!然后多比赛!拿奖!什么北面鸟家凯乐石,到时候统统趴在老子脚下,等老子签约!"

叶子哭笑不得,"苟富贵勿相忘啊!"

阿斗用肩膀撞了撞刘白,"怎么样,咱一块儿?"

"那是你们野人才想的事儿,我哪有什么资格想那么多?上班,下班,过日子,"刘白伸长筷子,拈着一片毛肚,掐着秒涮,"爬墙不就是个爱好嘛,说那么多干吗,多爬,练肌肉,减肥。"他举起酒杯:"明天减肥,今天不管,来,喝!"

那些场景烟消云散,叶子和刘白走入了什么样的生活,他完全不知道了。阿斗傻坐在店主面前,半天才问出一句:那么他俩,现在住哪儿啊?

36

城市的一个平凡日,下班晚高峰,涌动的人群一个个低头刷手机,这千千万万普通人的生活,茫然而生动的市井,已经令阿斗感觉陌生。

菜市场里人群拥挤,蔬果生鲜与荤腥下水的气味混杂在一起。叶子素面朝天,扎着马尾,左手拎着一袋鸡蛋,右手拎着莴笋、青椒、豌豆、排骨。她把东西放进共享单车的前筐,再骑两公里就到家了。阿斗远远地突然撞见叶子的身影,心跳几乎漏了一拍,本能地想喊她,又突然忍住,不知哪里来的心虚,令他不敢靠近;他赶紧扫了一辆骑上,尾随而去。

斑马线前,叶子在绿灯的最后一秒匆匆过了马路,阿斗赶来却撞上红灯,只能干等。他着急地左顾右盼,生怕跟丢了。等灯绿了再追上去的时候,阿斗好像见不着叶子了。他左右张望,呼哧呼哧加快速度,蹬过一个路口,叶子的身影又出现了。阿斗生怕被发现,隔着人群跟随其后。

叶子进了一个小区:不新,也不旧。不大,也不小,普通得让人记不住,原来这就是她后来的生活:平淡如任何"一般人"。

阿斗停下了脚步,把单车停在楼下,远远地走进对面的另一栋单元,躲在楼道里,隔望对面的窗口——厨房灯亮了,洗菜,切菜,下锅。水汽蒸腾……她什么时候穿上围裙了?阿斗心里几乎塌了一块,陷入失落,自顾自在楼道里点了一根烟。

接着是一根,又一根。

一天,两天。

连着好几天,他像是魔怔了一样,跟踪叶子回家,又不敢上门。在楼道徘徊,站着,蹲着,脚都麻了,还是没有勇气。

37

第四天傍晚,刘白迟迟没有出现在小

区门口，估计加了班。天都黑了，他才回来，从门卫旁边的柜子里取走快递，匆匆上楼。他背着灰色的双肩包，普通的T恤和西裤，就像任何一个普通程序员那样。他胖了很多，发际线好像都比从前退了不少。阿斗看不见他们吃饭的客厅，只看见温暖的灯光，透过窗帘，突然亮起。

朴素的日子，恰如这朴素的灯，桌子，碗，朴素的姜丝，小葱，锅里有一个朴素而生动的世界。换作手术前，叶子根本不敢相信自己有天也会下厨，可现在她也有几样拿手菜了，中西兼具：北非炖蛋，红酒烩牛尾，啤酒鸭，蛤蜊丝瓜汤。

餐桌旁挂着一幅莫兰迪的复制品：浅灰色调的瓶瓶罐罐，是她送刘白的结婚礼物。有次他们看展，刘白逗留在莫兰迪的画作前，久久不离去，叶子觉得那瞬间很动人。画作渗透出的那种平静，恬淡，的确符合这个小家的质感。

这一年多来，叶子总觉得自己在努力扮演一个好女朋友，接着又是好老婆。角色演得久了，不知不觉也入戏。她时不时说服自己，人都该知恩图报，一盆花养久了都有感情，何况和一个活生生的人朝夕相处那么久呢？虽然这种生活，像一场没有尽头的梅雨季……梅雨是温柔的围困，没错，它让你不愿出门，黏稠，慵懒，只想端一杯茶，读书，看剧，吃薯片，睡大觉。小确幸当然惬意，可是每当夜里，梦到自己就这么年与时驰，意与日去，成了一个普通家庭主妇……守着几样拿手菜，柴米油盐，温水青蛙，她几乎感到恐慌。

一种强烈的不甘心折磨着她：一想到养伤浪费的时间，体能，训练耽误，她半夜惊坐起，心慌到满身冷汗。也许七老八十了可以安然接受这温柔的围困：走不

动了，身体不行了，有的是时间看书，做饭，听雨，但现在不行。她才二十多岁，她要攀登火空海。

整个康复疗程，叶子刻苦训练，不断加大难度，已经跑跳自如。重返火空海的愿望越来越强烈，她翻来覆去想了好几天，打算跟刘白谈一谈，专门挑了今天，结婚一周年纪念日，亲自下厨做饭。

38

他回家比平时晚了一点，双手拿满快递，显得很累。俩人相对而坐；汤碗揭开，叶子的脸在热气氤氲中显得十分温柔。"这菜好吃，你以后就这么做。"刘白努力打起精神，"对了，你说是今儿有好消息？"

"今天是我康复训练的最后一次啦，跑跳都没问题了，康复师说，可以试着重新攀岩，恢复训练，明年这个时候，说不定就能搞定火空海了！"

刘白点点头，埋头咀嚼着。

"来，干一杯，恢复这么好，都要谢谢你照顾。"叶子举起红酒，一脸兴奋，但刘白没有接这一茬，"应该的。"

"怎么了？你是上班又有什么不高兴的——"

"——没事。"刘白说完就陷入沉默，麻木地吃了很多菜，突然像是撑饱了似的，放下筷子，垂下嘴角。他给自己倒满一杯酒，"我还以为，好消息是你怀孕了。"说着，他一饮而尽。

一阵令人窒息的沉默，锅盖似的扣下来。叶子悬着筷子，张口结舌。

刘白自顾自又倒了一杯，双脸涨红。气氛中有种诡异的张力，他一口灌了下去，放下空酒杯，站起身，从药柜里拿出一瓶

B2维生素。他本想把这玩意儿狠狠拍在桌上质问她,但他知道叶子不吃这套。这样只会让事情变得更糟。他几乎沮丧,"为什么……上次溃疡,我给你买的B2,你把瓶子换了,偷吃妈富隆?还藏着,怕我发现?"

叶子放下筷子,脸色立刻变冷。她用了一碗汤冷掉的时间,沉默不语,但最终决定不能继续沉默:"我跟你说过多少次,我现在不想——"

"——不想什么?!"

"不想要小孩。都说好的,你也答应了啊。"

"……我还有什么做得不够你满意的?!"

"不是不满意的问题,我不想现在就这么过上退休老干部一样的日子,你不觉得人活着,应该做点儿别的吗?"

"你心里是不是就没放下过那个人?"

"你在胡说什么啊?!这哪儿跟哪儿啊?"

"你每次都回避,从来都没有正面回答,你是不是就等着那个人回来?"

"瞎说什么,你这占有欲,是不是过分了点?"

"我过分?!"

"这到底是家,还是看守所?!"

"看守所?!我辛辛苦苦照顾你,你说看守所?!还有没有点儿良心?!"

"我没良心?!"

39

阿斗低头在楼道里掐灭了最后一根烟,正四处寻思往哪儿扔,身后的门突然开了,又撞见出门倒垃圾的老奶奶,对方满脸狐疑地盯着他:"你是谁啊?我瞅你好几天了,想干什么呐?我报警了啊。"老奶奶转过身,立马拨打了110。

阿斗一阵窘迫,捏着烟头便匆匆下楼。

穿过楼下遛狗的人,奔跑的孩童,他终于站在叶子家楼下单元门口,正鼓起勇气往里走,突然见到叶子冲出楼道,阿斗一个措手不及,立刻退回,躲到一旁。

叶子只管往前冲,看上去焦躁,急切。阿斗提着一颗心,跟了上去。在小区门口,他匆匆扫了一辆单车,正要蹬上,突然看见刘白开着一辆车驶出小区。阿斗本还想喊一声,但刘白根本没注意到他,直接打灯,右拐。阿斗骑着车,也跟了上去。

从来没觉得城市这么大,但又这么感谢堵车。路口的红灯一个一个,阿斗死死盯着叶子,没有跟丢,他呼哧呼哧骑着,直到快要驶出内环,眼见着跟不上了,才打了一辆出租,继续跟上去。

刘白边开车边疯狂给叶子打电话,而她一再掐断,直到关机。

一怒之下,刘白直接打开手机定位"寻找设备",输入ID,密码,跟踪着地图上那个红点儿,一路猛追。他一边盯着手机,一边东张西望,车开得东倒西歪,好几次差点儿跟旁边的车剐蹭上,惹得别人狂按喇叭。

叶子心乱如麻,茫然而匆促地走着,但也不知要去哪儿,心里茫然一片。冷风吹到脸上,心事繁杂,身后爆发出烦躁的喇叭声,一回头,正好被刘白搜寻的目光撞上。叶子一见到他的车,立刻掉转方向,往小巷子里折去。

刘白立刻打转向灯,想要把车靠边,

没想到辅道上的车流越来越堵，几乎一动不动，怎么都并道不成，这才猛然发现是前方交警设置路障，将道路逼窄，临时检查酒驾，一个一个吹测试器。

刘白这才想起自己冲出楼下时喝了两杯，一时慌了神。眼睁睁看着叶子从视线里渐渐消失，而交警越来越迫近。五十米，四十米……情急之下，他慌乱地打开车门，弃车逃跑；趁着交警一个不注意，他猫着腰，钻过拥堵的车流，在一辆面包车的遮挡下，迅速窜过辅道，直直朝着叶子消失的小巷追去。

阿斗的出租车紧跟其后，见刘白弃车而逃，吃了一惊；他立刻下了出租车，跑过去一看——还发动着，人跑了，连钥匙都没拿。阿斗索性坐进去，将车子一步一步挪动。他一边开，一边死死盯着刘白消失的方向。到了路障跟前，交警狐疑地看了看阿斗，要他吹气，酒精测试数据毫无问题。

一过查车点，阿斗立刻驶出车流，打着右转灯，绕着巷口一圈一圈寻找，突然看见刘白和叶子就站在一条巷子里争吵，架势非常激烈。阿斗顾不上跟前那个明显的禁停标志，立刻把车子扔在巷口，人就冲了下去，跑进巷子，大喊两声：叶子！刘白！

叶子愣了，一回头，怎么都没有想到在这样的场合和阿斗重逢。倒是刘白，因为拦截了每一封邮件，早就知道阿斗要回来，此刻真人到了跟前，刘白大为光火："你还有脸来?!"说着他冲上来就推了一把阿斗，人一歪，撞翻了垃圾桶。阿斗也顾不上身上脏了，站起来跟叶子道歉，但刘白根本不让，按住阿斗的鼻脸就是一顿捶。

突然响起一阵狂躁的喇叭，一辆小卡车正要进来收垃圾，刘白的车停在巷口，挡道了。司机显然烦躁，远远地，摇下车窗骂街；阿斗趁机把车钥匙丢给刘白，让他去挪车。刘白一时情急，只好去了；趁这空当，阿斗赶紧拉起叶子就跑，俩人左弯右绕，拐到另一处巷子里，停下来，气喘吁吁。

巷子里灯光昏暗，大簇的三角梅泼辣地倾泻着，越过墙壁，拦住了一只黑猫的去路，它蹲在墙头，警觉地望着路人。阿斗也没想到在脑海里期盼了这么久的重逢，竟然是在这种场合。心里埋着的一万吨话，偏偏这时候一个字也说不出来，只能重复着："……我一直给你写信，没看到吗？"

叶子一无所知，整个人蒙掉，脑子里混乱不堪。这一年来发生太多事：受伤，康复，结婚，生活甜美又枯燥，和刘白的关系变得微妙。她也一直惦记阿斗，惦记火空海，但此时重逢太过突然，她语无伦次，"……你怎么现在突然跑来？……"她擦着眼泪，只想要自己静静，转身朝着巷子另一头跑去，"别跟着我了，你们都消停消停，让我喘口气……"

阿斗痛苦地蹲下来，捶打着自己的头。他真想钻回他的黑洞里去，一切怎么变成这样？

刘白挪了车回来，一眨眼发现两人不见了，气得直跺脚。他干脆又回去把车开上，兜兜转转找人，打开手机定位，发现红点就在他附近，但又不确切到底是哪个拐弯。他咒骂着拍打着方向盘，整个人陷入癫狂，一脚油门，闯了一个黄灯，直接朝前猛冲。

就在那一刻，叶子扔下那句"别跟着

"我",刚好跑出巷口,一个致命直角盲区,她直直闯进刺眼的车灯——刘白的眼皮上一秒刚从手机上抬起,下一秒就"砰"的一声撞了上去……

刘白本能地一脚刹车——已经迟了——剧烈的恐慌中,他彻底僵住,右脚还黏在刹车上,双手攥着方向盘,不停发抖……脑中既是一片空白,又是一片漆黑:全身仿佛血液尽失,完全不知道自己干了什么……发生了什么……

阿斗只听见刺耳的刹车声,像十万根粉笔刮过黑板。他朝着巷口望去,只见刘白的车一脚急刹,停在巷口。空荡荡的甬道,黑洞洞的,像个巨大的枪口对准自己,不祥的玩笑。什么都顾不上了,阿斗疯了一般冲到车轮前,从一地血迹中抱起叶子,跟跟跄跄猛拉车门,"打开啊!快打开!"

没想到刘白吓得如同僵死之人一般,双手紧紧扣着方向盘,已经灵魂出窍似的,动弹不得,连车门不会开了;他被阿斗捶打车窗的动静喊醒,才战战兢兢按下解锁键。阿斗把叶子放进后座,跳到前面,把刘白一把拉了出来,"滚去那边!滚!"说着他就坐进驾驶座,还没等刘白坐稳带上车门,阿斗就一脚油门冲向医院。

"赶紧导航!找医院!最近的!快!"阿斗怒吼着,刘白哆哆嗦嗦地,手指几乎不听使唤,半天才导上航;阿斗感觉冷汗让手心在方向盘上打滑,那种惊慌和无助,好像又回到了第一次去火空海出事的那个夜晚。他也是这样将叶子托起,一路背下山,无助地喊着:叶子,撑住,叶子!

一开始她在后座仿佛还有依稀意识,好像是在嗫嚅着什么,"痛……好痛……"接着便安静下来,仿佛睡着了。

40

阿斗大汗淋漓,浑身是血,抱着叶子往医院门口冲。又是医院。怎么又是医院。他恨死了这灯光,这走廊,迷宫似的;叶子被七手八脚急匆匆推进抢救室,阿斗死死追着病床不放,被护工生生拉开。他不确定那是不是幻觉,他好像一直听见叶子苍白的嘴唇嗫嚅着:"好痛……我想……我还想……"

一些声响仿佛既从天堂传来,又从地狱传来:"谁是家属……签字,这边……"记忆折叠了吗?叶子上次受伤之后,那个永夜一直循环,再也没有天亮过吗?阿斗几乎糊涂了。

凌晨的医院人去楼空,一些疲惫的影子游魂般走动,走廊的日光灯发出冷漠的频闪,仿佛一间明亮的地狱。阿斗站着,蹲着,站着,蹲着,每一秒都是漫长的酷刑。几米之外,刘白瑟缩在角落,身体显得很小。他一身冷汗,干了又湿,全身仿佛失温一般,打着寒战。刘白用几乎听不见的低声,悄悄问阿斗:"刚才……刚才……有摄像头吗……"

阿斗几乎不敢相信自己的耳朵:"这是什么时候?!叶子是死是活都不知道,你竟然在琢磨有没有摄像头?!"

"我只不过是想好好过日子……过日子,"刘白神经质地重复着,"我跟你们不一样,我就只是想好好过日子……这有什么错?"

"你撞——"阿斗突然刹住"死"字,牙齿狠狠咬在嘴唇上,"你撞到人了,你知不知道?!你这是杀人你知道吗?!"

"我没有!我怎么可能杀她?!"

"我怎么相信你?!我眼睁睁看着你从

小区出来就一直跟踪她！"阿斗操起手机，拨打110，"……对我报警，有人开车撞人；送到医院了，对；人在第二医院抢救室……"

刘白慌了，立刻扑上去摁住阿斗，一把抢过手机摁断，死活不让他说完，如此激动，更让阿斗生疑："你怕什么？你要不是心虚，你怕什么报警？"

"我只是，我只是……出来前喝了两杯，你这样闹，我一会儿就说不清了，你别……你挂了你先，你相信我，我真的不是故意的，我怎么可能故意……我把她捧在心肝儿上疼，我怎么可能……"

阿斗别开目光，他被一种巨大的不祥预感压得喘不过气。他宁愿被撞的是自己而不是叶子。

俩人一个站着，一个蹲着，时间仿佛泥潭，没有长度，只有深度，他们陷了进去，爬不出来。不知过去多久，一个身影走近了刘白，他抬起头，看见警服，警徽，一个高大的制服身影遮蔽了头顶的日光灯，阴影压下来。

制服冷冷发话："谁报的警？"

刘白与阿斗哑口无言，面面相觑，谁都没有动。

"我问谁报的警，怎么回事？"警察拔高嗓门，吓得刘白直哆嗦，噤声不语，阿斗也没动。

就在这时，抢救室的门打开了，两双焦灼的目光齐齐投去，医生垂下手，面无表情，脱掉带血的手套，接过一份文件，签了字；肃着一张脸走过来，张口对刘白说话。

阿斗死死盯着医生的口形，那口形与声音是完全吻合的，可无论是眼，是耳，那个结果都令阿斗无法相信。阿斗感觉不真实。他一阵阵耳鸣，眼前发黑，地板在

融化，变软，他的脚仿佛踩在泥沼上。有那么一瞬间阿斗好像失聪了，周围变成一种刺耳的寂静。他看着刘白整个人突然散了架，又突然支棱起来，抓着医生的衣服不放，他的动作夸张，像大促销商场门口的充气人偶，他觉得那样子非常滑稽。

恍惚中，警察的声音始终在耳边萦绕，说了什么，阿斗一个字都没听见。他抬头看着警察，眼神中是一种彻底空洞的抽离。

警察显然发现他们两个现在都无法沟通，转而向医生和护士询问情况。接着他立刻要求一份静脉抽血报告，检查酒精度。按他的经验，这十有八九都是酒驾。刘白一听验血就慌了，不停对着警察解释，"意外，就是意外……"他嗫嗫嚅嚅，"他开的车，我没开……到医院，我没开……"

"他撞人，他故意的……"阿斗还没有把话说完，就被刘白跳上来按住，"放你妈的屁！我放你妈的屁！"刘白激动得青筋暴露，被警察摁住："处理完医院的事，都跟我回局里一下！现在就去抽血，必须拿到报告。"

俩人被架着，坐在抽血柜台，直到针头插进静脉，阿斗都没反应过来，自己在哪儿，在做什么。他眼前始终惦记着那扇冰冷的抢救室大门。那扇门死死关着，他还没见着叶子。他至少要见她最后一面。她一个人躺在手术台上，冷吗？她孤独吗？她的最后一念，想到了什么？他努力回想着她最后那句话：

好痛……我想……我还想……

41

一夜暴风雨的蹂躏，脆弱的吊帐仿佛是一只悬在空中的小小炼狱。不止一次，

刘白觉得自己死定了——他俩现在简直是两只仓鼠被封在一个气球里，然后被扔进洗衣机。狂风暴雨中，帐篷周围的落石嗖嗖地砸下，一想到自己是在这绝壁上，吊在一层单薄的防雨布里，被狂风推来搡去，刘白就怕得发抖。仅仅对抗这份恐惧，已经让他筋疲力尽。

凌晨时分，吊帐里积了不少水，睡袋早已湿透，冻得浑身发僵。为了防止失温，阿斗也不敢睡去，只能彻夜活动手脚，不停往外舀水。

刘白还以为坐牢的日子已经是地狱，没想到和在这山上相比，那只不过是疗养院。在监狱至少没有高反，至少能按时吃饭，至少可以躺在一张真正的床上——而此刻真是生不如死：恐高、寒冷、疲惫、头疼、腹泻、失眠，酷刑轮番折磨着他。"今天过了，明天，后天……"刘白掰着指头算，"我们还剩多少个绳距？"

阿斗说："七八个吧，顺利的话。"

"要是不顺利呢？"

"不顺利？……那就一个绳距都不剩了，"阿斗仔细处理着磨破的手皮，"咱们一起挂。"

"不行，不行阿斗，我真的受不了，真的不行了……我就想下去，我想回家……"

"你现在后悔了？"

见刘白怕得发抖，阿斗反而心生一股爽意。他从容地拧干睡袋、衣服，扯着自己的衣角，用它擦拭机械塞的凸轮，把缝隙里的泥沙清理干净，然后关掉了头灯。他越冷静，刘白越崩溃："你还要我怎样？判也判了，进也进去了，鉴定书都说了，是过失！谁没有过失？你知不知道我在里面是怎么过来的？！"

"你别忘了，当着叶子的骨灰，你答应我什么。"阿斗的脸色一沉，话也一沉。刘白这下知道阿斗是不会轻易放过自己了。他缩在帐篷一角，紧锁眉头，都不知道是该求生，还是求死。他盯着蟒蛇一般盘绕在角落的绳子，心乱如麻；耳朵里绕起阿斗的话：不顺利？……那就一个绳距都不剩了，咱们一起挂——

刘白不由自主开始在脑海里预演起那个画面——当阿斗下降，下降，下降到绳子末端……那个光滑的，没有打防脱结的绳子末端……无声地……从保护器的管槽中滑脱……阿斗整个人像石块那样往下坠去……

神不知鬼不觉，这不就是任何一次高难度攀爬中都难免的，事故而已……阿斗是写好遗书来攀登的人了，刘白突然意识到，如果阿斗挂了，那不就可以提前结束这该死的岩壁，提前了结这一切了？这股邪念，混着几近愉快的释然，涌上心头。刘白佯装给绳子铺上防雨罩，盯着那个绳尾结出神。趁着阿斗不注意，他悄悄地，犹豫地，但最终又毫不犹豫地——解开了绳尾结。

做完手脚，刘白像是悄悄为手枪上了膛似的，莫名有了一丝底气。他盯着阿斗的背影，过去三年的片段不时闪现，他早已不觉得自己还有任何亏欠了，唯独还有点想不通。

42

看守所的日子是最不堪回首的，人满为患，一张床，十个人挤，像砧板上码齐的肋排那样，侧着躺，谁都不许乱动，乱动的话，全床的人都一起挨罚。每个人的鼻子都怼着前面那人的后脑勺，臭到窒息——这是夜晚。白天则是静坐，背诵行为守则，错一个字要挨罚。刘白新来第一天，就接替了"茅哥"一职，负责刷厕所。一个坑，五十个人拉，他现在想想都作呕，真不知道自己是怎么熬过那段日子的，以至于终于等来判决，押送进监狱那天，几乎是松一口气。在监狱，虽然狭小的铁床硬得像棺材板，但至少可以一个人躺。

刘白每夜盯着天花板，在铁床吱吱嘎嘎的呻吟中，苦思一个问题：为什么，自己一个老老实实的人，真真心心爱一个人，踏踏实实过日子，居然能摊上这样的事儿，还进去了？……他到底做错了什么？如果……如果当晚没吵架，如果当晚没喝酒，如果不是阿斗突然出现，如果叶子没受伤……这个漫长的因果链条，到底要追溯到哪一环？他要怎么面对父母，怎么面对未来？他还要怎么生活？

面壁无果，他痛苦到挠墙，手指挠出血，墙挠出洞。实在不愿意想了，他双手抠着那些大大小小的洞，渐渐用力，直到渐渐没力。忘了从哪一天起，刘白开始用这种方式面壁：练习指力，在墙上练习攀爬。他甚至还申请过要一块指力板，被狱警拒绝了。他只好吊在门框上、床沿上训练，每天至少一两个小时。狱友偶尔在半夜醒来，发现一个黑乎乎的人影上吊鬼似的，挂在门框上，吓得半死，都有点怕他；连看守都很紧张，怀疑刘白是电影看多了，想越狱。

三年过去，刘白就着牢墙上的坑坑洼洼，练就了过人的指力；而这只是转移注意力的方式，整件事他还是没有想通。实在想不通，所以出来后第一件事，是去找阿斗算账，城里找不到，就追到了山上。他要亲眼看看火空海。那个漫长的链条应该追溯到这里，冥冥中，一切都是因为这里，一切都怪这里。

当刘白徒步两天半，筋疲力尽地抵达火空海脚下的时刻，他已经累到脱水。高海拔地带的苍茫与极简，带有强烈的震慑感，压迫感。这里的空气像岩片一样，稀薄，坚硬，冷酷。天长地阔，像一道结界，隔绝尘世。刘白一个人站在那儿，孤单得好像被人间除名了似的，一切都被一笔勾销了似的……那种被彻底删除的感觉，又很……

……又很自由。

一股莫名其妙的热泪，渐渐涌上眼眶。刘白突然有点懂了，这是一个他无法带给叶子的世界，与日常生活无关。它是超越日常的，超越人间的。俗世的幸福，在这样的岩壁面前，只是一个选择：一个略显两难，但依然是可以被牺牲掉的——选择。

大岩壁以神像般的慈悲，默默审视着他。刘白切肤体验到了一种罪恶的渺小，痛苦的渺小，活着的渺小。他有种想要下跪的冲动。他有点理解了为什么叶子始终对此心心念念——是的，当一个人，见识过了比自己更崇高的事物，并以此为信念，就再也没有办法甘于平庸的生活。

43

吊帐外的风雨正在渐渐减弱。他们枯坐半夜，心事重重。回忆过去，刘白的目光落在那个铝盒上，阿斗也注意到了。俩人的目光都聚焦在那个铝盒上，快要把它点燃了似的。这个冰冷的铝盒，曾经是一个活生生的生命，一个女孩。她有血有肉，有说有笑，会跑、会攀登、会做梦。但是，她什么都没来得及，就没了。

阿斗拿起这个铝盒，郑重地把它放在两人中间，供奉着；他指着这个盒子，说："你知不知道，世界上，只有一种感受让人睡不着觉，不管是好人，坏人。只有一种感受，让他们都不得安宁。"

刘白没接话，冷冷看着阿斗。

"遗——憾——"阿斗从齿缝间咬出这两个字，"……没来得及。还没来得及，就再来不及了。你懂吗？"

刘白没吭声。

阿斗把玩着手里那只主锁，咔咔咔地，像是盘一颗核桃："一个坏人，可能没啥良心，不觉得自己做了坏事，杀了人照样睡得着；好人，没做坏事，也不会睡不着，但只有遗憾。刘白，我告诉你，只有遗憾，让人一想到，就睡不着觉……"

"都现在了，你还觉得我是故意的，是吧？"刘白咬着腮帮子。

"你是不是故意，我已经不关心了。判都判了，你也进去了，我纠结的不是这个。"

"那你还纠结什么？你问，我全说。咱俩，今天就在这把话说开。"

"……我就是缓不过来。一想到叶子走得那么突然，什么都没来得及，我心里就跟猫抓一样。"阿斗说着，眼泪滴在铝盒上。这是刘白第一次见到阿斗流泪，见到他的伤感、脆弱。在刘白记忆中，阿斗是个大字不识、暴跳如雷的炸药包，是什么改变了？这三年，他又是怎么过来的？刘白的确一无所知。他们都在自己的地狱里挣扎，根本无心抬眼看一眼别人。

刘白的睡袋打湿了，他感到非常冷，非常疲倦，"人已经没了，山我也来了，我都清楚了，咱就是……要的不一样，想通了，也就没有遗憾了……"

"你没有遗憾?！那我的呢?！叶子的呢?！"阿斗吼得嗓子都劈了。一想到叶子以那样的方式死去，一想到自己甚至不曾吻过她的脸，一切都没来得及……阿斗心里就像插了一根冰锥，取不出来。

"阿斗，你别装好人；叶子第一次受伤，全是因为你。要是没有那次受伤，也轮不上我有机会和她走到一起。你睡不着的，全是因为你自己。"刘白狠狠补了一刀，他的话好像给那支冰锥猛地加了一把劲儿，金属螺纹又拧了一圈，带着血，往心脏深处使劲儿拧……还在拧……直到最锐利的锥尖死死咬住心脏最深处，扎了个血洞。

刘白放完狠话，料定阿斗肯定暴跳如雷，要跟自己打起来，他都已经暗暗捏紧了拳头，准备拼个你死我活，却没想到阿斗既没有愤怒，也没有暴躁，只是像个失血过多的病人，躺了下去。他把头靠在铝盒旁边，低声嗫嚅着："你又怎么知道，这三年，我怎么过来的？"

刘白一愣，揪着的心和拳头，慢慢松开。他盯着铝盒，想起在告别大厅那天，叶子陷在棺椁中，苍白、平静的脸。他双手戴铐，呆呆望着叶子的睡容，觉得她只是生病了，睡着了，再隔些天，就会醒来。狱警把他带走的时候，刘白喃喃自语："你好好地，过几天我再来看你。"

然后就再也没有看见她。

最后的火化，只有阿斗独自陪同。棺椁被收入炉口那一刻，阿斗感觉自己的一部分也随之而去了。熊熊烈火终于熄灭，骨灰被一点一点地刮起，收集起来，装进盒子，送到亲属手里。阿斗几乎有点不敢接过来。那一天是如此不真实。在回去的路上，车辆颠簸，骨灰盒的黑绸子轻轻摩擦着阿斗的膝盖，一种奇怪的微妙感觉，仿佛这个盒子里有什么东西还活着,还不甘心,在抓挠着,要开口说话。

阿斗抚摸着那个盒子,暗暗发誓,要把它带到火空海去。虽然叶子没有说过,但真正的攀登者都是这样的,"最怕死在山上,也最怕没有死在山上。"

44

怀着这个执念,阿斗独自一人,再次来到火空海。牧民们依然放牛,依然挖虫草。许久不见,那个骑摩托的年轻牧民一时没有认出阿斗来;但当阿斗指着帐篷,又指了指肩膀的时刻,牧民立刻想起来了——"原来是你们啊?!那个姑娘呢,她的伤怎么样了?"

"她……好了。"

"那她人呢?"

"她在那上面,等我们。"阿斗指了指天,如此回答。

牧民以为是火空海顶上,吃了一惊:"不可能,她怎么上去的?"

阿斗不知如何解释,阴沉下来,不说话了。

"真搞不懂你们,为什么就非要爬它不可呢?"牧民席地而坐,拿出酥油茶壶,给阿斗倒了一杯。喝茶的时候,他们的目光从杯口抬起,望见远处沸腾的云海。

"我就想把她的骨灰撒在那山顶上。"阿斗说。

牧民拿着茶杯的手显然顿了一下,看了看阿斗,没有说话。这次他们没有赶人,但也没有允许。阿斗就在那儿等。当天不行,第二天,第三天。他扎了营,住下来,面壁者一样坚决。两周后的一个早晨,岩壁下突然热闹起来,许多僧人和牧民扎下帐篷,锅碗瓢盆搬来,原来是要举行盛大的法会,在火空海山顶上挂起经幡。

阿斗和僧人们一起,从后山绕了远路,登上山顶。一路上没有人理会他,但也没有人要赶走他。在抵达山顶的那一刻,以为的海子并不存在,只有一条溪流,汩汩淙淙,来自更高的山,更远的冰川。

阿斗一问才知道,火空海原来不是海子的名字,而是一段特殊的纪年法,部分藏语文献中,对从公元624年至1026年的四百多年间所使用的纪年方法——即一段时间,一段历史,一些生命——不可挽回地逝去了。

那一瞬间,无尽虚风,滚滚而来,滚滚而去。阿斗有种大彻大悟之感,豁然开朗,其实不只是攀登者,每个人心中都有一片火空海:已逝,无回,勿念。活着是走向人外人,山外山,但火空海,永远是火空海。

身旁一位年轻小喇嘛反问阿斗:"你既然已经到了这山顶上了,为什么还要降下去,再爬上来?"

"要的就是这个过程。攀登,就是为了这个过程,不是那个结果。用什么方式登上去,对自己诚实,这就是攀登的全部。"

三年来,没有了叶子搭档,阿斗独自从岩壁顶端绳降下来,一米一米地摸索这面垂直竖立的高大迷宫,一步一步解谜。这就像是一场长达三年的编舞,每个动作,每个节奏……分成一段又一段,枯燥而重复地排练,为了最终完美的、一气呵成的表演。这是他一个人的一千零一夜,天方夜谭。以这种方式,阿斗致敬他崇拜的攀登大师 Tommy Caldwell。关于他的那部纪录片《黎明墙》,还是他和叶子一起看的:Tommy 和前妻是初恋,青梅竹马,一起长大，一起攀岩，是多年的亲密搭档；青少年时期他们去吉尔吉斯斯坦攀岩，遭遇恐怖分子绑架，经历了一场劫后余生，细节十分恐怖，给两人的后来埋下阴影。他们结了婚，在优胜美地有了一个家。Tommy 在车库干活儿的时候不小心切断了自己的一根手指，依然没有放弃攀岩。但因为早年往事的阴影积累，他们的婚姻陷入绝境，离了婚。Tommy 深陷痛苦，为度过那段时光，他下定决心要攀登黎明墙。

阿斗第一次为一部片子流眼泪。原来，当一个人过不去一个坎儿，除了一了百了，还可以把自己抵押出去，换来一种更加崇高的存在价值，就像贷得一笔巨款。这是一种精神的按揭。在日复一日、月复一月的偿还中，人通过流放自己，去找回自己。不是他有信念，而是他成了信念：一生只为一件事而来。

三年来，除了做教练带课谋生，阿斗把其余时间全都耗在了火空海，一次次来，一次次跟这面大岩壁死磕。一千零一夜之后，阿斗终于在这巨大的迷宫中，拼凑出了一条可行的路径，一张虚构的垂直地图。

"这三年，我就是这么过来的——所以刘白，我们无论如何，也要上。"阿斗说完，两个人仿佛都被剧烈的情绪烧焦了，在寒意中，昏睡过去。

45

漫长的一夜过去，鬼门关总算放过了他们。吊帐渐渐透出蒙蒙天亮，风雨已经平息。清晨的阳光一脸纯真，仿佛昨晚什么也没发生。阿斗先醒，在睡袋里赖了一会儿，实在憋不住，拉开吊帐，起了身。照样是撒尿，刷牙，烧水。即使到了岩壁上，人还得吃喝拉撒：活着，就逃不出日常。等待米饭泡好的间隙，阿斗开始清点装备，快挂、塞子、岩钩、扁带、主锁……每一样都按取用顺序排列好，扣入腰间的安全带。

刘白被动静吵醒，"你疯了吗？刚下完雨，你还要爬？"

"吃的都不够了，我们已经很慢了。"阿斗平静而坚决，态度不容置疑。刘白只好起来，草草收拾一番，赶紧吃早饭。撕开番茄味的米饭包装袋的时候，刘白突然想起什么，问："叶子真的跟你说，她最讨厌番茄味吗？"

"是为了照顾你面子吧。你不是老给她做吗。"阿斗说。

"现在想来，可能一点都不了解她……"刘白欲言又止，埋头吃饭。

"不说这些了，抓紧时间，走吧。"阿斗说。

岩壁湿滑，裂缝又太直，冰镐用也不是，不用也不是。脚尖咬在潮湿的岩壁上，触目惊心地滑。他将脚尖在另一条裤腿上擦了擦，小心地出手抓点，继续向上。

靠，好难……阿斗默默咬着牙，小心翼翼对付潮湿的岩壁。沿途没有合适的空隙放保护，只能硬着头皮继续往前爬。拜托，拜托……他心里清楚：保护点间隔越大，冲坠掉落的距离就越长，十分危险。

不，不能分心，深呼吸……阿斗强迫自己专注，这里容不得一丝一毫的闪失。他好不容易发现了一个楔形缝，清理干净，小心翼翼放入一只机械塞，金属凸轮看上去卡住了，可当他使劲拉动手柄，测试稳固度的时候，里面的岩片却突然被抠爆，崩了一块，"落石!!"刚喊着，没注意，自己脚下一滑，一个凶狠的冲坠，掉了十几米，自由落体的失重感几乎一把抽空了他，整个人都倒翻了，头盔磕到岩壁，一阵眩晕；还好他被下方的塞子拉住，没有像撕破一串扣子那样一落到底。

下方的刘白吓了一大跳，"没事儿吧？"

阿斗回应："没事儿。"

他深呼吸，核心发力，把自己的身体姿势调正。他从掉落的地方又重新攀爬到那个坠落点，取下冰镐，往缝隙里面试探着挖了挖，清理碎石。仔细拉拽测试机械塞：稳了。

随着阿斗攀升，刘白将手里的绳子一寸一寸送上去，阿斗往上爬一截，他这边就短了一截，"快到中点就提醒我！"阿斗在上方呼喊着。

"好！"刘白答应着，完全忘记了昨晚心生邪念，解开的那个绳尾结。

流云在高空中嬉戏，追随着汹涌的风，托起一群秃鹫，盘旋着。这是人间普普通通的一天。日影已经从阿斗的右前方，日晷移针一般，挪到了正前方。等太阳高挂，岩壁便彻底晒干了，阿斗的脸庞能感觉到岩壁因水分蒸发而升起的热气。他抬头看向上方，冰岩混合的部分就要到了，这是整条路线中最像鬼门关的一段：本就细弱的挂瀑，在太阳的照射下，正像冰棍一样融化，滴水。这样的冰况无法继续推进：冰镐敲上去，像是斧子劈在疏松的木炭上，而不是坚实的木头上。必须等上一夜，等冰挂凝固，再次冻得坚硬，才能继续。

阿斗想了想，决定安全起见，今日就突破在这个高度。他花了差不多二十分钟才建好保护站，接着大喊："刘白！我准备下降！"

刘白放绳，阿斗下降。

"停！"阿斗喊，刘白便停住。在下降过程中，他不断回收路线上的塞子、冰锥，挂回腰上，以便下一绳段使用。

"继续下！"

"停！"

如此几段下来，阿斗马上就要下到尾部了。绳子在一点点滑出，仿佛一条毒蛇，飞速蠕动，飞快消失，飞快接近那个致命的绳尾。

刘白忘得一干二净，完全没有意识到，他此刻站立的地方，已经是死神的停尸台。余绳在一圈一圈迅速减少，最后三米的距离——刘白突然看见那个空荡荡的绳尾，突然想起，昨晚自己一时糊涂，解开了它——来不及了——光滑的绳尾悄然无声，从保护器中滑出。

阿斗毫无防备地掉了，嗖地滑过岩壁，滑过刘白……仿佛溺水的人，阿斗疯狂抓挠着一切救命稻草，自由落体的恐惧几乎要撕碎了他……惨叫中，阿斗在掉落中胡乱拽住了下方吊帐的一个角；吊帐瞬间被扯直了，里面的东西稀里哗啦掉落，锅、碗、睡袋……统统坠入万丈深渊。

阿斗死死拽着，死死拽着。

呼吸已经被夺走了，在一种纯粹的求生本能驱使下，阿斗飞快将牛尾绳[1]扣入了什么，停止了坠落——这简直就像是断头台的铡刀将要砍下的前一瞬，突然得到了死缓。

他悬在吊帐与固定绳之间，获得短短几秒钟喘息。惊恐之下，剧烈急促的呼吸简直要把肺都撑破了，他脆弱得就像一只从破网中掉落的小蜘蛛。很快，吊帐被扯

---

[1] 牛尾绳作为一种安全绳具，主要用于工程施工、攀岩等场合，其主要作用是静止人或物的下落。

住的那点面料已经开始破损，在重力的拉拽下，一点一点地被撕碎，眼看马上就要断了，死缓即将失效，阿斗再次惊慌起来，他必须赶紧将自己扣入保护站，这是唯一机会，如果失败，必死无疑——他已没有选择，只能咬咬牙，腹肌用力，将自己摆荡起来；每荡一下，吊帐的那个角就更接近撕裂——完了，必须出手了：阿斗盯准了岩壁上那个锚点，瞄准——这简直就像一边荡秋千一边扎飞镖——最后一荡，在吊帐被撕破的前一瞬间，成功地将自己扣入了锚点上的挂片。

稳了。

从死缓，到特赦，短短几十秒间，阿斗越过了生死一线，逃脱了死神的口哨，爬回了吊帐里面——但里面稀里哗啦整个底朝天，什么东西都丢了，只捡回了一条命。

阿斗脑子发蒙。这到底怎么回事，剧烈的肾上腺素冲击，带来一阵生理上的恶心感，酸性的唾液中带着苦味。足足缓了十分钟，阿斗还是忍不住，剧烈地呕吐起来。就在刚才，自己差点死掉，差点粉身碎骨。

到底发生了什么……阿斗如此清晰地记得自己昨晚理过绳子，而打绳尾结是自己的本能习惯，他不可能忘——除非刘白故意解开了。

一想到此，阿斗发出一声野兽般的嘶吼："刘白！！到底怎么回事！！"

完了。刘白感觉自己彻底完了。他六神无主，自己干了什么？他完全忘了自己一时糊涂，解开过那个绳尾结……他本意不是如此，他当时只是害怕，想早点下去……

阿斗缓了足足一个落日那么长，终于从刘白彻底的沉默中明白过来——绳尾结。问题只能出在绳尾结。但阿斗死也不愿意相信，刘白是故意的。他必须搞清楚，他差一点就死得不明不白。

阿斗慢慢从下方一把一把地，爬到了刘白的起点位置。阿斗依然心怀最后一丝希望，问："不是故意的，对吧。"

刘白哆嗦着，不吭声。

"我问你！是不是！"阿斗的喊声回荡在岩壁间，如同天空在审判。

刘白还是没有吭声。好久好久，才从牙缝里说出三个字："对不起。"

一阵盛怒涌上脑门，阿斗一把摘下刘白的副保护，狠狠推了他一把；刘白后脚踩空，跌下小平台，陷入摆荡；腰间的主绳拽着他，像一个子宫内即将要被流产的胎儿，仅剩一根脐带，吊着。刘白死死拽着绳子，但有那么一瞬间，他有点怀疑自己几乎不配活着。

从阿斗发狠的眼神里，刘白觉得自己大概活不过今天了。阿斗的手已经伸向了锚点——脐带的另一端。只要他一解除，刘白就将掉入万丈深渊——尽管那一刻，因为体重的受力，绳子紧紧绷着，阿斗并不能轻易取下。

阿斗的手久久停留在那里，此时他是掌握着断头台铡刀的人了："你为什么要害我？你至于吗？！"

恐高已经代替死亡，率先凌迟着刘白。他无助地吊着，抖得像筛子，双腿徒劳地在空中蹬着："我不行了……我不行……我恐高，非常恐高……你放过我……"

"恐高？你现在跟我说恐高？我问你！你为什么要害死我？"

"不是故意的，我只是忘了……"

濒死感已经提前袭来，粉碎了全部理智，刘白变得木僵，连挣扎都不敢了。像是脐带已经死死勒住了脖子一般,他无助到不能呼吸;冷汗沿着鬓角,从头盔下滴出,被鼻血稀释了,成了玫瑰色的眼泪。

阿斗的喊声回荡在岩壁之上,被风吹散。鹰依然无声盘旋。夕阳已经沉没。在这万丈绝壁上,火烧云仿佛末日审判一般点燃了天空。

阿斗盯着那个生死一线的锚点——在灼烧般的犹豫过后,他没有解开那一端,而是伸出手,把刘白一点点地,拉上来。

此时此刻,俩人已经彻底虚脱。

46

"最开始,是怕你们嫌弃我……没有面子……一个大男人,恐高……她会怎么看我……她这么喜欢野攀……怎么可能接受一个搭档,恐高……"刘白语无伦次,令阿斗几乎想笑:一切的源头,是一颗如此荒谬的种子。

"……就是恐高……才不愿意跟你们野攀……然后眼睁睁看着你们总是在一起……"刘白像在黑暗中进行一场告解。阿斗筋疲力尽,一言不发。他们像两个死囚,在峭壁的小平台上对坐。

夜深,温度骤降,吊帐破了,不再挡风。天在飘雪,食物和锅碗早已掉了下去,连睡袋也弄丢了。万幸的是,装备驮包固定在另外的锚点上,岩塞没有丢,绳子没有丢。他们此刻一无所有,只剩下一条命,饥寒交迫,以及驮包里那个铝盒。

无论如何,还要完成火空海。阿斗感觉自己已经一无所有,唯剩下一个信念。在那寒冷的山上,冰已经冻得严严实实了。一切都在等他。叶子还在山顶等待他。

必须抓紧时间,在太阳升起之前出发。

雪越下越大。凌晨两点,阿斗估计上面的冰瀑已经重新冻结,默默穿好装备,准备出发。

"你确定吗……你还要……?"刘白几乎惊呆了。

阿斗不吭声,将铝盒放入背包。

"上面的难度,你有把握吗?"阿斗几乎都不清楚这是叶子的声音,还是刘白在发问。

"难度有把握;但是……有没有运气,就不知道了。"他从容地将绳子盘在身上,装备按顺序放入背包。里面除了水、头灯、电池,还有那个盒子。他丢弃所有,也不会丢弃这个盒子。

刘白站起来,准备打保护。阿斗感觉可笑:这简直就像和一个刚刚还要杀死自己的人握手。他背过身去,没说话——有没有保护员,已经不重要了:信念,才是他的保护员。装备叮叮当当挂满了腰间,一切就绪。背上背包的时候,阿斗感到负重沉得仿佛是背上了另一个人。

阿斗抬起头,仰望圣像一般,朝拜这座大岩壁:冷峻,无情,危险之海。阿斗在心里计算着,时间是凌晨两点,这意味着,如果幸运的话,他能在天亮之前抵达山顶。

47

茫茫黑暗中,冰冷的峭壁上,一粒渺小的光在缓缓向上移动,是阿斗的头灯。他像一颗小星星,悬停在夜的虚空中。

感觉自己再次化作一滴水,融入汪洋。外在世界不知不觉凝固了,没有声音,没有动静,混沌中凝固的云,风,鹰……尘世里遥远的人们,都凝固了。时间衰老,而自己停在了此刻。自己好像在某种真空中悬浮，遁入传说中的——化境。

第十九绳段完成得十分顺利，那种行云流水的感觉又回来了，心流状态仿佛一道异世界的大门，缓缓敞开，光芒涌入，自我溶解。此刻阿斗感到自己已没有了凡人肉身，而是一粒冰晶，飞扬在空中。在那段最美的冰壁路段中间，他娴熟地钩挂，清脆利落地挥镐入冰，动作无比轻盈，细腻；速度之快，连鹰都被甩在脚下。他正陶醉在芭蕾表演一般的心流之中，欲要继续向上，突然腰间一紧——刘白在下方拽了拽，提醒一个信号，意味着绳长不够了，无法再向上。

阿斗往下提了提绳子，确认这是绳长极限。岩壁比他预计得还要长……就长了那么一点点，就差那么十几米，该死。

阿斗深呼吸，强迫自己镇静下来，思考一下。他必须先下一根锥，扣住自己。他腾出一只手，取出一根冰锥，十二厘米长，他只剩这一根。如果有更短的更好，但别无选择了。不要钻到岩石，不要钻到岩石，阿斗在心里祈祷着，呵出的热气时不时迷蒙了他的双眼。他小心翼翼地，一圈一圈将冰锥拧进冰层。随着利齿旋凿，咬入冰面，一个飞盘大小的放射状裂痕隐约地炸开，他的心悬了起来，但应该没有问题，他拧进最后一圈，感受螺纹咬住了。太幸运了，冰层够厚，齿尖没有凿到岩壁，他舒了一口气，借此做好了一个临时保护点，把自己扣入。

暂时稳住了。他需要思考一下，接下来怎么办。这三个字此刻犹如千斤重，沉甸甸地拽着他。阿斗惊险万分地停留在那里，陷入两难。他在脑海里飞快地盘算着各种方案：等刘白跟攀上来，回收绳子，继续，将花去不少时间，何况刘白不会攀冰，很可能上不来，太阳出来冰况一变，又无法继续；那么自己脱离主绳系统，继续向上？那意味着无保护攀登，风险极大；最坏的方案就只能是下撤吗？他们已经没了物资，不知道还有没有机会重来。

怎么办？叶子，告诉我。阿斗焦灼地喃喃自语：该怎么办……他将头盔抵在冰壁上，深呼吸，拼命思考——他的鼻尖，嘴唇，碰到冰壁，不经意之间，像个冰冷的吻。怎么办——他绝望又深情地亲吻冰壁，那种冰冷让他渐渐镇定。

一段小调，《哥德堡变奏曲》，不自觉地哼起。他脑海里的万念纷飞，渐渐落定为空。阿斗一边哼着曲调，一边调整呼吸，心里越发清楚，此时此刻，代价是死亡。回报，仅仅是活下来。不留遗憾地活下去。

天仍未亮，地平线像一道紫色的光缝，刚刚裂开。风平浪静的好天气。万籁俱寂，只听见微风摩擦岩壁的声音，和他的心跳与呼吸。短暂的休息后，阿斗决定抓紧窗口，一鼓作气。他自言自语：不留遗憾，不留遗憾……

阿斗咬咬牙，解开了保护点，仿佛解开了脚下的尘世羁绊。这是彻底的自由独攀——叶子，保佑我。等等我。阿斗默念着，一步一步，碎冰绽开透明的小小烟花，坠入虚空，他轻盈地哼着《哥德堡变奏曲》，轻盈地在飞。

身后的深渊仰视着他。要有光。上帝说，要有光。于是有了世界，有了人。

阿斗心怀信念，一步步朝上爬着。

天渐渐亮了。

如果世间有神，必名叫高山，必能见证尘埃在雪中飞扬，那是因为曾经有人为此攀登，从容如散步。

2024
收获文学榜榜单

长篇小说榜

榜　首
王安忆《儿女风云录》
《收获》2024 年第 5 期 / 人民文学出版社 2024 年 10 月

第二名
叶兆言《璩家花园》
《十月·长篇小说》2024 年第 1 期 / 译林出版社 2024 年 9 月

第三名
邱华栋《空城纪》
译林出版社 2024 年 7 月

第四名
吕　新《深　山》
中信出版社 2024 年 8 月

第五名
张　炜《去老万玉家》
《当代》2024 年第 2 期 / 人民文学出版社 2024 年 3 月

长篇非虚构榜

榜　首
王　尧《"新时期文学"口述史》
生活·读书·新知三联书店 2024 年 8 月

第二名
宋明蔚《比山更高》
上海文艺出版社 2024 年 6 月

第三名
刘子超《血与蜜之地：穿越巴尔干的旅程》
文汇出版社 2024 年 10 月

第四名
李颖迪《逃走的人》
文汇出版社 2024 年 8 月

第五名
易小荷《世界尽头》
《收获长篇小说 2024 秋卷》

中篇小说榜

榜首
哲 贵《微不足道的一切》
《收获》2024 年第 3 期

第二名
刘 汀《春风吹又生》
《山花》2024 年第 2 期

第三名
张 楚《与永莉有关的七个名词》
《长江文艺》2024 年第 3 期

第四名
杜 梨《鹃漪》
《收获》2024 年第 4 期

第五名
孙 频《截岔往事》
《十月》2024 年第 4 期

第六名
杨 方《巴旦木也叫婆淡树》
《野草》2024 年第 6 期

第七名
袁德音《杀手皇后》
《十月》2024 年第 6 期

第八名
马家辉《苏屋邨的阿凤》
《收获》2024 年第 5 期

第九名
王祥夫《西北有高楼》
《长城》2024 年第 2 期

第十名
七堇年《火空海》
《当代》2024 年第 6 期

短篇小说榜

榜 首
班 宇《飞鸟与地下》
《长江文艺》2024 年第 1 期

第二名
朱 婧《思 凡》
《青年文学》2024 年第 4 期

第三名
李修文《木棉或鲇鱼》
《花城》2024 年第 2 期

第四名
池 上《如果海水可以分开》
《作家》2024 年第 8 期

第五名
邓一光《岂曰无衣》
《钟山》2024 年第 6 期

第六名
戴 冰《透析的戈多》
《天涯》2024 年第 4 期

第七名
杜 峤《惊鹿记》
《西湖》2024 年第 1 期

第八名
双雪涛《巴黎朋友》
《收获》2024 年第 5 期

第九名
牛健哲《现在开始失去》
《收获》2024 年第 3 期

第十名
包 倬《山坡羊》
《万松浦》2024 年第 5 期

图书在版编目（CIP）数据

收获文学榜2024中短篇小说 / 《收获》文学杂志社编. -- 上海：上海文艺出版社，2025. -- ISBN 978-7-5321-9230-4

Ⅰ.I247.7

中国国家版本馆CIP数据核字第20250MT049号

责任编辑：张诗扬　景柯庆　吴　旦
封面设计：黄　海

书　　名：	收获文学榜2024中短篇小说
编　　者：	《收获》文学杂志社
出　　版：	上海世纪出版集团　上海文艺出版社
地　　址：	上海市闵行区号景路159弄A座2楼　201101
发　　行：	上海文艺出版社发行中心
	上海市闵行区号景路159弄A座2楼206室　201101　www.ewen.co
印　　刷：	苏州市越洋印刷有限公司
开　　本：	710×1000　1/16
印　　张：	32.25
插　　页：	2
字　　数：	669,000
印　　次：	2025年3月第1版　2025年3月第1次印刷
ＩＳＢＮ：	978-7-5321-9230-4/I.7241
定　　价：	88.00元

告　读　者：如发现本书有质量问题请与印刷厂质量科联系　T：0512-68180628